京極夏彦

講談社文庫

文庫版

絡新婦《じょろうぐも》の理《ことわり》

京極夏彦

講談社

○目録

文庫版

絡新婦《じょろうぐも》の理《ことわり》

せをはやみ岩にせかるゝ瀧川の、思ふ男は――おまへならでは。

○絡新婦《じょらうくも》——画図百鬼夜行・前篇——陽

足高蜘の変化の事——

ある山里に住みける者、いと静かなる夕月夜《ゆうづきよ》に慰みに出でたるに、大きなる栗の木の叉に、六十ばかりなる女、鉄漿《かね》をつけ、髪のかすかに見えたるを四方に乱し、彼の男を見てけしからず笑ふ。

男肝を消し、家に帰りて後少しまどろみけるに、前《さき》に見えける女現《うつつ》のやうに遮《さへぎ》りける故、心凄くて起きもせず寝もせでゐたる所に、月影に映ろふ者あり。昼見つる女の姿、髪の乱れたる体《てい》少しも変はらず、恐ろしさ比《たぐ》ひなくて、刀を抜きかけて、いかさま内に入りなば斬らんずるものをと、思ひ設けてゐたる所に、明り障子をあけて内に入りぬ。男、刀を抜き、胴中《どうなか》をかけて切つて落したり。

化け物、斬られて弱るかと見えしが、男も一刀《ひとかたな》切つて心を取り失ひける時、やといふ声に驚き、各《おのおの》出で合ひ見るに、男死に入りてぞ居たりける。漸《やうや》う気をつけられ、旧《もと》の如くになりにけり。化け物と覚しきものは無かりしが、大なる蜘蛛《くも》の足ぞ切り散らしてぞ侍る。かかる物も、星霜経《ふ》れば化け侍るものとぞ。

曾呂利物語《そろりものがたり》巻の二

＊

宿直草《とのいぐさ》巻の二

急なるときも思案あるべき事――

（略）やや宵も闌《たけなは》にして、四更の空と覚しき此《ころ》、十九二十《つづはたち》ばかりの女房、孩子《がいし》を抱きて忽然と来たる。かかる人家も遠き所へ、女性《によしやう》として、夜更けて来べきにあらず。如何様《いかさま》にも化生《けしやう》の物にこそと、後ろめたく用心して侍りしに、女うち笑《ゑ》みて、抱きたる子に、あれなるは父にてましますぞ。行きて抱かれよとて突き出す。此の子、するすると来るに、刀に手をかけてはたと睨《にら》めば、其の儘帰りて母に取り付く。大事ないぞ、行けとて突き出す。重ねて睨めば又帰る。かくする事四、五度にして、退屈やしけん。いでさらば、自ら参らんとて件《くだん》の女房、会釈もなく来たるを、臆せずも抜き打ちにちやうど切れば、あと云ひて、壁を伝ひ天井へ上がる。明け行く東雲《しののめ》しらみ渡れば、壁にあらはな貫《ぬき》を踏み、桁《けた》など伝ひ、天井を見るに、爪《つま》さき長き事、二尺ばかりの上臈蜘《じやうらふくも》、頭《かしら》より背中まで切りつけられて、死したり。人の死骸有りて、天井も狭《せば》し。ああ誰が形見ぞや。又連れし子と見えしは、五輪の古《ふ》りしなり。凡そ思ふに、化け物と思ひ気を逼《せ》きつつも、五輪を切らば、莫耶《ばくや》が剣も或は折れ、或は刃もこぼれなん。（略）

＊

孫六女郎蜘にたぶらかされし事——

(略)そよ吹く風に睡眠《すいめん》の催しけるに、何国よりか来たりけん、年の此《ころ》五十《いそじ》斗《ばかり》なる女、身には五色の衣裳《いしやう》を著し、孫六が前に来たる。孫六あやしく思ひ、いかなる人ぞと尋ねければ、老女《らうぢよ》のいはく、我は此あたりに住む者なり。御身常々此処に来たりて、四季おり〳〵の詠めも無下《むげ》ならず、殊更今の御口ずさみを聞きまいらせ、一人の我が娘、御身をふかくおもひ焦《こが》れ侍るなり。子をおもふ親のならひ、あまり不便《ふびん》に候へば、情けをかけてやり給へ。いざわが住む方に伴《ともな》ひ参らせん。いざゝせ給へといふに、孫六も怪しながら、心そゞろに伴ひ行けば、大きなる楼門に至りぬ。(略)十六七斗《ばかり》なるさも美しき女の、身には錦《にしき》の羅《うすもの》に五色に織りたる綾《あや》をまとひ、髪はながくて膝《ひざ》をたれ、いとたをやかに只《たゞ》一人歩み来たる。孫六此体《てい》をみるより、心も消え入りたましゐも空に飛ぶ心地して守り居ければ、頓《やが》て孫六が傍《そば》に寄り、少し面《おも》はゆげにうちゑみていひけるは、誠に御身をしたひ参らしせ事は、はや幾《いくばく》の月日なり。其念力《ねんりき》の通じまいらせ、かくまみへける嬉しさよ。今よりして夫婦となり、行末久《ひさ》に契りてたばせ候へと、おもひ入りて申すにぞ、孫六答へて申しけるは、誠に御心ざし有りがたく候へども、我等如きいやしき身、などて夫婦となり申すべき。其上《うへ》我は定まる宿《やど》の妻有り。此事おもひも寄り奉らず。(略)いろ〳〵にすかし申せど、兎角《とかく》御身にははなれずとすがり付けば、孫六今はもて扱ひ、あなた此方《こなた》と逃げるとおもへば、有し家形《やかた》は消へうせて、元《もと》の竹縁《ちくゑん》にてありければ、孫六茫然《ぼうぜん》とあきれ、夢かと思へど覚《さ》めたる気色《けしき》もなく、正《まさ》しき事かとおもへば露形《つゆかたち》もなし。余りのふしぎさに従者《ずさめしつかい》を呼びて、われ此所に仮寝《かりね》せしやとゝへば、さん候ふ。半時《はんじ》斗《ばかり》も御寝《ぎよしん》なり候ふといふ。孫六奇異の思ひをなし、あたりをよく〳〵見廻せば、ちいさき女郎蜘《ぢよらうくも》そこらを静かに歩みゆきぬ。上の方を見やれば、軒には数多《あまた》の蛛《くも》ども、さま〴〵に巣をくみて歴然《れきぜん》たり。孫六つく〴〵案じみるに、一昨日《おとゝひ》の暮方《くれかた》煙筒《きせる》にて追ひたりし陰蛛《ぢよらうぐも》なり。扨《さて》は此蛛《くも》我が仮寝《かりね》の夢中に、女と化《け》し、われをたぶらかしけるならん。恐ろしくもいまはしきものかなとて、従者《ずさめしつかい》にいひ付けて、悉《ことごと》く巣をとらせ、遥《はる》かの野辺に捨てさせければ、其後は何の事もなかりしとかや。

太平百《たいへいひやくものがたり》物語・巻の四

「あなたが——蜘蛛だったのですね」

低い、落ち着いた声だった。

一面の桜である。

満開の桜の只中《ただなか》である。

春の海原《うみ》を渡る綿津見《わたつみ》の猛《たけ》き息吹《いぶき》が断崖を駆け上り、儚《はかな》き現世《うつしよ》の栄華《えいが》を一瞬にして薙散《なぎち》らす。空も海も大地も渾然一体《こんぜんいったい》となって、ただただ世界を桜色の一色に染め上げんとしているかのようである。

その桜の霞《かすみ》の中にひと際黒き影がある。

朽《く》ちかけた墓石。そして——黒衣の男。

対峙《たいじ》するのは桜色に染まった女である。

黒衣の男は努めて無表情を装っているようにも思えた。ただ、それが場を取《と》り繕《つくろ》うための表層であるのか真に感情の起伏がないことに起因する男の内面の発露《はつろ》なのか、女にもそこまでは判らなかった。

男は続けた。

「八方に張り巡らされた蜘蛛の巣の、その中心に陣取っていたのは実はあなただった。捕らわれた蝶はその綻《ほころ》び傷《いた》んだ翅《はね》の下に、実は毒毒《どくどく》しくも鮮やかな八本の長い長い脚《あし》を隠し持っていた訳だ――」

女は云う。今更何を仰るのです、事件はもう解決しています――。男は云う。事件は解決しても、あなたの仕掛けは終わっていない――。

「――邪魔者を邪魔者を以て制す。あなたの周囲から、あなたを束縛する者は凡て排除された。しかしあなたは、これから再び束縛されようとしている。つまりあなたの計画は終了していないのでしょう」

さあ――女は横を向く。

「あなたは、この次にあなたを束縛する者を排除することで、名実共に、この国の中心に納まることが出来る訳だ。その先も――あるのですか」

女の顔に髪に、幾枚もの花びらが咲く。

「真逆貴方《まさかあなた》は――私に、あの憑物祓《つきものおとし》とやらを仕掛けようとしていらっしゃるのですか？」

「とんでもない。頼まれもしないのにそんなことはしませんよ。あなたから落とすものなど何もない。そして落とす必要もない」

「そうですわ。私は私自身の手で憑物を落としたのです。貴方がするように」

そうでしょうか――男は瞬きもしない。

「つまりあなたは、あらゆる制度の呪縛から解き放たれ、個を貫き、己の居場所を獲得するために、この計画を練り上げた——そう仰るのですね」

そう、居場所が欲しかった——と女は云う。

「どこにも——どこにも居場所がない——だから己の場所を獲得しようと——そう思ったのです」

「どうせ獲るなら一番善い場所を——ですか」

「人ならば誰でもそう思う。当たり前ですわ」

女は強がる。男は冷徹に見据える。

「そう——それに関してあなたの採用した方法は実に効果的でした。このまま胡乱《うろん》なる時の彼方に葬《ほうむ》り去ってしまうには余りにも見事な仕掛けだった」

お褒《ほ》めに与《あずか》りまして恐縮ですわ——女はそう云って微《かす》かに笑った。しかし、乱舞する無数の桜色の小片が女の表情を隠《かく》し惑《まど》わし、女は泣いているようにも見えた。

実際——女は泣いてもいた。

悲しいのも辛いのも、本当だった。

それでも——女は笑わねばならなかった。

男は云った。

「一年前——毒物を使用しましたね」

「さあどうでしょう」

「二箇月前と、そして一週間前にも」

「ならば、何だと？」

「遣り過ぎ、ですよ」

「三人とも遠からず亡くなる筈の人でした。私は先程貴方が仰ったように己の居場所を作っただけ。黙っていては誰も居場所を用意してはくれません」

男は、女に向き直る。

「それでもあなたは遣り過ぎだ。幾ら居場所を獲得するためとは云え、あなたはいったいあなたの後ろに幾つ骸《むくろ》を転がせば気が済むのです」

女は、覚悟を決める。

「随分と殊勝なことを仰いますのね。貴方らしくもない。それとも――それが貴方の限界なのですか。そうは思えませんけれど。私は存じておりますわ。貴方だって貴方の方法で幾人もの」

「僕は――自分の主義主張や私利私欲のために、それをしている訳ではありません」

「狡《ずる》いですね。慥《たし》かに貴方は概《おおむ》ね懇願《こんがん》されて、半《なか》ば無理矢理《むりやり》に腰を上げさせられる。そう、私が貴方を担ぎ出そうとしたのは、勿論あの相模湖《さがみこ》の事件の調書から察した所為《せい》もありますが、寧《むし》ろ」

「久遠寺《くおんじ》家の——事件ですか」

「そうです。あの女《ひと》は貴方に居場所を奪われた。慥かに貴方が動かずとも顚末《てんまつ》は変わらなかったでしょう。いいえ、一層悲惨な結末が用意されていたのかもしれない。だから貴方は彼女を救った——彼女は闇から解き放たれ、結果居場所を失って死んだのです。もしや貴方は不本意だったのではなくって？」

「あなたは僕を誤解しているようだ。その読み方では、あなたに僕の本意など解る訳もない」

「解りますわ。貴方は私と違って人道的でいらっしゃる。だから貴方は——私には手出しが出来ない。違いますか——」

そんなことはありませんよ——男は笑った。

「そう。僕は先般、ひとつだけ嘘を吐《つ》きました」

女は大きな瞳を絞った。男の輪郭《りんかく》が際立った。

「川島喜市《かわしまきいち》は——僕が確保している」

「それがどうしたと云うのでしょう」

女は男から墓石の黒に目を転じる。

男は女に背を向け桜樹を見上げる。

「慥かにあなたは一切違法行為を行っていない。だから痛くも痒《かゆ》くもない。事実、彼はあなたを摘発するどころか——寧ろ感謝さえしている」

「それは――嬉しいですわね」

「いいのですか」

「構いませんが」

「いいのですか。僕はあなたがしたのと同じように、否《いや》、更に直接的に彼を操作できる立場にあるのですよ。彼は僕の手の内にある。あなた自身が法的に罰せられるような、或《あるい》はあなたが社会的に失脚するような虚構を構築し、過去に遡《さかのぼ》ってそうした環境を造り上げることも可能だと――そう云っています」

「心配はしておりません」

「何故です?」

「先程申しました。人道的な貴方は――御自分のその技を、そうした形では絶対に使わないでしょう」

　ほう、男は初めて意外そうな顔をした。

「――隠しても解ります。あなたの弱点は――その不本意な人間性《ヒューマニズム》にあるのでしょうから」

「人間性――ですか」

「近代性《モダニズム》――と云い換えても宜しいですわ。貴方の詭弁《きべん》――貴方の紡《つむ》ぐ呪文は実に有効です。しかし、貴方は意図的にそれを綻《ほころ》ばせることがある」

　女は強い視線を男に向ける。

「そもそも貴方は反近代的な陰陽師《おんみょうじ》。私同様中世の闇の末裔ではありませんか。それでいて近代主義者でもあると云うのは得心が行きませぬ。古《いにしえ》の闇を語り闇を造り闇を落とす者が何故、正しくあれ、健全であれ、近代人たれと、斯様《かよう》に微温《なまぬる》い台詞を呪文に織り交ぜるのです。貴方はそうして世の中と折り合いをつけようとしているのではないのですか。それならばそれは、大いなる欺瞞《ぎまん》ではありませんか」

一瞬風が止む。ふわりと花びらが落下する。

漆黒《しっこく》の男の、死神のような風貌《ふうぼう》が浮かび上がる。

男は云った。

「それは少しばかり違っています。僕は祓《はら》うの呪《まじな》うのを仕事にしている訳ですからね。仮令《たとえ》不本意であろうとも、己の主義主張に反していようとも、将《はた》また矛盾があろうとも、一切関係ない。その場その時一番相手に利く呪文を誦《とな》えるだけです。近代反近代人道非人道の区別など――僕には最初《はな》からない」

女は返す。

「詭弁です。貴方はそうして越境者の振りをするけれど、それは越境ではなく戸惑いではございませんか。貴方の場合、稀に顔を出す人間性は古の理《ことわり》に根差した闇を近代主義の不毛に照らすことにしか機能しません。鬼も蛇も神も仏も居場所をなくし――立枯れてただ死ぬだけですわ。貴方の迷いは人を破滅させる。貴方とて――人を殺している。同じことです」

「残念ですがそれも外《はず》れています——」

男はひとつも動じない。

「僕は近代と前近代と云った範疇《カテゴリー》で歴史を捉えることはしません。僕にとっては近代だろうが古代だろうが過去は過去。行末《ゆくすえ》を除き、現在《いま》を含む来方《こしかた》の凡ては同列です。そして近代主義だろうが反近代主義だろうが凡ての言説は呪文以上のものにはなり得ない。僕の言葉が人道的に聞こえるならば、それは聞く者がそうした毒に侵《おか》されているからです。僕はそんな主義主張は持っていない。僕の言葉に綻びがあったなら、それもまた計算のうちなのです」

「しかし貴方は——」

あの女《ひと》を死に追いやった——と女は珍しく激昂《げっこう》する。それは不本意だったのではないのですか——と男を追及する。そうした言葉が男を揺さぶることになるのだと、女は何故か信じている。男は答える。

「慥かに不本意です。遣り切れない。しかしそれは決まっていたことだ。僕が関わることで確実に破滅が訪れる——それは予め解っていたことです。だからこそ僕は——己の行為を無効化する事故《アクシデント》を常に夢想する。しかしそんなことは——起こらない」

「決まっていた——こと？」

それはあなたも承知の筈でしょう——と、男は静かに女を挑発《ちょうはつ》する。

女は僅《わず》かに混乱して、冷たい墓石に手をかける。そして云う。

「貴方が関わること自体が系を乱してしまったのです。貴方は傍観者を決め込んでいるけれども、観測行為そのものが不確定性を内包していることは御承知でしょう。それならば——予測など」

旋風《つむじかぜ》に地を覆う花びらが吹き上がり舞う。

その渦に言葉を乗せて、男は饒舌《じょうぜつ》になる。

「慥かに、観測者が無自覚である場合は不確定性の理《ことわり》から逃れられるものではありません。だが観測者がそうした限界を十分に認識している限り、己の視点を常に括弧《かっこ》に入れて臨《のぞ》む限りはそのうちではない。僕は事件の傍観者たることを自覚している。つまり観察行為の限界を識《し》っている。だから僕は言葉を使う。言葉で己の境界を区切っている。僕は僕が観察することまでを事件の総体として捉え言説に置き換えている。僕は既存の境界を逸脱しようと思ってはいない。脱領域化を意図している訳でもない」

「あ、貴方は——」

「僕の悲しみはそこにあるのです。あなたは悲しくないのかと、ずっと思っていた。しかしどうやら、あなたはそれに無自覚だっただけのようだ——」

男は女に向き直る。

女は戦《おのの》く。しかしたじろぐことはしない。

男は隈取《くまどり》のある凶悪な眼で女を見据える。

「――これで漸く解りました」

「解った――とは？」

「あなたは、あなたが発動した計画がどのような理に則って動くのか、全く理解していなかったのですね――」

女は虚をつかれ、瞬時虚勢を張ることを忘れて、二歩三歩後退した。それは女にとって屈辱だった。男はその僅かな隙を捉えて威嚇《いかく》する。

「――だからあなたは止められなかったんだ」

「と――める？」

止める。

止められぬ。

くるくると桜が舞う。

「あなたは、無秩序に行動する因子《ファクター》達に意図的な刺激を与えて、事件を産出する網状組織《ネットワーク》を再産出してしまう事件が成立する環境を造り上げた。個個の因子やその行動は計画自体には多くの作用を及ぼしたが計画の作動――事件は個個の因果的作用には反応せず、ただ事件自体を反復的に産出し続けて行った。あなたは無自覚のうちに、作動すること自体が体系《システム》を規定する計画を立案発動させていたのです――」

「それでは――私は」

「――この場合主体と客体、能動と受動と云う二元的に対を成す認識論的な図式は無効化する。そうなれば無自覚な観察者は事態を誤認するだけだ。観察者は当事者の捉えた現実を客観的に知り、軌道修正出来る立場にはもう居らず、知り得る情報が多ければ多い程、観察はただ事実を隠蔽するだけの行為に堕す。作動してしまった計画はただ延延と事件の反復再生産を繰り返す。だから――そして、あなたの望みは叶った。しかしあなたは反面、多くのものを失った」

「失った――」

失った、失いました、何もかも――。

「――しかしそれは失ったのではなく」

落としたのです、祓ったのですと女は云った。

女は首を振る。はらりはらりと芳葩《ほうは》が落ちる。

「――貴方がするように、私は」

「では何故に乱れるのです――」

男は強く云った。

「あなたは――本当に悲しんでいた訳だ。肉親を、友人を殺し、見ず知らずの者を巻き込み乍《なが》ら――」

「悲しんで――いましたとも」

女は真実《ほんとう》に悲しかったのだ。

いくつも嘘は吐《つ》いたけれども、
常に気持ちには正直だったのだから。

男は黒い羽織を脱いだ。

花びらが幾枚も散った。

諭《さと》すような、諦《あきら》めたような口調で男は云う。

「そんなにまでして手に入れた場所に——それでもあなたは甘んじて行くのですか。そしてまだこの先も、それを続けて行くおつもりなのですか。正直云って、僕はあなたが悲しもうと苦しもうと、どうでもいいのです。あなたは強い。そして聡明だ。寧ろ喝采を送りたい程です。ただ——その仕掛け《システム》の中にあ、な、た、と云う個は居ないんだ。だからこのままではあなたは潰れる」

男は言葉を止めた。

女は墓を見ている。

女は云い訳を思いつく。

「この——墓に眠っている死人《しびと》達が帳尻を合わせろと云っているのですか。聞けば貴方はどこやらで、自分は死人の使いだ——と仰ったとか」

「そんなのは詭弁——です」

男は笑った。

女も笑った。

「そうですね。御忠告に——従いましょう」

そして漸く運動は停止し、同時に境界は消えた。

「——私は今回のお話を——辞退致します」

男の視線が憂いを帯びる。

「後悔は——しないのですか」

「致しません」

そうですか——男は云った。

「ただ——このままここで石長比売《いわながひめ》となり、生涯墓を守って生きるなど、あなたには似合いませんよ」

そんなことは致しません、と女は云う。そして、

「そんな優しいことを仰るから——」

貴方は誤解されるのですよ——女はそう続けたつもりだったのだが、語尾は春の突風に乗って薄れ、男は聴き取れぬままに察して頷いた。

そして女は新たな桜色の衣を纏う。

そして云った。

「高く――買ってくださいまし。私のために」

男はもう一度頷く。しかしその表情はもう女には見えていない。

満開の桜の下の、朽ち果てた墓石の前で、女の視野はただ舞う花びらを捉えている。

「私はもう一生泣きませぬ。泣いては己が立ち行かぬ。こうなった以上はもう一度、己の居場所を探します。負けません。負けてなるものですか。貴方よりも誰よりも、強く生きてみせましょう。石長比売の裔《すえ》として、私は悲しくとも辛くとも、笑っていなければならぬのでしょう。それが――」

女は、静かに、毅然として云った。

「それが――絡新婦《じょろうぐも》の理《ことわり》ですもの」

1

かなり長い間頭《こうべ》を垂れて合掌していた長門五十次《ながといそじ》が、口中でブツブツと念仏のようなものを誦《とな》えながら躰《み》を引いたので、矢張《やは》りその傍《かたわ》らに蹲踞《しゃが》み込んで検死をしていた木下圀治《きのしたくにはる》の歪《ゆが》んだ顔が見えた。

長長と横たわっている屍体《ほとけ》は女である。殺害される際に激しく抵抗したであろうことは、その不自然に折れ曲がった姿勢からも、悉《ことごと》く散乱した夜具などの状況からも歴然と知れた。

無残な骸《むくろ》である。

緋色《ひいろ》の長襦袢《ながじゅばん》は腰の辺りまで捲《めく》れ上り、弾力を失った白くて長い脚が二本、畳の上ににゅうと伸びている。纏足《てんそく》でもされたかのようにその爪先は萎縮《いしゅく》しているが、右の親指のみがやけに反《そ》り返っていた。

どうにも艶《なま》めかしくて、そこだけ切って貼ったように風景から浮いている。裾《すそ》くらい直してやっても罰《ばち》は当たるまい——と、木場修太郎《きばしゅうたろう》は思った。

被害者は素人女ではあるまい。状況や身嗜《みだしな》みなどから推《お》し量れば娼婦の類《たぐい》だろう。仮令《たとえ》そうでなかったにしろ、連込宿《つれこみやど》の離れ座敷で殺害されている以上いずれ仔細《わけ》有りであることに違いはなかろう。そんなことを木場は考えている。すると余計に白い脚が目についた。部屋中が燻《くす》んでいる所為《せい》もある。

それにしても木下も鑑識も一向に裾を直してやる気配はない。木場は、写真を撮ったのだからもう良かろうにと半ば弁解《いいわけ》でもするように独白《ひとりごと》を云い乍ら、遺骸に近寄り裾を直した。木下はその仕草を見つつ、浅黒い狸《たぬき》のような顔を引き攣《つ》らせて、先輩こいつは又ぞろ奴《やっこ》さんの仕業ですぜ、可哀想《かわいそう》にと、如何《いか》にも刑事らしい口調で云った。木場と入れ違いに立ち上がった長門はそれを聞くと、鈍鈍《のろのろ》とした動作で振り返り、矢張《やは》り鈍鈍とした口調で、

「解剖や何かが済むまでは軽はずみなことを云うものではないですよ圀さん。いやいや、解決するまで下手人《げしゅにん》は判らないのですから。予断は禁物です」

と云った。木下は口答えをせずに木場の方を向き、余計に顔を歪ませた。意見を求めている。しかし木場はそれを無視して再び死体の脚の爪を眺めた。

長門が――馬鹿がつく程――慎重な刑事であることは木場とて常日頃から百も承知だが、今回ばかりはその慎重極まる発言も茶番にしか聞こえない。慥《たし》かに、手口を真似た別人の犯行である可能性もあるし、偶然と云うこともあり得る。だから今の段階で断言し切れないことに違いはない。違いはないが、

——矢張《やは》り奴だろうな。

木場もそう思う。

——同じだ。

木場は死体の爪先から徐徐に視線を上げる。腰から胸、そして頸《くび》。顔。だらしなく開いた口から覗く小さな歯。形の良い鼻、そして——眼だ。

被害者の両眼は——潰《つぶ》されていた。

瞳のあるべき場所にはぽっかりと穴が穿《うが》たれている。皮膚は変色し収縮して盛り上がり、血が黒く凝固してそれを縁取っている。元の人相が判らない。解剖してみないと特定はできないが、多分凶器は彫金の細工などに使う、先の細い鑿《のみ》である。

——奴の得物《えもの》だ。

奴——連続殺人の容疑で全国に指名手配されている平野祐吉《ひらのゆうきち》のことである。

多分、同じ手口だ。

——四人目だな。

木場は大儀そうに立ち上がった。遺体を搬出するらしい。所轄の刑事が寄って来て眼を剝《む》き、こりゃ例の眼潰し魔でしょうな矢っ張り、と云った。『目潰し魔』とは新聞が平野につけた渾名《あだな》である。

木場は長門を横目で見て、当てつけるように云った。

「さあな。解剖でもしてみなきゃあ判るまいよ。ただ、べたべた指紋やら何やら残ってるから、いずれ難しい事件《ヤマ》じゃねえだろ。なあおっさん」

「事件はね、難しいとか簡単とか、そう云う物差しで測ってはいけないですよ修さん──」

長門は矢張り緩慢な調子で答えた。

「──それに、今回のは前の三件と顕《あきら》かに違っているでしょう。これが平野の犯行だとしたら、平野以外にもうひとり現場に居たのか、或《あるい》は──」

「おい。何で判る」

「それはもう修さんだって判ってるでしょう──」

老刑事はそう云って冴えない顔を向けた。

「──被害者、情交の跡があったでしょう。修さんも今観ていたじゃないですか」

「ああ──」

木場は裾を直しただけである。

「ほら、桜紙だって鑑識が拾って行った。被害者は情事の後に殺されたんです。平野は今まで一度も被害者を陵辱《りょうじょく》していませんからね。今回に限りと云うのはどうも戴けないですな」

──観《み》るところは観ているなこの親爺。

木場は感心する。年の功とはこのことである。

「生憎《あいにく》俺は仏さんの股座覗《またぐらのぞ》くような趣味はねえから、そんなものは見やしねえ──」

気がつかねえよと木場が毒突くと、長門は冗談と受け取ったものか、独身《ひとりみ》にご婦人の白い御《お》み脚《あし》は目の毒ですからねえ、と云った。木場にとってそれは半《なか》ば真実《ほんとう》である。

そこに青木文蔵《あおきぶんぞう》が戻って来た。

「ああ、どうやら目撃証言が採れました」

「どうやらってのは何だ」

「はあ、ここの婆さん鳥目《とりめ》なんですよ。夜は殆《ほとん》ど見えないらしい。しかし何とか覚えていた」

「見えねえのに何を覚えているんだ」

「体格ですよ。ほら、景影《シルエット》は判るんですよ婆さん。でも。被害者の連れの男は図体《ずうたい》が馬鹿でかかったと云うんです。しかも禿頭《とくとう》だった」

「禿《はげ》か。年寄りなのか」

「いいえ。若かったそうで。その話を鵜呑みにすれば、六尺を越える剃髪《ていはつ》の大男です。坊主ですかね」

「ここは箱根じゃねえよ」

木場がそう云うと青木はああ、あっちはどうなっていますかねえと心配そうに云った。

現在、箱根山連続僧侶殺害事件と云うのが世間を騒がせている。二月の初め頃から次次と僧侶が殺害されて、犯人も僧侶だとかいや違うとか、皆目《かいもく》解決する気配がない。風の便りに聞くところ、これにどうも木場の知人友人が巻き込まれて難儀していると云うことだった。

管轄は神奈川だから東京警視庁の刑事である木場が出張る訳には行かないが、それにしても気になるところではある。

青木が黙ったので木下が不安げに云った。

「しかし文さん、その証言が本当ならそれは平野じゃないよなぁ。髪型は兎《と》も角《かく》、平野は些か小柄だ。五尺二寸がいいところでしょう。ねえ先輩」

「煩瑣《うるせ》えな。そうだったかな。しかし、まあもう少し尋き込みでも何でもしてからでねえと何とも云えねえよ。本部長の判断を仰ぐんだな」

――図体のでかい禿げ頭か。

木場は厭な気分になる。木場の友人に、当《まさ》にそう云う風体の男が一人居るのだ。真逆《まさか》関係はないと思うが、六尺を越える大男でそのうえ頭を剃《そ》っている者などそうそう居ないと云う気もする。

死体が運び出されると室内は余計に雑然として見えた。

誰かが窓帷《カーテン》を開けた所為《せい》もある。薄汚れた壁も、安物の鏡台も、衣桁屏風《いこうびょうぶ》に無造作に掛けられた帯締めも、枕元に散乱した桜紙も、電燈の如何《いかが》わしい暖色系の明りの下ではそれは淫靡《いんび》な幻想を齎《もたら》すのであろうが、陽の光を浴びせると途端に、まるで魔力が解けたかのようにただの汚らしい不潔なものに変じてしまうようだ。湿った埃《ほこり》の、その饐《す》えた臭いが堪らなくなって、木場は窓を開けた。

割れた部分を新聞紙で補修してある木枠の窓は中中すんなり開くものではなかったが、無理矢理抉《こ》じ開けたところで所詮《しょせん》開けた向こうは隣家の壁だった。

――人っこひとり通れやしない。

木場は隣家の灰褐色の木壁を見つめた。

平野祐吉の仕業と目される連続殺人事件は去年の初夏から年末にかけて連続して発生しており、確認されているだけでも三件に上《のぼ》る。発端とされる事件が起きた当時、木場は本庁捜査一課に配属されてまだ日も浅く、右も左も判らぬような具合だったから、詳しい経緯は何も知らぬ。凡《すべ》て後から聞いたことである。

最初の犠牲者は信濃町《しなのまち》の地主の娘だった。

被害者の名は矢野妙子《やのたえこ》。十九歳。

品行方正で近所の評判も良い、蔭日向《かげひなた》のない娘だったと云う。

――怪しいよな。

大体に於《お》いて被害者はいい人か悪い人のいずれかになってしまうものだ。それは加害者側にしても同様で、あんないい人が何故――と評されるか、あいつならやりそうだった――と評されるか、これはそのどちらかである。判で捺したようないい人や悪い人など現実にはそうそう居る筈もないのに、どうもこればかりはそう云うことに決まっているようだ。

だから――。

その妙子と云う娘とて、本当のところなど判りはしないのだ。ただ悪い噂がなかったことは真実らしい。しかし仮令悪い噂がなくとも奇禍《きか》には遭う。

昭和二十七年五月二日午前十時——娘の帰りが遅いことを訝《いぶか》しんで捜しに出た母親によって、妙子は実家の斜《はす》向かいにある彫金細工職人、平野祐吉宅の玄関先で遺体として発見された。

遺体には陵辱された形跡などは一切なく、その代わりに——両目が錐状のもので差し貫かれていたのだ。

犯人はすぐに平野と断定された。

妙子はその日の早朝、平野の様子を見て来ると云い残して家を出ているし、同じ頃血だらけの鑿を握り締めて放心したように歩いている平野を目撃した者はひとりや二人ではなかったからである。

平野祐吉は当時三十六歳、昭和二十三年に妻を亡くし、以来独り暮らしだったと云う。昭和二十六年の春に犯行現場——信濃町の借家を借りている。貸主は矢野泰三《やのたいぞう》、妙子の父親である。

報告書に拠ると平野は当時軽い神経衰弱状態《ノイローゼ》にあったらしい。それに就いては友人や医者の証言も得られていると云うことだ。事実、前日に青い顔をして自宅に戻った平野の只ならぬ様子を垣間見て、心配した妙子は朝早く平野宅を訪れたのだと——家人は語った。

妙子は生来世話好きだったらしく、日頃から寡夫《やもめ》である平野の暮し振りを気に懸け、何かと世話を焼いていたのだそうだ。この場合、世話好きと云う一般的には好ましい性質が仇になった訳だ。

平野は捕まらなかった。

そして五箇月の後、十月も半ばを過ぎた頃に二人目の犠牲者が出た。川野弓栄《かわのゆみえ》と云う三十五歳の水商売の女がそれで、場所は千葉県の興津町《おきつちょう》である。

こちらも被害者の両眼は潰されていた。ただ場所が離れていたこともあり、初めは関連のない、単なる痴情の縺《もつ》れだと考えられたらしい。矢野妙子と違って川野弓栄は男出入りの激しい自堕落《じだらく》な女で、品行方正とは凡そ縁遠い暮し振りだったのである。

弓栄の情夫は三人や四人ではなかったらしいし、その殆どと弓栄は金銭の絡む軋轢《トラブル》を起こしていたのだそうだ。初動捜査の段階で浮かんでいた容疑者も別の男だったと聞く。その後、どう云う経緯《いきさつ》で二件が結び付けられたのか木場は知らない。その頃木場は夏に起きたややこしい事件の後始末で東奔西走していたからだ。指紋でも出たものか。

そして師走《しわす》も押し詰まった年の暮れ、遂に三人目の犠牲者が出た。

この段階で『目潰し魔・平野』の恐怖は煽動的に報道された。

場所は勝浦町《かつうら》。矢張り千葉県である。第三の生贄《いけにえ》は山本純子《やまもとすみこ》。三十歳の女学校の教師だった。同じく両眼が潰されており、乱暴された形跡はなかった。

ただこの事件には複数の目撃者が居り、その証言と平野の年格好はぴたりと一致した。加えて傷口の形状から凶器が同一であることも判明し、更には平野のものと思《おぼ》しき指紋が大量に検出されて、連続目潰し魔・平野祐吉の名は一気に巷間に轟いたのだ。

十二月と云えば、木場はこれもまた相当にややこしい事件に掛かり切りだったから、当然そんな遠方で起きた事件の詳細は知る由もなかった。

そして――。

年が明けても平野は捕まらなかった。

天に昇ったか地に潜《もぐ》ったか、杳《よう》として目潰し魔の行方は知れず、足取りも摑めず、新聞は定期的に、思い出したように警察の不首尾を糾弾《きゅうだん》した。

平野の都内潜伏説が流布《るふ》し始めたのも正月が過ぎた頃である。やれ淀橋《よどばし》で鑿を懐に抱いた挙動不審の男を見たの、神楽坂《かぐらざか》で目玉が欲しいと呟《つぶや》き乍《なが》ら男が追い掛けて来たの、風聞怪情報の類《たぐい》が乱れ飛び、酷《ひど》いものになると平野らしい男が調布《ちょうふ》の荒れ寺で丼《どんぶり》に盛った人の目玉を旨《うま》そうに喰っていたなどと云う人を食った噂までが真実《まこと》しやかに囁《ささや》かれた。

東京警視庁もこうなると黙っている訳には行かなくなった。国家警察千葉県本部と信濃町の所轄から担当者を呼び寄せて事情を聞き、後《おく》れ馳《ば》せ乍らと合同捜査本部を設置したのが一月末日のことである。

――後れ馳せ乍らだよ。本当に。

今更人海戦術を執ったところでどうなるものではない。これだけ時間が経っているのだから、北海道でも熊本でも、逃げようと思えばどこへでも逃げられるのである。

木場はだから、余りやる気を出すことが出来なかった。資料を斜めに読んで、却説《さて》どうすると云った案配である。手の付けようがない。

それでも少しは考えた。

――何故殺す。

十九歳の品行方正な娘。

三十五歳の自堕落な水商売の女。

三十歳の謹厳実直な女教師。

被害者像に統一感がない。いずれも眼を潰しているから、俗に云う猟奇変態殺人であることには違いはないが、それにしても支離滅裂に過ぎる。木場は一応被害者の写真なども観てみたが、外見もてんで共通点がない。

矢野妙子は目元の涼しい小綺麗な娘で、地元でも小町娘と渾名《あだな》されていたらしい。一方川野弓栄は切れ長の目も仇っぽい、脂の乗った年増風である。山本純子に至っては、これは木場の最も苦手とする知識階級《インテリゲンチア》丸出しの様子で、化粧気もなく、年齢も性別すらも善く判らないと云った風貌である。

――写真だけでは判らねえがな。

それにしても、共通点はただ女であると云う一点以外何もない。同じ類型《タイプ》の女を次次毒牙にかける変質者——と云うのは何となく解る。しかし女なら誰でもいいとなると少し引っ掛かる。破廉恥漢《はれんち》や強姦魔ならそう云う巫山戯《ふざけ》た族《やから》も居るには居るだろう。しかし平野は犯さない。殺すだけだ。しかも、

——眼を潰して。

何か理由があるか。

本当に連続殺人なのだろうか。

捜査員でその点を疑う者は誰ひとりいなかった。状況証拠があるからではない。取りも直さず、眼を潰すと云う猟奇的行為がそれぞれの事件に自《おの》ずと統一感を与えてしまっているのだ。

凶器も特殊なものである。

そう云う状況下では所謂《いわゆる》動機は、往往にして副次的なものとして扱われてしまう。そもそも『目潰し魔』などと云う狂人に、人間的な動機や論理的整合性を求める方が間違っていると大方《おおかた》の捜査員は考えている。だから不思議には思わないのだろう。

ただ木場は違和感を持っている。平野の犯行であることは間違いないのだろう。しかし必ず、

——何かあるのだ。

女。女だから殺した。そんな、共通項にもならぬ程の共通項が有効なのかもしれない。

女──。

そして、右往左往する警察を嗤《あざわら》うかのように、今また女が殺された。

木場は直感的に思う。これも平野の仕業に違いない。被害者は矢張り──女だ。

馬鹿馬鹿しくなった。

──そんなもの根拠にも何にもなりゃあしねえ。

建付けの悪い窓を閉めようと中空に目を遣ると、朝露に濡れた蜘蛛の巣がきらきらと光った。

中央には大きな女郎蜘蛛が居た。

先輩、どうしましょうと青木が木場を呼んだ。

「なんだ青木、その青臭ぇ物云いは。何とかしろよこの惚《ぼ》け。何がどうしたってえんだ」

「はあ、こちらの千葉本部の──」

「千葉本部の津畠《つばた》ですがね。ここの仕切りはどうなっているんですかな」

鷹揚な素振りで強面《こわもて》の男が割って出た。

「どうもこうもねえがな」

「勝手にどんどんやられても困る。千葉《うち》の立場と云うのもある。主導権は警視庁にある訳じゃない」

「まだ平野の犯行と決まった訳じゃねえよ」

「何を云ってるんだ。あの遺体――もう少しで遺体すら観られないところだったが、あれを観りゃア、歴然としてるじゃないか。抜け駆けしようたって」

「黙れよ。今更のこのこ出《で》娑婆《しゃば》って来やがって何が抜け駆けだこの表六玉《ひょうろくだま》。連続殺人かどうか判らねえって云ってるだろうが。先走るなよ。ここはな、東京都だ。しかも四谷だ。四谷署の管轄なんだよ」

「じゃあ何であんたらが居る」

「いちいち煩瑣《うるせ》えな。応援頼まれたから来たに決まってるじゃねえか。そもそも、これが目潰し魔の仕業だとしても、だ。手前等《てめえら》がさっさと捕まえねえからこんなことになるんだろうに。少しは弁《わきま》えろ」

「それを云うならそもそも信濃町の――」

「おやおやご苦労様でございますなあ」

そこで長門が割り込んだ。

こう云うことは好好爺《こうこうや》に任せておくに限る。

兎に角この手の煩《わずら》わしい縄張り意識が木場は何より嫌いなのだ。だから青木を伴ってそっと部屋から出た。

廊下は淡暗《うすぐら》く、湿っていた。

如何《いか》にも淫売宿って感じですよね、と感心したように青木が云う。木場はその学生染みた喋り方が鼻につく。青木は男気のある好ましい若者なのだが、その真っ当振りが今ひとつ木場には馴染まない。

「おい、お前まさかその婆ァとか云うのを脅かしたりしてねえだろうな」

「脅かすって何です？」

「だからよ。ここはもぐりだ。きちんと届け出をした宿泊施設じゃあねえだろうからな。叩けば埃《ほこり》の出る場所だ。正攻法で高圧的に圧《お》したんじゃあ折角開いた婆ァの口も閉じるってもんだぜ」

青木はそんなことはしませんよ僕は、と云った。しかし木場には解る。脛《すね》に傷を持つ者には、こうした真っ当な態度それ自体がひとつの脅迫である。そもそも警察と云う看板が、奴等にとっては大きな圧力になり得るのである。木場は取り敢えず俺も婆ァに会うと云って、青木が止めるのも聞かずに帳場らしい部屋の戸を威勢良く開けた。

四畳半の真ん中に継《つ》ぎ接《は》ぎの炬燵《こたつ》があった。と云うより部屋全部が炬燵で、その継ぎ接ぎの景色の中にこれまた継ぎ接ぎの綿入れを着た老婆が居た。

梅漬けを二つ三つ喰ったような皺《しわ》くちゃの顔を上げて、老婆は木場を胡散臭《うさんくさ》そうに見上げた。

「何だい。まだ用かい」

「邪魔するぜ」

「邪魔だよ」

「そう云うなよ。婆さん」

「多田《ただ》マキだよ。名前があるよ」

「おうマキさんか。俺は木場だ」

「変な名だね。何の用だい。ゆんべのことならその小芥子《こけし》みたいなあんちゃんに皆喋ったよ」

「そのことよ」

木場は青木に目で戸を閉めろと命じて、外套を着たまま炬燵に這入った。

「警察に通報したのはあんたかい」

「そうさ。あんまり起きンのが遅いんで割り増しブン取りに行ったらあのザマだ。先払いで銭を貰っといたからいいようなものの、もう少しで取り逸《はぐ》れるとこさね。面倒に巻き込まれんなァ御免だからね。さっさと報せたのサ。何か文句あるかい」

「ねえよ。ところで、あの女は常連かい」

「一見《いちげん》さ。一見泊めるとろくなことがないよ」

「まるで知らねえ顔かい」

「執拗《しつこ》いね。覚えがないもんは覚えがないんだよ。耄碌《もうろく》してるとでも云いたいのかい。あンな高そうな友禅着た女なんぞ、うちにゃあ来ないんだよ」

「高けえ？　高けえ着物着てたのかい」

　高いよ、と老婆は素っ気なく云って、それから木場に煙草《たばこ》をせがんだ。木場が紙巻を一本渡すと、老婆は顰《しか》め面のまま受け取り、旨《うま》そうに一服つけた。

「ありゃあんた、どっかの奥様の密通さね。商売女みたいな化粧してたがね。見せかけだね」

「善く判るな。婆さん鳥目だったんじゃねえのか」

「だから多田マキだよ。見えなくたってそのくらい判るのさ。安物の紅白粉は臭うからね。でも、幾ら飾ったって化けたって、妾《あたし》に素姓は隠せないわさ。伊達に三十年もこの商売やってないんだよ。馬鹿におしでないよ。下駄みたいな顔してさ」

　多田マキはふう、と木場に煙をかけた。

　酒と煙草と樟脳《しょうのう》の混じったような香りがした。

　――商売女じゃねえのか。

　身元が割れるまで時間がかかるかもしれぬ。

「連れの方は――どうだい」

「どうだいって何だね。さっきも云ったよ。同じこと二度話す程妾は暇じゃないよ」

「その大男で禿げ頭――」

　――川島新造《かわしましんぞう》。

　木場の友人である。

戦時中は満州で甘粕正彦《あまかすまさひこ》の腹心として活躍し、現在は小さな映画制作会社を興している。雲を突くような大男で、どう云う訳か剃髪している。木場は気になっていた。

「――だってのは聞いたよ。その他によ」

「他？　他ったって他にゃ何もないよ。そうだね、ああ黒眼鏡していたよ」

「黒眼鏡だ？」

それは川島もしている。

「何で判る。夜は見えねえんだろ。眼鏡も臭いで判るのかい」

「馬鹿だねお前さんも。自分で云ったのさ。暗いから気をつけなって云ったら、おう、夜中の黒眼鏡は危なくっていけねえとか云ってね。外したんだよ」

「服装は――」

川島は未だに兵隊服を愛用している。

「そんなもの判るかい。妾ァ鳥目なんだよ」

怪しい二人連れが訪れたのは二十三時を過ぎた頃だったと云う。普通は一見は断るらしいのだが、昨夜客は一組もなく、気前良く前金をくれたこともあって、多田マキは二人を離れの座敷に通した。金を払ったのは女の方だったと云う。

「それから朝まで、妾はずっとここに居たのさ。別に物音はしなかったよ」

「だって男の方は帰ったんだろう」

「いつ帰ったんだかそんなことは知りゃしないよ。居残り居座りは迷惑だけど早く帰る分には構わないからね。妾が寝てる間に出て行ったんだろ。あの女ぶっ殺してさ」

「玄関の鍵は？」

「んなもの掛けやしないよ。盗《と》ろうったって此処には金目のものなんざないんだよ。客が勝手に部屋に鍵掛けるんだから平気さ」

「客が——鍵を？」

そう云えば襖に引っ掛けるタイプの小さな鍵がついていたように思う。

「それで」

「本当に執拗《しつこ》いね。だから朝になって行ってみたらまだ鍵が掛かってたんだよ。いい加減起きろとどやしつけても出て来ないからサ、襖蹴《け》り外《はず》してやったのさね。そしたらあの」

「ちょ、一寸待て婆さん」

「多田マキだよ」

「あの部屋の鍵は中からしか掛からねえな」

「当たり前じゃないか」

「あの部屋には鍵が掛かっていたんだな」

「そうだってばさ」

——密室か。

木場は密室と云う巫山戯《ふざけ》た言葉が大嫌いだ。

それに――。

こう云う場所にその小理屈の塊《かたまり》みたいな言葉は似合わぬ。大作りな舞台装置があって、初めてそうした言葉は言葉として価値を生み出すのである。古びた洋館だとか因縁めかしたお屋敷だとか、将又《はたまた》堅牢な要塞だとか――そうした場所で起きる浮世離れした事件にこそ密室は相応《ふさわ》しいのだ。場末の淫売宿の、うらぶれた風景に馴染むものではない。そもそも婆ァが襖を外したくらいで消えてなくなる密室など烏滸《おこ》がましくて密室などと呼びたくない。

それでも――。

「おい、婆さん。じゃあ犯人はどうやって帰《けえ》った」

「そんなどうでもいい、い、い、いことは犯人にでも聞いとくれよ。嗚呼《ああ》もうお前さんみたいな四角い顔は見てるだけで窮屈だ。さっさと帰っておくれ」

全く、どうでもいいことなのだ。

そんなことは事件の本質と無関係だ。

これは自殺を装った殺人事件でもなければ、不在証明《アリバイ》がどうしたとか云うデリケエトな類の事件でもない。犯人はほぼ確定しているし、縦《よ》しんばそれが違っていたところで不可能犯罪を構成して何がどうなると云うような要素は微塵もない。

正にどうでもいい密室なのである。

木場は邪魔したなと云って無気力に立ち上がり、餞別《せんべつ》だと云って箱ごと煙草を炬燵のうえに投げ置いた。多田マキは皺《しわ》くちゃの顔のまま、貰っとくよと愛想なく云った。

木場が部屋から出ると青木と木下が待っていた。

引き揚げるらしい。収穫はありましたかと尋くので、木場はああ、あの部屋は中から施錠された密室だったんだそうだ、と云った。二人の若い刑事は揃って、先輩また嘘を云う、と笑い乍《なが》ら云った。

木場は二人を待たせて再び現場に向かった。

鍵を確認したかったのである。

離れにはまだ所轄の警官が数名残っていた。

木場は威嚇でもするかのように肩を怒《いか》らせて部屋に這入った。木場は己の武骨《ぶこつ》な外見が他人に対して如何に威圧的な効果を発揮するかと云うことを、ある程度は心得ている。本庁捜査一課の猛者連《もされん》の中でも、容貌の厳《いか》つさでは一二を争う男が輪を掛けて不機嫌そうにしているのであるから、これは多少不審な行動を執っても文句を云える者はいない筈だ。

案の定誰も何も云わなかった。

入口の襖は一枚しかない。

部屋側の桟の中程に先が鈎《かぎ》状になった金属の棒がぶら下がっていた。柱の方には金属の輪が捩込《ねじこ》まれていて、これに件《くだん》の鈎を引っ掛ける仕組みだ。善くある簡単な錠である。

粗末《ちやち》だ。そのうえ大分草臥《くたびれ》ている。今にも取れそうだった。多田マキが外から開けるべく揺すったりしたのだろう。掛けたままでも襖を外せば慥かに開くだろう。襖もかなりイカレて歪んでいるから、簡単に外せそうである。

木場は不審そうに遠巻きにしている警官のひとりをおいこら、と横柄に呼びつけた。

「おい、この鍵だがな。指紋は採ったのか」

「はあ、もう採ったようであります。いずこを触っても良しと先程」

「判ったぜ」

木場は警官に鍵を掛けるように命じ、己はのっそりと廊下に出た。

襖を閉めるや否や、掛けましたです、と間抜けな声が聞こえた。がたがたと幾度か揺すって具合をみる。慥かに開かない。ただ開きはしないが隙間は十分に空《あ》いた。隙間から覗くと火燧棒《マッチ》のような鍵が見えている。先の細いものを差し込んで上に跳ね上げれば、こんなものは簡単に外れるだろう。

――婆ァは蹴り外したとか云っていた。

鴨居を観る。建付けが甘い。隙間に指を差し入れて気持ち持ち上げ、軽く押すだけで襖は敷居から外れて斜めに傾き、室内の方にゆらりと倒れ込んだ。

うわ、と声を立てて中の警官が襖を受けた。

鍵は繋がったままである。実に簡単だ。

——これじゃあ鍵の役目は果さねえか。

しかし——善く考えてみると、そうでもないことが判る。この鍵はこれで十分機能的なのだ。中からしか施錠できないと云うことは、施錠してある以上必ず中に誰か居る訳で、中の者が前後不覚に熟睡でもしていない限りは、蹴倒したり外したりしたら間違いなく気がつく筈である。また室内無人の状態ではこの部屋の存在価値は皆無であり、つまり外側から施錠せねばならぬ必要性もまた皆無なのである。

そもそもこんな粗末な部屋なのだ。仮令立派な錠前を設《しつ》らえたところで状況は大差ない。

——こりゃ密室じゃねえ。

木場は襖を元に戻そうとしたが、これは巧くできなかった。鍵が繋がったままだから勝手が悪いし、襖の片側しか持つことができないからである。

木場は何故か、ほんの僅か狼狽《ろうばい》した。

——這入って直した方が早《はえ》えな。

そこで、木場は先ず入室しようと試みた。しかし鍵の部分が繋がっている襖は思ったより不如意《ふにょい》で、中中踏み込み悪《にく》い状況である。小柄な多田マキなら兎も角、躰の大きな木場などは下手をすると襖を踏み抜いてしまうかもしれぬ。内側の警官も襖を押えて閉口している。木場と警官は襖を挟んで互いに押し合うように暫く慌忙《あたふた》とした。警官は事情が全く把握出来ていないし、木場には事情を説明する意志が毛程もないのだから当然である。

木場は已《や》むなく襖から離れ、中の警官に襖を戻せと大声で命令して、更に戻したら鍵を開けろ、と続けて怒鳴った。

——待てよ。

そこで木場は思い到る。

鍵を掛けた状態で襖を外す。ここまでは出来る。とまれ現在がその状態なのだからこれは確実だ。廊下側から出来たのだから、これは室内側からも出来るだろう。外からも内からも可能なことだ。

しかしこの状態——鍵が掛かって敷居から外れている状態——の襖を元通りに嵌めることは、室内側からしか出来ないことなのではあるまいか。

——器用にやれば出来ないか？

木場は再度襖を掴みかけて、止めた。無理だ。

幾ら隙間が空くとは云え指先しか入らぬ程の間隔である。余程握力が強くなければ、片側から襖を摑んで敷居と平行を保ちつつ垂直に持ち上げるなどと云う芸当は出来ぬ。馬鹿力の木場でも不可能だ。

——道具を使えば何とかなるか。

出来なくはないだろうが、難しいだろう。否。そんなことはする意味がない。

全然ない。

鍵が掛かっていたことが本当だとすれば、襖を外すと云う乱暴かつ安易な方法は――幾ら簡単であったとしても――この場合脱出方法としては相応《ふさわ》しくない、と云うことである。却下するべきだろう。

例えば普通に襖を開けて廊下に出て、出た後に外から施錠することは出来ないだろうか。慥かに糸などを使って工夫を凝らせば出来るかもしれぬ。否、きっと出来るのだろう。だがそれもまた無意味である。そんな小細工をする暇があるのなら、さっさと逃げるが得策だ。

――ここに仕掛《トリック》は似合わねえ。

そんなことは矢張り最初《はな》から問題ではない。否、問題にするべきことではないのだと木場は思う。

ならば。

慥かにこの襖の鍵を外から外すことは容易《たやす》い。つまりは施錠した部屋へ侵入することも可能だろう。気づかれぬように忍び込むのはそれなりに難しかろうが、中の者に気づかれるのを承知で押し入るのならこれは簡単なことである。小細工は要らない。

しかし。

その逆は無理だ。

小細工を弄《ろう》せずに、鍵を掛けたまま部屋から脱出することは出来ないと云うことではないのか。

——そうだ。出来ないのだ。

だから——真実ここに鍵が掛かっていたと云うのなら、掛けた者は襖以外の場所——例えば窓——から脱出したと云うことになるのだろう。至極当然の結論である。しかし木場のスケール感が慥かならばさっき見た窓から人間は出られないと思う。抜け穴隠し扉の類がある筈もない。見落としたか。或は、

——婆ァの嘘か。

ならば何の為の嘘だと云うのだ。あの老婆に偽証せねばならぬ理由でもあるのか。あったとしても、わざわざ密室にする意味は大いに不明である。

——取り敢えず信用してかかることだ。

木場はそう思い直す。そして、後ひとつだけ解答が残されていることに気づく。

——発見時、犯人はまだ室内に居たとかな。

そこで漸く警官が襖を戻して開けた。鍵を掛けたまま外れた襖を元に戻すと云う作業は、仮令《たとえ》室内側から行ったのだとしても、ひとりで行うのは難儀なことなのかもしれぬ。矢張り却下である。

警官は一度眼を剝いて、刑事殿これはいったい何ごとです、何かの実験でありますかと、大層怪訝《けげん》な顔で云った。木場はその顔に一瞥をくれてから、いいから黙っていろと短く凄んだ。

警官がハイと最敬礼して黙したので木場はそれを手で除けるようにして漸く室内に入った。中をひと通り眺める。血染めの蒲団も遺体と一緒に運び出されたらしく、狭苦しいと云うのに閑散としている。

多分四畳半くらいの広さである。少し変形している所に無理矢理畳を敷いている。元は納戸か物入れだったに違いない。部屋数を増やすために改造したのだろう。

その所為か、急造《きゅうごしら》えの窓以外に矢張り開口部は存在しない。押入れ天袋の類もなかった。調度は鏡台と衣桁屏風、木製の屑箱《くずばこ》くらいである。煙草盆と火鉢はあるが卓袱台《ちゃぶだい》のようなものはない。先程は畳の上に水差しと欠けた湯飲みが二つばかりあったように思うが、鑑識が持って行ったらしく今は見当たらなかった。いずれにしろ――。

逃げ道も人が隠れられるような場所もなかった。

――どう云うことだ。

それならいったい誰が鍵を掛けたと云うのだ。屍体が自分で掛けたとでも云うのか。鍵が掛かっていた以上、掛けた者は必ず中に居た筈で、そしてそいつは必ずどこかから外に出ている筈である。

木場は天井を観る。

犯人は天井からすうう、と降りて来て女を殺し――。

また天井にすうと戻る。

——蜘蛛でもあるまいし。

「おい、天井は調べたか」

「は？　天井でありますか？」

ひとりが口籠り、奥に居たもうひとりが答えた。

「天井は調べていないかと思われますッ」

そうか、そうだろうなと、木場は題目を誦《とな》えるように呟《つぶや》いて視線を下ろした。窓がある。

木場は一応窓周りも観《み》てみることにした。先程は逃走経路になり得るか否かなど考えてもみなかったから、一切確認めいたことはしていない。

いずれ万が一と云うことはある。

観るだけ無駄だった。隣家との間は実に三四寸しか開いておらず、隙間に人間が入れる訳もない。

顔を出すと隣家との隙間の地べたには埖《ごみ》が山のように落ちていた。欠けた茶碗だの折れた箸だの、丸めた紙屑《かみくず》だの、布切れだの。皆土埃《つちぼこり》を被っている。風化する寸前である。どれも同じ色、同じ質感に、

——あ。

欠け茶碗と紙屑の間に異質なものが覗いている。

——黒眼鏡だ。

木場は顔を隣家の壁に押しつけるようにして躰を乗り出し、うんと手を伸ばして、どうにかそれを取った。木場の記憶にある形だった。川島のしていたものと同じ形であるように思えてならなかった。

だから——。

木場は警官の目を盗みこっそりそれを押収した。

柄になく動悸が乱れた。

顔を上げると、女郎蜘蛛が凝乎《じっ》と見て居た。

四谷署には午後二時に這入った。

捜査会議は気怠《けだる》かった。

木場はそもそも会議と云うものが大嫌いである。

今回も頭数ばかり多くて、実に無駄だと思う。

平野の仕業であることは暗黙の了解事項で、疑念を抱く者は誰ひとり居らぬと云うのに、その確証は何ひとつなく、建設的且つ積極的な意見が出る訳でもなく、所轄や千葉県本部から聞こえて来る不協和音だけがただただ有象無象の足並みを乱す。

木場は一応多田マキの証言を報告した。

ただ襖には鍵が掛かっていた旨の発言あり——とだけは述べたが、密室と云う言葉は敢えて用いなかった。密室などと云う言葉は警察内では通じない。

案の定中から鍵が掛かっている状態を密室と呼ぶのだと云うことに気づいた者すら皆無で、得られたのはそれがどうしたと云うような無気力な反応だけであった。この段階でもう木場は何かを諦めてしまい、だから襖の実験のくだりなどに就いては一切語らなかった。

結局、指紋照合の結果や司法解剖の所見が出るまでは、現段階では『左門町《さもんちょう》婦人目潰し殺人事件』を一連の目潰し事件と同一犯の犯行と見做《みな》すことは早計に過ぎると云う――長門の辛気《しんき》臭い見解とそう変わらぬ――結論が出されたに止まった。

その無意味な結論に至るまでの間、木場はただ内ポケットに入っている黒眼鏡のことを考えていた。

これは証拠品である。当然提出するべきだろう。

しかし提出するにしても、いったい何と云って提出するのか。いつ出すのか――。

それは、本来迷うべき事柄ではない。能書きも要らぬ。ただ見つけましたと云えば良いことである。まず刑事に証拠品を提出しないなどと云う選択肢はそもそもないのだ。現場から押収した遺留品《いりゅうひん》を意図的に隠匿《いんとく》するなど、決して許されることではない。だから考えるまでもないことなのだ。

しかし、木場は迷った。

なぜ迷ったのか、自分でも明確には解らない。

――川島。

慥かに川島のことは気に懸かる。だが川島が今回の事件に関わっていると、木場は本気で思ってなどいない。仮令内《たとえ》ポケットの黒眼鏡が川島の所持品と同種のものであったとしても、である。

——それがどうしたと云うんだ。

同じ形の黒眼鏡など幾らでもある。

例えば何等かの形で川島が事件に関わっていたのだとしても、凡そ犯人とは考え難い。それに、縦《よし》んば川島が犯人だったとしても、木場には川島を庇《かば》わねばならぬ義理などは一切ない。川島はただの友人で別に命の恩人などではないのだ。だが。

木場は細い眼でじろじろと周囲を見回す。

捜査員で木場が黒眼鏡を拾ったことを知る者は誰も居ない。このまま口を噤《つぐ》んでしまっても、この場で木場を疑う者は居ない。心配は要らぬ。しかし、どうにも落ち着かない。そわそわする。あの時警官達は全く気づいていなかった筈だ。目撃者は誰も、

——蜘蛛が見ていたか。

解散、と云う部長の声が聞こえた。

逡巡《しゅんじゅん》しているうちに会議は終わった。

結局黒眼鏡はポケットから出されなかった。

木場は完全に時機《タイミング》を逸してしまったのである。

これは——意図的な隠匿ではない。木場は心中で自分自身に弁解する。

これは、半ば成り行きの結果なのである。当初木場は——多田マキの証言内容を報告した段階でそれに伴う証拠品として黒眼鏡を提出しようと——当然のように——考えていた筈である。

しかし誰も木場の報告した内容に関心を示さなかった。だから、単に出しそびれたに過ぎぬ。そもそも会議自体が徒爾《とじ》で、中身のない会議だったから、だから、

——違う。そりゃあ云い逃れだ。

己を騙したところで仕様がないと木場は思った。

慥かに提出しようと云う意識があったことは事実である。しかし自分はそれを最初《はな》から隠匿するつもりで拾ったのではなかったか。

木場は思い出す。自分はそもそも警官の目を盗むようにしてそれを拾ったのである。

あの背徳《うしろめた》さが何よりの証拠だ。

ばらばらと刑事達が立ち上がった。人員の配置など、何がどう決まったのか全く解らなかったから、木場は慌てて長門を呼び止めた。

「おっさん、どこに行く」

「はあ？　修さん確乎《しっか》りしてくださいよ。あなたと私は以前平野の住んでいた信濃町の方へ」

「待て。平野の犯行とは断定されてねえだろ」

「ああ、それはまだですがね。聞いてなかったんですか修さん。里村《さとむら》医師が傷口の照合をして、取り敢えず凶器は同一の形状と断定したそうです。まあ、ほぼ平野の線で決まりですかねぇ。ただ里村さんの云うのは凶器の形状が同一だと云うことであって、同一の凶器だと云う意味ではありませんからねぇ。それに、あなたの云っていたあのご婦人の証言がありますし。一応はそっちも」

「そっち？　そっちってのは禿の男の」

木場は内ポケットを押えた。

「そう。大男の方。文さんと圀さんが、四谷署の人と一緒にね——全然聞いてなかったんですか」

「俺達ゃぁそっちにゃ回れねえのか」

「だからあなたは私と一緒に信濃町ですよ」

長門は緩緩《ゆるゆる》とした動作で移動を開始していた。

「おいおっさん、今更信濃町なんか行ってどうしようって云うんだ。平野が出奔《しゅっぽん》してから半年以上も経ってるんだぜ。もう何もねえだろう」

「本当に何も聞いてなかったんですね。平野の友人に会うんですよ。慥か、川島とか云う」

「か——わしま——だと？」

「はいはい。資料に書いてあったでしょう。平野の数少ない友人で」

「それは——その川島と云うのは」

「印刷職人ですよ」

——別人か。

長門は歩きながら書類をぺらぺらと捲り、問題の箇所を木場に示した。

「本当にやる気がないようですなあ。資料くらい読んでおいて下さいよ。ここです」

資料には川島喜市《さけい》と云う名が記されていた。

二十九歳。酒井印刷所勤務。木場の知る川島とは別人である。商売柄社交性に乏しかった平野が、犯行直前まで親しくしていた男であると云う。

——偶然か。

偶然と云う以外なかろう。

「何でも平野の神経衰弱を心配して精神神経科の医者を斡旋《あっせん》したのもその人だと云うことで」

「その医者っつうのは？」

「はて、そう云えば資料には名前まで書いてない」

「そっちの方が重要なんじゃねえのか」

「勿論所轄が調べてるでしょう」

長門は悠然としている。

木場は釈然としない。

信濃町の聞き込みは無駄足に終わった。

川島喜市はひと月前に印刷所を辞めていた。

居も移したらしく、その後の足取りは摑めなかった。印刷所の親爺の談に依ると、川島喜市は明るい男で、やや調子のいいところこそあったが、勤務状態は真面目だったと云うことである。辞意を示したのも急で、その際も理由に就いては全く語らなかったそうだ。何がありましたかねえ、女ですかねえ、と他人ごとのように親爺は云った。最早《もはや》自分には関係ないと云う素振りが木場には敏感に感じ取れた。

木場は念の為川島青年の素姓を質《ただ》したが、記憶にないと云うことだった。

——川島喜市が川島新造の縁者である可能性。

ないことはないだろう。

しかし。

——だからそれがどうしたってんだ？

いちいち釈然としなかった。何をどの線で辿れば何が見えて来るのか、未だに木場は解っていない。

刑事部屋に戻ると青木と木下が茶を飲んでいた。

傍《かたわ》らには四谷署の刑事も居る。

青木が先輩どうもお疲れ様と云って席を譲った。木場は、一応長門に着席を促したのだが、老僕は離れた椅子に向かったので已むなくそのまま端座《すわ》った。

木下が云った。

「害者の身元、割れましたよ」

「早えな」

多田マキの推測通りあの女が商売女でなかったならば、身元確認には相当時間がかかると木場は踏んでいた。素人ならば当然隠密《おしのび》の筈だからである。

「おまけに有力な証言も採れたですよ」

「そりゃ益々早え。それで？」

「はあ。呆《あき》れた話ですよ。害者は大店《おおだな》の妻女で」

被害者の名は前島八千代《まえじまやちよ》。二十八歳。日本橋の老舗《しにせ》呉服屋に嫁いで三年だと云う。

「善く解ったな。しかし、それじゃあ浮気かい」

木場が尋くと木下はそれがねえ、と云って青木を見た。青木は苦笑して、浮気って云うようなもんじゃないようですよ先輩、と云った。

「何でえそりゃ」

「ええ。証言者は亭主なんですがね。これがその、まだその辺に居ますがね。何とも鄙俗《いやら》しい男で――」

青木達が現場に戻ってみると門の付近でうろうろしている挙動不審な男がいる。中を覗き込んだり裏に回ったりと如何にも怪しい。捕まえて職務質問をしたところ、それが八千代の夫、前島貞輔《さだすけ》だった。

「奴さん夜半からずっと張っていたんだそうです。女房の後を尾行《つけ》て来たんですね」

「張ってたって、この寒空にずっとか」

「ずっとですよ。執念深く、女房が出て来るまでと思ったらしい。そしたら警察がどっと来た。帰るに帰れず、事情を尋く訳にも行かずに困っていたんですよ。妻は多分何か事件が起きたので出るに出られないのだと勝手に思い込んでいた。真逆莚《むしろ》かけられて担架で運び出された屍体が自《おの》が女房殿とは思いもせず、その後も間抜けに張っていたんですな」

どうも云うことが明瞭《はっきり》せず、察した青木が無理矢理遺体を確認させてやっと、前島は状況を把握した。

「それで——浮気じゃねえってのは？」

「それがどうも、細君隠し売女《ばいた》だったらしい。へなちょこ亭主の話を鵜呑《うの》みにすりゃあですがね」

「売春？　良家の妻女がか」

「女は解りませんよ。木場先輩」

木下が解ったような口を利いた。

ことの起こりはひと月程前に遡《さかのぼ》るのだそうだ。

結婚してからそれまでの間、前島夫妻の間に波風は一切立っていない。八千代は器量も良かったし、亭主の世話も甲斐甲斐《かいがい》しく、使用人出入り業者にも当たり柔《やさ》しく、客扱いも巧みで金勘定も出来る、どこから見ても申し分のない呉服屋の若令室《わかおくさま》だったと云う。一方貞輔の方は五代目だか六代目だかの世間知らずで、これが芯から何も出来ない。臆病で慎重なだけが取り得の、生来の役立たずと評判の若旦那だったらしい。あのうらなりには過ぎた嫁だと誰もが噂していたそうである。その辺の事情は、手回し良く既に裏を取ったのだ——と青木は語った。

貞輔本人もこんな女房は鉦太鼓《かねたいこ》で捜しても見つからぬと、常時周囲《まわり》に惚気《のろけ》ていたと云う。

そんな貞輔が貞淑な妻に対する疑惑を抱くに至った契機は、一本の電話だった。

普段余り電話に出ることのない貞輔が、何故かその時は直《じか》に受話器を取ったのだそうである。相手も真逆《まさか》主人が応対しているとは思わなかったらしく、聞き覚えのない男の声は横柄な云い振りでこう訊《き》いて来たのだそうだ。

——お宅の女将《おかみ》さんは八千代さんと云う名か。

貞輔が憮然としてそうだと云うと、

——旧姓は金井《かない》と云うか。

と尋く。

失礼な奴だと思いつつ、貞輔は何やら興味も湧いて来て、そうです、奥様は元は金井と云う苗字でございましたと、使用人を真似て答えた。声はそうかそれなら、と云ってこう続けた。

――ならこう伝えろ。

――裏の太郎稲荷《たろういなり》の賽銭箱《さいせんばこ》の脇に文《ふみ》を置いておくから取りに来いと。

――旧悪を亭主に漏らされたくなければ、屹度《きっと》取りに御出《おい》で、とな。

「名を問うと、声はそうさな、と一瞬考えてから、蜘蛛の使いだと云え、と答えたそうです」

「蜘蛛だ？　巫山戯《ふざけ》た野郎だな。それにその電話の口上もまた豪《えら》く時代がかってるじゃねえか。それでその亭主は手紙を捜しにでも行きやがったか」

「それが違うんです。そう云う場合普通はどうするのか――まあ自分だったらどうするかと云うのも判りませんがね――兎に角亭主はその旨女房に伝えるように丁稚《でっち》か何かに云い付けて、自分はこそこそ女房の動向を見張っていたと云うんですよ。どうも根が陰湿なようですね。あの前島と云う男ァ」

八千代は明らかに動揺した様子を見せた。

そしてすぐに稲荷社に向かったらしい。貞輔はそっと後を追った。八千代はかなり長い間きょろきょろと周りを見渡してから鳥居を潜《くぐ》り、手紙を手に取って茫然とした。社殿の陰からその姿を盗み見て貞輔は徒《ただ》ならぬ気配に襲われたのだと云う。

八千代はすぐに手紙を丸めて捨てた。貞輔はそれを拾った。

「手紙には五六人の男の名前が記してあったそうです。その下に、隠シ事存知上ゲ候《そうろう》、御一報乞フ、と認《したた》めてあった。続く二枚目には多分その一報する連絡先が書いてあったと思われますが、そっちの方は女房が持って行ったらしく、なかったそうです」

「とことん時代がかった野郎だな。しかしそれだけじゃあ何のことだか知れねぇじゃねぇか」

「貞輔は頭を捻《ひね》って、こう云う結論に至ったんですね。これは妻と寝た男達の名だ——妻は売春婦だ」

「そりゃお前《めえ》、飛躍ってもんだろう」

自分もそう思いますと青木は云った。

貞輔はそれに就いて妻を責めることも、問い糾《ただ》すこともしなかった。それから後は勤めて平静を装いつつ、逐一妻の行動を監視したのだそうだ。元より役立たずの主人は仕事など一切せずとも端《はな》から家業に影響はなく、貞輔は専《もっぱ》ら妻の観察に心血を注いだらしい。八千代は表面的には平素と変わらなかったが、ただ夜半に何度か不審な電話をかけたと云う。

静寂の中での電話は勿論小声で、逐一内容まで聴き取ることは不可能だったらしいが、八千代は稀《まれ》に声を荒《あら》らげたから、その部分だけは聴き取ることが出来たらしい。私《わたくし》にどうしろと仰《おつしや》るのです、とか幾らならば良いのです、などと云ったらしい。

強請《ゆす》られていたのかと木場が問うと、木下が違うんですよ、と首を横に振った。

「それが、強請りじゃないと前島は云い張るんですよ。なあ文さん」

「そうなんです。金を持ち出すような気配は事実なかったらしい。まあ昼行燈《ひるあんどん》の亭主の話ですから信頼性があるかどうかは判りゃしませんがね。亭主の云うには、女房は自分の値段を交渉していたんじゃないかと。安くは売れないと揉めていた」

「馬鹿らしい。花魁《おいらん》でもあるめえし」

「まったくですよ。何もかも亭主の思い込みです。皆造りごとめいている。少しは奥さんを信用しろと云いたくなりましたが――しかしねえ」

女房は――事実売娼の如き姿で殺害された。

一昨日の晩も八千代は矢張りこっそりと電話口に立った。貞輔は遠目からそれをじっくりと観て、妻が匂い袋から折り畳んだ紙を出し、それを見乍《なが》ら電話をかけていることを突き止めた。

その日の電話は殊更《ことさら》長かった。八千代の様子も頓《とみ》に面妖《めんよう》で、聞き耳を立てている貞輔の方も自然と集中した。そのうち八千代は少し高揚した調子でこう云った。

――判りました。一度、一度だけです。

そして何やら紙に書きつけて、八千代は乱暴に受話器を置いた。貞輔はそんな妻の乱暴な素振りを初めて見たのだそうだ。そこに居るのが普段の楚楚《そそ》とした妻と同一人とは貞輔には思えなかったらしい。

そして貞輔は確信したのだそうだ。

——妻には自分の知らぬ貌《かお》がある。

何とも身勝手な確信だと木場は思う。妻は淫売だ。誰にだって苛苛《いらいら》する時くらいある。いつも同じとは限るまい。

貞輔は知らぬ振りをして妻の前に出た。

この上なく陰湿な行動だと木場には思える。

八千代は僅かに狼狽《うろた》えて、直様《すぐさま》その場を取り繕い、そそくさと去ったのだそうだ。その如何にもと云った態度が貞輔の確信を更に揺るぎないものとした。

「それで亭主は、その夜のうちにコソ泥宜しく女房の匂い袋を失敬して、書かれている内容を書き写したんだそうですな。それで相手の連絡先だの昨夜の密会の場所だのを知ったんですね」

待ち合わせ場所は四谷暗《くらやみ》坂、時間は午後十時三十分だったそうである。

貞輔は逸《はや》る気持ちを押え、できるだけ八千代と顔を合わせぬようにして時を待ったのだそうだ。そして午後八時を回った辺りで、貞輔は碁会所《ごかいしょ》に行くと偽り店を出た。勿論八千代が外出し易くする為である。

「解らねぇな。売春かどうかは兎も角も、手前《てめえ》の女房が他の男と密会するんだぞ。阻止するなら判るが、行き易くするてえのは解《げ》せねえ」

木場がそう云うと木下は、男女の仲は割り切れませんぜ、先輩にはそう云う気持ちゃあ解らないんですかね、自分は解るがなぁ、と云った。青木は木下の発言を半ば窘《たしな》めるような口調で、

「ナニ現場を押えようと云う魂胆ですよ」

と云った。木場にも解る言葉を選んで云い直したのだろうが、木場にしてみればそれもまた馬鹿にされているのと変わりない。不器用な木場には、どうせ男女の機微《きび》は解らない。青木は木場が機嫌を損ねたことを察して、さっさと話を進めた。

「亭主、それからご苦労にも店の前の電柱の後ろに隠れて女房が出て来るのを待ったんですね。この寒いのに執念深いったらないです。半時も辛抱すると女房が出て来た——」

八千代は顔を隠すようにショールを巻いていたのだそうだ。にも拘《かかわ》らず、遠目にも化粧が濃いことが判ったと云う。貞輔はつかず離れずその後を尾行した。機微の解らぬ木場には何とも陰険に思える。

暗坂の入口には大きな男が立っていた。異様な風体だったと云う。

「そりゃあその、どんな男だったって？」

「はあ、あの婆さんの云っていた通りですよ。六尺を越える程の巨体で禿頭、と云うか剃髪ですね。しかも夜半に黒眼鏡《サングラス》——」

木場は両手で上着を掴み、襟を合わせた。

それは今、己の懐に仕舞われている証拠《もの》のことである。

「——しかもこのご時世に薄汚れた兵隊服を」

「待て。兵隊服か」

川島だ。間違いない。それは川島新造だ。

木場は不思議な高揚感を覚えた。背徳《うしろめた》いような、遣り切れないような、慚愧《ざんき》と焦燥と保身が程良く混ざり合った奇妙な感覚である。多分木場はその時、万引きした直後の小僧の如く、どうしたら良いのか解らないと云った顔をしていたに違いない。それを誤魔化すかのように、そりゃあ目立つな、などと云うと、そうですな、まあ目立ちますよ、一度見たら忘れませんぜと木下が云った。

「じゃあ捜すのは簡単か」

木場が証拠品を出すまでもなく、川島は参考人として遠からず勾引《こういん》されると云うことか。

青木が云った。

「探すも何も先輩。前島は連絡先控えてるんです」

「そうか。すると——」

「そうなんすよ。犯人——かどうかと云うことは置いておくとして、昨夜被害者と一緒に居た客が誰なのかは遠からず明瞭《はっきり》しますね。今四谷署の人が調べてますから。もうすぐ判るでしょう」

た。

「犯人だろ。その客が」

青木の慎重気味な発言を揶揄《やゆ》するように、木下が舌足らずの生意気そうな口調でそう云った。

「なんだ木下。平野じゃねえってのか」

客——即ち川島が犯人だと木下は云っている。

聞き捨てならぬ断定である。木下は木場の杞憂《きゆう》を逆撫でするように、そう、禿の大男が犯人ですよ、と云った。根拠は何だと尋くと青木が答えた。

「その亭主——前島貞輔が見張っていたんです。出入りをしたのは、どうにもその大男だけらしい」

「ああ」

八千代と禿頭の男は暫く話をした後、ぎこちなく寄り添って四谷三丁目の交差点の方まで歩いた。それから——大胆にも——四谷署の前を横切って信濃町方面へ進み、不意に横径に侵入《はい》ったのだそうだ。貞輔はかなり離れて後を追っていたため、二人は暫時貞輔の視界から消える格好になった。貞輔は慌てて走ったが、その径《こみち》に至った時には既に二人の姿は掻き消えていたと云う。距離をおいて尾行していた理由は、禿頭の男が恐そうだったからだと、小心で陰湿な尾行者は語ったそうである。

横径は一本道だった。

向こうに抜けられる程の時間見失っていた訳ではなかったから、必ず道なりに軒を連ねる建物の何《いず》れかに這入った筈だと貞輔は考えた。しかもそう奥の方ではない。そこで一軒一軒丹念に観て回ったが、それらしい施設はなかった。連込宿《つれこみやど》の看板なども見当たらない。それは無理もないことで、もぐりの淫売宿は看板など出さぬ。多田マキの家も外観は只の民家である。

「あそこは焼け残りでね。古いんですよ。この辺は市ケ谷《いちがや》の元陸軍省のとこと、内藤町《ないとうまち》、こりゃ御苑《ぎょえん》ですが、そこを除けばそりゃあ綺麗に焼けましたからね。丸焼けです。しかしあの部分は運良く残った」

四谷署の刑事がそう云った。

青木が尋《き》いた。

「あの家があぁ云った商売をしていることに就いてはその、四谷署《こちら》の方では」

「まあ知っていましたよ。目と鼻の先ですし」

「それでその、摘発したりすることは」

四谷の刑事はやや苦笑して、遠慮気味に答えた。

「いやあ、婆さん、戦前は何か良からぬことも彼是《あれこれ》としてたらしいですがね。今は柔順《おとな》しいものです。細細《ほそぼそ》と約《つま》しくやってますからね。目角《めかど》を立てる程のこともないかと――」

そこで木下がまたもや生意気そうに口を挟む。

「目零《めこぼ》ししてやってたんですか。問題だなあ。あの設備じゃあ小間《こま》式の簡易宿泊施設の許可も下りないでしょう。待合《まちあい》なら宿泊は不可です。警察があんな連込もどきの悪所《ところ》を容認しちゃいかんでしょう」

どこか栄螺《さざえ》のような、がさがさの質感の肌をした刑事は木下を横目で見て実に面倒臭そうに答える。

「それはまあそうなんだが、あそこはね、どっかの組の息がかかっている訳でもないし、次次客引いて来ちゃ子飼いの女に客取らせて、花代《はなだい》の上前刎《は》ねたりする斡旋業者でもないんですよ。ポン引きもしてない。直引《じかび》きの散娼《さんしょう》が安く使ってただけなんだ。莫蓙《ござ》敷いて客取るよりはマシですからね」

「この辺りは青線地区でしたか？　ああ、新宿遊廓《あかせん》が近いのか。それにしたって衛生上宜しくないし、消防法だって旅館業法だってあるでしょう。そもそも街娼は取り締まるべきですよ。そうでしょう」

「煩瑣《うるせ》えよ木下」

四谷署の刑事が何とも不快な表情を造ったので、木場が代わりに木下を牽制《けんせい》した。木下は額に皺を沢山寄せ、眉を八の字にして、不服そうに黙った。

「そんなこたぁ今関係ねえだろ。それよりその前島か？　そいつの証言に信頼性はあるのかい」

木下がむくれたので青木が取り繕う。

「どう云う意味です？　証言者である前島貞輔の人間性が信頼できるか否かと云う意味ですか？」

「そうじゃねえよ。そいつ、さっさと見失ってるじゃねえか。その間何があったか判りゃあしねぇ」

「ああ。それはだから執念ですよ。じっと堪《こら》えてたんです。径の入口に立って横径全部をずっと、穴が開く程見渡していた。あの家は勝手口使っても玄関使っても、いずれ前の径に出なけりゃ出入りは出来ませんからね。そこからの監視は有効ですよ。奴さん懐中時計持ってましてね。見失ったのが二十二時五十五分だったと云っている。婆さんの証言とほぼ一致しますね。二十三時頃来たと云っていた」

「で？　どのくらい待っていたんだ」

「まあ四時間ばかり」

一番底冷えする季節の、しかも深夜である。木場が呆《あき》れ声で四時間かいと繰り返すと、青木は少し笑って流石《さすが》に風邪ひいてましたよあの男、と云った。

午前三時を回った頃に男の方が出て来た。

貞輔は少し躊躇したが、結局妻が出て来るのを待ったのだそうだ。男の連絡先は押えてある。今は妻である。

あの貞淑な女房が、この如何わしい建物からいったいどんな淫らな女の貌《かお》をして出て来るのか――。

「それからまた四時間待ちですよ。全く呆れた蛇みたいな野郎です。でも次に出て来たのは小汚い婆さんで、その後警官が来て、更に我我が乗り込んだ」

「だから平野の出番はない。禿が犯人ですよ先輩」

むくれていた木下がそう結んだ。それを受けてずっと黙っていた長門が鈍鈍《のろのろ》発言した。

「それじゃあその、凶器の方はどうなるんですかねえ。矢張り一連の事件に見せかけるための偽装で」

「すると当然計画的犯行ちゅうことでしょうな。用意が要ります。あの鑿はどこにでも売ってるってもんじゃあない。野鍛冶《のかじ》にでも頼んで造らせないと」

栄螺がそう云った。売ってませんかと青木が尋くと、平野も特別注文で造ってますしねと答えた。

川島。

目潰し魔。

主婦の隠し売春。

無意味な密室。計画的殺人。

――なんだいこりゃあ。

混乱する以前に、結びつけようがない。木場は珍しく頭を掻《か》いた。短く刈り込んだ針金のような頭髪を掻き毟《むし》り、ふん、と鼻から短い溜め息を漏らす。

「おい、その馬鹿亭主は今どこに居るって」

「まだ署内ですよ。最前までここの署長が事情聴取していましたがね。手続きとか確認事項がまだ」

「俺も会う。おっさん一緒に頼むぜ」

木場は立ち上がる。周囲は一斉に戸惑う。

殺風景な取り調べ室は空気が澱んでいて、尚且つ寒かった。狭いし金網を張った窓しかないから、見ようによっては先程の淫売宿の離れにも似ている。

真ん中の椅子に和服を着て洟《はな》を垂らした瓢簞《ひょうたん》のような男がぽつんと孤座《すわっ》ていた。

顔色は蒼白いが眼の縁が紅い。熱でもあるのか、あるならかなり高いだろうかと木場は思うが、労《ねぎら》う気がしない。瓢簞は木場を見て少し左に傾《かし》いだ辞儀《じぎ》をした。

「とんだことだったたな」

木場は刑事だから愛想良くはしない。しかし気に入らない奴だからと云って最初から恫喝《どうかつ》もしない。ぎりぎり限界までは我慢して、我慢できなくなれば怒鳴るだけである。それが木場の作法だ。

「気落ちしてるんじゃねえのかい」

瓢箪──前島貞輔は、ふわあと屁のような返事をした後、洟を啜《すす》り上げた。

「まあ、吃驚《びっくり》したてぇところですかねえ。あたしにはこんな畏《おそ》ろしい目に遭《あ》う謂《いわ》れなんざぁない」

──女形《おんながた》みたいな野郎だ。

「あたしも女房が真逆《まさか》あんな女だったとは努努《ゆめゆめ》思やしませんからね。酷《ひど》い話じゃございませんか」

「あんた、かみさんが殺されたことよりかみさんに裏切られた方が堪《こた》えてる訳かい」

「堪えてると云えばそりゃ堪えてますよ。信用していた女房にゃ裏切られ、裏切っただけならまだしもこんな羽目になっちまってさ。うちのお店《たな》の信用は地に落ちたようなもんでございましょ」

木場はどこか噛み合わない会話にやや苛立ちを覚える。

何となく、無性に嫌な野郎だ。

「あのな、もう散散《さんざん》訊かれただろうがな、もう一度話してくれよ。いいか。あんた、そのかみさんの相手のでっけえ男だがな、どの程度明瞭《はっきり》見た」

「あんな畏ろしい男そうそう見忘れやしません。八尺くらいあるんじゃないかって鬼みたいな巨漢で、手も足も長くって、野蛮でねえ。目つきも鋭くってね。何度もこう、ぱちぱちと瞬《まばた》きをさぁ」

「服は？　兵隊服かい」

「そうですよ。好んであんな野卑な格好してる奴は愚連隊か破落戸《ごろつき》か、いずれお天道様の下を堂堂と出歩けないお方でございましょうよ。あたしなんざ頼まれたって二度とあんな無粋なもんは着やしない。剣呑《けんのん》剣呑」

「頼まねえよ誰も」

――てめえに軍服は似合わねえよ。

木場は鼻で嗤《わら》う。

川島が兵隊服を着続けている理由は、木場には何となく解る。川島もきっと木場と同様に無粋で時代後れで、どう仕様もなく不器用な人間なのだ。

中身より外見が人間の価値を左右する――そう云うことは殊の外多いものである。否、ほんの何年か前までそれは当然のことだった。人間の価値などは星が幾つついているかで決まった。大将か雑兵《ぞうひょう》かはひと目で判り、軍人はその星の数に似《そぐ》う内面を強要されて、皆その通りに生きた。簡単だった。

しかしこれは簡単なら良いと云うものではない。と云うより、簡単な方が間違っている。本来そんなもので人の価値など決められては適《かな》わない。それはもっと微妙で複雑であるべきことだから、そう云う簡単な判断基準が罷《まか》り通る世の中と云うのは矢張り間違っていたのだと、木場にもそのくらいは解る。

戦争が終わって、価値観の錯綜《さくそう》した微妙で複雑な今の世の中が訪れた。それで、何か少しでも変わったかと云うと、これが何も変わらない。結局今の世の中とて外見が人を決めている。そうした風潮はなくなるどころか余計に盛んになったようだと、木場は思う。判断の基準が曖昧《あいまい》になって、幅が広がっただけである。基本的なところが変わらないのなら、木場のような馬鹿には簡単な方が良かった。

だから木場のように小賢《こざか》しく世間に馴染めぬ者は往往にして己を見失うことがある。朦朧《ぼんやり》していると曖昧模糊《もこ》とした世の中に溶け込んでどこまでが自分か解らなくなって仕舞うのである。せめて中身のないことだけでも誇示しなければ存在価値が揺らぐ。

つまり衣装《コスチューム》と云うのは、己を世間から差別化するための鎧《よろい》のようなものなのだ。

——解るような解らねえような。

でも川島もそうなのだと、木場は思う。青瓢箪は青瓢箪で、女女《なよなよ》とした和服を着ている訳で、それと軍服を着るのとは同じことである。

「会やあ判るかい」

「判りますともさ。街灯に照らされた顔を明瞭《はっきり》見ましたからねえ。蛇みたいなご面相でしたよォ」

「本当か——？」

川島は一見恐いが顔つきだけは可愛らしい。

「——さっきから聞いてりゃ鬼だとか蛇《じゃ》だとか随分な云いようだがな。大体背丈だって八尺もある奴がいるか。サバ読んでるんじゃねえか」

「ま、まあそりゃあ印象でございますよ。巻き尺で測った訳じゃござんせんから。しかし執拗《しつこ》いようですが、顔は決然《きっぱり》と見ましたですよ。間違えません。こうぱちくりと瞬きを」

「おい、瞬きってことは——黒眼鏡は」

「そんなものかけちゃいません」

「ああ——」

それは木場が持っている。かけている訳がない。

「——待てよ。慥か最初はかけてたんだろ？」

「最初？　ええ、そう見えましたけどねえ。初めは尾行《つけ》てたんですから、後ろ姿でござんしょう。正面から顔見たのは出て来た時で、その時はもう」

ならば。川島は黒眼鏡をかけて来て、外して置いて行ったのか。否、窓の外に捨てて行ったのだ。

——なんでだ？

「にゅう、と大入道みたいなのが戸を潜《くぐ》って出て、面相が確乎《しっか》り見えた。それで、そうですねえ、十分程して、そう、一度戻って来たんですよ。あたしゃ見張ってたのが露見《ばれ》たかと、縮み上がったんです」

「戻って来た、戻って来た？」

「ええ。署長さんにも云いましたがね。それでまた這入ってすぐ出て来た。それっ切りでしたが」

「犯人が戻るかな。逃げねえか」

木場は思わず横に居る長門に尋いた。

「さあ。例えば本当に死んでいるか確かめに戻ったとか、証拠になるようなものを忘れて取りに這入ったとか、そう云うことはありますでしょう」

——証拠。

——黒眼鏡だ。

しかし証拠《これ》はあそこにあったのだ。

証拠湮滅のため投げ捨てでもしたのか。否、そのために戻ったのであればそんなことはするまい。窓から捨てるくらいなら持って帰れば良いことだ。

「おかしいぜ」

そう木場が独白《ひとりごと》を云うと長門は、そうですか。まあ怪訝《おか》しいでしょうなあと、まるで落語の隠居のような台詞《せりふ》を吐いた。そしてこう続けた。

「その、男の人が出て来たのは午前三時頃ですね。それまでは誰も、どなたも？」

「人っ子ひとり、犬の子一匹通りゃあしません」

「そうですか。それで、その人はまた戻って来て——それは、じゃあ三時十分くらいですかねえ」

「そうでしょうね」

「何分くらい中に居ました」

「三分くらいでございましょうね」

「二度目に出て来た時も顔を見た」

「大入道が出て来たお陰で女房の這入った建物がそこだと判ったもんでね、張り込み場所をあそこの向かいの塵芥箱《ごみばこ》の脇に移しましてね。だから二度目の方が明瞭《はっきり》と見た。一度目と同じ顔でしたね。表情も態度も変わりませんでしたな」

「そうですか。それで、それから？」

「また誰も来ませんでしたねえ。時間が時間でしょ。五時半頃新聞配達が通りましたが、あの家は素通りで。その後牛乳配達も通りましたが、また素通り。六時半頃にね、中からお年寄りが血相変えて出て来て、どっかに行った。そこであたしゃね、玄関口まで行ってはみたんですが。止して。はあ、中に侵入《はい》るのを止したんです。でね、その時分になるってえと大通りにぼつぼつ往来も出て来たもんで、人目もありますからねえ。仕様がないんで、一度裏に回ってみようとしたんですね」

「なんで人目があると裏に回る」

「それは刑事さん、あたしゃ張り込みは素人でございますよ。電柱の陰だの塵芥箱の横に隠れて、そりゃ暗いうちは良《よ》ございますが、明るくなっちゃ何でしょう、恥ずかしゅうござんすよ。右隣の家の塀と建物の隙間から這入って——これが細い道でねえ。着物が擦《す》れて汚れちまったけれど——そこを通りましてね。裏に回ろうとしたんですが、あの家に裏はないんでございますよ。裏の家がぴったりとくっついて建ってる。とても這入れやしない。一分《いちぶ》も隙間がない。指一本入りゃしない」

「それは知ってるよ。でもな、苦《く》吸《ど》いようだがサバ読むなって。精精《せいぜい》三寸は開いてたぜ」

木場は自ら腕を隙間に入れて黒眼鏡を拾ったのだ。指一本入らないなら木場の太い腕が入る訳がない。

「そうでしたかね。まあ、そうかもしれません。それでその時、玄関口の方で音がしたもんで、あたしゃ竦《すく》んじまった」

「音？　それは」

「多分、あのお年寄りが戻って来たんです」

「多分ってぇのは何だよ」

「だって、あたしにゃ見えませんよ。なんせ横ちょに挟まっているンですから。壁しか見えない」

「まあな。でもじゃあなぜ婆ァだと判った」

「だって事実お年寄りは戻ってたンですから。その後でまた中から出て来たんですよ。ならば一旦戻ってる筈で、でもあたしは帰って来たところ見てないんですから、その時戻ったんでしょうよ。当然の推理です」

「婆ァも戻ったのか」

犯人らしき男も、通報者も共に一度戻っている。妙な符合だ。長門が問うた。

「その間どれくらいです」

「その間ってどの間です？」

「あなたが建物の脇に忍び込んでから、物音がするまでの時間ですよ」

「三分くらいですかねえ」

「三分――？　そうですか。早いですね」

「早いですかねぇ。長く感じましたが」

長門は頸を二度三度傾げて、木場に尋いた。

「修さん、あなた話してるでしょう？　そのご婦人は――臆病だとか慌て者だとか、何かそう云う」

「とんでもねえよ。打ち首にしても笑ってるような剛胆《ごうたん》な婆ァだったぜ。強《したた》かな女傑ってところかな」

「それじゃあ何に血相変えたんでしょうねえ」

「当たり前のこと尋くなよおっさん。そりゃあ屍体《ほとけ》見て血相変えたんだろ。必要以上に恐がることはねえにしてもあの死に様だ。血相くらい――」

「修さん。あのね、三分じゃあ現場《あそこ》から警察《ここ》までは来られないですよ。だからご婦人は通報に出たのじゃあないんでしょう。ならばその段階で屍体は見てないのじゃあないですか」

「ああ――」

慥かにそうである。そもそも多田マキは、客がいつまでも起きて来ないから見に行って、その際に屍体を発見した――と供述している。ならば発見が六時半と云うのは早過ぎる。供述とも似《そぐ》わない。

しかし長門は、きっと何かご用があったのでしょうねぇ、と極めて間抜けな落ちを着けてから、話しの腰を折って申し訳ない前島さん、それでそれからどうなさいましたと、青瓢箪を促した。

「それで――そうサね、物音がすっかり止《や》むまで、いいえ、用心して止んでからも五分やそこらは息を潜めてそこに挟まって居りましたね。静かになってから通りに戻って、思案の末に反対側に回った。建物の向かって左側。こっちはやや隙間が広い。袋小路みたいになってましたが、勝手口があって」

「中に這入《へえ》ったのかい」

「這入《はい》りませんよ。あたしは泥棒じゃない。屋内《なか》の様子を窺っただけです」

「で？」

「静かなもんでございましたよ」

　その時。

　あの家に居たのは多田マキと、もうひとりは冷たくなった女――この瓢箪の女房――の屍体だけだった筈である。

「どのくらいそうしていましたかね。何の気配もない。そのうちまたガラガラと玄関が開く音がした。吃驚《びっくり》しましたね。こう屈んで、身を隠してこそりと見たら、そのさっきのお年寄りがね、また――」

「おい。今度はどれくらいだ。その左側に這入って勝手口で様子を窺って、婆ァが出るまでの時間」

「ええと、そうねえ。十分、十五分――イヤ、待ってくださいよ。最初にお年寄りが出て来たのは慥かに六時半頃だったんですよ。懐中見ましたから。それでまず右手に嵌って、出るまで三分の五分の、せいぜい十分くらいでしょう。それから左側に這入って――玄関の方でまた音がしたのは、あれは、七時過ぎ、違うな、七時半頃かしら。それなら四五十分は優に経ってる計算になりますかね。お年寄り遣り過ごして、諦《あきら》めて、また元の場所、塵芥箱の横に戻ったんでございます。肝が縮みましたァね」

「あんた、それじゃあ家の両脇で小一時間もも、そ、も、そしてやがったのか」

「そうなりましょうかな。お年寄り、今度は仏頂面でね。風呂敷包み持って出て行った。それで暫くして警官を連れて来たんでござんすよ」

「風呂敷？」

「そう。紫色の風呂敷でしたかねえ。お年寄りがお巡りさんと一緒に帰って来たのはそれから随分と後で、そう八時半くらいでしたかねェ」

すると多田マキが屍体を発見したのは六時四十分から七時三十分までの間と云うことになる。時間的にはまだ早い。木場がそりゃ早ぇなと云うと、同時に長門が遅いですねえ、と云った。何が遅いのか尋こうとすると、逆に何が早いんですかと問われた。

「そりゃおっさん、あの婆ァは客の朝が遅《おせ》えからってんで、割り増し取ろうとして襖蹴り倒したと云ってんだぞ。朝七時ってのは遅いか？　十時回って出て来ねえってんなら婆ァが怒るのも解らねえじゃねえが、七時てえのは早過ぎるぜ」

老刑事はにこやかに答えた。

「それは修さん。相手は一見の客ですから。何とでも云えますでしょう。規則なんかその場で作ればいいんですから、早いに越したことはない。五時六時じゃあ流石《さすが》に早いでしょうが、七時ならまあ何とかかねえ。うちは七時までが規則ですと云えば幾らでも割り増しが取れますから、そりゃそう云う」

なる程それは理に適っている。如何にもあの女傑なら云いそうだ。しかし――。

「遅いと云うのは何だ」

「それは修さん、遅いです。だって、現場《あそこ》から警察《ここ》までは歩いてせいぜい十分くらいでしょ。往復二十分がいいところだ。あのご婦人足でもお悪いのか、それとも四谷署《こちら》の対応が悪かったのか、今の証人《こちら》のお話だと一時間近くもかかってます」

慥かに──今度は時間がかかり過ぎだ。

最初の外出は三分。これは早過ぎる。一度戻って次は一時間。多田マキの行動は、いずれも警察に通報すると云う時間のスケールに合致しない。

長門はあの人、どこか寄ったのですかねえ、と馬鹿なことを云った。殺人事件を通報する際に寄り道して用事を済ませる馬鹿は居ないと木場は思う。

「それは兎も角、前島さん、昨晩から今朝までの間で、そのご婦人以外にあの家から出た者はその」

「大入道だけですよ。こりゃ間違いない」

長門はそれじゃあねえと困ったように云ってから額を二度三度叩き、木場を見た。木場は腕を組む。右手の拳に堅いものが当たる。内ポケットに入っている、あの証拠品の感触である。

──川島なのか。

「その──婆ァが出た後は」

「はあ？　ですから警官が来ました」

「そうじゃねえ。警官が来るまでの間よ」

「あたしゃ塵芥箱の横に居ましたよ。表通りの方にも歩いて行きましたが片時も玄関から目を離しちゃいない。往復し乍らずっと見てました」

どうにも自慢気である。手柄顔と云ってもいい。

そこで青木が入室して来て、死亡推定時刻が判明したと小声で告げた。何時だと木場が短く問うと、午前三時、誤差は前後十分と、青木も短く答えた。

——川島がまだ居た時刻だ。

今のところ以上ですと云って、青木は退出した。

木場は益々釈然としなくなっている。目の前の証人——しかも被害者の夫——が木場の気に入らぬ人種であることもその違和感を助長している。長門ののろのろした物腰も同様に木場を苛立たせる。そののろのろがまたもや呑気な口調でこう云った。

「しかし前島さん。あなた善くあの寒い中我慢できましたねえ。お腹《なか》も空《す》いたでしょう。お宅出られてから今まで、都合十七時間近くも経ってるですよ」

うらなりは少し躰《み》を捩《よじ》って、へえと云い、続けて襟巻股引に毛糸の足袋の重装備、懐炉《かいろ》も持ちましてね、懐中に握り飯を忍ばせて、一寸《ちょっと》した探偵気分でございましたよ、と半ば楽しげに語った。そして中指でつうと、油のついた髪を整えた。

——女房死んで、この様子《ザマ》かい。

遂に。木場の我慢は限界を越えた。

馬鹿野郎、と一喝し木場は机を叩いた。

「それが女房寝取られた男の云う台詞かい！」

「寝取られたって、そりゃ違う。あたしはずっと騙されてたんですよ。あの、八千代と云う淫婦に」

「騙された？　煩瑣《うるせ》えや。大体てめえ、ただちんたらついて行ってよう。物見遊山じゃねえんだぞ。いいか、どんな女だって自分の女房じゃねえかい。その女房がてめえの目と鼻の先で殺されてるんだぞ。少しは気概を見せたらどうでぇ。てめえがとっとと乗り込んで、間男殴るなり女房引き摺り出すなりしてれば殺されずに済んでたじゃねェか」

青瓢箪は憤懣《ふんまん》遣る方ないと云う顔をして木場を睨んだ。頰を膨らませて、まるで子供である。

「な、何をそんな、云い懸かりですよ。大声出される筋はない。あのね、あたしゃあ被害者なんだ。大体あんな女は女房じゃないですよ。あんな、その、淫売は殺されて当然でございましょうよ」

「この野郎」

木場は、今度は両手で机を叩いた。

「てめえ、今の話し振りは聞き流す訳にゃ行かねえぞ。それじゃあ娼婦は死んでもいい、殺されても仕方がねえ人種だと、てめえはそう云いやがるのか！　もう一度云ってみやがれ。金網突き破って窓からぶん投げるぞ」

木場の見幕に瓢箪は愈々《いよいよ》青くなり、

「な、なんですこの人急に。娼婦なんざ関係ない。亭主がいて、ほ、他の男と枕を共にするようなふしだらな女は、死んで当然だてえことですよ。その昔なら不義密通、重ねて四つでござんしょう」

と、半ば泣き声の如き声を絞り出した。

不義者を成敗する。

そうか。

――この瓢箪には女房殺す動機があるんだ。

そうだ。

木場は気づく。色色な事実が様様な角度から川島らしき男の姿を捜査線上に浮かび上がらせるのだが、それでいて川島を犯人とするとどうにも納まりが悪い。傍証が幾ら出て来ようとも、川島犯人説はどこかで破綻している。何か無理がある。

売春が真実だろうと嘘だろうと、慥かに八千代と云う女には何かしら疾《やま》しき秘事があったのだろう。だから、強請《ゆす》られたと云うなら解る。

それで、例えば川島がその恐喝者だったのだとしても、それなら尚更殺す謂れはない。客が敵娼《あいかた》を殺害すると云うのも妙だ。

女房は強請られたのではなく殺されたのだ。ならば寧《むし》ろ亭主であるこの男こそ一番怪しいのではないか。少なくともその方が話としては真実味がある。

瓢箪亭主の方が犯人としては据《す》わりが良いのだ。

不在証明《アリバイ》だってないに等しい。否《いや》、事件発生時に現場付近に居たと、己で証言しているくらいだ。加えて、先程からぺらぺら喋っている証言内容とて信用に値するものかどうかなど知れたものではない。全部嘘かもしれない。木場は睨《ね》めつける。

「ま、真逆《まさか》あたしを疑ってるんじゃあ――」

木場は細い眼に眼光を湛えてただ威嚇《いかく》した。

前島は蠅《はえ》のように忙しなく掌《てのひら》を摩《す》り合わせて抗議した。

「――ば、馬鹿な。あたしゃなにも、女房殺したりしなくたって三行半《みくだりはん》でも何でも書きゃあいいんですから。そんなものすぐ書きますよ。それで済むじゃござんせんか。こ、殺すだなんて、くだらない」

「くだらねぇ？　くだらねえかい」

「くだらないですよ。あんな女のために一生棒に振るなんてくだらな過ぎます」

「いい女房だったそうじゃねえか」

「ふん。そりゃ今まではねぇ。自慢もしましたさ。あたしゃあ何にも知りませんでしたからね。でもこうなっちゃ別です。今までだって陰で何やってたか知れたもんじゃあない。幾ら体面取り繕っても淫売は淫売ですよ。あんな女と夫婦《めおと》だったかと思うと臓《はらわた》が煮えますね。あたしゃ騙《だま》されてたんですよ。欺《あざむ》かれてたんです。揚げ句がこれだ。六代続いたうちの暖簾《のれん》にとうとう泥がついちまった」

窶《やつ》れた形相が妙に迫力を出している。

そして木場はうんざりする。

別に目の前の男の云っていることは、大きく世間の常識から外れている訳ではない。それはその通りなのだろうが、木場は理屈抜きで納得できない。

「仮令《たとえ》淫売だろうが罪人だろうが関係ねえだろう。尽くしてくれたんじゃねえのかい。てめえにとって女房ってのは――何だったたんだ」

「女房は女房ですよ」

「ふん」

何だか八千代と云う女が可哀想になって来た。

木場は長門に目配《めくば》せする。もう、こんな男と話すのは御免だった。長門は年寄り臭い仕草でぽん、と手を打ち、まあいいでしょう前島さん、もう少しここに居てくださいませ、と云って立った。青瓢簞は自分はやってませんよと、繰り返し申し立てた。

後を託した警官が襖を押えたあの警官だったので木場は思わず顔を背けた。長門は気が済みましたか修さん、と親類の親爺のような口を利き、後は四谷の方にお任せしましょう、と云った。

廊下で木場は長門に尋く。

「ありゃあ、その、何だなおっさん」

言葉が意味を為さない。しかし長門は察して、まあ容疑者と考えるべきでしょうかねえ、と木場の方を見ずに云った。

「四谷《ここ》の連中もそう考えてるのかな」

さあそれは、と云って長門は振り向く。

「長いこと留め置くことはできませんでしょうが、疑う気でかかれば十分に疑えますなあ。被害者の夫だからと云って鵜呑みにすることはない。ただ、いずれにしても凡《すべ》ては会議で決定することですから、先走っちゃあ駄目ですよ。出過ぎた真似はいけません。私等はお手伝いですから。ま、明日の会議を待ちましょう。証言信じるにも、まず亡くなった奥方の素行と云うのを調べてみないことにはねえ。それに——」

長門はそこで珍しく渋面を作った。

「——凶器の問題もある」

「鑿か。おっさん豪《えら》く気にしてるようだな。それはそんなに特殊なものかい」

「まあ、大工が使うのは精精がところ八厘鑿《はちりんのみ》でしょう。凶器は先が二厘くらいの、細い鑿状のものなんだそうですな。しかも先の潰れ具合が独特の、特殊な形状らしい。で、自宅に残されていた平野の商売道具——これが凡て注文品だったんだそうで、その道具を作った鍛冶屋というのを呼んで見せたところ、細鑿が一本足りないと証言した。その、なくなっている一本の特徴というのを具に聴取《つぶさ》しましたらね、それが被害者の傷口の形状とほぼ一致することが判ったんですよ。そこで、その二厘鑿が凶器と断定されたんです。四谷署の方の仰る通り、容易に手に入るものではないでしょうねえ。それに、そんな凶器の微細な形状に就いての情報は巷間に流してない。ですからね、手口を真似てもすぐ判ると、私は思う。あの前島さんの言動を観る限り、そんな用意ができるとも思えませんしなあ」

それは川島にしても同じことだろう。勿論それもこれも憶測に過ぎないのだが。

「おっさん、現場じゃ随分と怪しそうな口振りだったが——まだ平野の線を捨ててねえのかい」

木場が若干皮肉混じりにそう云うと、いずれにしろ決めつけるのは早計だと云うことですよ、と長門は結局現場で云ったのと同じようなことを云った。

長門は本庁に戻ると云う。木場はじゃあ俺は帰ると大声で宣言するように云った。何か、明日までに人並みの考えを纏めておかなければいけないような気がしたのである。考えるのは苦手だ。

　木場が帰り支度をしていると青木が通りかかり、先輩、さっきから加門《かもん》さんが探してましたよ、と快活に云った。加門とは誰だと尋くと、四谷署の刑事だと云う。先程同席していた栄螺とは別人らしい。

「探してたって何を。俺をか」

「そうですよ。あの、ええと降旗《ふるはた》、降旗弘《ひろむ》と云うのは、慥か昨年末の逗子《ずし》の事件の――神奈川との合同捜査になった――あの際の参考人でしたよね」

　意外な人物の名を耳にしたので木場は当惑した。

「そうだよ」

「その人、先輩のお友達なんですか」

「お友達？　そんな上品なもんじゃねえ。第一ありゃ別に朋輩《ほうばい》じゃねえよ。餓鬼《がき》の頃近くに棲んでいただけだ。それがどうかしたか」

　降旗は木場の実家の近所にあった、潰れた歯科医の息子である。精神神経科の医師だったらしいが、思うところあって職を辞したのだと聞いている。

　昨年の暮れ、降旗は木場の担当したある事件に関わりを持った。実に二十年振りの再会だった訳だが、会って懐かしいと云う気持ちも湧かなかった。幼馴染みと呼べば聞こえはいいが、近所に住んでいたと云うだけで深い思い出もなく、向こうから連絡して来なければ生涯思い出さなかったかもしれぬ男である。

「はあ、その人がその、平野の診察をしていた神経科の医者なんだそうで。世間は狭いと云いますか」

「馬鹿。精神神経科の医者が少ねぇんだよ。外科や内科と違ってそう何人もいねえんだ。だが、あいつはもう辞めてる筈だぞ。去年の春だか夏だか——」

「ええ、それが、辞める直前の診察だそうですよ。最後の患者だったらしいです。平野が診療を受けた日と云うのが犯行の前日ですからね。辞めちゃって居所が判らず、加門さん捜していたんですよ」

「医者の証言は採れてると聞いたがな」

「まあ、一度ならず事情聴取はしているらしいですが、その後辞めちゃってからは行方知れずになっちゃったんですね。幸いカルテなんかは残っていたらしいですが——」

「そう云うもんにもカルテがあるのか」

「さあ。書きつけかメモみたいなもんなのかもしれませんがね。兎に角、加門さんはもう一度、直《じか》に談話を採りたかったそうで。それでね、偶然その逗子の事件のことを知って、先月から神奈川に打診をしていたらしいんですがね、ほら、例の石井《いしい》警部」

「ああ。石井の間抜けな」

石井と云うのは少なからず木場と縁のある、国家警察神奈川県本部の警部である。降旗の関わった事件の直接的な捜査主任はその石井だった。

「あの人が現在箱根山に出張っていて」

「箱根は別人の担当だろ。違う名前が新聞に載ってたぞ」

「埒《らち》が明かないから御大が重い腰を上げたんでしょうね。それでね、本部はごたごたしていて話にならない。そこで加門さん、管轄の葉山署に打診した。そしたら、何でも先月一杯で下宿していた教会を引き払って東京に出たと云うんですよ。行き先は善く判らないらしい。それで、警視庁の木場に尋けと」

「何で俺なんだ。俺は知らんぞ」

「会ってないんですか」

会ってはいる。先月の終わり頃電話があって、木場は一度だけ降旗との酒席を設けているのだ。

「いや――最近一度会ってるが、しかし俺は酒飲んだだけで、上京するてぇ話も聞かなかったから、勿論どこに落ち着くかなんざ聞いてねえぞ。あいつの寄宿していた教会の牧師にでも尋いたが早《はえ》えよ」

「牧師は知らないそうです」

「仕方がねえな。大体逗子の事件は送検したばかりでまだ決着ついてねえ筈だろう。参考人の居所ぐらい押えておけよ。木偶坊《でくのぼう》どもが」

青木は僕を叱《しか》っても仕様がないですよと云った。

慥かにそれはそうである。木場は加門と云う刑事を呼んで貰い、自分は何も知らぬと告げた。加門は眠たそうな眼つきで鼻の下の長い、間延びした顔の刑事だった。そう云えば会議の席上で見た覚えがある。加門はやや落胆した様子だったので、木場はもし音信があったらすぐに報せる、と云った。

何だか疲れてしまった。

考えも一向に纏まらぬ。

玄関口まで無言で出て、木場は出来るだけ不機嫌に青木を誘った。

「どうだ。一杯」

「ああ、良いですよ。鬼の木場修にお誘い戴けるなら地獄なりともお供しましょう。豊島時代は善く朝まで飲みましたからね。つき合います」

「偉そうなこと吐《ぬ》かすんじゃねえよ。手前《てめえ》はすぐ寝るじゃねえか」

青木とは東京警視庁に配属される前、池袋署勤務時代からの腐《くさ》れ縁である。もう足掛け四年になる。青木はへへへ、と照れてから辺りを見渡し、この辺は今でこそこんな殺風景ですが、その昔、焼ける前は花街だったんでしょうと呑気なことを云った。

四谷は新宿に比べて復興が遅い。未だ戦争の傷跡がそこここに剝《む》き出しになっていて、実に殺伐としている。殺伐としてはいるが、この町はそれでも乾いてはいない。どこか湿っている。

「昔ってお前、そんな昔じゃねえよ。市ケ谷の陸軍相手の三業地《さんぎょうち》よ。まあ、荒木町《あらきちょう》の方だがな。こっち側は左門町だ。左門町と云やあお前、ひゅうどろと、お岩様が本場だろうに」

木場は幽霊の手振りを真似た。四谷怪談ってのは本当にあったんですか先輩、と青木は尋く。そんな昔のことは知らねえと、木場はぞんざいに答える。

その昔、四谷には四谷大木戸と云う門があったのだそうだ。つまり、この地は江戸の終わり――境界だった訳である。四谷怪談の色悪、伊右衛門《いえもん》のモデルが江戸の境界を護る御先手組同心だったことは木場も聞き知っている。

現在四谷は東京の真ん中で、境界などではない。都市を囲う線引きはとうの昔に引き直されている。しかし、焼けてしまっても尚どこかこの街が湿っているのは、矢張りこの土地が境界だったその名残《なご》りの所為《せい》なのだろうかと、木場はそんな風にも思う。

「街の貌《かお》てえのはくるくる変わっちまうもんだが、臭いだとか湿気だとか云うのは沁《し》みついちまっているから、中中消せねえもんなのかな――」

木場はそうも思う。

闇坂《くらやみざか》を下った辺りは、今はもう呼び方が変わったらしいが、以前は谷町《たにまち》公園と呼ばれていた。その辺りは擂《す》り鉢《ばち》のような窪《くぼ》地で、地形的にも当《まさ》に谷町であったのだが、明治期には三大貧窟のひとつに数えられる程の細民窟《さいみんくつ》の中心だったと云うから、別の意味でも一種の谷間ではあった訳である。

集落自体は、明治の末にはすっかり消えてなくなったようだが、それまではこの世の中で下層と呼ばれる、ありとあらゆる生業《なりわい》の人間が犇《ひし》めき合って棲《す》んでいたそうである。

ぺろりと街は焼けて、その焼け跡に別の街が出来る。新しい街は昔の記憶を持っていないから、まるで別の貌をしている。しかし。

——遺跡みてえなものか。

掘れば昔の貌が出る。

住む人や建った建物とは無関係に、そうしたものはずっとあるのかもしれない。そう云うと青木は、

「そりゃあ善くない考えですよ」

と云った。

矢張り善くねえか、と木場は云った。

信濃町に出ると小汚い屋台があったので寄った。

水の混じった安い酒を飲んだ。熱く燗《かん》をすると何を飲んでいるのか判らなくなったが、酔うには酔う。

木場は何を考えるべきかをまず考えている。

「木下はね——」

青木が云った。

「――娼婦が嫌いなんですね。あいつ」

「嫌いだぁ？」

「去年の夏、赤線取締強化月間で駆り出された時もね、そりゃあ豪《えら》い見幕でしたよ。詳しく聞いちゃいませんが、何か理由があるんでしょうね」

「そうかい」

「まあ、売春なんて行為は、社会的な良識に照らせば好ましいものではない。本邦が近代国家である以上、ないに越したことはないんでしょうがね」

――学生みたいなことを云う。

「世の中奇麗事ばかりで渡って行けるもんじゃねえだろう。廃娼運動なんてのは、慥《たし》か明治からあったんだろ。それがどうだ。大体今の赤線の女どもの多くは元慰安婦《いあんふ》だろう。特殊慰安施設協会《R・A・A》作ったのは国だし、その原型の東京料理飲食店組合作ったのは警視庁じゃねえか。歴史を辿れば吉原作ったのだって幕府だぜ。大夫《たゆう》だろうが夜鷹《よたか》だろうが、新日本女性だろうがパンパンだろうがやることは同じだろうぜ。公娼廃止で私娼にして、自由商売になった途端に躍起になって取り締まるってのは俺にはどうもな」

「まあねえ。僕の知り合いにね、労働省の婦人少年局に勤めている奴が居ましてね。何でも今年、赤線区域で働く女性の調査を行うらしい。そいつの話に依ると、何でも貸座敷《かしざしき》で働く女達はですね、戦前は圧倒的に東北の寒村出身が多かったと云う」

「そうみてェだな」

「それが、今はすっかり違っていて、殆どが都市部出身だそうですよ」

「どう云う意味がある」

「だから農地解放と敗戦ですよね。農村部では貧富の差が昔程ではなくなったから、身売りされる割合が減ったんです。反面、都市部では敗戦に因《よ》る失業者が莫大に出た。売春と云う行為の道徳的な是非は横に置いておくとして、売春婦を作り出しているのが社会であることは間違いない。だからまあ、先輩の云う通りなんですよ。彼女達は社会の歪《ひず》みが弾《はじ》き出した被害者達に他ならんのです」

「被害者ってのはなあ――」

小難しい理屈は判らぬが正論なのは判る。そして正しいのだろうが矢張り少し違うとも木場は思う。

瓢箪の前島が述べた、どこか前時代的な道徳観念に基づく繰《く》り言《ごと》と、青木の語る近代的な正論の間には、かなりの隔たりがある。それなのに木場は、そのどちらからも同じ印象を受ける。それはつまり、

――建前なんだ。

建前なのだ。いずれそれらしい理屈に則《のっと》った意見に違いはないから、正誤で判断するならいずれも間違ってはいないことになる。理屈が通るのだから正論だということだろう。

だが、理屈など捏《こ》ねようと思えば幾らでも捏ねられる訳で、理屈次第では白いものも黒くなるのも事実だ。それは云い替えれば己が白だと信じているものも、別の理屈に照らせば黒いかもしれぬと云うことであり、だからそれは、実はどうでもいいことである。元元黒白などは観念の中にしかない。世の中には真っ白いものも真っ黒いものもなくて、凡て燻《くす》んだ灰色なのだと、木場はそう思えてならないだけである。

木場は燻んだ景色を思い出す。その中にくっきりと浮かぶ白い脚を燗酒の湯気に幻視する。

諧調の均一な燻んだ風景の中でそれは抜《ぬ》き出《い》でてひと際白く、残像は網膜《もうまく》の裏に焼き付いている。

——真っ白いものもあるじゃねえか。

木場はおい青木、と抑揚なく部下を呼びつけて、ぼつりぼつりと語った。

無意味な密室。

川島新造の影。

そして証拠の——。

木場は黒眼鏡を出した。

青木は僅《わず》かに呆れて云った。拙《まず》いですよ先輩、それは遺留品だ——そんなことは解っている、そう吐き捨てるように云うと、若い刑事は苦笑した。

「懲りないな先輩も。まあ今のうちなら大丈夫ですが、本星が平野じゃなくて大入道ってことになると、一寸《ちょっと》具合が悪いですよ。その眼鏡が決め手になると云う場合もある。ことによっちゃあまた謹慎、否、今度こそ懲戒免職《ちょうかいめんしょく》も覚悟しないといけない」

「まあな。しかし川島は――本星になり得るか」

「先輩。まだその大入道が川島さんだと決まった訳じゃないでしょう」

「剃髪兵隊服の大男はそう居ないぜ」

「絶対居ないとは限りませんよ。まあ多くはないが居るんじゃないですか。それよりも問題なのはその大男が川島さんか否かと云う点にあるのではなく、犯人か否かと云う点にあるんですよ。先輩の持っているそれは、現時点では川島さんの眼鏡かどうかは判らないが、現場にあった遺留品であることは紛うことなき事実なんです。頭冷やしてください」

その通りである。木場もそれくらいは判っているつもりだ。ただ、どうしても頭は冷えない。密室に就いてはどう思うと、木場は話題を振った。

「さて――天井――天井から出入りしたと云う線はあるんじゃないですか。乱歩とかであるでしょう」

「小説と一緒にするな。それは俺も考えたがな、駄目だ。と云うか、無意味だ。あの密室はな、外からは這入れるんだよ」

「それが？」

「だからよ。鍵が掛かってて中に這入れねえ、それなら天井から侵入しましょう、こりゃ解るな」

「解りますね」

「鍵が掛かってても外から簡単に這入れる部屋だぞ。何で天井から忍び込む？　忍術使いや蜘蛛じゃ――」

――蜘蛛の使いと云ってくれ。

木場は突然黙った。それでも青木はそうかなる程と大いに納得した。

「慥かに妙ですね。それに、仮に大入道が犯人だとすると余計に変だ。彼は元元中に居た訳だし、天井から逃げなければならない理由がない。そうだ、その、犯行の発覚を遅らせるために」

「だから外からは開くんだって。そんなことしたって屁の突っ張りにもなりゃしねえ。苦労して施錠しても発見が遅れる時間はほんの何秒かだぞ」

「そうか。それに大入道は普通に玄関から外に出ているんでしたね。時間は――三時頃、丁度犯行時間だ」

「あの亭主の証言信じるならそうだな。なら大入道は殺すことは出来ても、細工してる時間は殆どねえことになる。しかも奴は一度戻ってるんだ」

――何をしに戻った。

「戻ってるってのは慥かに変だなあ。しかも一旦戻って、すぐ出て来たと云うんでしょう。何か、そうしなければならなかった理由《わけ》がある筈ですよね。そうだ、例えば犯行後一度逃げて、逃走中にその眼鏡を忘れたことに気づいて現場に戻り、戻ったはいいが見つからずに出て来た——って筋書きはないすか」

「何で見つからねえんだよ」

「だってそれ、窓の外に落ちてたんでしょう」

「馬鹿。それじゃあ手前《てめえ》は、大入道が部屋を出た後に屍体《ほとけ》さんが眼鏡を抓《つま》んで、窓からポイと捨てたってのか」

木場が無愛想にそう云うと青木はそうか、と云って黙した。

木場は更に無愛想に云った。

「亭主——前島の線はどう思う」

「その線はまずないでしょう。慥かにどうにも取り留めのない証言だが、嘘ならもう少し気の利いた嘘を吐くでしょう。大男が一度戻って来たとか、婆さんが一度戻って来たとか、出任《でまか》せならそんなこと云う必要ないですよ——」

それに就いては青木の云う通りだろう。多田マキに密室を作り出さねばならぬ理由がないのと同じことで、前島貞輔にも整合性のない偽証をせねばならぬ理由はない。この局面で保身にもならぬ無駄な小細工や嘘に腐心する馬鹿はいないだろう。

「それに、あの男は執念深いだけで臆病だ。人殺しはできません。眼を見りゃあ解る」

そりゃ予断だろ、と木場が云うと特攻崩《とっこうくず》れの眼力ですよ、と青木は嘯《うそぶ》いた。旧来そんな気の利いた台詞の云える男ではなかった筈だが、それなりに成長しているのかと、木場は場違いに感心した。

「それに前島が事件後に執った行動は、殺人犯の行動としては大入道よりも更に、否《いや》、遥《はる》かに妙です。現場に舞い戻ったなんてもんじゃないですからね。ずっと現場付近に居た訳ですし、警察が来て、帰ってもまだ残ってた。捕まえてくれと頼んでるようなものでしょう。事実僕が捕まえたんですが。しかしあの事情の呑み込みの悪さから推し量っても、保護した時にあのうらなりが事件に就いて何も知らなかったことは間違いないですよ。芝居じゃない」

「ただ――前島には動機があるぜ」

「どうですかね。話聞いてると、奴さん嫉妬深そうでいて、反面計算高そうです。リスクの大きい殺人など犯さんでしょう。それに、殺す程女房憎む玉ですかねえ。憎む程執着してないように思いますがね」

「そうか――そうだな」

そうだとすると大した動機はないのだろう。木場は思う。矢張り自分に男女の機微は解らないのだ。

行き詰まった。

目の前で正体の解らないものが煮えている。

濛濛《もうもう》と白い湯気が視界を遮る。

ぐいと杯を空ける。

「兎に角——ひとつひとつは無視すりゃあ済む程度の些細なことなんだがよ、どこかがおかしいぜ。俺はな、こう云う細《こま》けえことがいちいち気になるんだ畜生」

殆ど愚痴である。無頼に見えて神経が細かいと、青木は嗤《わら》った。

「だってお前、怪訝《おか》しいだろ。密室だとか凶器だとか、細かいこと全部無視してよ、目撃者の云うことを信じりゃ犯人は川島——否、大入道ってことになる。だが客が娼妓《しょうぎ》を殺すなんて理に適わねえ話はねえよ。強請《ゆす》りだとしても客だとしても、大入道には殺す理由てえものがねえ」

「それは平野にもないんですよ——」

青木は笑うのを止めて真顔になった。

「——平野には大家の娘を殺す理由なんてないんです。勿論被害者の方にだって平野に殺されなきゃならない理由があったとは思えない。飲み屋の女将や女教師に至ってはいずれも行きずりです。動機なんかまるで関係なくて、犯人は見ず知らずの彫金職人だった訳です。どこにも、誰にも、理由も、理屈もない。おかしいと云うならそこからもうおかしいんです。一連の目潰し事件は、凡て理に適ってないんです」

　青木もそこで酒杯を呷《あお》り、それに就いては僕には僕の考えがあるんですがね、と云った。

「考《かんげ》えがあるンなら、何で会議で発表でも報告でもしねえんだ。お前らしくねえじゃねえかよ」

　木場は乱暴に問うた。青木は、まあ私見ですからとはにかむように云ってから、やや躊躇《ためら》いつつ、

「事件が変に見えるのは、平野犯人説に固執《こしゅう》するからですよ。平野が咬《か》むと——今回の件など特に——却《かえ》って解り悪《にく》くなると、そうは思いませんか」

　と、途切れ途切れに云った。

　木場はその様子に平素の部下の態度とは違う気概めいたものを感じ取ったから、どう云うことだ、と質《ただ》した。青木は一度少し照れたような笑みを浮かべて再び真顔に戻り、目に見えぬ何者かに挑みかけるかのように湯気を睨みつけてから、

「平野を犯人と断定した根拠と云うのは、今思えばとても希薄《きはく》ですよ。済《な》し崩《くず》しの事後承諾みたいで、豪《えら》く杜撰《ずさん》な気がします——」

　と云った。木場は、空になった洋杯《コップ》を弄《もてあそ》び乍《なが》らその横顔を眺《なが》める。青木は続ける。

「——最初の被害者、矢野妙子は、慥かに生前平野と浅からず関わりがあった。しかも彼女は平野の家で殺され、凶器も平野の持ちものだった。現場に残された指紋も平野のものと思われる指紋だけで、おまけに目撃者も居る」

「まあ、それで普通は決まりだろ」

「そんなことはないですよ。これらは所謂《いわゆる》状況証拠に過ぎない。目撃者だって犯行自体を目撃した訳ではないです。平野が被害者の眼を貫いている現場を見た者なんかいない。平野が神経衰弱だったことや、殺害方法が特殊だったことが補強材料になっているというだけなんですよ。誰か別人が——平野の家で、平野の鑿を使って妙子を殺したんだと、そう考えられないことはない」

「そりゃあそうだがな」

「この妙子殺しが事件の発端であり、尚且《なおかつ》、一連の事件の中で唯一——平野と直接的に結びついている事件なんです。これが罠《トラップ》になっているとしたら」

「罠ってなぁなんだよ」

「以降の事件を誤誘導《ミスリード》する罠です」

「陽動《ようどう》作戦だてぇのか」

「そうです。千葉の二件は平野を犯人だと決めたからこそ行きずりの犯行になった。平野は川野弓栄とも山本純子とも接点がないですからね。でも、この判断も甚だ根拠薄弱であることは否めない。ただ平野は異常だと云う先入観が接点なき殺人を連続殺人として正当化しているだけのことです」

「だがよ。凶器も一致、目撃証言もあるんだろ」

「凶器は誰にでも使える。目撃者も最初の事例《ケース》と同様、現場付近で放心している挙動不審な平野らしき男を見たと云うだけで、これも決定的証拠ではないです」

「指紋は」

「そこですよ。検出された指紋の照合は、凡て平野宅から採取されたものを拠り所としているんです。でもそれがそもそも平野の指紋でないと云う可能性はないですかね。僕には捨て切れないですよ」

「まあな。あり得るな」

「でしょう。つまり、一連の殺人が、理由なき無差別殺人に見えるのは、凡て平野を中心に据えて考えてるからじゃあないんですかね。他の誰か――別の因子《ファクター》を真ん中に持ってくれば、また違った筋道が見えて来ると、そう云うことはありませんかね」

「違った角度から何か新しい理屈に嵌めて見りゃ、この無茶苦茶な事件が理に適った事件に様変わりすると、お前さんそう云いてえのか？」

「そうですよ。三人の――否、今回の事件の被害者を加えた四人の女性は、僕等の思いもよらぬ理由で結ばれていたってこたぁないでしょうか」

「行きずりの犯行じゃねえとすると――それじゃあ平野は、真犯人が用意した替玉《ダミー》だとでも云うのか？　それじゃあ真犯人は」

「そう――」

青木はそこで少し云い澱み、先輩には悪いですがね、と前置きしてからこう云った。

「――例えば、例えばですが、凡ての事件が、その大入道の仕業だった――としたら、どうです」

「どうですって、その、千葉の事件もか？」

「そうですよ。それだけじゃなくて、最初の事件もです。平野には皆目見当たらぬ殺人の理由と云うのが、大入道の方にはあるのかもしれんのです。勿論僕等はその大入道の情報を持っていない訳ですから断言はできない。断言はできませんが――」

青木はそこでひと息吐いて、続けた。

「――奴が本星だと考えると今回使用された凶器が同一だったことも不思議でも何でもなくなる。採取した指紋に就いてはまだ照合が済んでいない訳ですが、きっとまた同じものが出るんじゃないかと思います。平野のものと思われている――指紋だ」

「それが実は違うってえのか？　しかし青木。奴は堂堂とあそこの婆ァに姿を見せてるんだぞ」

「それは計算の内でしょう。彼はその時点では被害者の客でしかない。平野は犯行の際に女を犯していない。だからわざと被害者と関係を持ったのかもしれない。寧ろ問題は計算外の目撃者――前島の方ですよ。そこで」

「そこで何でぇ。手を打った様子は何もねえぞ」

「そこで——そうだ。奴はだからこそ、見られたからこそ——一度戻ったんじゃないんですか。一旦戻って奴はわざ、と眼鏡を窓の外に捨てたんですよ」

「どうしてだ？　何の意味がある」

「それは現場にもうひとり——真犯人が居たと見せかけるための事後工作だった、と云う考えはどうです？　大入道が犯人なら自分で捨てる訳もない。先輩の云う通り屍体には捨てられやしません。窓の外に捨てられていたその眼鏡は第三者の存在を予感させます。第三者が居たならば、凶器指紋からもそれは平野と判断される筈だ、平野と云う異常な男の無差別殺人として一件落着する筈だと、奴は踏んだ」

「密室は——どうなる」

「密室の意味は未だに不明ですがね。先輩、それもいずれその手の工作じゃないですかね。事実前島と云う異分子さえ居なければ、今回も平野の仕業として片付けられていたことでしような」

「まあ——そうだろうな。今後ともそうなる確率は高《たけ》えぜ。目潰し殺人は平野が犯人、と云う暗黙の了解事項は署内に蔓延《まんえん》してるからな」

「だが疑いを持っている者が少なからず居ることもまた事実でしょう。先輩も僕もそうなんですから。僕等が懐疑的になったのも、元を正せば大入道の存在があったからです。だからこそ、奴は念の為の小細工をした。違いますかね」

木場は返す言葉がない。正直混乱している。

「平野に依る異常な連続殺人にいきなり大入道が混じったと考えるから齟齬《そご》が出るんです。最初から全部大入道の犯行だったと考えた方がずっと、すっとしませんか。そうでしょう？」

「それは——」

それはどうだろうか。平野犯人説に対する疑念は木場も漠然と持っていたのだ。しかし、大入道——川島——を現在の平野の位置——事件の中心——に持って来ることには、どうにも抵抗がある。

何故そう思うのかは木場自身にも解らぬ。木場は寧ろ事件は連続していないと云う見方に魅かれる。川島が関わっているとしても、それは今回の事件だけであるような気がしてならない。

「——違う。俺は去年の夏に一度だけ川島の奴と会ってるが、もしもお前の云う通りなら、その時川島は既に殺人犯だったことになる。それは無《ね》え」

青木は人懐こく笑った。

「だから大入道が川島さんとは限りませんってば。しかし先輩、そこまで川島さんと云う人に拘泥《こうでい》するのには何かその、理由でもあるんですか？」

「別にねえよ」

「川島さんを庇《かば》わねばならぬ謂《いわ》れがあるとか」

「ねえよ。あいつに借りはねえ。義理もねえぜ」

「じゃあその、友情って奴ですかね」

「け。痒《かゆ》いこと云うなよ。青臭《あおくせ》ぇ。さっきも云ったがな、俺は細けえことが気になる質なんだ。川島のことだって同じよ。ただそれだけだ」

「先輩、川島さんとはどう云う仲なんです」

木場は川島に就いて、実はそう多くを知らない。

木場は回想する。

木場が川島と知り合ったのは、慥か淀橋《よどばし》辺りの大衆酒場だったと思う。その頃木場はまだ二十歳そこそこだったのではないだろうか。それなら十五年近くも前のことになろうか。

「酒場でよ、大暴れしている男がいたんだ。それをな、俺と榎木津《えのきづ》と、二人がかりで取り押さえたことがあってな――」

榎木津と云うのは木場の幼馴染みである。私立探偵をしている変な男で、例の箱根の坊主殺しにも関わっており、現在も捜査を攪乱《かくらん》しているらしい。

「――店に置いてあったでっけえ招き猫を振り回してな、上を下への大暴れだった。図体が馬鹿でかいから誰も止められねえ。それで、俺と榎木津の馬鹿とで何とか押えつけた。それが川島よ」

「何で暴れてたんです？」

「知らねえよ。面白かったんじゃねえのかい。若かったからな」

「それで？」

「それがよ。それで三人意気投合してな、一緒に暴れた。馬鹿よ。榎木津が壁を蹴り破って警察も来たぞ。三人とも逃げ切ったがな。それが縁になって、戦前は善く一緒に酒飲んだり色町に繰り出したりしたもんだぜ。でも――そうだな。素姓やなんかは善く知らねぇんだ。剣道をやってることくらいは聞いたが。戦後は数える程しか会っちゃいねえしな」

本当に――。

こうして思い返すと、木場は川島と云う男のことを驚く程知らぬ。多くを知らぬどころではない、何も知らぬ。しかし過去にそれが変だと思ったことは一度もない。所詮はそんなものである。互いの人生を深く知っていなければ友達づき合いが出来ぬと云う道理はないし、善く知っているつもりでいても友達のことなどは存外知らぬものなのだ。

川島さんの住まいはどこですか、と青木が尋くので、木場はお前も馴染みの池袋だ、と答えた。

「池袋か――」

「なんだ。どうかしたのか」

「前島の持っていた書きつけの電話番号、あれ、どうも豊島の池袋辺りのものらしいんですよ」

「そうかい」

今更驚きはしない。

木場は大入道が川島だと今や半ば確信しているのである。青木が何と云おうと、黒眼鏡と兵隊服が揃った段階でもう決まりだ。少なくとも違うと云う確証が出て来るまでは木場の中で大入道は川島新造その人である。ただそれが殺人とどう関わるのかが判らぬだけなのだ。犯人か、共犯か、被害者か。青木の云うように本件以外の事件の犯人でもあり得るのか。川島が犯人だとすると——青木が黙ったので、木場は熟熟《つらつら》考える。

殺した理由は何だ。逃げた後に一度戻る理由は何だ。鍵を掛けて脱出した理由は何だ。

堂堂巡りだ。

結局木場は確固たる考えも強い意志も持っていない癖に、ちっとも自説を曲げていない己に気づく。青木の意見は木場の表面を擦《かす》っただけで何処《どこ》かに行ってしまった。ただ青木の云う、何か思いもよらぬ理屈を当て嵌めて見直せば、まるで違った絵が浮かぶ——と云う考え方は、一理あると思う。ただ青木の嵌めた理屈が違っているように木場は思うのだ。

——どんな理屈なら嵌る。

理由。理屈。理論。道理。理《ことわり》。

そんなことは、考えるだけ無駄だ。

木場は結局、そう云う結論に達する。

いつものことである。足で歩いて、手で触って、見て嗅いで、躰《からだ》で識《し》る。それ以外の方法で、木場は物ごとを巧く捉えることが出来ない。世界を実感できない。生きている感じがしない。

青木に目を遣る。突っ伏している。大分酔いが回って来たようだ。二三度呼んでみたが呂律《ろれつ》の回らぬ返事が帰って来ただけだった。木場は僅かに笑う。

――ちっとも変わってねえ。

眠ってしまえば青木は一時間は起きないだろう。色色と進歩しているようだが酒の飲み方は昔と同じだ。木場はポケットから小銭を出して釣り銭の要らぬように几帳面《きちょうめん》に勘定し、屋台の亭主《おやじ》に渡した。

「とっつぁん。この餓鬼を頼むぜ」

亭主は少し耳が遠いらしく、大声でへえ、と聞き返したが、木場は二度同じことを云う気もしなかったのでそのまま立ち上がった。

――行くか。

行ってみるしかあるまい。

木場は両の肩先に意識を集める。踏み出す足に力を込める。頭を空っぽに、出来るだけ武骨に。そうすると刑事の衣装が鎧となって、世間から己を隔絶してくれる。時代後れの中身のない馬鹿が凝《こ》り固まって、めきめきと無意味なやる気が漲《みなぎ》る。

木場は池袋に向かった。

勿論川島の事務所兼自宅に向けてである。

そこは所轄時代の木場の縄張りでもある。

焼けて、復興して、壊されて、池袋は変わった。

隆盛を誇った東口の闇市《マーケット》は一昨年には完全に撤去され、清潔な駅前広場が造られた。しかし池袋の闇がそれで雲散霧消したかと云うとそんなことはなくて、西口には依然として非合法な露店や盛り場が幅を利かせているし、其処彼処《そこかしこ》に暗闇はぽかりと口を開けている。裂け目からひょいと覗くと、覗いた者は簡単に闇に取込まれてしまう。池袋にはそんな危うさがある。だから開発途中と云うより街が壊れているようだ。そんな印象を木場は常に受ける。

到着したのは二十三時を過ぎた頃だった。

——馬鹿だな。

この期に及んで自分が何を欲しているのか、木場にはまだ善く判っていない。ただ、終電車に間に合う時間では済まぬだろう。ならば帰りの手立てはない。何事もなければ川島のところに泊まれば良いし最悪は小石川《こいしかわ》の実家に歩いて帰る心積もりである。

池袋《ここ》もまた、その昔は江戸の境界であったようなことを木場は聞いたことがある。墓地だの監獄《かんごく》だの癲狂《てんきょう》院《いん》だのが置かれているのはその名残なのであると、誰かが云っていた。その所為か、

――ここも湿っていやがる。

木場はそうも感じる。

駅前の道を堀之内《ほりのうち》の方向に少し進み、紛乱《ごみごみ》した魔窟のような夜の街に入り込む。汁粉屋《しるこ》に焼き鳥屋、未だにメチルでも飲ませそうな呑み屋。廃墟と見紛《みまが》うばかりの、焼け残りの雑居ビル。その五階――。

川島の起居している『騎兵隊映画社《きへいたいえいがしゃ》』の事務所はそこにある。映画を創っていることは確かだが、具体的に川島が何をしているのか木場は知らない。

訪れたことも一度しかない。

――変だ。

何かが変だった。如何《いかが》わしい盛り場は夜になる程投げ遣りな活気を帯びるものである。無頼や酔漢、夜の街の住人。人通りもまだ結構ある。

しかし。

木場は全身を耳にする。がやがやと遠い雑踏が渦巻くように躰《からだ》を包み込む。酔っ払いの嬌声《きょうせい》に雑じって、演歌師の伴奏に合わせ叫び散らす下手糞《へたくそ》な軍歌が聞こえる。蹴られた野良犬の悲鳴が聞こえる。喧嘩《けんか》の怒号《どごう》、笑い声、泣き声、そして――

――張っていやがるな。

微かな緊張感を木場は聞き逃さない。

慎重に踏み出す。建物の壁に沿って歩き玄関脇で止まる。脊背《せきはい》に気を集めつつ中の様子を窺う。いずれ近くに刑事《デカ》が居る。池袋署の連中か、それとも。

――四谷署の奴等かもな。

そうなら決まりだ。前島の持っていた書きつけにあった電話番号は、騎兵隊映画社のものだったと云うことになるからだ。ならば大入道は川島だ。木場は胸に手を遣る。証拠の品を外套の上から確認する。

――どうする。

考えない。堂堂と踏み込むまでである。木場は川島の友人としてここを訪れただけだ。

錆《さ》びた取っ手を握る。豪《えら》く冷たい。

同じような冷たさを僅かに襟首《えりくび》に感じて、ふと見上げると、ちらちらと白いものが降りて来ていた。

きゅう、と音を立てて扉を開ける。

一歩踏み込む。その時。悲鳴――か？

「おい！　待て！　逃げるかッ」

罵声と共に巨大な塊《かたまり》が階段を転げ落ちて来た。

塊は地上に達するとぐい、と伸びて木場に――否、玄関に向けて突進して来た。上から叫び声がする。

「おい君、その漢《おとこ》を捕まえろッ」

「男――」

木場は漸くそれが人間――しかも馬鹿でかい――であることを認識し、その途端にそれは木場に激突した。木場は瞬間巨体の衣服をむんずと摑み、撥《は》ね飛ばされるところを無理に堪《こら》えて、そのまま、ぐるりと回転し、建物を背にする格好で踏み止まった。木場の腰は強い。巨人は激しく抵抗した。路地に縺《もつ》れ出る。顔が月明かりに朦朧《ぼんやり》と浮かぶ。

「川新《かわしん》。川島」

「修《しゅう》――」

怯《ひる》んだ。

川島は木場の、その一瞬の隙を突くように腕を突き出して木場の肩を強く押した。

木場は弾《はじ》かれて蹌踉《よろ》めく。

その反動で川島は路地の真ん中に躍《おど》り出る。

木場の大きな背中は扉に打ち当たって止まった。がしゃん、と大きな音がした。

「貴様ッ、何しやがった！」

「今捕まる訳にはいかない」

「貴様が星かッ」

「女に、蜘蛛に訊け」

川島は聴き取り悪《にく》い程の早口でそう云って、長い足を繰《く》り出し脱兎《だつと》の如く駆け去った。

——何だと？

木場はそのひと言で一気に気勢《きせい》を殺《そ》がれた。背後から先程の罵声《ばせい》が迫り、竦《すく》んでいる木場を押し退けて二人の男が路地に飛び出し、その後を追った。更に続けて騒がしい気配が昏い階上から降りて来る。

木場はゆっくりと振り返る。

——いま。

——今捕まる訳にはいかない——だと？

「木場さん！」

息急《いきせき》切って降りて来たのはあの、栄螺《さざえ》のような刑事だった。

「あんた、警視庁の木場さんじゃないのか？　どうしてここが——いや、何だってこんなとこに！」

「——偶偶《たまたま》な。そっちこそ——何だ。何の捕物だ」

「いや、ほら、今の、今の暴漢が星ですよ」

「星だ？　どう云うことだ」

「前島八千代の残したメモの電話先ですよ。ここの五階でしてね。あのでかいのは川島新造と云って——」

それは聞かなくても解っていることだ。そう思うと本当に聞こえなくなった。栄螺はパクパクと口を動かしているだけだ。

「——ってたら、悲鳴ですわ。そこで踏み込んだらあんた、その女が——」

「女？」

離して、お離しッ。

女の声がした。

「——奴は殺そうとしていいたんだ。その女を」

警官に腕を摑まれた女が出て来た。

——娼婦か。

明らかに娼婦の出で立ちだった。

派手な化粧。真っ白に塗った顔に真っ赤な紅。青く縁どられた眼。

「踏み込むのが一寸でも遅れてたら殺されてましたよ。奴は机を倒して——おい、何だ」

「離しなッたら」

女は警官の腕を振り解き、木場の横を擦り抜けて、
彩とりどりのスカートをひらりと翻《ひるがえ》して路地へと下り立った。

多田マキの云う安い白粉の香りが木場の鼻腔を掠《かす》めた。

「妾《あたし》は関係ないよ。官憲なんか大ッ嫌いサ」

そう云うと女は羽織っていたカーディガンを二三度ぐるぐる振り回し、エイと木場に投げつけて、あばよと云うなり雑踏目掛けて走り出した。

おい待てと警官が追う。

栄螺が慌てて更に追う。

木場はカーディガンを持ったままその場に立ちつくす。

蜘蛛に。

——蜘蛛に——訊けか。

女の残り香は中中消えなかった。

*

女の白い項《うなじ》が艶めかしく脈動した。

粗末な夜具は身を寄せ合っても尚、防寒の役目を果たしてくれない。二人は殆ど互いの生温《なまぬる》い体温だけを拠り所にして時を遣り過ごしていた。

男は柔らかなその拠り所から躰を離して、床上に腹這になった。夜の冷気は素早い。皮膚《はだ》と皮膚とが離れた瞬間に、僅かなその隙間に容赦《ようしゃ》なく滑《すべ》り込んで来る。そして、男と女の間に目に見えぬ裂けめが生まれる。それまではどちらがどちらとも判らぬ程にひとつだったにも拘《かかわ》らず、引き剝された二枚の皮膚の距離は何千里と隔《へだ》たってしまう。ほんの僅かな距離だと云うのに、深い、深い溝が生まれる。

男は酷く喉《のど》が渇いている気がしていた。枕元の欠けた湯飲みに目を遣ったが、水など飲む気がしなかったのでそのまま視線を遊ばせた。

水鳥の模様が鮮やかに視界を占領する。

月明かりさえ入り込まない奈落《ならく》の底のような小部屋である。凡《すべ》てが投げ遣りで、何処《どこ》も彼処《かしこ》も淫《みだ》らな混沌《こんとん》で満ち満ちているその小部屋の中で、何故か丁寧に扱われている着物の、その部分の柄だけが、闇に浮き上がるようにして見えている。

「なぜ——寝た」

女は答えず、白い背を見せたままである。

「俺と——寝ることはなかった筈だ」

「解らないの——そんなことも」

「解らないさ」

「駄目だねぇ。男ってのは」

女は靭《しなやか》な手を伸ばし、緋色の襦袢を手繰《たぐ》り寄せてから身を起こした。蒼白《あおじろ》い裸身が紅い布に包まれる様を男は横目で眺めた。

それは深紅の衣装の筈なのだが、夜の闇をたっぷりと吸い込んでいるから、沈んだ、昏《くら》い黒だった。

「強請《ゆす》りじゃねえと云った筈だ」

「強請られてるつもりは最初からないのさ」

「俺は真相を知りたいだけだ」

「真相なんてないよ」

「話したくないのか」

「話したくなんかないさ。抱かれたいンだよ。あんたに。そうじゃなくちゃこんなところに来るかい」

「俺はあんたを買う気はない」

「買われたつもりもないのさ。云ったろう。強請られに出て来たんじゃないって」

「呼び出したのも俺じゃない」

「執拗《しつこ》いねえ。苦唆《くど》いよねえ」

女はそう云ってからすう、と手を伸ばし、枕元の湯飲みの縁《ふち》をつんと突いて、

「――そんなこともうどうでもいい――」

倒した。

水の零《こぼ》れる音がした。

それはすぐに古びた畳《たたみ》に染み込んで消えてなくなった筈である。

「――あんたに惚れた――じゃ駄目なの」

「女に惚れられたことはない」

「格好つけるじゃないか」

「格好なんざついてない」

男は起き上がり、薄汚い蒲団《ふとん》を引き寄せて冷えた肩口を覆《おお》うようにして纏《まと》った。

「誰でも――良かったのか」

「さアね。だから惚れたんだッてば。惚れる覚悟で来たのさ。だからいいじゃないかそんなこと」

二人の溝は深まったまま闇色の襦袢と蒲団に遮《さえぎ》られ、最早修復は不可能だ。

男は立ち上がる。息苦しい。澱《よど》んだ空気を解放しようと、男は窓を開ける。

何かが指先に当たり、かさり、と落ちた。

「もうあたしに後はないのさ。ここから出たら終《しま》いさ。だから——」

男は、再び貪るように女の皮膚を求めた。

2

学校は石で出来ていて、迚《とて》も冷たい。どこまでも平らで真《ま》っ直《つ》ぐだ。そして堅い。

だから、学校は何も吸収してくれない。皆跳ねッ返して来る。笑い声も泣き声も、音は皆反響する。衝撃も吸収しないから、走っても歩いても転んでも負担は皆躰《からだ》にかかる。叩いても蹴っても痛いのは自分の方だ。哀《かな》しいことも愉《たの》しいことも、愁《つら》いことも可笑《おか》しいことも全部お前が処理するんだと、力一杯突き放される。学校は、些少《ちっ》とも優しくない。

牢獄《ろうごく》や監獄《かんごく》と云うところがどのような場所なのか知らないけれど、きっと似ているのではないかと、呉美由紀《くれみゆき》は稀《まれ》に思うことがある。

そう云うと友達は笑う。監獄からは出られないけれど、学校からは追い出されるじゃないか。放課後残っていると叱《しか》られるでしょう。それに、きっと囚人は何年も陽の光を浴びずに、何年も笑わずに、何年も人と会うこともなく過ごすに決まっている。学校には監獄と違って可笑しいことが沢山あってよ。

ころころと友の笑い声が床を滑り、あちこちに跳ね返ってやがて消えた。

そんなことは――そんなことは美由紀も承知している。美由紀はそんな風に思っている訳ではない。

ただ、学校と同質の堅牢《けんろう》な構造を備えた建築物を美由紀は監獄くらいしか想起《そうき》できないと云う、それだけのことだ。美由紀にとっては建物であれ戒律であれ概念であれ何であれ、堅牢な構造を持つものは遍《あまね》く拒絶感や絶望感を予感させると云う意味で同義なのである。

否《いや》、堅牢な構造自体が拒絶感や絶望感を内包しているようにも思える程だ。だから——。

ここはそう云う場所だ。

大体校舎から出たところで、帰るところと云えば所詮寮なのだから、監獄と変わりがないと云えないこともない。

学校《ここ》は全寮制の——しかも基督《キリスト》教系の——女学校なのだから。

だから本来は笑うことも禁忌《タブー》の内である。それならば余計に監獄と変わりがないではないか。

そもそも美由紀は基督教徒《クリスチャン》ではない。夏休みに帰る家には大きな仏壇があり、盆には僧侶が読経《どきょう》しに来る。線香をあげて一緒に祈る。何を祈っているのかは自分でも解らないが、少なくとも父と子と聖霊《せいれい》のことを思うことなどはない。

それこそ——笑ってしまう。

学内では笑ってもいけないのだと云われ、笑わぬようにはしているが、可笑しい時には笑うのだし、可笑しく思うなと云われてもどうして良いのか解りはしない。大体、笑わぬ友人達などこの学校にはひとりも居らぬ。皆屈託《くったく》なく笑う。

それでも、この堅牢な建物の中に居る時だけ、自分達は敬虔《けいけん》な基督教の信者なのである。

そう云う態度こそを、背徳と呼ぶのか。

ならば、美由紀は神からはかなり遠い。

だから無意識に賛美歌《さんびか》を口遊《くちずさ》んでいる自分に気づいた時などは、逆に豪《えら》く落ち込んだりもする。それは清浄な心持ちの時に詠うものであり、鼻歌のように奏《かな》でるものではないと思うからである。

信仰を知ったが故の、邪悪さの発露か。

邪悪——と云う概念も、学校《ここ》で学んだ。

良し悪しの判断くらいは出来たけれども、絶対悪などと云うこの上なく悪いものが存在するとは、幼い頃は思いもしなかった。悪いものは悪く、良いものは良いと決まっているのなら、自分はどう足掻《あが》いても悪い方なのではないか——とも思う。

神が本当に在るのなら、そんな美由紀を絶対に許してはくれぬ筈である。これでは、わざわざ地獄《インヘルノ》に堕《お》ちるために信仰をしているようなものである。

図書室の横の壁には大きな油彩《タブロオ》が飾られている。

ティツィアーノの複製《レプリカ》だと聞いているが、美由紀には善く解らない。綺麗だとは思う。ただ美由紀の如き異邦《いほう》の小娘が構図がいいの色彩がどうのと云って褒めても始まらないし、上手《じょうず》だ上手だなどと下手《へた》に褒めては描いた人に却《かえ》って失礼だと思う。

この絵の中の基督は――泣くと云う。

接《まじ》と見たことはなかったが、改めて見てみると眼の下から頬《ほお》を伝うように、慥かに筋がついている。泣いているように見えなくもない。見えなくはないが、絵の表面に付着した埃《ほこり》が大気の水分を吸って流れ落ちただけだと思う。

――泣きたくもなるか。

この絵に限らず、この学校の至るところに施されている意味ありげな意匠《デザイン》の、その凡ての意味を識《し》る者が、学内にいったい幾人存在するのか――否、ひとりでも居るのか――美由紀は、疑わしく思っている。誰も居ないのかもしれない。

教師も含め、学内の人間は凡て、美由紀と同様に堕落のために信仰しているような者ばかりだと――そう思えてならないからである。

基督も泣きたくなるだろうと思う所以《ゆえん》である。

そもそも、本当の修道士も修道女も、この学校には居ない。信仰の学び舎《や》に集う者の胸の内は様様である。雇《やと》われた教師達は金のために、生徒達は皆他の誰かの意志の下に、この堅牢な建物に立て籠っているだけなのだ。心の中心に信仰心などない。皆敬虔《けいけん》な顔をしているが、真の信仰を持ち得ている者は誰も居ないのだ。神から遠いのは美由紀ばかりではないのである。ただ皆美由紀より厚顔無恥《こうがんむち》なだけだ。

本当に神を識《し》っているのは、この建物のみなのではあるまいか。

だから美由紀を縛っているのは教師でも罰則でもなく、堅牢な構造の、この建物自体なのだ。そして建物と同じ堅牢な構造を持った、戒律——信仰——理《ことわり》自体なのである。

「何考えてる？　美由紀」

図書室の入口に渡辺小夜子《わたなべさよこ》が立っていた。

「またつまらないこと？」

「そう。つまらないこと」

「庭へ行こう」

こつこつと跫《あしおと》を響かせて二人並んで歩いた。

小夜子と美由紀は仲がいい。小夜子が云った。

「黒《くろ》い聖母《せいぼ》の噂《うわさ》」

「馬鹿馬鹿しい」

「そう。あれは嘘だって」

「判り切ってる」

どこの学校にでもあるだろう、つまらない学校の怪談の類——所謂《いわゆる》七不思議——は、ご多分に洩《も》れずこの学校にもある。先程の泣く基督の油絵も、黒い聖母の噂とやらも、その七不思議のひとつなのだ。

多くの意味は失われ、低俗な噂だけが残った。

いずれ善くある、くだらない怪談話だ。

「でもね――」

小夜子は身を翻《ひるがえ》して美由紀の前に出る。

「――山本が死んだ訳。聞いた？」

「知らない」

「呪いだって」

「馬鹿馬鹿しい」

「馬鹿馬鹿しくない。だって本当だもの」

「本当って何？」

去年の暮れに教師がひとり死んだ。

冬休みの最中《さなか》だったから、それ程大騒ぎにはならなかったけれど、それでもひと頻《しき》り噂話には花が咲いた。当然のことだろう。

死んだのは世界史だの道徳だのを教えていた山本純子と云う女教師だった。

山本女史は舎監《しゃかん》でもあり厳しいことで有名だったから――つまり生徒の評判は芳《かんば》しくなかった訳で――噂話も愚弄《ぐろう》するような、誹謗中傷《ひぼうちゅうしょう》の類が殆どだった。美由紀も山本のことを好きな訳ではなかったが、死者に鞭打《むちう》つような陰口は性に合わなかったから聞かぬ振りをしていた。

曰く山本は魔女だった。

曰く変態性欲者だった。

曰く悪魔崇拝者だった。

何のことはない、ただの悪口だった。しかしその悪口が一種信憑《しんぴょうせい》性を持ったのは、彼女が尋常《じんじょう》な殺され方をしなかった所為で——そう、山本は殺害されたのだ——校外でも噂は相当に囁《ささや》かれたらしい。

山本純子は両目を抉《えぐ》られて死んでいたのだそうである。猟奇《りょうき》殺人だった。根も葉もない中傷はやがて消える運命《さだめ》にあるが、尤《もっと》もらしい理屈がつけばそれはまた話が別である。

山本純子の眼が潰されたのは正しきことを見ずと云う寓意《ぐうい》である——。

彼女の眼を突いたのは魔呪《まじゅ》の釘《くぎ》に外ならない——。

彼女は邪眼《エビルアイ》を持つ魔女だった——。

こうなると学校側も沈黙してはいられなくなる。掲げた教育理念の背景や基盤に信仰がある以上、その手の流言を黙殺する訳にはいかなかったのだろう。教職員は挙《こぞ》って、大慌てで否定し始めた。

山本先生は魔女などではない、愚かしい流言飛語《りゅうげんひご》に惑わされてはならぬ——延延《えんえん》と説教は続き、学校側が真剣に否定すればする程、仔羊達は醒《さ》めた。

終《しま》いに学長が迷信だ迷信だと云い出した段に及んでは、思わず失笑する者も出た。神は在《あ》る、悪魔は在らずと云われても戸惑うばかりである。都合良く使い分けろと云われても無理な話で、迷信と信仰の区別は簡単にはつかぬと云うものである。

結局、山本女史を殺したのは『目潰し魔』と云う変質者であることが判明して一件は落着した。

どうも同じ手口で殺害されたのは山本女史だけではなかったらしく、ならば如何に尤《もつと》もらしい理屈をつけたところで始まらぬと云うものである。

「だって目潰し魔だろ」

「そう──変態性殺人」

「だったら」

「だから、なんで山本が目潰し魔なんかに殺られたのか、と云う話なの。誰でもいい訳でしょう。あんなの」

「無差別だから」

「無差別だから。でも山本は殺された」

「運が悪かったんでしょう──彼女は」

「ところがそうじゃない。彼女は呪いで殺された」

「呪いって──そこが解んない」

「手を下したのは目潰し魔。でも目潰し魔に出会ったのは呪いの所為だと、そう云うこと」

「ああ――」

事故死でも自殺でも、この際死因は何でもいいと云うことだろう。死ねと云う誰かの意志の下で、

――死んだ。

「真逆《まさか》ぁ」

「真実《ほんとう》よ」

庭に下りる。庭は人工的で、矢張り直線的だし、石畳が巡っているから、庭に出ても尚、美由紀は土の寛容性に身を委《ゆだ》ねることができない。

小夜子は周囲を見渡す。人影はない。

誰も居らずとも神は見ている――そう教わっている癖に、それでも人目は気になるのだから可笑《おか》しい。

「麻田夕子《あさだゆうこ》」

「二組の？」

「あの娘《こ》が火元なんだ。内緒だけど――」

小夜子はもう一度周囲を気にする。

「――バレたのよ山本に。あの娘《こ》、冒瀆《ぼうとく》してたの」

「冒瀆——噂の——？」

「噂？　何云ってんの。知らない振りしちゃって」

「そうだけど」

冒瀆とは即ち売春のことである。美由紀は詳しく知らないのだが、校内に売春をしているグループがあると云う話はかなり以前から真実《まこと》しやかに語られていたことである。どう云う仕組みになっているのか今更尋けはしないから、美由紀は知ったか振りをして誤魔化《ごまか》しているが、多分それは小夜子にしたって同じことだろうと美由紀は踏んでいる。

皆知っている振りをしているだけで、実際は知らないのだ。そうした話は実体がなくとも尤もらしい姿を持つものだ。だから、本当のところは売春グループなど存在しないのだろうと、口に出さぬまでも美由紀はそう思っていた。

真実だったと云うのだろうか。

「大分搾《しぼ》られたんだって。二学期の終わりに。麻田さん冬休み寮に残ったでしょう。家帰らないで」

「そうだっけ」

「そう。それでさ、随分酷いことしたらしいよ、山本も。折檻《せっかん》とか。仲間が居るなら誰と誰か、麻田さんに白状させようとしたんだって」

「体罰したの？」

「したんじゃない？　吐かなかったみたいだけど。でも山本も、秘密にはしてたらしいよ、他の教師達には。大事件だものねえ。責任問題だし。舎監の」

「それで——何？」

「あの娘《こ》——自主退学勧められたんだって。問題を、表沙汰にしないのと引き替えに」

「何それ。何か卑劣」

「そうでしょ。体面って云うの？　ヤだよね。でも表沙汰にされても困るんだろうけど。そうなれば間違いなく強制退学なんだろうし。それで、あの娘、お嬢様じゃない？」

「そう——なの？」

「そうそう特待生。凄い金持ちだって。織姫《おりひめ》様程じゃないけど。何か、政治家とかの娘なんだって」

「ふうん」

「不味《まず》い訳でしょ、退学とか。親に知れるのも」

「だって、そんなの自業自得でしょうに」

「でも、何とかしたい訳じゃない。知ってるの山本だけだし。それにさ、他の冒瀆してた連中が黙ってないでしょう。何でバレたか知らないけど、このままで済むとも思えないし。麻田さんとしては抜き差しならない状況だった訳でしょう。そこでね——」

「そこで何？」

「だから、十三番目の星座石で願かけたんだって」

「何それ」

「だからあの――」

小夜子は真っ直ぐ指を差す。

「――礼拝堂の後ろ。二番目の白羊宮《クリオス》」

「石板《プレート》のこと？」

それも――七不思議だ。

星座石とは、学校の敷地内に埋め込まれている凡《およ》そ一尺四方の平たい石のことである。礼拝堂を取り囲むようにしてほぼ円を描いて並んでいる。それぞれに十二星座を象《かたど》った刻印がなされている。

それでいて――何故か石板は十三枚ある。

勿論きちんと測量した訳ではないから明瞭《はっきり》とは云えないが、間隔が妙に開いている場所もあるので、元元はもっと枚数が多かったのかもしれず、失われた石板があったなら何が刻まれていたのかは知る由もないが、現在重複しているのは白羊宮だけで、その二枚目の白羊宮は礼拝堂の裏手にあるのである。

小夜子の云うのは、その石板のことだろう。

「そう。あの石の上に立って、願いを掛ける訳」

「待ってよ。それってお宮の真ん前ってこと？」

礼拝堂の真後ろには、朽ちた小さなお宮がある。

その中には真っ黒い仏像のようなものが安置されている。それが件《くだん》の黒い聖母である。

聖母とは云うものの、どう見ても聖母《マリア》像ではないし、そもそも基督教に縁《ゆかり》があるとも思えぬ形状をしている。一応首に念珠《ロザリオ》を掛け、胸に十字架《クルス》を戴いてはいるが、それもまるで異質だから、誰かが後からつけ加えたものに違いない。先ず、安置されているお宮自体が和風だ。鳥居でもあればお稲荷《いなり》さんだし、五輪塔《ごりんとう》でも立っていればお寺のお堂である。艶艶《つやつや》の木製の、墨汁を幾重にも塗り重ねたような漆黒《しっこく》の顔はどこか東洋風《オリエンタル》で——鬼魅《きみ》が悪いことこの上ない。

それが何なのか実のところ誰も知らないのだが、ただ代代それは『黒い聖母』と呼ばれているのである。そんな呼び方を学校側が認めている訳もないのだが、黒い聖母のお宮は敷地からは少しはみ出て建っているため、学校側は頑《かたく》なにそれを無視しているのである。管轄外と云うことだろう。教師どもにもその正体は解らないのだ。

その黒い聖母はお約束通りに夜な夜な徘徊《はいかい》する。

出合えば、血を吸われてしまうのだそうである。

聞けば、徘徊する黒い聖母だの黒衣の尼僧《にそう》だのと云う怪談はそれ程珍奇なものでもないのだそうで、海外の教会などではままある話なのだそうだ。

慥かに本邦では耳新しいものだが、それはそう云う像がないからで、現にこの学校にはあるのだから、それが歩いても取り分け不思議ではないらしい。ただ異国の教会にもあんな異《い》形《ぎょう》の像があるとは美由紀には到底思えない。だから同じ怪異と断ずるには無理があると思う。他国の黒い聖母がどんな所業を為すのか美由紀は知らないのだけれど、ここの聖母は徘徊の挙げ句、出合った者の血を吸うらしい。

なぜ聖母がそんなことをするのかと問うのは野暮で、他にもやれひとりで鳴る洋琴《ピアノ》だの開かずの告解室《こっかいしつ》だの鮮血滴《したた》る御不浄だの、聖域と謂《い》えども卑《ひ》俗《ぞく》な怪談話には事欠かず、黒い聖母とてその手の話のひとつに他ならぬ。

小夜子は続ける。

「だからね、これは私の想像なんだけど、多分あの黒い聖母が願いを叶えてくれるんじゃないかな。あれ、きっと、呪いの神様なのね。きっとそう」

基督教の神は常にひとつである。呪いの神だの祟り神だのが居《お》わすのは困る。少なくともここでは、そう云うモノは悪魔と呼ぶべきではなかろうか。

美由紀は頸《くび》を傾《かし》げて云う。

「馬鹿馬鹿しいよ。大体小夜子さっき、黒い聖母は嘘だと自分で云ったし」

「歩くのは嘘。だってあんなもの歩く訳がないじゃない。でも呪いは別よ」

「だから解らないって」

「最後まで聞かないから。だから——満月の夜、あの石板の上で儀式をすると、願いが叶うと、こう云う仕掛け」

「儀式？」

「そう。何か儀式をするらしいの。それで呪い殺したい相手の名を云うの。殺したいのが女なら礼拝堂に、男ならお宮の方に向けて云うんだって。そうすると次の満月までに必ずその相手は死ぬんだって」

「やっぱり嘘臭い」

本当だって、と小夜子は再び美由紀の前に出た。

「——山本先生が最初じゃないんだってば。その前にも誰かが儀式をやって、その時呪われた相手も死んだの」

「だからいつ誰が誰を呪って、いつその人は死んだのよ。きっと誰かが誰かを——なんでしょう？」

「そう——だけど」

「嘘よ」

売春の噂も含めて皆嘘である。きっとそうに違いない。美由紀には信じられない。小夜子は急に萎《しお》れて、淋しそうに礼拝堂の屋根の十字架を眺めた。

「やっぱり——嘘かな」

小夜子はつまらなさそうに視線を下げる。

傾ける顔の角度が女らしいと美由紀は思う。実際小夜子の仕草はいちいち可愛らしい。美由紀の目にはそう映る。卑俗な意味合いではなく、無意識に女らしさを体得しているのだろう。美由紀の方はひょろひょろと背こそ高いが、それは単に健康に育ったと云うだけのことで決して女らしくはないと思う。

どちらが標準なのか美由紀には解らない。

こう云う時は、何故か優しくしてやりたくなる。

「そんな話、誰から仕入れたの？」

「色色だけど。一年生とかが話してるのも聞いた」

「そんなに噂になってる話なの？」

「そうでもない。殆ど広まってないよ。きっと——関係者だけが知ってるんだと思う」

「関係者って——冒瀆してた娘ってこと？」

「ううん。儀式《ぎしき》の方の関係者じゃないかな」

「儀式って、関係者居るんだ？」

儀式関係者——変梃《へんてこ》な響きだ。

「おかしいよそんなの。嘘だよ」

小夜子は一層悲しそうな顔になって、そうだよね嘘だよね、と拗《す》ねるように云った。

こうなると美由紀はこの娘を放っておけない。そう云う質《たち》なのだ。

「何よ小夜子。拘泥《こだわ》ってる」

そう云う訳じゃないけど——と奥歯にものの挟《はさ》まったような煮え切らぬ態度で小夜子は下を向く。

優しくするつもりだったのに、苛《いじ》めているような雰囲気になってしまった。それもその筈で、労《いたわ》るのも甚振《いたぶ》るのも、根っこにあるのは同じ感情である。

「どうしたの。何か変だよ」

「別に変じゃない。普通よ」

やっぱり変だ。何か思い詰めている。

美由紀はそう云う機微に長《た》けていない。豪《えら》く敏感だったり、やけに鈍感だったり、一定しない。つまり結局は鈍感なのだと自分では思っている。

小夜子は云い悪《にく》そうに小声で云った。

「あのさあ、私ね、だからさ、その、麻田さんに直接尋いてみようかと——思うんだ」

「尋くって、小夜子何を尋くの？」

「人を呪い殺す——儀式のやり方」

「小夜子真逆《まさか》——それ、やる気？」

「——うん。半ば本気なんだけど」

小夜子の頬に、すうと影が差す。

「それ——本田《ほんだ》？」

「そう。殺してやるよ。あんな男」

——そう云うことか。

美由紀は言葉を失う。

そして友の辛い心中を察してやれなかった、己の不明を恥じる。他の者なら兎も角、あのことを知っているのは世界中で美由紀だけなのだから。

小夜子には、殺しても飽き足らない程憎い相手がひとり、居るのである。

美由紀も小夜子と同じ立場に立てば同じように思ったかもしれぬ。仮令《たとえ》子供騙しのおまじないでも、このように信じる気になったかもしれない。

小夜子が殺意を抱く相手は、教師である。

小夜子は入学以来ずっとその教師に目をつけられていた。教師《そいつ》は事あるごと、些細《ささい》なことで小夜子を呼び出し、繰り返し個人的指導を強要した。厭な奴だと小夜子はずっと云っていた。美由紀もそう思っていた。でも、だから殺そうとか云う話ではない。

慥か——去年の九月だった。

小夜子は——その担任に陵辱《りょうじょく》された。

厳格なる聖職者が、敬虔なる信仰の園で、悪魔にも悖《もと》る非道の所業を為したのだ。

この学校――聖《セント》ベルナール女学院は大正期の創立で、一応名門と云われている。なぜ一応がつくかと云うと、それは立地条件が悪過ぎるからで、それ故知名度も低いからである。房総半島の端っこの、人里離れた辺境にぽつねんと建っているのでは、幾ら名門と粋がったところで限界があると云うものである。

それでも矢張り一応は名門と云う誇りや体面はあるらしく、生徒の多くは社会的地位の高い――つまり金持ちの――家庭の子女で占められている。ただ、財力はなくとも家柄が善ければそれなりに優遇されるらしく、旧華族や士族の令嬢なども多く居る。

だから――地位も名誉もない一般家庭の娘の入学は難しい。その場合ものを云うのは寄付金だけである。金を出せば文句は云われない。

美由紀も小夜子もそもそもは漁師の家柄である。

地位も名誉もない。家柄も良くはない。良家の子女とは程遠い。ただ、美由紀の父親は漁師と云っても水産会社の社長で、小夜子の家は網元だから、それなりに財力はあったのである。とは云え、生え抜《はぬ》きのお嬢様達とは矢張りどこか違っていた。

人間がどう、と云うことはない。毛並みが違うなどと云うのは云い訳に過ぎず、氏素姓《とと》と人間とは殆ど関係がない――それは善く解った。いい娘はいい娘だし、悪いのは悪い。鯔の詰まり血統も育ちも関係なかった。

ただ、周囲の目が違う。扱い方が違う。学校の場合、教師の態度が違う。

偏見もあるかもしれぬが、違うものは違う。叱られ方が違う。苛められ方が違う。本人とは関係ないところで差がついて、それは生徒側には敏感に伝わる。

本来差などないのだとしても差をつけられれば溝は生まれる。美由紀が小夜子と親しくなったのは個性《パーソナリティ》云云《うんぬん》を云う以前に、先ず実家の経済状況が類似していたからなのである。

しかし、昨年の夏以来、小夜子の実家の経済状態は著しく悪くなった。船が事故を起こしたのが契機《きっかけ》だったらしいのだが、詳しくは知らぬし、それは美由紀が知る必要もないことである。一家離散だ心中だと云う程に逼迫《ひっぱく》した状況ではなかったからである。それでも、寄付金の額は相当に落ち込んだらしい。

学校での小夜子の立場は悪くなった。

ただ幾ら何でも、寄付金が減ったから放校する処分すると云うことはない。学校もそれ程現金ではないし、それでは現金を通り越して非人道的である。それにしても目に見えぬ部分で小夜子の待遇が相当に悪くなったことは事実だった。

その結果、起きた事件である。

酷過ぎる——と美由紀は思う。

原因は実につまらないことだったと思う。あまりつまらなくて美由紀は忘れてしまった。何か校則に違反するようなことがあったのか、成績が悪いとか云う話か、教師に口答えをしたとかしないとか——その手の馬鹿馬鹿しいことだった筈である。

散散責められて、そして小夜子は犯された。

——お情けで許してやるのだ、云うことを聞け。

と、その教師は云ったそうだ。

——金もないのにこんな学校に来る方が悪い。

とも云ったそうだ。

そして小夜子を嬲《なぶ》りながら、

——女が教育を受けたところで社会の役になど立つものか——と云ったと云う。

——所詮お前達女は生まれ乍《なが》らの娼婦だ、原罪の塊《かたまり》め——とも云ったと云う。

最後に、親や世間に知られたくなければ黙っていろと、以降の関係を強要したのだそうだ。

そんなことがこの世にあっていい訳はない。

ここは信仰の場である。ならば教師は聖職者である以上にまず信仰者であるべきではないのか。泣いている小夜子を目の当たりにして、美由紀は怒りで目の前が——本当に——暗くなったのを覚えている。

死ぬと叫ぶ小夜子を美由紀は宥《なだ》めた。

自殺は——してはならぬことだから。

戒律を破ってしまっては小夜子までが地獄に堕ちてしまう。地獄に堕ちるべきは相手の方である。

でも美由紀達はあまりに非力だった。

邪悪に対して抗《あらが》う術《すべ》を持たなかった。

何より悲しかったのは、それでも何とかなってしまうと云う現実だった。何も出来ぬままひと月が過ぎ、ふた月が過ぎて、小夜子は安定を取り戻した。周囲に悟られぬよう表面上取り繕《つくろ》っているうちに、表層が本質を変質させてしまうのか、或《あるい》はそもそも日常などと云うものは表層でしかないものなのか、諾諾《だくだく》と流されるように暮すうちに、あれ程悲惨だった状況が半ば当たり前のことになってしまった。

そんなものか——と思うこともある。

美由紀は、敢えて何も云わなかった。

小夜子自身、寧ろ前より苛められなくなったからいいか——とまで漏らしたりするまでになった。

それでも月に幾度かは関係を迫られて、そうした夜に小夜子は美由紀のところに来て泣いた。慰《なぐさ》める言葉など何ひとつなかった。

小夜子は——その教師——本田幸三《こうぞう》を呪い殺そうと遂に思い至ったのである。

馬鹿馬鹿しいと止める訳には行かなかった。

寧ろ、馬鹿馬鹿しくてもやるべきなのである。

仮令効力がなかったとしても、あんな男は呪われて当然だと思うから。

呪詛《じゅそ》と云うのはただ念じているだけでは駄目なのだ。何か様式に則《のっと》って行って、初めて呪詛はなるのだろう。嘘でも茶番でもいい、何か相応しい儀式があるのなら、一緒にそれらしく呪ってやろうと——美由紀は本気で思った。

「小夜子、麻田さんに会ってみるか」

「美由紀、一緒に会ってくれる訳？」

「友達だし」

明日は我が身だし——と美由紀は思った。

突然、身を切るように冷たい風が頰に当たった。

何か宛《あ》てがあるでもなく二人は敷地内をぐるぐると彷徨した。学校と云うよりも修道院と云った景観である。中庭の真ん中には丸く切られた泉がある。噴水らしき装置も窺えるが、湧いているところを美由紀は見たことがない。冬場は如何にも寒寒しい。

果樹園。温室。畑。厨房棟と食堂。

古くて巨大な聖堂。右手には礼拝堂。

礼拝堂の右側には寮棟が三棟並んでいる。

聖堂の左手には特待生専用の個室棟がある。

個室棟と云っても特別豪華な建物と云う訳ではなく、外観は他の建物とそう変わらない古めかしいものである。

旧来は別の用途で使われていた建物だったらしいが、何のことはない、金持ちやら身分の高いお方やら、庶民と一線を画することを誇示したい方方が、自分の娘達に一般とは違う待遇を求めたために作った施設だそうである。なる程特別待遇生徒とは、云い得て妙だ。

聖堂の真向かいには更に古びた校舎がある。

寒いので校舎に這入った。

中庭に人影がなかったのは寒さの所為だったらしく校内にはまだ居残りの娘達がうろうろしていた。

ただ無闇に徘徊しただけで目的の人物に遇《あ》える程この学校は狭くない。麻田夕子と同じクラスの生徒を二三人捕まえて尋ねたりもしてみたが、彼女が今どこに居るのかは誰も知らないようだった。

つんと取り澄ました顔の娘はこう云った。

「——あの方、最近は授業もお休みがちですの。お躰の具合でも悪いのじゃなくて。善く存じませんけれど。お食事の時は食堂にいらっしゃるみたいだけれど、ただ、あまりお話しはなさらなくってよ」

関わりたくないと云った風の、冷たい口調の回答である。呪いだ儀式だは別にして、彼女が何かしたらしいと云うことは、既に知れ渡っているようだった。美由紀が鈍感でもそのくらいは判る。

「なくってよォ、じゃないよね。何かバレてるよ矢っ張り。麻田さん本当に冒瀆してたのかな――」

美由紀はどうしても信じられない。

美由紀にしてみれば、売春よりも呪いだのまじないだのの方が、まだ少し現実的だ。

やっぱり止めようか、と小夜子は云った。

「――だって、考えてみれば麻田さんに会ったって何て尋いていいか判んないよ」

それはそうだろう。美由紀も考えていたことだ。真逆売春してたんですかとは尋けないだろう。しかし呪いの儀式の話とて、売春発覚と云う事実の下《もと》に漸く信憑性を持つ話な訳で、売春の真偽の程を確認せずに話を済ませる訳にも行くまい。

「そのさ、噂してたの、下級生だっけ？」

「図書室に居た娘達《こ》。名前は知らないよ」

そちらから当たる方が順当ではなかろうかと美由紀は提案した。小夜子は小さく頷いた。

不気味な浮彫《レリーフ》が施された石柱を回って、圧迫感のある廊下を進む。天井は馬鹿に高いが、硬質な材質の壁が緊張を高めるから、決して開放感はない。

涙を流す基督の横を過ぎて、図書室に這入る。

図書室は聖堂に負けぬ程大きい。

勿論、完全に無音の状態である。

隅で針を落としても入り口まで聞こえるだろう。微《かす》かな吐息《といき》だの頁を繰る摩擦音だの怖《お》ず怖《お》ずと歩く跫《あしおと》だのが、辛《かろ》うじてさわさわと、控え目に鳴っている。

美由紀はいつも、ここに来る度に肚《はら》の底からでかい声を出したいと云う欲求に駆られる。それは聖堂に行った時も同じことで、向こうの方が音は響きそうだからその衝動は更に強い。自分は邪悪でこそないが、矢張り敬虔な信者には生涯なれぬだろうと、美由紀はその度に思う。

背が高い美由紀の、その背丈より遥かに高い本棚には、読めもしない洋書を含めて数え切れない本がぎっしりと詰まっている。その巨大な書架が、更に列を為してずらりと並んでいる。壮観である。面白い本など一冊もない——と美由紀は思う——のだが、娯楽の全くない学内では結構利用者が多いのだ。

あの娘——と小夜子が声を出さずに云った。

目を遣ると蕎麦滓《そばかす》の小さな女の子が脚立《きゃたつ》に乗って革装の大きな本を棚に仕舞っているところだった。

とても危なっかしかった。

美由紀は音を立てぬよう注意し乍《なが》ら、娘に近づいた。かなり距離はあるが、走る訳には行かぬ。司書《ししょ》が居るから表面上は知らぬ振りである。しかし美由紀が到着する前に娘の腕は限界を迎えてしまったようだった。

案の定、伸ばした細い腕の先の小さな掌の握力は革装洋書の重量に堪え兼ねたらしい。大きな本は徐徐に擦《ず》り下がり、おまけに娘は躰の均衡《バランス》まで崩して何やら前後に揺れてまでいる。本が落下する。

「わあ危ない」

美由紀は落下した本の立てる音に負けぬ程の大声を出して駆け寄り、思い切り機敏に脚立と娘を押えた。瞬間静謐《せいひつ》が弾け飛ぶ。司書が物凄い形相で立ち上がる。動きが止まってからも、大声の残響はかなり後を引いた。美由紀はわざと明瞭《はっきり》とした発音で、

「危なかったわ。大丈夫？」

と云った。

娘は小刻みに頷いた。司書が小言を呑み込んで端座《すわ》る。美由紀は堅い床に落ちている本を拾って入れるべき場所に戻してやり、その際に小声で、

「尋きたいことがあるの。いい？」

と囁いた。

蕎麦滓の娘は小さな眼を丸く開いて、もう一度、今度は大きく頷いた。

美由紀は茫然《ぼうぜん》と入口に立ち竦んでいる小夜子の方に悠然《ゆうぜん》と顔を向け、にこりと、遠目には判らぬ程の幽《かす》かな笑顔を造った。頭の堅い司書なんかには判らなかったろうが小夜子には判ったろうと思う。

酷くすっきりした。念願が叶ったからである。図書室であんな声を出せるなんて夢みたいだ。少し間合いを計ってから、三人で廊下に出た。人目のない食堂の裏手まで移動する。

本当に小さな娘だった。眼も鼻も口も手も足も小さくて、腕も脚も長い美由紀とは大違いである。少女と云うよりもまだ子供で、小夜子とは違った意味で可愛らしい。

美由紀が名乗ると、娘はさっきは有り難うございましたと行儀良く頭を下げてから、坂本《さかもと》百合子《ゆりこ》です、と名乗った。

「尋きたいことと云うのはね、その——十三番目の星座石のことなの。あなた、何か噂していたでしょう」

「私、別に——」

「大丈夫。私達そのこと全然知らないの。恥ずかしくて同級の娘《こ》には尋けないの。それだけだから」

「知らない——んですか？　本当？」

「本当に知らないの。もしかして、その話は人にしてはいけない話とか、そう云うの？　それとも喋ると誰かに苛められるとか？」

不安げな顔である。当然だろう。

「大丈夫。絶対あなたから聞いたって云わないから。神に誓って」

何と云う似つかわしくない台詞だろう。

百合子は暫く考え込んでいたが、やがて信用します、と云った。図書室での件が効いているのだ。美由紀の大袈裟な立ち居振る舞いがなければ、百合子は必ず咎められていた筈である。虚を突いたドタバタが、却ってことを収めてしまった感がある。

取り敢えず麻田夕子のことは伏せて、呪いの儀式のことを尋いた。売春の話が出来る相手ではない。

「それって、礼拝堂の真裏で、あの黒い聖母に願う訳でしょ？　何かし乍《なが》ら。で、何がどうなる訳？」

「違います。先輩本当に知らないんですね。黒い聖母は女だから、男の人の時だけです」

「男の人？　ねえ、ちゃんと話して」

「七不思議──は知ってますよね？」

「知ってるわ」

美由紀は指を折る。

「──血を吸う黒い聖母、十三枚の星座の石、涙を流す基督の絵、開かずの告解室、血の滴《したた》る御不浄、ひとりでに鳴る洋琴、それから──」

「十字架の裏の大蜘蛛」

　小夜子が補足した。そう云えばそんなのもあったような気がする。十字架の裏にだって蜘蛛くらいは居るだろうから、それのどこが不思議なのだと頭から馬鹿にして、美由紀はすっかり忘れていた。

「そう。その大蜘蛛が、目潰し魔なんですよ」

「は？」

　そんな訳あるか——と突っ込むには百合子はか弱過ぎるし、かつ真面目《まじめ》過ぎた。そんな蜘蛛が居るかと云う基本的な疑問は勿論、それが実在の猟奇殺人鬼の正体であると云う荒唐無《こうとうむ》稽《けい》な説に対する疑問を百合子はひとかけらも持っていないようだった。

「それって——でも、蜘蛛でしょ？」

「蜘蛛ですよ。蜘蛛の格好をした悪魔なんです。でもその悪魔は良い悪魔で、礼拝堂の十字架の後ろに棲んでいるんです」

「良い悪魔？」

　良いのなら悪魔ではないのではあるまいか。良いのなら、例えば善魔とか——善の下に魔もおかしいから、そんな呼称《こしょう》は矢張りあり得ない。

　百歩譲っても、大体悪魔が十字架の後ろに棲むだろうか。そもそも美由紀は概念としての悪魔は理解できるが、実体を伴った悪魔などは想像できない。

棲んでいると云う以上、悪魔はそこで寝起きしていると云う意味だろうから、どうしたって滑稽《こっけい》な印象は拭えない。

しかしそんなことを云っていては始まらないのだろう。そもそもまじないで人間を呪い殺すと云う話を真剣にすること自体、滑稽と云えば滑稽なのだ。

「大蜘蛛は男の悪魔で、女の人を呪い殺すんです。男の人の場合は黒い聖母が殺してくれるんです。あれも良い悪魔なんです」

「良い──悪魔、ねえ」

どうにも耳障りな言葉だと美由紀は思う。

「その良い悪魔が願いとかを聞いてくれる訳？」

「何でも聞いてくれる訳じゃないいんです。呪い殺す願いだけ。悪魔ですから。ただそれも、ちゃんと理由がなければ駄目なんです。酷い目に遭わされたとか、死ぬ程辛い思いをしたとか、悲しいとか──」

小夜子が顔を上げた。彼女は今、正にそう云う目に遭っているのだ。それを思うと美由紀は胸が少し痛む。

「──そう云う怨みとかを晴らしてくれるんです。誰でも殺してくれる訳じゃないんです。だから、悪魔なんだけど、良い悪魔なんです」

「世のため人のためにならない悪者を、悪魔さんが代わって罰してくれると云う訳なの？」

何だか笑ってしまう。鞍馬天狗みたいな悪魔だ。

「でも、邪を制すならわざわざ悪魔に頼むことはないでしょう？　神は厳格で、万人に公平でしょう」

「神様は——人を呪い殺すなんて云う野蛮な願いは聞いては下さいませんでしょう？」

「天罰と云うのがあるじゃない。神様はいつでも、私達仔羊を見ていらっしゃる——」

美由紀は思わずぞくり、として背後を気にする。

超越者が常に監視していると云う考え方は、場合によっては豪《えら》く恐いものだ。

「——のだから、悪い奴はいずれ」

「でも裁かれるのは死後なのでしょう？　最終的には最後の審判まで待たなけりゃいけないんです。そんな長い間待っていては、良い人も死んじゃいますし、怨みを残して死んだのじゃ、良い人の方が地獄に行っちゃうでしょう——」

色色な理屈があるものだ。

「——だから神様に代わって、悪魔が手を汚してくれるんです。そう聞いてます」

「手を汚す——ねえ」

どう聞いたって子供騙しだ。美由紀はそっと小夜子を見る。友は、寂しそうに壁を見ている。丸みを帯びた柔らかい肩の線が、美由紀には少し羨《うらや》ましい。

「で、どうやるの？　そのおまじないは」

「おまじないって云うか、儀式なんです」

「ああ、儀式、ね」

「満月の夜の真夜中に、あそこの星座石の上に立って、呪い殺したい相手の名前と、なぜ殺したいかを云うらしいんです」

「その辺は何となく聞いてるの。もっと詳しいことを知りたいのよ。それって、例えば、その儀式はひとりでするものなのかしら？　道具とか要る訳？」

「ひとりじゃ——無理だと思いますけど」

「そうなんだ。じゃ二人とか。三人とか」

「そう云うことじゃなくて、その——大勢で——」

「大勢？　大勢で呪いかけるの？　集団でお祈りする訳？　まるで弥撒《ミサ》みたいじゃない？何か変ね」

「そう云うグループとか、あるんだ」

小夜子がそう云うと、百合子は手を揉み小首を傾げて、戸惑いの表情を造った。

「それは——知りません。詳しく知らないんです」

「詳しいわよ全然。凄い詳しいと——思うけど？」

「私、実際見た訳じゃないし」

「じゃあ何故知っているの？」

「友達で見た娘《こ》が居るんです」

なる程、目撃者が居たのだ。

「その人の名前教えてくれる」

「それは——云えません。もし見てたのが知れたらその娘も喋った私も」

百合子は下を向く。

「殺されちゃいます」

「殺される？　なぜ」

「それが——秘密の儀式だから、です」

——秘密にしては善く喋るじゃない。

あることないこと尤もらしく語っておいて、今更秘密はないだろうと美由紀は思う。どこまでが良くてどこからが秘密なのか基準が知れないし、話せば殺される程の秘密なら普通は最初《はな》から語るまい。

「だって、その大蜘蛛も黒い聖母も良い悪魔なんでしょう？　なぜあなた達が殺されちゃうのよ。その儀式をしていた人達が殺しに来るとでも云うの？」

「そう、です」

「それは誰？」

「判りません」

怯えている。

凝乎《じっ》と百合子を見つめていた小夜子が云った。

「あのさあ、その、見てた人って――もしかしたらさっき図書室の隅の方であなたとこそこそ話をしていた彼女？　あの娘《こ》じゃないの？　私、聞いちゃったんだ。そうでしょう？　そうなのね？」

その問いに対する百合子の返答は、まず言葉ではなく態度に現れた。少女はみるみる真っ青になり、肩を震わせて、最後に激しく頭《かぶり》を振った。

「そんなこと――云えないです。いいえ、違いますあの娘じゃないです。絶対に違います。違います」

これでは認めたも同然である。埒《らち》が明かないので、美由紀は作戦を変える。

「じゃあいいわ。解った。その娘は違うのね。解ったから。だからそんなに興奮しないで頂戴。目撃した人のことはもう尋かないから。その代わりその見たと云う人に尋いてくれる？」

「――何を――です？」

「儀式をしていた人達の中に、知った顔は居なかったかどうか。その人達だってこの学院の生徒には違いないのでしょう？　生徒はいっぱい居るけど、限られた校内のことだもの、ひとりくらいは必ず知った顔が居た筈よ。もし知った人が居たなら、それが誰か教えてくれればいいわ」

「どうして、そんなこと――？」

「私達はその儀式をしている人達と接触したいの」

百合子は怪訝な顔をした。

美由紀は小夜子に目で合図を送ってから、

「これは絶対秘密にして欲しいんだけど――あなた秘密守って戴けるかしら――」

と問い、百合子の返事を待たずに続けた。

「――私達ね、実は呪い殺してやりたい奴がいるのよ。どうしてもそいつを殺したいんだ。だから呪いを掛ける方法を知りたいの。ちゃんと理由もあってよ。聖母でも蜘蛛でもいいんだけど、話せば絶対に納得して貰えるだけの理由だわ。それとも、悪魔はその儀式をしている特別な人達の願いしか聞いてくれないものなのかしら？」

「そんなことは――ないと思いますけど――」

「それなら尋いてみてくれない？　そう、何なら接触する時にも、目撃したのは私達自身だった――と云うことにしたっていいわ。その人の名は伏せるから」

百合子は暫く考えて、それならいいです、と云った。一方的に秘密を明かすことで信頼関係を強要しようと云う、美由紀の作戦が功を奏したらしい。

「――その、直接知ってる人じゃないんですけど、慥か二年生の、麻田――夕子さんと云う人が居たのは確かみたいですけど」

「ああ、麻田夕子さん」

美由紀は取り敢えず知らぬ振りをする。

それにしてもやけにあっさり白状する。

この小さな娘は、臆病な割りに口が軽いらしい。

或《あるい》は早く解放されたいが故の軽口なのだろうか。

「呪いの願をかける時、呪う本人はどうやら名前を名乗らなければいけないらしいんです。その人が見た時はその麻田さんが呪い主だったようなんです。呪った相手は——山本先生です」

「まあ、あの先生。そう云えばあの先生も、慥か目潰し魔に殺されたんだったわね」

何と白白《しらじら》しい——と、美由紀は自分でも思う。

「そうなんです。だから、蜘蛛に殺られたのは間違いないんです。だって、その娘が儀式を見たのは山本先生が亡くなる前のことだし、それで本当に先生死んじゃったから、私達恐くなって——」

本当に恐ろしそうな表情だった。見つめる美由紀は醒《さ》めている。山本が死んだのは偶然に違いない。実のところ美由紀は呪いなど小指の先程も信じていない。呪いの効力如何《いかん》に拘《かかわ》らず、呪う行為自体に意味があろうと考えただけだ。要は気持ちの問題で、それで小夜子が楽になるならやってもいいかと思うだけである。

まあ、山本の死が呪いの結果でないにしても、真実蜘蛛が犯人だったら——絶対にあり得ないけれど——それは恐いし、ただの偶然だったとしても、それでも恐いのは恐いかと、美由紀は結局思い直した。

「——麻田さんと云う人は、冒瀆をしていたのが山本先生にバレて、それは酷い目に遭わされたって、悪魔に申告したんだそうです。冒瀆したのは悪いけど、何か相当酷くされたとか云ってたそうです」

売春疑惑の出処《でどころ》は麻田夕子本人だったのだ。悪魔への自己申告を目撃者に聞かれていた訳である。

——麻田夕子。

売春なんて真実《ほんとう》なんだろうか。

美由紀にとっては呪いが成就《じょうじゅ》したことより同級生の売春が発覚したことの方が余程衝撃的である。山本の死は偶然でも片付くことだが、売春は偶然では済まない。それに、他人を怨んだり呪ったりする気持ち——例えば小夜子の気持ちなどは美由紀にもまだ解るのだが、春を売る者の気持ちの方は、幾ら背伸びをしてみても美由紀には全然理解できない。

そう云う感性を、この下級生——百合子達は持っていないのだろうか。

売春してたのがバレてぇ——と、平然と云ってのけるのだから、それに就いての感想は特にないのだろう。

蜘蛛の悪魔の存在を鵜呑《うのみ》に信じられる純真さ――単純さは、とても成熟した大人の感性とは思えないのだが、その幼い感性は、なぜか売春の方には反応しないらしい。

それにしても――身勝手な願いごとである。

売春が事実なら、叱責されても文句を云える道理はない。悪いのは麻田夕子の方で、それを責めたからと云って殺されたのでは山本舎監もいい迷惑である。単なる逆恨みの意趣返しだし、おまけに彼女は死後魔女扱いまでされたのだ。幾ら嫌な教師でも、それではあんまりだと美由紀は思う。

大体呪う理由が悪事発覚の後始末では悪魔相手と謂えども筋が通るまい。麻田夕子の動機に比べれば小夜子のそれの方が遥かに筋が通ると云うものである。しかし、そんな理不尽な願いでもちゃんと聞き届けてくれる辺りが悪魔の悪魔たる所以なのかと、美由紀はそうも思う。良い悪魔と云ったところで、所詮悪魔は悪魔なのであろう。

――何それ。慣らされてる。

美由紀は、いつの間にか良い悪魔と云う言葉の違和感やその実在に対する疑念を見失っている己に気づく。百合子の感性に巻き込まれてしまっている。

細かいことは一旦棚に上げておくことにする。

「その麻田さんだけど、何だか近頃、躰の具合が良くないみたいなの。中中会い難くって。麻田さんの他に、誰か知っている顔は居なかったのかしら?」

百合子は困惑している。

「その、ええ、尋いてみますけど——そう、あのおり——いいえ、尋いてみます。だから」

檻?

その時。

百合子がひい、と小さく悲鳴を上げた。

その視線は美由紀の肩越し、その先に向けられ、且つ固定されていた。

——見られている?

神が——見ている——?

美由紀は敏捷《びんしょう》に振り向いた。

神が坐《おわ》す訳もない。そこにはただ、男が茫《ぼう》と立っているだけだった。作業服の上に前掛けを締め、煤《すす》のいっぱいついた大きな鍋《なべ》と、束子《たわし》を持っている。

賄《まかな》いのおじさん——炊事や雑務をしている厨房棟の職員である。三十過ぎの冴えない顔の男で、慥か去年の秋口くらいから勤めている男だったと記憶している。名は知らぬ。

——聞いていた訳?

美由紀は身構える。男は美由紀達の視線に気づくと、恥ずかしそうな素振りで顔を背け、鈍鈍《のろのろ》と厨房の方に移動して、やがて視界から消えた。

小夜子は厨房を睨みつけるようにして、

「あの男《ひと》——少し鬼魅悪いよ」

と、嫌悪感丸出しに、吐き捨てるように云った。

本当に盗み聞きをしていたのなら、気分は悪い。

でも、あんな男に何を聞かれたところで、所詮大した影響もないだろうと美由紀は思う。

小夜子は以前からあのおじさんは変だ、おかしい、嫌いだと云っていたが美由紀は口にする程厭な奴だと思ったことはない。そう云われれば変だと思わぬこともないが、要は興味がないのだ。

百合子は暫く固まっていたが、それじゃあ失礼しますと小さく云って、逃げるようにそそくさと駆けて行った。小夜子はその小さな背中が見えなくなるまで視線で追いかけてから、

「何か、子供だよね」

と云った。その心中を美由紀は察し兼ねている。

——おり。

あの娘は慥かにそう云った。どうも気になった。

おり。檻か。

監獄。この学院は、この堅牢な建造物は、矢張り監獄だと、あの娘は云いたかったのだろうか。そんなことはあるまい。美由紀の目にはそれ程閉塞感を感じているようには見受けられなかった。ならば澱、織か？　織。この学院で織のつく者と云えば——。

小夜子が云った。

「オリって、織姫かな」

「まさか——違うよ」

そんな筈はない。多分関係ない。

あの——天使のような無垢《むく》な娘は、呪いだ売春だと云う忌まわしき話に一番似つかわしくない。

品行方正にして成績優秀、類稀《たぐいまれ》なる才媛。学院一の美貌を誇る財閥の令嬢。学院創立者の孫であり現理事長は義理の兄であると云う。

そんな娘は普通——反感を買う。

団栗の背比べのように拮抗《きっこう》した同じレヴェルの構成員で構成される閉鎖社会では、秀《ひい》でた者、抜きん出た者は普通嫌われる。しかもこの学院に学ぶ娘達は誰しも己が一番と思っているようなどこか奢《おご》った娘達ばかりである。少し綺麗だとか、少し頭がいいとか云う者は、皆嫌われ、苛められ、孤立する。それを避けるべく誰もが同じ顔をする。

しかし、彼女の場合は別である。

織姫の学内に於《お》ける人気は絶大だ。彼女を厭う者はひとりも居ない。教師達も頭が上がらぬ。仮令七光りを外したところで非の打ちどころがないのだから当然である。慕《した》い、憧《あこが》れ、崇拝する者まで居る。

あまりにも差が開き過ぎているから、比較の対象にならないのである。鼈《すっぽん》は銭亀《ぜにがめ》の小さきを嗤《わら》い、玳瑁《たいまい》の麗《うるわ》しきに妬《や》くが、月に盾突くことはない。

「織姫が——人を呪うか？」

「そうだよね。あの人なら呪う必要もないか」

この学院内に於て彼女に不可能の三文字はないのだ。わざわざ呪うまでもなく、多分織姫が望めば、生徒は疎《おろ》か教師の首だって簡単に飛ぶだろう。

否《いや》——それ以前にあの娘が他人を憎んだり、怨んだりするとも美由紀には思えない。彼女自身、なまじ飛び抜けているが故に他人と己とを比較するようなことをしないのである。他に対して劣等感を持たぬ代わりに、優越感も持っていないらしい。創立者の遺志を継ぐ敬虔な基督教徒《クリスチャン》でもあると聞く。そんな娘が他人を呪う訳がない。そう云う愚かしい感情は、彼女から見事に欠落している——ように見える。

その無垢な魂が更に人を魅きつけるのだ。

だから彼女のことを悪く云うのも難しい。

無垢なるものを貶《けな》すことは、貶した方が背徳《うしろめた》い気になるだけだからだ。そこまで行くと、最早神聖にして冒《おか》し難い存在——とでも云うべきである。

だから——美由紀などは畏《おそ》れ多くて近づけない。

クラスも違うし、親しく口を利いたこともない。

真実は知らない。

ただ、そう聞いている。

「どうしてこう――違うかな」

小夜子も織姫のことを考えていたらしい。

「何か――馬鹿馬鹿しいって感じ」

二人は中庭に戻る。

厳《いかめ》しい聖堂を見上げる。

「行くだけ行ってみるか。白羊宮」

美由紀がそう云って誘うと、小夜子はどこか上の空で、うんと云った。

聖堂の前を横切って、礼拝堂の脇の道に入る。

石畳はまだ続いている。

本来回廊であるべき道が石畳になっているのだと、入学した時に美由紀は聞いた。

星座の石が幾つか並んでいる。

天蠍宮《スコルピオス》。金牛宮《タウロス》。天秤宮《ズゴス》。

裏手に出ると石畳は終わる。その先には鬱蒼《うっそう》とした林があり、一面に雑草が生い茂っている。礼拝堂のほぼ真裏に、十三番目の石板があり、その更に向こう、林の手前には傾いた、木造の祠《ほこら》がある。

黒い聖母のお宮だ。

木の格子扉は蝶番《ちょうつがい》が壊れていて、中の闇が覗いている。確認は出来ぬが闇の中には闇より尚黒い、暗黒を塗り固めた如き異形の像が礼拝堂を監視でもするように坐っているのだ。

初めて来た場所ではないのだが、改めて見ると物凄い風景《ロケーション》である。

礼拝堂の背面の壁は不自然な場所に明取《あかりとり》の窓が開いているだけの、玄《くろ》くて堅い石の壁である。壁の上部は長い間風雪に晒《さら》されて変色し、下部は地面からのろのろと絡《から》み合い乍《なが》ら這い上がる赤茶けた蔦《つた》で覆い隠されており、お世辞にも綺麗とは云い難い。それでいて、威厳だけは風化することも隠蔽されることもなく、威風堂堂とした威圧感は、他の建物同様、ここでも健在である。

厭な場所だ。

美由紀は思う。

ここは不吉だ。物凄く忌まわしい場所だ。

こんなに寒いのに、空気が饐《す》えている。澱《よど》んでいる。冷気が襟首《えりくび》からするすると侵入して来る。土や草や、そうした有機的な臭いが鼻腔《びこう》を刺激する。夏でもないのに、そこら中腐敗している。

普段、あんなに人工的で無機質な空間に反発を覚える美由紀が、一歩そこから出ただけでこれだけ不安に苛《さいな》まれるのはどう云う訳だろう。

堅牢な構造物は慥かに何も受けつけてはくれないけれど、反対に、中に居る分にはあらゆるものを防ぐ役割を果たしてくれる——と云うことか。

美由紀は竦《すく》んだ。

小夜子の方は物怖《ものお》じもせず、小走りで星座石に近寄るとぴょんとその上に飛び乗り、短く息を吸ってから大声で叫んだ。

「誰でもいいから本田幸三を殺してくださあい！」

「小夜子、馬鹿、聞こえるよ——」

小夜子は美由紀が止めるのも聞かず、平気だよ、と云ってから、一層大きな声で続けた。

「本田幸三は酷い男です！　私、渡辺小夜子は、あいつに犯されました。穢されました。何度も、何度も！　あいつは人間じゃありません！」

語尾が谺《こだま》した。

「私の家の寄付金が少ないからって、うちがお金持ちじゃないからって、私を甚振《いたぶ》り、女は凡て淫売だと云って嬲《なぶ》りものにしました！」

がさり。

林の枯れた樹樹が鳴った。

美由紀は慌てて身構える。

音はすぐに止んだ。

——誰か居た？

視線。

誰かが見ている？

生徒でも——教師なら勿論——誰であれ聞かれては不味《まず》い。

しかし小夜子は止めなかった。

「どうか、あの男を殺してくださあい！」

再び語尾が礙した。

礙が完全に途絶えてから、小夜子は振り向いた。

「ああ、すっとした。これでいいなら——」

そこで小夜子は無理に笑顔を造り、

「——楽だね」

と云った。

笑顔のまま——小夜子は泣いていた。

これでいい訳はないのだ。こんなに簡単では儀式とは云えぬ。これで相手が死ぬのなら、大抵の悪人は死に絶えている。しかし、これで小夜子の気が済んだのなら、これでもいいか
と美由紀は思う。

しかし——。

美由紀はかさかさと枯れ草を踏み乍《なが》ら、音のした方に向かった。

真逆教師が居る筈はない。しかし生徒なら可能性はある。ならば口止めを――。

黒い聖母のお宮。

人の気配はない。

音も絶えている。

――見ていたのは、
神様か――。

もし神が御覧になっていらしたのなら、いったいどうなさるのだろう。他人を呪い悪しき言葉を吐いた小夜子は、罰せられてしまうのか。

――そんなことないか。

天罰が下るとするならば、それは先ず本田の身に下るべきである。

小夜子は被害者なのだ。真実《ほんとう》に全能なる神が常に見ていらっしゃるのなら、本田なんかを許す訳もない。本田がのうのうと生きている以上、矢張り神が監視しているなどと云うのは嘘だ――と云うことだ。

美由紀は少し屈んでお宮を覗いてみる。

薄気味悪い異形の者は、いつもと変わらずそこに居た。

――お前、良い悪魔なら願いを聞いてやれ。

これで小夜子の気が済んだとは、まだ美由紀には思えなかった。これ以上を望むなら、本当にその儀式を行う以外にないし、それなら後は麻田夕子本人に会うしかないだろう。美由紀は小夜子を顧みる。

小夜子は、大声出すのはいいね美由紀、と云って手の甲で涙を拭《ぬぐ》った。

美由紀はそうだね、でかい声はすっとするね、と云って立ち上がった。

――何？

お宮の脇の壁に何かが付着している。

――指の跡だ。

指の跡が四本、黒黒とついている。墨で手形を取った後、壁に掌を擦《なす》りつけて拭いたような、くっきりとした跡だった。美由紀は再び身を屈めるようにして己の右手の指を指跡に重ねてみる。

――左手か。

手を替える。矢張り左手のようだった。

その姿勢だと、丁度お宮の陰に隠れるようにして、石の上に立っている小夜子の姿を盗み見るような体勢になる。

――誰か居たの？

ぞっとした。

それ以上はどうしようもなくなって、二人はそのまま寮に戻った。後のことは明日考えようね、と、別れ際に美由紀は云った。

本物の修道女に比べれば、美由紀達の暮らし振りは遥かにいい加減なものである。ただ、いい加減ではあるが、根底に流れる何かは一緒な訳であるから、それなりに緊迫した暮らし振りではある。勿論、覚悟とか自覚とかいうものは圧倒的に足りないのだろうが、緩やかな規律の背後には範となるべき厳格な戒律がある訳で、強弱の差はあれど構造は同じである。時間は厳守。食事も一緒、寝るのも起きるのも一緒。仮令《たとえ》肚の中で何を考えていようともお祈りは欠かさない。

夕食は全員揃って食堂で摂る。

余程の事情がない限り、食堂以外で食事を摂ることはできない。美由紀は食堂内に麻田夕子の姿を探した。それらしき姿は見当たらぬ。皆同じ服を着て同じものを同じように食べているから、全員が同じ顔で、その大勢の同じ顔の中に埋没しているのか。不確かな記憶の中の、朧《おぼろ》げな容貌だけを頼りにした所為なのか。もし本当に不在だったなら、麻田夕子は食事も摂らず部屋に閉じ籠っていることになる。

お祈りの言葉を誦《とな》えつつ、美由紀は何故か祖父のことを思った。祖父は漁師だった。それでなくとも質素な夕食の味を、殆ど美由紀は感じなかった。

夜が来た。

寮棟はジェノヴァのパラッツォ・ムニシピオとか云う建物の外観を模したものだと聞いている。何故それを模したのか、例えばそれを模すことで何か意味があるのか、美由紀には理解できない。いずれそれが何なのかさえ知らない美由紀にはどうでもいいことである。建物は快適で便利でありさえすればいいのではないかとも思うし、この建物は美由紀には全然快適ではないのだから。

寝台と机がふた組あるだけの質素な部屋である。

相部屋の娘は既に寝ている。真面目な娘なのだ。

山本舎監が死んでから、寮の風紀は乱れていると云って良かった。後任の舎監は老婦人と渾名《あだな》される本当の老教師で、只管《ひたすら》事務的に職務を処理する以外には何も念頭にないと云う仕事振りだった。

だから、例えば彼女は、就寝時間が過ぎてから生徒が起きていることすら知らない風だった。そもそも彼女の勤務時間は消灯までなのだし、彼女にとって夜は寝るもので、己が寝ている間は世界中寝ていると、そう思っているに違いなく、夜間に活発に行動する不良生徒の存在などは最初《はな》から彼女の認識の埒外《らちがい》にある筈だし、計算外の出来事に対する処方もまた、彼女の作法書《マニュアル》には記載されていない筈なのだ。

しかし、そんな老婦人を職務怠慢《しょくむたいまん》と呼ぶのは少少酷《こく》だと、美由紀は思う。

聖ベルナール学院は、辺鄙《へんぴ》な田舎の山間に孤立して建っている。

だから例えば夜、脱走して悪さを働こうとしても、それは無理な相談なのである。険《けわ》しい山道を漸《ようよ》う辿《たど》ったところで、その先には寂れた漁村しかない。出来るのは魚釣りくらいなもので、戒律を破り、危険を冒してまで釣りをするような女学生は、美由紀の知る限りはひとりも居ない。

美由紀が売春の事実を疑うのはその所為もある。

この学内に於いては、金銭が売春の動機となることは考え悪い。皆裕福な家庭の娘達である。ならば興味本位、不純で歪《いび》つな恋愛の代償行為なのか。それにしては――場所柄が悪いではないか。

矢鱈《やたら》と装飾的《デコラテイブ》な窓枠で縁取られた寮の窓から覗く殷春《きさらぎ》の月は、皓皓《こうこう》としてただ白く、照らし出される堅城鉄壁《けんじょうてっぺき》の学舎はその硬質な光をただ跳ね返し、その硬度を増しているが如くに思える。

幾望《きぼう》は見る間に満ちて行く気がする。

月望《げつぼう》――儀式の夜は明晩かもしれぬ。

美由紀は熟熟《つらつら》と想いを胸に巡らせる。

冒瀆。売春。猟奇殺人。蜘蛛の悪魔。黒い聖母。呪い。怨み。儀式。清浄なる聖域には凡そ似つかわしくない言葉達の筈なのに。

――風景には合ってるか。

何故だろう。馴染んでいる気がする。

その理由を考え乍《なが》ら美由紀は眠った。

寒朝《かんちょう》はすぐに訪れた。

薄明《はくめい》の中空に既に月はなく、夜には確認できなかった山山の残雪が、弱弱しい陽光に無残な姿を晒している。春は、すぐ手の届くところまで来ている。

春になれば美由紀は三年生に進級する。そうなったところで何も変わりはしないから、嬉しくもなければ、寂しくも悲しくもない。

退屈な授業だの説教だの礼拝だのを上の空で遣り過ごす。矢張り面白くもなければ、楽しくも辛くもなかった。延つこの調子だから日日無駄を繰り返しているような気もするが、そもそも無駄の積み重ねこそが肝要かとも美由紀は思うのだった。ただ今日はいつもより幾分長く感じた。胸の奥底に澱が凝《こご》ったような、厭な気分の一日だったことは確かだ。

放課後の雑事が終わって、美由紀は漸く小夜子と二人きりになることが出来た。

麻田夕子に会うか否か。一応美由紀は覚悟している。しかし小夜子の方は気分が悪《わる》いようで、豪く元気がなかった。

中庭の泉の、苔産《こけむ》した冷たい石の縁に並んで腰を掛けた。美由紀が口を開くのを制するようにして、小夜子は溜め息雑じりにこう云った。

息が白い。

「やっぱり止める」

「止めるって」

「一晩善く考えた。美由紀の云った通り、嘘だよあんなの。馬っ鹿みたい——」

己を嘲《あざけ》るような口調である。

「——何が大蜘蛛だよ。あの話が本当なら他の目潰し魔の被害者もこの学校の、その秘密の儀式の連中が呪ったってことになるもんね。それ変じゃない」

それは、慥かにその通りだ。

「色色有り難うね。昨日叫んで気が晴れちゃった」

小夜子にそう云われてしまっては、美由紀はもう何も云うことはない。急に気が抜けた。

「売春だの呪いだの——もう、沢山か」

「好きで男と寝る奴の気持ちなんか解んないよ」

美由紀はどきりとする。

それは、美由紀も同じ思いではあるのだが、言葉にすると意味が少し変わる。

特に、小夜子の口から聞かされると重みが違う。美由紀は言葉を探す。言葉はなかった。

礼拝堂の方を力なく眺めていた小夜子が、短く云った。

「私、これから本田に会う」

「え？」

会ってどうするの——と云いかけて、美由紀は言葉を呑み込む。真逆殺すとは云うまい。

「会って話すよ。話すことが出来たんだ」

意味が解らない。

「心配ないよ。お蔭で決心がついたんだ」

余計解らない。美由紀は多分酷く怪訝《けげん》な顔をしたのだろう。小夜子は笑い乍《なが》ら、心配ないよ、今夜ちゃんと話すから、と云って腰を浮かせた。そして立ち上がり様に、

「あ。坂本君だ——」

と云った。小夜子が示した方向を見ると、小さな坂本百合子が、石畳の上をとぼとぼと歩いて来るのが見えた。

「どうしたんだろう。あの娘。こっちに向かって来るみたいじゃない？　もしかしたら——」

「昨日のこと——目撃者に尋いてくれたのかな？」

賄《まかな》いの男が出て来た所為で結局有耶無耶になってしまったのだが、頼んだことは頼んだのだ。律儀に約束を果たしてくれたのかもしれない。

「——あれ、何か悄然《しょうぜん》としてない？」

憔かに歩き方が少し不自然だった。

百合子は美由紀達が己を発見したことに気づいたらしく、ぎこちなく躰を曲げて一礼をした。

「あの娘。怪我してるんじゃない？」

「怪我？」

慥かに少し脚を引き摺《ず》っているようだった。

やっと辿り着いたと云う感じで、百合子は二人の前に立った。見れば小さな目の下に青い痣《あざ》が出来ている。蕎麦滓の頬にも擦り傷があった。美由紀は悪い予感に駆られる。

「あのう――」

「百合子さん、あなた、真逆《まさか》苛められたの？」

「え？　いいえ。これは転んだんです」

「嘘仰《おつしや》い。それ、私達の所為なの？」

「ち――違います。それより、昨日のことなんですけど、そのう」

「そのことならもういいの。諦めたから。忘れて」

小夜子はそう云ったが、百合子は取り合わず、泣き顔を造ってこう云った。切迫した状況らしい。

「でも、あのう、お二人に会いたいって人が――」

「会いたい？　誰？」

「蜘蛛の僕《しもべ》の――人達が」

「くものしもべ？　って何？」

「儀式をしていた——人達です」

「何で？　あなた昨日知らないって」

「友達が見ていたことが知られちゃったんです。それで——だから」

「それで誰に喋ったか——で、あなたがやられた、次はあたし達ってこと？」

美由紀は立ち上がった。どのような理由があろうと、陰湿な暴力は大嫌いだ。

「百合子さん、あたし達の所為で酷《ひど》い目に遭ったのなら謝る。でも、そんなの酷いよ。許せない」

「違います。私、苛められてなんかいないんです。本当に転んだんです。その人達は、みんないい人達なんです。本当です。先輩達に会いたいと仰るのも別に乱暴しようとか、そう云うことなんじゃなくって——」

「何？」

「だから、そんなに憎い奴が居るんなら——」

百合子はそこで声の調子を落とした。そして聞こえない程小さな声で続けた。

「——殺して——あげると」

「待ってよ！　何よそれ？」

「本当です。ただ、もし本気なら、仲間にな〻って貰わなきゃいけないからって。同志になってくれれば必ず——」

百合子は、今度はそこで言葉を止めて、大きく息を吸い込んでから、少し震えて云った。

「——蜘蛛は望みを叶えてくれるって」

美由紀は少し呆れて小夜子を見た。

眉間《みけん》に皺《しわ》を寄せ悩ましげに百合子を見ていた小夜子は、憮然として云った。

「悪いけど、正直信じられない。昨日は信じてみようって気持ちが強かったけど、寝て起きたら熱が冷めちゃったの。あなたには悪いけど、もういいの」

子供を諭《さと》すような——。

嚙んで含めるような云い方だった。だが、百合子はまた大きく息を吸い込んで、それは困る、困るんですと繰り返した。眼に涙を浮かべている。これだけ追い込まれているのだ。幾ら否定したところで、彼女がその何とやらに何等かの肉体的苦痛を強《し》いられたであろうことは明白だった。拷問《ごうもん》の恐怖以外に、ここまで急激に、効率良く人を追い詰められるものはないだろうと、美由紀は推理する。

ならば推《お》して知るべし——これは罠である。のこのこついて行ったなら二人とも百合子の二の舞、痣だらけ傷だらけにされるのがオチである。ただこのまま拒んでしまっては、このか弱き水先案内人がどんな目に遭わされるか判ったものではない。この哀れな小娘は云ってみれば巻き添えなのである。美由紀はそれに就いては責任を感じずにはいられない。

美由紀は覚悟する。

「善くってよ。会いましょう。但し私だけ。この娘今《こ》から用事があるの」

「美由紀――それは」

「いいから小夜子寮に帰ってて。私が会って来る。蜘蛛だか百足《むかで》だかと。心配ないから」

百合子はべそをかく寸前と云った様子である。美由紀はその横に寄り添うように立って、さあ連れて行って、と云った。百合子は美由紀の顔を見上げて何かを訴える。美由紀は無言で、いいから行こうと促《うなが》す。何があっても悪いのはこの娘ではない。

小夜子が何か云いかけたのを後ろ手で制して美由紀は足を踏み出す。行き先は多分十三番目の星座の石――礼拝堂の裏だろう。百合子は美由紀の袖を摑んで気持ち引き止めるようにしたが、すぐに後を追うように歩き出した。これではどちらが案内しているのか判らない。

予想は当たった。

聖堂を逸《そ》れて、礼拝堂の横の石畳を進む。星座の石。天蠍宮。金牛宮。天秤宮。

そして裏手に出る。

石畳はそこで終わる。鬱蒼とした林。雑草。ここはもう学校の敷地ではない。百合子の、美由紀の袖を摑む手に力が入る。しがみついているような格好で、最早案内人ではない。

白羊宮。そしてその向こうに黒い聖母の宮。

礼拝堂の煤《すす》けた壁の中には蜘蛛が居るのか。

美由紀は生唾《なまつば》を呑み込んだ。

昨日来た時にも感じたが、今は一層強く感じる。

——ここは、善くない場所だ。

美由紀は両の脚《あし》に力を込める。石の床や石畳と違って、入れた力はまるで跳ね返らずに、凡て地面が吸収してしまう。暖簾《のれん》に腕押しで際限がない。

目を凝《こ》らす。視線の攻撃力に頼るのだ。

気配が残留している。ひとりじゃない。何人も、何人も、大勢がこの場所に居た——土や草は憶えている。人工物とは違ってそうしたものにはそこに居た人の想いが沁《し》みるのだ。人の残滓《ざんし》が漂っている。

勿論美由紀がそう思うだけである。

根拠は何もない。気の所為である。

声がした。

「邪悪な念を抱いている方と云うのはあなた？」

谺《こだま》が残る。

朗朗《ろうろう》とした高い声だ。

——どこに居る？

草の陰か。朽ちた堂の裏か。礼拝堂の硬い壁に反射して、声の出所が判らない。

「何が邪悪なものですか。健全よ。まあ敬虔ではないですけどね」

美由紀は精一杯虚勢を張った。

声は答える。

「人を殺したい呪いたいと云う思いは、仮令どのような理由があろうと邪悪ですわ。神の意志に背く想いであることに違いはなくてよ」

「勝手な理屈よ。大体邪悪なのはそちらじゃなくって？　出ていらっしゃいよ。顔を見せないなんて卑怯でしょう」

声は笑った。笑い声は複数だった。何人も居る。

「有り難う。卑怯、邪悪、善い言葉です。古《いにしえ》のグノーシス派の言葉を借りるなら、人は元元邪悪なるもの。善は悪、信仰は堕落。ならば、イエスこそが真の邪悪。神《ヤハウェ》こそが悪魔」

「そんなことは——」

どうでもいい。美由紀には関係ない。

美由紀の本来は浄土宗だか浄土真宗だか——それも善く知らないくらいなのだから、まるで関係ない話だ。

「——いいから出て来てよ。話にならない」

「私達と志を一《いつ》にすると仰《おっしゃ》るのならお会いしましょう。同志におなりになる気がないのでしたらお会いすることはできませんわ」

「こっちは顔出してんのよ！　不公平じゃない」

「関係ありませんわ。この世界に公平などと云うものはあり得ませんのよ。それよりも、あなたはまず自分の中の邪悪をお認めになるのですね。そうすればあなたはもう——同志なのですもの」

「同志同志って、いったい何の同志よ！」

「ふふふふふ。蜘蛛を信じる仲間ですわ」

「くも？　蜘蛛の悪魔って奴？　馬鹿馬鹿しい。大体私は神だって本気で信じちゃいないんだ。悪魔なんて余計信じられない！」

「まあ、神を信じないの」

百合子が美由紀の袖を強く引いた。

止めているのか。美由紀はその顔を見もしない。

「悪魔が居るなら証拠を見せてよ！」

「まあ。証拠が欲しいの？」

「何て貪欲な方かしら」

「疑い深いわねえ」

「罪深くってよ」

「ふふふふ」

声は至るところから聞こえる。囲まれているのか跳ね返って巡るのか。

それとも美由紀が雰囲気に呑まれているのか。

「善くってよ。証拠をお見せ致しますわ」

楽しそうな、弾んだ声だった。

「さあ、お行き——」

まるで突き飛ばされるようにして、林の中から生徒がひとり飛び出して来て、地面に倒れた。

「何よ！」

美由紀が前に出るや否や声は厳しく云った。

「動かないで！　こちらに来ようとしても駄目。善くって、その娘が証拠ですのよ。その娘があなたを導く——」

娘はぐったりと地べたに座り込んでいる。

「——後はその娘があなたのお相手を致しますわ。早早《そうそう》にこの場を立ち去りなさい」

美由紀は吃驚《びっくり》した後、少し躊躇《ためら》ったが、すぐにその娘に近づき手を貸した。

百合子と同じく制裁を受けた娘に違いない。しかも、その暴行の程度は百合子の比ではないようである。放ってはおけない。

制服はあちこちが汚れて綻《ほころ》び、胸の白い飾紐《リボン》も緩んで地面を擦り、土に染まっている。

娘はゆっくりと、幽鬼のように立ち上がった。

その顔は窶《やつ》れ、三つ編みに結った髪の右側が解けている。口の端には血も滲んでいた。

娘は吐息《といき》のような声で云った。

「早く——行きましょう。悖《さから》っちゃ駄目」

「あなた——」

憔悴したその顔は、朧げな記憶の中の顔だった。

「何よ、全く」

あなた達、それじゃあまるで忍術使いよ——と、美由紀は大声で云った。語尾が少しだけ裀したが、返事はなかった。間抜けな捨て台詞だと思った。

一斉に声は止み、気配も消えた。

百合子はもうぽろぽろと涙を零《こぼ》しており、私、これで、と震え声で云ってから転がるように逃げて行った。

行けと云われても行く場所はない。娘の様子はそれは悲惨で、とても人前に出せるものではない。見咎められて問い質されても答えようもない。美由紀は取り敢えず娘を抱えるようにして礼拝堂の横の石畳の切れ目のところまで戻った。どうも、かなり弱っているらしい。

何度も何度も蹣跚《よろけ》た。

横道の入口辺りに、小夜子が心配そうに立っていた。そこで待っていたらしい。美由紀の姿を確認するや否や慌てて駆けて来た。

小夜子は酷く憔悴していた。本田と会ったのだろうか。ならば何か——あったのか。

「小夜子」

「美由紀、大丈夫」

「そっちこそ。大丈夫？」

「平気——よ。その人は」

「麻田——夕子さんよ」

「え——」

小夜子は一瞬悽惨な顔つきになった。

短い間に彼女の身に何かが起きたことは間違いなかった。傷ついた娘は、同じく傷ついた娘を見据えた。夕子は美由紀に凭れるようにして力ない視線を小夜子に送った。

「あなたが——夕子さん」

夕子は頷く。ぐったりしている。火傷《やけど》か、それとも酷く抓《つね》った跡か、蒼白い皮膚には細かい傷や紫色の痣《あざ》が沢山ついている。

美由紀は半巾《ハンカチ》で夕子の顔の血や泥を綺麗に拭き、解けた髪を編み直してやった。癖のない直毛はするするとして編み悪かった。少し大人びた、上品な顔立ちである。とても、

——売春なんて。

夕子は云った。

「何を嗅ぎ回っているのか知らないけど――」

息が切れている。

「――あなた達は触れてはいけないものに触れようとしてる」

声になっていない。吐息である。

「意味が――善く解らないけれど」

「そうでしょうね。この世には邪悪なものがあると云うことを知るのよ。あの、したり顔の聖職者達が善なるものの偉大さを説けば説く程、対立概念としての悪しきものはその立場を確かなものにするんだわ。私も――あなた達も――逃げられなくなる」

譫言《うわごと》でも云うようだった。

「あなたも――同志なの？」

「同志――そうね。同志よ」

夕子はそう云ったが、どこか歯切れの悪い云い方だった。美由紀はその黒髪をすっかり編み直してやった後、飾紐も結び直して、大丈夫と尋いた。

夕子はやっと声らしい声を出して、有り難うと云った。

美由紀は尋ねる。

「あの人達は何なの？」

「云えないわ」

「どうして！」

「だから、それを聞いたらあなた達だって」

「変ね。さっきは同志になれとか云ったわ」

「そう。皆はあなた達を同志にしようと考えているわ。あなた達は秘密を知りつつある。でも秘密を知ってしまったら、その時が最後なのよ」

「おかしいよ。あなた、夕子さん。あなたが真実あの人達の同志だと云うのなら、何故あなたはこんな酷い目に遭わされたの？　どう云うこと？」

夕子は口許だけで笑った。

「私は、信じることができなくなったのよ。だから制裁を受けただけ。噂も立ててしまったし、名前も知られたし――自業自得ね」

「信じる？　その、蜘蛛とか？　あなたは蜘蛛が信じられなくなったと云うの？」

その通りよ――と夕子は云った。

「こんなことを云っている私は同志から見れば裏切り者よ。私は信じられなくなったの。違うわね。信じるのが厭になったのよ」

「馬鹿馬鹿しくなって？」

「違うわ――」

夕子は眼を細める。

「——馬鹿馬鹿しくなんかないのよ。だって」

「本当——なのね？」

小夜子が尋いた。

「本当に——呪いは効くのじゃなくって？　あなたはそれで恐くなったんじゃないの？」

夕子は陰惨《いんさん》な目つきになった。そして低い声で、恐かったわ恐いわよと呟《つぶや》き、やがて語気を荒《あら》らげて、

「恐いわよ。恐ろしいわよ！　悪い！」

と、怒鳴った。そして乱暴に顔を向ける。小夜子はその肩を摑みその顔を確《しか》と覗き込む。

小夜子の眼は血走っている。いずれ尋常ではない。

「教えて！　本当に呪いは有効なの？」

「まだ解らないの？　聞いては駄目。駄目なのよ。今ならまだ間に合う。あの人達に関わるのを止《よ》して——」

「嘘なら、そうするつもりだった。でも本当ならそうは行かないよ。私はどうしても呪いをかけたいの！　教えて。教えてよ！」

小夜子は激しく夕子の肩を揺すった。

「小夜子！」

美由紀は小夜子を押えつける。

「止しなさい。あんた、さっきもういいっていったじゃない。何よ急に」

「善くないの美由紀。殺してやる。殺してやるよあんな男――離してっ」

小夜子は躰を左右に振って美由紀を振り切ると再び夕子の肩を摑んだ。

「黙ってないで教えてよ。あんた呪い殺したんでしょう。知ってんだから。云いなさいよ！」

「何よ！　あれは遊びじゃないのよ！　面白半分で手を出すと大変なことになると云ってるのよ！」

「あんたなんかに何が解んのよ。何ンにも知らない癖に。こっちだって遊びなんかじゃないよ。遊びで人殺そうなんて思わないよ。何よ！　誰とでも寝るような女なんかに私の気持ちは解らないわよッ！」

小夜子は唾でも吐くように云った。

「――この淫売」

「――煩瑣《うるさ》い！」

夕子は震えて腕を振り上げる。小夜子は覚悟して顔を背け首を竦めた。しかし上げた手は震えるばかりで、振り下ろされることはなかった。

麻田夕子は堪えていた。睫涙《しょうるい》が今にも溢れそうだった。

小夜子は怖ず怖ずと顔を戻して、御免なさいと云った。

「今夜――」

涙声である。

「──本当かどうか判るの。明日は満月だもの。本当なら私は──もう戻れない。あなた達は──」

夕子は無理矢理それだけ云うと深く俯いた。

何だか見ていられなかった。美由紀には小夜子にも夕子にも言葉をかける資格がない。美由紀は中庭に視線を泳がせた。

──視線。

噴水の脇に人が居る。こちらを向いている。

美由紀は遠方からの眼指《まなざし》に気がついて思わず手を広げて二人を囲うようにした。

「ここは不味《まず》いよ。どこかに場所を移そう──否、駄目。時間もそろそろ──ああ、もう遅いから──だから、今晩どこかで」

もう一度振り向く。どうやら美由紀達を発見したのは老婦人のようだった。老婦人は乱視雑じりの近眼だから、この距離で顔の識別はできていない筈である。今、去れば間に合う。老婦人は癖のある歩き方でこちらに向かって来る。この段階で問題を起こすことは得策ではない。美由紀は仕切る。

「夕子さん、あなた個室棟ね。夜に行きます。ひとりで──帰れる？」

夕子は平気よ──と云い、少し蹣跚《よろけ》ながら立ち上ると、壁伝《づた》いに礼拝堂の方に消えた。

美由紀は静かに高揚《こうよう》している小夜子を伴って大急ぎで去った。老婦人が到着するまでに姿を消さねばなるまい。

小夜子の手を引き聖堂の裏を回って走る。老婦人が何か云っている。後ろ姿は皆一緒だ。どうせ誰かは解りはしない。厨房の裏に一日落ち着いた。

小夜子の顔からは血の気が失せていた。額にも汗をかいている。熱でもあるのか、小刻みに吐く息が物凄く白い。ただそれは気温が低い所為なのかもしれず、そう思うと美由紀は何故かどこか異国にでも迷い込んだような、妙な気分になった。

「何があった。小夜子」

答えない。

「本田と——会ったの」

俯くだけだ。

きっと、会ったのだろう。

そして消えかけた殺意を新たにしたと云うのか。

麻田夕子は最後に云った。

——今夜。本当かどうか判る。

——明日は満月だから。

どう云う意味だろう。美由紀は考える。否《いや》、考えるまでもない。

それは、もうひとり呪ったと云う意味なのだ。

その呪いが成就すれば——その人が死ねば——呪いは本当だ——信ずるに足ると、そう云う意味に違いないではないか。

——信じるのが厭になったの。

——本当だったら私は、もう戻れない。

信じたくない。嘘だと思いたい、馬鹿馬鹿しい遊びだと思いたい。しかし本当らしい——本当ならばそれが証明されれば——自分は殺人者だ——もう、戻れない——そう云う意味だろうか。

——夕子の葛藤《かっとう》はそこにあるのか。

美由紀の動悸は漸く昂《たか》ぶり始める。

呪いも売春も、真実だと云うのか。

小夜子の態度が変化した訳は何だ。

美由紀は云った。

「何も云いたくないのなら尋かないよ。ただ、ひとつだけ聞かせてよ——」

小夜子は緩緩《ゆるゆる》と顔を上げた。

「——小夜子、本心、本田を殺したいの？」

「ころしたい」

虚ろな眼。抑揚《よくよう》のない口調。

「殺してやりたい。もし呪いが効かないんなら――この手で殺したい」

「解った」

それだけ聞けば十分だ。

それならもう、後には引けない。

気の済むようにしてやるだけだ。

呪いが本当だろうが嘘だろうが。

「それじゃあ今夜――麻田さんの部屋で」

美由紀はできるだけ決然《きっぱり》とそう云ってから、小夜子を残してその場を去った。食事の前にやることがある。くだらないことでもそれが日課なのだ。

この非日常的な出来事の連続が、凡て日常と地続きであることを再確認する意味でも、美由紀はそれを疎《おろそ》かにする訳には行かなかった。

昼の長さに圧《お》されたかのように――夜はすぐに訪れた。相部屋の娘が寝つくのを待って、美由紀は部屋を出る。本当に眠っているかどうかは判らぬ。しかし、彼女は真面目だが融通の利く質《たち》だから、起きていたとしても多分何も云うまい。小夜子の方は、また教師に呼び出されたと云えば誤魔化せることだった。こっそりと寮を抜け出して、美由紀は礼拝堂の前に向かった。待ち合わせたのである。

息が白い。気温がかなり低い。

月は白い。満月は近い。

制服の上にマント。

皆同じ服装。

小夜子はもうそこに居た。まだ相当に気分が悪いように見えた。それとも何かを思い詰めているからそう見えるのかもしれなかった。

「美由紀――」

小夜子は背後から御免ね、と云った。

どういたしまして、と美由紀は口に出さず思う。

最早人事ではないのだ。美由紀の問題でもある。

石畳を跫を立てて、二人並んで歩く。

星座の石板が一枚見えた。

双魚宮《イクトゥエス》の印が刻まれている。

個室棟の石の柱には訳の解らぬ紋様が刻まれている。文字のようだが、読める者は誰ひとり居ない。

本当に堂堂と、美由紀は扉を開けた。

凍てついて静まり返った硬質な中庭に、きい、と云う音が微《かす》かに響いた。

気にするまでもない。

部屋は慥か二階の奥の筈だと小夜子が云った。食事の時に聞いておいたらしい。美由紀はそれ以上は勝手が判らないから後に従った。

暫く進むと小夜子が不安げに振り向いて、矢張り帰ろうか、と小声で云う。美由紀は頸を横に振る。小夜子は少し考えてから、この部屋——と云った。

美由紀は扉を、それは軽く叩いた。

すぐに扉は開き、隙間から夕子が顔を覗かせた。

髪を解《ほど》き、寛衣《ガウン》を纏《まと》っている。入浴でもしたのだろうか。それでもとても窶《やつ》れている。暗い。尋常ではない。昼間よりもその憔悴は度を増している。

「どうぞ——」

抵抗はなかった。個室棟では、こうした夜の訪問は普通にあることなのかもしれないと、美由紀はその時初めて思った。美由紀でも、もしひとり部屋だったなら訪問者は歓迎すると思う。

部屋の中も暗かった。

「燈《あかり》をつけると——ここは教員棟から善く見えるのです。だから——」

「月明かりで結構です。昼間は御免なさい。名乗りもしないで。私は呉美由紀。こっちは渡辺小夜子です。何か変な具合になってしまったけれど——」

「――麻田です」

夕子は椅子を勧め、自分は寝台に腰かけた。

小夜子が契機《きっかけ》を見失っているようなので、美由紀が口火を切った。

「単刀直入。まずこちらから尋きます。気を悪くしないで。悪気はないの。あの――」

尋きたいことも云いたいことも山のようにある。

だが。先ず。

「――冒瀆って、本当なの？」

美由紀は、どうしてもそれを尋いておきたかったのだ。それが嘘では凡てが絵空事と云う気がする。尋き難いことだからどう切り出すか迷っていたが、云ったが勝ちである。

「本当に――単刀直入」

夕子は深刻な顔になった。

「惚《とぼ》けても無駄なの？」

「話したくない？」

「話したくはないけど、知っているのでしょう」

「知って――いるわ」

「どのくらい噂になっているの？」

「噂にはなってないけど。皆知ってると思うよ」

夕子は寒そうに寛衣の襟を合わせた。

「詳しく知っているの？　それとも」

「私は詳しく知らない。小夜子は？」

「私も――詳しくは知らない。そう云う人達が居るらしいことは聞いてるけれど。ただ夕子さん、あなたのことは聞いたわ。あなたが――」

「なる程ね。じゃあそれ以上は知らなくて結構よ。知らない方がいいの。でも、私に関して云えば――売春してたのは真実《ほんとう》よ。軽蔑して？」

「それは――しないけど――」

小夜子は口籠る。美由紀は絶句する。

本当だったのだ。

「いいの。軽蔑して。夕方あなたに云われた通り。私は汚らしい淫売よ」

「違うの。その――」

「無理しないで。私はそう云う人間だから」

「そのことはもう――いいでしょう」

美由紀はこれ以上夕子の口からその話を聞きたくなかった。売春をした理由など知りたくない。事実だと云うだけで沢山だ。同調も同情も出来ないし、勿論夕子の云うように軽蔑することも出来ない。

「本題に入りましょう。私も小夜子も別にあなたやあなたの同志のことを調べていた訳じゃないの。同志だかグループだか知らないけど、そんなものあるなんて知らなかったし」

「そうなんでしょうね」

「端的に云うと、夕方小夜子が聞いてたこと、つまり、私達は人を呪い殺す方法が知りたかったの。あなたは遊びじゃないとか、聞くなとか云うんだけれど、こちらも切実なの――」

小夜子は窓から満月を見ている。

夕子は卓上に置かれた本――多分聖書――の背表紙の辺りを眺めている。

「――だから、あなた達のことなどどうでもいいの。呪いの方法だけ教えて貰えれば、それで――」

夕子は急に取り乱した。

「それは――それは駄目。絶対に駄目。これは隠してるんじゃないの。絶対にいけない。そんなこと知りたがっちゃいけない。それこそ冒瀆よ。さっき云った通り。だからもう手を引いて」

「今更それはないわよ。あの、一年生の坂本さんから少し話を聞いて、それでそんな呪いは嘘だと思った。だから私達それでもう探究は止めるつもりだったのよ。でもあなたの同志に呼び出された。呪いは真実だと、同志になれば呪い殺してやると、そう云う話だった。そして後はあなたと話せと云われたのよ。なのにあなたは何も話してくれない」

「だから私は――」

「本当なの？」

「それは――」

「あなたは今夜判るって云ったのよ。本当に呪いはあるの？　それで人は死ぬの？」

「呪いは――」

夕子は唇を噛んで考えている。そして云った。

「さっきも云ったけど、同志はあなた達を仲間に入れるつもりなの。私は誘うように命令されている。私が誰よりも、あなた達の云う呪いの有効性に就いて知っていると、あの人達は考えているからよ。あなた達が仲間に入れば、私は同志に許して貰える」

「許されるとは？」

「私は同志の考えに疑問を持った。それから沢山の失敗をした。そして私は同志を抜けようともした。その罰なの。でも少しだけ遅かった。私は多分、もう抜けられない。でもね、あなた達を引き込むつもりはないの。これは私の最後の」

「待って。話を聞いて夕子さん」

美由紀は小夜子に確認を取り、経緯《いきさつ》を説明した。

ひどい――酷《ひど》くゆっくりした口調で夕子はそう云った。そして乱れた髪を束ねるように後ろに回して苦悶《くもん》の表情を浮かべ、やがて放した。

月光に照らされた艶《つや》やかな髪がはらはらと落ちた。

夕子は暫く黙って、堪えるようにしていたが、やがて小夜子を見た。そして話の真偽を質した。小夜子は頷く。夕子は可哀想、と云って少し涙ぐみ、そして私みたいな淫売に同情されたくないか、と云った。小夜子はただ俯いて、有り難うとだけ云った。

夕子は何かを決意したようだった。

「善くって、これから話すことは、出来れば忘れた方がいい。あなた達の気持ちは解る。だからお話しするけれど、本当に忘れた方がいい」

夕子は今度は美由紀を見て云った。

「善くって。私の同志は『蜘蛛の僕』と云うグループを作っているの――」

その名は坂本百合子から聞いた。

「――ある方を中心にして、全部で十四人。それがあなた達の云う呪いの儀式をするグループ。そしてそれは、売春をしているグループと同じものなの」

「え？」

「売春って――」

「同じ、とは？」

「文字通り同じ。人を呪うのも男と寝るのも私達にとっては同じことなの。解るかしら」

まるで解らなかった。

美由紀は大変な勢いで情報を整理している。そして同じくらいの勢いで己の中の常識を書き換えている。

「だからあなた達が仲間に入るってことは——そう云うことなのよ。先ずそれを知って、

「売春もさせられる——と云うの？」

「待って。待って夕子さん。解らない」

「私達が売春しているの、お金が欲しいとか、遊びたいとか、そんなのじゃないの。それは正に冒瀆なの。主を、基督を穢《けが》すために——していたの」

「主を穢す？」

「そう。儀式と云うのは——黒弥撒よ」

「黒弥撒ですって？」

なる程——悪魔崇拝者とは額面通りの意味だったのだ。

彼女達の理屈なら売春も呪殺も根は同じだ。

「そう。私達は忌まわしき反抗者なの。信仰って、所詮は男のものでしょう。本田が渡辺さんに云ったのは、多かれ少なかれ男の本心じゃない。基督教は慈愛を説くけど、つい最近まで女に魂はあるかどうか真剣に議論していたような宗教なのよ。女は生まれ乍らにして娼婦だと——本田はそう云ったのでしょう」

小夜子は何も云わずに横を向いた。

「女は悪魔の罠だとか女には理性がないとか、人間として欠陥品だとか、今は誰も云わないけど、そう云う歴史の中で出来上がって来た宗教な訳でしょう？　父と子と聖霊と、それじゃあ母は何処に居るの？　そんなのってない。私達、だから——」

美由紀は少し驚いた。同じ齢の筈の夕子が、豪く齢上に思えたからだ。美由紀は自分が女である——男ではない——と云うことを、これまで殆ど意識しないで生きて来たのである。

「でも——」

だからと云って性を売ってどうすると云うのだ。

抗議行動たり得ないし、抵抗にもなっていない。

「解るわ。でも売春して、男と寝てどうなるって考えてるんでしょう？　それは私も思ったの。でも、黒弥撒と云うのはね、全部反対のことをするのよ。あなた達も知っている、基督教の儀式の正反対のことをするの。反聖餐式《はんせいさんしき》ですもの。淫らで汚らしい言葉を喜び肉欲に溺れて、父なる神を穢すのよ」

「そんな——」

「聞いて。最初は単なる遊び——だったの。深夜に礼拝堂の裏で冒瀆的な言葉を吐くだけで十分に刺激的だった。でも、そのうち段段真剣になって来たのね。あの方が何処からか魔法書を持って来て、その通りにしようって——」

——あの方とは誰だ。

「――でもね、ここには男は居ない。それである筋を頼って、私達は肉欲を満たした。それは自然な成り行きだったし、初めは躊躇《ためら》ったけれど、すぐに馴れたし。でもね、そのうち不味《まず》いことになったの」

「不味い？」

「一寸《ちょっと》した悶着《もんちゃく》があったの。その時は身が縮む思いだったけど――でも、それもあの方が解決してくれた。あの方には魔力があるのね。悪魔《パフォメッド》と契約したんだわ。あの方は招霊が出来るのですもの」

「あの方とは誰？」

「それは云えないの。でも、あの方のやり方通りで凡てことは巧く運んだ。毎日敬虔に信仰を続けても奇跡なんか起こりはしないけれど、あの方の仰る通りにしただけで地獄の精霊は力を貸してくれたわ。あの悪辣な淫売は死んだ」

「死んだ――呪い殺したの？」

「精霊が力を貸してくれたと、その時は信じた。でも――私、その頃から恐くなってしまって――」

恐くもなるだろう。美由紀は話を聞いているだけで震えている。寒い所為ではない。下の方から躰の芯を通ってうそ寒いものが込み上げて来る。

「そして私は――抜けたいと云った」

背徳の仲間達。黒い少女達の群れから。

夕子は寝台の上で膝《ひざ》を抱えるようにした。

「でも巧く行かないものよね。私は抜けられなかったわ。もう永遠に抜けられないの。私、魂を売り渡してしまったんだもの」

「なぜ、なぜ抜けられなかったの」

「山本舎監に知れちゃったのよ。売春のこと。抜ける筈だった私だけ――バレちゃった。皮肉なもの」

「それで――？」

「真相は云えなかった。とても。だから、ずっと黙ってたんだけど、どんどん立場悪くなって。あの人、一生懸命説くの。道徳的なこと。私、抜けたいと思ってたくらいだから、その話が凄く身に沁みて、でも云えなかった。結局、親に報せると云い出して、私、困ってしまって、それであの方に相談したわ」

――またあの方だ。

「そして私は責任を取った。私の所為で皆を巻き添えにする訳にも行かなかったし、私も自分が大事だったから。だから――地獄の精霊に」

小夜子が口に手を当てた。

美由紀の背筋に氷のように冷たい悪寒が走った。

「私はね、悪魔に魂を売って、代わりに山本舎監の命を奪って貰ったの。望み通り山本は死んだ。だからこれは遊びじゃない。だって本当に、祈った通り山本は死んじゃったの。死ぬ訳ないと思ってたけど他にどうすることも出来なかったから、でも本当に死んじゃった。つまり私は、本当に――」

夕子は寛衣をはだけて、肌を露《あらわ》にした。

「――悪魔に身を売ったの」

左肩に、ぽつりと紅い印がついていた。

「――魔女の――刻印よ。私はもう、後戻り出来ないの。解る？」

夕子の瞳から涙が零《こぼ》れて、頬を伝った。

基督の絵みたいだった。

でもそれは埃なんかじゃなくて、涙だった。

「渡辺さん、あなたにこの覚悟があるなら――あの方に話してみる。ないなら、今の話は忘れて」

美由紀は声が出ない。

「さあ、私は魔女なの。あなたも魔女になる気？」

夕子は立ち上がり、小夜子に詰め寄るように近づいた。窶れている分凄みがある。哀しそうな分強みがある。小夜子は口を押えたまま、その赤い刻印を凝視して、そして云った。

「いいわ——なるわよ」

「小夜子——」

「どう云う意味か解って云ってるの？　魔女と云うのは人じゃないのよ。魔女は正しきことを汚し悪しきことを喜ぶの。躰に香油《ベラドンナ》を塗り、夜会《サバト》で淫行の限りを尽くすのよ。悪魔を信じるってことは——」

「いいわよ。魔女にでもなんでもなる！　本田を殺してくれるなら——本当に殺してくれるなら」

「本田を殺すくらいはきっと簡単よ。でもね——」

夕子はそこで声を低くして、囁くように云った。

「——悪魔を礼拝するってことは、清浄なる生を否定し、邪悪なる生を肯定するということなのよ。つまり」

「結構ね。平気よ。そんなの」

「それなら尋くけど、あなた——なぜそんなに本田を殺したいと思うの？」

「憎い——からよ。殺してやりたい程憎いからよ。死ぬ程辛いから。哀しいから、苦しいから——」

「辛いこと、哀しいこと、憎むこと——それはあの人達にとっては素晴らしいことなのよ」

「素晴らしい——こと？」

「あなたがもし同志になったなら、今の苦しみも哀しみも数倍にも数十倍にもなる。況《まし》て刻印を押され魔女にでもなろうものなら、一生それは消えない」

「今より悪くなることなんかないわ」

「どうかしら。彼女等は情欲に身を任せて、妊娠に至らない凡ての堕落的行為に耽《ふけ》るのよ。恥辱の接吻をして、同性愛《レズビアン》、獣姦、自慰、ありとあらゆる不潔な行為。そして結婚を蔑《さげす》む。悪魔にとって子供を生《な》すことは最大の冒瀆行為なのよ。人間の数を増やすなんて以ての外の醜行。魔女は、淫交の末に妊娠した赤ちゃんを、いったいどうすると思う？」

「赤ちゃん――」

途端に小夜子は顕かな動揺を見せた。

開き切った眼が渇いている。

「――どう――するの？」

夕子は加虐的《サディスティック》に、ゆっくりと云った。

「殺して、黒焼きにして、食べるのよ」

「そんな――」

小夜子が絶句する。この世の話ではない。美由紀は喉の奥から熱い胃液が込み上げて来るのを堪えている。夕子も錯乱し始めている。

「首を切り裂いて、血を浴びたりもするのよ」

「やめて――」

「可愛らしい赤ちゃんの頸から、真っ赤な血が迸《ほとばし》るわ。どくどく。どくどく。それを浴びるの――」

「やめて――」

「それでも――それでもあなたは、平気なの！」

夕子は叫んだ。小夜子は耳を押えて蹲《うずくま》る。

「代償が――大き過ぎると思わない？」

小夜子は震えている。美由紀は考えている。

考えてみれば人の命を奪う程の呪術の見返りなのだから、そのくらいは当然なのかもしれぬ。呪う方としても生涯を賭けねばならぬと云うことだろう。小夜子の場合、当然高すぎる代償である。あんな男のためにそんな生を強《し》いられては堪るまい。それは絶対に損だと美由紀も思う。夕子は云った。

「――渡辺さん、あなた、こんな学院、辞めちゃったら？　辞めちゃえばいいじゃない。辞めて、忘れちゃうのが一番よ。それとも私みたいになりたくって？　生涯、淫売として殺人者として、魔女の烙印《らくいん》を背負ってあなた生きて行ける？　どうなのよ！」

泣いている。

「私は――もう抜けられない。でもあなた方はまだ大丈夫。だから」

「馬鹿——よ」

「え？」

「——馬鹿よ。夕子さん」

美由紀は立ち上がる。

そして出来るだけ明るい声でこう云った。

「話は解ったわ。あなたの迷いも、苦しみも、話したがらなかった理由も解ったし、私達を仲間にしたくないと云うあなたの気持ちも、とても善く解った。有り難う。それでも、それでもあなたは馬鹿よ。だって夕子さん、そんなのただの痣じゃない。魔女の刻印なんかじゃないよ。入れ墨みたいなもんでしょ。関係ないって。そんな疵《きず》ひとつで一生左右されるなんて変じゃない。そう思わない？」

「呉さん——」

「ちゃんちゃら可笑《おか》しいわよ。何が呪いよ。何が悪魔よ。深刻振らないでよ。高高《たかだか》中学生が何云ってんのよ。生まれた赤ちゃん殺して食べる？　どこに赤ちゃんが居るの？　嘘よ。そんなのは口だけよ。嘘八百よ。生まれた赤ちゃんだって殺したら殺人よ。本当にそんなことしたら殺人罪よ。すぐ警察が来る。監獄に入れられる。日本は法治国家で、占領も解けて、平和で、私達は健全な女学生よ！」

美由紀は捲《まく》し立てる。そうせずにいられない。

「呪いだってやっぱり偶然だわ。山本はあなたが呪った所為で死んだんじゃないわよ。そんなことある訳ないもの。あれは不幸な事故よ。そうに決まってる。小夜子、あんたもそんな深刻な顔しちゃ駄目だよ。夕子さんも。あなたはそんな蜘蛛の何とかなんて変な仲間から、矢っ張り抜けるべきなんだ」

「あなたの云う通りなら――いいけれど」

夕子はふらふらと蹣《よろめ》いて、寝台の横の机に手を突いた。そして頭を揺する。長い髪の毛が揺れる。

「二度までは――偶然で済むでしょう。実際私も何度そう思ったか知れない。でも」

――今夜。本当かどうか判る。

「この前の満月の晩。私は云ったの。丁度今のあなたみたいに。限界だった。私はもう信じない、呪いなんて偶然だって。そしたらあの方はこう云った。そんなことを云うのなら、あなたもうひとり呪って頂戴――嘘だと云うなら平気でしょう」

矢張り呪いは――かけられていたのだ。

「そして、三人目の女が生贄《いけにえ》になったのよ。その女は最初に殺した女の仲間だと云う話だった。私は呪いの言葉を吐いた。ベラルド、ベロアルド、バルビン、ガブ、ガボル、アガバ、立て、立ち上がれ、我汝《なんじ》に命ず――その女は標的になった」

「その――結果が――今夜？」

「そう。呪った女は慥か前島八千代と云う名前。東京の女よ。だからその人がもし本当に死ねば――」

「死なないわよ」

美由紀は断言する。

「死なないよ。死ぬ訳ないじゃん。冗談じゃない。死ななかったら夕子さん、あなたいったいどうするの？　悪魔なんて嘘っぱちだと云うことよ。あなたそれでも、一生そんな馬鹿なこと続ける気？」

「え？」

「その時は――」

ばたん、と扉が開いた。

美由紀は反射的に小夜子を庇《かば》うようにその前に回った。夕子は開いた扉の方を向いて、眼をこれ以上開けないと云う程見開き、凍りついてしまった。

扉の向こうは不思議な明るさだった。

ふわふわと光があるような、闇があるような。

声がした。

「貴女達《あなたたち》、何をしているのです？」

細くて綺麗な声だ。美由紀はそう思った。

手燭《てしょく》が差し入れられた。螢《ほたる》火《び》のように心《こころ》許《もと》ないふわふわとした燈りが来訪者の顔を照らし出した。

そこには天使が立っていた。

真っ直ぐに伸びた緑の黒髪。陶器の如き白い肌。

大きな瞳にはふわふわとした灯りが映っている。

それを縁どる、濡れたような黒の、長い長い睫《まつげ》。

同性も見蕩《みと》れる程の美少女。

この学内で知らぬ者はない。

この学院の創立者の娘――。

――織姫。いや
織作碧《おりさくみどり》――だった。

「云い争うような声が聞こえましたので、気になってしまって。麻田さん、こちらは？　慥か三組の方じゃなくって？　ええと、珍しいお名前――呉さん。そして渡辺さんでしたかしら。一般棟の」

「はい――寮長、こ、この人達は――」

「す、すいません。すぐに帰ります」

「そう慌てなくても結構ですわ」

「え――」

織姫はにっこり笑った。

実際、美由紀が見ても天使のような顔――なのだった。穢れとは無縁と云う顔だ。今まで話していた汚らしくて、悲しくて、忌まわしいことなど、凡て嘘だと思えてしまう。細い綺麗な声は云う。

「善くあることですの。仲良くされるのは大目に見ますわ。この学院の中では、そんなに悪しきことはできませんもの。ただ饒舌や激昂は罪です――」

夕子は押し黙っている。

「――それにあまり夜更かしはいけません。朝の礼拝に差し支えますわ。そろそろお戻りになった方が宜しいですわね」

「そう――します」

織姫はそれじゃあお静かに、と云って一度帰る素振りを見せてから、再び振り返った。

「あ、麻田さん、そうですわ。そこのドアの下に、こんなものが挟まっていたのだけれど。これは貴女のものかしら？」

「――は――い――」

「これは何かしら？　新聞のようですけれど。この学院に新聞は届きませんものね。何かしら。詮索するのはいけませんわね。はい――どうぞ」

織姫は手に持った紙切れを差し出した。

夕子はそれをやけにゆっくりとした動作で受け取った。織姫は美由紀を見て、お帰りになる際もくれぐれもお静かに願いますと云って、軽く会釈をし、そして静かに扉を閉めた。

ふわふわとした光は遮断され、室内には再び月光が支配する蒼白い世界が立ち現れた。

「夕子さん——？」

夕子は紙切れを喰い入るように見ている。そして貧血でも起こしたかのようにゆらりと揺れて、寝台に沈んだ。椅子を立って小夜子が近づく。手から紙が落ちる。美由紀はそれを拾い上げた。

新聞の切り抜きだった。

「う——嘘でしょう？」

夢夢《くらくら》した。

『目潰し魔暗躍《あんやく》す、第四の犠牲者』

写真の下に。被害者の名は。

『亡くなった前島八千代さん』

「前島——八千代——これは」

呪いは——成就した。

「いやあ」

小夜子は幼子のような悲鳴を上げて立ち上がり、飛び退いて、怯えた素振りで扉に張りついた。

「本当ね。本当に死んだのね美由紀」

「落ち着いて！　小夜子」

「呪いはあるのね？　死んだんでしょう、その人」

「それは――」

「偶然の訳ないでしょ！　あるんだわ。あるのね」

小夜子は臓躁的《ヒステリック》に二度三度首を振り、扉に背をつけたまま滑るように床に座り込み、遠くを見るような焦点の暈《ぼ》けた眼をして、脱力したように云った。

「どうしよう。私、あそこで――」

「何よ」

「私呪いかけちゃったよ美由紀」

昨日の――あの子供騙しの――。

「あんなの遊びだよ。あんな簡単な」

「だって悪魔がいるなら聞いてたでしょう、聞いていたわ、きかれたのよ――」

夕子がゆっくり顔を上げて、乱れ髪の隙間から、上目遣いに小夜子を見た。

「のろい――かけたの？」

「遊びなのよ夕子さん。そうね、小夜子、ねえ」

——最初は遊びだったの。

同じことなのか。そうなのか。夕子は沈黙したまま小夜子を見つめ、美由紀はその視線から驚愕《きょうがく》混じりの憐憫《れんびん》を読み取って確信する。小夜子が云った。

「本田——死ぬのね」

「馬鹿。あんなことで——縦《よ》しんばその、悪魔がいて呪いが効くんだとしたって、儀式に則ってやった訳でもないし、あんなの」

——何を本気にしている。

美由紀まで呪術の有効性を前提にして話をしている。これは何かの間違いだ。どこかで一本道を間違ってしまっただけだ——。美由紀はそう思った途端に混乱した。不可解な現実と云うのは享受した方が楽なのだろう。

「兎に角あんな」

「私——妊娠したの」

「え？」

唐突な言葉の重たい意味を美由紀が理解したのは、続く幾つかの言葉を聞いた後のことである。

「だから本田に会ったの」

「小夜子あんた——」

「云ったわ。子供ができたのよって」

そう云うことか。それで——。

「あの男、誰の子だっ、て云った。信じられない。この学院に男なんか何人も居ないのに、そんな馬鹿な云い種《ぐさ》ってある？　冗談じゃないよね——」

それで態度を急変させて——。

「あいつ堕《お》ろせって云った。私だってあんな男の子供なんかって思ったけど——何か違うの。何であいつの都合でそんなこと——産むのも堕ろすのもあたしじゃない。厭よそんなの。そしたらあいつ、俺の子じゃないって、だからお前のような淫売は退学にしてやるって。淫売め、淫売め——だから——」

小夜子は——殺意を新たにしたのだ。

あの時。美由紀が蜘蛛の僕と対峙している間に。

淫売——泣きながら、夕刻小夜子が夕子に云った言葉は、実は本田の台詞だったたか。

「でも——厭よ。私は厭。産むのも堕ろすのも厭。産んで殺すのはもっと厭よ。厭厭。厭」

小夜子はそう云い乍《なが》ら背を扉に押しつけ、徐徐に躰を迫り上げて叫んだ。

「魔女に——なるのは厭よ！」

「だから、もういいよあんなの——」

「美由紀はいいわよ！　あんたはいつだって、全部他人ごとじゃない。いい加減にして！」

小夜子は扉を叩いた。夕子が躰を起こす。

「渡辺さん――あなた」

「煩瑣《うるさ》いわ。私はもう呪っちゃったんだもの。でも厭よ。あなたみたいな魔女になるのは厭！」

「でも――」

「黙れ魔女！　あんた達は好きでやってるんでしょう！　一緒にしないで！」

「小夜子」

「その女は魔女よ。赤ん坊を殺して食べるのよ！」

「馬鹿なこと云わないで！　夕子さんはあんたのためを思って――」

――ああ、通じない。

眼が違っている。微昏い部屋で陰惨な話を聞き続けた所為か、将《はた》またここ数日の矢継ぎ早に起きた出来事の影響か、積もりに積もった哀しい現実に圧し潰されたのか、小夜子の理性は摩滅してしまったようだった。

「落ち着きなさい！」

「厭よ、厭だわ。厭厭厭厭！　魔女になるくらいなら――死んでやる！　死ぬわよ！」

小夜子は扉を開け、倒れるように飛び出した。

「待って――」

咄嗟《とっさ》に美由紀は夕子を見る。頭を抱えて寝台に伏せ肩を大きく波打たせている。追うか、止《とど》まるか。

「夕子さん、大丈夫。これはまやかしよ！」

そう云い残して美由紀は小夜子を追った。

階段の中程に織作碧が浮かんでいた。暗い闇の中で、ふわふわの灯りに照らし出されて、まるで天使が浮かんでいるように見えた。美由紀が駆け降りると、碧は踊り場に立って下を見ているのだった。

「呉さん、今、渡辺さんが——」

「織作さん、あの娘神経が参っているんです。危険なんです。一緒に探して貰えません？」

「それは——大変ですわ。すぐ舎監に——あ、そんな余裕はないのですね？」

「ないんです」

美由紀は駆け降りる。

振り下ろす長い脚を堅い石の階段はかつかつと跳ね返す。扉を開け放つ。さあと冷たい夜気が吹き込んで来る。いずれ夜の闇すら堅牢な建物は吸い込むことはしないから、それもまた床や壁の堅い表面を滑るようにしてどこかへ抜けて行くに違いない。

——馬っ鹿野郎。

美由紀は無性に肚《はら》が立った。

対象を明確にしないままの怒りである。

かつかつかつ。跫《あしおと》が響く。

——跳ね返せ。私は平気だ！

そもそも生を持たない鉱物の中庭は、文字通り死んだように静まり返り、濡れている訳でもないのに嫌らしくも瑩瑩と月光を映している。忌まわしい。

——どこが清浄か！

「小夜子！」

美由紀は叫ぶ。友の名は聖堂に、礼拝堂に、校舎に反射して、幾度も幾度も反復し、やがて消えた。

「呉さん！」

碧が呼ぶ。綺麗な声が響き渡った。まるで夢の中のようだ。手燭を翳《かざ》している。

「あそこに、あそこに誰か」

美由紀は踵《きびす》を返す。黒い影が校舎の横の石畳を横切った。泉の周縁を迂回して美由紀は走る。そして美由紀は走り乍《なが》ら後悔する。

——触れてはならぬもの。

麻田夕子の云ったことは正しかった。

呪いなんて、止めるべきだったのだ。

慥かに小夜子は不幸な目に遭った。

だからと云って、他に幾らでも方法はあった筈だ。

――手を貸したのは私だ。

「小夜子！　何処！」

跫。美由紀の跫。碧の跫はしない。天使は飛ぶのかと、関係ないことを美由紀は思う。

しかしそれは違う。美由紀は石に歯向かうように生きているからこんなに大きな跫がするのだ。

校舎に辿り着く。人影はない。横道に入る。

突き放すような月光に浮かぶ夜の世界は静寂《せいりん》で、音のないのは時が凍て付《い》いているからに他ならず、また時まで凍らせる程の凄凛の訳は、その蒼白き、色温度の高い色相《しきそう》にも因るところが大きい。

その時。

色。柄。彩。

ひらり、ひらり。

樹樹の切れ目にするり、と鮮やかな色が翻《ひるがえ》る。

月明かりに曝《さら》され、一瞬水鳥の模様が浮かんだ。

黒き木立の間隙《かんげき》を縫い漂い舞い飛ぶ一枚の布地。

「あれは――何？」

「女――女の人が――走っている？」

こんな時間。こんな場所に、寛衣の裾をはためかせて疾走する女などいる訳もない。

水を浴びせられたようにぞっとした。

「違う。あれは――和服です」

「和服？　和服を頭から羽織ってるの？」

鮮やかな水鳥の模様――慥かに和服に違いない。何と場違いな――場違い？

美由紀は駆けた。

ひらり、ひらり。

「待って――」

ふわりと風を受けてその布は大きく波打ち、振り向いたその中は――

真っ黒だった。

漆黒の闇がふしだらな女物の衣装を引っかけて走り回っているのだ。闇は眼を開いた。

――顔がある。

黒い。

「黒い――聖母？」

正に――黒い聖母がそこに居た。

頭から被った着物の前を合わせて、
まるで印度の女か平安時代の貴族の女——否、鬼のように、
その顔は生き物の黒さではない。

漆黒だった。

眼だけが白い。

「あ——」

叫び方を忘れてしまった。

聖母は振り向いたまま止まっている。

着物がなければ、闇に眼だけが浮かんでいるようなものだ。

美由紀は蛇に睨まれた蛙のように、完全に動きを封じられてしまった。

背中に声が当たった。

「どうしたのです！」

——天使——織姫。

それを契機《きっかけ》に美由紀は金縛りから解けて、二歩三歩後ろに引き漸く大声を出した。

「黒い——聖母が——」

「なんですって？」

駆けて来た碧は美由紀の横に出て手燭を翳した。

光りは闇を駆逐《くちく》する。聖母は大きくその場違いな衣装を翻《ひるがえ》してその顔を隠し、脱兎《だっと》の如き素早さで走り出した。鮮やかな着物の残像がつう、と尾を引き闇に歪《いび》つな落書きをして、消えた。

「真逆——」

碧は美しい顔を硬直させている。

闇は闇の彼方に消えた。

「あれは、あれは何ですの！　黒い聖母、そんな」

——本当に。

「美由紀さん！」

別な方から声がした。夕子が後を追って来のだ。

「夕子さん——」

「中よ。校舎の中。今二階の窓を誰か過《よぎ》った」

夕子が校舎に這入る。美由紀も追う。

——いた。黒い聖母が本当にいた。

——これが現実だと云うのか。

触れてはならぬものに触れた所為で、この世ならぬ世界の扉が開いたのだ。

美由紀は黒い闇に身を投じる。

深夜の校舎はそれだけで邪悪を孕んでいるかのようだった。あらゆる浮彫《レリーフ》も意匠《デザイン》も、そのモチーフが何であれ、悉皆《しつかい》薄気味の悪い化け物にしか見えなかった。闇の中で徒ならぬ気配が蠢《うごめ》いている。

夕子は寛衣の上にマントを羽織っただけである。

あんなに憔悴していたのに。

「上――上に向かってる。飛び降りるつもりよ！」

悲鳴が聞こえた。

「小夜子――の声」

階段を駆け上る。夕子と碧が続く。

屋上に出る。

「何――あれ！」

黒黒とした有機物が硬質な石の上に落ちていた。

辺り一面の石どもが揃って月光を跳ね返している中、その汚らしい塊は一身に光を吸収して、益々黒い。

それは――本田幸三だった。

否、少し前まで本田幸三だった物だった。

本田はもう、生きてはいなかった。

小夜子に侮蔑の視線を送り続けたその眼は、すっかり眼差しを失って、何も見てはいなかった。小夜子に悪しき言葉を吐き続けたその口は、今はだらしなく開いて、ただ淫らに舌を覗かせていた。手も脚も、まるで蜘蛛に搦《から》め捕られた昆虫のように萎縮《いしゅく》して折れ曲がっている。

その頸は捩《ね》じ切れる寸前までに締められていて、本来向く筈もない方向を向いている。

汚らしい屍——。

「厭。いやいや。私はもう厭——」

渡辺小夜子はそう喚《わめ》きながら世界の全てを見失って、美由紀の眼の前で堅牢な建物から身を投じた。

まるで跳ね返されたように、

小夜子は宙に飛んだ。

＊

女は後ろを向いている。

男はその華奢《きやしや》な後ろ姿を眺めている。

女が頸をほんの僅《わず》か曲げただけで、男は獣《けだもの》のように身構えて、苛立たしく、乱暴に言葉を吐く。

「こっちを向くな。視《み》るな」

女の端正《たんせい》な形の耳は、野卑《やひ》な言葉など最初《はな》から受けつけぬようにできている。女は綺麗な所作《しよさ》で振り返ると、嗤《あざわら》うように冷酷な笑みを湛えて云った。

「そんなに――視られるのが厭」

「厭だ」

「私に視られるのも厭？」

「貴女は――別だ。ただ」

男は顔を背ける。

女は機械のように正確なリズムで笑った。

そして男の背後に回り、そっと細い腕を伸ばす。

細い靭《しなやか》な指先が男の頸に触れた。

女は、男の頸を弄《まさぐ》る。男は云う。

「なぜ——匿《かくま》う」

「なぜかしら。解らないわね」

「蔑《さげす》むためか。見下すためか」

「そうね。現在貴方は圧倒的に不利ね。私は貴方の庇護者《ひごしゃ》であり飼い主でもある。でもその割りに貴方は随分堂堂としている。屈服しない態度は好ましいわ。それもこんな物騒な物を持っているからなの」

女は白い指を男の頸から胸に這わせ、懐深くに仕舞われている、凶凶《まがまが》しくも鋭い得物を摑んだ。

「よせ。それは」

「こんなにまでして——男でいたい？」

男は眼を伏せる。

「どう云う——意味だ」

「貴方があんなことをするのは男でいたいがためなのでしょう？　救い難い男根主義者ね。でも無駄なこと。認めるがいいわ。貴方はもう社会から弾き出された野良犬。男にはなれない」

「何を云ってるのか——解らない」

「貴方は既にこの国の仕組みから外れた逸脱者なんだから。それでもそうして、未だに構造の中心たらんとするのは何故？　男でいたいがためでしょう。だから貴方は女を犯す代わりに——こんな」

「やめろ」

男は振り返る。そして女を強く抱く。

「怖いの」

「怖い」

均整の取れた美しい躰を幾度も抱き竦める。

「誰かが視ている。いつも僕を視ている」

「そうね。貴方は晒し者の犯罪者。誰もが貴方を視るでしょう。でも、今貴方を視ているのは私だけよ」

「貴女だけ」

「そう。私だけ。だから私の云うことを聞いて」

「貴女の眼は造り物だ。硝子細工《ガラスざいく》だ。だから」

「だから？　私だけは殺さないのかしら？」

「違う。貴女は——」

男は眼を閉じる。

そして、女の肌に頬を当て滑《すべ》らせるようにして、滑《なめ》らかな感触を頬で受け乍《なが》ら、ゆっくりと跪《ひざまず》いた。

「貴女は生き物じゃない。額縁を通して視なくともそのままで造り物のようだ。この脚も、手も顔も」

「私の脚が好きなの？　それとも腕？　この指？」

女は男の姿を硝子玉のような瞳で追いつつ、

「さあ、視なさい。私を視て」

と云った。男は頑《かたく》なに眼を閉じた。

「貴方は私の顔をまともに直視できない。貴方は、そう、人を部分でしか理解できない」

男はそれでもいいさ、と云った。

そして刹那《せつな》、女と一体化した幻想を抱いた。

するとその瞬間だけ、世界の視線は消えた。

鯨幕が延延と続いている一本径の行き詰まりにわさわさと仏事を執り行う人人の姿が覗いていた。

3

――葬式の香り。

伊佐間《いさま》一成《かずなり》は鼻先でそう思う。

生花の青臭さ。線香の清香《せいこう》。寺院の古香《ここう》。喪服に纏わり付く樟脳《しょうのう》の微香《びこう》。湿った土気。凡ての抹香臭《まっこうくさ》い香り。それが所謂《いわゆる》葬式の香りである。伊佐間はどうやらそれを嗅いでいる。式場《そこ》まではかなり距離があるから、本来ならそんな臭いは感じる筈もないのに――である。凡ては風景が喚起《かんき》したまやかしの香りである。視覚の嗅覚化なのである。

――黒白黒白黒白。

延延と黒白の繰り返し。その、黒と白と、空の青と、ちまちま見える仏具の金と、そうした色には臭いまでが沁《し》み着いているのだ――それらは概《おおむ》ねセットなのであると、伊佐間は勝手に納得した。

「立派なお葬式ですなぁ。弔《とむら》い事も、こう盛大だと祝い事と変わらんよね。ほうら、あんなに花が並んでおるぞい。勿体無《もったいな》い」

呉仁吉《くれにきち》はそう云うと伊佐間に顔を向け、歯を剥いて笑った。歯が白い。それとも顔が黒いのかもしれぬ。豪《えら》く日焼けした老人なのである。おまけに鉢巻《はちま》きにした手拭いまでも煮染《にし》めたような色だ。

「誰の——」

伊佐間は多くを省略して尚、的確に意図が伝わる独特の話法で尋ねた。勿論新しく鬼籍《きせき》に入った者の名を確かめている。

「知りよるか知りよらんか知らんけど、この地方じゃ皆知ってるよ。織作雄之介《おりさくゆうのすけ》云いましてな。お大尽《だいじん》ですわ」

「お金持ち」

「つうても今成金じゃない」

「旧家」

「旧家——と云えば旧家。まあ元は漁師じゃろうがね。そうか。なら、成金でもあるんじゃなあ」

仁吉はそこでぷうと煙管《キセル》を強く吸い、瞬時《ちょっと》止めてから丸く口を開けて、輪っかの煙をぽかんと吐《は》いた。

「まだ冷えるね。家《なか》に這入《はい》るかい」

「いえ」

「そうかい。その織作の旦那が仏。慥か御年五十やそこらさ。この辺じゃ毒盛られたちゅう噂もあるね」

「毒。じゃあ殺人」

「そりゃ噂。噂は本当じゃないわさ。ただ火のねえところに煙は立たねえ」

何だか江戸っ子のような口振りだ。伊佐間がそう云うと、仁吉は馬鹿云うない、こちとら正真正銘安房《あわ》産の田舎者《いなかもの》ようと、矢張り江戸っ子のように見得《みえ》を切った。

「それで火元は」

「話せば長い。家に這入るべい」

仁吉はそう云って立ち上がる。立っても座ってもそう変わらない短軀《たんく》である。伊佐間の方は仁吉よりも頭二つ抜き出でる程背が高いが、猫背《ねこぜ》気味なのでそれ程差があるようには見えぬ。

仁吉が老境にあることは間違いないし、伊佐間の方は枯れた風貌《ふうぼう》に反してまだ三十を出たばかりだから、実のところ親子程も齢《とし》の差があるにも拘らず、二人の間にはそう大きな隔りは見て取れぬ。殆《ほとん》ど朋友《ほうゆう》と云った雰囲気である。仁吉老人は小柄だし、時に稚気《ちき》に溢《あふ》れた性質を窺《うかが》わせるから、それは慥かにその所為《せい》もあろうが、矢張り伊佐間が老《ふ》けて見えるが一番の理由である。

場所は房総《ぼうそう》、興津町鵜原《うばら》、季節は春弥生《やよい》。風まだ寒い漁港の早春である。

実年齢も関係も判り難い二人連れは、蕾《つぼみ》ばかりの桜の下で、路傍《ろぼう》に放置されていた木箱に腰を下ろして、それまで人を待っていたのである。

伊佐間は、平素は釣り堀の番人を生業《なりわい》としているのだが、それでいて趣味もまた釣りと云う、少少風変わりな男である。服装も一般的とは云い難く、一見どこの国の人間か善く判らぬ。今も土耳古《トルコ》人が被るような鍔のない帽子を被り、露西亜《ロシア》人の着るような防寒服を着ている。節操はないが統一感はある。

無国籍な男はまた昼間のお化けのような——とも評される。つまりは目立つ格好の割りに周囲に強く己《おのれ》の存在を誇示《こじ》するような男ではない——と云う意味である。普段から居るのか居ないのか判らぬが如き男は、居なくなって困る者もまた居ないので、それをいいことに実に気儘に、風来坊のように旅に出る。昨年末、身辺にごたごたがあったので暫《しばら》くは大人しくしていたのだが、三月になって春の兆《きざ》しを感じ始めるとまた放浪の虫が騒ぎ出し、これは文字通りの蠢動《しゅんどう》で、居たたまれなくなって家を出た。

行ったことのない海で訳の判らないものを釣りたいと、そう思ったらしい。

そして伊佐間は千葉の港を訪れ、二日前から仁吉老人の家に泊まっている。

仁吉老人とは電車に乗り合わせたと云うだけの間柄で、なぜこう云う展開になったのかは伊佐間自体善く判っていない。だから互いに殆ど素姓《すじょう》を知らぬのだが、断片的に聞いた情報を繋《つな》ぎ合わせるに、仁吉老人は元漁師だそうで、戦禍《せんか》で足を傷めて隠居したらしい。

細細と干物などを作ってはいるようだが、実際は息子の仕送りで生計を立てており、つまり働く必要はない。それでいて、やや左足を引き摺《ず》る以外は至って元気であり、だから豪《えら》く暇《ひま》を持て余している様子である。伊佐間はいい暇《ひま》潰しになったようだ。

老人の家は、錆《さ》びたトタン葺《ぶ》きも寒寒しい粗末《そまつ》な一軒家で、実のところ中に這入ったところでそれ程暖かくはない。ただ伊佐間は――もう春だと云う思い込みからか――それ程寒さを感じていない。尤《もっと》も冬場着ていたのと同じ防寒服を着ているのだから、寒くないのも当然かもしれない。

「織作の家はさ、元元この勝浦近辺じゃ素封家《そほうか》だったんだね。由来は詳しく知らんけどね。何でも植村《うえむら》の殿様が勝浦城に入られた頃にはもうあったとかなかったとか聞くがね。ほれ、お座布敷《ざぶし》け」

座布団《ざぶとん》だか雑巾《ぞうきん》だか判然としない布の塊《かたまり》を尻に敷いて、伊佐間は孤座《すわ》る。そして尋く。

「植村とは？」

「植村忠朝《ただとも》。徳川《とくがわ》の。幕臣《ばくしん》。知らん？」

「一向に」

「そもそもこん勝浦一帯は、元を正せば安房里見《あわさとみ》、正木《まさき》氏の所領だったがね。正木氏は小田《おだ》原北条《わらほうじょう》と命運を共にして滅んだのですよ。代わって城に入ったのが植村――」

「いつの話で？」

「そりゃ万治《まんじ》二年」

「古い」

「当たり前だが」

嚙み合わない筈である。それは相当昔の話だ。

万治と云えば一千六百年代だから、仁吉老人の話は一挙に三百年も飛んでいたのである。

「織作さんも武将で？」

「違う違う。多分違う。だから、農家か漁師だと思うがね。この辺は皆そうだから」

「でも古いでしょう」

「そうよな。まあ他の村の者と違うとは——皆思っておったがなあ。最初から。それについちゃ妙な話も昔は聞いたが、今はあまり聞かないね。土地の名士だから表向きは誰も悖《さか》らわないしね」

「妙なとは」

「なァに昔咄《むかしばなし》だ。織作んとこはその昔、悪事を働いて金を儲けたで、代代祟《たた》られていて、入《い》り婿《むこ》は皆早死にする——とかな。金持ってるのは祟られるような悪いことしたからだろうつう、まあ田舎者のやっかみです。貧乏者の僻《ひが》み根性です」

「その——昔の悪事とは？」

「聞いても詮《せん》ない。昔咄だもの」

尚更《なおさら》興味が湧いた。

伊佐間は仁吉に是非話してくれと乞うた。

老人は物好きなことで、と歯を剥いて笑った。

「いつの頃から語られてるもんか、ホント、祖母《ばあ》さんの夜語りだよう。ほれ、天人女房《てんにんにょうぼ》、あれだな」

「羽衣《はごろも》隠しちゃう、あれ」

「それそれ。知っとるじゃないか。隠したんだと。織作の先祖がね、羽衣を」

それは悪事なのだろうか。

伊佐間の記憶する天人女房譚はこうである。

ある男が水浴中の天女を発見し、木の枝に懸けてある羽衣を隠す。天女は帰れなくなり、そのまま男の妻となる。子《こ》を生して後、隠していた羽衣を発見して女房は天に帰る——更に後日譚《ごじつたん》が続くものや、結末が違うものもあったような気もするが——大筋はそうだったと思う。慥かに姦計《かんけい》を以て女人《にょにん》を籠絡《ろうらく》する訳だから悪事と云えば悪事なのだが、それも破局を迎える訳だし、代代祟られるまでのこともないと思う。伊佐間がそうした感想を述べると、仁吉は、それがさぁ、ちょいと違うのだべい、と云った。

「織作の先祖はさ、羽衣隠して天女娶《めと》った後にね、こともあろうに、その羽衣をどっかのお殿様だかお大尽に売っちまったと云うのさ」

「売った——」

「売った。それは高く売れたとさ。で、天女は永遠に帰れなくなったわな。大金と絶世の美女を、織作の先祖は手に入れたんよ。それでね、まあ長者になったと云う咄。だから禧《め》し禧《で》しとは——行かんねえ」

「じゃあ祟るのは——」

「勿論女房殿だべい。後後に秘密を知って、まあ騙されたと怒り狂う訳だけれども、羽衣はもうないから帰ろうにも帰れない訳さ。怒って帰っちゃう訳じゃない。帰れないんだもの。そこが他と違うところ。天女、つうか女房はさ、悔《く》しい訳よ。悔しいから騙した織作の血筋を絶やそうとして、入り婿を祟り殺すてぇんだな。生まれるのは全部女、こりゃ天女の血筋だわ。でもって来る婿来る婿、さっさと殺してしまう。つまりさ、織作家を呪ってるのは織作家の女どもだと、こう云うオチですよ。くだらない」

「でも——家は絶えていない」

「あったり前でっしょうが。昔咄だって再三云うてるですよ。そんなの作りに決っとるよ。大体、早死につっても雄之介さんは五十幾つでしょう。先代も六十二まで生きたしな。だからその話は、昔咄つうよりただの悪口だね。根も葉もない。今は誰も語らんです。まあ、それにしても織作さんとこは慥かに網元《あみもと》つう訳でもない、豪農《ごうのう》つう訳でもないが、昔っから金持ちなのは本当だ」

「さて面妖《めんよう》な」

「綿羊《めんよう》って、そうさ。まあ羊じゃないがね。先祖はどうだったか知らんがね、織作の先代や先先代は、その名前の通りにさ、織物《おりもの》で儲けたんだね——」

老人の話に依ると、どうも織作家は明治から大正にかけての間に力織機《りきしょっき》の生産で大儲けしたらしい。力織機とは動力で稼働する機織《はたお》りの機械のことであるらしい。伊佐間は詳しく知らないが、国産の力織機が完成したのは明治三十年前後のことだそうで、その大量生産に織作家は関与したのだと云う。

「何で勝浦の田舎者がそんなものに手ぇ出したのかは知らねえが。織作紡織機《ぼうしょくき》——これが会社の名だがね。軌道に乗ったんだろうねぇ。大儲けしたのさ。で、明治三十五年頃かな。御殿《ごてん》まで建てた」

「御殿？」

「儂等、餓鬼の時分からそう呼んどるです。口の悪い奴は蜘蛛《くも》の巣館《すやかた》と呼ぶがね。蜘蛛はこう、尻から糸を吐き出すでしょう。紡織機で儲けて建てたからそう云うんだろうね。あの、明神岬《みょうじんみさき》の突端の、断崖のとこに建ってる洋館ですわ。てっぱつ屋敷だ」

「てっ、てっぱつ？」

「大きいつうこと」

「あ、大きい」

伊佐間はその屋敷がとても見たくなった。

「まあ、この辺には一寸ないでしょうな。ああ云う建物は。儲かったのさ。だから、さっきの昔咄なんかも昔っからある話じゃなく、屋敷が建った頃に出来たもんじゃないのかね。儂はそう思うね」

慥かに、先祖が羽衣を売って儲けたと云う逸話は、織作家が織機を作って儲けたと云う事実——それ自体がもう語呂合わせ染みているのだが——を反映しているように——思って思えぬこともない。ならばそれは古伝ではあり得ぬと云うことになろう。当然、儲けた時期以降——明治後期以降に作られた話である筈だ。伊佐間がそう云うと、仁吉はそうよそうよと真顔で頷き、でも機織るお伽話《とぎばなし》にこじつけるなら、鶴《つる》の恩返しでも良かったのかいなぁと云った。良いかと問われたところで伊佐間も困ると云うものである。

「だから、当時はね、矢張り村中が訝《いぶか》しんでいたんだろうね。ところが、織作の先代と云う人が肚《はら》の太い人で、地元になんだかんだと貢《みつ》ぎ始めた。あんた、隣の町の山の方にある女学校、知っとるですか？」

「一向に」

「儂の孫の学校ですわ。全寮制でね、豪く立派なのがござる。あれ建てたのも先代の織作の旦那だな。先代の旦那は耶蘇《ヤソ》教だったと聞いてますけどなあ」

「やそ——」

基督教《キリスト》のことだろう。先代だけが基督教徒《クリスチャン》だったと云うのだろうか。

どうも変な話である。

「そう云う経緯《いきさつ》もあってね。それまで色眼鏡《いろめがね》で見られがちだった織作の家は、その先代の代で、すっかり地元の信用を勝ち取っちまった訳ですわ」

寄付や寄贈は繰り返す、剰《あまつさ》え学校まで建ててくれたとあっては、共同体としても認めぬ訳には行かなくなった——と云うことらしい。

慥かに第一次産業に従事している堅実な地元民等《ら》の目から見れば、事業で一発当てた金満家など胡散《うさん》臭く映るに違いないのだ。妙な云い伝えが捏造《ねつぞう》されるのも頷ける。だが、地元の利益を退《しりぞ》けてまでそんな風聞を流し続けるとなると矢張り愚行《ぐこう》と云わざるを得ない。だから自然と止《や》んだのだろう。迷信よりも経済力がものを云う時代になったと云うことか。

「それでね、今の雄之介旦那の代になって——」

そこで仁吉は腕を組んで頸を傾《かし》げた。

「ええと、何と云うたかなぁ、あの偉い財閥《ざいばつ》。元は糸屋のね、その、去年亡くなった大物が居ったでしょう。し、しば——」

「柴田耀弘《しばたようこう》？」

「それさ。知っとるじゃないか。そのね、柴田さんがさ、後《うし》ろ盾《だて》についたもんだから、もう」

なぜ——柴田が出て来るのだ？

伊佐間は想いを巡らせる。

柴田財閥の長・柴田耀弘は財界の黒幕とまで謳《うた》われた巨頭である。釣り堀の番人如きでも名を知っている程だから、大物であることはまず間違いない。

彼《か》の大物はしかし、去年の夏に急逝《きゅうせい》した。その突然の死は各界に様様な波紋を齎《もたら》したと聞く。何しろ伊佐間の周囲にまでその余波が及んだのだから、彼の影響力は絶大だったと云えよう。伊佐間自体は例に依って最果《さいは》ての地をふらついていたため難を逃れたのだが、伊佐間の友人達はその巨人の死に纏《まつ》わる事件に巻き込まれ、大層難儀をしたのである。

——後生に後引く男よな。

大物だもの。仕方がない、と伊佐間は思った。

ただそう云うことは口に出さない。

「で、柴田がなぜ」

「いや、先代の織作の旦那と、その柴田と云う人とはね、どうも仕事上で密な関わり持ったらしいですよ。それで——」

社名を聞くに織作では紡機も造っていたらしい。製糸業から身を立てた柴田耀弘との接点もその辺にあったものと思われる。雄之介の代になって織作紡織機は柴田グループの傘下に入り、柴田の経営上の戦略か、それとも本人が敏腕《びんわん》だったのか、雄之介自身も柴田の側近として組織の要となったらしい。

「——亡くなった雄之介旦那はね、だからあんた、生前は柴田の片腕とまで云われたご仁なんですな」

「何とまあ」

ならば地方の名士と云うよりも、綱を持って財界の黒い幕を張っていた男——と云うことになる。

「まあ大した玉だったのさね。雄之介の旦那は。あの人越後《えちご》の生まれらしいがなあ。三国峠《みくにとうげ》越えて来た甲斐があったつうこったね」

「越後？　雄之介さんは養子で？」

「そうさ。婿養子さ。織作家は女系なんだね」

「女系——ですか」

「そう。これも云い伝え。だから迷信だろ。事実何代だか前には男の当主もいたそうだからね。女しか生まれないなんてことはねえよ。だがね——」

姉家督《あねかとく》でこそないが、織作の家が多く婿養子を迎えているのもまた本当だ、と仁吉は語った。先代も、先先代も養子だと云う。そして伊佐間は納得する。

それなら先代が唐突に基督教徒《クリスチャン》だったことも頷ける。また入り婿が早死にする云云《うんぬん》と云う昔咄も理屈が通るのだ。伊佐間は、息子や嫁ではなくて、婿を早死にさせると云う表現にどこかしっくり来ないものを感じていたのだ。

それに、考えてみれば女系でなければ天女の呪いとやらは途切れてしまう。

「今の旦那が婿入りした時はさ、ありゃあ大正十四年だったかな。それはもう賑《にぎ》やかな宴《うたげ》が三日三晩繰り広げられてね。儂はちょいと、ちょいとね。悔しかったがね」

「悔しい？」

「へ、あの織作の奥様ね。当時はまあご令嬢だな。真佐子《まさこ》さんちゅうてね。緑の黒髪で、透けるような色白の、そりゃあ綺麗な人だったんだよ兄ちゃん。ホント天女の血でも引いているのかと思ったねえ。その時ばかりゃああの云い伝え信じたもの。儂も」

仁吉老人は陽に焼けた褐色の禿頭《とくとう》を掻いた。

「ふふふ、岡惚《おかぼ》れしとったの。儂」

照れている。

「後家《ごけ》様になった。口説《くど》きますか」

勿論伊佐間は冗談で云ったのだが、仁吉はやや真に受けたような感じである。まだ幾分照れている。

「ははは馬鹿こくでねえ。もう姥《うば》だ。儂も爺だで。夜這《よば》う元気もねえわな」

仁吉は照れ隠しによっこらしょ、と大きな掛け声を上げて立ち上がり、窓辺によたよたと近づくと、音を立てて窓を開けた。

ひゅう、と冷たい風が吹き込んで来た。

ただ弥生の風には身を切るが如き冷たさはない。

戸外の景色を眺めつつ仁吉は呟くように云った。

「戦前、戦中、戦後とね。どんな商いしてたんだか知らねえが、まあ織作家は太るにいいだけ太ったですわ。雄之介つう人は、生来商才もあったんでしょうがな、その柴田某か？　それと手を組んでからはもうね、表立っては静かだったが、地元の者には解るよね。儲けてるのは。もしかしたら阿漕《あこぎ》なこともしてたのかもしれねえけどさ。でも雄之介の旦那は先代に輪を掛けて奇特なとこあったから——」

「で——」

そもそもが新仏《にいぼとけ》の毒殺疑惑の話だったと、伊佐間は漸く思い出したのだった。

「——毒殺がどうとか」

「そうそう。織作家の噂の種はね、そもそも去年のうちに撒《ま》かれてたんだなあ。あの長え鯨幕はね、去年の春にもあそこに張られた。喪中《もちゅう》の不幸さ」

「誰か？」

お亡くなりになったのですか——の部分を伊佐間は省略している。

「そうそう。ありゃあ丁度、桜の季節だな。長女の紫《ゆかり》様がね。ぽっくりと。まだ二十八さ。勿体《もったい》ねえ」

「事故？」

「さあ。どうかね。悪い噂はその時も立ったですがな。噂は本当じゃねえわさ」

「しかし火のないところには」

「そうそう。だからな――おう、こっからは善く見えらあ。一寸こっちに来てみなせぇ」

仁吉は短くてごつい掌《てのひら》をバタバタさせて伊佐間を手招いた。伊佐間はひょいと撥条《バネ》仕掛けのように立ち上がり、老人の横に歩み寄ると、指示された通りに首を前に突き出して窓枠を覗《のぞ》き込んだ。

耳許で仁吉がぼやくように云う。

「中中出て来ねえなあ。密葬はさ、昨日《きんのう》だかに済んでいるですよ。だから普通ならすぐ終わるんだが、参列者が多いからね。この町の人口より多いんじゃねえか。寺も一斗《いっと》樽《だる》一杯くらい香を用意しなきゃあいけねえんじゃないかな。大変だこりゃあ」

妙なことを心配する年寄りである。そんなに香を焚《た》いたらもうもうと煙が立って火事のようになってしまうに違いない。伊佐間は小さく笑った。

そして伊佐間は気づく。老人の侘《わ》び住まいの窓は通りを挟《はさ》んで丁度――あの寺までの一本径に面して開いているのだった。

最前まで伊佐間達は、この家の真ん前に生えている桜の樹下に居たのである。桜越し、黒白の帯が、反復の幅を奥の方に向けて狭《せば》めながら一直線に続いている。その紫と云う人の葬儀の際はきっと――満開の桜がこの黒白の風景に柔らかな色を添えていたのに違いない。

——それでも矢張り葬式の香りはしたかな。

また違う香りを感じたのかもしれぬ。

今は蕾ばかりで実に素っ気ない。

仁吉は額に右手を翳《かざ》して、

「お、漸く焼香《しょうこう》が済んだね。ぞろぞろと出て来るぞ。まるで蟻の引っ越しだ。おう、あの真ん中。ほら、御覧な」

と云った。伊佐間は更に乗り出して、終《つい》には窓から顔を突き出す。仁吉は云う。

「あれを見るとね。伝説も強ち《あながち》嘘でねえって気がして来らあな。ほら、あれが真佐子様だ——」

目を凝《こ》らす。

葬式の香りがする。

門前に人が集《つど》っている。

喪服《もふく》の——上品な婦人が居た。

喪主《もしゅ》なのである。ぴったりと髪を結い上げているようだ。顔までは明瞭《はっきり》と判別できなかったが、遠目にも毅然としている様子が窺える。

「どうだい。あれで今年四十七だよ。そんな年増《としま》にゃあ見えねえな。まだまだ三十で通るよ」

伊佐間にはそこまでは見えていない。

「その横。位牌《いはい》持って立っている娘。あれは三女の葵様《あおい》だ——」

仁吉は視力が相当良いようである。

云われて伊佐間は眼を凝らす。凝らしても尚、それが洋装のご婦人であることくらいしか判らなかった。

「その横、制服の女学生が居るだろ。あれは四女の碧様《みどり》だ――」

これは比較的早目に確認することができた。色合いが若干異なっているのだ。黒ではなく、灰色だ。胸に白い、大きな飾紐《リボン》のついた制服だ。

「少し離れて、ほれ、項垂《うなだ》れておる女性が、次女の茜様《あかね》だ――」

却説《さて》、そうなるとどこに居るのかさっぱり判らなかった。弔問客《ちょうもんきゃく》だか手伝いだか、大勢の黒服に紛《まぎ》れてしまっている。所謂《いわゆる》闇夜の鴉《からす》だ。

伊佐間が判らぬと云うと仁吉は、茜様ァ存在《かげ》が薄いんよ、控え目なお方だでなァ、と云い、伊佐間が判らぬと云っているにも拘《かか》わらず、そんなことまるでお構いなしに、三人ともいずれ劣らぬ天女のような別嬪《べっぴん》だろうと、自慢話でもするが如くに云った。

「それ程の麗人で？」

「そうそう。真佐子さんの娘だからね。三人とも似てないんだが、それぞれに美人だ。しかしな、いいかい。ありゃ矢っ張り皆女だね。男は居らんでしょう。それがね、揉め事の種。悪い噂の大元」

「遺産――相続で？」

葬式の揉め事の定番であろう。しかし仁吉は、一寸《ちょいと》違うねえ、強いて云えば跡目争いかなあ、と云い、それを退けた。どう違うのか伊佐間には判らぬ。

「財産分けるとか、もっと多く寄越せとか、そう云う骨肉の争いはない。そう云うのはない。相続つうのは順番があるべい？　まず真佐子奥様、それから子等。まあ遺産分配で揉めることぁねえのさ」

「なら——利権とか？」

雄之介も柴田財閥の中枢《ちゅうすう》に居た程の傑物ならば社長だったり会長だったり理事長だったりするのだろうし、ならば遺産も形になって残るものばかりとは限るまい。要するに財産の分配抗争こそないが、先代、先先代、そして雄之介の構築したシステムを誰が継承するのかで揉めている——そう伊佐間は理解したのだが——それも少少違うようだった。

「そう云うのもあろうがね、問題は当主の座だ」

「当主とは？」

「織作の家で一番偉い男は誰か、つうこと」

「偉い？　男」

「そうさ。家長。織作の家を継ぐおとこだ」

「男は居ない」

「そうよ。それが火種よ。噂の煙の火元さ」

仁吉はそこで漸く黒い顔を伊佐間の方に向け、真面目な目つきのまま口許だけで笑った。歯だけ白いから薄気味悪いことこの上ない。

つまりは旧弊《きゅうへいてき》的な制度——因習の問題なのだろうか。仁吉の話を聞く限り、織作家は旧家とは云え身分の高い、由緒ある家柄と云う訳でもなさそうである。それでも、そうしたものはあるのだろうか。多分、それは歴然としてあるのだ。

「娘さん達は——皆未婚なのですか？」

「それが、そうじゃねえのです。一昨昨年《さきおととし》、次女の茜様が婿を取ったのですわい。是亮《これあき》と云うて、勿論婿養子だ。まあ嫡子《ちゃくし》が居ない場合にゃ、織作は代代入り婿が家督《かとく》を継いで来た訳だし、去年亡くなった紫お嬢さんは未婚だったからね、順番で行きゃあ、新しい織作家当主はその是亮になっちまうだろう」

「なるでしょう」

「そこだよ。是亮ってぇのはね、元は使用人の息子さ。こいつが、雄之介旦那の眼鏡に適《かな》った。童《わらし》ン時分から可愛がり、見込みがあるってんで会社にも入れてね。それで茜さんに惚れたと聞くや婿に取った。これにゃあ真佐子奥様は猛反対だったがな」

「身分が違うと？」

「ははは、冗談じゃねえ。奥様はそんな時代後れのこたあ云わねえです。身分階級はのうなった。今ァ四民平等の、民主主義の世の中なんでっしょうが。身分なんて関係ねえわい」

「では」

「人間がなってないとね」

「なってない」

「そうそう。まあ、是亮も紫お嬢さんに惚れてたら婿入りは果たせなかったろうね。茜さんは次女だ。所詮家督継ぐのは長女の紫さんの婿だからさ。それがあったから奥様も渋渋承知したんだろうね」

「茜さん本人は？」

「そりゃ知らない。決めたのは雄之介旦那と真佐子奥様さ。ところがほら。その紫様が——ぽっくり」

「ああ」

仁吉はそれからが波乱含みよ、と云うと、開けていた口を閉じて、神妙な顔で伊佐間を見た。

「商売の目筋《めすじ》は兎も角も、人を見る目に関しちゃあ、旦那より奥様の方が確かだったちゅうことだな」

「旦那の眼鏡違い？」

「そうそう」

養子縁組をした途端、是亮は駄目になったと云う。

入籍後、是亮は柴田グループの役員に昇格し、傘下の会社の経営を任されたのだそうだ。当初は豪《えら》く張り切っていたらしいが、元元商才に長《た》けていなかったのか、或《あるい》は柴田織作と云う看板に潰されたのか、将《はた》またついていなかっただけだったのか——元来系列会社での辣腕《らつわん》を見込まれたのであれば本当についていなかったのかもしれないのだが——やること為すこと目が出ない。寧ろ裏目に回って悪い目が出る。失敗しては酷《ひど》い目に遭う。一度負け目が出ると、後は坂を転げ落ちるようなもので、あっと云う間に落ち目になった。経営は見る見るうちに悪化して会社は倒産の危機に見舞われたらしい。

是亮は——文字通り駄目になったのだ。

見込んだ手前もあり、最初の一年は雄之介自らが彼《あ》れ是《こ》れ世話を焼いていたそうである。資金の方も相当額援助していたらしいから、それでも暫くは何とか保っていたが、所詮《しょせん》は焼け石に水だったようで、危機的状況は回避できず、是亮の会社は二年目の春に倒産した。

幾ら幹部の身内であったとしても、商売上の失敗は何等かの形で償わねばならぬ。是亮は役員の任を解かれ、別の子会社に出向したが、結局他の者の下で働くことに抵抗して職を辞し、以来鬱屈《うっくつ》した毎日を送っていたと云う。

「飲んだくれちゃあ悪さを働く。賭け事はする、女遊びはする、おまけに暴力だ。手がつけられねえ。旦那も困り果てて、去年の秋口から学校の方の経営を手伝わせ始めたらしいが、それも表向き無職じゃ体面《たいめん》が悪《わり》いてんでそうしてるだけさね」

出した。

「そう学校。閑職《かんしょく》だしね。暮し振りは同じ――」

「学校」

是亮の挫折と紫の死が相前後して起きたことは、織作の家にとって実に深刻な状況を作り出した。

長女に何かあった場合も次女の婿が確乎《しっか》りしていれば家は安泰である。逆に次女の婿がどれだけ駄目でも、長女が居る限りは家督を譲ることなどない訳で、大きな問題とはなり得ない。

両方の安全弁が一度に外れた。

織作家の男になると云うことは柴田財閥の中枢に入ることと同義であり、また日本の財界の核となれと云う意味でもある。家督を譲ることがなくとも、是亮は既に一族として失格だった。

雄之介は是亮に――絶望した。

「離婚は」

「茜様つうのはね、まあ良く出来たお人なのかね。どれだけ辛く当たられても、辛抱我慢の一点張りで、あれだけ腑抜《ふぬ》けた亭主でも立てることを忘れねえ。一度夫婦《みょうと》の契りをしたからは、生涯ついて行きますと、まあこう云う女さね。妻の鑑《かがみ》だ」

「鑑」

「鑑よ。だってよ、この良人《ひと》を家から追い出すなら、私もついて参りますと、そこまで云われてしゃんとしねえ是亮ってのは——」

仁吉は憮然《ぶぜん》としてそこで言葉を溜め、

「——男の風上にもおけねえやな」

と、見得を切るように云った。

「まあ旦那も奥さんも、是亮野放しにしているのは娘可愛や弄《いじ》らしやの気持ちだな。だが旦那が亡くなった今はなあ——どうするかね」

「でもまだ他に娘さんが」

「碧お嬢さんはまだ十三歳だ。儂ん孫と同級だからね。葵様は今年二十二くらいだがな、困った娘で、結婚はしねえと仰ってるんだそうだ」

「そりゃまた」

「さあ。小難しいことは解らんね。男が嫌いなんだろうねえ。大層な理屈屋らしいから、男の方も敬遠してるんじゃねえか。寄りつかねえや。大体この葵様ってのが雄之介旦那と反《そ》りが合わなかったです。反発ばかりしていたらしいやね。だから余計茜さんが可愛いかったんだろうねえ」

「で——」

毒殺はどうなったのだろう。

「で？　ああ毒殺ね。旦那はね、敗戦この方もう四五年、心臓が悪くって伏せりがちだったです。まあ気も弱くなってたのか、それが是亮なんかを見込んじまった理由かもしれんですがね。紫さんが亡くなって、その後ほれ、後見で尊敬する柴田某が逝っちまったでしょう。がっくり来ちゃったんだね。寝込んじまったんだ。昨秋から」

その時点で是亮が毒を盛っていると云う噂は立っていたのだそうだ。

ただ独りの味方だと思っていた雄之介もどうやら自分を見限ったらしい、ぼやぼやしていると放逐される、その前に三女が婿を取るやもしれぬ——ならばさっさと死んで貰いましょう——。

「まあ筋通っているようで変な話よ」

「変？」

「そうさ。だってよ、そんなの割に合わんですよ。儂なら温順《おとな》しく尻尾振って、頭下げてさ、もう一度旦那様に取り入るな。その方が楽だし得だし、何より確実だと思うけどね。邪魔だ殺せって、そんな豪胆な男なら、最初《はな》からそんな立場にはならないです。事実、旦那が死んじゃった今も是亮の立場は悪くなる一方だし、先に云った通り三女は結婚はしねえって云ってるんだから。だからこれはまず嘘。しかし、噂はまだあってね。そっちの噂の犯人はその三女——葵様なんだな」

「そりゃまたどうして」

「仲が悪かったから——つう話じゃないのです。その、なんでも父親の権力がどうたら、古臭いしきたりがこうたらつう、ややこしい話をね、するのですな葵様は。まあ難しい話は儂には判らねえが、父親を倒すことが女性のどうたらと——うん、田舎親爺にゃ馴染まねえやね。反感買ってる。若い女どもはそうだそうだ云ってるらしいけど、どうもなあ。だから煙たがられてるのです。家事は立派な労働だとか、子供産むのは女の勝手だとか——そりゃ判るがね。男が威張《いば》ってるのが良くねえと云われたって、威張るくらいしか生き甲斐がねえんだ儂等は」

「はあ」

伊佐間には縁のない話である。

伊佐間はそうした本質的な諍《いさか》いを避けるようにして生きている。

「野郎中心の世の中だと云われたって、儂等魚獲《と》ってるだけだから。世の中作ってるのは誰か他の人だと思うとったしね。でもなぁ、それはそれだ」

仁吉は腕を組む。

「だからと云って毒盛るか？　子が親を殺すかね。殺さないと思うね。理屈で情は断ち切れねえでしょうよ。だからね、噂は噂だと、こう云ったの儂」

この老人は善良なのだと——伊佐間は思う。

純朴《じゅんぼく》と云ってもいいかもしれぬ。

世間には邪悪な風も吹くものである。理屈などなくても情が切れてしまうこともある。

だが、この土地の噂に関して云えば、それは矢張り老人の云う通りなのであろう。

性差の壁は、文化なり社会なりを突き詰めて考えて行けば必ず当たる壁である。考えなければ当たらないし、当たっても気づかぬこともある。ただ、その壁を破るに当たって、殺人などと云う行為は尤も似つかわしくない。何の解決にもならないし、そもそもそうした理屈に行き当たる程思慮深い者が、そうした愚考に走る程思慮深くないと云うのは、矛盾していると伊佐間は考える。

だから噂は老人の云う通り、中傷なのであろう。

――逆は解るが。

目の上の瘤《こぶ》とばかりに、革新派が保守派の弾圧を受け、仕舞いには消される――そう云うことはあるだろう。新しい考え方をする者は概《おおむ》ね少数派だから求心力を持った中心人物を消せば革新の火が消えることはある。その場合は殺人と云う短絡的な暴力行為も有効だったりする。逆に旧《ふる》きを護《まも》ろうとする者は往往にして利権と癒着《ゆちゃく》しているから、そう云う意味でも犯罪との相性は良さそうである。

――そうとも限らないか。

すぐに思い直す。

体制を覆そうと殺戮《さつりく》を繰り返す少数派の暴徒《テロリスト》もまた多く居るのである。

そもそも一般論を振り翳《かざ》すことがどれだけ無価値なことか、伊佐間は善く知っている。いずれにしても対立する二項が鬩《せめ》ぎ合うような二元論的価値観を伊佐間はどうしても持ち得ないし、どれ程深刻な問題であっても、暴力的解決を行使するような状況は伊佐間の理解の外にある。

「うん——」

何のかんの考えて、結局口から出るのは無意味な感嘆符《かんたんふ》である。明瞭《はっきり》した私見を持たぬ所為もあるが、仁吉相手に語っても仕様がないと云う諦観《ていかん》もやや雑じっている。

仁吉は腕組みをしたまま、反り返って外を見ている。そしてくしゃくしゃと顔に皺を寄せる。

「葬式組も大変だよ。うちの嬶《かか》ァが死んだ時なんかとは訳が違う。町長村長、県のお偉いから、果てはお国のお偉方まで来てる。仕事関係だけでも大騒ぎだね。この後も社葬だか云うのを神奈川の方でするらしいから、そっちに行きゃいいのに。何もこんな片田舎でさあ。さっさと埋めちまえ」

「まだ埋めてない」

「埋めてないよ。しかもそこに墓地があんのに、また御殿に持ってってって脇に埋めんのさ。いい迷惑よ。大した手間だ。わざわざ寺に運ばず、手前《てめえ》んとこで葬式でもなんでもすりゃいいのさ。おや」

仁吉が指を指す。

「ああ、お神輿《みこし》みたいなお棺だよ。見な」

伊佐間は云われるままに黒白の径に目を遣る。

長い行列が伊佐間に向かって進んで来た。

提灯《ちょうちん》。幡《はた》。竜頭《たつがしら》。松明《たいまつ》に鉦《かね》。

膳《ぜん》の綱《つな》を引き延《は》える者。

神輿のような棺。

天蓋《てんがい》。孫杖《そんじょう》。花籠《はなかご》。

その後ろにぞろぞろと続く喪服の人人。

棺の横に位牌を持つ娘——葵だ。

——おやおや。

蠟《ろう》人形のようである。否、陶器のような質感の、作り物のような女だった。綺麗《きれい》と云うなら物凄く綺麗なのだろうが、吃驚《びっくり》することはない。綺麗で当たり前と云う感じである。絵に描いた女や拵《こしら》えものの人形が幾ら整っていても、どれだけ綺麗でも、そう云う風に造るのだからそれは当たり前である。この場合、寧ろそれが生きている方が不思議なのだ。

決して男性的ではないが、中性的でもない。男でも女でもなく——それはただ綺麗なモノである。

短髪と洋装が、その印象を余計に強めている。

その横には膳を持った、制服姿の少女がいる。

可憐《かれん》な娘だ。長い髪がさらさらと靡《なび》いている。

こちらも慥かに綺麗なのだが、仁吉の云う通り姉とはまるで似ていない。青褪《あおざ》めてはいるものの悲しそうではなく、心ここに在《あ》らずと云う表情である。

眼が異様に大きく感じる。

女ではなく、少女である。

伊佐間が凝乎と見つめると、少女は頬《ほお》をくう、と引き攣《つ》らせた。

ほんの些《さ》細《さい》な、僅かな痙攣《けいれん》だった。

——笑った。

錯覚に違いない。しかしそう見えた。

その後ろに彼女達を産んだ母がいた。

威厳——存在感——誇り——そうした単語が脳裏を行き来する。

どれも正確に云い得てはいない。

——強い、かな。

近寄り難い——かもしれなかった。仁吉が岡惚れしていたのも頷ける。実際、絶世の云云《うんぬん》と評するに相応しい容貌だろう。

伊佐間は美人だとか美女だとか云う月並み且つ善く解らない表現は嫌いなのだが彼女――織作真佐子――に関して云えば取り敢えず絶世と云う部分だけは当たっている。美醜は別にするとしても、この雰囲気は漁師町には浮いている。

絶世の未亡人は髪一筋も乱さない。

玄《くろ》き瞳は、屹度《きつと》前を見据えている。

まるで大隊を率《ひき》いる将校のようだ。

葬列の大隊は粛粛《しゆくしゆく》と折れ、窓枠の前を横切って進む。提灯。幡。竜頭。松明に鉦、棺。人とも思えぬ美しき女達も無言のまま伊佐間の目前を過ぎた。天蓋。孫杖。花籠。

そして多くの、黒き喪服の兵隊。

「女王蜂《じよおうばち》――ですか」

「蜂はあんなに綺麗じゃなかろ」

「なら」

「女郎蜘蛛――かもな」

「綺麗だが」

「近寄り難いやねえ」

仁吉はそう云い乍《なが》ら窓から離れ、囲炉裏《いろり》の脇に怠《だる》そうに、落ちるように孤座《すわ》った。

伊佐間も窓から離れる。

黒服の一団の行進は中中途切れなかったが、皆同じ顔に見えるから眺めていても無駄な気がした。菓子に集《たか》る蟻の数を数えるようなものだ。

——そう云えば。

次女と云うのは居たのだろうか。

「あの、その次女の——」

「茜さんか？　相変わらず貞女《ていじょ》の鑑みたいな顔して居ったですねえ。控え目だ。何だか哀れです」

「居たですか？」

「そりゃ居たでしょう。父親《てておや》の葬式だもの居るさ」

「行列の中に？」

「真佐子奥様の斜め後ろに居ったね。まあ順で行けば葵さんより先の筈だが、亭主のことがあるからさ控えている訳だ。弁《わきま》えていらあ」

まるで解らなかった。紛れていたのか。

「居ましたか？」

「居た居た。真ん中に居た。お棺の後ろ」

「居た——」

ならば居たのだろう。見逃したらしい。

仁吉は茶でも淹《い》れるべい、と云い乍《なが》ら再び立ち上がり、そのお友達は本当に来るのかい、と尋いた。

「はあ、昨日の話では朝一番で発つと」

「何だか悪いねえ。無駄足にならなきゃいいが」

「いいんです。先達てはモノ自体がなくって大損だったようですが、ここにはモノが――ありますし」

「我楽多《がらくた》だがね。心配だ。うん？」

茶簞笥《ちゃだんす》の引き手に指先を掛けたところで仁吉は窓を見て、おう、と云って止まった。そして振り向きざまにどうだい兄さん、儂は織作の事情に詳しいだろ、詳し過ぎるたあ思わねぇかと、唐突に尋いた。

「は？　詳しいですねえ」

「何で詳しいか判るかい」

「さて。井戸端会議でも」

「ありゃあ嬶ァや婆ァどもがするもんだ。儂は暇でも爺だからせんのです。そのね、種を明かせば簡単なことでさ。織作の内情話《うちわばなし》にゃ、出所がある。その源《みなもと》がね、今こっちへ向かって来るようです」

「ミナモト？」

申し合わせたように、がたがたと戸板が軋《きし》んだ。伊佐間が戸口の方を見ると、大柄な老人が引き戸を開けようとしているところだった。顔が半分だけ覗いていて、その半分の側の眼が伊佐間を捉《とら》えた。

「おう、お客がいたか——仁吉《にきっ》つぁん、いいかな」

野太《のぶと》い声である。仁吉は急須《きゅうす》を片手に
「構いやしない。寒いから早く這入《へえ》れ」

と云った。こちらの声は嗄《しわが》れている。

それ以上戸が開かないのか、来客は躰を横にするようにして隙間から不器用に土間に足を踏み入れ、後ろ手で戸を閉めようとしたが閉まらず、苦戦して閉めた後漸く正面全部を見せてふう、と大きく息を吐いた。

「何だ。いいのか葬式ン方は」

「平気だ。いや逆に屋敷にゃ居づれぇんだ」

客はやや項垂《うなだ》れて框《かまち》に腰を下ろした。肩幅が相当広い。小さめの喪服を無理に着ている。全然似合っていない。馬子にも衣装と云うのは嘘である。

齢は仁吉と同じくらいか。剃っているのか禿げているのか、頭部には一本の毛髪もない。服装や話し振りから察するに織作家の葬儀の関係者なのだろう。仁吉は茶を淹れ乍《なが》ら悪態でも吐《つ》くように云った。

「居づらいって、お前、家ン中ンことはどうする」

「会社の人がたも居るし、セツ坊と葬式組がしてくれらあ。元元俺は外仕事ばかりだから要らねェ。用無しだ。それより仁吉よ、このお方はどなただ？」

大きな老人は伊佐間を怪しそうに見回す。それは無理もないことで、東京でさえ浮いた格好である。

「最近の知り合いよ。名前は——」

「伊佐間です。伊賀《いが》の伊、佐倉《さくら》の佐、土間の間」

「そうそう。伊佐間さんだ。伊佐間さん、こいつは出門耕作《でもんこうさく》って、その、織作家の——使用人だ。使用人だな」

「使用人？」

「ほれ、さっきの話の、男の風上にもおけねえ放蕩《ほうとう》馬鹿息子の親父よ」

是亮の父親——と云うことだろう。耕作老人は少し外人染みた、バタ臭い顔を歪《ゆが》ませた。

禿げる前はさぞモテたであろうと、伊佐間は思った。

「仁吉、お前《めえ》またぺらぺら喋ったか。身内の恥を」

「馬鹿たれ。お前身内でも儂は他人だ。他人の口に戸は閉《た》たねえぞ耕作。厭なら儂にも黙ってろ。まあお前黙ってても村中知ってるが」

「仕方がねえなあ——」

耕作老人はもう一度顔を歪ませて、それから大儀そうに躰を起こして出居《でい》に上がり込み、伊佐間の向かいに孤座《すわ》った。

「──頭が痛《いて》ェよ。肩身も狭《せめ》ェ」

「そりゃお前がてつぱつかんだ。伊佐間さん、こいつと儂はね、もう六十年からのつき合いだ。気にすることたぁねえんです。身から出た錆《あ》びだ」

気にするなと云われても本人の前で息子を悪し様《ざま》に貶《けな》す訳にも行くまい。伊佐間は思案の末に、ただ宜しくと告げた。耕作老人はどうも出門でやす、お恥ずかしいと、大きな躰を少し縮めた。

「馬鹿息子はどうしてる。さっき覗いたが葬列にゃ見当たらなかったぞ」

「居ねえ。昨日から」

「またどこか女ンとこでもしけ込んでやがるのか」

「知らねえよ。もう、それでなくてもバツが悪いのに会社の連中がぞろぞろ来やがる。都会者の目は恐えよ。大織作の婿養子、会社潰して葬式も出ねえと、出が卑《いや》しいから仕様がねえと、そう云ってやがる《くや》」

「馬鹿。卑しいも悔しいもあるか。織作も出門もその昔は同じ漁師でねえか」

「今は主人と使用人だわ」

「身分が──格が違うか」

仁吉は旧友に茶を勧めつつ、苦笑いをした。

「でも仁吉さん、さっき身分など関係ないと」

慥かにそう云った。

「そりゃ伊佐間さんよ、氏素姓、家柄身分はもうなかろ。ただ、そうなあ、慥かに格が違わあ。相手は財閥のお大尽だもの。儂等は貧乏人です」

仁吉は自嘲《じちょう》でもするようにそう云った。

伊佐間は、豪《えら》く複雑な思いに駆られる。

武士だ農民だと云う身分の上下がなくなり、家柄格式に拘泥《こうでい》する風潮《ふうちょう》もなくなりつつある現代に於《お》いても、どう云う訳か人は平等になれぬようである。

もしや、階級社会で育った者は、階級がなければ対象との関係を認識できぬのかもしれない。だからこそその制度が壊れても尚、他の何かに階級を仮託するのだ。己がどの階層に属しているかを確認しないと不安なのだろうか。否、己と己以外の対象との関係そのものが、即ち階級となってしまうのだ。

ここでも——経済力の大小が簡単に身分階級と擦《す》り替わっている。金持ちと貧乏人では金持ちの方が偉いと云う図式が暗黙のうちに成立しているのだ。

金持ちは成功者だし、成功者は偉い、資本主義の自由競争社会に於てそれは当然だ——と云ってしまえばそれまでだが、こればかりは資本主義の所為ばかりには出来ぬ。

なぜなら経済力以外にもそうした階級主義的な――順位をつけて差別するような意識は多くあるからである。それはあらゆる場所で日常的につき纏《まと》う。例えば、美しいものと醜いものでは美しい方が勝っているとか、賢いと馬鹿では賢い方が良いだろうとか、世間の人は無闇矢鱈《やみやたら》と順位をつけたがる。その上で、上位は下位を見下して、下位は上位を見上げて、当然のように暮しているのだ。

ランクをつけると云うことはそもそも無意味且つ下品なことである。そうしたことを平然と受け入れるのは愚かだし、それで一喜一憂することは更に愚かなのだと、伊佐間は思う。そこでふと気づく。それを愚かだと思っている自分は、愚かな階級信奉者を見下してはいないか。

――そうして暮す方が楽なのかもしれない。

そう思い直す。結局伊佐間は強い主張を持てず、トドの詰まりはうんとかへえとかしか云わない。

「――そう、ですよねえ」

うん、よりは少し長い。

「そうそう。世の中金持ってる奴には敵わねえや。儂等漁師も随分変わったしな。潮見《しおみ》られる者よりも、一尾でも多く魚捌《さば》く者の方が重宝《ちようほう》がられるです。金あれば簡単に網元も張れるし。な」

「おう。だから俺達田舎者は都会の人にゃあ敵わんよ。金回りが違うべえや。織作の旦那は同じ田舎者の癖に都会者を制して立身出世されたんだから、格が違うって。それに比べて、あの是亮のボケは——所詮田舎者だ云われても仕様があんめえ」

耕作は肩を落として一層小さくなった。

「そりゃそうと仁吉。こちらはどこの、どう云う」

「ははは。伊佐間さんは宿も決めねえ風流な釣り人だべい。一昨日から泊まって貰ってるのさ。鰹《かつお》だの鮪《まぐろ》だの釣りてえってぇから、笑っちまったべえ」

鰹鮪がほいほい磯で釣れりゃあ世話はない、と云って老人達は愉快そうに笑った。

漁師の顔だった。

「で、何釣った？」

「石鯛《いしだい》。眼仁奈《めじな》」

「上等だんべい。どうした？　食ったか」

「え。戴きました」

実に美味かった。

仁吉は音を立てて茶を啜《すす》り、自慢気に云う。

「儂、いい場所教えたから。釣れるよう」

「茂浦《しげうら》ン方かい？」

「穴よ。教えねえ」

「それがな、仁吉。茂浦の外れのよ、芳江《よしえ》の家」

「芳江？　ああ、首吊《くびつ》り小屋《ごや》か」

「首吊り──小屋ですか？」

また妙なモノが出て来た。

「ああ、そう云う小屋があるです。それで？」

「俺、昨日用があったで、あそこの前を通ったんだ。そしたらお前、あそこにな、こう燈《あかり》が点《つ》いてた」

二重《ふたえ》にも三重《みえ》にもなった瞼《まぶた》を見開いて、耕作老人は実に奇妙な顔をした。憮然としているようだが、どうも恐がっているらしい。仁吉は例の白い歯を剥いて乱暴に云った。

「馬鹿こけ。芳江はおっ死《ち》んで係累絶えて、あそこ廃屋でっしょう。もう八年も吹きっ曝《つあら》しだ。燈《ひ》ィ灯《とも》してたってば夜だんべい？　ヤヤ、夜にお前、誰があんな荒家《あばらや》に這入るか、気持ち悪い。錯覚だべい」

「何の錯覚のものか」

「なら芳江が化けて出たか。男に捨てられ、子供取られて、恨めしや恨めしや、馬鹿。化けて出ンならもうちっと早くでるべい。今更誰に恨み言云う」

「あの──」

伊佐間は事情が知りたくなったのだ。

仁吉は悪戯《いたずら》をした子供のような笑みを浮かべる。

「あんた、そう云う話好きだねえ。ほら、浜辺ずっと回り込んだ向こうの、的石《まといし》岬ン方、茂浦つうが、そこにね、昔芳江って女が独りで住んでた」

「元は流れ者だ。苗字は何と云ったか」

「つき合いのある者は居らんかったです。あそこに住み着いたのは昭和七八年だったから、それでも十二三年はあそこに居ったですか。それがな、七八年前のことだがね、その頃三十七八かな。住んでた小屋で首吊って死んだですよ」

「なぜ」

「理由は解らんね。まあ幸せたあ程遠い、寂しい女だったようだが。初めはね、男の子供と二人で暮しとった。どうも私生児《てなしご》だったらしいが。お妾《めかけ》だったんだ。誰かに囲われてた。それが、住んで三年くらい経った頃かな、その子が見えなくなったな」

「ありゃ昭和十年よ。連れて行かれたんだわ。俺は見てねえが、雄之介旦那が云っておらった。芳江を囲ってたどっかの旦那、あの童を跡取りにでもする気になったんだべいとな」

「そうかいな。それでひとりになって、ずっと住んでたねえ」

「首吊ったのが敗戦の年だから十年は住んでたな。首吊るまでは、ほれ、淫売小屋と呼んでたな。あの小屋。芳江は客取ってたんだべいか？」

「取ってねえだろよ。そりゃこの狭い村だもの。ただ妾つうだけで陰口は云われるて。だから表向きは誰もつき合わなかったが、ただ血の気の多い男衆《おとこし》は皆夜這いに行ンどったぞ。小屋行ンべやあ行ンべやあ云うてたし。勝手なもんだわ」

「ふん。お前も行った口だろ。仁吉」

「そう云うお前も通ってただろ。儂は嬶も子も居ったからンなところは行かねえ。おのれはその頃もう寡夫《やもめ》だったろう。夜が淋《さぶ》しくって通ったんだべい」

「馬鹿。是亮が居ったから。行かん」

「その——」

記憶が不確かである上に、都合良く書き換えられた過去を持つ年寄り二人の話は、どんどん伊佐間の質問からずれて行く。

「——そこに燈が？」

「明明《あかあか》と灯っとった。雨戸こそ閉まっておったが、まあ板葺《いたぶ》きの粗末な掘ッ立て小屋だし、屋根と云わず壁の節穴と云わず、こう、ゆらゆらと光が洩《も》れとって、いがんだ戸からもな、こう——ふぁっと」

耕作老人は、やや酒気《しゅき》を帯びて血走った眼《まなこ》を大きく見開き、手振りを添えての鬼気迫る怪演である。

「死んで八年だもの。おかしいわい」

仁吉が茶茶を入れる。折角の熱演に水を注《さ》され、大柄な老人は小柄な老人を不服そうに見据えた。

「おかしいから変だちゅうとる。解らん爺ィだ」

「そいで、中は覗いたか？」

「覗かないわ。おっかない」

仁吉は膝を打って笑った。

「ははは。中で芳江が誘っとったかもしれんぞ。お懐かしや耕作様、ちょんの間遊んで行かんかええ、となぁ。惜しいことをしたな耕作。圓朝《えんちょう》も真っ青の牡丹燈籠《ぼたんどうろう》だったに。いやいや怪談話にゃまだ季が早え。せいぜいバレ話だんべえ」

「この助平爺ィが。人が真剣に話しとるのに」

「なアにが真剣だ、いい齢こいてコン臆病《ほせ》モンが。おのれは海に出てねえからか、意気地《いくじ》がねえでいかん。そんな図体して、肝が細ェにも程があるぞ。儂の肝半分切って分けてやっかい。儂が若い頃なんざ、もっとおっとろしい目に幾らでも遭っとるぞ。海の上にゃそんな怪談、ざらにあるが」

「ありますか」

「あるね。伊佐間さん、あんた、本当にこう云う話好きだなぁ」

「まあ――」

「この辺にゃ海入道《うみにゅうどう》つうのが出るです。こう、夜に船で沖に出るとね、朦《ぼう》っと人影が海原に浮かぶ。それで、柄杓《ひしゃく》貸せぃ、柄杓貸せぃとな、恐ろしげな声で云う。ひしゃくかせぇい」

「止《や》めぇ仁吉」

「ははは臆病爺ィが。それでね、罷《まか》り間違って貸したりしちゃ、柄杓で海水をば汲み入れられて、船は沈められる。だが貸さぬと海や荒れてこれも沈む」

船幽霊《ふなゆうれい》——と云う奴だろう。伊佐間も以前どこかで聞いたことがある。

友人でお化けに詳しい男がひとり居るから、そいつから聞いたのかもしれない。

「だから、あんた、ここらじゃ必ず底抜けの柄杓を用意しとくです。海入道用の」

「嘘を云え。そんなもの用意した船、今時あるか」

「船も乗ったことがねえ男が何判ったような口を利きゃあがる。ちゃんとあるわ」

「じゃお前見たことあるんか」

「その昔儂の親父殿が遭うた」

「ふん。嘘に決まっとおるわ」

「儂の親父を嘘吐《つ》き呼ばわりするか。海の上にゃ怪しいことは五万とあるんだ。夜中にな、こう、サアッと海原が光っておったり、風もないのに轟轟《ごうごう》と音がしたり、そんなのは毎度じゃ。儂も何度も遭うてるわい。海入道だってな、遭難したもんの亡霊だとか云うが、そんなもんじゃないわ。海が魔物なんだ。ありゃ海が化けて出よるんだ」

それまでどちらかと云うと巫山戯《ふざけ》ていた方の仁吉が、急に口角泡《こうかくあわ》を飛ばして力説をし始めたので、伊佐間は戸惑ってしまった。

「そんなに——恐い？」

「恐いさ。船底抜いたら無限の水地獄だ。夜の海は底なしだし、荒れた海は怪物だ。こりゃ漁師でねえと解らねえさ。そんなところに木っ葉《こっぱ》舟で乗り出すんだから。己の意志ではどうにもならねえもの。海の思うままよね。ほれ、あの仏さんだってそうよ。海の導きで儂ンとこ来たんだ」

「ああ——件の仏」

耕作が怪訝な顔をする。

「仏さん？　誰の」

「人じゃねぇわ。像だ。仏像。二十年くらい前に見せたろうが。忘れたかよ。あの、綺麗なお顔の仏さんだんべい」

「お前、まだあんな塵芥《ごみ》持っとるんか？」

「塵芥だと？　儂は物持ちがいいんだが」

それは——仁吉の蒐集物《コレクション》なのである。

一昨日の夜——伊佐間は、その蒐集品を観て些《いささ》か驚いたのだった。それは納屋に納められていた。そして納屋をほぼ埋め尽くす程、その数は多かった。

それらはどうも、海岸で拾い集めた漂着物や網に掛かった異物、海上で回収した漂流物などであるらしかった。小さいものでは土器陶器の破片や珍しい貝殻、古銭の類。大きなものでは銅製の鼎《かなえ》や沈没船の部品、中には種類の解らぬ獣の骨まであった。

——儂、十二の時から海へ出て、五十六で足傷めて舟降りるまで、

——四十四年漁師してました。

——その間に集めたもんです。

——どうも、寄り付くものには縁があるような気がしてねえ。捨てられねぇ。

仁吉は一昨晩そう説明してくれた。

伊佐間は生来、無意味で無価値な、しかも奇妙な形のものが大好きだし、自分でもそう云う物体《オブジェ》を造る程芸術的資質を持った男でもあるから、実に興味深くそれらを観察したのだった。

実際いい形のものも多かった。

その中でもひと際伊佐間の目を魅いたのが件の仏像である。座像で、波に洗われてはいるがまだ塗料も残っており、何より形が良かった。顔つきが上品で清楚な、仏像にしては珍しい美人で——否、仏像で美人と云うのは変だ。それに、それは伊佐間の語彙ではなくて。

——葵さん。

仁吉が云っているのはその仏像のことなのだ。

「あの仏はな、まあ海に漂っていたのだがな。ただ寄り付いたんとは違う。ありゃあ昭和二年だったか三年だったか、神輿《みこし》のお浜下りの前の日の晩だったから九月十二日なのは間違いねえべい――」

「お浜下り？」

「祭りでやす。遠見岬《とみさき》神社の」

耕作が説明した。仁吉は続ける。

「――祭りの前の夜に舟出す儂も儂だがね。まあ昏《くら》くって黒くって、何となく恐い海だったわ。明神岬を回って、八幡岬《はちまんみさき》の方に漕《こ》いでな。さて何の用だったかいな。するとな、何か浮いてるのが見えた」

「ああ、その話か。昔聞いた。だから止め」

大柄な老人は仁吉の云う通り、頑丈な体軀《たいく》に似合わぬかなりの臆病者であるらしい。

「お前に話してるんでねぇぞ耕作。伊佐間さんに話してんべやあ。そのな、こう真っ黒い水面に何か浮いてるんだ。戎《えびす》だと思うた」

「恵比寿《えびす》？」

「土左衛門《どざえもん》のこと。戎は大漁の先触《さきぶ》れつうし、それでな、こう、引き寄せようとしたが、波が来て中中巧くいかん。諦めて先へ行こうとするとな――」

「止めろよ」

「――ついて来るんだ。こう、波から顔だけ出して水死体が。つうっと。膨れた顔でね、白目剝《む》いて」

「うわあ」

結構恐かった。

「儂、急に恐くなってね。逃げた。あやかしだ。でもこう、思うようには行かないねえ、海の上は。その水死人だって波や潮の加減でついて来る訳でしょう。海の勢いに逆らわなきゃ逃げられねえです」

「なる程」

幽霊だ亡霊だと云う恐さではない、もっと違う恐さなのだと伊佐間は思った。仁吉は、死人が舟の後をついて来る――とは云ったが、幽霊だとは云っていない。寧《むし》ろ老人は幽霊なんか居ない、居ないが恐いことはあると、そう主張しているのだろう。

「それでもう、このな、縁《へり》のとこまでそのでっけえ顔がさ、来て。恐かったね流石《さすが》に。まだ覚えてるもの。そこで一心に祈った。船霊《ふなだま》様、八幡様、富大明神《とみのだいみょうじん》、助け給え――それで助け呼んだ」

「誰に」

「善く覚えてねえが、多分嬶ァの名だ。仕舞ったと思うたね。船霊様は女だから」

「うん――嫉妬する？」

「そう。神さんってのは大概妬《や》くもんだね。だから仕舞った、と思った訳。ところがそしたら、さあっと波を避けるようにさ、何かが流れて来た。その途端に屍体は沈んだ。そん時流れて来たのがあの仏さんだ。儂は拾い上げてね、よくぞお護りくださいましたと」

「呼んだら海から来る——仏さん？」

有り難いような、禍禍《まがまが》しいような。

「そうそう。神秘です。神秘でしょう。だから、なんの空き家に燈が灯ってたぐらい、不思議でも何でもねえや。怪しいと思ったら覗いて見りゃいいと、儂はこう云ってるのさ。解ったかい」

耕作老人は解った解った、と面倒臭そうに云って毛のない後ろ頭をぺたぺたと叩いた。

「そりゃあそうとな、その——もう」

仁吉はそこで伸び上がるように頸《くび》を伸ばして窓の外を見た。伊佐間も仁吉と同じ動作で外を見た。

「——着いてもいいいなぁ。先生様は」

「そろそろ——到着しないと変かな」

耕作老人が、まだ誰か来るんか、と尋いた。

「この伊佐間さんのお友達でね。骨董《こつとう》の専門家が来てくれるんだ。儂のお宝鑑定しにね」

「専門家——っつうより駆け出しの古物商、いや、ただの古道具屋なんですけどね——」

「何でそんなお方がここに来る？」

それは、伊佐間が呼んだからである。

伊佐間は昨日友人の古物商に連絡を取った。

仁吉の塵芥蒐集品の鑑定依頼をしたのである。

一昨晩、蒐集品の説明をし乍《なが》ら、仁吉は少し寂しそうに、我楽多だが、最後にあんたみたいな人に見て貰って良かった——と云うようなことを云った。

処分でもするのかと伊佐間が尋《と》くと、近近《ちかぢか》小金が要るから屑屋《くずや》に出すのだ、と云う。伊佐間は少し考えてからそれを止めた。鉄製銅製のものはまだしも、それを除けば屑屋が引き取ると思えるようなものはなかったからである。総額でも幾らにもならぬ。

それに、蒐集物の中に価値ある上品が雑じっている可能性も——ないことはなかった。塵芥に見えるからと云って十把《じっぱ》一絡《ひとから》げで屑屋に売ったら、もしかすると知らぬまま大損をすることになり兼ねない。屑として扱えば匁《もんめ》幾らだが、骨董として扱えるものなら場合によっては驚くような値がつくことがあるのだ。

仁吉がどれ程の金銭を必要としているのか伊佐間には判り兼ねたし、込み入った事情を尋くのも憚《はばか》られた。だから、本当のところはただ邪魔になって処分しようとしていただけなのかもしれぬのだが、少なくとも一度、誰か識者に鑑《み》せる価値はあると思った。

伊佐間は強く鑑定を勧め、知り合いの古物商を紹介すると云ったのだ。

一宿一飯《いっしゅくいっぱん》の恩義である。

事情を説明すると耕作は笑った。

「ははは、この強欲爺ィ、くたばり損《ぞこ》ねが、今更何の金が要んべいか。墓場に金は持って行けねえぞ。雄之介旦那だって死ぬ時ゃ裸一貫、六文銭《ろくもんせん》持たされただけだわ。そんな、屑屋でも持ってかねえような欠け茶碗だの馬の糞だのがなんぼになるか」

「煩瑣《うるせ》えや。儂にゃ儂の都合があるのさね」

仁吉は真顔になって黙った。

耕作は面食らったような少し寂しそうな顔をして、こう尋いた。

「仁吉。お前、俺の話は具《つぶさ》に聞くが、己ンことは何も語らねえな。本当に——金に困ってるのか？」

「困っちゃねえよ。ただ儂ももう六十三だ。いつお迎えが来たっておかしかねえや。手前《てめえ》の後始末くらい手前でつけようと思ったまでだ。息子に何かしてやった訳でもねえ。村にゃ何の貢献もしていねえ。村の衆に迷惑かけンなあ御免だ。葬式代よ」

耕作も何か呻《うめ》いて黙した。埃《ほこり》っぽくて湿っぽい磯《いそ》の香雑じりの浜の空気が、窓から深深《しんしん》と染み込んで来て、老いた漁師とその老友は余計に寡黙《かもく》になってしまった。こうなると伊佐間も、老境どもの気《け》怠《だる》い憂《うれ》いに当てられて、神妙な顔をせざるを得ない。

慥かに仁吉は、昨晩も伊佐間に嫁と折り合いが悪いと云うような愚痴《ぐち》を漏《も》らしてはいた。

だからと云って自分の葬式代を備蓄《びちく》しておきたいがために金を欲しがっているとは、伊佐間には到底思えなかった。仁吉は——近近小金が要るので——と云ったのである。使う期日が切ってある。己の死期を悟ったとも思えぬし、伊佐間の感触では理由は必ず他にある。

しかし云わない。尋かない。関係がないからだ。

仁吉は、湿っぽい話はつまらんね、怪談の方が面白いねと云って大きく伸びをした。腕が短い。

「儂は兎も角、耕作よ、手前までしけた面するこたあねぇや。お前は、儂より二つ三つ若《わけ》ぇし、まだまだ死ねねえぞ。あの馬鹿息子何とかするまではな」

耕作はそれを云うなよ糞爺ィ、と云った。それから伊佐間を見て、暫し凝眸《ぎょうぼう》してから、

「そうよなあ——あんた、その古物商か？　そう云うお方がこの村に来んであれば、ついでに織作のお屋敷に寄って貰うことは出来ねえべいか」

と云った。

「そりゃまたどうして」

「ナァニ、死んだ雄之介旦那は書画骨董がお好きでね、たんとあるんだわ。奥様がそれを処分したいが何とかならぬかと、昨日漏らしてらっしゃった。この辺りに古物屋などねえですから」

「処分——なぜ？」

真逆金《まさか》に困っている訳ではあるまい。

「奥様は嫌《きれ》ぇなんだな。そう云う辛気臭《しんきくせ》ぇものは。価値があるならあるでな、黴やら埃やら気ィ遣うのも敵わんしな。お嬢様方も興味ねえようだし、欲しがるのは会社の奴等《やつら》で、それも売り払おうつう魂胆だろが、鵜《う》の目鷹の目で物色すんだ。何も奴等にくれてやる義理ゃあねい。気色悪《わり》ぃから始末してえと仰るんだ」

「でも、売るなら売るで、柴田さんの――」

柴田グループの財力や組織力を以てすれば、何も町の骨董屋などに頼ることはない筈である。幾らでも捌《さば》きようがあるだろう。

「だから、奥様は会社の連中に借りも貸しも作りたくねえんでやす」

耕作は憮然として云った。

「そもそも柴田だか何だか知らないが、奥様は気に入らんのです。柴田と織作はあくまで対等だ、織作は柴田の配下でも家臣でもねえ。そう云う。雄之介旦那が柴田傘下に織作を組み入れた時もそりゃあ反対した。困ってる訳でもないのに何が提携か、糸屋の下になんぞつかんでも織作は織作じゃ、と。会社の名前も本当なら柴田紡織になる筈だったが、それだきゃあ罷《まか》りならぬと仰って、織作紡織機で通しなさったのは奥様の意志だ」

見た目通りに気丈な女性なのであろう。如何《いか》にも云いそうな台詞である。

あの毅然とした姿を思い起こすなら、厳しげな口調まで容易に想像できる。

「奥様は、だから去年亡くなった大柴田にゃあ一目置いていなさったが、後はからきし信用してねえんです。耀弘さんは先代の伊兵衛《いへえ》旦那の盟友《めいゆう》でしたかんな。でも取り巻きは実際きな臭い連中ですわい。五百子刀自《いおことじ》の賛成がなかったらなかった提携だ」

「いおこ？　とじ」

「曾《ひい》お祖母《ばあ》さま」

「先先代の嘉右衛門《かえもん》様の連れ合いですな」

「お嬢様方にしてみりゃそうだんべい。大体、柴田の御曹司の勇治《ゆうじ》様と、亡くなった紫お嬢様の縁談だって、それが元で壊れたようなもんだから」

「縁談？」

「そうそう。あの時柴田側が折れてれば、俺もこんな目に遭わんで済んだんじゃあ」

すぐに愚痴になる。

耕作は唇を歪ませた。慥かに長女が婿を取っていたならば、仮令《たとえ》是亮がどれだけ無能でも極道でも、ここまで立場を悪くすることもなかっただろう。

仁吉が憎憎しそうな口調で云った。

「馬鹿。相手は日の本一の金持ちの跡取りだ。しかもお前の話じゃ元元養子だ、つうでねえか。跡取りがねえから養子取って、それをまた他人《ひと》ン家《ち》の婿養子にくれてやる馬鹿がどこの世界に居るか。最初から横紙破《よこがみやぶ》りなこと云うてるの、織作の方じゃねえか」

なる程——。

織作側は縁談の条件として婿入りを掲げたのであろう。それは慥かに身の程知らずと云うものである。仁吉の云う通り、跡取りがないから取った養子を、わざわざ婿養子に出すような馬鹿は居るまい。それに、縦《よし》んばそれが養子でなかったとしても、柴田家と織作家では矢張り格が違うと云うことになるのだろうし——。

——ああ、嵌《はま》っている。

階級差別の落とし穴は至るところに開いている。

格とは何の格だと伊佐間は自問する。

「どうでもいいが、その人は儂のお宝鑑定に来るんだから、それが済んでからだ。まあ織作の家の品なら間違いはなかろう。考えてみれば儂のが駄目でもそれで旅費の帳尻は合うか。損はしねぇことになんな」

仁吉の云う通りである。

それから暫くは最近の物騒な世相の話になった。

目潰し魔に絞殺魔と、騒がしいことこの上ない。

小一時間程話した後、耕作は今日の晩でも明日でもいいから屋敷の方に寄ってくれろと云い乍《なが》ら立ち上がり、嗚呼仕方ねえ戻るべいと土間に降りて、じゃあ仁吉、頼んだぜぇと無気力に告げてから、窮《きゅう》屈《くつ》そうに躰を曲げて小振りの戸口から出て行った。

仁吉はその大きな背中を目で追いつつ、ありゃあ相当参っとる、余程世間の目が気になるんじゃあと独白《ひとりごと》のように云った。伊佐間は友人が気になるので駅まで様子を見に行くと云ったが、狭いところだから到着したなら必ず判る、見に行って早く着くものでもねえよと云われた。その通りだと思った。

夕方近くなって漸く古物商は仁吉宅に到着した。

古物商は屋号を待古庵《まちこあん》、名を今川雅澄《いまがわまさすみ》と云う。

今川は、伊佐間の戦友である。復員してから消息を聞かず、生死の程も知らなかったのだが、ひょんなことから近況が知れた。先月、二月も末のことである。伊佐間の友人が例によって――本当に例によってなのだが――事件に巻き込まれ、その際に同じく巻き込まれて酷い目に遭ったのが今川その人だったのである。

それから一度会って、古物商を始めたことを本人から直接聞いた。その時は妙な仕事を始めたものだと思ったが、伊佐間の方とて商売は釣り堀の番人であるから、他人のことは兎や角云えぬ。会ったのはほんの一週間ばかり前だから、伊佐間は蒐集品の鑑定を思いついた時点で、すぐに今川を思い浮かべたのだ。否、それは逆で、寧ろその再会があったからこそ、伊佐間は鑑定などを思いついたのかもしれぬ。昨日、駅で電話を借りて連絡すると、今川は一も二もなく快諾《かいだく》した。

仁吉は今川の姿を見て少し驚いたようだった。

——無理もない。

今川は実に奇怪な容貌《ようぼう》の持ち主でもある。眼も鼻も口も大きく、唇も厚ければ眉《まゆ》も髭《ひげ》も濃い。耳も福耳で、ただ顎《あご》だけは貧弱である。それでも顔の土台が大きい訳ではないから、全体に密集した派手な造りになる。その上、口許は締まりがないし、水気が多くて尚、脂《あぶら》ぎってもいる。太ってはいないが恰幅《かっぷく》は良い。ポンチ絵のような男なのだ。

今川は真似をするのが難しい、汁気《しるけ》の多い妙な語り口で、遅くなって申し訳ないです、今川と云う者なのですと、馬鹿丁寧に挨拶した。仁吉は仁吉で変に緊張して、少しだけ吃《ども》り乍ら、呉っつう爺ィで、宜しくお願えしますと云った。どうも江戸弁が雑じっているような気がする。

茶を一杯だけ飲んで三人は納屋に向かった。冬に比べれば日が長くなって来ているから、まだ少し明るい。ただ戸外は結構寒くなっていた。

「面白えかい」

今川は開口一番、面白いのです、と云った。

「面白えかい。儂はこの癖の所為で嬶ァにゃ随分叱られたです。取っ組み合いの喧嘩《けんか》もしたな」

「それはお気の毒に。しかし、継続は力なりと云う言葉もあるのです。これは、一種の作品なのです。ねえ」

「うん——まあ」

ねえと振られても回答のしようはない。

ただ、云われてみればひとつひとつも変ではあるが、全体で捉えた方が更に変だし迫力もある。

「で、値段は？」

今川は団子虫《だんごむし》のように丸くなって、莚《むしろ》の上に綺麗に並べてある陶器の破片などを観察し始めた。犬が臭いを嗅ぐような仕草である。

「ああ、これは古唐津《こからつ》の破片かもしれないです。こっちは——はあ、中中難しいのです」

「難しいの？」

「破片ですから」

それはそうだろう。

「もし古唐津だとしたら、価値はあるのです」

「幾ら？」

「値はつけられないのです。これは、研究の対象にはなるのですが、売買の対象にはならないのです。とても珍しいですが、破片なのです」

「ああ。そう」

仁吉はやや落胆した。少しでも期待していたのだとしたら、気を持たせたのは伊佐間であるから、伊佐間も気が引ける。

「この――鼎《かなえ》は売れるかもしれないのです。最近解って来たのですが、骨董は、使えるからこそ価値が出る。珍しいだけ、古いだけでは骨董品ではないのです。保存状態が良い方が格段に高いのは、美術品として完成しているとか、希少価値があるとか云うよりちゃんと使えるからなのです。それだけです」

「それだけ?」

「それだけです。だからここにあるモノで売れるのは使えるモノだけなのです」

そう云われると尚更切り売りはいけないと云う気がして来る。全部揃ってこの納屋に、この形であって初めて、このモノどもは怪しげな魅力を放つのではなかろうか。ひとつひとつは耕作老人の云うようにただの塵芥なのだ。しかしこの形で纏《まと》まっている限りは、今川の云うように仁吉の作品なのである。

今川は古銭や根付《ねつけ》などの小物を選別し、手際良く値をつけたが、大した額にはならなかった。

仁吉は少し肩を落として云った。

「あの――仏様は――どうです?　仏様は元来使うもんではねえです。なら――」

「ああ。呼んだら海から来る」

仏像は頼みの綱である。昨日も素人値踏みじゃこれが一番でしょう――と、話していたのである。

「仏？　これですか。これは——」

今川は不思議な仏像を手に取った。

「これは——」

「変わってるでしょ」

「これは、仏像ではないのです」

さっと陽が翳《かげ》った。いきなり誰彼刻《たそがれどき》が訪れた。

仏像ならぬ仏像は屋内に持ち込まれた。

今川は魂でも抜かれたような、或《あるい》は水死体のようなだらしのない腑《ふ》抜《ぬ》けた顔で、仏像を見回した。実際今川の珍妙な面構えや浮腫《むく》んだ体つきは土左衛門を連想させる。水死体が縁でその像を回収したと云う話を聞いた後だから、伊佐間は可笑《おか》しかった。

土左衛門は舌足らずに云った。

「これは——神像なのです。こんな仏様は居ないのです。仏像は、様式があってからこそ」

「神像って、神様？」

「そうなのです。本来本邦《ほんぽう》の神様はお姿がなかったのですが、仏教伝来に伴って多くの仏像が入って来て、それに影響されてか、僅か似たような像が作られたのです。これはだから、時代は天平時代より後であることは間違いないと思うのですが——却説《さて》、神像は様式が決まっていないので——」

云われてみれば蓮華座《れんげざ》も光背《こうはい》もない。そう云うものはパーツが別なのだとしても、髪型も禿《かむろ》のようだし、印を結んでいる訳でもない。釈迦《しゃか》や阿弥陀《あみだ》なら羅髪《らほつ》だろうし、地蔵なら坊主だ。どう見ても女性だから明王仁王の類《たぐい》ではないし、観音《かんのん》様もおかっぱ頭ではない。

「神像は、仏教の刺激を受けて制作されたのですから、そもそも習合仏《しゅうごうぶつ》と呼んだ方がいいような折衷《せっちゅう》様式のものが先ずあって、それ以外は貴族のお姿が多いのです。八幡神《はちまんしん》などは僧形《そうぎょう》ですが、多くは平安貴族のように衣冠束帯《いかんそくたい》、拱手把笏《きょうしゅはしゃく》のお姿なのです。髪を角髪《みずら》に結った童子姿のものもあります。これは女神ですから——そう、宇治《うじ》の平等院《びょうどういん》の塔頭《たっちゅう》に安置されている来歴不明の神像に似ています。ええと、この辺に神社はないのですか？」

「まあ、ありますです。遠見岬神社。八幡岬だ」

「祭神は八幡様？」

「八幡様もあるが、神さんは富大明神です」

「僕は、その神様を知らないのです。その神社は、ずっとその場所にあるのですか？」

「はて。慥か慶長《けいちょう》の頃津波で流されて、今のところにお祀《まつ》りしたのは植村の殿様だと聞きやすがね」

「植村土佐守《とさのかみ》ですか。じゃあ」

「万治二年」

「古い」

前に同じような反応をしたな、と伊佐間は思う。

今川は植村とか云う殿様を知っていたらしい。

「それでは、矢張りその神社に祀られていたものなのかもしれないのです。ただ、これは僕よりも寧ろ京《きょう》極《ごく》堂《どう》さんの分野なのです」

「ああ中《ちゅう》禅《ぜん》寺《じ》君」

中禅寺と云うのは、例のお化けに詳しいと云う伊佐間の友人の名であり、今川の云う京極堂とは彼の経営する古書店の屋号である。中禅寺は専《もっぱ》ら屋号で呼ばれる男なのだ。彼はお化け以外にも各地の民間信仰や神社仏閣の故事来歴などに精通している。

今川は再び呆《ほう》けたような不細工な顔に戻り、放心したように神像を眺めて、結局、

「これを云い値で買いましょう」

と云った。仁吉は云い値っつうても相場が解らねえ、魚や干物とは訳が違わぁと大層慌《あわ》てたが、今川は、ご入り用な額で結構です、こうしたものは底値もなければ天井値もないのです、と云った。

仁吉は一寸《ちょつと》考えさせてくんねえ、と腕を組み、

「売りてえと云って呼んどいて今更こんなこと云うのは何だが——買ってどうなさる。売れますかい」

と心配そうに質した。

「売れるなら売ってもいいのですが、多分売れないでしょうし、場合に依ってはそのお社《やしろ》に奉納もしましょう。そう思うのです」

「それじゃ損するべい」

「僕は、この神像の素姓来歴を確かめたいのです。これも、何かの縁だと思うのです。それだけです」

仁吉は少し呆《あき》れた顔をして伊佐間を見た。

「あんたの友達や変わってらあ。あんたもそうだが、東京にも浮き世離れしたご仁が居るもんだ」

伊佐間はただ——うん、と云うばかりである。

仁吉は戸惑いを隠せないようだったが、そのうち納得したような顔になって、今川に金額を耳打ちした。今川が財布を出す。伊佐間はなぜか聞かぬ振り見ぬ振りをした。金額を知ることは仁吉に対する非礼に当たるような気がしたのだった。だから神像に幾らの値がついたのか、伊佐間には判らなかった。

ただ伊佐間が思うに、仁吉が当惑を克服できた理由は多分織作家の一件を思い出したからである。織作雄之介の遺品なら悉皆《しっかい》高価な商売物として扱える筈だし、ならば今川も損はしないだろう。

伊佐間はそこで今川にその件を告げた。

今川はこれから出向くことも嗇《やぶさか》でないが、取り敢えず本日中の訪問は止めて、一旦帰り日を改めて参りましょうと云った。慥かに、半端に遅い時間だし、葬式の当日に形見の鑑定もないだろう。

しかし今川がいざ引き揚げる段になると、仁吉は夕食を喰うべい、酒飲むべい、と頻《しき》りに引き止め、食ったら食ったで泊まるなら泊まれと大いに粘《ねば》ったので、結局今川は帰れなくなってしまった。どうせ泊まるなら、織作の御殿――蜘蛛の巣館へは明朝行こうと云うことになり、話は纏まった。

それからまた烏賊《いか》の一夜干《いちやぼ》しだの煮魚だのを肴《さかな》にいいだけ喰って飲んで、気がついた時は朝だった。

いつの間にか寝てしまっていたらしい。寒くて目覚めたのである。

不細工な骨董屋と小柄な老人は文字通り雑魚《ざこ》のように板間に転がって鼾《いびき》をかいている。春先に雑魚寝は寒いと己を顧《かえり》みると、伊佐間だけはどうも襤褸《ぼろ》蒲団を纏っている。無意識のうちに押入れから勝手に引き摺り出して被ったものか。それとも伊佐間が先に寝入ったので仁吉が掛けてくれたのかもしれない。

多分伊佐間は三人の中で一番酒が弱い筈だから、それは十分に考えられることである。いずれこの家に夜具は二組しかないから、ひとりはあぶれる計算なのだが。

伊佐間は外套の如くに蒲団を身に巻きつけ、そのまま半身を起こした。

見れば寒いのも当然で、窓が開け放しになっているのだった。伊佐間は思い切って蛇の脱皮のように蒲団を抜け、窓を閉めに向かった。自分は兎も角、床に転がっている二人に風邪の悪気が忍び込まぬかと懸念したからである。

窓辺に立つ。

鯨幕は綺麗さっぱりと取り払われている。

花輪もない。喪服の蟻どもの葬列もない。

葬式の臭いも失せている。

そこは、単に寺へと続く一本径に過ぎない。

何の変哲もない、ただの径に過ぎなかった。

彼誰時《かわたれどき》は終わりつつある。空はもう明るい。

心張り棒を外す。倒れて来る板戸を押える。

――ん？

伊佐間は手を止めた。

笠《かさ》を被り、蓑《みの》を纏った男がひとり。

一本径をこちらに進んで来る。蓑が煌煌《きらきら》と光る。

藁《わら》に含まれた水分が、遠い陽の光を反射するものか。煌《きら》り。煌り。

――漁師かな。

朝市にでも行くものか。それにしてはまだ時間が早かろう。それともこんなものなのか。伊佐間は朝市が何時に立つのか知らない。

――女――か。

そう、思った。

思った瞬間にぞくりとした。

風邪の悪寒《おかん》とは違う。

あ、い、い、あんな女はいない。あれは男だ。だが。

――柄か――。

蓑から覗く着物の柄が、

――気の所為。

気の所為だ。完全に覚醒していない。知覚が混乱している。蓑から覗く足は男のものだ。気の所為でないとすれば男は派手な柄の着物を纏い、裾を端折《はしょ》って、その上から蓑笠を纏っていることになる。

そんな妙な格好があるものか。

暫し耄《ほう》けていたか。気がつくと蓑笠の男は既に伊佐間の前を横に折れている。今は後ろ姿しか見えていないから、最早確認のしようもない。男は足早にみるみる小さくなり、伊佐間の視界から消えた。

「どうした」

仁吉の声がした。伊佐間が振り向くと仁吉も今川も起き上がっている。子供の如き老人と奇怪な容貌の骨董屋が並んで板間に胡坐《あぐら》をかいている様子は如何《いか》にも滑稽《こっけい》で、伊佐間の悪寒はすぐに消し飛んだ。

「――うん」

「宿酔《ふつかよ》いとは云わせねえぞ。とっとと寝ちまった癖に。弱いったらねえね。なあ骨董屋」

仁吉が馴《な》れ馴《な》れしく呼ぶと今川は従順にはい、と答えた。伊佐間が寝ている間に二人はかなり親交の度合いを深めたものと思われる。

「さあ、さっさと朝飯食って蜘蛛の巣屋敷に行きやがれ。用事済ませねえと釣りもできねえぞ」

仁吉は伊佐間に対しても馴れ馴れしい口を利くようになっている。何か心境の変化でもあったのか。それとも出会って四日も経つから、単に老人の地が出ただけなのかもしれない。

「しかしまだ昏《くら》いでしょう」

「馬鹿こけ。どこが暗いか。もうこの辺りでは昼間だんべい。あんた、釣りするって時は幾らでも早起きする癖に、今更何を云うかね」

「そう――ですか？　今何時？」

「五時半なのです」

今川が懐中時計を見つつ答えた。

すると伊佐間はかなり時間を取り間違えていたらしい。まだ三時頃だと思っていたのだ。

「今日は曇《くも》ってるで、暗く感じるんさ」

仁吉はそう云って、湯を沸かし始める。今川は顔を洗って来るのです、と云って立ち上がる。伊佐間は何か不安の種を肚《はら》に仕舞って、己の口髭《くちひげ》を摩《さす》る。

――女。否、男。

伊佐間と今川が仁吉の家を出たのは七時より少し前のことだった。まだ早いかとも思ったが、仁吉の談に依れば、耕作老人は朝は五時前には起きるから心配ないのだそうである。二人は半ば仁吉に追い出されるようにして出発したのだった。

それでも伊佐間の感覚では相当早いので、一旦海水浴場の方に出て、海岸を迂回《うかい》し乍《なが》ら、のんびりと風景でも眺めつつ行こうと提案した。

花曇《はなぐも》りと云うにはまだ時期が早いが、梅雨空にも似たどんよりとした曇り空である。海もまた、空の憂鬱《ゆううつ》を映して、どんよりとした粘着《ねんちゃくしつ》質の鉛色《なまり》に染まっている。とても液体とは思えぬ。それは空にしても同じことで、こちらも大気とは云い難い重苦しさに満ちている。

海と空は絶対に相容れぬ異質なもの同士であるにも拘らず、いつもこうして、まるで鏡に映したように同質だから不思議だ。

伊佐間は今川に尋く。

「君の家は——慥か旧家だよね」

「そうなのです。兄は十四代目なのです」

「格——高いよね？」

「格？」

「格」

聞けば今川の実家は代代続く蒔絵《まきえ》師の家柄なのだそうである。今川は次男らしいが、もし長男だったら何とか云う厳《いかめ》しい名を嗣《つ》ぐことになっていたと、伊佐間はそうも聞いている。名家の次男は形容し難い不可思議な顔をした。

「なぜ——そんなことを尋くのですか」

「うん——織作さん家《ち》のことがね——」

伊佐間は極端に言葉足らずの説明で昨日感じたことを述べた。身分だの格だの階級だの、人はそうしたものから逃れられぬものなのか——。

骨董屋は何処を見ているのか善く判らぬ面相で唐突な話にもふむふむと聞き入り、突如、

「人間は、関係があってからこそ生きて行ける」

と輪を掛けて唐突に云った。

「は？」

己の言葉が足りぬのは承知だったが、予期せぬ意味不明の返答に伊佐間は戸惑う。

「変な云い方ですが、京極堂さんのようには弁が立ちません。その、人はひとりだけぽつんと生きている訳ではないと云う意味なのです」

「――うん」

今川は云い訳をして、伊佐間は納得した。今川の云う通り、中禅寺はあることないこと、黒を白とでも云い包める男で、通常中中そうは行かぬものである。伊佐間が言葉を呑み込んで省略してしまうように、今川は的確な言葉を選び切れぬのだろう。

今川は続けて云った。

「格と云うのは対象が幾つかあって、その対象に、ある価値観を与えるから出来るのでしょう。つまり比較する対象と価値を決定する尺度がないと成立せぬものではないですか」

「そう、だろうねえ」

「人がひとりしか居なければ格も飛車もないと、そうも思えます」

「ないだろね」

「ところが――そうは行かないのです。人はひとりで居ても、自分と、自分を取り囲む自分以外――世界とに分かれてしまうのです。世界に対する己の位置づけ――格と云うのは必ず生まれる筈なのです。だから、人間がこの世に存在する限りは、格と云うものはなくならないと、僕は先ずこう思うのです」

「ほう――」

階級社会に育った——と云うような世代の問題ではなく、もっと根本的な問題だと云うことだろう。

「でも前述の通り、人はひとりではないのです。比較する対象は周囲に沢山あるのです。個人対世界と云う根本的な対立項を意識する前に、もっと比べ易いものが山のようにあるのです。そして比較する尺度となる理屈めいたものも、多く身近にあるのです」

「例えば？」

「だから、例えば時系列の中で己に格づけをすることは出来ると思うのです。この場合は歴史と己の関係を計ると云うことになるのです。すると家系だの氏素姓だのが尺度になって来るのです。先祖があって、親がいて、自分がいる」

「過去と云う芋蔓《いもづる》が繋がる」

その芋蔓にこそ価値を見出すと云うことか。

「連綿《れんめん》と続く筋道の最後に自分が居る訳です。でもその場合、自分と云うのは子孫への中継点でしかないのです」

「なる程」

「逆に、この世の中に、平面的に己を格づけするなら、これは社会と自分の関係を計ると云うことになると思うのです。そうなると、例えば現在の己の官職や地位や財力や技術や容姿や、そうしたものが尺度になると思う訳なのです」

「今度は世俗の尾鰭《おひれ》がつく」

その尾鰭にこそ価値を見出すと云うことだろう。

「この場合は先祖も子孫も関係ないのです。凡て現在の問題です」

「――なる程」

伊佐間の質問とは微妙に論点がずれているような気もするが、それはそれでいいかと伊佐間は思う。

今川は、舌足らずなもどかしい喋り方で続けた。

「ただ、いずれも、本人とは関係ないところに尺度基準があるのです。片や歴史、片や社会と――」

そう云われれば、それは本人とは関係ない。

容姿容貌などは個的なものかとも思うが、判断基準である美意識なども時代や社会で大きく変わるのだ。

「――現在云われている格は、この二つが綯《な》い交《ま》ぜになって決まる、その程度のものなのではないかと僕は思うのです。例えば、業績は悪いが輝かしい社史を持った伝統ある会社は、その歴史を誇りにします。逆に創業は最近だが豪く景気のいい会社は、規模や商才を誇るのです。でも、それと、その会社の業務内容や経営方針とは無関係なのです」

「そりゃあまあそうでしょう」

「でも、そのような、格を定めるための価値の尺度を歴史や社会に求めるようなことは、無意味なこととも思うのです」

「無意味？」

「無意味なのです。それは盤石《ばんじゃく》たる社会や、国家や、民族があってからこそ、有効な格なのです」

「でも個人は社会の中に居るし、社会は歴史の果てにあるでしょ？　それでも無効？」

「そう思うのです。今は幅を利かせていますが、今後こうした価値観は意味を為さなくなるだろうと、僕はそうも思うのです」

「比較しなくなると？」

「そうではないのです。最初にも云ったのですが、人間が存在する限り格がなくなることはあり得ないのです。ただ、比較する際の判断基準を社会やら歴史に求めることが出来なくなる時代がいずれ来る、と僕は云いたいのです」

とても解り悪《にく》かった。元より今川は滑舌《かつぜつ》訓練が必要な程に口跡《こうせき》が宜しくないので、言葉がもたついている分いっそう解りづらいのだ。伊佐間は頸を突き出して、無言のまま理解できぬと云う意思表示をした。

「つまり」

口が回らぬ癖に雄弁な友人はすぐに呑み込んだ。

「個人対世界——個人の内側と外側の世界の関係こそを計って、世界に対する自分の絶対的な格を定めなければ立ち行かなくなるような、そう云う本質的な時代が到来すると、僕は考えるのです」

余計に解り悪い。

「例えば、人類の歴史など高が知れているのです。家系を遡《さかのぼ》っても精精《せいぜい》数百年。血統だ家筋だと云って粋《いき》がったところでお猿には敵わないのです」

「おさる——」

「また、社会などと云うものはゆらゆらした幻覚のようなもので、実際百年前の常識すらも通用しなくなっている。そんな社会の中でどれ程強固な己を確立したところで、それは蜃気楼《しんきろう》の中で威張っているようなものだと思うのです」

「蜃気楼——」

「現在、格を決定する尺度と云うのは、それだけのものなのです」

「それだけ？」

「それだけです。瑣末《さまつ》で、相対的なものなのです。ならばそれは本質的でも、原理的でもないのです。絶対的な格を求めるなら、基準となる尺度もまた絶対的なものでなくてはならない、と、思う訳です」

「——そう？」

「勿論、違っているのかもしれないのですが――」

今川は、そこで少しはにかんだ素振りを見せた。

「――もしも絶対的な価値観と云うのがあるのだとすれば、それは個人の内部にしかあり得ないと、僕は思うのです。そしてそれが個人の内部でしか通用しない以上、比較できる対象も対立するただ二項、個人と世界――宇宙と云うことになりませんか？」

「――なる？」

伊佐間には解るような解らないような話である。

「それ、対立させなければ駄目？」

「させたくなくともするものなのです」

「そう――」

そうかもしれない。

自分が実感しているこの世界と、自分を取り巻く現実の世界と云うのは――まるで空と海のように――双子の如く似ている癖に、決して相容れぬもの同士なのだろう。ならば、それは放っておいても対立するものなのか。

そしてその個人の内部と外部と云う対立する二項は、今川の原理原則に従うならば、比較する最小単位となるらしい。それこそが格を設定する際に最も相応しきものだと、友人は云うのである。

それに就いては、茫洋とではあるが伊佐間も納得できる気がする。

それ以外の対象は煩雑だし半端過ぎて単位にはなり得ず、ならば歴史や社会は精精《せいぜい》参考資料程度の副次的な機能しか持たぬから、価値判断をする際の確固たる判断材料とはなり得ない、と云うことになるだろう。

所詮相対的なものからは絶対的な真理は導き出せぬと云うことか。

それは多分そうなのだろうが、

──そうなのだろうか。

今川の云う通り──歴史は蜻蛉《かげろう》のように儚《はかな》いし、社会は陽炎《かげろう》のように朧《おぼろ》である。それに比べて人間の内と外の隔絶は、遥かに確固としたものである。

それは伊佐間もそう思う。

しかし伊佐間は、どこかで内と外とは置換可能《ちかんかのう》であるような気がしてならぬ。伊佐間のことだからそれを裏付ける理屈がある訳ではない。気分に近い。

伊佐間は思考を転換する。

「男と──女は？」

これも対立する二項となり得ぬか。

「僕は、その区別が解らないのです」

「え？」

「勿論雄雌《おすめす》の区別はつくのですが、それ以外の男女の差異と云うのは社会や歴史と云う不確かな尺度で分けられているに過ぎないような気がするのです。その二つを外してしまって、尚どこが違うと問われても、僕には区別がつかないのです。尤も、僕は女性になったことはないので解りはしないのですが」

——女装だけは止《よ》して欲しい。

伊佐間は今川の女装姿を想像して心中で笑う。

そしてそこにも階級意識の片鱗を感じてしまう。

今川の意見を聞いて一時納得しかけた気はしたものの、矢張りそれは気の所為だったようである。それも詮方ないことで、今川の意見に従うなら、所詮今川と伊佐間は別の人間であり、伊佐間にしてみれば今川は単に世間の一部に過ぎぬと云う結論になってしまうからである。

——男か——女か。

蓑笠の男。

伊佐間は思い出す。なぜ自分はあの男を女だと思ったのか。

それは、あの男が伊佐間の中の男女を分かつための尺度に似《そぐ》わぬ何かを備えていたからに他なるまい。ならばそれは何だ。

歴史的尺度か。社会的尺度か。将《はた》また伊佐間の個人的な尺度か——。

——尺度と云うより理屈——理《ことわり》かな。

あの男にはどこか理に合わぬところがあったのだろう。だから悪寒が走ったのだ。

勿論今川は蓑笠の男のことなど知らないし、伊佐間の場合は悲しんでいようが怒っていようが、極端な変化は外見上には殆ど表れないから、そんな不安だか疑問だか判らぬ感情などが伝わる筈もなかった。

今川は、妙に清清《すがすが》しい顔を造ってこう結んだ。

「だから、僕の家は歴史も古く、社会的にも芸術工芸家の家ですが、それは僕とは関係ないし、関係あるとしても格が高いとか云うこともないのです。昔から蒔絵の仕事をしていた家と、ただ——」

「それだけ？」

「それだけです」

「うん——」

伊佐間はそれに就いて、それ以上深く考えることを止めた。伊佐間の柄には合わないからだ。

仁吉に教わった道順に従い、海辺を離れ人家の横を抜けて、勾配のきつい横道に入る。貧弱な林を抜けると、坂の上の方に大きな形影《シルエット》が現れた。

それが蜘蛛の巣館だった。

館は真っ黒に見えた。背景はそれ程明るくもない鉛色の雲空《うんくう》だけである。逆光に曝《さら》されている訳でもないと云うのに、建物はその鉛色の画布《カンヴァス》の中心に黒黒と屹立《きつりつ》していた。形影《シルエット》だけで判断するに、洋館には違いないようだったが、意匠《いしょう》も、壁の色すらも確認できなかったから、何と云う様式の建築なのか伊佐間には判らなかった。館の前庭には霏霏《もやもや》と木が生《お》い茂《しげ》っている。多分桜である。ただ館へと続く道の両側は荒涼としたもので、背の低い赤茶けた樹木が疎らに生えている程度である。今川はああ、あの建物に後ろはないのです、などと云う。岬の突端《とったん》、断崖を背にして建っていると云う意味であろう。

なる程、背景に空しかないのも頷ける。

伊佐間は具体的な感想が持てない。

建築物には興味がないのだ。

雰囲気が凡てである。

門前に至る。

まるで絵画《タブロオ》にとまった蠅《はえ》のような気分になった。

現実の陰影《かげ》は光源側に回り込めば消える。遮蔽物《しゃへいぶつ》を取り払えばなくなる。明暗の対比も比較対象を隠蔽《いんぺい》すれば消えてなくなる。しかし、絵画の中のそれは、何をどうしたところで、いつまでもそのままの黒である。時間と空間をその表層に定着してしまっている絵画に於いて、陰影は質量を持っている。素地《テクスチュア》に盛られた影は光と同質なのだ。

その建物を染め上げた暗黒もまた、どれだけ傍《そば》に寄ろうと、向きを変えようと、消えはしなかった。

それは、影でも、陰でもなかったからである。

空との対比で暗く見えている訳でもなかった。

建物は影色に塗られていたのである。

蜘蛛の巣館は本当に黒かったのだ。

黒く塗装された木材。黒く焼かれた煉瓦《れんが》。黒く変色した真鍮《しんちゅう》。黒く時代を刻んだ石。

――まるで書割《かきわり》だ。

だから、ここは絵の表面で、伊佐間は蠅なのだ。

今川を見る。何を思っているものか、伊佐間以上にその表情は読めない。計り知れない男ではある。

古物商は云った。

「変わったお屋敷なのです。お屋敷と云うよりお城のような印象なのです」

「城《シャトー》？」

「いいえ。洋館の癖に、戦国時代のお城のような感じなのです。単に場所柄の所為なのかもしれないのですが――向こうの明神岬にはその昔、勝浦城と云う堅固な城があったそうですが――まるで侵入を拒むが如き立地がそう思わせるだけかもしれないのです」

感想は人それぞれである。

錆びた鉄の門扉《もんぴ》は閉ざされている。黒い石造りの門柱には織作と記されている。同じく黒い煉瓦造りの塀で囲われた前庭の中は矢張り一面の桜の木だった。もう少し時が経てば、黒き影の絵画の表面には桜色の絵の具が大量に盛られることだろう。

通用門を探して、二人は塀を巡って少し歩いた。正門から堂堂と這入る気がしなかったからだ。なぜそう思ったのか、伊佐間は考えるのを止した。

側面に回り込んでも風景は然程《さほど》変わり映えせず、影のような館は、桜の霏霏の背後に少しずつ形を変えながら、矢張り曚《もう》とした影の威容《いよう》を保っている。

通用門らしきものがあった。今川が覗き込んだ。

途端に古物商はころり、と後ろに転げた。

伊佐間が慌てる暇もなく大声が聞こえた。

「神妙におしッ。ど、泥棒《どろぼう》め!」

「ど、どろぼうでは」

「お黙りっ!」

門から熊手《くまで》のようなものが突き出て来て今川を打ち据《うす》えた。今川はいやあ、などと云いながらくるりと回転して両手を突き、お辞儀でもするような格好になった。動作が獣《けものじ》染みている。

続いて門の中からひと目でそれと判る格好をしたメイドが、弾《はず》むようにして飛び出して来た。

「顔が泥棒だよ図図《ずうずう》しい。こンな朝っぱらから何をどうしようって云うのさ。こら、あ」

そこでメイドは伊佐間に気づいた。

「な、仲間がいたァ。あ、あンた仲間ねッ」

「——ええ。まあ」

泥棒ではないが、仲間ではある。しかしこの場合泥棒でないと云う部分を省略した上で残りを肯定してしまっては、身分は泥棒と認めたも同然である。

メイドは急に怯《ひる》んだ。

恐怖が顔に貼りついている。痙攣《ひきつけ》でも起こしたような具合である。齢の頃なら十七八と云うところだろうか。ややつり目であることを除けば、全体に小作りで可愛らしい顔立ちをした娘である。洋装だし、髪型とて電髪《パーマネント》でも当てているのか中中にお洒落で、全体に洋風ではあるのだが、伊佐間は何故かそのメイドを見て中国の——磁器などに描かれているあの弁髪の——子供の絵柄を思い出した。

「わ、私をどうしようって云うのさ。あ、お、おじさん、こうさくおじさあん！」

メイドは伊佐間と今川を見据えたまま後退し、大声を上げた。そして逃げ出そうとして振り向き様に——転んだ。

メイドはきゃあ、と変な声を出した。

「何だセツ坊また転んだのか」

桜の木立の陰から野太い声が聞こえ、大柄な男がのそりと出て来た。出門耕作だった。

メイドは倒れたままで、泥棒、門の中を覗いて、様子を窺って、殺される、ひいひいと、支離滅裂《しりめつれつ》なことを喚《わめ》いている。

「泥棒？　お、昨日の、伊佐間——さんだったな。よう来てくれた。で？　その人が——泥棒だか？」

「僕は泥棒ではないのです」

「違うの？」

メイドはむくりと起きた。

「僕は骨董屋なのです。それだけです」

「違うなら違うって云ってよ、もう。あたし叩《たた》いちゃったじゃないの」

「お前叩いたんか、この人」

「叩いたわ」

メイドはふくれっ面で立ち上がった。

「いやはや、大丈夫だか。この娘はセツと云うてこの家の女中だが、威勢はいいんだが、どうも、そそっかしくていけねえです。失礼があったなら謝るべい」

今川が何か云いかける前にセツが云った。

「そそっかしいって、随分じゃァないですか。誰だって泥棒だと思うでしょ。だって正門からずっと、中覗き乍《なが》ら裏に回って来たンだもの。それにこんな怪しい格好してるンだもの。普通思うでしょう?」

「それは、その」

「それに、また転ンだって、そりゃあ私は善く転びますけどね。転ンだくらいであんな大声は出しません」

「だがセツ坊」

「だがって去年の秋のこと云ってるんなら、あの時は私階段の真ん中から九段も転げたンです。だから大声出したンです。ただ転ンだんじゃありません。だいたい私女中じゃなくて家政婦よ。うら若き美貌《びぼう》の家政婦だわ――」

実に――善く喋る娘である。

伊佐間も今川もまるで弁は立たぬから、圧倒されるばかりである。ただ、こうした訳の判らぬ状況には二人ともそれなりに馴れている。だから狼狽することはない。こうした目茶苦茶な状況を頻繁に引き起こす、共通の友人がひとり居る所為である。

「セツ坊。兎も角間違いだったんだから謝れ」

セツは頬を膨らませた。

「でも——でも失礼ですけども、本当に違うんですかァ？　だって昨日から覗いてませんでした？」

「昨日？　昨日のいつだ」

「お葬式の最中とか。あたしひとりみたいなもんだったから用心してたんですもの。皆が戻った後も誰か居たみたいだったし。それから今朝も見てた」

「葬式ん時この人は仁吉の家だ。俺済んでから一緒になった。こっちの人はその時まだ到着してねえ」

「そうなの？　それじゃあ、今朝は？」

「今朝は起きてから一直線に」

「それが——今？」

「そう」

セツはつまらなさそうな顔をした。

「目潰し魔とか絞殺魔とか、昨今この辺も物騒だから、用心深くなってるンですッ。御免なさいッ」

照れ隠しのように頭を下げて、セツは少し項垂《うなだ》れ気味に木立の奥に消えた。耕作はそれを目で追い乍《なが》ら、ああ、ご案内して貰うべいと思うたのに行ってしもうた、粗忽《そこつ》もんが、とぼやいた。

結局伊佐間も今川も殆ど喋れなかった。

奥様には話してあるで、と耕作は云った。

ただ自分は家の中に這入る格好ではないから、と云う。慥かに耕作は軍手を嵌め、野良着《のらぎ》の上に袖無の綿入れを着込んで久留里鎌《くるりがま》まで持っている。老使用人は少し思案の後、一寸《ちょっと》ここで待っとってくれと云うなり駆け出した。着替えて来るつもりか。彼の住み処は庭の何処かにでもあるのだろうか。

耕作はすぐ戻った。何のことはない、綿入れを脱ぎ軍手を外しただけだった。そして伊佐間と今川は耕作によって蜘蛛の巣の中へと導かれた。

中は、大抵の人が思い描くであろう瀟洒《しょうしゃ》な洋館の内部そのものだった。

ただ漆喰《しっくい》以外の木材部分は皆黒く塗られている。意匠も凝りに凝った細密なもので、その過剰なまでの繊細《せんさい》さが建物の古さを象徴しているように伊佐間には思えた。同じように造ったとしても、今の建て方ではもう少し力強く仕上がるような気がするのだった。完成している癖に何処か不安定な感じ――と云うのは、伊佐間にとってはどうにも明治時代の雰囲気なのである。

変わった造りです、と今川が云う。伊佐間にはどこが変わっているのか善く判らない。

廊下を曲ると吹き抜けの、ホールのような大きな部屋に出た。床の中央に高価そうな波斯《ペルシア》絨緞《じゅうたん》が敷いてあり、その上に猫足の大きな洋卓《テーブル》と、椅子が八脚据えてある。

ホールを突っ切ると螺旋階段《らせんかいだん》に至る。段の端は細くなっとるで注意せえ、と耕作が云う。見れば段は憔かに細い扇型の板で、中央に向けて徐徐に幅が狭くなっている。気を抜いて足をかけると段を抜いて転ぶ。

幅の広い方目掛けて慎重に足を乗せると、ぎいと板が軋《きし》む音がした。少し不安になり装飾的《デコラティブ》な手摺に摑まると、手摺までもぎい、と鳴った。

二階の、ホールを巡る回廊をぐるりと巡って、奥へ続く廊下へと折れる。くるくると回転するので伊佐間はもうどちらが建物の正面か判らなくなっている。廊下の左右には幾つもの黒い扉がある。途中には階下へと繋がる階段もあったし、上に伸びる階段もあった。三階もあるらしい。迷路のようだ。

耕作が云う。

「中は込み入っとるがね、馴れりゃ平気だ。敷地に四角く建っとるが、丸く建ってると思えば迷わん」

要するに立体的、且つ放射状に部屋があるのですね、と今川が云った。

四角い建物でどうしたら放射状に造れるのか、伊佐間には全然判らなかったが、各階の各部屋を廊下や階段が縦横無尽に繋いでいることだけは善く判った。正に蜘蛛の巣のようなものである。

きっとどこかに中心があるのだろう。

黒い扉を開くと、小学校の教室のような部屋だった。

大きく取られた窓の外は一面蕾ばかりの桜で、その窓に背を向けて、絶世の未亡人が立っていた。

己の真正面——伊佐間達を屹度《きつと》見据えている。

厭と云う程鼻筋の通った、呆れる程色白のご婦人である。正面から拝すると、威厳があると云うより高貴な感じさえ受ける。耕作は目を合わせぬように下を向き、耕作らしからぬ畏《かしこ》まった声で、

「お方《かた》様。骨董商様をお連れしたですが」

と告げた。

未亡人は眉ひとつ動かさず、

「判りました。お下がりなさい」

と云った。

伊佐間の想像していた厳しげな口調とは違っている。丸みを帯びた音色の、思ったよりずっと優しげな口調だった。耕作は卑屈なまでに身を屈《かが》め、へえ、と低い声を発すると、そのまま退出しようとした。女主人はその卑屈さを見咎《みとが》めるようにやや眉《まゆ》を顰《ひそ》めると、すう、と右手を上げた。

「お待ち。是亮さんは——？」

問われて耕作は身を屈めたまま振り向きもせず、更に俯いて再びへえ、と一層力なく答えた。女主人はその仕草から凡てを呑み込んだのか、少しだけ額《ひたい》の辺りに憂いを湛えたまま、そう、と小さく云い、

「――解りました。耕作、下がらずにそこに控えておいで」

と云った。耕作は大きな躰を出来るだけ小さくして、矢張り俯いたまま、三度へえ、と云った。

未亡人はそこで漸く何かを吹っ切るようにして、伊佐間と今川に視線を向けた。

「これは大変失礼致しました。初めてお目に掛かります。私《わたくし》、織作真佐子と申します。忌中《きちゅう》でございます故、斯様なお見苦しい格好で失礼致します。本日は急な申し入れをお聞き入れ戴きまして信《まこと》に有り難うございます」

見れば婦人はまだ喪服なのである。違和感もなくあまりに似合っているので伊佐間は気づきもしなかった。今川は流石に少しは場《ば》慣《な》れしているらしく、

「丁寧なご挨拶勿体のうございます。青山で待古庵と号します古物売買の商いをしております、今川と云う者なのです。しがない骨董屋でございますが、どうぞお見知りおきくださいませ――」

と、舌足らずの今川にしては随分と流暢《りゅうちょう》な挨拶をした。そして伊佐間を示して、こちらは紹介してくれた友人なのですと云った。伊佐間はただ姓名を名乗り、一礼した。

真佐子は深深と会釈《えしやく》した後、当方の事情は御存知でしょうか、と問うた。一応は存じておりますが、と今川が答えると、未亡人は幽《かす》かに微笑み、それでは何よりも先ず鑑《み》て戴くが宜しいでしょうと云い、全員を次の部屋に誘《いざな》った。

次室へ開く黒い扉は、入室して来た扉の真向かいにあった。廊下ではなく室内にある。どうやら次室にはこの部屋からしか行けないようである。

扉を開けた刹那《せつな》、今川がうう、と唸《うな》った。

古紙の香り。墨《すみ》の香り。黴《かび》や、埃《ほこり》の臭い。

同じように桜を望む大きな窓がある。その窓を除く壁には、ずらりと掛け軸だの扁額だのが並んでいる。中央の大きな洋卓の上は、凡て細長い木箱と紙の束で埋め尽くされている。

この間は書画の部屋なのだ。

今川は、早速壁の絵を観る。

「これは雪舟《せつしゆう》の三幅対《さんぷくつい》――いや、これは写しなのです。しかし大した画力です。多分どこかのお寺のお前立てか――ああ、大変だ」

今川はまるで犬のように鑑定を始めた。

元元緩い口許が更に緩み、だらしないことこの上ないが、眼だけはやけに真剣で、やれ雲谷《うんこく》だ山楽《さんらく》だ周文《しゆうぶん》だ、本物だ贋作だと呟《つぶや》き、次第に興奮して来たらしく、仕舞いには大きな溜め息を吐いた。

「この達磨《だるま》は、も、牧谿《もっけい》——なのです。真逆《まさか》、筆写で——いや、粉本《ふんぽん》——ではないです。本物なのです。いやいや本物のようです」

「凄いのそれ？」

「牧谿は中国南宋《なんそう》の禅僧なのです。もし本物なら初めて見たのです。本物かなあ」

「それ、鑑定になってないよ」

感心しているだけである。今川は云い訳する。

「こんなもの然《そ》う然《そ》うはないのです。それに、もし本物でなくとも、これだけの画は然うないのです」

興奮気味の鑑定人とは好対照に、喪服の依頼人は落ち着いた調子で語った。

「多くは亡くなった主人が好きで集めたものでございますが、その達磨などは昔から当家に伝わっておるものでございます。刀自《とじ》殿の話ですと、足利《あしかが》将軍家から誰それが賜《たまわ》ったものが巡り巡って、領主植村様の許に落ち着き、宝暦《ほうれき》元年六代恒朝《つねとも》様が領地を追われる際に、織作家に下賜《かし》されたと——」

「はあ、本物なのです」

伊佐間は一抹の不安を覚える。友人として今川と云う男の人と態《なり》とは知っているつもりだが、骨董屋としての鑑定眼の確かさはまるで知らぬからだ。

どうにも怪しい鑑定人は、続いて何やら文字が書きつけてある額装を手に取った。

「その書は主人が婿入りの際、越後から持って参りましたもので、良寛《りょうかん》筆と伝えられておりますが」

「ああ、良寛モノは善く越後で出来るのです。これは多分——贋作《がんさく》なのです」

即座に贋作と判ると云うことは、それなりに信用もできるのだろうと、伊佐間は少し安心する。粗方目を通したところで、真佐子は次の扉を指し示す。前の部屋と全く同じ造りなのである。

「こちらには陶器磁器などが置いてございます」

矢張り真っ黒な扉を開けると同じような造りの部屋があり、同じような洋卓が置いてある。

その上と云わず下と云わず——椅子の上やら床までも、夥《おびただ》しい数の壺やら茶碗やら木箱やらが山積みになっている。これだけ数があると有り難味も失せて、凄いと云えば凄いのだが、何やら仁吉の納屋の塵芥にも似た凄みになってしまうところが可笑しい。

「わたくしなどはさっぱり解りませんのですけれども、この箱のお花器などは慥か六十万円だか出して手に入れたとやら申しておりましたけれど」

「拝見」

今川は丁寧に箱を戴き、恭《うやうや》しく見回してから蓋を取る。顔を近づける。どうにも今川の所作は、伊佐間の目には鼻で鑑定しているように映る。

「青磁《せいじ》──鳳凰耳《ほうおうみみ》の花入《はないれ》？　ああ──これは騙《だま》されたのです。いや、青磁は解り悪いのですが、これは、幾ら何でも解るのです。本物なら国宝なのです。箱は──ああ、しかし騙す方も騙す方なのです。これはまあ、善くて十円と云うところなのです」

「十円──」

伊佐間はついつい声に出す。実に六万倍である。驚きついでに真佐子を見るに、これが平然としている。その上、あの人は目が利かなかったのですね、本物と信じたまま亡くなったのですから、ようございました──などと云っている。

中中云えるものではない。

それにしても雄之介と云う人は妻の云う通り陶磁器にはあまり目の利かぬご仁だったらしく、今川の鑑定に依ると半分は贋物だと云うことだった。

「しかし、贋物とは云え大層なものなのです。それにしても困りました。これを凡て買い取るだけのお金を、僕は持っていないのです」

「結構ですのよ」

「は？」

「二束三文で構いませんのよ。お金が欲しくって手放そうと云うのではないのです。このままにしておくとろくなことになりません。然《しか》るべきお方の手で然るべきところに納めて戴きとうございますの」

「しかし――」

「正直無料《ただ》でも善いのでございます。ただ、それでは筋も通りますまい。云い値で結構でございます」

今川はこの上なく珍妙な顔をした。昨晩の仁吉と同じ立場に立たされた訳である。

「失礼なことをお尋きするのですが、その、ろくなことにならぬとは、どう云う――」

「ろくなことになりませんの。これをお金に変えようと考える不届き者がおりますのよ。今のお話では半分は贋作。しかし金に目が眩んだ売り手が売れば凡て本物――違いますでしょうか」

隅で下を向いていた耕作老人が瞬間ひくりと震えた。不届き者とは、つまりは彼の息子のことなのだろうと、伊佐間はすぐに察した。

「織作の名を出せば、いえ、柴田の名を出すかもしれませんが――仮令ひと目でそれと判る贋物でも、本物となりましょう。私どもが騙されて高い買い物をするのは構いませんの。しかし織作の家から贋作が流出することだけは――我慢がなりません」

「はあ」

今川は大いに困った風で、鯉幟《こいのぼり》の如き丸い眼《まなこ》で伊佐間を見た。

伊佐間は眉を上下に動かしてそれに応えた。馬鹿にしているようにしか見えなかっただろうと、動かしてから思った。

「書画骨董だけではございません。書斎には古今の書籍もたんとございます。歴史が長《なご》うございますれば佳き品もあろうかと思います。しかしそれらは皆今の織作には無用の品。佳きものであればある程、持つべき方が持つべき品でございましょう。それを無頼の族《やから》の遊興《ゆうきょう》に費やすつもりはございません」

毅然としているが、

——寂しそうだ。

そう感じた。伊佐間は、この、とても不惑を過ぎたとは思えぬ婦人に対して、少しずつではあるが、好感を持ち始めている。

伊佐間はそのまま窓辺に移動して窓枠で切られた下界を眺めた。庭は広い。それが建物のどの面に当たる庭なのか、或は中庭なのか、兎に角この窓がどちらの方角を向いているのか伊佐間には見当もつかなかった。桜の樹樹が続く、その隙間、その先に、

——墓地。

墓石群が窺えた。

——雄之介さんと云う人も、あの下に入ったのだろうか。

黒い窓枠。蕾の桜。墓石。煌《きら》り。

——光った？

蓑火《みのび》だ。今朝見た光だ。

それはすぐに桜と墓石の間に流れる早春の霞《かすみ》に紛れてしまった。幾ら眼を凝らしても、どこを見るべきなのか判らなくなる。窓の中はどこも桜で、座標が定まらぬ。再びの悪寒の予感が伊佐間を過《よぎ》る。

待って、待って、いけません。

どたどたと足掻《あが》くような喧騒《けんそう》が予感を蹴散《けち》らす。

窓枠の中を漂っていた頼りない視線はぐいぐいとその音の方に引き寄せられる。ああ若旦那様、と聞き覚えのあるメイドの声がした。邪魔だ、どけいと云う罵声《ばせい》も聞こえる。真佐子が屹度顔を向ける。

黒い扉が乱暴に開いた。

「勝手な真似をしてくれるじゃないですか——」

黒枠の中に男が立っていた。

だらしのない着熟《こな》しの凶服《きょうふく》。

白襯衣《ワイシャツ》の鈕《ボタン》を三つ目まで外し、襟飾《ネクタイ》を胸の衣嚢《ポケット》に捩込《ねじこ》んで、右手には火酒《ウイスキー》の小壜《こびん》を持っている。その中に入っている液体の数倍の量のそれを男が既に摂取していることは、その面体からも明白である。男は斜《はす》に構え、左肘《ひじ》を戸の黒い枠に掛けて、粗暴《そぼう》な口を利いた。

「——喪主は喪に服してりゃいいんだよ」

多分——これが是亮なのだ。

真佐子はゆるりと躰の向きを変えて、不肖の婿養子と対峙した。

伊佐間も思わず身構える。

是亮の肩越しに、やっちまったと云わんばかりの困り顔で先程のセツがおろおろしている姿が垣間見えた。そのメイドを押し退けるようにして、真佐子と同じ和装の喪服の婦人が現れ、男に縋《すが》りついた。

「旦那様、お慎《つつし》みください」

是亮は触《さわ》るなと、それを乱暴に振り解く。婦人は這《は》い蹲《つくば》るようにして尚もお止しくださいと云った。

「女房が亭主に意見するのか！」

「そうではございません。ご酒が過ぎます」

煩瑣い馬鹿野郎と怒鳴り、是亮は婦人を足蹴にしたが、婦人は蹲《うずくま》ったままの姿勢でそれに堪え、顔を伏せるように前に回ると、野蛮な婿養子に土下座をした。

「旦那様、お母様は何も――」

「どけよ。俺はお前の母親に虚仮《こけ》にされてんだぞ。亭主馬鹿にされて、お前悔しくないのか！」

「でも――」

口答えするなと更に蹴りつけようとする、その足に縋りつく喪服の婦人の、そのあまりにも健気《けなげ》な姿を見るに見兼ねてか、真佐子が一喝した。

「お止しなさい茜。良いのです。こんな男《ひと》でも云い分くらいあるのでしょう。下がっていなさい」

——茜。

伊佐間が葬列で確認できなかった唯一の娘。

茜は母の言葉に漸く顔を上げ、振り向いた。

髪は解《ほつ》れ、化粧気のない顔は血の気もない。

——この女《ひと》が茜——これが妻の鑑？

類稀《たぐいまれ》なる美形であることは慥かであろう。ただ妹達とは顕かに違う。葵のような人工的な美しさはない。碧のような神秘的な雰囲気でもない。況《まし》て、母親のような神神《こうごう》しさも彼女にはなかった。まだ幼さを残した、柔和《にゅうわ》な、温順《おとな》しそうな顔つきである。

大きな瞳が潤んでいる。

長い睫《まつげ》は濡れている。

——似合わない。

このような状況はこの女《ひと》には似合わぬのではなかろうか。伊佐間はそう思う。屈託《くったく》なく笑ってこそ光る——この女性はそう云う類の人間なのだ。彼女は目立たぬ訳でも、控え目な性質《たち》でもなく、こうして窶《やつ》れ、撓垂《しなだ》れて涙に濡れている状況こそが彼女本来の魅力を殺《そ》いでいるに過ぎないのではあるまいか。

ならば。

そんな彼女から笑顔を奪った是亮と云う男は、仁吉の云う通り男の風上にも置けぬ——男なのだろう。伊佐間もそう思う。それはそうだろうが、それにしたって、こんな酷い目に遭うことでしか妻の鑑と呼ばれぬのなら、そんな鑑は糞食らえである。

茜は少し震え乍ら立ち上がった。

是亮はそんな妻の様子などにはまるで興味がないようで、いい心掛けだお義母さん、などと嘯《うそぶ》き乍らふらふらと進み、洋卓にどん、と両手をついた。

「ひとつ尋きますがね。この骨董をどうしようってんです？　あんたの死んだ旦那は云ってたぞ。自分は家長だ、自分の眼の黒いうちは、埃《ほこり》ひとつ塵《ちり》ひとつに至るまで、断りなしにゃ持ち出すな——とな。くたばっちまえばそれまでか。葬式済んだ翌日に、形見分けもしねえで売り飛ばそうってのか？　この家の家長は誰だ？　俺じゃないのか？　だったらこの家のモノは俺の断りなしには動かせねえんじゃないのか？　どうなんだ！」

是亮は蛇蝎《だかつ》の如き悪相で真佐子を睨《ね》めつける。

耕作が下を向いたまま絞り出すように叫んだ。

「こ、是亮！　き、貴様——」

堅く眼を瞑り、両の拳を握り締めている。

「——誰に向かって口を利いておるかッ！」

耕作はやっとそれだけ云うと、血走った眼を剝いて息子を見据えた。是亮は横目でその様子を見て、

「煩瑣《うるせ》エよ」

と小さく云った。そして耕作が何か云おうとするのを妨げるように、

「黙れ。黙れよ——使用人！」

と大声を上げた。

「手前《てめえ》こそ誰に向かって口利いてやがる！　手前は使用人だろうが。今の言葉こそ使用人がご主人様に向かって利く口かこの野郎！」

是亮は己の言葉に怒りを増幅させたらしく、徐徐に興奮の度合いを強めて、激しい勢いでその顔を耕作に向け、腕を振り上げた。

「大体手前が薄汚エ使用人だから俺まで低く見られるんだよ。この婆ァが俺を嫌うのも、会社の連中が俺を白い目で見るのも全部手前の所為だろうが！」

「是亮さん！」

上げた腕を真佐子が摑んだ。

是亮は急に怯えたような眼差しになって義母を見た。

真佐子は矢張り毅然としたままで決然と云った。

「あなたが駄目なのはあなたの所為です——」

落ち着いた声だった。

是亮はそのままの姿勢で固まってしまった。腕を掴まれたからではなく、義母の言葉と、その真っ直ぐな視線に射竦《いすく》められた風だった。

真佐子は、続けてこう云った。

「――お父様にお謝りなさい」

「お方様――」

耕作が驚いたように真佐子を見る。

是亮は眼を細めくにゃりと顔を歪ませて、真佐子から視線を逸らせると、暫く卓上の骨董を見つめていたが、そのうち掴まれた腕を振り解き、無言で部屋を出た。

負け犬のようだった。

貫禄負けである。茜が心配そうに後を追おうとするのを、真佐子は止めた。茜は暫く逡巡していたがやがて項垂《うなだ》れて、その場に止まった。

「――も、申し訳ございません」

耕作は崩れ落ちるように床に躰を沈め、先程の茜のように土下座をした。

泣いているようだった。

「あなたの所為ではありません。お客様の前です。お止しなさい」

「しかし――」

真佐子は、何か続けようとする耕作をまるで切り捨てるように無視して、伊佐間達に向けて云った。

「お見苦しいところをお目に掛けました。今川様、伊佐間様、これでお解りでしょう。ろくなことにならぬと申しましたのはこのことでございます。あれはそこに居ります娘の婿で、その使用人の息子――是亮と申します無作法者《ぶさほうもの》です。内輪の揉め事でございます故、どうぞお忘れくださいませ」

はい忘れましょうと云う訳にも行かず、何とも間の悪い、居心地の悪い状況に陥って、伊佐間はこっそり友人を見やったが、今川の方は然程《さほど》動じている風もなく、外見だけで云うなら普段とまるで代わり映えがしない様子である。全く読めぬ男である。

もごもごと口籠っているうちに、茜が怖ず怖ずと口を開いた。か細い声だった。

「本当に申し訳ございませんでした。あの――」

「本当に――見苦しいことね」

折角開いた口だったのだが、凡てを語る前に邪魔されてしまったようである。茜は途中で黙った。

茫然と立つセツを横に退《の》けて、洋装の娘が入室して来た。葵――である。間近で見ても非のうちどころがない美形だ。ただ、どうにも人間らしくない。飾人形《マヌカン》のような整い方である。姿勢の良さは母譲りか。威嚇《いかく》するような強い視線は母以上である。

人間の模造品《レプリカ》は機械的な口調で云った。

「お姉様。いい加減にして戴きたいものですわね。今の態度は何ですの？　あれじゃあこの織作の家が、恰《あたか》も旧弊的な制度に縛られた前時代的な家柄であるかのように誤解されてしまいますわ。何なのです、その為体《ていたらく》は」

「葵——さん、待って」

遮る言葉も弱弱しい。

「葵。何ですお客様の前で」

真佐子が諫《いさ》めた。

「お客様の前だからこそ明瞭《はっきり》させておきたいのですわ。あんな、見苦しい、時代を百年も遡ったような——」

「葵さん、御免なさい。私が悪いのです」

「そうですわ。お姉様が悪いのです。少しは誇りを持ってくださいません？　あんなにされてもまだ、お姉様はあの男のことが——」

「ええ——気を——つけます」

茜は悲しそうに目を伏せた。この女性にこうした寂しげな表情を強《し》いているのは、どうやら放蕩《ほうとう》亭主ばかりではないようである。伊佐間の視線に気づいたのか、葵はやや語気を鎮めて云った。

「そのようにされては私がお姉様を責めているように思われてしまいます。責めている訳ではございませんのよ。ただ、私の立場と云うのもございます」

「いい加減になさい」

真佐子が再び諫めた。

葵の立場——とはどのような立場なのだろうか。伊佐間は図り兼ねている。

仁吉の話に依れば、この人間らしさを損なう程に整った容貌の娘は、女性の地位向上を叫び、家父長《かふちょうせい》制を打倒せんと、結婚さえも拒んでいる娘なのだと云う。あの是亮が家督を継がんと云う切迫した状況の中で、その立場とは如何なるものなのか、伊佐間には矢張り善く解らない。

水晶《すいしょう》の如き硬質の瞳に桜樹の色を映して、葵は暫く母と姉とを見比べていたが、不意に、

「——昼食の支度が整っておりますの。食堂へお出でください」

と云うと、踵《きびす》を返して部屋を出た。

セツは慌《あわ》ただしく左に避けて葵を遣り過ごすと、そうなんです、すっかり用意はできておりますッと云って、ぺこりと辞儀をした。彼女は本来なら、ただそれを告げに来ただけだったのであろう。早いもので、もう昼時なのである。

真佐子は再度丁寧に非礼を詫びてから、宜しければお食事をどうぞと、三度黒い扉を開けた。

伊佐間は引き返すのだと思っていたので些《いささ》か驚いた。

予想外にも扉の先に部屋はなく、どうやら廊下のようである。この屋敷の構造は伊佐間にはさっぱり呑み込めぬ。どうなってるの——と今川に尋いてみたが要領を得ず、それもその筈で、どうなってるのだけでは何に就いて尋いているのか解るまい。

廊下に出るとすぐに階下へと続く階段があり、それを降りるとまた廊下だった。廊下を進む。庭を望む窓が延延と続いている。先頭は真佐子である。続いて今川、伊佐間、その後ろに茜、そして耕作が続く。セツは、どうも他の経路を行ったようである。

伊佐間は庭に目を遣る。

先程の光が気になったのだ。

しかし墓所は確認できなかった。

二階で見たのと同じ庭——の筈である。

一階からは見え悪《にく》い場所にあるのかもしれぬ。

それに、この庭が中庭ならば墓地があること自体が妙だと云う気もする。伊佐間は視線を泳がせる。

どうも中庭ではないようである。

ただ、建物の前方が横に張り出しており、その一部が見えているのだ。だから囲われた庭のような気がしたのだろう。

張り出している部分の窓からは書棚が窺える。

先程真佐子の云っていた書斎だと思われる。

その窓に人影が覗いた。

――是亮さん？

間違いないだろう。ふて腐《くさ》れて書斎にでも閉じ籠もったのか。書斎が主の部屋だったのだとしたら、ありそうなことではある。是亮は庭を見ている。

模様。

何だ？

伊佐間は足を止めて窓に見入る。

――今、ちらりと覗いたものは――何だろう。

何か色のついたものが、窓の端に――。

女物の――着物？

着物の柄だ。

手。

「手だ」

「手？」

今川が聞き咎めて立ち止まった。

「手だ。着物の袖から手が出てる」

そう表現するしかない。何処なのですと云って今川が伸び上がる。

「あそこ、あそこは書斎ですか？　あれは――是亮さんでしょう？」

耕作も立ち止まる。茜が顔を上げる。

真佐子が振り向く。

窓辺に居るのは是亮に違いない。

窓の端に鮮やかな着物の袖が覗いている。

その袖口から蒼白い手が、にゅう、と伸びて、
その手が是亮の頸に取りついた。

是亮が踠《もが》いている。

「こ、殺される――是亮さんが」

「何？」

「誰かが是亮さんの頸を――頸を絞めている」

「いやア！」

茜が叫び声を上げて駆け出した。耕作も続く。

伊佐間は今川と顔を見合わせてから後を追った。

何処を巡ってどちらに向かっているのか、伊佐間には全く解らなかった。

ただ後を追い、白い壁と黒い柱の廊下を闇雲に走って、幾度か曲がると、いきなり視野が開けて、あの大きなホールに出た。

真ん中の洋卓を囲んで葵と碧が端座《すわ》っていた。

茜は二人の妹には目もくれずにホールを突っ切り螺旋階段の下部の廊下へと向かった。二人の妹達は続く耕作に意を質《ただ》そうとしたが、使用人も姉以上に必死の形相で捕まえることもならず、結果耕作も遣り過ごした葵が伊佐間を呼び止めた。

「何が——何があったと云うのです！」

「手——手が」

「え？」

「是亮さんが、書斎で、襲われているのです」

今川が代わりに説明してくれた。

「書斎？　襲われてるって誰に？」

尋かれて判るものでもない。見失うと迷うから伊佐間は答えなかった。背後で聞き慣れぬ声がした。

「お父様かしら？　それとも——絞殺魔なの？」

瞬間顧みると少女——碧が笑っていた。

未だ幼い声だった。

また幾度か白黒の廊下を曲がった。

袋小路のような廊下の突き当たりに、茜がいた。

右側の黒い扉を激しく敲《たた》きつつ、ご主人様、ご主人様、ここを開けてくださいまし、と叫んでいる。絶叫である。そこが書斎の扉で、扉には鍵が掛かっているらしい。

耕作の姿は見えなかった。

伊佐間は茜の傍《かたわ》らに行き、ひと言、

「鍵？」

と尋いた。茜は一瞬止まって伊佐間を見つめ、

「え？　ええ、中から」

と云った。

「合鍵は？」

「ああ、合鍵——合鍵は——」

「鍵はここです。狼狽《うろた》えないで。確乎《しっか》りおし」

真佐子が今川を押し遣って前に出た。

「耕作は？」

「庭から——」

庭の方から回ったと云うことだろう。

茜は母親から鍵を受け取り、扉を開けんと臨んだが、竦《すく》んでいるか怯《おび》えているか、如何《いか》にも鍵穴に上手く入らず、入ってもわなわなと震えてまるで要領を得ない。

そのうち室内から、がしゃん、と云う音が聞こえた。耕作が窓硝子《ガラス》を壊したのだろう。

伊佐間は見兼ねて、私がやりましょうと云い、半ば奪うように茜から鍵を引き取ると、慎重に解錠した。

かちりと手応えがあり、重い扉は開いた。

開くなり、先ず茜が飛び込んだ。

戸口の伊佐間を追い越して葵が続き、真佐子が這入った。

伊佐間と今川は戸口付近に並んで、覗き込むように室内を見た。

大きな書斎だった。

扉と窓を除けば凡てが書架である。

窓は扉の対面にある。

伊佐間が見たのはこの窓に違いない。

桜越しに先程まで居た長い廊下が見えた。

窓硝子は割られていたが、耕作は中にはいない。

割れた硝子の下辺りに、凶服の男は倒れていた。

否――。

是亮は死んでいた。

近寄って脈を取るまでもない。絶命していることは遠目にも確実だった。

頸は赤黒く変色して、だらしなく不自然に曲がっている。

その角度は直角に近く、少し捻《ねじ》れてもいる。

見開かれた眼球は飛び出さんばかり、鼻からは血、口からは泡を吹き、指先は力んだような、何かを摑み損ねたような、妙な形のままで硬直している。投げ出された脚の形も、凡そ尋常ならぬ方向へと曲がっている。

失禁でもしたのか、或は火酒が零《こぼ》れたものか、床はしとどに濡れている。

全員が、僅かの間正常な時を失った。

瞬間の静寂を破ったのは、死骸の貞淑な妻だった。

「だ——日那様、日那様。ああ、あなた、ああ」

茜は泣き声とも叫び声ともつかぬ弱弱しい悲鳴を発し乍ら、崩れ落ちるが如くに床に手を突いた。そのまま屍体に縋ろうとしたので、伊佐間は慌てて踏み込み、それを止めた。

触れてはいけない。

——これは。

「さ、殺人事件だ。現場を——げ」

——犯人は？

庭を見る。

煌り。

「うふふふ」

幼い声。

「天罰覿面《てんばつてきめん》ね——」

幼い声が、伊佐間の背後からそう云った。

＊

男は傅《かしず》いている。

堅い石板の床は氷のように冷たく、暖めても暖めても温《ぬる》むことなく、膝《ひざ》だの脛《すね》だのから己の体温ばかりどくどくと放出されて、やがては自分もこの石のように無機質になれるかと思うと、男は果敢《はか》ないような、どこか神聖な気持ちになる。

女は月光を浴びて静かに佇《たたず》んでいる。

細く、靭《しなやか》な四肢《しし》は月の輝きを帯びて、セルロイドのような蒼き燐光《りんこう》を発していた。とても生き物とは思えない。

女の声帯は未発達で、その声は初初《ういうい》しい。

「まだ――畏《こわ》いの」

「畏くは――ない」

「嘘を仰い。肩が震えています」

女は男を強く打った。

「畏い――です」

「意気地なし」

嗤《わら》う。

「奴隷よ——」

男は頭を下げ、冷たい石へと擦りつける。女はその頭に足を乗せる。

そしてぐいと踏みつける。

女は、蔑《さげす》むように云った。

「お前は神を見失ったの。お前を救えるのはもう父なる神ではない。私だけなの。お前は私の使い魔。奴隷よ。云う通りに——おし」

女は足に力を込める。男は苦痛を享受する。

「薄汚い死人《しびと》の衣を纏って、己は漸く一人前。そうでもしなければ呼吸すら出来ない。おお何て駄目な人間なんでしょう。屑ね。塵芥《ごみ》だわ」

「そう——私は駄目な人間です」

「私がその衣を与えなければ疾《と》うに死んでいたことでしょうね。面白い。面白いわ」

女は足をどけて、愉快そうに笑った。

「その衣に袖を通しているお前は何？」

男は答える。

「着物から出る手は凡て、冥界《めいかい》からの女の腕」

それが、男の知っている唯一の真実である。

「笑わせるわ。馬鹿じゃないの。その、薄汚い腕が、女の腕になると云うのね？　良くってよ。素敵じゃない。それじゃあお前は何？　その衣を纏ったお前は女――それとも男？」

「どちらでも――ない」

女はひと際哄笑する。

「それが――面白いのね。実に背徳的ね。悪魔的《デヴィリッシュ》、魔性《ダイアボリカル》、非道《インファーナル》、忌まわしい《アバミナブル》、ああ、何て素敵な言葉どもでしょう。男でも女でもない生き物――完全無欠の両性具有者《アンドロギュヌス》――うふふふ。貴方はそうして世界を勝ち取るの？」

そして真顔に戻る。

「巫山戯《ふざけ》ないで。お前は蟲《むし》よ。雄でも雌でもない」

女は男を強く蹴った。

「――女は好き？」

男はただ震える。答えることができない。

「嫌いなのね？　畏いの。そう。じゃあ男は？」

男はただ震える。答えることができない。

「うふふふふ。畏いのね。意気地なし。それじゃあ私は――私はどう？　好き？　それとも畏いの」

「あ――貴女《あなた》は――」

救いを求めるように男は両手を差し延べる。

女は男の顔を踏みつけにする。

「私が好きだなんて、この身の程知らずめ！　お前のような男でも女でもない化け物などに好きだなどと云われたら身の毛が弥立《よだ》つわ！　崇《あが》めなさい！」

女は男の顔を蹴りつけた。

「怖れなさい！」

再び打ち据える。

そしてゆっくり二つの影は重なる。

忌まわしい多くの言葉が聖堂に谺《こだま》する。

少しばかり埃《ほこり》を乗せた、それもやや春めいた風が頰に当たり、むず痒《がゆ》いような落ち着かぬ気持ちになって視線を上げると、古書店の親爺が焦茶色《こげちゃいろ》に変色した紙の束の埃を払っているところだった。

4

益田龍一《ますだりゅういち》は小さな嚔《くしゃみ》を立て続けに三回程して、それから立ち止まって辺りを見渡した。

——さても無謀であったか。

住所も道順も一切聞いていない。神保町《じんぼうちょう》と云う町名だけは小耳に挟んでいたから、その名の駅で降りたはいいが、猪突《ちょとつ》の如く突き進んだ先が一ツ橋方面で、先般《せんぱん》気づいて引き返して来たところである。

益田は今、道に迷っているのだ。

益田は何年か前に一度この辺りを訪れたことがある。何年前のことかは定かでない。いつ訪れたのかすら憶えていないくらいだから、結構前のことなのかもしれぬ。その所為か、皆目判らない。しかし仮令《たとえ》何年振りだろうが、まるで土地勘がないことに変わりはないのだから考えるだけ無駄だった。ただ、そのように悠然と構えているから、傍《はた》からは迷っているようにはとても見えない。

——箱根山のような訳には行かないな。

街の規模が違う。

背後に山もない。

否、面積の問題ではなく、複雑さに於てここは矢張り都市なのだ。

徒《いたずら》に横道に這入《はい》ったのが悪かったらしい。どこがどこだか皆目判らぬ。稀《まれ》に表示されている所番地も、見覚えも聞き覚えもない。薄汚れた商店が軒《のき》を連《つら》ねる中、比較的大きなビルが目についたので、益田は取り敢えずそこまで行ってみることにした。

ビルの一階はテーラーだった。

ウインドウに映った己《おのれ》の影を見て益田は少しだけ安心する。見慣れぬ景色の中に見慣れた容貌《かお》が浮かんでいる。却説《さて》どうすると上を見上げて、益田はああ、と声を出す。

——榎木津ビルヂング。

図《はか》らずも益田は目的地に到着していたのだった。

磨硝子《すりガラス》の嵌《はま》った金縁の大仰な扉を開けると、幅広い手摺のついた御影石《みかげいし》の階段が見えた。

中は外より気温が低く、益田はもう一度嚔をして、更に身震いしてから階段を登った。階段の踊場《おどりば》には明取《あかりとり》の小さい窓しかないので、まだ昼だと云うのに淡昏《うすぐら》い。二階は何やら鹿爪《しかつめ》らしい名の会社が数軒入っているだけで、目的の場所はどうやら更に上である。

三階に至る。

そこにはそれらしい扉があり、硝子部分には金文字で、

『薔薇十字探偵社《ばらじゆうじ》』

と記してある。

益田は扉の取っ手に指先をかけ、少し逡巡《しゆんじゆん》してから、吹っ切るようにそれを開けた。

カランと鐘《かね》がなった。

中には眉《まゆ》の濃い、唇の少し厚い青年が居た。

青年は僅《わず》かに口を開けて、目を剝《む》いて益田を見つめた。

「あ――あら、杉浦《すぎうら》さん――じゃないっすね？　ああ、その押し売りなら――」

「ぼ――僕は益田と云います。榎木津先生はいらっしゃいますか」

「は？　うちの先生に御用なんで？　珍しいなあ。今日はどうなっているんだろう。本当に御用があるんですかい？　ここは探偵事務所ですぜ。ほう、本当なんだ。少少お待ちを。あ、お這入りください」

何だか書生のような雰囲気の青年はそう云うと立ち上がって奥の方に行き、益田にも聞こえる程の大声で、先生、先生、お客さんですぜ、と叫んだ。

どうやら間違いなく、ここはあの探偵――榎木津礼二郎《れいじろう》――の事務所であるらしかった。

途端に安堵《あんど》感が湧いて、益田は入口を這入ってすぐにしつらえてある応接用らしい椅子《いす》に躰《み》を沈めた。

暫《しばら》くすると聞き覚えのある声がした。

「どうだ和寅《かずとら》。今日の準備の早いこと。もう僕は着替えも済ませて顔も洗っている。文句はあるまい。さあ、そのつまらないご婦人の愚痴《ぐち》を聞いてやる。云っておくが僕は聞く振りをするだけで、その後どうなってもお前の所為《せい》だからな馬鹿者。今後こんな依頼を受けたらお前は馘《くび》だ。クビ」

和寅と呼ばれた青年が返事をする間もなく、続けてうひゃあと云う欠伸《あくび》だか咆哮《ほうこう》だか判らぬ声が聞こえて、衝立《ついたて》の陰から長身の男が姿を現した。

人形のように整った顔立ち。日に翳《かざ》すと透《す》けてしまいそうな色素の薄い肌や髪。大きな鳶色《とびいろ》の瞳。但《ただ》し今は寝惚《ねぼ》けたような半眼である。青い襯衣《シャツ》に縞《しま》の緩やかな黒っぽい筒服《ズボン》を穿《は》いている。まるで探偵には見えないが、かと云って他のどの職業にも見えるものではない。

益田の知る探偵・榎木津礼二郎その人であった。

それにしてもこれだけ風貌と言動に落差のある男も珍しいのではなかろうか。

益田は改めてそう思った。容姿と立ち居振舞いが完全に乖離《かいり》している。黙っていれば貴公子然としている癖に――実際に旧華族の家柄なのだそうだが――やること為すこと話すこと、悉《ことごと》く常人離れしていて、奇人としか評しようがない。何しろ榎木津と来た日には、殺人事件の現場に高笑いで登場するような男なのだ。そんな探偵はどこを探してもそうは居ないと益田は思う。

榎木津は益田を見るでもなく、気怠《けだる》そうに真っ直ぐ大きな机の方に歩いて行き、ぺたりと席に着いた。どうやらその場所が彼の定位置であるらしかった。机の上には三角錐《すい》が載っていて、そこには仰《ぎょう》仰《ぎょう》しくも『探偵』と記されている。益田は腰を浮かせて挨拶《あいさつ》の体勢に入っていたのだが、完全に時機《タイミング》を逸してしまい、中腰のまま止まらざるを得なくなってしまった。榎木津はそれでもまだ益田を見ようともせず、だらしない声で云った。

「和寅珈琲《コーヒー》」

益田は腰をやや浮かせたまま発声した。

「あの」

「はい何ですか勝手に話してくださいお嬢さん」

声を聞いて尚、男だとすら気づかないらしい。

「榎木津さん。僕です。箱根でお世話になった益田です。覚えて――ますよね？」

「え？」

榎木津は漸《よう》く益田を見た。

和寅青年が透《す》かさず説明を加える。

「先生、こちらはその、杉浦さんじゃなくて――見りゃあ判るでしょうに。男の方です。今さっき急にいらしたんですよう。杉浦さんとのお約束の時間までには、後まだ一時間もあります」

「何だ。それを早く云え。出て来て損をしたじゃあないか。約束がないのなら知らない。よし、二度寝をしよう」

榎木津はそう云い乍《なが》ら伸びをした。

「待ってくださいよ榎木津さん。あの、やっぱり忘れてしまったんですね。その――」

「忘れるものか」

「は？」

「箱根から戻ってまだ半月もたっていないんだから。尤《もっと》も僕は君の名前なんか最初《はな》から知らないぞ。知らないんだから忘れる訳がないだろう。しかし、幾ら覚えていたところで、今更神奈川県の刑事になんか用はない。寝る」

榎木津は立ち上がり、益田は愈々《いよいよ》困惑して、椅子から離れ探偵机の前に出ると鼻声で捲《まく》し立てた。

「榎木津さん。その、僕はもう刑事じゃあないのです。警察は辞めたんですよ。それでですね――」

益田の慌《あわ》てた様子に、流石《さすが》の榎木津も一応動きを止めた。止まったものの探偵は相変わらずの半眼で、何も云わずただ益田に一瞥をくれただけだった。そこに和寅青年が珈琲を持って現れ、まあ先生そこはそれ、と無意味なことを云って座を取り持った。探偵は鼻でふふんと笑い、それで何とか再び席に着いた。

益田龍一は、榎木津の云うように、先月までは国家警察神奈川県本部捜査一課の刑事だった。二月に起きた『箱根山連続僧侶殺人事件』を担当した際に榎木津と知り合った。尤も、益田の方は名前も覚えられていなかったようだから、知り合ったという表現は正確ではないかもしれぬ。益田が一方的に知ったのだ。

その時もこの奇妙な探偵は好きなように現場を引っ掻き回し、その所為《せい》でもなかろうが捜査は難航して、結局事件は解決したのかしないのか判らぬまま、半ば有耶無耶《うやむや》に幕を閉じたのだった。その結果、益田は善く判らないままに失態の責任を取らされて減俸の上、防犯課に回される憂《う》き目《め》となった。

それが益田の警官の職を辞するに至った契機《きっかけ》でもある。

とは云うものの、別にその処分が不服だった訳ではない。益田は重大な過失《ミス》を犯したつもりこそなかったが、結果的に捜査は大失敗だった訳だから、それに就《つ》いて責を問われるのは当然だと思ったし、そもそも現場に張り付いていた益田辺りが配属替え程度で済んだのは、上司連中が何や彼《か》やと被《かぶ》ってくれたお蔭でもあるのだ。事実捜査主任は戒告の上減俸降格されたようだし、部長まで訓告を受けて始末書を書かされたと聞く。だから己の処分に承服し兼ねる気持ちなど微塵《みじん》もなかったのだが、それでも尚釈《しやく》然《ぜん》とせぬ思いは残った。

思案の末、自分は警察と云う仕組み自体に似《そぐ》わぬ人間なのではなかろうか——と、益田は思い至った。

考えるに益田は、法の番人たろうとか、公僕となり社会に貢献しようとか、その手の高邁《こうまい》な志《こころざし》を持ったことは過去に一度もなかったのだ。志と云うならば益田は単に民間人に親まれる警察官と云う奴を目指していた訳だが、その程度の細《ささ》やかな目標は、己の立場を貫く強き拠り所とはなり得なかった。

矢張り自分には合わなかったのだと益田は思う。

和寅青年は益田の話の節節にいちいち頷き、そりゃあお気の毒に、などと同情し、暫く黙ってから、それで益田さん、うちの先生を逆恨みして復讐に来たんですかいと続けて、少し身構えた。

「ど、どうして僕が榎木津さんに復讐せにゃならんのですか」

「だってあの事件はうちの先生が行ったばっかりにぐちゃぐちゃになったんでしょうよ。何たって、あの時うちの先生は指名手配になった。事務所《ここ》にまで刑事が押しかけて来たんですぜ。私ゃもう冷や冷やで」

「この馬鹿寅。警察が愚かなだけだ」

榎木津は憮然《ぶぜん》としている。

「それにしたって、それで馘じゃあ」

「馘じゃなくて辞めたんです」

「どっちでもいいね。それで何の用なんだ益山《ますやま》君」

「益田です。その、僕は――」

益田は単刀直入に云った。

「――探偵に――なろうと思いまして」

本心だった。

益田は榎木津と出合うまで、探偵などと云う商売は他人の秘密をこそこそと嗅ぎ回る卑屈《ひくつ》な商売だと勝手に思い込んでいた。しかし、箱根山中にあっては、こそこそと卑屈に立ち回っていたのは探偵の方ではなく、常に自分達――刑事の方だったのだ。

だが、それで警察が厭になったのかと云うと、それは少しばかり違う。益田は今以て刑事は尊厳ある立派な職務だと確信している。それにそもそも、刑事も探偵もすることは概《おおむ》ね同じである。行為だけ論《あげつら》うなら違いは殆どないだろう。どこが違うのかと云えば、その行為を裏づける理屈が異なっていると云う、ただそれだけである。その、警察側の理屈と云う奴が自分には合わなくなったのだと、益田は考える。

警察は謎を解明すること自体を目的としていない。社会秩序を回復し、治安を維持することが第一義なのである。法に則《のっと》った社会正義を貫くことが肝要なのだ。その第一義を遂行するために、謎を解かねばならなくなるだけである。

だから、社会は揺るぎないものなのだ――と云う考え方が根幹になければ警察官は勤まらない。

箱根の事件を通じて、益田の中の社会は揺らいでしまった。そんな益田にとっては、社会秩序の回復だの社会悪の追放だのと云う大義名分は重過ぎる。重過ぎるし、それがあるからこそ単純に商売として割り切れなくなる。そう云う割り切れぬ思いこそがあの卑屈さとして発露するのではなかろうかと、益田はそうも思う。箱根の事件中、上司等《ら》の行動を具《つぶさ》に観察した際に、それは緊緊《ひしひし》と感じたことである。

だから益田は警察に幻滅したのではない。己の世界認識に疑問を持ってしまったに過ぎない。

一方、探偵は商売である。割り切れているからそう云う大義名分はない筈である。

金を貰って秘密を解明する——それが探偵だと益田は思う。探偵は純粋に謎を解明することだけが目的であり、解明できたならそれに見合った報酬を貰う。それはそれだけのものである。

だから、社会だの倫理だのと云うもの——警察を支えている理屈——は、探偵と云う職業を成り立たせる上で然程《さほど》に重要な位置を占めていない。勿論事件は社会の中で起こるし、探偵とてその社会に組み込まれた装置であることに違いはないのだろうが、仮令《たとえ》社会の在《あ》り方がどうであろうと、それは探偵の与《あずか》り知らぬことである。そうした大義名分は、探偵の存在理由に直接関《かか》わる概念とはなり得ないのだ。

特に目の前の男は徹底している。大義名分どころか理屈も道理もない。報酬もまともに貰わぬらしいし、自分の中で謎が解明されればそれが依頼人に伝わらなくとも一向に構わないと云う豪快さである。是非は兎《と》も角《かく》潔《いさぎよ》い。ただ、そこまで行くと、最早探偵と呼べるかどうかも疑問なのだが――。

ならば益田は、探偵と云う職種に魅《ひ》かれたと云うよりも、この榎木津と云う男の破天荒《はてんこう》な性質の方に憧《あこが》れたのかもしれぬ。そうでなければ、上京して真っ直ぐここに来たりはしないだろう。

だが。

当の探偵は益田の顔を見もせず、大袈裟《おおげさ》な仕草で茶化すように両手を広げてこう云った。

「オロカ」

「へ？」

「愚か者だなあ君も、と云っているのだ益山君。君なんぞが探偵なんかになれる訳ないだろうに益山君」

「益田です。その、駄目な――もんでしょうか」

「駄目。探偵は職業ではない。選ばれた者にのみ与えられる称号のようなものだ。君はどう見たって主役の器じゃあないだろうが。壁にぶち当たって苦悩したくなければ止《よ》すんだね、益山君」

「益田です。止した——がいいでしょうか」

「当然だ。いいか、探偵とは神にも等しいものなのだよ。そう云う自覚が必要なのだ。とてもとても、僕くらいでなくちゃあ勤まらない。君のような小物は、なれたとしたって精精《せいぜい》が探偵助手だ」

「それでいいです」

「僕の弟子になろうと云うのだな」

「弟子——でいいです」

「ふうん」

榎木津は半眼の眼を更に細めて益田を見た。

この奇天烈《きてれつ》な男は——何やら人に見えぬものが見えるらしい。

益田は善く知らないのだが、見えるのはどうも、相手の過去だとか、記憶だとか云うものらしい。真偽の程は判らぬが、いずれ見透《みす》かされているようで、凡そ気持ちのいいものではなかった。

榎木津は唐突に尋いた。

「君は——楽器が出来るかい」

「はあ？　まあ鍵盤楽器を少少。探偵が駄目ならジャズバンドにでも入ろうかと思っているくらいで」

「そうか。そうなんだな。それはいい。よし。この和寅はね、幾らギターを教えてやっても上達しないのだ。僕は天才だから凄く巧いが、この男はてんで下手だ。いい加減嫌になっているのだ——」

榎木津は横目でじろりと和寅青年を見て、片頬に皺を寄せてうっすらと笑みを浮かべた。

「——おまけに尋ね人などと云うくだらない依頼を平気で受けるんだこいつは。ようし、わかったぞ」

榎木津は実に愉快そうに云った。

「和寅を解雇して君を採用しよう」

「せ、先生、そりゃあないでしょうに」

和寅青年は如実に不服そうな顔をした。

「そうかなあ。よし、じゃあこうしよう。これからここにくだらない依頼人が来る。君はその人のくだらない話を聞いて、くだらない尋ね人を見つける。それでどうだ。見つけられれば助手。和寅クビ」

「だから——」

「見つけられなきゃ駄目。その場合和寅は命拾い」

「そんな——」

「やります」

曲がりなりにも元刑事である。そのくらいは出来ると、益田は高を括《くく》った。和寅青年は厚めの唇を突き出して、不服そうにそりゃあないよなあ、と繰り返し云った。探偵はそんな不肖の一番弟子の心中などには一切興味がないようで、彼に二杯目の珈琲を要求した。

カランと鐘が鳴った。

益田が目を向けると、入口に洋装の女性が姿勢良く立っていた。

年の頃は二十七八、化粧気はないが明瞭《はっきり》した顔立ちである。眉も墨を引いたようにくっきりとして目元も凛凛《りり》しく、所謂《いわゆる》美人であろう。

「少し早めに到着してしまいましたが平気でございましょうか。杉浦でございますが」

「あ、へえ、杉浦さん。今度こそ杉浦さんで。ええと女性の方ですね。え、いやあ、承っております。さあどうぞ中へ」

和寅はやけに慌てて立ち上り、忙《せわ》しなく手を動かして入室を促した。益田もつられるように応接用の椅子から腰を上げ、そそくさと横に退《の》けた。榎木津だけは相変わらずで、組んだ手の甲に顎《あご》を載せて関係ない方向を見ている。

杉浦と名乗った女性は無駄のない動作で外套を脱ぐと几帳面《きちょうめん》に二つ折りにし、軽く探偵を睨《にら》むようにしてから部屋に這入り、和寅の勧めるままに、それまで益田が腰掛けていた場所に、つうと端座《すわ》った。

「あの――」

杉浦女史は神経質そうに洋袴《スカート》の裾を直して、更に不安げに眉根《まゆね》を寄せてから、視線だけで部屋中を見渡しつつ、和寅に尋いた。

「どちらが――探偵の――」

そこで言葉は切れ、視線も止まった。どうやら彼女は卓上の三角錐――探偵の主張――を発見したらしい。馬鹿馬鹿しいようでいて結構役に立つものであるらしい。和寅が補足するように云った。

「へえ、お察しの通りこちらが当社の探偵、榎木津礼二郎先生でございます。私は――」

「間もなく鹹になるかもしれないと云う無芸な使用人です。それからそっちが元刑事で少しは芸のある探偵助手の益山君です。専《もっぱ》らその人が話を聞きますからどうぞお話しください」

榎木津は譃《おどけ》たようにそう云った。

「杉浦――杉浦美江《みえ》と申します」

依頼人は名乗り、益田に向けて丁寧に礼をした。

益田は瞬間戸惑ったが、すぐに己の置かれている状況を把握した。この段階で既に榎木津の探偵助手採用試験は始まっているのだろう。だから――益田は益山ですと名乗った。この場合己《やむ》を得まい。

そこに和寅が紅茶を持って来た。慣れた手つきで差し出す際に、解雇寸前の給仕はちらりと益田を睨んだようだったが、益田は気にしないことにした。

「それで——その、尋ね人だとお聞きしましたが、どなたをお探し致しましょう」

中中堂に入っていると自分でも思う。刑事時代に習い覚えた一方的な尋問や事情聴取より性に合っているように思う。杉浦女史は少し安心したらしく、ふう、と一息吐いて云った。

「杉浦隆夫《たかお》。私の戸籍上の配偶者でございます」

「ご主人？」

「私は、別に隆夫に仕えている訳ではございません。隆夫とは婚姻関係を結んではおりますが、どちらが主人でも従者でもございません。立場は対等です」

堅い口調である。

「しかし奥さん、その」

「奥さんとお呼びになるのもお止しください」

「はあ、それでは何とお呼びすれば」

「普通に杉浦とお呼び戴く訳には参りませんのでしょうか。男性は既婚だろうが未婚だろうが皆姓でお呼びになりますのに、なぜ女性に限っては——」

「解りました杉浦さん」

意外に気難しい。しかし理屈は十分解るから益田は従うことにした。和寅は呆れたようだった。

「それで杉浦さん、そのごしゅ——いえ、ご亭主、じゃない、隆夫さんはその」

「失踪《しっそう》致しました」

「いつのことです」

「多分、昨年の夏頃かと思います」

「多分——と申しますと？」

「私、家を出て——別居しておりましたものですから、正確にいつ失踪したのかは存じませんの」

依頼人が結婚したのは一昨年——昭和二十六年の四月のことだそうである。

見合い結婚で、配偶者である杉浦隆夫は当時小学校の教員だったと云う。

結婚生活を語る杉浦美江の口調は実に淡淡としており、益田はその言葉の端端《はしばし》に彼女の配偶者に対する軽蔑《けいべつ》とも嫌悪ともつかぬ感情を読み取った。要するにこの杉浦美江と云う女性は、隆夫と云う男にすっかり愛想《あいそ》をつかしているのだろう。

激昂《げっこう》することこそなかったが、どうにも発言に刺《とげ》がある。

——毒にも薬にもならぬ人で、

——理想を掲げることもなく反発するでもなく、

——ただ諾諾《だくだく》と流されるように、
伴侶の人格を説明する際にそんな枕詞《まくらことば》をわざわざ冠する必要はないのだ。

悪意があるとまでは云わぬが、少なくとも愛情を汲み取ることはできない。

聞いている限り、その隆夫と云う人物は可もなく不可もなく実《まこと》に平平凡凡たる男だったようで、その人格性質に就いては槍玉《やりだま》に挙げて非難の対象にするまでには及ばぬように思えたから、益田の耳に美江の言の葉は少少酷《こく》に響いた。

しかし、夫婦が決別した理由はすぐに判明した。

杉浦隆夫はどうやら、結婚してから僅か二箇月で、酷《ひど》い神経衰弱《ノイローゼ》を罹《わずら》ってしまったようなのである。

六月某日。

放課後、受け持ちの生徒達と校庭で遊んでいた隆夫は、何かの弾みで児童の幾人かに怪我を負わせてしまったのだそうである。それがそもそもの発端だったのだ——と、美江は語った。

「怪我と申しましても高が擦《す》り傷でございましたから、謝るまでもないようなものだったのでございます。それが、あまりに怯《おび》えるものですから——私が代わりに保護者のところに頭を下げに参りましたのでございますけれど——」

隆夫は、すっかり壊《こわ》れてしまった。

「——それ以来、子供が畏《おそ》ろしいと申します。職業が教員なのですからそれでは勤まりません。職場放棄です。私が事情を説明しまして休職願を出し、その場は何とか取り繕《つくろ》ったのでございますが、看病説得の甲斐もなく隆夫は恢復《かいふく》致しませんでした」

対人恐怖症と云う奴だろうか。

益田はそれ程詳しくは知らないが、そう云う病はあるのだ。

「はあ、それで——お医者様には」

「医者に診せて治るような病ではございません」

「そうですか？」

「そうです。凡《すべ》ては気の所為《せい》なのです。何か物理的な原因があるのなら兎も角、何もないのですから、甘えて拗《す》ねているのと変わらないのでございます。子供が駄駄を捏《こ》ねるようなものなのです」

「しかしその、そう云う神経の病は——」

そう単純なものではなかろう。

益田が的確な言葉を選んで語尾を濁《にご》しているうちに、きつい口調がその発言自体を妨《さまた》げてしまった。

「薬を飲んで治りますか？　注射や手術で治るものでしたら幾らでも試しております。医者に診せたところで彼《あ》れ是《こ》れ理屈を並べて、患者を説得するだけなのでございましょう。説得して治るようなものなら治しております。そうなら、医師に説得させるより伴侶たる私が愛情を以て説得した方が効き目があると云うものです」

「はあ。しかし、治らなかったのでしょう」

「私、自分のやり方が間違っていたとは今も思っておりませんの。誠心誠意尽くしましたもの。神経が参っているのだと思えば、多少の理不尽《りふじん》は我慢できますわ。それは優しく、幼子の世話を焼くように接しましたのよ。世の中話して解らぬことなどございませんでしょう。一生懸命励《はげ》まし、慈《いつく》しみ、それでも何も通じないんです。理屈が通じませんの。それはもう地獄のような毎日でした――」

隆夫は誰とも口を利《き》かず、誰にも会わず、食事もろくに摂《と》らずに部屋に閉じ籠《こ》もっていたのだそうである。何を云っても何を尋いても覇気《はき》がなく、ただ恐《こわ》い畏《こわ》いと怖《おそ》れ怯えて、終いには煩瑣《うるさ》いお前に何が解ると語気を荒らげてまた黙り込む――そんなことを繰り返す毎日だったと云う。病状は一進一退、斯様な状況が半年もの間続いたのだそうである。

「――明日は治る、明日こそ戻ると思えばこそ続くのです。本人に治す気がないのでしたら治りませんし、治らないのなら続きません」

隆夫の発病から凡《およ》そ半年後の昭和二十七年二月、美江は堪《たま》り兼ねて家を出たのだ、と云った。

「病気のごしゅ――隆夫さんを置いてですか？」

「連れて行ったのでは何にもなりません」

「しかし、あなたが面倒を看なければ、その、食事だってまともに摂らないと――なら危険でしょう」

「益山さん。あなた、私の苦労がお解りになりますか？　理屈の通じない人間と二人で暮すことがどれだけ大変なことか、お解りになりますの？」

「それは——解りませんが」

「禽獣《けだもの》だって慈しめばものの道理くらい呑み込みます。あの人は、ちゃんと解る癖に、解ろうとしないんです。愛情の注ぎようがないのです。私はそんな境遇で半年も、献身的に我慢したのですよ」

「だから何です」

そこで、ずっと黙って珈琲を啜《すす》っていた榎木津がそっぽを向いたまま口を挟んだ。

「何ですって、私は」

「私は私はって、病気なのはあなたじゃないでしょ。いいですか、半年でも五十秒でも一緒です。途中で止《や》めたなら最初から何もしないのと変わりませんね」

「そんな。ですから」

「だってもう少しで治ってたかもしれないでしょ。治らないと決めつけたのは単にあなたが挫《くじ》けたからなんだろうし。他に大した理由も根拠もない」

探偵の暴言に依頼人の顔面は一瞬で紅潮した。

「そ、そんな、それまでの私の苦労と云ったら」

「水の泡ですね」

榎木津は重ねて、あっさりと云ってのけた。

「それに苦労したのはその男の人も同じでしょう。寧ろ苦しんでいたのはその人の方で、あなたは単に面倒臭くって厭だったただけだ。第一苦労苦労と云うが、結果の出ない苦労はただの無駄です。努力が必ずしも報われることはないし、報われぬ努力は賛辞に値しない！　それは無能と同義なのです。無駄で無能です！」

榎木津はひと際大声で続けた。

「努力せずとも成績が良ければ称えられ、努力しても至らなければ称えられることはない、それが世間の道理です。努力だけでも賞賛されると云うのなら日本は五輪《オリンピック》で必ず金賞牌《メダル》を獲っている筈だ！」

「そんな——酷《ひど》い——」

美江は下唇を軽く嚙んできつく榎木津を睨んだ。

益田は榎木津の云い分も美江の気持ちも、両方とも半端に理解できたのだが、どちらの理屈も己のそれとぴたりと合致するものではなかったから、黙って成り行きを見守ることにした。見れば和寅は呆れ果てて頭を掻いている。察するに、どうやらこう云った気不味《きまず》い展開はここでは殊の外多いのだろう。慥かに探偵の弁は心情をまるで無視した論旨だし、当事者としては凡そ納得できぬものとも思うが、一面核心を突いているように思えなくもない。榎木津はふんぞり返って窓の外を眺めつつ、更に云った。

「僕が云いたいのは、そんなことはどうでもいいと云うことですよ。その男の人の失踪と、あなたの苦労話は関係ないでしょう。苦労自慢をしに来たのでなければさっさと肝心の部分を話すべきです」

それは——その通りである。

流石《さすが》の美江もその意見には納得が行ったらしい。

遣り場のない憤《いきどお》りを呑み込むようにして、依頼人は再び、渋渋と口を開いた。

「あなたの見解自体には承服し兼ねるのですが——慥かに仰る通り無駄話だったかもしれませんわね。どうあれ私は、病んだ隆夫を捨てて家を出ました。そして、その間に隆夫は失踪してしまったのです」

「なぜ失踪したことがお判りに？」

「先月、一年振りに戻ってみたのです」

「その、亡くなった——と云うようなことは」

「家で死んではおりませんでしたから。ならば失踪です」

「居なくなったのが去年の夏頃だと云うことは、どうして？」

「近所の人の話では八月の末頃までは居たらしいんです。雨戸が開いたり閉まったりしていたようですし、買い物などに出ることもあったようですから」

「収入は——なかったのではないのですか」

「お金はあった筈です。隆夫は一年や二年遊んで暮せる程の貯金を持っていました。本人は曾祖父の遺産だと説明してくれましたが」

美江は冷めた紅茶を弄《もてあそ》びながら、少し投げ遣りな口調になってこう結んだ。

「隆夫は――面倒を看るものが居なければ居ないで結構巧くやっていたんです。私が出て行って、本当に困ればどうにか出来た訳です。だからこそ先程、甘えていただけだ――と申し上げたのです。私に対する依存心が恢復を遅らせていたのです」

そこまで云うと、どことなく云い訳めいて聞こえる。

どうにか出来ていたから良いようなもので、どうにかなっていなかったらどうする気だったのか――と益田は考える。様子を見に行って餓死していたりしたら、この女性は先程のように自信満満に、私は間違っていなかったと云えただろうか。

「それで、その――」

復縁を望んでいるとは思えなかった。

「――なぜ隆夫さんをお捜しになるのです。その後どうしているか、ご心配になられたのですか」

「別に案じてはおりません。平気でしょうから」

ならばなぜ、と益田が尋くと榎木津が答えた。

「それはね、益山君。離婚したいからだよ。決まっていることだね」

美江は間を置かずそれに関してはそちらの仰る通りですと云い、益田の方を見据えてやけにきっぱりと、まるで宣言でもするように云った。

「私は隆夫と離婚したいのです。相手が居なくては手続きも話し合いもできませんでしょう」

「はあ。でも現に隆夫さん居ない訳でしょう――」

益田は怪訝《けげん》に思い、そこまでして離婚する意味もなかろうと云うような発言をした。相手が失踪しているのだから、今更離婚しようがしまいが状況的には同じことだと、そう思ったのである。

和寅は益田の発言を受けて、どこか馬鹿にしたような目つきで益田を見てから、

「そりゃあ君、こちらはご再婚なさりたいのでしょうよ。そうでしょう？」

と榎木津を真似るように云った。

途端に美江は色をなくし、忿然《ふんぜん》として云った。

「馬鹿にしないでください！」

そしてがちゃんと音を立ててカップを置いた。

和寅は小さく息を吸って黙った。

「同じ過《あやま》ちを二度も繰り返す程、私は愚かではございません。勝手な憶測をされるのは不愉快です」

「過ち？　結婚が過ち――なんですかい」

「当たり前です。女は常に男性に依存していなければ生きられない——そう云う幻想をお持ちなのでしたら、失礼ですが——軽蔑致します」

軽蔑すると宣言されて、和寅は濃い眉を歪め、厚い唇を突き出して、

「はあ」

と云った。他に応えようもないだろう。

「私は女としてではなく、先ず人間として自立したいのです。お互いに凭れ合い、縛り合って暮す生活などもう沢山です。私は苦労を自慢したい訳でも隆夫の悪口を並べ立てたい訳でもありませんし、あちらが厭だからこちらに乗り換えると云うような節操のない人間でもございません。慥かに隆夫との結婚は失敗でございました。しかしその失敗は私達個人間の問題として簡単に収束し得るものではございません」

「はあ」

「そもそも、依存し合い、束縛し合うだけならず、一方的に女性を男性に隷属《れいぞく》させるが如き旧弊《きゅうへいてき》的な婚姻制度は、抜本的に見直されるべきなのです。男女は常に対等であるべきですし、恋愛は制度に縛られることなく自由であるべきです。違いますか」

「はあ」

「これは、好きだ嫌いだ、ついた離れたと云う痴話喧嘩《ちわげんか》のような話ではございませんの。私は、法律上杉浦隆夫の伴侶とされ続けている状況が堪らないのです」

「戸籍の問題ですか？　その、相続やら税金やら面倒臭いと――」

そう云ってから益田は口を挟んだことを後悔した。そう云う生臭い話でないことは明白である。案の定、美江は益田に向け冷ややかな視線を放った。宣言こそされなかったが、和寅同様軽蔑されてしまったようである。

「私は――慥かに杉浦隆夫と結婚はしました。しましたが、別に杉浦家の人間になりたかった訳ではございません。婚姻はあくまで個人と個人の対等な契約です。なのに、現状斯様な事態に陥《おちい》って尚、私は杉浦姓を名乗らねばならないのです。だから先ず戸籍を抜き、旧姓に戻って、本来の伊藤《いとう》美江個人として生きることが先決と考えたのでございます。その上で、例えば私に隆夫の発病に関して幾許《いくばく》かの責任があるのだと云われれば、看病も致しましょうし、治療代も出しましょう。それは別の問題です」

益田は何と答えて良いか判らなくなって、榎木津を見た。探偵とは意外に難しいものである。警察内でこう云う展開はまずない。榎木津はやる気のなさそうな、それでいてやや楽しそうな口調で、

「最後の部分は余計だが、そこを除けば実にあなたは偉い。見上げたものだ。ただ、少し違うね」

と云った。

美江は虚を突かれたような顔をした。

「違う？」

「そう。違うんです」

「どこが——違っています？」

「ですから。名前などどうでもいいのです。真に自由を勝ち取りたかったら名前に対する拘泥《こだわ》りなんかとっとと捨てるべきです。戸籍にどう書いてあろうと関係ないことです。自分で金太郎だと思えば金太郎だしそれでも他人が熊吉と呼べば熊吉になる。それだけのものです。そこの益山君だって、本名は五反田《ごたんだ》だか双子山《ふたごやま》だか云う変な名らしいが、面倒だから益山と呼んでいる。それで何の不都合もない！」

益田の方が益山よりも簡単だと益田は思う。

美江はやや狼狽《ろうばい》の色を浮かべた。

「しかし姓と云うのは家そのものでもあり——」

「わははは。旧姓に戻ったって、それは元元あなたのお父さんの家の姓でしょうに。姓の方をナシにするか、自分で勝手に苗字も創ると云うなら話は別だが、そうでないなら逃《のが》れることは出来ないじゃないですか」

「それはそうなのですが——」

榎木津はそうだ、芸名にしたがいい、と云って笑ったが、流石にそこまで行くと美江はむっとした顔つきになった。

「と、兎に角私はそう決めたのです。行く手に問題は山積しておりますが、少しでも女性にとって理想的な現実を勝ち取るためにも、先ずは――」

「あのう、失礼ですが杉浦さん、あなた何か――その、婦人運動でもされていらっしゃるのですか？」

益田は恐ず恐ずと問うた。そうとしか思えぬ云い振りである。

「え？　ええ。運動と申しますような大袈裟なものではございませんが、同志が集まりまして勉強会などを開いたりしております」

「ああ――」

益田は心中でやや閉口した。

今の世の中が著しく女性に不利益な、男性中心の社会であることは間違いないと、それは益田もそう思う。だから婦人の地位向上運動が起こるのも必然だと、それもそう思う。真剣に考えたことこそないけれど、彼女達の云う理屈もそれなりに判るような気がしている。

大体国家だの社会だのと云うものがそれ程堅固な、絶対的なものでないと気づいてしまった益田には、余計にその理屈は善く判るのだ。だから益田は、少なくとも元の同僚――刑事達――の中では、誰よりも女性の社会進出や地位向上に理解があったつもりだった。ただ、その気持ちをどう表現すればいいかと云うことが判らない。女なら声高に叫べば良い。

しかし、益田は所詮《しょせん》男なのだ。

戦後、女と靴下は強くなったと云われる。それもその筈で、それまでが弱過ぎたのだからこれは当たり前だ。しかしその言葉は額面通りに通用するものではないのだ。批判的とまでは行かぬにしても、常時幾許《いくばく》かの皮肉を交えて使用されることが多い。

だから強いですねとか凄いですねとか云う言葉は、矢張りそれ程素直な褒《ほ》め言葉とはなり得ない。

かと云って、同情的な発言をするのもご法度である。どうやら同情と云うのは、優位の者が下位の者に向けて発する感情であるらしい。だから同情することは間接的に差別していることと同義となる。

護ってやろうだとか庇ってやろうとか云うのも同じことで、なぜならその手の言葉の前には、必ず女は弱いのだから、と云う前振りがつく筈だからである。

女女《めめ》しいとか、女の腐ったようなとか云う罵言《ばげん》は最早言葉自体が駄目だ。のみならず、女らしいとか可憐《かれん》だとか、綺麗だとか美人だとか、そう云う褒め言葉すら、気儘《きまま》には云えぬ。仮令《たとえ》本心でそう思ったのだとしても、それは云うべきことではないのだ。

そう云う訳で、なまじ理解があるばかりに、益田はそうした考えを持つ女性の前に出ると言葉を失ってしまうのである。男であること自体が罪悪であるような——そんな気になってしまうのだ。

益田は複雑な思いで依頼人を観た。

整った顔立ちである。唇に朱でも差《さ》せばさぞや映《は》えるだろうと想像し、益田は即座に後悔した。険のある目つきが、云わずもがなでそう思っただけの益田を侮蔑《ぶべつ》しているような気がしたからだ。

「その――」

「は？」

「その集まりと申しますのが、私の故郷、千葉の漁港なのですが――安房勝浦で行われるのですけれども」

「はあ？」

「婦人と社会を考える集まりです」

「はい」

「そこで噂を聞きましたの――」

「な、何のです」

「ですから隆夫のでございます」

「ああ」

要らぬことをたっぷりと考えて、益田はもう少しで探偵を忘れるところだった。

「どうも興津《おきつ》町にいたらしいんです――」

興津とは勝浦の隣町か何からしい。

「あの付近《あたり》は港町で、漁港特有の文化風土もありますし、封建時代を引き摺《ひず》ったような旧弊も多く残っています。まあ、悪癖因習などもございますし、田舎とは云え如何わしい店なども多少はございます。しかし東京などとまた違って、風紀紊乱《ふうきびんらん》と云う感じではございません。でも――これは噂なのですが、その一帯にどうも隠し売春の組織めいたものが」

「売春？　それが隆夫さんと関係あるですか？」

「あるのです。その、公娼制度廃止の折に流れて来たある女が土地の無頼漢と手を組み、金満家の網元などの支援を蔭で受けて私娼の元締《もとじめ》のようなことを始めたと云う噂が立ったのです。勿論、元元私娼など居りませんから、殆どは素人女の俄《にわ》か娼妓だろうと」

「そりゃあ、まあ問題だなあ」

全く刑事のような述懐である。益田は何や彼《か》や云っても前職の癖が抜けていない自分が可笑《おか》しい。

「そうなのです。素人売春の蔓延《まんえん》は、大いに問題です。幾ら不景気でも日銭が稼げると云うことだけで春を鬻《ひさ》ぐなど以ての外ですから。これは人間の尊厳に関わる問題です。いいえ、そもそも性を商品化するような真似は本来的に好ましくありません」

長広舌が始まりそうだったので益田は慌てた。

「その、それと隆夫さんと、どう結びつきます？」

美江は夢から覚めたような顔をした。

「あ——失礼しました。その、売春の元締だと噂が立ちました女性は——これは明瞭《はっきり》とした証拠こそないのですけれども——興津の酒舗《バー》の経営者で川野弓栄と云う名の女《ひと》でございました。私達はその川野さんのところに数度、抗議に赴《おもむ》いているんですね」

「抗議？」

「勿論そう云う事実があるのならすぐ止めるように云いに行ったのです。警察沙汰《ざた》になる前に、同じ女性として理解を求めたかった訳です。まあその度にのらりくらり躱《かわ》されていたのですが——そこで」

隆夫を見たと云う者があったのだそうだ。

昨年の十二月半ばのことだと云う。目撃したのは矢張り運動家である美江の女学校の同窓で、彼女は祝言《しゅうげん》の時に隆夫の顔を見ているのだそうである。

あれは慥かに結婚式の時に見た顔だ、美江さんの伴侶の隆夫さんに違いない——その女性はそう語ったと云う。

「その——お恥ずかしい話なのですが、隆夫はどうもその、川野弓栄と——」

「出来ていた——あ、失礼。元刑事なもので、そう云う表現にその何ともはや」

「結構です。そう、出来ていたと、これも勿論何の確証もありません。私自身はまるで信用できずに、あんなことでもなければこんなに早く確かめようと云う気も起こさなかったかもしれないのですが」

「あ、あんなこととは？」

「川野弓栄さんが殺害されてしまったのでございます。昨年の十二月末に、例の、目潰し魔の手で」

何だかとんでもないものが出て来た。

「め、目潰し魔ってあの平野某ですか？」

「さあ、最近の新聞記事に拠《よ》れば別の男だとか」

「どっちにしたってあの四谷と信濃町の目潰し魔でしょう。そう云えば千葉県本部の管轄でどうかしたとか聞いた覚えがあるなあ。どうも地元意識が強かったから管轄外の事件には興味がなくって」

「兎に角川野さんは殺されてしまって、私娼の組織は摘発されることもなく、売春の噂も立ち消えになってしまったんです。それで、川野さん殺しの容疑者として最初に浮かんだのが先ず男関係――と云うのですか、その川野さんの――」

「ああ、情夫《いろ》ですか。え？　それが隆夫さんか」

「ええ、まあ複数いたようなのですが、どうも」

「それで警察はあなたのところにも？」

「いいえ。容疑者の中に身元が判らぬ男がひとり居たらしく、どうもそれが隆夫ではないのかと」

「はあ」

盛沢山の内容である。益田は溜め息を吐《つ》いた。

「そこであなたは早速自宅に戻ってみて、予想通り隆夫さんが居なくなっていることを確認し、それで離縁の意志を強固にして、そしてここに来たと」

「はい。進駐軍《しんちゅうぐん》の通事をしておりました友人からこちらの評判を伺いまして。こちらは何でもあの、昨年の夏の久遠寺《くおんじ》家の事件を扱われたとか」

「久遠寺？　ああ久遠寺さんの。はいはい」

それは益田も聞いている。

「私、あの事件で亡くなられた久遠寺涼子《りょうこ》さんとは面識がございますの。一度だけでしたけれど」

「はあ。その人、ここにいらっしゃったですよ」

和寅が如何《いか》にも驚いたと云う口調で云った。但し表情は益田を初めて見た時とそう変わらない。眼を剝いて口を少し開けているだけだ。一方美江は云うだけ云って漸く打ち解けたと云う雰囲気である。

「どうやら犯人は隆夫とは別の人物のようですが、それにしましても、先程申しましたように、先ずは隆夫と会ってきちんと話し、正式に離婚をしたいと――」

「それで？　あなた、その女の人に強く勧められた訳ですか。離婚を」

榎木津が急に大声で尋いたので益田まで驚いた。

「ええまあ——え？　女？」

美江は眼を丸くして探偵の方を見た。狐《きつね》に抓《つま》まれたかのようだ。益田もその視線を辿《たど》るようにして榎木津を見る。見れば、ずっと顔を背けていた筈の探偵がいつの間にか美江の方を凝眸《ぎょうぼう》している。ただその色の浅い大きな瞳の焦点は、どうも美江の頭上やや後方に結ばれているように益田には窺《うかが》えた。

啞然《あぜん》としたまま美江が尋き返した。

「女って——誰のことです」

「そ、その女性です。あなたが感化されている」

「織作さんを御存知なのですか」

「苦吸《くど》いようですが名前などどうでもいいのです。それよりあなたは、本当に自分の意志で離婚したくなったのですか？　真逆その人に勧められて離婚する気になったのじゃあないでしょうね」

「え——」

美江は再び虚を突かれたように黙ったが、今度はすぐに自分を取り戻したようだった。

「——も、勿論私の意志です。慥かに勧められはしましたが、決めたのは自分です」

「ならいいです」

榎木津は素っ気なくそう云って、またぷいとそっぽを向いてしまった。

益田は仕方なく尋いた。

「その、織作さんとは？」

「織作葵さんと仰《おっしゃ》って、婦人と社会を考える会の中心人物です。齢は私よりずっと下なんですが、非常に聡明且つ情熱的な女性ですわ。シンパも大勢居りますわ。あの、お亡くなりになった織作雄之介氏のご令嬢なんですが、お屋敷が大層広いものですから、いつも会合に使わせて戴いておりますの」

「亡くなったその方は、その、有名な人で？」

「地元の名士です。一昨日がお葬式だったのですが葵様が大層立派なご挨拶をされて――」

その織作と云う女性の存在が美江の饒舌《じょうぜつ》の先に居ることは明白である。これ以上その方向に水を向けて突っ込むと、いきなり苦手な分野に突入しそうだったから、益田はこの際手《て》短《みじか》に話を纏《まと》めることにして、事実関係を再確認して連絡先などを尋いた。

杉浦夫婦が住んでいたのは都下の小金井《こがねい》町、美江の現住所は千葉県総野《ふさの》村で、これは実家だそうである。興津町にある川野弓栄経営の店は『渚《なぎさ》』と云う名で――当然だが――今は閉まっているらしい。

また隆夫の勤めていた小学校や彼の親族に就いても確認した。隆夫の両親は既に他界しているそうだが、栃木《とちぎ》の方に嫁《とつ》いでいる二人の姉は健在らしい。

交流こそまるでございませんでしたが、と美江は抑揚《よくよう》なく語った。そして封筒から色の褪せた写真を抜き出し、隆夫です、と云って益田に渡した。

写っていたのは凡庸《ぼんよう》な目鼻立ちの、冴《さ》えない男だった。印画紙に焼きついた隆夫は笑うでもなく澄ますでもなく、ただ虚《うつ》ろな眼差しで益田を見ていた。

会話が途切れたので益田はお預かりしますと云って写真を収め、丁寧に礼を述べてから、それでは進展があったらご一報します、と結んだ。美江は頻《しき》りに謝礼の額を気にしたが、和寅は必要経費を含めて凡てが済んでからご相談を、なあにそんなに戴きゃあしませんと、妙に快活に締め括《くく》った。

美江はまだ話し足りない様子だったが、煮え切らぬ素振りで席を立ち、やや不安げに一礼をして、顔を上げた際に榎木津を見た。何か云いたげな風だったのだが、探偵が陽気にそれじゃあまたと云ったので結局依頼人はそのまま、何も云わずに帰った。

和寅は、ふう、と声を出す程の勢いで息を吐《は》き出して、それまで美江が端座《すわ》っていたところに落ち着いた。

そして若干《じゃっかん》の戸惑いを含んだ、皮肉っぽい薄笑いを浮かべつつ益田を見て、

「やあ、こりゃ大変な仕事だなあ。あの依頼人ですからね。素人には無理でしょう」

と云って、ねえ先生と榎木津に振った。

榎木津は和寅の問いに答えたと云うよりは、寧ろ無視したような間合いで益田を糾《ただ》した。

「益山君！　君は真逆、小金井とかに行くつもりなんじゃないだろうな」

「は。はあ——」

益田は勿論そのつもりである。失踪当時の状況はでき得る限り詳細に知っておく必要があるだろう。情報収集をするためには小金井に出張《でば》る以外にない。

榎木津は続けてこう糾した。

「それでそのお灸だかオキシフルだか云うところの潰れた飲み屋に行く気でいるのじゃないだろうな」

「え？　それは」

それは多分興津町のことなのだろうが、益田は勿論そちらにも行くつもりだった。隆夫は容疑者にまでなっているらしいのだ。行かねば始まるまい。

榎木津は濃い眉をハの字にして、かなり情けのない表情を造ってからこう云った。

「おい、そうなのか？　だったら馬鹿だぞ」

「馬鹿——なんですか？」

「当たり前だろうが。そんな馬鹿は探偵失格だよ。それ以前に脊椎《せきつい》動物としても失格だ！」

「何でです？」

和寅が矢張り最初と同じような顔つきで尋いた。思うにこの和寅と云う男、顔面の表情に乏しい質《たち》なのだろう。

榎木津は和寅を見下《みくだ》して、思い切り、蔑《さげす》むように云った。

「だからお前は駄目なんだ和寅。そもそも僕がそんなことまでいちいち説明すると思っているのか！」

和寅はああ、と唸《うな》って納得した。どうも説明はしてくれないらしい。

益田は已《やむ》なく尋ねた。

「でも榎木津さん、八卦見《はっけみ》じゃないんですから、幾らなんでも聞き込みくらいしないと何も判らないのじゃあないのですか」

「デモもメーデーもないぞ益山君。見損《みそこ》なったよ。いいかね、聞き込みなんてくだらないことするのは犬か刑事か変質者くらいなんだぞ。大体君達は無駄が多過ぎる。何でこんなに時間がかかるんだ？」

「そりゃ話が込み入っているからでしょうよ先生。私なんざ未だに善く判らない。ねえ」

和寅は益田に同意を求めた。

益田は、話自体が判らないと云うことこそなかったのだが、考えてみれば隆夫が対人恐怖症になった明確な理由も、それが完治したのかどうかも解らない訳だし、なぜ、いつ失踪したのかも解らない訳で、そう云う意味では解らない部分が多いことに違いはなく、だから頷くだけの生返事をした。

榎木津は、半眼の眼を漸く全開にして云った。

「どこが込み入っているんだ？　全然込み入ってないじゃないか。いいか、去年の夏頃小金井でこの人が居なくなりました——と、ここで写真を出して、千葉の殺人事件に関わっているかもしれませんが探してください——だろ。ほら二十秒もかからない。大体何だって人捜すのに依頼人の主義主張を聞かなきゃならんのだ馬鹿者。関係ないだろ」

「そりゃあの人が勝手に話したんでしょう」

「お前達が尋くから話すんだ。依頼人が無政府主義者だろうが国粋主義者だろうが僕等には関わりのないことだ。番台で主義主張を誇示しなければ風呂に入れないなんて銭湯があったら三日で潰れる！」

それもそうだと益田は思った。そう云うことはまるで関係なくて、だからこそこの男は探偵なのだとそう云うことだろう。

和寅は——考えてみれば益田はまだ正式に紹介されていないから、この書生のような青年が真実何と云う名なのか知らないいし、益田が益山になってしまうぐらいだから本当は全然別の名である可能性も大いにあるのだが——少し癖のある濃い髪の毛の生え際を人差し指で掻き乍ら、まあ、それにしてもおっかない女性でしたねえ、先生は褒めていたが私ゃ敬遠致します、とぼやくように云った。

「何がおっかないものか。可愛いものじゃないか」

「そりゃあ美人ではありましたがね」

「外見褒めるのはいかんです。叱られますよ」

益田は和寅を窘《たしな》めるような振りをして、榎木津を牽制した。多分、榎木津の感想もまた美江の容姿に就いて述べたものだと思ったからである。

しかしそれは益田の勘違いだった。

「美人？　そうだったのか。僕は善く顔を見なかったから判らなかった。それならそうでもっと早く云え」

「え？　じゃあ先生は何が可愛いと」

「可愛いだろう。健気《けなげ》な程精一杯勉強したことを語っていたぞ。内容は浅薄《せんぱく》だし確実に受け売りだが、要するに問題なのは態度だ。見上げたものだ。だから褒めたのだ。僕は人を滅多に褒めないぞッ！」

「そうですかねえ」

そうなのだろう。益田は納得した。

榎木津の云う通り、仮令《たとえ》それが本音でなかろうと、或《あるい》は身についた理論でなかろうと、故に少少矛盾点があろうと、態度自体が一種の指針表明のようなものとなっていたことは確実だろう。益田でさえ敏感に感じ取ったのだからそれなりに有効だった訳だ。

論拠となる思想にまでは至らなくとも、少なくとも外見で判断してくれるなとか、女だからと云うだけで見下すなと云う主張だけは確実に伝わる。

そして、そうした主張の顕示《けんじ》はある意味で勇気の要ることでもあるのだろう。それは慥かに謂《いわ》れなき偏見差別の行使に対しては抑止力《よくしりょく》として働くだろうが、反対に女だから許してくれとか、見てくれがいいから勘弁してくれとか云う一種の特権――特権と捉えてはいないのだろうが――を放棄することにもなるからである。榎木津はそこを褒めたのかもしれぬ。

榎木津は機嫌良さそうに云った。

「僕は京極のようにくだらないことの解説を熱心にする程暇でもないし、探偵は小難しいことに論評を加える役目じゃないから別に何も云わないがね。あの女の人は取り敢えず偉いじゃないか。権威主義に陥《おちい》らぬ傲慢《ごうまん》さこそが肝要だ。さあ益山君、立派な女性の依頼なんだからさっさと片付けてくれたまえ。二三日もあれば平気だろう」

意味の解るような解らないようなことを口走ってから、名探偵は跳《は》ねるように立ち上がって、出掛けるから留守番をしていろと命令口調で告げるとそのまま出て行ってしまった。

聞き込みも調査もせずに、どうしたら二三日中に解決できるのか――益田にはまるで判らなかった。

和寅は紅茶や珈琲のカップを片付けながら、

「時ッ時ついて行けなくなるんですな、あの大先生には。私はこれでも苦労してるんですから、まあ、あんたも程程にした方がいい。いずれ身の程を知らされることになる」

と、愚痴とも忠告ともつかぬことをまるで保護者のような口振りで云った。

益田は取り敢えずそれには答えず、先ず青年に本名を問うた。和寅は、私は安和寅吉《やすかずとらきち》と云いますがね、と答えた。彼の場合は言い換えや変形ではなく短縮だったようだ。

「和寅――いや寅吉君。君はその――探偵の」

「私は助手と云っても秘書のつもりなんですよう」

秘書と云うことは、探偵助手の座を巡る競争相手《ライバル》同士――ではなかったことになる。

しかし、経済的に逼迫《ひっぱく》している訳でもなかろうに、助手を雇《やと》うために秘書を解雇すると云うのも変な話である。

「だからその、探偵てえのは解りませんか」

「解りませんな」

「解りませんね。私はそもそも普通の探偵の作法も解らないんですから、あの人のそれに至っちゃもう奇術か魔法ですな。ま、それでも商売だ、くらいは解るから、私はお客を獲得しようと執心するんですがね。それがいかんと云う。大体あの人は金で苦労したことがない。いいえ、金があるのじゃなくて、金がないことが苦労だと思えないのですな。ま、本当に食うに困る程の貧乏はしたことはないようですがね。それにしてもそうして構えているってえと、不思議に貧乏が寄って来ない。何とかなるんです。そう云う感じはねえ、解らない」

「まあねえ」

益田は寅吉から榎木津流探偵術のイロハでも尋こうと思ったのだが、宛《あて》が外れた。

寅吉は食器をすっかり片付けてから、改めて日本茶を淹《い》れ、それを益田に勧めながら云った。

「まあでも、今回に限っちゃ先生の云うことも解らないではないですぜ。だってその人、その殺人事件ですかい？　そんなものの容疑者になっちまって、運良くひとりだけ身元が割れてない訳でしょう。わざわざ怪しまれるようなことはしないっすよ。私だったら絶対にその渚とか云うバーにゃ近寄りませんね。町も離れる。で、今以て元の家に戻ってないのなら、その近くに居るってえのも妙でしょう」

「戻ってないですかね。元の家」

隠遁《いんとん》するために舞い戻ると云うことはある。

「だって戻っちゃないでしょう。近所の人は去年の夏以来、その人見てないって云ってるんですぜ」

「目撃者か。しかし、それなら」

人目を盗んで——と云うことはないか。

そう云うと、寅吉は神妙《しんみょう》な顔でこう返した。

「だってあの依頼人は先月かそこらにその家に行ってみて、それで半年程前に居なくなったちゅう近所の人の話を信用してるんですぜ。なら——」

「そう云う状況だった——と云うことですか」

即ち、最近出入りした痕跡《こんせき》は認められなかった、と云うことだろう。事件が起きたのは去年の暮れなのだから、もし隆夫が逃げ帰って来たのだとすればそれはここ一二箇月——最近のことである筈だ。

頻繁《ひんぱん》に出入りしていたなら兎も角、真実半年放置されていたのなら——仮に、一二箇月のうちに出入りした者がいたとしたら却《かえ》って判るだろう。

「なる程ねえ。しかし、それじゃあ雲を摑むような話だなあ」

「それでも諦めねえんですかい」

「まあ難題ですがねぇ」

「今後、あの人とつき合うってぇ方が難題ですぜ」

寅吉はそう云ってくくく、と笑った。

そして益田さんも箱根の事件担当したなら知ってるでしょう、古本屋の先生か小説家の先生にでも相談してみたらいいんじゃないですかい、と云った。

益田もそれを考えていた。

その二人はいずれも榎木津の友人であり、箱根の事件の関係者でもある。榎木津が延《の》べつあの調子だったから、実質的に箱根の事件の幕を引いたのはその古本屋——中禅寺秋彦《あきひこ》だったのだ。しかし、彼が探偵らしきことをするかと云えば、これが榎木津に輪をかけて何もしない。専《もっぱ》ら考えて喋《しゃべ》るだけである。

益田が思うに、中禅寺は謎の解明はしないのだ。中禅寺は謎に対して解答を出すのではなく、謎の方を一般の人間に解るレヴェルまで解体するのである。謎の、謎たる背景を揺さぶって、謎自体が無効化してしまうような状況を擬似的に造り出すだけなのだ。つまり、現実を一旦反古《ほご》にしてしまって、まやかしだろうが詭弁《きべん》だろうが、謎が謎たり得ないようなもうひとつの現実を表出させるのが彼のやり方なのだ。関係者の世界観を破壊し、再構築してやると云う手法は癒《いや》しとしては慥かに有効だが、刑事の物差しで測る限りは甚《はなは》だ厄介な手法でもある。犯罪を犯罪たらしめているのは社会なのだし、刑事が護るのはその社会なのだ。社会に疑団を抱くことは犯罪の無効化すら予感させるし、それで刑事は立ち行かぬ。

そうしてみると、益田が警官で居られなくなったのも彼の言質《げんち》に因《よ》るところが大きいとも云える。

ただ、それは探偵の作法ではない。それもその筈で、それはどうも、憑物落《つきもの》とし——所謂《いわゆる》お祓《はら》いの類の作法なのだそうである。そうならやってくれと頼まれても真似出来るものではないし、益田などから見ればその位置《ポジシヨン》はしんどいように思える。それに不可解な事件には有効だが尋ね人に有効かどうかは解らぬ。

一方小説家の方は、名を関口巽《せきぐちたつみ》と云う。これは人はいいのだが探偵的素養は皆無で、この手のことでは何の役にも立たないから相談しても始まらぬ。しかし、益田はなぜか関口に共感《シンパシー》を持っている。

益田が思案していると、カランと鐘が鳴った。

寅吉は益田が来た時と全く同じ反応をした。

来客は益田が顔を確認する以前に、ああ安和君、榎木津君はどうした何だ居ないのかそれは困った——と、猛烈な勢いで云った。呆《ほう》けていては聴き取れぬ程の早口だったが、凡て理解できたのは、模範的な標準語で発音も良く、発声法も確乎《しっか》りしていた所為であろう。

改めて面体を見る。

馬のように長い顔の紳士だった。

眉も濃く、眼も鼻も口も大造りで、それがその長い顔の下地を有効に使って並んでいる。髪はぴたりと七三に分け、銀縁の眼鏡と高価そうな生地《きじ》の背広が知的階級であることを誇示している。男は鼻を膨らませて大きな溜め息を出した。

「何です、弁護士先生じゃないですかい。いきなりですね。それにしても今日は善く客の来る日だな」

「榎木津君は留守なのかね。寝ているのかね？」

「糸の切れた凧《たこ》ですよ。まあお掛けくださいよ」

寅吉は立ち上がって、先生遠路遥遥《えんろはるばる》でしょう、まあお茶でも飲んで行ってくださいと着席を勧めた。男はそうかじゃあ戴くよと、忙《せわ》しなく入室して来て益田の向かいに端座《すわ》った。

「安和君こちらは？」

「探偵志望の元刑事さんで、益田さんです」

「探偵志望の元刑事だと？　そんな理に適《あ》わぬコースを進む人間が居るのかね？　冗談だろう。冗談は止してくれ」

「居るんです。僕ですが。僕ァ元国家警察神奈川県本部捜査一課の刑事で、益田龍一と云います」

「神奈川？　神奈川ですか。私も横浜だ。しかしね益田君、公務員を辞めて社会的信頼性も保証も一切ない職業に就こうなどと云う反社会的な考えは社会のためにも君のためにもならないよ。忠告しておこう。私はこう云う者です」

きびきびと、敏捷《びんしょう》且つ慇懃《いんぎん》無礼《ぶれい》に差し出された名刺には増岡則之《ますおかのりゆき》と記されていた。肩書きは弁護士の他にも幾つか並んでいる。

増岡はどうも世の中変わった奴が多いなあ、困ったものだ、などとぼやいてから、

「神奈川と云えば石井君は健在かな。春から鎌倉かどこかの所轄署の署長になると聞いたが」

と云った。

石井は益田の元上司である。

「はあ、石井さんを御存じなんですか？」

「善く知っている」

寅吉が新しい湯飲みを出し乍《なが》ら説明する。

「益田さん、この先生はね、かの有名な柴田財閥の顧問弁護団のひとりで、あの『武蔵野連続バラバラ事件』の関係者の弁護だの『逗子湾金色髑髏事件』の犯人の弁護だのもしてるってお方だから。はい、どうぞ先生お茶。静岡産です」

「はあそりゃあ御見逸《おみそ》れしました」

いずれも神奈川の管轄内で昨年起きた陰惨《いんさん》な事件で、益田も捜査に当たった。榎木津はそのいずれの事件にも関わっていたようだから、増岡も事件を通じての知り合いなのであろう。

弁護士は派手な顔を曇らせて、再びぼやくように云った。

「逗子の事件がね、難儀なんだよ。善くもまあ、あんな非常識な事件が起きたものだな。本邦の法曹界の歴史を顧みてもあんな事件を扱ったのは私が最初だ。判例も何もない。海外の例もない。今回の裁判記録や判決が今後あの手の犯罪を扱う上での範となる訳だから、気が抜けないよ」

「そう云えば、バラバラの方はどうなってんです。終ったんですかい？　裁判は」

「終らないよ。あの公判だってまだ始まったばかりだ。それにあれは事件本体の裁判じゃないしな。ああ、そっちもあるんだ。私は多忙なんだ」

増岡は茶を勢い良く口に運び、熱いなこれは、と早口で云った。

「その多忙な先生が何の御用で？」

「君に話したって始まらないよ安和君。榎木津君はいつ戻るんだ」

「戻る時は二分で戻りますがね。本屋の先生のところへ行ったのなら平日は戻らないでしょう。御実家に行かれたんなら一週間は」

「おい。君は秘書じゃないのか。予定日程の管理はせんのか。職務怠慢だ」

「世間様の予定だの日程だのの方を、如何にうちの先生に合わせるかが、私の仕事なんですよ。お茶、もう一杯行きますか？」

ここではどうも地球は榎木津を中心に動いているようである。そうでなくては探偵は勤まらぬと云うことかと、益田は思う。

「しかしなあ。中禅寺君のところに行ったのかな」

「そうでなくったって相談事ならそっち行った方が早いのじゃあないですかい？　うちの先生より遥かに話し甲斐がありますぜ」

「そうだなあ。まあ彼の方が適任ではあるが、あの男は動きゃせんだろうし」

「行くならお供しますが」

益田がそう云うと増岡は眼を剝いた。

「君が？　何でだ」

「事情がありまして——二三日の内に、人探しをしなきゃいけないんですよ。榎木津さんが居なくなっちゃったんで途方に暮れていたところで」

「人捜し？　そんなもの中禅寺君に相談したって始まらんぞ。君も元刑事なら自分で探した方が早いだろう。靴底を磨り減《へ》らして聞き込みをするのが君等公僕の唯一の得意技じゃないのか。仮令《たとえ》国家権力の後ろ盾を失って得意の高圧的な捜査が出来なくなったとしても地道な技は有効だろう」

「捜査は禁止されているんですよ」

増岡は何だそれは、と怪訝《けげん》な顔をした。

寅吉が勧めたこともあって、結局益田は増岡と中禅寺宅を訪れることになった。中禅寺宅は中野だと云うことだったが、東京に不慣れな益田には何処が何処だか解らなかった。

車窓から桜が見えた。満開はまだ先である。

どこまでもだらだらといい加減な傾斜で続いている坂道を登り詰めたところが目指す京極堂——中禅寺の経営する古書店——だった。

坂の両脇には古臭い油土塀が延々と続いており、益田の思うにその中は墓場である。梅だの桜だの、善く墓地に馴染《なじ》む樹樹が窺えるし、何より気配が墓地である。

坂の傾斜は実に微妙で、歩く者を一種不安に陥れる。これは一種の結界で、この坂を越せばそこに異界があるのだと夢想してみたりもするが、それは当然そんなこともなく、貧相な竹藪の隣には極く普通の建物があるだけだった。

——京極堂。

達者なような、自己流のような、不思議な文字で記された扁額を見上げて、がらりと戸を開けると、黴臭《かびくさ》い書架の奥の帳場に中禅寺が孤座《すわ》っていた。

まるで日本が滅んでしまったかの如き仏頂面《ぶっちょうづら》で和服姿の主は何やら小難しい本を読んでいたようだったが、増岡が声を掛けると戸口をじろりと睨《にら》み、

「これはまた珍しい組み合わせだね」

と——善く通る声で云って、への字に曲げていた口許を少し緩ませ、実に珍妙だと続けてから、笑った。

益田は何故か少しほっとする。箱根の思い出の所為である。誰もが世界を見失っておろおろ慌てていた箱根山中に於て、この男だけは妙に落ち着いていて、不安だった益田に安心感を与えてくれた。

それもその筈で、この男は今在る世界を享受するのではなく、仮令《たとえ》まやかしであれ、世界を造ることに執心している男なのである。

中禅寺はまあ奥にどうぞ、どうせ簡単な用でもあるまいしと云い、書架を抜けて出て来ると、入口に木札を下げた。札には『骨休め』と記されている。

客が来たと云うだけで店を閉めてしまうらしい。まるで商売っ気がない。

「愚妻が出掛けているからお構いは出来ないよ」

中禅寺がぶっきらぼうに云う。

増岡は、それは残念だな、と答えた。

座敷は床の間と襖障子《ふすましょうじ》を除く凡ての壁が書架だった。これでは店舗だか住居だか知れたものではない。主は床の間を背にして落ち着き、増岡は勝手が判っているのかさっさと座卓を挟んでその向かいに己の座を確保した。益田は遠慮もあるがやや怖じ気づいて、少し離れた場所に正座した。

茶でも淹れますかと主が云うと、弁護士は益田の意見など聞きもせず、今さっき飲んで来たから結構と即座に辞退し、座敷を見渡しつつ、榎木津君は来ていないかね、と早口で尋いた。

「あんなものは来ていませんよ。来ていたらその辺に転がっているだろうが——ないようですね」

中禅寺は一応座卓の下を確認した。

「そうかね。実は中禅寺君、いや君の云いたいことは判るが少し黙って聞いてくれ。私は別に君に腰《こし》を上げてくれと頼みに来た訳じゃないのだ。ただ私は多忙で、本日も宇多川《うだがわ》事件の公判準備や調書の読み込みなど事務処理が山積しているにも拘《かかわ》らず——」

増岡はそこで息継ぎをした。随分沢山喋っているが時間にすればほんの僅かである。

「——榎木津が居ない。そこで君に仲介を勧めて貰いたいのだ。内容を伝えてくれればいいから」

「それは難儀だな」

「まあそう云うな」

増岡は鼻息荒く、厭そうにする中禅寺を宥《なだ》めた。

「元はと云えば武蔵野の事件に端を発した話なんだから君も無関係ではないのだ。あの事件の正確な顚末《てんまつ》に就いては一部の人間しか知らない訳だが——」

それは多分寅吉の云っていた『武蔵野連続バラバラ殺人事件』のことであろう。

益田もまた、その大事件に関連して派生した事件の捜査に携《たずさ》わっていたのだが、その益田をして真相は知らされていないのだ。ただ、報道された内容が凡て表面上の事実でしかないことだけは察しがついた。暗黙のうちに箝口令《かんこうれい》のようなものが布《し》かれているらしかった。

どうやらその悽惨《せいさん》な事件は、さる財閥の巨頭の身辺に纏《まつ》わる事件でもあったらしいのだ。

益田はその辺のことも詳しく知らぬのだが、増岡もどうやらその巨頭——柴田耀弘の関係者であるらしいし、矢張り関わりがあったのだろう。

「慥か警察関係者を除けば柴田グループの上層部、しかも柴田耀弘と何等かの姻戚《いんせき》関係にある者以外には報せていないと聞いていますが」

「その通り。つまり相続に直接関わる人間にしか報せていないと云うことだ。報告書は私が作成した。その折は君にも随分世話になった訳だが——その報告書のお蔭で私は今、こうして困っている訳だ」

「非常識な事件の解決を持ち込まれたってところですね。しかもあなたに依頼したのは、現在の柴田グループの事実上の頂点――柴田勇治さん――ってところかな」

「判るかね」

「それはもう。あなたが断れないなら他にはいない」

「流石《さすが》に呑み込みが早いな。その通りだ。ま、あれだけややこしい事件を取り敢えず整合性ある形で収束させた訳だから、彼は過剰に榎木津を買っている」

――榎木津を？

そう聞こえたが耳の誤りか。

「すいません、あの、あの事件は榎木津さんが解決したんですか？」

そんな馬鹿な――と益田は思う。

あれは難事件だった筈である。

増岡は即答した。

「あの事件に関して柴田側が最初に調査を依頼したのがあの男だったと云うだけだ。そしてここにいる偏屈な男は自分の名前が出ることを好まないと云う変わった性質を持っていて、それからあの小説家を筆頭にした関係者一同は悉《ことごと》くあの男の下僕だと思われている。それだけのことだ」

増岡は嫌嫌そう説明して、居住まいを正した。

「実はね、中禅寺君。房総半島の端の辺鄙《へんぴ》な場所に大正期に創立された全寮制の伝道系《ミッション》女学校があってね。まあ伝道系と云っても実際に背後に基督教団体がある訳ではないのだが、一応基督教精神に基づく教育理念を掲げているんだな。『聖ベルナール女学院』と云う名の学校なんだが」

「聞いたことはあります。いや、最近目にしましたね。教師が続けざまに殺害された学校でしょう」

「そうだ。目潰し魔に絞殺魔。とんでもないな」

「目潰し魔！」

益田はつい声に出す。今日は善くその名を聞く。

増岡は肩越し益田を睨んで、何だ君は目潰し魔に思い入れでもあるのか、管轄外だったのだろう、と云った。そして中禅寺の方を見て、知ってるかね、この男は刑事を辞めて探偵になるそうだよ、と告げ口をするような口調で云った。

「馬鹿だと思わんか思うだろ」

増岡は瞬間的に笑った。

中禅寺は殆ど興味を示さず、さっさと先に進めと云うようなことを云った。

下手な忠告は耳障りだが無関心も寂しいものである。

増岡は続けた。

「柴田耀弘の養子で相続人でもある柴田勇治氏は、耀弘氏が亡くなるまではそれ程重要なポストには就いていなかったんだな。まあ養子になったのは昭和二十年で、当時彼はまだ二十二歳だからね。それでも名誉職のような形で様様な役職肩書きは付いていて、相続が決まってからそんな閑職は全部辞めてしまった訳だが、その中のひとつがね、その『聖ベルナール』の理事長職だった訳で――」

「柴田グループが学校法人を？」

「違うんだ。その学校は柴田傘下の提携会社である織作紡織の先代が創ったもので――」

「織作？」

それも――美江の云っていたご婦人の名だ。

「何だ、益田君、君は知っているのか？　変な合いの手は入れないでくれよ。織作と云えば柴田グループの中では別格扱いでね。織作紡織機の創始者、織作嘉右衛門と云う人は、柴田耀弘が柴田製糸を興した時に資金援助をした人で、謂わば大柴田の恩人だ。二代目の織作伊兵衛氏も耀弘氏とは昵懇《じっこん》の仲で、まあ製糸業と紡織機の製作会社だからね。その伊兵衛氏が創設したのがその学院だ。それで三代目の織作雄之介氏の代になって、合併か提携かと云うことになった。二代に亘《わた》る恩もあるし、その頃はもう柴田はただの製糸業者ではなくなっていたからね。結局、名称はそのままにしての提携と云うことになって、以降織作雄之介はグループの中枢として――」

中禅寺は手を翳《かざ》し、機関銃のように繰り出される増岡の語りを止めた。

「もう解りました増岡さん」

「どう解ったのだ」

「ですからね、僕も織作と云う名には聞き覚えがある。亡き柴田耀弘の右腕、柴田グループの懐刀《ふところがたな》とまで云われた人でしょう。でも、慥か三四日前に亡くなったのじゃなかったですか？」

「死んだよ。耀弘氏の後を追うようにして死んだ。心筋梗塞《しんきんこうそく》だ。それに就いては——」

「増岡さん、僕はそう云う話に全く興味はないし、だから聞きたくもありません。仮令無理にお聞きして、それを榎木津に説明したとしても、あれだってひとつも聞きはしないでしょう」

増岡はそれもそうだな、と云った。

「兎に角、掻い摘んでしまえば今の柴田グループの総帥は耀弘氏が他界する昨年の秋まで片田舎の女学校の理事だったと、こう云うことですね。そこで教師が殺された。何だか雲行きが怪しいな増岡さん」

中禅寺は片方の眉を吊り上げる。

不機嫌の塊と云った表情である。

増岡はだから君には頼まないよ、と念を押した。

「その、勇治氏の後任の理事長と云うのが織作一族の是亮と云う男でね。この男が如何《どう》しようもない無能だ。これは次女の婿らしいんだが、織作家は女系で嫡子が居らず、長女と云うのが昨年亡くなってしまったからこの是亮と云うのが事実上の跡取りなんだな。これが養子に入ってすぐ柴田関連の会社の社長に就任したのだが、途端に業績悪化で経営破綻、結果倒産させてしまった。普通なら責任を取らせ身を引かせるところだが、婿だから放逐する訳にも行かず、閑職を宛《あ》てがったと云う訳だ。ところがこいつが理事長に就任した途端に、またもや問題噴出だ」

益田が、お嬢様学校に殺人はいけませんよ、と云うと、中禅寺はお嬢様学校じゃなくたって殺人はいけないよ益田君、と冷たく云った。

「そうだ。いけないんだ。先ず去年の暮れに女教師が目潰し魔の毒牙にかかった。これは通り魔だから事故みたいなものだが、先月、今度は男の教師が絞殺魔に縊《くび》り殺された――ことになっている」

「違う訳だ」

「違う――かもしれないのだ。新聞発表はどうなっていたかな」

「慥か――英語か何かを教えていた壮年の教師が山中で他殺体で発見されたとか。屍体の様子から察するに一連の絞殺魔の手に依る第三の犯行と思われる――とかどうとか出ていたと思いますが」

「嘘だ。その教師はまあ他殺だし、死因も絞殺には違いない。しかし死んでいたのは校舎の屋上だ。しかも屍体発見時に、生徒がその屋上から投身自殺している」

「ほう」

中禅寺は懐から煙草を出して咥《くわ》えた。

「不味いことでもあったか」

「あったのだな」

「だからと云って隠蔽《いんぺい》できるものですか」

「厭な云い方だが、柴田が圧力をかければ新聞発表の内容を改変捏造するくらいのことは出来る」

「しかし虚偽の報道では納得しない者も居るでしょう。自殺した娘が居るのなら、その身内だとか」

「否、亡くなった彼女の父親はさる政治家だ。醜聞《スキャンダル》は寧ろ積極的に嫌う。表向きは事故死扱いだろうな」

益田が何だか厭だなあと云うと、増岡は勿論それは世間にそう発表しただけで警察はちゃんと事実に基づいて捜査してるだろうさ、と投げ遣りに云った。

「徒《いたずら》に世情を攪乱《かくらん》する奇矯《エキセントリック》な情報を垂れ流すのはいかんと云うのが警察発表の十八番《おはこ》じゃあないか。それに報道しない自由ってのもあるだろう」

「絞殺魔の仕業と報道する方が煽動的《せんどう》でしょう」

中禅寺がまるで感情の籠らぬ平板な発音でそう云うと、増岡は鼻の下を少し伸ばし、

「そうか。そうかもな。ただ私はその絞殺魔と云うのがどう云うものなのか、実は善く知らないのだがね」

と、云い訳めいたことを云った。中禅寺は間髪を容《い》れずに解説を始めた。

「絞殺魔と云うのは木更津《きさらづ》辺りで起きた連続殺人事件の犯人につけられた渾名《あだな》です。勿論先行して目潰し魔と云うのがあったからそんな呼ばれ方をしている訳ですが、これは安易過ぎて戴けませんね」

「安易なのかな」

「安易です。新聞記事を見る限りの話ですが、目潰し魔の方は今までに発生した四件が四件とも、同一の凶器で目を潰す、と云うこと以外に関連性が見出せていない。恰《あたか》も目潰しを目的とした犯行のようにも受け取れるし、即ち『目潰し魔』と呼ばれてもこれは仕方がないのでしょうが——一方、絞殺魔の方は絞殺が目的とは思えない。その教師以前に殺されているのは二人ですが、この二人は顔見知りであると云う。いずれも動機は同じ、多分怨恨だ。推測ですけどね。絞殺を目的にしていないなら『絞殺魔』と呼ぶのは変だと、僕はその教師殺しが起きるまでずっとそう思っていたのです。矢張り最後の事件だけは別件である可能性があった、と云うことですね」

「論旨は解った。その絞殺魔の手口と云うのは？」

「所謂《いわゆる》芸のない絞殺ですよ。腰紐《こしひも》のようなもので頸を絞めて殺したのだそうです」

増岡は何度か首を縦に振った。

「なる程な。つまり絞殺魔と云う通りの良い名前のしかも未逮捕の実に都合の良い殺人者が偶偶《たまたま》居たので、一日罪をおっ被せて目眩《めくら》ましをして、あれこれ時間を稼ごうと云う肚《はら》だったか――」

増岡はひとりで納得した。

「――その、殺された教師と云うのは本田と云う名の四十六歳の英語教師で、元は中央官庁勤めだった男だそうだが、これは絞殺と云うか扼殺だ。こう、手で頸をへし折られるようにして――」

増岡は両手で何かを絞めるような真似をした。

「――実際頸椎《けいつい》も損傷していたそうだが、馬鹿力で絞めたんだな。絞めたと云うより捩じ曲げたとか折り潰したとか云う感じらしいな。紐も使ってない。素手だ素手。それにさっきも云ったが、彼は山中ではなく校舎の屋上で死んでいたのだ。この部分を伏せてしまうと随分意味合いが違って来るからな」

「学園内部に犯人が居る――と云う可能性を極力低くして発表した訳ですね？」

益田がそう云うと、増岡は流石は元刑事だ、疑い深いな、と云った。

「しかしまあそう云うことだな。学院は人里からは結構離れているし、まあ人家のある場所までは一二時間も歩けば着くことは着くんだが、事件があったのは二月の後半だからね。寒い。新聞発表の通り敷地の外で発見されたのなら山中を無頼漢が徘徊していたと考えるよりないが、中で発見されれば普通は内部犯行説を採用するだろうね」

「それが——不味いことですか」

中禅寺が問う。まだ煙草に火は点《つ》いていない。

「それも不味いことだ。問題はその投身自殺をした娘だ。その娘は——妊娠三箇月だった」

益田は興味を覚える。元刑事の習性か。

「全寮制の女子校で妊娠ですか？」

「十三歳だぞ。驚いたか？」

「いいえ」

今日日《きょうび》それくらいのことで驚いてはいられない。

「自殺の動機はどうもその本田にあった——と、目撃者である同級生の娘達は証言しているらしい。何か揉め事があって、錯乱状態で屍体を発見し、衝動的に飛び降りたのだ、と彼女達は証言している」

「お腹の子の父親がその本田だったんですか？」

「そうだと云っているんだが証拠は何もないいな」

「じゃあ、その自殺した娘が痴情の縺《もつ》れで教師を殺害した挙げ句投身――と云う可能性もある?」

「十三の小娘が四十男の頸を絞めて殺す――そこまでは出来ないことはない。私が今弁護を担当している事例だって同じようなものだ。火事場の馬鹿力ってこともあるし、女だから無理だろうと云う浅薄な先入観はこの際無視していいんだが、ただ頸の骨が折られているからね。喉の骨は潰れていたそうだ。そこまで行くとな。無理だと思うがね」

「無理でしょうねえ。常識的には――」

益田は既に刑事の口調になっている。

「しかしなあ。その目撃者と云うのは複数で?」

「現場に居合わせた生徒は三人だ。皆十三歳だ」

「小娘でも三人でかかれば何とかなりませんか」

「紐でも使ったんなら出来ないこともないだろうが素手だからな。そんなごつい腕の少女は居ない」

「素手じゃなあ。学園内にそんな馬鹿力の豪傑が居るんですか?」

「居ないよ。老人と婦人ばかりだよ。本田は一番若い方の教師だったのだ。後は皆娘ばかりだ。だから外部の犯行である可能性の方が高いし、それもあるからこそ発見場所を外に変更したのだろう」

「あらぬ疑いを掛けられたくなかったと」

益田がそう結ぶと、増岡は複雑な表情になった。中禅寺はそれまで黙って二人のやり取りを聞いていたのだが、急に思い出したように煙草に火を点《とも》して、

「それで何だと云うのです。僕は榎木津にどう伝えればいいのかな」

と云った。

「まあそう急《せ》くなよ。私も今朝電話で聞いただけでまだ考えを纏《まと》めてないのだ。そのだな、第一発見者で自殺の現場に居合わせた生徒の証言と云うのが、これまた甚《はなは》だ信用ならんのだそうだよ」

「どう信用ならんのです？」

「あることないこと語る癖に、肝心なことは何も云わないのだそうだな。あの娘もそうだったが――何でこう、あの年頃の娘達は皆そうなんだろうな」

あの娘とは誰かと益田が問うと、増岡は、長い顔をさらに伸ばした。

「え？　ああ、君には関係ない」

それはそうなのだろうが、その回答は身も蓋もない。増岡は眼鏡の縁を抓んで、私が以前関わった事件でそう云う娘が居たんだと、不機嫌そうに答えた。

「それでね、その証人のひとりが本田を殺した犯人は妖怪だ、と云い張るのだそうだ」

「妖怪？」

「まあ何と云うのか知らないよ。六法全書には妖怪に就いての記述はないから。司法試験にも出ないし私は管轄外だ。悪魔と云うのかもしれない」

「どんな？」

「黒い――一寸待ってくれ――ああ、黒いせいぼ」

「黒い歳暮ですか？」

益田にはそう聞こえた。

「抑揚《イントネーション》が悪かったのだ。そうじゃないよ。何と云うのか、あの教会なんかにある、マリア様の方だ。聖母《マドンナ》」

「あの『坊っちゃん』の？」

「益田君、増岡さんの云うのは黒い聖母《ダーク・アワーレディ》だよ。しかし、そんなものを崇拝する風習は日本にはない筈だがなあ。ないだろう。真逆《まさか》十字軍か何かが持って来た奴がこんな島国に流れて来たとか――いや、像があっても信仰の対象にはなり得ないだろうな。それにしてもベルナール学院に黒い聖母ってのは、出来過ぎの感じだなあ――」

中禅寺は顎を摩《さす》った。

「――異端審問官《いたんしんもんかん》の方だろうか。違うだろうな。矢張り甘蜜博士の方だろうな」

益田には何のことだか全く解らない。

「ベルナールと云うのはどう云う意味で？」

「さあ、その学院のことを僕は知らないからなあ。いったいどのベルナールなのか判らないけれどね。僕の知っている聖ベルナールと云う人は十二世紀の仏蘭西《フランス》の聖人だ。当時の修道院の戒律の弛《ゆる》みを愁《うれ》えて綱紀粛正《こうきしゅくせい》のために設立された、厳格な規律を持つシトー修道会の勢力を拡大した聖人、まあ、中興の祖だな。テンプル騎士団の会則を起草《きそう》した人としても、聖母《マリア》信仰の創始者としても有名だ。少年時代に黒い聖母の乳房から三滴の乳を授かって霊感を得たと云う――」

「待ち給え中禅寺君。黒い聖母は妖怪じゃないのかね？」

増岡が不思議そうに尋いた。

「黒い聖母は妖怪じゃないですよ増岡さん。信仰の対象だ。文字通り女神です。ただ、色が黒いんです」

「待てよ。私は法律家で宗教家じゃないから詳しくは知らないが、基督教の神はひとつなのだろうに」

「そうです。しかし信仰の対象は神ばかりとは限らないし、基督教自体そんなに古い宗教じゃない」

「解らないな。益田君解るか」

解る解らないで云うなら益田は何ひとつ解らなかったのだが、しかし見当はついたから尋いた。

「僕は無信心なんですが――その、例えば神様と基督は別ですよね？　それでいて基督自体も信仰の対象になると――実際になってるのかどうか僕は知りませんが、そう云う意味ですか？」

「そうだね。基督の母であるマリア様の、そのまた母上まで信仰の対象になっているくらいだからね」

「お祖母《ばあ》ちゃんまで？　なる程。それからその、これも推測なんですが――それは例えば、身近な例で云うと大黒様《だいこく》みたいなものじゃないのですか？」

何でだ黒が付くからかと増岡は矢張り早口で云った。

「大黒様と云うのは名前に黒が入っているだけで黒くないだろう」

黒いですよと中禅寺が応えた。

「黒いのか。そう云えば黒いかな」

「あれは元元印度《インド》の恐い神様だとか聞きましたけど。慥か、日本に来てから七福神になったのでしょう？」

「そうだね。益田君の云う通り、大黒天は元は摩訶迦羅《マーハ・カーラ》と云う魔神だが――うん、近いと云えば近いようにも思うが――そうだな、でも、どちらかと云うと黒い聖母は――鬼子母神《きしもじん》に近いかなあ」

「あの、雑司が谷や入谷のかね？　黒い聖母が？」

増岡は人差し指で眼鏡を上げる。

「そうですね。黒い聖母と呼ばれる文字通り色の黒い聖母像は、世界各地にひっそりと祀られているんです。その数は百や二百じゃない」

「そんなにあるのか？」

「ありますね。それがなぜ黒いのか、教会側は未だにきちんとは説明できない。蠟燭《ろうそく》のすすがついただの、陽《ひ》に灼《や》けたところを表現しただの、誠にお粗末な解説を施している。ただ彼女達の起源や原型を何かに求めようとするならばそれは比較的簡単なことで、例えばマグダラのマリア同様『罪の女』と呼ばれ、彼女と事跡が混同されることが多い埃及《エジプト》人のマリアと云うのが居るし、それから東方《オリエント》の女神リリトやラミアー、シヴァの女王、中欧《ケルト》の母神達、希臘《ギリシア》、羅馬《ローマ》の神神――アルテミス、イシス。シンクレティズムの果てに複層的に増殖してしまってもう数も知れない程だ。枚挙《まいきょ》に暇《いとま》がない程思いつく」

そんなこと思いつくのは中禅寺さんくらいのものですよ、と益田が云うと、増岡もそれには激しく同意した。

「少なくとも私はひとつも思いつかないから益田君の云う通りだな」

思いつかない方がどうかしていると僕は思いますと、中禅寺は同じ口調で云った。

「否、中禅寺さんそれはそれとして――要するに黒い聖母信仰と云うのは、基督教以前の信仰の残留、或はそれ以外の信仰の混入だと、そう云う意味ですか？」

「それ程単純なものじゃないけどね。いずれ基督教と云う堅牢な構造を持った宗教が完成しなければそう云う形には醸成されなかった筈だし、仏教のそれとは少し違うよ。素型となった先行する信仰がそのまま取り込まれたのかと云うとそんなこともない。実際、それら原型となった古《いにしえ》の超越者達自体は、多く神と敵対する所謂悪魔と見做《みな》されてしまった訳だが、黒い聖母はそうではないからね」

「原型はあくまで原型でしかないと？」

「そう。色が黒い女神像と云う形態は、矢張りそうした先行する別の信仰の残滓《ざんし》なのだろうが、それに仮託する形で黒い聖母は独特《オリジナル》の主張をしている。そこで、ひとつだけ云えることがあるとするならば、黒い聖母崇拝が一般的に確立するのは、例えばさっきのテンプル騎士団やグノーシス派やカタリ派と云った異端派が弾圧されて滅んで以降らしい——と云うことだね」

「どう云う意味があります？」

「それまでも異端の者どもの陰には黒い聖母が垣間見えていた。そして異端派が滅んで後、それまで彼等が一身に抱えていた黒い聖母信仰は民間信仰に姿を変えて一般の信者の中に拡散した——」

増岡は真面目な面持ちで話を聞いている。
意外にこう云う話が好きなのかもしれぬ。

「——仏蘭西の秘密結社ノートル・ダム・ド・シオン・プリウレは、黒い聖母をイシス神と同一視して『光の聖母』と呼んで崇拝しているが、彼等はメロヴィング朝の復興を目指すのと同時に、女性の人権獲得、地位向上のために戦っているのだと云う。シオン・プリウレは所謂《いわゆる》基督教の異端とは違うものだが、最大の異端と呼ばれるカタリ派にしろグノーシス派にしろ、異端は概《おおむ》ね基督教の切り捨て来たもの——女性原理を信仰理念のどこかに持っている。それ故に異端と呼ばれる場合も多いのだが、それにしてもそれは黒い聖母信仰と無関係ではない」

「女性——原理ですか。まあ、基督教は父権体制とか云いますよねえ。善く知りませんが」

益田の脳裏には美江の顔がちらついている。

「限定してはいけないがね。つまり黒い聖母と云うのは古の異郷の神神が基督教に取り込まれたと云うような単純なものではなく、基督教に欠落した部分——例えば女性原理のようなものを補う装置として必然的に誕生したものなのだ。堅固な教義に塗り固められ、噴出する場を失った小さな矛盾が、場違いに黒い異形の像から沁み出して来たのだね。これは鉄壁の構造を構築してしまった教会側から見れば当然公式に認める訳には行かない異物の筈だが、宗教として均衡《バランス》を取るための安全装置として黙認せざるを得ないものでもあったのだろう。攻撃の対象たるべき邪悪なるものから黒い聖母は少しばかり外れていて、結果容認されたんだ」

「容認されたんですね。見て見ぬ振り」

「まあ、容認されたのだ、と考えていいのじゃないだろうか。その代わり、黒い聖母以外の黒い聖母的なものは、例えば魔女だの奢覇都《サバト》なんかもそうなんだが、徹底的に、臓躁的《ヒステリック》に弾圧された」

「魔女狩とかですね」

「ただ一口に基督教と云っても色色だからね。新教旧教正教と皆違う。女性原理の見直しも最近は頻繁《ひんぱん》に行われているしね。それに黒くない方の聖母信仰だってある意味で同じような構造を持っている訳だが、こちらに対する考え方も千差万別だ。ただ黒い方の聖母はそんな中でも置き去りにされている感がある。黒き聖母達は、神になることも叶わぬ神であり、悪魔になることも許されぬ悪魔なんだ。当然のように善い噂も悪い噂も立つんだ」

「その悪い噂が立っている訳だな」

「そこですよ増岡さん。日本に黒い聖母が渡って来たなんて話は聞かないんだ。あれは、善きにつけ悪しきにつけ、黒い像が先ずあって、それで初めて生まれる信仰であり伝承なんです。好《す》き好《この》んでそんな半端なもの持って来る訳がない」

「いや、そう云う像が事実あるのだそうだ」

「それは——珍しい」

中禅寺の眼に好奇の色が浮かんだ。

「見てみたいとは思わんか中禅寺君」

「その手には乗りませんよ増岡さん」

「用心深いな。まあいい。君の講釈は面白いから、ついつい聞き入ってしまうが――」

矢張り増岡は面白がっていたらしい。

「――そう云うことはさておき、その黒い聖母が犯人だと、目撃した少女のひとりは証言している」

「目撃者は三人なのでしょう？」

「妖怪――犯人らしき者を見たのはひとりだ。正確には二人で見たらしいのだが、二人のうちのひとりは否定している。残りのひとりは見ていない」

「どちらかが嘘を吐いていると？」

「それがどちらも嘘を吐いていないらしいのだ。妖怪を目撃した二人のうちのひとりは、熱心な基督教の信者でね。そのような冒瀆的なものは存在する訳がないから、自分の眼の錯覚だ、気の迷いだと、そう云っているらしい」

「なる程」

「警察は否定している娘の証言を採用したようだ。当然だろう。妖怪が犯人じゃ、捜査も逮捕もできん。それにその娘は学院の生徒総代みたいな優秀な娘だそうで、しかも驚いたことに――織作の四女だ」

「織作家の——娘が？」

四女。美江の云っていた女性の妹と云うことだろう。

「どう思う？」

増岡は長い顔を突き出した。

「僕に意見を求めないでくださいよ増岡さん。榎木津に頼むんでしょう？　何と頼むのかはこっちが尋きたいくらいですよ」

「あの男には何と頼んだって一緒だ。引き受けたってどうせ好き放題やるだけだからな」

ならば頼まなければ良いと益田は思う。

「犯人を挙げたいのですか」

「違うよ。学院を覆う不穏《ふおん》な空気を一掃したい、と云うのが勇治氏の御意向だ」

「同じことです」

「同じ——かな」

「同じです。それにしても僕は得心が行きませんね。柴田勇治氏はもうその学院の理事長ではないのでしょう？　柴田財閥の長ともあろうご仁がそんな学校のことになぜそれ程固執するのです？　織作家への配慮ですか？」

「それには幾つか理由がある」

増岡はそこで人差し指を立てた。

「ひとつ。先ず勇治氏はその立場に似つかわしくなく——こう云う表現は少し不味いな。その立場に阿《おも》ねることなく、未だに大変誠実な人柄であると云うこと。実際彼は義理人情に厚く責任感も強い。その実直な性質は財閥の長として相応しくない、つまり商売に向いていないと危惧する声が一部で上がった程だ。だから仮令数年義務的に勤めた職場でも縁があると仰る。あの学校には特に思い入れが強いらしいね。捨てておけないと云っている——」

「ほう」

増岡は立てた指を二本にする。

「ふたつ。聖ベルナール女学院は一応名門と謳《うた》われている。学院には政財界の要人の令嬢も多く在学している。つまりその中には柴田グループに深く関わる者の家族もかなり居ると云うことだ。しかも創立者はグループの中枢である織作家の先代で、現在経営には柴田本体が関わっている。そうした学院内でのこうした不祥《ふしょうじ》事は、結果如何《いかん》によっては由由《ゆゆ》しき問題に発展し兼ねない——」

「ふむ」

増岡は三本目の指を立てる。

「みっつ。勇治氏の後任の理事長である織作是亮は無能だった。これだけの大事件が発生したにも拘らず警察、報道、生徒の家族に対する対応は全く以て不首尾《ふしゅび》の連続だったそうだ。そこで勇治氏が直直《じきじき》に学園に赴き、ことの善処に当たることになった訳だな」

「調査ってどうするんです？」

「勇治氏の話に依ると是亮は、独自の情報を摑んでいるからすぐに事件は解決するだろうなどと嘯《うそぶ》いていたそうだが、何、見栄だな。そんな渦中にあって、織作雄之介まで死んでしまった――」

「大変だ」

中禅寺は素っ気ない。

増岡はそこで少し口の端を持ち上げて、笑っているのか凄んでいるのか判らない表情を作り、いや、まだあるんだ、と云って間を置いてから、

「これからが肝心なのだ。これはまだ発表されていないことなのだが――」

と云って、そこで一度益田を横目で見た。そして珍しくゆっくりとこう続けた。

「――昨日、織作是亮が絞殺魔に殺害された」

「どこで」

「自宅だ」

「死因は」

「本田と同じ。頸動脈破裂、頸椎骨折、窒息」

「は！」

中禅寺は急に投げ遣りになって、両手を後ろに突いて上を向いた。

「なぜそれを先に云わないんだ増岡さん」

「昨日の今日だ。柴田側も是亮殺害に関してはまだ詳細な情報を摑んでいないのだ。それに畢竟《ひっきょう》、物事は順序が肝心なのだと君は善く云っていたじゃないか中禅寺君」

「順番は大切ですよ増岡さん。しかし、時系列順に並べればいいと云うものではない。あなたが学校のことばかり云うから僕は学校の事件だと思って聞いていたが、それじゃあ違うのじゃないですか」

「違うかな？　本田は教師で是亮は理事長だ」

「黒い聖母が出張して殺人を犯すんですか？」

「そうだ——と云う者が居るのだそうだ」

「何ですって？」

「それも黒い聖母の仕業だと云い張っているらしいんだよ。その、聖母を目撃した娘が」

「教師殺しの犯人は聖母だと主張した娘ですか？」

「ああその娘だ。彼女はこう云っているらしい。それも黒い聖母の仕業です——私が頼みました、とね」

「頼んだ？」

「さあ勇治氏はそう云っていたな。何が何だか解らんだろう？　私も今朝電話を受けた時は相手が勇治さんでも腹が立った程だ」

「頼んだ——黒い聖母に殺人を依頼したと？」

「判らんね。ゆっくり考える暇もないのだ。本田が殺されて十日、雄之介氏が亡くなってまだ四日だ。一昨日は雄之介氏の葬式だったのだよ。私は社葬の方に出席すると云って断ったのだが、まあそんなことはどうでもいいのだが——是亮が殺害されたのは葬儀の翌日、昨日の真っ昼間だ。午後に凶報を受けた勇治氏は早速独自調査を開始し、ご自分は学院に赴《おもむ》かれた。本田が殺されてから学内の秩序は乱れ、親元からは経営陣に不信表明が出て、最悪は閉校も考慮に入れねばならぬと云う状況だったらしいからね。理事長殺害の衝撃度は大きい。如何にして生徒達を動揺させずに情報公開するか、緊急職員会議を招集したのだそうだ。その席上に件《くだん》の娘がやって来て、まあ直訴《じきそ》だか自首だかをしたのだそうだよ」

「妙な話ですね」

「さっきも云ったがこの是亮殺害に就いては情報が足りない。その辺の経緯に就いては若干の前後はあるかもしれないが——まあ警察が犯人を挙げたところでこの学院を覆う不気味な霧は晴れないだろう、と——勇治氏は仰るのだ。ついては、かの榎木津大先生に御出馬戴いて——」

そこで増岡は急に黙って、中禅寺を斜《はす》に横睨《よこにら》みすると、

「——浅はかだったな私は。これは君の仕事だよ」

と云って、ぽんと手を打った。

　中禅寺は陰険な目つきでそれを受けた。

「どう云う意味です増岡さん」

「晴らすと云うなら君だよなあ中禅寺君。お祓いは君の専門なのだろう。何、事件は解決せんでもいいのだ。学院に巣食う不穏な状況が一掃されればそれでいいのだ。君が適任だ」

　増岡はそう云ってもう一度手を打った。

「待ってくださいよ。その学校、生徒は何人いるのですか」

「二百人くらいだろうな。教職員も結構居るよ。今、名簿を持っているから、見たいならどうぞ」

「二百何十人分の祈禱料は誰が払うのです」

「高額か？　大丈夫、柴田財閥が雇い主だ」

「榎木津の探偵料の六万倍は戴きますよ。否、そう云う問題じゃない。幾ら積まれたって僕は御免だ」

「宗旨が違うのか」

「主旨が違うのです。僕はそう云うのを仕事にしてる訳じゃないのです。まったく、坊さん三十五人の次は女学生二百人ですか？　真っ平御免だ――」

　中禅寺は髪を掻き上げた。坊さん云云《うんぬん》と云うのは多分箱根の事件のことで、その時も彼は只働きに近かったらしい。

「大体増岡さん、あなたはそうやって振れば終いだと思っているからそうして必死に振りたがるがそりゃ無責任でしょう」

「無責任ではない。私は雇い主に『武蔵野の事件を解決に導いた人達』に今回の事件を委《ゆだ》ねたいから仲介してくれ、と頼まれただけだ。私の仕事は君達にことの次第を話して仕事を依頼するところまでだから、全然無責任じゃないのだ。寧ろこれを伝えなきゃ責任が果たせないことになるんだ。まあ君は最初から引き受けないだろうと考えたから榎木津のところに行っただけだよ。君でもいいんだ。関係者であれば誰だって構いはしない。寧ろ君達が引き受けてくれないと云う状況が到来した場合にのみ、私の責任問題は発生するのだ。だから引き受けてくれ」

「厭ですよ。榎木津には頼んでみますが」

増岡はそうか、まあそう云うと思ったが、と潔く諦めた振りをしてもう一度頼んだが、中禅寺は取りつく島もないと云った素振りで、けんもほろろに断った。

増岡は心なし落胆して、榎木津君は引き受けるかなあと力なく云った。中禅寺は恐い顔のまま、榎木津は女学生が好きだから行くかもしれませんがねと云った。冗談か本気か判ったものではない。

「そうか。榎木津君は女学生が好きなのか。じゃあ引き受けてくれるな?」

増岡の糠喜《ぬかよろこ》びはすぐに却下《きやっか》された。

「知りませんよそんなことは。僕はあなたに『榎木津に話を伝えてくれ』と頼まれただけだ。僕の仕事は今の話を丸投げであの探偵に話すことだけです。それであいつが断ろうと逃げ出そうと僕の責任じゃないのでしょうし」

「厭な男だな相変わらず」

「御互い様ですよ。ところで益田君。君は何をしにくっついて来たのだね？」

「はい。それがその――」

話し悪《にく》いことこの上ない。増岡の持ち込んだ事件《はなし》に比べて、益田のネタはスケールも小さく、起伏もなく感動もなく、面白くも何ともない。

「――その、去年の夏頃小金井で男の人が失踪しまして、それが千葉の目潰し魔の事件に関わっているかもしれず、探して欲しいと――」

榎木津の纏《まと》めた通りのことを手短に云った。慥かにそれで済む程の単純な話なのだ。

「――僕は探偵助手の座を獲得するためにその男性を二三日中に見つけなければならなくて、ただ榎木津さんは捜査だの聞き込みだの――」

「そう云うことは馬鹿か警察か変態しかやらないとでも云ったのだろうね。きっと」

中禅寺は益田の言葉を遮《さえぎ》ってそう云った。榎木津の発言は『犬か刑事か変質者』だったのだから、殆ど合っていると云っても良い。世界広しと謂えども榎木津の言動をここまで正確に読めるのはこの男ぐらいのものだと益田は思う。

既に気落ちして帰り支度すら始めていた増岡が、そこで鼻息を荒くして云った。

「おい待て益田君。そう云うことこそもっと早く云うことだ。何だ、目潰し魔がどうしたって？　それで君は気にしていたのか。その事件と云うのは、学院の女教師殺害事件のことではないのか？」

「それが学校の先生の事件の方じゃないのです。被害者は酒場の女主人だとかで、素人売春の元締だとか違うとか——」

増岡はふうん、と云ってまた座り直した。

益田は固有名詞を伏せて、もう少し詳しい事情を話した。瑣末《さまつ》な事件に匿名性《とくめいせい》は馴染《なじ》む気がした。

忙しい筈だった増岡は、何故かすっかり落ち着いてしまい、長い顔を捻《ひね》りながら益田の話を熱心に聞いた。見掛けに寄らず野次馬《やじうま》なのだ。中禅寺の長い講釈が好きだったりするところから考えても、まず変わった男であることは間違いなかろう。

美江のことを話すと増岡は、

「ああ私はね、彼女達の理屈は判るが、あの臓躁的《ヒステリック》な態度が厭だな。何とかならぬものかと思うね」

と云った。

中禅寺は空《す》かさず、

「馬鹿なことを云うな増岡さん。彼女達をそうさせているのは、我我男じゃあないか」

と云った。増岡は勿怪《もっけ》顔になる。

「君は――女性崇拝者《フェミニスト》なのか？」

「勿論僕は女権拡張論者《フェミニスト》ですよ」

中禅寺の回答に増岡は、人は見掛けによらぬな、と云って納得したが、二人の会話の間には少なからず齟齬《そご》があるように益田には思えた。

そこで益田は織作葵の名を出した。

中禅寺は兎も角、増岡は吃驚《びっくり》したようだった。

「君はそれで織作の名前に反応したのか。なる程、それは三女だな。慥か婦人運動をしているとか云う話を聞いたことがある。それにしても」

「偶然――ですよねえ。実に、奇遇だ」

目潰し魔に織作家と、共通項が二つも出て来る。不思議なことだと益田が云うと　中禅寺は再び片眉を上げて、

「益田君。世の中は凡《すべ》て偶然で出来ているのだ。驚くまでもないよ」

と云った。

「そうですか？」

それでは――必然や蓋然の立場はどうなる。

「ただ、人間と云うのは小賢《こざか》しい生き物だから、それでは納得できないのだ。そこで人は、明瞭《はっきり》とした像《かたち》を造りたがる。蜘蛛が巣を張るかのように、朧《おぼろ》げな偶然と偶然の点と点を線で結ぶのだ。綺麗な像になった場合を必然と呼び、歪《いびつ》な像になった場合を蓋然と呼ぶ。ただそれだけのことだ。その蜘蛛の糸――理《ことわり》を外してしまえば、世界は混沌とした偶然の集積に外ならないのだよ」

「そうですかね」

「そうさ。蜘蛛の糸は通常暈《ぼや》けていて、これが明瞭《はっきり》見えるものを合理的認識《サイエンス》と呼び、全く見えぬものを隠秘学《オカルト》と呼ぶ。隠秘学はだから非合理的認識ではないし、科学と魔術も相反するものではなくて、それは本来その程度しか違いのないものだ。見えた方が善いか見えぬ方が善いか、巧く使い分けねば世界を見誤るがね」

「つまり全く関係ない筈の僕の話と増岡さんの話から、目潰し魔と織作家と云う共通項が摘出《てきしゅつ》されたことも、別に驚くに値《あたい》しないと云うことですか？」

「そうだね。ただ」

「ただ？」

中禅寺は眼を細めて、

「その偶然――既に蜘蛛の巣の上に乗っちゃあいないか？」

と云った。

「どう云う意味です？」

「誰かの引いた図面の上に並んだ偶然——と云うこともあると云うことだよ。この場合、偶然は偶然なのだが、それは既に見えないところでは必然になっている。その可能性は——あるかもな」

益田には意味が解らなかった。

「それはつまり、その依頼人が榎木津さんのところを訪れたのも、僕がその話を聞いて、柴田某に命令された増岡さんと一緒にここを訪れたのも、凡て誰かの画策した何かの計画の一環だと？」

そんな訳はない。それらは偶偶《たまたま》以外の何ものでもなく、益田の選択は益田の自由意思に因るものだ。

第三者の介入する余地はない。

「それはあり得ませんよ中禅寺さん。僕がこちらにお邪魔したのは成り行きで、増岡さんがこちらに来ることになるまでずっと迷っていたんです。来ていなかったかもしれない。否、増岡さんとだって偶偶お会いした訳だし、そもそも上京したのが今日だったのも単に引き継ぎの問題で——」

「そう云うことは大きな問題ではないのだよ」

中禅寺は懐手を出して顎に指を当てた。

「例えば君がここに来るかどうかの確率はどれだけ君が煩悶《はんもん》しようと五分と五分。躰半分だけ来ることなどできないから、確率に変化はない。そして、君の行動と云うのは君の意向如何《いかん》に拘《かかわ》らず、殆どが外的条件に拘束されている。君は君の意志を以て行動していると思い込んでいるが、意思決定をするための条件の多くは君が決めたことではない。君は事実、成り行きだと云っている」

「しかしここに来るかどうかは僕が決めたことです」

仮令気紛れ思いつきであっても、判断したのは自分である。

「そうかな。君は、その多くの条件に鑑《かんが》み、それ程多くない選択肢の中から君にとって最良な、或は最良と思われるようなものを選ばされたに過ぎない。巫山戯《ふざけ》た探偵だの、困った依頼人だの、世話好きの秘書だの、命令を受けた弁護士だの、そうしたものが周りに居て、初めて君は僕のところに来る気になった訳だから、それのどこまでが君の意志かなど解ったものではないよ」

「しかし中禅寺さん。仮令それが僕の意志でなかったとしても、僕が増岡さんと会ったのは矢張り偶然なんですよ。会わなかった可能性もある」

「勿論そうだ。しかし君が居なくても増岡さんの持ち込んだ話とその依頼人の持ち込んだ話は遅かれ早かれ榎木津のところで交差する」

「それはそうですが——しかし増岡さんは——」

「彼だって彼の意志でこんなことをしている訳ではないよ。彼は多忙な中、厭厭《いやいや》この仕事をしている」

「その通りだ」

「じゃあ――待ってください。僕が増岡さんと会う以前に単独で調査に出てしまっていたらどうなります？　この二つの話は絶対に交差しない」

「絶対と云うことはないだろうが、まず暫くは嚙み合わないだろうな。だがね、益田君。例えば、それがそこまで読んだ上で組み上げられた設計図だったとしたら――どうだね？」

「は？　不測の事態も計算に入れた筋書き、と云うことですか？」

「そうだ。さっきも云ったが、君のここに来る確率は精精五割。読めぬ割合ではない」

「それは――そうですが」

「それ以前に、君辺りがどう動こうと何を考えようと、大勢には影響がなかった、関係なかった――と云うことなんだろうな。君は偶《たま》さか本日上京したのだろうし、個人的な事情で榎木津の事務所に行ったのだろうから、それは矢張り偶然なんだろう。いや、寧ろ益田君の乱入は、未知だったに違いない」

　中禅寺は眉間に皺を寄せた。

「しかし、未知の偶然すら巧く取り込めるような構造を持った絵が描かれていた――としたら？」

そして深刻そうにその皺に指を這わせる。

「その依頼人の持って来た情報と、増岡さんの持って来た情報が、どのような経緯をとっても、いつか誰かの許で交差しさえすれば善かった——と云うことなのか。誰がどう動こうとそれは凡て計算の内で、この偶然の裏には偶然を装い偶然を利用して二つの情報を交差させようと云う——意志があった」

「何が云いたい中禅寺君」

増岡が早口で尋いた。

「いいえ。これは単なる予感に過ぎない。蓋《ふた》を開けてみるまでは何がそこにあるのか解りはしません。だが——これは——いや」

中禅寺は考えている。その心中は益田には計り知れない。

益田はどんどん不安に陥る。眼の前の現実が自分のものでなくなるような儚《はかな》さを覚える。

「二つが交差したところに——何が浮かぶ？」

「織作家と、目潰し魔かね？」

「否。そんなものじゃないでしょう。それでは底が割れている——益田君」

「な、何です？」

「その依頼人の御婦人の名は？」

益田は一瞬躊躇《ためら》う。

探偵に守秘義務《しゅひぎむ》と云うのはないものか。榎木津なら——迷わず云うだろう。

「杉浦美江——さんです」

「杉浦さんか——字は？」

「杉の木の杉、浦島太郎の浦、美しいに江戸の江」

「増岡さん、聞き覚え見覚えは？」

「知らないね」

「尋ね人の方は？」

「す、杉浦隆夫——隆《りゅうび》鼻術《じゅつ》の隆に夫」

「増岡さんそちらは？」

「知らんな——待て。待て待て。杉浦？　隆夫か。ええと、おやおや、その名は聞いた覚えがある。ええと——」

増岡は海苔《のり》のような眉毛を歪《ゆが》めて考えている。益田はその口から出される結論が——少し恐い。

ああ表札だと増岡は短く叫んだ。

「表札を見たんだ。小金井で」

「何だ、それじゃあ——」

ならばそれこそ偶然だ。

「それじゃあ関係ないでしょう。慥かに杉浦さんは小金井町に住んでいたそうですが、増岡さんがどの道を歩き、何を見て、その上見たものを記憶するかどうかなんて、それこそ誰にも判らない。予め計算に入れておくことは出来ないでしょう？　今度こそ正真正銘の偶然でしょう。考え過ぎですよ中禅寺さん」

「そう――でもないよ。それに」

「え？」

増岡はまだ考えるのを止めていなかった。そして益田の安心は短い時間のうちに覆《くつがえ》された。

「――否、違うよ。そうじゃない。判った」

増岡は矢張り早口で考えたらしく、大慌てで鞄《かばん》を開けて、中から閉じた書類を出した。

「これだ。ここで見たのだ。何か字面《じづら》に見覚えのある名だと思っていたんだ。小金井で見た表札に出ていた名前と同じだったから目についたのか――否、そうでなかったとしてもいずれ判ることとなんだな、これは。綿密に見さえすれば誰にでも」

「小金井と云うと前回の事件の際の？」

「そうだ中禅寺君。私が足繁く通ったあの家の傍《そば》のね、門に掛かっていた名だ。これだ、これこれ」

増岡は書類を捲《めく》り指差した。

「それは？」

「これは君、『聖ベルナール女学院』の職員と在学生の名簿一覧だよ。ほら見ろ益田君。ここだ――」

増岡はやや興奮している。

「厨房棟臨時雇用職員。雑務だな。給仕かな。ここにある。書いてあるじゃないか」

杉浦隆夫、三十五歳。昭和二十七年九月採用。

――居た。

「何て――ことだ」

杉浦隆夫がこんなところに居た。

これが同姓同名の別人でない限り――真実益田は小金井にも興津町にも行かず、聴き込みもせず、僅か数時間で目的の男に辿り着いたことになるのだ。

これは偶然であり、
そしてその偶然は必然であると、
雄弁で不機嫌な男は語っているのである。

益田はぞくぞくと悪寒を覚える。

自分が真実《ほんとう》は己の意志を以て行動しているのではないのだとすると――。

そして、凡ての偶然を並べ操《あやつ》る超越者が存在するのだとするならば――。

それでは益田など糸のついた操演人形《マリオネット》のようなものではないか。自我などないに等しい。

偶然を操れる者は、それは——神である。

蜘蛛の巣の如き理の中心に在って糸を手繰《たぐ》る者は、

——それは蜘蛛か。

「本当に——尋ね人と同一人でしょうか」

「もし別人だったなら、その時は堂堂と奇遇だと云い賜《たま》えよ。益田君。これは偶然であって

矢張り偶然ではないよ——これは」

中禅寺は酷く凶悪な顔になって黙った。

増岡が云った。

「それにしても記述が少ないな。住所も本籍も記されてない。それに、何でこんな半端な時期に採用されたのだ？　中途採用だって普通募集するのは年度替わりだろう。誰かのコネクションを使って就職したのかな。どうも不審だな。確認してみる必要はあるかな。うん？

否、おい、これは私の仕事じゃないじゃないか！」

増岡はついつい引き込まれている自分に気づいたのか、慌てて頭《かぶり》を振った。

「そうとも限らないですよ増岡さん。この杉浦と云う人はまだ若いじゃないですか。あなた先程、殺された本田教諭は四十六歳で、学院に奉職する男性の中では一番若手だとか説明してくれたが」

「それは教師どもの話だ。これは用務員だから——までよ。こんな若い男が学院内に居るんだな。つまり——おい、中禅寺君、君はこの男が殺人犯だとでも云うのじゃないだろうな。こいつがもし益田君の探している男なら、目潰し事件の方の——」

「それですね」

「何がどれだ？」

「杉浦隆夫を疑え。それが用意された結論だ。意図は未だ不明だが、この杉浦隆夫こそがこの段階での結論でしょう」

「この段階？」

「これだけでは多分何も見えないんだ。これも——いずれ何かの布石《ふせき》に過ぎないんですよ。僕等は三人とも知らず知らずのうちに誰かの張った——」

中禅寺はそこで益田と増岡を順に見て、

「——網に掛かっているようだ」

と、云った。

益田は額の汗を拭った。

*

女の、さめざめと啜《すす》り哭《な》くような哀切な湿《しめ》り声を耳にして、男は少少苛立《いらだ》ち、思い切り板の間を叩いて、止《や》めい止めい、何が其《そ》の様《よう》に気に要らぬのじゃと、板戸も軋《きし》む程の大声を出して、女の居る方を向くに、蠟燭《ろうそく》の燈《あかり》もちろちろと艶《なまめ》めかしく、女の白い肌を紅《あか》く染めて、幸《さち》薄き女が一層に儚《はかな》く見える。

怒りも苛立ちも何処《どこ》かに消え失せて、男は再び女の傍《かたわ》らに寄り添い、その瘦せた肩先に厚い掌《てのひら》を乗せた。

女は※男の手をするりと抜けて、旦那様、この金子《きんす》は何でござります、何故斯様《かよう》な真似をされますのじゃと、枕元の金の束を、恨めしそうに眺め遣り、一際悲しそうに男を見返した。

「何を気に病むことがある。それは己にくれた金。雨漏《あまも》り隙間《すきま》風容赦のない安普請《やすぶしん》、修繕《しゅうぜん》に当てるも良し、滋養《じよう》のつくものを喰うも良し、べべの一枚も買うたが善かろう」

「妾《わたし》に金子を戴く謂《いわ》れはのうございますれば、お返し致しとうございます」

「何の謂れのないものか、仮令《たとえ》一夜の契りとて、已今までこの儂《わし》に、その身を委《まか》せて居たではないか。其の上何をこの儂が、一旦出した金子をば引き取り、はい左様《さよう》ならと帰れると思うか」

女は夜具に両の手を突き、憤る男に頭《こうべ》を垂れる。

「今宵は旦那様の如き、思いも寄らぬ御立派なお方のお情けを頂戴致しまして、妾はそれだけで、十分嬉しゅうございます」

「生意気な口を利く女《あま》よ。己、村の男衆《おとこし》から泡銭《あぶくぜに》は巻き上げても、この儂の施《ほどこ》しは受け取れぬと、そう云い張るか。村村の男ども、一夜と開けずこの小屋に、夜這《よば》いに通うは知られた話。この儂が知らぬと思うてか」

「夜這いは夜這いでございます」

女は僅か顔を上げ、上目遣いに怖《お》ず怖《お》ずと、男の顔をば見上げ云う。

「枕を交わすも情あればこそ。妾は、村の男衆の、沢山の情をば頂戴《いただ》きまして、こうして細細と生きて居るのでござります」

男は女の前に立ち、そのまま女を見下した。

「好きで抱かれるおひきずり、蕩婦《ぐろう》くされめと認めたか。そこまで己を辱《はずかし》め、それでも金子が取れぬとは、どこまで儂を愚弄する気か」

愚弄など滅相《めっそう》もございませんと、女は額を夜具に擦り付ける。

「仮令《たとえ》窮《きゅう》して居りましょうとも、白首《しろくび》淫売婦ではござりませぬ。男衆からは御銭《おあし》など、一切貰うておりませぬ」

嘘を申すな片腹痛いと男は女を罵った。

「綺麗ごとを申しても情けで腹は膨れぬわ。白首でなければ物乞《ものごい》か」

「何と蔑《さげす》まれましょうとも、夜這いは夜這いでございます。蓐《しとね》を共にしますのは、妾の気持ちがな、つ、たから。厭なら否と申します。作法通りに拒むなら、どなたも無理は通しませぬ。男衆が通うてくれるのは、妾も嬉しゅうございます。何処《いずこ》の村でもあるような、只の夜這いでございます。春を売っては居りませぬ」

「それは初耳、聞かぬこと。淫売淫売と口汚く、己の噂は轟《とどろ》いておるぞ」

「余所者《よそもの》でございます故、悪しき噂は後を絶ちませぬ。土地のお方に逆ろうては、此処《ここ》での生計《たつき》は成り立ちませせぬ」

「ええい、ならば己は矢張り淫売よ。何と云い訳しようとも、躰を売りよるのに変わりはないわ。仮令金など取らずとも、金の代わりに貰うておるわ。土地に住むため、暮らすため、村に居ついて居るために、抱かれているに他ならぬわい」

それは違います、違うのでございます、どうぞお解りくださいと、女は尚も云い続け、男は漸《ようよ》う嫌気が指して、荒荒しくも立ち上がる。

「最前から聞いておれば、彼《あ》れや是《こ》れやと戯言《たわごと》を。いずれ誰ぞの囲《かこ》い女よ。主《ぬし》から手当ては貰うても、儂の気持ちは受け取れぬとは、憎らしい姦婦《かんぷ》め」

云うが早いが乱暴に、厭がる女を押し倒し、押えつけては二度三度殴り、終《しま》いに男はこう云った。

「解らぬならば教えてやろう。己が如何《いかが》思うておろうとも、それは関わりなきことじゃ。斯様な暮らしをしておれば、誰が見たとて聞いたとて、春をば鬻《ひさ》ぐ淫売じゃ。金を取ろうが取るまいが、それは変わりのないことよ。村の男衆も誰も彼《か》も、己のことを淫売と、思うて通うに違いない。善いか善く聞け、真実《まっこと》己が金を取らぬと云うのなら」

——己は無料《ただ》の淫売だ。

女は見る間に色をば罔《な》くし、為すが儘《まま》に躰を委《まか》せ、

男が帰ったその後に、涙も枯れて——。

首を縊《くく》った。

5

煙草《たばこ》の脂《やに》や埃《ほこり》が油膜の表面に付着しているだけの汚れた硝子《ガラス》扉が、光の加減で美しい琥珀《こはく》に化けて、木場はつっ伏して、朦朧《ぼんやり》とそれを眺め続けている。

店の中は淡昏《うすぐら》くて、妙に温かで、微温湯《ぬるまゆ》に浸《ひた》っているような安堵《あんど》感と不快感を均等に与えてくれる。

暹羅猫《シャムねこ》のような顔をした女主人は、射竦《いすく》めるような、それでいて人懐こい眼差しで木場を見つめて、僅《わず》か笑ってから、黙《もく》したまま安い冷酒を注いだ。

木場はカウンターの上を引き摺《ず》るようにして顔を上げると、杯を手にして、手前《てめえ》幾つになった、と尋《き》いた。女主人は、今度はどこか憂《うれ》いの籠った視線を木場に向け、口許だけで笑みを作って、

「女にね、齢《とし》を尋くもんじゃないよ」

と云った。

木場は、けっ気取るんじゃあねえや、手前が女だったと今知ったぞ馬鹿野郎、と必要以上に毒突いてから、乱暴に杯をぐいと空けて、またつっ伏した。

池袋の場末の酒場である。客は木場しかいない。

店の名を『猫目洞《ねこめどう》』と云う。名に洞とある通り、地下室の、陽の当たらぬ、狭い酒場である。戦後間もなくにはもう在ったから、もう七八年は営《や》っていることになる。主《あるじ》はまだ若い女で、若いと云っても開店当時から居るのだから三十は越している筈なのだが、童顔で、見ようによっては十代に見えぬこともない。背丈の低い所為《せい》もあるが、可愛らしい顔つきと、くるくる変わる表情が何より年齢を暈《ぼや》けさせている。店名の猫目と云うのも、この女主人の表情が猫の眼のように善く変わることに由来している。本名は誰も知らないし、素姓も年齢も誰も知らない。

女主人は潤《じゅん》だとか潤子《じゅんこ》だとか呼ばれている。

木場はこの店の、あまり通わぬ——常連である。

実際滅多に来ないのだが、来れば昨日来たように振る舞う。主も、仮令《たとえ》一年振りのお越しでも、木場にはまるで、今朝会ったような口を利く。

木場は今、何をするべきか迷っている。

行動方針が定まらない状態は、苦痛だ。

木場は図体の割りに手先が器用だし、厳《いかめ》しい顔の割りに計算も早いが、それでも矢張り不器用で馬鹿だから、相談事と云うのが出来ない。察してくれる友はいるが、察して貰っていることを察することが出来ないから、木場は戸惑うばかりである。そう云う時に木場は、思い出したようにこの店を訪れる。

——馬鹿野郎。

何を罵倒《ばとう》しているのか解らない。

川島新造が指名手配になった。左門町目潰し殺人事件の重要参考人である。旧知の間柄と云うことで木場は捜査の本線から外された。仕方があるまい。

——女に、蜘蛛に尋け。

何を尋けと云うのだ。

前島貞輔の書き写した『蜘蛛の使い』の連絡先は騎兵隊映画社のものだった。張っていた四谷署の刑事の目前で川島は女の首を絞め、殺し損ねて逃走した。川島新造が何等かの形で前島八千代殺害事件に関与していることは九分九厘《くぶくりん》間違いなかった。

——だが。

木場は何かが気に入らない。

疑念の対象は、例えば友人だからとか、動機がないだろうとか、既にその類のことではなくなっている。仮令どれだけ温厚な人柄であっても殺人を犯さぬとは云い切れないし、動機とて穿《ほじく》れば出て来ないとも限らない。ただ。

川島は自分の連絡先まで教えて、前島八千代といったい何を交渉していたのだ？　殺すのが目的だったのなら、簡単に身元が知れるようなことをするだろうか。杜撰《ずさん》だ。もし川島が犯人だとすれば、突発的に殺したとしか思えない。

川島と八千代の間に何か秘密の交渉ごとがあったらしいことは、貞輔の証言からも推測できる。電話のやり取りが証言通りなら、それは難航していたらしい。貞輔はそれを売買春の金額交渉だと云う。しかしそう云っているのは貞輔だけで、普通なら恐喝行為と考えるだろう。ならば密会も売買春行為のためのものではなく――仮令情交の痕跡があったのだとしても――それは本来商談のための密会だったとは考えられないか。客が娼婦を殺すのは得心が行かぬが、強請《ゆす》り集《たか》りと云うなら話は別である。交渉が決裂するなりして諍《いさか》いが起き、その挙げ句の殺人、と云う筋書きなら木場も納得できる。

――しかし。

どうやらそうではないらしい。

それに、衝動殺人であれ計画殺人であれ、遠からず自分の身元が割れるであろうことを、誰よりも川島は善く知っていた筈なのだ。それなのに川島は何の手も打たず策も講じず、のみならず騎兵隊映画社にのこのこ舞い戻っている。

幾ら何でも変だ。

川島は貞輔が連絡先を写し取っていたことを知らなかった――それはそうだろう。しかし八千代がその連絡先を誰にも漏《も》らしていないと云う確証も川島にはなかった筈である。大体現場に残されていた八千代の匂い袋の中には確乎《しっか》り書きつけの紙が入っていたのだ。これでは杜撰を通り越して馬鹿である。

四谷署の栄螺《さざえ》のような刑事——七条《しちじょう》と云う名だそうだ——が騎兵隊映画社に到着したのは木場が着く少し前で、その時は不審な雰囲気はなかったと云う。踏み込む直前に女——あの娼婦のような女——が怒鳴り込み、七条刑事は一旦踏み込むのを中止して様子を窺ったのだそうだ。暫く云い争う声が聞こえていて、あまりに様子が異常だったので戸を開けてみると川島が女の頸を絞めているところだったと云う。

七条の報告に依ると、川島は侵入して来た刑事達を見て一瞬鳩が豆鉄砲を食らったような顔になり、女の頸に手をかけたままの姿勢で、まるで考え事でもするかのように硬直してしまった——のだそうである。

川島が動かないので刑事達はそのまま暫く睨み合うようにして、間合いを徐徐に詰めた。

——川島新造だな。

——この野郎、殺人未遂の現行犯だ。

——女から手を離せ！　署まで来い。

——前島八千代殺害容疑だ。

それを聞くや否や、川島は納得したような顔をして急に女を突き放し、椅子だの机だのを蹴り飛ばして逃走——木場と遭遇——したのだそうだ。木場は多分、川島が硬直して刑事と睨み合っている間にあのビルに這入ったのだ。木場の聞いた女の悲鳴は、川島が逃走の経路を切り拓《ひら》くべく暴れた時のものだ。

川島が一瞬見せたと云う表情が木場は気になる。

何を考え、何を納得して——逃げた？

変だ、と思う。

——そのうえ。

現場への再訪。不要な密室。そして——。

——黒眼鏡だ。

あれ以来、木場は黒眼鏡を持ち歩いている。

——証拠。

現場からは複数の指紋が検出された。勿論、それまで平野のものと思われていた指紋も多量に採《と》れた。

しかし——現場に平野は居なかった。

否、それも決して平野に不在証明《アリバイ》があったと云う訳ではない。現場から出て来なかったのだから居なかったのだろうと、そう判断されたと云うだけだ。そこで——。

青木の意見が注目を浴びた。

そもそも平野は目潰し事件の犯人ではないのではないか。四つの現場に残された指紋は、凡《すべ》て川島のものではなかったのか。現場から出て来た唯一の男は川島だったのだから、それは即ち川島こそが真実の目潰し魔だったと云う証しではないのか。

追い討ちをかけるように、前島八千代殺害に使用された凶器は、他の三件の目潰し殺人に使用されたそれと同一のものと判断された。同一の形状の凶器ではなく、同一の凶器と判断されたのだ。

その根拠を木場は知らない。聞く気がしなかった。

こうして、川島の立場はあっと云う間に悪くなった。悪くなったどころではない。左門町事件と他の三件の犯人は同一人である——左門町事件の犯人は川島である——川島は目潰し魔である——と云う、考えようによっては乱暴な三段論法が、ほぼ結論として固定してしまったのである。

ただ、警察は早早と平野犯人説を世間に披瀝《ひれき》してしまっている。これだけ人口に膾炙《かいしゃ》してしまったものを今更あっさりと覆《くつがえ》したのでは幾ら何でも節操がない。事実平野が無実なら人権問題であるから、世論が警察を非難するのは火を見るよりも顕《あきら》かだった。どうせ非難されるなら逮捕してからで良いと判断したものか、或は万が一川島が犯人でなかった時のことを考慮したのか、新聞発表は、平野以外の者が犯行に関与している疑いが濃厚である——と述べるだけに止まり、川島の氏名等は伏せられた。先走って平野の時と同じ轍《てつ》を踏まぬようにしようと云う慎重な配慮の結果である。

用心深いだけで、木場は甚《はなは》だ気に入らぬ。

判らないのなら判らないと発表すれば良いのだ。

逆に川島だと断定するだけの根拠があるならそう云えば良い。警察が迷っていて、市民は何を信用すれば良いと云うのだ。及び腰で犯罪の取り締まりができるか——と、木場は大いに思う。審判《ジャッジ》はあくまで裁判所なのだし、警官は精精《せいぜい》兵隊なのだから、腰が引けていては社会秩序は維持できないと——やや過激なことまで木場は考えてしまう。勿論、得体《えたい》の知れぬ欲求不満の所為である。

——何か違うんだよ。

指紋の件ひとつ取っても話にならないと木場は思う。

騎兵隊映画社に残されていた数多くの指紋の中に、それまで平野のものと思われていた指紋——つまり現在は川島のものと思われている指紋は、ひとつもなかったのである。指紋自体が全くなかったのではなく、沢山残されていた指紋の中にその指紋だけがなかったと云うのだ。これは誰が見たって不自然なことではないのか。

その代わり——代わりと云うのも妙な云い方なのだが——騎兵隊映画社からは、四谷の現場から採取された複数の指紋の中の、平野のもの——川島のもの——ではないと考えられる指紋と一致する指紋がひとつ、多量に検出されている。

ならば、その指紋こそが川島のもので、平野のものと思われていた指紋は矢張り平野のものだったと考えるのが普通ではないかと木場は思う。

どうもそうは考えないらしい。

考えぬ理由はこうである。
騎兵隊映画社に川島の指紋がなかったのは拭き取ったからに違いない、現場にあったもうひとつの指紋は以前についたもの、つまり騎兵隊映画社に出入りしていた誰かが客としてあの淫売宿を使用した際についたものであろう。或は共犯が居たと云う可能性を示唆するものである――。

――抉《こ》じつけじゃねえか。

実際騎兵隊映画社内の指紋はそちこち至る所拭き取られてもいたようなのだが、それでもかなりの数の指紋は採れている。ならばそれは指紋を拭いたと云うより単に拭き掃除をした結果だろうと木場は思う。実際、掃除はしたのだとビルの管理人は証言している。管理人は川島に頼まれて週に二度ばかり室内の掃除をしていたのだそうで、その日の午後もしたのだそうだ。その時川島は留守で、部屋には誰も居なかったらしい。

午後に拭き掃除をして、川島はその後戻ったのだから、そうそう多くの指紋が残っている筈もない。寧ろ、一番多く残っていた指紋が川島のものだと考えるのが順当と云うものではないのか。

そもそも犯行現場にべたべた指紋を残して行くような迂闊な犯罪者が、アジトの指紋を消し去ってどうなると云うのだ。否、生活の場から自分の指紋だけ選んで綺麗に拭き取るなどという器用なことが、果たして可能なものなのだろうか。

——結論が先にあるんだ。

木場は、予断《よだん》は有効だと思っている。事件にも貌《かお》があり、その貌が見えれば似合わぬ化粧はすぐに見破れる。だが木場の場合、予断を導き出すのは歩き回って肌で感じた勘であり鼻で嗅いだ事件の臭いなのであって、理屈ではない。机上で捏《こ》ねくり回した理論から導き出されるのは予断と云うより仮の結論だ。

そんなものを前提にして血の通った仕事は出来ない。

斯《か》くあるべきと云う大きな外枠——理論的仮説が先行してあり、それに都合の良い事実を当て嵌《は》めて、当て嵌まらぬ部分は小理屈をつけて解消し、仮説の整合性を立証する——そう云う手法は慥かに効率的なのだろう。だが、大きな誤謬《ごびゅう》を是正《ぜせい》するために小さな矛盾《むじゅん》を無視して行くと云う遣り方は木場の好むところではない。

理論に基づく仮説も、勘に基づく予断も、大差ないと云えば大差ないし、寧ろ後者の方が理屈が通らぬ分立場は弱いと云える。しかし木場はその立場が弱いと云う部分にこそ固執している。木場にとって予断とは、云ってみれば虚勢のようなものなのだ。

木場は警官の信念など虚勢程度で十分だと思っている。公僕は実直であるに越したことはないが、理想主義者になる必要など更更ないと思うのだ。それでなくとも社会正義などと云うあるのかないのか判らないような化け物を振り翳し、国家権力を拠り所にして無礼千万《ぶれいせんばん》働いているのだ。その上理論武装までしたのではやり過ぎだ——と思うからである。

況《まし》て、その理論の後ろ側に、思想的な背景など絶対にあってはならぬと木場は考える。思うに某《なにがし》かの思想に則《のっと》った理論に裏付けられた予断など予断の風上にも置けない。それは、仮令《たとえ》事実とは異っていてもひとつの理想的な結論には違いないのだ。たかが警察官、裏づけのない虚勢を張る程度が分相応《ぶんそうおう》だと木場は思う。

それに、背景の理屈が精緻《せいち》であればある程、理論矛盾を起こした途端に捜査は暗礁《あんしょう》に乗り上げる。理屈の方を修正しようにも一度構築してしまった原理原則は中中に変更が難しいらしく、否定するにしろ肯定するにしろ初めの理屈は最後まで尾を引く。高が予断ならばそんなことはなく、捜査の途中で幾らでも取り下げられるのだ。刑事の仕事に堅牢な理《ことわり》は必要ない。捜査は捜査、歩く以外に道はない。

だから、瑣末な事実を積み上げて行く作業と云うのは殊更《ことさら》大切なのだ。それを忘れてしまっては何をしているのか判らなくなる。鏤《ちりば》められた、実につまらない多くの事柄が事件の貌を刻み、木場に有効な予断を与えてくれる。

だから木場は細かいことが気になるのだ。

——自己弁護だな。

何を云っても始まらぬ。

木場は結局どうすることも出来ず、こうして湿った木の臭いがする汚れたカウンターに頬をつけ、管《くだ》を巻いているだけなのだ。

「しけてるねェ修ちゃん——」

猫撫《ねこな》で声で潤が云った。

「——女？」

「煩瑣《うるせ》えな」

女は女でも死んだ女だ。

「また——あの女《ひと》のことでも考えてんの」

「あの女たあ誰だよ」

木場は四角い顔を上げる。潤はやけに眼を輝かせて、あの女優だよ、と云った。木場が密《ひそ》かに岡惚れしていた映画女優のことを云っているらしい。

「——あれは女優じゃねえ。女囚《じょしゅう》だ」

「洒落《しゃれ》たこと云うじゃない。同じことよ。いずれ叶わぬ懸想《けそう》じゃあないか。あンたとあの娘《こ》じゃあ釣合《つりあい》が取れないったらないものさ」

「煩瑣えな本当に。客商売ならもう少しマシなことが云えねえのかこのお多福《たふく》」

あたしがお多福ならあんたは鬼瓦《おにがわら》だと云って潤はけらけら笑った。

木場は不貞腐《ふてくさ》れて潤を睨んだ。

「俺はな、事件のことを考えてるんだよ」

「あら、修ちゃんもの考えるんだ」

「考えるんだよ」

「目潰し魔？」

「静かにしろよ。静かなだけが取り得の店だろうがよ。序《つい》でにその電蓄《でんちく》を消せ」

ジャズだかクラシックだか、木場には知れぬ。

「荒れてるじゃない？　でもこれはあたしが好きで聴いてるんだから消さない」

「俺は洋楽が解らねえんだよ」

「厭なら帰んなよ」

潤は咥《くわ》え煙草でそっぽを向いた。背中の大きく開いた黒い夜会服《ドレス》が周囲から浮いている。

女主は己の杯を酒で満たし乍《なが》ら、あんた、考えてるんじゃなくって迷ってるんでしょう、
と云った。

「同じじゃねぇか」

「違うわよ。困るな警官が迷っちゃ」

「何で手前《てめえ》が困るんだ」

「困るじゃないのよ。基準が知れなくってさ」

——及び腰で犯罪の取り締まりができるか。

それは先程木場が自分で思ったことである。

木場が黙ると、潤は何さ黙っちまって揶《から》い甲斐《がい》がないねえ、と残念そうに云った。

「刑事を揶うなよ。投獄するぞ」

「だってそんなでかい図体で萎《しお》れられてちゃ目障《めざわ》りだもの。修ちゃんは男らしくものごとを考えないのだけが取り得じゃないか」

「男はものを考えねえか」

「馬鹿だもの」

「――女は？」

「利口よ。馬鹿な振りしてる分。男は賢《かしこ》振る分馬鹿じゃないか」

「そうかな」

「まあ男とか女とか云う問題じゃないわね。人に依るんでしょう。あンたは馬鹿じゃない」

「馬鹿馬鹿云うんじゃねえよ。本当に馬鹿みてえな気持ちになるじゃねえかこの野郎」

「あたしは野郎じゃないもの――」

「俺だって馬鹿じゃねえ。刑事《デカ》だ」

さあ飲めデカ、秘蔵の酒だぞ――そう云って女主人は訳の解らぬものを洋杯《コップ》に注いだ。

手首の角度。指先の細やかな動き。

丸みを帯びた項の稜線《りょうせん》と電髪《パーマネント》の震える毛先だけが妖しい光線を反射して繊条《フィラメント》のように発光している。猫のような瞳も穴蔵《あなぐら》に充満したふしだらな灯りをゆらゆらと映して、やけに艶《なま》めかしい。

汚れた硝子を琥珀に変える生微温《なまぬる》い部屋の光線は見慣れた女主人を見知らぬ女に見せかける。

——こいつも女だ。

木場は当たり前のことを再度噛み締めて、女から顔を背けた。背けても尚、頰や顎の辺りに女の視線を感じて、木場はやや居心地が悪くなる。

木場は——女が苦手だ。

女嫌いではない。寧ろ、厭と云う程好きだと感じる時もある。

木場は雌《おんな》が苦手な訳ではないのだ。生物学的な性差の方は、何の支障もなく受け入れられる。性的にも馬鹿馬鹿しい程正常で、だから一人前に女遊びもするし、商売女とは気楽に接することができる。ただその場合も、木場が平気で接しているのは、どうも女ではない。娼婦なのである。木場は娼婦と云う役割の人間と接しているだけで、女と接している訳ではないのだ。それは日常生活でも全く同じことで、例えば八百屋の女将《おかみ》でも郵便局員の娘でも、役《やく》だの職《しょく》だのがついている分にはまるで平気である。

役を外れて本質に立ち返ると、もう駄目である。目の前の猫のような女主人だって、酒場の主として接する分には平気であるが、性別《ジェンダー》を意識した途端にしどろもどろになることは目に見えている。後は男だ女だと云う差異すらも無理矢理取り外して、只の人間同士として接することしかできぬ。

木場には女が解らない。

——女。女だから殺す。

目潰し魔の殺人の動機。

「おい。手前《てめえ》も女だな？」

「執拗《しつこ》いわね。証拠でも見たいの」

「馬鹿か手前は。金貰ったって見たかねぇや——」

木場は横を向く。

「——そう云うんじゃなくてよ。そうだな、例えばお前さん、亭主があって他の男と寝る女の気持ちは解るか？」

前島八千代は——何をしていた。

女なら何か解るのかもしれない。

「亭主がないから解らない」

「素っ気ねえな」

「女だからって一括《ひとくく》りにされちゃ敵わないもの」

「そう——だな。尋き方が悪かったよ」

主婦と教師と淫婦と小娘——。

女と云うだけで一括りには出来ないか。

例えば――。

「主婦の売春ってえのは悪いことかい？」

「悪いンでしょう？　捕まるじゃないよ」

「そうじゃなくてよ。赤線の女は捕まらねえじゃねぇか。何と云うかな、道徳的によ」

「道徳なんざ知らないけどさ――」

潤は甘える猫のように上目遣いになる。

木場は然《さ》りげなく手元の洋杯を眺める。

「――娼婦にだっていい娘はいっぱい居るよ」

「それも解ってるがな。同じ女として、例えば辞めさせようとか、そう云う風に思うかい？」

「烏滸《おこ》がましくって、そんなことは云えないわよ。あたしだってこんな商売してるンだし」

「悪い商売じゃねえだろ」

「堅気《かたぎ》じゃないもの。水商売だもの。自分で悪いと思ってなくたって、世間はそう云う目で見ないでしょう。幾ら自活してたって、自立してるとは思われないのよ。男だの社会だのに凭《もた》れて生きてるって思われてるもの。立場が最初《はな》から同等じゃないのよ」

「職に貴賤《きせん》の区別はねえぞ」

「貴賤の区別はねえ筈だ、と云い直してよ」

「あるって云うことか」

「あるとは云わないけど。別にさ、どんな仕事しようと、誰と寝ようと、人間としちゃそんなことは大きな問題じゃないじゃない。密通する度にピノッキオみたいに鼻が伸びるとか、淫行の度に寿命が縮むとか、そう云うことはない訳でしょう。肉体的な変化もなけりゃ、人間的に大きく変わることもない」

「ねえよ」

「だからそう云うのは個人の問題じゃない訳じゃない。社会とか、文化とか——使いたくない言葉よねえ。あたし、そう云う言葉が使いたくなくって、この商売始めたんだけど——まあ、そっちの方がさァ」

「お前さん昔何してた」

「いいのよそんなこと」

女主人は少し微笑み乍《なが》ら、木場を睨みつけた。

木場は目を合わせぬよう視線を先送りにする。

「だからさ、風習とか文化とか、そう云う基準があって決まるじゃないそう云うの。そうねえ、例えばさ、女の子が人前で素っ裸になったら、恥知らずだの破廉恥《はれんち》だの云われるでしょう？」

「当たり前《めえ》じゃあねぇか」

「絵の被写体《モデル》だったら？」

「そりゃ別だ」

「そこが女湯だったら？」

「余計に別だ」

「でもやってることは皆同じじゃない」

「馬鹿。場所が違うぜ」

「だから環境の問題なンじゃない。海外じゃ銭湯なんて物凄い恥知らずな場所なのよ。女が顔出しただけで恥知らずになる国だってあるわよ」

「そりゃ特別だろう。特別じゃねえのかな？　ま、余所《よそ》の国は余所の国だ。どんな環境だろうとよ、要は志《こころざし》の問題じゃねえのか。風呂入るのは躰洗うためだし、絵はその、芸術のためだろうよ。ただ脱ぐのとは違うじゃあねえか」

「じゃあ、裸になることで自己主張したり、思想を表現したりする場合はどうよ。志は高いじゃない」

「小難しいこと語るじゃねえかよ。人前に肌晒《さら》すことが何の主張になるってぇんだ？」

「なるじゃない。なると思ってよ」

「それでもまあ、世間は理解しねえよ。破廉恥だ」

「でしょう？　関係ないのよ志なんて。そう云うことを云う奴こそ志が低いじゃないさ」

「悪かったな――」

それに就いて、木場は善く知っている筈なのである。

気持ちと行為は必ずしも同調《シンクロ》しているとは限らないし、言葉や行動で必ず何かが伝達できると思ったら大間違いだ。木場は身を以ってそれを痛感している。

慥かに高邁な思想を持った裸踊りも酔っ払って乱れた裸踊りも、傍《はた》から見ればただの下品な踊りに過ぎない訳だし、ならば志など糞食らえである。

「――まあ、お前さんの云う通りだな。どんな志を持っていようとすることが、、、同じなら、同じか」

「同じよ――」

潤はカウンターに肘《ひじ》を突き、軽く組み合わせた両手の指の背に顎を載せて、まるで何かを企むような眼で木場を注視した。

「――特にあんたは同じと思わなきゃ駄目」

「そうかい。じゃあ、亭主持ちだろうがあばずれの街娼だろうが売春は売春――一緒ってことだな」

「そりゃ一緒だわよ」

「じゃあ主婦の売春も悪くねえってことかい」

「悪いのよ。馬鹿ね」

「明瞭《はっきり》しろよ」

「だからさっきから云ってるんじゃない。あンたがた刑事が迷ってってどうすんのよ。何が良くって何が悪いのか、誰かが基準《ルール》を決めてくれなきゃ、こっちが困るのよ。そんな基準なんか時代や環境でころころ変わるんだから、その時その時決めとかなきゃ仕様がないでしょうに。それを取り締まるのがあンたらでしょう。確乎《しっか》りしてよ」

潤は木場を睨んだ。

「いいとか悪いとかこの際関係ないのよね。要はその時生きてる世間とどう関わっているかってことなんだもの。馬鹿の癖につまンないことで迷わないでくれない？」

「ああ――」

――その通りだ。

木場は一気に酒を呷《あお》った。

道徳に照らすな。世間の常識に照らすな。己の情に照らすな。警官は法にのみ照らせと、そう云うことだろう。それらは凡て移ろうものでそれ故に絶対ではないけれど、警官が事件に当たって法律を疑っていては世の中が成り立たなくなる。

勿論、その法とても絶対ではないけれど、それを疑うのは別の場所、別の貌《かお》でしろと、酒場の女主は刑事を窘《たしな》めているのだ。

「解ったぜ――」

木場は指先の力を抜く。

「——別に主婦が売春したから悪いって訳じゃあねえのか。貞淑《ていしゅく》な妻だろうが小娘だろうが稀代《きだい》の淫婦だろうがそんなこたァ関係なくて、誰であろうと、要するに取り締まりの対象になる行為をしたかどうかだけ考えりゃいいんだな。現在私娼は取り締まるべきものだと決まっているから——」

「アったり前じゃないさ」

まったく、子供だねえ、と女主人は母親のような貌《かお》をした。

くるくる変わる貌の中で、その貌が木場は一番苦手だった。

妻も小娘も淫婦も、つまりは役職に過ぎない。

その役職を剥奪してしまえば、その下の顔は単なる個人か。只の女か。女である前に人なのか、人間《ひと》である前に女性《おんな》なのか、木場は計り兼ねている。

「売春は——関係ねえか」

「そうねえ。たださあ——」

母親の貌を止めて、女主人は云った。

「——例えば、貞淑な妻も淫売婦も、同じく女の敵だと——そう云う考え方はあるんじゃないの？」

「そりゃあ——解らねえな」

役割が違う。

「娼婦ってのは女の性を売り物にしている訳だからそれは矢張り女性の権利拡張には不都合な商売なのよ。優遇されてるかと云えばさっきも云った通り不当に卑《いや》しく扱われていて、彼女達もそれに甘んじている訳でしょう。買うのは男で、男の方は女遊びしたってそう云う目では見られない訳だし――」

「そりゃ解るがその――」

「貞淑な妻だって同じなのよ。彼女達は封建社会の因習を引き摺ったような家父長制の犠牲で――犠牲と云えば被害者だけど、多くはそう云う認識すら持っていないと云う現状があって、ならばそう云う男社会を積極的に支えているのは獅子《しし》身中《しんちゅう》の虫――意識の低い女達自身ってことにもなる訳でしょう。そう考えるとさ」

「女の敵は女か」

――そう云う理屈もあるのか。

「そう云う理屈もあるってだけよ」

「――お前さんはどう思うんだ？」

「あたし？　あたしはそうは思わないわよ。でもそう考える人達は居るでしょう。間違っちゃないわ」

「何処に居る？　誰だ？」

「だから女権拡張論者よ」

「そいつらは——例えば男出入りの激しい自堕落な酒場の女主人のことはどう思うかな」

「云っとくけどあたしは男日照《ひで》りよ。でも、まあそんなに快くは思わないでしょうねえ」

「そうか。謹厳実直《きんげんじっちょく》な女教師は？」

「それは人に依るんじゃない？　体制支持を標榜《ひょうぼう》しているような人も居るみたいだし」

「世間知らずの世話好きな小娘は？」

「何なのよそれ。解らない人ね。それだけじゃ何も解らないでしょうに。何の謎掛け？」

「いや——」

離れた点と点は結べないこともないのか。

「粛清《しゅくせい》することは——あるか」

「誰を？」

「女の中の女の敵をさ」

「殺すってことなの？」

「おうよ」

潤は顔を顰《しか》めて、小馬鹿にするように木場を睨みつけると、軽蔑がたっぷりと籠った口調で、

「本ッ当に馬ッ鹿だねえ修ちゃん」

と云った。

「何が馬鹿だよ」

「そんなことして何の意味があるのさ。女の敵は先ず男じゃないの。敵だから殺すって云うンなら先ず男全部皆殺しにしなきゃ。そうでもしなきゃ世の中変わらないでしょうに。あンた、そんなこと云ったらそれこそ殺されちゃうよ。無理解な差別主義者の馬鹿オトコだって」

「それも――そうだな」

だが。点と点を結べば線になる。

線と線を結べば像《かたち》になる。像になれば、

――事件の貌《かお》が見える。

「お前さん――本当にただの酒場の女か？」

「ああ煩瑣い。修ちゃん、女の過去《むかし》を穿《ほじ》くるような下司《げす》じゃなかったでしょう。刑事にしては潔い奴だと思ってたのにさ」

潤はカウンターからするりと出て来ると気怠《けだる》そうに頸を回して、入口に向かった。

「何でぇ、閉店か」

「客は腐った刑事《デカ》だけだしさ。何だか商売する気もなくなっちゃったわよ。いいだけ居ていいよ。好きなだけ飲みな。馬鹿刑事」

多分、昼寝中と書かれた札を下げたのだ。真夜中に昼寝もないだろうが、この店には夜も昼もない。

木場の考えは相変わらず纏まっていない。しかし木場は間もなく己の鍛えられた筋肉の隅隅に、活力が行き渡るような予感を覚えている。木場は躰でしか物事を把握できない人種な訳だから、そうした予感もまた肉体的な兆候《ちょうこう》を以て示されるのである。

——目潰し魔は無差別殺人じゃねえ。

目的があるとすると——。

——蜘蛛に訊けか。

蜘蛛。木場を視ていた女郎蜘蛛。黒眼鏡。

「眼鏡だ」

「何よ？」

「そうだ。眼鏡には川島の指紋がついている」

「川島って誰？」

——夜中の黒眼鏡は危なくっていけねえとか云ってね、外したんだよ。

マキの話に依れば、川島は黒眼鏡を自分で外している。当然黒眼鏡には川島の指紋が残っていなくてはなるまい。眼鏡の指紋が平野のものと思われていた指紋だけだったなら川島は矢張り目潰し魔だろう。だが騎兵隊映画社に残されていた指紋と一致するものがひとつでも検出されたなら——平野の指紋は矢張り平野のものだったと云うことになる。

するると——。

木場は内ポケットの上に手を当てる。

——あそこに平野が居たことになる。

「それだ」

「何よ？」

それこそが木場の求める予断だ。裏づけなき予断の天啓《てんけい》を木場は得たのだ。後は瑣末《さまつ》な事実を積み上げて行けば善い。理屈は後からついて来る。

先ず——黒眼鏡の指紋の照合だろう。木場は自分で自分の頸を絞めていたのだ。木場は己の懐中深くに救済の鍵を封印していたのである。

「俺は馬鹿だ」

「認めたね？」

「おう。馬鹿だ。ンなこと気にすることァなかったんだ。凶器が同一？　当たり前《めえ》だ。犯人は平野だ」

但し凶器が同一と判断された理由は確認しておく必要があるだろう。ならば。

「里村——だな」

「里村さんって、前にあンたが連れて来た、あの変わったお医者さん？　僕は解剖が好きなんだよう、って云ってた、頭の少し薄いヒト？」

「そうだ。あの変態だ」

監察医の里村紘市《こういち》を巧く使うと云う手はある。指紋の照合も、あの変態外科医から鑑識に依頼して貰った方が木場が頼むより話が早いかもしれぬ。

計算高いがお人好しで、物好きだから使い易い。

それはいい。それから――。

「後は密室だな」

「さっぱり。何を云ってるんだかこの凍り豆腐は」

「何だそれは」

「吝嗇《しみったれ》てて四角いじゃないか。密室って、あの探偵小説に出て来るような奴ね。面白いじゃない？」

「面白くねえよ。いいか、世の中に密室殺人なんてものはねえ。絶対にあり得ねえ」

「仕掛《トリック》とかさ」

「それは仕掛を使って出入りしたり施錠したりした部屋での殺人であって、そんなもなァ密室じゃあねえじゃねえか。それに、そんな酔狂《すいきょう》なことして得する奴は居ねえんだ。そんなものはお前――」

あの部屋に出入りするにはあの襖を使うよりない。そしてあの家に出入りするにはあの横道に出るよりない。襖には内側から鍵が掛かっていた。横道には貞輔の目が光っていた。

二重の密室。

——そんなものはねえんだ。

例えば。川島と八千代はなぜ、あの淫売宿に一直線に向かったのだろう。あんなうらぶれた、見窄《みすぼ》らしい、しかも目立たぬ場所の看板すら出ていない待合など、最初から知ってでもいない限りは行かぬ。密会の場所を決めたのは川島だ。

ならば川島があそこを知っていた——否、それが違うのだ。あそこは予め何者かに指定された場所だった——。

誰に——。

——蜘蛛だ。

「そうか。八千代を呼び出したのは蜘蛛の使いなんだ。背後に蜘蛛が居やがるんだ！」

潤は木場の隣に腰掛け、刑事の独白《ひとりごと》を眼を丸くし、足をぶらつかせて面白そうに聞いている。

「矢っ張り面白そうじゃない。俄然良くなって来たよ、修ちゃん、蜘蛛って誰？」

「黙れ年増——」

もしあの多田マキの宿が最初から指定されていた場所だったとしたら、予め潜入しておくことは容易《たやす》いのではないだろうか。マキは鳥目だ。こっそり忍び込んで隣の部屋にでも隠れて居たなら——。

そこに二人が来る。何をしていたのかは知らないが、多分鍵は掛けただろう。襖は外せるから部屋に乱入することは可能だが、確実とは云えぬ。ただ寝入ってしまえば別だ。木場なら絶対に寝入り最初《ばな》を襲う。そこで様子を窺う。壁は薄いし建付けは悪いから、室中の様子は丸聞こえの筈だ。川島が三時に部屋を出る。出る時は鍵を外すし、外からは掛けられないのだから、もし女が眠っていたのなら——。

「——素直に——這入れるじゃねえか」

「でも出らンないンでしょう。きっと」

「だから——犯行の時間は三時なんだ」

川島が八千代を殺害して三時に引き揚げたのではないのだ。犯人は川島が三時に帰ったから殺したのだ。そして、川島が一旦現場に戻った訳は——。

——こいつか。

木場だけの知る遺留品。ポケットの中の黒眼鏡。

川島は黒眼鏡を忘れたことに気づいて、取りに戻ったのではないか。しかし戻ってみると部屋には鍵が掛かっていた。丁度その時犯行が行われていたか——いや、もう殺し終えていたか——いずれ中には、

——平野が居たのだ。

川島は部屋に這入ることが出来ず、諦めてすぐに帰ったのだ。そうに違いない。

「待て——よ」

すると——眼鏡を窓から捨てたのは平野だと云うことになる。ならば懐中の眼鏡には平野の指紋もついている——可能性がある。もし複数の指紋が検出されたなら当局は決定的証拠とは見做《みな》さないだろう。

——いや。そんなことはねえ。

川島が真犯人なら、黒眼鏡から複数の指紋が出ること自体がおかしい。それに——そもそも平野が眼鏡を捨てる理由が見当たらない。

「後は——どうやって出たかだ」

「ホラやっぱり出らンないンだ」

「出られたんだよ。中に居たならな」

家から出て来たのは川島だけだった。

だから中に平野は居なかった——理屈はそうだろう。

しかし平野が居たことを前提とするならその理屈は無効だ。

貞輔の証言を疑うことは容易《たやす》い。しかしそれでは整合性のない部分を切り捨てて行くやり方と同じになってしまう。それでは駄目だ。寧ろ如何に監視人の目を盗んで出たのかを問題にするべきだ。平野は貞輔の隙を狙って脱出したに違いないのだ。

——待てよ。

平野は貞輔が視ていたことを知らなかった筈である。ならば隙を狙うも蜂の頭もない。

——偶偶《たまたま》なんだ。これは。

平野の逃走の障害となるのは何よりも先ず多田マキではないのか。マキの部屋は玄関脇にあるのだ。夜陰《やいん》に紛《まぎ》れて侵入することは出来たとしても、陽が昇ってからの脱出は躊躇《ちゅうちょ》するところだ。ならば。

——六時半頃にね、お年寄りが血相変えて、

——どっかに行った。

マキはその時家を出てい
る。

同時に。

——あたしゃ玄関口まで行ってみた。

——一度裏に回ってみようとしたんですが、
貞輔の監視も途切れている。

——その時玄関口の方で音がしたもんで、
それか——。

貞輔の聞いた音は平野が玄関を開けた時の音ではないのか。貞輔はそこで隣家との狭間《はざま》に挟まったまま竦《すく》んでいる。それは即ち音——出入りする気配がすぐには止まなかったと云うことではないか。

邪魔なマキが外出したので平野は脱出する。平野が出た直後にマキが戻る。勿論貞輔は視ていない。

貞輔の証言を活かしたまま、平野は出られる。

但し——。

「なぜ鍵を掛けた。どうやって掛けた。一番手っ取り早え考《かんげ》えは、あの婆ァが嘘を——」

それは違う。誰も嘘を吐《つ》いておらず、何の小細工もない解決が必ずある筈だ。木場の思うに、平野は素直に入っている。ならば素直に出たに違いない。

潤が髪を掻き上げる。澱《よど》んだ空気がすうと流れてふわりと香水の香りがする。

——女の香り。

娼婦のような女。安い白粉の——。

——安物の紅白粉は臭うからね、

——見えなくたってそれくらい判るのさ。

——そんなもの判るかい。妾は鳥目なんだよ。

——あんな高そうな友禅着た女なんぞ、

「おいお潤」

「何よ急に」

「お前さん、着物判るか？」

「藪《やぶ》から棒《ぼう》なこと尋くね修ちゃん。何さ着物って。こう見えてもあたしは着《き》道楽《どうらく》よ」

「高い着物ってのは臭うもんか」

「臭う？　そりゃあ洗濯しなきゃどんな服だって」

「間抜け。そうじゃねぇよ。例えば友禅だか紬《つむぎ》だか善く判らねえが、その、嗅げば判別つくものか？」

「つく訳ないだろ。触れば、まあ――」

「触っちゃ駄目だ」

「じゃあ判ンないさ。くさやや大蒜《にんにく》じゃないんだから。香でも焚《た》き染《し》めてあるとか、匂い袋でも持ち歩いてりゃ、まあ匂いはするンだろうけどさ」

「匂い袋は持ってたんだ。白檀《びゃくだん》の入《へえ》った」

「じゃあ白檀の匂いがするンじゃないよ」

「白檀ってのは友禅着る時に香らせるものか？」

「そんな決まりはないって」

「そうかい。鼻で着物は嗅ぎ分けられねえんだな。それじゃあ――あの糞婆ァ――」

――見ている訳だ。

多田マキは、八千代の着物の種類は判っていた。

しかし川島が何を着ていたかは判らなかったと証言した。

川島の衣服が確認できなかった訳は、勿論マキが鳥目だからで、また二人が訪れたのが夜半だったからである。現場の廊下は暗い。街灯の光線の届く玄関先で善く見えなかったのであれば、建物の中は一層に暗いのだから、これは見える筈もないのだ。

ならば部屋に這入って電燈を点《つ》けた時に見たか。

それも違う。そうならマキは川島の服装も見ている筈だ。有り触れた、それでいて今時珍しい兵隊服である。川島程の巨漢が着ているのを見て忘れる筈もないし、またマキには知っていて知らぬ振りをする謂れもない。つまりマキは部屋まで案内しただけで、中に這入ってもいないし電燈も点けていないのだ。

つまり――。

多田マキは、陽が昇ってから前島八千代の着物を見ているのだ。

当然、屍体発見時に見たと云うことになるだろう。

屍体発見時に着物は――。

――あの現場。

「おい。和服ってのは脱いだ後はどうする」

「掛けとくに決まってるでしょうに。普通」

「掛ける――か」

掛けてあったか？

木場には掛けてある着物を見た記憶がない。八千代は襦袢《じゅばん》姿で死んでいたのだから、脱いだ着物は必ず現場のどこかにあるべきだ。木場が入った時点では現場の保存状態は完璧だった筈だし、あの狭苦しい部屋で着物が掛けてあれば必ず目につく。

「丸めておくとか、畳むとか——そう云う」

「そンなことしやしないよ。野良着じゃないンだから。余程の事情がありゃ別だけど——友禅なンでしょ？　掛けるって。着物の扱いに慣れてない女なら判ンないけどさ。最近は洋装の娘ばっかりだから、中にはそう云う娘も居るかもしんないけど——」

前島八千代は呉服屋の内儀《ないぎ》である。

「着物ってのは普通は何に掛ける？」

「普通は衣紋《えもん》掛けでしょ」

「そんなもなァねえ」

木場は現場の状況を脳裏に再生する。

薄汚れた壁。脱色した窓帷《カーテン》。建付けの悪い窓枠。

目の粗《あら》い畳《たたみ》。安物の鏡台。枕元に散乱した桜紙。

木製の屑箱《くずばこ》。煙草盆《たばこぼん》。火鉢。欠けた湯飲み茶碗。

水差し。血染めの夜具。それから——。

衣桁《い》屏《こうびょうぶ》風にだらしなく引っ掛かった帯締め。

「衣桁屏風――か」

「あるんじゃないよ立派なのが。衣桁屏風があるんなら当然それに掛けるでしょうよ。掛けるって」

「何も掛かっちゃなかったぜ。帯締めだけだ」

「帯締めだけ？　変なの。本当？」

「間違《まちげ》えねぇ。薄汚れた壁が見えてたんだからな」

「壁？」

「着物が掛かっていれば、その背後は見えねえな」

「見えないわよ。皺《しわ》になンないように掛けとくンだもの。こう、広げて掛けるでしょうに。見たことくらいあンでしょ」

「掛かっていたのか。元元」

解けた。

多分合っている。後は確認するだけだ。

「今何時だ」

「ここ時間ないの」

「教えろよ」

「だって時計ないンだもの」

潤は物憂《ものう》い表情を作り、一刻を争う用事のあるような無作法な客なら時間を気にする前にとっとと帰れば——と投げ遣りに云った。木場は黙って煙草に火を点《とも》す。

そもそも長門と別れたのが二十時過ぎだったのだから、既に日付けも変わろうかと云う頃であることは間違いない。この時間から出来る作業など何もあるまい。気ばかり逸《はや》っても詮《せん》なきことと解ってはいる。

ただ、木場は如何《いか》にも落ち着かぬ。

堅い丸椅子の居心地も甚だ悪くなって来ている。どれ程の佳醸《かじょう》か知りはしないが、どれ程飲んだところでこの状態で酔えるものではない。

やるべきことが明確になっているのに行動出来ぬもどかしい時間と云うのは、やることが判らずにもたついて居る状況よりもずっと厭なものだ。特に木場のような男には辛い。尻の筋肉が立ち上がれ歩けと脳髄《のうずい》に信号を送っているような感じがする。手足の方が頭を動かすのでは本末転倒《ほんまつてんとう》である。

「落ち着かないねえ。何を思いついたンだか知らないけれど、最先《さっき》まで腐った豆腐みたいにぐったりしてた癖に、突如《いきなり》そわそわしちゃってさ。恋人の顔でも思い出したみたいさ。憎らしい」

「ならいいけどな」

木場が上の空で返事をすると潤は吹き出した。

「本気にするかな？　冗談に決まってるじゃないか、この朴念仁《ぼくねんじん》。あんたに女友達なんか居やぁしないじゃないか。連れて来んのは皆イカレた野郎ばっかりだもの。あの、探偵の坊やは元気？」

探偵とは勿論榎木津のことだ。

「何が坊やだ。ありゃあ俺と同じ齢《ふ》だぜ」

あらそう、修ちゃんあンた老けてるねえ、と云って潤は大声で笑った。それは単に榎木津が年齢不詳なだけで、自分が標準だと木場は思う。

「それにしたってあんたの友達は変なのばかりさ。あの、一回だけ連れて来た、和服の渋めの——酒場で酒飲まない人とか、それからほら、一杯で真っ赤になっちゃうお猿みたいな子とかさ。変よねえ」

中禅寺秋彦。関口巽。箱根の事件に巻き込まれた友人達である。もうふた月以上も会っていない。

「そう云やあさ、修ちゃん。この前来たのは——いつだっけ？　あの時連れて来た人——」

「覚えてねえよ。煩瑣《うるせ》えな。去年か？」

「違うって。一月だよ。一月の終わり頃。連れて来たじゃない。あの、頭ぼさぼさで、顎《あご》の先に不精髭《ぶしょうひげ》生やして、冬に腕捲りしたさァ、眼のとろんとした神経質そうな人——」

「降旗——か？」

加門刑事の探していた男――降旗弘。云われてみれば木場は慥かに先先月、降旗と梯子《はしご》をして酒を喰《く》らい、最後の最後にはこの店へと誘ったのだ。潤はそうそう、そのナニ旗とか云う人さ――と云った。

「降旗がどうかしたか」

そうだ。降旗だ。あの男は平野――犯人の診察をした精神神経科の医師ではないか。加門刑事に消息を問われた時点で、木場は平野犯人説に殆ど興味を持てなかったから、それ程気にしてはいなかったのだが――。今は違う。今や平野犯人説は木場の虚勢を支える大きな予断の中心となった。捨ててはおけぬ。木場が問う前に潤が尋いた。

「あの人、何の商売してる人なのさ」

「元は医者だ。今は――知らねえな」

ふうんと鼻を鳴らし乍《なが》らうんと伸びをして、潤は医者かぁ、知的階級《インテリ》なんだぁと続けた。

「あの後サ、また来たんだここに。しかも女連れで。何か会話《はなし》弾まなかったわよ。尖《とん》がっててさ。何しに来たのって感じよね」

「女だと？　あの餓鬼、色気づきゃあがったか？」

「もろに色気づいてたけどォ。だって連れてたの、前に玉《たま》ノ井に居《い》た娘《こ》だもの。どこで引っ掛けたんだか」

「娼婦か――」

「里美《さとみ》って名前の、この辺りじゃ一寸鳴らした女。いい娘なンだけどね。どこで間違ったかと思ってたけど、慥かあの娘、その昔は従軍看護婦だったとか聞いたから、それで元医者とくっついたのかな？」

「くっついた？」

「だから、あんたの友達、里美ちゃんの亭主ンなっちゃったんだよ」

「亭主？　入籍したのか」

「しないわよ。ヤだね。内縁の亭主。ヒモ」

「ヒモだぁ？」

木場の知る降旗は、人一倍思慮深い。悪く云えば陰湿だ。呶呶《くどくど》と思い悩み、他人を見透かし、猜疑心《さいぎしん》も強い。しかしそれは木場の思うに、降旗が人一倍繊細《せんさい》で、正義感が強い癖に慎重だと云う複雑な性質故の屈折である。悪人ではない。ただ、世の中そんなに構えていては結局僻目《ひがめ》で見ることになると、木場は酒席で大いに叱った覚えがある。

その時も小理屈を捏《こ》ねられて、木場は閉口した。

それにしても眼ばかりぎょろぎょろしていて、木場辺りから見ると態《なり》は大人だが幼児性の抜けぬひ弱なぼんぼんと云う印象だったのに、女郎のヒモとは意外な転身である。見直したと云うか、肩透かしを喰ったと云うか――追い越されたと云うか。

「いつからだ」

「さあ。先月——そう、目潰し魔が四谷に舞い戻った少し前のことだから——半月か、もっとかな」

「どこだ」

「何が？」

「その女の家《ヤサ》はどこだ」

　木場は立ち上がる。

「解らない男だねえ。あんたも。刑事に街娼の居所教えられるかい。それじゃ倫《みち》が通らないわよ」

「手前《てめえ》も解りの悪い女だな。どうせ夜の商売だ。今女は居ねえだろ。俺は刑事だから街娼は取り締まるべきなんだろうが、居ねえものは捕まえられねえ。さっさと教えろ。勘定も一緒だ。早くしろ」

　質量のある木場が大きく動いたので、滞留していた室内の空気がさわさわと流れた。微温《なまぬる》い環境に亀裂が生じて、木場は世間の乾いた冷たい風を思い出し、緩緩《ゆるゆる》と己の身を刑事の鎧《よろい》で包む。

　潤も突如女主人の貌に戻って、あンた、まるでこれから行くような口振りじゃない、真逆《まさか》ね、と云って呆れる。木場は行くぜ、行って悪いか、と云う。

「だって、事件に関係あンのかい？」

「あるかどうかは知らねえよ。俺は理屈で動く訳じゃねえんだ。手足が勝手に動くんだ」

「困った男だね修ちゃんも。それじゃあ浄瑠璃《じょうるり》か、文楽《ぶんらく》じゃないのさ。後ろであんた動かしてんのは何だって云うのさ」

「知らねえよ。俺は刑事だから法律は守る。忠告通りに基準はそこに置く。ただな、俺を動かすのは法律でも社会正義でもねえようだな。だが、少なくとも道徳でも世間の常識でも義理人情でもねえってことも慥かだぜ。だから安心しろ」

「安心しろと云われたってさ——」

潤は眉を歪《ゆが》め、切なそうな表情を作って、再び女の貌になる。木場は肩に力を込める。

「俺を動かすなぁな、そうだ筋肉だ」

「知ったような口利くんじゃないよ。そんなのはあたしだって同じさ。これ以上跳ねっ返ってどうしようって云うのさ。励《はげ》ましたあたしが馬鹿みたいさ」

「手前——励ましてたのか?」

鈍感な木場にはまるで解っていない。

潤は女の貌のまま、何さ励まし甲斐もない、と拗《す》ねるように云ったが、木場が重ねて強要したので、本当に里美ちゃん挙げたりしちゃ駄目だよ——などと云い乍ら、渋渋紙切れに場所を記して渡した。

そして、つけとくよ、早く行きな——と云った。

木場は女に背を向ける。

「何だかんだ云ってあンただって確乎《しっか》り理屈捏《こ》ねてるじゃないのさ——馬鹿ッ」

向けた背中に、女は小声でそう云った。

猫目洞から出て十五分程歩いた。

街灯もなくなって、真っ暗になった。

茫洋《ぼうよう》とした月明かりが茫洋とした町並みを胡乱《うろん》に浮かび上がらせる。

目が慣れれば平気だ。雑木林。長屋の狭い路地。

陽の光の下でも十二分に胡散臭《うさんくさ》いであろうその雑然とした景観は、夜の帳《とばり》の最中《さなか》にあって、却って活《い》き活《い》きと脈動しているように木場には感じられた。微温い混沌は、矢張りそれなりに不安なのだが、木場にとっては安心でもあるのだ。

——娼窟《しょうくつ》。

そう云う呼び方が相応しい。実際はただの古い木造アパートである。たっぷりと夜気を吸い込んで、禍禍《まがまが》しい佇《たたず》いに化けているだけだ。

ぎしぎしと音を立てて扉を開け、ぎしぎしと音を立てて階段を登る。

老朽化《ろうきゅうか》が著《いちじる》しい。上り下りした多くの輩《やから》の想念《そうねん》や妄念《もうねん》や邪念《じゃねん》が踏板の隙間からぎしぎしと湧いて出るようだ。暗闇である。

表札代わりの紙片が画鋲《がびょう》で止めてある。

――徳田《とくた》里美。

幽《かす》かな月明かりに目を凝《こ》らし、漸く読み取る。

戸を開ける。鍵は掛かっていない。

「夜中に悪いがな。一寸邪魔するぜ」

もし咎《とが》められれば刑事の貌をするまでだ。木場自身は意識していないまでも、その辺りには自然に習い覚えた老獪《ろうかい》な計算が働いている。

返事はなかった。

中は朦朧《ぼんやり》と明るい。電燈は灯っていないが、窓が開け放してあり、月明かりが照らしているのだ。

二間しかない侘《わび》しい部屋の、仕切りの襖を開け放し、窓辺には男が孤座《すわ》って月を見上げていた。部屋には至るところに女物の衣装やら食器やら塵芥《ごみ》やらが散乱し、蒲団もどうやら敷き放しの様子である。

男は女物の襦袢を羽織り、背を丸めて、首だけ持ち上げるようにして夜空を眺めている。

「流石《さすが》は刑事だ。侮《あなど》れないな――」

ふさふさした直毛が月光に揺れた。

「降旗か」

「修さん」

男はゆるりと振り返る。

不健康な顔で男——降旗弘はにやりと笑った。

眼ばかりぎょろりとして、如何にも栄養が偏っていると云う顔つきである。腰巻きだか下着だかが散乱しているその上に、無頼《ぶらい》宜しく胡坐《あぐら》をかいて、元精神科医は伸ばしていた頸を亀のように縮めた。

「驚かねえな」

「驚きませんよ。いや、驚いたかな。修さん、そこの道を歩いて来たでしょう。木陰から大きな躰が見えたんで、そうじゃないかとは思っていたんだ。全く予想外の珍客の訪問ではある」

「この暗えのに、善く解ったな」

「何、月がある。まあ這入ってくださいよ。汚いところだが——と、云っても私の家じゃあないですがね」

「いい身分じゃねえか。女郎のヒモかい」

「刑事程いい身分じゃありませんよ——」

木場は大きな躰を縮めてのっそりと上がり込む。

足の踏み場もない有様だ。足先で女物の衣服を掻き分け、畳を露出させて、木場は外套のままその僅かな隙間に腰を下ろす。畳はひんやり湿っている。

「降旗よ。いったいどう云う心境の変化だ？　お前さん、慥か教会か何かに居候して、牧師だか神父だかの真似事をしてたんじゃねえのかい？　また随分と汗臭《あせくせ》えところに越したもんだな。おい」

「教会に居た頃に比べれば健康的な暮らしをしてますよ。こう見えても私は神経質な質《たち》でしてね。まるで憑物でも落ちたような清清《すがすが》しさですよ」

「別のモノが憑《つ》いてるんじゃねえのかい」

憑いていますねえ悪いのが、いいや私の方が憑いたのかな、降旗はそう云って声を出さずに笑った。

「手前に憑いてる山の神は——今、ご商売かい？」

「せっせと汗をかいて稼いでいらっしゃいますよ。私の方はこうして月を愛《め》でつつ旧友との再会を楽しんでいる。そう云う意味では慥かに好い身分だな」

降旗は胡坐のままぐるりと向きを変えて、月光を背負った。そして酒なと肴《さかな》なと出して持て成したいところだが生憎《あいにく》何もない、勘弁《かんべん》してくれと云った。木場はヒモに持て成されても困るぜ、と返した。

「官憲が女郎の上前刎ねるてェのはどうもな」

「それにしても修さん。此処をどうやって調べた」

「なァに、偶偶《たまたま》だ。猫目のお潤を取《と》っ締《ち》めたのよ」

「ああ、あのお潤さんは聡明な人だね。学歴の高きを誇らず、酒場の女主を愉《たの》しんでいるようだ。粋《いき》だ」

「そう云うのを粋と云うのか？　変と云うだろ」

矢張りただの女ではなかったらしい。

木場は天井の方を見上げる。押入れの戸は半分開いており、何や彼《か》やと雪崩《なだれ》を起こして畳へと続いている。壁には襦袢だの着物だのが掛かっている。

――なる程な。

畳の上は、それは酷い惨状なのだが、散れている衣類の中にも和服だけはない。丸めてあるのは皆、肌着や派手な洋服ばかりである。

「おい降旗――」

木場は、八千代と貞輔の関係を思っている。

「――お前さん、自分の女がその、客取ってよ、何と云うか、厭じゃあねえのかい？」

「彼女は別に、私のモノじゃない」

「ふうん。それじゃあ何なんだ？」

「彼女は善き理解者ですよ。私の」

「そう云う屁理屈はな、解らねえ」

「どう云う理屈なら解るんです？」

「俺は理屈自体が大嫌いなんだよ」

　木場がそう云うと降旗は愉快そうに笑った。

「君は実際面白い男だよ修さん。狂おしい程に原理原則を欲している癖に、悉《ことごと》くそれらを否定してかかる――否、否定したいのだ、と思い込んでいる。それ故に非常識から常識を、常識から非常識を導き出そうと苦心惨憺《くしんさんたん》してみたりする。有り触れた命題に対して突拍子もない解答を期待する。非常識な着想を捻り出して、それでいて結論はあくまで現実的なものでなくては納得できない――」

　分析。元精神科医の性癖であると云う。

「――まあ、それはいずれ、某《なにがし》かの劣等感《コムプレックス》に根差したものなのだろうがね。ただ、その内部造反する感情形態は中中興味深いものがある」

「訳が解らねぇよ。理屈より先ず言葉が通じねえ。苦吶《くど》いようだが、俺は理屈が嫌《きれ》えなんだって」

「君は理屈が嫌いなのじゃなくて、他人の構築した理屈を認めたくないだけなんだ。君は理論化を拒《こば》む振りをして、実は君なりの理論を構築している。だから脱論理的とは云えず、矢張り論理的なのだよ」

「普通の言葉で云え」

「あまのじゃく」

「けッ。あってるじゃねえか」

木場は畳の上の布切れを手繰《たぐ》り寄せて弄《もてあそ》び、そして放った。降旗は泣き顔にも似た表情で笑った。

「降旗よ。俺を分析したって始まらねえんだよ。今お前さんは医者じゃねえ。俺も診察や治療に来た訳じゃねえんだ。尋きてえのは平野祐吉のことだ。去年診たって話だが——」

どうだい覚えてるかい——そう木場が問うと、降旗は不敵に笑った。

「ああ、善く覚えていますよ。何しろ彼は、私の精神神経科の医師としての生命線を断った男ですから」

「最後の患者——か？」

「と、云うより、彼と会った所為で——否、彼のお蔭で私は精神科医を辞める決心をしたんですよ」

「大層だな」

「そうでもない」

「どんな症状だった？　いや、俺は詳しく解りゃあしねえんだが、何でもいいぜ。聞かせてくれ」

「私がまだ医師だったなら患者のプライヴァシーは何としても守るべきなんでしょうが、今は御覧の通りの社会の屑《くず》だ。国家公務員のお仕事のお役に立つならお話ししましょうか」

「勿体振るな。早く云え」

「平野はね、そう——視線恐怖症だった」

「視線が——恐《こえ》えのか？」

木場も女の視線には身が竦《すく》む。

口の悪い友人は、女性恐怖症と陰口を叩いてもいるらしい。

「まあ、強迫《きょうはく》神経症の一例ですよ。例えば尖端《せんたん》恐怖症と云うのがあるでしょう？」

「尖ったものは恐えって奴だな」

「そう。鋭利なものの切っ先は普通でも恐いでしょう。刺せば刺さる、刺されば痛いと云う連想が働くからだが、ただ滅多なことでは刺さらないのだから通常は用心することで解消する。しかし強迫神経症の場合は用心する度合いが違う」

「必要以上に用心するのかい？」

「必要以上なんてものじゃない。鉛筆も、箸も、指の爪まで、通常恐くないものも恐い。手に持つことはおろか近くに置くのも嫌だ。置いてある、持つ、刺さる、と連想するからです」

「持たなきゃいいだろうがよ」

「そう考えられるなら病気ではないんですよ。そう考えられないから病気なんだ」

「まあなあ。じゃあ、何が恐いかが問題なのじゃあなくて、度を越して用心してしまうところこそが、病たる所以《ゆえん》だと、そう云うことかい？」

「そう。いずれそうした強迫神経症と云うのは程度の問題なんだ。誰にでもある恐怖感や嫌悪感が病的に増幅するんです。元元異常だと云う訳ではない。ただ何か手を施さないと歯止めなく増幅して行く」

「治るのか？」

「治りますよ。先ず簡単な方法は恐怖の対象を遠ざけて暮らすことだ。高所恐怖症の人なぞは割に善く居るんだけれども、一般的な生活を送る上では高いところに上る機会と云うのは少ないから、殆ど支障がない訳でしょう」

「普通は地べたにへばり付いて暮らしてるからな。鳶にでもならなきゃ平気だな」

高所恐怖症の人はそもそも鳶を職業に選択しませんよと云って、降旗は笑った。

「しかし、さっきの尖端恐怖などになると、尖ったものはどこにでもある。日常生活からとがったものを排除することは、結構難しい訳ですよ。その場合は治療も難しい。そう云う場合はまあ、恐がる心的要因を探して除去するか、或は患者がそれを理解して容認するかですね。それで概ね常識的な範囲に引き戻すことが出来る」

「そう云うものにも原因があるのか？」

木場は医学に昏《くら》い。精神だ神経だと云う分野には更に昏い。風邪《かぜ》の原因が何なのかも実は善く知らない。降旗は当たり前だと云う顔で、それはあるでしょうよ、と云った。

木場は素直に尋く。

「原因ってのは、例えばどんなだ」

「そうだな、修さんは知らないだろうが、私もね、少年時代に潔癖症になったことがある。潔癖症と云うのは、要するに度を超した綺麗好き——否、不潔嫌いか——まあそう云う神経症ですよ。汚い、黴菌《ばいきん》は至るところについている。世界中が穢らわしい、凡てを消毒するんだ、オキシフルで拭かないとどんなものにも直接は触《さわ》れない」

「それじゃ何も出来ねえな」

「そう。何も出来ません。私は母に絆《ほだ》されて、何とか普通に暮らしていましたがね。一時期は苦痛だった。それがね、父が亡くなった途端に治ったんだ」

「親父に何の関係がある？」

木場にはどうにも呑み込めない。

「私の父は厳格な人でね。食事の前には手を洗えと、厳しく躾《しつけ》られた。父は歯科医だったから、指先を消毒することは当然のことだったのだろうけれども、それにしても神経質な父親だった。手を洗わぬと、汚い子供と罵《ののし》られた。殴《なぐ》られたこともある。それが私の心傷《トラウマ》になっていたんですね。私は父親に対する反発心を潜在的に抱き続けて生きていた。つまり、不潔にだらしなくしていたいと云う願望が、私をまるで反対の潔癖症に駆り立てていたんですよ」

「善く解らねえな。俺は洗った試しがねえぞ」

降旗は笑って、それは修さんがずぼらだからだろう、と云った。

木場は釈然としない。

「見損なうなよ。俺はな降旗、一課一綺麗好きなんだぞ。俺の親父もな、健《まめ》な男でよ。掃除ばっかりしてたからな。俺だって餓鬼の時分にゃ飯の前に手を洗わねえと馬鹿だ間抜けだと小言を云われたもんだ。ただ俺は何が何でも手を洗えって、その理屈が気に入らなかったんだ。大体ありゃなぜ洗うんだ？」

「綺麗好きが聞いて呆れる。勿論不潔だからでしょう。食中毒や感染症の防止」

「だろう？　それが気に入らねえんだよ。俺は餓鬼の頃こう思った訳よ。黴菌《ばいきん》ってのは丈夫なもんだ。聞けば熱湯掛けても死なねぇ黴菌もいる。そう云う強力な奴は、きっと凄《すげ》え病気の元だろう。井戸水でちょろちょろ洗ったって焼け石に水じゃねえか。弱い黴菌殺しても強《つえ》え奴が死なねえんじゃあ一緒だ。洗っても洗わなくても同じなら誰が洗うかい。だから俺は飯の前に手は洗わねえ」

「実に君らしい。無茶苦茶だ」

「だってお前、手ェ洗う井戸水にだって黴菌が入《へえ》ってるかもしれねえじゃねえか」

降旗は大いに笑った。そして云った。

「それはそうさ。君なりに筋は通っている訳だ。だから世間の理屈とは違うけど、君は君なりの理屈を作っているじゃあないか。君は――」

「だから俺のことはいいって。問題は平野だろ」

油断するとすぐに話が逸《そ》れる。

「平野の場合はですね——先ず」

降旗はそこで大いに間を持たせた。

「——彼は窃視嗜好《せっししこう》のある性的倒錯者《とうさくしゃ》だった」

「だからよ、俺の理解が及ぶ言葉で喋《しゃべ》れって」

「ああ。覗き魔的な趣味を——まあ顕在化《けんざいか》はしていなかったのですがね——持っていたんですよ、彼は」

「出歯亀《でばかめ》か？」

「身も蓋もない云い方だな。実際は何も覗いていないのですからね。出歯亀は酷い」

「覗いてねえのかよ。でも覗いてねえなら、なぜ覗き趣味があると判った？　実は覗きたいんですと告白でもしたのか？」

「そうじゃないですよ。彼は自分のそうした性質に気づいていなかった。表面上は努《つと》めて淡泊《たんぱく》に振る舞っていたんですね。覗きたいと云う性的な欲動は意識されぬまま、ずっと抑圧されていた。そうした潜在願望は歪んだ形で発露するのです。潜在思考の強い願望は、意識上に現れる際に歪曲し、強い恐怖感情となるんです」

「ん——それで、それだとどうなる？」

「彼——平野は常に誰かに視られている、監視されていると、思い込むようになった」

「何でだ？」

「だからね。私の潔癖症と同じで」

「おう――」

木場はそれなりに納得する。

「――汚くしていたいと云う願望がお前さんを病的な綺麗好きにしてしまったように、覗きたいと云う願望が覗かれているってえ妄想になったと、こう云うことか？」

まあそうです、と降旗は云った。なぜそうなるのかと云う理屈の方は、木場には解っていない。

「本当に覗かれてたってことはねえのか？」

「まあ二十四時間、常時誰かに監視されていたならば――これは嫌だし、実際恐いでしょうね。しかし現実にそんなことはあり得ない」

「まあな。刑務所の看守《かんしゅ》だって囚人を四六時中見ちゃいねえからな――まずねえか」

「ないでしょうね。しかし彼はところ構わず、朝夕を問わず、至るところから、自分を凝視している視線を感じると語った。この視られるのが厭だと云う気持ちは、視たいと云う欲動の裏返しなんですね」

「なる程な。それが視線恐怖症かい」

結構厭な病気だ――と木場は思う。

「そうです。これは——まあ類似する症例もないではないが、彼程顕著な例も珍しいでしょうね。分裂症の患者等では、例えば誰かが自分の噂をしている、それが電波で流れている、ラジオで聞くことができる、否、直接脳が受信する、世界中が自分を中傷している——なんて云う症状をね、示す場合もある。そうしたところまで行くと少少重症で、他にも社会生活に支障を来すような症状が色色出て来るものなのですが、でも平野の場合は違っていて、ただ視線だけを感じ、それだけが恐いと云う」

「で？」

覗き魔から目潰し魔。関連はあるか。

「で——だから平野がなぜ窃視嗜好を持ったかと云う原因を——」

「待てよ降旗。視線恐怖症の原因が、その覗き——窃視嗜好だとか云う話じゃなかったのかい？」

「そうですよ」

「その窃視に、またぞろ原因があるのか」

「そうですよ。そうして意識の深層にどんどんと接近して行き、表層に現れた現象の正体を探るのですよ。それが私の仕事——だった」

「やな仕事だな」

「だから辞めた」

返す言葉がない。

降旗はそこで木場に煙草をせがんだ。

潰れた紙巻を一本渡すと、降旗はどこからともなく火燧《マッチ》を取り出して擦《す》り、実に美味《うま》そうに吸いつけて、窓の外の月に向けてぷうと煙を吹きかけた。

「平野の場合――」

もう一口吸う。

「――平野の場合、その覗き趣味願望は――彼と、彼の亡くなった妻との屈折した関係が齎《もたら》したものだと私は分析した」

降旗は紫煙を吹き飛ばす。窓から灰を散らす。

「屈折した関係ってえのは？」

「そう。彼の妻はね、彼が戦死したものと勘違いして、別に男を作っていた」

「不貞か」

「まあね。しかし復員した平野はそれを黙認した」

「何でだ」

「平野は軍隊時代に非人道的な体験をした所為で、心因性の性的不能者になっていたんですね。それで」

「似たような話を――聞いた覚えがあるぜ」

「まあ滅多にないと思うこと程、善くあるものですよ。しかし、平野の場合は、その屈折した夫婦の関係こそが、彼が潜在的に持っていたある体質を呼び覚ます引鉄《ひきがね》となってしまった訳だ」

「覗きってのは体質なのか？」

木場がぞんざいに問い掛けると、降旗は過敏に反応して、短く唸《うな》り、慌てて否定した。

「体質と云うと語弊《ごへい》があるな。決して個人の特質じゃないですからね。それらは誰もが潜在的に備えているものですよ」

「俺にはねえぞ」

「あるでしょう。警官だって覗き見くらいする」

「しねえよ、全然。特に警官になってからはな」

「それは修さんの中の倫理的な規制が劣情よりも勝っている所為でしょうよ」

「俺に倫理なんてねえよ」

「ない訳がない。いいですか、覗き見にある種の魅力を感じない人間などいないですよ。ただ倫理観、道徳観念、社会的他律的規範、良心――何と呼んでもいいのだが、そう云う内的な禁止作用――超自我が、その破廉恥な欲動を押え込んでいるだけなんです。修さん、君だって同じなんだ」

降旗は――多分わざと――断定した。

道徳。常識。人情。慥かにそうしたものは木場の中にも幾許か、あることはあるのだ。木場は最前まで、それがあるが故に戸惑っていたのだ。

「まあなあ。じゃあ平野はその良心や道徳や、そうしたものが——なくなっちまったのか？」

「揺らいでしまった——のですね。一度」

「かみさんと間男の関係を容認した時点でか？」

「そうじゃない。彼は妻と間男の情事を節穴から覗き視てしまったんです」

「おいおい、見たのかよ」

「視てしまったんです。しかもただ見物したのじゃない、覗き視てしまった。そして彼はその時、異常に性的な興奮を覚えてしまったのです」

「そりゃあ——変態だな」

「そんなことはない。繰り返しますがね、そうした背徳《はいとく》的な悦びと云うのは、誰にでも潜んでいる情動だ。取り分け異常なものではない。ただ、通常はそう頻繁《ひんぱん》に意識されることがない。平野の場合は、偶偶均衡《バランス》が崩れてしまっただけなんだ」

「それで病《や》みつきになったのか？」

「なりません。まだ——先がある」

「まだ——あるのか」

段段木場に心地良い内容ではなくなって来る。

「あるのです。平野は強く煩悶《はんもん》した——と、私に告白しました。平野はそれが好ましいことではなく、寧ろ淫靡《いんび》な背徳行為であることを承知していた。にも拘《かかわ》らず、それは彼にとって堪《たま》らなく甘美な魅力に満ちた行為でもあった。覗いている段階で彼は、だから超自我をなくしてはいない。但しそれは確固たるものではなくなっている。揺らいでいるのです。そして平野は分裂した自己を統合するため、妻の情事を覗き見ていることを妻に隠し通すことを心に決める。彼はそうして再び内的な均衡を取ろうとした」

「それで——均衡が取れるか？」

「別な禁止事項を自らに課すことで矛盾を肯定したんですよ。しかし、平野の妻は、平野が覗いていることを多分知ってしまった。そして——」

降旗は手にしていた煙草の吸い差しを抓《つま》んで、脇に置いてあった湯飲みの中にぽとりと落とした。

「——彼の妻は自殺してしまった」

「死んだのか」

「そう、死んだ。それが——妻の死が凡ての原因だったのです。それでなくとも平野は、覗き行為に関して嫌悪感を持っていた。ただでさえ不道徳な行為だと云う背徳感もあった。その上に、己の淫らな欲動が妻を殺してしまったのだと云う、決定的な罪悪感が付与《ふよ》されてしまった。平野はどうしてもそれだけは認めたくなかったんでしょうね」

「そりゃあ——なあ。自分の変態的な行いで女房死なせたとあっちゃ」

遣り切れまい。

「そう。だから彼は覗きの所為で妻が死んだと云う考えを否定した。そうして結局——彼の超自我による禁止作用、抑圧は、より堅固な、非常に強固なものになってしまったんです」

「禁止する気持ちが強くなったってえのか？」

「そう——必要以上に強くなってしまったんです。イドから溢れ出る性的欲動《リビドー》は確乎《しっか》りと、念入りに、幾重にも封印された。だからこそ彼は、窃視嗜好があるにも拘らず、長い間それを意識することすらもなかったのです。だが——そうしたものは押えれば押える程に反発するものでしょう」

「そうだろうな。そりゃあ解るぜ」

押えつければ跳ね返る。押える力が強い程、反発する力も強くなる。それは木場のような男にとっては理屈以前に、当然のことなのである。

「欲動はそうした超自我の強い禁止作用を打ち破り一層不気味な姿で彼を襲った。それが、平野の視線恐怖症の本当の正体だった——」

「なる程な。善く出来た話だぜ」

但し。

出来過ぎだ。造り話のようだ。木場はそう思う。

慥かに筋は通っているが、いずれ人の心などそう一筋縄では行かぬ、否、行かないで欲しいものである。木場には善く解らないが、精神分析と云うものは靄靄《もやもや》とした不定型の人の心を、理論に則《のっと》った像《かたち》に、解釈に都合の良いような形に、定まった一定の型に嵌めて行くだけのもの——のような気がする。木場の思うに、これも要するに理想的結論が先にあるのだ。仮令《たとえ》真実であろうとも、到底木場の気に入るものではない。

表に出ている事実は少ない。

平野が戦後、性的不能になったこと。

平野が妻の不貞を容認していたこと。

平野が妻の閨房《けいぼう》を盗み見ていたこと。

平野の妻が自殺してしまったこと。

平野が視線恐怖症を発症したこと。

たった——これだけだ。

それら凡てが連鎖する、或は因果関係を持つ事象であると断じるに及ぶだけの、所謂《いわゆる》証拠と云えるようなものは何もない。その点と点を繋ぐのは降旗が学んだ理論であり、降旗の捏ねる理屈だけである。

つまり、今降旗が語った物語は、平野祐吉の内面を綴《つづ》っているようでいて、実際は降旗自身の、或は降旗の学んだ理屈を考えた野郎自身の物語ではないのか——。

そう思い至って、木場は急激に冷めた。

「――まるで手前《てめえ》自身の話みてえじゃねえかよ」

木場が皮肉雑《ま》じりにそう云うと、降旗はそうですね、と自嘲でもするように笑い、精神科の医師にとっては患者の精神の深部を探る行為も己の内面を辿《たど》る行為も同義なのですよ、と云った。

木場の気づいたことは、周知のことであるらしかった。

ふうん、と気の抜けた返事をして木場は畳に後ろ手を突く。指先に触れた布にふと目を遣ると、それはどうやら女物の下履きで、木場は慌てて手を除ける。そして照れ隠しに凄む。

「だから――どうなんだよ降旗」

「どうと云うと？」

「お前さんの話だと、慥か原因が判れば治るってえ話じゃなかったのかい？　それだけ理路《りろ》整然《せいぜん》と原因が解ったんだ。当然治したんだろうな？」

降旗は苦笑して鉢《はち》の開いた頭を揺すり、それがね修さん、治らなかったんだよ、と云った。

「治らなかったのか？」

「いいや、治らないだけじゃない。平野の心の中の虚《うろ》は、診察した私をもまた、取り込んでしまった」

「木乃伊《ミイラ》取りが木乃伊かい――」

間抜けな話だ。木場の聞き及ぶ限り、医師を辞めた後の降旗の落ち込みようは相当に酷いものだったらしい。

降旗は更に自虐的な笑みを浮かべて云った。

「そうさ。私もまた――その時は気づかなかったのだけれど――幼い時分に覗き視たモノに強い心傷《トラウマ》を持って生きて来た人間だった――ようでしてね」

「――藪だったな、おい」

「だから辞めた。兎や角云われる筋合いはない」

「つまり平野は、未だに視線恐怖症な訳だ――」

結局、刑事としての木場が気にしなければいけないのはその一点だけのようだった。

犯人が視線恐怖症であることが事件の展開に何等かの関わりを持っていると云うことはないか――。

しかし元精神科医はそれをあっさり否定した。

「それはどうかな。平野は視線恐怖症を自力で克服している筈ですよ。但し完治してはいないだろうが」

「克服？　自分で治したってのか？」

「私が今更こんなことを云うのは何なんだが――きちんと治療さえしていればね。こんな結果には」

「明瞭《はっきり》云えよ降旗。何のことでぇ」

「刑事が惚《とぼ》けちゃあいけない。目潰し事件のことですよ。目潰し魔平野のことを知りたくて君はここに来たんだろう？　平野は目潰し魔なんだから――」

「それは――」

木場はそう確信している。ただ、現状それは木場が確信していると云うだけのことだ。実際警察は連続目潰し事件の本星を川島と想定し直している。木場は警察の判断に納得が出来ず、結果平野犯人説を導き出したに過ぎない訳で、つまり木場にとっても積極的に求めた結論とは云い難い。

しかし。

「――お前さんは平野が星だと思うか？」

「思いますね。違うと云うんですか？」

「違う――可能性があるんだよ」

「それはないでしょう。その後平野祐吉の身に何が起きたのか、私は知りませんよ。途轍《とてつ》もなく酷い、深刻な状況が彼を襲ったのかもしれない。それは解りません。だがあれは平野の仕業ですよ」

「断言するな。理由は？　何か理屈がつくか」

降旗には何か根拠があるのか。

「これは以前警察にも話したことですがね。平野が最初の犯行に及んだのは、私が診察した直後だ。彼は原因には辿り着いたものの何のケアも施さずに帰ってしまった。結果彼の視線恐怖症は一時的に極限に達した。彼はそれを克服するために――殺した」

「殺すことが恐怖症の克服になるのか」

「なったんですよ。彼の中では」

「生贄《いけにえ》の娘は――何で選ばれた」

「近くに居たから――彼を視ていたからでしょう」

「見ていたから殺した？」

「他に理由はない筈ですよ」

「それじゃあ降旗、お前さんはその、大家の娘も、酒場の女も、女教師も、そして呉服屋の女房も、被害者は四人ともただ平野を見たから殺されたと、こう云うのか？」

「そうですよ」

「そりゃあお前――だったら男だろうが犬だろうがいいじゃねえか。眼がありゃあ。何で女ばかり」

「それは違う」

「どう違う？」

「彼の使う凶器は尖った鑿《のみ》か何かなのでしょう？」

「そうだが——」

「それはね、修さん、男根の象徴なんだ」

「何？」

「遍《あまね》くそうしたものは——そうなんですよ」

「で？」

「彼にとって眼は女陰だ。平野祐吉にとって殺人は性交の代替行為なんですよ。だから平野は——」

「女を抱く代わりに——殺すってぇのか——」

——そんなことがあるか？

「——それは——奴が不能だからか？」

「それも関係がない訳ではないですがね。でもね、実際に性行為が出来るか出来ないかなんてことは瑣末なことなんです。要するに、世界と己の関係を、平野祐吉は見失ってしまったのですよ。平野は窃視者だ。平野は常に視るだけの、直接世界と関わることが出来ない、額縁を通してしか世間を視ることができない伝達《コミュニケーション》不全だ。彼にとって被害者の眼は性器でもあり、世間自体でもあるんです。目潰し魔となることで平野は漸く世間との関係を見出すことができたんでしょう」

「平野は男でいるために女を犯す——殺すと、そう云うのかい？」

「男であるため、と云うより生きている証明ですかね。これは、父殺しでもあるのですよ」

「父親は男だろ。殺されてるのは皆女だ」

「父親と云うのは、母子一体の共生関係を破壊し、子供を責任ある個人として独立させる役割と、ある価値体系を背景とした権威を以て、社会の秩序を維持する役割を持つ者、或はその機能自体――否、権威や価値体系自体でもある訳です。つまり、平野の目潰し行為と云うのは、幸福な世界との一体感を奪い、己を抑圧し続けるものの除去――父親の殺害でもあり、それによる世界との一体化――母親を犯しているのと同じことでもある訳ですね」

「解ったような解らねえような話だがな――」

「彼をそうした場所に追い詰めてしまったのは、常に彼を監視するもの――彼の中の倫理、道徳、神性――彼の欲動を抑圧する超自我――です。超自我によって平野は去勢《きょせい》されてしまった。だから彼はその超自我――父性を、己の鉄の男根で突き破ったのですよ。彼はそれを突き破ることで、罔《な》くしてしまった世界との一体感を取戻したんです」

降旗は少し息が荒くなっている。

こうした饒舌《じょうぜつ》は、降旗の今の身分ではそうないことなのかもしれない。

「それで――平野は――女しか殺さねえのか？」

「多分」

「女なら誰でもいいのか」

「そんなことは——ないと思うが。まあ——診察した訳ではないからね。ただ女性ならば誰であれ、平野の標的にはなり得るでしょう」

「そうかい」

殺す理由はある。しかし選んだ理由はない。

「それが——精神神経科医としての見解かい」

「平野を知る者としての個人的な見解ですよ」

「おい降旗。もう一度尋くがな、お前さん、目潰し魔が平野以外の人間である可能性ってえのは、ねえというんだな？」

「ないですよ。目潰し魔は平野です」

「そうかい——」

木場は複雑な思いに駆られている。

木場の思いつきは図らずも降旗によって補強された格好になる。精神科医崩れの友人は、強力に平野犯人説を擁護している訳で、つまり木場には複雑な思いを抱かねばならぬ謂《いわ》れなどない。ただ。

——違うんだよ。

多分。同様の演説を四谷署の加門刑事も聞いている筈である。木場のような天邪鬼《あまのじやく》でない限り、滔滔《とうとう》と語られる専門家の尤《もっと》もらしい高説はかなりの説得力を以て届いたに違いない。

だからこそ警察は早い時期に平野を犯人と断定したのではないか。そして、木場は先ずその早過ぎる結論に対して反撥を覚えたのではなかったか。平野の異常性のみを憑拠《ひょうきょ》とした動機なき無差別連続猟奇殺人と云う結論に――。

降旗は今、その大雑把な結論に就いて、詳細な解説を加えたに過ぎない。平野には犯行に至るまでの立派な理由がある。動機もない訳ではない。被害者も無差別と云う訳ではない。ただ、その凡てが常人には理解し難いだけである――と。

勿論降旗は最初に事情聴取された際も同じように説明したのだろう。しかし理解できない理由で、理解できない基準で、理解できない動機で行われた殺人は、幾ら理由や基準や動機があろうとも、警察機構に於ては理由なき、基準なき、動機なき殺人になってしまうのだから、これは已《やむ》を得ない。

見られるのが恐いから見ている者を殺す。

犯すことが出来ないから犯す代わりに眼を潰す。

自分を見張っている超自我とやらを粉砕する。

父を殺し、母を犯す。世界を取戻す。

――そうじゃねえ。それじゃあ、

それでは、被害者達は矢張り無差別に選択されたに等しいことになってしまう。木場はそもそもその部分が気に入らなかったのだ。

小娘、淫婦、教師、奥方。この無関係な四つの点を結ぶ糸が、平野の抑圧された無意識とか云うのでは、木場は全然納得できない。

——何か別の理屈を当て嵌めて見直せば、別の絵が浮かぶ。そう云った青木は、川島犯人説と云う別の絵を描いた。だが降旗の高説から木場はまるで別の絵を思い浮かべることができない。

「平野の行動原理の背後には、その無意識だか性的欲望だかがある——んだな？　おい」

「そう。背後と云うより深層にある」

「表現はどうでもいいんだ。まあ、それはそうなんだろうよ。だがな降旗、こう云うことは考えられねえか——その、何と云うか——」

木場には上手い言葉が見つからない。

「——平野は何か別の理屈で動いている」

降旗は即座に否定した。

「あり得ない。それは平野の殺人に、所謂一般的な動機があるかと云う意味でしょう。例えばどんな」

「それは解らねえ」

「怨恨？　復讐？　利達？　保身？　彼の場合そんな動機は到底考えられないんです。平野は、そんな卑俗な理由で動きはしませんよ」

「それじゃあ尋くがな、平野はなぜ未だに逃亡しているんだ？　そんな、保身も考えねえような男なら、なぜこそこそ逃げ回ってるんだよ」

「彼は、犯行時は兎も角、通常は心神喪失状態にある訳ではないんです。常識的な判断力を持っている。己の犯した罪をきちんと認識できる。平野が最初の殺人で某《なにがし》かの達成感や満足感を得たことは間違いない。しかし、彼は同時に自分が取り返しのつかぬことをしてしまったことを知り、怖れ戦《おのの》いた筈です。だからこそ――逃げたのでしょう」

「都合のいい話だな。平野には、刑事責任能力があるって訳だ。じゃあよ、なぜ奴は繰り返す？　その父殺しってのは一度じゃ駄目なものなのか？」

「麻薬のようなものなんですよ。常習性がある。特に逃亡生活中の精神状態は著しく不安定だ。どこでどのように臨界点を迎えるか――」

「いい加減にしろ！　都合が良過ぎるぞ。正常だったり異常だったり、明瞭《はっきり》しろよ！」

木場は苛《いら》ついている。降旗のペエスは変わらぬ。

「正常と異常とは相反するものではないんです。これはあくまで程度の問題で、平均値を逸脱した場合は異常と呼ばれ、枠内に止まってるうちは正常と呼ばれる。だから彼は――」

「解ったよ。もういいって――」

聞けば聞く程、苛苛が増す。

「――そうだ――例えば、平野が――誰かに、利用されていると云うこたぁねえか？」

平野のそうした特殊な性質が第三者によって都合良く使われていると云うことはないだろうか。平野の背後に絵を描いた奴が居ると云うことはないか。

降旗は表情を曇らせた。

「利用？　無理だ。社会性皆無の彼を、どうやって利用するんですか？　誰が？　何のために？」

「それが判れば手前《てめえ》なんかに尋きゃしねえよ。ただな、何か、何でもいいんだが——女どもを繋ぐ糸があれば。」

「馬鹿馬鹿しい。平野は神経を病んだ逃亡者なんですよ。彼の方にだって他人の指図《さしず》に従わねばならない謂《いわ》れはないですよ」

「金を貰って引き受けたッつうのはねえか？　社会性がねェと云っても山ん中で裸で暮らす訳にゃいかねえぞ。生きて行くにゃ金が要る。金は使えばなくなるぜ。なくなりゃ困る。神経を病んでいたと云っても判断力はあったんだろう？　なら欲だって出るんじゃねェのか」

「彼が殺人の見返りに報酬を得たとでも？」

「欲がなくっても逃避行にゃ金がかかるぜ。逃走の資金援助と引き替えに、何者かに殺人を依頼されたとかよ」

「平野が取り引きを？　絶対にあり得ない」

「どうして絶対ねえと——云い切れるよ？」

「私には解るのです」

「だから何で判るよ」

「解るんですよ。私も平野と同類の人間ですからね。善く解る。金のために殺人？　違う。彼は救いを求めていたんだ。そんな、報酬を貰って犯罪を犯すような、姑息《こそく》に社会に擦《す》り寄るような真似は絶対しない。彼は病気なんだ。病気なんですよ。ならば私にも、治療ができなかったと云う意味で責任はある」

「馬鹿野郎！　思い上がるな――」

木場は畳を叩く。

「――矢っ張りお前さんの理屈は幾ら筋が通っていたって如何《いかが》わしいぜ。お前さんはそうなのかもしれねェが、平野もそうだとは限らねェだろう。もし本当にそうなんだとしてもよ、もう少し別の動機を考えてやれこら。禁止だか抑圧だか鬱陶《うっとう》しいぜ。何でもかんでも欲動とかの所為にするなよ。話聞いてるだけで厭ンならあ」

「それは――」

「どうだ、俺は俺なりの理屈を構築しているか。そりゃそうかもしれねえが、俺はすぐこうして――」

木場は下履きだか靴下だか判らぬものを摑んで降旗にぶつけた。

そして濁声《だみごえ》を張り上げた。

「──自分で作った理屈も壊しちまうんだ。だから理屈が通じねえんだよ。ああだこうだ練り上げて拵えたって、理屈ってのは一瞬で崩れちまうじゃねェか。だから理屈なんか信じられねェんだ。そりゃ平野は色色と思い悩んでて、神経もイカレてたんだろうさ。それを病気と呼ぶンなら、まあ病気なんだろうぜ。しかし、だからと云って、なぜお前さんに事実以上のことが解る？　精神科医ってのはナンだ、神降《かみおろ》しか霊媒《れいばい》か何かなのか？　患者の心の奥底が、そんな小理屈で解るのかい。それこそ思い上がりじゃねえのか？　所詮解りもしねえことと、解ったような気になって──」

「その通りだよ修さん──」

降旗は小声で木場の罵声《ばせい》を制した。

「──私も同じように思ったのだから。しかしそれでも、研究者の多くは善意を以て研鑽《けんさん》を続けているし、完全ではないにしろ善い結果も出ている以上、この分野の成果を無視する訳には行かない。君のようにばっさりと切り捨てることは出来ないよ」

ならば、木場に云えるのはそこまでである。

でけえ声出して済まなかったなと云って、木場は煙草を一本勧めた。降旗は少し卑屈に、構わないさ、と云ってそれを受け取った。

降旗は美味そうに喫《す》った。

木場は友の顔を見据える。

「あのなあ降旗。お前さんにゃお前さんの真実があるだろう。それはいい。ただな、平野が真実お前さんの診立《みた》て通りだったとすると、少なくとも最後の一件だけは奴の仕業じゃねえって――ことになるぜ」

「それは？」

「左門町の事件もな、凶器も手口も他の目潰し事件と全く同じだ。ならこれも、お前さんの云う、俺には善く解らねえ平野の自己実現行為なんだろう。しかしこりゃ別人の犯行と思われてる。いや、目潰し魔はそもそも平野じゃねえと、断定されつつもある」

「それは――」

「おう。納得行かねえだろ。俺もそう思った。だから平野が犯人と決めてみた。すると、まず奴は被害者が現場に来るのを知っていなくちゃならねえ。いや、誘《おび》き寄《よ》せて待ち伏せしてたとしか思えねえ。被害者がひとりになるまで待って殺し、人目を避けて逃亡している。狙っていい、ているんだ。被害者を――」

「そう――なのか」

「おうよ。実際に平野がお前さんの云うような行動原理で動く人間だったら、こりゃ少し変だよな。だがな、いいか、肝心なのはここだ。平野が犯人だと考えた時だけ、今の筋書きは生きて来るんだ。もうひとりの容疑者を犯人とすると、計画性はねえに等しい」

「どう云う意味かな――修さん」

「真実平野がお前さんの云うような人間だったら、今回の事件の犯人にはなり得ねえってことだ。しかし、凶器は同一手口も一緒。今回の事件の犯人が、平野じゃねえなら、他の事件も別人の犯行と考えるよりねえってことになる」

「目潰し魔は——平野だ」

「だからよ降旗。お前さんの分析の結果は、平野の不可解な犯行を裏付けると同時に、平野が犯人じゃねえってことも裏付けちまうんだよ。凡ての目潰し殺人が平野の仕業で、そしてお前さんの分析するところの平野像が真実だてえんなら、その矛盾を解消する全く別の理屈が要るってことになる。だから」

「それで第三者の介入か——」

降旗は考え乍《なが》ら根本の方まで煙草を喫い切って、またぽとりと湯飲みに落とした。

「修さん。先程私はああ云ったけれど、人間を自由に操作《コントロール》することは不可能ではないよ」

「そうか。それは？」

「中共などで行われたと云う、最近は洗脳《せんのう》などと云うらしいが、その、ある種の教育や訓練によって、云いなりの人間を造ることは可能だ。その場合報酬《インセンティブ》は金銭等でなくっても構わない。無償の奉仕と云う場合もある。もし誰かが——」

「そう云うヤツじゃあ——ねえと、思うがな」

違うだろう。

その手の小細工は云ってみれば密室の仕掛《トリック》と同じで、事件の貌に似《そぐ》わないのだ。仕掛けがあるならもっと大仕掛けの筈だ。

降旗は羽織っていた襦袢の襟を合わせた。春だとは云えまだ弥生、深夜に窓を開け放ち、ふしだらな格好で窓辺に居れば、それは寒いのだ。

「それはそうと降旗。お前さんに平野を周旋したのは何でも平野の友達だって話だが——」

川島喜市。

いつの間にか捜査線上からは消えているが、木場は少し気に懸かる。

「——そいつとはどう云う」

「ええと、あ、あの印刷工場の職人ですね。いや、私は彼を直接知っている訳ではないのですよ。慥か川島とか云う青年だったと思うが。私の恩師のね」

「知り合いか?」

「違う。恩師が昔世話になった、さるお方の紹介だと云う話でしたね」

「さるとは誰だ?」

「ええと、何と云ったかなあ。そうそう、織作 某《なにがし》ですよ。財閥のね。私は政治経済に全く興味がないもので、恥ずかしいが善くは知らない」

「織作? この間おっ死《ち》んだ織作紡織機の織作雄之介か? 大柴田の右腕にして柴田財閥の中枢、財界の黒幕、剃刀《かみそり》雄之介だろ」

木場も政治経済にはそれ程明るくないが、その木場をして聞いているのだから、大物である。

「そう、その人ですよ。その剃刀某の娘さんだとか云っていたな。次女だか三女だか教授も善く判らかったようだが、そう云っていましたね」

「織作雄之介の娘だ？」

何故そんな大物のご令嬢と一介の印刷職人との間に面識があったのだ？　しかも選《よ》りに選って精神科医に紹介すると云うのも、据わりの悪い話である。

「釈然としねえ話だな」

木場はずっと手にしていた煙草に火を点けた。

「いや、私もその時は怪しく思わないでもなかったけれど、いずれその織作家と縁故《えんこ》のある人物だったのでしょうね。その、川島青年は」

「最初はどう云う話だったんだ？」

「だから最初は教授の方に話が来たのですよ。織作さんの御紹介の川島と云う者です、就いては知人にこれこれこう云う症状の者が居る、是非診《み》てやってくれないかと。しかし教授は多忙で、私はその頃既に医師としての自信を喪失《そうしつ》しかけていたから、あまり患者を受け持っていなくって。それで――」

「そうかい。川島ねえ。川島」

その頃から既に、何か大仕掛けが施されていたと云うことはないのだろうか。

——そんなこたぁねえか。

降旗は緘黙《かんもく》して熟考《じゅっこう》している。

木場は煙草の灰を何処に落とそうか迷っている。

迷っているうちに灰は畳の上に落ちた。

「そうだ」

「何でぇ」

「狙われている——女が居る」

「狙われている？　女だと？」

「川島で思い出しましたよ。命を狙われているとか云う娼婦が居るんだ。ええと、慥か名前は——志摩子《しまこ》」

「川島喜市と娼婦と、何の関係がある？」

「善くは知らない。里美さんが——ああ、この部屋の主だが、彼女が云っていた。その娘、慥か蜘蛛につけ狙われているとか」

「蜘蛛だと！」

「そう。何だろう、蜘蛛と川島とどう関係あるのか記憶が定かじゃないが——いつの話だったかなあ」

「あの――女か」

残り香。

新造が頸を絞めていたと云う女。

騎兵隊映画社に怒鳴り込んだと云う女。

――妾《あたし》は関係ないよ。官憲なんか大ッ嫌いサ。

カーディガン一枚残して消えた女。

未だに身許は割れていない。

「この辺りの女なのか？」

「そうでしょう。いずれ立ちん坊の街娼には違いないだろうが、里美さんなら知っていると思うけれども。慥か、彼女が自分で調べて、自分をつけ狙っている蜘蛛の正体を突き止めたら、それが川島とか云う男だったとか――慥かそう聞いたような気がするんだが――関係ないとは思いますがね」

「関係あるぜ――そいつは。おい降旗」

「何です？」

「俺は立場上手前《てめえ》の女房にゃあ会い悪《にく》い。お前さんから尋いてくれ。そして教えろ。住まいと姓名――」

「志摩子さんのですか？」

「勿論そうよ。いいな」

「真逆修さん、検挙でもする気か」

「馬鹿。その女――俺が護ってやる」

――敵は蜘蛛なんだ。

木場はそう定めた。平野祐吉は蜘蛛の糸に操られている木偶人形だ。そして川島新造も、多分川島喜市にも蜘蛛の糸は絡みついている。ならば。

殺された四人の女は巣に掛かった獲物だ。

巣の真ん中には蜘蛛が居る。

そいつが――犯人なんだ。

木場はのそりと身を起こす。

「そろそろ女が戻る時刻じゃあねえのか」

「帰るのか」

「帰るぜ。こんな時間に邪魔して済まなかったな」

降旗は無言で襦袢の襟を合わせ直す。

「――役に立ったぜ。女房に宜しくな」

――刑事が私娼に宜しくもねえか。

木場は肚の底で笑った。

下宿に帰るのを止め、駅の近くまで戻って、木場は路地裏の怪しげな屋台の焼き鳥屋で腹拵《はらごしら》えをして夜明けを待った。焼き鳥屋と云っても鶏《とり》などただの一切れもなく、焼けているのは凡て豚の臓物で、葡萄《ぶどう》色に染まった正体の解らぬ色水酒などが置いてあるだけだ。当然親爺の愛想《あいそ》の良い筈もなく、客とて傷痍《しょうい》軍人がひとり居るだけで、木場は己が刑事であることが酷く場違いに思え、外套の襟を立てて塀際の壊れかけた椅子に腰を下ろした。

朝はすぐに来た。夜がすうと身を引くと、同時に怪しき屋台も姿を消した。

木場は朝靄《あさもや》の中を肩で風を切って歩く。

行き先は九段下《くだんした》である。監察医である里村紘市は九段下で外科医院を開業しているのだ。

駅の時計を見るとまだ五時半だった。

里村は腕のいい外科医で、人当たりも良く、患者の受けも良いから、里村医院は大層繁盛している。

別に監察医などしなくとも十分にやって行ける。

ただ、里村には監察医を辞められぬ──止むに止まれぬ──理由《わけ》がある。里村は、解剖が好きなのである。

これはそれこそ病気のようなものだと木場は認識している。普段接する里村からは、眼を輝かせて骸《むくろ》を切り裂いている猟奇的な姿は全く想像できない。木場ならずとも想像できる者は居ないと思う。

里村は人格者である。仏様のような顔で熱心に治療をする。それでいて捻挫《ねんざ》切り傷、生きている患者がどれだけ大勢傍《かたわら》で訴え叫ぼうとも、東に変死体あれば駆けつけ、西に土左衛門が揚がれば馳《は》せ参《さん》じると云う執心振りであると聞く。

——降旗に診て貰うべきだな。

木場に里村の感覚は解らない。

坂の途中の、診療所に毛が生えた程度の小さな建物が里村医院である。まだ六時前だと云うのに、見れば寒い中、里村本人が玄関先を箒《ほうき》で掃いていた。やや薄くなった後頭部が寒寒しい。木場は黙って近づいたが、医者はすぐに気配を感じ取って振り向いた。

「あ。ああ木場君。木場君は刑事なのに朝早いじゃないか。うわあ、不健康な顔だ。徹夜で飲酒？　いけないいな。肝臓を摘出して水洗いでもする？」

「黙れ。朝早えんだからもう少し清清しい話題を選べよ。おはようございますぐらい云えねえのか」

「清清しいじゃない。肝臓の水洗い。君の場合手遅れかな。開腹した途端に落胆する程、躰壊してそうだからなあ。僕は一寸見てみたい」

里村はメスを持つ手つきをする。

「それにしても医者は朝が早えな。それによ、何だよそのザマは。掃除なんざ看護婦にさせりゃいいじゃねえか」

「畏ろしいこと云わないでくれないかなあ。看護婦さんは大事にしなきゃ。不足してるんだもの。待遇良くしないと辞めちゃうの。それに最近はお年寄りの患者が増えてさ。お爺さんお婆さん朝早いから。怪我する時間も早いのね」

「年寄りは——朝早いか」

里村は早い早いと大袈裟に云った。

「三時とか四時とかに転んだりするもの。内科なんか朝は老人の巣窟だし。だからねえ、これからは、木場君、成人病。成人病専門医院に衣替えしようかと思っているのね。儲かると思うな」

「医は仁術だろうが。算術なのかい」

「医者も人の子ね。で、何の用かな」

眼鏡の奥の大きな眼が三日月型になって木場を見つめる。大分後退した額と、その子供染みた眼差しが釣り合っていない。

「そのな、左門町の」

「ああ　目潰し魔ね。粘膜《ねんまく》にぶすっと。尖った鑿が水晶体《すいしょうたい》をこう突き進んで、視床《ししょう》までずぶずぶずぶ」

「止めろって変態が。楽しいかそう云う話は。そうじゃねえんだよ。手前、凶器が同一と判断したそうだな。間違いねえか？」

「ないよ。ありません。科学捜査を信じるんですね木場君も」

「根拠は」

「凶器はね、かなり先の細い金属製のもので、手入れもされているものよ。毎日研いでるとか。いや、せっせと研いでいたんだろうなあ。切っ先は薄いの。包丁でも善く研いであるヤツは、善く切れるけど刃毀《はこぼ》れするでしょ？　それ」

「刃毀れしたのが――」

「金属片が検出されたの。僕が出したんだけど。人の躰は柔らかいところと堅いところがあるから、慣れた人なら簡単だけど、素人が無闇に刺しちゃ駄目。骨に当たったり堅い筋肉に当たったりすると刃物が傷《いた》むの。脂もたっぷりあるしね。意外に切り難いものなのよ。目潰し魔は眼球を突き刺す訳だから、そう障害はないんだけど、刺されるとこう、収縮するでしょう。角度とか悪いと――」

「解った。解ったから止《よ》せ」

「止さない。あれは、僕は気持ちが解るなあ」

「解るか？」

「人の躰、何処を刺されたら厭だって、そりゃ眼でしょう。厭だもの生理的に。しかも致命傷にならない可能性が大きいからね。余計厭だ」

「厭なんじゃねえか」

「厭だから刺すんでしょう？　心臓とか延髄《えんずい》とか一発で殺傷出来る急所は沢山あるよ。腹だって頸だって、要は動脈切れば失血はするんだから。でも彼は執拗《しつよう》に眼を刺すんだね。殺害するって意識が希薄なのかな。甚振《いたぶ》ると云うか究極の加虐趣味《サディズム》と云うか」

「殺す意識が——希薄なあ」

「殺すのが目的なら眼は刺さないと思うなあ。偶偶《たまたま》被害者は皆死んでいるけど、でも四人の死因の内訳は、最初の娘さんはショック死で、次の二人は失血死なのね。最後のあの御婦人は、脳まで深深と突き刺さっていて、こりゃあ念入りに刺してる」

「怨みが深《ふけ》えとか？」

「違いますよ。これは完全に殺害の状況、被害者の姿勢に因る結果だと思うのね。最初の娘さんは、立っているところをこうブスッと——」

里村は箒を放り、木場に襲いかかった。

「——刺したのね。きっと。後の二人は座っているところをこうズブッと——」

里村は再び木場を襲った。木場は避《よ》ける。しかし医師は、今度は目に見えない何かに跨《また》がるような格好をして、見えない凶器を振り下ろした。

「——最後の御婦人は、寝ているところ、こう馬乗りになって、吃驚《びっくり》して眼を見開いたところをこう、ズブリ、ズブズブ」

「だから止めねえかその擬音《ぎおん》を。しかしお前、そんなことまで判るかい」

「判るよ。実験したもの。粘土《ねんど》とか使ってね。角度とか微妙に違うの。寝てるのを襲うのが一番刺し易いし、奥まで刺さるね。殺害状況とも合致したよ」

「念入りな変態振りだな」

「熱心な監察医です。ただね、この場合刺さり過ぎるんだなぁ。だから抜く時大変だったのでしょう。片目刺した段階では生きてるから可成り暴れただろうしね。それで先端が破損して残留したのね。この破片と、最初の被害者から検出された破片とがね、同一の刃物から剝離《はくり》した鉄片だと断定されたの」

「最初の被害者のものと一致したのか」

「後は破片が検出されていないから。ただ、形状は全部同じですね。同じ二厘鑿《にりんのみ》であることは確実」

「解ったぜ。有り難うよ」

里村の見解は信頼に値する。四件の凶器は同じものだ。これは別人が同じ凶器を使用したと云う特殊なケースを除いて、四件は連続殺人であると云う大きな傍証となる。

木場は内ポケットに手をやる。

——出すか。

思い止まる。里村を使って非公式に指紋を採取することは簡単だが、その前に確認したいことが幾つかあった。

——先ず、外堀を埋めるか。

木場は、じゃあな、爺ィの捻挫でも診てやがれ変態、と有らん限りの雑言を吐いて踵《きびす》を返した。里村はナニ、遠からず解剖に伺いますよ変死体のね、と明るくも不気味な応酬で木場を送った。

木場は続いて水道橋まで歩いて移動した。

水道橋には青木文蔵の下宿がある。

木場が呼び出すと若い刑事は眼を擦《こす》り乍《なが》ら現れ、何がどうしました、事件ですか先輩、と予習を忘れた学生のような声を出した。

「一寸つき合え。別にお前じゃなくてもいいんだがな。古い馴染みだし、まあ諦めろ。出庁の時間までにゃあ終わるからよ」

「どこ行くんです？」

「左門町だよ。現場」

例によって木場は一切の説明をしない。その辺りは青木も流石に心得たもので、一切質《ただ》しはしない。

水道橋から四谷までは三駅である。四谷署の前を過ぎ、現場に着いたのは七時前だった。

紛乱《ごみごみ》とした町並み。うら寂しい路地。建築法規が定まる以前に建てられたのだと誇示するかのように密集して建っている、古くて汚れた仕舞屋《しもうたや》の群れ。

多田マキの家。認可の下りる筈もない淫売宿。

木場はがらりと戸を開ける。上《あが》り框《かまち》には多田マキがちょこんと孤座《すわ》っていた。マキは皺《しわ》だらけの顔の眼を眩《まぶ》しそうに細めて、武骨な刑事を睨《ね》めつけた。

「何だい。無礼な官憲だね」

「よう婆ァ。半月振りだな」

「そうかい。お前さんみたいな不細工《ぶさいく》な男には百年経ったって会いたかないよ。帰りな」

「帰る訳にゃ行かねえよ。ちょいと尋くがな。婆さん、まだ俺に云うことが残ってるんじゃねえか」

「残っちゃないよ。そこの小芥子《こけし》にもお前さんにも厭と云う程語ったよ。語り尽《つ》くしたよ。それに妾《あたし》は婆ァじゃなくて多田マキだよ」

「マキさんよ、あんた何時に寝るよ」

「八時にゃ床に入るよ。すぐに眠りゃしないけど、夜は起きてたって見え悪《にく》いんだよ。客は大抵夜中に来るのさ。寝ずに待ってちゃ躰が持たないんだよ。来た時に起きるのさ。ほら帰りなよ」

「玄関に鍵は掛けねえんだったな?」

「掛けないったら執拗《しつこ》いね。妾は貧乏なんだ。来る者は拒まずさ。盗むものなんてないんだよ。客が来た時に鍵なんか掛かってたら帰っちまうだろ」

「客が来たって寝てちゃあ知れねえだろうよ」

「ここに来て声掛けない客なんざいないよ。玄関口で声がすりゃすぐに起きるんだよ」

「声を掛けなきゃどうだ？　黙って這入《へえ》ってすることしてよ、そのまま帰っちまう奴も居るだろが」

「居ないよそんな間抜けは。黙って這入ったって、することしたら判るんだよ。只で帰しゃしないよ」

「どうするんだ」

「入口《ここ》に居りゃ帰れないだろ。馬鹿だねこの男は」

「入口に居るのか。今みてえに、そうして」

「居るよ。起きりゃあね。他にすることもないんだよ。これが仕事さ。ほら帰りなよ」

マキの威勢の良いのは、どうせ口だけである。

「そうかい。まあいいや。婆さん、迷惑だろうがな、一時玄関借りるぜ。おい青木、お前、一寸瓢《ひょうたん》簞の役をやれ」

「瓢簞？」

「前島だ。あの腐れ亭主だよ」

「ああ。前島貞輔ですか。すると、あそこの――一寸《ちょっと》待ってくださいよ先輩。何か新事実でも？」

「知れていることは変わらねえよ。いいから云う通りにしろ。ほら、あそこの電柱のところだろ」

青木はやや頸を傾げ乍ら、路地の向かいの電信柱のところに行き、屈んで身を隠した。

「おい、瓢簟が潜《ひそ》んだのはそっち側なのか？」

「貞輔はそう云ってましたよ。ここだと、ほら、大通りから見え悪《にく》いでしょう」

木場は一旦径《みち》に出て大通り方向を眺めた。既に人通りはある　しかし往来からは青木の姿は殆ど見えない筈だ。ただ、反対側からは判ってしまう。木場は出来るだけ見え悪いように隠れろ、と大声で指示し、玄関に這入って戸を閉め、再び開けた。

——川島はこうやって出たんだ。

少し背伸びをする。川島は木場より背が高い。

——街灯の真下なのか。

丸見えだ。どう隠れても見える。木場は濁声《だみごえ》で、塵芥箱《ごみばこ》の脇はどうだ、と叫んだ。青木は移動する。

「おい青木、そこでいいのか？　もっと身を低くしろ。ちゃんと隠れろよ。後ろ側とか回れねえのか」

青木は無理ですよ、と云った。塵芥箱は塀に密着して設置してあるのだ。限界らしい。何しろ玄関の真正面なのである。右脇だろうが左脇だろうが見える。

貞輔はこう証言した。

——街灯に照らされた顔を明瞭《はっきり》見ましたから。

——面相が確乎《しっか》り見えた。

それは川島にしても同じことだった筈だ。条件は一緒なのだから御互い様だ。寧ろ街灯の真下に陣取っていた貞輔の姿の方が余計に明瞭と見えていた筈だ。また、街灯の位置から考えるに、夜半を過ぎての訪問客は完全な逆光となる。景影《シルエット》の輪郭《りんかく》くらいは判ったとしても、矢張り鳥目のマキには見えないだろう。

いずれにしても——

川島は貞輔が見張っている姿を見ている。

一度戻っているから二回も見ている筈だ。

それでも尚、川島は貞輔に対し手を打った様子が全くない。それは即ち、川島に疚《やま》しいところがなかったからである。それ以外に考えられない。現場を見られていて逃げもせず、知られている可能性のある住み処に悠悠《ゆうゆう》と戻る殺人者などいないと思う。

「御苦労。青木、もういいぜ。次はな、そっちの脇の隙間に挟《はさ》まれ」

青木は黙黙《もくもく》と命令に従う。木場は横手に出て、青木が狭い空間に横這いで入るのを確認する。

「これ以上行けねえところまで行け。どん詰まりまでだ。行ったな？」

青木が行きましたあ、と云ったので木場はよし、耳を澄《す》ませ、と怒鳴り、玄関に戻って三和土《たたき》に這入り戸を閉めた。背後でマキが不審げに眺めている。

十数える。

また戸を開け、外に出て後ろ手で閉める。

隙間を覗く。

「どうだ青木。もういいぞ。出て来い」

青木は何が何だか判らないと云う様子で、蜘蛛の巣を左胸に引っ掛けてもたもたと出て来た。

「どうだ。何か音は聞こえたか？」

「玄関でしょう？　聞こえましたよ。判る」

「何回聞こえた？」

「何回？　いや、がたがた気配はしましたがね。ほら、躰の向きが変え悪い。聴覚は建物の壁と平行に左右に広がっている訳でしょう。勿論物音は届くし、方向的に音のしている場所は玄関辺りだと云うことは判りますけどね。如何にも不如意《ふにょい》だ」

「そうか。一度中から出て、また這入っても、明確にそれと判りゃしねえな？」

「それは判りませんね。玄関の戸が開いたと云う程度の認識ですよ。それが何か？」

「いいよ。却説《さて》、婆アだな——」

木場は大きく息を吸い込む。振り向くとマキが仁王立ちになり不機嫌な皺だらけの顔で睨んでいた。

「何だい。人ン家《ち》の前でごそごそと、気まりが悪いったらないじゃないか。とっとと帰っとくれよ」

「おう。ひとつ教えてくれたら帰《けえ》るぜ」

「何をさ」

「この辺に――古着屋――いや、質屋はねえか？　出来るだけ近《ちけ》え方がいいんだがな」

「何だい。金欠かい。いい気なもんだよこの税金泥棒が」

「払ってるのかよ税金」

「払うかいそんなもの。質屋くらいあるよ。通りン出て警察と反対の方向に行きな。十分も歩けばあるから。中条《なかじょう》つって、創業明治元年の古い質屋だよ」

「そうかい。じゃあよ、これから俺がそこに行って、あんたの入れた友禅を受け出して来てやるからよ、質札《しちふだ》を出しな」

マキは黙った。

青木が木場の前に顔を突き出す。

「先輩。何のことです？」

「これでな、青木、密室はなくなったぜ」

「は？　密室？　ああ、あの部屋に鍵が掛かっていた話ですね。嘘だったんすか？」

「嘘じゃあねえよ。なあ婆さん」

「う——嘘なんか、云わないよ」

マキは口をきつく噤《つぐ》んで木場から目を逸らした。やや涙目になっているが、そこがまた気丈だ。

「婆さんよ。お前さん、間一髪でその金壺眼《かなつぼまなこ》潰されているところだったんだぜ」

「ど——どう云う意味だい？」

「お前さんが襖蹴り外した時な、目潰し魔はまだ、あの部屋に居たんだよ」

「な——何ですって？」

大声を上げたのは寧ろ青木だった。

「先輩そりゃどう云う意味です——」

「目潰し魔は平野だと云う意味だよ」

「せ、説明をしてくださいよ。あの部屋には被害者の他は川島しかいなかったんですよ。出入りした者はいないんですから——」

「出入りしてるんだよ普通に」

「出入りしてる？　もし、もしそうだとしても、発見時間と殺害時間は四時間も離れているんですよ。逃げもせず、屍体の横でいったい——」

青木はマキと木場を交互に見て、そこで黙った。

「いいか青木。慥かに貞輔が見張り始めてからこの家に這入《へえ》った者はいねえ。それはいねえんだ。犯人が侵入《はい》ったのはもっと前だ。害者より先にこの家に忍び込んで、待ち伏せていたんだよ」

「そんなに簡単に侵入できますか？」

「この婆さんはな、外部からの侵入者には注意を払わねえんだ。寝てたんだろう。盗るものがねえのは本当だろうから真実泥棒なんかは入《へえ》らねえんだろうしな。それにしたって玄関に鍵も掛かってねえんだぞ。こんな家、簡単に忍び込めるぜ。侵入する理由がねえから誰も侵入しねえってだけで、目的があるなら忍び込むなぁ簡単だ。家ん中に上がっちまえば、後は息を潜めて隠れてりゃ、まず判りゃしねえ」

マキは憤然として聞いている。

「いいか青木。平野は先に忍び込み、この家の中のどこかにいた。そう思え」

――それしかない。

「そこに女と川島が来る。そこで問題になるのはな、平野はどうやら男は殺さねえってところだ。奴は川島が寝込むか、帰るのを待った。この辺は憶測だからどうだか判らねえがな。多分女が先に眠るかして、川島は一足先に部屋を出た。三時だ」

「そこで――平野が？」

「そうだ。奴にしてみれば川島が帰ったのは幸いだった訳だ。あの現場は外から施錠は出来ねえ。川島が出て女が寝てたなら、あの部屋の鍵も開いていたということになる。無理なく這入れるだろ。平野はこっそりと女の寝てる部屋に忍び込むと、逃げられねえように先ず鍵を掛けたんだろう。そして眠っている女に馬乗りになり、目覚めたところを殺す。しかしこれは里村の話だと少し手間取っているようだ。一瞬の早技って訳には行かねえようだな。そこに、川島が一旦戻った」

「なぜ――」

「多分――これだよ」

木場はポケットから半巾《ハンカチ》で包んだ遺留品を覗かせた。

青木はああ、それか、と云った。

「奴はこれを何処かに置き忘れた。なぜ窓の外にあったのかは判らねえがな。そこで取りに戻ったんだろう。いいか青木、川島は家を出る時に九分九厘張ってた貞輔を見ている筈だ。もしその時既に殺していたんなら、まず戻らねえぞ」

「そう――ですよね」

「しかし中には平野が居た。部屋には這入れねえ。仕方なく川島はまた帰る。二度も出入りしたんだ。当然――」

木場はマキを見る。

「――婆さん。あんたは起きた」

マキは口許をへの字に曲げる。

青木が不服そうに異議を称えた。

「十一時前の侵入者に気づかずに寝ていた人が、何で今度は起きたんですか？　三時なんて真夜中でしょうに。普通は熟睡してる時間ですよ」

「年寄りの朝は早え――んだよ。青木」

「でも」

「犯人は意識的に、気づかれねえように侵入したんだぞ。川島はただおおっぴらに帰ったんだ。帰りがけにお世話様ぐらいは云ったかもしれねえぞ――」

――奴なら本当に云ったかもしれない。

木場の知る川島は、そう云う男である。

「――婆さん。さっきお前さんは来る者は拒まないが、しかし只で帰しゃしない――と云ったな？」

「云ったがどうした」

「そうなんだろうと思ってよ。そりゃあ侵入者にはルーズでも、脱出者には厳しいって意味だろ。黙って這入ったところで、客は只では帰れねえんだろうな。あんたは朝早くから入口を監視し、後払いの客から宿賃を取り逸《はぐ》ることのねえように心掛けていたんだ」

当たり前だろ商売さとマキは小声で云った。

「尤《もっと》も——犯行当日の客は一組、料金は気前良く先払い。気も緩んでいたんだろうが、そこは日頃の習性だ。起きたな、婆ァ」

「——起きたよ」

「だが帰ったかと思った客は、どうやらまだ奥の間に居る。そこで婆さん、あんた善からぬ考えを持ったな。豪《えら》く金払いの良い客だ。帰る時にも割り増し料金ぶん取ってやろう——違うか？　それであんたそこにそうして孤座《すわ》った。そのお蔭で平野は——」

「出るに——出られなくなった？　それで？」

青木は漸く考え始めた。

「寒かったろうな、婆さん」

「金が取れるなら——それくらい我慢するんだよ。妾は——貧乏なんだよ」

「それで？　先輩その——」

「ああ。この婆さんは六時半まで我慢した。そこで我慢できなくなって、実力行使に及んだんだ。二月の夜明けは寒いからな。おい時間だ、割り増し寄越せと戸を叩き、返事がねえから襖を蹴り外した。中にゃあ——」

「——八千代が死んでいた」

「おうよ。だから一応証言通りだ。但し。その時そこに平野はまだ居たんだ」

「でも、先輩、あの部屋には隠れる場所なんかないでしょう。先輩も見たじゃないですか。なかったですよ。絶対ない」

「その時はあったんだよ。八千代の着ていた着物がな、あの衣桁屏風に掛かっていたんだ。そうだな、婆ァ――」

　そうでなくては着物の種類の確認はできまい。中に誰かが居なくては鍵も中から掛けられぬ。

「骨ばかりの屏風も皮張りゃ衝立《ついたて》だ。その衝立の背後にゃな、血のついた鑿を構えた目潰し魔が戦戦兢兢《せんせんきょうきょう》として控えてたんだよ。おい婆さん、お前さん、もしすぐに欲っ気出してたら――着物捲《めく》って、犯人の顔でも見ていようものなら――前島八千代と仲良く並んで戸板で搬出されてたところだったんだぜ」

「一寸待ってくださいよ先輩。じゃあ平野は」

「何、幾ら肝の据わった剛胆な婆ァでもあんな屍体目の当たりにしちゃ慌てるわな。この婆さんは血相変えて通報に行った。平野はその時ここぞとばかりに脱出した」

「しかし貞輔は平野を見ていないんです」

「貞輔はこの婆さんが戻ったところも見てねえんだよ。あの瓢箪はその時、さっきお前さんが嵌ったところに挟まってたんだ。お前だって出るも這入るも区別なかったんだろ？　平野が出た直後に、この婆ァが引き返して来やがったんだよ」

青木は下を向いて考えを巡らせていたが、すぐに理解したようだった。木場は若い部下の聡明さだけは買っている。

「そうか。可能か。ところで——この人は通報を止めてまで——なぜ戻ったのです？」

「気が変わったんだろう。落ち着いて欲が出たのかな。警察を呼んじまった後じゃできねえことを思いついたんだ。そうだな？　婆さん」

マキはそっぽを向いた。

「この婆さんはな、仏さんの着物に目が眩《くら》んだ」

「あ——そうか着物を盗んで——ん？　それで」

「そうよ。この婆ァ通報を一旦取り止めて舞い戻り、着物ひっ剝《ぺが》して畳んで、風呂敷で包んでよ、質屋に持ってって金に換えて、その足でのんびりと警察行きやがったんだ。太《ふて》え婆ァだよまったく」

「本当なんですか——その——」

「多田マキだよ——ホントだよ」

青木は如何《いか》にも信じられぬと云う顔つきをした。

それから正義感丸出しの口調でマキを責めた。

「な、何で黙ってたんです？　そりゃお婆さん、幾ら何でも非常識でしょう。これは殺人事件なんですよ！」

「煩瑣いね。悪いかい。捕まえるかい。捕まえな、ほら」

　マキは両の手を青木に突き出した。

　青木は何故か狼狽して木場を見た。

　木場はマキの突き出した腕を摑む。

「止せよ婆さん。もう判ったぜ。青木よ、お前はそれだから駄目なんだよ。この婆さんに悪気なんかねえんだよ。当然のことをしただけだと思ってらあ。殺人事件なんか関係ねえ。そうだろ婆さん？」

「当《あ》ったり前じゃないか——」

　マキは木場の手を振り解く。

　そして老婆は精一杯粋がる。

「——誰が何処でぶち殺されようと妾の知ったことじゃないよ。ただね、こりゃ妾の家の中でのことだからね。妾の決めた決まりにゃ従って貰うのさ。当然じゃないか。あれは割り増しなんだよ」

「割り増しぃ？」

　青木が間抜けな声を出した。

「——屍体の部屋代ですか？」

　マキはその声を聞いて白髪頭を二度三度振った。

「癪《しゃく》に障《さわ》るねこの小僧は。生きてようが死んでようが、あの女があの部屋を使ってたことに違いはないだろうが。あんた等があの女運んで部屋出たのは午後のこったよ。延長料に迷惑料さ。財布の現金《おあし》抜いたって、まだ足りない勘定だよ。仏だろうが幽霊だろうが、戴くものは戴くんだよ――」

青木はぽかんと口を開け、金も盗《と》ったのですか、と云った。

マキは家の壁を蹴りつけて、いい子振るんじゃないよこの餓鬼め、と悪態《あくたい》を吐いた。

「――何だい、生きてる人様のもの掠《かす》め取るんじゃないんだ。死んじまッた者に義理立ては無用じゃないか。しかも妾ン家でおッ死《ち》んだんだよ。あんな友禅じゃ安いくらいさ。空襲の後にはね、転がってる屍体から衣服剝《は》いで着たもんだよ。泥水啜《すす》って何十年も、女ひとりで生きて来たんだ。一銭たりとも無駄金は遣わない、転んでも只は起きないのが――」

マキは捲《まく》し立てて精一杯の虚勢を張った。

「――それが貧乏人の理《ことわり》じゃアないかさ」

「そうだな。婆さんにゃ婆さんの理屈があらあ。それより問題は警察の方じゃねえか。被害者の所持金がねえことや、着物が現場に見当たらねえってことに就いちゃあ――誰も気づいてなかったのか？」

「いや、それは慥か――会議でも出た話ですよ」

いずれ些細なことと切り捨てられたのだ。木場には覚えがない。

些細どころか重大なことである。

青木は謂《いわ》れのない罪悪感と、感じる意味のない敗北感を噛み締めている様子で、弱弱しく続けた。

「その時は慥か川島が持ち去ったとか云うような結論になったんじゃなかったですか」

「そんな適当な結論があるかい」

あまり御都合主義の結論だったので、多分木場は呆れて、心にも止めなかったのだ。

——ここはこれまでか。

木場は大声で帰るぞ、と云った。

「帰るのかい。捕まえないのかい」

そう云ったマキは何だか少し萎《しお》れて、小さくなったように木場には見えた。

——この婆ァ。

木場は思う。この老婆の人生も、慥かにあまり褒められたものではないのだろう。猫目洞の女主人の云うように、世間の風当たりは強かった筈だ。それを跳ね返すようにマキは生きて来たのだ。その女傑も、寄る年波には勝てないと云う感じである。

木場はマキにどことなく共感を覚え、慌てて打ち消した。己は警官——遵法者《じゅんぽうしゃ》である。

「俺は捕まえねえって。ただ他の刑事がまた聞きに来るだろうぜ。一銭にもならねえから喋るだけ損だろうが、まあ目零《めこぼ》し料だと思いな。マキさんよ」

マキは黙って、ふん、と鼻息を漏らし、背中を丸めて家に這入ると粗暴に玄関の戸を閉めた。木場は暫く玄関口を眺めてから、不可解な表情で考え込んでいる部下の名を呼んだ。

「おい青木」

「はい――？」

「俺は今日休む」

「は？　何でです」

「休みてえから休むんだ。風邪ひいたとか何とか、課長に云っといてくれ」

「だって――先輩は風邪ひかないでしょう」

「ひくんだよ。熱が出て死にそうなんだよ。汗と鼻水が滝のように出てるだろうが。見て判らねえか」

木場は威圧する。青木は解りました、解りましたが――と呟《つぶや》き乍《なが》ら二三歩引き、

「今の――件はどうします？　これは非常に重要なことだと――思いますが」

と云った。

「お前さんの口から課長に伝えろ。すぐには所轄が納得しねえだろうから、捜査方針は変わらねぇだろうがな。いずれ川島が関わっていねえ訳もねえし、あいつ捕まえれば余計明瞭《はっきり》するだろうしよ――」

木場はそう云って歩き出す。

青木は下を向いて暫くその後に続き、大通りに出る辺りで木場の前に出て、振り向きざまに云った。

「しかし——先輩。今の話を踏まえて考える限り、川島は犯人ではあり得ないと云う結論になるじゃないですか。ならば平野だ。平野は今、野放しだ」

「だが犯人を平野としてみたところで解決しなけりゃいけねえことは山積みだぜ。そう簡単なもんじゃやねえ」

「そうですか？」

「いいか、今の話でよ、細けえ矛盾は消えて、事実関係はすっきり収まる。ただな、その細けえ事実を繋ぐ理屈、今の話を支える理屈は——まるでねえ」

「理屈——ですか？」

「そうだ。いいか、俺は例の医者——降旗とさっき会ったんだが、奴の見解では平野はかなり参っていて、凶行を繰り返す危険性も多くあるんだそうだ。だがな、奴の犯罪は、発作のようなもんらしいからな。計画的に殺人を犯すようなこたあねえらしい」

「それは、報告書にも似たようなことが記載されていましたよ。ただ誰も理解しちゃいませんがね」

「俺も解りゃしねえんだがな。ただ、丸呑みで信用すりゃあ、単独の獲物をつけ狙い、誘《おび》き出して罠に嵌めるような計画殺人は、平野の行動原理には合わねえってことになる」

「なる程」

「しかし今回の事件に関して云えば、奴はその行動原理に添わねえ動き方をしたと考えるよりない。犯行前後に起こった事柄ってのは、今の話の通りでまずあってるだろう。そう考えねえと、細かい矛盾は解消しねえからな。ただよ——」

青木はただ何です、と尋く。

「——平野の後ろで糸を引く奴がよ——」

木場はそこで言葉を濁す。

——問題は後ろに居る蜘蛛だ。

木場はポケットに手を当てる。

——渡すか。青木に。

指紋の採取と照合。

——もうあまり意味がねえか。

仮令平野のものと思われている指紋しか検出されなかったとしても、事実関係に変わりはない。

木場は思い止まる。それよりも先ず——。

——考えるより歩け、だな。

木場の頑強な筋肉が木場のふやけた脳髄にそう云い聞かせている。

青木は何か呟き乍ら、難しい顔でその木場の横を歩いている。

「おい、青木、手前は方向が逆だろう」

木場は駅と反対方向に進んでいるのだ。マキの云っていた質屋に行くつもりなのである。誘導尋問の時の様子から見て、八千代の友禅はその質屋——中条質店に入れられたことはまず間違いない。

木場が早く行け、遅刻するぞ、とどやしつけると青木は笑って、行き先は質屋でしょう先輩、そこまでは同行させてくださいよ、と云った。

木場は、完全に行動を読まれている。

マキの云った通り、十分も歩かぬうちに目指す質屋は確認できた。古びた看板には『中條質店創業明治元年』と記されている。年代物だ。しかし建物は明治元年の建築とは到底思えない。空襲で焼けたかして、戦後に建て替えられたものであろう。

硝子戸は開いている。木場は暖簾《のれん》を潜る。

帳場には眼の細い和服の男が偉そうに鎮座《ちんざ》していて、一心不乱《いっしんふらん》に帳簿を調べていた。

「早いな。お客さん。まだ店は開けてないから」

ぞんざいな口振りである。おまけに顔を上げもしない。木場は友人の中禅寺を思い出す。

「戸は開いてるじゃねえか」

「戸が開いてたって店は開けてないから。出直す」

「そうは行かねえよ——」

木場は手帳をぬうと男の鼻先に出す。

「——あのな亭主、これだと幾ら貸すよ」

男は顎を引いて、上目遣いで木場を見た。

「だ、旦那も人が悪いなあ。な、何か御用で？」

「ふん。腰砕けなら最初から気張るんじゃねえよ——」

これが中禅寺なら警察手帳を値踏みするだろう。

「——あんた、ここの主かい」

「へ、へえ。中条高《こう》と申しまして、当店の四代目でございます。何か、御用で？」

「帳場にゃいつもあんたが？」

「へえ。大抵わたくしが。何か御用で？」

「御用御用って俺は捕り方じゃねえんだよ。まあ似たようなものだがな。お前さん、そこの連込宿の、多田の婆さん知ってるか？」

「へ？　ああ目潰し魔の出た家のマキさん」

「おうよ。その婆ァのことだがな」

「わたくしは真っ当な質屋で、その如何《いかが》わしいことは何も——勿論女遊びはしませんし。実はわたくしここの元番頭、その、養子でございまして、女房殿が恐ろしい——」

「そんなこたぁ尋いてねえよ。とんちきが」

木場は横柄《おうへい》に云って帳場の脇の框《かまち》に腰を下ろす。

「婆さん善く来るのかい」

「偶《たま》にで。入れるものがないんでしょう」

「あのな、その目潰し魔が出た日にな、婆ァが着物を質入れに来ただろ。覚えてるか？」

「いつです？　目潰し――ああ、あれはあの日でしたかね？　でもそんな物騒な日に来ますか？」

「俺が尋いてるんだよ。半月前だ。帳簿見ろ」

「ああ――そうだ、警察が来ましたよ。尋き込みに来た。あの日だなあ。間違いない。そうなんだ」

「帳簿見ろよ。書いてあるだろう。何時頃だ？」

「何時ってあなた、今くらいですか。もっと早かったかなあ。早いですわ。いや」

「明瞭《はっきり》しろこら」

「い、今ぐらい――八時前で七時半過ぎです」

木場が本当かと糾《ただ》すと、戸を開けるのが七時半、店を開けるのは八時なんですよ、と中条は答えた。開店が早いのは代代の決まりごとなのだと云う。

「品物は何だった」

「女物の着物ですな。珍しい水鳥の柄の――ありゃあ鴛鴦《おしどり》かしらん。善ッく覚えてますですよ。加賀《かが》友禅でしたね。いい品で。後は道行きとショールと帯」

青木が木場に目配《めくば》せをした。間違いない。

「ものはどうした」

「ありませんねえ」

中条は吊り気味の眉を上げて眼を細める。

「受け出しちゃいねえだろ。流れたってことか？」

「売れちゃいましたよ。いや、受け出したのかな」

「明瞭しろよ。どうなんだよ。帳簿見ろよ」

「ですから、その日のうちに別の方が――」

「おい待て。手前ンところは預けた日に流すのか」

「違いますよ。あの着物は最初《はな》っから――マキさん最初から受け出すつもりはないからって云ったですよ。質札だって渡してない。それもその筈、あんな着物着ようったって着られやしないでしょう。あのお婆さんが。気持ちの悪い。正に宝の持ち腐れで」

「で――どうした？」

「どうしたって旦那――あ、ありゃ盗品ですか？　あ痛た、こりゃ拙《まず》いな。婆さんも悪い奴だなあ。酷《ひど》い。この場合、わたくし罪はありますか」

「黙って帳簿を見ろって。誰が受け出した」

「へ？　いや隠してた訳じゃないんですよ。全然隠してませんわたくし。あの時いらした警察の人だって、口を開けば怪しい男は見なかったか、これこれこう云う男だ、それは目潰し魔だって、その平野ですか？　あの人の話ばかり尋くんですから。こちとら知りやしませんよ。そんな野蛮《やばん》な男のことは。ですから知りませんね、と。訊かれたことには答えておりますし、と――ああ、あったこの辺だ」

中条は帳簿を捲り、眼を凝《こ》らした。近眼なのだろう。

木場も覗き込む。中条はさっと帳簿を閉じる。

「何で隠すんだよ」

「いや。はい。ええと、思い出した。思い出しましたよわたくしは全部。そりゃあすぐに来たんですよその人。マキさんと入れ違いてぇ感じでね」

「入れ違えだと？」

それは早過ぎる。

「ええと、その人は店に入るなり、つかぬことを伺いますが、と私に向けて云ったんです、はい。何だ客じゃないのかと思ったんですわたくし。ええ、思いましたね。道でも尋くつもりなのかなと、そう思いますでしょ。ところがその人、慥かこう云ったんです――」

――今のお婆さんはもしや着物を入れたのじゃあありませんか？

「わたくしには隠す謂れもないでしょう。ハイそうで御座《ござ》候《そうろう》、と申しましたんですよ。するとね——」

——それはこう、水鳥の模様のついた綺麗な？

「と尋く。それもまた隠す謂れもないでしょう。左様に御座候と申しましたんですよ。するとね——」

——そうですか、それはきっと私の連れの着物だと思うんです。あそこの宿に忘れて来たんだ。出来れば一寸《ちょいと》拝見させちゃあ貰えませんか。

「と云う。着物忘れて赤裸で帰ったのかいなと、少しは訝《いぶか》しく思いはしましたがね。これまたわたくしには見せぬ謂れもないでしょう。まだ仕舞《しま》ってなかったですしねぇ。見せたんですね。するとね——」

——ああ、これは矢張り私の連れのものです。いやあ善かった。お婆さんには僕から話しておきますから、これ、受け出して宜しいでしょうか。

「と云う訳ですよこれが。ああ、あの男が泥棒なのかな？　そんなことはないか。変な話ですよねえ。慥かに変だなあこりゃあ。変だった」

連れの着物と云ったなら——それは川島新造か。

或いはそれは平野だと云う線もある。時間的なことも含めた条件を考慮すると後者の確率が高い。

質屋は頸を小刻みに揺らして、またこっそり帳簿を開いた。

「でね、わたくしは、受け出すと申されても入れた本人じゃない訳だから、一応質流れ品と云うことにしないと、と」

「何だ。お前さん儲け考えたのか？」

「だって旦那、それじゃあ帳簿の帳尻が合いませんよ。理屈で行けば、マキさんが入れて流れて売ったてえ格好にしないとね」

「質札だって渡してねえとか云ってたじゃねえか」

「いやその、それはだから」

「だからその男は誰だと書いてあるんだ？　書くんだろそう云うのは？　住所氏名を。それとも書かないのかよ、ただ買った場合は。どうなんだよ、帳簿見せろよ」

「いえわたくしも流石《さすが》に気が引けて、帳簿上はその人が入れたことにして――いや抹消したのだったかな？　だから――その男は――ああ、これだ」

木場は再び覗き込む。質屋は身を捩《よじ》って、帳簿を刑事から遠ざけるようにする。

「はいはい。ややこしいので特例としたのでした。手間賃として二十円だけ乗せて受け出しの扱いにしたのでした、と。ええと受け出したのは川島さん」

「川島だと？　川島何だ」

「川島――喜市さんです」

「おい。もう一度云え！」

「川島喜市さん。住所は千葉県——遠いな。千葉県の興津町茂浦——ってどこです？」

木場は青木を見る。青木はやや興奮している。

「御主人。それはどんな——男でした？」

「はい？　普通の男ですよ。眼鏡掛けてたかなあ」

「禿で兵隊服じゃねえな？」

「禿？　禿げちゃいなかったなあ。服装は、普通の開襟に、旦那方みたいな外套着て。帽子は被ってなかったかなあ。若い人ですよ。まだ三十前でしょ」

「先輩——」

川島喜市は平野祐吉のただの友人だ。平野を降旗に周旋したと云うだけの、実にそれだけの役回りでしかなく、本件への関わりは薄い。降旗の話に依れば、多少胡散臭くはあるのだが、そもそも木場が川島喜市を気にしたのも、川島新造と姓が同じであると云うことと、行方が知れないと云うことの、ただそれだけの理由だったのだ。

それなのに。

なぜその喜市が、突如現れて前島八千代の着物を受け出さねばならないのだ？　しかも多田マキがこの質屋に八千代の着物を持って来ることは、誰にとっても完全に不測の事態の筈である。

「おい青木、川島喜市ってのは、その後——」

「それが解らんのですよ。どうも偽名だったんじゃないか——或は戦後の混乱で住民票や何かが散逸したのかもしれないですが、出身地も正確な経歴も、勿論行方も知れない」

「青木よ」

「はい。解ってます。川島は川島でも、川島喜市が目潰し魔である可能性——ですね？」

「おう。お前さんの意見、平野は元元犯人じゃねえと云う奴な、それは生きるぞ。俺は川島新造が犯人だってのには納得が行かなかったんだがな。ただ平野とすると釈然としねえ。だが——」

「川島喜市は平野と親しかった。平野の名を騙《かた》るとしても新造の方より真実味がある。これは——」

中条は細い目を見開いてあれえ、と云った。

「あの男が、め、目潰し」

「馬鹿野郎。まだ決まった訳じゃねえ。亭主。こりゃあ他言無用だ。喋ったら鑑札取り上げるぞ。いや逮捕だ。その取り引きは——何か違反してるだろ」

何にどう抵触《ていしょく》するのかは解らなかったが、どことなく違法行為だ。木場は我乍《なが》らいい加減だとは思ったが、叩けば埃の出る質屋、殊《こと》の外《ほか》効き目はあったらしい。四代目はもう一度あれえ、と云った。

「もう少し詳しく話せ。覚えている限りのことを云え。眼鏡に開襟の三十前の男なんて何万人も居るんだよこら」

「はあ、そ、そうですね、あああ、痣。痣があった、この左頬のところ。殴られたような痣でした。ありましたよ、痣。あ、後は、そうですね、声が高くって、いえ、旦那みたいな濁声じゃなくって、か細い——ああ失礼、失礼」

質屋は怯えている。徹夜明けの武骨な刑事は、相当に恐い面相をしていたらしい。

「それから?」

「はあ、金回りは良さそうでした」

「サバ読んで多く取ったたな、この野郎」

ひゃあ御勘弁、と質屋は首を竦《すく》める。

「川島——喜市か」

「これは——完全な初動捜査の失敗ですよ先輩」

青木が強張《こわば》った表情で云う。

「僕等はとんでもない過ちを犯していたんだ。しかし、すると平野は——いったいどうなったんだ? 先輩——」

木場はしかし、それでもまだ割り切れていない。川島喜市が犯人だったとしても、喜市もまた——。

——ただの木偶人形《でく》に過ぎねえ。

青木は黙ってはいられません、と云って足早に移動を開始した。木場は質屋に変な商売するなよ、と忠告して店を出た。青木はせっせと歩き乍ら頻《しき》りに駄目だ、本当に駄目だ、と己を叱責《しっせき》している。

「何が駄目だおい」

「駄目です。僕は先輩に追いつけない。真実を見極めることも出来ずに、ただ功を焦って目が曇っていた。いや、僕は僕なりに——真実を見定めたくて」

「この馬鹿。何が真実だ。まだ何も決まった訳じゃねえ。何も解ってねえんだよ俺達は。頭を冷やせ。何でも鵜呑みにするから餓鬼なんだ手前は」

頭を冷やすのは自分なのだとも、木場は思う。

青木は、何でも鵜呑みにはしませんよ、ただ理に適っている意見に対しては我を張らず素直に敬服するだけです、と云った。

マキの家のある小径を過ぎて、四谷警察署の前に出る。入口付近に数名の制服警官が屯《たむろ》していた。

「ああ、警視庁の——木場さんと青木君！」

急に呼ばれたのでやや面食らい、木場は不機嫌に顔を向けた。青木があぁ、七条さん、と云った。

四谷署の前に、数名の警官に囲まれた栄螺《さざえ》――七条刑事が立っていた。

「何の御用だか知らんが丁度良かった。木場さん、あんたこの娘見とるね。現場に居ったでしょう」

警官が横に除けると女が見えた。

両脇を制服警官に摑まれている。

濃い化粧。派手な服装。娼婦だ。

鼻腔に記憶が蘇る。女の匂いだ。

――志摩子――か。

「執拗《しつこ》いね。関係ないッたら。離しとくれよッ」

女はあの夜と同じように金切り声で暴れていた。

「どうしたんだ。その女」

「いいえね、こいつは川島と接触していた生き証人、重要参考人ですからね。逃げられた後も池袋駅周辺の張り込みは続けてたんだが、どうにも網に掛からない。掛からない筈で、こいつ淀橋《よどばし》に河岸《かし》移してましてね」

「面倒臭ェ場所に引っ越したもんだな」

「ええ。あそこはあそこで締《し》めてる奴がいるから。揉めた挙げ句に大立ち回り」

「立ち回り？　娼婦同士でか？」

「いやあ、相手は与太者《よたもの》ですよ。新宿周辺はねえ。ポン引きも直引《じかび》きも姐御《あねご》の許可がいるんですよ。後ろにはヤクザがいますからね。それでこいつ、与太者に簾巻《すま》きにされそうになってるところを、淀橋署の連中が助けたんですよ。参考人として似顔が回ってたから連絡が来てね。顔を知ってるのは私くらいだから、朝早く引き取りに行ったんだが」

「人違いだよう。知らないッたら！　お前みたいなトラフグ見たこともないよう。いやだよお離しよ」

「お前、ほっといたら落とし前つけなきゃいけなくなるところだったんだぞ。あの辺は組が縄張ってるんだから、お前みたいな一本どっこのパンパンは勝手に商売できないんだよ」

「ならあいつら捕まえろ。何であたいなんか捕まえるんだ！　躰ひとつで商売してる闇の女より、赤線の向こう張って女従えて、搾り取って泣かして、大儲けしてる闇屋の方が悪いじゃないかッ」

「そりゃあそうだよ。青線は問題なんだよ。だけどお前は捕まえたのじゃなくて保護したんだろうさ。助けたんだよ。だから協力しろよ。お前、あそこで殺されかけてたの助けたんだって俺じゃないかよ。ねえ木場さん、何とか云ってやってくださいよ」

「そいつは――」

　木場はその小さな眼で女の黒く縁取られた眼を凝乎《じっ》と見詰めた。女はその視線を受けて、木場に視線を返した。この状態では何も――喋るまい。

「——人違いじゃねえか、七条」

七条はへえ、と気の抜けた声を出した。

「そうかな？　間違いないよ。木場さん、こいつだよ。どうかしてるんじゃないか。なあ、お前等だって覚えあるだろ？」

七条は制服達に質《ただ》す。木場は大声を出す。

「いいから。ここんところは離してやれよ。今の法律じゃ散娼の保護や指導はできても逮捕はできねえだろ」

「ホラ御覧。お前の眼は節穴だよこの薄らトンカチめ。お離しったらお離しよ！」

女は制服の手を乱暴に振り解いて、あの夜と同じようにひらりとスカートを翻《ひるがえ》して飛び退《の》き、木場の前に背を向けて立つと、

「さあ、この紅蜘蛛《べにぐも》お志摩を嘗《な》めるんじゃないよ。こんな変な町に無理矢理引っ張って来やがって、何だい！　帰りの電車賃くらい出しなッ！」

と七条達に向けて威勢良く啖呵《たんか》を切った。

木場はその後ろ手をぐいと摑み、おい、この辺でいい加減にしとけ、と凄みを利かせた。

「これ以上突っ張ってもいいこたぁねエぞ」

志摩子は無言で、睨むような、少し怯えたような眼で木場を見上げる。

木場はその飾りのついた耳に顔を近づけ、七条達には聴き取れぬような低い声で、

「手前、紅蜘蛛の二つ名かい。それでその紅蜘蛛を狙っていやがる蜘蛛は——どんな色なんでぇ？」

と云った。

あの夜と同じ香りがした。

志摩子は一瞬黙って、ふん、恩に着せるんじゃないよ、官憲の世話になんかなるかい、と云って、靭《しなやか》な動きで——その場を駆け去った。

＊

男は両肩を己で抱いて、静かに震えている。

女はその背中を優しい眼差しで眺めている。

隙間風《すきまかぜ》が男の項《うなじ》をさわさわと撫《な》でて、男は一層に心細くなり、その両腕に力を込める。

そして母を想う。母もまた、この荒屋《あばらや》で隙間風に脅《おびや》かされて、こうして己の躰を抱いて過ごしたのに違いない――それを想うと、男は悲しくなる。

「あなたは――何もしていない」

女の声は優しい。

「あなたはただお母様の遺恨を晴らすために――」

「でも――あの女は――死んでしまった」

「あれは目潰し魔の仕業。あなたの所為じゃない」

女は男の肩に、まるで介抱でもするかのように、とても柔らかな掌《てのひら》を当てる。女の皮膚は男の鼓動を感じ取る。女は囁《ささや》くように云う。

「もう、止めますか」

男はその言葉に硬直する。

「それは――できない」

「もうひとりの女《ひと》の――居所は」

「判っているよ。何度か会った。間違いない。あの女とは違って、今でもまだ娼婦だったから――」

「まだ――娼婦を」

「そうだ。薄汚い娼婦だ。母さんを殺した娼婦だ」

男は吐き捨てるように云って眼を閉じる。

「止めましょう」

女は悲しげに眉根《まゆね》を寄せる。そして果敢《はか》なげに、吐息《といき》のような言葉を吐く。

「これ以上はあなたのためになりません。もういいでしょう。私はそんなあなたを見たくありません。これ以上続けると、あなたは私を怨むでしょう」

男は頭を上げて、女に強張った顔を向ける。

「そんなことはない。君は、僕に真実を教えてくれた。君が教えてくれなかったら、僕は母が死んだことも知らなかったんだ――ただ」

「殺《あや》める気はない――のでしょう。あなたには」

男は再び項垂《うなだ》れて玄《くろ》い床の木目に視線を落とす。

女は背後からその横顔を眺めている。

「あなたのお友達は——どこかであなたの行動を監視していて、そして、あなたに——恩返しをしようとしているのではありませんか」

「恩返し？　僕が——逃がしてやったからか？」

「そんな気がします」

「それは——」

「ならばその、もうひとりの女《ひと》も——いずれ」

「つまり放っておいてもあの女は——」

女は長い睫《まつげ》の眼を伏せる。

「——あなたの願いは叶う」

「止めてくれ！　僕は、僕は気が狂いそうだ」

男は床を二三度強く叩いた。女は今度は男の肩を強く抱いて男の激情を止めた。隙間風の代わりに、女の果敢《はか》ない声が男の項を撫でる。

「だから——あなたには関係ないことなのです。もう止めようと云ったのは、そう云うことです」

「嫌だ、嫌だ。もう、こんなことは嫌だ」

男は頭を抱え床を打って慟哭《どうこく》する。

女は悲しげで果敢なげな声を男の背中に吐き続ける。

「あなたは――あなたのお友達がこれ以上罪を犯すことが――嫌なのですね」

男は身震いした。

「可哀想に――でもそれは今となってはしようもないことですわ」

「本当はいい人なんだ。あの人は。僕は――君を巻き込み、あの人まで――そして――」

「あなたの所為ではないのです。だから、もう、身を引いて、何処か遠くへ逃げて」

「君も――一緒に」

「それは――出来ません。私は――」

女は縋る男の頬を優しく撫でた。

6

気の所為《せい》かも知れぬが、桜の蕾《つぼみ》が昨日よりもほんの少し膨《ふく》らんでいる。苔生《こけむ》した墓石の、その周りの湿《しめ》った土の匂いと、やや春の兆《きざ》しを孕んだ草木の香りが雑じり合って、如何《いか》にも今は半端な季節で御座居ますと、報せてくれているかのようだ。

伊佐間は、誰が埋まっているのか一向に判らない墓の前で手を合わせている。

隣では今川が、矢張りどうにも獣染みた姿勢で同じように手を合わせている。伊佐間はともすると柏手《かしわで》でも打ちそうな程無信心に見えるが、今川の方は拝んでいると云うより何やら念じているような雰囲気で、やや鬼魅《きみ》が悪い。

織作家の庭の墓所である。

二人は是亮殺害の日よりずっと、織作家に逗留《とうりゅう》している。逗留していると云えば聞こえは良いが、要は警察によって足止めを食っているだけである。

伊佐間も今川も単に目撃者に過ぎぬことは家人も認めるところであり、何等疑われる所以《ゆえん》はない。しかしどうも織作家と云うのは一筋縄《ひとすじなわ》では扱えぬ家柄らしく、発生から四日を経て尚未だに事件は一般に公表されず、関係者一同厳重に口止めされただけでなく、許可なき外出まで禁じられてしまった。

関わったのが身の不運、諦めるよりないのですと、今川は達観《たつかん》したような台詞を吐くが、そうは云っても暇な伊佐間と違い、商売《あきない》のある身には迷惑なことだろうと思う。ただ今川は先月も同じような目に遭っているようだから、場慣《ばな》れはしているのかもしれぬ。

伊佐間は庭を見渡す。

一面の桜樹である。

いったい何本植えてあるものか、伊佐間は数えてみようかとも思ったが、八十二本まで勘定して、止《や》めた。

「また――こちらにおいででしたの」

涼風《すずかぜ》のような声。

墓の陰に茜がいた。

柔和《にゅうわ》な顔つきだが笑っている訳ではない。

「うん――まあ」

別に答える事柄もないのだ。

「本当に――申し訳ございません。お客様をこんな面倒なことの巻き添えにしてしまって」

その台詞は昨日から何度聞いたか判らない。

「困った時は――」

伊佐間はそう云って二度頷いた。

御互い様、を省略しては何のことだか判らないのです伊佐間君、と今川が云った。

茜は、判らない程度に笑った。

口許は綻《ほころ》んだが眼には悲しみが湛《たた》えられている。

——泣いているよりはいいね。

そう思う。出会ってから茜は泣いたり謝ったり苛《いじ》められたりばかりしている。

今の方がまだマシだ。

散散泣かされた筈の放蕩《ほうとう》亭主を亡くした若き未亡人はそれでも尚三日間は泣き続けた。気丈な母親の言葉も、叱咤《しった》するような妹の言葉も、慰《なぐさ》める他人の言葉も、何も通じない乱れようだった。

世の中にそれ程悲しいことがあるのかと、伊佐間は少少驚いた。悲しい辛いと云う気持ちは解るが、そこまで泣くことは生涯伊佐間にはないだろう。

喪《も》主《しゅ》が確乎《しっか》りしないでどうすると励まされた所為か、自分以外にあのろくでなしを送る者は居やしないのだと身に沁《し》みて解ったのか、それとも一生分の涙が枯れてしまったのか、茜は漸く我に返った。こうして普通に会話を交わせる状態までに恢復《かいふく》したのは実に昨日のことなのである。

「今日は——暖かです」

無意味な挨拶である。

闖入《ちんにゅうしゃ》者たる伊佐間は、家人に込み入ったことを尋くことも憚《はばか》られ、かと云っていい加減なことを口にも出来ず、まるで今の季節を地で行くが如くに、常に半端な態度しか取れぬ。

こうした半端な状態がいったいいつまで続くものか、伊佐間には見当もつかない。

勿論事件が解決すれば解放されるのだろうし、解決しなくとも遠からず拘束は解けるのであろうが、それがいつのことになるのかはまるで解らない。遺体も解剖に回されたまま戻って来ない。葬式も出せない。警察も毎日来て同じことを尋く。同じ時間の反復である。昨日そうだったように明日もそうなのだと思うと、この奇妙な暮らしが永遠に続くような錯覚を覚える。

織作家の五人の女。二人の使用人。そして二人の闖入者の共同生活。

——全く蠅だ。

伊佐間は益々そう思う。深く関わることもなく、飛んで来て止まってすぐに飛び去るべき蠅が、絵画に塗り込められてしまったようなものである。

そして伊佐間は仁吉の言葉を思い出す。

この屋敷は、口の悪い者どもの言葉を借りれば、正に蜘蛛の巣館と呼び習わされていたのだった。

——蜘蛛の巣に掛かった蠅。

差し詰め蜘蛛は真佐子か。それとも——。

「警察の方が——お二人にホールの方へと」

「また」

「ええ。また」

茜はそう云ってまた幽《かす》かに——本当に幽かに——笑った。昨日も一昨日も、午前中から始まる事情聴取は昼に差し掛かる辺りで伊佐間達に及び、午後三時四時まで続いた。だから、折角セツが用意してくれた昼食もすっかり冷めてしまうのである。今日もそうだろうと伊佐間は思う。

——あの時。

織作是亮の頸に掛かった蒼白い腕を目撃したのは五人だった。伊佐間、今川と、茜、真佐子、耕作。この五人が犯人でないことは——常識的には——確実だろう。駆けつける途中で葵と碧が合流して、耕作が庭に回った。耕作が姿を現わしたのは全員が書斎に這入った後のことである。

これに就いて警察は耕作を執拗《しつこ》く追及した。なぜひとり庭に回ったのかが不審だ、到着に時間がかかったのも怪しいと云うのである。

耕作は咄嗟《とっさ》に犯人は庭から逃げると思ったのだ、と証言した。事実、犯行現場は内側から施錠され、耕作の読み通り犯人は窓を破って逃走したのだが、残念乍《なが》ら耕作はその姿を見ていない。到着が遅れた所為である。

時間が掛かったのは道程《みちのり》が遠かったからだそうだ。

ホールから一旦庭に出て書斎へ至るには、邸内の廊下を行くより遥かに遠回りをしなければならないらしい。複雑な構造の屋敷であるから、素直に庭に出られないのも頷ける。警察は何度か耕作の辿ったルートを検証し、これに就いては大きく迂回はするものの最短でもあると云う結論が出されたようである。

つまりは建物の複雑怪奇な設計が犯人に幸いしたことになる。

邸内にいた人間で不在証明《アリバイ》のない者も居る。

メイドのセツと、五百子刀自の二人である。

セツは単独行動をしていた。何をしていたかと云えば、これが別に何もしておらず、近道をするべく別の階段を下り、二段滑って向こう脛《ずね》を強打して、ひいひいのたうち回っていたらしい。単に主や客より先にホールに着かんと思ったのだそうだ。これが縦《よし》んば嘘だったとしても、是亮の喉は大きめの手で捩《ね》じ切られる程に締め上げられていた訳だし、セツの腕は細く、掌《てのひら》はやけに小さいから――仮令《たとえ》セツが怪力であっても――犯人とは考え悪い。

五百子刀自の方は、自室で昼食を摂《と》っていた。普段は茜が付き添って一緒に食べるらしいが、その時茜は伊佐間達と一緒だったから――代わりに誰かが付き添うこともなく――ひとりで食べたのだと云う。刀自の部屋と云うのはホールから真っ直ぐ行けないにも拘《かかわ》らず、ホールに隣接《りんせつ》した部屋なのだそうだ。

伊佐間はちらりと見ただけなのだが、五百子は齢《よわい》九十を越す銀髪の老媼である。足腰も弱っており、多くは座った切りらしいから、これも問題外である。

ならば邸内に居た九人に犯行は不可能である。

この場合外部の者の仕業と考えるのが自然だ。

但し——精緻な、或は大胆な仕掛けでも施してあったなら話は別だ。例えば家族包《ぐる》みの犯行だったならどうか。善く考えれば殺されたのは一族の汚点、家名の恥の是亮なのだから、これもまあ考えられないことはない。

だが——。

もしあれが家族の不在証明を作るための工作だったならば——先ず伊佐間なり今川なり、家族以外の者に殺害の瞬間を目撃させなければ始まらぬ。

しかし被害者の行動は——是亮も共犯と云う馬鹿な話でない限り——誰にも読めなかった筈だ。これに就いては誘《おび》き出すと云う手もあるが、伊佐間が書斎に目を転じるか否かはもう運次第である。縦《よし》んば伊佐間が見ようが見まいが、本来は家族の誰かが指し示す手筈になっていたのだとしても、書斎と廊下に居る者同士に意志の疎通がなければ、あの連携は難しかろう。絶妙の時機《タイミング》だったと云わざるを得ない。

そもそも伊佐間と今川がその時間この屋敷を訪れていることは誰にも予測がつかぬ筈のことなのだ。耕作に来るように云われてはいたものの、いつ何時行くと確約した訳ではない。

　もし一連の出来事が仕組まれたものであるならば、例えば仁吉も共犯だったとか云うことまで考えねばならなくなり、その場合でも今川抜きで伊佐間がこの屋敷を訪れることは考えられないから、伊佐間が今川を呼ぼうと考えるところまで深読みしなければ成立しない。大体仁吉との出会いとて——。

　伊佐間は馬鹿馬鹿しくなって止めた。

　凡ては偶然の集積に外ならない。この状況に、もし某《なにがし》かの意志が働いているのだとするならば、次次訪れる未知の状況を巧みに織り上げて、急拵《きゅうごしら》えの仕掛けを作ったと考えるよりない。入念な下準備《リハーサル》の要る、手の込んだ犯行はどうしたって不可能と云うことになる。

　だから犯人は外から来て外に逃げたのだ。

　——蓑笠《みのかさ》の男——女。

　伊佐間はどうにも気になっている。

　扉を開けるや否や声がした。

「——あのなあ」

　大きな刑事。背が高いと云うより尺度が大きい。通常の人体の比率を保ったまま拡大したような体格である。度の強い眼鏡をかけている。慥か磯部《いそべ》と云う名だ。

「お宅さあ、犯人は庭から逃げているんだから、庭に居ったあんたが見てないってのは変だろう」

「見てねえもんは見てねえです」

「本当かよ？」

磯部刑事の横には虎魚《おこぜ》のような面相の、不機嫌そうな刑事が居た。こちらは津畠と云う名だったと思う。

責められているのは耕作である。

「是亮は俺の息子でやす。何で俺、息子を殺さねばいかんのですか」

「誰もあんたが殺ったとは云ってないよ。ただ見てないのは怪訝《おか》しいと云ってるんだよ。だってあんたが逃亡を幇助《ほうじょ》したり、その見て見ぬ振りをしたりすることは——」

「何でそんなことをすんべい！」

「誰かを庇ってるとか、色色あるだろうが。それにあんた、あの息子《ほとけ》のお蔭で随分と肩身の狭い思いしとるんだろうが」

「だからって殺したりしねえわ！」

「殺したとは云ってねえ——と、おや」

磯部刑事は伊佐間達が入室して来たことに漸く気がついたようだった。

「おい、お前等、来い。出門さん、あんたはもういいから。また後でな」

耕作はのそりと巨体を持ち上げる。

そして外人染みた大きな目玉で伊佐間を見て、悲しそうに顔を歪ませた。

伊佐間も口をへの字にしてみせた。それくらいの意思表示しかできぬ。耕作は禿頭を撫で回し、遣《や》り切れぬであろうその思いを呑み込むようにして、椅子を離れた。早く来い早く来いと何度も云われ、伊佐間は今川を伴って耕作と入れ違いに席に着いた。着くなり磯部は、

「おいこら」

と云った。

「東京警視庁と神奈川本部に照会した。お前等はいったい——何なんだ？　こら」

磯部は更にそう続け、中指で机をこつこつと叩いた。

「お前等二人、全国渡り歩いて殺人事件の見物でもして回ってるのかこら！」

「そう云う役回りになってしまったのです」

今川が極めて真面目な口調でそう答えた。

磯部は巫山戯《ふざけ》るなよ、と云って今度は平手で机を叩いた。

「まあいい。逗子の事件や箱根の事件と本件との関わりはまず考えられないからな。それより、い、まさ」

「伊佐間」

「伊佐間さんよ。あんたの見たって云うその怪しい光りな。それは、こう、懐中電灯のような？」

「いいえ。この、きらっと」

「だからきらにも色色あるでしょうに」

墓場と桜の間の——蓑火《みのび》。

伊佐間には巧く表現できない。慥かに見てはいるのだが、草の露が陽光を反射しただけかもしれないし、硝子《ガラス》の破片かもしれぬ。

朝方目撃した蓑笠男との関係は甚《はなは》だあやふやであり、何の根拠もない。刑事にも一応は伝えたが、何のことだと一蹴された。

「その、蓑が光るつうのが善く判らないんだな。あれは藁みたいなものだろ。光らないだろ藁は。ただな、その現場から——」

何か云おうとする磯部を津畠が止めた。

そこに警官が二名、転がるように入室して来て、洋卓《テーブル》の縁にぶつかる寸前で止まり、最敬礼した。

「あ、あの、ただ今連絡が入りまして、た、大変であります。その、ご報告致しますッ」

津畠が大儀そうに頬を膨らませる。

「大変なのはどこも一緒だよ。どうした」

「木更津の絞殺魔が逮捕されまして——」

「何？　それじゃあ——一挙に解決か！」

「逮捕されたのは五日前《いつかまえ》であります。茨城《いばらき》で無銭飲食をしたらしく――」

糠喜《ぬかよろこ》び――と云う表現がぴったりである。

津畠は一度見開いた眼を閉じて、息を吐きつつ脱力した。

「五日前？　ああ、矢っ張りなあ。無銭飲食？」

「はい。自供したので身柄を引き渡すと、先程」

「すぐ行くよ。こら磯部、頼むぞここ」

そう云うと脱力した津畠刑事は意気消沈《いきしょうちん》の思いを全身で体現しつつ、とぼとぼと警官を従えて退出した。

磯部はその姿を茫然《ぼうぜん》と眺め、不服そうに云った。

「判っていたことだろうに。今更気落ちしてどうするんだ。それに――頼むってどうすりゃいいんだよ！」

磯部は伊佐間や今川が居るにも拘《かかわ》らず、畜生め、と同僚を罵《のの》り口を尖らせる。

「判って――いたですか？」

「絞殺魔ってのは、木更津の土木作業員なんだもの。借金苦の挙げ句取立て屋に娘乱暴されて、逆上して殺しちゃったんだよ。それで逃亡して、金王まで殺しちまった。そもそもそれだけのことで、勝浦の事件とは関係ないことは最初から判ってたんだよまったく。判ってたんだよ。関係ないの」

「じゃあ」

「だから——時間稼ぎ。柴田だから」

「ああ」

善く解らないが伊佐間は納得する。

「でも、少しは可能性があるかな——とも考えていたんだよ。しかしこれで明瞭《はっきり》しちゃったなあ。逮捕が五日前じゃあ、もう誤魔化《ごまか》せないし、時間稼ぎもできないなあ。今回の是亮殺害と前回の教員殺害は同一犯人の仕業であることはほぼ確実なんだし。これは、柴田か織作か、将《はた》またあの女学校に怨恨を持つ何者かの犯行なんだろうなあ。ちぇッ」

磯部は太い指で小振りの眼鏡を頻りに触った。

落ち着きがない。見ている方が苛苛《いらいら》してくる。

「さっきの——」

伊佐間は先程磯部が云いかけたことが気になっている。多くを語らずともその意は通じた。

「ああ、遺体の衣服から蓑か何かの藁屑《わらくず》が数本検出されたんだよ。あんた、云っていただろう？　だから犯人はその蓑笠の男なんだよ。きっと。そうなんだ」

——男——か、女か。

沈黙が訪れる。

四日目ともなると尋問の種も尽きたのだろう。磯部はぶつぶつ独白《ひとりごと》を云い始めた。耳を欹《そばだ》てれば、どうも津畠刑事の自分に対する態度が気に入らないと云うような内容である。磯部はそのうち訳の解らぬことを呟《つぶや》き始めた。

「――そもそも俺は千葉本部で一番射撃が上手なんだ。拳銃の種類だって、部品から性能から、誰より詳しいぞ。そもそもそれで警察に入ったのに何だ。馬鹿にして。軍隊時代だって結局機関兵で、弾撃ったことないんだから。本当に――」

今川はその様子を見て、この人は少し危ないのです、と伊佐間に耳打ちしたが、それすら も磯部には届いていないようだった。可成りストレスが蓄積しているらしい。それは解らないでもない。

原因は多分、織作家の女達にある。

先ずは三女――葵だ。

刑事達は連日、かの才媛《さいえん》の舌鋒《ぜっぽう》に悩まされ、剰《あまつさ》え完膚なきまでにその自尊心を粉砕されて、多分高圧的な態度を取らせれば右に出るもののない彼等にしてみれば、この上ない屈辱を味わっている。

何時何分何処に居たと云う、それだけのことを質すだけで一時間はかかる。結局聞けぬ場合もある。

これは当然と云えば当然なのだ。

傍《はた》で聞いていても、葵の語る理屈は凡て正論だ。

刑事達は、兎に角己の立場に疑問を持っていない連中ばかりだから甚だ強気である。しかし葵にしてみれば被害者の家族な訳だし、別段下手に出なければならぬ謂《いわ》れもない。最初からおいコラでは話にならぬと、先ず葵はそこを滔滔《とうとう》と説く。その饒舌《じょうぜつ》が、刑事達には鼻につく。女の善く喋《しゃべ》るは好ましからずと云わんばかりに道理の通らぬ発奮《はっぷん》をする。それがまた宜しくない。大体刑事達は言葉が足りぬ。のみならずその数少ない語彙《ごい》の多くは、女性や弱者蔑視《べっし》の彩りを持つものだったりするのである。語っている本人にその気がなくとも聞く者が聞けば立腹激昂《りっぷくげっこう》は間違いなしである。余計に叩かれてぐうの音《ね》も出ぬ。

葵は、小気味の良いくらい手強《てごわ》い。

手強いと云うなら真佐子も相当に手強い。

真佐子の場合、葵のように理路整然と抗弁することはない。ただ毅然としている。これは対警察と云う意味に於ては殊《こと》の外《ほか》効果的であるらしい。コラと云われてへい、と謝ればもう負けである。しかし、コラに対して何ですかと返すなら刑事も出端《でばな》を挫《くじ》かれる。知りませぬ存じませぬとぴしゃりと撥ね付けられれば、刑事の方も左様ですかと云うよりない。

どうにもあの貴人には背徳《うしろめた》いところが窺えぬ。隙がない。言葉に澱みがない。態度が堂に入っている。仮令《たとえ》隠し事があろうとも、ああまで矍鑠《かくしゃく》としていれば絶対に見破れまいと、伊佐間は思う。

一方次女——茜は正反対である。

ただでさえ泣き乱れている。錯乱が収まってからも凡てに自信がなさそうで、強く質《ただ》せば意見は揺らぎ、更に圧《お》すなら前言は撤回される。トドの詰まりは泣き乍《なが》ら謝罪する。彼女に非があると思う者はどこにもいないし、況《いわん》や刑事に詫びなければならぬような立場にないことも明白なのだが、茜は兎に角謝る。

どのような形であれ、己の連れ合いが世間様に御迷惑を掛けたことには違いない、申し訳ない面目ないとただ詫びるのである。

これでは刑事側もお手上げである。

可憫《いじら》しいと云うよりいじましい、健気《けなげ》と云うよりみっともない、憐《あわ》れむよりも先ず苛苛する——慥かにそれはそうであろう。ただ、伊佐間には、茜のそうした態度や気持ちは善く解る。そもそも人間、物ごとを何もかも明瞭《はっきり》と覚えている訳ではないし、何もかも理詰めで考えて行動している訳ではない。右か左か判然としないことも多いし、楽しかったか辛かったか瞭然とせぬことも多い。権力を持つ者、理屈を持つ者に強く云われれば揺らぐし、転ぶものである。

だから同情こそすれ責めるのは酷だと思う。話してみれば聡明で、中中確乎《しっか》りした芯《しん》の強そうな女《ひと》でもあるから、余計にそう思うのかもしれぬ。

そして四女——碧である。

碧は、先に起きていたらしい教師絞殺事件の目撃者でもあると云う。

この利発な少女は、中学生にしては——姉や母に比べれば——取り調べの際も遥かに普通の応答をする。

だが、混乱させると云う意味では大差はない。

彼女の証言は、どうやら信仰に基づいている。

こうでした、ではなく、斯《かく》あるべし、なのだ。

先の事件に於ても犯人らしき怪しい人物——どうやら妖怪——を見たとか見ないとか云う話になり、そのようなものは居てはならないから見る筈もないです、と回答したと云う。見ていない、ではない。見ているべきでない、なのだ。

こうした場合は果たして頭から信用していいものかどうかは判断に苦しむところだろう。前回の場合は——妖怪など居る訳もないと云う常識的判断が優先してか——碧の証言は抵抗なく採用されたらしいのだが、今回に関して云えばどうにも釈然としない。

不在証明《アリバイ》を証言する人物は居るか、と云う問いに対して、神が常に見ていらっしゃいますわ、と云う答え方をされて、なる程と納得する刑事は居ない。

しかし巫山戯るなと怒鳴りつけるには碧の年齢は若く、姿勢は真摯《しんし》で、容貌は可憐《かれん》過ぎるのである。

何よりも、信仰を持ち出されてまともに応対できる者は警察内には居ない。

これもまた頭の痛いことだろうと、伊佐間は思う。伊佐間は宗教にまるで拘泥《こだわ》りがないから、碧のような娘は苦手である。織作家の女達の中でも一番遠い存在だ。何を考えているのか何を望んでいるのか、全く解らない。

と云う訳で――刑事達は通常疲れる必要のないところで疲労困憊《ひろうこんぱい》しているのである。

磯部は一齣《ひとくさり》愚痴を垂れてから、思い出したように云った。

「――ああもう、おいこら、そうだ、あのお婆さんのところへ行こう。そこの君、あの刀自は足が悪いのだな？　部屋行かなきゃ駄目か？　そうなんだ解った。うん、あんたらもういいよ。あのお婆さんはたったひとりの目撃者だからなあ。よし行こう」

磯部は巨体を揺すって立ち上がる。

「目撃？」

伊佐間は取り敢えず尋いてみる。駄目で元元、愚痴で口が軽くなっているから何か云うやもしれぬ。

磯部は案の定口を滑らせる。

「お婆さんの部屋からは庭が見えるんだ。見てるんだ。逃げる――女を」

「女？」

「さあ。そう云ってるんだがねえ。齢だしなあ」

――女。

伊佐間は幾度目かの悪寒を覚える。

ぶつぶつと小言を垂れ流し乍ら黒い扉を開けて退出した磯部の、その大きな背中を眺めつつ、伊佐間は説明し難い倦怠感に包まれて行く。飄然《ひょうぜん》とした釣り堀親父にしては珍しいことである。

警察関係者が居なくなるとすぐに今川は立ち上がり、ああ肩が凝るのです、と云い乍ら大きく頸を回し、更に匂いを嗅ぐように椅子に鼻を近づけて、

「ああ、いい椅子だ」

と妙な調子で云った。

そこにセツがどたばたと騒がしく這入って来た。

「ああもう何なのあの刑事気持ち悪い。いい加減に帰って欲しいわよ。あらお客さん、腹ぺこ？　椅子食べちゃ駄目だってば」

「食べはしないのです」

「どうでもいいけどさ。一寸《ちょっと》ここ座っていい？」

「それは、その、ここは僕の家ではないのです」

「いいんじゃないの」

伊佐間がそう云うと、セツは普段座れないんだこの椅子は、と云って、満面に笑みを浮かべ、実に嬉しそうな仕草で、跳ねるように座った。

陰に籠らぬのは好ましいことだが、それにしても緊張感のない娘である。伊佐間が、セッちゃんは明朗だと云うようなことを述べると、セツは真顔で、悪いけど悲しくないわ、と云った。そして早口でこう続けた。

「本当に悲しくないもの。善く知った人が死んだって云うのにさ。大旦那さんの時とは違うわよ。お嬢さんには悪いんだけどさ。実際」

今川はそれを聞くと再び着席し、セツさん、あなたはいつからここに居るのです――と舌足らずに尋いた。セツはこれまた忙《せわ》しなく答えた。

「一昨年。それまで勤めてた睦子《むつこ》さんの代わり」

「睦子さん？」

「知らない？　矢っ張り家政婦なんだけどサ」

「一向に」

伊佐間の知る訳がない。

「睦子さんは死んだ若旦那に色目遣われて、気色悪くって辞めちゃったんだ。頻《しき》りに誘うんだって」

「若旦那ってのは是亮さん？」

「そうそう。だって他に居ないじゃない」

「でも一昨年って、是亮さん婿入りしたの一昨昨年《さきおととし》でしょ？　新婚で、浮気？」

「新婚で浮気よ。どうもねえ。ここだけの話だけどお嬢様と若旦那、夜の方は上手く行ってなかったんじゃないの？　ここだけの話なんだけど」

「夜」

「夜夜。拒《こば》まれていたらしいからねエ」

セツは何故か眉を顰めて掌をひらひら振った。

「拒んだ？　誰が何を？」

伊佐間が尋くとセツは更に恐い顔つきになった。

「惚《ほ》れて一緒になって男が女を拒むか？　拒んだのはお嬢様。拒んだのよ旦那を。だから浮気すんの。新婚だもの。大変だったのよ。是亮旦那も」

「大変だったのは茜さんでしょ？」

「そりゃそうだけどサ。どうなのかなァ。その辺」

セツは曰《いわ》くありげに含みを持たせる。

「――そりゃあの若旦那は最低だけどさ。それって茜お嬢様の所為じゃないのかなって思う訳――」

セツは脚を組み直して、求めた訳でもないのに、まるでラジオの人生相談係のような口調で語り始めた。

積年肚に仕舞ってあった事柄であるらしい。

「——どうもねえ——あたしはあの茜お嬢様って人、嫌いじゃないんだけど好きになれないのよねぇ。悪いけど。本当、悪いんだけど」

妙に主張するメイドである。

「それは嫌いと云うことじゃ」

「違うの。あの人、凄いいいい人じゃない。いい人だから、何て云うかなあ。悪く云えないでしょ？」

「でも謝ってばかりいる」

「だからさ。あの人に自分が悪いって謝られちゃ、他の人はどうなる訳？　大抵あの人より悪いんだから、そりゃ凄い悪いってことになるじゃない。あんな謙虚な控え目な善く出来た嫁がペコペコペコペコしちゃって、そしたら不出来な人間はどうすればいいのよ。死ねってこと？　特にあの是亮旦那なんて最低の人間じゃないよ。どうしようもないわよ」

「それは云い掛かりでしょう」

「云い掛かりよ。でも悪気はなくッても謙虚さが他人傷つけることだってあンの。あの卑屈さは却《かえ》って自尊心傷つけるわよう。決して悖《さから》わないし。自己主張したり悖ったり叱ったりしてくれた方が、男だってやり易いんじゃないの」

「さて——」

伊佐間は思い至らなかったが、そうした考え方はあるかもしれぬ。

茜の如き度を超した謙譲《けんじょう》の態度は、己の立場のみならず相手の立場も奪ってしまう危険性を孕《はら》んでいる訳だ。

今川が云った。

「絶対服従と云うのは問題なのです。全責任を相手に委《ゆだ》ねている訳で、失敗しても叱責されないのであれば、服従された側は余計にやり悪《にく》いのです」

解ったような解らないような理屈だが、セツには解ったらしい。

小娘は大いに頭《かぶり》を振った。

「そうでしょう。そうだわ。あれ、わざとじゃないかしらん。これは穿《うが》った見方だけどサ」

「わざと?」

「そう。亭主駄目にする為に——」

「何故亭主を駄目に?」

「そんなことは知らないわ。だって若旦那、婿入りしてからどんどん悪くなってどん底で殺されたのよ。最初はまだマシだったらしいわ」

「でもあの人、貞女《ていじょ》の鑑《かがみ》と誉《ほま》れも高いんでしょ?」

それは仁吉の談——世間の評価である。

「それはどおおっかしらねえ——」

セツは奇妙な云い回しでそう云うと頭を抱えた。

別にメイドが頭を抱えて悩む程の問題ではない。

「――貞女ってのは男に対しての言葉？　なら駄目なんじゃないの？　だって旦那は悪くなる一方だったんだもの。それとも斯《かく》あるべしと云うか、模範と云う意味なの？　それって何を根拠に範としている訳？　そうじゃないものね。おお難しい」

「そんなに悩む」

「悩むわよう。もしかしたら貞女ってのは――」

「貞女とは操《みさお》の堅い女性と云う意味なのです。それ以上でもそれ以下でもないのです。だから良いとか悪いとか云うものではないのです。それだけです」

今川は淡淡と解説した。セツは早合点をする。

「操って、ああ、そりゃ、あのお嬢様は操堅いわ。亭主にも、ホラ、許さないんだもの」

「そう云う意味ではないのです」

「どう云う意味よ」

「操とは一度立てた志を変えぬことなのです。元元は時代を越えて不変に美しきもの、と云うような意味なのです」

「解らないわ。頑固ってこと？」

「つまりあり得ないもの、幻想なのです。貞女とはそのあり得ないものを護り続ける人なのです」

「ふうん。じゃああってるわ。茜お嬢様は貞女よ」

セツは投げ遣りにそう云った。

今川は家柄の所為か妙なことを知っている。

「それにしてもセッちゃん、善く見てる――」

伊佐間は、この若いメイドが織作家の女達に如何なる感想を抱いているのかと云うことに興味を持った。セツは、二年間の長きに亘り織作家の一族を観察している娘である。どうにも下世話《げせわ》な感は否めないが、伊佐間などとはまた違った捉え方をしていることは間違いない。

セツは当たり前よ、と云った。

「家政婦の仕事って昔で云えば奥向きの仕事でしょ。家庭の深部に入り込んでいるんですもの、色色と目にするし耳にも入るわ。秘密も知るわよ。あたしは常に見ているんですッ。ただ、語らないのが掟《おきて》よ」

「語ってるよ」

饒舌《じょうぜつ》なメイドはおや語ってるわねえ。これは困ったわ、と真剣に云った。

「その、セッちゃん、葵さんはどう」

「どう？　どうって？　ああ――葵お嬢様のことは好きじゃないけど嫌う理由はないわ」

「それって嫌いと云う意味じゃ――」

「違うのよ。頭がいいのね。あの人。凄く立派なこと云うの。筋が通ってるのよね。でもさぁ、そう云う高尚なことばっかり考えて暮らせないでしょ普通」

「高尚」

「そうよ。芋《いも》の皮が剝《む》き悪《にく》いとか鼻の頭が痒《かゆ》いとか天気悪くてむしゃくしゃするとかお金欲しいとか、そう云うことを考えているじゃない普通は、絶対」

掟破りのメイドは大いに力説した。

「芋の皮剝く時に――何だっけ――これは経済社会を外部から支えている影の労働であり、そうした非賃労働と資本との矛盾がどうとかこうとか――ああ煩《わずら》わしい！　考える？　そう云うこと？　あの人考えてるの。そう云うことを毎日ずうっと」

なる程そうなのだろう。

精巧な作り物めいた外見通りの人なのだろう。

茜は嫌いじゃないけど好きになれない。葵の方は好きじゃないけど嫌う理由がない。微妙な差だが、解らないでもない。ただ年齢差の所為か性別故か、伊佐間の彼女達に対する感触とは若干ずれている。

「碧さんは」

「子供ね」

簡単だ。

「碧お嬢さんはまだ十三だもの。奥様が三十四の時の子供でしょう？　葵お嬢様とは九つも離れてる。でも――その割りに可愛がってるって感じじゃないわよねえ。普通そう云う、齢取ってからの子供って可愛がらない？　どうしてでしょうねえ――」

セツはやけに意味ありげに語尾を引っ張って、たぶん息が切れる寸前に、何かあるわ、と結んだ。

「何かとは何」

セツはさあ何かしら、と恍惚《とぼ》けた。

伊佐間は問い詰めるのも考えるのも止める。セツの口振りや態度は、例えば碧が実子ではないとか、或は妾腹の子供だとか――いずれその手の、あまり知りたくない結論を暗示させるものだったからだ。

「亡くなった――紫さんは？」

「来てすぐ死んじゃったから。半年くらいかな」

「矢張りその、綺麗な？」

伊佐間は色色表現を考えたが、他に尋きようもなかった。

セツはあたし程じゃないわ、と云った。

「紫様は大旦那様に似ていたわ。可愛がられていたのじゃなくて？　亡くなった時は大旦那様大荒れ」

「死因は？」

「毒殺」

「え——」

セツは人差し指をくるくると回した。

「——としか思えないような急死」

「じゃあ変死？」

「表向きは病死。警察は来なかったわ。死亡診断書なんて適当なものよ。柴田財閥お抱えの医者なんて沢山居るものね。でも、前日まで元気だったのよ」

「怪しい」

「怪しいわよ。大旦那だってそう。そりゃ病気がちだったけどサ、誰もすぐ死ぬとは思わないもの。亡くなる前日だって大声で雷《かみなり》落としてたんだから」

「大声？」

「あたし吃驚《びっくり》して階段から落ちたわ」

それは大声の所為ではなかろうと伊佐間は思う。

「——何で？　怒ってた」

「旦那様は葵お嬢様の開いている勉強会が気に入らないって怒鳴ったの。女が破廉恥《はれんち》なことを云うな、織作家の恥さらしがアッテ」

「破廉恥？」

「性がどうしたとか、何か雑誌とかに書いたのよ。旦那もね、その婦人の権利拡大――人権獲得？　解らないけどさ、そう云うのは認めてた訳。割と理解あった方だと思うけどさ、性の解放とか云う話になるともう、頭ごなしね。口にするだけでもう駄目――」

葵は可成り活発に運動をしていたらしい。

セツは雷の元はまだあるのよ、と云った。

「それがあなた、あの若旦那なのよ。学校――聖ベルナール女学院のサ、お金遣い込んでいたらしいのよ。バレたの。ぎょ、ぎょ、ぎょ」

「業務上横領」

「それ。まあ大した額じゃなかったみたいだけど。ただほら、絞殺魔が出たの知ってるでしょう？　先生が殺されたヤツ。あの醜聞《スキャンダル》が一部に洩《も》れて騒ぎになってさ。若旦那理事長だったから、采配《さいはい》が悪いって大目玉食らってた最中だったのね。それで柴田の御曹司とか乗り込んで来て。もう大騒ぎよ――」

セツは両手を広げる。

「――そんな時期の横領発覚でしょう。大旦那それは凄い見幕で、貴様ァ、親父殿の創った神聖な学校を潰す気かッ、この痴《し》れ者があッ――て怒鳴ってさァ。そしたら若旦那、殺さば殺せと開き直り、窮鼠猫《きゅうそねこ》を嚙むって勢いで物凄いこと口走ったのよね」

「何を」

「売春するような学校のどこが神聖か——ッて」

「売春？　女学校でしょ？」

「女学校よ。若旦那、俺は事実を摑んでる、何なら世間に公表しようかい——って開き直った。まあ、若旦那にしてみれば失うものは何もないじゃない。大旦那は失うものが多過ぎる訳でしょう」

「売春——ねえ」

その学校と云うのは碧の通っている学校である。

慥か仁吉の孫も通っていると云う話だった。碧の醸《かも》す無垢《むく》な印象から売春を導き出すことは、伊佐間には難しい。ただ——。

——あの娘は。

碧は父親の葬式の時に笑った。

気の所為かも知れぬ。ただ伊佐間には笑ったように見えたのだ。

伊佐間は、その笑みを——あの葬列の織作家の娘達の姿を思い起こす。

今になって考えてみると、敬虔なクリスチャンが仏式の葬列で膳を持つと云うのも少少変ではある。碧にしてみれば宗旨が違う。心ここに在らずと見て取れたのは、それ故かもしれぬ。

「——だからさ、思わぬ反撃をされて、大旦那も急に蒼くなって黙っちゃって、若旦那部屋に引っ張り込んで暫く話していたけどねぇ。その後、碧お嬢さんも呼ばれたりしてさぁ、相当揉めてたもの。お蔭で葵お嬢様の件は有耶無耶《うやむや》よね」

「碧さん、普段寮住まいでは？」

「絞殺魔が出てからお屋敷に戻ってたのね。警察とかも来るし、体面もあってサ。どっちにしたってそれだけ怒鳴り散らして、いいだけ揉めて、それで、翌朝冷たくなってンだもの。怪しいって」

「目覚めて奥様吃驚仰天《びっくりぎょうてん》？」

「見つけたのは茜お嬢様。奥様の寝所は別」

「寝床が別？」

「別よ」

「喧嘩《けんか》でもしてた？」

「喧嘩なんかする訳ないでしょう。旦那様婿養子だもの。寝床が別別なのは昔っからそうみたい。取り立てて仲悪かった感じでもないけど。ただ、あたしここに奉公してから、ただの一度も大旦那と奥様が口利いたとこ見てないわね」

「家政婦をして見ていない」

「見てないわねえ。でも奥様があぁ云う方だから、それで普通なんじゃないの？」

「普通かい？　口も利かなきゃ寝所も別で？」

「普通よ。大体この織作家では、男って云うのは皆ただの道具よ。大日那だってただ商売の腕を買われて雇われただけよ」

「――愛がない？」

伊佐間が問うとセツは愛って何よ、と云い、でも家族は家族よ――とも云った。

それは解らないでもない。解らないでもないのだが、それにしてもこの家族は――セツの話を聞く限り酷く荒れているように聞こえる。話が生生《なまなま》しい。

耕作や仁吉の談からも、一族内に少なからず確執内紛があることぐらいは容易に想像できたが、それにしてもここまで生臭い状況と云うのは汲み取れぬ。況《まして》や裕福で由緒もある、優雅な資産家の家庭と云う外面《そとづら》からは、中中窺《うかが》い知ることの叶わぬ家族関係であろう。それにしても――。

――難儀な局面を迎えたものだ。

伊佐間はそう思う。葵は結婚しないと云っているらしいし、茜が再婚でもしない限りは家名が絶えてしまう。伊佐間がそう告げると、セツはぽつりと、

「織作の血なんて、とっくに絶えてるのよ」

と云った。

「それはまたどうして？」

「だから、これもここだけの話だけどサ。先代の奥様――つまり真佐子奥様の母上で、五百子大奥様の娘さんの――貞子《ていこ》様って云う人は、どうも先先代の嘉右衛門様が何処かの女工に産ませた子なんですってよ。五百子様の本当のお子さんは亡くなられたとか聞いたわ。だから今の織作家の人人は皆養子と女工の子孫なのよ。それがさ――」

セツはぴたりと話を止めた。

そして渋柿《しぶがき》でも喰ったような顔をして、そろそろと組んだ脚を解き、ゆるりと床上に揃えて下ろし、静静と立ち上がった。固まっている。

伊佐間はそのぎこちない視線の先に目を投じる。

黒い扉の前に天使が立っていた。

黒に見紛う灰色の制服。白い大きな飾紐《リボン》。大きな眼。大きな瞳。胡粉《ごふん》を丁寧に塗ったような肌理《きめ》の細かい白い皮膚《はだ》。

未発達な声帯が振動する。

「セツさん――」

織作碧だった。

セツはハイッと一音域《オクターブ》高い声で返事をして、お嬢さんいつからそこにいらしたんです、と尋いた。

「私は今来たばかりですが――」

碧は屈託《くったく》なく、にこりと笑う。

「――神様はずっと貴女の傍に坐《おわ》します。セッさん何か宜しくないことでも仰っていらしたのですか」

「と、とんでもない。そう、この、素敵な椅子に、その、一度座ってみたくってねえ、ねえお客さん」

今川はそれを受けてこれはいい椅子なのです、と能のないことを云った。

何等援護《フォロー》になっていない。

「欲しいのでしたら私からお母様にお願いしてみますわ。セツさん、それより門のところにお客様がいらしていてよ。行って戴けないかしら――」

セツは行きます行きます、すぐ行きますと滑稽《こっけい》なまでに慌てて、一度転びかけ、体勢を立て直しつつ碧に礼をして退出した。その背中に向けて碧は、

「――饒舌《じょうぜつ》は罪ですわよ、セツさん」

と云った。

間もなく大きな音がした。

セツが転んだのだろう。

碧は一切気に懸ける様子もなく、雲の上でも歩くが如くにふわふわと移動して伊佐間の横に至った。

そして伊佐間を見ずに階段の方向を眺めつつ、

「私達家族のことにあまり興味をお持ちにならない方が善くってよ、小父様方《おじさまがた》。だってこの家は――祝福されていないんですもの。無闇に関わると善くないことが起こると、専《もっぱ》らの評判らしいですわよ」

と、矢張り乳臭い、少女の声で云った。

どうも笑っているように伊佐間の目には映る。

今川は団栗眼《どんぐりまなこ》を剝いて、今のご発言は、呪われているとか祟られているとか、そう云うような意味なのですか――と、質した。

伊佐間は昔咄《ばなし》を思い出す。

「もしや天女の――呪い？」

「天女？　の、何ですの？」

「呪い。織作家《こちら》の噂――と云うか、昔咄」

伊佐間がそう云うと、碧は嬉嬉《きき》とした表情を作り、呪い、まあ呪いですの、と愉快そうに云った。

「私、その天女の呪いとやらのお話は耳にしたことがございませんわ。そんな噂もあるのですか？　でも、仕方がないでしょうね。この家は冒瀆の家なんですもの。天罰は覿面《てきめん》ですものね」

碧は冗談めかした口調でそう云うと軽やかに笑った。伊佐間は返答に窮する。

何だか内面と外面が、語る言葉と語り口がちぐはぐだ。

この娘は、妖怪はあってはならぬものだからないのだ、と云ったと云う。それでいて呪いの方は肯定するかのような口振りである。ならば呪いは、あるべきものだ、とでも云う気なのだろうか。

伊佐間の脳裏に仁吉老人の言葉が過《よぎ》る。

──呪っているのは織作家の女どもだと──。

──それではこの娘が呪っていることになる。

祝福されぬ家。関わると善くないことのある家。冒瀆の家。どう云う意味だ。

天女の末裔──織作家の四女は、両手を合わせ、眼を輝かせて、これから楽しい悪戯《いたずら》でも始めましょうとでも云う具合に続けた。

「──そんな噂のある屋敷へ善くお越しになりましたわね。小父様方は恐いもの知らずなんですの？」

──子供だ。

セツの云う通りこの娘はまだ子供なのだ。どれだけ信仰心が篤《あつ》かろうと、言動に一貫した道理や摂理《せつり》を求めるのは酷だ。

慥かに、仮令《たとえ》幼かろうと教えに忠実であろうと云う努力はあろうから、背景に信仰心はあるのだろうが、それにしても精精《せいぜい》子供なりの、拙《つたな》い理屈に則って発言し行動しているに過ぎないのではないか。

伊佐間はそう思った。

ただ——それだけに裏表を見定めるのは難しい。

今川は碧の言葉を受けて、伊佐間を指し示し、この人は幽霊やお化けの恐くない人なのです、悪い予感も嫌な気配も、何も感じない人なのです——と説明した。

それは事実である。伊佐間はお化け幽霊心霊超常、悉《ことごと》く恐いと思った試しがない。尤《もっと》も、身の危険を感じれば竦《すく》むし、脅かされれば吃驚《びっくり》するし、暴力は嫌いだし、厭な思いも勿論するのだけれど、所謂《いわゆる》背筋がぞっとするような恐い思いはしたことがない。ただ、ここ数日伊佐間は繰り返し悪寒を感じ続けている。それは予感でも気配でもなく正に寒気《さむけ》で、風邪をひいた時のそれと何等変わりがないのだが、それにしても——。

——何だろう。

伊佐間自身にも悪寒の正体は善く解らない。

今川は続けて僕はこの人に輪を掛けて鈍感なのです、と云った。それも事実なのだろう。

今川の面相ならば大概のお化けには勝てる。碧はそれを聞くとあら頼もしいこと、と云って擽《くすぐ》るように笑った。

「世の中、迷信が罷《まか》り通って困ってしまいます。正しきものを見るならば、世界に怖れることなど何もございませんものね。小父様達、迚《とて》も善くってよ。私――安心致しましたわ」

どうも――伊佐間達は試されていたらしい。

――どこまでが本気だ？

子供と思ったのは間違いだったのか。善く笑う、愛くるしい少女の顔は、真実《ほんとう》はただの仮面に過ぎないのかもしれぬ。伊佐間は戸惑う。

「それでは小父様方は、私の味方ですわね。そうならば禍《わざわい》は振りかかりませんわ。安心なさって結構よ――」

碧はそう云うと、まるで映画に出て来る外国の娘のように頸を傾げ、膝を軽く曲げて挨拶をして、またふわふわと移動して螺旋階段をくるくると登り、階上の回廊を巡って、その先の廊下へと消えた。体重がないのか。重力が及ばないのか。

一向に正体の知れぬ、そんな娘だ。

「ああ、また別の刑事が来たのです」

今川が云った。

慥かに喪中の建物内を粗暴な跫《あしおと》を響かせて移動しても平気でいる人種は、刑事以外になかろう。奴等には必要以上に重力がかかっているらしい。

ドタバタと騒騒しい音が響く。黒き扉が開く。

先ず――間延びした馬面《うまづら》の男が這入って来た。

少し長めの髪の毛がペタリと貼りついている。

続いて厳《いかめ》しい顔の男が不機嫌に入室して来た。

遠目にも強面《こわもて》で頑健な体軀を持った男は、今にもあちこち蹴飛ばしそうな勢いである。細い鋭い眼で建物の端端《はしばし》を値踏みしている。壁や柱に視線が嚙《か》み付いている。その凶暴な視線はやがて中央で耄《ほう》けていた伊佐間に嚙み付いた。男は伊佐間に気づくと、妙に甲高《かんだか》い声で怒鳴った。

「おい！　釣り堀屋じゃあねえか。手前《てめえ》こんなところで何していやがるよ！」

顋《えら》の張った四角い顔。やけに見慣れた――。

伊佐間の善く知った顔だった。

「木場修――」

伊佐間は声を上げた。

東京警視庁捜査一課勤務の刑事――木場修太郎巡査部長――だった。

今川が怪訝《けげん》な顔をする。

「知った人なのですか？」

「うん。榎《えの》さんのね――」

伊佐間はそれだけで説明を止めた。今川もそれ以上は何も尋かなかった。

榎さんとは榎木津礼二郎と云う男の略称である。

榎木津は伊佐間と今川の軍隊時代の上司である。

これが、言葉では云い表せぬ程に奇天烈《きてれつ》な男だ。

そして木場刑事はその榎木津の幼馴染みである。

つまり、木場は榎木津を介した友人であり、即ちその事実はろくな間柄ではないと云うことを意味している。木場は刑事と云うより、伊佐間にとってはただの困った友人でしかないのである。

榎木津を知る今川には、その名を出しただけで、もう十分に察しがついている筈だ。

そして伊佐間はやや心配になる。木場が管轄外の千葉県《ここ》に乗り込んで来た以上、一波乱は覚悟せねばなるまい。無鉄砲な友人は去年も管轄外の神奈川に殴り込んで大騒ぎを引き起こしているのだ。

「何でここに居るって尋いてるのが聞こえねえのかコラ。おい釣り堀屋、手前の顔の両脇についてるのは耳じゃなくて餃子《ぎょうざ》か何かなのかい！」

荒れている。

逆に調子がいいのかもしれない。

「ああ――とばっちりで」

他に説明のしようがない。

「とばっちり？　けッ、暇持て余すにも程があるぞこのひょっとこ野郎。少しは社会のためになることをしろボケ。おい、その横の変な顔は何だ？　この家で飼ってる獣か何かか？」

「これ？　待古庵。古物商」

木場は眉を吊り上げて鬼のような顔をした。

「待古庵だァ？　おう、あんたか、箱根で災難に遭った古道具屋ってのは？　噂だけは聞いてるぜ」

面と向かって禽獣《きんじゅう》扱いされて尚、今川は動じることもなく、そうなのです、今川と云う者なのです、と馬鹿丁寧に挨拶をした。木場はそうかい、俺は警視庁の木場だ、宜しくやってくれ、と云った。

「それより」

伊佐間は管轄外の千葉県にまで出張して来て何の用か、と云う部分を省略した。木場はそこを履き違えて、こっちは四谷署の加門刑事だ、と紹介した。

「そうじゃなくて」

「ん？　仕事だ。この家の者を呼べ」

「呼べって、今その、千葉の警察の」

「ああ。聞いてるぜ。別件だ別件。家の者を呼べ」

「別件？　ああ、別件」

所轄と二人組で来ていると云うことは取り敢えず正規の仕事なのだろう。伊佐間はやや安心する。

暴走暴発、愚挙暴挙、単独行動を咎められるのが跳ねっ返り刑事の常なのだ。

セツが報せたのだろう。程なくして磯部刑事が巨体を揺すって戻って来た。汗をかいている。

「何です？　取り込み中だ。取り込んでるんだが」

「取り込んでるのは承知だよ。こっちも急ぐんだ」

「あんた東京の。何の捜査かな」

「目潰し魔だよ。お前さん達の尻拭いだ」

「目潰し魔？　それと、この織作家と何の関係があるんだね？　ここに出たのはね、絞殺魔だ。違ったけど」

「聞いたよ千葉本部で――」

木場は大いに凄む。

「――兎に角な、こっちは有力な新事実を摑んでこんな安房くんだりまでこうして出張って来てるんだよ。すぐに済むからすっ込んでろ」

木場は磯部よりは背も低いし肩幅も狭いが、どことなく密度が濃いから、虚勢を胸に吸い込むと一回りも二回りも大きく見える。

磯部の方は肚の中にストレスしか詰まっていないようで、まるで張りぼてのようにすかすかしているから、圧《お》しに弱い。

「待てよう。新事実って、知らされてないぞ」

「煩瑣《うるせ》えよ。合同捜査つったって、お前さん方さっさと絞殺魔に乗り換えちまってるじゃねえか。いいんだよ手前《てめえ》が心配しなくても。本部長同士で話し合いは出来てるんだって。引っ込め」

磯部はほんの少しだけぶつぶつ得意の独白を語ってから、巨体を大儀そうに揺らして、じゃあ尋くが誰に用なんだ——と云った。木場は次女だか三女だか、どっちでもいいよ、と云った。

——茜か葵。

そのどちらかが目潰し魔事件と関わっていると云うことだろうか。伊佐間は急展開にやや狼狽する。しかし例によって外見上はただ茫洋《ぼうよう》としているようにしか見えないだろう。今川に眼を転じると、古物商は眼を丸くして口を半分開けている。ただ、これもいつものことであるから心の内は全く知れぬ。磯部は丸い顔の中心の小さな眼を瞬《しばた》いて、ああ難儀だぞ知らないぞ、と云った。

「何が難儀だ、おい？」

「今に解るよ。三女を呼んで来てやるよ」

った。

磯部は意地悪そうにそう云って、跫を立てて扉の外に消えた。

葵と木場を咬ませようと云う魂胆なのである。

別に出て行けとも云われなかったので、伊佐間はそのまま椅子に腰掛けて成り行きを見守った。

今川がこれでまた食事はお預けなのです、と小声で伊佐間に告げる。

加門と紹介された刑事はくたくた躰を揺らして伊佐間の隣に端座《すわ》り、木場は伊佐間の向かいに落ち着いた。

木場が落ち着くなり、加門はやけに抑揚《よくよう》のある、龞《うね》るような喋り方で云った。

「木場さん。それにしても私は解《げ》せない。川島喜市は何だってあの多田マキが質屋に持って行った着物を受け出したりしたんです？　しかも几帳面《きちょうめん》に住所まで記帳してるですよ。受け出したことがそもそも不可解だが、住所を記すというのは狂気の沙汰だ。川島新造の住所が知れたのは貞輔が書き取った所為で、こりゃ不可抗力だが、喜市の方は己で、わざわざ記しているですよ。こりゃおかしいよな」

「おかしいな」

「木場さんはそう云う細かい齟齬《そご》が気になる質《たち》なんじゃなかったですか」

「気になるから――こうして調べに来ているんじゃねえか。事実は事実だよ」

加門刑事は貼りついた髪を掻き上げる。

「まあなあ。その高橋志摩子《たかはし》の証言が事実なら、前島八千代を誘《おび》き出したのも川島新造じゃなくて川島喜市と云うことになるだろうしなあ。しかし、木場さん、あなた善くあのズベ公から証言を採ったですな。七条が感心してたですぞ。あなたの若い部下の話に依れば、あなたは水商売系の女の信用を得るのが得手《えて》なんだそうですが、本当ですな」

「関係ねえよ。真面目に尋けば話すもんだよ」

木場は無愛想に云った。

伊佐間が思うに、この豪傑《ごうけつ》は照れている。木場は女性が苦手なのだ。苦手とは云え木場は真面目だから、職業柄娼婦だの酌婦《ホステス》だのと健《まめ》に接する。そして苦手であるが故に、実直だ誠実だと勘違いされて、彼女達には大層モテるのである。

それにしても――何の話だか皆目解らなかった。

加門は苦笑し乍ら、私はどうも女の取り調べは苦手でね、ここは一丁木場さんに任せますよ、と云った。木場はそれには答えず、伊佐間を睨《にら》みつけて、

「おい。ここの女どもは何だ、難儀なのか？」

と小声で尋いた。

「うん――」

伊佐間に実感はないが、磯部の様子などを見るに難儀と云えば難儀なのだろう。いつものように曖昧《あいまい》な返事だったが、木場は押し黙って腕を組んだ。

伊佐間はつうと視線を上げる。

方方の明取《あかりとり》から差し込む午後の陽射しが、吹き抜けを縁取る回廊の、白と黒のあちこちに反射し、或は吸収されて、微妙な色合いを織り成している。

油彩画でも見ているかのようだ。

その幽景の中、螺旋階段《らせんかいだん》の天辺《てっぺん》に、
陶器製の贋物めいた――完全なる人体が、
天窓から差し入れる一際強い光りに照射されて、
静かに、形良く佇《たたず》んでいた。

出来過ぎた演出である。

「私に御用と仰るのは――」

張りのある金属質の声。織作葵。

陶器の飾人形《マヌカン》は正しき人体の運動とは斯《かく》あるべきだと主張でもするような、非の打ち所のない動きで螺旋を巡り、下界へと降り立った。

妹とは違う。地に脚が着いている。

木場が無言のまま意思表示をする。

「――承りましょう」

「あんたは――？」

「織作葵と申します」

「そのな――まあいい」

「横柄な口調ですね」

「すまねえな。どうにも下品に育っちまってよ。気に障《さわ》ったら謝るがな」

「それには及びません。平素より高圧的な態度には慣れておりますから。御覧の通り屋敷内は取り込んでおります。御用件は手短にどうぞ」

葵は緊張感を伴った冷気を周囲に張り巡らせて、一定の速度で中央に歩み寄り、全員を見渡せる場所に着席した。

近くで見ても印象は全く変わらない。

近寄って尚、疎《そ》になることのない、緊密な粒子で構成される無機的な質感の表面《はだ》。狂いのない描形《デッサン》のような左右対称《シンメトリー》の顔。水晶玉のような瞳――。

葵の瞳は独特の色をしていた。

透明感のある灰色――否、それはこの部屋の白と黒を映しているだけだ。桜を望む窓辺で見た時は、その桜色を映していたのだから――。

流石《さすが》の木場も僅かに驚いたらしい。

「き――尋きてえことはひとつだ。川島喜市と云う男に就いて、知っていることを教えてくれ」

「川島喜市ですか」

「喜ぶに市場の市」

「その方が何か？」

「あんたは何女だ」

「三女です」

木場はふうと大きく溜め息を吐いた。

回廊の端に大きな躰の磯部刑事が身を潜めているのが窺える。屈強《くつきょう》な本庁の刑事が困窮極《こんきゅう》まるところを高みの見物、と云う魂胆であろう。

木場はしかし、磯部が思う程簡単な男ではない。

伊佐間は木場の粘《ねば》り腰と、反発力の異様なまでの強さを知っている。木場はすぐに体勢を立て直した。

「じゃあその、姉さんも——呼んで貰えねえか」

「姉を？　姉を呼ぶのは構いませんが、配偶者を亡くしたばかりで極端に混乱しておりますから、冷静な応対ができますかどうか保証の限りではございませんね。それよりまず、あなた方の身分と、来訪の意図——これは何の捜査なのか、何故私どもの許においでになったのか——をお聞かせください。納得が行く内容でしたら国民の義務として捜査協力は惜しみません」

立ち直った木場は面食らうことも物怖《ものお》じすることもなく、己の姓名身分を告げて、加門を紹介した。

「——それから来た理由か。少しややこしい話なんだが、平野祐吉と云う名前は——知ってるかい」

「聞いております。殺人者だとか」

「まだそうと決まった訳じゃねぇんだがな。平野祐吉は最初の犯行直前に精神神経科の医者に診て貰っている。その医者を平野に周旋したのが川島喜市。こいつは平野の数少ねぇ友達だ。そして川島はその医者の許に、紹介状を持って訪れている。その紹介状は現存しねえんだが、どうやら紹介者はあんたのところ、織作某だと云う話でな」

「現存せぬ紹介状に署名でも？」

「云うな。現存しねえから書状だったたか何だったたか確認はできてねぇんだけどな。口頭だったかもしれねえ。だが、織作なんてそうある苗字じゃねえしな」

「全くない訳ではありませんわ」

「財界の要人で次女三女が居る織作さん家《ち》はここだけだと思うけどな」

「そうでしょうか」

「そうだよ。紹介したのは織作家の次女か三女だと云う証言が採れてる。どちらかは判らねえ」

「慥かに、私は織作と云う姓で三女。この屋敷には次女も居ります。条件の多くは満たしておりますわね。しかし、それならば先ずその神経科医にお尋きになるのが筋ではございませんか。確実です」

「それが駄目なんだ。川島が訪ねた医者と云うのは帝大の教授なんだが、これが高齢でな。正月に脳溢血で倒れて昏睡《こんすい》状態が続いてよ、今は会話も儘《まま》ならねえ状態だ。直接平野を診たのは弟子で、俺の話はその弟子の証言に依っている訳だ」

葵は笑った。

「——あの方、お倒れになったのですか。女性蔑視の発言が過ぎたのでしょう」

「知っているのか、おい！」

木場はドスを利かせた濁声《だみごえ》で金属質な笑いを止める。

葵は笑みを浮かべたまま平然と答える。

「存じ上げて居りますわ。論敵《ろんてき》ですもの」

「論敵だァ？　精神科医がか？」

「幾度か書簡で論争致しました。私は精神神経科と云う分野は今後の医療行為全般を見据えるに当たっても注目に値する分野だと認識しています。私が問題にしているのはその草分けたるフロイトの、あまりにもお粗末な偏向思想を鵜呑《うのみ》にしてしまう、現在の研究者及び治療の現場の意識の低さです。その件に就いて、権威のお一人に質問状をお出ししたのです」

はあ、と木場は凄んでいるのか感心しているのか判別のつかぬ声を上げた。

「私は現在の本邦精神神経科の有り様には大いに疑問を持っております」

「疑問？」

「はい。フロイトなどと云う、愚劣な女性差別者の捏造《ねつぞう》した、性的に著しく偏向した妄想のような理論を、そのまま無批判に受け入れてしまうが如き愚行は決して許すべきではありません。女性の患者の多くは、治療の名の下に行われるそうした愚かしい虐待行為に因って、社会的にも人間的にも、あらゆる意味で尊厳を失ってしまうことでしょう」

「フロイ――何とかってのは誰でェ？」

「精神分析の創始者。私に云わせれば徹頭徹尾《てっとうてつび》男性至上主義の鬱屈《うっくつ》した主観的観念論者。女性から人間性を搾取《さくしゅ》し、不当に貶《おとし》める――ただそれだけのために膨大な著作を記した、性的妄想狂です」

葵は断言した。

伊佐間は降旗と云う男のことを思っている。

降旗はフロイトに取り憑かれ、フロイトを忌み嫌い、フロイトを乗り越えようとして結果己を見失ってしまった男である。

彼が今の葵の発言を聞いたらいったいどのように思うのだろう。快哉《かいさい》を叫ぶか、それとも忸怩《じくじ》たる思いに駆られるのか、或は激昂するのか――。

そして伊佐間は思い至る。木場も降旗とは旧知の間柄の筈である。ならば木場の云う帝大教授の弟子とは即《すなわ》ち降旗のことなのではあるまいか。

木場は暫し考える素振りを見せてから云った。

「善かぁ解らねえが、酷《ひで》え云いようだな。じゃあ、その、精神分析ってのは、信用出来ねえのかい？」

半ば脱線した話の軌道を修正するでもなく、木場は寧《むし》ろ、もう少し続きが聞きたいような口振りである。伊佐間は意外に思う。葵は即座に答えた。

「分析者または分析者が用いる理論が真に客観的か否かと云う問題です。普遍的な原理原則と思われているものの多くが、実は非常に偏ったイデオロギーの下に生成された体制支持のための装置でしかない場合が多いと云う事実を失念してはいけません。私達は、常に外部からそれを見つめ、抗議し、批判し続けなければいけないのです」

「解らねえ」

「解りたくない——のですか」

「解らねえんだよ。頭が悪い」

「そうは見えませんけど——」

葵は木場を見透かしている。実際、木場は馬鹿なのだが、決して頭は悪くないと伊佐間も思う。

「──例えば、その精神科医は殺人者平野の行為を何だと説明したのですか？」

「ああ。俺なりに噛み砕いて云うから間違ってるかもしれねえが、屈折した性的な欲動とか云うものを無理矢理押えつけた結果、それがこう、何と云うかなあ──」

木場は云い悪《にく》そうに、語り難いことを話した。

伊佐間も、その分野に関しては決して明るくない。ただ降旗と知り合ったお蔭で、些細な予備知識ぐらいは得ていた。だから勿論、多くは珍紛漢紛《ちんぷんかんぷん》だった訳だが──降旗の語り口を思い起こすことで、それなりに理解することができた──。

ような気になった。

「──性交の代わりとか世界との一体化とかよ」

「凶器は男根の象徴だとか云ったのでしょう？」

「おい、若い女が口にする言葉じゃねえだろ！」

木場はやけに慌てる。葵は乱れることもない。

「男なら良くて女は駄目では道理が通りません」

「ああ──慥かにそう、男根だと云っていたぜ」

潔く引き下がる。伊佐間の知る、いつもの木場とは一味違っているようだ。何か心境の変化でもあったのだろうかと、伊佐間は要らぬ勘ぐりをする。

葵は、綺麗なアーチ型の眉を左右同形に顰《ひそ》めた。

「何でもかんでもそうなのですよ。都合の良いことです。彼等は私達女性の性の快楽を無化することで男性中心の性を制度化しているのです。そのために都合の悪いことは皆隠蔽《いんぺい》してしまう。エディプス・コムプレックスに就いては雄弁に語るのに、それ以前に就いてはお茶を濁《にご》すのです」

「再三再四云うがな、解らねえ」

伊佐間にも殆ど解らなかった。

葵は不思議な色彩を湛《たた》えた瞳で木場を見つめる。

「そう、その人は、平野は男であるために殺人を犯すのだ——と、云うようなことを云いませんでしたか？」

「云ったな。判るかい」

常套句のようなものですからと葵は答えた。

「なる程な。いや、俺が問い質すと、男であると云うより、生きている証明なんだとか、そんな風なことを云ったな」

葵は無表情で驚き、無感動に感嘆符《かんたんふ》を発する。

「まあ。その言葉の裏にはこう云う意味が隠されているのです。生きることとは即《すなわ》ち男であること——男だけが人間なのである——」

「そうかい？」

「愚かしいことに、そうした暴力による性の支配は屡屡《しばしば》男らしさの象徴として捉えられる傾向があります。家父長制度の中に於ては性的暴力は男らしさを獲得するための有効な手段として暗黙のうちに承認されているのです。平野の犯行に対してそうした解釈を施すと云うことは、暗にこの世界が男性のものでしかないと主張しているのに他なりません」

「奴は人殺しを認めちゃいなかったがな」

「違法行為であるか否かは別の問題です。その行為にどのような意味を見出すのかが分析でしょう。そして分析する以前に彼等は支配と隷属《れいぞく》、搾取者《さくしゅしゃ》と被《ひ》搾取者と云う関係でしか男女の関係を捉えていない。これは差異的認識ではなく階層的認識です。支配することイクォール男性的と云う愚劣な意識が基盤になければ出て来ない考え方です」

木場は腕を組む。武骨な筋肉の塊《かたまり》が考え込んでいる。この男は本来、善く悩む質なのかもしれぬ。

「なる程な。何となく解ったぜ――」

木場はそう云ってから腕を解いた。

「――実を云うとな、俺は解らねえなりに気に入らなかったんだよ」

「気に入らない？　何がです？」

「だからその抑圧だか、父殺しだか云う、精神科医の小理屈がよ」

卓見ですわと葵は云った。

「権力としての父親しか規定できない——したくないと云うところが彼等の現状での限界なんです」

　葵はやや満足げにそう続けてから、彼等研究者の多くは男ですからね、と結んだ。木場は加門刑事を少し気にする素振りを見せる。加門は二人の会話に追いつけぬようで、必死に内容を咀嚼《そしやく》している風である。木場はその様子を確認してから、

「あんたなら平野の行為にどんな理屈をつける？」

と尋いた。

「女性的なるものに対する——憎悪」

「憎悪？」

「それに基づく暴力的支配欲の充足」

「支配欲？」

「そこまでは善くある性暴力犯罪と一緒です。しかし、彼の場合はもうひと捻りしてあるように私には思えますわ」

「それは？」

「そうした男の支配欲に抗わず、被支配者的立場を享受する女達への——更なる憎悪」

「女だから——殺す？」

「女が男にとっての女でしかないから——殺す」

「それはつまり、こう云うことかい？　先ず男は女を憎んでいるから暴力的に支配しようとする。これは善くねえことだ。だがその暴力的支配を受け入れる女がいる。平野は受け入れられることで更に女を憎む――苛めても反抗しねえってだけじゃなく、苛めて結構、苛めておくれと云ういじましい野郎は余計に苛めたくなるって――そう云う」

「そうですね」

「尋くがな、あんた女権拡張論者か？」

「そう云う呼び方も括《くく》り方も正確ではありません」

「悪いが他に言葉を知らねえ。今の言葉だって、二三日前に覚えたんだよ俺は」

「正直な人です。賢振《かしこぶ》らぬところは非常に好感を持ちます。ええ――非常に大雑把な括り方をするなら間違いとばかりは云い切れませんし、語彙がないのでしたらそうお呼び戴いても結構です」

――私の立場と云うのもございます――

織作家の三女としての立場ではなかったらしい。

女権拡張論者――それが葵の立場なのだ。暴力的な支配を享受する女とは正に茜のことであろうし、自らの姉がそれでは慥かに立場はなかろう。だが。

――拒んだのよ旦那を――

茜はただ支配されていた訳ではないらしい。

伊佐間は考えが纏まらなくなる。元元問題意識を持っていない所為もある。ただ漠然と不安になる。

木場はまた暫く黙った末に云った。

「その、男にとっての女でしかない女——ってのは、あんた達にしてみりゃあ——女の中の敵か？」

「それは違います。現在、本邦の多くの女性がそうしたことに無自覚であることは事実なのですが、現在の日本がそうしたことを考えられるような社会状況にないことも、また事実です。多くの女性は男性支配を受け入れることでしか自己実現が不可能なのです。理論と現実はどんどん乖離《かいり》して行く。その現実を理論側に引き寄せることが私達の運動の基本です。ですからそうした女性達を敵と見做《みな》したりはしません」

「矢張りそうかい。同じような話は前にも聞いた。尤《もっと》も、もっと下品な言葉でだがな——有り難うよ。勉強になったぜ。しかしな——」

木場の視線が急に活気を帯びる。

「——あんた、やけに詳しいな」

「何にです？」

「平野祐吉にだよ。まるで知ってるみてえだ」

「知る訳が——ないでしょう」

葵は初めて、僅かに表情を崩した。肖像画に亀裂が走ったような不可思議な印象だった。

「そうだよな。知る訳がねえよな。しかしよ、川島喜市は知ってるんだろう？　元元はその件なんだ。あんたその論敵を何だって川島に紹介した？　何で町の印刷職人なんぞと面識があったんだ？」

「早合点しないでください。私はその教授のことは存じ上げておりますが、川島とか云う人は存じ上げません」

「あ？」

慥かに葵は、川島とか云う男に就いては、知った素振りはおろかひと言も、触れてすらいない。

「でも、あんた――」

加門刑事が腑《ふぬ》抜けた声を上げた。

「――そりゃ詐欺だ」

「その川島と云う方は、なぜ貴方《あなた》達警察に？」

「そんなことあんた――」

続けようとする加門を押えて木場は云った。

「平野祐吉を隠れ蓑にして殺人を繰り返しているのは、川島喜市である可能性がある」

「え？」

葵は再び、葵らしくない表情を一瞬見せた。

腑抜けた同僚が困り顔で更に抗議しようとするのを、武骨な刑事は強引に手で制した。

そして木場は凄味を利かせて云う。

「勿論未だ証拠は挙がっちゃいねえから断言は出来ねえ。だから民間人であるあんたに喋ることじゃねえんだ。だが真意を伝えなけりゃ協力出来ねえと云われりゃ仕方がねえよ。ただな、こりゃあ」

「解っております。人権問題なのですね。了解致しました。決して他言は致しませんわ。少しお待ちください。姉を──呼んで参ります」

葵はす、と立ち上がる。

「姉は──多分その人を知っています。私は、姉に、帝大の、教授を、紹介、したのです」

飾人形《マヌカン》は再び螺旋に向かう。そして云う。

「刑事にしては──中中宜しいですわ。木場さん」

木場はそっぽを向いた。

葵が螺旋を上り切るまで、木場を除く男三人はその背中をずっと眼で追った。葵が廊下に消えると、引き替えに磯部がぐにゃりと出て来た。下に降りて来る様子はない。当てが外れて悔しいのだろう。伊佐間の知る限り葵とあそこまで対等に張ったのは、この肉体派の不良刑事が最初である。

「おい、釣り堀屋」

「うん？」

木場は横柄に伊佐間を呼びつけると、ありゃあ、手前、ああ云う娘なのかいつも、と尋いた。伊佐間がまあそうかねえ、と答えると、もう少し実のある返事をしろボケ——と、大層に叱られた。伊佐間はただ、うンとだけ答えた。間もなく。

茜は葵と共に階段の下から現れた。

あの書斎へ続く廊下の入口である。

伊佐間を始め四人ともが階段の上ばかりに気を取られていたから、これには可成り面食らった。

織作茜は廊下の入口で深深《ふかぶか》と頭を下げた。

「大変お待たせ致しました。当家の次女で、織作茜と申します」

長い会釈に二人の刑事も已を得ず立ち上がる。

「——この度は、お役目とは申せ斯様《かよう》な辺鄙《へんぴ》な土地に——本当に——」

風のように当たっては消える柔らかな茜の声を、張りのある金属質の声が掻き消す。

「お仕事でいらしている公務員の方にそんな馬鹿丁寧なご挨拶をしても仕様がありませんわよ姉さん。寧ろ端的に御質問にお答えするのが礼儀に適《かな》っているのではなくて？」

「ええ、でも——」

見兼ねて、今度は木場が茜を遮った。

「ああ、妹さんの云う通りだぜ。気を遣うこたあねえ。聞けば大変なところらしいしな。話は——」

「川島——喜市さんのこと、でございますか」

茜は少し俯き加減で、しかし明瞭と云った。

「し——知ってるのかい！」

「ええ——」

加門がふわあと息を吐き出して座った。

「——尤もおつき合いはございません。多分、その方とおき合いのございましたのは、昨年亡くなりました——姉なんです」

「姉？　亡くなったのはいつだ」

「ええ、昨年の四月に、突然に」

「待てよ——おい、平野が医者にかかったのは」

木場が問う。加門は五月ですな、と答えた。

「五月のいつ頃でございましょう」

「初め頃ですね。ただ、川島がいつ紹介状を持って訪れたのかは判らないな。もっと前かもしれない」

「それなら多分間違いございません。紹介状を書きましたのは、私です」

「あんたが？　なぜ」

「はい。その方のことは全く存じ上げなかったのですが、姉が亡くなった半月程後でしょうか。四月の後半頃です。姉宛てにお手紙を戴いたのです」

「なる程な。手紙か――それで？」

「ええ。本人は既に亡くなっておりましたから、それで私が代わりに読み、お返事を――」

「内容は？」

「知人で神経を病んだらしい者がいる、是非専門の医師に診せたい、ただ伝《つて》もなく知恵もなく、他に頼る当てもなく、相談に乗ってはくれまいか――と、云うようなことが綴《つづ》ってありましたけれど」

「で、あんたどうした？」

「内容が内容でございますから、放っておくのも心苦しく、かと云って私などには貸す手も策もなく、そこで――父に相談を致しました」

「父？　父ってのは織作雄之介――さんか？」

「ええ。父に相談致しましたところ、どうやら父は――その方を存じていたようでございました」

「織作雄之介が川島喜市を知っていたてえのか！」

木場は一旦驚き、すぐに渋面《じゅうめん》を作った。

「しかしあんたの親父も――」

茜は眼を伏せ、寂しそうに、はい、と云った。

その雄之介も今はもう彼岸の住人なのである。

加門は嗚呼《ああ》と呻《うめ》き、木場は後頭部を掻き乍《なが》ら、

「川島喜市を知る者は二人とも仏さんかい――」

と呟《つぶや》いた。慥かに二人とも既に亡くなっている。

そして――その二人が二人とも、不審な死に方をしているのである。それは刑事達の与《あず》り知らぬことなのである。だが、この場で云えることではない。

「死人に口なし」

伊佐間は極めて小さな声で、誰に云うでもなくひっそりと云ったのだが、木場は耳聡《みみざと》くそれを聞きつけて凶悪な面相で伊佐間を睨みつけた。

「黙れよ釣り堀屋。手前大体なんだってここに居るんだ？　黙ってればいい気になりやがって。死ね。そこに死んでろ。それで――親父さんは何と？」

「ええ。父は――自分は表立っては何もしてやれないが、その人は自分とも縁のある人だから、すまないが出来るだけのことをしてやってくれと――」

「縁がある？　親父はそう云ったのかい」

「そう——申しておりましたが」

「どんな縁だ？」

「さあ——」

茜は俯《うつむ》き、申し訳ございませんと謝罪した。木場は眉間《みけん》の辺りに当惑の色を浮かべ、お前さんが謝ることじゃねえよ、とぶっきらぼうに云った。茜はそれに対して再びすいません、と詫びた。

「で、あんたどうした」

「——それで、出来る限りのことと申されましても、私には手立ても心当たりもなく、ですから——」

茜は怖《お》ず怖《お》ずと葵に視線を送る。

従者が主の機嫌を窺うような眼差しである。

「——已《やむ》なく妹に相談を持ち掛けましたところ、幸いにも精神神経科——と申すのでございますか、そのお医者様を知っていると云うものですから、教えて貰いまして、連絡先と、簡単な紹介状を」

「なる程な。その手紙は？」

「はあ、遺品と一緒に始末したかと。住所などは、一応書き残しておりますけれども」

「後で控えさせて貰うぜ。で、川島はその後は？」

「全く音信がございません。私が存じておりますのはそれだけでございます」

「その、亡くなった姉さんって人と、川島の関係と云うのも――判らねえか」

茜は判らないと云った。そして漆黒の濡れた瞳で何かを訴え掛けるように葵を見た。葵は始終無言で姉と刑事の応酬を聞いていたのだが、そのすがるような視線を受けると、それを跳ね返すかのように強い意志の籠った視線を姉に向け、更に刑事に向けて、云った。

「紫――その死んだ姉のことですが――紫と云う人は社会にそれ程興味を持たぬ女性でした。ある意味で、ここにいる次女の茜よりも非社会的だったかもしれない。時代が悪かったとは云え、社会参加による自己表現など考えてもいませんでした」

「そりゃあどう云う意味だい」

「この人はそれでも薬学の学校に通ったりしていましたから、まだ少しは外に知人友人も居りましたけれど――そうね、姉さん――」

茜は小さく頷いた。伊佐間には意外である。

茜は自立しようとでもしていたのだろうか。

「――紫と云う人は女は家庭的であれとか、高等教育を受ける必要はないとか云う、前時代的男性中心社会の女性像にぴたりと嵌《はま》る人だった。父権制度の権化のような男――織作雄之介の、望み通りの鋳型《いがた》に嵌って育った人です」

「だから何だってんだ」

「つまり彼女が知り合う可能性があるのはこの狭い地域の住民だけ——と云うことです」

「早く云いな。つまり土地の者だろうってことか」

「それ以外には考えられませんね」

木場は顔を上げ、回廊の手摺に凭《もた》れていた磯部を呼んだ。

「おい！　そこのでけえの。手前《てめえ》だ、手前。手摺が壊れるぞこの野郎。おい、この辺の管轄の——そうだ、駐在か何かは、今屋敷《ここ》にゃ居ねえかい？」

磯部は返事をせずに、指で鉄砲の形を作って木場を一度撃ち殺してから、ぶつぶつ何かを誦えつつ廊下に消えた。木場は伊佐間を睨みつけ、何なんだあの刑事は、おかしいんじゃねえか、と尋いた。

それは伊佐間の方が尋きたいくらいである。

間を置かずに制服の冴《さ》えない男が入室して来た。

この村の駐在であるらしい。

木場は極めて刑事らしい——つまり恫喝《どうかつ》するような粗暴な——口調でその中年の警官に厳しく問うた。

「貴様、この村に川島と云う姓の家はあるか」

「はッ、川島ッ、ねえです」

「返事が早えな」

「村中全戸《ぜんこ》姓名家族構成暗記して居りやすッ」

「優秀じゃねえか。近在じゃどうだ。判るか」

「川島はねえです」

「早えな。信用できるのか貴様」

「はッ。自分の兄様《あに》は町役場で戸籍係《こせきがかり》を担当しておりやすッ。弟どもは二人とも漁師でやすが、その上の弟の嫁が、こりゃ滋賀《しが》から嫁いで来た者《もん》だが、その旧姓が川嶋《かわしま》で、嫁いだ際にその兄が、そんな苗字の家はこの辺にゃねえと、そう申しておりましたですッ。あッ真逆、嫁がッ」

「何があッ真逆だよ。手前の弟の嫁が関係してるとは誰も思わねえから安心しろ。そうか、判った。帰《けえ》れ」

　警官は最敬礼して、礼をし、また敬礼してから去った。

　木場は加門と顔を見合わせ溜め息を吐いた。

「あのな、その例えばここの奥さん――あんたらの母上な、何か、その知らねえかな？」

　戸惑っている茜の後ろから葵が答えた。

「知らないでしょうね、母は。母は――父個人には殆ど興味がなかった筈です。亡くなった姉は父に懐《なつ》いて居りましたし、父と姉の共通の知人であったのなら、母には縁遠い者だった筈です」

「一応呼んでくれねえか。お前さん方よりゃ昔のこと知ってる筈だ。代代棲んでるんだろこの土地に。その、今はなくってもよ、引っ越しちまったとか、昔はあったが一族係累死に絶えた家だとか——」

——おっ死《ち》んで係累絶えて、

「死に絶えた？」

伊佐間は口に出す。

何のことだった？　誰の言葉だった？

木場が胡散臭《うさんくさ》そうに伊佐間を見る。何だ死に絶えたがどうした、と問い糾《ただ》す。

伊佐間は思い出している。係累の絶えた家——いつ聞いた？

「うん——」

あれは——仁吉の台詞だ。おっ死んだのは——。

「首吊り小屋だ」

「何だよそれは。首吊り小屋だと？」

「茂浦の廃屋のことを仰ってるんですか？」

葵が反応した。知っているらしい。

「そう。茂浦の——よしえ、ですか」

——茂浦の外れのよ、芳江の家。

「伊佐間さん――でしたか。善く御存じですね。最近では土地の者でも――若い人は知りませんわ」

「うん――」

伊佐間は茜の手前もあり、耕作に聞いたのだとは云えなかった。

木場は首吊りの語感に引っ掛かりを持ったものか、やけに色めき立った。

「一寸待て――釣り堀屋、手前今、茂浦と口走ったな。あんたもそう云った。云ったなお嬢さん」

木場に糾されても葵は尚平然として、茂浦と云うのは地名ですわ――と淡淡と答えた。

「んなことは聞いていれば大抵解るんだ。おい加門さんよ、こりゃあ、お前」

「ああ――そうか。中条質店の、帳簿の住所か！　千葉県興津町茂浦――だ」

「そうだ。川島喜市の記した住所だ。今朝問い合わせたら、その場所にゃ現在それに相当するような家はねえと、千葉本部の連中は云ってたじゃねえか。おい、そこは何だ、家系が死に絶えたのか？」

葵はいちいち面倒な、と云う投げ遣りな口調で、

「死に絶えたと云うより、女性が一人で棲んでいて、あれは昭和二十年ですから――八年前に自殺したのです。ですから無関係でしょう」

と答えた。仁吉の談と一致する説明である。

「無関係とは限らねえよ。それに――善く知ってるじゃねえか。あんたも一応土地の若い者だろうが」

「あそこは特別です。女性の尊厳に関わる事件が起きている訳ですから。地域住民としても、婦人と社会を考える会としても、見逃せませんの」

「女性に関わる事件たあどんな？」

「姉さんも御存じでしょう。でもあの人は――慥か石田《いしだ》と云う姓です。川島ではありませんわ」

「構わねえよ。聞かせろ。関係あるかどうかは聞くまで判りゃしねえんだ」

木場はそう云った。葵はほんの僅か眼を細める。

「その廃屋に棲んでいた女性は――村人から性的な陵辱を受け続けていたのです」

「ああ――」

伊佐間は声を出す。仁吉や耕作の語っていた、その芳江と云う女性の生涯がもし事実だったとするならば――それは、葵のような立場の女性にとっては堪えられぬ事実なのではあるまいか。

事情を知らぬ木場は不審げに問うた。

「そりゃどう云うことだ？」

「夜這いですわ」

「夜這いか――最近は聞かねえなぁ」

木場は四角な顎《あご》を摩《さす》る。

「この辺りでも今は聞きませんわ。ただ全国に目を向けるなら一部地方には未だ根強く残っています。文明国とは思えない野蛮な風習です」

「夜這いかけられて死んだのかい？」

「そうとしか思えませんね」

「根拠は？」

「先年私達の勉強会で聴き込み調査をしたのです」

「刑事でもねえのに何でそんなことをしたんだ？」

「その廃屋を巡って、あまり芳しくない噂が残っておりました。因習を隠れ簑にした、強制的な買春の噂です。それが真実なら、地域包みの問題として問題視するべきでしたし、そうでないなら故人の汚名を雪《そそ》ぎ女性としての尊厳を回復してやらねばならぬと考えました。もしそうした噂が事実無根であるのなら、なぜ死者は死してからそうした恥辱《ちじょく》の汚名を着せられなければならなかったのか、そうした風聞の構造を解き明かすことも、延《ひ》いては女性蔑視の――」

「解った。解ったから先を話せ」

木場は葵に慣れて来たようだ。

「戦前戦中のことですから調べるのには苦労致しました。勿論文献記録などはございませんから、証言に頼るよりない」

「忘れてるのか」

「いいえ。時が経っている所為ばかりではなく、当事者の口が重いのです。男どもは誰もが皆、通う時は意気揚揚《いきようよう》と通っていた筈なのに、後になって糾《ただ》すと、大抵は口を濁して押し黙る。それは背徳《うしろめた》い気持ちがあるからでしょう。一様に知らぬ存ぜぬ、そのような事実もなければ風習もないと異口同音に云う――」

伊佐間の思うに――男達の口が重いのは、罪悪感の所為ではない。質問者が葵だからだ。これで木場辺りが尋いたなら、嬉嬉として猥談《わいだん》自慢話を披瀝《ひれき》するのではあるまいか。その辺のことは葵には解るまい。

「――更に問い糾すと、それは隣村の若い者の仕業だ、あそこの村には節操がない、道徳がないと、悪様《あしざま》に罵《ののし》る。隣村に聴き込み調査に赴《おもむ》くと、また同じように云う。浅ましいことです。結局蓋《ふた》を開けてみれば、この辺りの殆ど凡て――可成り遠方も含めた村村の男達が通っていた――可能性がある」

――淫売小屋と呼んでたな。

――客取ってたんだべいか。

――血の気の多い男衆《おとこし》は皆夜這いに行ンどった。

仁吉も耕作もそう云っていた。

事実なのだろう。

「——石田と云う女性はいったい何人の男の相手をさせられていたのか判らないのです。尚且、彼女はそれを拒むことすらもできなかった」

「なぜ拒めねえ」

「生きて行くために」

「金が欲しくて売春してた訳か？」

「そうではありません。金銭的に逼迫《ひっぱく》していた様子はなかったようです。ただ彼女——石田芳江さんは、元元土地の人間ではありませんでした。亡くなってもう何年も経っておりますから、素姓《すじょう》や転入して来た事情なども判らなかったのですが、十数年も棲んでいたにも拘《かかわ》らず、彼女は地域の住民として認めて貰ってはいなかった様子でした。彼女は最後まで余所者《よそ》だった。理由は簡単です。石田芳江さんは——」

——妾つうだけで陰口は云われるて。

仁吉はそう云っていた。葵は違う言葉で云った。

「——特定の人物に性的奉仕をすることで、生活を保証して貰っているような——女性だったのです」

「回り苦《く》吸《で》え。囲い女か」

「侮蔑《ぶべつ》的な呼称ですわね」

葵は木場を睨む。木場は睨み返す。

「他に云い方を知らねえんだ。それでも通じるじゃねえか。だが、囲い女だから夜這いが拒めねえってのは、善く解らねえがな」

どう云う理屈だと木場は問うた。

「彼女は差別されていたのです。世間から、不当に卑《いや》しく見られていた」

「真っ当じゃねえって訳か。そりゃあ善く解るぜ」

木場は木場にしては珍しく、少しだけしんみりとした語勢でそう云った。

「しかし――囲い女が夜這いかけられて死ぬか？」

「何と云うことを仰るのです！」

葵は眉間《みけん》にくっきりと皺を刻んだ。

「仮令《たとえ》石田さんが、あなたの云う囲い女だったとしても、そう云う身分の女だから性的にルーズだろうなどと考えるのは酷《ひど》い偏見です！　囲われ者と云うのは身分でも階級でもありませんわ。それは単に、彼女が特定の男性と婚姻に近い関係を結んでいたにも拘《かかわ》らず、入籍されていなかったと云う――ただそれだけのことではありませんか。それとてそもそも男の身勝手です。況《いわん》や不特定多数の男から性的陵辱を受けなければならぬ謂れなどどこにもありません！」

「そんなことは解ってるよ」

そう云って木場は頬を強張らせる。

「そうした考えを持つ男が愚劣《ぐれつ》な奴だってことは百も承知よ。妾だろうが本妻だろうが、職業身分に拘らず、厭なものは厭なんだろうよ。ただな、まあ、こりゃ異論があるのかもしれねえが、例えばその辺の、男のおの字も知らねえ小娘がそう云う馬鹿野郎に蹂躪《じゅうりん》されて首《くび》縊《くく》るってなぁ解るんだが、その——」

それまで立っていた葵はそこで椅子を引き、腰を掛けた。茜は立ったままである。

「性的経験のあるなしに関わらず、強姦は強姦。蹂躪は蹂躪です。そもそも女には強姦願望があるとか力ずくでも行為に及べば後は何とかなるとか——それは凡て男の作り上げた幻想です。そんなことは決してあり得ない。どんな境遇の女性だって——」

葵の本領発揮——磯部の喜ぶ展開——と云うところである。木場は頭を掻いた。

「それもそうだよ。俺の云うのは、そう、程度の問題よ。その死ぬ程の——何と云うかな」

「そうしたことは程度の問題ではありません。それに、もし程度で考えた場合でも、彼女の場合は規模《スケール》が——違っていたのです」

「下世話な云い方だがな、そりゃあ、その、相手にした人数ってェことか？」

「下世話に云わずともそう云うことです——」

葵の声は厳しさを増している。

「彼女は余所者です。そうした形で地域社会と関わる以外に、彼女は共同体の一員としての存在価値を認めて貰えなかったのです。彼女には、生きて行くために男どもの暴力行為を享受する以外の選択肢はなかった。これは立派な強姦です。そして、結果彼女は死を選んだのです。彼女は時代と因習に強姦されて死んだ。石田芳江さんは、貧しい時代と、この国の淫らな因習と、男の身勝手の——犠牲者なのです」

葵は陶器の表面《はだ》をやや上気させて話し終えた。

加門は、木場さんこりゃ無関係でしょうと云って木場を見る。

木場はまあなあ、と生返事をする。

「まあ、こんなもんだろうよ。そう何もかも一度に済んじゃ簡単過ぎる、これで関係あったんじゃ都合が良過ぎる——と云いてェんだろ。ただな——」

木場は不服そうに女達から顔を背ける。

「——衝立《ついたて》を外してみりゃ誰も居ねえ。だから最初から誰も居なかったと思いきや、犯人は衝立を外す前はそこに居た——今回の事件《ヤマ》はそう云う事件だ。だから今の話もな——」

と云った。加門は長い顔を歪ませる。

「そんな解ったような解らんような理屈捏《こ》ねたって始まらんでしょう。足で歩け手で触《さわ》れってぇのがあんたの持論じゃなかったのか？　木場さん。これ以上この人の、女権がどうしたとか云う講釈を聞いたって仕様がないよ。もう行きましょう」

「どこへ行くんだよ。東京へ戻るか？」

「そりゃああんた──」

「宜しいですか？」

二人の刑事ははい、と云って畏《かしこ》まった。葵がいきなり肚立たしそうな声を上げて立ち上がったのである。葵は、暫くは公僕どもの内輪《うちわ》揉《も》めを横目で眺めていたのだが、その不毛な会話内容に業《ごう》を煮《に》やしたのだろう。

「御用がお済みなら失礼させて戴きます。これ以上お話しすることもございませんし、これでも私も姉も多忙なのです。さあ参りましょう姉さん」

葵は茜を促して背を向けた。

茜は伊佐間や木場と妹を交互に見比べて僅か右往左往《うおうさおう》してから、

「子供──」

と云った。

「──子供さんが居たんです」

葵が聞き咎め、何よと云って振り返る。

「葵さん、ほら、石田さんに男のお子さんがいらしたでしょう。慥か──」

それがどうしたのです姉さん、と云って葵は如実に厭な顔をした。折角見切りをつけたのに今更何だとでも云うようである。

「その子供てぇのは？」

「さあ――慥か亡くなった姉と同じ年齢だったと思いますが。尋常の男組で――いつも苛められていて」

「姉さんは幾つだ？」

「享年二十八でした」

木場はよし、と気合いを込めてから加門を見て、ほら捲れば何か出て来るじゃねえか、と云った。

「調書に拠れば川島喜市も今年で自称二十九だぞ、おい。それで――その子供はいったいどうしたんだ？」

「それは――」

茜が口籠る。知らないのだろう。

葵が姉を蔑むような発言をしそうな予感がしたので、伊佐間は助け船を出す。

「引き取られたとか」

木場が、鬼のように眉を吊り上げた恐い顔を向けた。

「おい、釣り堀。手前何でそんなに詳しい？」

「うん――寄宿先の――」

「まあ、この際出元はいいや。で、引き取られたってのは？」

伊佐間は仁吉と耕作から聞いた話を繋ぎ合わせて語り、首吊り小屋に灯《ひ》が点《とも》っていた怪談も含めて告げた。

木場は大いに眼を輝かせた。

「燈《あかり》が点《つ》いていたってぇんだな。おい！」

「僕は見てないよ」

「見たってのはここの使用人なんだな？」

「――そう」

木場はおい加門、どうする、と凄んだ。

「弱いなあそれだけじゃ。川島ってのは慥かに偽名っぽいですがねえ。ただ、住所の一致もあるしな。そうだねえ、先ずは所轄に照会をしてみるとか――」

「間怠《まだる》っこしいこと云うなよ。こういう時こそ動くんだろうが馬鹿野郎。所轄なんざ今の話も知らなかっただろうが。判りません知りません聞くために大事な時間取る訳にゃいかねェんだ。取り敢えず、その使用人ってのを呼べ！」

「呼ぶまでもありませんわね」

葵はそう云って上を指差し、では失礼しますと冷たく云い放って、螺旋の下に消えた。指差された方を見上げると、耕作が回廊を回って螺旋に至るところだった。

汗をかいている。急いでいるのか。

「そちらさん東京の警察のお方でやすか？　何だか知らねいが大変でやす。で、電話がかかってるが」

　木場を押えて加門が立ち上がる。

「電話はどこだ？」

「上の電話にかかって来たで、こっちでやす」

「私が聞いて来る」

　加門は螺旋に駆け寄り耕作と共に階上に消えた。

　伊佐間と今川、木場だけが広いホールに残った。

　伊佐間にしてみれば知った顔ばかりの奇妙な光景である。木場は頬杖をついて不貞腐《ふてくさ》れている。調子がいいのか悪いのか、伊佐間には判断できない。

「木場修――」

「ん？」

　木場は伊佐間をじろりと見て、一度にやり、と笑った。そしてただ名を呼んだだけの伊佐間の言葉から何かを察したものか、刑事《デカ》の貌《かお》から悪友《バカ》の貌になると、掻《か》い摘《つま》んで事件のあらましを語った。

　忌まわしき目潰し魔の称号は、平野祐吉から川島新造、そして川島喜市へと、伊佐間などの知らぬうちに順送りされていた模様である。

木場は、川島新造ってのは榎木津の云う川新《かわしん》のことよ、と説明した。慥かにその名なら伊佐間も聞いた覚えがある。榎木津は他人の名前を全く覚えないから、短縮したり勝手に名づけたりする。支離滅裂《しりめつれつ》で誰のことを云っているのか善く解らない。

それにしても——素人の伊佐間が考えても、三人が三人とも怪しいし、反面決め手は何もない。

「今のところ——喜市?」

そう尋くと木場はおう、と云った。

「——志摩子って娼婦の証言で、喜市の容疑は一層濃厚になった訳よ。志摩子ってのは川新に頸絞められてた単独《ピン》稼ぎの立ちんぼの女なんだがな。その女の話だとな、川島喜市と思《おぼ》しき風貌の男——こりゃ齢格好から考えて川新でも平野でもねえことは間違いねェんだが、その男は何箇月も前から夜の街を徘徊して、方方で志摩子のことを探し回ってたんだそうだ。私娼みてえな奴等は臆病だ。何かと警戒するからな、金でもバラ撒《ま》かなきゃ中中見つかるもんじゃねえが——」

「でも見つかった」

「志摩子自身が遭遇しちまったんだよ。数打ちゃ中《あた》るって奴だ。そうと判ると喜市は躍起になって、ただ頻《しき》りに昔の話を尋いて来たんだそうだ」

「昔話?」

「戦後すぐの頃のことだとかな。尋くんだそうだ。志摩子が買わねえなら帰ると云うと、さっさと金だけ出して、それでも寝る訳でもなく、住所を教えろとか、寝惚けた質問したらしい。教えなかったらしいがな。教えねえよ普通。志摩子ってェのは鉄火肌《てっかはだ》の女でな、女郎買って寝もしねえとは男の生き腐《ぐさ》れとっとと失せろと金を叩き返したらしい」

「勇ましい」

「全くだ。しかし志摩子はその後も延延つき纏《まと》われて、結局棲《す》み処《か》を知られちまった。鬼魅《きみ》が悪いやら肚が立つやらで、志摩子は意趣返《いしゅがえ》しにな、こっそり尾行《つけ》て、居所を突き止めた。そこが――」

「川新の？」

「そうだ。奴の塒《ねぐら》の騎兵隊映画社だ。だから喜市と川新は――取り敢えず無関係じゃあねえ」

「そうだねえ」

「志摩子は収まらねえや。思案の末に騎兵隊に殴り込んだ。それが左門町事件のあった夜のことだ」

「そこには喜市でなく？」

「おうよ。新造が居た。志摩子が凄《すげ》え見幕で怒鳴り込むと、川新はお前が蜘蛛かッ、と叫んで突っかかって来たんだそうだ。志摩子ってのは紅蜘蛛の異名《いみょう》があンだな。内股だかに刺青《いれずみ》があるらしい」

「しかし川島喜市も蜘蛛なんでしょ？」

「そうなんだ。志摩子を探す際、喜市は蜘蛛を名乗っている。前島八千代に電話をしたのも蜘蛛の使いだ。そして新造の云い残した言葉も――」

「蜘蛛に尋け？」

「おう。まあな、だから現在のところ、川島喜市と川島新造の共犯と云う線が一番納得の行く筋運びなんだが、それにしちゃ二人ともどうにもやることが杜撰《ずさん》だろ。そう見えるだけなのかもしれねえがな。平野の動向ってのも依然謎だしな」

木場は変だぜ、と云って黙った。するとそれまで醒《お》きているのだか睡《ね》ているのだか判然としない様子だった今川が、差し出がましいようですが、と断ってから、もそもそと感想を述べた。

「その人達は――それぞれの受け持ち業務を果たしただけなのではないですか」

「受け持ち業務って何だ？」

「例えば誘《おび》き出して寝かしつける役、着物を剥奪《はくだつ》する役、それから――殺す役」

「役？」

「それぞれに役割分担が決まっていて、それぞれは各各の受け持ち分のこと、それだけしか考えていないのです。そうだったとしたら、どうですか」

伊佐間は一瞬理解できなかったが、すぐに呑み込んだ。

　この今川と云う男は容貌や話し方に似《そぐ》わず、意外と頭の回転が早いのである。動作も機敏だ。ただその奇妙な外見が、如何にも愚鈍な印象を周囲に与えているに過ぎない。

　木場はその落差《ギャップ》に当惑したらしく、理解するのにやや時間がかかったようである。

「ん——なる程な。じゃあ例えば川島喜市は呼び出して着物を盗むだけの役で——待てよ。何でそんな役が要るんだ？　着物に何か秘密でも隠されてるってえのか？　着物を盗むことの方が目的だったとか云うんじゃねえだろうな」

　今川は濃い眉を変な形に歪めた。

「それは——ないと思うのです。そんな、講談に出て来るような秘密などはないと考えるのです。ただ、ご婦人が寝ている間に衣服を盗まれれば、これは立派な足止めになると思うのです。帰れないのです」

「慥かに大店のご内儀が襦袢姿でご帰宅と云う訳にゃ行かねえだろうな。そりゃあまあそうだろう。だがよ——うん？　だってお前、おい、足止めも何も、害者はもう死んでるじゃねえか、コラ」

「殺したことを知らなかったんでしょ、その場合」

　伊佐間が云う。木場は呑み込めない。

「殺したことを知らなかった？　しかし、え？　どう云うこった？　喜市は——」

　今川は自説の補足説明をする。

「その喜市さんと云う人は、計画の全体像──殺人に就いては何も知らなかったのではないですか。彼は自分の役目以外は、誰が何をするのかも知らないとする。着物を持ち去ることだけを任務と考えていて、ただそれだけのために行動したとか」

「だから──もう殺しちまったんだから本当なら着物を盗む必要なんざねえのに、わざわざ婆ァ追っかけて確認して、ただそれだけを遂行したってのか？」

「それだけです」

「それだけって──でも婆ァが風呂敷包み持って出ただけで、中身が害者の着物だと──そんな風に普通考えるか？」

「考えないのです。そこが難題なのです。ただ──喜市さんが被害者の身許や住所の確認、それから足止め工作などをする情報人員で、新造さんが誘き出し連れ込む役目、そしてもうひとり殺害の実行犯、そう云う役割分担だったと考えると、それぞれの行動は杜撰とは云えないのです。皆遂行しています」

「殺す計画を知らされてねえなら、喜市も川新も必死に身許を隠す必要もねえ訳か──なる程な。筋は通るがな──川新の役割が半端過ぎるような気もするがな。誘い出すのも喜市で十分じゃねえか。その程度の割り振りじゃ、あの男にゃ役不足だぜ」

「理由があったとか」

「そりゃあ理由はあるんだろうが──」

どんな理由かって話だ馬鹿と、木場はどやしつけるように云った。伊佐間は深く考えていた訳ではないので、半ば適当に思いついたことを云った。

「面識があったとか」

「面が割れていた？　誰に？　あの——婆ァにか。喜市は多田マキに面が割れていたから客の役にゃ不向きだったのか？　なぜ面が割れていた？」

思いつきなのに木場は喰いついた。

今川が云う。

「事前に喜市さんがお婆さんに依頼していたと云うことはないですか？　例えば、善く判りませんが、着物を持ち出して欲しいと頼んでいたとか」

「喜市が婆ァに？」

木場の厳《いか》つい顔が堅く強張る。

「そりゃあなあ。慥かにあの女傑だ。金になると踏みゃあ、着物を持ち出すくらいの約束はし兼ねねえ。なら——」

続いて背筋に力が込められて行くのが判る。

「——そうか。じゃあ、あの婆ァも最初《はな》から一枚咬まされてたことになるか。ただ友禅に目が眩《くら》んだって訳じゃあなかったのかもしれねえな。そうだとすると——」

多分武骨な友人は、今猛烈に考えているのだ。

「――例えば喜市が足止め工作か何か解らねえが、事前に着物を持ち出すように依頼したとする。婆ァはどうする？　鍵があるぞ――そうか。ひとり眠っていてひとりが出れば、外から施錠出来ねえ鍵は絶対に開いている。それで川新は早く帰ったのか！」

　今川はそうなのです、と云った。

「新造と云う人の仰せつかった役割は、客を装って指定の場所に、怪しまれないように被害者を誘い込み、被害者が眠ったら即座に帰る――ただそれだけだったのではなかったのですか」

「それだけ？」

「それだけ。ですから――」

「だから川新は見られようが何しようがまるで無防備だった訳かい。なる程な。それが実は平野――こりゃ平野でなくてもいいのか。殺人係が侵入するための工作だった――そうか。殺人係の到着が遅れた場合は着物盗むような足止め工作は有効か！」

「そうなのです。しかし、殺人の実行が、思いの外早かった――のではないのですか？」

「おう。婆ァは、川新が帰ったら入れ違いに侵入して着物を奪取するような算段だったのかもしれねえな。しかし空《す》かさず殺人係が這入って鍵を掛けちまった。婆ァは這入るに這入れねえ。中の奴も――」

「出るに出られない」

「そうだな。そこで婆ァ待ち切れず襖蹴り外して、腰抜かしたんだな。殺人が行われるとは知らされてなかったから、屍体《ホトケ》見て大慌《あわ》てで一度通報に出た。しかし思い直して、約定を果たすために現場に舞い戻った——その方が婆ァの動きとしちゃ自然だな。いや——その線はあるな——」

「じゃあ質屋に入れたのも」

伊佐間がそう云うと木場は膝を打つ。

「——そうか。質入れも打ち合わせの内だったかもしれねえぞ。それなら質種《しちぐさ》の中身を喜市が知ってたことも頷けるぜ。それだ！」

木場は拳で洋卓を叩いた。

何だか判らないものが木場に漲《みなぎ》っている。

伊佐間の苦し紛《まぎ》れのいい加減な言葉が、どうやら話を巧く纏《まと》めてしまったようである。

悪友は刑事の顔つきに戻る。何かを心に決めたらしい。こうなるとこの男は、善し悪しを越えて、強い。表と出れば恐いものなしだが、一旦裏目に出るととんでもないことになる。

木場が腰を浮かす。

「銘銘《めいめい》は勝手に脈絡なく動いてる。しかし、結果的にはひとつの知らねェ絵を描かされてたと云うことかい。一連の出来事は全部予定調和なのか！　おい骨董屋。お前さん、不細工な割りに中中いいじゃねえか。その理屈は戴きだぞ」

今川は丸い眼を見開いてはあ、と云った。相変わらず心の内は読めぬが——不細工と評されたにも拘《かかわ》らず——伊佐間の目には羞《はじ》らっているように映った。

その時、階上から妙な声が聞こえた。

伊佐間が顔を上げるのとほぼ同時に、加門刑事が螺旋の上に躍り出て来た。加門は道化師のような諢《おどけ》た仕草で螺旋を回り乍ら——実は大真面目に慌てていた訳だが——裏返った声で叫んだ。

「た、大変だよ木場さん！　話が混線して時間ばかりかかってしまって、善く解らなかったんだが、どうしてこう県を跨《また》ぐと話が遠くなるのかな、何、聞いてみればその」

「慌てるなよおっさん。早く云え！　こっちも本部筋に問い糾してえことが出来たんだ！」

「た、高橋志摩子が——勾引《かどわか》された！」

「何だと！」

加門はよたよたと螺旋を回って、階下に着いたころには目を回したようにふらついていた。

「真っ昼間アパートから連れ出されたんだ！　白昼堂堂まんまと誘拐ですよ！」

「あの女ァ狙われてたんだぞ！　判ってた筈だろうが！　監視をつけておけとあれ程云っておいたじゃねえか！　誰も監《み》てなかったのか惚《ぼ》けッ」

木場はどかどかと跫を立てて加門に歩み寄る。

加門は両手で膝を押えてぜいぜいし乍《なが》ら、

「ああ——四谷署《うち》の七条と、あんたのとこの木下君が張ってたらしいが、あっさりと破られた。一瞬の早技だ。敵さんは自動車を使ったようだ。都内に検問張ったが遅かった。現在追跡中らしいが、どうやら方向的には千葉方面《こっち》に向かってるらしい」

と云った。木場は、あの役立たずがァッ、と大声で怒鳴って床を踏み鳴らした。

「犯人《ホシ》は川島——川島喜市かッ？」

「違う。どうやら——新造の方だ」

「そうか——」

木場は振り向いて伊佐間と今川を見る。

「——矢張り新造は誘《おび》き出す——役ってことだな」

加門が何ですかそれは、と尋く。

「いずれ、その人は危ないのです」

今川が云った。回廊に耕作が出て来た。続き黒い扉が開き、どやどやと磯部を先頭にした警官達が這入って来た。扉の陰には喪服の——。

——茜？

いつから居た。ずっと居たのか？

酷く悲しそうだ。それはいつものことか。

そこで木場はおいおっさん、と加門を呼びつけ、

「俺達ゃその――首吊り小屋で待つぞ！」

と宣言するように云った。

何があったか知らないが、千葉管轄で勝手は許さん、と磯部が叫ぶ。手前等《てめえ》の手は借りねえよ、勝手に絞殺魔でも探しやがれ、と木場は吠《ほ》える。そして吠え序《つい》でに伊佐間を呼びつける。

「おい！　釣り堀屋。お前さん少しは土地勘があるな？　首吊り小屋に案内しろ、知ってるな」

「まあ――大体」

凡《およ》その方角は判るが、小屋自体は知らない。

加門は間延びした顔を更に伸ばした。当惑を隠し切れないようだ。

「木場さん、何でそんなところへ行かなければいかんのです？　何か根拠はあるのか？」

「馬鹿野郎。勘だよ勘。今回の事件はな、嵌《はま》らなきゃあ何も見えねえが、嵌っちまえば絶対になるようになるんだ。偶然でも何でも――」

木場はまるで断言するように云った。

「そこは予め用意されてた場所だぜ！」

加門は愈々《いよいよ》解らなくなったようで、文楽の頭《かしら》のように眉尻《まゆじり》を上げて口の端《は》を下げた。

木場は伊佐間を顎で指して、早く支度しろこの酢鱆《すだこ》、と意味不明の罵言を吐いた。

伊佐間は——。

不安そうに喧騒を見つめる、茜を見ていた。

——こう云うのは厭なのか。

騒がしいのは嫌いなのだろう、と伊佐間は思う。

茜は多分、至極普通の、慎《つつま》しくも安穏《あんのん》とした静かな暮らしを望んでいるに違いない。

ただ、ここ暫くの状況から考えるに、それは随分と無理な相談だ。

磯部はいい加減に切れたらしく、関係者全員の外出は千葉本部が全面的に禁じる——などと無法なことを云い出した。そもそも伊佐間や今川を勾留する権限は警察にはない筈で、現在の長逗留もあくまで任意の協力の結果である。木場は当然噛み付いた。

木場加門磯部が三竦《さんすく》みで揉めていると、茜の背後から大きな鞄を持ったセツを従えた碧が出て来た。

少女は齢の離れた姉を見上げて、行って参りますお姉様、と云った。茜は少し淋しそうな顔つきになって、行くのですか、と答え、少し間をおいて、気をつけて行ってらっしゃいね碧さん、と結んだ。

磯部が耳聡く聞きつけて巨軀を回転させた。先程木場を撃ち殺した太短い指で少女を指す。

「き、君！　どこへ行く」

茜が妹を庇うようにして云った。

「妹は本日より聖ベルナール学院の寮に戻すつもりでございます。今朝方、至急登校するよう連絡がありましたものですから。もう半月もお休みしておりますし——」

「そ、そんな勝手なこと」

磯部は頰の肉を揺らし茜は困惑の表情を作る。

「——本部長様には話を通してあると云うお話でございましたが、お聞き及びではございませんか？」

「聞いてない。あ？　さっき津畠が受けてた電話かな？　でも本部長に誰が話をつけたと云うんだ？」

姉の陰から——乳臭い声で——碧が云った。

「それは、きっと柴田の小父《おじ》様ですわ。今朝もお電話で、僕が話しておいたからご安心なさい、と云ってらしたもの」

「え？　柴田の小父様って——あの柴田勇治か？」

磯部はそうか、じゃあ仕方がないなあ、俺の所為《せい》じゃないな、とブツブツいい乍《なが》ら木場を見た。

木場は不敵に笑った。

「そのお嬢ちゃんが善くてこいつが駄目とは云えねえだろう。さあ釣り堀屋——手前まだ惚《ぼ》けっとしてやがるな！　急げこの唐変木《とうへんぼく》！　いい加減にしろ」

焦っているにしても、散散な云われようである。

慥かに伊佐間にとって木場は友人だ。困っているなら助けもしよう。日本国民としては捜査協力も惜しまない。だが何事に於ても強制される覚えはないし、何を以て罵倒されねばならぬのか皆目解らぬ。公私混同《こうしこんどう》、職権濫用《しよっけんらんよう》である。

そもそも、民間人を危険な場所に連れ出すような行為は警察官として問題だと思う。

——思ってないね。

肉弾刑事にそんな意識はカケラもないのだ。

しかし、伊佐間がぐずぐずしているのは危険を感じているからではなく、案内する自信がないからなのである。何しろ仁吉に連れられてその近所まで一度行った切りである。木場の見幕から推し量《はか》るに、もし道でも間違えようものなら大騒ぎだ。前歯の一本も折られそうである。伊佐間は今川に無言で援助の視線を送った。しかし、そんな伊佐間の心中を汲む様子など微塵《みじん》もないようで、今川は早く行きましょう伊佐間君、と云った。

考えてみれば今川が道など知っている訳もないのだ。

そこに碧を送り出した茜が戻って来て、伊佐間の煮え切らぬ様子を察したのか、口を添えてくれた。

「あの、差し出がましいようですが、もし宜しければ、うちの使用人の出門に——お供でもさせましょうか。あの人は善くあちらの方へ行くのです」

木場はそりゃあいい、早く頼むぜ、と云った。

すると磯部が、そりゃいかん、それだけはいかんと割って出た。

「あ、あの爺さんは被疑者なんだよ。逃亡する虞《おそ》れもあるから監視下に置いておけと云われているんだ！」

「何だとォ——」

木場が喰ってかかる寸前に茜が機転を利かせた。

「それでは——出門に詳しい道順を説明させましょう。ここからは少し離れておりますし解り難《にく》い場所ですから。伊佐間さんも不案内の御様子ですし」

——解ってくれている。

読まれていたと云うべきか。

回廊に居た耕作が呼ばれて、一応予備知識のある伊佐間が道を聞いた。

「村と村の境の、余り地相土地柄の善くねえ処にあるで、用がなきゃ誰も行かねえし、急《せ》く時に近道でもすべいと思わなきゃ通らねえです」

不吉な場所ですべい、と耕作は暗い声で云った。

結局伊佐間と木場に不承《ふしょうぶ》不承《しょう》加門が加わり、何故か今川も同行することになった。

ただ、これを契機《きっかけ》に拘束は一旦解かれる格好になるだろうから、下手に残っているよりは出てしまった方が得策だろう。

玄関に至る廊下の、その黒縁の窓から覗く複雑な構造の建物の一角には矢張り黒縁の窓があり、そこから伊佐間達を見下ろしている葵の姿が見えた。

茜が報せたのか玄関には真佐子が待っていた。

真佐子は今川に後日再訪を希望していることを告げ、幾度も非礼失礼を詫びて、心ばかりでございますと封筒を差し出した。二人は苦労して固辞《こじ》した。

霏霏《ひひ》と桜が生《お》い茂《しげ》る前庭を通り、頑丈な門を抜けると、背の低い赤茶けた樹木が疎らに生えるだけの一本道が望める。門前に立つとその町へと続く荒涼とした一本道を、とろとろ走って行く黒塗りの自動車が見えた。今川はああ、碧さんが学校に行くのです、と云った。黒い大きな甲虫《こうちゅう》が這っているようだった。この辺りにこの先、あんな自動車が通れるような道があるのかと、伊佐間は少少心配になる。そんなことを思っているうちに、少女を乗せた甲虫は、やがて視界から完全に消えた。

振り向けば蜘蛛の巣館は矢張り黒かった。

黒く塗装された木材。黒く焼かれた煉瓦《れんが》。黒く変色した真鍮《しんちゅう》。黒く時代を刻んだ石。

時間と空間が定着した油絵。

粘着質の絵の表面から、蠅は漸く逃れることができた。

一本道を下り貧弱な林を抜け、勾配《こうばい》のきつい横道を下る。

民家の横を抜けて、海辺に至る。

木場が云った。

「すまねえな。つき合わせてよ」

「うん」

「俺はな、釣り堀屋」

「うん？」

「――誘拐された志摩子って淫売な、あの女だけは助けてえんだ」

「うん――？」

潮風が頬に当たり伊佐間の口髭を戦《そよ》がせる。

海を渡る風は、温度や風速に関係なく刺激が強い。

「ありゃお前、不幸な女よ」

「同情した？」

「馬鹿野郎。お互い他人に同情する程満ち足りちゃいねえだろうが。それに不幸な女なんぞ世間には掃《は》いて捨てても千切《ちぎ》って投げてもまだ余る程うようよ居るぜ。出くわす度いちいち同情してちゃこっちの身が保たねえよ」

木場は乱暴に云った後、善く解らねえがな、警官の血だ――と嘘を吐《つ》いた。

多分身の上話に絆《ほだ》されたのだ。理屈は通じないが情に脆《もろ》い。基準は知れぬがつまらないことでも思い込むと驀進《ばくしん》する。木場はそう云う男だ。木場はまた思い込みを果たすためなら持論も捨て、前言も撤回してしまうと云う自己破壊的な特性も持っている。

木場は続けて云った。

「志摩子は何でも、戦後すぐに、十九で結婚したんだそうだ。亭主ってのは役場勤めで、これが肺病病みの虚弱な奴だった。兵隊にも取られなかったから肩身が狭え。稼ぎも悪い癖に体面を気にする男で、仕方なく志摩子は縫い子の内職をしていた」

また細かく聞いたものだな、と加門が云った。木場は当たり前《めえ》だ、と答えた。

「自分達に必要なことだけ聞こうとするから奴等は何も語らねえんだよ。刑事に必要なことは大概奴等にはどうでもいいことだ。だから些細なこと聞き出そうと思ったら無駄なことも親身に聞いてやることだ。それは兎も角よ、それが――」

「それが」

「それがよ。結婚してすぐ、志摩子は亭主の留守中に進駐軍の荒くれに暴行されちまったんだそうだ。帰った亭主に志摩子は泣いてすがったが、舌噛み切ってでも貞操守るのが当然だろう、詫《わ》びても許せるものじゃねエと、逆に責められたんだとよ。挙げ句世間体が悪いてんで離縁よ。ひと月保《も》ちゃしねえ。酷え亭主だよ。傷心の女房責めるこたぁねえ。毛唐に組みつかれて拒《こば》める女は居ねえよ」

そう云う話は伊佐間も聞いたことがある。

婦女暴行に限らず、駐留米兵の犯罪は後を立たなかったようだ。現在に至ってもまだ止んでいない。ただ、それは米兵が悪い奴だと云うことではない。それは邦人にしても同じことで、云ってみれば世相が悪かったのだと伊佐間は思う。米兵にもいい人は居るし、邦人でも悪い奴は悪い。米兵と十把《じっぱ》一絡《ひとから》げにするから目立つが、そもそも日本なのだから犯罪者は日本人の方が多いに決まっている。

この場合皺寄《しわよ》せは弱い者に行く訳で、己の身を己で護れぬ者は結果酷い目に遭う。その女性のように暴行を受け自殺したと云う話も一時は善く聞いた。

木場は続ける。

「ただ、志摩子ってのは芯の強い女でな。泣くでも喚《わめ》くでも首吊るでもなし、スッパリ開き直ってよ、それでR・A・Aに行ったんだとよ」

「おや」

株式会社R・A・A《レクリエイション&アミューズメントアソシエイション》協会——略称A・S《アミューズメントサービス》とは、東京警視庁の要請により、花柳《かりゅう》業界の代表者が集《つど》い、政府より援助を受けて設立した、所謂進駐軍特殊慰《しんちゅうぐんとくしゅい》安施設《あんしせつ》のことである。つまり駐屯《ちゅうとん》米兵専用の郭《くるわ》だ。ダンスホールやカフェー、卓球場や射的撞球、映画演劇など色色と計画されていたようだが、要は外国人相手の性的なサービス機関としてしか認識されていなかったと思う。

伊佐間はこの施設に関して話を聞いた際、どうも得心が行かなかった覚えがある。

ＡＳ設立の建前はこうである。

欲望を抑えて殺戮《さつりく》に明け暮れていた外国の軍隊が、占領進駐と称して上陸して来る、これは間違いなく婦女子を襲うに違いない――事実襲った者も居たのだが――だから先手を打って性の防波堤《ぼうはてい》を築こう――簡単に云えば、商売女を宛《あ》てがっておいて一般の婦女子の貞操を守ろうと云う意味である。

変な理屈だと思う。

亜米利加《アメリカ》人を馬鹿にしているように思う。まるで天災扱いだ。更に娼婦達に至っては防波堤であるから、これは土嚢《どのう》扱いである。

しかし。皇居の前で行われたＡＳの設立宣言は、新日本再建の発足と全日本女性の純潔を守るための礎石《そせき》事業たることを自覚し、滅私奉公《めっしぼうこう》の決意を固める――と云うような内容のものだったそうだ。

これは、敗戦後の国防だと云うのである。しかし負けて尚、民主主義を標榜《ひょうぼう》して尚、国家のために滅私奉公せよとは時代錯誤も甚《はなは》だしいと思う。

大義名分は常に現実に目を瞑《つむ》らねば称えられぬ。

酷い勘違いだ。

巧く行く筈はない。

当初は芸者や娼婦、女給に酌婦、それに常習密売淫犯——凄い言葉だ——と云った水商売の女達を優先的に採用せよと云う指針だったらしいが、幾ら商売女でも好んで異国人に身を任せる女は居ない。国籍を問わずすることは一緒だ、どうせ汚れた女だろう、と云う差別感覚は、当人などには敏感に伝わるし、そもそも慰安と云う発想自体が屈辱的である。今までは男が戦っていた、今度はお前達女だと云われたところで、女にしてみれば勝手に戦っておいて何をか云わんやである。今更お国のためなら喜んでと参加する者など居なかったのだろう。水商売の女だけでは賄《まかな》い切れるものではない。そしてＡＳは一般公募に踏み切った。

接客婦募集——新日本女性に告ぐ、戦後処理の国家的緊急施設の一端、進駐軍慰安の大事業、求む率先協力、宿舎、被服、食料全面支給。

何が新日本女性なのだろうと、伊佐間は思う。

そんな大義名分は効かないが、宿舎被服食料支給が効いた。焼け野原の町で食うや食わずの暮らしを強いられていた時代である。綺麗な服が着られて生活が保証されると云うのは魅力ある話だったのだ。

そして、生きるため、多くの素人娘が人としての尊厳を捨てた。従来の娼婦達もまた、職業として守って来た誇りを捨てざるを得なかった。素人と玄人は共に境界を曖昧にして、共に傷ついた。開設当初は泣く者、逃げ出す者、失神する者が続出したと云う。しかし将兵達はこの異国の娼館に殺到した。

これは慰安でも娯楽の提供でもない、単なる性の処理場である。

駐留軍兵士は羽目を外して度度問題を起こし、傷害事件なども多発した。加えて性病が蔓延した。占領軍当局は大いにこれを憂慮し、MPを常駐させたり、簡易治療所の設置を日本政府に要請するなどして手を尽くしたが、結局追いつかず、占領軍は施設への将校の出入りを全面的に禁じた。

R・A・Aは僅か半年で崩壊した。

そして赤線青線が残った。

俗に云う洋パンの急増も、赤線のような売春地区の再建も、R・A・Aの齎《もたら》したものなのである。

R・A・Aは公娼制度擁護の口実を作り、大量の私娼と公娼を生み出した。のみならず国防どころか多くの一般の女性のモラルまで破壊してしまった。

おまけに日本は女性の人権を認めぬ道徳性皆無の国であり、日本人は性病予防すら出来ぬ不潔で文化程度の低い民族であると云う印象を決定づけてしまった。

それもその筈で、亜米利加は女権拡張論《フエミニズム》の本場なのである。

厭な顔をするに決まっている。

——間違ってたね。

伊佐間はそう思う。

「まあＡＳは大変なところだったらしいですよ。私が復員した時はもうなかったが、玄人より亭主戦争に取られた寡婦《かふ》や田舎娘の方が多かったんじゃないですか。人生狂わせた女も多かったでしょうな」

加門がしんみりと云う。

「おうよ。しかし作ったのは警視庁だからな――」

多分――木場は責任を感じているのだと、伊佐間は思った。勿論木場には何の責任もないのだが、それでも、この男はそう云う男なのだ。

「――まあ、中には本気で国防のために志願した、志の高え娘なんかも居たそうだがな」

「そんな奇特な婦人が居たですか？」

「――居たそうだぜ。志摩子は器量が良かったのか、そのうち隅田川《すみだがわ》の大倉別邸《おおくらべってい》に移されたらしいが」

「ああ、将校専用の――」

「慥か個人の別荘を接収して、位の高い将校専用の高級遊廓《ゆうかく》を開設したとか聞いている。多分そこのことだろう。

「そうだ。そこで仲良くなった酌婦のひとりが、正に志願兵ならぬ志願酌婦だったようだ。金に困っている様子もなく玄人でもねえ。しかし、まあどんな志を持っていても、同じことをやらされる。憂国の徒が結局は淫売婦になっちまった、と云ってたな」

「結局と云うと？」

「男に目覚めた——とか云う話じゃねえんだ。そんな女は居ねえと云っていたぜ。もっと切実な話よ。ＡＳがなくなって女達は路頭に迷った。正業に就けたものは幸せで、殆どは居残り赤線か立ちん坊よ。商売女は店に残ったようだがな、元元素人に郭は馴染まねえや。かと云って元の暮らしにも戻れねえ。志高くして米兵と寝ても、世間の見る目は一緒だ」

「それで」

「そうよ。その娘は国を思ってＲ・Ａ・Ａに志願し元の生活に戻れなくなって、暮らしに困ってた訳でもねえのに娼婦になっちまった訳だ。志摩子も元元素人女だし、その娘とは同じ齢だったらしく、馬が合ったのだそうだがな。結局二人とも路頭に迷ってもうひとり——これも同じ齢の、元学生と云う娘と三人で部屋を借りて、自活を始めたんだそうだ。自活ったって勿論洋パンだな。罪作りだよ全く」

木場は腕を組む。

「ただ志摩子はすぐに将校のオンリーになって、共同生活を抜けたんだそうだ。だが、こいつが何年もしねえうちに志摩子捨てて国に帰っちまった。以来バタフライよ。その時はもう仲間二人は行方知れずだったようだな。講和後は直引きの散娼よ」

オンリーとは米兵の現地妻のことである。現地妻と云うとやや聞こえはいいが、要は囲われ女であり、入籍云云《うんぬん》と云うレヴェルの話ではない。

バタフライとは矢張り米兵相手の街娼だが、不特定多数を相手にする。バタフライが良い旦那を見つけてオンリーになると云うのが常套で、オンリーになれば、一戸建てを与えられたりして豪奢な暮らしも出来たのだそうだ。

志摩子と云う女は逆のコースだった訳だ。

志摩子の内股にある蜘蛛の刺青は、最初の旦那だった将校が彫ったものらしいぜ──と木場は云った。

「志摩子はもう二十八だ。三十越しゃあ、あの商売は辛え。まあ俺の知ってる最高齢の夜鷹は六十一だったがな。それは例外だ。いつまでも続けられる商売じゃねえ」

木場は水平線を眺める。伊佐間もつられる。

「死んだ前島八千代も二十八だ。俺の妹も二十八でな。こっちはもう子供も居て、まあ普通に暮らしてるがな。どっかで間違や志摩子のように、否、八千代のようになってたかもしれねえ。そう思うとな」

木場はそう云った。

「その──」

今川が海風に身を屈めつつ云った。

「──八千代さんもＡＳに居たとか云うことはないのですか？」

木場は意外そうな顔をした。

「八千代が？　いや、前歴も調べたが、そんな事実あ出てねえぞ。八千代は親が空襲で死んで天涯孤独《てんがいこどく》だと云う話だったが、どう云う訳か暮らしに困ってた風じゃねえ。親が死んで、看護婦だか薬剤師だかの学校を中退して、それから慥か遠縁の足袋屋《たびや》を頼ってそこから嫁入りを――」

「普通隠すよ木場さん」

加門が云った。

「――さっきあんた云ってたじゃないか。闇の女になるか、更生したなら隠し通すか。二つにひとつしか道はない。政府の要請で出来た施設であるにも拘らず、ASなんてのは昔で云えば唐行きさんだ。蔑まれますよ。一方で新日本女性と煽《おだ》て、また一方で娼婦にも人権はあると解ったようなことを云い、更にやることは一緒じゃないかと開き直って、結果取り締まるんです。我我は」

実際運良く大店の妻女に納まった以上、そんな過去は消したいに違いない。伊佐間でもそう思う。

「そうか――しかし俺は――最初に前島と云う女を知らねえかどうか、志摩子にゃ執拗《しつこ》く尋いたんだがな。覚えがねえと云っていたが」

「前島と云うのは結婚後の姓ではないのですか」

今川が指摘する。

「ああ？　旧姓は慥か――」

「金井。金井八千代ですな」

加門が答えた。

「そうか――待てよ。蜘蛛の使いは電話で八千代の旧姓は金井か、と尋いたんだったな、おっさん？」

加門は頷く。木場は立ち止まる。

「だが苗字が違っても名前が一緒なら大抵気がつかねえか？　俺はちゃんと前島八千代と尋いたぜ」

加門も歩を一旦止める。

「名前は改名出来ますよ木場さん。兎に角こちらの今のお話は調べてみる必要があるかもしれないですな。今まで被害者同士を結ぶ糸は皆無だった訳ですよ。志摩子と八千代を繋ぐ糸が見えれば、もしかしたら他の被害者も――」

「そうだな。しかし――川野弓栄や山本純子は兎も角、最初の娘は違うだろう。ＡＳのあったのは昭和二十年だ。ならまだ十歳かそこらだぞ」

「まあ――ねえ」

二人の刑事は少し気落ちして再び歩き出した。

仁吉の家の前を過ぎる。留守のようだった。

家の前の桜はまだ咲いていなかった。

――もうすぐあの長い鯨幕が張られる。

伊佐間はそう思った。是亮の分である。

足早に町を抜けた。

騒騒と海鳴りの聞こえる丘の上に小屋はあった。

納屋に毛が生えた程度の文字通りの小屋である。

周囲はもう薄昏くなり始めている。伊佐間は急に空腹感を覚えた。

――結局昼食抜きだ。

それが、一般には空腹感ではなく厭な予感と呼ばれるものだと云うことに――伊佐間はきっと生涯気づかない。

春だと云うのに芽吹《めぶ》いた様子が全くない枯野に、海上で冷気を吸い込んだ風が吹き荒んでいる。小屋に当たる光線の具合も実に奇妙で、朦朧《ぼんやり》とした影を八方に投げかけている。

気温も、肌寒いのか暖かいのか判断できぬ曖昧な具合である。風が当たるところは酷《ひど》く冷たいが、それ以外は生微温《なまぬる》い。

そう云う景色を不吉な光景と呼び、そう云う状態を薄気味が悪いと云う――と云うことにも、多分伊佐間は気づかない。

「おい。釣り堀屋。それから骨董屋――」

木場は伊佐間達には一瞥もくれず、建物を睨みつけたまま姿勢を低く取って云った。

「手前達はもういいぜ。有り難うよ——」

「いいって？」

「これから先は民間人は邪魔だぜ。怪我しねえうちにさっさと帰れ。もう殺人事件には巻き込まれるなよ間抜け」

ここまで来て今更警官らしいことを云うと云うのはどうか。

それに、ここで帰れと云われても少しばかり困る。

伊佐間は今川の顔を見る。

今川はどうしても、どんな時でも同じように、善く解らない顔をしている。面でも被っているようだ。矢っ張りさっぱり判らない。

加門が云った。

「踏み込むか？」

「まだだ。気配がねえ」

「慥かにないな——うん、ここまで来てこんなことを云うのは何なんだがな、木場さん。私はこの小屋は関係ないと思うぞ。誰も住んでる気配はない」

「燈《あかり》が点《つ》いてたんだろ。なら誰か居たんだ。あのでけえ爺ィは、さっき尋いた時も慥かに見たと云ってたぜ」

「それはもう何日も前のことだ」

「何十年も前のことじゃねえよ」

「まあ——それは認めたとしても、本件との関わり合いは考えられないだろう。どうにも結び付きが稀薄だよ」

「川島喜市とこの小屋に棲んでいた女の子供の年齢はほぼ一致する。それに喜市が中条質店に書き残した住所はこの辺りのものだ」

「それはそうだが——逆を云えばそれだけだろう」

十分じゃねえかと木場は云った。

「何もねェよりマシだよ」

「しかし高橋志摩子を勾引《かどわか》したのは川島喜市ではなく、川島新造の方なんだぞ」

「新造は連れて来るだけだ」

そう云う役なんだ——木場はそう云った。加門は渋い顔をする。

「まあ新造が女を連れて来たとしてだ、その後どうなる？　喜市に受け渡しをするとでも云うのかな。それで貰った喜市の方はどうするんだ？　それに二人の川島の関係は未だに不明瞭だ。新造には喜市に相当する兄弟も親戚も居ないんだぞ」

「そんなことは知らねえよ」

「あ——」

黄昏《たそがれ》に人影が浮かんだ。

木場が身を伏せるように強引に指示する。

叢《くさむら》に潜む。

刑事二人が云い合いをしているうちに、伊佐間も今川も帰れなくなってしまった。

影は二つ。ひとつは異常に大きい。それとも、もうひとつが小さいからそう見えるのか。

――あれが川新。

木場と榎木津の友人。指名手配の男。

――あっちが志摩子。

幸薄き売春婦。紅蜘蛛お志摩。

誘拐したようには見えない。

手は引いているが縛っているでもなし、逃げようと思えば逃げられる状態であるように見える。拘束している様子は見受けられない。逃れようとしている風でもない。

逃げるどころか、二つの影は寄り添っている。

川新らしき影は慥かに周囲に気を配って慎重に歩を進めている様子だが、それは人質の逃亡を警戒していると云うより、どちらかと云うと同伴者を外敵から護っているかのように見えた。そして志摩子らしき影の方は、まるで川新に頼って身を寄せているような、そんな素振りに窺える。

「き、木場さんッ！」

加門は長髪を掻き上げた。緊張している。

「奴だ。ひ、非常線を突破して、ほ、本当に」

――こんなところまで。

木場は細い眼を更に細めて影を見つめ、厚い胸板一杯に淀んだ空気を吸い込んでから、手を翳して逸る加門を止めた。

「――俺が行く」

「だが」

「あれとは決着を――な」

振り向いた木場は珍しく精悍な顔つきをしていた。

「おっさんは奴が女に手を出したら出てくれ。それから――民間人はすっ込んでろよ」

木場は立ち上がった。

そして影に向かって大声を張り上げた。

「川島アッ！」

二つの影は止まった。

風が渡る。

声がする。

「修——木場修か！」

「蜘蛛に話を尋きたくてよ。ここまで来たぜ」

一歩。また一歩。木場は間合いを詰める。

川島は女を置き去りにして、大股でじりじりと、横這いに小屋に近づく。

幽《かす》かに差し込む淡い夕陽が影に目鼻を与えた。

大柄な木場より更に大きい。手足が長い。引き締まった躰には余分な贅肉《ぜいにく》はない。兵隊服にゲートルを巻き、靴も軍靴のようである。その上から年期の入った革の短表衣《ジャケット》を引っ掛けている。小さな目。精悍な顔つき。剃髪していた筈の頭には白髪雑じりの頭髪が窺える。逃避行中はずっと伸ばし放題なのだろう。長い両腕を下方四十五度に開き、指を広げ、木場を睨みながら、ゆっくりと川島は横に移動して行く。隙がない。川島は云った。

「どうやって——調べた」

「俺は刑事だぞこら。逃げる奴は追う。それが俺の仕事だ。ただ——手前が犯人だとは思ってねえがね」

木場は更に間合いを詰める。

「俺が——犯人だ——修」

「手前は嘘が下手だな。誰を庇って居やがる！　この中に居る男か」

「それはな——」

川島は突如《いきなり》小屋に体当たりして扉を壊した。

「逃げろ喜市！」

そして素早く身を翻《ひるがえ》し、木場に組みついた。

「早く行け！　警察だッ」

木場は強靱《きようじん》だ。川島の腰を摑み横倒しにする。

志摩子が狼狽《うろた》える。志摩子を保護せんと、加門が飛び出す。川島は木場の手を振り解き、加門に飛びつく。加門は志摩子を捉え損ね、転ぶ途中でその脚を摑む。志摩子が悲鳴を上げる。川島が叫ぶ。

「その娘は関係ない！　あんた、逃げろ」

志摩子は加門の腕をするりと抜ける。

加門が殴り飛ばされる。木場が川島に取りつく。

伊佐間は我慢できずに立ち上がる。今川が加門に駆け寄る。

木場と川島が縺《もつ》れ合い、志摩子はそれを避けるように小屋に逃げ込んだ。伊佐間は後を追うべく近寄ったが乱闘に巻き込まれて転倒した。

木場は川島を二発ばかり殴って、胸倉を摑み、

「いい加減にしねえか！」

と怒鳴った。

「誰も出て来ねえぞ！　善く見ろ！　手前の庇ってる喜市はもうどこかに行っちまったようだぜ！」

川島はゆっくり小屋の方を見る。壊れた戸口の中は真っ暗である。何の気配もない。

川島は状況を確認して観念したらしく、膝を落として沈んだ。

木場がその顔を覗き込む。

頑健《タフ》だ。

「理由《わけ》を話せ。もう逃げ隠れは出来ねえぞ」

「修――」

「喜市ってのは手前の何だ」

「腹違いの弟――親父の――妾《めかけ》の子だ」

「そうか。本名じゃねえな。本名は石田喜市か」

川島は殴られた頬を摩《さす》り乍《なが》らそうだ、と頷いた。

「弟は――嵌められたんだ」

「嵌められた？」

「蜘蛛と名乗る女に――な」

今川が加門を抱え起こす。

加門は相当の打撃《ダメージ》を受けたらしい。気絶していたようだ。

「俺は、喜市が何かに巻き込まれていることに気づいて、手を引かせようとしたんだ。それが——あんなことになってしまった。俺は弟が犯人だと思った。どうしても真相を知りたかった。だから逃げて、奴の行方を探した。そして——ここを見つけた」

川島は目で小屋を指した。

「——弟は無実だ。俺は事情を全部聞いた。そして真犯人を挙げて、奴の疑いを晴らそうとした」

「それで手前が犯人になっちまったんじゃあ仕様がねえだろうが。この間抜け！」

木場はそう云うと内ポケットから何かを出した。

「——忘れ物だぜ。川新」

手渡したのはどうやら黒眼鏡のようだった。

川島は無言でそれを受け取った。

——ん？

何か——変な雰囲気だった。

伊佐間は何の気なしに小屋に近づき、ひょい、と覗いた。

中に男が居た。

「視《み》たな」

「え？」

伊佐間は状況が把握できない。

これは誰だ？

しゅっ、と風を切るような音がした。

「ふわッ」

伊佐間は三尺ばかり後ろに跳んで尻餅《しりもち》を搗《つ》いた。

小屋の壊れた戸口から、何か尖《とが》ったものが突き出ていた。

伊佐間の左手の先から鮮血が吹き出た。

「何だ！　どうした？」

木場が振り向く。釣り堀屋、おい、何だ、どうしたんだ——木場の慌てた声。伊佐間が血を流しているのを見て仰天したようだ。伊佐間も仰天している。どうしたのか解らない。痛いのか恐いのか。そうか。

——殺される——。

途端に小屋から黒いものが転がり出て来て、人の形になった。まるで黒豹《くろひょう》のような動きだった。木場が伊佐間に駆け寄る。川島が立ち上がる。

男は鑿《のみ》を構えていた。

的屋《てきや》の着るような黒い襯衣《シャツ》に黒い袴服《ズボン》。地下足袋《じかたび》。蒼白い顔に鋭い眼。

「て——手前——」

木場が動こうとする、そのほんの僅かな筋肉の収縮を見取って、男は風を切って凶器の切っ先を木場に向けた。川島が空《す》かさず退路を断って対峙する。

「視るな、視るな。俺を視るな」

「手前は――」

「視るな視るな」

「手前は――平野祐吉！」

「俺を視るなあッ！」

男は鑿を振り翳し、靭《しなやか》な動きで川島の顔に切りつけ、加門と今川の人垣を強行突破して駆け抜けた。

「加門！　追え！　おい、いさま屋！　お」

木場の動きが一瞬止まった。

小屋の中を凝視している。

「――畜生オッ！」

木場は雄叫びを上げて、脱兎の如く男を追った。

首吊り小屋の土間には――両目を残忍に抉《えぐ》られた高橋志摩子が、無残な骸《むくろ》を晒《さら》していた。

○簑火《みのひ》——

田舎道《いなかみち》などによな〱
火《ひ》のみゆるハ多《おほ》くハ狐火《きつねび》なり。
この雨《あめ》にきるたみのヽ嶋《しま》とよみし簑《みの》より
火《ひ》の出《いで》しハ陰中《いんちう》の陽気《やうき》か。
又ハ耕作《こうさく》に苦《くるし》める百姓《ひやくせう》の臑《すね》の火なるべし。

今昔百鬼拾遺中之巻——霧

7

かなり長い間頭《こうべ》を垂れていたので、頸の付け根が怠《だる》くなってしまって、呉美由紀は漸く顔を上げた。

僅《わず》か開いた窓から、少しばかり埃《ほこり》を乗せた、それもやや春めいた風が吹き込んで来て、頬《ほお》に当たる。

顔を上げた先には鄙俗《いやら》しい五角形の顔がある。

どう云う身分だか善く解らない。何だか知らぬが偉いのだ——と、己で云う程だから大して偉くないのは目に見えている。

名を海棠卓《かいとうすぐる》と云う。

齢が判らない。美由紀辺りから見れば齢上《としうえ》の男は皆一緒だ。二十歳《はたち》だろうが四十だろうが青年は青年だし中年は中年で、後は老人である。設定は三段階くらいしかない。大雑把《おおざっぱ》なものである。

その段階評価も、対象の実年齢を厳密に反映したものではなく、概《おおむ》ね印象に因る評価である。海棠は年齢が摑み難い。中年とは云えぬ程に若いのだが、決して青年ではない。老成した雰囲気でもないのだが、脂ぎっていて清清しさもまるでない。

年齢不詳の男は五角形の顔の中の三角形の眼を細めて、粘り気のある視線で美由紀の爪先から脚を嘗めるように見上げ、更に膝の上に揃えた指先から肩口までそれを這わせた。頸を経て顔に至り、漸くその視線は止まった。

「呉君——時間がない。もう、時間がないいんだよ」

——不快な声。

鉄と硝子《ガラス》を擦り合わせるような声色。聴き取り難い。それでいて抛り所なき自信に満ち満ちた、高慢で慇懃無礼《いんぎんぶれい》な喋り方。虫酸《むしず》が走るとはこのことだ。

「苦畯《くど》いようだがね。私は亡くなった理事長から聞いているんだ。表沙汰にならないように処理してあげようと云っている。君の身のためだ」

本当に苦畯い。美由紀は知っていることは皆話したし、知らぬことは元より語りようもない。だから、睨む。

「いいか呉君。これはここだけの話だがね、あの元理事長——現理事長代行の柴田氏は、君なんかは知らないんだろうが大層偉いお方なんだよ。それだけに世間知らずでね。その上困ったことに、正義感が強いと来ている」

困ることではないだろう——口に出さずに美由紀は更に睨みつける。海棠の無恥《むち》なる厚顔《こうがん》は齢を経て益々厚いらしく、美由紀程度の小娘が睨んだところで痛くも痒くもないようである。

このような尋問は何度目だろう。

美由紀は今朝から軟禁状態なのだ。

扉と小窓と机と椅子。後は何もない。

教員棟の一角、三階の端の小部屋である。

生徒達は軍隊宜しく重営倉《じゅうえいそう》などと呼んでいる。

建物の印象からか拷問《ごうもん》部屋などと呼ぶ者もいる。

その呼称にそれ程の誇張《こちょう》はないと美由紀は思う。

何故なら——渡辺小夜子が本田幸三に辱《はずかし》めを受けたのもこの小部屋だからである。

それを思うと美由紀は吐き気を感じる。最初に連れ込まれた時は本当に吐いた。ただその時は混乱が頂点に達していて、究極に昂《たか》ぶっていた——その所為もある。

その頃美由紀は、あの夜を境にして、自分を含めたこの世界全部が信じられなくなってしまっていたのだ。

そう云う状態こそを呪いと呼ぶのかと、美由紀は今にして思う。

蜥蜴《とかげ》染みた海棠の不快な声が、遠くで聞こえる海鳴りのようにどうでも良くなって、美由紀は窓枠の外に目を転じる。

十二日前。

本田が殺された夜。

衣《きぬ》を纏って闇に駆け去った黒い聖母。

頸を捩《ね》じり潰されていた、本田幸三。

錯乱して屋上から身を投じた小夜子。

——慥かに跳んだのは小夜子だった。

しかし——。

小夜子が跳んで、美由紀は悲鳴を上げた。そして茫然と立ち竦む織作碧を除《の》けて階段を駆け降りた。

——下で受け止めようとか思ったのです。

警察にはそう証言した。馬鹿な話だが、その時は本心だった。投身者より先に地面に辿《たど》り着いて受け止めるなど笑止千万《しょうしせんばん》、落語にもそんな話はない。

だが美由紀は、二階に至ってかの老婦人に捕まってしまった。本来静寂の支配するべき刻限に、音の反響する中庭であらん限りの大声を出して小夜子を探し回っていたのだ。寮に居た者の許にも騒ぎは届いていたのだろう。流石《さすが》の老婦人も時間外勤務を決心して出て来たらしかった。

——早く行かないと、死んでしまうわ。

その時美由紀は、まだそんなことを云っていた。

老婦人は全く状況を理解しなかった。

——屋上で、本田先生が、

——黒い聖母が裏の藪で、

——小夜子が、小夜子が、
言葉は断片だけでは意味を為さない。

しかし連なることのない脈絡のなき言葉達も集積すれば凡《およ》その意味は為す。老婦人は上と下で尋常ではないことが起きていることを察して、狼狽《ろうばい》した。

そこに——。

上方から悲鳴が聞こえた。

落下した小夜子の姿を屋上から確認した夕子か碧が上げた悲鳴だと——

その時はそう思った。

老婦人は神の名を呼び、声のした方——屋上に向かおうとした。美由紀は反対に下に行こうとした。一刻も早く小夜子の許に行くべきだ、まだ息があるかもしれぬと——実はそんなに冷静な思考を巡らせていた訳ではなく、ただ混乱していただけなのだが——そう思ったのだ。老いた舎監は強く袖を引き、美由紀は抵抗した。老婦人が引き止める理由がその時の美由紀にはまるで理解できなかったのだが、今にして思えば当然の行動だったかもしれぬ。

——こんなことをしていると小夜子が死んで、

——死んでしまいます！

そう何度も叫んだように思う。

二階の階段前で、行くの行かぬのと云う悶着《もんちゃく》がどの程度の時間行われたのか美由紀は全く覚えていない。そのうち大変だ、大事だ——と云う声がした。

用務員か、教師か。男の声だった。

小夜子が夕子の部屋を飛び出してから大分時間が経過している。その間ばたばたと騒ぎ続けている訳だから、誰かが出て来ていてもおかしくはない。

老婦人はやっと階下に向かう決心をして、美由紀の腕を持ったまま階段を下った。中二階の踊り場に至ると玄関が見える。数名の教師が乱暴に玄関の扉を開けて這入って来るところだった。

——生徒が死んでいる！　何があったのです！

死んでいる——。

その言葉を聞いた途端、ぷつりと糸が切れて——美由紀は意識を失った。

覚醒したのはどこかの部屋の寝台の上だった。

枕元には保健医と学長、恐い顔をした男ども——刑事達が居並び、美由紀の顔を覗き込んでいた。

——さあお嬢さん、事情を聞かせて貰おうか。

監獄に入れられるのだと美由紀はそう思った。

譫言《うわごと》のようなことを暫く喋っていた気がする。

呪いだ、悪魔だ、黒い聖母だ——ただでさえ理性的な人間の語る内容ではない。加えて、仲の良い友の飛び降り自殺の瞬間を目撃したのだから、それも已《やむ》を得まいと、それは美由紀もそうも思う。

意識が明瞭《はっきり》して、美由紀が理性的な判断力を取戻したのは、多分覚醒してから半日以上経ってからのことである。

——碧と夕子はどうしたのだろう。

二人のことに思いが行ったのも、その頃だった。

多分同じように尋問を受けているに違いない。

刑事は執拗《しつこ》く尋いて来た。

美由紀は当惑した。何を語るべきか迷ったのだ。

美由紀の見聞きした現実は、体験した美由紀自体凡そ信じ難い内容である。学園内に悪魔を崇拝する一団が居て、彼女達は黒弥撒《ミサ》を開き、売春と呪殺を行っている。誰が信じるだろう。しかし——。

山本舎監。前島と云う東京の女性。そして本田幸三と、美由紀の知る限り三人の人間が死んだ。

しかもあの——黒い聖母は——。

——幻覚ではない。

語るべきか否か。美由紀はまずそこで躊躇した。

ただ本田幸三の旧悪は暴露《ばくろ》されて然《しか》りであろう。

しかし醜聞の暴露は小夜子の名誉も著しく傷つける惧《おそ》れがある。

惧れと云うより、それは間違いのないことなのだろう。しかしその小夜子もまた、既にこの世の人ではないのだ。ならば寧ろ彼女の死を悼《いた》むためにも、それは語るべきことなのではないのか。

だが——。

麻田夕子はどうなるだろう。

少なくとも売春の事実は伏せておくべきではないのだろうか——。

蜘蛛の僕とか云う連中がどうなろうと、それは美由紀の知ったことではない。しかし麻田夕子は別である。どうなっても良いとは思わない。たった数時間しか接触していないと云うのに、その時既に夕子に対する友情——否、友情めいた感情、か——が美由紀の中に形成されつつあったのだ。ここで売春の事実が発覚してしまっては、彼女の未来はどうなると云うのだろう。

蜘蛛の僕に関することは伏せておくべきだ。

そこで美由紀は実に中途半端な供述をした。

本田幸三は酷い男である。自殺した友人を数度に亘り蹂躙《じゅうりん》し、剰《あまつさ》え妊娠までさせて、暴言を浴びせ放逐した。彼女はそれを苦にして、煩悶《はんもん》の挙げ句裏のお宮に呪いの願を掛け、それが成就したことを知って混乱し、投身したのである——。

本田を殺したのは裏のお宮に安置されている、俗称黒い聖母と云う不気味な木像だ——。

——それは、目撃しました。

警官は笑った。

——馬鹿か、お前は。

——巫山戯《ふざけ》るなよ、貴様。

——慥かに死んだ娘は妊娠していた。

——しかし父親は本田教諭じゃあないぞ。

——奴は無精子症だ。いい加減なことを云うな。

後頭部を金槌で殴られたような——衝撃だった。

——化け物が犯人だと？　冗談も休み休み云え。

——お前と一緒に居た織作のお嬢さんはな、

——なァんにも見てないと云ってるぞ。

織作碧が偽証している——。

残念乍《なが》ら美由紀はその時、そう考えられなかった。

彼女が見ていないと云うのなら、あんなものは矢張り存在しなかったのではないかと、そう思ってしまったのである。

あまりにも非常識過ぎるからだ。しかし。

美由紀は覚えている。あの漆黒《しっこく》の顔。そして纏《まと》っていた衣装の——水鳥の模様。

——あれは、あれは何ですの！　黒い聖母、そんな。

天使の声。あの時美由紀が聞いた碧の声は——。

幻覚。幻聴。幻視。凡ては幻か。

そうなのだろうか。ならば——。

碧の言動も含めて、あの夜見聞きした凡ての出来事が美由紀の妄想であった可能性と云うのは捨て切れない。

美由紀は、己の知覚や記憶に関する一切の自信を喪失した。織作碧に会わせてくれと頼んでも見たが今朝から帰宅していて寮には居ないと云われた。

そしてその夜、両親が訪れた。

父親は矢鱈《やたら》と恐縮《きょうしゅく》し、母親は豪《えら》く萎《しお》れていた。

両親は美由紀を家に連れて戻りたい旨を頻《しき》りに警察に懇願したが、もう少し取り調べがあると断られたらしい。もうひとりの娘と違って怪我もしていないし、健康上の問題もないから——と刑事は云った。

怪我をしたもうひとりの娘とは——麻田夕子か。

夕子は負傷して、憔悴していた。美由紀は夕子のことを警官に尋ねて、そして最後の自我を失った。

——慥かに跳んだのは小夜子だったのに。

墜落死したのは麻田夕子の方だったのだ。

理解するのに酷く時間がかかった。

墜落死したのが夕子だった？　それなら小夜子は生きているのか？　そんな当たり前のことに気づくだけでも一時間近くはかかったと思う。

小夜子が生きている——？

刑事が蔑《さげす》むように云った。

——慥かにお前の云う渡辺小夜子は怪我をしていたがな、精精数箇所の打撲症と、腕の骨に罅《ひび》が入っていた程度さ。豈夫《よも》や屋上から落ちた怪我じゃないな。下で受け止めた奴でも居ない限りはな。

——大体渡辺小夜子自身が知らないと云っているんだよ。彼女は飛び出した麻田夕子を探しに出て上から落下して来た麻田夕子がぶち当たったのだと証言しているんだ。

しかし。

それでも——飛び降りたのは——。

美由紀は途端に激しい眩暈《めまい》に襲われ、再び混乱して凡ての言葉を失った。矢張り自分の見たり聞いたりしたことは凡てまやかしだったのだ。

それから後、美由紀は幾度もの眩暈と吐き気に苛《さいな》まれて、警察の事情聴取もままならなかった。

警察が一日引き揚げ、そして美由紀は、初めてこの小部屋に呼ばれた。その時、この閉塞感《へいそくかん》溢れる部屋の古びた椅子——今海棠が掛けている椅子に——端座《すわ》っていたのは、誰あろう、今はなき理事長——織作是亮だった。

海棠が蜥蜴なら理事長は蠍《さそり》か蚰蜒《げじげじ》と云うところだったろうか。目つきが蟲染《むしじ》みていた覚えがある。

蟲の眼をした男はとても理事長と云う肩書きには相応《ふさわ》しくないやくざな態度で、開口一番お前かァ、と呆れたような声を出した。そして美由紀に近づくと人差し指を美由紀の顎《あご》に当て、己の方に無理に面《おもて》を向けさせて覗き込み、ふうん、と鼻を鳴らしてから、つき添って来た老婦人に席を外すよう云った。

扉が閉まるなり、蟲は本性を露《あらわ》にした。

——さぁて。売春してたのは誰と誰だ？

面食らった。本田殺しの件とばかり思っていた。

売春と云うなら、それは蜘蛛の僕のことだろう。

しかし美由紀は尋かれて答える程の情報を持っている訳ではなかった。麻田夕子は――死んでいる。

――知ってるんだぞ私は！　惚《とぼ》けるな！

理事長は美由紀の沈黙に苛ついたのだろう、益々語気を荒らげて問うた。しかし幾ら熱弁を奮《ふる》われても美由紀にはさっぱり解らなかった。

――情報の筋は慥かなんだよ。何しろ川野弓栄の旦那《パトロン》は私だったのだからな。知ってるだろ？

聞いたこともない名前だった。

――あの女《アマ》、美味《うま》い儲け口があると随分はしゃいでいたが、真逆この学院のことだとは思いも寄らなかったな。

何のことだか全く解らなかった。ただその昆虫のような口許から発せられる酒雑《ま》じりの息に噎《む》せて、美由紀は幾度も嘔吐した。理事長は、しらばくれるなこの淫売が――と、本田が小夜子に云ったのと同じ言葉を吐いて、美由紀の頬を数回打った。

そして椅子を蹴り外し、床に倒れた美由紀の上に伸《の》し掛かった。いつもの美由紀なら、顔面に鉄拳のひとつもくれてやるところなのだが、その時は部屋中がぐるぐると回る幻覚に襲われていて、抵抗することもできなかった。金縛りに遭ったように竦《すく》んで声も出ない。何とか顔だけを背《そむ》けてきつく眼を閉じ拒絶の意思表示をしたのだった。

――取り澄ました顔をするな！

――女は皆そうだ。貞淑そうな面しやがって！

――お前まで俺を馬鹿にするのか！

何で――男は――こうなんだろう。

床が抜けた。部屋がぐらぐらと揺れて、心細い。

――板子《いたご》の下は底なしの海よ。心細いやね。

美由紀は幼い頃聞いた祖父の言葉を思い出した。

理事長は美由紀の飾紐《リボン》を摑み何度も揺すった。そして取り憑かれたように吠えた。淫売は誰と誰だ、逃げられねえぞ、本田のように俺を殺す訳には行かねえぞ、俺は織作是亮だ、織作家の当主だ――。

もう駄目だと思った。

耳鳴りがした。轟轟《ごうごう》と、世間の凡百音《あらゆる》と云う音が奔湍《ほんたん》の如くに流れ込んで来た。その音の洪水の中、かちゃり、と扉の把手《ノブ》の回る音を、美由紀はやけに明瞭に知覚したのを覚えている。

扉が開いた。美由紀は平衡感覚と背中に密着した堅固な石の床を同時に取戻した。

美由紀を救ったのは元理事長――海棠の言葉で云えば、大層偉い癖に正義感のある困った男――柴田勇治だった。

元理事長は扉を開けるなり、突如《いきなり》現理事長を殴り飛ばした。

――君は正気か！

――仮令《たとえ》どんな理由があろうと、そんな暴力が許されると思っているのか！

――ここは神聖な学舎だぞ！

薄朦朧《うすぼんやり》とした視覚の隅、やけに正義の味方然とした柴田前理事長の背後で慇懃《いんぎん》に畏《かしこ》まっていたのが、海棠だった。理事長は多分柴田を睨みつけ――美由紀には善く見えて居なかったのだ――大声で怒鳴った。

――これはこれは御曹司《おんぞうし》、大層な御挨拶ですね。理事長は私だ。余計な口出しはしないで貰いたいな！

――冗談じゃない。君はこの三日間何をしていたんだ！　この娘達を世間の好奇の目に晒《さら》す気なのか？

――このままではこの学校は――さあ、君。

柴田は美由紀を抱き起こすと、吐瀉物《としやぶつ》や汗で汚れた顔を自らの半帛《ハンカチ》で清めてくれた。蟲のような理事長は壁伝いに立ち上がり、矢張り蟲のように毒を吐いた。

――フン。あんたが今更おいでになったところで　どうなるもんでもないだろうさ。この学校は私の学校だ。私はね、既に事件の真相の一端を摑んでるんだ。ほっといてくれ。

――真相？　聞こうじゃないか。さあ、君は少し休み賜え。

柴田は美由紀を立たせると部屋に送るよう海棠に申し付けた。

海棠は柴田同様優しく美由紀を介護したが、腰に回した手の、その指の力の入れ具合や、手の握り方が、どことなく、否、実に不快だった。

美由紀は初めて、自分が男ではないと自覚した。

廊下の端には哀切《あいせつ》な表情をした老婦人が立っていた。

それまで、美由紀はこの老教師の顔の表情から感情——喜怒哀楽を読み取ることが殆ど出来なかった。なのに何故かその時はそう感じて、感じた途端に涙が零《こぼ》れ、美由紀は海棠の手を振り解いて、老いた教師に抱きついた。極めて美由紀らしくない行動なのだが、その時は自然だった。美由紀は泣き、婦人は慰《なぐさ》めた。

——あなた方が邪悪な者でないことは承知しています。織作碧さんが事情を説明してくれましたからね。ただ、信じたくはありませんが、この学舎の中で起こってはならぬ惨劇が起きたことは間違いありません。あなたはその時傍《そば》に居た。ですから警察も、経営者も、神経質になっているだけです。御安心なさい。主は常に——。

視ていらっしゃいます、か。

或《あるい》は正しき者の味方です、か。

そう云うことを云ったのだ。善く聴き取れなかったが善く解った。老婦人は海棠を見据えてもう結構ですから、と云った。

美由紀が老婦人に誘《いざな》われたのは一般棟の自分の部屋ではなく個室棟の一室だった。

美由紀の荷物——と云ってもろくなものはないのだが——は既に移してあり、美由紀はその夜から個室棟で過ごすように云われた。色色な面で風紀上宜しからずと云う判断があったのだろう。

隣室は渡辺さんですよ——と、老婦人は云った。

——あなたは随分混乱していたから、まだ会っていませんね。渡辺さんはあなたのことを酷く心配していらしたから、落ち着いたならお会いなさい。ただ、怪我をなさっていますから、くれぐれも無理をしないように。

——碧が事情を説明してくれた。

——小夜子は自分を心配していた。

混乱していたのは美由紀だけ——と云うことか。

隣室の扉を開けて、美由紀はあの夜の己の体験が凡て現実ではなかったと云うことを確信した。そして同じだけ、今自分が体験している現実こそがまやかしではなかろうかと云う幻惑感を覚えた。

死んだ筈の渡辺小夜子はそこに居た。

頬には大きな擦過傷《さつかしよう》。額には綿紗《ガーゼ》が当てられている。左腕には添え木が包帯で巻かれ、その腕は三角巾で吊られている。

——御免ね美由紀。

——もう大丈夫だから。

——何も聞かないで。ただ、
美由紀は活動でも見ているような錯覚を覚えた。

この現実は連続していない。これは明滅する幻燈《げんとう》の連なりが見せる錯視に過ぎず、そのうち感光膜《フィルム》は焼けて世界には大きな穴が開くのだ。

——小夜子——その——あ。

赤ちゃんは、のひと言が云えなかった。

あの夜が凡て嘘なら小夜子の妊娠もまた嘘である。

——解らない。あれは、あの時はそう思ったの。

あの時は真実《ほんとう》に妊娠したと思っていた。

あの時。あの夜は美由紀だけの幻想ではなかったのか？

美由紀の混乱は更にその度合いを深めた。

——私、本田とのことは警察には黙っているの。話してしまった？　美由紀——。

それは——小夜子が生きている以上は——他言無用の事柄なのだった。後悔しても遅い。

美由紀は、どこかで大きな錯誤の穴に落ちていて、あることないこと警察に語ってしまっていた。

話したわ、と美由紀は正直に云った。

ただ自分は錯乱していたから証言の殆どは信用して貰えなかったと思う――と云い訳でもするように付け加えた。

それは弁解ではなく、事実なのである。警察は美由紀は夕子の相手が本田だと主張しているのだと勝手に解釈して、それは違うと却下したのだ。

美由紀が謝ると小夜子はいいのよ、謝るのは私よと云って、一寸《ちよつと》笑った。そして、

――酷い目に遭わせて御免ね。

――でも本当に、もう大丈夫よ。私には呪いも魔術も必要ないわ。

――ただ夕子さんのことだけは――明瞭《はつきり》させなきゃね。

と云った。

必要ないとはどう云う意味だろう。美由紀が尋くと小夜子はもう一度少し笑って、そのまの意味よ美由紀、と云った。本田が死んでしまった以上はもう必要なくなったんだと、そう云う意味だと――。

その時は思った。

それに、夕子のことを明瞭《はつきり》させる――と云うのもその時の美由紀には解らなかった。もしや、本田のことは伏せてでも蜘蛛の僕のことは明らかにするべきだった――と云うことかと思い、尋いた。

しかし小夜子はこう云った。

——蜘蛛の僕のことは心配しなくてもいいから。

——私が美由紀を護ってあげるよ。だから、忘れて。

——警察にも教師にも絶対云っちゃあ駄目。

しかし。

黙っていたところで、既に売春の情報は理事長に洩れているのである。そして理事長は美由紀がそのグループの人間だと思い込んでいるらしいのだ。知らぬとは云えどこまで隠し通せるものだろうか。

美由紀は小部屋での理事長とのやり取りの一部始終を小夜子に語った。遠からず小夜子が同じ目に遭う可能性もあるからである。美由紀が話し終えると小夜子はすう、と血の気の引いた顔になり、

——美由紀は何もしてないし何も知らないんだから、知らないと云っていればいいよ。

——何か詮索したり、深く考えたりしちゃ駄目よ。美由紀はもう手を引いて。

——これ以上関わっちゃ——駄目。

と云った。

これ以上関わっちゃ駄目。

それは夕子の台詞だ。

その時。

美由紀は、矢張り死んだのは小夜子で、目の前に居るのは小夜子の顔をした夕子なのではないかと云う妄執《もうしゅう》に囚《とら》われた。勿論そんな非常識なことはあり得ないのだが、凡てが信用できなくなりつつあった美由紀には、それなりに真実味のある考え方で、その所為かその想いは中中消えなかった。

——相手が誰でも美由紀は護るよ、友達だもの。

小夜子は暗い眼をして決然《きっぱり》とそう云った。

その翌日から、美由紀は誰かに監視されているような虚妄《きょもう》の虜《とりこ》となった。

授業に出ることは禁じられ、それ以降は警察の取り調べだけが美由紀の日課となるらしかった。軟禁、否、ほぼ監禁状態である。尤もそうでなかったとしても、授業自体通常通り行われていたのかどうかは怪しかった。一連の事件の所為で、沢山の生徒が親元に帰ってしまったようだったからである。

だから、美由紀は殆どは部屋の中に居たのだが、それでも、

——誰かが視ている。

そう感じた。

日付けの感覚が曖昧で、その頃のことは正確な時系列に添って思い出せないのだけれど、多分一日おいて美由紀は再び理事長に呼ばれた。

理事長は荒れていた。

十二分に困憊《こんぱい》している十三の小娘が見てもひと目でそれと解る程、織作是亮はぐったりと疲労していた。それでも淫蕩《いんとう》な蟲の眼だけは健在で、充血している分一層ぎらぎらと悪意を放っていた。

——あの娘。俺を馬鹿にしやがって。

あの娘とは小夜子のことだろう。

——どいつもこいつも俺を虚仮《こけ》にする。

——俺に落ち度はない！

何のことを云っているのか、相変わらず美由紀には意味不明だった。邪悪と云うよりも凶悪で、その時美由紀は確乎《しっか》りと生理的な恐怖を感じた。

——箝口令《かんこうれい》も布《し》いた。親元への手も打った。誰かが情報をその筋へ流しやがったんだ。

——俺は嵌《は》められたんだ。おい！　貴様！　お前だ！

是亮は両手で何度も何度も机を叩いた。

——本田殺したのは誰だ。奴はお前達の秘密を知ったから殺された。そうだな？

——お前等淫売の元束ねてる男は誰だ。そいつが犯人か。

——ならそいつが捕まればお前等は一蓮托生《いちれんたくしょう》、この学校もそれで終わりだ。

——俺はそれを防ごうと提案してんだ！

云えよ、喋れよこの野郎――汚らしい、下卑た言葉。

どれだけ責められようが、知らぬものは答えようがなかった。是亮はそれ程間合いを持たせず、すぐに見切りをつけて、次にこう云った。

――ようし。云いたくないか。なら待ってやってもいい。その代わり金を出せ。

突拍子もない台詞に美由紀は困惑を通り越して呆れた。

理事長は、あの織作碧の義理の兄――つまり資産家織作一族の一員である。それが一介の女学生に金を出せとはどう云うことだろう。

――俺は早急《さつきゆう》に金が要る。

――お前達弓栄が死んだ後も続けてるんだろ？　体売ってるんだろうが！

――大した玉だ。幾ら稼いだって学院に居ちゃ使い道はねえ。貯《た》め込んでるな。

――それを出せ！

物凄い見幕だった。知りません――美由紀は出せる声を全部搾《しぼ》り出して漸《よう》くそれだけを云った。そのひと言に過剰に反応して是亮は怒鳴った。

――煩瑣《うるさ》い！　判ってるんだ。

――死んだ弓栄のところにだって、一文の金も残ってなかったんだからな。あの女はお前達使って荒稼ぎしてたんだ。とても一日やそこらで遣い切る額じゃない！　その金だってある筈じゃないか。

——あれは通り魔に殺されたんだ。金を持って逃げるような犯人じゃないんだよ！

——ならば必ずお前達が持ってる筈だろうが！

美由紀はもう堪らなくなって、立ち上がり、扉に向かって二歩三歩後ずさった。是亮は姑《こ》息《そく》な動きで扉側に回り込み、弓手《ゆんで》で扉を押え、囲い込むように美由紀の肩に馬手《めて》を回して、耳許で云った。

——いいか、お前の選択肢は二つにひとつだ。

——善く聞け！　今すぐ俺に本田殺しの犯人の名前を教えろ。

——それが出来ないなら金を持って来い。一日だけ待ってやる。

——どちらも厭だと云うのなら公表する。お前が淫売だと云うことをな。

脅《おど》し。謂《いわ》れなき脅迫。否、これは強請《ゆす》りである。

——もう仲間のことなんていいんだよ！

——お前ひとり地獄へ落としてやる！　さあどうする！

美由紀は犯人の名など知らぬし、渡す金もなかった。

選択肢は二つではなくひとつなのだった。

最悪だった。

そこで扉がノックされた。扉に押しつけられるようにしていた美由紀は、反射的に前に出て、是亮に抱き取られるような格好になった。

全身に悪寒が満ちた。

扉の向こうには海棠が控えていた。海棠は、是亮さん、お愉《たの》しみの途中で悪いがな、あんた相当拙《まず》いことになってますよ——と云った。

是亮は鼻を鳴らして美由紀を突き離し、海棠を横に押し遣って廊下に消えた。床に蹲《うずくま》った美由紀に海棠の見下すような眼差しが刺さった。

その夜。

美由紀は祖父に手紙を書いた。

お金が要ります。訳は云えません——両親に相談できることではなかったし、況《まし》て教師や警察にも云えることではなかった。神様もお金を貸してはくれぬだろうし、殺人犯の名を教えてくれるとも思えなかった。但し、漁師を廃業した無職の祖父が、金を持っているとも思えなかったのだが。

夜中誰かに見られているような気がしていた。

その翌日は何もなかったと思う。

朝一番で老婦人に手紙を託した。祖父の家は隣の町だから、無理をすれば歩いてでも行ける。朝出せば当日に配達される筈だった。

午後になってから美由紀は、その日の未明に碧の父——つまり是亮の義父が急死したと云う話を聞いた。

その話を耳にした時、美由紀はこれで暫く先伸ばしが出来る——あの理事長に会わずに済む——と、大層安堵したことを覚えている。呆れたものだ。面識がないとはいえ、知人の身内の訃報を聞いて抱く感想とは思えない。

実際その日と、その翌日は静かで、警察の取り調べもなかったように思う。刑事の方だっていい加減もう尋くことがなかったのだろう。

その更に翌日だっただろうか。学院はがらんとしてしまった。学院の経営陣も、学長を初めとした教員達も、挙《こぞ》って織作家の葬儀のために出掛けてしまったのだった。その頃には生徒も三分の一程に減ってしまっていたらしかったから、閑散としているのも当然だった。

美由紀はその日、小夜子を伴って中庭に出た。

そうして庭に出るのが何日振りなのか、幾ら考えてもその時の美由紀には判らなかった。今になって考えれば、多分一週間か十日程度の空白なのだが、その時は十年振りのような気がしていた。

何も話すことはなかった。話す気がしなかった。

美由紀は是亮に恐喝《きょうかつ》されていることすらも小夜子に打ち明けていなかった。小夜子は美由紀を護ると云ってくれたが、小夜子にしても何かが出来るとは思えなかったし、ならば要らぬ心配はかけぬ方が良いと考えたのだと思う。

だから。

ただ二人並んで石畳を歩いた。

跫は全然しなかった。

噴水の端に腰掛けた。

同じ場所。同じ姿勢。

寂寞《せきばく》とした庭は、前にも増して荒れている。

――誰かが視ている。

間違いなかった。校舎の陰か。礼拝堂の横か。

視線は、小夜子も感じているようだった。

その時。小夜子が美由紀の服を摑んだ。そして無言で前方を指し示す。見れば石畳の上を、少し蹣跚《よろけ》乍《なが》ら、真っ黒なものが近づいて来るところだった。

それは凶服の織作是亮だった。

美由紀は――戦慄した。

義父の葬儀の当日によもや娘婿が抜けて来るとは思ってもいなかったからである。

――おい、貴様等。判ったぞ。

是亮はそう云った。

呂律が回っていない。

酩酊《めいてい》している様子だった。

——お前等淫売の元締だよ。やっと判った。あいつだ。

——あの男はな、弓栄に頼まれて俺が採用したんだよ。

——怪しいとは思ったが、あいつがお前達と弓栄との繋《つな》ぎ役の男だったんだ。

——あいつが弓栄の跡継いだのか？　そして本田も——そうだな！

あいつ。あの男。誰のことだ？　美由紀は小夜子の横顔を見る。小夜子は硬直して是亮を睨みつけている。小夜子のそんな凛《りん》とした表情を美由紀はそれまで見たことがなかった。

——俺は金が要るんだよ！　もう誰と誰が淫売か教える必要はないんだ。

——金だけ寄越せば黙っていてやるって云ってるんだよ！

是亮は美由紀の胸倉を摑んで無理矢理立たせた。小夜子は何をするの、離しなさいと叫んでその腕にしがみついて揺すった。是亮が振り切る。三角巾が外れて小夜子は転んだ。

——俺は瀬戸際《せとぎわ》に居る。跡目《あとめ》嗣《つ》げなきゃ放逐《ほうちく》される。

——場合によっちゃお前達のことを表沙汰にして柴田織作と刺し違える覚悟だ。

——そうなれば終わりだ。全員な。売春に人殺しだ。

——二度とお天道様の下まともに歩けやしねえぞ！

蟲の眼。充血した、濁った眼。酒臭い息。

——知らない！　知らないよう！

美由紀はやっと叫べた。

一度声を出してしまうと溜め込まれていた鬱積《うっせき》が堰を切ったように次次流れ出した。しかしそれは論理的な反論などではなく、凡て同じ単語の繰り返しだった。

美由紀は何度も何度も知らない知らない、私は関係ないと云い、叫び、終《しま》いには泣いた。

是亮は美由紀を突き飛ばして、いい加減にしろ、と云って蹴りつけた。小夜子は美由紀を庇《かば》うように覆い被さり、

——解った。後三日待って。

と云った。

——三日は待てない。二日だ。

——いいわ。二日後に云う通りにする。

小夜子はそう云った。

是亮は暫く仁王立ちになって二人を見下していたが、騒ぎに気づいた居残りの教師が校舎の窓から顔を出したので、二日だ、二日だぞ、と幾度も幾度も云い乍《なが》ら、教員棟の方によたよたと消えた。

美由紀は震えて、泣いていた。思考力が停止していたのだ。小夜子が云ったことの意味も理由も根拠も判らず、ただただ大丈夫、あんな約束して平気なの、小夜子、小夜子——と美由紀は喚いた。

小夜子は美由紀の肩を抱き、小さな声で云った。

——大丈夫。黒い聖母が——聞いていたから。

黒い聖母——。

あの漆黒の顔。

そして小夜子は、微笑んだ。

——これは小夜子じゃない。

そう思った——その瞬間。

美由紀はそれまで感じていた、不安感や焦燥感や嫌悪感や畏怖感の凡てが一瞬にして凝固したような最上の恐怖に駆られた。これは現実じゃない。

美由紀は悲鳴を上げて小夜子から離れた。

これは——美由紀が暮らす日常ではない。歪《ひず》んでいる。壊れている。捩《ねじ》れている。

美由紀は、何かの拍子に開けてはならぬ禁忌《きんき》の扉を開けてしまったのだ。そして悪魔が跋扈《ばっこ》する、陰画《ネガティブ》な異形の世界に紛れ込んでしまったのだ。そう、思った。

いつの間にか美由紀は駆け出していた。

美由紀は部屋に駆け込むと、鍵を掛けて寝台に潜り込み、頭から毛布を被った。

震えが止まらなかった。

どれだけ泣き叫んだのか記憶にない。

丸一日以上美由紀はそうして震えていた。

何度か扉を叩く音が聞こえたようにも思う。

——小夜子か。老婦人か。

しかし美由紀は扉を開けられなかった。

扉を開けるまでは扉の外に居るのは小夜子か老婦人だろう。でも、開けた途端に——

黒い聖母になるやもしれぬ。

そう思うと恐怖が込み上げて来て、それだけで美由紀は悲鳴を上げた。

声は嗄《か》れ、涙も涸《か》れた。

何度目のノックだったか。それはそれまでのものとは違い、いつまで経っても止むことがなかった。

——美由紀、美由紀。爺だ。爺が来たぞ。

幻聴だ。幻聴に違いない。

美由紀は頑《かたく》なに耳を塞いでいたが、それでもその声は止まなかった。美由紀は恐る恐る起き上がり、扉の前に立って問うた。

——お祖父《じい》さん、ですか？

——おう。仁吉だ。お前の爺だ。

——本当に、本当のお祖父さん？

——当ったり前だわい。儂に似せモンが居るか。

細く扉を開けると、笑っているのか泣いているのか判らないような顔の背の低い老人が立っていた。何年も会っていないから、その老人が自分の祖父なのかどうか、美由紀には判らなかった。

——美由紀かぁ。善くまあこんなん育ったなァ。

——こんな短《みじけ》え儂の孫とは思えねえや。

——この前見たなぁお前まだこんな小せえ童《わらし》で、今の半分もなかったぞ。

——まあ、この前会わせて貰ったのは、敗戦の年だもの。仕方ないやね。

八年も会っていなかったのである。それだけ経てば顔も変わるし記憶も薄れる。美由紀は複雑な思いに駆られた。美由紀の両親は、昔乍《なが》らの漁師生活に固執する老人と、半ば断絶状態にあったのだ。

懐かしくはなかった。なのにじわじわと、暖かいものが美由紀の胸の内に満ちた。

——お前の親父も薄情でな。

——可愛い孫がこんな酷《ひで》ぇ目に遭ってるってぇのに教えてもくれんわい。

——儂、今そこでね、先生様に聞いて驚いたわ。魂消《たまげ》たよ。

——世間じゃ山ン中に絞殺魔が出たって云うてるだけだかんなァ。

——大事だったなあ。泣いてるか。泣けや。

——ただ飯は食えよ。

大きな躰が保たん、と云い、老人は歯を剝いて笑った。そして懐から畳んだ手拭いを差し出した。

——金。幾ら要るんか知らんから、足りるンか判らんけど。

——一万三百五円。足らんか？

そうだった。美由紀は、祖父に金を無心していたのである。小柄な老人はそれを届けるため、禿頭に汗して学院を訪れたのだ。美由紀は茫然と、ただそれを受け取った。是亮が納得する額ではないだろうが美由紀には十分な額だった。

——いいって。訳は云えねって云うんだべい？　なら尋かん。

老人はもう一度歯を剝いた。

——お祖父ちゃん！

祖父の名を呼び乍ら、美由紀はわああ泣いた。それ程冷静さを欠いた自分を美由紀は生まれて初めて見たような気がした。祖父は云った。

——儂の知り合いがよ、夕《ゆん》べ云うとったことだ。

——この世にゃあ不思議なことなどねえんだと。

不思議なことなどない？

老人はおうよ、ねえわサ、と云い放った。そして禿頭を二度程叩き、儂こう云う場所は苦手だよウ、宗派が違わァ落ち着かねェや、と云って、美由紀に背を向けた。

小さな背中だった。

老人は肩越しに云った。

——いいか、美由紀。

——儂は爺だ。お前は娘だ。

——だから一緒にゃならんのだろがね、儂も恐ろしい目にゃ何度も遭《お》うとる。

——しかしな、善く聞け。恐いのはお化けじゃねえ。悪漢でもねえ。

——人の心でもねえど。

——恐がンのはお前、自分だ。恐がってる者《もん》は、傍から見りゃ滑稽《こっけい》なだけだぞ。

慥かに。

激情し錯乱する美由紀の姿など、自分で考えても滑稽だ。本来の美由紀はどこか遠くで醒《さ》めていて、泣き叫ぶ自分を見ているのだ。

そう思ったのが契機《きっかけ》だった。

己を監視するものは己であると知り、知った途端に監視者と被監視者の二人の美由紀は急激に接近して、やがてぴたりと重なった。

——達者でな美由紀。外ァ春だぞ。

そう云うと小さな老人は更に背を丸め、ぺたぺたと跫を立てて廊下の向こうに消えた。

そして。美由紀は我に返った。

――嵌《はま》ってた。

――嵌められて、堪るか。

この世に悪魔など居るものか。

考えなければいけないことは山程ある。美由紀は漸くそこに気づいた。本田幸三が殺害されてから九日目にして、美由紀は漸く機能し始めたのだった。

美由紀は立ち上がって窓帷《カーテン》を開けた。そして現実を見つめた。窓の外は中庭である。

聖堂の横手に人影が覗いている。

美由紀の視線に気づくとそれは一瞬のうちに消えた。

――視ていたんだ。

制服だった。ならば蜘蛛の僕の連中に違いない。美由紀を監視していたのだ。美由紀は数日に亙って本当に誰かに視られていたのだ。

――それなら。

祖父の云う通りだ。何の不思議があるものか。

不条理に思えるのは美由紀自身の所為である。

美由紀は気を鎮《しず》め、記憶を反芻《はんすう》して熟考《じゅっこう》した。

そして幾つか――至極当然のことに気づいた。

あの夜。

屋上から跳んだのは間違いなく小夜子だった。

しかし小夜子は生きている。これは別に不思議なことではない。小夜子は偶然助かったか、或《あるい》は誰かに助けられたに違いないのである。だが——。

偶然と云うのは考え悪《にく》い。柔らかい植え込みがある訳でもなし、校舎の前庭は凡て石畳である。屋上から跳んで助かる訳はない。刑事も云っていた。

——下で受け止めた奴でも居ない限りはな。

居たのだ。

だから、小夜子を助けた者は必ず存在する筈なのである。それは——誰なのか。

小柄とは云え屋上から落下した娘を受け止めるのは容易ではない。余程屈強な体躯の持ち主でなければ不可能である。もし美由紀が本当に落下前に地面に着いて小夜子を受け止めたりしていたならば——小夜子はおろか美由紀も死んでいた可能性がある。

学院の生徒は凡て小娘である。美由紀は中でも背の高い方であり、体格がいいと云っても知れたものである。つまり救助者は生徒ではない。

九分九厘——救助者は男性だと思う。

ならば教師だろうか。それもあり得ないだろう。教師が小夜子を助けたのなら、ことが発覚していないこの現状は、如何《いか》にも不自然である。

何故か救助者は沈黙を守っているのだ。

——どうして黙っている？

——小夜子の名誉のため？

それはない。小夜子が自殺した理由を知っている男など、本田本人以外には考えられないのである。

つまり救助者は、特別の事情があって名乗り出ることの叶わぬ立場の男性だ——と考えるしかない。

学園内にそんな都合の良い人間が居るか。

——居る。

警察の話だと本田を殺した犯人も男だと云う。

——ならば。

本田殺しの犯人こそがその救助者ではないのか。

——犯人。

黒い聖母。

あれは幻覚なんかじゃない。美由紀の目は節穴ではないから、矢張り黒い聖母は実在したのだ。仮令碧がどのような証言をしていようとも、あれは現実なのだ。美由紀は美由紀の眼を信じたい。

実在する以上、あれは人間である。

もしそうなら——本田殺しの犯人は矢張り黒い聖母だったと考えるべきではあるまいか。あの時間、あの場所で、あんな馬鹿馬鹿しい出《い》で立ちをして、他に何かすることがあるだろうか？　本田を殺害した犯人とは、即ち黒い聖母と云う男なのである。

そして犯人が黒い聖母ならば、小夜子を救ったのもまた黒い聖母だと云うことになるのではないか。

——すると。

小夜子は、校舎の玄関付近で犯人——聖母と遭遇している可能性が高い。もし救助者が犯人と同一人だったなら、小夜子にもそれは判った筈である。

だから小夜子も沈黙しているのではないか。

美由紀が小夜子なら——自らの怨敵《おんてき》を討伐し、剰《あまつさ》え命まで救ってくれた人物を告発するだろうか。しないと思う。それに——元より犯罪は自分のために行われた可能性もある訳だし、その場合は事実の露見に伴って恥辱《ちじょく》の開陳《かいちん》を余儀なくされるのである。

——それから。

実際に墜落死したのは麻田夕子である。

ならば夕子は美由紀が現場を離れた後に落ちたのだ。美由紀が二階で老婦人と鬩争《げきそう》していた時に響いた悲鳴。あれこそが夕子の断末魔《だんまつま》だったのだろう。いずれ夕子は小夜子が跳んでから何十秒か何分か、暫く間を空《あ》けて落ちたと云うことになる。

——何故落ちた？

世間では、麻田夕子は自殺したと云うことになっている。慥かに夕子は大いに悩み、葛藤《かっとう》し、苦悩していた。小夜子と同様か或《あるい》はそれ以上に追い詰められた状況だったとも云えるだろう。そうなら——。

夕子は小夜子の後を追って身を投げたのか？

——それは違う。

それはあり得ないと美由紀は考える。夕子は他人の死に誘発されて突発的に自殺するような柔《やわ》な娘ではない。あれだけ憔悴し錯乱していて尚、夕子は理性的に発言し行動していたように思う。

どれだけ激昂しようと夕子の瞳には知性の輝きが残っていた。彼女の苦悩は寧ろそれ故の苦悩であると美由紀は考える。だから自殺ではない。

——ならば。

事故の可能性はないか。

夕子は過《あやま》って転落した——それはあり得ないことではない。あの時夕子は、美由紀が階段に向かったのと反対に、小夜子の生死を確認するべく屋上の端に向かったようだった。下を見ようと屋上から身を乗り出せば、落ちる危険性は高い。

——違う。そんなことじゃない。

如何《どう》考えてもしこりが残る。問題は別にある。

小夜子が生きていたことも夕子が死んだことも、それ自体には何の不思議もない。小夜子が跳んで、夕子が死んだ――この因果律の捻じれこそが不条理なのだろう。そうすると。

――どこで捩《よじ》れた？

必ず見ていた筈なのに。

神ならぬ――天使が。

織作碧は一部始終を見ている筈なのである。

それなのに――。

小夜子の自殺未遂はなかったことにされ、夕子だけが自殺したと断定されてしまった。それこそが捻じれの正体である。つまり、歴然とした目撃者が居るにも拘《かかわ》らず、過去に起きた事実と現在起きている事実の間に大きな齟齬《そご》が生まれてしまったと云う状況こそが、不条理なのだ。

――そう云う、ことか。

夕子の死因が自殺と断定されたのは、碧がそうだと証言したからなのだろう。

そして碧は、小夜子の自殺未遂の方は抹消してしまった訳である。

夕子に就いては兎も角、小夜子が跳んだ時、碧は美由紀と一緒に現場に居たのだ。だから小夜子のことに就いてだけ云えば、織作碧は明らかに偽証している。それは間違いない。

――なぜ嘘を吐《つ》く？

織作碧が偽証する理由――。

生まれてこの方、一度も嘘など吐いたことがないと云うような無垢《むく》な優等生が、なぜ偽証などしなければならぬのか。小夜子が自殺していないと証言することに何の意味があると云うのだ？　自殺を認めぬと云う信仰故の行為だろうか。それは違う。虚言こそ信仰に背《そむ》く行為なのだ。ならば自殺を抹消して碧に利があるのか。誰かを庇《かば》ってでもいるのか。

――例えば。

小夜子を慮《おもんぱか》っての虚言と云うことはないか。

小夜子の気持ちを思うならば、自殺に至るまでの細かな事情を世間に披瀝《ひれき》することは憚《はばか》って当然だろう。更にそれが未遂に終わった以上、自殺自体なかったことにするべきだと、事情を知る者ならば誰でもそう考えるのではないか。しかし――。

――そんなことが通るか？

碧が何と供述したのであれ、美由紀なり小夜子なりが真実を話せば凡て無効なのである。

――否。そうでもないのか。

現状では美由紀の証言の方が却下されたのだ。

それは偏《ひとえ》に美由紀が錯乱していたからか。

或は碧が信頼されていたからなのか。

――違う。

小夜子が真実を語らないからである。

小夜子もまた偽証している。それが碧の供述を無言で補強している格好になっているのだ。そして、現状の混乱はそれ故の混乱なのだ。小夜子の自殺未遂が抹消されたのも、夕子が自殺したことになったのも、凡ては偽証と沈黙の齎《もたら》した結果なのである。

――そして。

小夜子が沈黙の意志を表すならば、美由紀もまた黙らざるを得ないのだ。小夜子の生存を最初から確認できていたならば、美由紀もまた何も語らなかった可能性が高い。小夜子が死んだと云う誤認《ごにん》こそが美由紀を錯乱させ、饒舌《じょうぜつ》にさせていただけなのである。だからこの場合、小夜子さえ沈黙を守るなら――。

――どんな嘘でも有効になるんだ。

事情を知る者にとっては、小夜子本人が真実を隠蔽《いんぺい》するだろうことも、美由紀が友を思って沈黙するだろうことも、共に想像に難くないことなのだ。

――ならば碧は。

それを察して暗黙のうちに口裏を合わせたのか？　もしも碧が小夜子の事情を知っていたなら、それはあり得ることだろう。碧は小夜子の名誉を守るために自殺の事実はないと証言したのか――。

否。そうではないのだ。多分——碧は、小夜子が自殺していないとは供述していないのではないか。

——なァんにも見ていないと云ってるぞ。

碧は、黒い聖母同様に、自分は何も見ていないと証言したのではないのか。自分が屋上に到着した時には、もう何もかもが済んでいたのだと、そう供述したのだろう。

そうした消極的な偽証でも小夜子の名誉が保てるのならば、美由紀でもそうしたかもしれない。それは——そうに違いない。

——待て。

碧が事情を知っていた訳はないのだ。

小夜子と本田の関係を知っていたのは、本田や小夜子本人が他言していない限りは、美由紀だけである。

そして美由紀がそれに就いて雄弁に語ったのはたった一度だ。夕子の部屋でのことである。

惨劇はその直後に起きている。

——聞いていた？

あの夜碧は夕子の部屋を訪れている。扉の外に碧が居たと云う可能性はないとは云えぬ。

ならば盗聴は可能だろう。美由紀が夕子の部屋で語った一部始終を碧が聞いていたのだとすると。それなら——。

——いや。

何かが違う。どこか据わりが悪い。気持ちが悪い。

この気持ち悪さは、例えば盗聴などという行為はあの碧には相応しくないと——そうしたところから来ているものなのか？　違う。そうじゃない。そんなことではなくて——。

——偽証はそれだけじゃないんだ。

碧は黒い聖母も見ていないと供述しているのだ。

そこまで無視する意味は、全然ないのである。

——小夜子のことを慮《おもんぱか》った訳ではないのか？

そうなら——偽証する理由は他にあるのか？

小夜子ではなく夕子の方に理由があるのか。

自殺や事故なら偽証する必要はない。

——例えば。

麻田夕子が突き落とされたのだとしたら。

それが自殺を装った殺人事件だったなら——慥かに犯人にとっては小夜子の自殺などなかったことにしてしまった方が都合が良い。連続飛び降り自殺と云うのは状況的には不自然である。

——碧——が？

否。だからと云って、碧が夕子を突き落としたのだと決めてかかるのは、早計に過ぎるだろう。

あの場に第三者が居たか否か、美由紀は一切確認していない。明確な記憶もない。物陰に誰かが潜《ひそ》んで居ても判らなかっただろうと思う。それに、殺人だった場合、犯人は蜘蛛の僕以外に考えられまい。

――信じることができなくなってしまったから、
夕子はそう云っていた。

そして夕子は蜘蛛の僕から、裏切りを責められ、失態を罵《ののし》られ、同志に戻ることを強要されて、既に様様な制裁を受けていたのである。

しかし。美由紀の見た限り、夕子は蜘蛛の僕の同志に戻る気勢を疾《と》うに失っていたようだった。

麻田夕子は、完全なユダになる前に粛清《しゅくせい》されたのではないのか。

同志の手で。

すると、碧は真犯人である蜘蛛の僕に依って偽証を強要されていると云う可能性もある。

無垢な碧が悪魔崇拝者の拷問に抗《あらが》うことは難しかろう。

――いや。

可能性と云うなら。

碧自身が蜘蛛の僕だと云う可能性も――。

――天使が悪魔だと云うのか？

そんなことがあるか？　考えられない。簡単には信じられぬことである。

それでも。可能性は、

――あるのか。

それはないとは云い切れない。

――だが。

強要された偽証であっても、自発的な偽証であっても、いずれにしろ碧の供述を成立させるには美由紀と小夜子の沈黙こそが必要絶対条件なのである。殺人者がそんな不確定要素を条件とする偽証などを犯罪の隠蔽工作に用いるだろうか？

それならば、例えば連続した自殺だった――とでもしておいた方がまだ安全だったのではないか？　多少不自然でも、あり得ないことではないのだ。

夕子の殺害自体は誰も見ていないのだから、何とでも云えるではないか。当事者が生存していて目撃者まで居る自殺未遂の方まで消すことはないのだ。ひとりが証言しただけで一切が無効になるような偽証では偽証した意味がない。これは殺人犯にとっては危険過ぎる賭けではないか。美由紀と小夜子が黙るか否かは、余人には判らぬことなのだから――。

――違うのか。

か。

判っていたのだ。

それは、事情を知る者にとっては想像に難くないものなのだ——と、美由紀自身先行して結論したことではないか。犯人は、少なくとも小夜子は沈黙すると確信していたのではないか。

夕子を突き落とした犯人が、小夜子の置かれている複雑な状況を把握していたのだとしたら。のみならず、美由紀と小夜子の関係も熟知していたのだとしたら。加えて云うなら、小夜子の救助者が本田の殺害者であると云うことすら察していたのだとしたら。

それら凡てを知っている者なら、事件後小夜子が沈黙するだろうことを確信したとしてもおかしくはないのだ。それらの情報を得ていたならば、ある程度先が読める。そこまで読んで、凡てを計算に入れた上での偽証だったとしたら。

成り立つ。偽証を翻《ひるがえ》すだろう不確定要素は激減することになる。

ならば——。

知っていること。

それが夕子殺しの犯人の条件になる。

それなら——。

——碧——なのか？

——天使こそ——悪魔なのか？

敬虔なる信仰者。純粋無垢な令嬢。憧憬の的。その碧が冒瀆の悪魔崇拝集団の一員だと云うのか？

——そうなのだ。

おり。そうだ。そうだったのだ。

——誰か知っている顔は居なかったのかしら？

——そう、あのおり。

儀式に参加した者に就いて美由紀が問うた時、坂本百合子が口にしたおりとは、織姫の織、織作の織だったのではないか。おりとは、矢張り織作碧を指し示していたのだ。儀式の目撃者が誰だったにしろ、この学校で碧の顔を知らぬ者は居ないのだし。

そんなことはあり得ない、絶対にない、考えられない——そうした気持ちが高じてやがて反転し、結果美由紀は確信した。

——ありそうな——話なんだ。

あの方——蜘蛛の僕の中心人物。

織作碧こそ、蜘蛛の僕の頭目なのだ！

新聞の切り抜きを見た時の、あの夕子の怯え様。

あれは切り抜きを見て怯えたのではないのだ。

夕子は碧を見て怯えたのではなかったか。

——碧が蜘蛛の僕なら。

夕子を突き落としたのは碧だと考えてまず間違いない。

碧が凡て聞いていたなら、夕子が美由紀達を同志に引き込むどころか、逆に美由紀に絆《ほだ》されかけたことも当然知っていただろう。

そして何より、あの状況は裏切り者麻田夕子を成敗《せいばい》する千載一遇《せんざいいちぐう》の好機《チャンス》ではないか。

美由紀はすぐに駆け降りてしまったのだし、屋上には落下せんばかりに身を乗り出した夕子と、殺意を持った碧と、後は本田の死骸があるばかりだったのである。

——更に。

夕子を突き落とした者は、小夜子の救助者の姿もまた当然見ている筈である。

もし救助者が黒い聖母だったならば——。

そして突き落としたのが碧だったならば——。

碧はそれがあの黒き異形の者だとすぐに気づいた筈である。そして——黒い聖母もまた碧、、、、の姿を目撃したのではないのか。

——そうか。

だからこそ織作碧は、美由紀と共に目撃した筈の黒い聖母を見ていないと証言したのではないか。夕子を自殺としたいのならば、小夜子の救助者の存在などは邪魔なだけだし、黒い聖母が逮捕されれば、自分もまた危ないのである。

美由紀は放心した。

こんな絶望的な結論は望んでいなかった。

――そして。

小夜子である。

小夜子は事件の後、変わってしまった。どこがどう変わったのか美由紀は具体的に説明できない。

――悲しんでないのか。

そう、悲しんではいないようだ。寧ろ以前よりずっと毅然としていて、自信ありげに見えた。

――夕子さんのことだけは明瞭《はっきり》させなきゃね。

――蜘蛛の僕のことは心配しなくてもいいから。

そうだ。小夜子は察しているのだ。

夕子のことを明瞭させるとは、それが自殺ではなく殺人だと告発する、と云う意味なのだろう。それは即《すなわ》ち蜘蛛の僕――織作碧に対する対決姿勢の表明なのである。あの非力な、善く泣く小夜子がそんな強いことを云い出したから美由紀は違和感を持ったのに違いない。その強い小夜子を裏付けるものは、

――黒い聖母か。

小夜子は、自分に歯向かう者は皆黒い聖母が殺してくれると云う妄想を抱いているのではないのか。慥かに、望み通り黒い聖母は本田を殺してくれた。だから小夜子が願えば、あの悪魔は蜘蛛の僕の連中も殺してくれるのではないか――あの凜とした自信ありげな態度は、そんな愚かしい妄想に根差した自信なのではないのか。

違う――小夜子はそんなに馬鹿じゃない。

――大丈夫――黒い聖母が――聞いていたから。

――私にはもう呪いも魔法も必要ない。

――美由紀は私が護る。

妄想ではないのだ。

もっと現実的な話なのだ。

小夜子は、七不思議の悪魔である黒い聖母ではなく、殺人者である黒い聖母と云う男を味方につけたのではないか。多分小夜子と救助者――殺人者の間に、何等かの取り引きがあったのだ。慥かに実体を伴った殺人者が手の内に居る以上は、呪いも魔法も不要なのである。

あの小夜子のあの態度は、それ故の変節なのだ。

ならば。

――いいわ。二日後に云う通りにする。

是亮に向けた小夜子のあの言葉は、二日のうちに織作是亮も殺すと云う意味なのか？

織作碧。そして渡辺小夜子。

憧れの人と親友。

それが。

その時。窓の外。見慣れぬ一団が視野に入った。

——柴田勇治。

柴田前理事長を先頭にした物物《ものもの》しい男どもの群れが列を為して、中庭を一直線に横切って行く。豪《えら》く整然としているのにどことなく騒然としていて、庭全体は雑然としている。

——何かあったのだ。

美由紀は考えるのを止めて、その蟻の行列のような面白くない姿に見入った。行列は教員棟に吸い込まれて行く。最後の一匹が消えて、視線を中央の池に移した時、美由紀——と呼ぶ声がした。小夜子が戸口に立っていた。美由紀は祖父が帰った後、施錠するのを忘れていたのである。

——美由紀。あれは何だと思う？

蟻の行列のことだろう。

小夜子はほんの少し脚を引き摺り乍《なが》ら部屋に這入って来た。柔らかくて腰のない赭髪《しゃはつ》。丸みを帯びた優しげな躰の線。傾ける頸の角度が、やけに艶《なま》めかしくて、それは善く見慣れたいつもの——。

美由紀は硬直した。
今の小夜子は昔の小夜子ではない。
小夜子は、あれは緊急職員会議よ、と云った。
——もう大丈夫。あの理事長が——。
止《や》めて、と美由紀は叫び、己の声で小夜子の言葉を遮《さえぎ》った。
その先は聞きたくなかったのだ。
小夜子は微笑むと更に美由紀に近づき、
——織作是亮が死んだのよ。
と耳元で明瞭《はっきり》と云った。
死んだのではなく、殺した、いや。
殺させた、ではないのか。小夜子は続けた。
——云ったでしょう。美由紀は私が護るって。次はあの女よ。夕子さんの仇を討つの。
夕子の仇。矢張り小夜子も夕子が殺されたと云うことに気がついている。
——蜘蛛の僕のリーダーはね、美由紀——。
小夜子は右手を美由紀の肩に載せた。
——聞きたくないわよ！
美由紀はその手を退《の》ける。

——もう、
聞かなくたって知っている。小夜子は退けられて宙ぶらりんになった白い手で髪を掻き上げた。

——美由紀も判ったんだ。それじゃあ解るよね。許せないでしょう？

——夕子さん、妊娠していたんだよ。だからあの人は——それをあの女——。

そうなのだ。夕子は——身籠っていたと云う。

夕子自身がそのことに気づいていたのかどうか、それは解らない。しかし、そうした肉体の変調は、精神にも微妙に影響を与えるものなのではないのだろうか。だから夕子は忌まわしい黒い娘達から抜けようと思い至ったのではあるまいか。

美由紀は何だか酷《ひど》く哀しくなった。

そして美由紀は、夕子の容姿《すがたかたち》を思い出した。

夕子の躰は傷ついていた。黒くて艶《つや》のある直毛を美由紀は編み直してやった。僅かな関わりである。

その夕子はもう居ない。

芽生《めば》えたばかりの命と共に、逝《い》ってしまった。

美由紀は忘れる程日が経って漸く、友人の死に対する実感を持ったのだった。死を悼《いた》むと云うのは、儚《はかな》さに堪えるのと同じことなのだ。

小夜子は云った。蜘蛛の僕はずっと見張っているわ——殺《や》られる前に、私が今度はあの女を——。

美由紀は儚い想いを振り切って小夜子と対峙した。

——何云ってるのよ小夜子！　そんなの違うよ。間違ってるよ。小夜子らしくない！

——何を云うの美由紀——私はあなたが喜ぶと思ったから、だからあの男も——。

——殺させたの？　そんなの、
あんな男が死んだって嬉しい訳がない。幾ら酷い奴でも、矢っ張り死んでいいと云う法はないのだ。

——そんなのただの人殺しじゃない！

小夜子は頰を強張らせて黙った。

誰なの、誰なのよ、美由紀は激しく問うた。

——黒い聖母って誰なのよ！

小夜子は美由紀から視線を逸《そ》らして身を引いた。

美由紀はそれを契機《きっかけ》に大きく移動して壁際に至った。壁にはマントが掛けてある。

呪いも魔法も構わないけど——美由紀は続けた。

——小夜子、あんたのしようとしてることは、ただの人殺しじゃない。

——そうよ！　そいつはただの人殺しなんだよ！

——違う、違う、あの人は黒い聖母。私の望みを叶えてくれる悪魔なのよ。

——悪魔が何であんたの云うことを聞くの？

——それは。

——どいて小夜子。

美由紀はマントを手に取り、小夜子を押し退けるようにして部屋を出た。小夜子は殆ど抵抗しなかったし、呼び止めもしなかった。マントを羽織る。

——どうする。

部屋には小夜子。窓の外には蜘蛛の僕。

——このままで、
このままでいい訳はない。

美由紀は寮を飛び出し、石畳を駆け抜け、中庭を突っ切って教員棟に向かった。

かつかつと跫が響いた。

後背に視線を感じた。

小夜子か蜘蛛か。それとも聖母か。

本田は非道だ。是亮も無法だ。蜘蛛の僕の連中は常軌を逸している。小夜子は慥かに被害者だ。でもこれでは間違っている。どうあれこれ以上屍体を出してはならない——そう思った。

美由紀は柴田に話があると告げた。

会議中だと断るから、緊急だと云った。

後にしろと怒鳴るから、事件のことだと云った。

何の事件だと尋くから、理事長殺害事件だと答えると、柴田はすぐに出て来た。小夜子の云った通り織作是亮が殺害されたのは間違いないようだった。

——君は慥か、あの時の生徒だね？

健康的に日焼けした元理事長はそう云った。

——是亮君と、悶着《もんちゃく》を起こしていた人だ。

暴行を受けていた娘だね、と歯切れ善く云わなかったのは、同席者が大量に居る所為だったろうと思う。

柴田には取り巻きが大勢居た。勿論教師も居たし、海棠のように善く解らない腰巾着《こしぎんちゃく》も居た。更には刑事も若干名雑じっていた。

美由紀は言葉足らずに考えたことを述べた。

しかし、取り巻きの中の刑事や教師は混乱して支離滅裂《しりめつれつ》な証言を繰り返していた頃の美由紀しか知らぬ。その所為か幾ら美由紀が理路整然《りろせいぜん》と語ろうと何ひとつ巧く伝わらなかった。

そもそも、簡単に信じられるような結論もなければ、簡潔に纏められるような経過もないのだった。

本当に自殺を図ったのは小夜子で、夕子は殺害された疑いがあり、本田殺しと是亮殺しは共に黒い聖母と云う男の犯行で——。

これでは錯乱していた時の供述とまるで同じだ。一応理屈がついた——筋道が立ったと云うだけで、内容は以前語ったそれと何等変わりがないのだ。

その話は前に聞いたからもういい、と云われた。

結局、小夜子の自殺未遂ひとつとっても誰も信じてくれなかったし、ならば黒い聖母と云う殺人者が実在することなど如何《どう》力説しても絵空事だった。蜘蛛の僕に関係する話などは、織作の名を出しただけで却下されてしまった。

しかし取り巻き連中は先入観を持って聞いていたから話にならなかったが、柴田だけは妙な予断がないからか、取り敢えず真面目に聞いてくれたようだった。多分そう云う性質《たち》の男なのだろう。

——君が是亮氏に恐喝されていたと?

彼は出くわしているから信憑性を感じたらしい。

——なぜ君が?

それが——問題なのだ。是亮自身の持っていた情報が既に錯綜《さくそう》していて、彼自身その誤謬に気づく前に殺されてしまっているのである。なぜに美由紀が恐喝されなければならなかったのか、美由紀自身にも巧く説明はできなかった。

――どうもこの娘は虚言癖《きよげんへき》があるね。

――妄想狂《もうそうきよう》と云う奴かなあ。いかんなあ。

――基本的に躾《しつけ》がなってないのじゃあないかね。

――まあ家が家だし。問題児です。

――こんなもの野放しにしておいていいのか？

――これ以上善からぬ風聞が流布《るふ》するのは、

――好ましくないねえ。実際影響も出始めていますからな。

――さる筋から圧力がかかっている。一日幾らで損失が嵩《かさ》んで行く。

――こんな辺鄙《へんぴ》な学校のいざこざで、柴田本体が迷惑するのじゃ本末転倒《ほんまつてんとう》だ。

――責任は誰が取るのかね。織作紡織潰したって穴は埋まらないぞ。

――隔離《かくり》しておけ。

何の話なんだ！　この醜怪《しゆうかい》な煙草臭《たばこくさ》い男どもはいったい何の話をしているのだ？

美由紀は会議室を摘《つま》み出され、老婦人に預けられた。再び部屋は移され、外出はおろか、許可なくして部屋から出ることも禁じられた。幽閉である。

新しい部屋は教員棟の一階の隅の、窓のない部屋だった。老婦人は始終無口で、扉を閉める際にただひと言、慎みなさい、と云った。

美由紀は完全に動きを封じられた。

その夜、美由紀の許に新たなる恐喝者が訪れた。

それが海棠卓である。

海棠は是亮から何か情報を得ていたようだった。

当然、それは誤った情報である。美由紀が幾ら説明しようと蜥蜴には人の言葉は通じないらしく、堂堂巡りの不毛な会話が数度に亘って交わされた。

海棠は美由紀に売春をしていた者の名簿が欲しいと要求した。

それを蜥蜴はこの危機を乗り切るためだ、と力説したが、何がどう乗り切れるのか美由紀には解らなかった。多分、売春をしていた娘の親を恐喝するのだろうと、そう思った。

——尋く相手を間違ってます。

美由紀はそう云った。そして下手に動くとあなたも危ない——と忠告した。

海棠は笑った。

その翌日美由紀は学長室に呼ばれた。中には学長と柴田が居た。柴田は実に困ったと云う顔をしていた。どうやら小夜子に事情を尋いたらしく、小夜子は何もかも否定したらしい。

——云う訳ない。

ただ話せと云われて、犯されたの殺したのと云う話を娘が喋る訳がないではないか。

そんなことも解らないのだろうか。解らないなら鈍感である。柴田は腕を組み散散思案した末に、云った。

——本田君の行状《ぎょうじょう》に就いての善くない噂は、山本君からも聞いていたのです。山本とは殺された山本舎監のことなのだろうか。山本君と云う呼び方が、その時の美由紀にはどうもぴんと来なかった。

——山本君は婦人解放の運動をしていたような人だったから、そうした態度には敏感だったのですよ。

——ですから僕には君の話も強《あな》ち信じられない訳でもないのです。

柴田はやけに神妙な顔つきで云った。

気を遣ってくれていたのだろう。それは判ったのだが、美由紀はあまり嬉しくなかった。柴田の場合、どういう訳か真面目になればなる程、発言に説得力がなくなってしまうのである。要するに根が堅物なのだろう。正確で配慮ある道徳的な発言を心掛けるあまりに、どうにも紋切り型で出来過ぎた文言になってしまうのだろう。政治的には正しくとも現実からはうんと離れた理想論になってしまうのだ。

善く考えてみれば、それまで取り上げても貰えなかった本田の素行不良をほぼ認める発言をしている訳だし、尚且つ美由紀の話も——強ちと云う条件付きとは云うものの——信じられなくもないなどと云ってくれている訳で、あの状況下に於ては驚く程大胆で画期的な見解を述べているのだが——。

その時美由紀は、全然そんな風に感じなかった。

実際――美由紀はその時の柴田の言葉を聞いて、山本舎監は婦人解放の運動なんかしてたのか、意外だなあと云う、その程度の感想しか持てなかったのだ。美由紀は、山本と云う人に就いてただ厳格なだけの融通《ゆうずう》の利かぬ教師と云う印象しか持っていなかった。柴田の発した言葉の中で美由紀の現実と呼応する箇所は、その一点しかなかったと云うことだ。

柴田は続けて云った。

――卑劣な行いがあったのかどうか、これは調査しても判らないでしょう。

――しかし本田君のことは置いておくとしても、亡くなった麻田君がその、子供を宿していたことは事実です。そうした、学内で起きてはならぬことが起きていたことは事実なのでしょうし、ならば放置しておく訳には行かないです。

学長の額《ひたい》の辺りに倦怠《けんたい》の翳が射《さ》した。それは果たして自分の責任なのか――重箱の角《すみ》を突《つつ》くように暴き立てて何になる――そんな顔だった。

柴田はこう結んだ。

――兎も角、君が虚言癖故に僕等を翻弄《ほんろう》していると、僕は思いたくないんだ。

それなら信じてくれと、美由紀は思った。

柴田と云う男は、悪人ではないのだろうが、大義名分《たいぎめいぶん》が服を着ているような、そんな男なのだろう。起きてはならぬとか思いたいとか、そう云う台詞が豪《えら》く臭うのだ。

その日はそれだけで部屋に戻された。

一夜明けて、美由紀は再び海棠に呼ばれたのだ。

それから四時間近く、美由紀は軟禁状態で同じような問答を反復し続けている。

海棠の要求は相変わらず売春をしていた生徒全員の氏名である。そんなもの知らないから答えようがないと、幾ら云っても通じないのである。

「困ると思うんだよ——」

喉を軋《きし》ませるように発せられる不快な声は、またもや同じことを繰り返した。

「——君の仲間はね。君はいいかもしれないがね。他の娘さんはどう思うかな。それぞれ身分がありますからねえ。私が事前に知っていれば世間には知れない。家族のためでもあるんだよ。娘がそんなだと知れちゃ、世間に顔向けできないよ」

「何故です」

「何故って君。売春だよ」

「赤線とか、あるじゃないですか」

「あれは公娼でしょう」

「することは変わりないじゃないですか」

「馬鹿。君達は学生だ！」

「買うのは大人でしょう！」

海棠は口の減らない娘だ云云《うんぬん》と語尾を濁《にご》して、三角の眼を剝いた。

美由紀は別に蜘蛛の僕の肩を持つつもりは更更ない。売春がいいことだとも全く思わない。だが、海棠のような男と話していると無性に肚が立って来て、結果的に肯定的なことを述べてしまうのだ。それに、夕子の話に依れば蜘蛛の僕の行っていたのは商売ではなく黒弥撒《ミサ》なのだと云う。ならば所謂《いわゆる》春を鬻《ひさ》ぐ売春ではなく、もう少し別の理念――悪魔崇拝を理念と云うのかどうか解らないが――に基づいた行為なのだし、こんな気味の悪い親爺に眇目《すがめ》で見られるのは何だか癪《しゃく》に障《さわ》るのである。

だから余計に疑われる。

海棠は云った。

「強情だなあ君も。いいかい。もうすぐ学院《ここ》に、探偵が来る。いいか、探偵だよ、探偵。探偵と云うのは人の秘密を暴き立てて金を稼ぐと云う卑劣な商売だ。横から事件に首を突っ込んで、当事者でないのをいいことに、あることないこと、実に無責任に白日の下《もと》に曝《さら》して、いい気になっているような奴等だ」

そんなに酷いものなのだろうか。

美由紀は探偵小説を何冊か読んだが、そんなに酷い商売とは思わなかった。小説のように格好の良い探偵など居ないのだろうが、海棠の話を丸呑みにすれば、それはまるで極悪人である。

美由紀がそう云うと海棠は、そうさ、そうだよと一層力強く云った。

「事件の真相を暴いて平気で居られるなんてのは、人非人か無責任かどちらかなんだ。警察は公的機関だから已むを得ないが、奴等は金目当てだからね。まるで鬣狗《ハイエナ》みたいなものだ。そんなのが乗り込んで来るんだ。それも聞くだに何だか怪しい奴だし、君達のことなどすぐに露見するぞ」

「それは――」

夕子のような考えを持った者が彼女達同志の中にまだ居ないとも限らない。もしそう云う娘が居たならば、暴き立てることは酷《こく》である。だからと云って美由紀には為《す》す術《べ》がない。

「――尋く相手を間違えています」

碧に尋くべきだ――と、美由紀は結局云えないでいるのだ。夕子殺害に就いては警察も取り合ってくれなかったし、凡ては美由紀の想像に過ぎず、碧が蜘蛛の僕であると云う証拠は何もないのだ。

「渡辺君にもね、尋いたよ。教えてはくれなかったがね。君達は慥かに結束は堅いよ。呆れる程だ」

結束などしていない。今や美由紀と小夜子はバラバラなのだ。

「ただあの娘はね、君と違って昨日、一日ばかり考えさせてくれ、とか云っていたよ。時間稼ぎかもしれないが。ああ。もう到着する頃だな。まあ来てすぐ解決なんてことはあり得ないが――」

海棠は腕時計を眺めて立ち上がった。

「——最短でも四五日はかかるだろう。警察が総掛かりで駄目なんだからね。そう、君も呼ばれている。柴田氏は君の出鱈目《でたらめ》に心を奪われているようだ。全く——」

海棠は美由紀の背後に回り、顔を近づけて、こんな顔してねえ、と云った。そして耳元で囁《ささや》いた。

「いいか、私に云わないのなら探偵にも柴田氏にも白状しちゃ駄目だ。彼等に喋ると云うことは自殺行為だよ。話す気なら一刻も早く私に云うんだ。こう見えてもあんな若造より根回しは巧い。必ず、悪いようにはしない。さあ行こう」

海棠はそう云って美由紀の手を握った。

「何するんです」

「案内だ」

海棠は美由紀の腕をぐいと引く。そして君みたいな娘がなあ、と掠《かす》れた声を震《ふる》わせた。美由紀が手を引き戻すと、何を今更生娘《きむすめ》でもあるまいに、照れることもなかろうと、もう一度強く腕を引いて無理矢理美由紀を立たせた。何がそう思わせたのか明確には解らなかったのだが、美由紀は酷《ひど》く屈辱を感じ、海棠を軽蔑した。

美由紀が引き摺《ず》られるようにして連れて行かれたのは数日前に乗り込んだ会議室だった。

扉を開けるなり、大声が聞こえた。

「云っておきますが僕《ぼか》ぁやる気がない――」

目を向けると、広い会議室の大きな会議机の端に固まって着席した数人の姿が見えた。

正面に柴田。左右に学長と教務部長、事務長。

美由紀に背を向けて男がひとり。

その右手に男女が並んでひとりずつ。

大声を上げたのは背を向けている男であるらしかった。男は続けた。

「――全然僕向きの仕事じゃない！　あの弁護士だのこの益山君だのが耳許でわあわあ云うし、困った父親が無理なことを云うので、嫌嫌、仕方なく来ているのです。変人の父を持ったお蔭でとんだ災難だ！」

抗議しているようだが、まるで真剣味がない。

そして深刻な状況下に於ても柴田は相変わらずの好青年振りである。笑顔さえ浮かべている。

「お父上と仰いますと、榎木津元子爵のことになるのでしょうが、いや、御子息とは云え、あれ程の傑物《けつぶつ》を変人とは、随分手厳しいですね」

「は！　何を云ってるのです！　ケツブツって云うのは何のことです！　いいですか、世の中に変人と云えばあの男くらいのものです。辞書で変人の項を引けば、大抵は榎木津幹麿《みきまろ》のことと出ている！　知りませんか君」

残念だがそんな辞書は持っていませんね、と云って柴田は快活に笑った。男は、君の持っている辞書は大方落丁に違いない、と真剣に云った。そして愈々《いよいよ》大きな声で、

「それでも僕は可愛い女学生が沢山居ると云うからこうして来たのです。だのに来てみれば閑散《かんさん》としていて、これではまるで遺跡巡りだ！　僕にはそんな辛気《しんき》臭い趣味はないのです」

と云った。

「まあそう仰らないでください。僕の方は益々以て深刻なのです。何とかお力添えを願いたいものです」

「力を添える程怪力ではない！」

「そう云う意味ではありません」

この場合真面目に受ける柴田の方がおかしい。

男は巫山戯《ふざけ》た調子で更に続けた。

「まあ、この益山君が何もかもするでしょうから平気です。大体僕は未だに何をしに来たのか解らない。この御婦人の尋ね人の話とごちゃごちゃになって、さっぱり解らないんだ。その頸《くび》絞め野郎とか云う男を退治すればいいのですか？　それとも君の彼女を殺した、目突《つっ》き野郎を捕まえるのかな？」

柴田は一瞬不思議な顔をして、それから美由紀と海棠に気がついて立ち上がった。

「ああ、君、こっちに――」

「ん？」

振り向いた男の顔を見て、美由紀は少しだけ驚いた。まるで希臘《ギリシア》彫刻のように整った顔だったのだ。傍若無人《ぼうじゃくぶじん》で調子者の話し振りとは大きく掛け離れた容姿である。これ程綺麗な顔立ちの男を美由紀は初めて見た。

男は叫んだ。

「おお、可愛い女学生が居るじゃないか！」

右横に居た女性が眉を顰《ひそ》めた。

「榎木津さん。女性を容姿で評価するような発言は慎んでくださいませんか。聞いていても愉快なものではありませんわ」

質素な出で立ちだが険のある物言いである。

エノキヅとか呼ばれた不思議な男は、外国人のように大袈裟に両手を広げて答えた。

「馬鹿なことを云いますね。僕は犬だろうが毛虫だろうが便所の蓋だろうが男だろうが老人だろうが、可愛いと思えば可愛いと云うし、不細工だと思えば不細工だと云うのです。女性にだけ云ってはならないと云うのは納得できない。可愛いものに分け隔てはない！　国境もない」

女性は一層きつい口調になる。

「それはあなたの基準に基づく判断でしょう」

「勿論です！　それ以外に可愛さの基準がありますか！　ない」

「あなたの価値を押し付けられるのは不快だと思う者も居るんですよ。慎んでください」

「それも当たり前です！」

　エノキヅは元気良く立ち上がった。

「例えば僕はクッキーが嫌いだ！」

　美由紀の存在など無視である。横に居た若そうな男が呆れた顔でエノキヅを眺めて大きな溜め息を吐いた。イカレた麗人は服装の趣味もかなり不思議で波蘭土《ポーランド》かどこかの商人のような風体である。

「――しかし世間の人はクッキーを美味い美味いと云って喰うのです。僕はあんなものもそもそしているからちっとも美味いと思わない。皆が美味いのだから美味いと思えと云われても思えないものは仕方がない。それなのに皆クッキーを僕に勧めるんだ。これは凄く迷惑だが『僕にクッキーを勧めるな』と書いた札を首から下げておくのも面倒だから、仕方がなく我慢する。しかし僕は厭だ。同じことです」

「どこが同じですか！」

「同じです！　この僕でさえ我慢しているのだから君にできない筈はない。ないでしょう。いや、僕だって我慢ばかりしている訳ではない。僕も時にはこうしてクッキーは不味《まず》いと主張するのです。しかし主張してもクッキーは怒らない！」

　エノキヅは、しかし依然世間ではクッキーは美味いと評判だ、けしからん、褒《ほ》めてもクッキーは喜ばないぞ、などとぶつぶつ云い乍《なが》ら美由紀の方に歩いて来た。そしてどこか蔑《さげす》むように海棠を見ると、

「あんた、下品なことを考えるのもいい加減にした方がいいな。この女の子はそう云うんじゃないぞ」

　と云った。

　海棠は最初ぽかんと弾《はじ》けたような顔をして、すぐに三角の眼を吊り上げた。

「な、何だ貴様、ど、どう云うことだ！」

「そんなふしだらなことは実際にはないんだから。大概にしないと躰を壊すと親切に云っているのだ。さっさとその腰に回した手をどける。女の子は厭がっている」

　エノキヅは海棠の二の腕を手の甲でぴたぴたと叩いた。海棠は入室してからずっと、美由紀の腰に手を回していたのである。叩かれて海棠は慌てて手を跳ね上げた。柴田が立ち上がって云った。

「海棠君。そちらが薔薇十字探偵社の榎木津礼二郎さんだ。榎木津さん、それは弊社《うち》の海棠です」

　——この人が探偵？

「こ、こちらが榎木津グループの次期総師？」

美由紀と海棠はかなり違う次元で驚いたようだ。

美由紀は竦《すく》み、海棠は畏《かしこ》まった。

探偵は軽やかに尚且つ嫌みをたっぷり振りかけた口調で云った。

「残念乍《なが》ら僕の馬鹿な父は、自分の馬鹿が遺伝すると勘違いしていて、血縁者を一番信用していない。そのうえ喜ばしいことに世襲制《せしゅうせい》と云うくっだらない奴が大嫌いで、嬉しいことに僕はそんなくっだらないポストにつかずに済むんです。だからふしだらなことを考えているあんたの見解は丸ハズレだ。いいや、そんなことはどうでもいいんだ。君だ、君。君が目撃者ですね！」

探偵は大きな茶色い瞳で美由紀を見つめた。

美由紀は思わずその眼を見返したが、探偵は美由紀の顔を見ている訳ではないようで、どちらかと云うと頭の天辺《てっぺん》を見ているようだった。

ふうん、と小馬鹿にしたような感嘆符を発した後で、探偵はこう云った。

「その真っ黒けの炭団《たどん》みたいな変態が犯人だね」

「はあ？」

海棠が聞き取り悪《にく》い声を漏らす。

「し、失礼だが——何を聞いていらっしゃるのか知らないが、それはその、子供の他愛《たあい》もない迷信で——」

「この人は子供じゃないよ。女の子だろう。いいか君。それはね、多分鍋の底の煤《すす》か何かを塗りたくったのだね。墨汁じゃ撥《はじ》いてしまってそうは巧《うま》く塗れない。泥棒みたいなものだ。さあ、君、そこに控えている僕の下僕に詳しいことを話しなさい。その間に僕は散歩して来よう！　益山君！」

呼ばれて若い方の男が立ち上がった。

「善く聞いて。君は得意だろう」

柴田も慌てて席を立つ。

「待ってください榎木津さん、その、犯人と云うのはどう云う——」

「さあ名前は知りません。それよりその桑畑《くわばたけ》さんの配偶者とか云う炊事場の男はまだ戻って来ないのですか？　京極の話だと是非会えと云っていた」

「私は杉浦です！」

女性が立ち上がる。事務長が、杉浦君は買い出しに行っておりまして、まだ暫くは、と云い訳をし乍《なが》ら腰を上げ、学長達も立って、結局全員が立った。

——炊事場の男？

それはあの——立ち聞きをしていた——男？

探偵は美由紀の逡巡《しゅんじゅん》を空《す》かさず捉え、半眼の奇妙な眼で見つめて、またふうん、と鼻を鳴らした。

「君はその桑畑さんの配偶者を知っているのだな。写真と同じだ。それは――違うかなあ。似ているなあ。桑畑さん」

「杉浦です！」

「あんたの配偶者に女装の趣味はないのか？」

「除草？　ないですわそんな趣味は」

「ない。歌舞伎《かぶき》が好きとか」

「歌舞伎？　ああじょそうって女装のこと？　兎に角、そんな変な趣味はございません」

「そうか。ならいいけれど、益山君」

若い男はハイと答えて最敬礼する。

「炊事場の男が犯人だと思うから気をつけるのだ。戻って来たらスグ捕まえる。スグだ。解ったな。じゃあ」

探偵は陽気にそう云うとさっさと退場した。

部屋に残された八人全員が、暫し放心した。

――あの男が犯人？

本当なら物凄いスピード解決である。

しかし。

――あの男は。

多分立ち聞きしていたのだ。美由紀と小夜子、そして坂本百合子の会話を。あの時、あの場所では、立ち入った話こそしなかったと思うけれど、

――呪い殺してやりたい奴が居るのよ。

そうは云ったと思う。しかし、

――多分鍋の底の煤か何かを、

そう、そう云えばあの時、慥かにあの男は煤のついた鍋を持っていた。そして美由紀達が気づくと、あの男は厨房の方へすごすごと――去ったのではなかったのか？　あの後は、慥か小夜子と――。

――本田幸三を殺してくださあい。

――私、渡辺小夜子は本田に犯されました。

語っている。小夜子は事情を語っているのだ。十三番目の星座石の上で、悪魔に事情を自己申告しているのだ。だがあの時周囲には誰も――。

――黒い聖母のお宮の縁。黒い手形。

居たのだあそこに。屈んだ格好の盗聴者が。あの跡は掌についた煤の跡だったのだ。潜んで居たのは炊事場の男だ。炊事場の男はずっと後をつけて来て、小夜子の自己申告の凡てを聞いて、それで――そうか。

美由紀は是亮の台詞を思い出す。

――あの男はな、弓栄に頼まれて俺が採用したんだ。怪しいとは思ったが、

――お前達淫売の元締だよ。

去年の秋に着任した是亮が採用したと云うならば昨秋以降の採用なのだろう。去年の秋冬に学院に来た男と云えば、その炊事場の男だけだ。

――炊事場の男が黒い聖母なのか？

美由紀はそこに至って、慌てて振り向き、探偵の後ろ姿を追った。

あの人は皆、解っていいるんだ！

勿論扉は閉まっていた。

気がつくと美由紀以外の者は凡て着席しており、怪訝《けげん》そうに美由紀を眺めている。何をしているのだ呉君、早く来なさい、と海棠が横柄に着席を促した。探偵が居なくなった途端に再び態度が大きくなる。掌がひらひら返るところは蜥蜴らしい卑屈さだ。

若い男は探偵助手だそうである。今風の髪型の今風の若者で、服装も至ってまともだったが、目つきだけがやや切れている。あの探偵は益山君と呼んでいたが、柴田は益田さんと紹介した。この場合、普通なら連れの発言の方が正しいのだろうが、柴田のような人間が姓名を間違う筈もないし、反対にあの探偵は間違えそうだから、益田が正しいものか。

女性の方は、自分で執拗《しつこ》く宣言していたように杉浦と云い、どうやら炊事場の男の伴侶であるらしかった。杉浦女史の伴侶は半年前から行方が知れなかったらしい。

ご確認戴けますか、と云って杉浦女史は写真を出した。学長以下はそれを順に観て、間違いない、杉浦君です、と答えた。

美由紀が伸び上がって覗き見るに、間違いなく——あの挙動不審の——炊事場の男のようだった。

真逆《まさか》織作さんの関係していらっしゃる学校に奉職しているとは思いもしませんでした、と杉浦女史は云った。その言葉から鑑《かんが》みるに、杉浦なる女性は織作家縁故の者と思われる。女史は続けて、今の榎木津さんの発言はいったいどう云う意味でしょう益山さん、と益田とも紹介された男に尋いた。

「矢張り隆夫が事件に関係しているのですか?」

益山だか益田だか判らぬ男は頭を掻いて、却説《さて》、皆目解りませんね、と云った。

当てずっぽうだろうどうせ、と海棠が云う。全く裏表のある男だ。

杉浦女史は眉間《みけん》に皺《しわ》を寄せて云った。

「もしその、隆夫が犯人——この場合の犯人と云うのは絞殺魔ですね? その、犯人だったとすると、その織作家の殺人事件の犯人と——そう云うことになるのですか?」

杉浦女史は答を待たずに、なるのですね、と決めつけて、豪《えら》く大きな溜め息を吐いた。

「私は葵さんに何と申し上げたら良いのか——折角離婚を勧めてくださったのに、これでは最悪です。こうして見つけて貰ったところで、これでは——」

柴田は少し落ち着いた口調で、あなたの所為ではないでしょう、と云った。

「葵君は理屈の通らない人ではないから、あなたを責めたりはしませんよ」

そうでしょうけどと云い、杉浦女史はいっそう深い溜息を吐いた。

葵と云うのは碧の姉か何かなのだろう。

柴田は改めて益山に――美由紀は益山で統一することにした――向き直り、尋いた。

「しかし解りませんね。益田さん。その杉浦君が何かの鍵だと云うのは――榎木津さんの話だと犯人だと云うことになるらしいが――いったいどのような筋道で導き出されたものなのですか？」

益山は今度は額を掻いた。

「はあ。それが僕にもその、巧く説明は出来ないのですよ。しかし――そうだなあ。出来過ぎている、ことが今回の一連の事件の特徴らしいです」

「出来過ぎている？　それはどう云う？」

「はい。こう、何か怪しいことがあるとしますね。それは必ず怪しいんですわ。変な云い方だなあ。否、怪しいだけではなく、何かと結びついてある結論を導き出す鍵になっている訳です。それは怪しまれるべくして設定されている。勿論怪しまなければ何も生まれないのですが、怪しんで、怪しんだ者が何か行動を起こすとですね――途端に」

「実体を持ち、ある結論を導き出す訳ですか？」

「まあ、そうです。つまり直接関係ない者の動きまで計算に入っていて、誰がどう動いてもその、望み通りの結果が導き出されるような——」

「望み？　誰の望みです？」

「仕掛けた奴です。この大掛かりな罠を張った」

善く解りませんねえ、と柴田は云った。

柴田以外の連中は考えてすらいない。しかし美由紀には何となく解った。何となくだけれど。

「で——その杉浦君と云うのはこの場合どんな役割を持っているのですか？」

さあそうなると皆目、と云い、益山は三度《みたび》、今度は鼻の頭を掻いた。そしてこれは受け売りですが、と断ってから、自信なさそうに答えた。

「捕まえてくれ、だそうです。杉浦さんを捕獲《ゲット》することで局面は次の展開を迎える、場《ステージ》が変わると」

一層解りませんなあ、と学長が云った。柴田も首を傾げて、榎木津さんはその辺りのことは如何《どう》、と尋いた。益山はううんと音程の高い唸《うな》り声を出し、

「解ってるかと云うなら解ってはいるんでしょうが説明はしてくれないんです。あの人は結果にしか反応しないんですよ。経過《プロセス》は無駄なんです——」

と云った。

「――真実に理屈はいらないと云う。足《た》そうが引こうが掛けようが、真実は真実で、どう理解するかと云う理屈は自分でつけろと云う」

難儀な男だなあ、と海棠は云った。そして、そりゃ理屈がつけられないだけだろ、と揶揄するように続けた。探偵に敵愾心《てきがいしん》を持っているようだ。

益山は鋭いですねえ実業家は、と幇間《ほうかん》のようなことを上の空で云って、さあ、それではこちらのお嬢さんの話を聞きましょう、と云ってから美由紀を見て、意味ありげに笑った。気安い男である。

美由紀は主に益山に向けて、出来るだけ筋道を立てて、なるべく論理的に、己の体験したことと、考えたことを述べた。名前も伏せなかった。考えてみれば小夜子の秘密なども最初から話してしまっているのである。誰も信じてくれないだけだ。

益山は中中聞き上手だった。学長と二人の職員はまたその話か、と欠伸《あくび》を堪《こら》えて聞いていたが、柴田だけは書き取りでもするかのように熱心に聞いた。

碧のことは結論だけは語らず、事実と推論の部分を明確に区別して説明した。判断を聞き手に委《ゆだ》ねることにしたのだ。導き出される結論は一緒だろうと思ったからだ。ただ公正を欠いてはならぬと云う気がしたから、怪しい事実だけ並べるのではなく、常に反証も可能な語り方を心掛けた。

なのに蜘蛛の僕に就いての反応は臓躁的《ヒステリック》だった。

馬鹿馬鹿しい、黒弥撒《ミサ》なんてものがあるか、と学長は云った。この学院に悪魔崇拝者など居ない、と教務部長は云った。織作碧さんに限ってそんな不道徳なことはあり得ない、と事務長が云って、売春なんて酷い妄想だ、と海棠が云った。

白白しいにも程がある。

美由紀は海棠をきつく睨んだが、鉄面皮《てつめんぴ》の蜥蜴は頬の痙攣《けいれん》でその視線を撥ね返した。

柴田は決めつけるようなことを云ってはいけないよと、毒にも薬にもならぬ生真面目なことを云って、益山に意見を求めた。

「僕ァその、宗教にはちゃらんぽらんなものですから何とも云えませんがね。ただ売春となると、これは買う客が居ないことには始まらない。閉鎖された学院内で、しかも全寮制の女学校でそれを行うのは難しいでしょう。ここの生徒じゃ直引《じかび》きは出来ません。必ずポン引き役が要《い》るだろうし、組織の介入が不可欠ですね。そこで、その亡くなった是亮氏が語ったと云う事柄が重要になってくると思うんですよ。すると――その黒弥撒《ミサ》集団は――待ってください。美江さん、どう思われます」

杉浦女史は名を美江と云うらしい。美江は手を組み合わせて落ち着きなく云った。

「そうですね。これは由由しき問題ですが――私には上手い感想が差し挟《はさ》めません。基督教《キリスト》の女性蔑視に就いては――葵さんの意見を伺いたいくらいですが、その、私も宗教には詳しくなくて」

「そうではないんです。川野弓栄と——是亮と云う人はそう云ったのですねお嬢さん？　ええと、美江さん、川野さんと云う人は慥か、私娼を束《たば》ねて商売をしていたとか云う人じゃなかったですか？」

「噂——ですが」

「だから。それなら噂は真実だった訳でしょう」

「え？　ああ、そうなのですね！　私娼はこの学校の生徒——え？　あ、それで、幾ら調べても——」

「待ってくださいよ。あんた方は何の証拠があってこんな娘の戯言《たわごと》を信じるんだ！　我が聖ベルナール学院内に売春組織などないッ！」

学長が鹿爪《しかつめ》らしい顔で怒鳴った。

「怒らんでくださいよ。ないって云い切ることはできないでしょう。川野弓栄が素人売春の元締をしていたと云う噂は外のものです。事実その、葵さんと云う女性の率いる婦人団体が事実確認と抗議に数度川野宅を訪れているのです。そうですね？」

美江は頷く。美由紀は奇妙な心持ちになる。それが真実だとすると、その碧の姉——葵と云う人は、妹の秘密を暴くべく行動していたことになる。

「それに——」

益山は人差し指を立てて美由紀の方に向けた。

「──是亮さんは川野弓栄のパトロンであり、学院の理事長に就任する際に、川野さんに無理矢理頼まれて矢張り情夫で無職だった杉浦隆夫を職員として採用したと、こう云ったのですね？」

「理事長は採用した人の名前までは云っていませんでした」

慥か杉浦と云う名は口にしていなかった。

「是亮氏が就任してから採用した職員は？」

「はあ──杉浦君だけです。年度替わりに三人程採用が決定していますが──」

事務長が自信のなさそうな返答をした。

海棠はやけに苛ついている。膝頭を何度も指で叩きつつ益山をちらちらと見て、掠《かす》れ声で云った。

「しかし君。是亮氏がその女と関係があったと云う証拠はないだろう。本人が語ったと云うが、その娘が云っているだけだし、亡くなっている以上確認は出来ないじゃないか」

何としてでも売春の発覚を回避したいのだろう。

益山は帮間の癖に中中芯のある言葉を返した。

「このお嬢さんが、何故そんな嘘を吐《つ》かなけりゃならないのか、僕には解んないですよ。凄くきちんとしてるじゃないですか。僕はもっとしどろもどろの娘なのかと思いましたよ。そもそも川野弓栄と杉浦隆夫が特殊関係人であった可能性と云うのは、あるのでしょう？」

「はい、川野宅で淫らな格好をしていた隆夫を見たと云う人は居るのです。それに弓栄さんが殺害された時、情夫のひとりが身元不明だと――」

待ってください、と柴田が仕切った。

「正直に云いましょう。川野弓栄殺害事件に於ける身元不明の情夫の正体は、織作是亮氏です。明確な不在証明があったので、醜聞を嫌って――圧力をかけ隠蔽したのです。彼も秘密裏に取り調べだけは受けているんです――」

会長――と海棠は気の抜けた声を出して五角形の顔を中心に寄せた。

余計なことを云いやがって、と云う声が聞こえて来そうだった。

「なる程。川野と杉浦、是亮氏と川野と云う線に就いては傍証がある訳ですね。そしてその杉浦さんが実際にこの学院に採用されている以上、このお嬢さんの発言にもある程度の信頼性はあるのじゃないですか？　杉浦さんの採用時の状況は？」

「それは――はい、ええ、元小学校教諭と云うことで、身元保証人は、亡くなられた理事長ご本人でして――ええと――詳細は」

判らんのか馬鹿、と海棠は八つ当たりをした。事務長は申し訳ございませんと畏まる。

柴田が絆《ほだ》す。

「已《やむ》を得ません。あの是亮君に無理を云われたのでしょう？　仕方がありませんよ事務長。益田さん、すると、どうなりますか？」

「売春か、それに準ずる事実はあったのでしょうね」

「だから勝手な憶測で――」

「静かにし賜え海棠君。すると、その場合も杉浦隆夫が鍵になって来る――と、そう云う訳ですね」

「そうですね。そして彼は今回の一連の絞殺事件と無関係とも思えませんね。そして、もうひとつ。ううん――」

益山は再び唸《うな》った。

そして、その悪魔崇拝少女の話は問題ですよ、と云った。

学長はドンと洋卓を叩き、それは問題ですよと云い、美由紀を睨んで、何から着想を得たか知らんが酷い虚言だ、と結んだ。

益山は首を三十度程傾けてそれを打ち消した。

「そうではなくて。僕の云いたいのはそう云う意味ではなくてですね、その、皆さんは、このお嬢さんの発言中に大変重要な内容が含まれていたと云うことにお気づきになりませんでしたか？」

重大とは何です、と海棠が尋いた。

美由紀が思うに、海棠は重いとか大きいとか高いとか長いとか偉いとか、そう云うものに興味を示すのだ。

益山は美由紀に向け、その話は国警千葉の連中に話したの、と尋いた。千葉だか安房だか知らないけれど、武骨な警官は一切取り合ってくれなかったのだ。益山は少しばかり吊り気味の眼を吊り上げて、

「全く何を聞いているのかなあ。自分達の管轄内の事件じゃないか。責任問題だよなあ」

と云った。瞭然《はっきり》云い賜え君、と海棠が糾す。益山は煩《わずらわ》しそうに――それは解らないのかと云う軽蔑が籠っていたのかもしれないが――云った。

「目潰し魔ですよ」

「目潰し魔？　目潰し魔が何ですって？」

柴田が急に、しかも大仰に反応した。益山はわぁと驚いて、その割りに平然と云った。

「目潰し魔は、必ずこの学校に関わっている、いると云うことになる訳でしょう」

学長は益山の語尾が残っているうちに云った。

「何でだ？　ああ、呪いとか何とかか？　子供の遊びですよ。教師が被害に遭っているから生徒も動揺したんだ。不穏な空気は中中消えない。呪いだなんて他愛《たあい》もないことだよ。気にするまでもな――」

益山は仕返しのつもりか、学長の語尾が消える前に言葉を返した。

「しかし、その川野弓栄が目潰し魔の被害者であることに違いはないんですよ。それで、こちらの山本先生ですか、その方も――」

ええそうです、と柴田が神妙な顔で口を添えた。

「——でしょう。それからその前島某ですか。そちらの方は僕は善く知らないんですが、慥かに被害者はそう云う名前だった。こうなると俄然、その黒弥撒《ミサ》の呪いですか？　それとの関連性を考えない訳には行かなくなって来るでしょう」

「ば、馬鹿な。君は本気にしとるのか？　呪いなんぞ、そんなもの効くか。幼稚な」

「呪いが効いたなんて云ってないんですよ。これは関連性の問題なんですって——」

益山は拳骨を腹の上で小さく振った。

「僕は——白状すれば半月前まで国警神奈川の刑事だったんです。ですから内部情報も少少入手し易い訳で。ここに来る前に、目潰し魔関連の情報は若干仕入れてる。捜査はかなり難航してますが、東京警視庁では被害者同士は一切関連性がない、と云うことを前提に捜査を進行している」

学長は不満に満ちた声を出す。

「それが——何だね？」

「現在川野弓栄と山本先生は無関係だと考えられているのです。しかし、それはこの学院の売春の噂を介して関連していた訳だ。謂わば点と点が繋がった訳で、これは大きな収穫だと云えるのです。況《まして》やその、第四の被害者の死に至るまで学内で事前に予測されていたと云うのなら——」

海棠が喉を軋ませた。

「それはトリックじゃないのか。そんな引っ掛けは簡単だ。聞けば目潰し殺人が報道されたのは事件の三日前だそうじゃないか？　被害者の名前さえ知っていれば騙せる。小手先の小細工で充分だ。こんな小娘は簡単に誑《たぶら》かせるんじゃないかね？」

「探偵小説の読み過ぎですよ。それじゃあお伺いしますが、この、新聞も届かないような学院内に居て、そんなに早く情報が入手出来ますか？　入手出来たとしても、こちらのお嬢さんを騙して犯人に何の得があるんです？　騙したのだとしても、騙した生徒は死んでるんですよ――」

海棠は嚙み付かんばかりの勢いで捲《まく》し立てた。

「だからこんな娘の云うことは嘘っぱちですよ。目潰し魔なんて関係ない。そこまでしてこの学院を潰したいのかあんた！　探偵が乗り込んで状況悪化させてどうする！」

「探偵は状況を善くしたり悪くしたりするものではないですよ海棠さん。探偵たァ真実を探るものです」

益山がそう云うと海棠は反《そ》っくり返って顎を突き出し、柴田の方を向いて毒突いた。

「フン。聞きましたか会長。絞殺魔に売春に、今度は目潰し魔に呪いだと？　こいつらはこうやって他人の暗部を穿《ほじく》り出して金を強乞《せび》る社会の屑です。我我には目潰し魔なんてどうでもいい！」

海棠が口を閉じるや否や。

海棠ッ——と云う怒号《どごう》が響いた。

大声は広い会議室の堅い壁に反響して、不思議な残響音になって更に暫く後を引いた。

誰が怒鳴ったのか美由紀にも判らなかった。それは呼びつけられた本人にも判らなかったようで、海棠は肩を窄《すぼ》ませて辺りを見渡した。

怒号は柴田のものだった。

「大概にしろ！　目潰し魔は山本君を殺害した犯人でもあるのだぞ！　どうでもいいと云うことがあるか！　少し黙っていなさい」

好青年のこうした態度は珍しいことなのだろう。

柴田はバツの悪そうな顔をしている。息遣いが荒くなっているし、平素怒鳴り慣れていないことは歴然としている。海棠は三角の眼を剥き、壊《こわ》れたように固まって、学長以下は口を開けたまま呆けたような顔になっている。益山は十分に座の様子を窺って、もういい頃合いだとでも云うように美由紀に目配せしてから、質問を再開した。

「その、麻田夕子さん——でしたか？　亡くなった生徒さん。彼女はあなたに第四の被害者のことを何と説明したのです？」

「正確ではないかもしれませんが、あの淫売の仲間だと云う話だ——と云っていたと思います。あの淫売とは、最初に呪った相手です」

「最初に呪った相手。つまり」

「ですから、その川野弓栄さんのことだと思います」

そんな風に云っていた。益山は大きく頷いた。

「なる程なあ。これは、もし本当なら警視庁は引っ繰り返りますよ。動機なき連続猟奇殺人に、共通した動機があるって話じゃないですか！」

「当学院内に売春行為があったことを前提とすると、無差別が無差別でなくなると——云うことですか」

——そうなのだ。

目潰し魔に就いて美由紀は詳しく知っている訳ではない。でもそれが無差別猟奇殺人だと世間で云われていることくらいは知っていたし、ずっと疑ってもいなかった。だが、少なくともそのうち三件は、蜘蛛の僕の呪殺であると——死んだ夕子は云った。

美由紀は、なぜ呪いが実現したのかと云うことに就いて、一切考えていない。それは偶然だ——と考えるくらいが、未だ美由紀の理解の及ぶ限界なのである。売春は兎も角、呪殺は不可能だと思う。

——もしや。

黒い聖母同様、十字架裏の大蜘蛛も実在するとでも云うのだろうか。

ただ、呪いの有効性はおいておくとしても、目潰し魔の被害者のうち三人までが蜘蛛の僕と利害関係を持っていたらしいことは――事実なのである。

柴田は深刻な眼をして沈思した後、

「公表――するべきだと云うのですか」

と云った。

益山は暫く上を向いて、横目で美由紀を見て、更に美江を見て、それからこう云った。

「国民生活から犯罪を駆逐《くちく》し社会秩序を回復すると云う警察的観点から考えれば当然公表するべきでしょうね。これは国民の義務です。ただ――学院の利益――否、柴田グループの利益になることではないですね」

学長は大いに慌てた。

それを契機に、怒鳴られてからずっと壊れていた海棠が、学長の顔色を見て良しとでも思ったか、例の聞き取り悪《にく》い声を張り上げた。

「おい君！　生徒の身にもなれ！　そんなもの公表したら、ここの生徒達の人生は目茶苦茶だぞ。校内売春などと云う根も葉もない噂の所為で、多くの罪もない娘達が生涯、偏見や差別を――」

「否――」

海棠の罵声は再び柴田に遮《さえぎ》られた。

「警察に——連絡しよう」

柴田は静かに云った。怒鳴るより迫力があった。

「会長——あんた、正気か？」

海棠の声は一層掠れ、最早喘《あえ》ぎだ。

「海棠君。凶悪な殺人者を放っておく訳には行かないよ。それに、呉君は既に——一応は話している。当局だって知っていることだからね。益田君の云う通り、彼等が情報を読み切れていないだけだ。こうして気がついた以上は示唆してやるべきでしょう」

「しかし、どうするのですか会長。我が校の売春は真実だった、目潰し魔の犯行動機は我が校にあり、と名乗りを上げるのですか？」

「大丈夫だ。一般に公開しないで済ませる手は幾らでもある。私が——然るべき筋を通じて直接話す」

柴田はそう云った後、小声で、目潰し魔だけは許せないからな、と呟いた。

何故か酷く思い入れているように美由紀の目には映った。

緊張を解《ほぐ》すように益山が云った。

「柴田さん、その、気負いは解りますけどね。ほら、学長さん強張《こわば》ってます。もう少し待ってください」

「待つ？」

「警察に報せる前に、内部調査のうえ事実確認をしておく必要がありますよ。皆さんの仰るようにデリケートな問題ですよこれは。だから僕等が来てる訳で、いずれにしてもその、織作さんの——四女の方ですか？　その人には話を尋いてみなくちゃ——」

「ああ、碧君。彼女は関係ないでしょう」

学長が簡単に云ったので美由紀は少し吃驚《びっくり》した。

美由紀の語った事実から、果たしてそう云う結論が導き出せるものだろうか？　どこをどう聞いたらそうなるのか。益山が云う。

「関係ないことはないでしょう。このお嬢さんの証言を信じれば、少なくともその人は嘘吐《つ》いてます」

「嘘を云うような娘じゃあないですよ」

「私も嘘なんか吐いてません！」

美由紀はきつく云った。

柴田はそうですね、と云った。

「だから困っているのです。ただ、碧君は嘘を云っているのではなく、勘違いをしているとか。そして君もまた勘違いをしているとか、そう云うことはないですか？　例えばそう、渡辺さんの自殺ひとつとっても、その跳んだ瞬間には碧君は屋上に達していなかった。そして麻田君が落下した時には碧君は既に階下に降りていたとか」

「それは――」

慥かに美由紀自体気が動転していたことは間違いない。夕子が先に屋上に到達していたことは慥かだが、碧は美由紀の背後に居たから――。

――そんなことはない。

その場に居た者にしか解らぬだろうが、決してそう云うタイミングではなかった。

それに、美由紀は少なくとも夕子が落下するまで二階に止《とど》まっていたのだから、落ちる前に碧が降りて来たなら必ずや合流していた筈である。

「――あり得ません」

「随分自信があるようだな君は」

教務部長が云った。

「君の妄言《もうげん》と織作さんの証言と、どちらを信じるかと云われれば、そりゃ明白なんだぞ。素《そ》行《こう》、成績、信仰態度、何を取っても比較にならんのだ」

家柄と経済力が抜けている、と美由紀は思った。

それが一番効力を発揮しているに違いない。

――そうか。

美由紀は気づく。碧と自分達では基本的に立っている場所が違うのだ。だから碧はそれ程思い悩むまでもなく、自信を持って偽証できる立場に居た訳である。

美由紀は——それを失念していた。

あの娘なら学院内で出来ぬことはない。どんな横車も通る。遣りたい放題出来るのだ。傲慢《ごうまん》さの片鱗《へんりん》も覗かせぬ天使の顔に惑わされていたが、それを差し引いて見れば、碧は学院内に於て横暴な絶対権力者となり得る存在なのだった。

「——結局信じては貰えないのですね」

「そんなことはないですよ。あなたのお話に添って僕等は考えてるんだから。でも、その人にも会ってみないとなあ——」

益山は腕を組む。

柴田は気を取り直したように云った。

「現在織作家には警察が入っていて中中に不自由なのですが、今朝程千葉本部に連絡を入れて、碧君には本日こちらに来て貰えるように取り計らうよう話をつけておきました。屋敷は割と近いですし、自動車を差し向けておきましたから、もう着く頃でしょう」

——碧が来る。

美由紀は息を呑んだ。

いきなり厭な視線を感じた。見渡すと海棠が美由紀を睨みつけていた。蜥蜴が苛ついているのは明白だった。結果的に探偵の動向が売春の事実確認に絞られてしまったからである。

海棠は立ち上がった。

「会長、私は——中座させて戴きます」

何かする気なのだろうか。

海棠が出て行くと柴田は、榎木津さんはどこを散歩しているのでしょう、と益山に尋いたが、益山は神のみぞ知るですねと恍惚《とぼ》けた。

五分程してから廊下が騒がしくなり、男が数名這入って来た。ひとりが柴田の横に立ち、姿勢を正して、ただ今お連れ致しました、と云い、続けて顔を寄せ耳打ちをした。

柴田は笑みを作ってご苦労様と男を労った後、全体を見渡して、たった今碧さんが到着したそうです、と告げた。

「学長、どうやら今日から碧君は寮に戻れるようですよ。今、部屋に荷物を置きに行っているそうです」

学長は教務部長と顔を見合わせ、そうですか、それは善かったと云った。

——碧が。

織作碧が戻って来た。

愈々《いよいよ》だ。悪い予感が美由紀の胸を満たした。

「——何でも出がけに東京の刑事が乗り込んで来てひと悶着《もんちゃく》あったらしいですね。それで出発が遅れたらしい。益田さん、間もなく来ますよ」

柴田が云い終わるのと、扉が開いたのはほぼ同時だった。

真っ直ぐに伸びた緑の黒髪。陶器の如き白い肌。

大きな瞳が、部屋中の光を反射して輝いている。

それを縁どる、濡れたような黒の、長い長い睫。

同性も見蕩《みと》れる程の美少女——。

益山は息を呑み、少し溜めてほう、と云った。

碧は会釈して扉を閉め、名を名乗った後、丁寧に挨拶してから心配そうに美由紀を見て、

「呉さん——もうお加減は宜しいのですか」

と云った。

いつ聞いても初初《ういうい》しい、優しげな声である。

美由紀は凝視する。

何も変わりはない。

疾《やま》しいところなど何もない。

表情にも一点の曇りもない。

いつもよりやや憂いを湛えている分、余計に果敢《はか》なげで、果敢なげである分、余計に可憐だった。

記憶の迷宮の中と違って、直《じか》に見《まみ》える碧は清廉で潔白だ。

殺人も売春も悪魔崇拝も——絶対にこの娘とは関係ないと云う気になってしまう。

すると、美由紀辺りは感じる必要もない負い目を感じてしまう。悪いのは自分です、嘘を吐いたのは私です——と、嘘でも白状したくなる。美由紀はそれが悔しい。

柴田は中腰になって碧に着席を勧めてから、

「碧君。善く来てくれたね。家の方も大変なのだろうが。もう警察は帰ったのかな？　小母《おば》様やお姉さん達は大丈夫ですか。茜さんは大分参っているのではないですか」

と尋いた。碧は行儀善く椅子に腰掛けてから、凄く小さな溜め息を吐いて、

「茜お姉様はそれは悲しんでいらっしゃいます。見ている私の方が辛くなってしまいます」

と答えた。そうか、可哀想に、あの人も不幸な人だ——と柴田は云った。

茜と云うのは死んだ是亮の伴侶なのだろう。

そして、伴侶ならあんな奴でも死ねば悲しいのだろうな、と美由紀は改めて思った。実際あれだけ厭な思いをさせられたにも拘《かかわ》らず、美由紀は是亮のことを考える時、補い難い喪失感を抱え込んでいる自分に気づく。夫婦ならその穴も大きかろうと思う。

——人殺し。小夜子は。

そう云う気持ちが解らなくなっているのだろう。

それを思うと美由紀は、小夜子に代わって不当な罪悪感を感じてしまう。碧は是亮の義妹でもある。家族が死んだことに変わりはない。だから美由紀の中で美由紀の立場は一層に悪くなる。柴田が云う。

「それで、わざわざ来て貰ったのは——もう何度も尋いたことなんだけれどもね、その——」

碧は決然《きっぱり》と云った。

「私が偽証していることですね、小父様」

一同は一様に一瞬、言葉を失った。

碧は少し涙を浮かべているが、大袈裟《おおげさ》に悲しんでいる様子でもない。

それは大層真摯《しんし》な態度——に見えた。

「私——渡辺さんのことに就いては嘘を吐いておりました。申し訳ございません」

碧は立ち上がり深深と頭を下げた。

「神の御心《みこころ》に背《そむ》き、皆様方を惑《まど》わせるような虚言を申しまして、本当に——心から反省しております。申し訳ございませんでした」

そして項垂《うなだ》れて端座《すわ》り、もう一度低頭した。

「碧君、君は——」

「真実《ほんとう》は——」

僅《わず》かに上擦った、少し強い調子で碧は云った。

「渡辺小夜子さんは飛び降りたんです。呉さんと屋上に上がって、すぐのことでした」

——疑われる可能性を——察したんだ。

見事な先制攻撃——である。

「渡辺さんがなぜあのような恐ろしいことをなさったのか、私は全く存じませんが、いずれにしろ自ら命を断つことは戒律に背くこと。罪です。でも、幸いにも命が助かったと知りましたので、これは神が渡辺さんをお赦《ゆる》しになったのだ、と思いました——」

碧は健気《けなげ》な仕草で華奢《きやしや》な躰をさらに縮めた。

「——ですから、もし飛び降りたのが彼女の一瞬の過ちだったのであれば——いずれ深い事情もあるのでしょうし——私は知らなかったことにしておいた方が善いかと、そう思ったのです。仮令《たとえ》何があったにしろ、渡辺さんが悔い改められて、慎《つつま》しい、安らかな暮らしを取戻せるなら、その方が宜しいかと——」

慈悲《じひ》深い——と教務部長が云った。それはどちらかと云うと仏教だろうと、美由紀は思った。

慥かに筋は通っている。しかし、それでは夕子のことはどう説明すると云うのだ？

美由紀が問いを発する直前に——まるで美由紀の意識を読み取ったかのように——碧はこう続けた。

「麻田さんのことに就いては本当に存じません。どうしてあの方が亡くなられたのか、あそこで何が起きたのか、私は見ておりません」

「でも——お、織作さんあの時——」

碧は照れるように少し笑った。

「私、お恥ずかしい話ですが——あの時——気を失ってしまったのです」

「気絶——あの後？」

「ええ。呉さんが階段を駆け降りた時、あの時横に除けられて、そのまま——私も呉さんのように勇ましく行動できれば宜しいのですが——あんな恐ろしい光景を見たのは初めてでしたので——」

「惨《むご》たらしい死骸《むくろ》に飛び降り自殺だ。無理もないでしょう。君のような人に見せたいものではない」

学長が云った。美由紀になら見せたいと云うような口振りである。碧は悲しげに眼を伏せる。白い皮膚《はだ》に黒く長い睫が善く目立つ。それにしても——。

——心得ている。

自己の特性を最大限に活かした演出だ。

己の容姿、印象、立場、その凡てを余すところなく動員した言動。どこでどう動き、どのように何を云えば、周囲はどのように感じどう反応するかと云うことを、碧は凡て計算して立ち振る舞っているのだ。

「どうだね呉君、聞いた通り織作君は潔白だ。君はあらぬ妄想を抱いていたんだ。その何とか云う組織がもし本当にあるのだとしたってだ、そりゃ織作君とは無関係だ。ならば麻田君は当然、自殺だよ」

学長は美由紀に侮蔑《ぶべつ》の視線を向け、勝ち誇ったようにそう云った。更に碧の方を向いて、やや巫山戯《ふざけ》た調子でこう続けた。

「この呉君はね、君が悪魔崇拝者の頭目だと云い張るんだよ。そのうえ売――いや、それは君の前で云うのは憚《はばか》るな。それで裏切り者の麻田君をだね、突き――それも云う必要はないな。兎に角、善くないことをしていたなどと勘ぐっていたらしい。全く濡れ衣もいいところだよ。蜘蛛――蜘蛛の手下？　シモベか？　知らないでしょう、そんなものは？」

学長は笑った。

碧は黙って可愛らしく首を傾けた。

――勝ち目はない。

「そのね、織作さん」

益山が尋いた。

「黒い――いや、犯人らしき男の方に就いてなんだけれど、そちらも？　その、全然見てないですか？」

「それも――見ておりません。黒い聖母の教えなど聖典には記されておりませんでしょう。怪しきものが見えるのは心に迷いがあるからです。それに、常識的にも――そんなものは居る訳ないのです――」

碧は美由紀に一瞥をくれた。

「自分は真実以外は見ないのだと主張するのは奢りです。同様に自分の見たものは凡て存在するんだと思い込むのも奢りと云うものです」

「はあ、そう云う話は聞きますね――」

益山は情けのない顔を美由紀に向けた。

――これで。

蜘蛛の僕と碧を繋ぐ線は断たれたも同様である。

夕子が死んでしまった以上手懸かりもない。凡ては美由紀の妄想と片付けられても仕様がない。夕子から蜘蛛の僕のことを聞いたのは美由紀だけ――。

小夜子――か。

この会議室に駆け込んで、幽閉されてから三日の間、美由紀は小夜子に会っていない。

「小夜子――」

その呟きを聞き漏らさず、益山が云った。

「そうですね。問題はその渡辺さんだな」

「問題かね？　まあ問題なんだが」

学長は不服そうである。事務長が続けた。

「渡辺君はそろそろ怪我の具合もいいようですが。そうだなァ、織作君の話もあるし、彼女が自殺を図ったのは間違いないようですな。ねぇ、理事長代行」

問われて柴田は額を人差し指で軽く突《つつ》き、

「しかし彼女自身は自殺などしていないと云っているのでしたね。ならば——今度は彼女が偽証していることになるのですね？」

と云った。教務部長が軽く受け流す。

「しかし、本人が隠すのは当然と云えば当然でしょう。一時の気の迷いで自殺をしてみたものの、生き残ったので気が変わり、恥ずかしくて黙って——」

「気の迷いと云うのは何です！」

それまで寡黙《かもく》にしていた杉浦美江が、やけに挑発的な厳しい口調で割り込んだ。

「聞けば彼女は繰り返し性的虐待《ぎゃくたい》を受け、暴行され続けていたそうではありませんか。それが事実なら気の迷いなどと云う言葉は撤回するべきです。いいえ、謝罪するべきです。売春行為の有無よりも、学校側は先《ま》ずその男性教師に依る性暴力に就いての実態と事実関係こそを詳《つまび》らかにするべきです！」

学長はそんな事実はない、証拠がないと云った。

「証拠はあるでしょう。暴行されたと思われる本人が生きているのです。尋けば済むことでしょう」

「本当でも云わんだろうさ」

「私達が尋きましょうか？」

美江は怯《ひる》まない。

「もし本当なら、我我婦人と社会を考える会では、この学院を告発し、且つ徹底的に抗議せざるを得ません。責任は凡てあなた方教師にある！」

「き、君は何だ、その、容疑者の妻である、と云う立場を心得賜え。だいたい何の権限があって——」

「容疑者の伴侶だろうが犯人の親だろうが、そんなことは関係ありません。今の発言自体も問題にしますよ。女は男に隷属するものではありません。仮令《たとえ》夫婦でも人格は別個です。犯罪者の伴侶だからと云って、基本的な人権まで剝奪されることはないです。いいえ、あってはならないことでしょう！」

「待ってくださいよ美江さん。あなたの云うことは善く解りますが、日と場所を改めて、その、織作葵さんでも連れて来て抗議してくださいよ——」

益山が情けない乍らも機転の利いた仲裁をした。

織作の名前に敏感に反応し、学長以下は黙った。

益山は続ける。

「——兎に角ですね、今は刑事事件の——失礼。ええと殺人絡みの事実確認の方を優先させてくださいよ。僕が問題視したいのは、本田氏の死も是亮氏の死も、その渡辺さんが望んだために齎《もたら》された——と云う呉さんの証言なんです」

誰が犯人であろうと——それだけは間違いない。小夜子が本田の死を願っていたのは事実だ。そして理事長の死もまた、卑劣な恐喝行為に対する報復なのである。小夜子は予《あらかじ》め知っていたのだから。

学長は首を左右に振った。

「また呪いかね？」

「殺人ですよ——」

益山は美由紀の代弁をするように語った。

「——これは怪談でも幽霊話でもなくて、殺人事件なんです。いいですか、実際に人は何人も死んでる。皆殺されてるんです。必ず——犯人は居る。一方で二人も目撃者が居た訳ですから、渡辺さんが投身自殺を試みたことは間違いないようです。でも——彼女は生きています。そうなら先程呉さんが云った通り、必ず助けた人間と云うのが存在する筈でしょう。彼女には協力者が居るんです。しかも、実行犯人ではないにしろ、その渡辺さんには二件の絞殺事件の両方に十分な動機があるらしい。ならば、その協力者が、共犯事後共犯である可能性、或《あるい》は渡辺さんによる殺人教唆《きょうさ》の疑いだってあるんですよ！」

柴田はなる程、と頷き、こう云った。

「そうですね——この場合渡辺君の証言と云うのは重要ですね。具合がいいようなら呼んで貰いましょう。その方がいいでしょう。ねえ、益田さん」

委《ゆだ》ねられて益山は、何を迷うことがある——と云う顔をして、是非呼んでください、と答えた。まったくこの連中は何故当事者を一堂に会することをしないのだろう。そうすれば話は何倍も早いのだ。

碧がぽつりと云った。

「そう云えば——渡辺さん、今しがた、海棠さんとご一緒に歩いて行かれるところを見ましたけれど」

「海棠君が？　何してるんだ彼は？」

柴田が怪訝そうに云った。

海棠の台詞が美由紀の耳に蘇る。

——時間がない。もう時間がないんだよ。

——探偵にも柴田氏にも白状しちゃ駄目だ。

——来てすぐ解決なんてことはないだろうが。

——昨日、一日ばかり考えさせてくれと、
そうか。海棠は先程、小夜子に会うために中座したのだ。

蜥蜴は探偵が本格的に動き出す前に売春の事実を掴まんとしているのだろう。海棠の話だと、小夜子は昨日、問い詰められて一日待てと云ったのだそうだ。

昨日そう云ったのならば約束の日は今日——。

「あ！」

美由紀は声を上げた。

小夜子は——是亮を殺したように——海棠も殺すつもりに違いない。

黒い聖母に依頼して、しかも今日中に——。

「海棠さんが危ない！　海棠さんは」

海棠さんは殺される。

教務部長が机を叩いた。

「何を云い出すかと思えば、いい加減にしろ。次から次へと虚言癖にも程があるぞ！　今さっき漸く織作君の疑いが晴れたと思ったら、今度はまたそんな馬鹿なことを云い出すのか君は！　出鱈目《でたらめ》ばかり云って大人を揶《から》かうのも大概にしろ。何だって海棠さんが殺されなきゃならん！」

「海棠さんは勘違いをしていて、ここ数日私や小夜子に執拗く付き纏《まと》って、その」

「だから何だね！」

「小夜子を脅したりしたら理事長と同じ目に遭うからって、忠告したんです私！　でもあの人は、何か企みでもあるのか、全然諦めないで、昨日小夜子と接触して——そしたら小夜子は一日待てと云ったらしい。小夜子、理事長の時は二日待ってと云ったんです。その時は黒い聖母が聞いていたからもう大丈夫とも云った。理事長はその二日目が来る前に——」

益山がそうか、と叫んだ。

「現在海棠さんは、殺された是亮氏と同じ状況にある訳ですね？　本田幸三、織作是亮に続いて、現在渡辺さんが死んで欲しいと望んでいるのは、さっきの海棠さんだと——だから聖母に依頼して——」

「おい君。君まで何だ。いい加減にそんな世迷言《よまいごと》を信じるのは止《よ》してくれよ。黒い聖母なんて存在しないと、織作君だって云っているだろうに。幾ら願かけたって木像が動く訳がないだろうが。中学生の方が余程分別があるぞ」

教務部長は顔を拗曲《ねじま》げて声を張り上げた。

益山は席を立ち、何かを振り切るように一度拳を振って、一同を見渡すと、

「いい加減にして欲しいのはこちらの方です。何度云えば解るんですか！　黒い聖母なんて居ても居なくてもいいんですよ。学長さん。柴田さん。そんなお化けは居なくても、殺人者は歴然として居るですよ！　殺人は起きてるんだから。このお嬢さんは最初からそう云うことを云ってるんです。ちゃんと聞いててくださいよ。そうだね、呉さん？」

と云い、切れ長の眼で美由紀を見た。

——解ってるじゃないか。この人。

正に益山の云う通りなのだ。他の奴等は、大人の癖にその程度のことがどうして解らないのか、美由紀は理解できない。益山は更に続けた。

「事務長さん！　ええと炊事場の——杉浦さんは何時に戻ることになっていたのです？」

「正午までには——戻ることになってたですが」

「じゃあ、もうとっくに戻ってる筈じゃないんですか？　なら——織作さん、二人は、海棠さんと渡辺さんは、どこに居ました？」

「礼拝堂の方に——行かれたようですが」

十三番目の星座の石——黒い聖母の宮。

蜘蛛の僕の儀式の場所だ。

——平気な顔で善く云う。

海棠の次に狙われるのは——この碧の筈なのだ。

「行きましょう！」

益山は元気良くそう云った後、美江を見て、

「あなたは残った方がいいでしょう」

と云った。

美江は屹度《きっと》益山を睨み、

「行きます。戸籍上は未だ配偶者ですから」

そう云った。

柴田と益山を先頭にして全員が移動した。

学長や教務部長は納得が行かないと云う顔をしてのろのろしている。だから美由紀は追い越した。追い越す際に教務部長がぐいと袖を引いたが、振り切ってやった。のろまに構ってはいられない。

これ以上屍体を出してはならない。

これ以上小夜子に馬鹿な真似をさせてはならない。

このままだと小夜子は——。

無機質な石畳。威圧感ばかりの堅牢な建物群。吹き出さない死んだ噴水。何もかも跳ねッ返す、優しくも何ともない監獄のような学校。礼拝堂に刻まれた不気味な浮彫《レリーフ》と、読めもしない文字の羅列。

「学長！」

振り向いて美由紀は叫ぶ。

「前から尋いてみたかったんですが、これは、なンて書いてあるのですかッ！」

学長は愚かしい面体で口を開けて事務長を見て、事務長は教務部長を見た。教務部長はおたおたして自分の後に居た碧を見た。

「知らないんですね！　じゃあいいです！」

美由紀はさっさと見切りをつけると、かつかつと跫を立てて小走りに進み、前を行く二人に向けて、裏です、きっと裏手です、と云った。

天蠍宮《スコルピオス》。　金牛宮《タウロス》。　天秤宮《ズゴス》。
「これが星座の石か」
益山が云った。
裏手に出ると石畳は終わる。
鬱蒼《うっそう》とした林と、一面に生い茂る雑草。
礼拝堂の真裏。十三番目の星座の石板。
赤茶けた蔦《つた》で下方を覆った礼拝堂の壁。
林の手前、朽ち果てた黒い聖母のお宮。
矢張り木の格子扉は蝶番《ちょうつがい》が壊れたままで、中の闇は今も覗いている。
忌まわしい風景《ロケーション》。
——同じだ。
学長達は横に折れる道の中程で躊躇している。
騒騒《ざわざわ》。風の音。胸騒ぎ。違う。
益山が静かに、と云った。
騒騒。気配。物音。声？
「誰か居る。何だ？」
「林の中だ。益田さん！　誰か争《あらそ》っている！」

柴田は勇猛な顔をして一直線に林に分け入った。

益山は少し迂回《うかい》して奥に向かい、慎重に藪《やぶ》を掻き分けて様子を窺った。美江が益山に駆け寄り続く。

美由紀は益山を追い越し、礼拝堂の壁に沿って更に進み、黒い聖母のお宮の前で止まった。饐《す》えた空気と、腐敗した土の臭いと、乾燥した草の香りと、得体の知れぬ妄念が林を抜けて顔や頬に当たった。

お宮に目を遣る。

あそこに潜んで聞いていた奴。

——人なんか。

人なんか殺しやがって！

冗談じゃない。小夜子を。

小夜子を巻き込むな！

その時。

藪中から呻くような声が聞こえた。続いて短い悲鳴。美由紀は一瞬身構え、半ば破れかぶれな気持ちになって、聖母のお宮に近づいた。

——何処だ？

「あッ」

美由紀は何かに足を取られて躓《つまず》き、前のめりになって地面に手を突いた。

柔らかい。

視線を地面に這わせる。

そこには——。

善く知った形のものが横たわっていた。

善く見慣れた黒に近い灰色の塊である。

——何？

白くて長いものが二本、土の上ににゅう、と伸びている。

脚だ。人の脚だ。スカートの裾は捲《めく》れ上り、靴は片方どこかに飛んでいて、白い靴下は弛《たる》んで黒く汚れている。両手は枯れ草を摑み、爪には土が詰まっている。地面を搔《か》き毟《むし》りでもしたのだろう。

——誰？

美由紀は視線を上げる。腰から胸。白い飾紐《リボン》が解《ほど》けて、だらしなく垂れ下がっている。丸みを帯びた優しい肩の線。それに続く細い頸は、
赤黒く捩《ね》じ切れんばかりに。

そして。

「小夜子」

小夜子が、

「い」

小夜子が殺されている。

「厭」

小夜子の屍体だった。

「厭だ」

眼球が半分飛び出している。

「厭だ厭だ」

頸はほぼ直角に折れ曲がっていた。

「いやあッ！」

黒い聖母は——小夜子の手先ではないのか。

それとも、これが他人を呪った報いなのか。

「いやだあああ、小夜子が——小夜子があ——」

美由紀が叫ぶのとほぼ同時に、どさりと何かが落ちて来た。それは藪や枯れ草を掻き分けて回転し、鈍い音を立てて跳ね返るように宙に舞った。

——水鳥の。

それは女物の着物だった。

着物は、やけにゆっくりと、その布地をはためかせて大地に倒れ込んだ。

仰向けになった逆さまの、真っ黒い顔が見えた。

白い眼。

「あ――」

それは一瞬のことで、着物は、一緒に転がって来た地面の上の別の塊に覆い被《かぶ》さるようにして翻《ひるがえ》った。うおお、と咆哮《ほうこう》が聞こえた。何かに襲いかかったのだ。

「止せ！」

地面の黒い塊が叫んで、着物はもう一度弾《はじ》かれ、翻筋斗《もんどり》打って倒れた。塊が突き跳ばしたのだ。そして着物が体勢を立て直す前に、塊は二つに別れた。別れた一方の塊は悲鳴とも嗚《お》咽《えつ》ともつかぬ雄叫《おたけ》びを上げながらずるずると移動して止まった。あれは。

――海棠。

もうひとつの塊は敏捷《びんしょう》な動きで跳ね起きると、更に襲いかかろうとする着物――黒い聖母に体当たりをした。袖から武骨な白い腕が伸びて、打ち当たった塊をむんずと摑んだ。勢い余ってふたつの影は絡まり合うようにもんどりうち、二度程回転して結果聖母が馬乗りになるような形で止まった。

黒い顔。白い眼には瞳がない。女物の着物。袖から出た腕には血管が浮いている。満身の力を込めているのだ。その太い指は、下になった男の頸に取りついているのである。

「おおおお」

聖母は、

——違う。聖母じゃない。

——これは——ただの紋殺魔だ！

紋殺魔は獣のような雄叫びを上げた。

塗り損ねた眼の縁が赤く染まり、顳顬《こめかみ》に血管が這う。

半開きにした口から唾液が筋を引く。

「あ、ああ——」

美由紀は腰が抜けた。死ぬ、殺される。

その瞬間、紋殺魔は後ろに飛んだ。両足で蹴り飛ばされたのだ。

蹴り飛ばした男は機敏に身を起こし、空《す》かさず倒れた紋殺魔の顔を思い切り蹴り上げた。

畳を竹刀《しない》で叩くような音がした。

「この愚か者！」

——探偵！

紋殺魔と闘っていたのは探偵だった。

探偵は二度三度蹴り上げ、紋殺魔は地面を転がって黒い聖母のお宮に打ち当たった。建物はぎいと音を立てる。

「榎木津さん！」

漸く益山と柴田が林を抜けて出て来た。

美江が乱闘の合間を抜けて美由紀に駆け寄り、抱き起こす。

「小夜子が」

騒ぎを聞きつけ学長達も駆けつけたが、手がつけられず遠巻きにしている。止められるような状況ではないにしろ腰抜けもいいところだ。あいつらは、いったい何のために生きているんだろう。何にも出来ないいくせに。何にも解らないいくせに。

小夜子が死んでいると云うのに。

——何なんだ！

美由紀は拳骨で地面を叩いた。

地べたは跳ね返さずに、凹んだ。

「警察だ！　警察を呼べ！」

柴田が叫ぶ。事務長が転がるように駆け出す。

探偵は躰を起こし、歯を剝いて尚も摑みかかる絞殺魔の胸倉を捉えて、力任せにお宮の壁に何度かぶつけた。建物が半壊する。探偵は一歩引いて、

「そ、そう云う仕掛けか」

と云った。

云うや否や探偵は水鳥の模様を掴み、ぐいと引いて、絞殺魔の着物を剝ぎ取った。

絞殺魔はくるりと独楽《こま》のように回り、着物はふわりと一度風を孕《はら》んで探偵の手許で萎《しぼ》んだ。

途端に絞殺魔は、空気が抜けたようにその場に崩《くず》れ落ちた。

益山と柴田が駆け寄り両側から腕を取って押えつける。

探偵は少し息が切れている程度である。

「この愚か者ッ」

正に愚か者——だろう。

「変態が神に勝てると思うか馬鹿者」

そう云って探偵は胸を張った。

幻想が掻き消えた。

黒い聖母が聞いて呆れる。

見れば顔を黒く塗りたくっただけの、作業服を着た普通の男が地面の上で放心しているだけなのだった。白日の下に晒された黒い聖母は、酷く滑稽だった。壊れたお宮から、本物の黒い聖母がその道化者を嘲笑している。

「——隆夫さん」

美江が云った。

絞殺魔——杉浦隆夫——は、ゆっくりとその汚れた黒い顔をこちらに向け、美江の顔を確認して、

「美江——」

とだけ云った。

「こいつはもう逃げも暴れもしないぞ。これは僕が預かっている——」

探偵は着物をひらひら揺すった。

「——だからさっさと警察に渡せ！」

その言葉を聞いて杉浦は肩を落とし、更に脱力した。

益山は探偵の言い分を信用したか、もう柴田ひとりでも大丈夫と思ったか、杉浦の腕を放し、探偵を気遣った。

「榎木津さん、だ——」

「大丈夫に決まってるだろう益山君！　だから初めにこいつが犯人だと云ったじゃないか間抜け。さっさと捕まえていれば女の子は助かっていたぞ！　それから、おい、貴様、助平心が過ぎるからこんな目に遭うんだ。こら確乎《しっか》りしろ！」

探偵は這い蹲《つくば》っている海棠のところに行って蹲踞《しゃが》むと、三回頰《ほお》を叩いた。海棠は自我崩壊でもしたように意味不明の言葉を喋った。失禁しているようだった。

探偵は失望したように云った。

「おお、失敗した。こんなみっともない男を僕は助けたのか！　こいつは頭も格好も悪過ぎる。助けなきゃ良かった！」

探偵はしこたま蔑《さげす》んだ後海棠を突き放した。

誰ひとり手を貸してくれる者もなく、海棠は礼拝堂の壁まで本当に蜥蜴のように這って、蔦壁に凭《もた》れて脱力した。頸の辺りが紫色に変色している。髪も衣服も目茶目茶に乱れ、枯れ草と泥に塗れてどろどろに汚れている。

柴田はそんな腹心を眼を細めて見て、更に放心している杉浦を見てから探偵に質した。

「これはいったい——」

「簡単なことです。僕は散歩に出てあちこち見物した後、その林に分け入ったのです。すると、その小汚い小屋のところに蹲ってる怪しい変態の後ろ姿が見えた。しかも横には女の子が死んでいる」

——死んでいた？

「却説如何《さてどう》するかと、藪の陰に身を潜めていたら、この助平頭悪《あたまわる》人間がしたり顔でやって来た。すると、いきなりその女装変態頸絞め野郎が飛び出して、そこの助平低能力親父の頸に取りついた。眼の前で殺されるのは迷惑だ。だから蹴ッ飛ばしてやったら、三つ巴で肉弾戦になったのです」

「一寸待ってくださいよ榎木津さん。この娘はその時、もう死んでいたんですか？」

益山が尋いた。

「死んでいたとも！」

「しかし——碧君、君——」

柴田が碧を見る。

碧は珍しく悲壮な表情を作っている。

碧は慥かに小夜子と海棠が歩いていたと云った。

これは決定的偽証だ。天使もここに至って語るに落ちたのだ。

だが——上手の手から水は洩れなかった。

「それでは——私、見間違いをしたのですね——」

碧は泣き声で云うと、学長に縋った。傍からは惨劇に怯《おび》える美少女にしか見えぬ。

この状況下に於ても見間違いのひと言で済んでしまう——それが碧の実力なのである。

更に碧は、少し乱れた、それでも尚幼い声で叫んだ。

「——それにしても酷い——こんなことが許されると思っているのですか！　神は絶対にお赦《ゆる》しになりませんわ！」

放心していた杉浦は、その言葉を聞くと怯気《びく》りと痙攣《けいれん》して、頭を地面に擦りつけ、長い嗚咽を漏らした。赦してください、赦してください——と美由紀には聞こえた。

美由紀は碧を見る。

碧には、このみっともない男の嗚咽はどのように聞こえているものか。学長の肩越しに杉浦を注視していた碧は、その視線に気づくと美由紀を一度睨みつけ、再び杉浦を見て、

「――赦されないことですわ」

と云った。

杉浦はひい、と呻いた。

探偵は碧に負けぬ大きな眼でその様子を眺めて、素早く居直り、碧を見た。精悍な顔つきである。

そして探偵は、初めて真面目な口調で云った。

「あんた、知っていいていてなぜすぐに報せなかった」

碧は学長の陰から答えた。

「何の――ことです」

「ここに死骸があることだ」

「意味が解りませんわ。そんな」

碧が顔を伏せる。

学長が庇《かば》うように立ちはだかり探偵を見返す。

教務部長が横を固める。

「ふうん――」

探偵は碧を見たまま、くっきりと濃い眉を、少し悲しそうに歪めて呟いた。

「——あんたも——駒か」

——コマ？

意味が解らなかった。

探偵は肚立たしい様子で云った。

「それじゃあこんな変態何人捕まえても無駄だ！　退治したって何にもならないぞ！　無駄は嫌いだ！　経過《プロセス》自体が事件を生成して行くような陰険な事例《ケース》は僕の好みじゃないんだ。探偵は神のように孤高だ。これ以上下衆の手駒にされるのはもう御免だ！」

益山が慌てる。どう云う意味かと問う。

「——この事件は君達の手に負える代物じゃないな。敵は——事件の作者だ。君達は登場人物だ。登場人物が作者を指弾《しだん》することは出来ないぞ」

事件の作者。それは創造主のことか？

探偵は続けてこう云った。

「益山君！　君はすぐ東京に帰って、大至急京極の奴を呼んで来い」

「中、中禅寺さんっすか？」

「これは僕の仕事じゃない。探偵に必要なのは結論だけだ！　解体は拝み屋の仕事だ！」

「は？　中禅寺さんが動きますか？」

「来る！　箱根の借りを返せと云え」

「箱根？　貸しがあるんですか？」

「あるんだ。尤も、あれも盤に乗れば駒になるか」

探偵は深刻な顔をした。益山は駆け出した。碧は探偵を睨んでいる。学長と教務部長は碧を庇っている。美江は美由紀の横で震えている。柴田は杉浦を押えて困惑している。杉浦は泣いている。海棠は壊れている。小夜子は死んでいる。矢張りここは。

——善くない場所だ。

美由紀はそう感じた。

○否哉《いやや》――

むかし、漢《かん》の東方朔《とうばうさく》、
あやしき虫《むし》をみて怪哉《くはいさい》《あやしいかな》と名《な》づけしためしあり。
今《いま》、この否哉《いやや》も
これにならひて名付《なづけ》たるなるべし。

今昔百鬼拾遺下之巻――雨

8

嫌いな者なら五分と保《も》つまい。圧迫感とも違うし緊迫感とも呼べぬ。本の壁である。整然と並んでいるのだが、どこか騒騒《さわさわ》とした感じがするのは、一冊一冊に込められた妄執だの屁理屈だのが、背表紙を通じて各各《おのおの》主張し合っている所為《せい》だろうか。

益田は京極堂の座敷の書架を眺めている。

布張り。革張り。箱入り。円本。和綴じ。

埃と洋墨《インク》が雑じり合った古書特有の香り。

益田は嫌いではないから妙に落ち着いてしまう。

主は座卓に片肘をつき、不機嫌そうに煙草《たばこ》を喫っている。

益田はその正面に正座して畏《かしこ》まっている。

益田君——と中禅寺が呼んだ。

「はい？」

「そうして硬直していたところでどうなるものでもないよ。弛緩《しかん》し賜え。弛緩」

「じゃあその、引き受——」

「嫌だ」

早い。

「榎木津の投げ出したものを何で僕が受けなけりゃいけないのだ？　僕は忙しいのだ」

「何でも箱根山の事件で貸しがあるとか」

「ないよ。貸したり借りたり相殺《そうさい》すればこっちの貸しの方が多いくらいだ。あいつの揉め事は学生時代から大抵僕が収めてるんだ。絶対に借りはないよ」

「そんなこと云わないで話くらい聞いてくださいよ、中禅寺さん」

「電話で聞いた」

「即刻断ったじゃないですか。矢ッ張り凄い早かったすよ」

「それだけ受ける気がないと云うことじゃないか。最近何かと身辺が騒がしくって本も読めやしない」

中禅寺はそう云って手許の本の頁を捲った。

――読んでいる。

益田が来てから二冊目である。息急《いきせ》き切って来たにも拘《かかわ》らず、益田はまるで相手にして貰えないのだ。

「お電話でお話しした時は気が動転してたんです。何たって一大活劇でしたから。それに、その――」

「亡くなった娘さんのことかね」

「はい。無残でした。無念です」

「君は——警官向きだよ益田君」

「は？　そうですか？」

中禅寺は、そんなことでは探偵は勤まらないよ、益田君——と、益田を見もせずに云った。

「ただ——そう云う気持ちは大切にした方がいい。老婆心《ろうば》乍《しんなが》ら忠告するが、そう云う気持ちを捨ててまで執心する程、探偵は有り難い商売ではない」

それは解る気がした。

探偵が当事者になることは簡単だ。否、関わった途端に、厭でも当事者になってしまうのだ。当事者には事件の全貌は決して見えぬ。見たくなくなる。せめてぎりぎり最後まで外部に止まろうと云う覚悟ぐらいなくて探偵など勤まるまい。

中禅寺は益田の顔色を即座に読み取ったようだった。

「そうだね。客体はどんな形でも主体と関わることで客観性を失う。関わらずに真理に至る以外に探偵で居る術《すべ》はない。榎木津は、無自覚のうちに事件に関わってしまったことに腹を立てているのだ」

——これ以上下衆の手駒にされるのはもう御免だ！

榎木津は慥《たし》かにそう云っていた。

「――あいつは当然降りるだろう。父上の面目は丸潰れになるな。しかしあの父上は稀《まれ》に見る大人物だからね。柴田財閥なんぞはたかが糸屋だ、くらいにしか思っていないだろう。平気だ」

「しかし中禅寺さん。これ以上犠牲者が出るのは」

「益田君。この事件はね、君の知っている多くの事件とは基盤となる原理法則が異なっている。仮令《たとえ》誰がどんな形で関わろうと、結果は多分――」

そこで中禅寺は初めて益田を見た。そして、

「――同じなんだ」

と結んだ。

「どう云う意味です？」

「僕なんかの出る幕はない――違うな――そうじゃない、僕が出ても状況は何等代わり映えしないと云った方がいいかな」

――あれも盤に乗れば駒になるか。

榎木津は、そうも云っていた。益田には意味が解らなかった。だから尋いた。

中禅寺は答える。

「例えば――そう、益田君、君が上京していなければ、この事件、どう云う展開になっていたと思う？」

「は？」

どうなって——いただろう。

先ず、美江の依頼には直接榎木津が対応していた筈だ。その直後に増岡が訪れて聖ベルナール学院の一件を依頼する。もし榎木津が留守ならば増岡は単独で中禅寺を訪ねていただろう。後は一緒だ。発覚の時期は前後したかもしれぬが、いずれ職員名簿から杉浦の居所は知れる。榎木津は尊父に命じられて学院に乗り込む。

何も——変わらない。

「僕は——まるで役に立っていない訳ですか」

「そうじゃないのだよ。益田君」

中禅寺はそこで読んでいた本を閉じた。

「慥かに君が居なくとも——大分遅くはなったのだろうが——状況的には同じ展開を見せただろうね。榎木津はああ云う男だから、多分杉浦美江さんの話などロクに聞かなかっただろうし、増岡さんの説明だってどうせひとつも聞きやしない。だから、名簿も見なかっただろうし、先ず杉浦と云う名前を覚えないだろう。しかしね、榎木津の場合は職員名簿など見なくっても、学院に行った段階で杉浦隆夫を発見して、即刻犯人と断定するに決まっているからね——」

事実、ほぼ断定していたのだ。

「——その点から考えるに、君は真犯人の計画上、絶対に必要不可欠な手駒だったとは思えない。それは、まあ当たり前のことだ。探偵志願の元刑事が頃合い良く榎木津を訪ねることなど、余人に想像できることじゃない。真犯人だって例外ではないから、それは当然だ。しかしね——」

中禅寺はそこで片方の眉毛を吊り上げた。

「——君が時機良く立ち回ってくれたお蔭で、杉浦隆夫に至る道程《みちのり》は、多分最短になったのだ。それだけは事実だ」

益田が探偵を任され、増岡と遭遇して中禅寺宅を訪れたからこそ、無関係な二件の依頼は即座に連結して、僅か数時間で杉浦隆夫は発見された——それは偶然とは云え真実だろう。

「まあ、僕も少しは役に立ったと——」

「そう。真犯人のね」

「は？」

——敵は事件の作者だ。

榎木津はそう云った。

「君は君の意志で行動しているつもりで、知らず知らずのうちに真犯人の計画の一端を担ってしまっていたのだ。真犯人の役に立ってたんだよ」

「え？」

意味が善く解らなかった。

「真犯人の意図するところが杉浦隆夫の発見及び告発にあったならば、予期せぬ益田君の参入は、正に真犯人の計画を迅速に推進すると云う、素晴らしい効果を齎《もたら》した訳だ」

つまり。

益田の執った行動は、事件解決の一助となったのではなく、犯罪計画の達成の一助となったと云うことか？

「でも――」

「ああ。勿論君でなくてもそうしていただろう。もしかして他の人間だったら、また別の行動を執っていた可能性はある。ただ、別と云ってもね、人間やることも考えることもそう大差はないものだ。遅かれ早かれ結果は同じさ」

「それは――」

益田は幾つかの選択肢を考える。

そして無限にあるだろうと思われた己の行動の選択肢は、ことこの事件に関して云えば、殊の外少ないことに気づく。

それにしても、何故真犯人が事件解決の布石を打たねばならぬのだろう。

杉浦捕獲の意味は――。

「つまり杉浦は真犯人ではない――生贄山羊《スケープゴート》だと、そう云うことなんですか？」

「違うよ」

中禅寺は感情の籠らぬ口調であっさりと否定した後、杉浦隆夫は九分九厘連続絞殺犯だろうね——とこれまた抑揚なく断定した。

「じゃあ」

「だから解決しているんだよ。いいじゃないか」

「善くないですよ。だってその真犯人とやらの意図が解らないです。真犯人は杉浦が邪魔にでもなったのですか？　慥か先日、中禅寺さんは杉浦を捕獲することで場が変わるとか仰ってましたが、それでは第二幕は、いったいどうなると云うのです？」

「杉浦は呼び水なんだ。真犯人は杉浦を告発することで——暗に次の犯人を名指ししているんだな」

「次の犯人？」

——織作碧。蜘蛛の僕。

呉美由紀の立てた筋道は正しいと、益田は思う。

ならば次の犯人は碧である。

そして、犯人が碧だったなら、杉浦の検挙は手痛い打撃であるに違いない。美由紀の想像が正しければ、杉浦は麻田夕子を突き落とした碧を目撃している筈なのだし、売春疑惑の鍵を握るのもまた杉浦なのだ。

中禅寺の云う通り、杉浦の捕獲は碧を指し示す、明確な座標となる。ならば。その真犯人とやらは、碧の罪を暴くために、杉浦の存在を浮かび上がらせたとでも云うのか。

——こんな変態何人捕まえても無駄だ！

——あんたも——駒か。

碧に向けた榎木津の言葉である。

——どんな意味がある？

まだ後があると云う意味なのだろうか。

——目潰し魔か。

目潰し魔は黒弥撒《ミサ》と密接に関わっていると思われる。即ち碧の摘発——売春組織の実態解明は、連続目潰し殺人の解決に繋がる可能性も持っている。

ならば、中禅寺の云う次の犯人とは目潰し魔を指しているのかもしれぬ。いずれ少女売春に絡んで、杉浦は三人、目潰し魔は四人も殺しているのだ。益田がそう述べると中禅寺は僅か顔を上げ、云った。

「目潰し魔はもうひとり殺しているよ。榎木津が絞殺魔と格闘している、丁度その頃、すぐ近くでね」

「そう——なのですか」

「今川君から連絡が入った」

「今川さん？　古物商の？」

今川は箱根山僧侶殺害事件の容疑者だった男だ。

益田はその独特の風貌を思い起こす。

「なぜ――今川さんが？」

「縁あって織作家に赴き、是亮殺害に巻き込まれて足止めを食い、挙げ句暴走刑事に引き摺られて危険な場所に出向いてとばっちりを受けた。全く以て絵に描いたような巻き込まれ型関係者だな。もうひとり知人が巻き込まれて怪我をした。暴走した刑事は、僕や榎木津の友人だ」

「そりゃまた――大挙して関係していますね。こりゃ中禅寺さんに出馬しろと云っているようなものですよ」

「馬鹿なことを云わないでくれ賜え。何度も云うが関わる人間が増えることこそ、敵の思う壺だ」

「だからその敵は誰なんです？」

「蜘蛛だろうな」

巣の真ん中に居るのは――矢張り蜘蛛か。

「その蜘蛛は、何を企んでいるんです？」

「解らないよ――」

中禅寺は即答した。ならば自信を持って解らないに違いない。

「——情報が少な過ぎる。否——流布している情報は凡《すべ》て、元のところで蜘蛛に操作されている。だから第三者のどのような判断も、どのような行動も、凡て蜘蛛の引いた筋書き通りに運ぶんだ」

「だから動きたくないのですか？」

中禅寺は答えなかった。

小鳥が啼《な》いた。

益田は考える。

凡ての事件は織作碧に収束する。

更に裏があるとは益田には到底思えない。

実際出来過ぎた感のある偶然は幾度か重なった。

しかしそれが何者かの意図の下に織り上げられた必然だとは、益田にはどうしても思えない。理屈は解らないでもないが、実感が伴わない。

中禅寺の云う真犯人——蜘蛛を中心に想定することが益田には難しいのである。想定したところでその意図は皆目不明だし、それは中禅寺にも解らないのだと云う。ならばそんなもの想定するだけ無駄ではないのか？　事件の中心に居るのは織作碧ただひとりなのではないのだろうか。それならば——。

矢張りこのまま手を拱《こまね》いているのは得策ではないように思う。

なぜなら——。

杉浦が捕まっても尚——織作碧は未だ安全圏に居るからである。

中禅寺の云う通り、杉浦の捕獲は様様な角度から次の犯人として碧を名指ししている。

しかし指名された当の犯人——碧は安穏としている。碧は疑われもせず、このまま逃げ切る可能性もあるのだ。

益田がそう告げると、中禅寺は大層な怪訝《けげん》な顔をした。

「君の云っているのは織作家の四女のことだね？」

「そうです。杉浦も、蜘蛛の僕も、もしかしたら目潰し魔も碧が束ねて操っている可能性がある。それに——麻田夕子を殺したのは碧本人です」

「それは判らないことだよ。ただ君の話を聞く限り、情勢は慥かにその織作家の四女の方を向いているようだね。だが、どれ程賢いか知らないが、その娘が本当に君の云うような形で事件に関わっているのなら、遠からず必ず捕まる。実行犯は捕まっているんだ。杉浦隆夫は自白しているのだろう？」

「供述しました。着物剝ぎ取ってからは人が変わったように温柔《おとな》しくなって、本田幸三、織作是亮、渡辺小夜子を殺害し、海棠卓を襲ったと素直に——」

益田は思い出す。

一切の抵抗を止めた妖怪は脱力していた。

そして縛られてもいないのに柔順に従い、柴田に引かれて会議室に連行されたのだった。

手拭いで闇を拭い取ると、その下には薄汚れた凡庸な三十男の顔があった。

そして警察の到着を待たずして、誰が問い質《ただ》した訳でもないのに、杉浦は雄弁に己の罪科を語り始めた。

自分は駄目な男だ、人間を失格している。

自分は社会の屑だ。犯罪者だ、人殺しだ。

死刑にしてください——。

そして同席していた美江を指し、そこに居る女性は何も関係ない、その人と自分はもう縁が切れている、どうぞ勘弁してやってください——と、土下座して懇願したのだ。

その懇願を聞き入れてくれる立場の人間は、その場には居なかったのだが。

「彼は川野弓栄との関係は認めたのか？」

「それも認めました。織作碧が関わっているかどうかは別にして、学院内の売春組織もまず確実に存在します。これは学院側としては相当のダメージです。学長なんかは卒倒寸前でしたから——ただ」

「ただ何だね？」

「生徒の名は云わんのです」

「売春行為に加担したことは自白したのだろう？」

「ええ。売春の斡旋《あっせん》は認めました。しかし一切個人名は出していないんです。口が裂けても云えないと云う。杉浦は川野の跡を継いでポン引きを続けていた訳ですから、顧客の方の名前や何かも当然承知している筈なんすけどね。そっちも語らない――」

杉浦の黙秘を盾に、学院側は現在も尚、売春に関する杉浦の供述を凡て嘘だと主張している。往生際《おうじょうぎわ》が悪い。公表するしないは別にして、いい加減認めるべきではないだろうかと、益田は思う。

だから――織作碧も依然灰色のままなのだ。

「このままではもしかしたら杉浦隆夫の単独犯行で幕――と云うことも考えられます。否、その確率は高いですよ。中禅寺さんの云う通りに次の場面が立ち現れるとは、僕には思えないんですよ。杉浦隆夫の捕獲はただそれだけで終わってしまう可能性の方が高いんです」

「そんなことはないと思うがな――」

中禅寺は暫く中空を見つめて考えていたが、やがて視線を益田に向け徐《おもむろ》に云った。

「――日本の警察は優秀だ。杉浦が自白せずとも状況証拠は出るだろうし、その娘が犯罪に関わっているなら必ず捜査線上に上るよ。こうなった以上は何よりも先ず警察に頑張って貰うことだな」

そして再び手元の活字に視線を落とす。

益田はそれを引き戻すように云う。

「それが駄目なんですよ」

中禅寺は憮然とする。

「君は先月まで警察官だったのだろう？　警察機構を過小評価してはいけないよ」

「そうではないのです。僕は警察が無能だと云っている訳ではないのです。その、現状そう簡単には行かない事情がありまして――現在ですね、警察は殆ど動きを封じられているんです」

どう云うことだと中禅寺が睨みつける。益田は身が竦む。慣れぬ者にとって彼の表情は凄く怖い。

「――その、学院が杉浦を引き渡さ、な、い、のです。売春疑惑が確実になるまでは渡せない、と」

「そんな馬鹿な話があるか。殺人事件だよ」

「学院側も必死なんですよ。杉浦の自供を丸呑みで信用することは生徒の売春の事実を認めることになる。学院側としてはそれだけは認めたくない――」

指紋でも何でも、何か証拠でも出れば速やかに引き渡すが、兎に角杉浦の動機の基本に生徒の売春がある以上は、おいそれとは渡せぬと云う訳である。

杉浦が海棠を襲撃したことは衆目の事実である。だから海棠に対する傷害、及び殺人未遂は免れまい。

しかし別件——三件の殺人事件に就いては、偏《ひとえ》に榎木津がそう云っているだけのことで、物証は一切ないのだ。自白だけである。杉浦が幾ら自供したところで、現段階では本田や是亮を殺した犯人も杉浦であると断言することはできない。小夜子殺しにしても同様だ。榎木津も、杉浦が小夜子の死骸の横に潜んでいるところは見ているが、頸を絞めている現場を見ていた訳ではないのだ。

早い話、榎木津とても小夜子殺しに関しては立派な被疑者なのである。学院側はその点を主張する。

だからと云って被疑者引き渡しを拒むと云うのは言語道断なのだが。

大分遅れて現場検証に訪れた千葉本部の連中は、当然のように怒髪天《どはつてん》を突く勢いで抗議した。しかし何を云っても無駄だった。兎に角先入観を持たずに捜査してくれ——何か判明したらその段階で協力する——学長はそう鸚鵡《おうむ》のように繰り返した。

「生徒達の親が親ですから政治的な判断もあるのでしょう。現在善後策が検討され、取り敢えず生徒を親元に返す算段がされています」

柴田勇治はかなり困惑したようだが、学院死守派連中は大層頑迷で、柴田財閥の古狸《ふるだぬき》連中のあざとい指導もあったらしく、已《や》むを得ずそうした態度を取っているようだった。

今頃は学院に財閥の弁護団が大挙して乗り込み、千葉警察と喧喧囂囂《けんけんごうごう》やり合っていることだろう。

増岡は多忙だと云っていたから固辞した可能性は高いが、そこは天下の柴田財閥、お抱え弁護士だけで三十人はいるらしいから、ひとりくらい欠けたところで平気だろう。

「――ですから中禅寺さんの仰る通りに杉浦の捕獲が次の犯人を指摘するものだとするなら、現状それはそうすんなりとは行かないと云うことです。否、仮令今後、警察が上手く介入できたとしても難しい。次の犯人はしぶといんですよ」

「それは織作碧のことかね？」

「そうです。柴田勇治氏は、貪欲醜怪な有象無象《うぞうむぞう》の頂点に居る割りには中中公正な審判を下すご仁ですが、その柴田氏をして碧は無関係だと考えている。あの娘には何か底知れぬ魔力があります。学長以下いい大人が云いなりなんです」

中禅寺は、困ったものだなあ、識者たるべき者達のそう云う態度や状況こそを問題にするべきだよ、とぼやくように云って腕を懐に仕舞った。

「会ったことがないからそう云うことが云えるんですよ中禅寺さん。それに」

「それに何だね？」

「黒魔術は――警察の手に負えるものじゃないす」

「黒魔術？」

「そうです。あれは黒魔術です」

「黒魔術など中学生に使える訳がない」

「勿論摩訶不思議な力が働いているとは僕も思わないですがね。それにしても、このままではどうにも埒《らち》が明かないんですよ。碧は全く動じてない。その自信の背後に何があるのか、僕なんかには解りませんが、あの薄気味の悪い状況は、敢えて呼ぶなら正に黒魔術とでも呼びたいくらいです。僕なんかじゃあどうしようもない。ですから——学院に行ってくださいよ、中禅寺さん。榎木津さんが降りてしまったら、もう頼みの綱は中禅寺さんくらいなんですから」

「執拗《しつこ》いなぁ君も。行って僕に何ができると云うんだ？　犯人は警察に引き渡されていないと云うだけで、もう捕獲されているんだろ。行って警察と学院両方を説得するのか？　僕は調停員じゃないぞ」

「それは——」

益田は口籠る。中禅寺は腕を組む。

「まあ君の憂慮は解らぬでもないよ益田君。ただ、君が思っている程織作碧は強《したた》かではないとも思うがね。うん——そうだなあ——」

中禅寺は少し溜めてから徐《おもむろ》に云った。

「——君がそこまで云うなら——話だけでも聞こうか。因《ちなみ》に杉浦の証言から得られた事実を聞かせてくれるかね？」

「はい——」

聞く気になってくれただけでもしめたものだ——と益田は思った。だから出来るだけ詳細に、言葉を選んで杉浦の証言内容を語った。

杉浦の話に依ると、川野弓栄は一年以上前から学院の娘達を使って荒稼ぎをしていたらしい。

何しろ良家の息女だろ、しかも十三四の小娘だからねエ、それは異常に高い値で売れるのサ——と、弓栄は杉浦に吹聴《ふいちょう》したそうである。何より少女達は一銭も報酬を要求しなかったらしく、花代は全額弓栄の元に残ったらしい。丸儲けだったのである。

「どうあれ買う奴が悪いよ」

中禅寺は吐き捨てるように云った。益田もそう思う。

いずれ買ったのは一般庶民ではないのだ。

「それに就いて杉浦は何と云っている？」

「話を聞いて、非常に憤慨したそうです」

「憤慨？」

「はい。何でも杉浦隆夫は女子学生に命を救われた過去があるらしい。善く解りませんが、それでまあ人一倍思い入れが強かったのだそうです。あ、その少女に性的興味があると云うようなタイプじゃあなかったようです。寧《むし》ろ少女を崇拝しているような印象でしたね。その崇《あが》めるべき少女を使っての売春など、彼にしてみれば以ての外《ほか》だったのでしょう」

「崇拝？」

「はい。穢れなき崇高なものだと云うようなことを繰り返し云っていました。それに比べて自分は薄汚い豚ですとか、無能な虫螻蛄《けら》ですとか何とか。夫のあまりの卑屈さに美江さんは泣いていましたがね」

中禅寺はふうん、とまるで榎木津のような反応をしてから、それでどうした、と尋いた。

「しかし杉浦は弓栄に悖《さから》えなかった」

「何故だね？　堪えられぬ程怒っていたのだろう」

「犬だったんですよ、彼は――」

中禅寺は解らんな、と云った。

こればかりは流石《さすが》の中禅寺でも聞かなければ解らないだろうと、益田は思う。

「そもそも杉浦が弓栄と知り合ったのは、浅草の某倶楽部だそうです。去年の九月のことだそうで」

「倶楽部とは何だ？」

「好事家が寄り集まって悪趣味な集《つど》いをする、エログロの秘密倶楽部ですよ。八月末に家を出た杉浦は半ば浮浪生活を幾日か送った後、その倶楽部で皿洗いだの掃除だのして暮らしていた。弓栄はそこの経営者とも出来ていて、杉浦を見つけて貰い受けた」

中禅寺は眉を顰《ひそ》める。

「貰ったってのは何だ？」

「ですから文字通り貰ったんですよ、犬の子みたいに。弓栄と云う女はどうやら加虐嗜好者《サディスト》だったらしい。杉浦ってのは、まあ、僕が見たって被虐嗜好者《マゾヒスト》ですよ。そこはそれ、蛇の道は蛇ですわ。杉浦の資質を弓栄はひと目で見破って、まあ愛玩動物《ペット》代わりに引き取ったんです。何だか胸がムカツク話でしょう」

「心温まる素敵な話ではないね」

中禅寺は益々厭な顔をした。

「加虐嗜好に被虐嗜好ですから、こりゃ破《わ》れ鍋に綴《と》じ蓋でしょ。それで、杉浦は第二の人生をバー『渚』で送ることになった訳ですが、まあこれは表向きの話で。弓栄はご多分に漏れず男出入りが激しくって、情夫《おとこ》と云うのも常時五人は居たようですから、一匹だけ常駐してるってのは、こりゃ邪魔です。最初から売春斡旋《あっせん》の手先にするつもりだったようですね。まあ何をされたか、ヒロポンなども使ったらしいが、僅かな間に杉浦はすっかり犬として調教されてしまったんですね」

「下品な表現だな益田君」

「下品な話なんですよ。杉浦は完全に云いなりになってしまった。精神的に不安定な時期に拙《まず》い展開だったのじゃないですか。それで、調教が終わるや否や、九月下旬に学院に潜入させられた訳です」

娘達の居るのは人里離れた全寮制の学院である。連れ出すのは勿論、自由に連絡を取ることすら難しい。杉浦は週に何度か買い出しと称して町に出て、弓栄と繋ぎをつけ、何日何時に誰それをどこへ、と指令を受けて戻り、夜陰《やいん》に紛《まぎ》れて少女達を下界まで誘《いざな》う――そう云う手筈になっていたのだそうだ。

「それまで――つまり杉浦が奉職するまでは、月に一度、少女達の方から指定があった日に限り、売春は行われていたらしいんですけれどね。それが中禅寺さん、初回はなんと六万円、二回目以降の娘は半額の三万円は取ってたと云う。六万ですよ。五十円の天麩羅蕎麦《てんぷらそば》が千二百杯喰える」

「そんなものと比較しないでくれ」

「はあ、不謹慎でした。兎に角弓栄は金に目が眩《くら》んだんでしょう。この月に一度を週に一度に企画変更しようとしたんです。それが杉浦派遣の理由です。手先の監視者を娘達の傍において、強請《ゆす》り紛《まが》いの脅《おど》しをかけつつ娘達を云いなりにしようとした――」

「なる程」

「しかし――意外や意外、杉浦隆夫は少女の味方だったんですよ。飼い犬が手を咬んだ訳です。弓栄は思惑が外れて怒り、その辺で軋轢《あつれき》が発生した。この事実は、実は呉美由紀君が、亡くなった麻田夕子から聞いた話とピタリと符合するんです」

呪いの件か、と中禅寺は実に厭そうに云った。

「そう。何か悶着があって、あの淫売は呪われた——と、夕子と云う娘は告白している。そしてですね、娘達を喰い物にしようとしていた川野弓栄は見事に呪われて、十月の半ばには殺されてしまった」

「杉浦はどう立ち回ったのだね？」

「簡単です。杉浦は寝返ったんです。彼はご主人様を加虐趣味の女王様から悪魔崇拝主義の少女に取り換えて、少女達の犬になったんです。少女達は邪魔な弓栄を呪い殺し、杉浦と云う忠犬を手に入れて、思いのまま、それまでと同じように、自らの意志に基づく売春——夕子の言葉を借りれば黒弥撒《ミサ》を行っていたのだそうです」

中禅寺は腕を組んで中空を睨み、馬鹿馬鹿しい——と云った。

「馬鹿馬鹿しいんですか？」

「馬鹿馬鹿しいよ。何が黒弥撒だ。冗談じゃない、子供の遊びにしても程がある」

中禅寺は不服そうにそう云った。

そして険のある眼で益田を睨んだ。

「それで杉浦は何故殺した——と云っている？」

「贖罪《しょくざい》だそうです」

「何の贖罪だ」

「ですから」

幾ら少女達が望むこととは云え、売春の手引きなどをしている自分が塵芥屑《ごみくず》のように思えた——杉浦はそう述懐した。そして、自ら望んでもいないのに性的虐待を受けている渡辺小夜子のことを知り、何とかしてやろうと思ったのだそうだ。

「偶然知ったと？」

「そりゃまあ偶然は偶然でしょうね。聞いちゃったんですよ、呪いごっこを」

「そう——かな。だが、それでは殺害された渡辺小夜子が本田幸三に陵辱されていたと云うのは事実なんだね？」

「はい。本田幸三と云うのは本当にその渡辺小夜子を、その——手籠めにしていたらしい。杉浦は一度それらしいところを目撃して、ずっと気に懸けてはいたのだそうです」

「さっきからの君の報告に依れば、亡くなった山本女史も本田幸三を問題視していたと、柴田勇治氏はそう云っていたんだろう？」

益田が説明している最中は上の空で、まるで聞いていないように窺えたのに、その実ちゃんと聞いている。中禅寺は榎木津とは別の意味で扱い難い。

「そう云ってました。イヤ、本田は生徒だけじゃなく、女教師にも猥雑《わいざつ》な接し方をしていたらしい。彼女が問題にしていたのは寧ろそっちらしいですがね。どうも昨年の夏以降素行がおかしかったようです。まあそれはそれとして。杉浦は小夜子さんを気に懸けてはいたと云うんです。そこで——」

「彼女が本田を殺したい程怨んでいると知った――立ち聞きしていたのだな」

「そうのようです。まあ、呉君のニュアンスでは呪いごっこだったらしいですが、杉浦はそうは思わなかったんですね。何しろ陵辱現場を目撃しているそうだし。やがて彼女――渡辺小夜子が蜘蛛の僕――己の主人に接近しようとしていることも杉浦は知ってしまった。そこで彼は煩悶した訳です。小夜子まで売春させるようなことになってしまってはいかんと、そう思ったと云う」

「それで渡辺小夜子が悪魔崇拝者と深い関わりを持たぬうちに、一刻も早く小夜子の願いを聞き届けようと本田教諭を殺害した、と云うのだな？」

「はい。渡辺小夜子のことで話があると云って本田を屋上に呼び出して絞め殺した。顔を黒く塗ったのは誰かに見られた時の用心だったらしいですが、素《す》っ頓狂《とんきょう》な扮装《ふんそう》の方の意味は不明ですね――」

女物の着物を羽織っていた理由は解らない。

「――兎に角本田は殺したが、これはひと足遅かった。と、云うよりも時機《タイミング》が最悪だった訳で――」

小夜子は夕子を通じて確乎《しっか》りと蜘蛛の僕の毒に触れ、平常心を完全に失って、本田の屍体を見るに至って身を投げた。杉浦はそれを地上で受け止めたことも証言した。その時出来たと云う打撲の痣《あざ》も残っていて、益田もそれを見た。

中禅寺は納得が行かないと云う顔をした。

「それで麻田夕子の死に就いては？」

「語りません。落下して来たとだけ」

「どうも――出来過ぎているな。多分その証言、と云うか述懐は殆どが事実なのだろう。事実なのだろうが――そう、もう一本裏糸があるぞ」

「糸ですか？　ううん、まあ、それで杉浦はその時小夜子さんに、死んではいかん、何も語るな、私がひとりでしたことだ、と語ったらしい」

「それは本当にそうだろう。殺人は盗み聞きをした杉浦が勝手に行ったことなのだし、別に小夜子さんが殺人を教唆《きょうさ》したと云う訳ではない」

「最初はね。しかし小夜子は気づいてしまった。顔を黒く塗ったって作業服のまま――まあ変な着物を着ていましたがね――誰かは判ります」

小夜子は是亮の恐喝行為が始まると、こっそり自分を助けてくれた黒い聖母――杉浦のところを訪れたのだそうである。そして、多くを語らずに、にも拘らず多分非常に雄弁に、殺人の依頼をしたのだそうだ。

「それで、依頼を受けた杉浦は新たな恐喝者である織作是亮も殺害した、と云うんだね。小夜子の――ために」

「小夜子のために」

その当時是亮が何故緊急に金を欲しがっていたのか、その理由も明らかになっている。是亮は学校の運営資金を横領していたようで、それが発覚して責任を問われていたのだそうだ。本田殺害の事後処理に柴田が乗り込んで来て、それはすぐに露見した。更に折悪く雄之介が急逝した。見限られていたとは云うものの、頼みの綱だった大織作に逝《ゆ》かれ、是亮は破れかぶれだったようである。

「雄之介氏の葬儀の日の朝、是亮は呉君と渡辺小夜子に狼藉《ろうぜき》を働いている。それを杉浦は見ていた——」

杉浦は門で待ち伏せ、帰宅する是亮を追った。

例の着物を羽織り——理由は解らぬが、どうしてもその時それは必要なのだそうだ——そのままでは目立つので畑仕事の際に使う蓑笠を更に上から纏《まと》って、杉浦は是亮を追って校門を出た——と語った。

葬儀をこっそり抜けて来た手前自動車は使えなかったらしく、是亮は徒歩だったから、森の中で捕まえて殺そうと思ったのだそうである。しかし是亮は思ったより足が速く、土地勘がない杉浦は途中で標的《まと》を見失った。

その日、どうやら是亮は列車に乗っている。

学院に一番近い駅は興津駅である。織作家の屋敷は明神岬にある。その岬は興津駅と隣の鵜原駅の中間、やや鵜原寄りにある。

少少行き過ぎる格好にはなるが、鵜原駅からの方が距離は近い。屋敷に行くなら列車を利用した方が早いのだ。しかしその時是亮は更に隣の勝浦まで行ったらしいのだが。

杉浦は興津駅には向かわず、直接岬に向けて歩を進めたのだそうだ。

杉浦が織作家に着いたのは、丁度棺を埋葬をしている最中のことだったらしい。

聞けば織作の家は屋敷の敷地内に墓所があるのだそうである。

人が大勢居て、杉浦は怖くなってその場から逃げた。

そもそも、杉浦隆夫は対人恐怖症なのである。

仕方がなく杉浦は寺に行ってみたのだそうだ。こちらは葬式組が鯨幕を片付けているところで、矢張り是亮は居なかった。已《や》むなく寺で一夜を明かし、未明のうちに屋敷に赴き、メイドや使用人の隙を狙って庭に潜り込んだのだそうだ。

是亮は昼に勝浦から帰宅した。

そして杉浦は、是亮を殺した。

これで美由紀の推理の殆どは裏付けられたことになる。

ただ一点——織作碧の疑惑を除いて。

中禅寺は何か考えている。

やる気が出て来たのだろうか。

「杉浦は小夜子のために二人を殺害して——そしてその小夜子も殺したんだな？」

「そこが——解らんのですよ」

杉浦はそのことになるとおいおい泣くだけで爽然要領《さっぱり》を得なかった。海棠に就いては是亮と同様の理由で殺そうと思っていたらしいが、考えてみればそれは変である。是亮同様の理由となれば、それ即ち小夜子に依頼された——小夜子のために殺した、と云うことになる。

小夜子のために——。

その小夜子を先に自分の手で殺しておいて——。

その上で、小夜子のために——。

「これは難題なんです。考えられることと云えば——例えばですね、呉美由紀の証言は全部嘘だ、とか」

「君の云いたいことは予想がつくよ益田君。呉美由紀と渡辺小夜子は立場的には置換可能だと云うのだろう？　杉浦を操っていたのは美由紀の方だと」

「そうです。本田に犯され、怨んでいたのは実は呉美由紀だとか——しかし、そりゃないのです」

「何故だ」

「あの娘はそう云う子じゃない」

「ほう。根拠は？　印象かね？　それとも君は見かけに寄らず女性に詳しいのか」

「根拠すか？　榎木津さんが云っていた。その娘はそう云うんじゃないぞ——と」

中禅寺はなる程ね、と云い、

「まあ呉と云う少女に振られた役は、僕や君に振られたのと同じ役なのだろうから、それはないだろう」

と云った。

「如何せん杉浦が小夜子を殺す謂《いわ》れはどこにもないですよ。杉浦は悪魔崇拝者ならぬ少女崇拝者なんです。しかも殺人の動機は小夜子を思ってのことだし」

「しかし実際に殺しているんだから謂れはあるのだろう」

「それはそうなんですが――」

中禅寺はひと頻《しき》り顎を摩《さす》ってから云った。

「君の話を聞く限りは君の想像通りだ。次の犯人に指名されているのは織作碧だな――」

そして更にはこう結んだ。

「――僕が出るまでもない。いずれ碧は捕まる」

「そ、そうですか？」

益田には到底そうは思えない。このまま放置しておいて、碧がむざむざ尻尾を出す訳はないのだ。

それなのに――中禅寺は落ち着いた声で云った。

「そうさ。だってその杉浦の供述は穴だらけだぞ。益田君。直接聞くまでもない」

「はあ。まあ警察の取り調べじゃあないですから。凡て杉浦の勝手な独白ですし」

「だから問題なのだ。警察に尋問されて、都合の悪いことを黙秘するなら解る。自発的にぺらぺら語っておいて、そのムラは何だ」

何だと問われても益田も困る。

却説《さて》、凡てが偽りとも思えぬし語れぬ理由があるのだろうなあ、などと云い乍《なが》ら、中禅寺は頬杖《ほおづえ》をついて黙った。

「そのムラって、例えばどんなムラです？」

「沢山あるよ。例えば——織作家の庭に忍び込んだ杉浦はどうやって邸内に侵入したのだ？」

「鍵が開いてたんでしょう」

「偶偶《たまたま》か？　織作邸と云うのは広くて迷路のように入り組んでいるのだ——と、今川君は云っていた。隣の部屋に行くにも階段の昇降が必要だったりするのだそうだ。そんな迷宮のような邸内を、何処に居るか判らない是亮の居場所目掛けて一直線に、誰にも見咎められることもなく進んだのか？　いったいどうやって？」

「それは——」

偶然でしょうと云いかけて益田は止めた。

今回に限り偶然は偶然ではないらしい。ならば——。

——碧が導いたのではないのか？

益田がそう云いかける前に中禅寺は続けた。

「それから――問題なのは――何故杉浦は本田幸三をその日に殺したのかと云うことだ」

「その日と云うと？」

「君もさっき云っていたじゃあないか。本田を殺した時機《タイミング》、これは最悪だよ。だってそうだろう。小夜子に蜘蛛の僕と接触して欲しくないと思う気持ちがあるなら、とっとと殺してしまえばいいことだろう。本田を。姿を隠していた麻田夕子が呉君と小夜子さんの前に引き出され、悪魔崇拝者達の実態を語ってしまってから実行したって遅いじゃないか。しかし、杉浦はぎりぎりまでずっと動かなかったんだ。変だろ？」

「変――っすね」

「変だろう。これは、もたもたしているうちに後手に回ったと云うよりも、寧ろ時期を待っていたのじゃないか。どうも申し合わせたような感じがするけどなあ」

「誰と何を申し合わせるんです？」

「だって、その夜は、第三の呪いが成就したことが判明した夜なんだろ？」

「そうですが」

「杉浦は悪魔崇拝者達の手先だったのだろう？　当然彼女達の動向をある程度知っていた筈じゃないのか？　いつ誰を呪ったのか――知ってたのじゃないか」

「それも、まあそうでしょう」

「立ち聞きしたのは前日の午後なんだし、小夜子達は悪魔崇拝者との接触を望んで積極的に行動しているのだ。本当に両者の接触を彼が怖れていたと云うのなら、すぐに何か別の手を打つか、或はその日のうちに仕事を済ませると思うがね」

「ううん。杉浦は——蜘蛛の僕の動向を知っていたからこそ、もう拙いと思ったのじゃないですか？　何せ人殺しですからね。流石の杉浦も躊躇《ちゅうちょ》していて、躊躇しているうちに小夜子達は蜘蛛の僕に急接近してしまった。これ以上日が経つと小夜子は蜘蛛の僕に取り込まれてしまうと思った。それで決意を堅めて決行した——とか」

「なる程。それはそれでもいい。しかし——麻田夕子が引き出されて来たのがその日だったのは偶然じゃないだろ。新聞が手に入ったからこそ夕子は小夜子達に引き合わされたんだろうと思うが。そして、新聞を手に入れたのは当然杉浦の筈だ」

「そう——ですね」

益田は生返事をしたが、実はそれがどう云う意味なのか善く解らなかった。

「大体ね、小夜子達が自分達のことを調べていると云うことを、悪魔崇拝少女達は何故知ったのだ？」

「それは一年生の——坂本さんか。その娘が」

「拷問《ごうもん》されて白状したと云うのか？　それではその、坂本と云う娘のことは何故知れたのだね？」

「それは──」

「坂本なる娘が自主的に密告したと云うのはまずないだろう。酷《ひど》い目に遭うことを承知でそんなことをする物好きは居ない。目撃した友人と云うのも同じ立場だろう」

「じゃあ──もしかして、坂本は元元蜘蛛の僕の同志だった、とか云う線はどうです？」

「真逆。誰が聞いているか判らない図書室で、同志達が自分達のことを噂してたのか？」

「それは──例えばその噂からして、既に小夜子を嵌《は》めるための罠だったとか云うことはありませんか？」

「ないよ」

一蹴《いっしゅう》された。

「小夜子達は関わりを持って来たから問題にされたのだ。知らなければ関わらなかっただろうし、関わって来ることは初期段階では絶対に予測不可能だ。これが罠だとしたら自爆するための罠になってしまう。わざわざ自分達のことを喧伝しておいて、それを耳にした人間に制裁を加えるのか？　何の意味がある？」

「そうか──」

呪いをかけるような悪魔集団だから凡てお見通しでも不思議はない──と、益田ですら思い込んでいたようだ。どうも雰囲気に呑まれている。

それは稚拙な先入観に過ぎない。

冷静に眺めてみるなら——呉美由紀と渡辺小夜子が自分達のことを嗅ぎ回っていると、蜘蛛の僕はたった一日で看破していることになる。

中禅寺の云う通り必ず情報源がある筈である。

「ううん。では、どうやって知ったと云うんです？」

「それは簡単だ。聞いていた奴が居たのだ」

「杉浦の他に——誰か盗聴者が？」

「違うよ。杉浦だよ」

「あ——」

「証言通りなら、杉浦はその呪いごっことやらを聞いていたのだろう。彼が本当に小夜子と悪魔崇拝者の接触を厭うていたならば、当然沈黙するだろうな。だが、本当に彼が沈黙していたならそんなに早く情報は洩れないのじゃないか？　大体彼は、君の言葉で云えば犬なんだろ？　犬なら先ず——尻尾を振って主人に報せるよ」

「杉浦が小夜子達のことを——密告した？」

そうなら、それだけで事件の様相は一変する。

中禅寺は然程《さほど》間をおかずに、

「それから——小夜子はなぜ屋上に上がった？」

と、意外なことを尋いた。

「そ、それは自殺するためでしょう」

そうかなあ、と云って、中禅寺は思わせ振りに顎を摩《さす》った。そこまで疑うのか。

「まあ錯乱していたのは事実だろうし、そう云う場合死んでやるとか叫ぶのは常套だが、本気で死ぬことを考えているのならそんな宣言はしないよ。死ぬ死ぬ云うのは大抵止めて欲しいからだ」

「でも、真実投身はしています」

「そうだね。だがそれは寧ろ、本田の屍体を見てしまったから、衝動的に跳んだのじゃないのかな」

「ああ――」

投身したと云う事実を知っているから気にもしなかったが、自殺未遂が突発的なものなら話は別だ。小夜子は屋上に駆け上がってから死を選んだのだ。

「そうですね。仰る通りです。最初から死ぬつもりだったなら不自然ではありませんが、投身を勘定に入れなければ、何の誘導もなく、本田の死骸に引き寄せられるように屋上に登ると云うのは少少不自然な気がします」

中禅寺は頬杖の腕を替えた。

「益田君。それは、もし自殺するつもりなら、そこは最適な場所だ――と云う意味か？」

それは事実である。

敷地内に背の高い建物は沢山あるが、飛び降りようと思うなら校舎以外にない。寮は無人になることはないし、飛び降りるのに適した場所もない。礼拝堂や聖堂の方は屋根に上がることができない。屋上がある建物は校舎だけなのだ。しかも屋上へ出る扉には鍵がついていないのだそうだ。

益田がそう云うと中禅寺は、

「そうか。それだからこそ校舎の屋上で本田は殺されたんだ」

と云った。

「本来裏庭でも校庭でも良い訳だろう。否、どうせ呼び出すなら杜《もり》の中なんかの方が都合が好い。すぐに埋めるなり出来るからな。それをわざわざ屋上で殺してる。誰かに見せるためにそこは選ばれたんだ。選ばれた理由は、飛び降り易い場所だったから——だろう」

「待ってくださいよ。小夜子の自殺は突発的なものだと。今中禅寺さんご自身が云ったんですよ。小夜子が錯乱して部屋を飛び出すことすら解らないのに、飛び降りようなんて誰にも予測はできないでしょう。ならば屋上なんて想定するのは——」

「違うよ。それは夕子を殺すための罠だったのだ」

「はあ——？」

考えもしなかった。本当に夕子が殺されたのだとしても——益田は殺されたと思っているのだが——それこそ突発的なものだろうと益田は考えていた。

中禅寺は云った。

「これはそもそも杉浦が小夜子のために本田を殺したその現場で、突発的に夕子も殺されたと云う事件ではなくて、夕子を殺して小夜子達を取り込むために蜘蛛の僕の仕掛けた罠が小夜子の突発的な自殺に因って壊れてしまったと――そう云う事件なのじゃないか？　元元、自殺に見せかけられるべきは夕子だけの予定だった――とか」

「でも――夕子を殺す気になれば、彼女達はいつだって簡単に出来たのじゃないですか？」

蜘蛛の僕は何人も呪殺しているのだ。

中禅寺は眉間に皺を寄せ、そうは行かないだろう益田君、と苦苦しく云った。

「麻田夕子が悪魔崇拝少女の造反者だと小夜子達は知っている訳だろ？　下手に夕子を殺して、あることないこと語られては困るだろう。先ず口止めをしなければならない」

「でも――小夜子だって呉君だって、始末しようと思えば簡単に出来ると云う意味では同じなんです。一人殺すのも三人殺すのも一緒――」

「一緒じゃないよ。麻田夕子を殺害し、口止めのために閉鎖された学院内の構成員を二人も殺したのじゃ、幾ら何でも拙いよ。そこまで馬鹿じゃないだろう。そう続続と屍体が出ちゃ豪《えら》いことになる」

三連続では慥かに自殺にも見せかけ難い。

「その場合、一番有効な手段は何だと思う益田君」

「——仲間にしてしまうこと——ですか？」

「まあそうだろう。呉と云う少女は中中骨のある娘のようだしね。単に脅かしただけじゃあ黙らない玉だと踏んだのかな」

「それで？」

「それで彼女達には直接制裁を加えず、先ず麻田夕子を引き合わせた。既に制裁を受けている者から直《じか》に体験談を聞く方が徒《いたずら》に暴行を加えられるよりも恐怖感は増すからね。実際効果は大で、小夜子に至っては忘我錯乱してしまった訳だろう」

「そこで——何等かの形で本田の死骸を見せる。殺して欲しいと願ったのは小夜子なのだから小夜子は罪悪感を抱く——自分が殺してしまったようなものだと——思い込む？」

「そうだね。そこで裏切り者の夕子を殺す。喋ればこうなると示す——効果的と云えばこれは効果的だ」

中禅寺はそこまで云って、しかし何かいびつだ、と云って考え込んでしまった。

益田は思う。

隠された事柄の多くは、矢張り織作碧を指し示している。ならば杉浦は小夜子のために手を汚したのではなく、蜘蛛の僕——碧のために働いたと云うことになる。

そう考えるなら、納得の行かぬ小夜子殺しにも筋が通る。

生き延びた小夜子は結局蜘蛛の僕には靡《なび》かなかったのだ。

のみならず何等かの秘密を知り、同志になるどころか反旗を翻《ひるがえ》したのだ。殺すしかあるまい。

一方小夜子は敵の懐刀を唯一の兵隊として闘いを挑んだことになる。これでは負けて当然である。

「それでは杉浦は——ちっとも柔順になっていなかった——と云うことになるんですか？」

そうだなあ、と中禅寺は独白のように続けた。

「杉浦隆夫は、多分心情的には殆ど嘘を吐《つ》いていないのだろうと思うよ。だが、矢張り幾つもの事柄を自発的に隠しているな。そう云えば、襲われた海棠と云う男はどうなんだ？」

「あれは駄目ですね——」

海棠は、こう供述した。

渡辺小夜子に会おうと思ったが、部屋にはおらず、校内をあちこち探していたら、生徒がひとりやって来て、渡辺さんから預かりましたと海棠に紙片を渡したのだそうである。その紙片には、礼拝堂の裏手で待つと書かれていたので——。

「ほいほい行ったのか」

「はい。ほいほい行ってみると、いきなり化け物に頸を絞められた——」

柴田が何故会議を中座してまで渡辺さんに会おうとしたのかと問うと、海棠は口籠り、ただへらへらと笑って誤魔化《ごまか》したのだった。救いようがない感じだ。

「その紙片を持って来た娘と云うのは？」

「海棠は学院の人間ではありませんから、生徒の名前を知らないんですよ。顔を見れば判るが、と云っていたですが。どうも都合の良い話だなあと思っていたんですけど、そりゃ蜘蛛の僕の同志ですね？」

中禅寺はさあね、と恍惚《とぼ》けた後、納得したように頷いた。

「なる程。つまり隙だらけ穴だらけで、要するにこれは幼子の描いた絵なんだな」

「何すか？」

「蜘蛛の僕は怖るるに足りないよ益田君」

「そうですか？」

「考えてもみ給え。彼女達の仕掛けは悉《ことごと》く失敗しているじゃあないか。所詮《しょせん》幼い発想に基づいた杜撰《ずさん》な計画なんだよ。現状の混乱は相手が描いた絵が下手だから起きている混乱だ。だから、そう心配することはない。警察は遠からず織作碧に至り、碧は麻田夕子殺害容疑で逮捕されて、売春組織は発覚するだろう——」

中禅寺は断言した。

「——だから僕の出る幕はない」

「しかし中禅寺さん、今のお話にあったような、少し冷静になれば誰にでも解るようなことすら、警察を含む当事者は誰ひとり気づかないんです」

「慥かに、君の云う通り警察も学院もその娘に振り回されているようだ。僕のような第三者が出張って引導を渡す方が話は早いのかもしれない。だがね、益田君――」

　中禅寺は身を乗り出した。

「――例えば僕が出て何か手を加えたとしよう。すると結局どうなると思う？」

　声の調子が落とされている。益田も乗り出す。

「それは――杉浦の次の犯人――織作碧が告発される――のじゃないのですか？」

　主は更に小声になる。益田は更に乗り出す。

「そうだね。織作碧が告発される時期が、少しだけ早まるだけだ。つまり」

「つまり？」

「杉浦隆夫の発見時に於いて君が果たした役割と同じ役割を、君はこの僕にしろ――と云うのか？」

「え？」

「僕は真犯人の役に立つのは御免なのだ」

　中禅寺はそう云ってすうと身を引いた。

――お前も駒か。

――そう云うことなんだ。

　碧も杉浦と同じ――と云うことなのか。

ならば、早かろうが遅かろうがそれは終点《フィナーレ》ではなく単なる通過点《ポイント》でしかない訳だ。そこを早く通過することは、計画全体の進行を早めるだけなのだ。

関係者がどの選択肢を選んでも、早いか遅いかの差が出るだけで、結果に変わりのない計画——。

益田は考える。

そんな計画はあり得るだろうか。

例えば杉浦が捕まらなかったとする。

あの状況で逃走するのは無理だとしても、榎木津があの場に行き合わせなければ、杉浦を確保することは難しかったかもしれない。殺害に要する時間はそう長くない。榎木津が居なければ、益田達が現場に到着する前に、海棠は間違いなく死んでいただろう。

と、云うことは——どう進んでも結果に影響が出ないと云うなら——海棠は死んでも死ななくてもどうでも良かった人間と云うことになる。

海棠が死ぬ。杉浦は逃げる。

するとどうなるだろう。

多分——。

——次に呉美由紀が狙われる——か。

しかし杉浦はその時点で既に疑われていたのだ。

現場を押さえずともいずれ確保はされただろうし、姿を隠したなら隠したで嫌疑はいっそう深まる。加えて小夜子、海棠が続けて殺された時点で校内にはもう警察が大挙して乗り込んで来ているだろうし、捜索の手は強まるだろう。いずれ学院内は殺人に適さない環境になっている筈だ。

――ならば。

杉浦が捕まろうと捕まるまいと、美由紀は矢張り助かるか。

美由紀が助かったなら、聡明な彼女は矢張り真相に気づき、現状と同様声高に碧を指弾しただろう。

仮令《たとえ》杉浦が延々逮捕されないような状況になっていたとしても、碧の立場と云うのは慥かに現在とそう変わらぬ。安泰とは云い難い。

巧妙に仕組んだつもりでも、本田、夕子、是亮、小夜子と連続して殺害したこと自体が杜撰だと云うなら杜撰で、結果碧は追い詰められている訳だ。

――誰も殺さなかったならどうなっていた？

売春の事実は発覚していた可能性が高い。

矢張り碧は疑われる。どう動いても織作碧はいずれ俎上《そじょう》に上る。

そして、この現状は彼女にとって決して良い状況とは云い難い。寧ろ土俵《どひょうぎわ》際、崖《がけ》っ縁《ぷち》と云う感がある。

一見小賢しく立ち回っているようには見えるものの、こうして考えてみると自分の頸を絞めるような行動ばかりが目立つ。

但し。それでもまだ、碧は未だ泰然としている。

中禅寺が出ることでその瀬戸際の安泰も急速に揺らぐことは間違いない。だが——。

中禅寺の云う通りなら、それもまた真犯人の思う壺だと云うことになる。だから放っておいても変わらないだろう、と中禅寺は予測するのである。

——結局進行が早まるだけなのか。

——僕なんかの出る幕はない。

——結果は多分、同じなんだ。

凡ては中禅寺が最初に断言した通りだ。堂堂巡りである。彼は詳細を聞く前に、極めて初期の段階で事件の構造を看破《かんぱ》していたのだろう。

「その——真犯人の最終目的は何なのです？」

「初めに云っただろう。解らない。それが解れば打つ手もあるのだがね」

それも——中禅寺が最初から云っていたことだ。

しかしそれでは手も足も出ない。

「例えば——その真犯人は聖ベルナール学院の破壊を目論《もくろ》んでいる、と云うようなことはないですか？」

このまま捜査が進行して真実碧が捕まれば、あの学院の信用は失墜する。そうなれば経営は破綻するだろうし、廃校に追い込まれることすら想像に難くない。

それは違うよと中禅寺は云った。

「目的がその程度のものならこんなややっこしい展開は全然必要ない。あの手の私立の学校は信用商売だからね。悪い噂のひとつ二つ流せばそれで済む。人まで殺すことはない」

「では——織作家に仇為す者の復讐とか」

「それもどうかなあ。末娘を踊らせて妙なことさせる復讐なんてあるかな。慥かに婿養子を殺されて、その上娘が事件に関わっていたのじゃ、織作家としても退《の》っ引《ぴ》きならぬ状況にはなるのだろうが——」

中禅寺は難しい顔をして、矢っ張り今の段階では判断も手出しもできないな——と云った。

——登場人物が作者を指弾することは出来ない。

榎木津もそう云った。今回は中禅寺も榎木津も同じようなことを云う。

益田がそう云うと中禅寺は、

「あれはあれでも探偵だ。あれと意見が喰い違うと云うことは、即ち間違っていると云うことだからね」

と云った。

「それでは、真犯人の計画の成就《じょうじゅ》を防ぐことは現段階では不可能だと、中禅寺さんはこう仰るのですね？」

「現状では――ほぼ不可能だろうな。何を防げばいいのかが先ず判らないのだからね」

「例えば――織作碧が捕まらぬ様に手を貸すとか」

「彼女に協力すると云うのか？　駄目だよ。犯罪は常に露見《ろけん》するものだ。壊れかけた犯罪に付け焼き刃で手を貸しても崩壊を早めるだけだ。そして、それもまた真犯人の手の内だろうと思うよ。規模が大きくなって、その娘の罪が増すだけだ。無意味だよ」

「それじゃあ、それじゃあですね。判った。こっちが予想もできぬ突飛《とっぴ》な行動に出たとしたらどうです？　何かこう、非常識な関わり方をするとか、無謀な暴走をするとか」

「世界一非常識な探偵や日本一暴走する警官の行動も何等抑止力となり得なかったのだ。予期せぬ行動まで計算に入っているのだから目茶苦茶したって無駄さ」

「ああ」

――駄目なんだ。

慥かに、予測できないようなことをすると云うのは殊の外難しいことなのかもしれない。榎木津の言動ひとつ予測できない凡庸な益田辺りには、突拍子《とっぴょうし》もないことなどそうそう考えつかないだろうし、それなら苦心して考えたところでそんなものは凡てお見通し、と云うことになるのだろう。

「あの無茶苦茶な榎木津でさえ、ただ関わって外側に居られなくなったんだからね。この事件には外部がないのだ」

「外部がない？」

「外部に居ようと思ったら、一切関わらない——否、事件自体を知らないで居るよりない。これは、多かれ少なかれどんな事件でも同じことなのだろうが、今回の事件に関して云えばそれは一層に明確だ」

「関わった人間には——真犯人の、蜘蛛の目論見を阻止することは絶対に出来ないと、そう云うんですか！」

「そうだ。織作碧と云う娘は慥かに小賢しいようだが、真犯人の小賢しさはそれを遥かに凌《りょう》駕《が》している。僕の思うに真犯人は、凡てが露見して計画が頓挫《とんざ》した場合でも自分に累が及ばぬように手を打っている。当然法律に抵触《ていしょく》する行為も行っていない——」

「それじゃあ——」

黙して観客に甘んじろ——と云うことか。

中禅寺は少し悲しそうな眼で益田を見た。

「まあ待ち賜え益田君。逸《はや》ることはない。もうすぐここに愚妹が来る。調べものを頼んだのだ。慥かにこのままでは少少——癪《しゃく》だからな」

中禅寺はそう云って、ほんの少し笑った。

そこで中禅寺は細君を呼び、茶を所望《しょもう》した。

茶を淹《い》れてくれている細君の楚楚《そそ》とした横顔を見乍《なが》ら、益田は中禅寺の妹の顔を思い浮かべた。血の繋がった実の兄よりも、義理の姉の方が面差《おもざ》しが似ているような気がしたのである。

中禅寺の齢の離れた妹——敦子《あつこ》は、雑誌の編集者である。箱根山の事件で益田は彼女と知り合った。

敦子は偏屈で陰険な印象の兄と違い、翳《かげ》りのない真っ直ぐな女性である。聞けば二十二三にはなるのだそうだが、どう見ても十七八の——少年のような英媛である。益田は大いに好感を持っている。

また鳥が啼いた。

春めいて来たものだ。

益田は場違いにそう思った。

中禅寺は湯飲みを片手に、再び手元の書物に没頭してしまった。益田は古書の香りを嗅ぎつつ、春の兆《きざ》しが満ちた庭を眺めて、ほんの僅かの時間、豪く久方振りに弛緩《リラックス》した。

それにしても敦子は何を調査しているのだろう。

前以て妹に探索を依頼していたと云うことは、中禅寺は今回の事件に対して既に独自に動いていたと云うことになるのだろうか。

益田は主を観察する。

実に不機嫌そうなのだが、それは常態で、実はそう不機嫌でもないのだと、彼を善く知る小説家——関口は説明してくれた。考えてみれば笑い乍《なが》ら本を読む奴はいないだろうし、こう云う状況でにこやかにしているのは却って変だ。彼の許を訪ねる者は多く今の益田ような状況下に置かれるのだろうから、中禅寺が愛想なくしているのは当然である。

これだけの書物に埋没して暮らし、来る日も来る日も本を読み続け、それでも尚読み足りぬと云うのだから、好きだと云うより病である。

床の間にも置き物花瓶の類はなく、堆《うずたか》く書籍が積まれている。

しかも判型種別に整然と積んであるから、その辺りが主の性格を反映している。

書痴《しょち》の部屋は大抵雑然としているものである。本を情報源として扱うならこれは当然で、情報を処理するだけが精一杯だから、容器《うつわ》である書物の扱いはぞんざいになる。その気分は益田にも解る。益田も本は好きだが、矢張りただ積む一方である。寧ろその無秩序から来る埃っぽい混沌に心地良さを覚えたりする。しかしここの主はそうはしない。容器ごと情報を整理しているのだ。

益田が独白のようにそんなことを云うと、主は、

「情報として扱うなら本など一冊も要らないよ」

と云った。

益田はそれもそうだと納得した。

情報だけが欲しいなら、人に聞くなり図書館にでも行って調べるなり借りるなりすれば良いのだ。使った情報をいつまでも並べて後生大事に仕舞っておく必要もない。きっと書物は情報《データ》ではないのだろう。じゃあ何だと尋かれても、益田は答えられないのだが。

手持ち無沙汰になったので座卓の下に置いてあった和綴じに手を伸ばした。

『画図百鬼夜行・前篇・陽』

聞いたことがある。慥かお化けの本だ。

表紙を捲ると『陽』の異体字が記されている。

もう一枚捲ると目次だった。

女郎くも、てんあそ火、さうげん火、くはしや、つるべ火、ふらり火、うばが火、さかばしら、まくらがへし――。

ずらりと妖怪の名が列記してある。

――女郎くも。

気になった。しかし目次にはそう書いてあるものの、目次の対向頁に記載されている最初の妖怪絵の左上には『絡新婦』と記されていた。名が違うと目を凝らせば絡新婦に『じようくも』と、振り仮名が振ってある。

これでそう読むのは納得が行かぬ。

不思議な絵だった。

画面の左下から古木が生えている。

梅か、桜か。

古木には蜘蛛の巣が張られている。

蜘蛛の巣は中心辺りから女の黒髪に転じる。

善く見れば巣自体が女の後ろ姿に模してあるのだ。

髪からは六本の昆虫の触手が伸びており、触手の爪先からは更に一本ずつの糸が繋がっていて、その先端には小さな蜘蛛が一疋ずつついている。

小蜘蛛は火気を吐き出し宙に舞っている。

どれが妖怪なのか善く判らない。

どうみても小蜘蛛は妖怪の手下と云った扱いである。

すると妖怪の本体は巣だと云うことになる。

「中禅寺さん、これは——」

「斑蜘蛛《まだらくも》、一名女郎蜘蛛は中国名を絡新婦《ロスインプウ》と云うと『和漢三才図会』に記されている。それを書いた石燕は三才図会を善く引いたからね」

「こっちを見もしないで善く僕が何を見ているか判りますね。まあそれはいいんですが、これ、どれが妖怪なんです？」

「巣だ」

「巣ですか」

「女郎蜘蛛は、子供を伴って出現する女怪だ。落ち着いて対処すれば身に害は振りかからぬが、慌てると命を落とす。正体はただの蜘蛛だからどうと云うことはない。和漢三才図会には極彩色の斑《まだら》が美しいが、そこが却《かえ》って醜く、それは毒が甚《はなは》だしい所為《せい》であると記されているが、実際の女郎蜘蛛に毒はない」

「はあ、善く解らんですね」

強いのか弱いのか、恐いのか恐くないのか。

「解り悪い妖怪だね。蜘蛛は、その不気味な形状や習性から妖怪に比されることもままあるが、伝承中の蜘蛛妖怪の数は意外に少ない。益虫だからかもしれないが、寧ろ神聖なものとして扱われている。朝蜘蛛は生かせ、夜蜘蛛は殺せ、とか云うだろう」

「云いますね」

「時刻に依って神性が魔性に転じるんだな。朝と夜とが入れ替わる地域もある。土地に依っては夜蜘蛛は親でも殺せと云う。蜘蛛が親の訳はないのだが、何故かそう云うね。蜘蛛はただ者じゃないな」

「ただ者じゃないですか」

——蜘蛛は一筋縄では片付かないのだ。

「ただ者じゃないね。蜘蛛の妖怪は大別すると土蜘蛛《つちぐも》系と水神系に分けられる。土蜘蛛と云うのは服《まつろ》わぬ民の蔑称《べっしょう》だ。女郎蜘蛛は水神系だな」

「水神って水の神様でしょう？　何で蜘蛛が水神なんです？　水蜘蛛ですか」

「違うよ。蜘蛛は糸を紡ぐからだ」

「解らんです」

「糸を吐くから機織《はたおり》を連想したのだ」

「解らんですよ」

「機織りは水神に接続するんだよ。水神は七夕に繋がるからね。君は七夕くらい知っているだろう？」

「そりゃあ知ってますよ。子供の時分は笹の葉を飾ったものです。そのうちませて、来ると、雨が降りゃ牽牛織女《けんぎゅうしょくじょ》の逢引が失敗したな、と思ったものです」

「織姫は天の川の対岸で機を織っている」

「そうですね。大宇宙のロマンですよね」

「馬鹿なことを云う。たなばたとは田の端、または種播《たねばた》でもあり、つまり水口のことだ。また神の纏う物忌《ものい》み布を手巾《たな》と云う。これは水辺に湯河板挙《ゆかわだな》を作ってその上で機を織る習慣があったからで、それを織る娘を棚機津女《たなばたつめ》と呼んだのだ。宇宙は関係ない」

「はあ。タナバタづくしですねえ」

——それが

何故蜘蛛に繋がるのだ？

「その昔、機織りはもっと生活に密着していた。家毎に地機《いざりばた》があって、娘達は十《とお》にもなれば糸引《いとひき》を習い、十五六で機を織ったものだ。更に機織りは水神を祀る神事でもあった。躰の最も汚れる個所《ところ》を覆う布を桟橋《さんばし》の上で織る——これは、古くは海辺や海に通ずる河川、湖沼《こしょう》などの斎河《ゆかわ》で、水上に張り出した棚造りの小屋に神の嫁となるべく選ばれた兄処女《えおとめ》が籠り、訪れる神のために機を織って神の来訪を待つと云う、水辺に寄り来る神を迎える神事の転じたものだ。この機織り女が織姫の原形のひとつとなり、訪れる神が彦星《ひこぼし》となる。彦とは神のことだからね」

「はあ」

「この棚機津女の神事は、一方で星祭り信仰と習合して七夕伝説となり、一方で水神への人身御供《ひとみごくう》伝説などに転換して行く。人里離れた水辺に住んで機を織る神の嫁は、妖怪化して水の底で機を織る女の伝説に変容する。滝壺《たきつぼ》から筬音《おさおと》が聞こえる、水底で永遠に機を織る女が居る——機織り淵の伝承は数多い」

水底で機を織る女。織姫のもうひとつの顔。

「淵の底の女はね、そのうち水面から糸を繰り出すようになる。賢淵《かしこぶち》と云う昔話を知らないか？」

「あ、それは知ってますね。なんかこう、釣りをしていると蜘蛛が出て来て、脚に糸を掛けると云う奴じゃないですか。たかが蜘蛛だと気にしないでいると、また出て来て掛ける。何度も掛ける。そこで流石に気になって、その糸を木の切り株かなんかに掛け替える。暫くすると切り株が物凄い力で引き抜かれ水中に没して、それで水中から賢い賢い、と声が聞こえる——そう云う話でしょ」

「そうだ。君も賢い。それが棚機津女と蜘蛛を結ぶ伝承だ。善く知っていたな。その様子なら天人女房の話も知っているね？」

「はいはい。鶴の恩返しみたいな奴——」

「そう。ただ鶴は恩を返しに自発的に来るが、天人は羽衣を奪われて帰れないで嫁になるんだ。そこが違うが、異類婚姻譚であることに違いはない。この異類婚姻譚にはどうにも機織りが絡むんだな」

「そうですか？」

「そうなんだ。鶴も機を織る。天女もまた機を織って富を為すケエスがある。そして蜘蛛女房と云うのもある。これも勿論機を織る」

「蜘蛛女房？　鶴や鳥なら天女のイメエジですが、蜘蛛の女房はどうも気味が悪いです」

「うん。これは機織りで統合するべきなんだな」

中禅寺は自分で云って納得した。

「天人女房——と云うより羽衣《はごろも》伝説の類話は、世界各地に伝わっている。白鳥の渡る北の国では、多く女の正体は白鳥とされる。しかし白鳥の渡らない南方では女の正体は天人《あまひと》か海女《あま》とされる——」

そこで中禅寺はそうか、逆なのか、と云った。

説明しながら新説に辿り着いたのかもしれない。

「羽衣伝説の伝播と鉄の資源産地が概《おおむ》ね一致するところから、僕は鉄と天女降臨伝説の関連性を予想していたのだが、これは寧ろ、製鉄と遊廓の関連性を併せ考えた方が良いのかもしれないな——」

「鉄と遊廓？」

「鉄と遊女だ。産鉄地に遊廓はつきものだ。そして——遊女と機織りだ。遊廓は境界——水辺にある。機織女《はたおりめ》は神の嫁、つまり神聖な遊女、巫女だ。古くはどれ程位の高い巫女でも必ず機を織った。そして機を織るところを覗き見ることは厳しい禁忌《タブー》とされる。だから鶴も天女も機織りを覗かれて去るのだ。天人女房説話とは、神の嫁を人が娶る話なのだ」

「どう云うことです？」

「面白い。君と話していて天啓を得たよ。天人女房もまた、近代化や貨幣制度の導入に因って民俗社会のルールが破壊されて行く過程に出来た物語なのだね。穿《うが》った見方をすれば、即ち民俗社会に於ける売買春の孕《はら》む矛盾の、男性の視点に依る擬似解決だ」

「全く判りません」

「僕にも詳しく説明する気はないよ。ただ、天人女房説話の生成に当たって貨幣の流通に伴う価値観の転換が関わっていることは間違いない。ならばそれは、近代買売春の発生と同根のものだ――」

中禅寺は語る気はないと云いつつ語った。

「そして――性の問題を取り上げるなら、矢っ張り姑獲鳥《うぶめ》の伝承と同じように、生殖と性衝動の乖離《かいり》と云う根源的な問題にも根を持つと考えなければならないだろうね――そうか。蜘蛛の形をしたウブメが居るな――なる程、女郎蜘蛛は善く火を発するが、五位鷺《ごいさぎ》の火とは似て非なるものと三才図会にも書いてあったな――」

語ると云うより勝手に思考しているらしい。

「――だからこそ女郎蜘蛛は子供を伴って出現するのか。あれは女郎蜘蛛の姑獲鳥的な部分を表現しているのだ――解ったよ益田君」

「何がです？」

「女郎蜘蛛の正体が朧《おぼろ》げに見えて来た。女郎蜘蛛は古くは棚機津女――巫女だ。遡れば木花《このはな》佐久夜毘売《さくやひめ》や石長比売《いわながひめ》と云った神女だ。巫女は神の許から人の許に下った。近代化に因って民俗社会は緩《ゆる》やかに崩壊し、巫女は娼婦になってしまった――」

慥かに白拍子《しらびょうし》――巫女は、遊女の別称である。

「何人《なんぴと》にも量り得ない神性は、誰にでも勘定できる貨幣に置き換えられた。そして売買春が生まれた。彼女達から神性は剝奪《はくだつ》され、代わりに恥辱《ちじょく》が与えられて、巫女は女郎になった。売買春は何も経済的な搾取だけが問題なのではない。男どもは女性達の持っていた神性を搾取したのだ。絡新婦《じょろうぐも》は近代化に伴って男が抱《いだ》かざるを得なかった性に対する幻想の咲かせた徒花《あだばな》だ。だから女郎蜘蛛は男しか襲わない」

——男しか襲わない？

「考えてみると産業革命が力織機の開発に因って齎されたと云うのは、どうにも皮肉な符合なんだね。女性から神性を搾取することで成り立った近代男性社会に、女性達は矢張り機を織ることで参加した訳だ。本邦に於てもまた女工は機を織った。女郎と蜘蛛の掛け合わせ、淫売と女工——女郎蜘蛛と云う妖怪は正に近代女性史の暗部を先読みするような妖怪だった訳だ」

中禅寺は懐の中で腕を組んだ。

「そして今回の事件も売春と紡織に彩られている——と云う訳だ。おまけに女性解放論者《フェミニスト》も関わっている。これは——絡新婦の事件なんだな」

そう云って、中禅寺は悲しそうな顔で沈黙した。

十五分程はそうしていた。

やがて縁側の廊下に軽やかな跫《あしおと》が響き、障子の陰から敦子が顔を覗かせた。

敦子は開口一番、

「まあ益田さん！　何でここに居るんです！」

と明るい声で云った。

益田が返事をする前に、頁を捲《めく》る以外微動だにせずにいた無愛想な兄は、妹の顔を見るでもなく、実に刺刺《とげとげ》しい口調で、

「この無作法者。きちんと挨拶をしろ」

と云った。

敦子は眼を丸くしてやれやれ、と云う表情を作り、いらっしゃいませ、と子供のように元気良く頭を下げた。そして頭を上げ切る前に、

「警察——辞《や》めちゃったんですって？」

と云い乍《なが》ら敷居を跨《また》ぎ、益田の横にぺたんと孤座《すわ》った。

兄は死神が腹を毀《こわ》したような凶悪な目つきで妹を睨みつけ、少しは弁《わきま》えろこの野次馬、と云った。とても恐い。益田が叱られているような気になる。しかし敦子は口を尖らせて、

「誰かさんが座敷から一歩も動かないで済むのは、その野次馬をいいようにこき使ってるからじゃないんですか？」

と、云い返した。

流石《さすが》に実妹である。慣れているらしい。

益田は改めて敦子を見た。

箱根山で見た時はまるで男のように短くしていた髪の毛が少しだけ伸びていて、眉《まゆ》の上で禿《かぶろ》の如く切り揃えた前髪が何とも初初《ういうい》しい。

それ程齢の違わぬ益田辺りが思うのも変だが、敦子はほんのひと月ばかりの間にやけに成長したように感じる。仕草はまるで子供なのだが、項《うなじ》の辺りなどはやけに艶めかしい。山中で会った時と違い、スカートを穿《は》いている所為もあろうか。

「おい。それよりモノはあったのか？」

「ありましたよ、だ。全くもう、妹だと思って面倒なこと押しつけて、好きなだけ無料《ただ》で使って、本当いい迷惑です。私だって職業婦人なんですから、忙しいんです」

「青木君が所望したのだから仕方があるまい。厭なら断れば良いだろう。青木さんの頼みなら仕方がないわねぇとか云ったのは誰だ」

「全く厭な兄ね」

敦子はそう云い乍ら鞄から雑誌を何冊か出した。

益田は青木と云う人物を知らない。先程の中禅寺の口振りだと、敦子の行った調査と云うのは本件に関わりのあることらしいのだが、ならば他の筋から別の人物がこの兄妹に本件に関する相談でも持ちかけているのだろうか。

敦子は座卓の上に雑誌を並べた。

「これが去年の春に出た『近代婦人』の三月号。これは弊社《うち》の雑誌《ほん》だから割と楽だったけれど、問題はこっちの——『社會と女性』の方。これ出してるのは小さな出版社だし、部数も少なくて、内容も結構偏向しているから、常備しているところは少ないようなの。で、探すのに骨が折れて。でも載っていました。それと——これが去年の十一月に吉原女児保険組合が刊行した『明るい谷間』です」

「『社会と女性』？　そんなモノに載っていたのか」

「そんなモノまで読んで覚えていた訳ね、兄さん」

「まあそうなるかな。『明るい谷間』は——これか」

「残念だけどこれには載っていなかったようよ」

「そうか。それでは高橋志摩子だけは浮くなあ」

「安心して頂戴。ちゃあんと見つけたから——」

敦子はもう一冊雑誌を出した。

「ああ？　志摩子も『近代婦人』に載ったのか？　善く見つけたな。予想は当たったことになるな。これで全員出ていた訳だ。川野弓栄は？」

「か、川野？」

「いいんだ益田君。もう少し黙っていてくれ。川野弓栄は何かに出てはいなかったのか」

「勿論見つけました。それはこっち」

「カストリか。どれ——ははあ。これだったか」

「鳥口《とりぐち》さんに協力して貰ったんです。兄さんからも後でお礼を云っておいて頂戴ね」

「鳥口ってあの鳥口守彦《もりひこ》君？」

益田が聞くと敦子は頷いた。

ならばそれは三流雑誌の編集や写真撮影などをしている剽軽《ひょうきん》な青年で、益田も旧知の男である。

「中禅寺さん、いったいこれは何なのです？」

「そう、これは今回の事件を別の場所から眺めるための道具だ。敦子。青木君には連絡したのか？」

「ここで待ち合わせました。もう来るでしょう」

「おい。何でここで待ち合わせるんだ？」

「だって兄さんの話を咀嚼《そしやく》して人に説明するの厭なんだもの。直接聞いて貰えば話が早いでしょう。それに私はこれでも年頃の娘なんですから、殿方と二人切りで逢うのは憚《はばか》られるんです」

敦子の言葉が終わるや否や中禅寺は、馬鹿馬鹿しい、お前のようなお転婆《てんば》は振袖着たって女には見えぬ、と云った。益田は中禅寺の言には大いに異議があったのだが、それよりも更に気になることがあったので、異を唱える前に先《ま》ず尋いた。

「その——青木と云うのは誰なんです？」

どうも若い男であることは間違いないようだ。

中禅寺は雑誌を繰りつつ、素っ気なく答えた。

「刑事だ」

「け、刑事？」

色気のある話ではないようである。

中禅寺は記事から目を離さずに続けた。

「益田君は知らないかもしれないがね、そう、山下《やました》さんなら知ってる筈だよ。青木君は慥か去年の、あの相模湖畔の大捜索の際に応援に駆り出され、あの警部補に随分搾《しぼ》られたとか云っていたからな」

中禅寺の云うのは例の武蔵野連続バラバラ事件の遺体捜索のことであろう。

山下と云うのは国家警察神奈川県本部の選良《エリート》刑事で、一時は益田の上司だったが、箱根山で失策《しくじ》って所轄に左遷された男である。

「はあ、山下さんはもう警部補じゃないですがね。降格になりましたから。それにしてもその、刑事がどうして中禅寺さんに？」

「いや、この前君と増岡さんがここに来た後にね、どうにも気になって目潰し魔の新聞記事を読み返したのだ。そしたら急に思い出したことがあってね」

「思い出した？」

気がついたとか推理したとか云うのではなく、思い出したと云うのはどう云うことだ。

「そう、思い出したんだ。そこで知り合いの刑事に連絡を取ってみたのだが、先方は忙しいらしくて捕まらない。青木君はその知人の部下なんだが、一昨日漸く連絡がとれてね。話をしたらやけに興味を示したものだから」

「はあ──」

どうも要領を得ない。

「──何を思い出されたんですか？」

「被害者の名前だ」

「名前？」

被害者の名前を思い出すと云うのは、いっそう判らない。

「いや、前島八千代。山本純子。川野弓栄。この三つの名前を、どこかで見た覚えがあってね。ひとりだけなら気にもしなかったのだが、三人とも記憶にあったからね。ああ──出ているなあ」

「それは──？」

中禅寺は三冊目の雑誌を開いた。

中禅寺は雑誌を開いて益田に見せた。

「これは妹の奉職している稀譚舎《きたんしゃ》で出している婦人雑誌だ。これに『貞女の鑑《かがみ》』と云うグラビア企画が連載されていた。クレームがついて路線を変更し、今はもうないのだがね。元元は大店《おおだな》や老舗《しにせ》の令室《おくさま》や代議士夫人、社長夫人を取り上げて内助《ないじょ》の功を讃《たた》えると云う企画だ。ここに——」

中禅寺は指で指し示す。

「——前島八千代が載っている」

覗き込むと和服の女性の写真が何点か掲載されていた。

ひとつは呉服屋の帳場らしきところに正座して客に反物を勧めている場面。それから暖簾《のれん》を背景に微笑《ほほえ》んでいる立ち姿。そして一番大きなカットは三つ指をついて辞儀をする直前と云った姿勢の写真である。読者を出迎えているのか送り出しているのか、表情は和《なご》やかで、まるで女優のような写真写りだった。

中禅寺はそれを眺めて、この写真が拙かったのかなあ、と云った。

続けて敦子が説明した。

「中面にはインタヴュウ記事も載っていて、そちらにはこう書いてあります。ええと——最近は殿方と同じように表に出て活躍される御婦人が多いようですが、そうすると奥向きの仕事が疎《おろそ》かになります、家を守り主を立て、陰になり支えになってこその妻だと思っておりますと云云《うんぬん》——内助の功の礼賛《らいさん》ね。実はこの記事が叩かれたの」

「矢張りそうか。それで記憶していたのだな」

「叩かれたと云うと？」

「時代に逆行する企画だと云って婦人団体の反感を買ったのだよ。戦後民主主義は男女平等を標榜している訳で、その世の中にこのような前時代的且つ屈辱的な記事を掲載するのは如何なものかと——否、そもそも貞女などと云う言葉からして差別的だと云うんだな。そうだったな？」

「発行元の稀譚舎は、女性が男性に隷従《れいじゅう》する差別的封建社会を理想とするのかと、それは物凄い見幕の抗議があったようね。最初は投書が来たみたい」

「個人の投書か？」

「さあ。多分団体でしょうね。でもすぐに話が大きくなって、丁度地婦連《ちふれん》が結成された頃だったから、婦人会も女性の地位向上に好ましからぬ影響があると判断して——ただ、これは必ずしも地婦連全体の統一見解とは云い難くて、叩かれてるから仕方がなくと云う感じではあったようだけど——私は部署が違うから詳しく知らないんだけど、結局陳謝《ちんしゃ》して、題名は変えずに職業婦人の紹介記事に差し替えた筈よ。それでもどうもいけなくて。その後二三回は保《も》ったけど止《や》めちゃったみたい」

「なる程な。この前島八千代さん個人にも非難の矛先は向いたのじゃないのか？」

敦子はそう云う話も聞いたわね、と云った。

中禅寺は続いて二冊目の雑誌を手に取った。

こちらは表紙も一色刷りで、紙も印刷も造本も、揃って粗悪である。商業誌と云うより同人誌や会報と云った印象の雑誌である。

「これは——雑誌名は覚えていなかったのだが、婦人解放の論文ばかり掲載している雑誌でね——」

中禅寺は難しい顔で頁を捲った。

「——ここだ。山本純子の署名原稿が載っている。『階級抑壓《よくあつ》と女性抑壓・科學的社會主義に基づく重層《じゆうそう》的差別の解明』と云う論文だな。彼女はどうやら『世界婦人』辺りの流れを汲む社会主義婦人論者だったようだね。しかもかなり先進的だ」

「話題になった訳ではないでしょう？」

「まあね。雑誌自体が次位《マイナー》なんだよ。しかし今後の婦人解放運動の展開を考えれば、マルクスやエンゲルスの思想を踏まえつつ、既成の共産主義思想の持つ男性中心主義からは脱却して、資本主義体制の搾取構造や構造的差別を解き明かすと云う試みは十分評価できると思うがね。まあ、今の世の中この内容では中中共感は得られないだろうし、一歩間違えれば発禁と云う過激な論調なんだが。戦前なら間違いなく危険思想扱いだろうね」

益田は冒頭部分を少しだけ読んでみたが、活字が読み悪《にく》い上に印刷も掠《かす》れていて、おまけに理解し難《にく》い文章だったのですぐに止めた。

敦子は、それがね、と云って、鞄から同じ雑誌の別の号を何冊か出した。

「兄さん、これを見てよ。この次の号なんだけど、ほら、この論文に対する反論が載ってるの。こっちは読んでない？」

「反論？　それは知らないな。僕は定期購読していた訳じゃないからな。山本さんの論文だって偶偶《たまたま》読んだのだ。しかし、この論に真っ向切って反論できる程の論客が現在の本邦に居るのか？」

「ひとり居るようね。ほら、ここに出てる。『客体の主体としての覚醒・更に根源的なる差別の解明』著者は――織作葵」

「お、織作？」

葵――慥か碧の姉である。

「なる程な。どれ――」

中禅寺は妹から雑誌を受け取ると、鼻の上に少し皺を寄せてそれを読んだ。流石に読むのは早い。

「これは――いっそう通じ悪《にく》いな。時代を三十年くらい先行している感じだ。しかし――まあ見事だよ」

中禅寺はそう云った瞬間だけ妹の顔を見て、すぐにまた活字を追った。

敦子は説明を加える。

「この後、論争は激化するの。交互に反論を掲載する形で、山本女史が亡くなるまで続いてる。論争は戦前の『青鞜《せいとう》』に端を発する母性主義、アナキズム女性主義の批判や、ＧＨＱの啓蒙的な女性地位向上政策の空洞化なんかを題材にし始めたものだから、これは物議を醸《かも》したらしいわよ。それも去年のことでしょう。占領が解けたとは云え随分と過激ね」

「なる程な」

「織作さんの論旨は、最後の方では性的解放に主題が移って行くから一層に過激になるわ。山本女史が亡くなった後に発表された奴なんか凄いもの」

中禅寺は早早に一冊目の論文を読了し、既に二冊目に入っている。読み乍ら話を聞いて解るものだろうかと益田は思う。

「それからこれが川野弓栄さんの載っている『獵奇實話《りょうきじつわ》』ね。これは――」

毒毒しい裸体画の描かれた表紙の典型的カストリ雑誌である。戦後は大流行したが、最近は見かけなくなった。中禅寺は再び顔を上げるとちらりとその雑誌を見て、ああ久遠寺家の事件の載っている号だな、去年の夏に読んだ奴だ、と云った。

「秘密倶楽部の潜入ルポルタージュと云う体裁ね。この雑誌はこの次の号で発禁。出版社ももう倒産したようよ。ああここ。『淺草高級祕密倶樂部・花園潜入記』ね」

中禅寺はそうか浅草か、と云った後、顔を上げて益田の方を向き、尋いた。

「益田君、そこじゃないのか？　杉浦が僅かの間勤めていた変態の倶楽部と云うのは？」

ている。

「店名までは知りませんけども——」

問いを発しておいて、益田が返答の凡てを云い切る前に、古本屋はもうカストリを手にしている。

「ほう、間違いないな。しかし川野と云うのはとんでもなく大胆な女性だったんだなあ。本名だろう？　おまけに写真まで載っている。これは本人だろうな」

中禅寺は益田に開いたままのそれを渡した。

小見出しには『サジズム女性告白』と記されている。中禅寺の云う通り、川野弓栄さんと姓名も明記されており、更に記事中には弓栄のものと思われる半裸の女性の写真まで組み込まれている。掲載写真は粒子《りゅうし》が粗く、明瞭とは云い難いし、怪しい仮面をつけているから善くは判らないのだが、被写体を知っている者なら殆ど判るだろう。

中禅寺は云った。

「世間一般で云う羞恥心《しゅうちしん》と云う奴は持ち合わせていないのだな。寧ろ自分の店の宣伝になると思ったのかな？」

見れば慥かに、千葉県で『渚』と云う店を経営しています——とも書いてある。これは明らかに宣伝である。一応拾い読みはしてみたが、とても読むに堪えるような内容ではなかったから、益田は雑誌を閉じた。

中禅寺は再び『社會と女性』を読み始めたが、敦子はまるでお構いなしに話を進めた。

「最後は高橋志摩子さん。兄さんは『明るい谷間』と想定したようだけど、どうやら志摩子さんは吉原の遊廓には居なかったみたいね」

中禅寺は読み乍《なが》ら答える。この男にとって活字を追うと云う行為は、何もしていないのに等しい状態であるらしい。

「まあ娼婦が公の場に出る機会はそうないからな。それくらいしかないのじゃないかと思っただけだ。それで『近代婦人』だったのか？」

「そう。これよ。『近代婦人』は去年の夏に廃娼論に就いての聴き取り調査をしたのね。公娼制度が廃止され、更に講和成立に当たって、繰り返し懸案議論の繰り返されて来た娼妓取締り、延《ひ》いては売春の全面的な禁止に就いて、識者の意見と市井《しせい》の声、特に赤線従業婦の意見を調査掲載したのね」

敦子は雑誌を開けて頁を示した。

「従業婦は殆どが仮名や源氏名なんだけど、高橋さんは堂堂と本名で載っているようね。公娼制度の廃止が如何に宜しくなかったかと云う意見ね。これにも抗議の手紙が沢山来たようよ。論旨は単純明快。公娼である以上売春は真っ当な商売で、つまり娼婦は労働者であり、卑しいものではない。しかし公娼廃止で店を追われて以降は、途端に犯罪者扱いである。完全になくすなら兎も角、公には認めず、私的には認め、それでいて取締ると云う半端な姿勢は、多くの貧しい売春婦を路頭に迷わせて社会の風紀を乱しただけだと――」

「国際的な体面と国家主義《ナショナリズム》を両立させようなどと思うから半端な処遇になるのだ。擬似的な解放で丸く収まる程度なら誰も解放など叫ばないよ。それは実に正しい意見じゃないか」

「でも——通らないでしょう。廃娼運動家には常に正当な大義名分があるもの」

「娼婦には生活に根差した労働者意識がある」

敦子はそうだけど、そうじゃないのよ世の中は、と云った。中禅寺は鼻で笑ってから雑誌を座卓の上に並べて、益田に問うた。

「さあ益田君。これをどう見るね？」

「どう見るって——」

益田には善く解らない。織作葵と川野弓栄の名が出たことが気になるくらいである。

「——どう見ればいいのです？」

「簡単だよ。これは全部、目潰し魔の毒牙にかかった女性達だ」

「はあ、そうなんでしょうが」

「君は——雑誌に載ったことがあるか？」

「ないですよ、そんな」

「だろう？　こればっかりは載ろうったって載せて貰えるものじゃない。しかし、媒体は違えども、彼女達は揃って雑誌に載っているのだ。しかも去年の春以降に、固まってだ。こんな偶然は——ない」

「しかし――偶然じゃないったって、そんなことどうやって実現するんです？　殺す前に雑誌社に載せるように推薦でもするのですか？」

「逆だよ」

「逆？」

「殺す前に載せるんじゃなく載ったから殺されたのじゃないかと、僕はこう思った訳だ」

「それは――どう云う意味ですか？」

「だから、これは警察が摑み得なかった被害者達の共通項なんだよ。雑誌に載ったかどうかなんて普通考えもしないから調べない。殺された女達は全員雑誌に載っているんだ」

――そんな馬鹿な。

共通項は蜘蛛の僕との利害関係なのだ――。

「ま、待ってください。被害者の共通項は、ベルナール学院の蜘蛛の僕の売春に絡んだ――」

「だから云っただろう。これは別の場の話なんだ」

「え？」

「君の知っている現実とは別の、君の全く知らない現実があるのだよ。そこでは全く同じ事件が全く別の動機で引き起こされているのだ」

「解りません。全然解らないです！」

益田は柄になく混乱した。

途端に襖がすう、と開いた。

細君が正座しており、横には青年が立っていた。

「中禅寺さん、敦子さん、どうも御無沙汰しております。また――お世話になります」

青年は頭を下げ、細君に誘《いざな》われて益田の横に畏《かしこ》まって座った。細君が一同を見渡して、まあ、お菓子でもお出ししませんとと云うと、青年はどうぞお構いなく、勤務中ですからと一層に畏まった。

「益田君、彼が東京警視庁捜査一課の青木巡査だ。こちらは元国家警察神奈川県本部の益田君だ――」

青木は益田を不思議そうに見て、どうぞ宜しく、と云った。実直そうな青年である。益田より齢は少し上だろうか。ただ頭が少し大きいから印象的にはやや若い。中禅寺が真面目な顔で、この益田君は現在榎木津の弟子をしているのだ――と告げると、童顔の刑事はそりゃあ大変だ、と大仰に驚いた。

続けて青木は座卓の上の雑誌群を見渡して、この様子では例の雑誌と云うのは本当に揃っちゃったようですね――と云った。

中禅寺は淡淡として、揃ったよ、と云った。

「計らずもと云うか予想通りと云うか、驚いたことに高橋志摩子の分まで掲載誌が揃ってしまったからね。愈々《いよいよ》無視できなくなったね」

青木は、そうなんだ、予想は中《あ》たっちゃった訳ですか、と少し残念そうに云った。

中禅寺はその不審な態度を敏感に嗅ぎ取ったらしく、幾分意地の悪そうな口調で、どうしたんだね、と問うた。

「はあ、折角敦子さんにまで骨を折って戴いたのですが——それが——その」

「中ててやろうか青木君。君はもうこんなもの集めなくても良くなったのじゃないか？　被害者同士を結ぶ線が浮かんだのだな？」

青木は実に意外だと云うようにひと重《え》の眼を丸くした。童顔と相まって学生のような反応である。

「中禅寺さんもお判りになったのですか？」

「判らないよ。ただ川島新造が保護されたと云うことは聞いているからね。そちらはそちらで次の局面を迎えているだろうと想像したのだ」

青木は一層ぽかんとした顔になった。

益田の想像するに、その川島某と云う男は、こっちの事件で云うところの杉浦隆夫と同じような位置《ポジション》にいる男なのだろうか。中禅寺の口振りから察するに、その男は捕まえることで次の展開を示唆する役目——なのだ。

「青木さん——」

益田は問い質す。

益田は思う。幾ら多くの遮蔽物《しゃへいぶつ》に囲まれていようとも、どれだけ巧緻《こうち》な罠が仕掛けられていようとも、真相は常にひとつしかない。だからもしこの刑事が真相に至ったと云うのであれば、辿った道筋は違えども、同じ結論が出ている筈である。否――それが正解であるならば、必ずや同じでなくてはならない。被害者を結ぶ線はただひとつ、ベルナール学院の蜘蛛の僕に他ならないのだ。

「あの――あなたが至った、その被害者を結ぶ線と云うのは――少女売春の線ですよね？」

益田がそう云うと。

しかし青木は益々混乱したようだった。

「それは――何のことです？　益田君、君は本件と何か関わっているのですか？　少女売春とは何のことです？　八千代も志摩子も少女ではないです」

「ええ、まあ――」

益田は急に不安になる。

己の見聞きしたあの現実は、凡て絵空事だったのではないか――そんな気がしたからである。ならば己は活動写真を見て感動し、恰《あたか》も実体験したかのように吹聴《ふいちょう》して回っている道化者と変わりがない。

益田は中禅寺に不安の視線を投げかける。少なくともこの男は――つい先程まで、益田と二人で真剣にその絵空事に就いて話をしていたのだ。

中禅寺は口許だけで僅かに笑い、

「心配は要らないよ」

と云った。

「青木君。目潰し魔捜査の経緯《いきさつ》を話してくれ」

青木は居住まいを正して、はい、と云った。

そして、今度は益田が混乱した。

青木の話す連続目潰し事件の様相は、益田の予想するそれとは大きく掛け離れたものだった。そこには黒い聖母も呪いの黒弥撒《ミサ》も悪魔崇拝主義者も少女売春も何も登場せず、益田が学院で抱いた忌まわしくも陰湿なあの閉塞感は片鱗も感じられなかった。代わりに立ち現れたのは、渇いた、微暗い、不安に満ちた、都会の隅の無差別猟奇殺人事件だった。

青木は云った。

「川島喜市は保護されていませんし、平野も未だ逃亡中ですから、まるで解決した訳ではないのですが、前島八千代殺しに就いてはほぼ全容が解明されたことになります。川島喜市が八千代の身辺を探り、呼び出して、川島新造が多田マキ宅に誘い込み、予《あらかじ》め侵入していた平野祐吉が殺害した。木場さんの推理は概《おおむ》ね中《あ》たっていた訳です」

どうやら木場と云うのが青木の上司であり、中禅寺の知人でもあり、千葉で暴走している刑事の名であるらしかった。

中禅寺は皮肉雑じりに云う。

「それは青木君、最初から判っていたことだろう。犯人は平野、現場にはもうひとり別の男が居たと、長門さんも云っていたのだろ？」

「そうですが――」

敦子が頸を傾げる。

「待って。善く解らないわ青木さん。それは――どう云う構造になっているの？」

「はい。これが単純と云えば単純なんですが、複雑と云えば複雑なんです。その、多田マキも、川島新造も、各各が己の意志で勝手に行動しているんですね。それぞれの話を聞く分には何も複雑じゃないのですが、総合すると真実が暈《ぼ》けちゃうのです」

「青木君。その多田と云う御婦人の供述を聞かせてくれ。大体想像はつくんだが、この益田君に――」

中禅寺はそこで益田を見た。

「――事件の構造を理解して貰うためには最適の例となるだろうから」

「解りました。僕も構造を摑めていないですから丁度いいですよ――」

青木はここに来る前にその多田マキなる老婆のところに行っていたらしい。その老婆は中中一筋縄では行かぬ曲者《くせもの》らしく、青木は苦戦したようだった。

開口一番怒鳴られたのだと、若い刑事は語った。

──何だい。まだ用があるのかい。それとも捕まえに来たのかい？

──窃盗かい？　いいわさ。

──こんな隙間風ばっかりの襤褸家《ぼろや》に棲んで喰うや喰わずの暮らしすンのはもう沢山さ。

──三食付の豚箱《ぶたばこ》に這入《はい》った方がまだマシだからね。ほら縛りなよ。縛りなったら。

──何だい。違うのかい？　ならサッサと帰っとくれよ。

──お前さんみたいな警察面の若造が玄関先に居たんじゃ客は来ないんだよ。え？

屈折した人生観と、一言で切り捨てる訳には行くまい。老婆には老婆なりの正義があるのだろうし、それに基づく理屈もあろう。弱者の精一杯の虚勢と云ってしまえば後がないが、一種潔さも感じられる。

青木は木場と云う刑事の得た着想──マキは予《あらかじ》め着物を盗んで質入れする約束を川島喜市と取り交わしていたのではないかと云う着想──を質した。マキは動じることもなく、こう云ったと云う。

──フン。そりゃあ何かい、あの下駄みたいな顔の刑事が云ってるのかい？

──そうだろうさ。お前さんみたいな小芥子《こけし》にはない知恵だよ。

どうやら予めその晩そこを訪れた客の着物を剝ぎ取る算段になっていたことだけは慥からしかった。しかしマキの中でそれとこれ──着物の剝奪と目潰し魔に依る殺人──はまるで関連しておらず、それらは全く次元の違う話として理解されていたらしい。

——嘘なんて云わないよ。妾は最初から嘘なんか云ってないだろう！

——ただ黙ってただけだよ。隠してたんでもないよ。

——だって関係ないだろ目潰し魔とは？　関係なんかないじゃァないかさ。

——妾が友禅盗ったのは、犯人があの女ブチ殺した後じゃないかさ。

——知らないよそんな、平野なんて男は。

マキの許に見知らぬ訪問者が訪れたのは、犯行の数日前であるらしかった。

——いつ？　覚えてるかいそんなこと。妾は年寄りなんだよ。

——え？　そうさ。来たのはあの前の日か、前の前の日か、その辺さ。

——いい話があるがひとつ乗らないかって云って来たのさ。

——名前？　尋きゃしないよそんなものは。え？

——お前さんくらいの齢だよ。眼鏡かけてたね。

訪問者の年格好は質屋から着物を受け出した男の容姿とほぼ一致した。

だから川島喜市であることはほぼ確実です——と青木は語った。

但し質屋の主人中条高は、男の左頰に痣《あざ》があったと証言しているが、マキの許を訪れた男の顔に痣はなかったらしい。

——その男は妾にサ、こう云うのさ。

——大店《おおだな》の奥様が旦那に隠れて男遊びしているってェのサ。

——旦那てェのがお人好しで、気づく気配もないってね。だから妾は云ったのサ。

——そりゃあ大変で御座居ます、ただ妾にゃ関係御座居ません、とね。

——そしたら今度ァこう云うのサ。

——ひとつ頼まれちゃくれないか、そのご新造《しんぞ》にひと泡吹かせてやろうと思う、と。

——なァに面倒なことはない、損する話でもないって、そう云うからさ。

——え？　だから、明晩かそこら、その女は必ずここに来るってえのさ。

——高い着物を着ているだろうからすぐに判る筈だ、そう云うだわいな。

喜市が持ち掛けた計画は次のようなものだった。

女が来たならすんなりと座敷に通して欲しい、その際水差しと湯飲みを出してやって欲しい、その客は女が寝ついたらすぐに帰る手筈だから、客が部屋を出たらすぐ、こっそり身包みを盗んでくれ——。

そうすれば、目覚めても女は帰るに帰れない、女は上着を貸せと頼むだろうが、決して貸してはならない。貸さずに早く帰れと叩き出して欲しい——。

女は已を得ず店に連絡するだろう、そうしたら厭でも浮気は露見する、幾らお人好しの亭主でも、連込宿の座敷に襦袢姿で居る奥方を見れば事情は判るだろうし、奥方も申し開きは出来ない——。

マキは最初、そんな面倒なことは厭だと突《つ》っ撥《ぱ》ねたらしい。

しかし男は執拗《しつこ》かった。男は、盗った着物はすぐに質屋にでも入れて金に換えろ、幾らになるかは知らないが、それがあんたの手間賃だ、と云ったと云う。

——それじゃあただの泥棒サ。

——ええ？　違うよ。良心なんて、そンなもの咎《とが》めやしないんだよ。

——妾は後後面倒ごとに巻き込まれるのは御免だと云ったのさ。

——そしたら、心配ないとかほざくじゃないかさ。

——着物はすぐに自分が受け出して持ち主に返しておくからと、こう云ったんだよ。

それなら——大きな諍《いさか》いに発展することもないかもしれない。勿論見知らぬ男の甘言を何の疑いも持たずに真《ま》に受ける程、マキは柔順ではない。話半分に受け止めて生返事で追い返したのだと云う。

——ホントに来るとは思わなかったサ。

女はやって来た。安からぬ香水や白檀の香りから街娼などでないことはマキにもすぐに知れた。

——盗るかどうかだって、さんざ迷ったんだよ。

——客は帰ったものの鍵が開かないからさ。

——一度は止めようとも思ったのさね。ほんとさ。

——え？　何故止めなかった？　そりゃ思い直したんだよ。

マキは随分逡巡《しゅんじゅん》したそうである。しかし考えてみれば危害を加える訳ではないし、男が約束通りに受け出してくれたなら金品を略奪することにもならない。不義者を懲《こ》らしめるだけである。

——男が帰ったのに女ひとりでグウグウ寝てると思ったら、無性に肚が立ったのサ。

——何だい。多分御乳母日傘《おんばひがさ》で育ったお嬢様なんだろ？

——いいかい、身分で遊び回って、男咥《くわ》え込んで、大概にしろこの女《アマ》、と思ったんだよ。

——いいかい、妾とこに来る淫売どもはね、みんな食うために躰売ってる女だよ。

——生き地獄だよ。ここは有閑《ゆうかん》マダムの逢引になんか使って欲しくないのサ！

——だからね。

——だから寝てるとこ叩き起こして、着物ひっぺがしてやろうと思ったんだよ！

——悪《わり》いかい！

「——それで婆さんは襖を蹴《け》り外した」

青木は、そこで言葉を止め、一同の様子を窺うように順に視線を巡らせた。

「結局そのお婆さんは、見知らぬ男の言葉を信じて着物を盗ることに決めた訳ですね？　しかし、普通ならもう少し怪しまないかなあ。ねえ中禅寺さん」

「そうじゃないよ益田君。多田マキさんは十二分に怪しんだから長時間様子を窺い、結局着物を盗むのを止めて襖を開けたのだよ。至極常識的な判断だ」

「でも――着物は――」

「マキさんは襖を蹴り外している。そんなことをすれば中で寝ている者は必ず起きる。起きられちゃ着物は盗れないよ。それでは追剝《おいはぎ》だ。多分マキさんは腹に据え兼ねたんだろうね。起きるのを承知で襖蹴り外して、中に居るふしだらな女に説教のひとつもぶつつもりだったのじゃないかと思うね」

「そう――なんでしょうね。しかし淫奔《いんぽん》な有閑婦人は目玉を抉《えぐ》られて息絶えていた――」

青木はそう云った。益田は座卓の上で微笑んでいる被害者――前島八千代に目を遣る。

「しかし、この人は貞女の鑑だったのでしょう？」

死に当たって正反対の評価を得た訳だ。

中禅寺も同じように雑誌を眺めて、

「多田マキさんはそんなことは知らない。そんな雑誌は読まないだろうし、そんな情報は持ってない。彼女にとって前島八千代は密通姦婦に他ならなかった訳で、それが彼女にとっての真実だ。その不義者が偶偶《たまたま》自分の家で殺されてしまった。迷惑だと思っただろう。一層腹を立てたに違いないよ」

と云った。青木は頷く。

「マキが肚を立てたのは事実らしいです。それで、一度は通報に向かったものの、どうにも収まりがつかず、引き返して着物と現金をくすねた訳です」

敦子が云った。

「でも——何だか釈然としないわ。マキさんの方じゃなくて——例えば、新造と云う人の行動の方」

「川島新造は一昨日保護されました。新造の行動はただ漫然と聞いているとどうにも論理的と云えない行動が目につくのですが、新造側の事情を聞いてみるとそれがそうでもないんです。複雑な話なので、先ず新造と喜市の関係から説明しますが——」

青木は再び語り始めた。

川島喜市は戸籍上の名を石田喜市と云う。川島新造の父川島大作と、その内縁の妻である石田芳江との間に生まれた。大正と昭和の刃境《はざかい》のことである。川島大作の本妻——新造の生母は大正十二年、喜市の生まれる以前に既に亡くなっており、つまり芳江は妾と云うより入籍されぬ後妻と云う方が正確だったらしい。

芳江の入籍が許されなかった理由は幾つかあったようだが、一番大きな理由は大作が婿養子だったことだそうである。川島家は古い家系で、婚姻にも一族の承諾が要るのだそうである。また大作と云う人自体律儀な質で、妾は妾、後妻に入れてはけじめがつかぬと思っていた節もある。

そして跡取りの問題もあった。

跡取りは新造ひとりで十分だと、川島一族は判断を下した。

喜市を産んだ芳江に対する風当たりは日増しに強くなって行ったらしい。

それでも芳江は控え目な質《たち》だったようで、決して己の立場を主張するようなことはしなかったと云う。それをいいことに芳江の立場は悪くなる一方だったたらしい。

しかし川島大作と云う人物はまた人情家でもあった。健気な愛人を切るに切れず、結局遠く離れた房総に土地を買い求め、月月送金して面倒を見ることに決めたのだそうだ。当主とは云え養子の身である。精一杯の施しであったと思われる。

こうして喜市は、興津町茂浦の小屋で母子二人の幼少期を過ごすこととなる。

そして――昭和十年。

川島大作は急死する。

「そこで問題が持ち上がったんですね。実は川島新造はその頃家出していた。十五くらいでグレて、行方が知れなかったらしい――」

川島家では協議の末、喜市を引き取り、跡取りとして迎えることを決めた。川島家の血筋を引かぬ妾腹の子とは云え、質実剛健な大作の子である喜市の方が、素姓の知れぬ赤の他人を養子にするよりまだマシだ――と判断したのであろう。

勿論この辺りの事情は凡て川島新造の推測に基づいている。当時の詳細を知る者は大戦を境にして悉《ことごと》く絶えているらしい。

喜市は無理矢理連れ戻された。

芳江は僅かな手切れ金を渡されて、ひとり房総に取り残されたのだ。

「そこで——先程云ったその——」

「夜這いかね？」

「ええ。そう云う境遇ですから何ともその——それでも十年もの間、石田芳江はその場所で孤独に耐えて生きたんです。しかし——」

昭和二十年。

石田芳江はその報《むく》われぬ人生の幕を閉じた。喜市が連れ去られてから十年間、芳江は遂に我が子と再会することはなかった。

「一方喜市はそれでもまあ健全に育った。育ったはいいが、兄貴である新造が、ある日ふらりと舞い戻ったんですね」

上手く行かぬものだと益田は思った。

それは多分開戦の頃じゃないか——と中禅寺が云った。

青木は驚いて、そうのようですが、知っているのですか中禅寺さん、と尋いた。

「榎木津と木場修が川島新造と知り合ったのは慥か昭和十三年頃だと聞いている。だから僕は、学生の頃川島新造と数度会っているのだ。最後に会ったのは慥か昭和十六年十月十八日だ。その時彼は実家に帰るようなことを云っていた」

「善く覚えていますね——」

青木は呆れたが、中禅寺は、なあに東条内閣《とうじょう》が発足した日だ——と平然として云った。

益田はその年に東条内閣が発足したことすら忘れかけていた。

新造が戻った以上喜市は用なしである。ただ放逐はされなかった。戦争が始まれば新造も徴兵されるだろうし、その場合命の保証はないからである。

加えて新造はこともあろうに大陸に渡るなどと云い出したらしい。喜市は謂わば跡取りの当て馬として、半ば飼い殺しにされたのである。それに就いて新造は実に深刻な表情で語った。

——弟の人生は俺が狂わせた。

——仮令《たとえ》貧しくても母親と二人、石田喜市として暮らした方が、どれだけ良かったか知れない。俺は好き放題、勝手気儘《きまま》に今日まで生きて来たが、その皺寄《しわよ》せが全部弟に振りかかってることを、ずっと見て見ぬ振りして生きて来た。俺がそのことに気づいたのは戦争が終わった後のことだ。それでも弟は恨み言ひとつ云わねえ。会えば兄さん兄さんと慕ってくれる。俺はそれを思うと不憫《ふびん》でならない。

兄弟は各各に死地に赴き、各各に生還した。新造の聞いたところに依れば、喜市は復員すると先《ま》ず房総の家——母の許に帰ったのだそうだ。母は居なかった。死んだのか引っ越したのか、母の行方を喜市に教えてくれる者も誰ひとり居なかったと云う。

喜市はただ廃屋だけを眺めて戻ったそうである。

その後喜市は川島家の庇護《ひご》を嫌い、住まいも分けて、職も転転とした。

但しその頃は川島家の煩瑣《うるさ》い親族達も皆死に絶えており、跡目も何もなくなってしまっていたらしい。皮肉な話である。

ただ、喜市は兄である新造だけには妙に懐いていて、兄弟は屡屡《しばしば》会っていたそうだ。

しかし喜市は職を変える度に居も移したようで、新造は喜市の住所も善く知らないでいたらしい。連絡は常に喜市の方から一方的に入ったのだと新造は語ったと云う。

そして去年――昭和二十七年五月、喜市からの連絡は途絶えた。

「――それは信濃町で最初の目潰し事件が起きた時期なんです。新造は喜市の友人関係などまるで知らなかったようで、新聞を賑わす目潰し魔平野祐吉のたったひとりの友人が己の弟であることを、ずっと知らなかったと供述しています――」

喜市が姿を現したのは今年の正月のことだった。

久し振りに見る喜市は、何故かしら豪く思い詰めているように新造の目には見えたそうである。

「――喜市がそれまで暮らしていたアパートを引き払い、印刷工場を辞めたのがその頃ですね。辻褄《つじつま》はあっています。それから喜市は新造の寝起きしていた騎兵隊映画社に転がり込んで居候していたんです――」

そして――今回の事件は始まる。

「喜市は、毎日のように出掛けて行って、何かを探っていたんだそうです。電話も多くかかって来た。新造は何度か受けて、伝言を頼まれたこともあると云う。その時電話をかけて来た女は――蜘蛛と名乗った」

「蜘蛛か」

「蜘蛛です。どうやら喜市は蜘蛛と云う女に誑《たぶら》かされ操《あやつ》られて、良からぬことに手を染めているのではないか――と新造は勘繰った」

「なる程」

「そして事件の夜が来た。新造はその前の日の、八千代と喜市の長電話をこっそり聞いていたのですね――」

「一寸待って青木さん――」

黙って話を聞いていた敦子が青木を止めた。

「――その長い電話なんですけど――喜市と云う人は何と云って八千代さんを呼び出し、八千代さんは何故その呼び出しを受けたのです？」

と尋いた。青木は少し考えて、

「八千代には後ろ暗い過去があったんです」

と云った。

「売春かね？」

中禅寺が抑揚のない調子で問うと、青木はええ、と肯定して、暫く黙ってから、

「確認はできていないのです。証拠は何も出て来ない。ただ、新造は喜市からそう聞いている。喜市はそれをネタに八千代を脅迫したらしい。八千代が呼び出しに応じた以上、過去売春をしていたのはほぼ確実だと思われますが、そうなら八千代は必死で過去を隠蔽したのでしょうね。でも――」

青木はそこで一度詰まった。そして、

「――脅迫の目的となると――」

と云って再び黙った。

青木は豪く悩んだ後に、

「――金銭目当てじゃあなかったようですね」

と結んだ。

それじゃあ肉体《からだ》目当てですか、と益田が尋くと、そりゃあ違いますと即座に青木は否定した。

「まあ、過去の秘密を暴かれたくなければ云うことを聞け、と云うような脅し方ではあったらしいんですが――」

「その辺は普通の恐喝ですよね？」

青木は、まあそうなんですが、と云った。

「普通の恐喝とは違うのですか？」

「違うのですね、少し。そう云うことをネタに強請《ゆす》る場合は、先ず黙っていて欲しければ金を出せ、か、温柔《おとな》しく云うことを聞け、でしょう？　喜市はですね、どうもこう云ったらしい。昔と同じように客を取ってくれないか——値段は自分で決めろ——」

「何ですそりゃ？」

「変でしょう？　八千代と喜市が電話で揉めていたと最初に云いましたが、それは貞輔の想像通りに、売春の金額交渉だったんですね。しかも新造が聞いたところに依ると、喜市は八千代を値切ったと云うのですよ。変ですよね」

「金が——なかった？」

青木は、喜市は結構金を持ってたんですよ、と云った。

「——それに喜市は自分で買うとは云ってないんです。八千代に、金を取って見知らぬ男と寝ろと迫っているんです。それで、金額を明示しないまま値切っているんです。これでは、例えば売春をさせて上前を擠《は》取《ね》ようとしたとも思えないですよね」

しかし——そんなことをして何になると云うのだろう。

金銭目当てでもない。肉体目当てでもない。商売をさせて儲けようとした訳でもないようである。

青木はそれは兎も角、と云った。

「喜市と八千代の長い密談を立ち聞きした新造は、弟が何やら悪事に手を染めているのではないかと懸念したのだそうです。翌日の夕方、喜市は案の定緊張した面持ちで外出しようとした。そこを新造は取っ捕まえた──」

──俺は弟を問い詰めた。幾ら問い詰めても弟は口を割らなかった。

──それどころか必死で振り切って、尚も出掛けようとする。

──これは絶対にヤバいことをしていると思ったよ。

──俺は、弟に陽の当たらねえ道を歩かせたくはなかったんだ。

──だから何度か強く殴った。

──それでもあいつはただ堪えて、黙っていた。

「質屋が見た喜市の顔の痣と云うのは、その時新造に殴られた痕《あと》だったようです。新造は喜市の徒《ただ》ならぬ様子から、敏感に犯罪の匂いを嗅ぎ取ったんですね。そこで、これは拙《まず》いと思ったらしい。結局新造は口を割らない喜市に当て身を食らわせて気絶させ、それから大急ぎで街へ行った」

「何故街へ？」

「新造は、喜市がその前の日に街の破落戸《ごろつき》をひとり雇ったことを知っていたんだそうです。新造は商売柄割と裏街道の事情に精通していたらしいですね。新造はそいつを捕まえてとっちめて、詳しいことを聞き出した──」

喜市はその破落戸に、

——淫蕩《いんとう》な女がいる。少少懲らしめてやりたい。

そう持ち掛けたのだと云う。

「喜市はその男に金を渡していた。しかも一万円もですよ。先程、喜市は金を持っていたと云ったのもこの証言があったからです。出所は不明ですがね。それで、喜市はその男にこう頼んだのだそうです。明晩——十時三十分、四谷の暗《くらやみ》坂の入口に女が居るから、渡した金で買ってくれ、素姓は云えぬが相手は良家の妻女である、別に病気持ちなどではないし美人局《つつもたせ》でもないから心配は要らぬ——と」

慥かに——金銭目当てではない。肝心なところを他人に振ってしまうのであるから、肉体目当てでもない。

しかし——普通そんな誘いに乗るだろうか。旨《うま》い話には落とし穴があるものだ。その話は旨過ぎる。普通はそんな怪しい依頼は信用しないと思う。益田がその男なら、絶対に断るだろう。

益田がそうした感想を述べると、青木は先に金を渡しておく美人局など居ないですよと云った。云われてみればそんな男を騙しても一文の得もない。詐欺だったならもっと金持ちのカモを探すだろう。

青木は続けた。

「何たって相手は街の破落戸ですからね。金さえ貰えば少少荒っぽいことでもやる。現金《げんなま》にすりゃあ大抵は信じますよ。金貰って女が抱けるなんて話は二ツ返事で飛びつきます。何たって喜市はその男に、その女は数百円ばかりで身を売るだろうから残りの釣りは手間賃だと——こう云ったんだそうですから」

数百円——。

それが電話に依る金額交渉の結果——八千代の値段なのであろう。益田は街娼の相場など知らぬが、つまりは喜市がその程度で手を打ったと云うことなのだろう。

喜市はその男に幾つか条件を出した。

先ず、必ず女を抱くこと。

それから、色事は指示した場所で行うこと。

そして、何とか女を眠らせて先に宿を出ること——。

「眠らせるって、いったいどうやって眠らせるって云うんです？」

敦子が疑問を発した。至極当然の疑問だと思う。子守歌でも唄えと云うのか。そもそもそう云う場合——益田は経験がないから判らないのだが——女と云うのは眠ってしまうものなのだろうか。特に八千代のような事情がある場合は、どんなに遅くなっても帰宅するのではあるまいか。

益田がそう云うと青木は、益田君の云う通りです、と云った。

「客と寝た後で眠ってしまうような街娼はまず居ないし、八千代は外泊できる立場じゃないです。だから――喜市は男に睡眠薬を渡していたんですよ。どうやって飲ませるつもりだったのか、今となっては判りませんが、兎に角眠らせて、赤恥をかかせる算段だから、宜しく頼む――と云ったらしい」

「なる程、それで喜市と云う男はそのお婆さんに、予め水差しと湯飲みを用意しろと云ったのですね？」

何故水差しと湯飲みを用意させたのか、益田も気になってはいたのである。

「そうだと思います。尤も、どうやって飲ませる手筈だったのか、飲んだところですぐに効き目があるものなのか、その辺は大いに疑問です」

何だかんだ聞き出した後で新造は、実は自分は喜市の代理だと告げたのだそうだ。

そしてその男に、計画は中止だ、女を抱く必要はなくなった――と告げたのだそうだ。

「男は最初、計画の中止を聞くと酷《ひど》く不服そうにして、約束したのだから駄目だ、今更何を云いやがると――随分捏《ご》ねたらしいんですが、新造の方は少し締められただけでべらべら喋るような男はそもそも信用できない、約束は反古だと突っ撥ねた。もう少しで喧嘩になるところだったらしいです。ところが新造が金を返す必要はないと云った途端に、そいつは実に素直に引き下がったのだそうです。その男はそもそも金が目当てだったらしく、色気の方はつけ足りのようなものだったんでしょう」

この場合、男は何もせずに大金を手にすることができたことになる。文句などなかったのだろう。

「その睡眠薬は？」

益田が尋ねると、回収していませんと青木は答えた。

「新造はあれこれ吹聴されても困ると用心して、渡してある金は口止め料代わりに持って行けと、そう云ったんですね。そうすると男の方から、じゃあ薬はどうするんだと尋いて来たんだそうです。新造はそんなものは要らないと答えた。だからその睡眠薬は男が持って行ってしまったんですね。まあ、その男が――これは新造の証言があったので昨日手配をしましたが、そいつがどれだけ真面目に喜市の計画を遂行するつもりで引き受けたのか、それは定かではないです。ただ金を持ち逃げするつもりはなかったようで、一応女に会いに行くつもりはあったらしいと新造は云っている。そして」

そして新造はその男の代わりに四谷に行った。

暗坂には、前島八千代がぽつんと待っていた。

「新造は別に助平心を出した訳じゃないんですね。破落戸の話を聞いてみても、喜市の企みが全く見えない。だから八千代に会って事情を話し、ことの真相――弟が何をしようとしているのかを問い質そうとしたんだそうです。しかし八千代の方は何だか肚《はら》を括《くく》っていて、約束通り連込に行こうと云い出した。新造は面食らったようです」

「前島八千代さんは、己の亭主が後を尾行《つけ》て来たことを知っていたのじゃないのかな」

中禅寺は——意外な指摘をした。

しかし、青木もそれを肯定した。

「どうも、それはそうらしいですね。あの貞輔ってのは心底間抜けです。丸見えだったらしいですからね。川島新造は顔まで覚えていた」

「尾行と云うのは中中熟練した技巧《テクニック》が要るのだ。呉服屋の腰抜け若旦那に巧く出来る訳がないよ。まるで落語だな」

「全くです。八千代は家を出る時、既に覚悟を決めていたらしいですね。それらしいことを新造に仄《ほの》めかしている。ここから出たら私はお仕舞いだ——と云うようなことも洩らしていたようです」

——あの女は何か諦めていた。

——何を尋いてものらくらとまるで要領を得なくって。

——商売女にこそ見えなかったが、素人とも思えなかった。

——ただ情で寝る女と違って、仕事で寝る女はそれを仕事と割り切っているんだと、俺はずっとそう思っていたんだが、あの女はそうじゃないと云った。

——女は惚れて寝るんだと云いやがった。

新造はそう語ったと云う。

「——後は木場さんの想像通りです。新造は誘われるまま八千代と寝て、虚《むな》しくなって先に宿を出た。その際に黒眼鏡《サングラス》を忘れています。帰りがけ電柱の陰に居た貞輔の顔を見ている。新造は暫く歩いてから眼鏡を忘れたことに気づいて、取りに戻った。その際にも塵芥箱《ごみばこ》脇で張っていた貞輔は目撃されてます」

しかし——。

新造が戻ってみると部屋には中から鍵が掛かっていて、襖は開かなくなっていた。そこで新造は何度か襖を叩いて、外に見張ってる奴が居るぞ——と、中に伝えたのだそうだ。

但し——。

その親切な忠告を聞いていたのは八千代ではなく、殺人者だったと云うことになる。

「その時の騒ぎで婆さんは目を覚ましてしまったのじゃないか——と、新造は証言していま す。ただどうやら、多田マキは新造が部屋を出た時点で既に覚醒《おき》てはいたらしいですね。あの婆さん、帰る客には敏感らしいんですよ。だから、マキは暫く様子を窺っていたんでしょう。迷ってたってこともありますでしょうしね——」

新造はそのまま騎兵隊映画社に帰った。

しかし、事務所で気絶していた喜市の姿は既に消えていた。

新造はそのまま弟を探して丸一日ばかり街を徘徊し、戻ったところへ待ち伏せていたかのように、高橋志摩子が怒鳴り込んで来たのだそうだ。

――俺は志摩子が弟を誑《たぶら》かした蜘蛛だと思った。

――だから貴様が蜘蛛か、と訊いた。志摩子はそれがどうした、と答えた。

――俺は馬鹿にされてると思い、かッと頭に血が上って、志摩子に襲いかかった。

「ははあ、志摩子と云う人もその――赤蜘蛛？」

「紅蜘蛛です。まあ、それはそうなんですね。これは些細《ささい》な符合ですね。それで、丁度そこんところに四谷署の刑事達が踏み込んだんです。新造は何が何だか判らなかったらしいですが、刑事が八千代殺しの容疑だァと叫んだので瞬時に察した。昨夜の女は殺された――犯人は弟の喜市に違いない――」

そして川島新造は逃走した。

警察より先に弟を見つけ出し、真相を質そうと考えたのだそうだ。

新造は司直の追手を躱《かわ》し乍《なが》ら聞き込みを続け、喜市の行方を探した。そして捜査網を掻《か》い潜《くぐ》り、遂に房総の芳江の家――首吊り小屋――に至った。喜市は予想通りそこに隠遁していた。そこで新造は喜市から事情を聞き出したのだと云う。

「新造が小屋に辿り着いた時、喜市は酷《ひど》く怯《おび》えていたそうです――」

喜市は、あの夜八千代の許に行ったのが破落戸ではなく兄だった――などとは考えてもみなかったらしい。のみならず、新造に八千代殺害の嫌疑がかかっていることを知り、大いに乱れたと云う。

そして新造は喜市の口から凡てを聞いた。

「——新造が聞き出したところに依れば、騎兵隊映画社で気絶していた喜市が意識を取戻したのは深夜零時近くだったんだそうです。喜市はすぐに四谷に向かったらしいですが、その時間では電車もなく、結局着いたのは朝だったらしい。そこで喜市は連込に至る前に、道を歩いているマキを見かけて尾行したんですね。マキは質屋に這入った。兄のことを知らぬ喜市はそれを見て凡ては予定通りに運んだものと考えたと云う。そこで、すったもんだの末に着物を受け出し、連込に行ってみると——」

「既に警察が到着していたんですね？」

「そうです。喜市は瞬時に変事を察して、その場から真っ直ぐ千葉に遁走《とんそう》したと云ってるらしい——」

新造は殺人犯人は弟だと思い込んでいた。だから怯える喜市を半ば脅して、今度こそ凡てを話せと、真相を質したのだそうだ。喜市は最初は話し難《にく》そうにしていたが、兄が自分を疑い、また案じていると云うことを知ると素直に告白したのだそうだ。

「喜市は、慥かに罠は仕掛けたが、殺したのは絶対に自分ではない——と云い張ったそうです。更に、自分は最初から八千代を殺すつもりなどなかったんだ——と、繰り返し主張したらしい」

敦子が不審そうに眉根を寄せた。

「殺すつもりがなかったと云うんなら、その喜市と云う人は前島八千代さんをいったいどうするつもりだったと云うんですか？　お金も要らない、関係を迫る訳でもない、寧ろお金を使って人まで雇って、ただ誘《おび》き出しただけじゃないですか？」

青木はそうなんですよ——と云った。

「殺そうとして呼び出した、或は殺させようとして呼び出した——と考えるのが一番すっきりするんです。否、すっきりすると云うより、そうとしか考えようがないのです。ただ、新造も弟は決して八千代を殺そうと考えてはいなかった筈だ、と云い張って譲らない。これは、単に弟の言葉を丸呑みで信じていると云うのもあるのですが、要するに庇《かば》っている——そうとしか思えないんですがね」

青木は同意を求めるように敦子を見た。

敦子は少し考えて、人差し指を立てた。

「喜市と云う人がどんな意図の下に八千代さんを呼び出したのか、それは一旦おいておくとして、その殺意がなかった、と云う証言を信用するなら——」

敦子はそう云って、立てた人差し指を顎に当てた。

「——すると八千代さんは、喜市さんの仕掛けた罠に便乗して誰かが勝手に殺した、と云うことになってしまいますよね？　それでは川島兄弟は呼び出すだけの役割だったことになっちゃいます。殺意抜きでは計画が完成しないでしょう？」

「ええ――そう云うことになるんです。それに就いては、木場さん達も同じように考えたようですね。喜市は探索、新造は呼び出すだけの係で、両人とも殺害に就いては知らなかったのじゃないか――と、木場さんは推理した。慥かに新造に就いては単に弟の身を案じた行動だった訳で、これはまあ解りますが、喜市に就いては納得できませんよ」

何故だ、と中禅寺が尋いた。

「――事実喜市は手を下していないのだろう」

「慥かに喜市は実行犯ではないようです。でも、殺人自体を知らないと云うのは不自然ですよ。破落戸を雇ったことだって、どうにも偽装工作っぽいでしょう？　事実、破落戸の代りを果たした新造は犯人にされた。更に現時点で実行犯の嫌疑が濃厚である平野祐吉は喜市の友人ですからね。それに、何より喜市には女達を殺したい動機がある」

中禅寺はそれを受けてこう云った。

「それが被害者を結ぶ糸――なのだね？」

青木は黙して首を縦に振った。

――被害者を結ぶ糸。

益田の知るその糸は、蜘蛛の僕の呪いである。

中禅寺は雑誌に掲載されたと云う別の糸を見つけた。そして青木は、また別の――三本目の糸を見つけたと云うのである。

「それはどんな糸だ？」

「母親の怨みです」

「母親の怨み？」

「そうなんです、喜市の行動は復讐なんです。殺意があったか否かは別にして、喜市が深刻に前島八千代を怨んでいたことだけは事実らしいんですね。それだけじゃない。喜市が怨んでいたのは八千代だけではなかったんです」

「真逆《まさか》——他の被害者も——？」

「はい。喜市が怨んでいた相手は、全員目潰し魔の被害者なんです。そうなると——殺意がなかったと云うのは一寸——」

青木はそこで黙った。

慥かに八千代だけなら弁解の余地もあろうが、他にも居るとなると殆どの云い訳は通用しまい。

「その——母の怨み——と云うのはどう云う？」

「はい。これからお話しすることは凡て新造が喜市から聞き出した事柄です。事実確認は出来ていないし、恣《し》意《い》的に隠蔽改竄《かいざん》された部分がない、とは云えません。しかし基本的に川島新造は澱《よど》みなく、柔順に証言しています——」

新造は木場刑事の質問に対して、沈痛な面持ちで淡淡と告白したのだそうである。

その真摯な様子から判断するに——彼自身の得た情報自体の信頼性は別にして——嘘はないと思う、と青木は云った。

「——新造の談に依れば、川島喜市は昨年の初夏に再度千葉を訪れているのだそうです。訪問の理由は不明ですが、ただ、時期的には最初の目潰し事件の直後と云うことになります。そこで、喜市はある人から母の死を報《しら》されたのだそうです——」

——弟は母親が死んだことをずっと知らなかったんだそうだ。

——母親は終戦の年に自殺していた。首吊りだ。弟は愕然《がくぜん》としたそうだ。

——奴は南方戦線だったから復員は俺より早かったが、それでも間に合うものじゃない。

——自殺の原因はどうやら屈辱的な待遇にあったらしい。

——喜市の母親の芳江さんって人は、俺も一二度見たことはあるが、線の細い優しげな女だった。それが大勢に娼婦扱いされて死んだと云うんだ——。

新造は顔を歪めてそう語ったと云う。

「——敗戦直後に訪れた時点では、喜市は母親の生死の別すら確認できていないんです。亡くなってから八年、別れてから十八年目にして漸く、喜市は母の死の真相を知ったことになる訳です。月日が経って村人達の口の戸も軽くなったんでしょうか。ただ喜市がいったい誰からそのことを聞いたのかは不明です。情報源に就いて喜市は新造にも一切漏らしてない。だから証言者の特定は出来ません——」

青木の話だと、現在では芳江の噂は別に禁忌《タブー》などではないし、知る者こそ多くはないが調べれば誰の耳にもすぐ届く程のものなのだそうである。

真相を知って喜市は煩悶《はんもん》したと云う。

何故に母は娼婦紛《まが》いの生活を送らなければならなかったのか。

例えば——貧窮《ひんきゅう》の果ての選択だったのか。

それは考え悪い。喜市は、そう判断した。

喜市の記憶する母との暮らしは、実に質素なものだったそうである。

芳江は定職こそ持てなかったようだが、大作の存命中はずっと仕送りがあった訳だし、内職をしたり、何や彼《か》やと村人の手伝いをしたりして糊口《ここう》を凌《しの》いでいたから、毎月の仕送りは殆ど残っていたようだった。それに、喜市を連れ出す際にも些少なりとも手切れ金が出ている。金は少なからず残っていた筈だ。何より母の生きた時代は贅沢《ぜいたく》をしたくとも金の使い道のない時代だったのだ。少なくとも躰を売らねば食えぬ程、母が金銭に困っていたとは喜市には思えなかったのだそうだ。

ならば——母は生来淫蕩《いんとう》な女だったのか。

それは断じてあり得ない。喜市は、それだけは違うと思ったのだそうだ。

それに就いては新造も同意見だった。その昔、親族の口を通じて新造の耳に届いた芳江の噂は悪いものではなかったらしい。

芳江と云う女は身持ちが堅く、大作の存命中は他の男を引き込むようなことも一切なかったのだと云う。妾の癖に貞女も糸瓜《へちま》もない、そう堅くては追い出すに追い出せぬ、それでは却って始末に悪い、と云うのが親族の芳江に対する評価だったのだそうである。だから生来の淫婦と云うのは中《あ》たっていない。ただ、操を立てるべき大作が死んで尚十年の長きに亘《わた》って芳江に変節がなかったとは云い切れぬ——と新造は語ったと云う。

しかし喜市は母の貞淑を信じた。

だから——。

そんな芳江が村人から娼婦紛いの扱いを受けた裏には必ず理由がある筈だ——喜市はそう考えた。

喜市は思い悩み、且つ激しく村人を怨んだのだと云う。そして母芳江の無念を晴らすべく調査を始めたのだそうだ。しかし母を死に追い込んだ人間を特定することは難しかったし、不特定多数に意趣返しをすることもまた難しかったようだ。だが喜市は諦めずに探り、ある事実に至った。

母の小屋に出入りしていたと云う、三人の娼婦の存在を突き止めたと云うのである。

戦時中、空襲で家を焼かれるかして、千葉に流れて来た三人の若い女が、芳江の住んでいた小屋に転がり込んで売春をしていたらしいと云うのである。

その娼婦どもが母親をそそのかしたのではないのか——喜市はそう推理したのだそうだ。

そして、その推理を裏付けるような証言者が喜市の前に現れたのだと云う。芳江は三人の娼婦に売春を強要されていたらしい——丁度芳江が死んだ頃、三人は姿を消している——それは間違いない——その証言者は、そう語ったのだそうだ。

喜市はある結論に至った。

母親は自殺ではない。母親を殺したのはその三人の娼婦だ。三人の娼婦は芳江に淫売の真似事をさせただけでなく、芳江が抵抗すると殺害して金を奪って逃げたのだ——それが喜市の出した結論だった。

「この証言者も誰なのか判っていません。即《すなわ》ち事実なのかどうかも確認できない。新造はその話を聞いた時、どこか胡散臭《うさんくさ》いものを感じた、と正直に告白していますが、喜市の方は三人の娼婦の犯罪に就いては完全に信じ込んでいたようだったとも語っています」

その後喜市がどうやって三人の名前や素姓を知り得たのか、それも新造には判らないようだった。しかし喜市は探り出し、そして復讐を誓った。

「喜市が探り出した三人の若い娼婦の名が——」

青木は大きく息を吸って、云った。

「——金井八千代、高橋志摩子、そして川野弓栄なんです——」

「川野——弓栄？」

益田は再び混乱した。

川野弓栄は八年前に石田芳江を謀殺した、その悪業の報いを受けて死んだと云うのか。

それは違う。弓栄は少女売春で荒稼ぎをしようとした所為で蜘蛛の僕と悶着を起こした結果、殺害されたのではなかったのか。

それが――。

喜市の怨みが被害者を結ぶ糸――殺人の動機だったならば、そっちの事実はどうなると云うのだ？　益田の知る現実こそが虚構だと云うことなのか。あの学院で起きたことは凡て幻だったのか。それとも凡て、

――偶然なのか。

今回の事件に関しては偶然はない――と中禅寺は云った。

ならばいったい――。

益田の動揺に気づかぬまま、青木は続けた。

「先程も述べましたが喜市は殺人に就いては否定している。あくまで思い知らせてやろうと云う計画だったと云う。このままでは腹の虫が収まらぬ、母も浮かばれまい、そうは思っただろうが、しかし弟は殺害しようと考えてはいなかったと、新造も云う」

千葉を中心に探索を続けていた喜市は、先ず小屋の近くに住む川野弓栄に至ったのだそうだ。しかしその弓栄は喜市が接触を持った途端――十月の半ばにはもう――あっけなく殺害されてしまったのである。

喜市は驚愕《きょうがく》したと云う。

真実《ほんとう》に殺害を考えていなかったとしたら、驚くのが当然だろう。

しかし喜市は、これは天罰なのだと思い直したのだそうである。

「折角見つけた的を失ってしまい、已《や》むなく喜市は、残る二人の娼婦の行方を探したと云うんです。探索のため休みがちだった勤めも辞めて、部屋も引き払い、兄を頼った訳です。しかし、その段階で喜市は新造に対して何も告白していないんですね。それに就いて、兄は芳江と血が繋がっている訳ではないし私怨に巻き込みたくなかったから黙っていのだ、と新造に対しては語ったのだそうですが」

「しかし、お蔭で新造さんは却って弟の行動を怪しみ、結局最悪の形で巻き込まれてしまった——と云う訳ですね？」

「そうなんですね。新造は巻き込まれて、容疑者になってしまった訳ですからね——」

そこで青木は身を乗り出した。

「——弓栄に続き、八千代が殺害されるに至って、喜市は狂乱し、周章狼狽していたのだ、そう新造は説明しました。喜市は相手に生き恥をかかせようと計画しただけなのに、狙った獲物は自分の意に反して皆死んでしまう、居所を探り出し喜市が動くと相手は次次と殺される——喜市はすっかり怖《お》じ気《け》づいて、次は高橋志摩子が殺されるのではないかと戦戦兢兢としていたのだと、新造は云う」

「喜市は志摩子と云う人にも罠を？」

「いや、それは居所を探り当てたまでだった、と云っていたそうです。母の怨みは晴らしたい、しかし殺してしまうと云うのは本意ではないから、動くに動けない状態だったと、まあこう云うのですが――」

「それは――不自然ですね――」

益田にも信じ難いことだった。

「――青木さんの説明に依れば、喜市は先ず弓栄の殺害は天罰、つまり偶然と判断したのでしょう？」

「そう云っているようですね」

「偶然だと思うかなあ、普通。だって世間的に犯人とされている平野は、喜市の知人だった訳でしょう？　本当に喜市に殺意がなかったのだとしたら、これは、酷く確率の低い偶然ですよ」

「そうでしょう？　僕も怪しいと思うんですよ。今益田君の云った通り、喜市と平野は友人同士だったんです。それに就いて、喜市は新造にこう語ったのだそうです。どうやら――犯人は自分の知人の平野であるらしい、ただ、何故友人が自分の怨敵を殺し回るのかは、皆目《かいもく》判らない」

「都合の良い話だなあ」

「そう。実に都合が良い話なんですよ。それは新造もそう感じたらしい。そこで、喜市にこう尋いた。その平野と云う男は、お前の本意であろうとなかろうと間違いなくお前の復讐の手伝いをしている、何か心当たりはないのか──」

新造と云う男は、情に流されて大胆な行動を執るタイプのようだが、粗暴だと云う訳ではなく、道理も弁えた男であるらしい。

「──すると、喜市はこう答えた。もしや平野は逃がしてやったお礼をしているのではないか、と」

「逃がしてやった？」

「そうなんです。最初の信濃町の犯行後、平野を逃がす手助けをしたのは、どうも喜市らしいんですよ。喜市は精神科医を紹介するなど、平野のために随分骨を折っていますしね。平野が衝動的に殺人を犯した場合に、逃亡を幇助《ほうじょ》したとしてもおかしくはないでしょう。事実関係は確認できていませんが、まあそう考えていいでしょう」

「じゃあ喜市と平野は、丸っ切り共犯関係にあるってことじゃないですか？」

「そうでしょう？　まあ少なくとも警察官的な見方をするなら、これはどう見たって共犯ですよ。でも喜市は頑《かたく》なに違うと云い続けてたらしいんですね。慥かに平野は逃がしたが、それはそれだけだ、大体平野が自分の母の怨敵のことを知っている筈がないから、矢張りおかしいと──」

「それは、どう聞いたって喜市の云っていることの方が怪訝《おか》しいですよ。聞くに新造と云う人は中中の豪傑のようですが、兄弟の情で判断力が鈍っているんでしょうね。喜市はそれをいいことに兄も騙してるのじゃないですか？」

益田がそう云うと、青木は我が意を得たりと云うような顔をして、流石《さすが》は元刑事ですね、と云った。

「正にそうです。新造がこの期に及んで虚言を吐くとも思えないですし、多分新造は喜市に騙されているんです。まあ庇う気持ちもあるのでしょうがね。それが証拠に、新造は結果的に最後の志摩子殺しに一役買わされている――」

――俺はあまり弟が怯えるので、志摩子を連れて来てやると提案した。

――間に合えば志摩子の命は護れるし直接過去の事件の真偽も糺《ただ》せる。

――会って話して本当に志摩子が母親の仇だったなら、その時は好きにしろと。

――俺は弟にそう云った。

――真実殺す気がないのなら、乱暴することもないだろうと思った。

新造は夜陰に紛れて船橋《ふなばし》経由で東京に舞い戻り、撮影所の自動車を失敬して志摩子の許に向かったのだそうだ。住所は喜市から聞いていたし、既に一度会っているから顔も判る。何を根拠にそう思ったのかは自分でも判らないらしいが、あの女なら事情を話せばきっと解ってくれると、そう思ったのだそうだ。

——理由《わけ》を話して尚も逃げるようなことがあれば、

——それは罪を認めたようなものだと、俺はそう思った。

——その時はその時、そうなったらもう、目潰し魔にでも何にでも殺られるがいいと、

——そのくらいの気持ちはあったが。

新造はそう語ったのだそうだ。

新造は志摩子のアパートの裏の家の物干し台から屋根伝い移動して志摩子のアパートに至り、窓から潜入したのだと云う。

「——新造は可なりの巨体ですが、兵役中大陸で割と特殊な任務に就いていたらしく、様様な訓練を受けていたから楽なことだったと供述しています。それにしたって捕物帖じゃあるまいし、よもや屋根の上に犯人《ホシ》が居るとは思いません。家が密集してるからそんな真似もできたんでしょうがね。志摩子も肝が据わっていて、悲鳴ひとつ上げなかった——」

——あの女、警察が張ってる、息苦しいと云いやがった。

——俺はこいつはシロだと直観した。なら何としても護らなきゃならない。

——生きて弟に会わせて誤解を解かなきゃいけないと、そう思った。

志摩子は新造に素直に従ったと云う。

新造は一旦窓から外に出て自動車で乗りつけ、志摩子は時機を見計らって家を飛び出し、それに乗り込んだ。

狙われている当人が警戒突破に協力していたのだ。この場合、誘拐と云うよりも逃避行と云った方が近いかもしれない。

――志摩子は、あの小屋に暫く住んでいたことを認めた。

――志摩子はR・A・Aが駄目になって路頭に迷い、同僚三人と都落ちしたんだそうだ。

――しかしその時、既にあそこは空家だったと云うんだ。

――それに志摩子は、川野弓栄は一緒じゃなかったと云った。

――弓栄のことは知っているが、慰安所がなくなって以来会っていないと、

――そう云ってたな。

情報は錯綜《さくそう》していた。喜市の調査が不十分だったのだと新造は思ったのだそうだ。もし平野が喜市のために殺人を犯しているのだとすれば、それは取り返しのつかぬ過誤《かご》と云うことになる。

「弓栄は特殊慰安施設の世話役兼指導係のようなことをしていた女なのだそうです。素人娘が多かったので彼是《あれこれ》と、その、客の扱い方から避妊具の扱い方まで、手取り足取り教える役目ですね。これは裏が取れた。八千代の方は判りません。志摩子はその小屋に行った同僚二人の名前は云わなかったらしい。ただ、弓栄はいなかったと云ったそうです。これに就いて、益田君は如何《どう》思います？」

「その――志摩子さんも殺害された訳でしょう？」

「そうです。新造は非常線を突破して、喜市の待つ房総の小屋——喜市の母が住んでいた場所であり、志摩子も暫く滞在していた小屋ですね。そこに志摩子を連れて行った。いや、そんな場所に行くとは誰も思いませんよ。一応、その小屋は喜市が質屋の台帳に記していた住所にあるんですが、その段階では新造と喜市の関係も明らかではありませんでしたし、所轄に照会してもその住所に家はないと云うことだったんです。しかしですね、驚いたことに小屋の前には木場先輩が張っていたんです」

凄いですね、と敦子が云った。

「木場さん、大当たりですか」

「そうなんです。木場さんは今回実に壺に嵌った行動を執っている。しかし、新造も木場さんも、真逆小屋の中に平野祐吉が潜《ひそ》んで居るとは思いもしなかった訳です」

「愈々以て怪しいですね、喜市は。要するに、新造さんは喜市の甘言に乗り、罠に嵌められて、次の獲物を獲《と》って来る役を振られたのじゃないんですか？」

「そうなんです。新造には騙されたと云う自覚はないようですが、これは喜市に利用されたと見るのが一般的でしょう。新造が小屋に志摩子を連れて来ることは喜市しか知らない訳だし、それで小屋に平野が居たのじゃあ申し開きは出来ないでしょう」

「それでは、喜市と平野の間には何等かの取り引きがあった——二人は矢張り共犯関係にあると、青木さんはそう云うんですね？」

「共犯と云うより、喜市が殺人の首謀者であることは間違いないでしょう。三人の娼婦の犯罪が事実か否か、これは判りません。しかし喜市がそれを事実と信じ込み、そして復讐をしようと企んでいたのは真実でしょう。ならば弓栄、八千代、志摩子を結ぶのは喜市の妄執と云うことになる。つまり喜市が平野を使って母親の怨みを晴らすために次次と殺人を行ったのだ、と考えた方が俄然《がぜん》筋は通るのです」

「憶測で発言するのは止し賜え。青木君」

黙って聞いていた中禅寺はそこで青木を諌めた。

青木は不思議そうな顔をした。

中禅寺は冷酷な調子で云った。

「君は被害者を結ぶのは喜市の妄執だと云うが、それでは山本教諭はどうなる？」

「山本純子と、最初の矢野妙子は平野の単独犯行です。その後、喜市は平野を保護するかして、逃走を手助けする代わりに手駒として使ったんじゃないですか？」

「喜市が平野の逃亡幇助をしたのだとしても、その後二人が接触していたと云う証拠は何もないよ」

「そう仰いますが中禅寺さん。他に説明のしようがないですよ。先程益田君の云った通りです。弓栄が殺された段階で喜市が平野の犯行と気づかない訳がない。喜市は凡て承知で八千代に罠を仕掛けているんですから――」

中禅寺は無言の威圧で青木を止めて、云った。

「平野の犯行が自分の計画と同調《シンクロ》していると喜市が気づいたのは八千代さんが殺された後だろう。だからこそ彼は活動を止め、千葉の小屋に籠ったんだ」

益田はその言葉には納得が行かなかった。

「だって、川野弓栄殺害したのは平野祐吉だと報道されているじゃないですか。喜市が何も気づかないと云《こ》うのは変な話ですよ。知ってるんですから。それで知らないと云い張るのは不自然ですよ。誰が聞いたって疑いますよ」

「それは違うよ益田君。川野弓栄殺害の犯人が信濃町の目潰し魔——平野であると報じられたのは三人目の被害者——山本純子が殺害された後の話だ。僕は新聞を凡て読み返してみたが、初期段階では紙面のどこにも平野の名はないし、目潰し魔とも書いていない。連続猟奇殺人鬼目潰し魔平野祐吉の通り名が世に出て世間が騒ぎ出したのは山本純子の死後、正確にいいいは年が明けてからだ」

「それでは——喜市は、己の怨敵を殺害したのが友人であるとは知らずにいた可能性があると、中禅寺さんはそう仰るのですか？」

青木の疑問符を受けて中禅寺は断言した。

「知らなかったんだよ。知って驚いたのだろうね。しかし、その時点ではまだ、それも天の配剤だと判断したのだろうな」

「偶然だと思ったと云うんですか？」

「そうだろうね。いいかね、その段階では三人の被害者のうち二人は自分とは無関係な人物なんだよ。その状況では、寧ろ被害者の中に川野弓栄がいたと云う偶然に驚く——と云うのが普通の感覚じゃないのか」

「そう——でしょうね」

「だから——喜市は真実《ほんとう》に三人の女を殺害する気はなかったのだろう。そうでなければその後で八千代さんに罠を仕掛けたり、志摩子さんの住み処を探したりはしない筈だ」

中禅寺は一層明瞭《はっきり》と云った。

「川島喜市は殺人事件には無関係だ」

青木は腕を組んで云った。

「しかし動機が——」

「怨恨即殺意と云うのは短絡だろう。もし喜市が平野を使った殺害計画を立てていたのだとすれば、ひょこひょこ自分が顔を出す必要はない。喜市は女の居所さえ確認すればそれで済む筈だろう。それなのに喜市は堂堂と顔を晒《さら》してまで殺害場所を設定し、共犯の破落戸まで雇っている。平野は既に無差別殺人者で通っているのだから、そんなことをする必要は全然ないじゃあないか。路地裏か何かで殺せば済む」

「そりゃあそうなんですが——」

青木は善く理解できないでいるらしい。益田にもまだ判らぬ。敦子も解らないわ兄さん、と云った。

「——殺意がなかったなら、喜市と云う人はいったい何をしたかったと云うの？　殺すつもりはなかったとか不本意だとか云ってるようだけど、呼び出すだけ呼び出してそれだけじゃあ、単なる悪戯だったとでも云うの？」

中禅寺は馬鹿だな、と云った。

「——喜市は多田マキに何と持ちかけた？」

「ご新造に、ひと泡吹かせてやろうと思う」

「じゃあ街の破落戸には何と持ちかけた？」

「淫蕩な女を——少少懲らしめてやりたい」

「新造には何だと云って説明をしている？」

「だから、思い知らせてやろうと計画した」

「そうやって何度も何度も正直に主張しているじゃあないか。喜市は本当に八千代に恥をかかせて懲らしめてやろうと思っていたのだろうな」

「つまり——兄さんは、喜市と云う人がマキさんや、その破落戸《ごろつき》に語ったことは本心だったと云いたい訳なの？」

妹の怪訝《けげん》な顔を兄は平然と眺め、その通りだよ、と云った。

「喜市は単に社会的、精神的に打撃を与えて、過去の悪業に対する反省を促すために巧緻《こうち》な計画を練ったのだろう。特に八千代さんの場合は、屈辱を与えようとしたと見るのが正しいだろうな」

「屈辱？」

「そうだ。喜市は辱《はずかし》めたかったのだろう。そうでなければ八千代さんが如何程で躰を売ろうが、そんなことはどうでもいいことじゃないか。喜市は売春の金額に拘泥《こだわ》って、執拗に交渉をしたのだろう？」

「そうですが——」

「それにどう云う意味があるの？　兄さん」

「喜市は、前島八千代の——女性としての尊厳を安売りさせたかったのだよ。きっとね」

「女性としての尊厳？」

「そうだ。喜市は母に屈辱を与え、死に追い遣った女どもが、過去を綺麗さっぱり捨て去ってぬくぬくと暮らしているのが堪らなかったのだろうな。だからこそ昔のように客を取れと迫ったのだろう。しかも高く売るのじゃいけない。お前は今でこそ大店の若令室《わかおくさま》に納まっているようだが、元は春を鬻《ひさ》ぐ淫売だろう、それを思い出せ——喜市にはそう云う思いがあったのだろう。自分はそんなに価値のある人間じゃないと認めろと云うことだ。つまり値段が安ければ安い程、喜市は満足した——と云うことだね」

値段は自分で決めろ——決めるのは売春の値段ではなかったのだ。それは、自分で自分に値をつけろと云う意味だったのか。そして喜市は八千代がつけた額を値切った。それは、己の価値はもっと低いぞと云う呪詛《じゅそ》だったのだ。わざわざ破落戸を雇った背景にも意味があったのだろう。どこの者とも知れぬ男に八千代の相手をさせる——その、どこの者とも知れぬ男、と云うところにこそ喜市の怨念が宿っていたことになる。青木の云う偽装工作の類とは根本が違う。

破落戸に喜市が与えた、必ず女を抱けと云う条件も、女は数百円で躰を売るからと云う台詞も、そうした意図の下に発せられたものとして受け止めるなら、幾分悪魔染みた響きを持って感じられる。見知らぬ下賤《げせん》な男に端金《はしたがね》で身を任せる、それが本来の己だと、喜市は八千代を呪ったのであろう。

「そうだね。仕上げは着物の剝奪だ。喜市が多田マキさんに語った内容がそのものズバリ、喜市の立てた計画なんだろう。八千代さんは着物がなくては帰るに帰れない。凡ては露見し、八千代さんの社会的な信用は地に落ちるだろう。離縁されるかもしれない。それが喜市の復讐だったのだ。喜市は着物を受け出して、慌てている八千代の醜態を高見の見物でもしようと思ったのだろうね。そうでなければ四谷に行く訳はない。別の場所で不在証明でも作っているなら兎も角、実行犯が別に居ると云うのに、のこのこ現場に出向く馬鹿は居ないだろう？　おまけに喜市は質屋の台帳に住所氏名まで記しているんだよ」

それは慥かに怪訝《おか》しいのだ。

場当たり的な犯罪ではなく、ここまで巧妙に練られた計画犯罪の中で、喜市の取った行動はあまりにも杜撰《ずさん》だ。整合性がなさ過ぎる。計画の全体像を見る限り、殺意がないと云う考えは明らかに中心を欠いているようだが、部分的に見れば殺意は矢張りなかったと考えた方が形はすっきりと整うように思う。

青木は茫然としている。

善く解るのに、矢張り解らないのだろう。

それは益田も同じだった。

何が解らないのか善く解らない。謎は別にないようにも思うが、全体像は摑めない。だから益田はそう云った。敦子も、青木も益田に同意した。中禅寺は究極に人を馬鹿にしたような顔をした。

「困るな益田君。青木君や敦子は兎も角、君だけは解る筈だがなあ。君はこの事件と瓜二つの構造を持った事件を知っているじゃないか」

「は？　知りませんよ」

「何を云ってるんだ益田君。いいかね、川島喜市を渡辺小夜子に、川島新造を呉美由紀に、平野祐吉を杉浦隆夫に比定して考えてみ賜え――」

「え？」

まるで別物だと思っていた自分の事件の登場人物の名前が突如《いきなり》雑じって来たので、益田は大いに狼狽した。虚構と現実が入り交じるようなものである。狼狽が益田の思考力を低下させる。

中禅寺は更に困ったと云う顔をする。

「解らないかな——本田幸三や織作是亮を殺したい程怨んでいたのは渡辺小夜子。そして小夜子の願いを聞くかのように彼等を殺害したのは杉浦隆夫。小夜子の身を案じて関わった呉美由紀は疑われる羽目になった。杉浦と小夜子は面識はあったし、小夜子は途中から犯人は杉浦と知ったものの、両者の間に正式な取り引きがあった訳ではない。そして杉浦も小夜子のために殺した訳ではないらしい——」

青木が来る前に話していた事件の概要である。

「——一方、八千代や弓栄を殺したい程憎んでいたのは川島喜市。そして喜市の願いを叶えるかのように殺人を繰り返すのは平野祐吉。喜市の身を案じた新造は、巻き込まれて疑われる。平野と喜市は友人であり、途中から喜市は平野の犯行と察するが、両者が共謀した形跡はない——」

これは今語った事件の概要だ。

「——似ています！　これは実に善く似ている！」

中禅寺は、似ていると云うより同じなんだよ、と云った。

慥かに二つの事件は同じ構造を持っているようだ。まるで合わせ鏡だ。ならば——。

「ん？　しかし——待ってください。すると、平野は喜市のために殺したのではない——と云うことになるのですか？」

「その通りだよ益田君。杉浦の背後に織作碧の影が注《さ》しているように、平野の後ろにもまた何者かが居る。そいつが見えないから、全体像が歪んで見えるんだ。そしてその何者かの更に後ろには——」

「つまり、その——この事件にも僕の関わっている事件と同じように真犯人が別に居ると云う意味なんですね？　それは」

——絡新婦か。

「君の思った通りだよ益田君。多田マキは決して川島喜市の云う通りに動いた訳ではない。街の破落戸も命令を遂行していない。新造に至っては弟の企てを阻止しようと気随《きずい》に行動した。しかしそれでも前島八千代は殺されてしまった。各各は勝手に行動し、川島喜市の画策した謀《はかりごと》は凡て失敗したけれど、結果背後に居る蜘蛛の大計だけは成就した——」

——蜘蛛の僕の仕掛けは悉く失敗している。

——それでも——結果は多分同じなんだ。

「誰がどのように動こうと結果は変わらないと云う——それはこっちも同じなんですか！」

中禅寺は首肯《うなず》いた。

青木は大いに慌てた。

「し、真犯人？　それは平野祐吉じゃなくて？」

「違うよ。川島喜市は蜘蛛の使いなんだろう。ならば真犯人は蜘蛛だ。そう考えると、川島喜市の占める位置と云うのも解るだろうね。益田君」

喜市と対応する——小夜子は殺された。

「川島喜市は——次に殺されると？」

「喜市が殺されるですって！」

青木が大声を上げた。

中禅寺は断言は出来ないがね、と云った。

「僕の裁量で推し量るに、今のところ喜市は誰よりも蜘蛛の近くに居るようだ。蜘蛛がこのまま手を拱《こまね》いて見ている訳はない。殺すか逃がすか口を封じるか、いずれ何等かの手は打っているだろう。兎に角喜市と平野は一刻も早く保護するべきだろうね。青木君、そっちはどうなっている？」

「も、も、勿論手配しています。ただ、喜市の足取りは全く摑めていない。平野は森に逃げ込んだので、大増員で山狩りをしていますが、喜市の方はいつ小屋を出たのかも判らないですし——で、でも——」

青木は額に手を当てた。

「ち、一寸待ってください——」

若い刑事はひたすら焦っているようだった。

「——僕にも説明してください。それはいったい何のことなのですか？　どう云う仕掛けになっているんです？　な——何が起きているのです」

中禅寺は落ち着いた声で、益田に学院で起きた事件を説明するように云った。

益田は語った。骨格が明瞭になり、要素も整理されているので、最初よりずっと語り易かった。

青木は多分、先程までの益田と同じような気分で居るに違いない。青木にしてみれば学院で起きている陰湿な事件が真実ならば、己の捜査している乾燥した事件はまやかしと云うことになるのだ。

信じられない、と青木は云った。構造は同じなのに構成要素が違う。交錯しているようで乖離している。点で交わる以外は全く重ならない。それなのに多分この二つの事件は同じ根を持っている。

益田が語り終えるとすぐ、青木は溜め息を吐《つ》いてこれは——ひとつの事件なんですか、と尋いた。

中禅寺の回答は素っ気ないものだった。

「勿論だ」

「しかし――中禅寺さん、ひとつの事件に複数の動機があるなんて非常識なことは、僕には考えられません。この場合、いずれか一方の線が作為的に捏造《ねつぞう》された目眩《めくら》ましなのではありませんか？　本線を隠すための」

「それは違うよ。慥かに互いに眩ましあってはいるが、それはいずれも真実だ。ただ、作為的と云うならいずれも作為的なのだが」

「しかし、川野弓栄ひとり取っても、その少女売春ですか？　その利権に絡むいざこざで死んだと云うことになれば、喜市の存在などは事件にとって不必要になってしまう。喜市がその少女売春を意図的に隠蔽するためにまるまる嘘を吐いているとか云う筋書き以外に、二筋の流れに整合性は見出せません」

敦子も青木に同意した。

「例えば――そう、偶然同一人物に殺意を抱く二人なり二組なりの者どもが居て、同じ的を狙って動いたとか云うことも考えられるけど――それもひとりならまだしも、標的が複数となると考え難いわ。そんな殺人がかち合っちゃうなんてこと――」

兄は妹を諭すように云った。

「いいか、蜘蛛の僕の少女達は慥かに川野弓栄と悶着を起こしていたのだろう。これは事実だと思う。しかし彼女達は弓栄を呪っただけだ。一方、喜市が弓栄を母の仇と思い込んでいたのも事実だ。しかしこちらは怨んだだけ、或は辱めようとしただけだ」

「だけって——」

「そうだろう。少女達も喜市も、いずれも動機を持ち計画し、実行もしているが、手を下したのはそのどちらでもない。一方の実行犯は杉浦隆夫だし、片や殺したのは九割方平野祐吉だろうから、殺人自体はかち合ってなどいない」

「そ、そんなのはおかしいですよ。そんな無節操な計画を束ねる真犯人なんて、想定できません！」

「そう思えるね。しかし、だからこそ——今回の敵は手強いのだよ青木君——」

中禅寺が黙ったので益田が説明した。

誰がどう動こうと結果が変わらぬ、関わる者を凡て取り込んでしまう絡新婦の罠——益田には上手く説明は出来なかった。

云われてみれば今のところそうなってはいるようなのだが、なぜそうなるのか、益田にはその理屈が解っていない。先ず蜘蛛の目的が解らぬ。目的が解らないのに何故中禅寺は蜘蛛の存在を看破し得たのだろう。もしやこれは、彼が関わりたくないが故に発した彼一流の詭《き》弁《べん》なのではなかろうか。益田は説明し乍《なが》らどんどん不安になる。

敦子が云った。

「それは——でも考え難いです——」

普通は考え難いことだと、益田も思う。

「――無限に増え続ける選択肢のどれを選択しても軌道修正可能なプログラムなんて――不可能よ」

「そんなことはない」

「でも予測は当たらない、予知は不可能だと兄さんいつも云っているじゃない」

「お前の云う通りだ。予知予言は論外だが、予測もまた、どれだけ高い確率で的中しようと当てになるものじゃないよ。十回のうち九回中《あ》たったとしても、次の一回で外れれば元も子もない。これが賭け事だったらどんなにツキが回っていたとしても、最後の一回が外れれば終《しま》いだ。それでも的中率は九割でこれは確率的には低くはない。低くはないが、まるで当てにできないな」

「なら大勢の関係者が各各勝手に動く事件の顛末を恣意《しい》的に収束させることなんて、それこそできやしないでしょう。誰がどう動くかは常に予測するしかない」

「違うよ。予測するんじゃなく網を張るんだ」

「網って?」

「関係者が都合良く動いてくれるように、予め四方八方に水面下で圧力《バイアス》をかけておく――と云うのが蜘蛛の手口だ。この場合も岐路が無限にあることに変わりはないんだが、張った網に掛かった場合のみ有効に活用し、掛からなかった場合は無視をすると云う手口なんだな」

「無視?」

「そうだね。つまり手駒の不首尾を常に前提とした計画だ。必ず失敗するだろうと踏んで、予め手を打っておく。予防線を張る。成功した場合にだけ機能するような仕掛けを作っておく——これは予測は外れるものだと云うことを踏まえた計画なのだ」

「そう云う——ことだったのですか」

益田は漸く納得した。

中禅寺は続けた。

「そう云うことなんだ。最初から蜘蛛は喜市の作戦など失敗して当然だと考えて手を打っていた。だから多田マキがどんな考えを以て行動しようと、川島新造のような異分子が混入しても尚、それは防げなかったのだ。それぞれ自由に行動しているが、それなら凡て読み込まれているのと変わりがない。そして万が一、喜市の作戦が成功したならしたで、これも構わない。蜘蛛の計画に支障はない」

「でも——それなら兄さん、蜘蛛とやらの計画に喜市と云う駒は要らないのじゃない？」

「要るんだよ」

「目眩まし？　それとも囮《おとり》とか」

「そう云う意味もあるんだろうがね。例えば志摩子さんの住所を調べたり、八千代さんの身許を確認したり、そう云う作業は有効だ。否、絶対必要だ」

「そんなこと自分でもできるでしょう」

「蜘蛛は自分では何もしないんだよ。罠を張って、獲物が掛かるのを──真ん中でただ待っているんだ」

中禅寺はそう云った。

「でも──兄さん。網を張ると云ったって、喜市と云う人の抱いている怨恨の禍根は、八年も前に遡《さかのぼ》ることなのよ。事実かどうか解らないけれど、三人の娼婦が喜市さんの母親を殺害したと云う、その事件まで蜘蛛の画策したものだと云うの？」

「それは違うだろうね。但し、喜市にその情報を与えた人間は間違いなく蜘蛛自身だ。石田芳江の死の真相を蜘蛛が知っていたことは確実だろう。多分三人の娼婦の中に川野弓栄が居なかったのは真実なんだろうし、蜘蛛がそれを知らない訳がないんだ。だから──」

だから喜市は多分騙されているのだろうな──と中禅寺は呟くように云った。

「蜘蛛は、その実際の事件の一部分を利用し、過去を都合良く改竄《かいざん》して喜市を操ったのだと思う。ただ、八年前からとは云わないが、蜘蛛の目論見は息の長いものだろうと思うな。何箇月どころか、何年もかけていることは慥かだよ」

でも兄さん──と、敦子が食い下がる。

「それはいいけれど、例えば──その小夜子さんと云う人に就いてはどうなの？　小夜子さんが本田教諭に怨みを抱くことまでは読めないし、喜市と違ってこの場合小夜子さんは騙せないわよ。本田教諭が小夜子さんに暴行するかどうかなんて誰にも解らない筈じゃない」

妹の鋭い問いにも兄は平然として答える。

「誰でも良かったんだよ。本田を怨む生徒が出て来さえすれば。本田を怨む役割を小夜子さんに割り振ったのは本田自身だろう」

「意味が――解らないわ」

「蜘蛛は先ず本田を何等かの形で追い込んでおいて、餌を与えたんだろうね。いいか――君達は何か勘違いしているようだが、真犯人が操っているのは加害者側ばかりではないぞ。蜘蛛は寧ろ被害者側の方に積極的に働きかけていたような節がある」

「被害者に？　だって――最終目的は兎も角、真犯人は被害者には死んで貰いたかった訳でしょ？」

「勿論だ。だが被害者加害者を含め、蜘蛛が誰を消したがっているかなんてことは、それこそ誰も知らないことなんだ。だから誰か別の人間が別の動機で殺してくれれば、絶対に蜘蛛は疑われない。だから蜘蛛は、自分以外の誰かが被害者を殺してもおかしくない状況を作るために、被害者自身が自発的に第三者に怨まれたり憎まれたりするような行動を執るように仕向けたんだ。そうさせることで第三者に被害者を殺したくなる動機を与えたかったのだろう」

「なんですかそれは？」

青木が妙な声を上げた。

そんな迂遠かつ巧妙な犯罪があるだろうか。そんなことは普通考えつかないし、考えついても実行はしないだろうし、実行しても成功はしないだろう。益田の知る殺人事件は、もっと直情的で、且つ突発的なものである。

「蜘蛛は本田幸三や織作是亮や川野弓栄に対して、直接的間接的に働きかけていた筈だ。更に――蜘蛛の計画は自己増殖する。海棠氏などは良い例だね。彼などは被害者として立候補をしたようなものだ。蜘蛛には彼の生死など正にどうでも良かった」

海棠は生きている。彼は矢張り蜘蛛にとって付録のようなものだった訳だ。

「蜘蛛は具体的な犯罪計画には一切加担していないだろうし、法律に抵触する行為にも一切手を染めていない。蜘蛛は罠に掛かったものを巧妙な情報操作で操り、自発的に犯罪に駆り立てて、自滅に追い込むだけだ」

「邪魔な者に邪魔な者を始末させる訳ですか？」

「そう。しかも自発的にそうさせるから、実行犯ですら己が誰のために奉仕しているのか気づいていない――これはそう云う事件だ」

「その――自発的と云うのが解らないわよ兄さん。催眠術でもかける訳？　まあ都合良く動かない場合を計算に入れてるって云うのは解らないでもないけど、それにしても凡て自発的に行動させるのなら、先ずは他人を操ることが前提となる訳でしょう？」

中禅寺は大儀そうに妹を見た。

慥かにそれもそうなのである。

中禅寺はいきなり妙なことを云った。

「例えば――そうだな、益田君。君は今、尿意《にょうい》を催《もよお》した。その場合、却説《さて》君はどうする？」

何を云い出すのかまるで見当がつかぬ。

かなり緊張していた一同は、唐突な緊張感なき展開に豪《えら》く間抜けな顔をした。益田は暫し耄《ほう》けてから仕方がなく、御不浄《ごふじょう》を拝借《はいしゃく》しますが――と答えた。

中禅寺は尚も、それは良かった、この座敷で用を足したりはしないと云うのだね――と念を押した。益田は再び、まあしません、泥酔《でいすい》してたら判りませんが――と答えた。

するると中禅寺は片眉を上げ、

「それは君の意志に基づく行動かね？」

と不思議なことを尋いた。

「それは――勿論僕の意志です」

「そうだな。僕がそうしろと強制した訳じゃないからね。しかし便所でしようと座敷でしようと、本来排尿なんてものは生理現象だ。禽獣《きんじゅう》だったらどこでしたって咎められるものじゃない。君が獣ならぬ理性ある人間で、通常座敷ではそう云うことはしないことになっているから君はしない。違うかな？」

「お蔭様で――いや、そ、その通りです」

「これが呪いだ。排泄は便所でしろと誰かに強制されている訳でもないのに、君は当然のように便所で用を足す。仮令《たとえ》誰も監視者が居なくてもそうするだろう。これは君の意志のようでいて、君の意志ではない」

「そ——そうですか？」

「厠《かわや》で用を足すと決めたのは君ではないからね。習慣と云う呪《しゅ》、文化と云う呪術だ。君は、厠で用を足すのは当たり前だと云う呪いにかかっているのだ」

「はあ。じゃあその呪いが解ければ、僕は犬猫のように辺り構わず小便を垂れる男になるんですか？」

「なるよ。してやろうか」

「け、結構です——しかし」

「そこで——だ。例えば僕が、益田君に庭で用を足させようと企てたとする。その場合青木君、君ならどうする？」

青木は真剣な顔で物凄く当惑した挙げ句、庭でしてくれと云いますね——と云った。

「益田君はそう云われたらどうする？」

「はあ、まあ厭だと云うかなあ。理由を聞いて納得すれば従うかもしれないですが」

「説得次第で従う訳だな。理由は云えないが何とか頼むと執拗《しつこ》く云われたらどうする？」

「まあ程度によります。懇願されれば、まあ」

「庭で用を足さぬと締め殺すと脅されたら？」

「そりゃします」

「そうだろうね。その場合はいずれも、青木君に懇願された、或は強制されたからそうした訳で、君が自発的に起こした行動ではないな——」

　中禅寺はそこでにやりと笑った。

「それでは——例えばこれはどうだろう。先ず青木君が僕と二人で座敷《ここ》に居るとする。そこで僕が徐《おもむろ》に、少少失敬するが一寸あちらを向いていてくれと云って庭に降りる。どうも善くは判らないが庭で用を足しているらしい。青木君はどう対処する？」

　青木は益々困ったようだった。

「理由を尋くか——否、何か事情があるだろうと思い黙っているかなあ——解らないです」

「もし理由を尋かれても僕は口籠って説明しない。そして、そのまま中座してしまうとしよう。そこに益田君が来るとする」

　善く解らないが面白いような気がした。

「中禅寺さんは中座しているんですね？」

「そうだ。益田君は今度もまた尿意を催している。そこで厠を借りようと赴《おもむ》くが、どっこい厠の扉が開かぬ。呼べど敲《たた》けど返事もない。人の気配もない。そこで蒼い顔で戻って来る。さあどうするね？」

「はあ、青木さんに尋ねるでしょうね。御不浄が開かないのだが、どうなっているか知らないか、と」

「青木君は何と答える？」

「え？　ああ、事情は解らないが、御主人が先程庭で用を足していたようだ、と答えるでしょうね」

「さあどうする益田君。我慢は限界に来ている」

「庭で——します」

「そうだな。君は、自発的に庭で用を足すことになる。誰に強制された訳でもない。体験と伝聞に依る情報を憑拠《ひょうきょ》に、君自身が判断したことになるな」

「なりますね。已《や》むを得ない」

「そこに敦子が来る。敦子、お前は驚くだろうな」

「驚くけど——何だか下品な話だわね」

「そうだなあ。実に尾籠《びろう》な話だ。品はないね。流石《さすが》のお前も、益田さんは随分下品な人だと思うだろうな。更に僕が戻って、そんなところで何をしている馬鹿者と叱った。益田君、君は何と弁解する」

「は？　そ、それは御不浄が壊れていたので申し訳ないと——否、それは酷い状況だなあ」

全然面白くなかった。

「最悪だね。しかし、そこで僕は、中座している間はずっと厠に居たのだ――と君達に告げる。腹が痛くて返事ができなかった、気配はなくとも中に居たんだ、と云う。君は誰かが先に厠を使っていれば、平気で庭で用を足すのか――と一層に激怒する」

「でも――青木さんの――」

「その時僕は庭で用を足すような格好で植木に水を遣っていたんだな。益田君は勘違いした青木君を責めるかね？　青木君は君に強制も、懇願もしていない。勘違いをしただけで嘘も吐いてないぞ」

「それじゃあ、僕はただの馬鹿野郎ですよ――」

　敦子には軽蔑され、中禅寺には叱られる。

「そうだ。それが僕の目的だった訳だ」

「え？」

「敦子に軽蔑させるため君を罠に嵌めたのとしたらどうだね？」

「は――？」

「僕は意図的に君に非常識な行動を執《と》らせて、益田龍一の評判を落とそうと企んだのだ。僕の証言は凡て虚偽のものだが、益田君には解らない。青木君にも解らない。敦子には勿論解らない。君は僕の目論見通り――自発的に非常識な行動を執った」

　そう云うことですか――と青木が云った。

「相変わらず回り苦吸《くど》いわよ兄さん。でも、解ったわ。それが蜘蛛の手口なのね？」

「そう。これこそが洗脳だ。最近まま耳にするようになった洗脳と云う言葉には、どうも強制的な印象があるが、強制感や義務感が完全に滅却し、あくまで自発的に行動するようにならないと洗脳とは云えない。蜘蛛は体得している」

青木が沈んだ声で云った。

「朧《おぼろ》げ乍《なが》ら敵の手口は了解しました。だが——その蜘蛛の最終目的は何なのです？」

「それが解れば最初から教えているよ。ただ、君達の話を聞いていて——大方像《かたち》は見えて来たね」

中禅寺はそう云うと居住まいを正した。

「事件とは織物のようなものだ。織物は経糸《たていと》と緯糸《よこいと》で織り上げられる。これを経緯と云う。しかし経糸緯糸、それぞれ一本ずつでは布は織れない。何本も何本も糸はある。僕等はその糸の交差した点にそれぞれ立っている。そして僕等は、往往にしてその点から、どれか一本の糸のみを辿って行き、凡てを知った気になるのだ。それは大きな間違いなのだ」

中禅寺は指で座卓をなぞった。

「美しい織物を完成させるには、幾色もの糸を使って丹念に、且つ繊細に織り上げなければならない。隣の筋は全く違う色の糸であったりするのだよ。特に今回——織物を織ったのは蜘蛛だからね」

た。

「だから今回は蜘蛛の巣を辿るようなものなのさ」

中禅寺はそう云って、人指し指を滑らせて、座卓の上に放射状に交差する四本の線を描い
真犯人——絡新婦。

「絵に描かれた蜘蛛の巣を思い描いて見るといい。本当の蜘蛛の巣は放射と螺旋で形成されるんだが——この場合は観念上の蜘蛛の巣だ。それは中心で交差する放射状の縦糸とそれを巡る同心円状の幾本もの横糸とで出来ている。君達はそれぞれレヴェルの違う横糸と縦糸の交差点に居る——」

中禅寺は同心の八角形を幾つも描いた。

「——一番外側の横糸に益田君。その内側の横糸に青木君が居るとしよう。君達はそれぞれその横糸を辿っていた訳だ。横糸を辿って行けば幾度も縦糸と交差する。交差点には関係者が居て、次次新事実が判明する。事件は色色な様相を露呈させ乍ら変化して行くが、平行する二本の横糸は、決して交わることはない。君達は出会うことが出来ない訳だな。それどころか横の糸だけを辿るなら、ぐるり回って結局元のところに落ち着くことになるのだ。解るかな？　青木君」

「はい。僕の場合は、平野祐吉から川島新造、川島喜市と辿って行き、結局犯人は平野だったと云う最初の結論に戻って来た、と云うことですね？」

「そうだね。その場合は一巡しても回っていることに気づかなければもう一巡だ。堂堂巡りだね」

それは益田にも善く解る。

大方の結論は最初にほぼ出ているのである。疑い、悩み、調べて、結局は最初の結論に至る。堂堂巡りの苛立《いらだ》ちは、今回特に付き纏《まと》っているように感じる。

同じように思っていたのであろう。青木が云った。

「つまり、僕の場合はこの先も、矢っ張り喜市が怪しい、やれ新造を疑え、結局は平野だった、と云う反復《ループ》に陥《おちい》る可能性があったと云う訳ですね？」

「そうだ。しかし――またそうならないように、この事件は実に巧妙に仕組まれているんだな。丁度一巡した辺りで、縦糸方向に進むことに気づかされるように出来ている」

「それは？」

「例えば、益田君の場合は小夜子の殺害、そして杉浦の捕獲だ。これで小夜子を疑うことも美由紀君を疑うことも出来なくなり、杉浦に帰って来たところで次のレヴェルの横糸――織作碧――に目を向けざるを得なくなる。そこで漸く縦糸を辿り、一段内側へと進むことになる――」

慥かに――。

今や碧以外に目を向けることは、まるで愚かしいことであるかのようにも思える。

しかし、もし小夜子が生きていたなら。杉浦が捕まっていなかったなら。

場合によっては小夜子が一番疑われていた可能性もあるし、美由紀とて例外ではない。

杉浦の真意が知れていなければ、碧への疑惑も揺らぐ。

場《ステージ》が上がるとはそう云うことだったのか。

「――一方、青木君の場合は川島新造の捕獲と平野祐吉の出現と云うことになるかな。しかし、そちらの糸に関して云えば、多分川島喜市の身の上に何か起きるまではぐるぐる回らせておくつもりだったような気もするがね。いずれにしても喜市を保護し、平野を捕まえて、その後ろに誰が居るのかを探ること以外に道はないだろう」

「それは間違いなくそうなんだと思います。しかし中禅寺さん、もしこの事件が中禅寺さんの仰るような蜘蛛の巣構造になっているのなら、真犯人は巣の中央に居ると云うことになりますよね？」

青木は喰い入るように中禅寺を見て云った。

「――ならば中禅寺さん。僕等はただ縦糸にのみ沿って進むべきではないのですか？　そうすれば一直線で真犯人に至る――のじゃあないですか？」

「なる程。それは道理ですよ」

横道に逸《そ》れなければ中央への距離は短い。

しかしそれは駄目だ、と中禅寺は云った。

「縦糸を辿って行ったとしても、すぐに次の横糸と交差する点に着くだろう。巣に掛かっている僕等には、そこが終着点なのかどうか判断ができないのだよ。直進すれば突っ切ってしまうし、横糸に進んでしまえば再びぐるりと回ってしまう。交差した点が巣の中心なのか否かを判断するためには、巣から離れて俯瞰《ふかん》するしかないのだ――」

――関わらず真理に至る以外に道はない。

「――しかし我我は糸に絡《から》め取られている。巣から逃れて客観視することは出来ない。だから、我我は地道な行為を丹念に繰り返し、内側の糸へ内側の糸へと徐徐に場《ステージ》のレヴェルを上げて行くしか、中心に至る道はないのだ――」

――中央には蜘蛛が居る。

「――だから中央に至れるのはいつのことかは解らないし、その時は事件が終わった時じゃないかと僕は思っている」

「そんな――」

勝てない。防げない。作者は指弾できない。

「縦糸は幾本もある。その糸毎に全然違う筋書きが用意されている。それらは皆蜘蛛の意志の下、中央へ進んでいる。どう足掻《あが》こうと無駄だ。出来ることはただひとつ。仮令蜘蛛の思惑通りであろうとも、実行犯を出来るだけ早く検挙することだ。被害者は少ないに越したことはない」

青木は苦虫を嚙み潰したような顔をして下を向いた。

敦子は心配そうにそれを見て、

「兄さん——何か出来ることはないの」

と云った。

中禅寺は難しい顔で庭の方を見ると、ないよ、と簡単に答え、更に座卓の上の雑誌に視線を転じた。

「ただ、この雑誌を見つけたのは良かったかもな。今のところ、その雑誌群は蜘蛛の手の内を知る唯一の手懸かりであるような気がする。まあ、確証は何もないし、役に立たないかもしれないが」

中禅寺はそう云った。

小鳥が啼いた。

襖の向こうで細君の声がした。

「お客様がみえてますけど——お通ししても？」

中禅寺は怪訝《けげん》そうに襖越し誰だね、と尋いた。

襖が開いた。細君が正座しており、その横にもうひとり、不気味な面体の和服の男が孤座《すわ》っていた。

「い——今川さん」

それは今川雅澄だった。

今川はぺたりと畳に額を摩りつけて、御無沙汰しています、その節は大層お世話になったのです——と慇懃《いんぎん》に云った。

そして顔を上げ、細君に対し馬鹿丁寧に礼を述べてから、お取り込み中のところ申し訳ないのです、と、これまた慇懃に断わってから座敷に這入り、益田と敦子を見て、ご苦労様です益田さん、敦子さんもお怪我の方は宜しいのですか——と尋いた。

今川は益田が刑事を辞めたことを知らない。敦子は箱根の事件で軽傷を負っているから、労《ねぎら》ったのだろう。

中禅寺は何の説明もせず、青木を示して警視庁の青木君だ——と云い、この人は骨董商の待古庵こと今川君だ——と青木に告げた。そして眼を細めて、どうしたんだね今川君、千葉の警察はもう君を放免したのか——と問い質した。

「あちらは、それはもう大騒ぎで、僕どころではないのです。僕は無視されているのです。ですから抜け出して来たのです。それだけです」

学院で捕縛《ほばく》された絞殺魔の引き渡し問題に加え、凶器を持った目潰し魔が山谷を彷徨《さまよ》っている訳である。一刻の猶予もない。総動員の山狩りであろう。国家警察千葉県本部は今、最高に忙しい筈だ。

中禅寺は少しだけ肩を怒らせて顎を引いた。

「それで——今日はいったい何の用なんだね？」

益田と青木が左右に避《よ》けて、今川は中禅寺の正面に行儀良く正座した。

人間と云うより和服の珍獣と云う感じである。

「実は——」

珍獣は云った。

「——仕事を二つ程お願いしたいのです」

「ほう」

珍獣は表情ひとつ変えずに、真ん丸の眼を中禅寺に向けた。中禅寺は全く動かなかった。

「ひとつは——」

何を頼むと云うのだ？

「——僕が買い求めた神像の鑑定なのです」

「神像？　君がある御老人から買い求めたと電話で云っていた、来歴の知れぬ漂流像のことかね？」

「そうなのです」

「日本の神様は本来像《かたち》がない。様式もないから断定は難しいよ。それでもいいのかね？」

今川は水気のある語調で、結構なのです、と云った。

中禅寺はあの辺は天富命《あめとみのみこと》だろう、女神と云うなら天比理乃味命《あめのひりのめのみこと》かなあ、と呟いた。

不思議な緊張感が満ちた。

ばさばさと鳥が飛び立つ。

「で――今ひとつは」

「もうひとつは――」

今川は矢張り変わらぬ表情で云った。

「織作家の――」

「織作――？」

青木が畳に手を突く。

益田は息を呑む。

「織作家の呪いを解いて戴きたいのです」

お願いします、と今川は再び頭を下げた。

「織作家には、天女の呪いがかかっているのです」

――天女とは――絡新婦ではなかったか。

「末子の碧さんに、司直の手が伸びているのです」

――警察は遠からず織作碧に至る――。

先程の中禅寺の予言通りである。

益田の心配は杞憂《きゆう》だったようだ。

「慥かに彼女は罪を犯しているようなのです。ですから、裁かれ、償いはするべきなのですが、それとは別に、事情が明らかになるに連れ、織作家の碧さんに対する処遇は冷酷なものに変化しているのです。奥様は家を護るため、三女の葵さんは体面を保つために碧さんを切り捨てようとしているのです——」

碧は後ろ盾を失ったのか。ならば——碧の失脚は時間の問題だ。

「——次女の茜さんは碧さんを擁護《ようご》して孤立しています。これは尋常な家族の在り方ではないのです。このままでは——」

あの家は崩壊するのです——と。

今川は舌足らずに、淡淡と結んだ。益田は恐る恐る中禅寺に視線を移した。

この男は動くまい。誰が幾ら頼んでも無駄なのだ。他流試合を拒む将軍家指南役《しなんやく》のようなもので、泣き落としも拝み倒しも通じないのだ。増岡、榎木津、益田に青木と、既に幾人もが輿《こし》を挙《あ》げるよう懇願している。腰の重い古本屋は重い口を開いた。

「今川君。その依頼は——君の発案なのかね？」

古物商は少し笑って、

「伊佐間君なのです。彼は左指切断寸前と云う怪我を負って未だ織作家に居るのです。彼は柄になく執心しています。僕は、見ていられないのです」

と云った。

中禅寺は僅《わず》か考えて、こう尋いた。

「それでは金は誰が払うのだ？　伊佐間君かね？」

「僕がお支払いするのです」

「玉串料《たまぐし》は高いぞ。しかも云い値だ」

「結構です。織作家の書画骨董凡て売却すれば相当の額になるのです。お望み通りお支払い致します」

今川はそう云って顔面を前方に突き出した。

中禅寺はゆっくりと座卓の上を見つめた。

「呪いを解くことは家族を繋ぎ止めることと同義にはならないよ。解っているね」

「解っています」

「——そうか」

そしてたっぷりと間を持たせてから、

「引き受けた」

と云った。

「中禅寺さん、ひ、引き受けてくれるのですか？」

益田が声を上げると中禅寺は、君や榎木津の依頼を受けた訳じゃないよと云った。

「同じことじゃないですか！」

「同じではないよ。益田君、大体君は頼み方を間違えている。僕は商売でやっている。無料《ただ》働きは厭だ。それに、僕は真理を探究する求道者でも事件を解決する探偵でもない。犯罪を糾弾する立場にもない。僕の仕事は――」

古本屋は陰陽師の眼で益田を見据えた。

「――憑物落としだ」

「そ、それは――今回も有効なんですか？　中禅寺さんは何を落とすと云うんです？　絡新婦を――落とすのですか？　誰から落とすんです！」

「絡新婦は憑物ではないから落とせないよ」

「ならば――」

「こうなったら仕方がない。望んで蜘蛛の罠に嵌ってやるんだよ。そして小蜘蛛に絡みついた糸を切る。ややこしい妄執の虜《とりこ》となった蜘蛛の手先から、悪いモノを落とすしか手はないだろう。但し――今川君、云っておくが僕に出来ることは精精その程度だ。憑物が落ちた途端に更に不幸な展開となる可能性はあるし、その確率は高い。それでも――いいか」

「それは――已むを得ないです」

「そうか。ただ僕は直接間接を問わず、僕の行為に因って死人が出ることだけは不本意だ。青木君」

「はい」

「云うまでもないが、警察の一層の尽力をお願いしておく。何しろ五人も殺した殺人犯が野放しになっている場所だ」

「り、了解しました」

「敦子。悪いがもう少し頼まれてくれるか」

「兄さんが動くのなら」

「織作家の家系を辿れ。そう遡らずとも善い。先代先先代がどこから養子に入ったか、それから織作家の構成員の履歴だ。そちらは詳しければ詳しい程善い。職歴学歴病歴、要らぬことまで調べろ。こちらには弾《たま》がない――益田君」

「な、何です」

「向こうには榎木津が居るな？」

「居ます。も、目撃者ですから」

中禅寺はすうと身を起こし立ち上がった。

「よし。先ずは織作碧だな。人を呪わば穴二つ掘れ――彼女は危ない。ただ――」

当然、僕の動きも読み込まれているのだろうな、と――中禅寺は云った。

○丑時参《うしのときまいり》――

丑時《うしのとき》まいりハ、胸《むね》に一つの鏡《かゞみ》をかくし、
頭《かしら》に三つの燭《ともしび》を点《てん》じ、
丑《うし》みつの比神社《じんじや》にまうで〻杉《すぎ》の梢《こずへ》に釘《くぎ》うつとかや。
はかなき女の嫉妬《しつと》より起《おこ》りて、
人を失《うしな》ひ身をうしなふ。
人を呪咀《のろハ》ば穴《あな》二つほれとは、よき近《ちか》き譬《たとへ》ならん。

今昔画図続百鬼巻之上――雨

9

学校は石で出来ていて、迚《とて》も冷たい。壁も床も天井も、どこまでも平らで真っ直ぐだ。そして堅い。まるで監獄か牢獄のような——否。ここはもう——。

ただの監獄だった。

美由紀は囚われている。

生徒は殆ど残っていない。

大勢の父母や、教師や、経営陣や警察や弁護士や訳の解らない大人どもが侃侃諤諤《かんかんがくがく》喚き合っていて、その喚き声は反響し、増幅して、聴覚だけでなく振動として躰で感じられる程である。煩瑣《うるさ》い。鬱陶《うっとう》しい。

体面も道義も法律も戒律も知ったことじゃない。

——小夜子は死んでしまった。

だが、親友が逝《い》ったと云うのに美由紀はべたべたした湿った気分にはなれなかった。夕子の死を再確認した時と同じように、補い難い喪失感があるだけだった。渇いている。空っぽの弁当箱を半巾《ハンカチ》で包んで大切に抱えているような、そんな気分だ。

大騒ぎだった。

黒い聖母――杉浦隆夫が捕らえられても、警察はすぐには訪れなかった。それをいいことに教師達は杉浦を問い詰めた。それは警察の仕事だろう、と美由紀は思った。

何しろその頃、礼拝堂の裏にはまだ小夜子の捩《ねじ》れた屍体が転がっていたのだ。そのことを思っただけで美由紀は気が狂いそうになった。それなのに無自覚な教師どもは――探偵や益山が散散主張したにも拘らず――遺体には大した監視《ガード》もつけなかったのだ。職員間の連絡も不行き届きだったから、学内はすぐに恐慌状態になった。学長以下総動員で生徒を押えたのだが、そこに警察が大挙して押し寄せたから混乱は頂点を極めた。

美由紀は警察との接触を禁じられ、再び教員棟の部屋に幽閉された。杉浦は拷問部屋に監禁されたようだ。益山は逸早《いちはや》く東京に出発したが、探偵は足止めされて、矢張り教員棟に軟禁されたようだった。あの変人の探偵は、教師どもの余りの愚かさ加減に愛想も何も尽きたらしく、半ば自棄糞《やけくそ》で従ったらしい。そして美由紀が少し驚いたのは、あの碧もまた、外出を差し控えるように云われたことだった。

徹底的に警察の介入を拒もうと云う魂胆らしい。

――馬鹿じゃないだろうか。

法治国家でそんな無法が通る訳はない。

ただ、学院側もそれは承知の対応なのだ。学院は既に背水の陣を布《し》いている。あの――好青年の――柴田前理事長でさえ、苦渋に満ちた経営者の貌《かお》をした。

理由は簡単である。

生徒の売春が事実だったからだ。

杉浦の供述は、美由紀の推理を悉《ことごと》く裏付ける内容だった。それは驚く程に的中していたのである。

売春が実際に行われていたことはまず間違いなかった。ただ杉浦は実名を挙げることを拒み、碧との関係に就いては沈黙している。だから美由紀の推理のうちで、裏付けのできない部分と云うのは、碧が関与していたかどうかと云う一点に絞られている。

それでも——学院側は売春はないと云い張った。

美由紀は最初——それもまた碧の力なのだと考えた。どれだけ証拠が上がろうと、何人証言者が居ようと、碧が白と云えば白だし黒と云えば黒だ。この娘は魔性だ。人を惑わす魔力が備わっている——。

そう思った。

しかし、それは少しばかり違っていた。

表面上は未だへつらってはいるが、学長も事務長も教務部長も、杉浦の証言を聞いて以降心なし碧に対する態度を変えた——ように美由紀は思う。どこか余所余所《よそよそ》しい。柴田の柄にない苦悩振りも、碧に対する不信と憂慮に根差しているのではないか。

美由紀は複雑な心境になる。

学長も柴田も、杉浦が供述を進めるに連れ、美由紀の立てた筋道に沿った出来事が学内で本当に起きていたことを認めざるを得なくなったのだろう。そうなると幾ら日和見《ひよりみ》で御都合主義で保守的な連中も流石《さすが》に察したのだと思う。杉浦は語らないが、情勢は黙して碧を名指ししているのと変わりなかった。

杉浦の供述は、九割方美由紀の立てた筋道に嵌《はま》っている。この場合残りの一割だけが外れていると云うのはどうにも考え悪《にく》いのだ。それが理に適《かな》った推論だったなら、碧の関与を含めた凡ての事柄が綺麗に収まる筈である。だから、売春組織があって、悪魔崇拝主義者が居て、夕子が殺害されたなら、矢張り売春組織——悪魔崇拝集団の中心には碧が居て、碧は夕子殺害の実行犯なのだ——と美由紀は思う。

学院の連中にだって分別はある。それくらいは考えつくだろうし、そう考えたのに違いない。但し。その結論は、彼らにとって途轍《とてつ》もなく拙《まず》いことだったのである。

勿論売春の発覚はそれだけで充分に拙い。

ただ売春をしたのが一般の学生だったならば、それは処分すれば済むことでもある。寧ろ厳しく指導する態度を示して綱紀《こうき》を粛正《しゆくせい》することも出来る。罪を生徒個人の責任に還元し、監督不行き届きを陳謝する旨を宣言してしまえば、世間に対する体面も保てないこともない。一部の不心得者のために、大多数の善良な生徒達までが不当に貶《おとし》められることは不本意だ、と泣き落としをかけることも出来る。

しかし――。

織作碧は切り捨てられない。

創立者の孫で理事長の姪、財界の実力者の娘でもある織作碧は、簡単に切り捨てられる玉ではない。

切るなら織作家ごと切らねばなるまい。これは覚悟の要ることである。それ以前に学院は織作家を切り捨てることは出来ないのだ。癒着《ゆちゃく》していると云うよりも、両者は既に最初《はな》から一体なのである。

碧の不祥事は致命的だ。

学院側としても簡単に認めてしまう訳には行くまい。認めることは自殺行為にも等しい訳で、出来得るものなら――隠蔽工作をしてでも葬り去ってしまいたいところだろう。碧のために――ではない。碧の望む望まざるに拘《かかわ》らず、学院のために――である。しかし、ことは単なる非行ではない。連続殺人事件である。揉《も》み消しや云い逃《のが》れは不可能だ。

だから、学院側が事実と判って尚否定するのも、杉浦を警察に引き渡さないのも、凡て対応策検討の時間稼ぎに過ぎないのだ。隠し通せるものではないことも充分承知の上の抵抗なのだろう。

碧が糾弾も摘発もされずに安寧《あんねい》を保《たも》っていられるのは、今や碧自身の魔力などではなく、織作家自体の魔力――政治力のお蔭だと云うことだ。

それにしたって、警察がいつまでも諾諾《だくだく》と従っている訳もないから、凡てが白日の下に曝《さら》されるのもいずれ、時間の問題なのだ。

——そう。時間の問題だ。

終わりが来るのは今日か明日か。それとも今すぐか。緊迫した状況であると云うのに、多くの関係者に覇気《はき》がないのは、その多くが諦観《ていかん》にも似た感情を抱いているからである。

碧もまた、敏感にそうした空気を感じ取っているらしかった。時間が経つに従い、その人形のような可愛らしい口許からも、あの自信に満ちた微笑みが徐徐に薄れて行くように——美由紀の目にはそう見えた。勿論気の所為《せい》かもしれぬし、そう思いたいと云う願望を持つが故の錯覚なのかもしれぬ。碧も己と同じ人の子だ、懊悩《おうのう》もあるし挫折《ざせつ》もある——そう美由紀は思いたかったのかもしれない。

——どんな気持ちで居るのだろうか。

美由紀には察しもつかぬことである。

ずっと。ずっと芝居だと思って観ていたが、もしかしたら本当に——碧は怯えていたのかもしれぬ。

そんなことを思ううち、美由紀はいつの間にか碧に憐憫《れんびん》の情さえ抱くようになっている己に気づく。

不思議なものである。

不可侵の強《したた》かさを感じていた頃は、恐ろしくさえ見えたのに。美由紀の証言が一切信用して貰えなかった時期には恨めしくも思ったし、立場の違いを妬《ねた》ましくさえ思ったのに。その物怖《ものお》じしない演技力は不快だったし、可憐な容姿の前には不当な背信《うしろめた》さまで感じたと云うのに――。

人は人を見上げたり見下したりして生きているのだと、美由紀は熟熟《つくづく》思う。碧は漸《ようや》く美由紀の視線の届く辺りまで降りて来たと云うことだろうか。

――それだけじゃない。

――矢張りひとごろしには見えないんだ。

人を外見で判断してはいけないと云うけれど、その果敢《はか》なげな容貌は未だに疑われることを拒絶している。碧に不利な状況展開になって、その果敢なさは一層の効力を発揮しているようである。

――それでも――この娘は天使なのか。

そうも思った。

あの日。

警察と一緒に到着した小夜子の両親は、泣き叫《さけ》び、喚き散らし、脱力して慟哭《どうこく》した。

美由紀はとても直視することが出来なかった。

美由紀の父母も夜には駆けつけてくれた。ただ、美由紀は面会を許しては貰えなかった。

その時美由紀は学長達の猫撫《ねこな》で声だけを扉越しに聞いた。

——大丈夫です。一切御心配は要りません。

——迅速且つ慎重に対処せねばなりません。

——お嬢さんは重要な証人でもあるのです。

——犯罪に関与しているようなことはないです。

——事実関係が明瞭《はっきり》したらすぐに御連絡します。

——学院を信用してください。

それで信用する親も親だと美由紀は思う。美由紀は慥かに大丈夫なのだが心配が要らぬこともない。そんなこと勝手に決めないで欲しい。しかし美由紀は親を怨んだり蔑《さげす》んだりはしていない。多分、学院は両親にすぐに来るように連絡してはいないのだ。追い返した時と同じようなことを云ったのだろう。

だから、それを圧してまで美由紀の身を案じ、会いに来てくれただけまだマシだとも思う。父も母も善良な人なのだ。入る時は頭を下げて入学させて貰ったのだろうし、小さな水産会社の社長辺りが財閥を後ろ盾にした名門学院に盾突ける筈もないのだ。それは仕方のないことである。美由紀は寧ろ何も知らされずにいるのであろう、祖父を想った。

——碧は家族に会いたくないのだろうか。

美由紀は——幾度かそんなことを考えた。

織作家の人人は未だ学院を訪れていない。

あれからずっと、碧はひとり切りなのだ。蜘蛛の僕の同志達とは切り離されてしまった。兵隊である杉浦は捕縛されてしまった。学力も生活態度も信仰心も役には立たない。今や織作碧にはその家柄と財力と政治力と——後は容姿と——そうした無味乾燥の力添えしかないのである。

その翌日、残っていた生徒の殆どは親元に帰された。警察はそれに就いて激しく抵抗したらしい。容疑者は渡さない、目撃証言も採れないでは話にならぬ、これではまともな捜査などできぬ——当然の云い分だと思う。

これに対して学院側は、犯罪に無関係である一般の生徒達を無防備に現場に置いておく訳には行かぬ、と反論した。犯人と目される人物は保護しているが、詳細が判明するまでは何も判断出来ない、百人以上の居残り生徒の身の安全を警察が保証してくれるなら考えないでもないが、それが叶わぬならば危険だ——と云うのである。

それもまた正論なのかもしれぬ。美由紀には善く判らない。いずれ本音ではないし、通常そんな引き伸ばし工作は通用しない。どれもこれも背後に柴田財閥が控《ひか》えて居るからこその掛引なのである。

美由紀は思う。碧は今どこに居るのだろう。何を考えているのだろう。幕引を目前にして、独りで怖れ戦《おのの》いているのだろうか。それとも。

——平然と次の策を練っているのか。

もう打つ手など何もあるまいが。

そして、三日目の朝が来た。

相も変わらず外は騒がしい。

愈々《いよいよ》警察も本腰を入れたのだろうか。

何かひとつでも証拠が挙がれば、杉浦は即座に司直の手に引き渡されることになっている。杉浦の指紋が小夜子の遺体から検出されるか、或は本田幸三や織作是亮殺害時に検出されたものと一致でもしたなら、それが幕引の合図なのである。

窓のない部屋に居ては何も判らない。

扉を敲《たた》く音がした。

「はい」

囚人《めしゅうど》のようなものではあるが、容疑者ではないから部屋に鍵を掛けられている訳ではない。しかし、美由紀は用心のため中から施錠をしていた。

扉を開けると老婦人が居た。

「呉さん。学長がお呼びです」

美由紀はすぐに仕度をします、と云った。

仕度と云っても上着を着るだけである。

老婦人は今にも倒れそうな程憔悴《しょうすい》していた。

それでも老僕は仔羊に向けて、大丈夫ですか、確乎《しっか》りなさってね、と云った。その時励ますべきはこっちだな、と美由紀は思ったが、それは本当で、老婦人は堅い廊下で二度ばかりふらふらと蹣跚《よろけ》た。

学長室の応接には学長と、事務長と、柴田と――そして和服の貴婦人が居た。

美由紀の顔を見るなり、学長は実に奇っ怪な表情を作った。

「呉君――こちらへ。君は下がって」

老婦人は無言で一礼して部屋の扉を閉じた。

美由紀は少少ぎこちない動作で傍に寄り指示を待った。

学長は溜め息を吐《つ》く序《い》でに美由紀を紹介した。

「奥様。これが呉美由紀です。呉君、御挨拶を」

美由紀は怖わ怖わ一礼をしてから、
婦人を観た。

――畏《こわ》い――女性《ひと》だ。

「織作碧の――母です。呉美由紀さんですね？」

婦人はそう云った。

「――この度は大変な目にお遭いになったようですが――もう、落ち着かれたのですか？」

「え——はい」

背筋の伸びた美しい姿勢。毅然とした態度。

後ろ暗さのまるでない真っ直ぐな強い視線。

美由紀にだって後ろ暗いところなどない。恥じ入ることもない。見返してやれば——。

駄目だった。美由紀は目を伏せる。

「どうしたんだ呉君。奥様は、君の話が是非聞きたいと仰ってお越しになったのだよ。いつものように捲《まく》し立てたらどうだね？　それとも——君には何か後ろ暗いところでもあるのかね？　おい、君！」

「学長。宜しいのです。美由紀さんも色色とお疲れなのでしょう。さあ、美由紀さんに椅子を——」

事務長が畏《かしこ》まりましたと椅子を出した。美由紀が端座《すわ》るなり柴田が、緊張しなくてもいい小母様はお優しい方だから、と告げた。

婦人は云った。

「美由紀さんの御意見を伺わせてくださる？」

「意見——ですか」

「遠慮は要りません。見たまま感じられたまま、あなたのお考えになった通りにお話し戴ければ結構ですの。咎《とが》めたりは致しませんから——」

「でも――」

――云い難いに決まっているじゃないか。

直接碧と話せばいいのだ。身の縮む思いとは斯様《かよう》な気分か。美由紀は下を向く。

「碧さんは――」

「あの娘《こ》のことは気にしなくていいのですよ。私は碧の母でもありますが、学院創立者の娘でもあります。今は織作家の総代としてここに居ります」

「え？」

「仮令《たとえ》子供でも、罪は罪。情の通ずる範囲を越えた所業は罰せられて然るべきです。伝統ある当学院の名誉を傷つけるような行いを本当に碧が為したのであれば、それは断罪せねばなりますまい。あなたにも御迷惑をお掛けしたのですね？」

――本当に――親子なの？

何だか――凄く冷たい。何だか容赦《ようしゃ》ない。理屈は解るが、普通はそう簡単に割り切れるものではないと思う。

美由紀が契機《きっかけ》を失って逡巡《しゅんじゅん》していると、学長はもう一度大きな溜め息を吐《つ》いて、大儀そうに告げ口でもするようにこう云った。

「奥様、これこの通り口籠ってしまう。この娘の云うことはひとつも当てにならんのです。ですから――」

その吐息《といき》のような覇気のない罵言《ばげん》の途中で、婦人は鉄を打ちつけるような響きの善い声を発した。

「学長——あなたは人を見る目がないのですか」

「はあ？」

学長は額に皺《しわ》を沢山作って織作の婦《おんな》を見た。

「この方は、虚言《きよげん》を弄《ろう》して大人を誑《たぶら》かすような娘さんではありません。見て判らないのですか。それで善く学長が勤まりますね」

「お、お言葉を返すようですが、奥様、この生徒の云うことが真実なら、あ、あの、碧お嬢さんは」

「あの娘《こ》は——人を善く、、、、惑わす、、、娘です。あなたがたはそれすらも見抜けないで、今までずっと教職に就いていたのですか。碧を入学させる際にも私はきちんと申し上げた筈です。織作家の者だからと云って一切特別視はせぬように。糺《ただ》すべきは糺し、叱るべきは叱って欲しいと——聞いていませんでしたか」

——人を惑わす？

それが母親の云う台詞なのか？

「美由紀さん。お話し戴けますね」

——この視線は厭だ。拒否出来ない。

美由紀は途切れ途切れ、言葉を選んで語った。

基督を冒瀆する集団。黒弥撒《ミサ》と云う名の売春。そしてそれに纏《まつ》わる揉め事と、解決のために行われた呪術。その呪術の成就を示す、幾つかの殺人事件。麻田夕子の裏切りと死。小夜子の関与と自殺未遂。そして黒い聖母の扮装をした杉浦による犯罪。本田幸三の悪行とその報い。織作是亮の恐喝行為とその顚末《てんまつ》。海棠の災難と小夜子の死。屍体の山——。

それらの中心に見え隠れする織作碧。

沢山——酷く沢山死んでいる。

織作夫人は濁《にご》りのない眼で始終美由紀を見つめ、美由紀は視線の合う毎に己の眼を逸《そ》らせた。

「——証拠はないのですね」

「ありません。私の推測です。ですから違っていたら碧さんには——その——」

「違っていたらで済むか！」

「少しは発言をお慎《つつし》みなさい学長」

織作夫人の視線が学長を射竦める。

「そもそも勇治さんのお話ですと、こちらの美由紀さんは最初から実に公正に、違っているかもしれないから調べてくれ——と、丁寧に前置きしてから証言しているそうではありませんか。あなたも同席していらしたのでしょう」

「そ、そうですが、ち、違っていたら」

「違ってはいないのでしょう」

「え——でも——その」

「何です。この期に及んで慌忙《あたふた》と見苦しい。碧を呼べば判ることです。勇治さん、呼んで戴けますか」

「宜しいのですか小母様」

「宜しいに決まっています。身内だろうと娘だろうと犯罪は犯罪です。未成年と雖《いえど》も、そのような鈍《おぞま》しい行為に及んだのであれば一刻も早く償わせなくてはなりません。長引けばあなた達にも御迷惑が掛かる。もう掛かっているのでしょう」

「それは仰る通りです。しかし碧君は」

「これ以上織作家の者が柴田財閥及び柴田関連企業に迷惑を掛けることは、織作にとっても好ましいことではありません。この学院とて同じこと。創立は父、織作伊兵衛ですが、現在経営しているのは事実上柴田。是亮の不祥事の件もございます。そもそも、斯様な理由で潰したのでは、父の遺志にも背《そむ》くことになりましょう。織作の不祥事は織作でけじめをつけさせて戴きます。凡ては本人に質せば済むことです」

柴田は僅かの煩悶《はんもん》の末、判りました、と云った。

「美由紀さん——色色と——御免なさいね」

織作夫人は――優しげにそう云って会釈をした。

――碧が――最後の後ろ盾を失った。

家に見限られては最早拠り所はない。

――本当に――これで善かったのか？

美由紀は、何か云おうとしたのだが、その辺に言葉は見つからず、ろくに挨拶もせぬままに柴田に連れられて学長室を出た。

「あの――」

美由紀は柴田に何と話しかけて良いか解らない。

半歩先を行く柴田は振り返り、暗い眼をして、

「心配ないよ。あの方は御立派な方だから――」

と云った。

そして気がついたように美由紀を認めて、少しばかり好青年振りを取戻し、

「いや――すまなかったね呉君。厭な思いばかりさせて。もう少し早く君の考えを真に受けていれば、渡辺君も奇禍《きか》に遭わずに済んだかもしれない。それを思うと僕は言葉がない。僕の――責任だ――」

と云った。口許は笑っているが眼は真剣だった。

「あ、あの――」

美由紀はそんなことが聞きたかった訳ではないから、もう一度口を開いたが、矢張り柴田を何と呼んでいいかが判らなかった。

柴田は、後でまた用があるかもしれない、窓もない部屋じゃ気も詰まるだろうから——と云って、理事長室に美由紀を入れた。

「暫くここに居賜え。君はもう二日も外を見ていないのだろう。ここからなら校庭が見えるし。お茶か何か——ああ、そこに出ているから。後で呼びに来るまで居てください」

「でも、その、あの」

「逃げたりしないのは解っているよ」

柴田はそう云って踵《きびす》を返した。美由紀は勿論逃げるつもりなどはなく、逆に心細かったのだが——。

——云わなきゃ通じない。

柴田は決して悪い人間ではない。

ただ鈍感なのだと美由紀は思う。

美由紀はやけに豪奢《ごうしゃ》な造りの部屋にひとりぽつねんと取り残された。

——本当にあれで良かったのか。

美由紀が柴田に尋きたかったのは、自分のことでも小夜子のことでもない。

碧のことである。

例えば訳の解らない現実があって、何とか筋道を立てて理解しようと努力して、結果得られた仮説を次次と証明して行く——これは、実に真っ当な世界認識のし方であると、それは美由紀もそう思う。しかし、この後味の悪さ、胡散臭《うさんくさ》さは何なのだ。

理に適《かな》っていれば良いと云うものではない。

例えば、予測した段階ではその予測自体は正しいとする。

しかし、予測をしたことそれ自体が系を乱してしまい、別の結果を呼び込んでしまうことはないのだろうか。柴田の云うように、美由紀の推論を早期に採用していたなら惨劇は回避出来ていたのだろうか。美由紀の執った行動が、今起きている悲惨な事件を終熄《しゅうそく》させる役割を果たし得たと、少なくとも今の美由紀には思えない。寧ろ、それは事件を現在の形に展開する、或《あるい》は誘導する役割を持っていたのではないかとすら思えてしまう。

——碧が犯人でなかったら。

とんでもない勘違いだった——と、云うようなことは絶対にないと、本当に云い切れるのか？

それは云い切れない。美由紀は、誰も信用してくれなかったから躍起《やっき》になっていただけではなかったのか。その証拠に誰もが信じるようになった今、美由紀は責任を感じて酷く動揺している。前言を凡て撤回してしまいたい程の重圧感である。

——碧が犯人でなかったら。

例えば夕子の部屋を盗聴していた人間が他にいなかったと云い切れるか。小夜子の跳んだ屋上に、もうひとり誰かが潜んでいなかったと云い切れるか。碧が失神したのは嘘だとしても、偽証を強要させられていると云うことは考えられないのか。

そもそも美由紀は目潰し魔と蜘蛛の僕との関係に就いて、結論めいたものは疎か、まともに考察を加えてさえいないではないか。美由紀は声に出す。

「碧が犯人でなかったら――」

「それはないよ」

「わあ！」

美由紀は失神する程驚いた。

いきなり声が聞こえたからだ。

「うん。中中良い悲鳴だ。君は見込みがある！」

理事長の大きな椅子がくるりと回転した。

そこには探偵が磁器人形《ビスクドール》のような顔をして、深深と、偉そうに身を沈めて腰掛けていた。

「た、たん」

「そう。僕だ！　女の子はきゃあきゃあ悲鳴を上げるが、どちらかと云えば僕はわあ、とかおう、とか云う悲鳴が好みなのだ。君は素朴で実に良い！」

探偵はそう云うと立ち上がり、両腕を上げてうんと伸びをした。

「ず、ずっとそこに？」

「寝ていたのだ。寝るしかない。退屈だ。この椅子はでかくて柔らかだから仕事向きではない！　睡眠向きだ。君もここで寝ろ」

探偵はそう云うとつかつかと軽快な跫《あしおと》を立てて理事長席を離れ、美由紀の居る応接の方に来ると、急須《きゅうす》の中に残っていた茶を横に置いてあった茶碗に無造作《むぞうさ》に注《そそ》いで一気に呷《あお》った。冷めた茶は沢山卓上に零《こぼ》れたが、探偵は気にする様子もない。

「何て不味《まず》い茶だろう。それより君は」

「く、呉、呉美由紀です。あの、その」

「僕に名乗っても無駄だよ美代子《みよこ》君。それより君はあの折詰《おりづめ》だか凝《こ》り性《しょう》だか云う娘を――」

探偵は瞼を半分閉じる。

「――ああ。あの屍体の女の子の友達なんだな。まあ可哀想だが悔《く》やんでも屍体は生き返らない。もっと前向きに生きなさい。うん？　中中前向きか」

訳は解らないがどことなく励まされる。

美由紀は何も云っていないのに――柴田とは正反対である。

そしてその辺で漸く、美代子と云うのは自分のことで、折詰と云うのは織作のことを指すのだろうと美由紀は気づいた。

「碧さん――織作碧さんは――」

「その黄色だか茶色だか云う名前の小娘は操り人形だ。善くないことを沢山している。だから——」

探偵はそこで言葉を切り、無作法に応接の椅子に腰掛けて足を組んだ。それでも様になっている。

「——君が気に病むことはないぞ。その——和服のご婦人に会えばいいのかな？」

「和服？」

碧の母か。でも、その、と云うのはどう云う意味だろう。心の内を見透かされているような気がして美由紀は思わず制服の袷を合わせた。

「善く解らないなあ。犯人が居ない。退屈だから、煩瑣《うるさ》い奴が来る前に解決でもしようとも思ったが、面倒臭くなったな」

探偵はそう云って大きな眼を見開いた。

「煩瑣い奴？」

「そう。まあ僕が呼んだのだ。こんな無節操な事件に僕だけが関わるのは癪《しゃく》だからね」

「探偵の——お仲間なんですか」

「探偵？　馬鹿なことを云って貰っては困る。この世界で探偵と云えばこの榎木津礼二郎ただひとりじゃないか。神は唯一無二《ゆいいつむに》のものだと習っただろう。あれは、どちらかと云えば死神だな。悪魔かな？」

「悪魔――良い悪魔？」

「良くない。弁が立つ」

探偵はそう云って立ち上がった。

悪魔が――来るの？

「いいかね、この世界はなるようになる、、、、、、、、ように出来ているのだ。だから君が責任を感じることはない。そしてなるようになるんだから、どうなるかなんて実はお見通しだ。しかしなるようにならないいように、、、、、、、、、、、にするためには、何だか知らないがあの男が必要だ。詳しくは本人に尋くがいい！」

探偵は善く解らないことを云うと、寝る――と声高らかに宣言して椅子に戻った。本当に全く解らなかったのだが、美由紀は少しだけ気が楽になった。

椅子が回転して一分もしないうちに、すうすうと寝息が聞こえ始めた。本当に寝たらしい。寝息は入室した時にも聞こえていたのだろうが、偶《たまさ》かこんなところにあんなものが寝ているなどとは誰も思わないから、それは認識されなかったのであろう。

美由紀は窓の外を見る。堅牢な建造物は、人気がなくとも何等代わり映えしない。建物は人が住んでこその建物である。人が住まぬ建物は廃墟となる。だが、ここまで絶堅《ぜっけん》で揺るぎのない構造物は廃墟にもならぬ。まるで――遺跡か遺構である。

――碧は今頃――。

あの母親と、何を話しているのだろう。

ノックの音がした。

扉はすぐに開いた。そしてその後ろに項垂《うなだ》れた——。

柴田が居た。

織作碧が居た。

真剣な顔の柴田は低い声で云った。

「呉君。少し碧君と話してみてくれないだろうか」

「私が——何故？」

「それがね——さあ碧君」

柴田はそこで半分程しか開いていない扉から碧を部屋に入れた。碧は空気の如く無抵抗に柴田の前に引き出され、下を向いたまま、音も立てずに中に這入った。柴田は入れ違いに美由紀を廊下側に引き寄せると、耳許で囁くようにして云った。

「実は呉君。碧君は、矢張り何も知らないと云うんだ。しかし小母——碧君の母上はそれを信じようとしない。あの方は呉君の推理をほぼ全面的に支持しているのだよ。ただ、僕は碧君も善く知っているからね。少少可哀想になってしまった。勿論呉君の話も大筋では信用している。だから君達二人の話し合いで、その、意見の擦り寄せは出来ないものかと思ってね。それが出来れば母上も信じるだろう。だから直接話してみてくれないか」

「何で――そうなるのですか？」

この男は善良だが矢張り少しズレている。

片や犯罪者と指摘する者、片やそう指摘された当人で、どうやって意見の調整ができると云うのだろう。半分くらいやりました、半分くらいやってませんと云う半端な解答でも得られると云うのか。

廊下の彼方から代表、と呼ぶ声が聞こえた。

「実は今警察が――いや、千葉本部の本部長と東京警視庁の刑事とが大勢警官を連れて来ている。僕は最初から司直の手に委ねることを主張して来たのだが、こうなってみると――このまま、真実を摑むことなく彼等に全権を委ねるのは、慥かに心苦しい。碧君の――こともあるし」

柴田は実に心配そうに碧の後ろ姿を見た。

――欲張りだ。

柴田勇治は欲張りなのだ。真実と信念を両立させようとしている。

美由紀の言葉は真実らしい、それは信じたい。一方学院を護ると云う大義名分、経営者としての信念も捨てられぬ。そして更には旧知の娘、織作碧のことを信じてやりたいと云う情もある。

真実、信念、心情――これは決して、必ず並び立つと云うものではない。

真実の前に屈する信念もあるし、信念の下に滅する心情もある筈である。

柴田と云う男はそのいずれをも捨てられずにいる男なのである。だから半端な対応になるのだ。

ただ、美由紀には上手く云えない。しかし碧と話すこともない。探偵は気にするなと云ったが、今や美由紀には碧を犯罪者と決めつけるだけの確証はない。否、決めつけようと云う意欲がない。娘の云うことを信用せず、美由紀の云うことを鵜呑《うのみ》にする、あの母親の気持ちも美由紀には解らない。

柴田は呉君頼むよ、と云った。廊下の向こうから騒がしい声が聞こえた。警察との押し問答が始まったのだろう。代表、理事長代行、と呼ぶ声がする。柴田は苦苦しい視線を廊下の彼方に送った。

「さあ、碧君。呉君に話してごらん。先程小母様に話したようなことを——」

碧は頑《かたく》なに下を向いている。

芝居か。本気か。

三度《みたび》柴田を呼ぶ声がした。今度は近い。廊下を教務部長が駆けて来た。

「理事長代行、拙いです。杉浦の所持品から採取した指紋と織作邸の書斎から採取した指紋が一致したとかで——杉浦を即刻引き渡すようにと、あの」

「弁護団は？」

「もう無理です。それに、その、何でも凶悪犯がこの辺りに潜伏《せんぷく》している可能性が高いとかで」

「凶悪犯？　あの警官隊はそのためですか」

柴田は軽く唇を噛《か》んで、解った私が応対しましょう、と云った。それから美由紀の肩を叩き、どんな場合でも最善を尽くそう、と歯の浮くような台詞で結んで、美由紀を再び理事長室に押し込むようにして入れた。

柴田は一度哀願するような顔を見せて、静かに扉を閉めた。

「――どうしろと云うのッ！」

美由紀は扉に向けてそう云った。

声は跳ね返って、やがて消えた。

静かになった。

何が最善を尽くそう、だ。

往生際が悪いだけだ。

ひくり、と背中が収縮《しゅうしゅく》した。

――視線。

誰かが視ている。

――碧。

後ろに居たんだ。美由紀の総身が粟立《あわだ》つ。
そろそろと振り返る。緩緩《ゆるゆる》と視界が回る。
天使は矢張り下を向き、立ち竦《すく》んでいた。
黒髪が力を失い真っ直ぐ下に向け伸びている。
表情は窺えない。泣いているようにも見える。
細身の肩先が微かに震えている。泣いている。
母親の言葉が身に沁《し》みたのか。後ろ盾を凡て失ったために心細くでもなったのか。
それとも——。
——真実《ほんとう》に濡れ衣なの？
美由紀は一歩踏み出す。
「お——織作さん」
答えない。
あの探偵は、碧は善くないことをしている——と云った。
けれども探偵は碧のことを何も知らない。
もし、碧が無関係だったなら——。
身に覚えのない冤罪《えんざい》で深く傷ついているのだとしたら——。
そうなら。

あの頃。

崩壊しかけた自己を回復するために、美由紀は必死で論を立てたのだ。挙げ句激しい思い込みの末に、美由紀は取り返しのつかぬことを仕出かして仕舞ったのではないのか。

ならば——。

美由紀は碧の傍らに歩み寄った。

「み——碧さん？　あ」

泣いて——ない？

——笑っている？

「うふふふ」

碧は笑っている。

織作碧は笑っている。

「呉さん」

「え？」

「呉さんあなた、あの時——」

未だ声帯の発達していない幼い声。

「——神を信じていない、と仰いましたわね？」

「碧さん、あなた——」

「ふふふ、善くってよ」

「あ——あなた矢っ張り！」

碧は——蜘蛛の僕だ——。

美由紀は瞬時に凍りついた。

碧が、ふわりと顔を上げた。

そこには天使が立っていた。

真っ直ぐに伸びた緑の黒髪。淡雪の如き白い肌。

大きな瞳には、凍てついた美由紀が映っている。

それを縁どる、濡れたような黒の、長い長い睫《まつげ》。

同性も見蕩《みと》れる程の美少女。

——何も——何ひとつ。

変わっていない。

「——私、あの時から呉さんのことが気に入っ、、、、ておりましたのよ。軽軽しく同志同志と口にする癖に、皆さん所詮は興味半分の遊びなんですもの。本当に神を信じない者など居りませんでした」

美由紀は後退《あとじさ》る。

碧は微笑み、前に出る。

「――この学院の生徒達は、皆恵まれた娘ばかりなのです。ですから少少火遊びをしても、何とかなると考えているのですわ。後がない場所には行かないし、取り返しのつかぬことなどはないと、そう思っているの。そんな、逃げ道を用意した冒瀆などないのです。それは黒弥撒《ミサ》でも奢覇都《サバト》でもありません。質《たち》の悪い遊びです。悪魔崇拝ではなくてただの非行ですわ。同志の殆どは、心のどこかに神の居場所をちゃんと用意している――」

「神の居場所？」

「そうよ。帰る場所。良心。愛情――何と呼んでも結構よ。どんなに冒瀆的な行為をしたって、必ず帰る場所がある――本当の自分はこんなじゃないと思えるように逃げ場を用意しておく――そんなのは嘘。私は神を憎悪します。だから私の中に神は居ない。だから平気で嘘も吐く。人だって殺める。麻田夕子みたいな女は絶対に許してはおけませんもの」

――殺したんだ。この娘が。

「あなたが――夕子さんを――」

碧は透き通った綺麗な声で笑った。

「突き落としたのです。あなたの想像通り」

そしてふわりと扉の前に移動した。

美由紀の退路を断ったのだ。

「な、何故、夕子さんを」

碧は急に厳しい口調で吐き捨てるように云った。

「あんな半端なことが許される訳がないのです！」

「あ、あなたが引き込んでおいて、そんな」

「私は最初から、少しでも厭なら、覚悟がないなら同志になるのは止めて欲しいと——再三再四申し上げましたのよ。でも誰も止さなかった。夕子さんだって楽しそうにしていたわ。ですから私は皆、人を辞め、神を穢す決心が出来ているのだと、そう判断したのです。皆、私の仲間なのだと思ったわ。でもそれは嘘だった。夕子は私を騙していた。地獄に堕ちる覚悟もなしに、ただ遊んでいたの——」

碧は大きな眼を更に見開く。

「本気で神を冒瀆する気がないのなら、何故あんなこと、、、、が出来るのです？　私にはそちらの神経の方が理解出来ませんわ。身籠ったら何の躊躇《ためらい》もなく堕ろす——そのくらいの覚悟も出来ていないのにあんなこと、、、、をするなんて、心底世界を馬鹿にしています。道徳だとか倫理だとか、人間としての感情や愛情が僅かでも残っているのなら——あんなこと、、、、絶対にしてはならぬことではありませんか？」

「そう——そうよ。だから——」

だからこそ夕子はもう止めようと決意したのだ。人間らしい感情が残っていたから、抜けようと思ったのである。

だから何ですの――と碧は云った。

そして一歩近寄る。

「呉さん――あなたなら解ってくれるでしょう」

「わ、解らない――解らないわよ！」

「神を信じないんでしょう？」

「で、でも、悪魔だって――」

美由紀は一歩引く。

後ろには――そうだ。

――探偵が寝ているんだ！

探偵を起こせば、そうすればあの人は、
動けなかった。美由紀は、怖じ気づいている。

「――悪魔だって信じないと云った筈よ！」

美由紀は大声を出した。

探偵が起きる気配はない。

碧は笑った。そして云った。

「証拠は――見せたでしょう？」

証拠。呪い。累累たる屍体の山。

「あ、あんなのみんな偶然だよ！　偶然じゃないと云うなら、そう、ただの殺人事件じゃないか！　人間がやってることよ！　犯人は捕まったわ。私は見た。あれは黒い聖母なんかじゃなくて杉浦隆夫。炊事場の冴えない中年の仕業よ」

「そうね。流石《さすが》に驚きましたわ。あの夜――あの男の格好には――」

「驚いた――？」

「私も真逆殺すとは思っていませんでしたから。あの男は蟲《むし》。役立たずの地蟲《じむし》よ。だから使えるものなのかどうか、試そうと思ったの。あなた達を驚かすのに使ってみただけ。でもあの男――死人の衣を纏ったら、その途端に本当の悪魔になってしまったのね。面白いわ。実に背徳的ね」

「本当の悪魔――死人の衣？」

「そう。私が下賜《かし》した忌まわしい着物を纏って、あの男はやっと、人を辞めることができたのですわ。私は本田先生を呼び出して痛めつけ気絶でもさせておけと命じたのです。それなのにあの男は殺してしまった。だからあれは――悪魔がしたことですの。悪魔は私の味方なのですわ」

――そう云う仕掛けか！

あの時。探偵が、あの女物の着物を剝ぎ取るや否や、杉浦は急に抵抗を止めて柔和《おとな》しくなった。まるで人が変わったように――。

ならば。

あの着物こそが、杉浦にかかった呪いだったと云うのか？　杉浦隆夫は、碧の呪術に操られて殺人を犯したと云うのか。

それなら目潰し魔は――。

「漸くお解りになった？　私は思うままに悪魔を使えるの。望むことは何でも使い魔が叶えてくれる。死ねと念じただけで、川野弓栄も山本純子も誰も彼も皆死んだわ」

「う、嘘――」

暗黒を吸い取った緑の黒髪。屍《しかばね》の如き白い肌。

虚《うつ》ろな瞳には、凍てついた美由紀が映っている。

それを縁どる、濡れたような黒の、長い長い睫。

魔に魅入《みい》られた美少女。

この娘は天使じゃない。

この娘は。

――悪魔だ。

「私は祝福されずに生まれて来た悪魔の申し子。悪魔は私の味方なのです。古《いにしえ》の作法通りに召喚《しょうかん》すれば、奈落《ならく》の王はいつでも力を貸してくれる」

――厭だ。

「杉浦は絶対に自白しない。警察は私を捕まえることは出来ない。学長だろうがお母様だろうが、私を敵に回す者には遍《あまね》く死が与えられるの。我は聖なる復活と地獄に堕したる者の苦悩により汝《なんじ》蜘蛛の悪魔の霊をここに召喚し、命ず。我の欲求に応じ、永遠《とわ》の苦悩より逃るるため、この聖なる儀式に従わんことを。ベラルド、ベロアルド、バルビン、ガブ、ガボル、アガバ、立て、立ち上がれ――」

無邪気な笑みを浮かべて碧が少しずつ間合いを縮めて来る。美由紀はその、あどけなさを多く残した可憐な顔に、無上の恐怖を感じた。

「止めて！」

「止めないわ。私の気持ちが解らないのならあなただって邪魔よ。あなたには死んで貰うわ。あなたにも学長にも、柴田の小父様も、お母様も、みんな、私が殺してあげる」

「や、止めて――」

「怖いの？　神を信じないあなたは、こんな時に何にすがるの？　救ってくれるのは誰なの呉さん」

間合いはどんどんと詰まった。

「人を救う超越者なんて居ないのよ。さあ――」

碧は嬉嬉として美由紀の頸に手を伸ばす。

ふふふふ。厭だ厭だ。すうと靭《しなやか》な腕が、

美由紀は指先で後方の障害物を確認する。理事長席の大きな机だ。白い、細い指が、がたん、と音がした。

途端に碧の視線は美由紀を飛び越えた。

「誰――？」

飛び退く。美由紀は振り返る。

「煩瑣いぞ！　眠れないだろうが。おい君、水無月《みなづき》君！　君が信ずるべき超越者はここに居るじゃないか、この愚か者！」

「た――探偵さん」

探偵が、窓から指し込む西陽を背中に背負って、眼を擦り乍《なが》らすっくと立っていた。

探偵は云った。

「君が魔法の使いなら、驢《ろ》馬《ば》とか鳥とかに化けてみろ。化けられないだろう。君がどれだけ凄いのか知らないが、僕に勝つには後四百万年くらい魔法の修行が必要だぞ！　僕は悪魔なんか怖くないからな――」

探偵は眼を細めて碧を観る。

「――なんだ悪魔じゃないいな」

探偵は一層に眼を細める。碧は探偵を憎悪に満ちた眼で睨《にら》みつける。

美由紀はどこか世界が違う二つの生き物の間に挟まれて、息を殺して凍て付いている。

探偵は、急に悲しそうな顔になった。

「悪魔じゃあないぞ。君は——可哀想に」

「可哀想——？」

碧は華奢《きやしや》な頸を伸ばし、整った顔を少し上に向けて、暫くの間探偵を凝視《ぎようし》していたが、やがて糸が切れたようにぷつりと躰の力を抜き、探偵を見据えたままふらふらと後ろに下がって扉に至った。

「——私を哀れむのですね」

「嘘吐きは讃《たた》えられない」

「——蔑《さげす》むのですか」

「同情している」

「同じこと」

扉のノブに後ろ手で触れる。

「おい」

探偵が声を発した刹那《せつな》、バタン、と扉が開いた。碧はまるで体重がない。外の風に吸い出されるようにすうと外に出た。探偵はどこにも行く場所はないぞ、と云って一歩踏み出したが、扉を塞ぐようにして大男が立っているのに気づいて動きを止めた。

扉を開けたのはその男だった。

美由紀は矢鱈《やたら》に心拍数が上がっていた。

心臓の鼓動に合わせて世界が明滅する。男の輪郭も明瞭とは認識できなかった。ただ、聴覚だけが研ぎ澄まされて、己の呼吸する音までが、煩瑣い程に聞こえていた。

——碧は。

扉を開けた男は碧の後を眼で追って、あれは織作の娘じゃねえのか、と呟いた。そして室内に視線を転じ、探偵を確認するなり、高音の濁声《だみごえ》を発した。

「手前！　礼二郎、この薄ら馬鹿が、こんなところまで来て何を巫山戯《ふざけ》ていやがる！」

走り出す寸前と云う姿勢だった探偵は、体勢を立て直し、腰に両手を当てて、威張るように云った。

「あ。お前は箱男！　お前何だってこんな時に扉を開けるんだ。逃がしたじゃないか」

「逃がした？　ありゃ織作の娘だろうが。手前もあれが犯人だとか云うのか？　おい」

「フン。貴様に説明する口はない」

「手前は誰にも何にも説明出来ねえだろうが。二十何年つき合ってるが、手前の云ってることが解った試しはただの一度もねえぞコラ！」

「それはお前が豆腐《とうふ》頭だからだ！」

「黙れよ。大体何で逃げる？　手前が何かしたか」

「あんな子供にこの僕が何をすると云うのだね！」

「手前は何をするか知れねえじゃねえか。まあ、それにしたって心配することァねえ。この建物からは出られねえ。この学校の中は教師と弁護士と警察で充満していやがる。それに千葉本部は織作の娘を疑ってるぜ。逃がしゃしねえよ」

——警察も碧に目を向けた？

男はのそりと入室して来た。

「理事長は居ねえのか。ん——そりゃ生徒か？　あんた、この学院の生徒かい？」

顋《えら》の張った四角い顔。尖《とが》った鼻。細い眼。厚い胸板と太い二の腕。開襟《かいきん》に外套。磨《す》り減《へ》った黒い靴。

——この人が探偵の云っていた——悪魔？

「花子《はなこ》君。これは刑事と云う種類の野蛮な馬鹿だ」

「花子？」

「そう。見ろあの不細工《ぶさいく》な四角い顔」

「煩瑣えなこの唐変木《とうへんぼく》。その軽薄な面に蹴りの五発も入れてやろうか？　それより——」

男は美由紀の方を向いた。

どうも探偵の呼んだ男とは別人のようである。

何故か僅か躊躇《ためら》ってから、男は言葉を発した。

「——あんたがその、目撃者とか証言者とか云うもうひとりの生徒か。俺は東京警視庁の刑事だ」

男は手帳を出して開き、美由紀に示した。

「目潰し魔の捜査をしている。木場刑事だ」

「馬鹿修とも云う」

「黙れって。あんた、ええと花子さんか？」

「呉美由紀です」

「全然違うじゃねえかコラ。勝手に呼ぶのを止せよ間抜け。呉さんか。そのな、どうも千葉の警察の話は要領を得ねえ。手柄をひとり占めしようとしてやがるのか、本当に解ってねえのか、まるで珍糞漢《ちんぷんかん》だ。その上その辺で揉《も》めてる。大揉めだ。だからあんた等に直接《じか》に話を尋こうと思ってよ」

「目潰し魔——ですか？」

「おう。奴は今この辺りに居る」

「この——辺り？」

目潰し魔。それは今のところ美由紀にとって角があり尻尾のあるあの悪魔と、そう変りのない存在である。だからこうして実在を知らされると、想像上の生物が発見されたかのような感興を覚える。

「大捜索も今日で足掛け四日だ。四方から山狩りをかけたからな。奴は包囲網を突破できちやいねえ。必ずこの辺りに潜《もぐ》ってる」

木場刑事は細い眼を更に細めて口を強く噤《つぐ》んだ。探偵はその様子を朦朧《ぼんやり》と眺めて、

「失敗《しくじ》ったな。悔《くや》しいか」

と云った。

「おう。ぬかったぜ。奴は――俺の眼の前で女を殺して遁走したんだ。このまま許しちゃおけねえ」

「ふうん。お前怒ってるのか」

「馬鹿野郎。奴は五人殺してるんだ。おっと」

刑事は何かと茶茶を入れる探偵を無視することに決めたらしく、応接を指して美由紀に端座《すわ》るように指示すると、自分も腰を下ろした。

「人目を盗んで這入り込んだから時間がねえ。あのな、千葉の奴等の話聞くと、目潰し魔が襲った被害者は全部この学院の関係者だって云うじゃねえか。今まで合同捜査してて、何度も会議してるのにそんな話は一度も出てねえ。俺には信じられねえんだ」

「それは――」

美由紀は簡単に経緯を語った。

しかし先程の碧のことだけは云えなかった。

碧は一切を自白したのだ。

しかし。

――夢のようだ。

時を隔てた訳でもない。今のことである。

それなのに先程の出来ごとは何かの間違いではなかったのかと云う思いが、既に美由紀の胸中を支配している。意識は非日常側から日常側へと、大きく揺り戻している。それ程に常軌《じょうき》を逸《いっ》した体験だったと云うことであろうか。

動悸は治まっていた。

刑事は苦苦しくまた呪いの類かい、と云った。

「畜生、俺はそう云う話は嫌エなんだ。そりゃあお前、京極の仕事だろうがよ――」

「呼んだぞ」

「呼んだのか？　手前がかい？」

「そうだ。僕がだ。この事件には、別に創造主が居る。世界に神は二人要らない。つまり、僕はやり難い。だから呼んだのだ」

「偉そうなこと吐《ぬ》かすなよ。手前なんざぁいつだって役に立たねえだろう」

「お前よりはマシだぞ」

「黙れよこの野郎」

どうも、この二人はこう云う間柄なのだ。罵《ののし》り合う関係が常態なのだろうか。

どこから見ても友達同士には見えないのだが、聞けば二十何年のつき合いだとも云うし、美由紀などには推《お》し量《はか》り難い。

「しかし――どうにもしっくり来ないな。平野のひの字も、川島のかの字も出て来ねえ」

刑事は難しい顔をして頸《くび》を捻《ひね》った。

そして悶絶《もんぜつ》に近い懊悩を露にした。

その時。

かつかつと廊下を小走りする音が近づいて来て、開け放しの扉からやけに間延びした顔の男が理事長室を覗いた。警官ではないようだった。

「木場さん！　こんなところに居ったのか。あんたも一寸来てくれ。もうどうもならん」

刑事は大儀そうに見上げる。

「何だよ。俺達は関係ねえだろうよ」

「関係なくはないですよ。絞殺魔と目潰し魔は一連の事件だと千葉本部は主張し始めたんだ」

「いいじゃねえか別に。支障はねえだろ」

「あるんですよ。ほら、目潰し魔の動機」

刑事は眉間と鼻の上に沢山皺を寄せた。

「今この娘さんから聞いたぜ。売春だってな」

馬面の、矢張り刑事らしい男は、木場の言葉の凡てを聞かずに長めの髪を撫でつけて云った。

「こっちの捜査内容とまるで違うでしょう。川島新造の供述は——あれ全部嘘じゃないのかと」

「嘘じゃねえよ。俺が調べたんじゃねえか」

木場刑事は憮然とした。

馬面の刑事は癖のある歩き方で這入って来て、探偵と美由紀をじろじろと見乍ら、しかし川島の供述と全く嚙まないと云うのは変でしょう、と云った。

探偵は相変わらずの調子で川新がどうかしたのかい、と刑事に聞いたが、木場は見向きもしなかった。

「煩瑣《うるせ》えよ。それで？」

「だからその——もし二件が繫がった事件であるならば、ですよ。それなら絞殺魔は合同捜査本部扱いにするべきだし、千葉東京合同で取り調べをするのが筋でしょう。しかしその場合、形の上では警視庁の方で貰い受ける格好にしないと。本部長はあんたのとこの大島《おおしま》部長でしょう」

「どこで貰ったって一緒だよ。そんな変なものは千葉にくれてやれよ！」

木場刑事は凄む。

馬面は掌を振る。

「そうはいかんですよ。いずれは目潰し魔の捜査本部と絞殺魔の捜査本部も合同するんだし。千葉の場合は人員が重複《ちようふく》している訳で——」

「ややっこしいなおい。犯人は今、何処でどうなってるって？　捕まってるんだろ？」

「それがあんた、この建物の一室に拉致《らち》されてるんだそうだ。一介の学校法人が、幾ら現行犯だとは云え容疑者を逮捕監禁するのは拙いですよ。これは違法行為で、人権問題ですよ。千葉の連中は黙認してたらしいが、こっちが出るとなると——」

「あのな加門さんよ、引き渡しが決まって護送するから警護しろとか云うならよ、俺だって行くがな。俺達ゃあここに、目潰し魔捕まえに来てるんだろうが。俺は今この学生から事情を聞いて、ようやっと千葉の連中の云ってる意味が解ったが、どうも、こりゃあ筋が違わねえか？　あの織作の小娘が生徒を殺した、捕まった男が教師を殺した、こりゃいいやな。しかし、目潰し魔は目潰し魔だ——」

木場は人差し指で己の小さい眼を指す。

「売春だか冒瀆だか呪いだか知らねえが、最初の矢野妙子は呪われてねえらしいぞ。それに高橋志摩子はどうなる？　あれも呪われたって云うのか？」

「しかし他の害者に就いては共通項が」

「それなら川島喜市の方にだってあるんだよ。青木からの連絡だと、マキはこの間の骨董屋の推測通りに喜市に唆《そそのか》されたんだそうだぜ。呪いじゃねえ」

馬面はそうだなあ、と云った。

「だから、千葉に任せておけよ。あの小娘と絞殺魔は。真犯人なら捕まるし捕まりゃ吐くよ。東京はそれから動いたって遅かねえだろ」

木場はそう云って腕を組んだ。

遠くの方で騒ぐ声が聞こえた。

「ん？　決着がついたのかな？　動いたかな？」

そう云って馬面の刑事は立ち上がった。

「何だ？　ただごとじゃないぞ」

気配が押し寄せる。

大勢の跫《あしおと》が廊下に響いた。

石の床が、壁が、天井が鳴り響いた。

扉の向こうを何人もの警官が駆け抜けた。

警官達に雑じって不格好な巨体が過ぎる。

木場はその姿を認めて室内から大声で叫んだ。

「おい！　磯部！　何だよ。何があった！」

行き過ぎた男は引き返して来て、よたよたと蹣跚《よろけ》乍《なが》ら扉の端から膨張《ぼうちょう》した顔面を覗かせると、

「何だあんたらは！　遊んでる場合じゃないよう」

と云った。

「遊んじゃいねえ。何があったと尋いてるんだよ」

「監禁部屋から絞殺魔が居なくなってたんだよ！」

——杉浦が——逃げた？

どうするつもりなのだ！

「なんだと！　もう一度云え！　逃げたのかッ？」

「逃げたに決まってるだろッ。人間が消えるか！」

男はそう云うとまた巨軀を揺すって走り去った。

木場が勢い良く立ち上がる。もうひとりの刑事も後を追う。探偵もまたゆっくりと立ち上がった。

「行こうじゃないか女学生君！」

「ど、どこへ——行くんです？」

「そうだな。この学校で一番自殺に適した場所だ」

「じ——自殺に適した場所ですって？」

何のことだ?

自殺に適した場所?

杉浦が自殺するとでも云うのか? 善く解らないけれど、それなら小夜子の跳んだ、

――校舎の屋上か?

「そこだな。そこに居る」

探偵はそう断言したが、美由紀は何も答えていない。理由を尋く間も考える暇もない。美由紀が腰を浮かせた時にはもう探偵は部屋を出ており、鈍《のろ》い鈍い早く来なさい、と催促《さいそく》していた。

探偵は大股で、豪く早足だった。

かつかつと云う大きな跫が四方に弾けて、その後に美由紀の跫が小刻みに響く。

「た、探偵さん!」

「何だね女子学生」

「説明してください!」

「説明は無用だ!」

警官が忙《せわ》しなく追い越して行く。見咎められることも、捕まることもなかった。

玄関ホールには大勢の烏合《うごう》の衆が犇《ひし》めいている。

学長の声がした。

「鍵は掛けてたんだ！　相手が誰でも施錠して監禁するのは犯罪だ——と罵《ののし》ったのはあんたらだろう。儂《わし》は生徒達の安全の為、罵られても尚鍵だけは確乎《しっか》り掛けておったのだ！　逃げられる筈はないッ」

「じゃあ何で開いている！　現に逃げているッ」

知らぬ存ぜぬ警官どもが鍵を開けたのだ、巫山戯るなさては逃がしたか逃がしたのなら逃亡幇助だ、犯罪者扱いは心外だ訂正しろ、法治国家にあるまじき横暴学校だ——悪口雑言《あっこうぞうごん》罵詈讒謗《ばりざんぼう》が飛び交う。

探偵は横目でその様子を眺め、褻《け》がらわしいモノでも見るが如くに顔を顰めて、小馬鹿にするように、

「女学生君、あんなものは徹底的に軽蔑だぞ——」

と云った。どうやら固有名詞を覚えることを放棄して、属性を呼称として採用したようである。

「——人間がなってないと、事件が起きてもろくな役目が割り振られないのだ。端役の奴等はつまらないからああして怒っているんだ！　怒る前にやることはあるし、やることをやれば怒る暇はない！」

探偵は罵り合い揉み合っている刑事と学校職員と弁護士達の一群をすいすいと避け、通り過ぎる際に馬鹿どもめッ——と大声で云った。

しかしそもそも連中は互いに馬鹿だ阿呆だと云い合っていた訳で、自分達をひと纏《まと》めに誹《ひ》謗《ぼう》する男の声が鳴り響いたことに気づく者は居なかったようだ。混乱している。

──居た！　裏だ、裏に回れッ！

怒鳴り声。階上から更に数人の警官が駆け降りて来る。一団は混乱し、半数は玄関から出て残りは廊下を駆けた。階段の上に柴田の姿が見える。狼狽している。柴田の後ろには杉浦の妻──美江と、その肩を抱えた千葉の警察の刑事の姿が窺えた。

「女学生。早く出ろ。馬鹿に紛《まぎ》れるぞ！」

探偵はそう云って玄関を出た。

中庭に出る。

背後に教員棟。

左手には個室棟。それから古くて巨大な聖堂。

続いて礼拝堂。厨房棟と食堂。正面に円形の泉。

泉の向こうには三棟の寮。寮の後方には果樹園。

温室。畑。校門に続く道。

右手に古びた校舎がある。

堅城鉄壁の学舎。神の冷徹な理《ことわり》を具現化したが如き威容。そんな堅牢な構造物は人には強過ぎる。

小夜子は弾《はじ》き飛ばされ、夕子は撥《は》ね飛ばされた。

探偵は石畳を軽快に駆けた。

そして泉の縁《ふち》――小夜子と並んで腰掛けたあの苔産《こけむ》した石の縁――に勢い良く飛び乗り、校舎の屋上を眺めた。美由紀も探偵の横に行き、同じように爪先立ちに背伸びをしてみたが、何も確認できなかった。そこで探偵を真似て泉の縁に乗った。美由紀が縁の上に立ち上がった時、探偵は既に校舎に向けて駆け出していた。

「探偵さん!」

校舎の正面玄関。

扉の隙間。

ひらり。

色。柄。彩り。

暗褐色の石の大厦《たいか》に、一点淫らな色が注した。

――黒い。

――黒い聖母。

着物――死人の衣――だ。

杉浦隆夫は呪われた衣に袖を通して、再び悪魔になったのだ。それならば――。

――碧の仕業だ。

　バラバラと警官達が教員棟から出て来た。続いて裏口からも警官は続続と出て来た。そっちだ、そっちへ行った、逃がすな、どこだ──。

　柴田が、学長達が駆けて来た。大勢の端役どもが校庭を駆け回る。蟻の巣を突いたような狂乱振り。堅い構造物の内部を、ぶつかり跳ね返る、無秩序な分子ども。理の内側の痴。

「あそこッ！　校舎の中ッ！」

　美由紀は叫ぶ。指を差す。

「──校舎の中に居ますッ！」

　刑事が耳聡く聞きつける。

「中に？　杉浦が居たのかッ」

「あの──着物、着物が──」

「着物？　何だその着物とは」

　顔面蒼白の柴田が顔を向ける。

「呉君！　どうした」

「今探偵さんが──」

「榎木津さんが追ったのか？　校舎の中？　津畠さん、早く警官を！　あの娘が、碧、碧君が危ない！」

　──碧が？

危ない？

「杉浦は碧君を人質に取っているんだ！　呉君、君は一緒じゃなかったのか！　どうして離れたんだ」

「碧が人質？」

——狂言だ。

それは碧の起死回生の狂言だ——。

「矢張り碧君は無関係だったんだ。あの男——」

違う、そうじゃない。碧は——。

——云えない。

美由紀には云えない。本当のことが——。

真実はいつも言葉にならない。

「——あの男はどうやって部屋から出たんだ！」

柴田は投げ遣りに叫んで校舎に向かった。

杉浦を部屋から出したのは碧だ。そして死人の衣を与え、最後の罠を仕掛けたのだ。凡ては碧の仕組んだことだ。しかし——どうやって収拾をつける？

——一番自殺に適した場所だ。

碧が自殺する？　そうじゃない。

——杉浦は絶対に自白しない。

——警察は私を捕まえることは出来ない。

——みんな、私が殺してあげる。

杉浦を殺す——違う。凡てを闇に葬るために——己を被害者に仕立てて、杉浦に自殺をさせるのだ。

「屋上です！　きっと屋上に——」

夕子が血を流した石畳を踏んで、美由紀は校舎に駆け込んだ。

内部は異様な雰囲気に満ちていた。静かな興奮。騒がしい静寂。先の読めない予定調和。

予測通りの不測の事態——。

柴田が警官の人垣《ひとがき》を擦り抜ける。

美由紀はその後ろに連なり、一緒になって抜ける。衝撃を吸収しない石の階段を駆け上がる。背後から美江が付いて来ている。男の手は借りぬと、刑事の腕を振り解いたに違いない。強ければ強い程反撥もまた強いのに。

老婦人と揉み合った踊り場を過ぎる。

あれはいつのことだったのか。既に遠い昔のことである。夢のようなものである。夢に違いない。

屋上に至る階段の下に大勢の人集り《ひとだか》があった。

堅牢な容器《いれもの》の中の澱《よど》んだ空気が凝固《ぎょうこ》して、そこだけ密度が濃くなっている。重苦しい緊張感が漲《みなぎ》って視線を移動するだけでも空気抵抗があるようだ。

先頭——数名の警官が拳銃を構えている。

美由紀は瞳に力を込めて照星の先を見た。

階段の最上段。

屋上に出る扉の前。

織作碧を抱えた——杉浦隆夫が居た。

鮮やかな水鳥の模様を翻《ひるがえ》し、まるで大見得《おおみえ》を切った歌舞伎《かぶき》役者のような姿勢で立っていた。

薄汚れた顔は黒く塗られていない。

代わりに碧の、漆黒の黒髪が揺れている。

見開かれた濡れた瞳。戦慄《わなな》く蕾《つぼみ》のような唇。

凍りついた恐怖の表情。

細い、真っ白い頸には、太くて野卑《やひ》な親指と人差し指と中指が食い込んでいる。指先に僅かに力を入れただけで、一撃で折れてしまいそうである。

一方杉浦は虚ろだった。焦点の暈《ぼ》けた眼。開きかけた口許。物狂《ものぐる》いのように激しい息遣《いきづか》い。落ち着きなく頸を揺すり、稀《まれ》に眼を見開く。

どう見ても――。

狂言には見えなかった。

「隆夫さん!」

美江が叫んだ。

「隆夫さん! 止して! そんな恐ろしいことは」

やめてえ――美江はそう絶叫したが、その声は粘着質な空気に搦《から》め捕られて、反響もせずに消えた。

杉浦はおお、と咆吼《ほえ》る。碧がひい、とか細い声を出す。

武骨な指に力が籠る。繊細《せんさい》な指が震える。

――茶番だ。

茶番の筈だ――。

これは狂言なんだ――。

――真逆《まさか》――本気なの?

騙されてはいけない――美由紀は息を呑む。

警官達が一斉に腰を低くして銃を構え直した。

「だ――」

杉浦は左手で碧を吊り上げ、己の顔の横に振り翳《かざ》して盾代わりにした。

頸に右手の指が食い込む。

「——だまれえッ！」

——本気なの？

「隆夫さん！」

「いかん。興奮させるな」

刑事——津畠が美江の肩を摑んだ。美江は幾度か肩を揺すって抵抗したが、膨満《ぼうまん》する異常な空気に圧《お》されたのか、やがて黙った。

動きは止まった。

杉浦の指の動きに全員の全神経は集中している。

警官を掻き分けて美由紀の横に木場刑事が到着した。

木場は鬼のような形相で杉浦を睨み、

「——どうなってる！」

と掠《かす》れた声で尋いた。

誰も答えなかった。

膠着《こうちゃく》状態である。

柴田も、刑事達も、汗ばんでいる。

杉浦が碧を殺す訳はない。碧は死なない。

多分杉浦はもうすぐあの扉を開けて屋上に飛び出る。そして云いつけ通りに、ひとりで跳び降りるのだ。そうに違いない。そうに——でも。

——本気なのか？

張り詰めた——と云う表現は相応《ふさわ》しくなかった。緊張感よりも、寧ろ退廃的な倦怠《けんたい》感の方が一層強く瀰満《びまん》している。それでも尚、息の詰まるような硬直だけは解けることがない。美由紀は瞬《まばた》きすることすらも忘れている。眼が渇《かわ》く。

——茶番じゃない、のか。

あの指は本気か。

時間は止まって、刹那《せつな》が無限大になった。

そう思った、その瞬間。

騒騒《ざわざわ》と階下から漣《さざなみ》のような喧騒《けんそう》が忍び寄り、それはやがてばたばたと云う雑音に変わった。

時間が一度に流れた。

美由紀は幾度か瞬きをして振り返る。

人垣が割れた。露払《つゆはら》いのように、銀縁眼鏡の派手な顔をした背広姿の男が現れる。その後ろに童顔の若い男と不思議な顔をした和服の男が並んで居る。

その二人が左右に除ける。

そこに漆黒の闇を纏った——死神が居た。

黒い二重回し。その裾から覗く衣装もまた黒い。

これが——。

探偵の呼んだ男だ。

杉浦は一瞬呆《ほう》けたような表情になり、身構える。

津畠も警官達も一斉に奇異の眼を向ける。

場が動揺している。

死神は杉浦を見上げて、そのまま無言で二重回しを解いた。柴田の後方から銀縁眼鏡の男が耳元に早口で何かを告げる。柴田が眼を剝く。死神は杉浦を見たまま、二重回しを不思議な顔の男に手渡した。

黒い着流し。黒足袋に黒下駄。鼻緒だけが赤い。手に持つ羽織もまた黒い。

死神は懐から黒い手甲を出して手に嵌めた。

そして最後に黒い羽織をはためかせて纏った。

澱《よど》んだ空気がさっと一気に攪乱する。

「随分と——気を持たせるじゃねえか」

木場はそう云った。

男は警官の間を縫って階段に向かった。

警官は何が何だか解らないようで、まるで遠慮でもするかのように左右に道を開けた。先頭の警官達は矛先を失った拳銃を下に向けた。

男は先頭に立った。

「杉浦さん──」

善く通る声である。

杉浦は答えず、野獣《けだもの》のように眼を血走らせて、碧の頸にかけた三本の指に力を入れた。

ぐったりしていた碧が、長い睫に縁取られた大きな眼を開ける。

──あれは。

黒い円《つぶら》な瞳の虹彩《こうさい》が、一瞬──収縮した。

──驚いたんだ。

予想外の敵の出現に、碧は動揺している。

「扠《さて》も厭なものに取り憑かれている。しかし杉浦さん。あなたまで死ぬことはない。そんな醜い姿で死ぬのは、不本意でしょう。あなたの憑物を──」

──見抜いている。

「──落としてあげましょう」

「つ、つきもの」

「そう憑物です。この世とあの世の刃境《はざかい》に棲み、人に仇《あだ》なす悪《あ》しきものです」

「あ――あんたは誰だ！」

「死人の使いですよ。どうやら亡者が彼岸で困っています。襦袢姿では寒くっていけないと。だから――」

甲《かん》。

男は一歩階段を上った。

「――その友禅を返してやってください。前島八千代さんに」

「何だ！」

木場が叫んだ。

「おい、京極、それは――」

「黙って」

男は手で木場を制する。そして、

「警官隊の諸君。彼は人質を殺さない。だから少し下がっていてくれませんか」

と云った。

甲《かん》。

男は階段を上る。

「来るな！　む、娘を殺すぞ」

杉浦の指に力が籠る。碧が幼い声を絞り出した。

「た、すけ――て」

「そのつもりですよ」

碧はすぐに黙った。死神に茶番は効かないのだ。

「悪い遊びですね――大人を揶《から》揄《か》っちゃいけないな。杉浦さん。その娘はあなたの探している人とはまるで違う。あなたの求めている人は、あなたも知る通り、既にこの世のものではない」

「な――何のことか」

「去年の夏――不幸な事件に巻き込まれてひとりの娘が天に召された。慥かに背格好こそ違うが、その娘の面《おも》差《ざ》しはその人に善く似ているかもしれない。だが杉浦さん。その人は別人だ。そんなことはあなたにも最初から解っていることでしょう。死人の身代わりにしてはその人だって可哀想ですよ」

「あの人のことを――知っているのか」

「縁がありましたからね」

「あんた――誰だ？」

「だから死人の使いですよ。死者と生者のけじめをつけに来たのです。杉浦さん、あなたの所《せ》為《い》で、その娘はすっかりその気になってしまったんだ――」

碧の顔が奇妙に歪んだ。

「——世の中には多くの境界がある。しかし境界とは多くいい加減なものです。しかし、ひとつだけ守らねば世が立ち行かぬ境界がある。それが生死の境だ。いいですか、人は殺せば死ぬんです。だから」

甲《かん》。

「その娘を殺すのは止せ」

——え？

杉浦の指先から力が抜ける。

碧が眼を見開く。

「碧さん。君の魔術はまた失敗してしまった。その杉浦さんは、今の今まで——本当に君を殺そうと思っていたんですよ——」

碧は零《こぼ》れ落ちそうになるくらいに両眼を見開いて頸を捩じ曲げ、杉浦の顔を凝視した。

「——本田幸三や渡辺小夜子を殺したようにね」

杉浦の表情が変わった。

杉浦は右手を碧の頸から離し、抱き竦《すく》めるようにしてその髪に顔を埋めた。

——何が——どうなっているのだ。

美由紀は頭の中が真っ白になり、そのままそっと周りを見渡す。柴田も木場も刑事達も学長も、何が起きているのか解ってはいない。

「碧君。この人が君の柔順な下僕でいるのは、その着物を着ていない時だけだ。いいか碧君。杉浦さんは現在その着物を纏って初めて杉浦隆夫として機能しているんだ。君の魔術の所為で殺人を働いた訳じゃない。彼は彼自身の意志で殺したんだ」

甲《かん》。

「厭ッ！」

碧は叫んだ。

「厭だあッ。お前も私を――」

碧君、君は――と、柴田が嗄《か》れた喉を震わせた。

鈍感な好青年の心のどこかが、壊れた音である。

「――君は――おい、真逆、君――」

碧は一瞬柴田を大きな眼で睨《ね》めつけて、この薄汚い手を離せッ――と叫び、杉浦の太い腕から躰を抜くと、その頬を思い切りぶった。

「嘘吐き！　役立たず！」

碧は両手を振り回して杉浦を打った。死ね、死んでしまえ、そう叫んで碧は暴れ、その躰から着物を剝ぎ取ろうとした。杉浦は逃れようとして反回転して、それから扉にぶつかった。碧は着物を摑んだまま振り飛ばされて壁に当たった。

杉浦は云った。

「私は——駄目な人間です。人間の屑です。何の取り得もない、何もできない、出来損ないの人間です！　だから」

「だったら——」

碧が叫んだ。

「死になさい！」

黒衣の男が駆け上がって碧の腕を掴み、引き寄せてその頰を強く打った。

「いい加減にしろ。君は後回しだ！　木場修！」

男はそう云って碧を突き放す。警官隊を掻き分けて木場が駆け上り、放心する碧を取り押える。

それより一瞬早く。

杉浦は扉を開け放ち、屋上へ躍り出た。

男は杉浦を追う。それを契機に警官隊が動き、美由紀も続いた。

——杉浦が碧を殺そうとしていた？

——碧の手先ではなかったのか？

しかし死ねと云われて——杉浦は——。

美由紀は屋上に出た。

あの日。小夜子を追った時と同じように。

警官達が呆れたように立ち竦《すく》んでいる。美由紀の後ろから柴田と碧の腕を摑んだ木場が昇って来た。

風が強い。

男は黒衣の袖を風に棚引《たなび》かせて立っていた。

本田の屍体が転がっていた場所に杉浦が蹲《うずくま》って居た。背後から右腕を後ろに捻り上げられ、肩を押えつけられているのだ。押えつけているのは——。

「た——探偵さん！」

探偵は後を追ったのではなく、先回りして屋上に昇り、凶事に備えて待っていたのだ。

「そこの女学生！　云った通りだろう。僕は常に必ず正しい！　信じなさい」

探偵は大声で明朗快活にそう云った。

それから黒衣の男を見て、

「遅いぞ出無精《でぶしょう》」

と云った。男は表情を変えず、

「珍しく働いているな」

と返した。

ばらばらと人が昇って来る。

碧の腕を摑んだ木場刑事が現れた。

碧は——。

死人の衣を抱き、上目遣いで世界を睨んでいた。廃人の如き柴田が碧の顔を覗き込む。

「碧君——君——」

その後が続かない。

「どうなっているんだ。榎木津さん！　説明してくれ。碧君、君はいったい——」

この展開はあらゆる意味で柴田の許容範囲を越えたようだった。続いて昇って来た学長以下の連中に至っては、人間らしい表情を作ることすら出来ないらしく、揃いも揃って能面のような無表情に固まっている。しかし美由紀にしてみても大差はなく、彼等を馬鹿に出来る程落ち着いていた訳ではない。

探偵は柴田の問いに答えて、

「説明は探偵の役目ではない！　そのためにこの男は来たのだ！　どうでもいいがその辺に立っている警官。いつまで僕に力仕事をさせる！」

と云った。警官は上司の指示がないので動けないらしい。津畠や他の刑事が漸く出て来て杉浦を押えるように云い、杉浦はやっと警察に縄を打たれた。

そこに警官の山を分けて、見たこともない中年の男が現れた。その後ろには——。

——碧の母。

織作の婦《おんな》は一層毅然《きぜん》として、射るように娘を見据えた。

学長と柴田が放心したように近寄る。中年の男は木場と碧の前に立って、こう告げた。

「国家警察千葉県本部の荒野《あらの》警部です。木場巡査部長かな。大島君から聞いている。協力有り難う。その娘を渡して貰おう——」

「渡すってのは？」

「麻田夕子は殺害されたと云うのが我我の見解だ。その娘を重要参考人として引き渡すように交渉を開始した矢先の——この騒ぎだ——」

「それで？」

「織作碧だな。一時は君の狂言に騙されるところだったがね。どうも墓穴を掘ったようだね。さっきの態度の豹変《ひょうへん》振りを見ても——そこの絞殺魔と君がどのような関係なのかは明らかだ——」

慥かに、黒衣の男のかけた揺さぶりは、碧と杉浦の関係を露呈《ろてい》させる結果を招いた。あれではどう見ても杉浦は碧に隷属《れいぞく》しているとしか思えない。少なくとも人質と暴漢の関係ではない。しかも、それは衆人環視の下、碧自身が自発的に執った態度によって知れたのである。云い逃れは難しい。

木場は云った。

「善く解らねえな。あんたがたの裁量でこの事件が捌《さば》けるのかい。悪いが俺にゃあそうは思えねえ。俺の事件も咬《か》んでるしな。おい京極——」

黒衣の男は無言である。

碧の母はその横顔を注視している。

木場が動かないので荒野警部は津畠と磯部——と木場が呼んでいた刑事——に碧を連行するように指示をした。木場は意外と無抵抗だったが、碧は死人の衣をひしと抱き締め、総身を固くして抵抗した。刑事二人がさあ来なさい、と無理矢理碧の腕を取る。

「潔くなさい！」

恫喝《どうかつ》したのは母親だった。

碧は母を見た。

それでもまだ、綺麗な顔だった。

碧はその白面を荒野警部に向けて、

「こんなことをして、ただで済むと思うのですか」

と呪うように云った。

黒衣の男は酷く悲しそうにその虚勢を眺め、

「解らないようだな——」

と呟き、そして荒野警部の前に出た。

「——警部。僕は中禅寺と云います」

「——何者かね」

「拝み屋ですよ」

「因《ちなみ》に僕は探偵だ！」

荒野警部は苦苦しく探偵に侮蔑の視線を送る。

「――何だか知らないが民間人があまり出過ぎた真似をしないで貰いたい。先程のあれだって――何か根拠や確証があってやった訳でもないのだろう。結果的に上手く行ったから良いようなものの――」

――違う。

あれは確信犯なのだ。美由紀には判る。もしあの場に黒衣の男がいなかったなら、警察はどうやってあの場を収拾したと云うのだ？　犠牲者を出さずに済んだ訳がないのだ。人質騒ぎは杉浦に自殺を強要するために碧が仕組んだ狂言であることはほぼ確実だし、また杉浦が碧の云いなりでなかったのなら、

――碧が死んでいた。

杉浦か碧か、いずれかが命を落としていた筈だ。

警察はそこまでは読めていないのだ。

男は云った。

「嫌われましたね。警察の捜査を妨害するつもりはありません。ただその――」

男――中禅寺は杉浦を見た。

「――杉浦さんと、この碧君は、このままでは当分自供しません。僕の仕事が終わっていない。仕事をお引き受けした以上、僕はこの二人のどちらかだけでも救わなければならない。僕に――時間をください」

「意味が善く通じないが」

「警察の言葉で云いましょう。僕は事件に関わる、ある事実を知っている。それを皆さんにお知らせします。その場を作って戴けませんか」

「情報提供は歓迎するが――」

「但し条件がある。ここに居る関係者を全員集めてその場で情報を公開します」

木場がにやり、と笑った。

「警部さんよ、云っておくがこの男の云う通りにした方がいいぜ。こいつは祟り専門だからな。後が怖えぞ。おい京極、一時間もありゃあ片付くか？」

「どちらかひとりはね」

中禅寺はそう云って視線を昇降口に向けた。

視線の先には不思議な顔をした和服の男が、深深と頭を下げて畏まっていた。

その姿を織作碧の母は眉を顰めて見つめている。

美由紀は背筋が凍るような悪寒を覚えた。

風が冷たかったからだ。

警察は中禅寺の提案を受け入れることにしたらしい。

取り敢えずの事態の収拾を見て安堵したのか、或は柴田が強く同意を示した所為か。元元杉浦と碧の引き渡し問題に就いては、人質騒ぎの直前の段階でも決着がついていなかったらしく、結果的に両方が無事——生きたまま——司直の手に渡ったのであるから、これは良しとせねばなるまい。

杉浦隆夫。織作碧。そして荒野警部と津畠、磯部の部下二人。柴田理事長代行。学長と事務長、教務部長。木場刑事ともうひとりの東京の刑事。不思議な顔の男と童顔の男。銀縁眼鏡の気障《きざ》な男。探偵と拝み屋。そして——碧の母と美由紀。

警官や弁護士や学校職員を除いても、これだけの人数が狂態を繰り広げていた訳である。大人数を収容する場所として聖堂が用意されるようだった。先ず荒野警部を先頭にして、容疑者二人を囲む必要以上に大勢の警官達が大挙して移動した。木場が続く。学長や柴田は放心している。

中禅寺は景観《ロケーション》や建物自体を丹念に観た。美由紀はそれを暫く眺め、やがて屋上の場《ステージ》から降りた。

階下には碧の母がいた。彼女は娘が捕まったと云うのに、寧ろ不思議な顔の男の動向の方が気になる様子だった。男は婦人が注意を向けていることに気づいたのか、玄関口で婦人の側に寄り、深深と頭を下げた。婦人は上方を眼で示して云った。

「今川さん。あの方が——その」

「そうなのです。奥様の心中はお察ししますが、矢張りこのままでは埒《らち》が明かないのです」

「茜の意志ですか」

「そうではないのです。詳《つまび》らかにせぬと、行く末が歪むことがあるのです。現状とて、来方《こしかた》の秘事を根に持つ歪みなのです。ですから今、正しておくべきなのです。勝手乍《なが》ら碧お嬢さんも、命を落とすよりは逮捕された方が良かったのかと思うのです」

「それは私もそう思います」

婦人はそう云った。

そこで探偵が不思議な顔の男——今川に駆け寄って、何でお前がここにいる、いつ見ても変な顔だぁと馬鹿にしたので、婦人は一礼して校舎から出た。

美由紀もその後を追った。

「美由紀ちゃん——」

校庭には益山が佇《たたず》んでいた。三日程間をおいて、益山は何だか馴れ馴れしくなっている。

「ああ、中禅寺さん」

中禅寺が校舎を出た。拝み屋は射竦めるような鋭い視線で校庭を見渡した。その視線は堅牢なその壁や石畳さえ突き抜ける程に鋭利だった。中禅寺は眼を細め、短くほう、と感心したような声を発して、

美由紀は何故か慎重にその後ろに続いた。益山が追って来る。

中禅寺は益山の問いには答えず、石畳の上を滑るように進んだ。

「どう──どうなってるんです？」

と云った。

「凝った造りだ」

柴田と、惚けた顔の学長達が続いて出て来た。

黒衣の男は池泉の辺りで一度立ち止まり、周囲を再び見渡した。美由紀もまた見渡す。

無機質な石畳。涸《か》れて久しい噴水。

人気のない寮棟。個室棟。教員棟。

果樹園。温室。畑。厨房棟と食堂。

古びた校舎。巨大な聖堂。礼拝堂。

「礼拝堂と云うのは──あれだね？」

中禅寺は眼を凝らす。礼拝堂の不気味な浮彫《レリーフ》と象形文字の辺りでその視線は止まった。

「ふうん土占《ゲオマンシー》いか？」

中禅寺はそう呟き、聖堂に向かう列から逸《はぐ》れて、礼拝堂目掛け歩き出した。

「よ、読めるんですか」

「読めるよ」

——読めるんだ。

「何て書いてあるのです！」

「死にたくないとか金が欲しいとか——」

「え？」

出鱈目《でたらめ》か？　倹《つま》しくも正しき神の詞が刻まれているのではないのか？

「何ですって？」

「兎に角そう云う繰《く》り言《ごと》が延延綴《えんえんつづ》られている」

「本当に？」

「本当だよ。これが——星座の石かね？」

黒衣の男は天蠍宮《スコルピオス》の石板を発見し、その前で蹲踞《しゃが》み込んだ。

「トリスティア。悲しみ——大地」

「え？」

「何でこんなことするのかな。ああ、またあった」

金牛宮《タウロス》の石板。

中禅寺は片膝をつく。

「ロエティシア。喜び——風。何か操作したかった訳ではないようだな。これは飾りか？」

「何のことです？　それは——？」

中禅寺は矢張り問いには答えず、

「呉さん。君は呉美由紀さんだね？」

と尋き返した。

「はい——」

中禅寺はくるりと振り向いた。眉間の皺。狼のような眼。血の気のない不機嫌そうな顔。

「僕に七不思議と云うのを教えてくれないか」

——何を云い出すのだ？

不審には思ったのだが、美由紀は柔順に答えた。

「血を吸う黒い聖母、十三枚の星座の石、涙を流す基督《キリスト》の絵、開かずの告解室《こっかいしつ》、血の滴《したた》る御不浄、ひとりでに鳴る洋琴《ピアノ》、それから、十字架の裏の大蜘蛛」

「それは、それぞれどこにある？」

「はい。黒い聖母と云うのは——」

「それはこの礼拝堂の裏手なんだろう。それ以外のものはどの建物にあるのかな？」

「基督の絵は図書室の横の——」

「つまり校舎の中だね。図書館は向かって右だな」

中禅寺は校舎を見た。

「そうです。ひとりでに鳴る洋琴は教員棟に」

「教員棟？　音楽室ではないのだね？」

「はい。何故か」

「血の滴る御不浄は？」

「個室棟の一階の奥の御不浄のことです」

「開かずの告解室は聖堂か礼拝堂にあるのかな？」

「礼拝堂です。本当に開かないんですが、単に使ってない部屋なんだと思います。告解室なのかどうかも判りません。生徒は懺悔《ざんげ》などしません」

「そうだろうな。ここは基督教じゃない」

「え？」

あっさりと大変なことを云ったのじゃないか？

「十字架の裏の大蜘蛛は聖堂かな」

「そ、それは聖堂です」

「なる程。それなら黒い聖母は付け足しだな」

「付け足し？」

「そうだね。それから十三番目の星座の石と云うのも本来はなかったのだ。寮棟の——そうだな、一番左の建物に何か不思議はないかね？」

「え？　一番左端？　食堂寄りの建物ですか？」

それは美由紀の元居た棟である。

「ああ、そう云えば——階段が一段増えるとか云う話を入学した時に聞いた覚えがありますが」

その怪談話は、小夜子から聞いた。

中禅寺は、それだな——と云った。

「——不思議は本来その六つだろう」

中禅寺はそう結んで立ち上がった。

益山が駆け寄って、その前に回る。

「それ、どう云うことです中禅寺さん？　変ですよ。それじゃ六不思議になっちゃうじゃないですか」

「変？　変とは何だね。法律がある訳じゃなし、別に怪異の数なんて幾つだっていいんだから、六でも十二でも百でも一向に構わんだろう」

「だって、不思議と云えば普通七つでしょう？」

「そんなことはないだろう」

「三不思議とか五不思議とかはないでしょう？」

「それを云うなら益田君。この世には不思議なことなどは何もないのだよ」

——この世にゃあ不思議なことなどねえんだと。

祖父の言葉だ。

美由紀は中禅寺の顔を改めて見た。

中禅寺は片方の眉毛を吊り上げた。

「七を特別視する習慣は、多分そう古いものじゃないんだよ。幾つだっていいのだ。益田君」

黒衣の拝み屋は豪《えら》く面倒臭そうにそう云った。

益山は――中禅寺が益田と呼ぶ以上、益田が正しい名なのだろうが――とても不服そうな顔をした。

「そうですか？　でも慥か、そうだ、基督教の罪は七つじゃなかったすか？　ねえ、美由紀ちゃん」

美由紀はそうです、と云った。

中禅寺は、それはそうだが、原罪と不思議とを一緒にすることはないじゃないか――と云った。

「――日本で七が流行ったのは近世以降だろう。奇数の呪術と云うのは古来から慥かにあるけどね。七五三だの七夕《たなばた》だの七枝刀《ななさやのかたな》だの、基本は古いが、親の七光りも七変化も七曲がりも七つ道具も、そう古いものじゃないよ」

「でも七福神とか七観音とかあるじゃないですか。あれは日本のものでしょ？　随分古いんじゃあないですか？」

「そもそも七難七福と云うのは仁王経《におうきょう》の教えだから仏教だよ。七福神が成立したのも割と近年のことだしね。あれこれ顔触れに入れ替わりや変動があって、現在《いま》は概ね安定しているが、そもそも福禄寿《ふくろくじゅ》と寿老人《じゅろうじん》がダブルで入っている。これを同体と見做《みな》せば六福神だ。また、交代要員の弁財天《べんざいてん》と吉祥天《きっしょうてん》を両方数えれば八福神になってしまう。七観音だって本来入れ替わるべき准胝《じゅんでい》と不空《ふくう》の両方を勘定するから七つになっているだけで、元は六観音だ。七不思議だって同じなんだよ」

「でも六不思議ってのは聞かないです」

「聞かないよ。そんなものはない——と云うか、そう云う括り方、呼び方をしないんだよ。そもそも七つと云うのは数える呪術であって図形の呪術じゃないんだよ。ここに敷かれているのは図形の呪術だ」

「図形？」

「そう。例えば七曜紋《しちようもん》なんかは七を使っているが、あれは六角形の中心に一点加えて七なんだ。五角形六角形と云うのはあるが七角形と云うのは据わりが悪いからない」

「それが——」

「つまり——織作碧は案の定踊らされていたと、こう云うことだな」

解りません——と美由紀と益田は異口同音に云った。碧が踊らせているなら解るが、踊らされていたと云うのは、美由紀には納得出来なかった。

中禅寺は腕を組んで少し考えてからこう云った。

「そうだなあ。六つの不思議は六つとも、それぞれほぼ等間隔である。更に中央の泉からも等距離にある。これは六角形だと云うことだな。つまり――」

中禅寺は指で宙に六角形を描いた。

「――聖堂の十字架、寮棟の階段、教員棟の洋琴、これを結ぶとほぼ正確に正三角形が構成されるだろう――」

続けて六角の中の三点を結んで三角形を描き、

「――それから礼拝堂の告解室と個室棟の御不浄、それに図書室の絵を結んでも同じく正三角形が構成されるね――」

最後に同じように逆三角形を描いた。

「この六つの点は巨大な六芒星《ヘキサグラム》を作っている」

「六芒星？」

「そう。小宇宙の三構成体と相互貫通する大宇宙の三構成体、ソロモンの印章。或はダビデの星」

「ダビデの――星？」

「それが答えだ美由紀君。おい益田君」

益田はへい、と返事をする。

「そこの裏手から黒い聖母を持って来てくれないかね。何、そう重いものじゃない――」

「へ――？　聖母を――持って？」

黒い聖母を持って来る？

「厭なのか？」

「厭じゃないですけど――いいえ、厭ですよ鬼魅《きみ》が悪い。呪いの像でしょ。血を吸われる」

「馬鹿か君は。心配ないただの木片だ」

まるで神性を認めていない。益田は泣き顔を作って美由紀に示し、気持ち蒼くなって横道に入った。

聖堂から中禅寺を呼ぶ声がした。

「さあ行こう。君の事件を終わらせよう。君は一日も早くこんな蜘蛛の糸からは逃れるべきだ」

中禅寺はそう云った。

警官が固める入口を這入る。

この建物も堅牢である。やけに装飾的《デコラテイブ》な柱と、矢張り美由紀には読めない文字が記された壁。曲面《アール》を描く天井には大きな飾り燭台《シャンデリア》が下がっている。正面には、生徒が祭壇と呼んでいる――正に祭壇としか云いようのない――大きな扉型の装飾。その前には十字架。さらに、祈りの台と呼ばれる講壇がある。

並んだ椅子には壊れかけた大勢の関係者達が、実にだらしのない歯抜けの列で疎《まば》らに腰掛けていた。

最前列には四名の警官に囲まれ、縄を打たれた杉浦。その真後ろに荒野警部。少し離れて二名の刑事に挟まれた碧。碧の母は娘から大分離れた隅の方に居た。

その斜め後ろに柴田と学院関係者。今川と東京の刑事らしい男は固まり、木場だけは離れて真ん中に陣取っている。

探偵は居なかった。

中禅寺は全員を見渡して、かつかつと音を立てて講壇の前に立った。十字架を見上げる。

「君――何をするのか知らないが――」

「さあ始めましょう」

黒衣の男は荒野警部の言葉を遮る。

善く通る声は善く反響する。

「ここに集まっている皆さんは、この学院で起こった連続絞殺事件と、千葉と東京で起きている連続目潰し殺人事件と云う二つの事件に関わる方方です。この二つの事件は複層的に列を為し或は点を接ぎ、ある時は影となりまた前に出て、眩まし合い、照らし合って関わっている――」

美由紀は目潰し魔事件を善く知らない。

「――勿論この二つは俯瞰《ふかん》するなら同じ事件です。しかし人の視線に下げて見る限りは、個個の事件でしかない。だからあなた達の見聞きしたものは凡て真実《リアル》です。而してその真実は互いに相殺《そうさい》し合っている。先ずそこを念頭において戴きたい」

まるで講義を聞いているようだった。

「――なぜならその構造を把握し切れない者にとっては、これから僕のお話しすることは単に関係のない話にしか思えない筈だからです。目潰し魔を追いかけている捜査員にとって、例えばこの杉浦さんの話は無関係もいいところだ。この人は目潰し魔とは関係ない。しかしこの人を外すと目潰し魔事件には穴が開くのです」

荒野は何か異を称えようと云う素振りを見せたが取り敢えず黙った。

中禅寺はその顔色を読み、

「僕は無関係なことも必要のないことも云いませんが、少しばかり理解力の劣る方には退屈な昔話、或は無関係な蘊蓄《うんちく》にしか聞こえない。その場合は已《や》むを得ませんが――」

と、先制攻撃をかけた。

この場合、予めそう宣言しておくのは有効だろうと美由紀は思う。これで、解らなければ解らない方が馬鹿なんだ――と、学院の連中や一部の刑事達は――思うしかない。彼等は見栄や自尊心は人一倍強いのだろうから、解ろうとして必死になる筈だし、解らなくとも知ったか振りくらいするだろう。

いずれ静かになる。

――要するに裸の王様のペテン師の手口なんだ。

美由紀は納得する。

「先ず――この学院で起きている事件を整理してみましょう。この学院には悪魔を崇拝する少女達が居た。彼女達は黒弥撒《ミサ》と称してふしだらな儀式を行っていた。これはほぼ事実と思われます――」

学長達は不服そうだったが、発言はしなかった。

「――儀式の一部である性行為――これが少女売春です。その儀式を続けて行く上で、支障になり得る対象が発生した。その対象が次次目潰し魔によって殺害されて行き、そしてそれはある時点で、スライドする形で絞殺魔に引き継がれた。これがこの事件のひとつの形です」

「待ってください」

柴田が発言した。

「僕の知る事実は違います。悪魔崇拝主義者が校内に居たことは認めましょう。しかしそこに居る杉浦君は、渡辺小夜子君の遺恨を晴らすため、また、彼女を恐喝した者を成敗するために殺人を犯したと僕に証言したんです。渡辺君が私怨を晴らすべく悪魔崇拝者に接触することを避けるために行ったと、彼は明瞭《はっきり》と自白した。あなたの今のお話では、絞殺魔はその悪魔崇拝者のために殺したと云うことになっています。それは――」

「そこが——問題なのです。思うにそれはどちらも正解です。渡辺さんと蜘蛛の僕の利害関係は一致していたと見るべきでしょう。そして、杉浦さんが殺人に至るまでの経緯は、多分本筋に全く関係ない」

「本筋とは何ですか？」

「ここに本人が居るのですから、尋いてみるのが早いでしょう。杉浦さん。あなたが本田幸三、織作是亮、渡辺小夜子を殺害したのは——本当ですね？」

答えない。息遣いだけが響く。

「どうして殺したのです？　殺していませんか？」

息遣いは啜《すす》り泣きに転じ、うう、と唸《うな》る声が聞こえた後、杉浦は殺しました、と云った。

「何故です？」

「それは——」

「云えないのですね」

「はい——い、いえ」

「柴田さんに話した通りだと？」

「——そうです。あ、あの人の」

「小夜子さんのために？　では何故小夜子さんまで殺したのです？　その手で、その指で、あなたは小夜子さんの頸を絞めた。骨を砕《くだ》いて拗《ねじ》切って、捻《ひね》り殺したのでしょう？」

「は——は——はい」

中禅寺は杉浦の前に立つ。

そして顔を寄せる。

「いいでしょう杉浦さん。事件の話は一日置いておきましょう。そして、そう、昔話をしましょう」

杉浦は胡乱《うろん》な顔を上げる。知性の宿らぬその濁った瞳を、黒衣の男は鋭利な視線で直視する。

「僕は——あなたに就いての情報をある程度持っています。あなたは小学校の教員だったそうですね。志の高い教育者ではなかったが、どこにでも居る有り触れた教師だと自分では思っていた。実際可もなく不可もない凡庸な教員だったと配偶者の美江さんは証言している。それに就いてはどうです？」

「それは——」

杉浦は口籠り、中禅寺から眼を逸らした。

横顔が美由紀の眼に晒《さら》される。

——小夜子を殺した男。

不思議と悪感情は湧かなかった。

大分間をおいて、杉浦は呟くように云った。

「――そうだったかもしれませんが、でも、それも矢張り奢《おご》りだったです。私は幼子にも劣る、愚鈍な人間だったです。そうなんです」

その理由を伺いましょう、と中禅寺は云った。

「ある日――もういつのことだったかも忘れましたが、私は学校に行けなくなりました。上手く説明できません。子供達は無邪気だし、可愛いらしいとは思いますが、でも今でも学校は怖いです」

「職場が、学校が怖い――何故ですか？」

「何故？　急に子供達が恐ろしく思えて」

「可愛いらしいのに恐ろしいのですか？」

「怖いのは学校ではなく子供等です。私はきっと自分に自信がなくなったのです。自分のような愚劣な人間に、幼子を育て指導し教育することなど出来ましょうか。己に自信があって初めて、こうしろああしろ、斯《かく》あるべしと云えるのではないですか。一挙手一投足が子等の規範となるような、私はそんな立派な人間ではないです」

「自分が劣った人間だと思うのは楽なことです。それは普《あまね》く云い訳に過ぎない。劣っているから仕方がない、出来ぬものは出来ぬ――弁解だ――」

――悪魔だ。弁が立つ。

探偵の云った通りだ。

「――それに、怖いと云うのは実は漠然とした表現ですね。負《マイナス》の感情は皆、怖いと云う言葉に収斂《しゅうれん》してしまいます。もっと、具体的に教えてください」

「そう――云われましても――」

「例えば危害を加えられるとか」

「そう――です。身の危険を感じたのです。子供達は僕の頸を絞めた。遊びでしたが、苦しかった。でもこれは普通善くあることです。それが堪えられなかった。ですから僕は矢張り劣った人間なのです」

「また劣っているですか。しかしそれはどうでしょうか。悪意や殺意がないのなら、幾ら幼児でも止めてくれと云えば止めます」

「――止めなかったんです。止《よ》せ、止めろと云ったんですが、通じなかった」

「通じない――なる程それですね。恐怖の正体は」

「え？」

杉浦は考えているようだ。

そして、至ったらしい。

「ああ――そう――なのかもしれません。言葉が通じないと解ったその瞬間、気持ちも全く伝わらなくなって、私は、子供達が解らなくなって、途端に無上の恐怖に駆られたのです。子等《こら》が皆、言葉の通じぬ異形《いぎょう》に見えて、私は何人もの生徒を殴り倒して遁走《とんそう》しました」

「そうですね。あなたは言語による意志の伝達が不能になったと確信して不安に陥《おちい》ったんでしょう。そして——逃げたのですね？」

「はい——文字通りの遁走です。子供から、学校から、妻から、世間から、自分から、世界の凡てから私は逃げたのです。妻は私を職場に復帰させるべく誠心誠意努力してくれましたが、そもそもそう云う問題ではなかった。私は教師を失格したのではなく人間を失格したのです。妻が滔滔《とうとう》と正論を称えれば称える程、私は自信を喪失して行きました——」

美江が表情を強張らせた。己のことである。

杉浦は、いつの間にか饒《じょうぜつ》舌になっている。

これがこの男——拝み屋中禅寺の使う技なのだろう。しかも——既に話題は殺人事件から遥かに離れているのに、誰も文句を云う者はいない。

——これが狙《ねら》いだったんだ。

拝み屋と云うからにはお祓《はら》い憑物落としが仕事なのだろう。

仕事が終わっていないのだ——と、最前も彼は云っていたのだ。

拝み屋は語った。

「あなたはコミュニケーション不全を理由に子供達を遠ざけた。恐怖と云う感情は対象と接触することで生まれる不快を忌《き》避《ひ》する、或《あるい》は忌避したいと云う感情のことです。しかし、あなたはその不快を与える対象を大人にまで広げた。その——理由を聞かせてください」

「それは解りません。それは私が単に社会に不適合な人間だからではありませんか。私は所詮——」

「最初に云ったでしょう。卑下することは逃避であって説明ではない。それでは質問を変えましょう。あなたはいつから大人になったのです？」

「え？」

「子供と大人を分つ境界は、どこにあるのです？」

「そ——れは」

「あなたは、忌避するべき対象を明確に設定出来なくなってしまったのではありませんか。あなたは、まず基準を見失った——」

杉浦は暫く沈黙した。

そして小声で、そうです、と云った。

「あ——あなたの仰る通りです。子供と大人の境目を私は見失っていた。否、それだけじゃないです。私はあらゆる基準を失ってしまったのです——」

杉浦は堰《せき》を切ったように言葉を吐き出した。

「慥かに私は悩みました。高高数年長く生きていると云う、たったそれだけのことで、自信満満に子供を叱ることが出来るものですか？　子供と大人では大人の方が偉いと云う、無条件の特権がなければ、そんなことは出来ないです。それならば——」

杉浦の語気が荒くなる。

「——その特権は何を基準に与えられるのですか。それが解らなくなると——凡てが解らなくなりました。例えば男と女はどちらかが偉いのですか？　そうだとしたらそれは男だと云う、または女だと云うだけで与えられる特権なのですか？　私は男は斯《かく》あるべしと教わった。しかしどう見たって——」

杉浦は振り返り、美江を見た。

「——妻の方が人間としては数倍、数十倍優れていました。妻は社会に参加し、自立していた。ならば男の特権とは何です？　そして社会とは何です？　働いている者の方が働いていない者より偉いのであれば、金持ちは貧乏人より偉いと云うことになる。しかし、社会に貢献することにどれ程の価値があると云うのです？　私には解らなかった！」

杉浦は警官の手を振り解いて立ち上がる。

「教えてください！　自分と世界を分つ境界と云うのはどこにあるのですか？」

中禅寺は云った。

「そんなことも解らないのですか」

「そ——そんなこと誰も教えてくれませんでした。国のため陛下のため死ぬことだけが美徳だと、ただそれだけを教わって、戦争が終わるとこんどは金を稼げと云われた。経済的に自立することが社会人の条件で、社会に適応できぬ私のような者は人間の屑なのです！」

拝み屋は、解りました、あなたはどうしても屑になりたいようだ――と云った。

そしてゆっくりと、

「――屑のあなたを捨てて美江さんが去り、あなたはひとりになった。そして杉浦さん、あなたはあの娘――柚木加菜子《ゆずきかなこ》と出会ったのですね？」

と、低く、確実な発音で云った。

「お、おい京極！」

木場刑事が立ち上がった。

「説明しろ！　真逆去年の事件と――」

「ああそうだ。あの事件がなければこの事件はなかったんだよ木場修」

木場は何だとお、と吠えるように云った。あの事件とは何だね、と荒野が尋いた。拝み屋は答えた。

「武蔵野連続バラバラ殺人事件ですよ。柴田さんは善く御存じでしょう」

「し、知っている。しかし何故あの娘《こ》が――」

「杉浦さんの家は柚木家の隣家なんです。そうですね？　美江さん」

「そう――です」

「一寸待て。その事件の詳細を私達は知らない。警察内部でも箝口令《かんこうれい》が布かれている！　千葉本部は蚊帳の外だ。まるで解らん！」

「事件の概要を知る必要はありません。去年の夏にそうした事件があり、その事件にここに居る人間の何割かが関わっていたと——それだけ知っていればいいことです。僕も、榎木津も、木場刑事も青木刑事も、益田君も増岡弁護士も、勿論柴田さんも——そして、杉浦さんもそのひとりだった」

中禅寺は杉浦の側から離れた。

「ただ杉浦さんは表立って事件に関わった訳ではないんです。僕を除いて、今名を挙げた者は悉《ことごと》く柴田財閥顧問弁護団製作の報告書に名前が載っている。しかし杉浦さんは出ていない。彼は覗き視《み》ただけなんです。隣の家を——」

杉浦は立ったままである。

「——そして加菜子さんを知った。そうですね？」

「あの人は——子供ではなかったが、大人でもなかった。子供ではないから怖くはなかったし、大人ではないから煩《わずら》わしくなかった。のみならず、あの人は女でも、男でもなかった。ただの——美しい人間でした。あの人は属性が曖昧だったのです。私は、丁度その頃美江に去られ、対人恐怖は日増しに酷くなり、食事も摂《と》れない有様だったです。私は己を拒絶しないあの人に興味を持った。そして——」

「そしてあなたは偶偶《たまたま》、加菜子さんが頸を絞められているところを目撃してしまった——のですね？」

「何故あなたはそんなことを知っている！」

杉浦は初めて泣く以外の表情を見せた。

中禅寺は――初めてにやり、と笑った。

――感情が。

杉浦隆夫に感情が戻って来たのだ。驚きや悲しみや発見や――そうした自己遍歴《へんれき》を重ねることで、徐徐に人格を取戻し始めているのだろうか。鴉《からす》の濡羽《ぬれば》の如き色に染まった闇の案内人は、杉浦の席の後列に回り背後から囁いた。

「どうでした？　杉浦さん。見たのでしょう？」

「見――見た」

「それはどんな光景でした？」

「し――白い、細い頸に靭《しなやか》な指が食い込んで」

「それで、どうなりました？」

「そ、その人は踠《もが》き苦しんだ」

「本当に苦しんだのですか？」

「苦しい――と――云うより」

「と、云うよりも？」

「こ――恍惚《こうこつ》の――」

「死んだ、と思いましたか」

「死んだ――と思いました」

ずっと無為で無気力で無表情だった杉浦の顔が上気している。

絶対に死んだ、殺されたんだと思いました――杉浦は弛緩していた眼を見開いてそう云った。

愉《たの》しそうだった。

「しかし」

中禅寺はその愉悦《ゆえつ》をぴしゃりと止めた。

「しかし彼女は生きていた。それは彼女に愛憎半ばの感情を抱く家人の戯《たわむ》れに過ぎなかったんです。そうだな木場修――」

「俺に尋くなボケ」

木場刑事はどうやらその事件に激しい思い入れを持つ人間であるらしい。

美由紀のような鈍感な小娘にも、そのくらいは察しがつく。

「あなたは追い詰められていた。大人と子供。男と女。社会と個人。差異を階層に置き換え、その階層構造を崩壊させてしまったあなたは、彼女にひとつの結論を見出した。彼女の存在はあなたを救った」

中禅寺は杉浦の背後から畳み込むように言葉を送りつける。

「あなたは、女学生に命を救われた——と、柴田氏に語ったようだが、それはその事実を指しているのでしょう。大人に成り切れぬ子供。子供とは呼べぬ程に女。だが女と云うには余りにも幼く、勿論男では決してない。一人前に世間を語り、地面に確乎《しっか》りと立って、独りで生きてはいるが、生産力も経済力もない。属性の曖昧さは無境界《ボーダーレス》を予感させる。それは彼女が徹底して境界的《マージナル》な存在であるが故の境界の無効化です。そして彼女は、普通は越えられぬ一線をも越えてしまった——」

「越えられぬ一線——」

「生と死の境界です。殺されても尚彼女は生きていた。生《エロス》と死《タナトス》の狭間に、あの娘は居た」

——生者と死者のけじめをつけに来たのです。

この男は最初にそう云った。

——人は殺せば死ぬのです。

そうも云っていた。

「あなたは境界を見失ったのではない。境界線上に立っていたのです。あなたは大人と子供、女と男、社会と個人、生と死——そのどちら側にも行かず、真ん中に立ち続けていた。柚木加菜子の呪縛を受けて」

「境界に——立っていた？」

ならば境界は見えまい。

「あなたが何故そんなところに立つことになったのか、それは一日置いておきましょう。あなたが神聖視していた加菜子さんは、あなたに対して何を託宣したのですか？」

「あの人は――」

杉浦はもう拝み屋の思うままである。

「あの人は自分の頸を絞めたのは母親だと云ったのです。あの人の母と云う人は疾《と》うの昔に亡くなっているのに――」

ぞっとした。

「――あの人は私にこう云った。着物から出る手は母さんの手――冥界から伸びる死んだ女の腕――」

なる程、善く出来た話です――拝み屋は冷ややかに云う。死人の衣から出る手は凡て、冥界からの女の腕――女の腕？　女――。

「それであなたはそれを理由にした訳だ」

「理由――？」

童顔の男――これもどうやら刑事――が尋いた。

「それが、その人が凶行に及ぶ際に女物の着物を纏っていた理由――なんですか？」

「表向きのね」

「表向き？」

「誰かの言葉を借りれば、抑圧された深層を解放するための聖具《アイテム》——とか云うことになるのだろうが、そう云う野暮天な解釈を僕は好まない。いずれ杉浦さんは隣の少女を通じて女物の着物、女学生、そして絞殺と云うキイワードを手に入れたことは間違いない。更に不安定で切迫した精神状態の中、死の絶対性は揺らぎ、死ぬこと殺すことの意味も希薄になって行った——その点は考慮しておくべきでしょう」

杉浦は黙している。己のことが評されている。

「まあそれはいいでしょう。それ以降の杉浦さんの動向は柴田さん以下学院側が得た情報通りで間違いない。あなたの精神は一時期快方に向かったものの、救世主たる隣家の娘を失って再び均衡を崩し、あなたは小金井の家を出奔する」

「幻覚を見ました。否——あれは幻覚じゃない。白い腕が、するすると出る。子供の手か、母の手か、女の手か——」

「それは女の手です。なる程あなたは、かなりやられていた訳だ——そしてあなたは浅草の秘密倶楽部で川野弓栄と出会い、川野を通じて蜘蛛の僕の許に遣わされた。そして——事件が起きる。あなたは本田教諭を殺害し、織作理事長を殺害し、渡辺小夜子さんを殺害して、海棠氏を襲い——捕縛された」

「はい」

「あなたは、川野弓栄の所業に腹を立てたと云う」

「許されないことだと思いました」

　杉浦は知性を取り戻し始めている。

「――先程あなたが仰ったように、私が今、こうして生きていられるのは、あの人のお蔭なのです。私にとってあの人と同年代の女性は、神聖なものだった。それが売春など――だからあの淫婦が死んだと聞いた時は溜飲《りゅういん》が下がりました」

「しかし、そう云う割りに、あなたは弓栄の云いなりになっている。それは一説には、弓栄が加虐趣味者《サディスト》で、あなたが被虐趣味者《マゾヒスト》だったから――と聞きましたが？」

「私は劣った人間です。あなたは、私がそう云うと逃げているんだと仰るが、それは現実から逃避しないと呼吸も出来ぬ程、私が劣った人間だ、と云うことなのです。私は人間の屑だ。社会の塵芥《ごみ》だ。あの女はそれを見抜いて、私を引き取った。苛められる度、私はそうした劣った自分を再確認し、そうすると安心しました。学院に来たのは、慥かに売春の手引き役ではありましたが、半ば自暴自棄な行動でした。だから川野弓栄を裏切ったと云う認識はありません」

「なる程――あなたはこの学院に来てより完璧な飼い主に遭遇したと――こう云うのですね。新しい飼い主はあなたが崇拝する少女。しかも悪魔崇拝主義者となれば加虐《サディズム》も筋金入りだ。でも変ですね。あなたはそんな彼女達と接して、崇拝する偶像の堕落を感じなかったのですか？　僕の知る柚木加菜子――あなたの聖少女は、少なくともそんな娘じゃないが」

中禅寺はゆっくりと視線を送る。

その先には碧が居る。

碧は下を向いてただ何かに堪えている。

「——あなたが仕えていたその少女の名を、あなたはまだ——云えないのですか」

「それだけは——云えません」

——杉浦は絶対に自白しない。

「それならそれでいいでしょう。ただこの問いには答えてください。あなたが接触したのは、蜘蛛の僕の同志十三人のうちの、ひとりだけですね？　残りの同志達の名前は、本当に知らないのでしょう？」

「そ——それは」

「大本である川野弓栄も、名前を知っている少女はひとりだけだったのではないか——と、僕はそう考えている。弓栄は売春行為の斡旋《あっせん》はしていたのだろうが、その際も別に本名を知る必要はない。蜘蛛の僕にしてみれば、神を冒瀆すると云う目的のためにそうしたことを行っているのだから、指名して貰おうなどと考える訳がないし、名は伏せていたのではないだろうか。何しろ、彼女達は金すら取らなかったのです——」

ひとり。

それは——。

「——だからあなたは蜘蛛の僕と云う組織の飼い犬になった訳ではない。その中心人物専用の番犬になったのではないのですか？　そしてその人物はひとりだけ売春行為を行っていなかった——違いますか？」

そんなことがあるか？　碧は——。

「——根拠はある。魔女を侍《はべ》らせ踊らせる中心人物は、魔女ではなくて悪魔の筈だ。魔女は悪魔の使い魔です。だから淫らなことをして悪魔を喜ばせるが、悪魔はわざわざそんなことをせずとも、存在自体が既に冒瀆的なのです」

——私は、

——祝福されずに生まれて来た悪魔の申し子。

碧は慥かにそう云った。だが——。

「蜘蛛の僕とは——つまりその悪魔たる中心人物の下僕達の集まり、と云う意味なのでしょう。その人物は蜘蛛を名乗っている訳です」

「中禅寺さん——それでは——」

「早まるな青木君。その娘は本物の蜘蛛じゃない。蜘蛛を標榜《ひょうぼう》しているだけだ。如何《いかが》ですか杉浦さん。名前を云わずとも答えられます。あなたはその娘しか知らないのですね？　そしてその——」

「仰る通りです。その人は純潔だった！」

「なる程。それでいい。宜しいですか杉浦さん、あなたは男も女も嫌いなのです。あなたが唯一存在を許容するのは男でも女でもない、少女だけだ。その少女を陵辱する本田教諭は、あなたにとって殺しても余りある程の嫌悪すべき対象だった。だから、ただ痛めつけろと命令されたのに殺してしまった――」

「痛めつけろだと？　おい君、何故そう云う命令だったと解るんだね？　まるで見て来たようなことを――」

荒野警部はそう云ったが、それは真実である。

ただそれは美由紀だけが知っていることの筈だ。

黒い男は鼻で笑った。

「簡単なことです。あの屋上の茶番劇は小夜子さんと、そこに居る美由紀さんを脅し、麻田夕子さんを殺害するために仕組まれたものだ。本田は餌です。殺すことはない。気絶させるか目隠しでもして縛り上げておけばそれでいい。無駄な殺人が如何に危険か、それくらい中学生でも知っている。事後工作の用意はあった。そうですね杉浦さん――」

杉浦は頷いた。

「本来は三人を屋上に誘い出し、本田教諭の姿を見せて動揺させ、如何様《いかよう》にもできるぞ、と云うことを誇示した上で、麻田夕子さんを突き落とす――否、突き落とさせるかな、そう云う台本だったのでしょうね。小夜子さんの投身は不測の事態ですね」

「しかし君、そんな、屋上になんかどうやって誘い出す！」

「簡単ですよ。何等かの手段で屋上に本田が居ると告げればいい。まず行くでしょう。実際は飛び出した小夜子さんに――直接告げたのでしょうね」

小夜子が飛び出した時、階段の踊り場には碧が居た。

碧は小夜子と擦《す》れ違い様に、小夜子が屋上に行くよう何か告げたのだ。あの幼い声で。

美由紀の動悸が徐徐に高まって行く。

「あなたは本田を少女の敵と見做《みな》して殺害した。だから――本田殺しに就いて云うなら、小夜子さんのために行ったと云うあなたの発言もそう外れている訳ではない。しかし、そもそも小夜子さんと美由紀さんの話を立ち聞きし、御主人様にご注進したあなたが、小夜子さんのためと断言するのは如何なものか」

――杉浦が――密告を？

ならば。黒い聖母――杉浦は最初から最後まで、小夜子の味方だったことはただの一度もなかったことになる。小夜子はただ勘違いをしていただけだ。

――小夜子のためじゃなかった。

それでは――小夜子は浮かばれぬ。

「あなたは本田と揉《も》み合ううち、憎悪の気持ちが昂じて、衝動的に殺してしまったのですね。あの着物を着ていた――その所為もあるのかな？」

杉浦は多分、気配だけで碧を観ている。

顔を向けることはなかったが、彼の意識は碧の居る方向に集中している。美由紀にはそう見えた。

「あの着物は――」

今、碧が抱えている死人の衣のことである。

「――あれは死んだ女の着物だと聞いています。袖を通すと、自分が自分でなくなったような、否、本当の自分に戻ったような高揚感《こうようかん》がありました。私は渡辺と云う生徒のためと云うより、あの人の仇を討つような気持ちであの男を殺したんです。少女を嬲《なぶ》りものにする奴など――許せなかった」

「そうですか――」

中禅寺は哀れむような表情を作った。

美由紀は思う。少女を嬲りものにする下劣漢を成敗したその腕は、日をおかずに少女の頸にかけられているのだ。これは矛盾ではないか。しかし、その腕は数日後自ら殺害するだろう少女の命を救ってもいるのである。ならば、小夜子を思う気持ちも、

――少しはあった――と云うことか？

しかしそれも違っているらしかった。

中禅寺は一層冷酷に語った。

「――あなたは本当は落ちて来る麻田夕子さんを受け止めるつもりだったのではないのですか？　逃走中に偶偶自殺者が落下して来たと云うのは都合良過ぎる。杉浦さん、あなたはあなたの飼い主が殺人者にならぬように、突き落とされた夕子さんを受け止めようとして待ち受けていた。違いますか？　しかし落ちて来たのは意に反して小夜子さんだった。連続して夕子さんが落下して来る。本来助ける筈だった夕子さんは、あなたの眼の前で墜落死した。幾らあなたでも、二人は受け止められないでしょう」

――そして、小夜子は勘違いをした。

愚かだ――あまりにも愚かな誤解だ。

「――そして二人目。織作是亮氏です。彼はどこからか売春の情報を仕入れていた。当然邪魔者です。そこで――あなたの飼い主は本田殺しの腕を買ってあなたに殺害命令を出した。これは小夜子さんの望みでもあった訳ですが、しかしこれも小夜子さんのために、と云い切るのはどうでしょうか――」

――小夜子のためじゃない。全然違う。

小夜子は美由紀のためにと云ったのに。

「――杉浦さん。あなたが証言した通り、あなたは校庭で是亮さんが美由紀さんに暴行を加えるところを目撃した。そして後を追った。それはそうでしょう。しかしあなたは後を追ったのではなく――」

中禅寺はそこで屹度《きっと》碧を見た。

「――直接、指令を受けに行ったのではないのですか。あるいは報告しに行ってその場で殺人を命令されたのかもしれない。僕はそう思う。それでなくては辻褄が合わない。あなたの御主人はその前後学校に居なかった、、、、、のですから」

杉浦は碧に理事長の動向を報らせに走った。

そして、それなら殺せと命令されて――殺した。

――小夜子なんか全然関係なかった訳だ。

美由紀は、何だか無闇に腹が立って来た。

「そして――小夜子さんの番だ。あなたは、その日の朝、買い出しと称して学院を抜け出した。そして飼い主から小夜子と海棠を殺せと云う指令を受けた」

美由紀が海棠に責められていた時分のことだ。

美由紀の動悸が激しくなる。

小夜子が可哀想でならない。

「指令を受けたあなたは学院に戻って小夜子さんを呼び出した。既に純潔でなくなっていた、、、、、、、、、小夜子さんは、もうあなたの崇拝する少女ではなくただの女だった。それはあなたにとって寧ろ少女の清らかな躰を自ら褻《けが》した冒瀆者でしかなかった。だから――」

「待ってよ！」

美由紀は立ち上がり、かつかつと踵を立てて杉浦の前に立った。中禅寺は止めなかった。

「ひと言云わせてください。あなたは小夜子が処女ではなかったから殺したの？　本当にそんな馬鹿な理由で、私の大事な友達を殺したの？」

杉浦は視線を下げて暗い眼をした。

左右の警官が慌てている。

「答えてよ！」

「そうです。あの娘は神聖な少女じゃない。汚らしい女だった。だから――この手で殺したんです」

「馬鹿ッ！」

美由紀は杉浦をぶった。

やっと憎しみが湧いた。この男は操られていたのではない。自分の意志を以て小夜子を殺したんだ。小夜子は死んでしまった。柔らかくて腰のない赭髪《しゃはつ》も、丸みを帯びた肩の線も、もう二度と見ることも触ることも出来ぬ。

小夜子は死んでしまった――。

――この喪失感をどうにかしてくれ！

美由紀は蹲《しゃが》み込んで、おいおいと泣いた。

中禅寺がその横に立って云った。

「杉浦さん。あなたは常にそうして女性を蔑視しているのです。一発ぐらい殴られても仕方がないでしょうね。美由紀君。もういいだろう」

――女性蔑視？

「柴田さん。聞いた通りだ。杉浦さんは嘘を吐いた訳ではない。自白通り、動機は小夜子さんのためでもあり、悪魔崇拝者に命じられたからでもある。だが矢張りそれは自発的に行われたものなんです。杉浦さん。あなたは、あなたの意志で殺したのです」

「そ、そうです。私は、私の意志で殺しました。私は人間の屑です。虫螻蛄《むしけら》です。薄汚い豚です――」

――あの男は蟲。

――役立たずの地蟲よ。

「――私は人殺しです。私は劣った、駄目な人間なんです。申し訳ありません。申し訳ありません、申し訳ない――」

「いい加減になさい杉浦さん！」

中禅寺が一喝した。

残響が残った。

「あなたはそうして自分を貶《おとし》めることにそろそろ嫌気が差している筈だ」

「嫌気？」

「そうでしょう。だからさっきも——人質を本気で殺そうと思っていたのでしょう？　この娘とてもう神聖な少女なんかじゃない、人殺しだ、自分と同じ人間の屑だ、屑に蔑まれる謂《いわ》れはない——と」

「ち、違う。その人は——」

杉浦はちらりと碧を盗み見た。

「——ただのひ、人質だ、す、すまないことを」

汗。震え。畏れ。

「無関係だと云うのですか？　杉浦さん。あなたは虫でも犬でも、醜い豚でもない。あなたがそうして自己を誹謗することは、女性性に対する冒瀆とも取れるのですよ！」

「女性——性？」

杉浦は何かを思い出したような顔をした。

美由紀は手で涙を拭って立ち上がり、講壇の横に移動した。女性だの蔑視だの云う言葉に反応してか美江がゆっくりと立ち上がった。

「隆夫さん——」

美江が声を出す。

中禅寺は美江の横に立った。

「この美江さんはあなたの配偶者ですね」

杉浦は酷《ひど》く狼狽《ろうばい》した。

「そうです――否、違います。そこに居る美江さんは私の妻だった人です。わ、私のような愚劣な人間と添った所為で大層迷惑をかけてしまった。厭な思いもしたことでしょう。それを思うと、心苦しいです。まともに顔が見られません。本当にすまないと思っています。その人には何の罪もございませんから、どうぞ、か、勘弁してやってください」

「隆夫さん！」

中禅寺は動こうとする美江を押えた。

「それは解っています。美江さんも承知だ。しかしあなたの配偶者はあなたがそうやって己を愚弄することを喜ばない筈です。なぜなら――」

中禅寺はそこで扉の方を見た。

「――あなたが自分を卑下する本当の理由は――あなたが女は男よりも一段卑しきものだと云う差別的且つ前時代的な認識を強く持っているからに外ならないのです。加えて、あなたは自分の中に押え難い女性性を認めている。女は卑しい、自分は女のような性質を持っている、即ち自分は卑しい――と云う馬鹿な図式が、あなた自身を不当に縛り、貶め、苦しめているのです。あなたは本来被虐趣味者などではない。あなたは――」

バンッ、と音が響いた。

「お前は女装の変態だ！」

扉が開け放たれ、そこに探偵が立っていた。

杉浦を指差している。

「お前は女になりたくってなりたくって仕様がない男だッ。世間では変態と云う。しかしだからと云って恥じることなどないッ！」

探偵が大きな音を立てて戸を閉めた。

益田が戸口に控えているのが見えた。

杉浦は振り返り、子供のような顔でその仕草を見た。そして躰の向きを直して一同を眺めた。探偵は大股で歩き乍ら、尚も続けた。

「女装したければ着ればいいし化粧したければ塗ればいいのだ馬鹿者。そんなことをして気が済むうちは陽気な変態だ！　誰だってしている！　陰間だって衆道《しゅどう》狂いだって立派に生きているんだ！」

探偵は大声でそう結び、最前列真ん中の席に落ち着いた。杉浦はまるで魂が抜けたかのように大きく眼を見開き、口を開けて放心した。

「そうです。あなたの本性はこの男が今云い中《あ》てた通りだ。あなたは謹厳実直な人だ。雄雄しくあれ、逞しくあれと云う戦前の教育を真に受けて、そのまま何も疑わずに生きて来た。だからあなたは自分の中に多く存在する女性性を黙殺した。それでもそれは消えなかった。女になりたくともなれぬあなたは、卑しく己を貶めることをしてそれに代えた」

「ああ――」

「あなたは本当の自分を隠蔽することに長年執心して来た。女性性を覆い隠し、世間にそれを気づかせぬために、多くの方法を習得した。態度、習慣、嗜好、そして言葉。あなたは真実のあなたを糊塗するために多くの言葉を費やさねばならなかった。だからこそあなたは、言葉が通じないことから来る恐怖感を、誰よりも強く感じた。言葉と云う衣を剝してしまえば、あなたは恥ずべき男――劣等者でしかなかった――」

甲《かん》。

拝み屋が足を鳴らした。

「世界と個人を分かつ境界は運動――経験です。弛《たゆ》みなき経験を重ねることだけが境界を明瞭にする」

甲《かん》。

「大人と子供の境界は呪術――言葉です。現実を凌駕《りょうが》する言葉を獲得した者こそを大人と云うのです」

甲《かん》――。

「あなたはなぜ加菜子さんの呪縛の下、境界線上に居続けなければならなかったのか。答えは簡単だ。あなたは元元男でも女でもない境界上の住人だったからです――」

黒下駄の音が響く。

「杉浦さん。あなたは本当のところ柚木加菜子を妬《ねた》ましく思っていた筈です。不細工な己の、男臭い、がさつな肉体に比べ、加菜子は限りなく完璧に近い美しき容姿を持っていた。優美で可憐な仕草を持っていた。何よりも、あなたと同じ、繊細な精神と敏感な感性を持っていた。その硝子細工の如き感性は、あなたに於いては劣ったものでしかなかったし、女女しさの精髄としてしか機能しなかったが、彼女の肉体を以てすればその評価は百八十度変わり得るものだった筈だ——」

黒衣の男は指を差す。

「——あなたは隣家の少女に深く嫉妬した。だからあなたは、着物を纏って聖少女、少女を殺す聖母——冥界の女になりたかった。あなたは女になって、少女の頸を絞めたかったんだ！　違いますか！」

そうです——杉浦は小声でそう云った。

そして顔を上げ、始めて大声を出した。

「そうです！　その通りです！　私はずっと女になりたかった。綺麗な服が着たかった。化粧をして美しくなりたかった。でもそれらは悉く男の私に許されることではなかったし、云えば嘲笑《ちょうしょう》されるだけだった。そして、女とはそう云うものだと捉えることは、女を馬鹿《ぶ》にした考え方なんだと、妻と出会って知った。女は綺麗な服を着るものと決めつけることは侮辱《じょく》だ偏見だ——」

杉浦は激情を迸《ほとばし》らせた。

「ならば——私の中の、この捨て難い欲求は何に根差していると云うのです！　妻は、女を遍《あまね》く化粧して着飾って麗しく嫋《たお》やかにしているものとして規定するのは、男の視線が築いた一方的な文化だ、押しつけがましい男どもの横暴な幻想だ、女性を侮蔑《ぶべつ》するだけの差別的行為だと云う。理屈は解ります。私だってそう思う。しかし化粧して着飾って麗しく嫋やかにしていることが女性的でないのなら、劣ったことだと云うのなら、そうしたいと云う欲求を激しく持った男の私は如何《どう》なるのです。人として劣った欲求を抱く、劣った人間と云うことになるではありませんか！」

黒い悪魔は身じろぎもせず云った。

「男女の別と云うのは最早単なる性差ではありません。我我が男らしい女らしいと口にする時、そこにはもう性別を越えた価値判断が発生している。これは反対を向いてはいるが、本来階層を為すものではありません。あなたが劣っていると考えるあなたの中の部分は特性であって劣性ではないし属性でもない。それを拒む女性が居るのは当然だし、それを好む男性が居ても別段おかしくはありません！」

そこで悪魔は声の調子《トーン》を下げた。

「人間は誰しも男性性と女性性の両方を持ち合わせているのです」

「誰しも——？」

「そう。これは均衡《バランス》の問題で、そのどちらの度合いが強いのか、どちらが顕在化《けんざいか》しているのか、そこで個人差が出るに過ぎない。女性性の強い男性が劣っている訳もないし、男だから男らしくて当然だと云う決まりもない。男は雄雄《おお》しいものだ、男らしくなければいけないというのもまた、愚かしい差別であり無根拠な偏見でしかないのです。それらは、ある特定された場所と時間――文化の中でのみ意味を持つだけです」

そして悪魔は再び澱みなく畳み掛ける。

「いいですか。男は雄雄しくなければいけない――そして雄雄しいことは女女《めめ》しいことより優れている――などと云う歪《いび》つな考え方が当たり前になったのは、最近のことなのです。こうした考え方は国体が戦争などと云う愚かしい行為に染まった時期に決まって現れるものです。これには、男は黙って戦争に行って黙って死んでくれなくては困るからそう思わせておけ――と云う裏がある。時代による洗脳――呪いのようなものなのです」

「私は――」

「繰り返しますが、この世に劣った人間などいないし異常の基準などと云うものもない。犯罪者を異常者と決めつけて一般の理解の範疇《はんちゅう》から外してしまうような社会学者こそ糾弾されるべきです。法を犯せば罰せられるが、法は社会を支える外的な規範であって、個人の内面に立ち入って尊厳を奪い去り、糾弾するものではあってはならない！　だから――」

悪魔の囁きは杉浦を貫通した。

「——あなたは殺人と云う許し難い大罪を犯した。それは糾《ただ》されなくてはならないし、厳重に罰せられるべき行為でもあるのだが、だからと云って自分は人間として劣っているなどと云う考えだけは捨てるべきです。あなたは虫でも犬でもない！」

甲《かん》——。

再び跫が響き渡る。

杉浦は崩れるように落下した。

「ああ。私は——あの少女を殺してしまった。この腕でこの手でこの指で頸を絞め、喉を砕《くだ》いて殺してしまった。殺したのです。殺したのです。私は殺してしまった——ああ」

黒い聖母は慟哭《どうこく》した。

黒衣の男はその姿を暫しの間凝乎《じっ》と見つめていたが、やがて厳かな口調で尋いた。

「あなたに殺人を示唆した悪魔崇拝者は誰ですか」

杉浦は顔を上げ、

「織作——碧さんです」

と云った。

「宜しいでしょう」

中禅寺はそう云った。

驚く者はいなかった。

全員が知っていることだった。

長い回り道をして、漸く辿り着いた感がある。

しかし、単に碧を追い詰めることが中禅寺の目的でなかったことは明白である。今更杉浦が証言したところで、所詮決定的証拠にはなり得ないのだし、仮令杉浦が口を割らなかったとしても、この状況で碧が逃げられる訳もないのだ。

だから。

寧ろ碧本人の前で、織作碧の名を杉浦隆夫が自ら公《おおやけ》にすること――それ自体に意味があったのだろうと、美由紀は思った。それがこの黒衣の拝み屋の仕事なのだ。お化けも幽霊も出て来はしなかったけれど、きっと杉浦隆夫に憑いた厭なものと云うのは落ちたのだ。きっとそうだと美由紀は思った。

中禅寺は静かに、厳しく告げた。

「杉浦さん。如何《どう》あれあなたは三人の人間を殺害した。この罪は重い。殺害時に心神喪失状態にあったとは云え、これはあなたが自発的に招いた結果であり、その罪は免れ得るものではありません。被害者の家族の無念を思うとそれは一層に重い」

杉浦は、何処とも知れぬ空間に詫びた。

中禅寺は立っている美江に向け云った。

「さて美江さん。どうなさいます？　離婚を望まれるなら――弁護士が居りますが」

「離婚するのは――止めました」

美江は決然《きっぱり》と云った。

杉浦が泣き顔を妻に向ける。

「隆夫をここまで追い込んだのは――私だ、とは云いません。しかしどうやら私にも責任があるようです。私はこの人の苦悩を判ろうともせずに正論を翳《かざ》してただ責め立てていた。社会参加せぬ者は劣っている、男らしくないことは劣ったことだと云い続けた。私の方が余程差別意識を以て接していたようです」

美江は杉浦を真っ直ぐ見据えた。

「私は、私が糾弾している男の視線でこの人を見ていたに過ぎない。恥ずかしいです。私は女性の地位向上を叫びつつ自分の中の女性性を自ら蔑んでいたようです。女性性に正当な評価を与えることをせず、結果的に男性性を礼賛していたのかもしれない。隆夫が出て来られるかどうかは判りませんが、もし罪を償って社会復帰できるのであれば――その時を待ちましょう。名前などどうでもいいこと。個人の主義主張とは関係ない――そうですね榎木津さん？」

「当たり前です檜山《ひのきやま》さん！」

探偵が後ろ向きのままそう云うと、杉浦美江は涙を溜めて、ほんの少しだけ笑った。

――この人からも何かが落ちた。

そんな気がした。

そして美由紀は自分の中の杉浦に対する憎悪の気持ちも消えていることに気づく。漠然とした不安は憎しみと云う形に一旦凝固して、そして、

——落ちてしまった。

なる程これが彼の云う憑物落としなのだ。拝み屋の長広舌は彼自身が宣言した通り、蘊蓄《うんちく》でも解説でも謎解きでもなく、憑物を落とす呪文の類なのだろう。聞き逃すと落ちないのだ。ならば——。

次の獲物は碧か——。

碧の様子は警官の陰になって善く見えなかった。

天使にももう後がない。最早悪足掻《わるあが》きも無駄だ。ただ。

——どちらかひとりはね。

拝み屋は最初にそうも云った。

——碧からは落とせないのか？

それならこの後はいったい——。

美由紀は聖なる場所に立ちはだかる男を見た。

死神は云った。

「これが——杉浦さんの物語です。今回の事件に纏《まつ》わる、彼にとっての真実です」

木場がぼやくように云った。

「けどよ、部分にしちゃ長過ぎるぞおい。ここに関口でも居たとすりゃあ、これだけで一本小説が書けるじゃねえかよ」

「それは川島兄弟だって同じことでしょう。いや、木場修、あんただってそうだ。些細な契機《きっかけ》から友人に掛けられた嫌疑を晴らすため巨悪と孤高に対峙する肉体派刑事——まあ受けるだろう」

「馬鹿野郎なこと云うんじゃねえよ」

「まあ木場修に限らず、今この席に集まった皆さんは——僕や榎木津を除いて——それぞれ杉浦さんに負けぬ劇的な物語を持っている筈だ。しかしそれら個人の物語は杉浦さんのそれを含めて、事件の全体には——何等関係ない」

「関係ない——とは？」

柴田が問うた。

「関係ないことはないのではありませんか？　杉浦君は実行犯ですよ。彼がもし犯行を思い止まっていれば、この展開は——」

「変わらないのです。別な手が打たれていたでしょう。何故なら杉浦さんの行動は凡て真犯人の手のうちにあったからです」

「真犯人？　そりゃそこの」

荒野警部が碧を示す。

中禅寺は無視をする。

「いいですか、今回の事件は関係者の人物像や人生観や価値観を掘り下げれば掘り下げる程判らなくなる。この事件の設計者にとっては登場人物の人間性など不確定要素のひとつでしかない。そんな不確かな、意識した時だけ立ち現れる幻のようなものは邪魔なだけなのです。だからこの事件はそう云う話ではない。犯罪を小説に擬《なぞらえ》るなら、人間を描くことなどまるで必要がない作品を——真犯人は紡《つむ》いでいるのです」

一同の殆どは理解できないようだった。

中禅寺は碧の方を見て、次にその母を見た。

変化はない。娘は俯《うつむ》向き、母は毅然としている。

拝み屋は杉浦の横手に移動して、尋いた。

「杉浦さん。あなたは去年の夏——加菜子さんが隣家から姿を消した後、僅かな期間働いていたと聞きました。どこで働いたのですか？」

杉浦は涙声ではあったが、素直に答えた。

「はい——印刷の工場で——一週間程度でしたが」

「そこで——あなたは加菜子さんの話をしませんでしたか？」

「え？　ああ――その頃は毒が抜けたように少しだけ気分が良かったから――そう、聞き上手の青年がいて――話したと思います」

「着物から出る女の手の話もですか？」

「した――と思います。その時私は、一瞬でも日常の中に居たので、あの人――加菜子さんとのことは夢のように思っていましたから」

「どこの、何と云う工場です？」

「信濃町の――酒井印刷所と云う工場です」

「何ィ？」

馬面の刑事が声を上げた。

「話した青年の名は？」

「え？　そう――川島」

木場が敏感に反応する。

「慥か川島――喜市さんとか」

「そんな馬鹿なッ！」

馬面は椅子を叩き、

「何で川島喜市なんかが出て来るッ！」

と怒鳴った。

「そんな御都合主義の展開がある訳ないッ」

中禅寺は興奮を受け流す。

「云いましたでしょう。これは御都合主義ではないのです。偶然でもない。杉浦さん——あなたをその職場に周旋した人物が居る筈だ。その人は誰です」

「それは——それが——解らないです」

嘘を吐け、と馬面が吠える。木場が宥《なだ》める。

「おい加門！　止せよ。そう云うのは俺のお株だろうが。あんたに先にやられたんじゃ俺の出る幕がねえじゃねえか。おい、杉浦、手前その頃無職の瘋癲《ふうてん》だろうが。それがこの時期そうそう都合良く就職できるか？　偉ェ学校出た学士様だって職にあぶれてる世の中なんだぞ。家から出られねえ口も利けねえような野郎が何だってほいほい職に就けるよ」

「はい。ですから勿論——紹介しては戴いたのですが——どうも」

「どうもなんでェ」

「その——お名前は存じません」

「おい。半端なこと云うんじゃねえよ！　道で出ッ食わしたに奴にいきなり職を世話する通り縋りの就職魔でもいたってえのかよ？　おい杉浦」

「それが——お隣を訪ねて来られた方、が」

「隣を訪ねたって——おいそりゃあ京極！」

「去年の、あの事件の渦中ですよ木場修。あんたが神奈川に通い詰めていた頃だ。周旋したのは勿論柴田財閥の関係者でしょうね。増岡さん——」

増岡と呼ばれた銀縁眼鏡の気障な男が異常な早口で答えた。

「ああ君の尋きたいことは解っている。当時の担当は私だったから当然知っているだろうと考えたのだろうが、生憎《あいにく》私以外の関係者が単独であの家を訪れたとは思えない。あの事件の発端の日——木場君と知り合った日になるんだが、その時以来私は大忙しで、アシスタントをつけるよう稟議書《りんぎしょ》を回して請求をしたが駄目だったくらいだ」

木場は相変わらず早口だなお前さんはよ、と投げ出すように云った。

「ゆっくり喋るのは時間の無駄だ。木場君。中禅寺君。これは君達も知らぬことだろうから今のうちに云っておくがね、その酒井印刷所と云う会社はね、その、柴田弁護団が武蔵野連続殺人及び柴田耀弘遺産相続に関する報告書を印刷させたところだよ」

「それは本当か？」

「本当だ。部数が少ない上に、大きな印刷所では機密漏洩《ろうえい》の懸念があるのでね。柴田グループは傘下に印刷会社がない。しかし真逆総帥《そうすい》を始めとするお歴歴《れきれき》に配付するのに手書きと云う訳にも行かない。手間もかかる。それで慥か、少しでも縁故のある小さな印刷所を探したのだ」

「どう云う筋でそこに？」

「さて記憶がないな——ん——そうだ。そうだそうだ！　あの印刷所の経営者は織作是亮氏の大学の同窓生だ！　思い出したよ中禅寺君！」

「おいおいおい！　増岡さんよ——」

木場刑事は話しかけておいて絶句したようだ。

「なる程ね——杉浦さん。あなたはその時点で既に今回の事件の演者《キャスト》として役が振られていたようですね。あなたは真犯人によって選ばれていたのです」

「選ばれた？」

「そうです。その時蜘蛛が糸を掛けたのです。一本二本で外してしまえば助かるが、気づかずにいると深い淵に引き込まれる——あなたは引き込まれたのですが——因《ちなみ》にあなたが家を出た後、川野弓栄さんと知り合った浅草の倶楽部花園に辿り着くまでの経緯を——教えてくれませんか？」

「私は——加菜子さんが亡くなったと云う噂を聞き再び均衡を崩していました。そして、あれは八月の終わりでしたか——幻覚に襲われて家を飛び出た。何日か街を彷徨《さまよ》い——空腹で死にそうになって、それで、酒井印刷所に行きました」

「何故家に帰らなかったんだ？」

「怖かったです。それに、印刷所には、僅かですが未払いの給金があったので」

「それで？」

「私は無断欠勤を続けていましたから、お金など貰えないかと思いもしましたが、印刷所の社長さんは全額をくれました。それで、昼の勤めが勤まらないのならと——あの店を紹介されたのです」

中禅寺は凶悪な顔をした。

「それも多分偶然ではない。紹介先に川野弓栄が居たのも、弓栄が杉浦さんをスカウトしたのも、そしてこの学校に彼を送り込んだのも、更には前島八千代の着物が彼の手に渡ったのも、凡て偶然ではありません。杉浦さん——」

「はい——」

「あなたがどう動くか、これは勿論あなた自身の判断に委ねられていた訳ですが、去年の夏以降、あなたの選択肢を限りなく狭めた第三者が存在することは間違いないことのようですね」

「それは——どう云うことです」

柴田が顳顬《こめかみ》を押えて云った。

「凡ては——真犯人の大計に沿って展開しているのです。杉浦さんは誘《いざな》われたことも知らず、全く自発的に、犯人の望んだ以上に計画の成就に相応しい行動を執ったのです。結果は御覧の通りだ。彼は彼の責任に於て犯した罪を償うことになる。真犯人は揺るがない。こうして我我が集《つど》って知恵を絞っても真犯人の大願成就に貢献しているのと変わりがない」

それは考え難い――と柴田は云った。

「――仮令《たとえ》杉浦さんが無自覚のまま誘導されていたのだとしても、意図的に今回の事件を引き起こすことは無理だと思いますが。流動的要素が多過ぎる。どれだけ優れた経営者でも、そんなに先読みはできないですよ。経済と云う人の構築したシステムでさえ、動き出せば予測不能の展開をする。況《ま》して人間の行動など気紛れで、凡そ数値化出来るものではありません。数値化出来ないものは予測出来ない。慥かに偶然とは思えない偶然はあったのでしょうが、それは矢張り偶然だ」

柴田さん、これはもっと大きな構造の事件なのです――と中禅寺は云った。

「大きな事件とは何です？　あなたが最初に仰った二つの事件を併せた事件――と云う意味ですか？」

「そうではありませんよ柴田さん。僕達はその二つの事件に就いてさえ、その一部分しか知覚できていないのです」

「まだあると云うのですか」

「あるかどうかも予測できないんです。まだ他に事件が起きているのだとしても、僕達はそれに就いては起きていることすら判らないし、だから関連させて考えてもいない」

他にもまだ関連した事件があると云うのか――と荒野警部は混乱する。

最早警察も拝み屋の舌鋒《ぜっぽう》に搦《から》め捕られている。

「あるのだ——と考えた方が良いのでしょうね、きっと。更に、水面下で繰り広げられている事柄に就いては、これだけ死人が出てしまった今となっては確認することも難しいし、ならば僕等には——矢張り知る由もない」

「それでは中禅寺さん。例えば渡辺君と本田君のことや、その——売春のことも——その、大きな事件の真犯人の——？」

「それも勿論計算の内なんです」

そんな馬鹿な——と荒野が形容し難い顔をした。

「そんなこと、ど、どうやって計算すると云うんだ」

「真犯人は、種を蒔《ま》き、畑を耕し、水を遣りはするものの、何が生《な》るか、誰が刈り取るかまでは関知しないのですよ。それが敵の遣り方なのです。踊り子は興行主を知らずに舞い、役者は演目を知らないで演ずる。小説の登場人物の殆どはその小説の題名を知り得ない——僕等は踊り子であり役者であり、登場人物なのです」

——登場人物に作者は指弾できない！

中禅寺はそこで大きく息を吸った。そして、どことなく寂しそうな所作で躰の向きを変えて、

「解りましたか。織作碧さん」

と云った。

碧は反応を示さなかった。

「君も踊らされていただけだ」

何も云わない。顔も上げない。

「君は自分の意志で行動していない」

ふふ。

「君は何者かに、奉仕をさせられている」

ふふ、ふふふふ。

——笑っている。

「迚《とて》も——」

未発達な幼い声。

「——愉快ね。迚も愉快ですわ——」

顔を上げた碧は白面に微笑《ほほえみ》を湛《たた》えていた。

——何？　この娘の、この余裕は何なのだ？

何が彼女をここまで落ち着かせているのだ？

美由紀は、自分の胸の奥深くに、あの得体の知れぬ恐怖が再び芽吹くのを感じ取った。

碧はいつもの調子で云った。

「中中興味深いお話です。でも私には無関係です」

「み、碧君、君はまだそんなことを——」

「違いますわ。柴田の小父様。私は私の犯した罪を認めないと申している訳ではございませんの——」

碧は押えようとする警官の手をすう、と躱《かわ》して立ち、ふわりと一同の方を向いた。

円《つぶら》な漆黒の瞳に堅牢な建造物の内観が映り込んでいた。

「——その役立たずの杉浦の云った通り。私は悪魔崇拝主義者蜘蛛の僕の中心人物なのですわ。夜毎に奢覇都《サバト》を開きました。黒弥撒《ミサ》と称して同志の娘達に売春をさせました。同志達は男と交わり、痴態《ちたい》の限りを尽くし、踊り、叫び、主を冒瀆する淫らな詞《ことば》を吐いて、私を愉しませてくれた。四人の女と、二人の男、そして渡辺小夜子を呪い殺したのも私です。呪いは利きましてよ。海棠を除けば綺麗に死んでいますわ。その男などに任せなければ、海棠も死んでいましたのに——」

柴田が立つ。

「み、碧君——」

碧が顔を向ける。あどけない。柴田は云う。

「——君にはそんな言葉は似合わない。遊びが昂じたことならば償えば良い。君は本当は優しい、素直な娘だったじゃないか。はずみで罪を犯してしまうことは誰にだってあ——」

「お黙りなさい！」

「小父様。小父様は何故、それ程までに馬鹿なのです？　そんな、子供でも考えつく言葉、歯の浮くような台詞には一片の真理もありませんわ！　それでは心罔《な》き動物だって癒《いや》せはしません。己に疑いを持たぬ愚か者、世界をあるが儘《まま》にしか見られない道化者、厚顔無恥に正義を振り翳《かざ》す、あなたのような無神経で鈍感な男は大嫌いです！」

柴田は絶句して、それでも数秒は何かの間違いだろうと云う顔をしていたが、やがてその顔を左右に振って静かに端座《すわ》った。その近辺でただ茫然としていた学長や事務長は、その様子を見て泣きそうな顔をした。

「遊びでこんなことが出来ますか？　小父様は遊びで人を殺せるのですか？　遊びで男と寝て、遊びで子供を作り、出来た子供を焼き殺すことが出来ますか？　私は決して遊んでなどいない！　私は憎悪の気持ちを以て世界を呪っているのです！」

柴田は叱られた子供のような顔をした。

「さあ、どうです？　小父様、私にあらゆる蔑《さげす》みの言葉を投げかけなさい！　私を辱めなさい！　笑いなさい、責めなさい。私は痛くも痒《かゆ》くもありませんわ。この世のありとあらゆる穢れた言葉は、遍く私にとって褒め言葉に過ぎないのです！」

「み――」

――魔女だ。

否、悪魔だ。

悪魔とは——堕天使だと聞く。それならば。

天使の容貌を持つこの娘こそ、誰より悪魔になるに相応しい人物だったのだ。美しければ美しい程、清ければ清い程、その聖性は魔性へと擦り替わる。

悪魔の娘は哄笑した。

「私を捕まえる？　善くってよ。皆さん、とても宜しくってよ。でも刑事さん、呪いは法律で——裁けるのかしら？」

「ふ、巫山戯るな！」

堪り兼ねたのだ。荒野警部が席を立った。

「貴様にかかってる嫌疑は殺人罪だ。それにたった今、殺人教唆の疑いが加わった。何が呪いだ！」

「ふふふ、証拠はあって？」

「何ィ」

「碧さん！」

美由紀は叫ぶ。

「もう止めてよ。あなたさっき」

「あれは全部嘘——と云ったら美由紀さんはどうなさるの？」

「え——」

「その男が証言しようがあなたが証言しようが、確実な証拠などどこにもないのじゃなくって？　如何かしら刑事さん？」

「き、貴様――」

荒野は当惑している。容姿に惑わされている。碧を甘く見ている。こんな小娘一寸《ちょいと》捻《ひね》れば泣いて凡てを白状するだろう――と、思っていたに違いない。

美由紀は中禅寺を見た。

拝み屋は酷く悲しそうに碧を見ていた。

――どうしたの？

――探偵は。

探偵は腕を組んで凝乎《じっ》としている。

木場刑事も、他の者も皆、沈黙している。

騒いでいるのは千葉の刑事達と柴田と、そして美由紀だけだった。

「拝み屋さん！　探偵さん！」

美由紀は叫ぶ。このままでいいのか。

碧は更に笑った。

「無駄よ美由紀さん。この人達には何もできない。いいわ。白状しますわ。麻田夕子を突き落として殺したのは私です――」

麻田夕子。

そこで美由紀は思い至る。

小夜子のために何かしてくれたのは、実は彼女――麻田夕子ただ一人だったと云うことに。

「――私、思いッ切り突き落としましたわ。夕子さんが息を吐《は》き切る瞬間に。そうすれば悲鳴も上げられないでしょう？　あの娘、不思議な顔をして墜《お》ちて行きましたのよ。そして壊れた玩具《おもちゃ》みたいにぐちゃりと潰《つぶ》れたの――これで善くって？」

「あ――悪魔――」

悪魔はけたたましく笑った。

こんな声が出るのか――と美由紀は思った。

途端に怖くなった。碧はひと際大声で云った。

「折角隠し通してやろうかと思っていたのに、発覚してしまいましたわ。この学校もこれで終わりですわね。どうです学長先生。御気分は？」

「み――み」

学長は身に纏った知性や教養や人生を凡て放棄して、素のままの老醜《ろうしゅう》を晒《さら》している。教務部長も事務長もすっかり壊れてしまったようである。

「き――君」

「愛だの祈りだの吐き気がするわ。肚《はら》の底では生徒を侮蔑している癖に。支配されるために信仰するのは御免よ。可笑しかったわ。夜毎神を穢し、淫行に耽《ふけ》る生徒が、朝になれば敬虔な顔で礼拝をするの。あなた達教師は、それを糞真面目な顔で監視している。視ていたのは私の方よ！」

「き、君」

学長が椅子から落ちた。逃げようとしたらしい。腰が抜けている。

教務部長も事務長もがたがたと椅子を鳴らして、後を追うように碧の視野から逃れようとした。

「無様《ぶざま》ですわ。滑稽ですわ――」

――何故止めない。

拝み屋も探偵も弁護士も動かない。

「み――碧君。君は――お祖父様の遺志を継いだ、け、敬虔な」

「この期に及んでまだそんなことを仰るの、小父様。そうですわ。私は敬虔な基督教の信者でしたわ。でも――これは身から出た錆。私はこの学院で悪魔になったのです。私達は最初、とても真面目に学んでいたのです。聖書を研究するサークルでしたのよ。でも、学べば学ぶ程に――解らなくなりましたの」

碧が学長を視る。学長は竦む。

「女は悪魔が人類に仕掛けた最悪の罠である――」

そして碧は高らかにそう云った。

「――あらゆる悪の根源、あらゆる悪徳の芽、女は凡てが娼婦。獅子《しし》の頭に蛇の尾、胴体には燃え盛る火があるばかり――先生、御存知？」

学長などに答えられる訳もない。

「マルボードと云う基督教の司教の書いたものですわ。『十巻の書・第三部／悪しき女に就いて』と云いますの。それではこれは御存知ね？　汝《なんじ》の孕《はら》みの苦しみを大なるものとし、汝は苦しみて子を産み、男を求め、彼はお前を支配する――」

「それは神《ヤハウエ》の詞――」

「そうよ。『創世記』ですわ。如何です？　あなたがたは一度でもこの詞の意味をお考えになったことがあって？　最初からこうなのです。基督教の女性蔑視《けいしん》はそこまで遡る。私はこの学校に来て確乎《しっか》り学びました。女が如何に悪辣《あくらつ》で、淫乱で、軽信で、非理性的で反道徳的なものか――あなた達が教えたのです。図書室には幾らでも本があります」

碧は学長を指差す。

「私達はあなた達に幾度か質問したのですよ。女は存在自体が卑しく、男性より多くの原罪を背負い、男性の信仰の邪魔にしかならぬ。ならば女の正しき信仰のあり方は女を切り捨て男の如き修道女になる以外にないのですか――と。あなた達は何とお答えになって？」

「さ、さて」

「行儀作法を学び清楚な身嗜《みだしな》みを身に着けなさい、どうせ嫁に行くのだから——あなた達はそう答えたのですよ。慈愛に満ちた優しい女になればそれでいい、難しいことを考える必要など何もない、良家の子女として恥ずかしくない女になれと——頭が空っぽのあなた達はしいいたり顔でそう答えたのです。それではこの仰《ぎょう》仰《ぎょう》しい建物は何のためにあるの！　こんな所に立て籠って、それで賛美歌でも謳《うた》っていれば、神はこの罪深き躰を清め、穢れた魂を赦《ゆる》してくださると云うのですか！」

少し——動揺している。碧は自らの発する言葉に誘発されて自発的に激昂している。それが——。

——それが狙いか。

美由紀は拝み屋の動向を気にする。

中禅寺は静かに碧を見つめている。

碧は加虐的《サディスティック》な視線を振り撒く。

「救ってくれる者もなく、視ているのは神様ならぬ愚劣なる教師だけ。だから私は悪魔を信じた。同志達は皆、魔女になった。古《いにしえ》の作法に則り、私達は悪魔を信仰することに決めたのです」

「ば、馬鹿な——ま、魔女など——」

「女は——迷蒙《めいもう》、欺瞞《ぎまん》、軽佻《けいちょう》において男を凌駕《りょうが》し、肉体の弱さを悪魔と結託《けったく》することで補う。そして復讐を遂げる。妖術に縋って執念深き淫奔《いんぽん》なる情欲を満たさんとする。奢覇都《サバト》は女達の群れで埋め尽くされている——よもや魔女が居ないとは云わせない」

「待て」

中禅寺が碧を止めた。

「それは『魔女の槌《つち》』じゃないか？　君はそんな本をどこで読んだのだ！」

「善く御存知ね。この学院には、何故かそうした書物が山のように備えてあるのですわ。『ソロモンの鍵』も『レメゲドン』も、『ホノリウスの書』も——何もかもあるのです。『形成《イエッイラー》の書』も『光輝《ゾハール》の書』も『秘法開顕《カバラデヌダタ》』も——」

中禅寺は無感動な感嘆符を吐く。

「そんなものが何故——」

そして沈黙する。碧はその険しい相貌に一瞥《いちべつ》をくれてから再び続けた。

「ふふふ。魔女は居るのです。その証拠に——あの女どもは死にましたでしょう？」

荒野が弱弱しく反論した。

「あれは目潰し魔の——仕業だッ。なあ木場君」

木場は無視した。

碧は微笑む。

「そう。あれはその人——目潰し魔とやらの犯行なのでしょうね。ではお伺い致します。どうしてその目潰し魔は、私の呪った順に呪った相手を殺し回っているのです？」

「それは君——」

「あの川野と云う吝嗇《りんしょく》の鄙俗《いやら》しい淫売——あの牝豚は、増長していました。私達は、秘密を共有して貰う代わりにあの女がお金を取ることを許した。その途端に増長しましたの。秘密を暴露《バラ》されたくなかったらもっと客を取れと云って来た。でも私はその時、それで凡てが発覚しても構わない——と、思ったのです。しかし同志の娘達はそれは困ると云うの。あの人達は呪って、呪い殺してと私に頼んだ。私だって呪いなんか最初は信じていませんでしたわ。でも悪魔は召喚された」

「悪魔——」

「そう——そしてあの女は死んだ。本当だったの。呪いが成就した以上、悪魔は真実居ると云うことですわ。悪魔との契約は成立してしまったのです。皆怖がった。もう止そうと云い出す娘も大勢居りましたわ。そして——その時私は気がついた。私だけが真剣だったの。後の皆は遊びでやっていたの。そんなことは許されません。だから浮ついた気持ちの同志に私は魔女の刻印を捺したわ」

魔女の刻印。

夕子の左肩の——赤い痣。

「――地獄を見せてやろうと思ったのですわ。遊び半分で奢覇都《サバト》や黒弥撒《ミサ》をされては困りますもの。契約が履行された以上もう後戻りはできないのです」

――夕子の台詞に似ている。

碧もまた怯えているのではないのか。

外からは全く窺い知れないけれど、真逆と思った呪いの儀式が実際に機能してしまったことで――それでももう駄目だと、そう思ったのではないのか?

――もう、抜けられない。

――偶然の訳ないでしょ!

――魔女の烙印を背負ってあなた生きていける?

結局――碧も夕子や小夜子と同じなんだ。

美由紀は中禅寺を見た。

拝み屋は探偵の前で身を低くしている。

その耳許に探偵が何か云った。拝み屋は眼を細めて語り続ける碧を見た。ひとり語りは続いた。

「秘密を暴いた山本先生も、その次に強請《ゆす》って来た前島と云う女も、皆死んだ。これは偶然ですの? 違うわ。呪いはあるの。悪魔も居るの。その男だって――」

碧は杉浦を指差した。

「——私の意のままに動いた。その男——杉浦は川野の許から遣わされて来た男だけれども、その日のうちに私に傅《かしず》いたんですもの。そして川野が呪い殺されたと聞いた途端に嬉嬉として喜んだ。この男は使い魔だと私はすぐに察しましたわ。悪魔が私の許に使い魔を齎《もたら》したの。その証拠に、その男は何でもやったわ。犬よ。蟲よ！」

「や——止めて！」

美江が叫ぶ。碧は嗤《あざわら》う。

「だって真実ですもの。土をお食べと云えば土を食らい、躰を傷つければ血を流して喜んだわ！」

杉浦は下を向き堪えている。それは屈辱に堪えていると云うより、悔恨《かいこん》を噛み締めていると云う表情だった。

杉浦隆夫は先程、中禅寺の発する言葉の渦に巻かれて自虐《じぎゃく》の深き淵から生還したのである。

碧はそれを認めたくないのだろう。

——碧は淋しいんだ。

美由紀は考える。同志達も所詮は真実の悪魔崇拝者ではなかった。皆で地獄の縁に立ち、気がつけば自分ひとり地獄の淵を覗いていて、後の連中は眼を瞑り逃げ出そうとしていた訳である。だから恐怖で縛った。一緒にこの縁に居ろと命じた。

それでも誰も残らなかった。碧は、事件の起こるずっと前から独り切りだったのだ。

そんな碧にとって杉浦と云う男は、

——もしかすると必要以上に——。

大事な人だったのではないだろうか。屈折はしていたものの、少なくとも歪んだ交流はあったのだろうと思う。だから——先程の騒ぎの時碧は、

——厭だア、お前も私を——。

裏切るの——と云いたかったのではないのか？

「杉浦！　お前なら解る筈よ。だってお前は使い魔ですもの。お前はあの拝み屋の詭弁に惑わされたようだけれど、そんなのはまやかし。私の云うことを何でも聞いたでしょう？　普通の人間が、人を殺せと云われて躊躇《ためら》いなく殺す？　お前は」

「私は——普通ではなかった。しかし目が覚めた。私は犯罪者だが——もう蟲ではない！」

杉浦は哀れむような視線を碧に向けた。

「何——です。その眼は。そんな眼で私を見て——許されると思っているのですか——あ、あちらを向きなさい。早く！」

「杉浦さんはもう君の命令を聞かない」

中禅寺が云った。そしてその時美由紀は、この展開もまた——拝み屋の作戦だったのだと知った。聞き手不在の独白は碧自身を追い込んだだけだった。

拝み屋はすうと立ち上がり、影のような姿態を薄明かりにくっきりと浮かばせて、探偵の傍を離れ、錯乱寸前の少女に向け云った。

「杉浦さんは一見君の思い通り、傀儡《くぐつ》となって犯罪を犯したようにも思える。しかしそれは違う。君に魔力などない。そもそも黒魔術などこの日本では使えない。作法と云うものは時間と場所の両方に強く左右されるものだ。万能の 理《ことわり》 を持つのは神の方であり悪魔の方ではない。だから君も振り当てられた役割を熟《こな》しているに過ぎない。君は位相《ポジション》が多少異なっているだけで、杉浦さんと何等変わりのない、ただの駒だ——」

拝み屋は碧の脇に立つ。

冷ややかな視線を送る。

碧は遂に限界を迎えた。

「黙りなさい！」

黙れ、黙れ、碧は両の警官を振り払う。

「拝み屋だか憑物落としだか知らないけれど、悪魔祓いでもなさるおつもり？　可笑しいですわね。人に憑いた悪魔なら落とせるでしょうが、私は悪魔そのものですわ。落とせる訳がない——」

「——面白いことを云う」

中禅寺は漸く呪文を発し始めた。

「君は悪魔悪魔と云うが、それは悪魔《デヴィル》なのか？　魔王《サタン》なのか？　それとも悪鬼《デーモン》か？　冥王《ルシファー》かな？　それらは皆違うものだ。起源が違う役割が違う属性が違う。尤も現在では完全に混同されてしまっているがね。そもそも悪魔が太古から居るのなら、なぜそうした混乱が起こるのだ？　君の学んだ禁書魔書の類は十二世紀から十八世紀の間に書かれたものだが、こと悪魔学が盛んになったのはその真ん中、十五世紀頃のことだ。何故その時期だったのかと云えば、それは印刷技術の発達だったり基督教社会の不安定化だったりそれに見合った教義の整理だったりする訳で、悪魔が表立って学問として体系化されるに当たってはそうした背景が影響している。そしてその時期、既にそうした混乱の萌芽はあった――」

拝み屋の言葉の渦に呑まれて、碧は酷く不安な顔をした。溺れそうなのだ。

「混乱の元は言葉だ。訳すことが多くの似たものを統合し、また小さな差異を拡大した。事実和訳はどれも悪魔とされ、類似は同一となった。またその頃基督教は多く異郷の神神を敵対者として取り込んでいたため、離散集合は一層激しく、それらは混乱したまま体系化された。だからその手の文献資料を扱う際は特に注意しなければならない。どのような記述も必ず先行する何かを下敷きにして書かれているからだ。その先行資料もまた同様だ。そうして遡って行けば、後世の誤謬や捏造《ねつぞう》はある程度正せるが、鵜呑にしてしまっては何も得られない。複製に改竄《かいざん》を重ねて劣化した情報を熱心に習得しても無駄だ」

「無駄――ですって？」

そう、無駄です、と拝み屋は云った。

「そもそも悪魔とは何か。悪魔は本邦を含めた基督教と乖離《かいり》した文化圏に跋扈《ばっこ》する妖怪悪鬼の類とは抜本的に異なる存在だ。悪魔とは基督教に於ける神の敵対者であり、基督の対蹠者《たいせき》とされる――」

「そうです。ですから」

「――しかし敵対すると云っても拝火教徒《ゾロアスター》やグノーシス主義者の云う、所謂《いわゆる》善悪の対立する二元の一方としての邪神のことではない。それら邪神は善神と対等な位置に居る。力関係は拮抗《きっこう》していて、それ故に二元論の世界では常に善と悪が鬩《せめ》ぎ合っている」

「基督教とて――同じですわ」

「基督教は一神教だ。故に神と拮抗する力を持つ者の存在を認めない。だから二元論は退けられる。全能である神はまた、完全なる創造主でなければならない。従って悪魔も神が創ったものでなくてはならない。悪魔が神の創造物でないのなら、神は不完全だと云うことになってしまう。基督教では、悪しきものもまた神が許す範囲でしか存在を許されない。だから悪魔は神を引き立たせるため、善を正当化するためのみに存在している。つまり悪魔は、聖職者の任務を、基督の存在を正当化するためだけに棲息《せいそく》を許されていると、そう考えなくてはならない」

「悪魔を造ったのは――神ですって？」

「そう。そもそも悪魔は神の下僕だった。罪人を責め立て引き立てる恐ろしい顔をした天使こそ悪魔の原型です。見張るもの――衆生を監視する天使も同様だ。彼等勤勉な天使達は、その職務故に恐ろしい形相を与えられ、その職務を遂行せんがため悪魔と名を変えた。悪魔は創造主の一部分に過ぎない」

「違う。私の云う悪魔は、もっと古来から――」

「基督教のできる以前から信仰されていた邪神だと云うのかな？　それもまた困る。それは基督教が侵入するまでは悪魔ではなく神だったものだ。そして基督教が入って来て悪魔になる。基督教は一神教なのだ、それ以前に坐《おわ》した異郷の神は認めない。つまり悪魔と呼ぶなら基督教以降、それ以前はなかったことになる。神と呼ぶならそれは基督教を逸脱した別の宗教のパラダイムで語っていることになり、その場合は反基督を掲げるのはおかしい」

「おかしくないわ」

「おかしいのですよ。あなたは悪魔崇拝主義者でしょう。基督教以外の民族宗教の教義を学んでいる訳ではない。だから悪魔を持ち出すのなら、それは必ず基督教を基本に据える以外にない。繰り返しますが、悪魔は神が造りたもうたもの、神に役割を与えられたものなのです。そして基督教の憂鬱《ゆううつ》は正にそこにある。悪魔が神の創造物であるのなら、悪魔は神には絶対勝てない。勝てない範囲で敵対するべく最初からプログラムされているからです。しかし敵対者が軟弱であるなら、それを映して輝く神の方もまた弱体化してしまう」

「神が弱体化する？」

「そう。強大なる敵を粉砕する神は偉大だが、軟弱な小物相手では矮小《わいしょう》な神の姿しか屹立《きつりつ》しないと云うことです。そこで悪魔を強大な力を持つ神の敵対者と想定する。この場合、神は偉大な存在となり得るが、しかしその悪魔も神が造ったのであるから、強大な悪の根源もまた神だ、と云うことになってしまう——そうした二律背反《にりつはいはん》する葛藤《かっとう》を基督教は抱えてしまった——」

碧が口を挟む隙もない。反論する間もない。

正に悪魔の言葉である。

拝み屋は続ける。

「——そして基督教は同じような構造を持つ葛藤をもうひとつ抱えていた。女性原理の問題だ。基督教が基本的には男性原理に支配された女性蔑視の構造を持っていることは否定できない。事実、先程君が云ったような、信じられない差別発言が罷《まか》り通る時代も過去にはあった。徹底的に女性性は否定され、差別された。しかし一方で、聖女として崇め讃《たた》えると云う動きがあったことも忘れてはならない。勿論どんな賛仰《さんぎょう》も、真の女性性を見据えたものでなかったし、普《あまね》く男性の視線を通じた理想的な女性礼賛《らいさん》でしかなかったことは否めないにしても、女性を神聖視する衝動があったのは事実だ。聖母信仰などもその一例だ。この讃え且《か》つ貶すと云う真反対の女性観は並立し、毀誉褒貶《きよほうへん》は同時期に隆盛を極める」

碧はたじろぐ。

「勿論中世の――魔女狩の時期だ」

黒衣の男は更に続ける。

「一方で聖女と祀り上げ、一方で魔女として排斥する。ここにも二律背反がある。悪魔と魔女が結びつくのは当然のことだった。こうして体系化された悪魔学は魔女狩へと応用されて行く。魔女の背後には先行する信仰――宗教儀礼があり、その信仰対象である土地神もまた悪魔化された。魔女の奢覇都《サバト》と云うのはだから先行する宗教の祭祀儀礼そのものだったりする。倫理観が異なっているから忌まわしく見えるだけで、それは本来、健全なる宗教儀礼だ。そして、そこで行われる医療行為――癒しと魔術の関係も考慮しなければならない」

「癒し――と魔術？」

「そう。魔術と科学と云うのは、本来同義と考えるべきだ。白魔術と云うのは自然科学《サイエンス》、黒魔術と云うのは隠秘学《オカルティズム》だ。この差は解るかな」

「え――」

白魔術が自然科学だと云われて戸惑わぬ者は少ないだろう。

魔術は――魔術である。

碧は答えた。

「白魔術は公のため、黒魔術は個人のエゴイズムのために使用される魔術――でしょう」

「まあいいでしょう。白魔術とは要するに原理原則が詳《つまび》らかになっている魔術で、黒魔術とはその原理原則が暗箱《ブラックボックス》に入っている魔術のことと考えればいい。原理原則が明確になっていれば誰にでも使える。しかし肝心な所が秘されていては、その人にしか使えない。これが公と個の差だ。白魔術――癒しの技は古来女性が司って来た。これは医療行為だ。しかし癒す女達《ヒーラー》はその技――医術を男性――体制に奪われてしまう。原理原則は魔術と切り離されて科学になり、理《ことわり》を失った魔術は悉く黒魔術になってしまった。この黒魔術の暗箱部分には、後に様様な隠秘学が放り込まれる。時期的に重複する悪魔学がここにぴたりと嵌《はま》り、悪魔――魔女――儀式――魔術と云うセットが完成する」

碧の魔性が解体されて行く――。

「だからそうしたものが意図的に弾圧を受け、君の云うような冒瀆的なものとして発露するのはずっと後世のことだ。勿論それ以前にもそうしたものはあったのだが、意義は違っていた。単なる女性蔑視、単なる信仰の歪み、単なる先行宗教の儀礼、そうしたものに過ぎなかった。後に習合し、反基督《アンチ》と云う形に帰結《きけつ》する以前の原形を後世の人間が読み取る際に、その時代の常識で判断して歴史を書き換えただけだ。何しろ反基督と云う考え方を成立させるためには、先ず基督教自体がきちんとした理《ことわり》を造り上げていると云うことが条件になる訳だからね。聖餐式《せいさんしき》なくして反聖餐式はあり得ない。黒弥撒《ミサ》などは古代の悪魔、古の呪術と結びついているようでいて、結局弥撒《ミサ》のパロディでしかない」

「それは体制を揶揄《やゆ》する以上の力を持ち得ない」

「黒弥撒は、そんな軽軽しいものでは――」

碧は弱弱しく反撃する。

「そう思うのは現代人である我我が我我なりの邪悪を以てそれを再解釈するからで、遍くそんなものは幻想に過ぎないのだよ碧君。それに――もし君の云うような邪悪の神秘が発現するとしたって、それはこの時代、この場所では駄目なのだ。悪魔を崇拝する悪魔崇拝主義者は、基督教の構築した世界観が通用する時間と場所以外では何の効力も発揮しないのだ。正統なくして異端があり得ぬように、悪魔なくして神はなく、神なくしては――悪魔もない」

「でもここは聖域。基督教の堅牢な学舎――」

「残念だが――ここは基督教の聖堂ではない」

――ここは基督教じゃない。

さっき外でも云っていた。

学長がこれには流石《さすが》に口を挟んだ。

「ば、馬鹿なことを――そんな――」

「馬鹿はないでしょう。至るところに書いてある。寓意的短縮《ノタリコン》だの数値等価法《ゲマトリア》だの、あちこちでお粗末なカバラの魔術結界が張り巡らされていますよ」

「パロディ――」

「カバラが？　う――嘘！」

碧は弾かれたように建物の内部を見渡した。

美由紀も見回す。

やけに装飾的《デコラテイブ》な柱。読めない文字が記された壁。

曲面《アール》を描く天井の大きな飾り燭台《シャンデリア》。

正面の扉型の装飾祭壇。

その前の十字架。

祈りの台。

「そうです。さっき君が云っていた『形成《イエッイラー》の書』『光輝《ゾハール》の書』『秘法開顕《カバラデヌダタ》』辺りは、カバラの基本だろう。君は希伯来語《ヘブライ》は読めなかったのか？」

「希伯来語――」

柴田が恐る恐る問うた。

「基督教ではない――と仰るのは？」

拝み屋は断定した。

「ここは猶太教《ユダヤ》の――しかも古い形の猶太教の寺院です。いや、正確には古い形の猶太教の寺院を想像して造られた建造物です」

「猶太教だぁ？」

「だから似てはいますが、勿論基督教ではない。更に云うなら、シオニズムとも正統派猶太教とも無縁の。隠れ猶太教徒の造った建物でしょうね」

「そんな――」

「今更そんな顔をしても駄目だよ碧君。君は根本のところから間違っていたのだ。否。勘違いをしていたと云った方が良いか。猶太教は、隠れた唯一神《エン・ソフ》を信仰し、神から受諾した律法を遵守して、神との契約に基づく選民のみを救う民族宗教だ。そこに十字架はあるが、ここに基督はいない」

――この六つの点は巨大な六芒星《ヘキサグラム》を作っている。

――小宇宙の三構成体と相互貫通する大宇宙の三構成体、ソロモンの印章。或は――。

「ダビデの――星？」

美由紀は思い出した。

それが答えだと中禅寺は云った。つまり織作碧は案の定踊らされていた――と。

「そう。ほら、そこにも神聖四文字《テトラグラムナ》が記されているだろう。アドナイだよ。だからこんな場所で基督を蔑んだって、それは少少的外れだな」

「信じない。信じないわ！」

碧は警官から離れた。警官が立ち、脇につく。碧は中禅寺を見ている。睨んでいるのではない。

「信じないと云われてもそうなんだから仕方がないよ。君達が十三番目の星座石と呼んでいるあれだって、所謂《いわゆる》星座──黄道《こうどう》十二宮とは無関係だ」

「だって──星座の模様《マーク》が」

「まあ一応星座宮と対応はしているのだが、あれはね、土占い《ゲオマンシー》の記号印だ」

「土占い──」

星座石のところでも中禅寺はそう云っていた。

「並んだ点が刻まれていただろう？　あれは本来土の魔力の法則を読んで予言する占いの形なんだ。石だの小枝だの、落ちてるものを観て、それを十六の形に当て嵌めて解釈するのだが、その十六種類の印が並んでいるだけだ。三つ失われたらしいが、それが偶偶《たまたま》重複している処女宮と金牛宮と天秤宮だったんだな。何の不思議もない」

──何が──十三番目の星座石だ！

美由紀は何だか馬鹿馬鹿しくなった。あの、禍禍《まがまが》しさはいったい何だったと云うのだ。

そこで中禅寺は学長を見て、その崩壊振りに呆れたものか、柴田に尋いた。

「柴田さん、ここの真ん中の泉は、元元天然のものですね？」

「そ、そうです。どう云う訳かこの学院はあの泉がそもそもあって、そこに建てられているる。ですからあの噴水も、実は単なる意匠で湧きはしないのです。何故そうしたのか──でもそ、それが」

「この学院の七不思議の六つの点《ポイント》は、泉を囲む巨大な六芒星を描いています。これはそもそも、泉を封印するための大袈裟な呪術ではなかったかと僕は考えている。おい！　益田君。それから今川君！」

呼ばれた今川は、はい、と返事をして、大きな紫色の風呂敷包みを持って講壇のところに出て来た。益田の方はずっと入口に立って待っていたらしく、待ってましたとばかりに駆けて来た。

大きな木片──黒い聖母を抱えて。

碧の顔が歪んだ。

中禅寺は益田に、ちゃんと持って来られたじゃないかと云った。益田は鼻の頭を掻いて、

「お蔭様で」

と応えた。

中禅寺は黒い聖母を祈りの台の上に置いた。

艶艶《つやつや》の木製の、墨汁を幾重《いくえ》にも塗り重ねたような漆黒《しっこく》の顔。聖母とは云うものの、聖母像《マリア》ではない。首に念珠《ロザリオ》を掛け、胸に十字架《クルス》を戴いてはいるが、基督教に縁《ゆかり》があるものとは思えない。

暗がりのお堂から持ち出されたところで、鬼魅《きみ》が悪いことには変わりなかった。そしてそれは、少しの間美由紀の心胆を寒からしめていた悪魔──杉浦の分身──でもある。

美由紀が目を遣ると、杉浦は黒い像を不思議そうに、且つ哀しそうに眺めていた。

中禅寺は柴田に向けて問うた。

「柴田さん。これは何ですか？」

「それは黒い――聖母の像です」

「まあ、それは中《あ》たっていないこともない。ただこれは本来、単体で祀られていたものではない。どうやら、この像と対になっているものなのです」

中禅寺はそう云うと今川の持って来た風呂敷包みを黒い像の横に起き、結び目を解いた。

紫の布が四方に開く。

中には――。

白い聖母が居た。

ほぼ同じ大きさ。同じ姿勢。禿頭の座像である。

造作の感じなどどから素人目にも対の像と知れる。

幾分上品な顔立ちである。

「これは今回ただひとつ真犯人の予測し得なかったことでしょう。この白い神像は、美由紀君のお祖父《じい》さんの呉仁吉さんが若い頃に海中で採集したものを今川君が先日一万円で買い受けたものです」

――お祖父ちゃんが？

——足りるんか判らんけど一万三百五円。

あの——お金だ。

「年代は一寸特定《ちょっと》できない。日本の神様は本来形がない。ご神体は石だの鏡だの、依代《よりしろ》と呼ばれるもので、神自体ではない。こうした像は仏像の影響下に僅か造られただけだから、様式がない。しかし海中にそう長いこと没していなかったことは慥かです。塗装の剝げ具合や腐食のし方が少な過ぎる。つまりこれはこの学院が建てられる際に海中に投棄《とうき》されたものなのでしょう。僕は最初にこの神像を観た時、残りがもう二体あって、宗像《むなかた》三女神なのかとも思った。しかしここに来て判った」

判ったのですか、と今川が尋いた。

「判った。この白い方は妹神の木花佐久夜毘売《このはなさくやひめ》だ。そして黒い方は——姉神の石長比売《いわながひめ》だ」

「イワナガヒメ？」

——日本の神様？

そう聞いた途端に、漆黒の像から忌まわしさが掻《か》き消えた。形も色も変わりないのに、それが日本のものだと知った途端に、それは神様になった。

「そう。地祇、大山津見神《おおやまつみのみこと》の娘の姉妹神だね。かの秀でたる浪の穂の上に八尋殿たて、手玉もゆらにはた織る少女——最古の機織り女——織姫の祖形だ。天孫《てんそん》、邇邇芸命《ににぎのみこと》を迎えた神の嫁だよ」

——織姫の？

「どうして一体だけ残したのかと思ってね。石長比売はね、容姿が醜く邇邇芸命に避けられるんだが、しかし石長と云う名前からも判る通り、永遠の不死を象徴する女神でもある。一方木花佐久夜毘売は器量が善く、栄華繁栄を司る。これを白と黒に振り分けた。この建物を建てた織作伊兵衛氏は、余程生への執着が強かったらしく、至るところに死にたくない、長く生きたいと念じた文字を彫りつけているからね。繁栄を表す妹神を捨てたのに、姉神の方を残したのは、長生きの神様だったからさ。お堂を建てて、まるで学院を監視するような位置に安置したんだ」

「なる程。しかし何故ここにその女神が？」

「これは想像なのだが——この場所は織作家の聖地だったのではないだろうか。あの泉の辺《ほとり》は斎場になっていて、選ばれた織作の女がそこに籠り来訪する客人《まろうど》を待つ——つまりあの泉は機織り淵なんだ」

「機織り淵？」

「なる程蜘蛛が湧く」

中禅寺はそう云ってから益田と今川を見て、

「今はそこまでだ。この先は敦子の報告を待たねば鑑定はできないな——」

と云った。

「――しかしそれが何であったにしろ、この学院が基督教の精神に則った建築物などではなく、某か、先行する信仰や風習を封印するために、猶太教の秘儀や占術に基づいて建てられたものであることは、ほぼ間違いないことだろうね。尤も――かなり我流なんだが――」

腰を抜かし続けていた学長は、石の床で精一杯の抵抗を試みた。

「しかし、ここを建てたのは、け、敬虔な基督教徒だった織作伊兵衛氏――で、そ、そうですね」

碧の母――。

美由紀はその存在を今まで失念していた。

あの毅然とした母親は今までの話をどんな心境で聞いていたのだ？　美由紀が彼女の立場だったら決して堪えられるものではない。

婦人は少しだけ暗い眼をした。しかし、それは単に堂内が微昏《うすぐら》い所為だからかもしれなかった。

婦人はそう間を持たせずに答えた。

「父は――敬虔な信仰者ではあったようですが、私を含めて家族の誰もが、父が何を信仰しているのかは善く存じませんでした。ですからこの方がそう仰るのならそうなのでしょうし、だからと云って父の功績が貶められるものでは――ございません」

奥様、と学長はそれだけ云って床に座り込んだ。

そして愚かな老人は長い吐息を吐いた後、ここが猶太教の——と譫言《うわごと》のように呟いて、堂内を見回した。

「だから碧君。君が幾ら中世の魔法書を繙《ひもと》いて魔術を実践しようと何も起きない。穢すべき基督はここには居ないし、呪いを聞いてくれる悪魔もまた居ないのだ。作法《ソフト》と云うのは作動環境が異なるとまるで機能しない。理《ことわり》が異なれば誤動作するか——後は壊れるだけだ」

「そんな——」

碧は前屈みになって叫んだ。

「——そんな馬鹿なことはないわッ」

「これでも信じないのなら——面白い話をしよう。招霊《しょうれい》を行う黒魔術師達が、何に一番腐心《ふしん》するか、君は知っているかね？　彼等は気紛れな悪霊どもの機嫌を損ねぬことに何より気を遣うんだな。彼等は君の云うように己のエゴを行使することで黒魔術師たらんとしているのだが、その実悪霊に奉仕しているに過ぎない。魔法書に残る魔術師の自己放棄の徹底は、悪霊に傷つけられることなく彼等を拘束しようと云う苦肉の策なのだ」

「それは——どう云う」

碧からあの不敵不敵《ふてぶて》しい自信が消失している。

「悪魔は神の意のまま、魔術師は悪魔の意のまま、と云うことだ。君はそのどちらにしたって、誰かの意のまま——なのだよ」

碧は頭《かぶり》を振る。

「私は私の——考えで——」

拝み屋は碧に言葉を与えない。

「それでは尋くが——碧君、君に黒魔術を伝授したのはいったい誰だ！」

「え？」

「君の読んだ魔術書は本来学校の図書館——しかも基督教のそこにある訳もない禁書や魔書だ。基督教の文献なら兎も角、カバラとなればもうある訳がない。君は学院の何処かに隠してあったそれを、誰かに教えを受けて発見し、そしてそれを身につけた。違うのかな？」

「それは——」

「それは開かずの告解室にあったのではないのか」

中禅寺は見切っている。

「ど——どうして——それを」

「それは酷く簡単な推理だ。六芒星のそれぞれの点は実に半端なところにある。そこは本来、見られたくないものでも隠した場所なのではないかと僕は考えた。階段だの便所だの洋琴だのに何が隠されているのか、そんなことは判らないし興味もないし知る必要もないのだが、少なくともここ——聖堂の十字架の裏には見られたくないものがあったようだからね。告解室も同様だろうと思ったのだ」

「ここにあった？　あったって君、君はこの聖堂にはさっき初めて――」

「困りますね学長。見れば判るでしょう」

中禅寺はかつかつと床を鳴らして、祭壇に近づいた。そして上を見上げ、ああ大丈夫だ、と云ってから思い切り――飾り扉を開けた。

轣轆《がらがら》と粉飾品が崩れた。

「開くのかそこは――？」

学長は気の抜けた声を発した。何も観ていない。中は棚のようになっていて、暗くて善く見えなかったが、何かが安置されているようだった。

「当たり前です。十戒が記された扉の中にはＴＮＨ《タナハ》の巻物が納められているのが常套《じょうとう》です。ほら、これが『律法《トーラー》』これが『諸書《ケトウビム》』これが――」

中禅寺は古びた巻物を示した。

「――これでは――隠したとも云い難いお粗末さですが、十字架の後ろ側ですからね。まあいいかと思ったのでしょう。いずれ、ここにこんなものがあるのなら告解室にも何かあって然《しか》りだ。そして――」

中禅寺は次に黒い神像を指差す。

「――この長生きの玄い女神は告解室の方を向いて安置されている。位置関係から推し量れば、この女神が見守るのはその部屋に居た者だ」

「そこに誰かが居たと？」

尋いたのは柴田だった。

「部屋は使うために作るのです。だから多分、その部屋は学院創立者――伊兵衛氏の隠し部屋ですよ」

拝み屋は碧に向き直る。

「碧君。カバラ関係の書物や魔術の本はそこにあった。そうだね？」

「そ――うです」

中禅寺は扉を半分閉めて背を向けたまま尋いた。

「告解室の鍵は――誰に貰った？」

「それは――」

「云えない――のかな」

これでは杉浦と同じだ。矢張り碧も駒なのだ。

「それでも――悪魔は――居るわ――」

碧はこの上尚も抵抗を示した。

「――あなたの仰ることは善く解りましたわ。私はとんだ道化者だったようです。でも、幾ら理屈がそうであっても、矢っ張り悪魔は居るの。だって、私の、その無意味な冒瀆行為や呪術が――効いてしまったんですもの。だって――」

涙が淡雪のような頰を伝った。

——これは演技じゃない。

小夜子や夕子と——同じ涙だ。

拝み屋は静かに云った。

「それ自体が罠なんだ」

「罠——」

「君を甚振《いたぶ》るための罠だ。先程の杉浦さんの話を聞いただろう。同じように目潰し殺人も人間の手で、別の動機で行われているのだ」

「そんなの——でも——これ——それならこれは、これはどう云うことです！」

碧は死人の衣を突き出した。

「これは、あなたの仰った通り前島八千代の着物」

水鳥の模様が広がった。

「これだけじゃない。悪魔は呪いが叶《かな》う度、殺した相手の遺品を持って来てくれた。山本先生の眼鏡、川野弓栄の刃のついた鞭——」

「それはどのようにして届くのかな？」

「こ、これは呪いが成就した翌日——呪術の完遂を告げる証拠の品として星座石の上に置いて——悪魔が届けて——」

「あれは星座石じゃないと云った筈だ。見てはいないが、白羊宮ならそれはプエル、少年を表す印か、フォルトゥナミノール、小さな吉兆を示す印が刻まれている筈だ。悪魔は郵便配達夫じゃないし、呪殺の証拠品を少年や小吉を表す石の上に置くかな？　それは、真犯人が誰かに置かせているだけだ」

――ならば、真犯人の手先と云うのが――。

学院内に居ると云うことか？

碧は声を出さずにぽろぽろとただ落涙した。

拝み屋は静かに続ける。

「納得できないようなら――別の質問をしようか。先ず――川野弓栄はどうやって君に接触して来たのかな？　先方の方から連絡《つなぎ》をつけて来たのかね？」

「あ、あの人は儲け話として元元女学生を使った売買春を企んでいて――それで――」

「だからと云って何故君の所へ行く？　君が悪魔崇拝の黒弥撒《ミサ》を開いていることを知っていたのか？」

「それは――偶然に」

「偶然の訳はない。この学院には二百人からの生徒が居たんだ。その中から君は選ばれたのだよ。首席で、学院創立者の孫で、経済的にも恵まれたお嬢様を売春の相棒として選択するか？　普通はしない」

「それは――」

「それから――山本舎監はどうして君達の秘密を知ったのだ？　密告者でも居たのか？」

「み、弥撒《ミサ》を見られた――」

「馬鹿な。それならどうして麻田夕子さんだけが捕まった？　それに、深夜の饗《きょう》応《おう》を責めるだけなら判るが、即座に売春と結びつけたのは何故だね？」

「あ――」

「山本舎監はね、間違いなく、役に立たなかった本田教諭の代役《フォローキャラクター》なんだよ。だから必ず――情報提供者《インフォーマント》が居る」

「情報提供――者？　誰が――何のために――」

「二人は蜘蛛の僕の仕組みを白日の下に晒《さら》して瓦解させ、君を追い込むための駒だった。君は賢いし、放っておけばいつまでも上手くやる筈だからね」

「が――瓦解させる？」

「そう。秘密は漏洩《ろうえい》していた。本田教諭には、かなり初期の段階――そう、昨年の夏には、もう売春の情報は流されていた筈だ。しかし彼はその矛先を何故か渡辺君に向け、淫行に耽《ふけ》るばかりで一向に核心に迫る気配はない。そこで急遽《きゅうきょ》山本舎監が選ばれた。彼女の情報源は、真犯人だよ」

「そんな――馬鹿な――なぜ」

「勿論現在起きているこの状況を造り出すために、さ。このステージは真犯人が望んだ故の展開なんだ。そう、それから三人目の標的である前島八千代さんを、君は何故呪った？　面識はなかった筈だ」

「脅迫の手紙が——届いたのです」

「手紙？　なる程ね。暴露《バラ》されたくなかったら云うことを尋け、と云う奴か。しかし、八千代さんは君達のことなど知らない。彼女はその頃別な脅迫者に強請《ゆす》られていたのだ」

「う、嘘——です！」

「嘘ではない。本当だ。織作是亮氏が売春の情報を摑んだのも偶然じゃないだろう。是亮氏は川野弓栄と深い関係にあったにも拘らず、彼女の生前に自分の学院で起きていることを知り得なかった。そんな洞察力も調査能力も皆無の男が、本田教諭の死後僅か一日と云う短時間で行きつける情報《ネタ》ではない。案の定是亮さんは最後まで勘違いをしていた。間違えられた美由紀君達はいい迷惑だが——真犯人にしてみれば是亮氏も美由紀君達も何かの邪魔だったのだろうから——好都合だった訳だ」

碧は首を振り、拝み屋から離れるように後ずさりし乍《なが》ら、椅子を倒して通路に出た。警官達は慌てて追って脇を固めたが、もう少女を強く押えることをしなかった。慥かにこれでは哀れ過ぎる。苛めているようにしか見えない。

碧は泣き声で喚いた。

「嘘――嘘嘘うそ――だって――私が――その、真犯人に――操られていたと？　そんなこと――それは――そんなの絶対信じない！」

「真犯人は君に鍵を渡した人だ」

「嘘。嘘嘘――違う！　それじゃあ私は――」

碧は首を振りながら遠ざかる。拝み屋の横に居た美由紀は、その――未だに――可憐な仕草が却って不憫《ふびん》に思えたので、どうにも堪らなくなって碧の傍に近寄った。きっと――真犯人とか云う第三者の出現で、漸く、漸く弱くなって泣いている碧の姿に、小夜子や夕子が重なって見えたのだろうと思う。

だらしのない学長どもや毳《ほう》けた柴田、そして刑事達が見守っている。杉浦も振り返り碧を見ている。

「――私は――何のために？　その――」

「碧さん」

美由紀は声を掛ける。そして美由紀が碧の脇で構える二人の警官の前に至った時。拝み屋が云った。

「もういい。君は――」

そしてほんの僅かだけ、優しげな眼をした。

「麻田夕子さんを突き落としていないのだろう？」

「え——」

碧の呼吸が止まった。

杉浦がびくりと顔を上げ、その横顔を見た。

「つき——おとした——もの」

「勿論、君は最初から突き落とすつもりではいたのだろうね。でも実行は出来なかった」

「そんなこと——ない」

「したくとも出来なかったのだろう？　麻田夕子さんは精神的肉体的に追い詰められていて、極限状態にあった。そして目前で小夜子さんが——」

——跳んだ。

「背後から君が近寄って来る。夕子さんは迫って来る君の姿を見て畏《おそ》れ戦《おのの》き——恐怖のあまり誤って転落してしまった——違うかな？」

「どうして——それを——」

碧は頸を左右に何度も振った。

——碧が夕子を殺していない？

それが。

それが本当なら、彼女の告白は——。

破滅的な虚勢だ。そして——。

「お――同じことです。私が殺したの。私が殺したの。だって、私が――私の魔力があの人を――」

罪悪感か――。

――この娘にはこの娘の倫理があるんだ。

美由紀は泣き乱れた娘の顔を間近で見た。

黒衣の男が一歩前に出る。

碧は凍《い》て付いている。

「慥かにそれを魔力と呼ぶのならそれは魔力だ。しかし魔力は影響を及ぼされる者が居て始めて成り立つ。その時の夕子さんにとって、慥かに君は魔力を持っていた。だがそれはそれだけのこと。その状況その場面に限った話――」

「でも――どうして――」

「僕達に隠し事は出来ない。中学生が魔術を使おうなど――四百万年早い――そうだったかね？」

拝み屋が顔を向けると探偵は座したまま大きな声で、そのとうりだッ、、、と云った。

「私は――誰かの思うままに――売春や――人殺しを――して――でも――」

「俄かには信じられないだろうし、己に自由意思がなかったなどと、信じたくない気持ちは十分判る。だが信じなければ理《ことわり》は通らない――」

拝み屋はまた一歩前に出た。

「――実に酷い話だ。追い詰められて、魔術を教えられ、実践を強いる環境を与えられ、実践したらその通りのことが起きる――信用しない方がおかしい。しかもことは殺人だ。悪戯では済まない。呪った通りに人が死ねば誰だって信じ込む」

「――まやかしだったと云うの？」

碧は両腕をだらりと弛《たゆ》ませた。

死人の衣が石の床にふさりと広がった。

「何もかも――」

「君に――」

拝み屋は語気を和らげて尋いた。

「――告解室の鍵を渡したのは誰だ。その人が」

「嘘。厭。それだけは信じない――それだけは」

拝み屋はその涙に濡れた顔を凝乎と視て、

「いいだろう。それなら――それは君の信じている通りでいい。君から全部落としてしまうのは――少少酷な気がする――」

そう云うと、碧に背を向けてこう結んだ。

「さあ。罪を――償いなさい。殺していなくても君は――善くないことを沢山した」

碧は警官の間からふらふらと後ろに蹣跚《よろけ》、扉に当たって、そのままずるずると落ちるように蹲踞《しゃが》み込んだ。美由紀は駆け寄って助けようとしたが、それより先に二人の警官が再び両脇を持って、少し躊躇《ためら》い乍《なが》ら碧を立たせた。しかし矢張り縄を掛けたり、強く押えたりは出来ないようだった。仮令何をしたにしろ、相手は幼さの残る少女——なのである。

碧は死人の衣の端を握り締め、暫く下を向いていたが、やがて震えるような涙声で、

「宜しいですわ——」

と云った。

「——宜しいですわ。私の負けです。罪も償いますし——本当のことをお話しします」

上げた顔は泣き顔だったが、毅然としていた。

「——そう。私は——この日が来るのを——待っていたのです。いいえ、きっとこの日が来ることを念じていたんです。そのためにあんなことをしたのかもしれません。川野さんが売春を暴露《バラ》すと云った時も、本当は呪ったりしたくはなかったのですもの。あの時既に——覚悟を決めていたのです」

中禅寺が振り向く。荒野が問い質した。

「ど、どう云うことだ？　君」

「お解りに——なりませんか」

上擦《うわず》っている。

「簡単ですわ。これで——あの家も終わり——」

涙に濡れた瞳に憎悪の色が浮かんだ。

「——祝福されない家——呪われた織作家の家名ももうお終《しま》い。そうね——お母様」

碧は指差した。

美由紀がその方向を見ると、驚いたことに碧の母は娘に背を向け、正面祭壇の開いた扉を見ていた。こんなになっている娘に、視線も向けていない。

「——お母様！」

碧は叫ぶ。泣き乱れて尚毅然とした娘は、沈黙を守り続ける、矢張り毅然とした母を見据えた。

母はゆるりと振り返る。碧は再び声を荒らげた。

「——名誉も、地位も伝統も、何もかも地に落ちて泥に塗れることでしょうね。それさえ叶えば私はどうなってもいいわ。良かったわねお母様——」

冷ややかな眼差し。

落ち着き払った態度。

「何とか——」

碧は——激昂した。

「——何とか仰ってよ！」

母親は漸く——漸く立ち上がった。

「馬鹿な真似はお止しなさい。見苦しい」

「見苦しい？」

碧はがたがたと悸《ふる》えた。

「み、見苦しいですって？」

歯の根が合っていない。声も慄えている。

「見苦しいのはどちらなのお母様！　善くもそうして、良家の奥様然としていられますこと。汚れた、獣のような、呪われた血の家に生まれて、それがそうして偉そうにしていられるのも、お金や名声があるからでしょう。これでお終いですわね！　私はとんでもない罪を犯したのです！」

大きな瞳が零《こぼ》れんばかりに見開かれている。

母親はその狂気の視線を毅然として受けた。

「思い上がりはお止しなさい。代代築き上げて来た織作の名は、あなたひとりがそれ
ばかりの罪を犯したくらいで揺るぐ程脆弱《ぜいじゃく》なものではありません。あなたは結局殺人も売春もしていないではありませんか。もうそんな遊びはお止しなさい。素直に罪を認め、法に則って、裁きを受けるのです！」

「お止めなさい奥様！」

中禅寺が怒鳴った。

「今、あなたの娘がどう云う状態なのか解らないのですか！　この娘《こ》にそれ以上は――」

碧は震え乍ら制服の下に手を入れた。

母は拝み屋を睨む。堂内が緊張する。

びしり、と風を切るような音がした。

何が起きたのか解らなかった。

警官ひとりが低く叫び声を上げて蹲《うずくま》り、続く音に合わせてもうひとりがのけ反った。ふわりと堂内に風が吹いた。碧が躍り出て、一番近くに居た――美由紀に取りついた。それでも美由紀は何が起きているのか解らなかった。美由紀の視野には、顔から血を流してくるくる回る警官や、顔を押えて踠《もが》くもうひとりの警官や、慌てて立ち上がる荒野や、磯部や、津畠や、口を開けた柴田や椅子を倒してこちらに向かって来る木場や、今川や益田や、機敏な動作で後ろに回り込む探偵の姿しか見えていなかった。そして中禅寺の言葉が何故か酷《ひど》く遠くで聞こえた。

「僕にどうしても全部落とせと云うのかッ！」

美由紀は徐徐に五感を取戻す。

誰かに抱きつかれているらしい。

頸筋に異物感――冷たく凶暴なものの先端。

尖ったものが突きつけられている。

美由紀は視線を我が身に送る。

水鳥の模様が見えた。

そこから黒い鞭《むち》のようなものを握った、白くて細い腕が覗いている。鞭の先端が頸に当たっている。美由紀は――死人の衣に包まれている。

白檀《びゃくだん》の香りがした。

そしてこの匂いは。

――白粉《おしろい》の匂い？

八千代と云う人の着物。

黒い聖母はもう居ない。

じゃあ、この白い手は、

――冥界からの女の腕。

耳許で、慄《ふる》えた、幼い声がした。

「何よ。何よ何よ。淫蕩な女の癖に、偉そうな口を利かないでよ！　そうよ。ここに悪魔が居なくっても、私は悪魔よ！　だから何人《なんぴと》たりとも私を罰することは出来ないわ！　私は人ならぬ者。人を呪い、主を呪い世界を呪う、穢れた魂を持つ悪魔の申し子よ！　捕まえられるものなら捕まえるがいいわ！」

碧――。

美由紀はやっと状況を把握した。死人の衣を纏った碧が、美由紀の喉に刃物を押し当てているのだ。

「これは――川野弓栄の遺品の鞭よ。さあ、お母様。私は今、人を傷つけたわ。見ていらした？　今からこの美由紀さんを殺します。これで如何？」

――殺す？

「お止しなさい碧！　あなたは何を考えているのです！　美由紀さんをお離しなさいッ！」

母親は初めて娘に向けて厳しき叫び声を発した。

ただ美由紀はその顔を見ることが出来ない。頸に鋭利な先端が突き当たっている。

「漸く大声を出したわねお母様！　そうよね。殺人傷害なら重罪ですものね。そうなればお家が危ない！」

「碧！　馬鹿なことを云うのはお止し！　その美由紀さんをお離しなさい！」

「ほら御覧。あなたは娘の私よりも、この美由紀さんの方がご心配なのでしょうね？　当然よね！　私のような忌まわしい娘、死んだ方が良いですものね！」

――何なの？

碧の心の中の、この暗黒は何なのだ。

拝み屋が落とさずにおこうと云った部分か。

そこに神の居場所はないのか。

碧が云う。

「美由紀さん――」

未だ発達していない、擽《くすぐ》ったい声。

「――御免なさいね。巻き込んでしまって。でも、あなたも悪いのよ――私はあなたが羨《うらや》ましい――」

羨ましい？

「――死んで頂戴」

ぎゅう、と頸に冷たいものが食い込んだ。

「止せ！　君は勘違いをしている――」

拝み屋――。

「――君がそこまで織作家を呪うのは、君が自分の出生に就いて、ある疑惑を抱いている所為ではないのか？　ならばそれは勘違いだ！」

「出生の疑惑ですって？　何ですそれは――」

声だけしか聞こえない。

今の声は碧の母か。

耳許で叫ぶ声。

「惚《とぼ》けないでよ！　この淫売。私が知らないとでも思っていたの？　あなた達夫婦がどんな穢れた夫婦か、私がどんなに穢れた人間か——何で私なんかを生ませたのよ！　こんな思いをさせて、苛めるためなの！」

「そ——それは何のことです？　あなたは何のことを云っているのです！　碧、明瞭《はっきり》仰いなさいッ！」

あの母親が乱れている。息遣いが荒い。碧の心臓の鼓動が伝わって来る。

「私は聞いたわ。全部聞いた。私は穢れた子。どうしても惚けるのね。いいわ！　云いましょう！　善くお聞き！」

碧は美由紀を盾にしている。

——杉浦と同じ駒。

先程の杉浦隆夫と、全く同じじゃないか。

——これはこの着物の？

死人の衣の魔力なのか？

美由紀の狭い視野の端が玄い神像を捉えた。

——神像は。二体あるんだ——。

碧は向きを変える。美由紀の視界が回る。白い神像が視界を過《よぎ》る。

心に闇を抱えた少女は、取り巻く大人達を、取り巻く世界を全部敵に回している。

そして孤立した少女は有らん限りの声で云った。

「私は父織作雄之介と、姉である織作紫の間に出来た子供よ！　そうなんでしょう！」

堅牢な構造物に反射して、忌まわしき言葉は幾度も幾度も美由紀の耳に流れ込んで来た。

それが闇の正体か。

「何を――馬鹿な――」

「何が馬鹿なものですか。最初は耳を疑った。そして、悩んで、悲しんだわ。信じたくなくッて、私は調べた。私が生まれた昭和十五年、お姉様は約一年間家を開けていますわね。あの、何処にも行かず、仕事もせずにずっと家にいらしたお姉様が」

「あれは――病気の――」

「知っていますわ。長期療養ですって？　おかしいわ。云い訳よ！　何処かで私を産んだのよ！」

「そんなことはありませんッ！」

「紫お姉様はずっと優しかった。私はあなたじゃなくッて、殆どあの人に育てられたのよ。でも、それを知った時は身の毛が弥立《よだ》ったわ！　薄汚い！　獣にも劣るわ！　私は、お姉様を、お父様を、あの家を呪ったわ！　そして何より穢らわしい我が身を呪った。だから私にはこうするしか道がなかった。邪悪を、冒瀆を肯定するしか存在を正当化する術がなかったのよッ！　何よ！　大嫌いよ皆！　みんな死ねば！」

ぐい。

喉が。

「碧君。そんなのは造り話だ！」

——中禅寺——さん。

黒衣の男が取り巻きから一歩出る。

落とす——のか？　落とせるのか。

——酷《ひど》く哀しそうな顔だ。

「僕の——話を聞け」

「これ以上まだ何か云うことがあると云うの！　あなたは私から魔力も使い魔も奪ってしまった。だから私は——こうするしかないじゃない！」

鞭の先の刃《やいば》が美由紀の喉を刺激する。

「止めるんだ。さっきも云っただろう。君は悪魔なんかじゃない。悪魔にはなり得ない。いいか善く聞け！　亡くなった紫さんは先天的な心臓疾患を持っていたんだ。だから、本来そう長く生きられる人ではなかったんだ。子供など産めない」

「そんなのは嘘。聞いたこともない」

「秘密だったんだ。そうですね奥様」

碧の母——。

母は毅然としたまま狼狽《うろた》えていた。

「——そうです。あの娘は——紫は生きて十年と云われた。可哀想で本人には云えなかった。勿論他の娘達にも云えるものではありません。私達はいずれその日は来るのだと覚悟して、あの娘が、せめて悔いなく生きられるよう、死への畏《おそ》れを抱かせずに暮らして行けるように秘することにしたのです」

「聞いた通りだ。紫さんが子供を産める訳がないんだよ碧君。だから彼女は学校にも行かず、就職もせずに家に居たのだ。古風だった訳でも内向的だった訳でもない。そうするしかなかったんだ。それに就いては——柴田さん、あなたも御存知ですね？　あなたと紫さんの縁談が破談になったのは織作家が秘密を打ち明けたからでしょう？」

「そう——です。ただ、本人に露見するのは困るから、表向きは条件が合わないと云うことに——」

「嘘よ！　あの縁談騒ぎだって、父がお姉様を」

「それはあり得ない。資料に拠れば君は紫さんと雄之介氏の間に出来た子供ではあり得ない。血液型が合わないんだ。君は父子相姦で生まれた背徳の娘なんかじゃない。そう思い込んでいるだけだ。君は雄之介さんと、この——真佐子さんの子だ」

「し——信じないわ！　だってこの人は、私に優しい言葉をかけてくれたこともなければ、笑いかけてくれたことすらないのよッ！」

「碧！」

母が叫んだ。震える手を差し延べている。

——この人にはこの人なりの愛情があるんだ。

美由紀は理解しようとしなかった自分を恥じた。

「あなたは——あなただけは私と雄之介の間に出来た——子供です。あなたを産んだのは私。これだけは——信じて、信じて頂戴！　だから」

碧の腕の力が緩んだ。

「だって——だってそれなら——」

拝み屋の声がする。

「碧君。君にその嘘を吹き込んだ人は——君に告解室の鍵を渡した人と同一人物ではないのか。ならばそれは、その時点で君は——」

「厭よ。そんなの。私は——」

碧の躰が離れた。

美由紀は竦んでいる。

「嘘だ。そんなのは、それは、それじゃあ——」

「騙されていたんだ。そいつが——真犯人だ」

警官が動いた。

止せ、まだ早い、と中禅寺が云った。

バン、と音がして扉が開き、世界がぐるりと回った。

美由紀は突き飛ばされたのだ。ざあっと音がして世界中が押し寄せて来る。美江が駆け寄る。探偵が美由紀を飛び越すように表に出る。刑事達が走る。木場の濁声が響く。おい、その娘を保護しろッ馬鹿野郎ぼやぼやするな。ぐるぐると堂内が回る。読めない希伯来語。堅牢な構造がぐにゃぐにゃと歪む。

世界が予め用意されたものであるのなら。自分で考えて自分で決めて自分で動いていないのだとしたら。決定権がないのなら、それは自分で生きていないのと同じこと。生かされているのと変わりない。そして用意された世界が嘘っぱちだったら――。

視ている世界、聴いている世界、嗅いでいる世界、触れている世界、信じている世界が真実とは限らない。そんなことは承知しているけれど、視て聴いて嗅いで触って信じる以外にどうやって世界を知ればいいのか美由紀には解らない。碧がそれを信じた以上、どんなに辛かろうが苦しかろうがそれは碧にとっての現実だ。碧はその現実の中で、自分の意志で生きていたつもりだったんだ。その世界が嘘っぱちで、碧だけのものであったのだとしても、それは碧にとって今の今まで現実《リアル》だったんだ。

碧は――騙されて人を見失った。惑わされて神を喪失した。そして今、虚飾の上に精一杯虚勢を張って築き上げた現実を、世界を失ったんだ。

世界を失うくらいなら、辛かろうが苦しかろうが騙されていたままの方が——まだ——。

だからこそ——あの拝み屋は、
今は落とさないと——。

それなのに。もう少しだったのに。

死人の衣がくるくると回っている。

とてもゆっくりだ。模様が綺麗だ。

白檀の香りに白粉の匂いが混じる。

その周りに別の世界の住人が輪になって回っている。悪魔や魔女が跋扈《ばっこ》する淫靡な世界に、乾燥した無粋な警察官は似合わない。だからあんなに碧は回っているんだ。回転することで己の境界を引いて、己だけの世界を取戻しているんだ——。

美由紀さん美由紀さん美由紀さん。

「美由紀さんっ！」

美江の声に美由紀は引き戻された。

探偵が——叫んだ。

「お前達は邪魔だッ。大袈裟な真似は止せッ！」

泉を背にして碧は狂乱していた。

大勢の警官に取り巻かれ、鞭を振り翳している。

野蛮な事件ばかり扱い慣れている武骨な警官達は、世界を失った繊細な少女に対する接し方など判らないのだ。戸惑っている。じりじりと輪は狭められるが、手を出す契機《きっかけ》が見当たらない。中禅寺は錯乱しかけた碧の母の手を引いて輪の中心に入ろうとしている。探偵が警官を除けて道を開けようとしている。木場が怒鳴る。

「手前等どけッ。娘を脅してどうしようってんだコラッ！　止めねえかッ」

銃声がした。

無論威嚇射撃《いかくしやげき》であったのだろうが、それは罅《ひび》の入った碧の心を砕くには十分だったようである。

「余計なことをするな！」

中禅寺が警官を恫喝した。

碧は何か叫んで警官に切り込んだ。事情を知らぬ警官は怯《ひる》み、ひとりの頬が切り裂かれ、怖れが乱れを呼び、輪は途切れて、碧はその一角を突破した。

「その変梃《へんてこ》な部屋はどこなんだッ」

探偵が叫ぶ。

碧が礼拝堂に向かって駆け抜けて行く。

讒言《ざんげん》に惑わされて神を失い、人を失い、世界を失った白面の堕天使は、悪魔から下賜された死人の衣を纏って、硬質な石畳を駆け抜けた。

ひらひらと艶やかな水鳥の模様が戦《そよ》ぐ。

あの夜と同じように。ひらり、ひらり。

凄くゆっくりと見えた。

しかしそれはほんの一瞬であったらしい。

切り取られた感光膜《フィルム》のひとコマが、美由紀の網膜《もうまく》にずっと照射されていただけだったようだ。何故なら、俊足の探偵も剛健な刑事も、腐る程大勢居た警官も、だれも碧に追いつけなかったからである。

一瞬にして——碧は礼拝堂に這入った。

探偵と木場が追って入り、更に刑事や警官が這入った。それも、何秒と差の開かぬ出来事で、凡てはほんの数秒の出来事だったようだ。

「変梃な部屋？　そうか——あそこには、礼拝堂には告解室がある——しまった！」

中禅寺は叫んで、脱兎の如く礼拝堂に向かった。

美由紀も美江の手を抜けてその後を追った。

「どうした！　捕まえたのかッ！」

礼拝堂に這入るなり中禅寺は大声を上げた。物凄い残響が堂内に行き渡った。大勢が隅の方に固まっている。返事をしたのは——探偵だった。

「ここだッ！　この中に這入ったんだ！」

探偵が右隅の木製の大扉を蹴っていた。

そこが変梃な部屋——開かずの告解室である。

探偵は取り巻く刑事や警官に怒鳴り散らす。

「この馬鹿刑事ども！　あの男に任せておけばいいものを！　時機《タイミング》を測れぬ馬鹿は事件に参加する資格がない！」

「どけ榎！」

木場刑事はそう云うと、扉に体当たりをした。

鈍い音がした。

「糞ッ」

「おい、ここを開けるんだ。速やかに投降しろッ」

荒野が近寄り戸を敲いて大声でそう云った。途端に木場は形相を変えて、荒野を殴った。

「馬鹿野郎！　言葉を選べッ！　手前はカスか！」

荒野は頬を押えてわあわあと喚《わめ》いた。

柴田が顔面蒼白の碧の母を連れて這入って来た。

憔悴した柴田はそれでもすぐに状況を呑み込んで婦人を伴って扉に向かった。美由紀はその後を追おうとして、ふ、と振り返り中禅寺を見た。

拝み屋は立ち竦んでいる。

不健康な顔が土気色に変わった。

そして、手甲の手で口を押える。

——何を——。

何を予測した?

母親は少し蹣跚《よろけ》ながら進み、役立たずの警官を左右に分けて開かずの間の戸口に立った。

母は瘧《おこり》に罹ったように震えている。

「碧さん。もう、もういいです。あなたが何故こんなことをしたのか善く——解りました。だから」

気配はなかった。美由紀は堪らなくなった。

あの部屋はひとりぼっちの碧だけの部屋なのだ。悪言に弄され絶望した碧はそこで悪魔と出会い、自らをそれに擬《なぞらえ》たのである。そして——。

それは凡て——誰かの罠だったのだ。

——そんな酷い話があるかッ!

美由紀は走った。

礼拝堂で走るのが夢だった。

聖堂で大声を出すのが夢だった。

ずっと神聖な場所で騒ぎたいと思っていた。

騒いでも走っても叫んでも、これじゃあちっとも楽しくない！
かつかつと跫《あしおと》だけが鳴る。碧、碧——と母が呼ぶ。
美由紀は歩み寄る。開かずの間の扉が迫る。
ぎい、と音がした。
「碧！」
扉が開いて、水鳥の模様の背中が見えた。
それは一度ぐらりと揺れて、
——棒が倒れるように。
美由紀の方に向け、仰向けに倒れた。
着物の袖がふわりと膨らんで、萎んだ。
さらさらした緑の黒髪が石の床に広がった。
「み——どり？」
淡雪のような白い肌。
濡れた長い睫に縁取られた大きな、黒い瞳。
右の瞳には礼拝堂の天井が映っている。
左の瞳には。
黒い鑿《のみ》が——深深と突き立っていた。

「碧！」

蕾《つぼみ》のような唇が二三度悸《わなな》いて、止まった。

「い――いやァ――」

母は声にならぬ声を上げて娘の上に覆い被さるように倒れ、美由紀は座り込み、扉の中を視た。

扉の中には黒豹のような男が居た。

「俺を――俺を視るなッ！」

男は視ている美由紀ではなく碧の母を襲った。

「平野オ！　貴ッ様アッ！」

木場が飛びかかると男は敏捷《びんしょう》に避《よ》け、碧の眼窩《がんか》を穿《うが》った己《おの》が得物《えもの》を引き抜かんと手を伸ばした。その手を探偵が蹴り上げる。蹴り上げられた手を空《す》かさず木場が取る。向き直る男の頬を木場は思い切り殴り飛ばした。男は弾き飛ばされるように警官の中に突っ込んで、数人に押えられた。木場はその警官を掻き分けて尚も男の胸倉を摑み、三度殴った。

「この野郎女何人殺せば気が済むんだッ！」

四度目に上げた拳を中禅寺が摑んだ。

木場が振り返り細い眼で睨む。

中禅寺は無言で男の胸倉を木場から奪い取り、その顔を死神のような眼で睨んだ。

拳を握り締める。しかし握った拳は振り上げられなかった。

中禅寺は低い声で、呪うように云った。

「貴様なんか——誰も見てやしないよ」

「え？」

男は静止した。

中禅寺は男を突き放し、碧の方を向いた。

磯部と東京の刑事が碧の母を担ぐようにして立たせ、警官が碧を囲んでいる。蹲踞《しやが》んでいた津畠が振り返り頸を横に振った。中禅寺はそんな刑事には眼もくれず、碧の——碧の屍体を抱き起こし、
丁寧に死人の衣を剝ぎ取った。

そしてその衣を持って幽鬼のように立ち上がり、悪鬼の如き形相で再び男の前に立つと、死人の衣を男の目前に翳《かざ》して、朗朗とした声で云った。

「どうだ！　誰か視ているかッ！」

「視るな——俺を——視るな」

「そう云う仕掛けかッ」

中禅寺はそう云って、衣を頭から男に被せた。

「貴様を視ていたのはこれだ！　貴様からなど何も落としてやるものか！　さあ、さっさとこの男をどこかへ連れて行け！」

視るな視るな、俺を視るなアッ――。

男は絶叫して衣を投げ捨て、何十人と云う警官に押えられて縄を掛けられた。

縛られて尚、男は視るな視るなと叫んで、悶絶《もんぜつ》するように躰を捩《よじ》り苦悶《くもん》した。腰を抜かしたままの荒野が連行の指示する。

「き――京極――」

木場は運び出される碧を見乍ら云った。

「すまねえ。俺の所為だ。俺がもっと早く――」

「あんたの所為じゃない」

木場は顔を強張らせて、畜生ォ、と石の床を蹴った。悔恨《かいこん》は簡単に弾き飛ばされた。今川や益田や柴田が入口付近で放心している。

「包囲網を狭《せば》めて奴をここに追い込んだなぁ、警察だ。しかし――こんなところに忍び込んで居やがったとはよ！　選《よ》りに選《よ》ってそこにあの娘が――」

「そうじゃない。平野は、ずっとここを根城にしていたんだ。それにもっと早く気がついていれば――しかも、これは偶然じゃない。着物に仕掛けがあった。これはいずれ訪れるべく用意されていた罠だ」

「真逆今のも——その計画の一環だってのか？」

「ああ。結局僕等はまたも蜘蛛の仕組んだ通りに動いてしまったんだよ。あの着物は本来杉浦さんなんかじゃなくて碧君に着せるために贈られたものだったんだ。つまりこの惨劇を引き起こさねば終われぬ仕掛けの幕だったんだ。これこそ——碧君の殺害こそ——この学院で繰り広げられて来た大袈裟な茶番劇の幕引の合図——と云うことだ」

探偵が尋く。

「これでまた場が変わると云うのか！」

「そうだな——平野が吐けば——否、平野に尋くまでもない——平野を操る次の犯人はもう解った」

「誰だ」

「織作家の——化粧をしていない女だ——」

拝み屋はそう云った。

蹲《うずくま》り頬をつけると、石の床は迚《とて》も固くて冷たかった。

涙が溢れて来て、床が滲《にじ》んで霞《かす》んで、美由紀は——。

世界が善く見えなくなってしまった。

○百々目鬼《どどめき》

函関《かんぐはん》外史《ぐはいし》云《にいはく》、ある女生れて

手長くしてつねに人の銭《ぜに》をぬすむ。

忽《たちまち》腕《うで》に百鳥《ひやくてう》の目《め》を生ず。是鳥目《てうもく》の精《せい》也。

名づけて百々目鬼《どゝめき》と云。

外史《ぐはいし》ハ函関以外《かんぐはんいぐはい》《はこねからさき》の事を志るせる奇書《きしよ》也。

一説にどゝめきハ東都《とうと》の地名ともいふ。

今昔画図続百鬼巻之下――明

10

鯨《くじら》幕《まく》が延延と続いているような錯覚に陥《おちい》る。

白と黒の壁。窓枠《フレーム》の外には黒き木立ち。

その向こうにはやけに白く光る茫洋《ぼうよう》とした海か——空か。

巨大な太陰が見事にまで明るい。幾ら照らそうと太陽には叶うまいものを、皓皓《こうこう》と照りつけている。ただ、この静謐《せいひつ》なる蒼白き世界は幾ら日輪と謂《い》えども醸《かも》すことの叶うまいものだろうから、この異形の朧明《ろうめい》は慥かに月の魔力の為せる技ではある。

鯨幕が揺れた。

夜桜が騒いだのだ。

余り夜風に曝《さら》されていると、

——蕾《つぼみ》のうちに散ってしまう。

先刻。

織作碧が死んだ。

目潰し魔に左目を貫かれたのだと云う。

——そんな死に方があるか。

あの肉食獣のような眼をした男は、伊佐間の薬指を切り裂いた鑿《のみ》を、あの人形のような少女の、あの円な黒い瞳に打ち込んだと云うのか。

あの男が——。

それを思うと伊佐間は、指の傷が疼《うず》いて、横になっていることができなかった。

哀しい気持ちと云うのではなかった。碧とはそれ程関わりが深かった訳ではない。

しかし善く覚えている。

——行って参りますわ、お姉様。

——気をつけて行ってらっしゃいね、碧さん。

それきりだった。

こうなった今、送り出した時に見せた淋しそうな茜の表情が、一層に不憫《ふびん》だった。

現場には榎木津や木場や今川や、そして中禅寺も居たと云う。それだけ居てなぜ惨劇が防げなかったのか、と思ったりする。しかし伊佐間には状況が判らないから、確実な感想は持ち得ない。

——違うんだ。

寧《むし》ろ彼等が居たからこそ、碧は今日死なねばならなかったのではないかと、伊佐間は思った。

この家には呪いがかかっていると云う。

伊佐間には善く解らないが、家にかかった呪いとは、個人の自由意思とは無関係に、知らぬうちに頭の上に載っかっている漬物石のようなものなのではあるまいか。幾ら重くとも載っていることを知らぬから人はそれに対して無抵抗で無批判である。

そして重みに堪え兼ねて徐徐に歪《ひず》んで行く。

徐徐に歪んでしまった構造物は、いずれ弱い部分から破綻を生ずる。そうして出来た傷は、仮令瑣末《たとえさまつ》なものであっても補えはしない。構造物が構造を保たんとせんがために生じる亀裂は、補おうとすればする程、他の部分に要らぬ力をかける。やがて構造自体が崩壊するのは目に見えている。早いか、遅いかそれしか差はない。だから今日の惨劇は、放っておけば近い将来、必ず訪れるものであったのだろう。

しかし、それが今日だった訳は。

――石が取れたのだ。

中禅寺が呪いを解いたのだろう。

頭の上の石が取れて、ああすっとした――と云う場合も多かろう。だがそうでない場合もある筈だ。

歪みと云うのは、偏った加重に対して、均衡を保とうとする力が働いて生じるものではないのか。つまり、急激に補正したり、一度に加重を排除したりすることは、その不安定な均衡までも破壊する結果となり兼ねない。

長い時をかけて大きく歪んだものを壊すことなく本来の形に矯正しようとするなら、矢張り長い時をかけて正す以外にないのである。

だから——中禅寺は中中出て来なかったのだ。

多くを知って、尚。

ならば今日の碧の死は伊佐間の所為《せい》でもある。

今川を通じて腰の重い中禅寺を招請したのは伊佐間自身なのである。ぎしぎしと音を立てて軋《きし》む歪みを、ただ傍観してはいられなかったのだ。

伊佐間はもう何日も、この歪みの中に居る。

指を怪我した伊佐間は、村の診療所ですぐに手当てを受けたが発熱し、結局この蜘蛛の巣館に戻って来た。別に他に選択肢は幾らでもあったし、遠いとは云え自宅に帰れぬ距離でもなかったのだが——。

——顚末《てんまつ》を。

見届けたかったのだと思う。生来伊佐間は執着心に乏《とぼ》しい男で、どれ程思い入れがあっても、只管《ひたすら》拘泥《こうでい》することはない。それが——。

——天女の呪いにでもかかったか。

そうとしか思えぬ。そして数日の間に、伊佐間が織作家の女達に抱いていた偏見は払拭《ふっしょく》された。

茜は何かと健健《まめまめ》しく、申し訳ない程世話を焼いてくれたし、セツも迂闊《うかつ》な娘ではあるが、気立ては良くて悪気はないから憎めない。真佐子は慥かに近寄り難い印象ではあるが、それは彼女が賢明かつ慎重な所為《せい》である。べたべたと馴《な》れ馴《な》れしくされるよりサバけていて、寧《むし》ろ伊佐間には居心地が良かった。

そして賢明と云うなら葵もまた賢明過ぎる程賢明だ。悪いところなどどこにもない。強《し》いて云うなら真っ当過ぎる。主義主張と容姿言動は普通はそれ程一致していないものだが、彼女の場合、それが殆ど一致していると云うだけのことである。彼女に対して悪感情を抱く者は、抱いた当人に不要な執着や先入観があるのだと伊佐間は思う。女だから小賢しさが鼻につく——などと云う嫌い方は論外である。

つき合い悪《にく》いところなどまるでなかった。

ひとりひとりは実に普通だ。それが——。

この家の中では歪んでしまう。因習に囚《とら》われているような反近代的な人人ではないのに、ひと度家族として捉えると、彼女達はどこか破綻している。家の魔力、土地の磁力、血の呪力——そんな修辞で表される無意味な力など伊佐間は信じないし、超自然的な力など余計に信じないのだが、それでも抗《あらが》い難い重圧とそれによって生じている歪みは緊緊《ひしひし》と感じる。それが堪えられなかった。

警察は日に幾度も訪れた。

伊佐間が目潰し魔に襲われていた丁度その時――碧の学院に絞殺魔が現れ、生徒を殺害して捕獲されたのだと云う。それは警察より先に学院から真佐子の許に報告されていたことではあったが、若干情報に混乱があったらしく、警察の主張との間には多くの齟齬《そご》があったようである。断片的な情報から事件の全体像は摑み難く、碧の身に危険が迫ったと云うことでもなさそうだったのだが、どうやらその時点で碧の立場は微妙なところにあるらしかった。

警察側の態度は刻刻と硬化して行き、葵と司直の対立は激化した。尤《もっと》も立脚点のレヴェルの差が冒頭から激し過ぎたから、対立していると云っても争点は一向に嚙み合っていなかったのは事実である。葵は警察の民間人に対する接し方や犯罪自体に関する認識の低さを糾弾し、警察はそれを非協力的姿勢、或は疚《やま》しきことを隠さんが故の横暴な態度――と受け取って攻撃を続けた。

やがて警察は碧を重要参考人として連行したいと申し出た。

学院側は捜査協力を一切拒み、碧も渡さぬと主張したのだそうで、そのような無法は本来通ることではなく、保護者として学院側を説得して欲しい――と云うのが警察の云い分だった。それに対して葵は、学院の方針は与り知らぬことだし、ただ対象は未成年、故に慎重に対処すべき問題であり、参考人とする明確な根拠を呈示せよ――と返した。これに対する警察の説明は次のようなものだった。

是亮殺害の日。

前日から勝浦町の酒舗《バー》に入り浸《びた》っていた是亮が帰宅したのは午前十時。伊佐間や今川が骨董部屋で鑑定をしていたその時である。是亮は帰宅した時点でかなり酩酊《めいてい》していたが、それでも飲み足りなかったのか、ホールで火酒《ウイスキー》を飲んでいたらしい。葵はこの不肖の義兄を毛嫌いしていたから、その姿を見た途端に自室に引き籠った。茜とセツは厨房に居た。

碧はどうやら是亮と一緒にホールに居たらしい。

ここで問題になるのは、是亮は雄之介の存命中、書斎に這入ったことなどただの一度もなかった——と云うことと、是亮に骨董屋が鑑定に訪れているのを知らしめたのは誰か——と云うことである。

厨房にいたセツと茜は、是亮が大声で、あの糞婆ぁ勝手な真似を——と叫ぶ声を聞いている。その声を聞き茜は厨房を出た。それはセツも認めている。

葵は是亮帰宅を確認してすぐ自室に籠った。ならば密告者は碧しかいない。普段義兄とは殆ど口を利かぬ碧が何故その日に限り御注進に及んだのか——。

碧はもしやその時、是亮が書斎に行くように恣意的に仕向けたのではないか。絞殺魔を書斎に招き入れ、そこに是亮を導いたのではなかったか——。

それが警察の立てた推論らしかった。勿論明瞭《はっきり》とは云わぬ。凡て葵が聞き出したことである。碧はホールに居たと最初から証言していたのだから、今更と云う気はするが、当初警察は犯行時の不在証明《アリバイ》にのみ拘《こだわ》っており、問題視していなかったらしい。

しかし警察の真意は別にあった。

警察が碧にかけていた本当の嫌疑は殺人罪だったのである。

その情報は警察ではなく、学院側——多分柴田グループの総帥——から齎《もたら》された。

碧は学院で起きた教師殺し、生徒殺し、及び生徒の集団売春事件にも関わっている可能性がある——と云うのである。

警察は、その生徒殺しの実行犯として碧を想定していた。流石《さすが》の真佐子も、葵も茜も驚いたらしい。

暫くの協議の上、織作家は四女碧を切り捨てた。

切り捨てた——。

——母も妹も、碧を切り捨てようとしています。

茜はその夜、泣いて伊佐間にそう云った。

切り捨てたと云うのは、単純に重要参考人として碧を引き渡すことに就いて織作家が同意した——と云う意味ではない。

それは所謂《いわゆる》、情の問題である。

——本当に碧が罪を犯したのであれば、償いをさせるべきでしょう。

——仮令《たとえ》家族であっても、庇《かば》ったりしては道理に外れるのでしょう。

——しかし、仮令《たとえ》犯罪者であっても娘は娘、妹は妹、そうではないのでしょうか。

あれはそうした娘です——と云い切る真佐子が、迅速《じんそく》且つ適切な事後処理が必要ですわ——と投げ出す葵が、理解できぬと茜は泣いた。父が死に、夫が死に、こう云う時こそ家族を頼りたいのに、その家族はバラバラです——と云って泣いた。

碧と云う亀裂が家族の歪みを露呈させたのだ。

慥かに離れた場所の出来ごとだったから不自然に思っていなかったが、娘が殺人事件に巻き込まれていると云うのに様子を見にも行かぬ親姉妹と云うのも考えてみれば怪訝《おか》しな話である。本来伊佐間の世話などしている暇はない。真佐子にしても茜や葵にしても、真っ先に飛んで行って然りの状況である。

真佐子も葵も、雄之介と是亮の死に因って生じた莫大な量の事務処理に追われていたのだそうだ。

——私は無能ですから。

茜はそうも云った。

茜は経理も出来ぬし経営も知らぬ。株も相場も解らない。就職経験とて是亮が潰した会社で社長秘書の真似事をふた月程やったばかりである。家の役には立たぬ。しかし、だからと云って学院に行って何か出来ると云うものでもない——だから行くことはない——行って事態の収拾がつくなら別だが——茜は母と妹にそう強く云われたのだと云う。

それは伊佐間もそう思う。この泣いて謝るばかりの人が乗り込んでも、何が変わる訳ではなかっただろう。

――でも。

それでも普通は行かせるだろう。伊佐間も上手く表現出来ないし、些細《ささい》なことと云えば些細なことなのだろうが――堪らなく遣り切れぬ――辛い気持ちになったのだ。珍しいことである。だから伊佐間はあの男を呼んで貰ったのだ。彼は、来た――。

今朝早く真佐子は学院へ向かった。それは碧を救うためではなく、引導を渡すためだったらしい。

そして――碧は死んだ。

夜桜が蠢《うごめ》いた。

碧の訃報は電話によって齎《もたら》された。

葵は絶句し、茜は錯乱し、耕作は放心した。

セツは頭を抱えて、一切の仕事を放棄した。

それ切りこの館の時間は止まっている。

歪んだ家は、最後の均衡を保っている。

――そろそろだ。

伊佐間は玄関へ向かった。

真佐子が帰って来るのだ。

木場から連絡が入ったのである。

伊佐間は蜘蛛の巣屋敷の構造が少しずつ解って来ている。

館には幾つか開口部があり、その出入り口の数だけ、筋がある。部屋の大小は関係ない。階層も関係ない。廊下や階段は勘定《カウント》しない。それらは扉の表と扉の裏を結ぶ長い接点でしかない。扉が二つの部屋も単なる通路である。二つの扉のうちのひとつが外に向けて開いている部屋だけが、その筋の起点である。

そして、それらの部屋の連なり——筋は、どこかで集約している。

そこが筋の終点である。幾筋あるかは知らないが、凡ての筋が到達する部屋がいずこかにあるらしい。そこがこの家の中心なのだ。そこには多分、開口部の数——筋の数だけ扉があるのだ。伊佐間は最初ホールがその中心なのかと思った。しかしそれは違っていた。ホールには一階に三箇所、吹き抜けの二階に一箇所の出入り口があるだけである。つまりホールはどこかの筋と、どこか別の筋が交錯する交差点に過ぎないのだ。扉が四つある部屋は凡て交差点なのである。縦筋と交差する横筋は閉じている。横筋の部屋からは、交差点の部屋を通じて縦筋に移って出るしかない。

これを平面上に広げ伸ばせば、慥かに放射状になる。或《あるい》は蜘蛛の巣状になるのかもしれない。

——立体的且つ放射状。

今川の云った意味がやっと解った。

伊佐間は部屋から部屋へ筋を辿《たど》って玄関に出る。

玄関を出て桜の庭を進み、門に至る。

靄靄《もやもや》とした桜樹が左右庭一面に広がり、背後には夜を膠《にかわ》で固めたような黒い館が聳《そび》えている。頑丈な門扉《もんぴ》の先には、背の低い赤茶けた木木が疎《まば》らに並び、その中心を一本道が貫いている。

その道を進む者は悉くこの蜘蛛の館に吸い寄せられ、搦《から》め捕られて、身動きが出来なくなる。仮令《たとえ》館から離れようとも、手足に絡んだ蜘蛛の糸は粘性《ねんせい》で、決して解けることはないのだ。蠅《はえ》である伊佐間はこの蜘蛛の巣の構造を持った絵画の如き館に囚われて、からからに乾くまで逃げることは出来ないのだ。

そんな夢想をした。

庭には茜が立っていた。

結局ここの女達はずっと喪服を着ている。館の色と同じで違和感は最初《はな》からない。次女は放心し、門扉の方を凝眸《みつめ》ている。

伊佐間はその横にそっと立つ。

茜は扉を透かしてその先を見ている。

「死んで――しまいました。あの娘《こ》――」

「うん――」

「可愛い娘でしたのよ。夢見がちな、善く笑う――でもあの娘は寂しかったのですね。母はあの娘に冷たかった。私は齢が離れているから、接し方が善く判りませんでした。まるでお人形でも扱うみたいにしていた――気がします」

もう帰って来ません。茜はそう云った。

扉が開いた。

――木場。

木場は怒っているのか、機嫌が悪いのか判らない顔で伊佐間を睨みつけ、

「怪我ァどうでえ」

と云った。そして伊佐間が返事をする前に門扉を全開にして真佐子を入れた。

真佐子には見知らぬ青年がぴったりと寄り添っている。茜が歩み寄り、手を貸そうとしたが退けられた。憔悴《しょうすい》してはいるが気迫だけは衰えていない。

「お母様――」

「死にました――あ――あの娘は死んでしまった。葵は？　葵をすぐに――」

「ここに居りますわ――」

背後から金属質の声がした。

振り向くといつもと変わらぬ飾人形《マヌカン》が居た。

「——早急に手を打つ必要がありますわね。この状況を鑑《かんが》みるにあの学院は速やかに閉鎖するべきです。然るべき筋には連絡してありますから、後は対外的にどのような態度を執ることが好ましいのか——今後の方針を検討しなければなりません。柴田代表もいらして戴いたようですから早急に——」

「待って」

伊佐間は驚いた。

茜が大きな声を出したのである。

「葵さん。碧が、碧が死んだのですよ！」

「だからこうして善処しているのでしょう。待っている時間などはありません」

「妹が殺されたのですよ！」

「そうですわ。しかも、ただ殺されたのではない、大変な不祥事を仕出かした挙げ句に死んだのです。だからこそ後始末が大変だと云うことが解らないのかしら。こうした、企業と本来無関係な筈の雑事が仕事上に大きな影を落とすことがあるのです。個人の不始末で企業が打撃《ダメージ》を被《こうむ》るなど馬鹿げています」

葵は原稿を朗読でもするようにそう云って、真佐子の手を取った。

茜はその手を取り上げる。

「お母様も葵さんも——あなた達は、それでも血の通った人間なのですか？　碧はまだ十三歳だったのですよ。姉さんが亡くなって、お父様が亡くなって、家族がどんどん居なくなって、あなた達は寂しくはないのですか。悲しくはないのですか！」

「いい加減にしてくださらない姉さん」

葵の言葉は硬く鋭い。

「あなたこそ織作柴田がどれだけ社会に影響力を持っているのか御存じないの？　こうしている間にも分刻みで社会的信用は失われて行くのです！」

「それが——」

茜は母の手を振り捨て妹を睨んだ。

「——それがあなたの掲げる女権拡張とやらに基づいた考え方なのですか！　そうだとしたら、そんな——」

葵は眉間《みけん》に不快の色を浮かべた。

「馬鹿なことを云わないで。私は社会人として、企業人として発言しているのです。こうしたことに男も女もないでしょう。これは単なる事務処理です」

「妹の死を事務的に処理しないで！」

茜は泣き顔を堪えて震えながらそう云った。

姉さん——と、葵は困ったような声を出す。

「感傷的に喚《わめ》き立てるだけでどうにかなるのなら、誰だって泣いて叫びます。泣けど叫べど戦争は終わらなかったでしょう？　子供を返せ夫を戻せと、どれ程女達が情に訴えたって、社会は聞き入れはしない。同じこと。妹が死にましたと泣いていれば世間は何もかも許してくれるとお思い？　私がここで仕事を放棄して泣き暮れていたら、矢張り女は使い物にならんと——そう云われるだけなのです」

「何を云われたっていいではないですか！　一日でも一時間でも、家族のために泣いてやる優しさがなくて、そんなのが立派な女だと云うのなら——それなら私は駄目な女のままで結構です！」

「そうよ。姉さんは駄目な女よ。駄目なら駄目で隅の方でひとりで泣いてらっしゃい！」

葵君云い過ぎだ、と青年——多分柴田勇治——が云った。

「茜さん、あなたの気持ちは解ります。しかし葵君は昨日の役員会議で正式にお父様の後継者に決まったんです。織作紡織機の社長です。更に暫定的ではありますが、柴田グループ内で雄之介さんが果たしていたポストの多くも、彼女が引き継ぐことになった。性別は勿論だが、年齢を考慮してもこれは大抜擢です。最年少重役だ。だから——彼女の立場も解ってあげてください」

——葵の立場。

茜は下を向いた。

柴田は葵に導かれ、無言の真佐子を抱えるようにして館の中に消えた。茜はずっと下を向いている。伊佐間はかける言葉もなく、その横に立っていた。

「おい釣り堀屋――」

そう云えば木場が居たのだ。

目を遣ると木場だけではなく、四谷署の加門刑事と、若い男が二人も居た。ひとりは慥か木場の部下である。

「木場修」

「京極から伝言だ。奴は後一時間もしたら来るぜ」

「中禅寺君が――」

伊佐間の言葉にその先がないのを見切って、木場は茜に向き直る。

「おい、あんた。妹さんはな、警察が殺しちまったようなもんなんだ。俺が謝ってあんたの気持ちがどうなるもんでもねえだろうがな。すまなかった」

木場は茜に詫びた。

「碧は――」

「今、司法解剖にな。あの娘は後少しで助かってたんだ。それに殺人教唆《きょうさ》は免《まぬが》れなかったにしても、殺人も売春もしてなかったようだぜ。だからよ――」

木場はそこまで云うと急に茜に背を向けて、加門目掛けて怒鳴った。

「おい、おっさん。いつまでぼうっとしてやがる。さっさと行って平野を締めろ！　あの野郎に全部吐かせろ。おっさんは、去年の五月から目潰し魔に掛かりっ切りだったんだろ。あんたが取り調べねえでどうするよ」

「しかし木場さん、あんただって」

「俺はいいんだよ。そもそも俺は外されてたんだ。本件は現行犯逮捕だし、残りは前の四件が立件できるかどうかだろうが。そりゃ全部四谷署と千葉の事件だ。俺達助っ人の役目は終わったんだよ」

木場は加門を押し出すようにして、部下を見た。

「青木。手前も行け」

「ここは僕が残ります。先輩は加門さんと一緒に行ってください。先輩は奴に——」

高橋志摩子だけは助けたい——木場が伊佐間達にそう語った直後に、その志摩子は殺害された。あの時の木場の様子を伊佐間はありありと覚えている。

木場は肚《はら》の底から怒っていた。

青木と云う部下は多分その瞋恚《しんい》に配慮をしている。またしても目潰し魔は木場の目の前で犯行を重ねたのだ。

しかし。

木場は青木をどやしつけた。

「馬鹿野郎。知った口利くんじゃねえ。手前みてえな青二才に何が解る！　いいか、警察は捕まえて送検すればそれで終《しま》いだ。悔《くや》しいからって警官がいちいち犯人に泣き言や小言タレてどうするよ。辛かろうが悲しかろうが、それで終わりだ。そのくらいの覚悟がなくて公僕が勤まるか！　平野は捕まったんだ。俺はあんな奴にもう興味はねえ」

「しかし——真実は、ひ、平野から」

「真実なんてものはな、裁判所が決めてくれるんだ。おれはそんなものにも興味はねえ。俺は——」

木場は洋館を見上げて、

「——蜘蛛に会いてえだけだ」

そう呟《つぶや》いた。

「蜘蛛？」

茜が尋き返した。

「おう。お前さんの妹はな、他の連中と同じ様に蜘蛛に操られていたんだそうだぜ」

木場は首だけで軽く振り向いて、ぶっきらぼうに答えた。

茜は悩ましげに表情を曇らせる。

「蜘蛛に？　碧の背後に誰か黒幕——と云うのですか、その誰かが居たと——そう云うことですか？　それが——蜘蛛だと？」

木場は向き直り、そうよ哀れな話よ、と云った。

「何から何まで作り話だ。あんな年端《としは》も行かねえ娘を追い込みやがって——お前さん、あの娘が誰かから鍵を貰ったとか云う話を聞きゃあしねえか？」

「鍵？」

「学院の開かずの間の鍵だ」

「開かずの——告解室——」

「知ってるのかい？」

「私も葵も、あの学院の——卒業生です」

茜はぽつりとそれだけ云って茫然と立ち去った。

ありゃあかなり参ってるな——と木場は云った。

結局加門は帰り、若者二人は残った。

ただ突っ立っていても仕方がないので、伊佐間は刑事達を自分の使っている客間に案内した。ホールでは葵真佐子柴田の三者会談が行われているのだろうし、セツも耕作も見当たらないから已《や》むを得なかった。白と黒が交互に視界を過《よ》ぎる廊下を行く。

若い男——益田と云う——が云った。

「どう思います木場さん」

「何をだ」

「蜘蛛がこの屋敷に居るとしたら」

「居るんだろ」

「さっきの三人の中に居ることになる」

「そう云うことだな」

「母親と姉二人。妹を陥《おとしい》れる理由はありますか」

「その辺にゃあ見当らねえな」

「僕は思うんですよ。蜘蛛は居ないのじゃないか」

「居ねえ？」

木場は立ち止まった。

「そうです。慥かに今回の事件は中禅寺さんの仰るような構造になっている。その理屈の上でのみ、凡ての事象は据わり良く並ぶ。ただ、その中心は空洞なんです。そこに生身の人間は居ない――」

「何が居る？」

「思想とか、概念とか、何かこう形のない」

「ケッ。そんなもの腹の足しにもならねぇ」

「死んだ人間の――遺志とか」

「幽霊が電話をかけるか？　少なくとも川島喜市は直接蜘蛛の指示を貰ってるんだぜ」

「それは――喜市に指示を与えたのはさっき亡くなった碧君だったのじゃないですか？」

「何？」

「あの娘は蜘蛛を名乗っている。そして杉浦を操っていた。母親の怨みと云うガセネタを使って同じように喜市も操っていたとしたら？　これは本筋のカムフラージュです。そして平野も――」

「馬鹿。あの娘は奴に殺られたんだぜ」

「しかしあの部屋の鍵は碧君が持っていたんでしょう？　ならあの部屋に平野を入れたのは碧君自身なんじゃないですかね？」

「でもよ。じゃあ何で」

「杉浦だって碧を殺そうとしたじゃないですか。同じように平野ももう厭だと思ったのかもしれない」

「平野がか」

「そうですよ。凡ては織作碧が傀儡師《くぐつし》だった。そして、その碧を操っていたのは――織作伊兵衛――」

「死人じゃねえか。随分前に死んでるだろ」

「あの猶太の建物。魔術の大本は伊兵衛な訳でしょう。何かの契機で鍵を手に入れた碧は、知らず知らずのうちに伊兵衛の遺志に操られていた――」

「じゃあ近親相姦の嘘はどうなるよ」

「予言ですよ。何か冒瀆的な、それらしいことが書き記してあって、それを自分に当て嵌《は》めたとか」

木場は納得したようなしないような顔をした。

伊佐間には何のことだか解らない。

伊佐間は寝起きしている部屋に向かう筋から外れてセツの部屋に寄った。茶でも頼もうと扉を敲《たた》き、中を覗いてみると、セツは荷物を纏めていた。

「セッちゃん――」

「辞めるわ。悪いけど」

少し泣いていたらしい。

無理もないと思う。僅か半月ばかりの間に家人が三人も変死したのである。これが殺人事件でなかったとしても――ならば余計に――と云う気もするが――鬼魅《きみ》が悪いと云うのを責めることは出来ないだろう。

しかしこれでは給仕を頼む訳には行かぬ。

「このお屋敷は呪われているわ。云っておくけどお客さんも逃げた方がいいわ」

セツは真顔でそう云った。

「うん――」

　セツはそこで伊佐間の後ろに控えていた鬼瓦《おにがわら》の如き面に気づいたらしく、あんた刑事さんね、忘れないワその顔は——と云ってすたすたと出て来た。

「話があンのよ警察に。このまま辞めちゃっちゃ寝つきが悪いわ正直なところ。少し聞いてくれない、悪いんだけど。お茶でも淹《い》れようか？」

「茶は要らねえよ」

「そう。ならあげないわ。これ。これを見て。見るだけじゃなくて持ってって」

　セツは茶箪笥のような調度の上に置いてあった黄ばんだ封筒を摘んで、木場に渡した。

「何でぇこりゃあ」

「あのさ、刑事さんこの間——五六日前だっけ？　四日前？　来たでしょう。あたしが案内したじゃない。あの時何か、云ってたでしょう、川下《かわしも》だか云う人のこと——」

　木場は封筒を念入りに見乍ら、おう、と生返事をして、ふうと息を吹き込み封筒の口を開けた。

「——あの後、茜お嬢さんが気にしちゃって気にしちゃって。それは何だか気にしてサ。紫お嬢さんの遺品をね、もう一度調べてくれッて云う訳」

　茜なら如何にも気に病みそうである。茜の善意がとんでもない結果を招いた可能性は、実際ない訳ではないのだ。

「ああ、喜市の手紙の——遺品は始末したとか云ってなかったか？　こりゃあ、お前——」

木場は段段に威勢を失い、黙り込んだ。何ですかいったい、と益田が覗き込み、それを押し退けるようにして青木が顔を出した。

「こりゃあどこにあったんだ」

「だから紫お嬢さんの部屋よ。遺品は始末したって部屋潰す訳行かないでしょう。寝台だって机だってあるわ。椅子もあるし、洋服箪笥だってあるわ。洋服はないけど、何かまだあンのよ色色」

木場は鬼面の如き凶暴な顔をした。

「いつ見つけた。部屋のどこにあった」

「だから刑事さんが来てすぐお嬢さんに云われて、それでその次の日かしら。次の日じゃないわ。次の次。だから一昨日？　何か日にちって嫌い」

「いいよ。で？」

「で——って、だからすぐ警察に届けようと思ったわ。でも凄い険悪な雰囲気だったの。お客さんだって知ってるでしょう！　渡せる？　渡せないって」

だからどこにあった——と木場が怒鳴った。

「机の抽出し。一番上の」

「本物か——どうかだな」

「何なんです先輩！」

木場は伊佐間をじろりと見て、それから青木に封筒を渡した。

「織作雄之介の覚え書きだ。石田芳江の死に就いて若干の情報が載っている。本物かどうか、本物でも書いてあることが真実かどうかは判らねえ。それに真実だとしても——どうなんだろうな。どう云う意味がある？　何で長女の部屋にある？」

青木は真剣にそれを読んで、益田に渡した。

「これ——じゃあ喜市は——」

「まるで騙されていたことになるな。蜘蛛に」

木場がそう云うとセツは、

「厭だア、蜘蛛なんか大ッ嫌い！」

と云った。

「何が」

伊佐間は木場に尋いた。

「おう。石田芳江の自殺の原因は自分にあるんじゃねえか——と雄之介は述懐《じゅっかい》してる。三人の娼婦の話なんかこれっぽっちも書かれちゃいねえ。ありゃあ全部与太なんだ。織作碧と同じじゃねえか。喜市の方もありもしねえ過去をでっち上げられて、蜘蛛に踊らされてやがったんだ！」

木場はこん畜生ッ、と云って拳で膝を叩いた。

部屋に着いた。

伊佐間の部屋の窓からは、先程まで居た正門が望める。上方から望む庭はまるで海のようだ。桜花の大海に揺蕩《たゆと》う玄《くろ》き箱船である。しかしこの船は動かない。波間漂う船を定点として固定してしまえば、波の高き程に世界が揺れていることになる。

青木が云う。

「益田君は人がいい。僕はそんな、死人の遺志なんてものに凡ての責任を集約するような、全部が丸く収まるような結末は想定出来ない。この事件の背後には必ず邪悪な、生身の人間が居ますよ。去年の事件がそうだった。あの事件の中心には、様様な事象と関わりを持たぬ邪悪な真犯人が——居たんです」

益田が云う。

「僕は事件に中心がない——実行犯は居るが、事件全体は犯罪とは無関係なコードで結ばれている——そう云う事件を体験しました。きつかったです。殺人犯は居るが事件の犯人は居ない。解決しても終わらないんです。その事件を思い出したんですよ」

伊佐間は思う。

無関係な大勢の想念や妄執や我欲が、恰《あたか》も一枚の絵のように上手く繋がることはある。それは偶然出来る砂漠の風紋《ふうもん》が幾何学的な意匠《デザイン》を模すのと似て、凡ては神の意志に因る、残酷な偶然の悪戯《いたずら》である。

彼等の話を聞く限り、今回の事件に限って、その神の座に人が居ると云うことになるのだろうか。

木場が云った。

「世の中ってのはごちゃごちゃしていてよ、何だか善く解らねえようでいて、実は馬鹿みてえに単純な理屈で成り立っていたりするものよ。だがな、理屈は単純だが、理屈に嵌《はま》るものごとが明瞭《はっきり》しねえから答えも幾つかあるんだ。真実はひとつ――と思い込むのは思い上がりよ。お前等の体験したことは、幾通りもある答えのうちの、たったひとつに過ぎねえじゃねえか。俺みてえに経験則でしか物事を量れねえ馬鹿じゃねえんだったら、余計な予断は持つな。俺は体験したことしか信じねえが、場合によっちゃ体験したことも信じねえぞ。予断は指針にはなるが結論にはならねえ」

伊佐間は論旨が呑み込めなかったのだが、何となく説得力はあった。論理を放棄することでしか受け入れられぬ現実と云うのは、あると思う。

しかしそうした現実も、中禅寺の云う通り、不思議なものでは決してない。起きてしまった以上は実に単純且つ明快な理《ことわり》に則っている筈なのだ。ただ複雑系の解析は時として大きな誤差を生む。初期段階での数値の設定がほんの少し違っているだけで、解答は天と地程に違ってしまう。だから人は、世の中は不思議だと云い続けるのだろう。

あれは先程の――茜さんですね――と益田が云った。

目を遣ると門の辺りで茜と耕作が何か深刻そうに話をしているところだった。

「あの外人みたいな人が——出門さん？」

青木が尋く。木場がそうだと云うと、是亮さんとは似てないなあ、写真の所為かな遠い所為かな、と若い刑事は云った。慥かに全然似ていない——と伊佐間は思い至った。耕作は何故か狼狽《うろた》えるような素振りで茜から離れ、どこかへ駆けて行った。

夜桜が——騒騒《ざわざわ》と戦《そよ》いだ。


——来た。

蒼白き月輪《がちりん》に照射《てら》された、色温度の低い別世界の罠へと続く一本道を——。

影よりも尚黒き装束を身に纏った陰陽師が来る。

そして——この世ならぬものを視る探偵が続く。

罠へと誘う案内人は骨董屋である。

——来た。

そして伊佐間は漸く、漸く終末を感じる。

憑物とは家の盛衰を左右すると聞く。

家が栄えれば憑物が湧く。

ならば——。

憑物が落ちれば家は滅ぶ。

それが、世の理《ことわり》である。

これからこの家は滅ぶのに違いない。

「行くぜ。釣り堀屋」

木場は大きく息を吸い込んで、刑事の鎧を堅く閉ざし、部屋を出た。益田と青木は顔を見合わせてからその後に続く。伊佐間は蒼白き空と海、そして黒き桜樹の鯨幕を眺めてから後を追った。

葬式の――匂いがした。

門の前。

黒い影が四つ。陰陽師。探偵。骨董屋。そして。

「伊佐間――さん――」

茜が泣きそうな顔で振り向いた。

茜の肩越しに覗く黒装束の男は、いつも乍《なが》ら窶《やつ》れていた。

眼の下の隈《くま》取りが酷く不吉だった。

「伊佐間君――」

「待って――た」

「――嘘は善くないよ」

中禅寺はそう云った。

その脇にすっくと立つ探偵は、いつになく精悍な顔つきになっている。

探偵は眼を細める。

「北枕《きたまくら》——馬面剝《うまづらは》ぎ——雷《かみなり》遍羅《べら》」

榎木津はそう云った。それは伊佐間の釣った魚の名である。

迎えた刑事はいつもより凶悪な眼をしていた。

木場は伊佐間越しに怒鳴った。

「おい。どうする」

「落とす」

「落とすとどうなる」

「解らないな。結局——流儀《りゅうぎ》が違う」

中禅寺はそう云った。

「絡新婦《じょろうぐも》は——落とすものではない。退治するのは僕の仕事じゃない。だから、用心することだ」

茜が何かを振り切るように玄関を開けた。

今川が深深と頭を下げる。

中禅寺はその前を風のように過ぎる。

榎木津は茜を暫し凝乎《じっ》と見て、その後に続いた。

白と黒の廊下を進む。

伊佐間は——ホールの扉を開けた。

ホール正面の椅子に真佐子が腰掛けている。

猫足の洋卓には、葵が姿良く端座《すわ》っている。

柴田財閥の頂点がその横の席に着いている。

葵が機械人形のように立つ。

硝子《ガラス》玉のような眼に罠にかかった男達が映った。

「豪く物物しいご登場ですこと——」

張りのある金属質の声。

「——貴方が——中禅寺さんですか。本日のことは母と柴田氏から聞いております。聞けば貴方は拝み屋だとか。却説《さて》この家で——何をなさるおつもりですの」

「仰る通り僕は拝み屋。ですから、これより少少このお館の厄払いをさせて戴こうかと云う趣向です。善からぬものは集《つど》い類を為して災厄を及ぼす。蓑《みの》より火の出づるは陰中の陽気。否哉《いやかな》、否哉。人を呪わば穴二つ掘れ——僕はむざむざ御息女を穴に落としてしまった。だからこちらの——」

陰陽師は飾人形を見る。

「御厄を祓いましょう——厄落とし」

「面白いですわ。承りましょう。私は当家の三女で織作葵と申します。そちらは姉の茜、母の真佐子は御存知ですね。これで家族は全部です。残るは使用人の出門耕作と奈美木《なみき》セツだけ。こちらの――柴田氏は同席しても宜しいのですか？」

「勿論です。ただ――五百子刀自《とじ》はもう、お休みになられたのですか？」

「曾祖母は高齢ですので失礼させて戴きます」

茜が頭を下げる。

結構です――と中禅寺は云って、葵の真向かいに立ち、全員に入室を促した。

「こちらは今回そちらの柴田氏より依頼を受け、聖ベルナール学院の連続殺人事件及び生徒に依る売買春疑惑を調査している私立探偵の榎木津礼二郎。そして助手の益田龍一です。後は御存知ですね？」

「刑事が――居るようですが」

「おう。こいつは俺の部下で青木と云う。ただな、俺もこいつも今は刑事じゃねえ。関わった者として結末を知る権利はあるだろうぜ」

「結末？」

「出来ることなら――もう終わりにしましょう。死人の数が多過ぎる。ただ、僕はこれで真犯人の大計が阻止出来るとも思ってはいない――」

「真犯人とは？」

「事件の首謀者ですよ――」

中禅寺は視線を順に送る。

「――僕は寧ろ――ここにその真犯人の計画の完遂《かんすい》を早めに来たようなものだと、そう認識しています」

織作葵。

茜。

真佐子。

柴田勇治。

――この中に？

その蜘蛛が居ると云うのだろうか。

葵は手にした書類を閉じて、洋卓の上に置いた。

「劈頭《へきとう》から何を仰っているのか善く解りませんね。事件は終わった――のではありませんか」

「終わってはいません」

「絞殺魔も目潰し魔も逮捕されたと、先程柴田氏から聞きましたが。売買春の組織の方も、ほぼ実態解明が出来たとか――実妹の仕出かしたこととは云え、これでは責任の取りようもない。しかもその妹はもう死んでいるのです――」

「葵さん――」

茜が睫涙《しょうるい》を湛えて妹を睨んだ。葵は聞こえなかったかのように姉を無視した。

「——私どもに出来ることは、妹の所為で売買春に関わってしまった生徒達の救済です。学院は閉鎖します。でも、彼女達を放り出す訳には行かない。今後の社会生活に支障のないよう、援助し更生させる方策を立てる。それをすることが唯一の妹への供養となると、今話していたところです。そう云う意味では、事件はまだ終わっていないとも云えますが」

「それは是非共行って戴きたいのですが——僕の申し上げているのはそう云う意味ではないのです」

「どう云う意味です？」

「お解りだろうと——思うのですが。葵さん。実は先日、あなたの書かれた論文を拝読させて戴いた。僕は大層感心している——」

「それは有り難うございます。男性に支持を戴くことは、多くはございません」

「だからあなたを救いたい」

「え？」

「これから先の時代、あなたのような人は必要だ。あなたが失脚すれば、女性の地位向上運動は大きく立ち遅れる。あなたの場所に到達するまでに世間は二十年かかる。山本純子さんが亡くなった今、あなたには死んで貰いたくない。僕の仕事は憑物落としだ。人に憑くもの家に憑くものを落とすのが本意です。そう云う意味ではきっちりと——」

中禅寺は葵を正面から見た。そして、

「——落とさせて戴きましょう」

と云った。

葵は不思議そうな顔をした。

「何故私が失脚を？　それに死ぬと云うのは？」

「どんな罠があるのか、僕には見切れていません。第二第三の平野杉浦となり得る伏兵がどこかにいないとも限らないですし、思いも寄らぬ処に巧妙な仕掛けが施されているかもしれないのです」

「理解出来ませんね。仰ることが」

「あなたは——化粧をしませんね」

「——何です？　致しませんが？」

主義主張でしないのではなく、する必要がないのである。塗れば塗っただけ汚れる感じさえする。

榎木津が唐突に云った。

「あんた何故——あいつを匿《かくま》った？」

「な——何を」

「あの娘はそいつに、殺されたんだぞ」

中禅寺は榎木津を止めようともせず、

「葵さん。あなたがどうお考えになっているのか僕には解りませんが、いずれ平野は吐く。そうすればあなたは確実に失脚します。あなたは事実上の織作家当主となり、柴田グループの重職にも就いたのでしょう。自首するならまだ救いはある——」

と云った。

「本当に解りませんね。持ち上げたかと思えばこんどは根も葉もない誹謗中傷《ひぼうちゅうしょう》ですか？」

「そうではありません。ご忠告です」

「いい加減にしてください！」

真佐子が厳《おごそ》かな声を発した。

「先程から聞いていれば厄落としだのお祓いだの、当家にはそのような——祓って貰わねばならぬような悪しきものなどございません！　今更冥福を祈っても碧や是亮が戻る訳でもないでしょう！　後ろを向いている暇があるなら前を向けと、葵、あなたはいつもそう云っていた。その通りです。ですから加持祈禱など当家には凡そ無縁のものです！」

「巷《ちまた》の噂では天女の——呪いがあるとか」

「くだらない！」

「そう。実にくだらない。しかし奥様。火のないところに煙は立ちません——」

真佐子は屹度《きっと》陰陽師を見据えた。

「先ず——織作伊兵衛さんのお話から始めるべきでしょうか。あなたのお父さんです——」

物怖《ものお》じしない男である。伊佐間なら蛇に睨まれた何とやらと云う具合になるところだ。

「——伊兵衛さんは京都のご出身だそうですね。養子に入る前の旧姓を羽田《はた》伊兵衛と仰る」

「そう——聞いていますが。それが？」

「羽田家と云うのは秦《はた》氏の傍系なんだそうです。その出自こそが——あんな仰《ぎょう》仰《ぎょう》しい建物を建てた理由なのではないかと僕は考えている。実に酔狂だが、彼は彼なりに真面目に研究した結果なのでしょう」

「あんな仰仰しい建物——とは聖ベルナール学院のことを云っているのですか」

葵が問うた。

「そうです。あの猶太《ユダヤ》教の寺院を中心に、模型《レプリカ》を寄せ集めるように建てられた魔術結界のことです」

「猶太教ですって？」

葵が整った顔を歪ませた。柴田が喉籠《のどご》もり乍《なが》ら、そうなんだ、いや、そうだったのですよ、と云った。

「信じられませんわ。私もあそこには通っていましたが、基督《キリスト》教すら学ばなかった。それは男性原理に根差した教義に反発を覚えたからですが——それにしても猶太とは——非常識です」

全くです、と陰陽師は云う。

「根拠はあるのですか？」

「図らずも今日証拠が出ました。奥様も柴田さんも御覧になった——」

柴田は神妙な顔をした。単純な男のようだ。

葵は胡散臭《うさんくさ》そうに頰を攣《つ》らせる。

「——それに、あそこが本当に基督教理念に基づいて造られた学院だったなら、普通基督教の団体なり教会なりが背後にあって然りです。あの学院には何もない。お二人ともあそこのご出身だそうですが、不自然だとはお思いになりませんでしたか？」

「今は違いますが先代の学長は神父の資格を持っていた。教師達は皆信者でしたし、礼拝も賛美歌も聖書も私の知る限り普通のそれとそう違うものではなかった。押しつけられることは不快でしたが、別段不思議とも思いませんでした。ねえ姉さん？」

聡明な妹に振られて、茜は覇気なく云った。

「ええ。でもあの建物の不思議な文字は——」

「あれは単なる装飾——意匠《デザイン》でしょう？」

「あれは希伯来語《ヘブライ》やカバラの魔術記号ですよ」

陰陽師は陰陽師らしい種類の言葉を発した。

葵は怪訝《けげん》な顔で一度真佐子を見て、云った。

「そんな——魔術の記号をあんなに堂堂と彫りつけますか？　隠すことを配慮した様子は微《み》塵《じん》も窺えない。到底信じられませんね」

「隠してなかったんです。仮令《たとえ》読めたところでどうと云うことはないでしょうからね。くだらないことが書いてあるだけだ。だから本来隠そうとして建てたものではない。細工は後から施されている」

「しかし猶太教と名乗っていない以上は——」

「本格的に隠したのは昭和に入ってからでしょう。創立時の記録を調べてみると、勿論猶太教系とは書かれていないが、基督教系とも記されていない。あれは器である建物自体が蠱物《まじもの》なのです。何に使おうと別にどうでも善かった。造ってから、どうせなら学校にしようとした——そんなところでしょうね」

「そ、そもそも学校ではないと？」

「学校くらいしか使い道がなかった。礼拝施設があるため学校として使うにも伝道《ミッション》系を模すしかなくて、結果基督教を標《ひょう》榜《ぼう》せざるを得なかったのでしょう。それに誰かが本来の形に気がついたところで大戦中猶太では問題でしょうから——沈黙します」

「何故そんな——ことを」

葵はそこで——陰陽師京極堂の罠に嵌《はま》った。

僅かでも興味を持ったら最後なのだ。

「羽田氏の本流である秦氏と云うのは、そもそも大陸からの渡来人です。その先祖は秦の始皇帝とも、イスラエルの王ダビデとも——云う」

「ダ——ダビデ？」

こうなると中禅寺の言葉は止まらない。

「京都にある太秦《うずまさ》は平安京が出来る以前から秦氏の住む土地だったのです。『うずまさ』を太い秦と書くのはそこに由来するのだそうです。太秦には国宝第一号弥勒半迦思惟像《みろくはんかしい》で有名な広隆寺《こうりゆうじ》があるが、その広隆寺を創建したのが秦氏の秦河勝《はたのかわかつ》だ」

葵はそれくらいは存じています、と云った。

「広隆寺に隣接して、木島坐天照御魂神社《このしまにますあまてるみむすび》、通称蚕《かいこ》の社《やしろ》と云う神社があります。その境内に、元糺《もとただす》の池と云う池泉があり、その池の中程に『三角鳥居』『三面鳥居』などと呼ばれる、日本でただひとつの八角柱三本柱の鳥居がある」

中禅寺は指を三本立てた。

「ご存知でしょうか。三角形の三つの頂点に一本ずつ八角柱が立っていて、三つの辺に当たる部分に笠木《かさぎ》島木《しまぎ》が渡されていると云う、実に珍しい鳥居です。この鳥居に就いては、明治四十一年、東京師範学校の教授がやけに面白い論稿を発表している。これは景教《けいきよう》の鳥居である——と云うんです」

「景教？」

「七世紀前半に中国に齎された基督教の異端ネストリウス派のことです。景教遺跡は中国にもそう残っていないのですが、例えば中国の大秦寺《たいしんじ》と云う寺に『景教流行中国碑』と云う碑が残っている。大秦寺は元景教の寺だったんです。だからその太秦にある三本鳥居も景教のものだ——と云う論ですね。しかし——これはあり得ない」

「あり得ない？」

「その説では全国に散らばっていた秦氏を太秦に集めて『禹豆麻佐《うずまさ》』と云う姓を与えた、その時期に景教が流入して来たとされる。禹豆麻佐名拝命の記事が載るのは『雄略記《ゆうりやくき》』です。これは五世紀後半だ。だが景教が中国で認められたのは六百三十八年ですからね。これは無理があるんです。しかしこの説を考えた教授はまだ面白いことを云っている——」

中禅寺は両手で三角形を作った。

「——三本鳥居は上から見ると三角形だ。これは、ソロモンの印章を構成する三角である」

「そんな——馬鹿な。牽強付会《けんきようふかい》です」

「全く僕もそう思う。だが彼の論はそれだけではない。その論文はその広隆寺の東に位置する大酒《おおさけ》神社に就いても言及しています。大酒神社の祭神は先程の秦河勝、または大酒明神。酒《さけ》は本来『辟《さける》』と書いた。大辟《おおさけ》とは何か。彼の論では辟を闢の略字であるとします。大闢《だいへき》とは——ダビデの漢訳だ」

「ほう」

伊佐間は思わず感心した。

まあ、善く出来ている。

「——これは行き過ぎだとしても『広隆寺来由記』にも大酒社は秦氏の祖である秦の始皇帝を祀ったものだと記してあるし、いずれこの神社に祀られている神は柳田國男《やなぎたくにお》の云うようにただの石神《しゃくじん》だとは思えない。ここの祭神である秦河勝は聖徳太子の寵臣《ちょうしん》とも云われる人ですが、『風姿花伝《ふうしかでん》』などを見ると欽明《きんめい》から推古《すいこ》まで仕えた化人で、空舟《うつぼぶね》で西海《さいかい》に出でて播磨《はりま》に至り、人に取り憑き奇瑞《きずい》を為す——とあるから、まるで化け物扱いですね。勿論その播磨にも河勝を祀った神社はあって、こちらは大避《おおさけ》神社と云う」

「はあ」

本当に——善く出来ている。

真佐子は呆れ顔で饒舌《じょうぜつ》な祈禱師を眺めた。

「そんな大昔のことと当家とが何か関わりあるとでも仰るのですか？　父の実家の、本家の先祖が何だろうと関係ないでしょう。浮世離れしていいます！」

「関係ないと仰られれば関係ない。ただ、いずれ秦氏の祖先が只者ではないことは間違いないのです。更にその大祖が猶太人であると云う風聞が真実《まこと》しやかに流れていることも事実です。そしてこの建物を建てた男もまた秦氏の末裔であったことも事実だ」

「だから何です！」

「だからそうしたことの真偽はそれ程重要ではないのです。この場合問題にしなければならないのは、自分がダビデ王の末裔であると信じ込んでしまった一人の男が居た――と云うこと。それから、その男は財力にものを云わせて、己が先祖と信じる猶太の民が編み出した様様な呪術魔法を学び、この千葉の片田舎に巨大な封印の魔法をかけた――と云うことです」

「封印の魔法？　何を封印すると云うのです？」

「あなたは慥か、泉を封印した――と仰ったように思いますが――」

柴田が問いかける。中禅寺は頷いた。

「それが正解なのだと思いますね。僕は最初、黒い聖母と云うのは天比理《あめのひり》乃《の》咩命《めのみこと》かと思っていた。だからこの魔術は織維の戦いなのかと勘違いした。しかし神像は二体あって、それは違うと思い至った――」

「織維の戦い――とはどう云うことです？」

「秦氏と云うのはその名の通り、機――つまり織物と無関係ではないんです。先程の木島神社の境内にも養蚕《ようさん》神社が祀られている。養蚕神社の祭神は蚕神《かいこ》だが、それらは大抵、笂舟に乗って漂着することになっている。これは河勝と一緒です。一方ここ――安房は、麻の産地です。『古語拾遺』などを見ると古くは麻の国と呼んでいたらしい。総《ふさ》の国は麻の国の転訛《てんか》したものだとも云うのです。『古語拾遺』を撰上《せんじょう》したのは斎部広成《いんべのひろなり》ですが、その斎部氏の祖である忌部《いんべ》氏がこの勝浦一帯の開拓をした」

「それは存じております。この土地には——長く住んで居りますから」

真佐子は感情を表すことなくそう云った。

「そうですか。その忌部氏を率いたのが、遠見岬神社の祭神であるところの富大明神。正式には天富命《あめのとみのみこと》です。この神は忌部氏の祖神である天太玉命《あめのふとだまのみこと》の末裔で四国の阿波からこの地に移り、房総半島を開拓したと伝えられている。この二柱の神は安房神社にも祀られています。そして天太玉命の后神《きさき》が天比理乃咩命です。そこで僕は最初、これは麻と絹の戦いなのではないかと考えたのです」

「つまり絹を生産する勢力であった秦氏の末裔が、麻生産の本拠地に進出する際、験《げん》を担《かつ》いでその聖地を封印したと？」

柴田は興味を示した。如何にも経営者と云う合いの手の入れ方が可笑しいと伊佐間は思った。

「しかしそれは少しばかり違っていたようだ」

「どう——違っていたのです」

陰陽師は云った。

「伊兵衛さんは世帯主義のイデオロギーを貫かんがために旧弊的な母系の因習を封印したのですよ」

「母系——？　どう云う意味ですか？」

葵が睨む。

文字通り母系です、と中禅寺は云う。

「女から女に――と云う母系ですか？」

柴田が頸を傾げる。不得意な分野なのだ。

「そうです。太古、生きる糧《かて》を狩猟採集のみに求めていた人間は、一箇所に定住することなく食料を追い求め、山谷を駆けて暮らしていた。そこに、農耕と云う新しい生活形態が登場する。これは不安定な狩猟生活とは違って安定していた。人は移動を止めて定住する。終《つい》の住処《すみか》――家が出来る。家を護り司《つかさど》るのは女性達でした。こうして、母系社会は形成されて行く。地母神は常に母であり、穀物神は常に女です。ですから父権社会が狩猟民族的であるなら母権社会は農耕民族的です。父権社会の家は父親と云う錦の御旗の下に結束すると云う堅い階層構造を持っていますが、母系社会での家は開かれている。共同体の中の緩やかな結びつきとして家がある。それもその土地との結びつきに由来しています――」

「論旨は解りますが――主旨は解り兼ねます」

葵が指摘すると中禅寺は僅か笑った。これも作戦のうちなのだろう。多分無関係ではないのだ。いずれ――関係して来る。

「ご指摘の通りです。しかし無関係と云う訳でもない。本邦もその昔は母系社会だったらしい。母権の時代はなかったとしても――母系の社会はあった」

「しかし女が中心に居た時代はありません。我が国の女性は未だに人間として扱われて居りません！」

「未だにではなく今だから、ではないでしょうか」

伊佐間は不安になる。

中禅寺は意図的に葵の土俵で勝負しようとしているように思う。しかしその手の話題では幾ら陰陽師でも——敵うまい。

葵は云った。

「そんなことはありませんわ。夫婦、夫妻、男女、父母——並び称する時は必ず男の順位が先。常に男が上位と云うのは不愉快です。先に来る方が階層が上と云うことでしょう。言葉が証明しています」

「おやおや。古くは夫婦を『めおと』と呼んでいました。これは女男《めおと》です。父母は『おもち』です。つまり母父《おもちち》。男女は『いもせ』これは妹兄《いもせ》ですね。そもそも大和言葉では女の順位が先、少なくとも言葉の上では女性が優位なのです。あなたが言葉を持ち出されるなら、僕はそう返すしかない。古来『親』とは母のみを指す言葉でした。老女の敬称である『刀自』とは本来『戸主《とし》』つまり戸主《こしゅ》のことです。貴方の言葉を借りるならば、古くは女が社会や家の中心に居たことは言葉が証明している——と云うことになってしまいます」

「しかし——」

「いいえ。仰りたいことは善く解ります。天尊地卑、乾坤定矣《けんこんていい》、乾は男。坤は女。男尊女卑の思想が陰陽五行などと共に早い時期に大陸から入って来ていたことは事実です。だから女権の時代と云うのは慥かになかった。しかし母系の理《ことわり》と云うのがあったことは認めるべきです。それは例えば――婚姻制度などにも現れている」

葵は――圧《お》されている。

なる程、否定されれば強く反発するが、肯定されると弱いのだろう。

陰陽師は続けた。

「古《いにしえ》は神代の昔から奈良平安朝の頃まで――本邦は招婿婚《しょうせいこん》が普通でした。つまり女性の所帯に男が通う、または婿に入ると云う妻所婚です。男は女性の許に通い、夜這い妻問いをして求婚した。ところが室町期以降になるとこれが娶嫁婚《しゅかこん》に変わる。つまり男性の家に女性が輿入れして来る、所謂《いわゆる》嫁入りのある夫所婚です。この時期――室町期に、現在にまで尾を引く支配的婚姻関係と云うのは成立した」

「そうです。家父長権の増大に伴う女性の地位の衰退と男尊女卑的思想の蔓延《まんえん》が――その原因です」

漸く葵が口を挟む。中禅寺はすぐに切り返す。

「幾つかお忘れです。遠方地域との交流を余儀なくされたこと――そして一族を強い結びつきで結ばなければならなくなったこと――」

「それは瑣末なことではありませんか？　社会情勢の変化と云うのはその時代を生きる人間の思想的背景にこそ左右されるものではありませんか？」

「それはどうでしょう。慥《たし》かにそうしたことは云えるのでしょうが、制度と云うのは思想のみが創るものではありません。掲げた理想が万人に支持されるとは限らないし、支持されたとしても制度として定着するかどうかは解らない。しかしそうせざるを得ない逼迫《ひっぱく》した社会状況が訪れれば厭でも制度は出来てしまう。室町時代と云うのは武家が台頭《たいとう》して来た時代です。武《もののふ》と云うのは、まあ戦っているものですからね。勢力拡大やら領地の死守やらと、差し迫った事情が多くある。血族と云うのは固い結束で結ばれていなければならず、他の一統との関係と云うのは微妙で緊張感に満ちたものになる。当然、婚姻も政治的な色彩を帯びて来ます。武家は上層に行く程遠方との縁組をしなければならず、家同士の格式の差が問題になり、自《おの》ずから妻所婚と云うのは成立し難くなって行く。同盟を結ぶ誓いとして娘を差し出す、人質としてそれを受け入れる——嫁取りとはそもそも武家の駆け引きの作法なのです」

「そうですね。女性の人権を無視した、野蛮で蒙昧《もうまい》な風習だった訳ですね」

「それはどうでしょう。一族で一番敬われるべきものだったからこそ人質として機能したのではありませんか？　貰った嫁を粗略に扱っては戦になってしまいます。尤も形骸化してしまって後のことは知りませんがね。しかし——これは、武家の話なんです」

「どう云うことです？」

「一般には室町期に成立した夫所婚制度は本邦に定着し、現在に至っているかのように考えられていますが——それは少しばかり間違っている。武家と公家、支配階級と被支配階級、マチとムラでは大きく違っている。そうした階層や地域の異なる共同体で同じ制度が罷《まか》り通る訳もないし、また同じにしなければいけない理由もない。そもそも婿取り——母系社会は農耕生活の定着と同時に完成したものですから、こと農村部のそれに関して云えば、武家社会で起きたような劇的な転換はなかったのです」

「婿取りの習慣が残留していたと云うのですか」

「勿論です。農家の娘は生産性の高い労働力ですからね。手放したくない。一方若者は機動力になるから欲しい訳です。そこで、武家の婚姻作法を地域ごとの事情に併せてアレンジした折衷案が表向き採用される。ムラ的嫁入り婚は、家父長制の象徴の如き武家的嫁入り婚とは——一線を画すものです」

中禅寺はそこで真佐子の顔を直視した。

「例えば東北から新潟、茨城、千葉などの地域では長く姉家督《あねかとく》と云う方式が採用されていました。これは長女が家督を継ぐ。婚姻の形態としては明瞭な婿入り婚です。長子の一子相続とはまるで違う。ただ相続の形態としては長女の婿が相続人となる訳ですから養子による長子相続とも云えますが、その実、長女は婚姻前からカトクと呼ばれる。長女は明確に戸主であると云う自覚を持っている。これは、父系社会の中で生き残った母系の仕組みです——」

真佐子が見返す。

「あなたは——当家がそうだったとでも——」

「今がどうなのかは知りません。しかし本来は筋金入りの女系一族だったと、僕は考えていますが——」

「そうだったとして、それが何だと云うのです！」

「天鈿女《あめのうずめ》の血を引く猿女君《さるめのきみ》や山城《やましろ》の桂女《けいじょ》の例を引くまでもなく——女系を以て家督を紡ぐ旧家は多い。別に恥じることはないのです」

「恥——？」

「そうです。この織作家は、天富命が阿波から遠征して来る遥か前より、ここが安房と呼ばれるずっと以前から——この地に根を下ろしていた一族なのではありませんか。大山津見神《おおやまつみのかみ》の長女、石長比売命《いわながひめのみこと》を祖神と奉る、正史に登場せぬ古き名門——」

「聞いたこともありませんわ！」

葵が吐き捨てるように云った。

「それに、それがどうしたと云うのです！　そんな御伽噺《おとぎばなし》が何か関係あるとでも云うのですか！」

「大いにあるのです」

中禅寺は明瞭《はっきり》と云った。

「これは御伽噺ではなく神話ですからね。八俣大蛇《やまたのおろち》を退治した素盞嗚命《すさのおのみこと》の妻、櫛名田比売《くしなだひめ》の父である足名椎命《あしなつちのみこと》の父神こそが大山津見神です」

「それが何なのです。神話だろうが伝説だろうが無関係なことに変わりはありません」

「まあ、神話は女権拡張に馴染まないかとも思いますが——それでも八俣大蛇の神話ぐらいはご存知でしょう。有名ですからね。その八俣大蛇退治が製鉄と稲作に関わる神話であることは興味深いことです。一方、足名椎の姉妹神である石長比売と木花佐久夜毘売《このはなさくやひめ》の神話は、機織りと妻問いの神話です。天孫邇邇芸命《ににぎのみこと》が高千穂《たかちほ》に天下った後、吾田《あた》の笠紗《かさ》で絶世の美女に会う。一書に曰《いわ》くそれは斎機殿《いみはたどの》に籠った娘であった——とされる。それが木花佐久夜毘売です。邇邇芸命は求婚し、木花佐久夜毘売は姉の石長比売を伴って輿入れする。だが石長比売は醜女《しこめ》だったので返されてしまう。大山津見は云います。石長比売の産む子供は雨が降っても風が吹いても石のように永久に生きたものを——しかし妹神の産む子は桜のように栄えはするし綺麗だが、桜のようにすぐ散るだろう——」

中禅寺はゆっくりと単色の室内を見渡した。

「——そして長女は永遠に家から出ない」

真佐子が陰陽師を視線で威嚇する。

「石長比売はそうして、永遠に水辺の機織棚で機を織り乍《なが》ら神の来訪を待つ機織り女となった。それは深い淵の中に沈み、やがては妖怪絡新婦となる」

「よ、妖怪？」

「これは農耕神——地祇と、征服神——天孫の婚姻譚でもあるのです。基督教を見れば解るように、土地と結びつかず、移動し、征服して行く民族——宗教の中心には概ね男性原理がある。一方、土地神は母系——女性原理に基づいている。だからこの神話は、母系社会と父系社会の婚姻を描いた神話と読み替えることもできる。木花佐久夜毘売は求婚された際に父神に意向を問うが、その父神である大山津見は別名山の神。山の神は本来女神です。この七夕の原形になる神話は——つまりは女性の理《ことわり》を男性の理に基づいて読み替えた神話なんです」

「もう少し——詳しく教えて欲しいですね。事件との関わりは理解出来ませんが、興味があります」

葵が洋卓の上で組んでいた指を漸《ようや》く離した。

中禅寺は斜め右からその様子を横目で見た。

人形と人形使いのようだと伊佐間は思った。

「母系——女系社会の特徴は子供が共同体の共有物となり得るものだった、と云う点でしょう。親が母を指す言葉だったことからも解るように、親子関係と云うのは常に母子関係でしかない。父親の役割を果たすのは共同体の男達凡てです。この場合、父親は誰でもいいのです。これは異母兄妹の婚姻が当たり前だったことからも窺い知ることができる」

「異母兄妹婚姻――」

「そう。同母妹との婚姻は認められなかったが、異母妹ならば認められた。母が同じなら兄弟ですが、父が同じでも母が違えば兄弟とは見做されなかったのです。血縁は母子関係のみに収斂《しゅうれん》されている。当然家長権は年長の女子が握ることとなる。但し――」

「但し？」

「これは今の倫理に照らすなら、あまり道徳的ではない状況を容認してしまう制度でもあるでしょうが」

「それは、複数の男女が婚姻関係を結ぶ――原始乱婚制？」

「人類の歴史に乱婚の時代などと云うものはあり得ませんよ。それこそ幻想です」

葵は言葉を止めて陶器の顔を強張らせた。

「ただ、これは――一人の女性が複数の男性と性的関係を結び、それぞれに子を生《な》しても、一向に構わないと云う仕組みではあるのです。家父長制の場合と違って、それは相続や家の存続を脅かすものにはなり得ない。父系家族の場合、男が妾に長子を生ませれば家は分裂の危機に晒される。従って一夫一婦制を導入しなければ立ち行かない。正妻と妾には格差を設け、嫡子の正当性を誇示する必要がある。しかし母系の場合はそれがない。全部自分で産んだ子だ。凡ての子供は必ず家長の血を引いているのです。子供の父親を誰にするか、それはもう――善い種を探すと云うレヴェルの問題でしかない」

「善い——種？」

「良質な遺伝子と云い替えてもいい」

「そんな——淫らなこと——」

「淫らではありません。それを淫らと思うなら、あなたはその時点で男性原理に支配されている！」

中禅寺は葵の陶器の肌に向けて最大級の式を発した。

女権拡張論者は人間性を失う程に整った顔を、一層に堅くした。

「歌垣。夜這い。妻問い。足入れ。箸取らせ。嫁盗み——時代や地域を問わず、そうした女系社会の名残《なごり》は沢山残っている。だが、それは悉《ことごと》く淫らで劣った野蛮な風習として退けられている。民俗学者ですらまともに取り上げはしない。しかし、それを退けることは、征服者の視点で被征服者を見ること、西欧の近代主義を上位とする差別視点で本邦の文化を見下すこと、男性原理の視点で女性原理を読み替えることに外ならない。夜這いを卑しい因習だ、淫蕩な旧弊だなどと切り捨てる独りよがりの大馬鹿者は、猿にも劣る無知蒙昧と云わねばなりません」

「夜這いが——悪しき旧弊因習ではないと——」

「当然です。目を背けて褻《け》がれとして祓い落としてしまうから何も見えない」

「何も見えない？　私達の目が曇っているとでも」

「これに関してだけ云うなら——曇っているのでしょうね」

中禅寺は断言した。

葵は黙った。

あまりにもあっさりと断言されてしまったからだろう。

「性や差別の問題をややこしくしているのは正にそうした意識です。民俗学者はそうした問題を取り上げない理由として、学問を政治的な運動に利用されたくないためとか、卑俗なレヴェルに貶《おとし》めたくないためだと説明する。これは一種の戦略だと考えることもできないこともありませんが、矢張りそれは云い逃れです。個人的なことこそ政治的なこと。個人の集まりが共同体で、その理を探るのが民俗学であった筈です。云い替えれば政治的なことは所詮個人的なことに過ぎない。個を越えた理を求めるなら、そうした恣意的なアプローチは致命的な誤謬《ごびゅう》を生み兼ねない。性や性差を抜きにして文化は語れないのです。あなたは先程、時代の精神性や思想が制度を作ると仰った。それではそうした時代の思想や精神性を作るものは何か——時代を越えてそれらを統べる大きな統一理論は構築し得ないのか——これからはそこを考えるべきです」

「慥かに——日本の共同体に於ける女性の位置と云うのは、他の国のそれとはやや違っているかもしれない。しかし一元化され切っていないとは云うものの、日本に男根主義がない訳ではないでしょう？」

「勿論ですよ葵さん。僕が云っているのはそう云うことではありません。仮令女系の社会であっても、あなたの云う男根主義は発生し得るし、発生しているでしょう。共同体と一体化することにのみ存在価値を見出す母親達は、一様に共同体の犠牲者となる危険性を孕《はら》んでいる。また共同体自体が男根主義的体質を帯び始めた時、女性自体が代行的に男根主義的支配の肩代わりをさせられると云う状況も容易に想像出来る」

「そうです。だから——」

「そう。だから——事実、夜這いは変質してしまった。夜這いと云う呪術は現代ではほぼ無効化している。しかしその効力には性差も個人差もある。未だにその呪術が効いている者も居るんです。彼女達を一刀両断に切り捨てることは果たしてあなたの本意なのかと、僕はそう云っている」

葵は沈思している。

「葵さん。あなたは決して間違ってはいない。ただ非連続の事象を連続した事象と混同しているのです」

「混同——？」

「夜這いと近代の売買春は違う。更に云うなら売春と買春は違うのです。それは、先程の神話からも窺い知ることができる」

「わ——かりません」

「母系社会の目で見てみましょう。或る時尊い貴人が訪れる。その土地の、その家の長である娘が一夜を共にする。これは何等淫らな行為ではない。娘は子を生して、その子は家を継ぐ。生まれた子供は遍く産んだ母親の子供なのですから、これは正当な嫡子となる訳です。父親なんて要らないのですね。しかし父系社会の目で見ると様相は変わる。それは正当な婚姻ではないと云うことになる。娘は嫁にくれなくては困る。男の側にしてみれば、正室の産んだ子供だけが正当な嫡子なのですから、これは仕方がない。だから邇邇芸命はそう云ったのです。そこで大山津見神は妹神を遣わした。姉神は返されたのではなく、貰えなかったのです。父系の側から見ればこれは──大変に不遜《ふそん》なことです」

「不遜──ですか」

「不遜です。掛《かけ》まくも畏《かしこ》き天孫族に差し出す人質である、本来ならば最高の位の者──長女をくれるのが相応《ふさわ》しかろう──それが支配するもの──男の理屈。そこで、醜いからこっちから返したのだ──と云う自尊心を賭けた弁解をつけ加えたのです」

「弁解だと」

「負け惜しみですよ。更に補足するなら、嫁に行った木花佐久夜毘売はすぐに子を孕《はら》むのですが、邇邇芸命はそれは自分の子ではないのではないか──と疑う。これは、女系ならではの仕組みがあったからでしょう。屈辱的な話ですね？」

「──ええ」

「しかし男性原理が正しいと云う視座《しざ》の下《もと》でのみ、それは屈辱となる。木花佐久夜毘売はそう云われても物怖《ものお》じすることなく、これが貴方の子でないのなら、産む時に幸はないと云って産屋に火を放ち、三柱の神を産む。これは男の側から見れば当てつけがましい抗議行動ですが、女の方は確信犯です。生まれて来るのが誰の子か——解らないのは男だけです」

葵は返事をしなくなった。

「つまり母系社会での婚姻関係——性的関係は、父系と云うフィルターを通すことで淫蕩な乱婚——乱交に変わってしまうと云うことです。貴人を婿に迎える一夜の契り——聖なる婚姻は、貴人側にしてみればただの一夜妻——現地妻との性行為に過ぎないのです。相手を特定しない凡ての性行為は、男にとっては悉く売春行為となり得るのです」

「女——にとっては」

「そこが問題なのですよ。それを見極めるのがあなたのような人の役目なのです。男性原理が基本となる社会に於ては仮令《たとえ》女性がどのような志や理《ことわり》を持っていようとも、そうした行為は売春とされる可能性を孕んでいる。しかしこの世の中この国は、ずっと男性原理に支配され続けて来た訳ではないのです。別の理に支配されている文化——呪いにかかった者も未だに居ると云うことです。男の言葉男の理屈では、そうした屈辱は癒せないのです」

葵は一層深く考え込んでしまった。

そこで——中禅寺は真佐子を見た。

真佐子は何故か蒼白になっていた。

「奥様。僕が先程恥じることはないと申しましたのは以上のような理由からです」

「未だ――解りません。そ、そんな話は――」

「奥様」

陰陽師は云った。

「織作家はこの地に深深と根を下ろし、年に一度貴《たっと》い客人《まろうど》を迎え入れ一夜の婿とする――そうした女系一族だったのではありませんか？」

葵が声を上げる。

「真逆――それは――」

あの――あの葵が動揺している。伊佐間などにはただ難解なだけの言葉の式が、葵や真佐子には確実に効いている。この種類の異なる二人の女傑を、陰陽師は同時に落とそうとしているのに違いない。

伊佐間は少しだけ動悸が乱れている。

この女達から何かが落ちた時――訪れる何かを怖れている。

「――それでは――」

葵は母を見る。

真佐子は陰陽師を茫然と見つめている。

「勿論それは神代の話でしょう。ただこの家は現在に至るまでここにこうして残っている。ならばそうした習慣は形を変え、形骸化したとしても近世まで残っていた筈だ。貴種《きしゅ》を宿し、土地を動かずに永久に繁栄を続ける母系の一族——それが、織作家だったのではないのですか。現在学院の建っている土地は織作家の聖域、神を迎え入れる斎機殿《いみはたどの》だったのでしょう。織作家は神を迎え入れる家。織作家の娘達は代代——神の嫁だったのです」

「織作家の女が——神の嫁？」

「そうです。しかし、神代の時代が過ぎれば、訪れるのは神ではなくただの男です。時が経ち、本来の神の座には男が坐《すわ》ってしまったのです」

——神の座に坐る——男？

「それが天女の——」

益田が呟いた。

「そう。先程云った通り、織作家の仕来《しきた》りはあくまで母系側の理《ことわり》に則って見なければ破綻してしまう。通う方——男の理に基づいて捉える限り、この斎場は単なる淫売小屋に過ぎなくなるからだ。そうした男の視線に晒されることに因って織作家が太古より作り上げて来た繁栄の理《システム》は、簡単に無効化されてしまう。神の嫁たる巫女は神性を剝奪されて——」

中禅寺は視線を真佐子に定めた。

「——単なる娼婦になってしまった」

「娼婦――」

「そうした、男の視線が齎《もたら》す屈辱に根差した、男性原理至上社会の台頭に対する抵抗の呪詛こそが――天女の呪いの正体です」

「と――当家を愚弄するような罵言を吐くことは、わ、私が承知しませんよ！」

真佐子は酷《ひど》く狼狽した。

陰陽師は一喝する。

「罵言ではない。背徳《うしろめた》く思っていらっしゃるのは奥様――貴方の方だ！」

「え――」

「元元恥ずべきことではないと申し上げた筈だ。それなのに恥辱を感じる。恥じねばならぬと云う想いがある。あなたにそうした背徳の感情を植えつけたのが――伊兵衛さんだ」

「ち――父が」

「伊兵衛さんは嘉右衛門さんの後を受け、事業で成功するや否や、斎河である機織り淵を聖遺物や聖典に寄る六芒星で囲み、斎機殿を潰して礼拝堂を建て、その周りに無意味な呪物を埋めて、神殿跡に――神殿があったのかどうかは判りませんが――堅牢な西欧の建築物の複製を建て、建物に呪文魔紋を刻み入れ――念入りに、実に念入りに織作家の聖地《こと》を糊塗隠蔽した。余程気に入らなかったのか――否、これは気に入らないと云うレヴェルの所業ではない。ひとり娘であるあなたも当然影響を受けている筈だ」

「馬鹿馬鹿しい。何でそんなことを——」

「し、しかし小母様。あそこには慥かに黒い聖母、否、その——神像があった。そしてあそこは猶太の寺だった。与太話とも思えないです」

柴田は漸く慌て始めた。

「明治三十一年、日本は近代化のためと称して、欧州に倣《なら》い一夫一婦制を導入しました。しかし一方で、それは武家社会の作法である家——家父長による階層的一族支配と云う制度を温存する結果ともなってしまった。こうして、支配的婚姻は本当に制度化されてしまう。四民は平等であり、例外は許されなくなった。仕方がなくこの辺りを初めとする姉家督の地域でも、姉夫婦は弟——長男の成長に従って家督を譲ると云う、中継相続などの形を取って対応しました。しかしそれはあくまで法律上のもの、形式上のものだった。少なくとも大戦が終わるまで、女系の因習は文化としては生きていた。伊兵衛さんはそれが許せなかったのです」

「許せないとは——その、法律上定められた通りに家督相続を実行しない織作家が許せないと？　否、違うな。伊兵衛氏があの学院を建てたのは養子に入られた後の筈だし、養子に入った以上幾ら因習があろうと財産は伊兵衛氏のものだ——仮令奥様が家督を継いだのだとしても配偶者なのだし——」

柴田は懸命に考えている。

己の理解の及ぶ範囲の言葉での解決を望んでいるのだろう。

「それは——間違いなく自分の血を残したかったからでしょうね。柴田さん」

「血？ 待ってください。それでは、伊兵衛氏が許せなかったこととは、この織作家がその時期に至って先程仰ったような、そ、その——」

勇治さん——と真佐子が止める。柴田が裏返った声を発する。

「つまり、ちゅ、中禅寺さん、この織作家は、大正の時代になって尚、相手を特定しない婚姻——否、性的関係を——続けていたと？」

「勇治さん！ 何を馬鹿なこと！」

真佐子が厳しく諌めた。

しかし柴田は止まらなかった。それどころか一層に混乱して、大声で云った。

「伊兵衛氏は——その淫らな——否、淫らではないのか——しかし、伊兵衛氏にとってはその、否、兎に角その、女系一族の因習を断ち切らんがために、織作家の精神的象徴たる聖域に、己の奉ずる猶太の神を祀って封印をしたと云うんですか！」

「ば——馬鹿なことは云わないで！」

真佐子は立ち上がる。

「お母様！」

葵も立った。

「お母様。潔く致しましょう。それは少なくとも犯罪ではない。現在に禍根を残す某《なにがし》かの因子ではあったのでしょうが——事実なら——私も知りたい。姉さん！　貴女も知りたいでしょう？　知る——べきなのですね、中禅寺さん」

「葵さん。少なくともあなたは知るべきでしょう。そして奥様、あなたは話すべきです」

真佐子は沈黙し、部屋の中に居る者どもを——娘も含めて——威嚇するような視線で順に見回した。

立ちはだかる黒衣の悪魔。椅子に浅く腰掛け、体勢を低く取って押し黙る刑事。その部下は真摯な瞳で真佐子を凝視している。扉近くに番頭か執事のように畏まる骨董屋。少しばかり悲しそうに眉尻を下げて立ち竦《すく》む探偵助手。洋卓の辺には冷や汗を額に浮かべた財閥総帥と、今や割れ物のようにも見える飾人形の娘。その斜め後ろにおろおろと落ち着きなく狼狽《うろた》えるその姉。螺旋階段の中程には大きく脚を広げて探偵が坐っている。

伊佐間は探偵と真佐子の中程で茫然としている。

真佐子は二度程武者震いをした。そして顎を引き呼吸を整えてからこう云った。

「善くお聞き茜。葵。この織作家は——今、この方の仰せになった通りの、気高き淫売婦の家系。お前達には知らせぬまま、墓場に持って行こうと思うていたが、それもままならぬなら凡て——申しましょう」

そして真佐子は、それでもまだ矍鑠《かくしゃく》とした歩みで、二歩三歩前に出た。

「どこで調べられたのか、或はお考えになったのか、それは存じませんが、あの学院のある森は古くから織作の土地。幼い頃の記憶では、池を囲んで何やら古い建物が何棟かございました。神社のような、神殿のような——そう、機織りの機械、地機《いざりばた》も置いてありましたし、あの鬼魅の悪い、真っ黒の神の像も祀られていた。小さかった私は祖母に連れられてそこに行き、泊まったこともございます。母もまた、幾度かそこに行っていた。父——伊兵衛はそれを止めさせるためにあそこを潰した——」

「公文書古文献には全く載っていません。公には秘されていたのですね。それだけ大きく古く、且つそこまで完全な家神と云うのは珍しいでしょう」

中禅寺はそう云った後、深い溜め息を吐いて身を引き、椅子に端座《すわ》った。

真佐子は語った。

「母はそこで殿方を迎え入れていた——」

葵の頬が一瞬痙攣したように伊佐間には見えた。

「——相手が誰かは存じません。凡ては祖母の企てでした。祖母——五百子は、執拗《しつよう》に、母貞子に男をあてがったのです。私はひとり娘でしたから、他にも子を生すようにと申す気持ちもあったのでしょうが、それよりも祖父——嘉右衛門に対する復讐こそが祖母の本意だったのだと、私は思う」

「曾祖父様《ひいおじいさま》——」

茜は小さくそう云った。復讐とは何だよ、と木場が尋いた。

「家系を乗っ取られた意趣返しです」

「乗っ取り？」

「そうです。祖父嘉右衛門もまた、織作の因習が気に入らなかったのでしょう。いいえ、私自身疑問に思うことも——今では多い。その頃は——例えば純潔だとか貞操だとか、そう云うことに対する殿方の頑迷《がんめい》さと云うのは、更に強かったのだと思います」

真佐子は淋しげに、螺旋の下に口を開ける昏い廊下の奥を見た。

「一方刀自は根っから織作の女として育った。慥かにあなたの仰った通り、男は種を貰うもの、養子は戸籍上の飾り——単なる労働力としか考えていなかったようです。祖母は外様《とざま》の幕臣の子だった嘉右衛門と云う人を婿に取るのが本当は厭だったのだと——多分、酷く厭だったのだろうと思います。私には善く解る。祖母には想い人が居たようでした——」

廊下の先にはその五百子が居るのだと、伊佐間はその時やっと気づいた。

「——しかし、養子縁組をした嘉右衛門と云う人は、事業家として天賦《てんぷ》の才を持っていた。傾きかけていた織作の家を立て直し、のみならず莫大な財を成した。私は、そこで祖父は欲を出したのだろうと思う。祖父は、どこかの織機工場の女工に子供を産ませた。その頃祖母もまた子を生していた。勿論、それは祖父の子ではなかった——」

——良質な遺伝子を。

「先に生まれたのは——女工の子の方でした。それが私の母、お前達の祖母の——貞子です」

真佐子は娘達に背を向けてそう云った。

——織作の血なんて、とっくに絶えてんのよ。

——どこかの女工に産ませた子なんですって。

セツの噂話は真実だった。

嘘でも一向に構わなかったことなのに。

「その頃は民法がどうとか云うこともなかったらしいですが、祖母は大層悩んだのだそうです。家督は必ず長女が継ぐ。それは当家のしきたりだった。祖父はその、先に生まれた妾腹の娘・貞子を無理矢理実子としてしまったようなのです。戸籍上は貞子が長女——あなたの仰る女系の、本来なら跡目で争う筈もない家が、嘉右衛門と云う猛猛《たけだけ》しい男のために攪乱《かくらん》されてしまったのです。祖母はその段階で家長の座を追われたと——考えたようです。この織作家は明治になって初めて家父長を迎えたのです」

真佐子は眼を閉じた。

「祖母の産んだ子——戸籍上の次女は久代《ひさよ》と云う名で、その後どうなったのか、私は知りません」

「久代さんは何故か養女に出されたらしい。詳細は判りません。ただ伊兵衛さんが養子に来るまではこの家に居たらしい。記録が残っている」

中禅寺が補足する。事前に、出来得る限り多くの情報を入手しておくのが陰陽師の手口なのである。

「記録——ですか？」

「奥様なら『嘉翁傳《かおうでん》』と云う本は御存知ですね？　お祖父さん——茜さん達にとっては曾お祖父さんの半生を綴った伝記です。しかしこれは養子に入って後の、しかも事業家として成功するまでの過程が克明に記されているだけだ。出自は疎か家族のことなど一行も出ていないと云う、不思議な伝記です。ただ口絵に写真が載っている。伊兵衛氏と貞子さんの婚儀の時のものです。そこに、どうも久代さんらしき人が写っていた」

知りません——詳細は判りません——。

それらしきものが写っていた——。

まるで念写か幽霊の写真である。

久代と云う人の人生は、どうも透けるほどに薄くなってしまったようだ。

そうですか——と、真佐子は努めて素っ気なく答えた。

「その本は勿論知っていますが、決して読んではならぬと祖母にきつく云われていた。なる程、祖父嘉右衛門と云う人は、斯様なまでに己のことしか頭にない人だったのですね。自分の功績、自分の立場自分の野望——そうしたことが蜿蜿《えんえん》と綴られているのでしょう？　お読みになりましたか」

「読みました」

「そう、ですから私も、勿論亡くなった紫も、ここに居る茜も葵も、そして碧も、誰ひとり刀自殿の血を、織作家の血を引いていないのです。私達は皆、嘉右衛門と名も知れぬ女工の末裔なのです。嘉右衛門と云う人はそうやって織作の血を乗っ取ったのです。己が戸主になるだけでは気が済まず、子子孫孫に至るまで己の血を引く者が戸主になることを望んだ。独占欲と自己愛の塊。嘉右衛門とはそう云う人だった。祖母は――抵抗した」

「どうやったら抵抗できるのです」

「ですから祖母は、母――貞子に、織作の女としての躾《しつけ》をしたのです」

「躾」

「要するに次次と男をあてがったのです！」

真佐子の言葉尻が凶暴な毒を帯び始めた。

茜が口に手を当てて云った。

「そんな――酷い」

「男を人と思うな。男は道具だ。子供を生すために必要だと云うだけで、後は死ぬまで働かせておけば善いのだ――祖母はそう教えたのだそうです。父が亡くなった時に――私は母から直接、この耳で聞きました。それでも母は、結局私以外の子を孕めなかった」

「伊兵衛さんは――だから」

「そうです。夫が居乍《なが》ら閨《ねや》に別の男を引き込む母の所作は、父には淫蕩な男狂いにしか見えなかったのでしょう。そして父伊兵衛は、祖父嘉右衛門と同じことを繰り返したんです。だから父は——きっと」

それがあの学院なのね、と葵は無感動に云った。

「そうです。そして——」

語り続けようとする真佐子を中禅寺は止めた。

「奥様。そこから先は取り敢えず結構です。場合によっては語らずに——済ませられるかもしれない」

真佐子は不思議な顔をした。

「お聞きの通りです葵さん。本来の織作の作法に従うなら、貞子さんには家督を譲れない。それればかりか彼女には相続権すらないことになる。何故なら、貞子さんは五百子さんが産んだ子ではないからです。一方、戸籍上は次女であろうが、嘉右衛門さんの子でなかろうが、彼女こそ本来の織作の後継者であることは間違いない。久代さんは五百子さんが最初に産んだ女子なのですから、これは迷うまでもない、明快な理だ。しかし民法は——否、家父長制はそんなことは認めないのです。仮令妾腹の子であろうとも、戸籍上実子ならば相続権はある。却説《さて》、この場合は——」

中禅寺は葵に向けて云った。

「――いずれも間違っている訳ではない。ただ少なくともこの国は表向き近代法治国家を標榜している訳ですから、現行の法制に従うと云うのが筋なのでしょうね。しかし、そこに曰く淫乱だとか、曰く道徳観念に欠けるとか云う、基準値の曖昧な価値判断を持ち込むのは如何なものか」

「理解しました。慥かに恥じることではない。単にパラダイムが違ったのだと、そう云うことですね」

葵は理解すると共に落ち着きを取戻した。

真実、理知的な女《ひと》なのである。

「如何にも。しかし、異なる理がひとつの平面に重なる時、そこには斑紋《モアレ》が生じます。貞子さんは五百子さんに織作の作法を刷り込まれ、嘉右衛門さんは己の作法を行使する人物を迎え入れた。伊兵衛さんが婿入りしたのは明治三十四年。当時三十歳だったと『嘉翁傳』には書かれています。その時期は奥様が申された通り、近代化にも拍車がかかり、法令も整って来ていたから、『嘉翁傳』の中でも堅物と評されている伊兵衛さん辺りには織作家のやり方は耐えられなかったのでしょうね。彼の目には織作の理は非常に悪魔的《デモニッシュ》に映った筈だ。恰も十六世紀に本邦を訪れたイエズス会の宣教師達のように」

「それは？」

柴田が尋いた。

「そう——例えば有名な宣教師フランシスコ・ザビエルは、最初に日本を訪れた時、驚き嘆いて本国に手紙を出している。支配階級である武士や聖職者たる僧侶達が公然と男色行為を行い、庶民は半裸で暮らし、風呂は男女混浴、婚前の性的交渉——夜這いが平然と行われている。こんな淫奔《いんぽん》で不埒《ふらち》で風紀紊乱《ふうきびんらん》な国はない。ここまで性が乱れた国に基督教など広まるものか——」

中禅寺は葵に尋く。

「——ザビエルの気持ちは解らないでもない。しかし、葵さん、あなたならこの手紙を如何《どう》受け取ります？」

「西洋男根主義的植民地主義」

「簡潔です。まあ伊兵衛さんにもそう見えたのでしょう。そこで——そこが凄いところなのですが、伊兵衛さんはこう考えた。魔術には魔術を——と。しかし伊兵衛さんは術を間違えたのです。基督教なら兎も角も、猶太教では女系の呪術を封じることは出来なかったようですね」

「それは——？」

葵は尋き返す。

「猶太教——と云うより、伊兵衛さんの場合カバラと呼んだ方がいいのだが——カバラの神秘思想は、一度放棄した女性原理を復活させているのです」

そして——再び話題は日常から非日常へ急上昇する。同じ場所に居ると云うのに、高度が急激に上下するので、伊佐間辺りの視点は一向定まらない。

葵は陰陽師の上下運動に馴れて来ている。

「そうなのですか？　私の知る限り、猶太教は基督教の原形と云うような印象しかありません。一神教では創造神を唯一神とするが故に、配偶者である女神を廃し豊饒や慈愛や誕生と云った、古来女神が司っていた属性までも奪い去った。猶太教に於てもそれはそうなのではないのですか？」

「それが——違うのです」

陰陽師は再びすうと腰を上げる。

反対に立っていた葵は着席して、挑発するように云った。

「基督教は云うに及ばず、仏教でさえ教義の中から女性は排斥されている。カバラにそれがあるのなら、是非教えて戴きたいですわ」

導師《ラビ》ではないので舌足らずですが、と陰陽師は云った。

「カバラ神秘思想の中核を為す概念にセフィロトがあります。象徴や寓意によって世界を再編するこの神秘の知恵は、悉くこのセフィロトによって説明されてしまうのです」

生命の樹《き》と云う図形をご存知ありませんか、と中禅寺は尋いた。

残念乍ら存じませんと葵は答えた。

「そうですか。猶太の唯一神は見ることも触ることも思考の対象にすることも不可能とされます。人間がそれを知ることが出来るのは、その神性が恰《あたか》も石炭から炎が発するように沁《し》み出して来るからであるとされる。その炎こそがこの世界であり、その世界は十段階の属性《セフィラ》に分けることが出来る――これがセフィロトです。その十段階の十番目が女性原理に振り当てられた。この十番目の属性はそもそも物質的世界を表す属性であり、本来最後に訪れるであろう神の国《マルクト》の属性でもあったのですが、そこにカバリスト達は『女性原理《シエキナー》』と云う名称を与えた。これは『王女、刀自、女王或は神の花嫁』とも呼ばれる。それ自体は何等神性を持ち得ないが、それなくしては神秘世界は統一出来ず、神の国も成就しないと云う、実に半端、且つ重要な位置《ポジション》です」

「それは――例えば基督教で云う聖母信仰などと同じで、所詮男性の視点から見た拗《ね》じ曲がった女性原理に過ぎないのではないですか？」

「勿論そうです。宗教と云うのは言説です。象徴で世界を秩序立て理解しようとする行為自体が、その時点で既に男根的なのです。そこから零《こぼ》れ落ちたものを女性的と云うのなら、これは掬《すく》いようがない。掬った途端にそれは男性的な言説へと云い替えられてしまう。従って言語自体を解体し、言語の構造自体が内包する男性原理を指摘しない限りは如何《どう》しようもない。表現や言葉遣いなど、言説のレヴェルでわいわい云っても始まりません。表層に現れた部分を糾弾しても鼬《いたち》ごっこになってしまう」

鼬ごっこと云う比喩には共感を持ちますわと、葵は少し笑った。

「神秘思想と謂えども同じことで、教義など所詮は言説に過ぎないのです。ですから仮令それがあなたの云うように拗じ曲がった女性原理であろうとも、それがその言説の体系の中でどれだけの比重を以て扱われているか、と云う形で量るしかない」

「了解しました」

了解したのは葵だけだろう。

「カバラに於ける女性原理は基督教の付け焼き刃のようなそれと違って、なくてはならないものなのです。男性原理を司る第六属性《ティフエレト》、第九属性《イエソド》と女性原理を司る第十属性《シエキナー》が正しい婚姻をしない限り、この世界は、神の国は立ち現れない——選民思想でもある猶太教では、この世界が創造される初原の時より神を補佐する者は自分達猶太人なのである——と信じていた。ならば世界中で神の王土を実現出来るのは自分達猶太人だけだ——とも信じていた。神の伴侶たるイスラエルの民は自らをそもそも、神の娘或は神の嫁と呼んでいた。彼等自身が女性原理《シエキナー》だった」

「神の嫁——？」

「意味は違うが——本邦の神の嫁を封ずるには相応しくない。魔術は全然効かなかったのです。まあ、そんな場違いな魔術は、そもそも効かないのですがね。それが今回の事件の大本なのです——」

論点は急降下した。

着地した途端に柴田が尋いた。

「それはその——どう云う意味ですか中禅寺さん。織作家の因習は——因習と云うのは違うのかな——その、伊兵衛氏の封印後も絶えなかったと——」

鈍感なのだ。企業家としては敏腕なのだろうし、常識人でもあり、それなりの人格者でもあるのだろうが、この柴田と云う男は鈍感なのだ。

伊佐間は真佐子を盗み見る。何故中禅寺が真佐子の告白を途中で止めさせたのか、柴田は全く察していない。

いつにも増して脱線しているかのように窺える今回の中禅寺の弁舌の裏には、だからかなりの配慮があるのだろうと伊佐間は思う。勿論碧を死なせたことから慎重になっているのかもしれぬし、一度に落とすには相手が悪いのかもしれないのだが。

ただ彼は人一倍犠牲者が出ることを嫌う。

当然中禅寺は柴田の問いには答えずに、矛先を身を堅くして聞き入っていた木場に向けた。

「唐突ですが、ここで川島喜市さんの話をしましょう。彼がどのように関わり、何をしたのか——木場修、あんたが一番善く知っている。織作家の方方に説明して貰えないだろうか。何もご存知ない筈だ。ただ関わりは非常に深いし、外す訳には行かない」

木場は承知したぜ、と云った。

「川島喜市は――この間ここに邪魔した時にも云ったがな、目潰し魔平野祐吉――お嬢さんを殺した犯人だがな――奴の、平野の友人だった――」

中禅寺は木場の話に合わせて家人の様子を微細に窺っている。螺旋の上からは榎木津が端正な顔で同じように女達を見ていた。

――見えるんだ。

あの躁病の気がある変人は、他人の記憶を盗み見るのだ。ただ、それは心を読み取るのとは違うらしい。思考や意志や――伊佐間にはそれがどう違うのか解らないのだが――恣意的記憶や非視覚的情報などは駄目なのだと聞く。ただ漠然と見えるのだそうだ。その感覚も伊佐間には解らない。

伊佐間も真似て女達を見てみる。

木場が喜市の名を出す度に――先ず茜が怯えたように畏《かしこ》まる。これは解らないでもない。喜市と唯一繋がりがあるのは彼女である。喜市の手紙を読み、紹介状を書いたのは茜だ。

一方、平野の名が出る度に反応したのは柴田である。これは多分碧の無残な死を目撃したことに由来しているのだろう。犯人は平野なのである。

葵は――どちらかと云うと興味がないと云った顔で聞いている。ただ喜市より平野の方にやや反応を示すように思える。真佐子は――。

真佐子は明らかに喜市に反応している。

恥ずべきこと――と思い込んでいた過去の因習を暴露して、未だ動揺治まらず、と云うところなのだろうか。それとも碧のことが――。

本当は辛いのか。

木場は喜市の動向と併せて目潰し魔の凶行に就いても同時に説明した。伊佐間は、漸く目潰し事件の全貌を知った。柴田は涙腺《るいせん》を緩ませている。鈍感な上に単純で涙脆《もろ》い――いい人なのかもしれない。

「あの、学院の礼拝堂の小部屋に平野が長期間潜伏していたことは、まず間違いねえ。喰い散らかした跡や煮炊きした痕跡まであったからな。あそこにゃ厳しい規律があるから、夜なら人気《ひとけ》もねえ。校門に門扉もねえ。出入りは自由だ。部屋ん中を調べてみると、小窓があって、通気も何とか出来る。蔦に隠れて表からは殆ど見えねえんだがな。その、礼拝堂の裏手で夜中に集会を開けば――まあ丸聞こえだな。奴は娘達の夜会を聞いていた可能性はある。お宅の娘さんがそのことを知っていたのかどうかってのが問題よ。鍵は――あの娘が持っていた」

茜が声を出して泣いた。

木場は少し困ったような顔をして、そこで言葉を止めた。

中禅寺が受ける。

「川島喜市さんが今話されたような行動を執った原因と云うのは、木場刑事の話にあった通り、母親である石田芳江さんの自殺にある訳です。この事件に就いては、葵さんがお詳しいとか」

「詳しい――でしょうね」

「恥ずべき行為だと？」

「先程あなたはそうではないと仰った。あなたの論旨は理解しましたし、私もこれまでの見識を若干なり改めようとは思います。だから――恥ずべき行為とは敢えて云いません。しかし、石田芳江さんは亡くなっている。仮令《たとえ》どんな大義名分があろうとも、夜這いの風習が人を一人殺しているのです。あなたの仰るように夜這いはもう機能していないのでしょう。その昔、別の理がムラを支配していた時代と違って、今の夜這いは単なる性暴力です。若者組と娘組と云ったムラの構成員による組織も形骸化し、今や殆どなくなってしまった。まあ、女性をムラの共有物として支配すると云う考え方は私の認識不足だったのでしょうが、例えば婚姻を前提としなくなってしまえば、そして女性側に拒否する権利が与えられないのであれば、それは立派な強姦。現代では犯罪です」

「なる程、芳江さんが自殺したのならそれはあなたの仰る通りです。しかし――喜市さんは芳江さんは自殺ではないと判断した。そこでは三人の娼婦と云う、やけに芝居がかった連中が登場して、芳江さんを売春に導いて殺したと云う――」

それに就いちゃ——と木場が云った。

「こんなものを今日手に入れたぜ。こりゃ先日亡くなったこちらの旦那の覚え書きだ。誰に宛てたものか、何のために書かれたのかは解らねえ」

木場は手にした封筒を掲げて立ち、少し迷ってから洋卓の上に置いて、葵の前にそれを滑らせた。

「親父さんの字かい？」

葵は封筒の中から古びたそれを取り出して、慥かに父の筆跡に似ていますが、と云い、更に具《つぶさ》に観てから落款《らっかん》があるので間違いないですね、と云った。

「読んでくれれば解るがな。親父さんは石田芳江が首縊ったのは己の所為《せい》と悔やんでる。芳江の気持ちは判らぬが、と前置きはしてるが、それでも自分が芳江宅を訪れた夜に首吊ってるんだから、まあ間違いねえと告白している。折角気を懸けて居たのに、この結果は不本意だ、就いては息子を探し出し、僅かなり香典でも渡しひと言詫びるなりしてえと——誰に宛てて書いたものかな——おい、どう思う」

「これは、どこにあったのです？」

「長女の部屋だとよ。机の抽出《ひきだし》だ」

「セツさんが見つけたのですか？」

茜が不安そうに尋いた。

「そうだ。茜さんだっけかな。あんたが頼んだんだろ。それ読みゃ判るが、そこには三人の娼婦なんか出て来やしねえ。俺は三人の一人である高橋志摩子に詳しく話を聞いたがな、志摩子も知らねえと云う。丸切り知らねえってんじゃ惚《とぼ》けてるってこともあるがな。志摩子の話じゃよ、空き家になってたから使わせて貰ったんだと云う。つまり三人が首吊り小屋で過ごしたのは、芳江が自殺した後だったてんだな。それも一週間程滞在しただけだと云っている。芳江は身寄りもねえから家具も夜具もそのまま残っていた。今もまだ放置されてるぐらいだからな。都落ちして来た志摩子達には丁度良かったらしいぜ。俺はその証言を信じてる。この書状はそれを裏付けるもんだ」

「でも――」

茜は屹度《きつと》木場を見た。

意外と――母に似ている。

「わ、私が聞いた話では――」

「誰から何を聞いたんだ？」

「そ――それは――と――」

茜が口籠り、葵が書状を母に渡さんと立ちかけたその時、真佐子は大きな声で云った。

「そのお話なら――本当です」

「お母様――」

「今更隠し立てして何になりましょう。雄之介は、その芳江さんと云う女性の噂を聞きつけて、一度だけその人のところへ忍んで行ったのです。その翌日に、その方はぶら下がっていた。普段慌てることもなく、また私と口を利くこともないあの雄之介が、その日はやけに周《しゅう》章《しょう》していて——私は大層可笑《おか》しかったように覚えています」

凛《りん》としている。もう、恥じてはいないのか。

「お母様それは——真実《ほんとう》なのですか!」

茜は眼を見開き、母の前に出た。

「真実です。茜——あなたこそ、お父様から子細《しさい》を聞いていたのではないのですか? 聞けばあなたは芳江さんの息子さんに紹介状を書いたと云うではありませんか。その時お父様にお伺いを立てたと——葵から聞いていますが?」

「私は——お父様からは何も聞いておりません。ただ、表立っては何もしてやれぬが、縁のある方だから出来得る限りのことをしてくれと——」

「ですから——縁があると申されたのは、そのことなのでしょう。御自分の所為で亡くなった女性のお子さんなのですよ。それに、体面を重んじれば表立って何か出来る立場でもございませんでしょう」

「そんな——」

茜から血の気が抜ける。

陰陽師は云う。

「その覚え書きが本物かどうかは別にして、それは多分事実なのでしょうね――」

中禅寺は真佐子に封筒を渡さんとする体勢のまま止まっていた葵の手から、それを抜き取った。

「奥様。例えば――雄之介さんがその時、石田芳江さんにお金を渡したと云うことはないでしょうか？」

「渡したでしょうね」

真佐子は断言した。

「あの人はどんな時にも金を持ち歩き、何かある毎《ごと》金を出した。卑《いや》しい男だったのです。誇りが銭金で買えると思っていた。石田芳江と云う人は、私はどう云う方なのかは存じませんが、当時の噂では淫売紛《まが》いのことをしていたと評判だったようです。ならば必ず金を渡しています。色好い返事があれば、囲う気だったのかもしれない」

中禅寺は眉間に皺を刻み、そうですか、なる程、と納得した。そして云った。

「それならば――芳江さんが死んだのは矢張り雄之介さんの所為でしょう。無理矢理金を渡したから彼女は首を吊ったのです。喜市さんは復讐するなら雄之介さんにするべきだった訳だ」

解りませんね――と葵が云う。

「石田さんは屈辱的な地域包《ぐる》みの性暴力に十年も耐えて、挙げ句耐え切れなくなって亡くなったのです。真実父が彼女に性的な屈辱を与えたのだとしても、そしてそれが最後の一度だったとしても、それはそれだけのこと。彼女を殺したのは、矢張り共同体であり文化であり国家です」

「まだ——解りませんか」

「何のことです」

陰陽師と女権拡張論者は再び向き合った。

葵さん——と中禅寺は云う。

「夜這いは民俗学者の云う婚姻を前提とした儀式風習でもなければ、社会学者の云う共同体内の複数男性による女性の強制的共有でもない。慥かにパラダイムが変われば事象も読み替えられる。異なる事象が同じものとして読み解ける場合もある。だが、今ある文化が凡て過去の文化の残存だと考えるのは間違いだ」

「どう云うことです」

「夜這いの風習が連続的に変質して現在の売春に繋がっている訳ではない、と僕は申し上げているのです。夜這いと売春は非連続で並立する事象です。いいですか葵さん。夜這いは女から仕掛ける場合も多かったのです。勿論拒否もできるし、相手を取り替えることだって可能だった」

「そんな――ことが――あったのですか」

「当然です。夜這いは婚姻など前提にはしない。夜這いの結果、婚姻関係を結ぶ場合も多かったでしょうが、決してそれを前提にしたものではないのです。しかし、だからと云ってそれは強制的なモノでも一方的なものでもなかったのです。拒まれれば止める、それも作法のうちだった。しかも夜這いは男性だけが行使する偏向した風習ではなかった」

「女性側も――行《おこな》ったと――」

「ムラの女達は積極的に夜這いをした。娘組の者だけでなく、後家や出戻りにも夜這いはかかる。夜這いは自由恋愛に近いものだったのです。ムラには百人斬りを自慢する親父も居れば百人抜きを自慢する人妻も居た。若者は筆下ろしと称して後家や親戚の人妻に手解きを受け、娘は初潮があれば娘宿に通わせて男遊びをさせた。こと程日本とはそう云う国だったのです。これが中世イエズス会の宣教師達を戦《おのの》かせた本邦のひとつの形だ。そして複数を相手にして尚、それは恋愛の形をきちんと取っていた。これは強制的な性の管理制度などではなく自由恋愛の範疇として見るべきものです」

「そんな――み」

「淫らな――と思うなら、あなたはあなたの批判する族《やから》となんら変わりがないのだと、先程も云った筈です。あなたはザビエルの手紙を西洋男根主義的植民地主義と切って捨てたのですよ」

葵は絶句した。

「誰が何と云おうと、これが現実だ」

陰陽師は顔を横に向けた。

「勿論——そうでない歴史もある。儒教や朱子学に気触《かぶ》れた武家社会では雁字《がんじ》搦《がら》めの家と云う制度が形成され、性も婚姻も手段としてその制度に組み込まれることになる。貨幣経済が著しく発展した町では性の商品化、サロンとしての遊廓《くるわ》の特権化などが行われる。同じ時代だからと云って同じモラルが社会全体に通底していたと理解するのは間違っている。いいですか、世の中を支えている理はひとつではないのです。時代で横割りするのも、性差で縦割りするのも乱暴だ。同じ言葉を話す同じ文化の中だって、地域や階層や信仰や環境で大きく違ってしまうものなのです。それらは同時に存在する。併存している訳です。だからこそ、ひとつの事象もそれぞれ別の理で読み解かれることになる。ムラの理屈で武家の父権制度を読み解くなら、まるで違うものになるのです」

「それは——そうでしょうが」

「そうした並列すべきものが一元化した時にこそ、破綻が生じるのです。先ず貨幣制度がムラ社会を蝕《むしば》み、多くのムラの理は読み解けなくなった。そして戦争です。国家が一丸となりたったひとつのイデオロギーを掲げて邁進《まいしん》するなどと云う時代は畸形だ。色色のものが壊れてしまった。しかし——」

陰陽師は葵を静かに威嚇《いかく》した。

「——壊れたと云っても消え去った訳ではないのです。何故ならこの国は、どんなに表向き平らに均したつもりでいても、普く均質な訳ではないからです。それに、個人差や性差でそれは違って来るのだと——先程も申しましたでしょう」

「では——私は——いったい」

「それも申し上げている筈です。あなたは間違ってはいない。混同しているだけだ」

「混同——とは」

「近代売買春の抱える問題は、大いに剔出《てきしゅつ》するべきです。そんなものは解体してしまえばいい。しかし夜這いとそれを同列に、否、同一に扱うのは乱暴だ。繰り返しますがこの国の文化が均質で、且つ連続していると考えるのは間違っている。我我が古《いにしえ》の因習と考えている多くの常識は、高高明治時代に、政治的な力学が働いて捏造された常識であることが多いのです。戸主がいて戸籍があって——妻は貞淑で家を護って——それは武家の作法だ。これが一般的になったのは、たった数十年前のことです。理由は単純です。国民を皆武士——兵士にするためだ。徴兵するのに都合良い戸籍制度、戦闘意欲を削《そ》がぬ貞淑な妻——これらの常識は男は外で戦って無自覚に死んでくれと云う制度なんです。それを、何百年も前からそうだったように考えるのは錯覚です」

「それでは夜這いは寧《むし》ろ、解放された——」

「勿論、そんなことが女性の解放だとは云いませんよ。それはそれで批判するべきところを持っているし、そもそも現代社会では有効に機能しないのですから仕様がない。讃えるだけの意味もない。単に過去、そうした文化があった——と云うだけのことです。しかしたったひとつだけ断言できることがある。夜這いと云う文化は、男の視線だけが造った偏向した文化ではなかったと云うことです」

「女性側の視線が——」

「あったのです。しかし、残念なことに馬鹿な男どもの多くは、戦後夜這いも恋愛も売春も区別がつかなくなってしまったんです。だからこそそれは機能しなくなってしまった。ただそれは男の側の話。女の側の理屈では、夜這いは機能していた」

「それは——どう云う」

「夜這いを受け入れることは受け入れる女性にとっては一種の恋愛なんです。女性には暴力的支配の下に成就する性行為はない。しかし夜這いは強制されるものではないのです」

「矢張り拒否権が——あると」

「強い拒否権がある。拒否して尚行使された場合はムラ社会でも強姦だったのです。だから女性にとって夜這いは、受け入れた以上は強制ではなく矢張り恋愛なんです。しかし、戦後の男はそこが解らなくなってしまった。今の男には強姦か売春かの選択しかない。男にとって、受け入れる女は無料の娼婦だ」

「売春と買春は違うと仰ったのは——」

「そうです。神話の通りなのです。女の側から見れば聖なる婚姻。男の側から見れば、ただの買春——」

「ああ——」

「石田芳江さんは共同体の疎外者ではなかった。経済的に逼迫《ひっぱく》していた訳でもなかった。彼女は、能動的に夜這いを受け入れることで小さな社会の中に自己実現をしていたのです。それでなくては十年も同じ土地には住めません。だから、それを淫乱だと貶めるのは無知なんです。売春だと辱めるのは蒙昧なんです。しかし、戦争を経てその神性を破壊する者が現れた。それが——織作雄之介さんだ」

葵は僅か項垂《うなだ》れて額に手を宛てた。

「彼は金を払うことで芳江さんの神性——尊厳を剝奪し、夜這いを売春に転換してしまったのです。彼女の人間的尊厳は金銭と引き替えに搾取され、共同体内部での十年の歳月——存在価値は無化されて、彼女は自殺した。それが——真相でしょうね」

葵は初めて、満面に苦悩の表情を浮かべた。

陰陽師の舌鋒に難攻不落の女傑は動揺している。

それは議論に負けたからでは——多分ない。

しかし、大きく反応したのは姉の方だった。

「そんな——」

ひと際大きな声だった。全員が注目した。

茜は、何故か極端な驚愕の色を見せ、螺旋階段を背にして、一同を見たままよたよたと後退った。

「そんな——それじゃあ——」

茜はふらりと揺れた。

「それじゃあ私の——私のしたことは」

ぐらりと傾く。

榎木津が背後からその肩を捕まえた。

榎木津は茜の後頭部の匂いでも嗅ぐようにして眼を細める。両肩を攫《つか》まれた茜は白い頸を伸ばし、放心したように一同を見つめて脱力している。榎木津が茜の耳許で云った。

「——嘘か？　それとも——間違いか？」

茜は虚ろな眼を榎木津に向ける。

「君の本意はどこにある。僕はそう云う駆け引きは苦手だ。正直に——云いなさい」

「私は——」

「その男に会っているね。酷く親切にしている」

「私は川島喜市に——」

「蜘蛛と名乗ったな」

「はい。喜市さんに――会っています」

おいッ、と木場が怒鳴った。

「どう云うことだッ！」

茜は榎木津の腕から離れ、ゆらゆらと木場の前に出ると、申し訳ありませんでした――と云って、深深と頭を下げた。

「私は三度――喜市さんに会っています」

何だとォ、と木場は甲高い濁声《だみごえ》を張り上げた。

「だって、お、お前さんは医者の紹介状を書いた後、音信は不通だったと云っていたじゃねえか。ありゃあ嘘か」

「それは――嘘です」

「何でそんな嘘を――真逆お前さんが」

真犯人。

――茜が――蜘蛛？

「姉さん――あなたが――嘘を？」

「葵さん。私だって嘘くらい吐くのです」

茜は肩越しに葵を見て、そう云った。

「凡て──お話しします。今のお話が本当なら、私はとんでもないことをしてしまったようです。何故なら、喜市さんに三人の娼婦の犯罪と云う造りごとを吹き込んだのは──私だからです」

「何？　手前、何だってそんな出鱈目《でたらめ》を──矢張りあんたが凡ての──」

「私も信じていたのです。嘘だったなんて──今の今まで考えもしませんでした」

茜は完全に血の気の失せた顔を上げた。

「私が喜市さんより姉宛てに届いた書簡の件でご相談に上がった時、父は悲嘆にくれて、泣いておられました。姉が亡くなってすぐでしたから。私が喜市さんから姉宛てに手紙が届いたと申しますと、父は大層驚かれた。そして──こう仰った」

──その人は儂《わし》と縁のある者だ。

──事情は説明出来ぬが、浅からぬ縁のある者なのだ。

──儂はその男に紫の婿になって貰おうと考えたことさえある。

──何年か前に数度打診をしてみたが、断られた。それも無理のない話でな。

──こちら側がどう云う関わりを持つのか、先方には一切打ち明けておらなんだからな。

──ただ一方的に婿になれでは、普通断るだろう。

──だから気が変わった時には連絡をくれとだけ伝えておいたのだ。

──今の話からも解る通り、当家としては表立って何かしてやることは出来ぬ。

——そう云う関係ではないのだ。儂も勿論何も出来ない。

——これ以上立ち入ったことはお前にも話す訳にはいかん。

——しかし茜、出来ることなら力を貸してやってくれ。

——紫も死んでしまった。お前の婿もあの通りだ。

——何もかも儂の——不徳の致すところだろう。頼んだぞ。

「そんな事情があったとは——その時は考えも致しませんでしたが——父はいつもの威厳ある父ではなくて、酷く可哀想に思えました。ですから私は妹に相談して医者を紹介したのですが——その半月程後に再び手紙が届いたのです。今度は——私宛てに」

木場は何だとォ——といっそう嗄れた声を出した。

「手紙には抜き差しならぬ事情が出来て茂浦の小屋に戻った、と書いてありました。もし許されるなら、伺いたいことがあるので会ってくれないかとも書いてありました。その時初めて、私はあの方が苛《いじ》められていた石田さんの息子さんだと——知ったのです」

「川新も慥かに喜市は去年の初夏にあの小屋に舞い戻っている筈だ——と自供してるがな。だが、抜き差しならぬ事情ってのは何だ？」

「先輩」

木場の横にいた刑事——青木が口を挟んだ。

「その事情と云うのは、殺人犯平野を逃がすと云う事情だったんじゃないですか？」

「おう——そうか。そうだな！　その線だ。おい、それで？　あんた、その二度目の手紙の時は、その、親父さんに相談したりはしなかったのか？」

「父は——是亮の会社のことで多忙《にく》でした。家も空け気味でしたし、夫の不始末で東奔西走してらしたのですから、声も掛け悪かった。私は悩んだ末——父の態度や、縁の深い人と云う表現も気になっていたものですから——結局茂浦に行ってみたのです」

「じゃあ芳江が首吊ったと教えたのはあんたかい」

茜はそうです——と云った。

「あの人はその後のお母様のことは何も知らなかったようです。私は妹からそこで何があったかは聞いていましたから——」

情報提供者として茜は最適だったろう。

実妹が夜這いを問題視し微細な聴き取り調査をしているのだ。

「——だから——話してから私は大変後悔を致しました。喜市さんは——凄く傷ついたようでした。当然だろうと思います」

喜市は母と暮らしたその場所で、母の死とその屈辱を知ったのだ。

「喜市は平野のことを云っちゃいなかったか？」

「初めの時は何も——いいえ、その——多分その人はあの、小屋に、居たのです。私が訪れた時は居なかったけれど——喜市さんの引き揚げた後は——」

木場は、そうか、学院に紛れ込むまでは首吊り小屋に隠棲してやがったのか——と無念の表情で云った。そして続けて、

「奴はあの時、元の根城に帰ってたってことか」

と云った。

——視るな！　俺を視るな！

視線恐怖症の男。目潰し魔平野祐吉。

伊佐間は、背筋に重く冷たいものを感じる。木場の云うあの時に、もしや伊佐間は死んでいたかもしれぬ。

伊佐間は口髭を摩《こす》る。そして茜を見る。茜はそこで少し振り返り、妹が陶器の肌を一層に冷たく強張らせていることを確認するようにしてから続けた。

「私は豪く重苦しい気持ちになりました。ですから出来るだけのことはしようと、そう考えました。ただ、表立ってはならぬと云う父の言葉もあり、何が出来るのかと考えてみても、私のような女には何も出来ないことは目に見えていましたし——妹のように活発に行動することも、論を立てて世に訴えることも、私のような無学な女には出来ぬ相談です。ただ、それをしたところで喜市さんの気持ちが治まるとも思えなかったのですが——」

村の男全部に復讐は出来まい。

泣き寝入りするしか道はない。

「私は、そこで――喜市さんに少しでも多くの情報を提供しようと考えました。妹の調査の報告書などを写したりして――そうしているうちに、偶偶その、三人の娼婦の噂話を耳にしたのです」

「喜市の情報源はあんたか――」

木場は小振りの口をきつく結んだ。

「――誰から聞いた？」

「それは――ただ、私は噂なのか嘘なのか、これでも一応調べたのです。慥かに三人の娼婦のことを覚えている方も何人かいらしたし、何より、そのうちのひとりは、妹が地元の素人売春疑惑で抗議行動を起こしている女性――川野さんだと云うのです。私はすっかり信じ込んでしまった。そして――東京に戻っていた喜市さんに報せたのです。それからのことは存じませんが――川野さんは亡くなった。私は――恐ろしかった。喜市さんが殺したのかと思ったのです。そうしたら――あの人が連絡を――」

「いつだ？」

「十一月の末です。そしてもう一度会いました。恐ろしいことは止めるように云うつもりだった。そうしたらあの人は、自分は何もしていないと云った。ならばそれは天罰ですと私はそう云いました」

「天罰――喜市は、あんたの言葉を信じた訳かい」

木場は眼を細めて何かを思っているようだ。

「会ったのは――首吊り小屋か」

「はい、荒れては居りましたが生活の様子が窺えました。喜市さんはずっと東京にいらしたらしいですから、それは、きっとその、平野と云う人が――」

「ああ――そうなんだろうな。それで？」

「協力を要請されました。残る二人の娼婦の情報を収集する手伝いをして欲しい――地元の情報が欲しいからと――」

暫く沈黙していた中禅寺が唐突に問いを発した。

「茜さん。川野弓栄の居所はあなたが教えたのだとして――金井八千代の住所と高橋志摩子の住所は喜市さんが自分で調べ出したのですか？」

茜は瞬間戸惑い、はい、と云った。

「あなたが三人の娼婦の噂を、その――ある人から聞いたと云うのは、去年の七月より前ですか、後ですか」

「あ――後です」

「そうですか。木場修。すまない」

「おう。最後――三度目に会ったのはいつだ」

「父の密葬の日の――夜です」

「え」

伊佐間は小さな声を上げる。

意外だったからだ。

そんなに最近のことだとは思わなかったのだ。密葬が行われたのは、木場が訪れた五日前のことである。茜は僅か五日前に会っている人物のことを知らぬと偽証したのだ。

あの時——。

嘘を吐《つ》いているようには、まるで見えなかった。

——否、違う。

伊佐間はそれまでの茜の人と態《なり》をある程度知っていたから、あれで常態に見えただけなのだ。茜は十分動揺していたではないか。おどおどとして怒鳴られればすぐに謝り、強く圧《お》されれば前言を翻す——あれは是亮をなくした所為でもあったし、取り調べが長引いていた所為でもあったし、茜本来の個性でもあったのだろうが——。

——嘘を吐いていた所為もあったか。

「その時、喜市さんは怯えていました。何でも、探り当てた相手がまた死んだと、そう云うのです。そして犯人は知り合いであると。私はもう復讐は止めてどこかへ逃げるように、そう云いました」

「それで喜市は？」

「最後のひとり――それがその志摩子と云う人だったようですが――その人の居所も調べ上げてしまったから、自分が逃げてもきっと彼女は殺されると、そう云っていました。私は、兎に角もう止めて警察に行くように云ったのですが――喜市さんはその、お友達――平野さんですか、その人は実はいい人だと云って」

「そのいい人が、あんたの妹の目玉を串刺しにしたんだぞ。まあ喜市がその時出頭したところで、平野の居場所は解らなかったんだろうが」

碧さん――と呟いて茜は震えた。

「刑事さんが喜市さんのことを聞きにいらした時は生きた心地がしませんでした。妹が証言するだろうから、紹介状のことは隠せないと思った。芳江さんの話になって、いっそ凡てをお話ししようとも思いましたが――結局臆病な私は――云えなかった」

あの時、芳江の子供――喜市のことを木場達に示唆したのは、慥かに茜だったと思う。

――子供さんが、

子供さんが居たんですと云う、茜のひと言が木場をあの小屋に導いたのだ。茜はそれ以上は沈黙し、その虚言の葛藤の直後に、碧を死地へと送り出したのである。

私、私が、私の所為で、そんな、大勢の――。

悔恨が溢れ出したか。茜は子供のように泣いた。

木場は見切ったように茜に背を向けた。

「何であんた――蜘蛛を名乗った」

「き、喜市さんは、織作と云う名は覚えていなかったけれど、この、この館を、私のことを蜘蛛館のお嬢さんと――そう――」

「クソッ」

木場は館に向けて毒づいた。

「何だって屋敷にまで蜘蛛館なんて徒名《あだな》がついてるんだ馬鹿野郎！　あんたも操られてたって訳か！　蜘蛛蜘蛛蜘蛛。おい京極！　お前さんは喜市は蜘蛛に直接会っていると云ってたがな、これこの通り、奴への道はまた遠くなりゃあがったぜ！」

中禅寺は泣きじゃくる茜を見ている。

伊佐間は考える。

絞殺魔を操っていた、碧もまた操られていた。

喜市を踊らせた元凶の茜もまた操られていた。

益田は先程中心は空洞なのだ――と云った。

そして彼は、その空虚を満たすのは伊兵衛の遺志ではないかと推理した。それは外れていたようである。伊兵衛と云う人は、妻が客を取るように他の男と閨を共にすることを厭うただけだ。それを家父長制の呪縛と云うのなら、伊兵衛もまた操られていたことになる。操っていたのは嘉右衛門であり、それこそ形のない――概念のようなものである。

それはこの事件の中心たり得ないと思う。

ならば——人を操る神の座に座っているのは、真実の空虚なのか。

それとも——。

伊佐間は真佐子を、葵を見る。

中禅寺を見る。中禅寺は——。

——まだ見切れていない。

陰陽師は茜の脇に立ち、低い声で尋いた。

「あなたは——武蔵野連続殺人事件の報告書を読んではいませんか？」

「読んでいません」

「そうですか。それでは——そう、あなたは、あの榎木津を以前から知っていたのではありませんか？」

茜は泣き顔を榎木津に向けた。

探偵は螺旋の下に彫像のように立っている。微動だにしない。

「存じませんが」

「そうですか。いや、杉浦美江さんにあの男を紹介したのはあなたなのかと——そう思ったのですが——」

葵が立ち上がった。

「それは私の知人で、元進駐軍の通事をしていた人です。進駐軍の女性解放政策に誘発された婦人運動の理解者で——彼女に離婚を勧める際に——」

「その通事は、この茜さんを通じてあなたのところに来た人なのではないのですか」

葵は一瞬考え込み、

「本人は機関紙に載った私の論文を読んでコンタクトを取って来たと——そう仰っていましたが——」

と云った。

中禅寺は眉を顰め、凶悪な顔になって云った。

「ならば茜さん。あなたにその三人の娼婦の話を伝えた者こそ、碧さんに告解室の鍵を渡した人物だ。妹の仇でも——名は云えないのですか」

茜は下を向いた。

碧も結局その人物の名を云わぬまま逝ったのだ。

「いいでしょう。兎に角、川島喜市は十割方真犯人の思惑通りに踊らされていた、と云うことになる。三人の娼婦が無実なら、なぜ彼女達は事件の表面に引っ張り出されたのか。茜さんが情報を与え、喜市が居場所を探り出して、彼女達は三人とも殺害されてしまった。平野祐吉の手で——」

中禅寺は再び狙いを葵に向ける。

「葵さん。あなたはそろそろ知っていることを話すべきだ。奥様も、茜さんも辛い告白をした。平野は他にも山本教諭を、そして碧君を殺している」

　葵は立ったまま沈黙している。

「あなたは、平野は口を割らぬと踏んでいる。しかし平野は多分——あなたが考えているような人間ではないんです。最初にご忠告した通りだ」

——あんた何故あいつを匿《かくま》った。

　榎木津はそう云った。

「な、何のことですか。私は存じません」

「それは嘘でしょう」

「な、何故、そんな」

「この事件の構造を鑑みるに——どう考えたってあなたもまた操られているんです。その点を自覚してください」

　葵は黙している。中禅寺はその飾人形《マヌカン》の前にすっと立った。

「いいでしょう。それでは平野祐吉の話をしましょう。平野は、元元は徳島の出で、昔で云う飾り職人です。女雛《めびな》の冠《かんむり》だとか支那《しな》扇《おうぎ》の飾りだとかを造る細密な彫金細工を生業《なりわい》にしていた。幼い頃から手先が器用で、且つ細かい作業が好きな、内向的で、友達の少ない男だったそうです」

それが——どうしたと云うのです——と、葵は善く出来た雛人形のような顔を中禅寺に向けた。

「彼は昭和十五年に一度結婚しています。相手は小田原の農家の娘でした。化粧気のない、飾らぬ、気さくな娘で、名を宮《みや》と云います。この縁談は納品先の人形師の紹介に依る見合い結婚でした」

「聞きたくありませんわ！　そんな、殺人者の昔語りなど！　何の関係もない。その男は妹を殺した男なのでしょう。何故そんな男の半生など——」

そこまでは聞いていいないかと思いましてね、と中禅寺は慇懃に云った。

葵は黙った。

「取り敢えず聞いて戴きましょう。平野はその三年後に徴兵され、南方戦線に配属される。幸い生きて戻ったものの、平野は戦争体験に因って心に深い傷を負ったと云う。殺戮に明け暮れた日日が彼の中のある部分を少し壊してしまったのです。平野は殺人者が子を為すと云う矛盾に悩んだ。生殖行為に対する嫌悪は募り——」

「せ——性的不能になったと仰るのでしょう？　ありがちな話ですわ。珍しくもない。男の性は、常に精神的《メンタル》なものに左右されるのだ、と男どもは云う。しかし女の性はそうではないと、即物的なものだと男どもは決めつけるのです！」

葵は現実から眼を背け理論に逃げ込もうとしている。伊佐間にはそう聞こえた。

しかし、最早葵自身、そんな紋切り型の常套句を並べる程度では理性的な均衡が保てなくなっているようでもあった。陰陽師は云った。

「論旨がずれている。その手には乗りません。しかしあなたの云う通り、平野祐吉はお定まりの性的不能者になってしまった。そして復員する。だがここで小さな事件が起きる。彼の妻の許には誤った戦死広報が届いていた。彼女は夫が死んだものと思い込み、云い寄って来たある男と関係を結んでしまう」

「あの時代だ。寡婦がひとりで生きて行くのは大変だったろう。責められねえな——」

木場が云った。葵は当然だと云う顔をする。

「——だが亭主が戻ったんじゃ切れるしかねえ」

「切れなかった。男は平野が生きていたことを知っても尚、関係を断とうとしなかった。亭主に知られたくなければ云うことを聞け——と、これも善くある話ですかね、葵さん？」

「ひ、卑劣な話です。生活を援助すると云う触れ込みで近づき、結局肉体を弄ぶだけ——女性の人権をまるで認めていない。それは、いや、それこそ——結局強制的な買春行為でしょう！　それも違うとは云わせませんよ。それは——それは強姦です！」

葵は壊れそうになって叫んだ。陶器は堅いが、割れれば粉粉《こなごな》に砕ける。危ない。

「その通り、強姦です。男は週に一度、平野が家を留守にする時間に訪れ、関係を続けた。しかし——平野はそれを知ってしまった」

「それが何です？　真逆──それで不貞だ密通だと糾弾したのではないのでしょうね？　糾弾されるべきは──男の方です」

「それも勿論その通りです。だが平野は間男が居ることを知っても、宮さんを責めなかったのだそうです。責めなかった理由は自分が性的不能者だったから──だと、本人は申告している。だが、これは少しばかり違うらしい」

「違う？　俺は降旗からそう聞いてるぜ」

木場が問う。中禅寺が短く答える。

「僕はその間男と会った」

「いつ──だ？」

「昨日です。間男は平野に宮さんを紹介した人形師だったのです。僕はそうではないかと当りをつけて楠本君江《くすもときみえ》さんに聞いた。そう広い業界ではない。すぐに判った──」

木場が、ああ、あの女は人形師だったな──と呟いた。

青木がなる程と納得する。葵は僅か顔を背ける。伊佐間の思うに、その楠本なる女性は以前何かの事件に関わった人物なのだろう。

中禅寺はそこで一同の顔色を窺った。

「どうも平野はその人形師に恩義を感じていた。そして宮さんもまた──その人に好意を持っていたらしいのです」

「女の性を規定するような発言は止して欲しいですね。あなたも先程仰ったでしょう。強姦で始まる愛など決してあり得ない。力ずくでも行為に及べば、女性はその気になるだとか、或は気持ちがならずとも躰が反応するとか——それは男の抱く妄想に過ぎません。女性の躰は男性以上に精神に忠実です」

中禅寺は僕もそう思う、と云った。

「葵さんの仰る通りです。裏を返せばだからこそ、宮さんがその男性に好意を持っていたのは事実だった——とも云えるのではありませんか」

「それは、す、推測に過ぎません」

「そうです。しかし僕は、そう云う次元の話をしている訳ではないのです。仰る通り、汲むべきは推測ではなく事実でしょう。ここで大事なのは宮さんはその人形師が訪れる日は、きちんと化粧をして待っていたらしいと云う事実です。しかも、念入りに」

「化粧？　そんなものが——」

手甲の手が葵の暴走を止める。

「密通の相手が証言しているのです。どんな気持ちで宮さんが化粧をしたのか、それは如何なる場合も推測の域を出ないことですから議論の対象からは外しましょう。しかし、化粧は慥かにしていたのです。それは事実として認めてください」

「あなたの意図が——汲めません」

「もうすぐ解ります。その――密通の場面を平野は偶偶《たまたま》覗き見てしまった。そして平野はある悦境《えっきょう》に至る。その窃視《せっし》は習慣化して、結果夫に覗かれていたことを知った宮さんは己の不貞を恥じ、昭和二十三年の夏、自害してしまう」

「そんな――愚かしい――」

「宮さんの煩悶を愚かしいと切り捨てることには賛成し兼ねますが、何にせよ不幸な話ではある。却説《さて》木場修、窃視と妻の自害、これが平野祐吉が目潰し殺人に至る契機《きっかけ》だと、降旗さんはそう云ったのだね？」

降旗。フロイトに憑かれた男――。

木場はおうよ、と云った。

「奴は視線恐怖症だ。その視線恐怖症の原因ってえのがその窃視嗜好にあってな、その覗きたいと云う欲動が、妻の死と云う衝撃が倫理規制になって強く押え込まれたんだかとかどうだとか――」

木場が口籠り、後を中禅寺が続けた。

「その意識下の情動が意識上に上る際に、恐怖感情として発現したのが視線恐怖症だと彼は云ったのですね？　そしてその先に、己の存在を賭けたような切迫した形での目潰し行為があると。外的な規制を打ち破ると云う意味での父殺し。世界との一体感を取戻すと云う意味での母子相姦――さあ葵さん、あなたはこうした分析には不服だ」

「勿論です。そこで云う母性とは男性にとって都合のいい母性でしかない。そこで云う父性もまた、男性にとって都合のいい父性でしかない。父性は常に理性的であり、普遍に外的規制であり得る——と、云うことは男性は恒常的に支配階級であると云うことの、それは直喩です」

「善く判ります。また、母性との一体化が常に擬似的な性交を以て表される以上、母と一体化するものは常に男でしかなく、その関係は男性による支配と女性の服従と云う形で記号化される。これは政治的に不平等だ——とあなたは云いたいのでしょう？」

葵の舌鋒を盗めるのは多分この男だけだ。思うに陰陽師は、最初から葵の言葉で葵を責めている。

「僕もそう思います。ただ平野は男ですから、これはある一面で真実です。男がそうした政治的に不平等な性差別意識を無批判に抱いていることは事実なのでしょうから——平野とて例外ではない。そしてあなたは多分、平野の犯罪は、そうした支配欲の歪曲した発露であると捉えた。違いますか？」

「その通りです」

「それはとても好意的な見方だと僕は思うが」

「何故です！」

葵は急に激昂した。

「何故私がそんな異常犯罪者に――」

「異常と云うのは差別用語です」

「あ――」

葵は絶句した。慥かに、異常と正常を区別しているのも政治的な境界線に外ならない。

黒ずくめの男女は睨み合っている。

「ここでの結論は先に延ばして、平野の話を続けましょうか。平野祐吉は妻を亡くした後、酷《ひど》く粗末な葬式をした切り、全く世間と隔絶《かくぜつ》した暮らしを三年程続け、昭和二十六年の春に最初の犯行現場である信濃町矢野泰三氏所有の平屋に引っ越します。引っ越しの理由はどうにも落ち着かなくなったから、と云うものだったそうです。これはそれまで平野が住んでいた長屋の大家さんに確認しました。詳しく聞いてみると、丁度その頃平野の隣に芸者崩れの娼婦が越して来ている。隣家には男が頻繁《ひんぱん》に出入りし始めた。貸主は、糞真面目な平野は風紀が乱れたのを嫌って出たのだろう、と認識していた」

言葉に乗ると中禅寺は大きく見える。

「さあ。愈々《いよいよ》平野は殺人を犯す。平野は信濃町の家に越してから、例の視線恐怖症を発症しています。そして偶然知り合った川島喜市に打ち明け、喜市は心配した。そして僅かな伝《つて》を辿《たど》るようにして、こちらの長女の紫さんに――その時はもう亡くなられていた訳だが――手紙を出した。後は先程茜さんが告白した通りだ。平野の許に紹介状は届いた――」

泣き濡れた茜は微《かす》かに頷いた。

「紹介された平野は降旗と云う精神神経科の医師を訪ねた。先程――ここに来る直前に僕は彼と電話で話した。平野が訪れた日、病院で何か変わったことはなかったか――と、尋いてみた」

「変わったこと？　何でえそりゃ」

「文字通り変わったこと、いつもと違った出来事ですよ」

「ふん。あの野郎は俺には何も云ってなかったがな」

「それはそうでしょう。何もかも関係あることと普通は思いません。でも今回は別だ。だからまあ、念のために尋ねたのですよ。そうしたら彼は朧《おぼろ》げな記憶を辿《たど》って、こう答えた。平野を診る前に、精神病棟から患者が一人抜け出して騒ぎになったようだった――と」

「それが？」

そこですよ、と中禅寺は云った。

「詳しく思い出して貰いました。抜け出したのは自分が楊貴妃《ようきひ》だと信じ込んでいる中年の男性だったそうです。彼はシーツを纏い、顔に紅白粉を塗りたくって個室を抜け出し、診察室の机と窓の間に隠れて居た。勿論すぐに捕まっています。平野はその後訪れ、その診察室で降旗さんに診て貰ったらしい」

「解らねえ」

木場は頸を捻ってから伊佐間の方を見ると、大きな溜め息を吐いた。

それから今川を見て、もうひとつ溜め息を吐いた。

「だから何なんだおい」

「平野はね、診察中に窓に眼がある、自分を視ていると云い出したんだそうですよ。降旗さんは当時あまり良い精神状態ではなかったから、それで動揺してしまった。結局平野は然して得るところもなく帰宅し、翌朝凶行に及ぶ」

「ほ、本当に解りませんわ――あなたは、な、何が仰りたいの」

葵の金属の声が震えている。陰陽師は低い、地獄の底から響いて来るような声で答えた。

「矢野妙子さん――最初の被害者は、小町娘と渾名される程の器量良しでした。外出の際も身嗜《みだしな》みはきちんと、必ず薄化粧をしていた。川野弓栄――二人目の被害者です。彼女は水商売の女だ。いつもきっちり顔を造っていた。そして山本純子さん――あなたの論敵です。彼女は普段は眼鏡をかけ、紅も差さない人だったが、どう云う理由かその日に限っては眼鏡を外し、化粧までしていた」

「だ、だから何を――」

「前島八千代さんも娼婦に化けるために厚化粧をしていた。高橋志摩子さんは本当の娼婦です。当然濃い化粧をしていた――解りませんか？」

中禅寺は葵を見据えた。

「平野祐吉は白粉アレルギーなんです」

「な、何です？」

「平野は──化粧している女を殺すんです」

「何ですって？」

葵の陶器の心に──罅《ひび》が入った。

「彼は白粉の匂いを嗅ぐと、皮膚に軽い痛痒感《つうようかん》を伴う湿疹《しっしん》が出来るのです。それが視線の正体なんだ」

──視線が──匂い？

「平野は、嗅覚を肌で感じていたのです。いいですか、視線とは発する者にはあらず、必ず受くる者にある。眼からは光りも風も発射されません。視ることで視られる対象が物理的に変化することなど絶対にあり得ない。視線とは、遍く視られる側が、ただ感じるものなのです。どこで感じるか──それは皮膚だ。外界と常に接している皮膚の表面が触角の一種として感じる──それが視線だ。それも概ね自分の視野の及ばぬ範囲──背中肩口首筋──そうしたところで感じる。視線とは見えないと云う不安が触覚として錯覚されたものです。平野の場合は逆だった。皮膚の知覚過敏を視線と錯覚し、その先に視ている者を夢想して──彼は反対に不安を獲得した」

「ああ──」

——つまり、葬式の匂いと同じことか。

「終戦後、女性は平素着飾ることが出来なかった。平野の妻もそうだった。農家出身の彼女は質朴で、化粧などはしなかった。しかし密通の際は粉をはたいた。平野の性的な高揚は節穴から覗いたことに依って得られた欲動の発露ではなく、嗅覚によって得られた痛痒感に依るものだったのです。匂いで皮膚に変化が起きるなどと、普通は誰も思わない。平野は錯覚し、嗅覚と触角は混乱した。その後、平野は頑《かたく》なに人と会うことを避けていたため、そのアレルギー症状は顕在化しなかった。しかし隣家に化粧の濃い商売女が越して来た。風に乗って侵入する微量な粉に知覚過敏になっていた平野はむずむずと落ち着かなくなり、居を変えた。転居先の娘、矢野妙子は平野の世話を善く焼いた。彼女の残り香、彼女の持ち物、そして彼女自身から、平野は敏感に皮膚感覚を得た。そうした時間を重ねるうち、それは視線として認識されるようになった。原因を知らぬ彼は——視線恐怖症になった」

「じゃあ降旗のところで——その」

「患者の白粉が残留していたのです。彼はそれで確実に信じ込んだ。こんなところでも視線を感じる。皮膚感覚は過敏になり、それは幻覚として視覚まで混乱させ始めた。彼は一層不安になり、精神の均衡は一時的に崩れた。そこに運悪く視線の元が訪れたのです。化粧は顔にする。平野はそこを狙う。彼はそれを視線と信じている。だから——眼を潰す」

「しかし、そんな——痒いとか、そんなもので」

「アレルギーを馬鹿にしてはいけません。蕎麦《そば》アレルギーなどは蕎麦を茹《ゆ》でた湯気を嗅いだだけで呼吸困難になる。死に至る場合もある。平野が最初それを視線として捉えず、一種の高揚感、性的な興奮として捉えていたことからも解る通り、それは発疹と同時に心拍数を上げる、或は呼吸困難にさせると云った作用もあったのでしょう。快感とは小さな苦痛であり苦痛とは大きな快感です。だから彼は——酷く苦しかったのです」

——視るな！　俺を視るなッ！

あれは高橋志摩子の残り香に反応していたのか。伊佐間は戦慄する。そうならば——。

視ている奴の眼を潰す。殺しても尚、その骸は彼を視ていることになる。

如何です葵さん、と中禅寺は云った。

「さあどうです。平野はあの告解室に居たんです。導いたのは間違いなく織作家の関係者の筈だ。しかも男ではない。あの学院のことを知っている者は卒業生か在学生、つまり女性でしょう。そしてその女は化粧をしていない筈だ。もし化粧をしていたら、その女は殺されている。今日の——碧君のようにね」

着物の仕掛けとはそれかっ、と木場は叫んだ。

「中学生の碧君は化粧をしないんです。だからあの着物は重要な魔術の道具と偽られて、学院に送り届けられた。前島八千代の着物には、たっぷりと白粉の匂いが沁み着いていた。あの衣装を纏って、あの告解室の扉を開ければ、それは——確実に殺される」

「あの着物は牛を挑発する赤布みてえなもんか」

「着物――？」

「川島喜市の持っていた着物がなぜ碧君の手に渡ったのか、そこのところだけはどうしても判らない。それは判らないが、平野を匿《かくま》ったのが誰かと云うことだけは判る。この家で化粧をしないのは碧君以外ではあ、な、た、だけなんです、葵さん。あなた以外に平野と直《じか》に接して危険のない人間はここには居ないんだ。さあ、話してください！　あなたは何故彼と知り合い、何故匿ったのです！」

葵は椅子に身を沈めた。

伊佐間の耳にはがちゃんと瀬戸物が割れるような音が聞こえていた。

「いいですか葵さん。平野の殺人は凡て痙攣《けいれん》的な衝動殺人なんです。彼は権力構造に盾突く逸脱者《アウトサイダー》でもなければ、あなたの掲げる高邁《こうまい》な思想の善き理解者でもない。降旗さんが分析したような男根的《ファロセントリック》な心的外傷《トラウマ》の影響下にもない代り、あなたの思っているように性差《ジェンダー》を越境した者でもないんです。彼は小心者の、可哀想な、ただの普通の男なんです」

「性差の――越境」

「そうです。あなたは平野と云う病んだ男に対して、そうした幻想を抱いたのではありませんか？」

「それは――」

「平野には、慥かに元元呪物崇拝《フェティッシュ》的な性倒錯の傾向があったようです。彼の性的不能も、戦争体験の齎《もたら》したものと云うより、寧ろそうした傾向に因るところが大きかったのではなかったかと僕は考えている。もうひとりの実行犯——杉浦隆夫は、性的な越境者たる自分と、それを許さない社会との軋轢《あつれき》に歪《ゆが》んでしまった。これは悲劇です。だが平野の場合はそうではない。彼は自分と対象を相互にモノ化することで発情する、男性的と云うならこの上なく男性的な、コード化された性幻想を持っていたようだ。もしやあなたはそれを読み違えたのではないですか？」

「あの人は——モノとして——私を？」

「そうした性意識は、往往にして性行為そのものへの嫌悪や逃避を齎すものです」

「あの男はあんたの脚がお気に入りだ」

榎木津がやる気のない声で云った。

「脚——？」

「脚が好きだったんだろう。それだけじゃないか。覗いた時に視た奥さんの脚が忘れられなかったんだろうな」

「そんな——あの人は私の話を真面目に聞いて」

「葵君！　君は本当に——」

柴田が野太い声を上げた。最早——明白である。

「あの人は私の言葉を理解してくれた。あの人の眼は褻らわしい男の視線を持っていなかった。私を視る眼は、接する態度は、常に男女の格差を感じさせない、対等なものだった。犯罪者だと云うにも拘らず――あの人は堂堂としていた」

「それは単に追い詰められていたからだ。平野は自分が衝動的に殺人を繰り返すことに就いて、ある程度理性的な判断が出来ていた。それは諦観です。彼は怖かったのに違いないんだ」

「怖い――とは云っていました――」

「それは怖いでしょう。許されぬ罪を犯した、犯し続けている、いずれ捕まると、彼はどこかで認識していた筈だ。だから彼の場合、三回目以降の犯行はひとりもふたりも一緒だと云う、やけくそ的な印象がある。僕はそこが許せないのです。最初の犯行の段階で逃げ切れてしまったことが後の犯行に繋がっている。予期せぬあなたの庇護は、あなたの語る大義名分は、彼を癒すどころか挑発してしまった。思想的な背景も明確な動機も持たなかった衝動殺人の背景に、あなたは後付けで高邁な理由を構築してしまったんですよ」

「私は――」

「繰り返すようだがあなたの考え方は間違っていない。それにあなたの居る場所は掛け替えのない場所だ。あなたは日本に必要な人なんだ。だが――あなたはその正論の陰に自分を殺してしまってはいませんか。理論と現実の乖離《かいり》に苦悩していたのは――」

陰陽師は高圧的だった口調を柔らかくして、

「——あなた自身だったのでしょう」

と云った。

葵は悲しそうに少し笑った。

「だから——平野はすぐに吐く。いや、今頃はもう自供してしまっているかもしれない。警察の取調室と云うのは殺風景なものです。彼を脅かす白粉も、衝動殺人に意味を与えてくれる庇護者も、もう彼の周りには見当たらない。彼は煉獄を巡るような忌まわしい遍歴を終えて、やっと——視線から解放されたんですよ。ですから——」

飾人形は整った顔を上げる。

「仰る通り平野をあの部屋に匿ったのは私です」

「葵お前——」

真佐子が息を呑み、茜が座り込んだ。

「葵さん、あなた碧まで、あなたが——」

「違うの姉さん」

葵が多分初めて同じ高さの視線を茜に向けた。

「それは違うの。私は本当にあの人を匿っただけ。碧に限らず、殺そうとか騙そうとか、そんなことを考えたことは——一切ありません」

硝子の眼球が有機的な質感を帯びた。

「ただ、最初に死んだのが、否、殺されたと云うべきですね。最初の被害者が、あの川野弓栄だったと云うことが——私の中に善くない想念を湧かせたことは確かです。勿論、川野さんに責任を転嫁するつもりではありません。ただ」

「淫売なんか死んで当然と思ったのか」

木場がぽつりと云うと、葵は頭《かぶり》を振った。

「そうではありません。でも、私の中にあってはならぬ差別意識が芽生えていたことは事実です。私は——この中禅寺さんから指摘された通り、男根主義的な階層差別意識を持っている。乱婚と聞けばふしだらだと思う。夜這いと聞けば淫らだと思う。理屈は解っても、思いは過《よぎ》る。それは時代の文化の中の権力構造によって組織的に構築された性幻想を、私がどこかで享受しているからなのでしょう。私は、娼婦を見下げている。死んで当然とは思わないけれど、矢張り仕方がないと思ってしまった。殺人を肯定しないまでも、否定しなかった私は——平野の共犯でしょう」

「どこで平野と？」

木場が尋く。葵はええ、と落ち着いて答える。

「私は——姉さん、あなたの行動に不審を抱いていたんです。私は——紫姉さんを殺したのはあなたではないのかと——邪推したんです」

「な——」

茜は眼を丸くした。

「何故私が――お姉様を――」

「あの頃――あなたの態度は明らかに怪訝《おか》しかった。姉さんはあの是亮と云う男と結婚してからずっと――変だった。私は是亮があなたを利用してこの家の財産を奪取しようとしているのだと――そう思った。家も財産も家督も、そんなこと私にはどうでも良かったのだけれど、あなたがあの卑屈な男に支配されているかと思うと堪らなかった――可笑しいですね。家と云う制度を嫌い、父親と云う装置を厭うた私が、家を、家督の行方を気にしていたなんて――」

葵は自虐的に微笑んだ。

「――先程聞いたところに依れば、紫姉さんはそもそも生れつき難病を抱えた虚弱体質で、死因にも不審なところはないのだそうだけれど、そんなこと知りませんでしたから――長姉の急死は私の疑惑を大きくしたんです。そしてあなたはこれ見よがしに――不審な行動を執った」

「不審な行動――？」

「先程御自分で仰ったでしょう。その、川島と云う男の所為です。長姉が死んですぐ、あなたは父のところに――普段行くことのない書斎に行った。しかもおどおどと、周囲《あたり》を気にして。そしてその後私のところに来て、精神神経科の医者を知らないかと尋いた」

「それはですから——」

「理由はあったのでしょう。でも、どれも普段の姉さんの行動からは考えられない言動だった。そしてあなたはあの日、茂浦に行ったのよ」

「あなたは私の後を——」

「尾行なんてことはしない。あなたは私に尋いたじゃない。茂浦の石田さんのお宅はどう行くのかしら、あなたは何か調査していらしたわよね——あんな小屋に、今更いったい何の用があると云うのか——」

葵は僅か臓躁的《ヒステリック》に云った。

「あなたは資料を見せろとまで云って来た。私は何故かと尋いた。あなたは答えなかった。だから——行ったのよあの小屋に。そして——あの人はそこに居た——」

——あんた、やけに詳しいな。

——平野祐吉に就いてだよ。知ってるみてえだ。

刑事としての木場は、蓋《け》し慧眼《だ》だったことになる。

「私はあの人に姉さんのことを問い糾《ただ》したのよ。でも、あの人はあなたのことなど知らないと云った。そして私は、自分が話している相手が——信濃町猟奇殺人の犯人だと知った。それは——驚かなかったと云えば嘘になる。けれどもあの人は——」

葵はそこで言葉を止めた。

途端に陶器の頬に涙が零れた。それは撥《はじ》かれて、たった一粒洋卓に落ちた。

「――あの人は私に告白した。自分がその娘を殺してしまった理由が解らないと云った。その娘は気立てが良く、親切で世話好きで、殺す理由なんてどこにもないと云った。そして、精神科医の話をした。自分は異常者なのかと私に問うた。私はその分析結果に酷く不満を持ち、それが如何に偏向した分析であるかを説いた――」

葵は人差し指で頬の涙を撥ね飛ばした。

「その娘は慥かに悪人ではないけれど、男の視線を享受し剰《あまつさ》えその上に乗っかって、無批判にただ生きているなら、それは本来正しい女の姿ではないと私は説いた。あの人は――ひどく安心した。今思えば中禅寺さんの仰る通り、私はあの人の衝動殺人を知らぬ間に正当化していただけだったんですね――」

葵は作り物のような瞼《まぶた》を閉じた。

「――のみならず私は――警察に報せることをしなかった。あの人は私に知られたと云うのに、逃げもせずあそこにずっと居た。私は通報しないとそう信じたようだった。私は何度か食料やお金を届けた。反社会的な行為だと――十分承知しての行動です。あの人はこの社会の構造から弾き出された逸脱者《アウトサイダー》です。それなのに屈服しない態度は好ましかった。逃げているのは確かなのに、あの人は――」

「あんたらしくねえ」

木場は投げ遣りに云った。

「そう――思われるでしょうね。それこそが――私の劣等感《コムプレックス》だったのです」

誰よりも美しい容姿。誰よりも勝った知性。そうしたものが劣等感になり得るのだと云うことに、伊佐間は純粋に驚いた。通常上位とされている概念の優位性も、こうなると怪しいものである。ならば格式やら階層やらと云うものもまた、そもそもそうした無根拠なものなのだろう。

「そうかい」

木場は素直に引いた。

「すまねえな。それであんたはあの学校に奴を移したんだな――いつだ？」

「九月の終わり頃です」

葵の言葉に反応して、うう、と呻き声が聞こえた。

見れば声を発したのは柴田である。

柴田は――完全に崩壊していた。

口が閉まっていない。

「そして平野はあの小部屋で聞いてしまった訳だ。碧君の主催する黒弥撒《ミサ》――呪いの儀式の内容を――」

陰陽師は独白のようにそう云った。

葵は頷いて、それが黒弥撒《ミサ》なのだとは思いませんでしたが——と云った。

「十月の——そう、十五夜の次の夜でした。あの人は夜に学院を抜けて来て、私にそのことを報せてくれた。あの人は私の家があの学院の経営に関わっていると察していたから、迷った挙げ句に来たのだと云った。生徒達が売春をしている——そして恐喝されている——場合によっては発覚し兼ねない——そこで生徒達は恐喝者を呪い殺そうとしている——驚きました。そして恐喝相手はこともあろうに、あの川野弓栄だった。私は話の様子から呪っているのが碧なのだと云うことも、すぐに解った」

——あんな娘はそうは居ない。

「私には——立場がある。弓栄が売春の相棒として碧を選んだなら、私の行《おこな》って来た素人売買春の摘発運動はどうなるのです。私を信じて、婦人解放、女性の地位向上に奮闘している婦人達はどうなるのです。だから——あの人に頼んだ。本当かどうか、弓栄を調べて欲しいと。しかしあの人は——弓栄を殺して帰って来たんです」

——化粧をしていたのだ。

「戸惑いがなかった訳ではありません。責任を感じなかった訳でもない。ただ、どうするべきか判らなかったのです。そんな状態でいたものですから、山本さんが秘密を知ったと聞いた時は——正直云って眼の前が暗くなりました。あの人は女権拡張の同志でもあり論敵でもあった。私のことを善く知っている。碧のことが知れたのなら——」

中禅寺は途切れた言葉の隙間に紛れ込む。

「葵さん。あなたは山本教諭に就いても川野弓栄の時と同様、平野に調査を依頼したのですか？　別に殺害を依頼した訳ではなかったのですね？」

「私は——何も頼んではいません。ただ私が困窮極まっているところを見て、あの人は自発的に山本さんのところに行ったようです。行ってどうするつもりだったのか、それは私にも判りません。様子を窺うだけのつもりだったのか、或いは脅すつもりもあったのかもしれない。何日か尾行していたようです。そして——殺すつもりはなかったのに、矢張り殺してしまったと、そう聞いた時には衝撃を受けました」

「葵さん。問題は三番目だ。前島八千代に就いてはどうなのですか」

「それは——矢張り秘密を知った者として、私のために殺したのだと——そう思っておりましたが」

「あなたは何も示唆していない？」

「三人目には私も——馴れてしまった。酷い話ですね。ただ身近なことではないと云うだけで現実感が伴っていなかった。その人の時は、それが——そう云えば——何か碧から指示があったようなことを聞きました。場所と——時間とが書面で——」

「おかしいですね」

中禅寺が腕を組んだ。

「碧君は川島喜市の計画を知っている訳がないんです。本当に日時と場所を報せて来たのならばそれは平野に宛てた真犯人の指示書と云うことになる。また、前島八千代さんだって碧君の秘密を知る訳もないんだ。双方に書簡が届き、互いに誘導されている」

――矢張り蜘蛛は居るのか。

「茜さん、あなたは喜市の立てた前島八千代さんを陥れ辱める計画に就いて――知っていたのですか？」

「二人目の確認ができたと云う連絡は入りました。慥か先月の半ば過ぎでした。明後日、前島と云う人に恥をかかせてやる――と。その頃は何度か電話で話していました」

「その電話を聞かれたんじゃねえか？」

「そんな――聞いていたとしたら」

「聞いていたとしたら何でえ」

「それは曾祖母くらいです」

「婆アなあ――」

木場は黙った。

その時。

「葵君――君は、君は――」

柴田が呪文のように言葉を紡ぎ出した。

「君と云う人は――僕はつい何時間か前まで、君のことを信じていた。立派な人だと常常敬服していたし、尊敬もしていた――それは皆――あの人から聞いたことだったんだ――あの人は――」

柴田は洋卓を両手で思い切り叩いて席を立った。

「純子さんは君を褒めこそすれ、敵視したことなどただの一度もなかったんだ！　それを君は――」

柴田は葵に摑みかかった。

「この人殺し！　碧君だって君の――」

「止せこらッ」

「止めて」

茜が葵にすがりつくように割って入り、木場と青木が柴田を押えて葵から引き剝した。柴田は腕を振り上げて抵抗した。

「離してくれ！　この手を離せ！」

「何を興奮していやがる！　手前は財閥の長だろうが！　軽挙妄動は慎め馬鹿野郎！」

「煩瑣《うるさ》い、君達に婚約者を惨殺された者の気持ちが判るか！　葵君！　何とか云え！」

「婚約者？　山本純子がお前さんの？」

「そうです！　あの日だって僕は彼女と会う予定になっていたんだ！」

「だからあの化粧気のねえ教師が――化粧を？」

木場は手を離した。柴田は座り込んだ。

「柴田さん――それは――本当ですか？」

「本当ですよ葵さん！　僕は女権拡張論には賛成だったから、理事長当時から彼女の言動には敬意を表していたのです。彼女は、君に負けない聡明な人だった。普段は化粧などしないのに――」

あの日は、あの日に限って――何度もそう叫んで柴田は涙を出さずに泣いた。

「――あの日は正式に結婚の承諾を得ようと、柴田の身内に、財閥の幹部達に紹介する予定だったのです！　だから彼女は――」

――化粧をした。そして。

くそう、何てことだッ――柴田は吠えた。

そして無念の形相で絨緞を幾度か叩いた。葵は虚ろな眼でそれを見つめ、茜はその葵に取りついたまま振り向いて、矢張り茫然とそれを見た。

真佐子は息遣いを乱して硬直している。

中禅寺が柴田の後方から問いを発した。

「柴田さん！　その日のことは決まっていたことなのですか？　ならばいつ決まった！」

「ふ――ふた月も前から、日取りだけは決まっていました。幹部連中を揃えるのは――」

「その席には雄之介氏もご出席を？」

「も、勿論です。耀弘亡き後、小父様は親代わりでしたから——そ、それが」

「ならば——その時期に麻田夕子さんの情報が流出した理由と云うのは——そうなら——これは巧緻だ。無駄がなさ過ぎる。柴田さん、あなたが憎むべきは葵さんより平野より——矢張り蜘蛛なんだ！」

「蜘蛛——真犯人？　そんな奴が居るのですか！　僕には信じられない！　最初は通り魔に会ったようなものだと思って諦めた。しかしこれは——通り魔なんかじゃないじゃないですか！　純子は何も悪いことをしていない。この——葵君は、その——」

「この人は殺害を教唆した訳ではない」

「か、匿っていれば同じことです！」

柴田は脚を開いて立ち上がり、室内の全員を睨みつけた。その風貌は未だ青年である。柴田財閥などと云う重い荷物を、今の彼は背負っていない。

「葵君！　君の本意を聞かせろ！　色色と理屈を捏《こ》ねていたが、僕には些細《ちっ》とも解りはしない。君が聡明なのは認めよう。中禅寺さんの云う通り、君の考え方も間違っちゃいないんだろう！　なら何故、正論を掲げた聡明な君が、殺人者を庇ったり、その殺人を容認したりしたんだ！　それじゃあ理が立たない！」

「それは——」

柴田は大股で葵に歩み寄った。

「答えろッ！」

柴田は腕を振り上げる。

「君が全部仕組んだな！」

上げた腕を榎木津が摑んだ。

「あんたも解らない男だな。この人は、あんたが怒っているのと同じ理由で奴を庇ったんだよ。そのくらい聞いていれば解るだろう。この鈍亀め！」

「何だって？　それは——」

「それを——」

葵は洋卓を離れて柴田の傍《そば》に進んだ。

「——それを恋愛感情と呼ぶのかどうか、私には解らない。理屈が——通らないから判断出来ないのです。先程木場刑事は、私の述懐を聞いて私らしくないと仰った。それは正にそうなのです。誰もが私をそう云う眼で見る」

葵は母に顔を向けた。

「お母様。あなたは私のことをいつも誇らしく語りましたね。明晰《めいせき》な、非の打ちどころのない娘に持ち上げた。そして、あの父ですら、私を畏れた——」

聡明なる飾り人形は、そして硝子玉のような瞳を伏せる。

「お母様。あなた方は褒めるにしろ嫌うにしろ、いずれ他人の接し方で私達姉妹を育てた。紫姉さんは父権に柔順になることで、茜姉さんは自己犠牲を徹底することで、碧は現実から眼を背けることで自己を保って来た。私の場合は、こう云う人間になるしか、生きる道がなかったんです。理性的になることを徹底するなら、体制に与《くみ》することは難しくなる。私はこの家の中でさえ――異質な疎外者でした」

「葵――」

「だから私は解ってい乍ら人権意識の希薄な倫理を説き、現実から乖離《かいり》した理《ことわり》を掲げて、ただ機械のように走り続けるしかなかった。私は、指摘されるまでもなく、自分が真の女性原理主義者でないことは善く知っていた。私の中には見えない男根主義が根を張っている。私の言葉は正論だけれど、先程指摘されたように言葉はそれ自体が男性原理に支配されている。私は自分の中の差別性を隠蔽し、虚構の女性を特権化しようとしているだけだった」

「葵さん。もういい。事件とは関係ない。あなたからはもう――落ちている」

「いいのです中禅寺さん。私が自分自身を解体することで、柴田さんの気持ちが、そして姉さんの気持ちが癒せるものであるのならば――それはするべきでしょう。自分自身を解体することなく、体制イデオロギーと闘争しようなどとすることは、矢張り欺瞞《ぎまん》に過ぎないのでしょう」

中禅寺はすうと身を引いた。

「私は——そうした人間です。そして、先程も云いましたが、その理こそが私の劣等感でもあった。その劣等感を克服するため、私は一層にそうした理に従って生きねばならなかった。私はそうした二律背反的な生き方をするしかなかったのです。私は女であろうとし、女たらんとして女を捨て、性も、母権も棄却《ききゃく》した者でもある。男であれ女であれ、私に性差を意識させる視線を投げ掛ける者は皆私の敵だったからです。あの平野と云う人は——少なくとも私を女だとも、男のような女だとも捉えていなかったように思う。それも——私の恣意的な思い込みに過ぎなかったようですが。あの人は矢張り男の眼で、モノとして私を——視ていたのですね」

「あなたは、平野の倦《う》み疲れた視線を——本質のみを観る公正な視線、或は境界的な越境者の視線と勘違いしたのですね」

葵は頷いた。

「私は——私に女も男も求めないあの人に——恋愛感情を抱いたのですね。それは——狂おしく恋してしまったのです。それは——多分そうなのです」

柴田は端正な顔を歪めて葵を見た。

勿論、室内にいた殆ど全員が啞然としたことは云うまでもない。

容姿《ようし》端麗《たんれい》、眉目秀麗《びもくしゅうれい》、頭脳明晰《ずのうめいせき》、才色兼備《さいしょくけんび》の資産家の令嬢——あらゆる贅辞を以てしても云い表せぬ程の娘が、連続猟奇殺人犯にひと目惚れ——などと云う馬鹿げた話は——。

——それもまた階級意識の罠なのか。

そんなことは関係ないことなのだ。豚と真珠だろうが鰻《うなぎ》と梅干《うめぼ》しだろうが、好きになる時は好きになるものなのだろう。朴念仁《ぼくねんじん》の伊佐間には明瞭には解らぬことだが、格式も価値観も喰い合わせも、恋愛には関係ないことなのだろう。

葵はすう、と力を抜いた。

「だから、好きになったから匿った——それが真実なのかもしれない。そうなら、理屈は要りませんわね。それはたった一言で済むことなのでしょうし、例えばそれに因ってが理屈に合わない言動を執るようなことがあったとしても、別段不思議なことではないんでしょう。でも、私にはその一言が見えなかった。だから多くの言葉を費やして、後講釈で理論構築をしていたのかも——しれません」

何でだよと木場が云った。

だって似合わないでしょうと葵は答えた。

「簡単なこと程——云えねえものだよな」

刑事は自分のことのようにそう云った。

「素直に好きと認められていたなら——もしかしたら犯行を止めさせるような行動を取っていたかもしれません。自首を勧めていたかもしれない。立場も思想も、関係なくなっていたのかもしれない——」

でも、と葵は云った。

「そうはできなかった。私は盲目的な恋愛など出来ない人間なのです」

「そう規定されて——生きてきたからですか」

中禅寺の問いに、違いますと葵は答えた。

「私があの人に魅かれたのには、実はもうひとつ理由があるのです。これぱかりは——中禅寺さんもご存じないことでしょう」

そこで、葵は大きく息を吐いた。そして姿勢を正した。

「私は主義主張や思想とは無関係に——生殖行為が出来ぬ女なのです。妊娠出産と云う、幾重にも女性を縛るメカニズムが本来的に欠落しているのです。生殖と云う、女性を語る上で不可避なものを持たずしてそれを語り、主張して来た女です。だから、セクシュアリティ自体を心の奥で嫌悪していたのでしょう——」

葵はゆっくりと全体を見渡し、

「私は半陰陽なのです。医学的には——男性です」

と云った。

何を云ったのか解らなかった。

「葵さん！　あなた——正気！」

真佐子が大声を上げた。

「本当です。お母様。十八の時に――解りました。勿論あなたには云っていない。主治医以外だれも知らない。厳重に口止めしたんです。誰にも云っていません。今――初めて告白したのです――」

落ち着いていた。

「葵さん。君は――」

中禅寺は髪の毛を掻《か》き毟《むし》った。

「解っています中禅寺さん。私が男根主義を脱却し切れないことと、肉体的な特性は全く無関係です。私は生物としては雄ですが、それでも矢張り――それでも私は女です――」

――男――女。

「私は今までそれを隠して来た。女権拡張論者の急先鋒が実は男――では、笑い話にもならないだろうと思った。折角守《も》り立てた同志達の士気も鈍るだろうと、そうも思った。でも、それは悉《ことごと》く云い訳でした。これは単なる肉体的な特性に過ぎません。性差などと云うものは文化的社会的に決定されたひとつの局面でしかない。本質ではありません。況《まし》て生物学的性差が男だろうと、戸籍上の記載が女だろうと、それは関係のないことでしょう。私は私、女でもあるし男でもある」

「今の言葉を――杉浦さんに聞かせたいですよ」

葵を見ずに、陰陽師は静かにそう云った。

「私は先程あなたと話していて思い至ったのです。これは——恥じることなどではないのだと。それを恥じること、隠蔽して来たことこそ、私の抱える差別的なるものの病根です。中禅寺さん、あなたの言葉で云えば——憑物が落ちた」

葵は初めて優しそうに笑った。

気高い。半陰陽ではない。両性具有《アンドロギユヌス》だと、伊佐間は思った。

どちらでもないのではなく、どちらでもある——。

なる程人とは本来こう云うものなのだ。人は本来、男でも女でもあるのだろう。それは決定されているものではなく、己で決めるものなのかもしれない。

陰中の陽気——蓑火の悪寒から、伊佐間は漸く脱出した。

葵は云った。

「柴田さん。だから私は性的関係を求めないあの人に、必要以上に好感を持った。一方的に幻想を圧しつけた。その結果私はあの人を犯罪に駆り立て、そして、あなたの婚約者と、自分の妹までを死に追いやった。なる程悪いのは——私です」

「葵君——」

柴田は怒りを肩口からすうと逃がした。

暫し。

沈黙が支配した。

口火を切ったのは中禅寺だった。

「葵さん。聞きたいことがあります。平野は犯行後弓栄さんの鞭を持って帰って来た、と云うようなことを話していませんでしたか？」

「鞭ですか？　存じません」

「山本教諭の眼鏡は？」

「それも存じません」

中禅寺は眼を細め眉を顰める。木場が尋いた。

「あんた、その——平野をどうしてあの告解室に移したんだい。鍵は——どうした」

「丁度その頃——九月になったばかりの頃に、私はあの部屋の鍵を貰ったのです。碧のことを思えば恐ろしい話なのですが、その時は——格好の隠れ家だと思いました」

「だ——誰に貰った——また——云えねえのか」

葵は真佐子を一度見て、

「曾お祖母様です」

と云った。

「何だと——」

茜が動揺した。

真佐子が呼吸を止める。

「慥か姉さん——あなたが呼びに来たのです。お祖母様が呼んでいると。お部屋に行くと、渡したいものがあると云われました。そしてあの鍵を渡された。学校の開かずの間の鍵だから、伊兵衛の形見だからと仰った。何故私に渡すのかとお尋きしたら、お前はあそこに通っているのだろう、と云われた」

「ぼ——惚《ぼ》けてるのか——」

葵は頷いた。そして云った。

「姉さん——もういいでしょう。あなたに三人の娼婦の話をしたのも——曾お祖母様なのではなくて」

「葵——さん——」

「そ、そうなのか？」

茜は力なく頷いた。

その瞬間。

伊佐間は何が起きたのか解らなかった。

黒と白の館が震えているのかと思った。

実際痙攣的な律動が伊佐間を包んでいた。

全員が身構えた。

真佐子が——笑っていた。

常に毅然とし、自らの家の秘密を語る時でさえその厳格さを崩さなかった真佐子が、大声で哄笑していた。

「それで解りました。凡て解りました！　あの女が惚ける？　とんでもない。惚けてなどいませんわ！」

真佐子は蹣跚《よろよろ》とふらつき乍ら中禅寺の横に進んでそのまま追い越し、背を向けたまま云った。

「拝み屋殿は落とすと仰ったけれども、それは無理です。どうしても落とすと云うなら、あの女を呼ばなければ！」

「お、お母様――」

「善くお聞きッ。葵！　茜！　この人は中中大したものです。ただ、話さずに済むかと申してはくれたけれども、それは無理のようです。刑事殿。勇治さんも聞いてください。これは凡てあの女の仕組んだこと！　あの女――そう、織作五百子の仕業！」

真佐子は叫んだ。

「勇治さん。あなたがさっき云いかけたこと、あれは真実。私は淫蕩な織作の女。恥じることはないと拝み屋殿は仰るけれど、それを恥じよと父に教わった。教われど教われど母も祖母も許してはくれなんだ。葵、茜、お前達の父親は全部違う男」

「お母様！　確乎《しっか》りなさって！　何を！」

「私は確乎りしています。私の祖父、お前達の曾祖父になる父嘉右衛門は己と女工の子を当主に仕立てた。私の父である伊兵衛と云う男は、その嘉右衛門が連れて来た男。そして五百子刀自は——あの女は、私の母である貞子を織作の女として育てた。ところが伊兵衛は、それに激しく抵抗し、あの馬鹿な建物を建てた。五百子刀自は負けじと——母の貞子にしたように、私まで織作の女として仕込んだのです。しかし、そう、拝み屋殿の云う通り、世の中はそんな時代ではなかった。私のところに通う男は皆私を白首淫売と見下げた。私がどれだけ辛かったか——解りますか！」

「奥様！　もういい。止しなさい！」

中禅寺は厳しく咎めた。真佐子は突っ撥ねた。

「いいえ、止しませぬ。拝み屋殿、あなたは知っていて隠しておられますね。伊兵衛は、あんな馬鹿な建物で織作の因習が封印出来るなどと思ってはいなかった。あれは飾り。刀自殿に対する宛てつけ。それだけのもの。父は、伊兵衛は、もっともっとおぞましき奸計を練り上げ、十重二十重に手を打っていたのです！　伊兵衛と云う人は、敬虔な信仰者でも頑迷な遵法者でもなかったし、人格者でも道徳者でもなかった！　己の血統を後に繋ぐことだけに執着した亡者です！　碧は、お前達姉妹は皆、あの亡者の被害者です！」

「そんな——」

本当ですと母は二人の娘を見据える。

「いいですか！　私が何故碧をあんなに厭うたか、教えてあげましょう。あれはたったひとりの、私達夫婦の子。私と、私を強姦した、あの雄之介の子なのです！」

「強姦？」

「そう、強姦ですわ。誰があんな男と寝るものですか。あんな男の胤《たね》を織作の跡取りに出来るものですか！　あれは父伊兵衛が連れて来た男。初めから——夫婦の契りは禁じられていた！　それを承知であの男、力任せに私を組み伏せて、手込めにしたのです。おお腹立たしや、おのれ、思い出すだに身の毛が弥立《よだ》つ！」

「何故だ！　伊兵衛ってのは、手前の血を——」

「何故か？　簡単です。父は自分の血を引く者だけを織作の後継に据えたかったのです。だから——自分が女工に産ませた雄之介を婿に取ったのです！」

「何だって？　それじゃあ」

「雄之介と私は異母兄妹なのです」

真佐子はそう云った。僅かの間、時間が止まった。

「碧は——だから、あの可哀想な娘は、本当に近親相姦の娘なのです。何て、何てことでしょう！　ひとりだけ夫婦の間に出来た子が、呪われた血の呪縛を受けた子だなどと——私はあの娘が可愛ければ可愛い程殺してやりたくなった！　不憫で不憫で——まともに顔を見られなかった」

真佐子は疑乎《じっ》と動かず、静かに狂乱した。

「だから死んだ紫は雄之介が外の女に産ませた子。そして茜、お前の亭主の是亮は、耕作の女房を雄之介が手込めにして造った子。あの是亮は雄之介の子なのです。私がお前に是亮とは絶対に夫婦の関係を結ぶなと申し付けたのはその所為です」

「――あなたが――禁じていたのか！」

「当たり前です。母は違えど私と雄之介は兄妹。つまり茜と是亮は従兄妹同士。善い子の生せる訳もない。雄之介と云う馬鹿な男は、父伊兵衛でさえ気にかけた、近親婚をも気にかけぬ、鬼畜よりも更に劣る、人の屑《くず》のような男だったのです！」

「それは――酷い！　そんなのは――」

「そう酷い。そして伊兵衛の思いは成就した。この家に居る者で伊兵衛の血を引かぬ者は五百子刀自ただひとり。誰がどなたと子を生そうとそれは凡て伊兵衛の血筋！　そして、だからこの一連の事件は」

「刀自の――復讐？」

「伊兵衛の血統を絶やさんと云う、あの女の企み」

「それは――それはおかしい！　刀自には」

「坐っていても人は動かせる。それはあなたを見れば解りますわ拝み屋殿。碧に善からぬ嘘を吹き込みあの部屋の鍵を渡したのは刀自です。これは伊兵衛に対する意趣返しです」

だから――だから碧は名を云わなかったのか？

「あの馬鹿馬鹿しい建物と偽善に満ちた学院は、その堅い石の壁で伊兵衛の血を濃く引いた碧を殺した。碧は伊兵衛が残した如何《いかが》わしい書物に気触《かぶ》れて、あの学院で死んだ。伊兵衛が殺したようなもの。そしてその結果、あの学院の欺瞞は露《あらわ》になって、終《つい》には閉鎖――刀自は笑っておりますわ！　茜も葵も、そして私も――知らぬうちに一致団結してあの娘を殺すのに手を貸した。あの娘は、あの可哀想な子は――」

そして真佐子は絶叫した。

「それでも私の生んだ子だったんだ！」

壮絶な婦人は螺旋の下に向けて進む。

「云いなりになるのはもう御免です！　私は――碧の仇を――」

「止せ！」

木場と青木が真佐子に取りついた。

お離し、お止めと真佐子が暴れる。茜が駆け寄って母を諫める。益田が慌て困り果て、その周りで狼狽する。

「奥様！　五百子刀自は犯人じゃない――」

中禅寺が何か云いかけたその刹那、螺旋の下から残響を伴った声が響いた。

「大変だ、大変でやす！」

昏い廊下から大きな影が躍り出た。耕作だった。

外人染《じ》みた大きな眼が濁っている。彼を苦しめ続けた不肖の息子は、彼の主人と彼の妻の間に出来た子だったと云う。耕作は知っていたのだろうか。剃髪したような禿頭には汗が滲んでいる。野良着の腰には久留里鎌が差してある。いつもの姿である。

耕作は狂乱の騒ぎを見ても動じることなく、

「お方様、刀自様が」

と云った後、葵の方にすたすたと近寄った。

「と――刀自がどうしたと云うのです！　耕作」

真佐子が叫ぶ。耕作はへえ、それが、と云い乍ら葵の前に立った。

間近で見ても非の打ちどころのない美形。

人間らしさを損なう程に整った顔。陶器で出来た飾人形《マヌカン》の如き両性具有者《アンドロギユヌス》。

「お嬢さん――」

耕作は云った。

「さっきそこで聞いた」

「な――にをですか？」

「あんたが――犯人か」

葵は怪訝な顔をした。

「逃げろ拙いッ！」

榎木津が跳んだ。

それより一瞬早く、

「ならばおのれは――冥府に戻れッ！」

耕作の太い腕が葵の頸の陶器の肌に食い込んだ。

太い、善く響く声だった。

伊佐間はこの世ならぬ光景を見た。

葵と耕作がダンスを踊っている。葵は耕作を支点にして、まるで公園の遊具のようにくるくると回転していた。ただ耕作の腕は葵の腰にも腕にも掛かっていない。榎木津が飛ばされて床に倒れた。葵の躰で打ち据えられたのだ。中禅寺が走り寄る。しかし陰陽師もまた葵の自身の――平野が執着した、形の善い脚で撥ね飛ばされた。木場が、青木が、益田が次次と葵自身によって攻撃された。

「止せ！　止めろ！　何をする！」

中禅寺が叫んだ。耕作は止まった。

回転が止まり、葵の躰がだらりとぶら下がった。

完全に――死んでいた。

伊佐間は漸く腰を抜かしていることに気づいた。

「こ――耕作！」

「お方様。申し訳ねえ」

「こ――うさく、お前、それは――」

「判ってますべい。お方様。これが――」

「それは――葵は」

「いいんです」

「葵はお前の子です！」

「ですから」

耕作は片手で葵を吊り下げて、掲げた。

「だから――こんな非道なことを仕出かしたんだ」

葵だつ、たも、のがぶらぶらと揺れた。

「俺みてえな使用人の卑《いや》しげな血が雑《ま》じったから人殺しなんかすんです。お方様、すまねえ」

「ば――馬鹿なことをお云いでないッ！」

「貴様アッ」

木場が耕作に組みつこうとした。耕作は葵の躰でそれを防ぎ、真佐子の傍に駆け寄った。

「こ――こ、耕作、あ――葵をお離し」

「これは俺の娘だ。これでいいんだ。お方様――」

榎木津が立ち上がった。それを認めた耕作が身構えた。その隙を狙って真佐子は耕作の腰から鎌を奪い、その頸に突き立てた。一瞬のことだった。

「お――方様」

「これは、誰の子でもない――」

「――私の産んだ子は私の子だ」

ひゅう、と音がした。

耕作の頸から黒黒とした液体が迸《ほとばし》った。喪服の貴婦人の顔や手が見る見る紅く染まり、黒衣はしとどに濡れて、一層に黒さを増した。耕作の巨体が、娘の躰を伴ってゆっくりと倒れた。

「碧。葵。御免なさいね――悪い母でした――」

真佐子は首を幾度か緩《ゆる》ゆると振り、

「茜――お前だけでも――」

そう云った後、

己に鎌を突き立てた。

誰にも止められなかった。

これが決められた結末だった。

こうして蜘蛛の大計は成就した。

「――これが――最後の仕掛け――なのか」

中禅寺はそう云って幽鬼のように立ち上がった。額から二筋流血している。榎木津がその横に立った。探偵も口の端が切れている。木場は、両手を床に突いたまま固まっている。柴田は放心している。青木は昏倒《こんとう》し、益田は頭を打ったらしく立ち上がれずにいる。茜は母の骸の前に座り込んでいる。この世の光景ではなかった。

ものの数分の出来事である。

中禅寺は眼を閉じ、深く項垂《うなだ》れて、

「こんな――こんな結末が何になるんだ」

と云った。

「この人はこれから――」

葵のことを想っている。慥かに、もし耕作が現れなければこの家は救われていたのかもしれぬ。真佐子の呪いも解けていたのだろう。つまりは――。

――これは古《いにしえ》の呪いではないと？

「凡て――終わったようじゃの」

嗄《しわが》れて尚、艶《あで》やかな声がした。

「これで——織作の家は織作の元に帰った」

かたかたと、か細い音が鳴り響いた。

廊下の奥の暗闇から声が迫って来る。

「何が父権じゃ。この家は代代女の家じゃ」

かたかたと、機を織るような音だった。

「身窄《みすぼ》らしい女工の血はこれで断たれたわい」

かたかたと——蜘蛛が出て来た。

それは、滑るように惨劇の舞台に上った。

「あ——あなたは——」

車椅子に乗った、小さな老婆が笑っていた。

銀色の、糸のような白髪を丸髷《まるまげ》に結い上げ、胡粉《ごふん》を塗ったような木目の細かい肌を持つ、小さな、小さな——。

「五百子——刀自——」

五百子は子供の如く満面に笑みを浮かべて、横たわる真佐子の骸を見下ろし、

「いい気味じゃ」

と云った。

そして眼を剝き、口を開けて死んでいる耕作と、その横で襤褸屑《ぼろくず》のようになってしまったその娘を見て、更に楽しそうに、声を出して笑った。

「この戯《たわ》け者め。使用人の娘の分際で織作の当主になろうなどとは小賢しいわいのう。いい気味じゃ、いい気味じゃ——」

そして放心して震えている柴田を認める。

「ほう、御主《おんし》やあ勇治殿か勇治殿か。健在じゃな。何よりじゃ何よりじゃ。お前様、この大婆に会いに来てくれたか。ええ、ええ。ほれ、見ィ、忌ま忌ましい嘉右衛門の血筋が皆死によった。これでお前様の婆殿も、浮かばれようぞ」

「婆——祖母——祖母が？」

「お前様の婆殿の長子《ながこ》は儂の子の久代じゃ。お前様は儂の曾孫じゃ。お前様は正当な織作の血筋を受け継ぐ者じゃ。姓が変わろうが代が変わろうが、お前様は代代受け継がれた織作の血を引く者なのじゃ」

「お、おりさく」

「儂は来たる日のことを考えての、織作の娘をば外に出したのじゃ。血が混じるのは構わんが、血を乗っ取るとは盗人猛猛しいわ。儂はあのお方との間に出来た久代を、名も長子と変えて、名門北条《ほうじょう》家に養女として入れた。それがお前様の婆殿ですわい」

「ぼ、僕が織作の——」

「ほうじゃ。お前様さえ戻ってくれればもうええ。これで織作ン血は保てるで。お前様が婿ン来てくれりゃ、こんなことせんでも済んだがナ。あの戯《たわ》け。貞子たら云うのは、嘉右衛門が相模《さがみ》の女工に生ませた娘。伊兵衛たら云う馬鹿もんは、嘉右衛門の生家の本家の血筋の男じゃ。嘉右衛門はそれでも足らんじゃった。伊兵衛の息子に家督を継がせたかったのじゃろう。しうねん深え。雄之介も伊兵衛が越後の女工に生ませた男じゃ。自分の子の真佐子と、自分の子の雄之介を妻《めあ》わせるなど、なンたる戯け者か——」

——妖怪だ。これが妖怪の本体だ。

「血統の——乗っ取り」

「させるかい。男に子は産めぬ。生ませた子など、所詮他人じゃ。男にとって子は皆他人じゃ。女は血を分け肉を分けて子を産むのじゃ。自分の産んだ子だけが肉親じゃ。女はそうして家を継ぎ、世代を継いで家を護るのじゃ。永遠になあ」

凍りついたように誰も動けなかった。

茜が大きく震え乍《なが》らよたよたと這って、おばあ様おばあ様あなた、あ、あなたが、と、壊れた蓄音機のように繰り返し、五百子の車椅子にすがった。

「無礼者！　お前なんぞに婆呼ばわりされる謂れはないぞ！　女中の分際で馴れ馴れしい口を利くな」

「じょ——女中？」

五百子は杖で茜を叩いた。

いい気味じゃ、いい気味じゃと妖婆は骸を突き、高らかに笑い、さあ、これでええわい、

織作の血は護られた、と愉快そうに叫んだ。

岩の如くに盤石《ばんじゃく》に、永久に絶ゆることなく――。

中禅寺は云った。

「あ――あなたが――」

○木《こ》魅《だま》――

百年の樹にハ神ありてかたちを阿らハ須といふ。

画図百鬼夜行前篇――陰

11

私がその事件の全貌を知り得たのは、もう桜の綺麗な頃だったから、四月の幾日かであったと思う。

木場の旦那や榎木津や、それからいさま屋などの話を断片的に聞き集めて自分なりに纏《まと》めてはみたものの、どうにもあやふやで像《かたち》が明瞭《はっきり》せず、それでも何故か強く心魅《ひ》かれるものがあって、その頃はすっかり嵌《はま》っていたのだった。陰惨と云えばこの上なく陰惨で犠牲者の数も多く、興味本位で聞き回ることは憚《はばか》られたが、どうにも止められなかった。

結局待古庵に会い、更に青木や益田の話まで聞いて、私は漸く事件の輪郭を摑えた気になったのだったが、それでも得心が行かず、結果私は眩暈《めまい》坂を登った。

坂の途中の油土塀の中も、桜色が満杯だった。

却説《さて》は桜の木であったのかと、その時思った。

京極堂は例によって休業だった。私は『骨休め』と記された木札を指先で突《つつ》き、母屋《おもや》へ向かったが、細君も留守らしく呼べど敲《たた》けど猫すら出て来ぬ。

詮なく勝手に屋内に上がり込む。

縁側から覗くと座敷には鳥口青年の姿が窺えた。

鳥口はこれも例によって私の顔を見るなりうへえ、と云ってから、

「関口先生、今回は何だって出番がないんですよ」

と云った。

「出番とは何だ。僕は日常をあるがままに送っているだけだ。役者が楽屋裏で油を売っているのとは訳が違うよ。出番も非番もないだろう」

私がそう云うと、主はいつものように不機嫌な顔で、これまたいつものように憎まれ口を利いた。

「君の人生は油を売るためにあるようなものじゃないか。君は油屋として生を受くるべきだったのだ。勝手に上がって来て挨拶もせずに何だ？」

「ちゃんと玄関口で呼んだぜ」

「君の声は裏返っていて通らないんだよ。それより何の用なんだね関口君。油なら間に合っている」

「いいじゃないか。用がなくっちゃ来てはいけないのか。榎木津なんかこの座敷に寝に来てるだろう。来て寝て起きて帰るじゃあないか」

私がそう云うと、あれは一応友達だからな――と京極堂は云った。私のことはどうあっても友達扱いしたくないらしい。私は勧められもしないのに勝手に座布団を敷いて、主の正面に孤座《すわ》った。

「まあ、友達でも知人でもいいんだ。今日はほら、天下を騒がす織作家の目潰し絞殺事件の顚末《てんまつ》に就いて君の講釈を聞かせて貰おうと、こう云う趣向《しゅこう》だ」

京極堂は酷《ひど》く厭そうにした。鳥口が云った。

「実は僕もその件で来てまして。偶然はワイシャツより生成《きな》りですね。実に奇遇だ」

「相変わらず意味が解らないな君は。それより京極堂、君は何だ、怪我までしたそうじゃないか。平気か」

京極堂は怪我なんかするものかと云った。

「それよりどうなんだい。今回の事件と云うのは、その織作の齢九十幾つ、百歳になんなんとする妖女が企んだものだったのか？」

新聞には出ていなかったが、私はそう聞いた。

「妖女とは何だ。五百子刀自は亡くなったよ」

「死んだ？　どうして」

「そりゃあ老衰だ。心不全だ。君の云う通り、白寿を目前にする程の高齢だったそうだからね。一週間前のことだそうだ。そうだね鳥口君」

「そうなんですよ。大往生です。師匠、それでその、お婆さんの願いつうのは叶《かな》った訳ですか？」

「まあ叶ったんだよ。叶ったと思って逝かれたんだから。願いとはそう云うものだろう」

慥かに幸福感や満足感と云うのは個人的なもので、勿論計測は出来ないから、傍目《はため》にはどれ程不足があろうとも、本人が満願成就と思うならそうなのだろう。

「しかしその次女は――」

話題の織作茜――と鳥口が云った。

「話題？　話題なのかい？　まあ、その人が生きていたんじゃ伊兵衛の血は根絶やしにできなかったと云うことだろう。何だか哀れだし、それに、それではとばっちりを受けて亡くなった人人も浮かばれないような気がするなあ」

「馬鹿だな君は。殺されてしまって浮かばれるも浮かばれないもないだろう。とばっちりを受けたと云うのは誰のことだね？　これは事故じゃなく殺人なんだから、とばっちりなんてものはない」

「だってその学校の女の子達だって――」

渡辺小夜子に麻田夕子ですね――鳥口が云う。

「学校の先生二人だって――」

本田幸三に山本純子――。

「ええと、三人の娼婦達だって――」

川野弓栄に前島八千代に高橋志摩子――。

「別に死ななればならぬ理由はなかったのだろう」

「そんなことはないよ」

京極堂は立ち上がり、開け放しにしてあった庭に面する障子を閉めた。

「君がどうしてもとばっちりと云いたいのなら、そうだな、該当するのは平野が最初に殺した矢野妙子さんくらいかな。彼女の死は偶然と云ってもいいかな。いずれにしても人が死に過ぎだよ」

病死を含めれば十五人も亡くなっている。

友人の眼の前でも四人が亡くなったのだ。

私は少し配慮に欠けた発言だったかと思い、黙って反省をした。友人はそうしたことを嫌うのだ。

鳥口が云った。

「でも師匠、茜さんだけでも助かったのは善かったですよ。不幸中の何とやら——生きていればこそ、いいこともある。死んで花実が桜餅《さくらもち》ですよ」

「いいことだって？　家族全員失ってまだひと月だろう。そんな忌中にいいことなんかがあるのかね？」

あるんですよ先生、と鳥口は若《にや》けた顔をした。

「茜さんは、かの柴田財閥総帥とご結婚が決まったんですよ。若後家様の玉の輿《こし》ですな」

「そりゃあ英断だなあ。醜聞をものともしない、流石《さすが》は柴田財閥だ。太っ腹だ」

「なあに、政治的判断もあるんだろうよ。老獪《ろうかい》な事業家達が考えそうなことさ。殺人事件で一家惨殺、おまけに関連学校法人は汚濁に塗《まみ》れて閉校。沢山の要人の娘を預かっていたようだからね。反感も買う、信用はなくす、権威は失墜する、商売に影響が出る。切り離すったって織作と柴田は複雑に関係している訳だし、今更柴田とは無関係と云っても通らない。いっそ生き残った不幸な娘をトップの配偶者として迎え入れると云う潔さを見せた方が、まあ醜聞を美談に転化出来るじゃないか」

「でも、その、柴田耀弘の養子と云う人は、亡くなった五百子刀自の曾孫だって云うじゃないか。そうなら、その所為《せい》もあるんじゃないのか？　彼は本当に織作の血を引いているのかい？」

京極堂は野次馬だなあ君も、と云った。

鳥口はそれに就いちゃ調べました、と云った。

「そもそも柴田勇治と云う人は、北条と云う苗字でして。これは現在は零落《おちぶ》れてますが、元は由緒ある旧家らしいですね。その勇治の祖母と云うのが長子と云うんですが、これが養女だった。間違いないです。なんせ、養子に入る時どこからか勇治を連れて来て強力に推薦したのが五百子だったんです。柴田耀弘の跡を継ぐポストですからね、人選の際も大揉めだったらしいですが、耀弘にしてみれば五百子は恩のある嘉右衛門の連れ合いな訳で。結果横車は押されちゃった訳ですね」

「なる程なあ」

私は子供を作ることに生理的な恐怖を感じる男である。子供自体は可愛いと思うが、自分の遺伝子がひとり歩きして別個の人格を生すと云う、摩訶不思議な事象が、無意味に漠然として怖い。だから子孫を残すことに執着する気持ちはいまひとつ理解出来ない。五百子は己の家の血を絶やさぬために、我が子を他の家に託した。

そして、その末裔《まつえい》に素晴らしく立派な椅子を用意して、坐らせたのである。しかし――。

「しかし京極堂。茜さんが嫁《とつ》ぐんじゃ織作家は途絶えるぞ。それじゃあその――伊兵衛と云う人の血が絶えなかったばかりか、何だ、織作の家名まで消えてなくなってしまうじゃないか」

京極堂はそうさ、消えるのさ、と云った。

私は釈然としなかった。家と云うものは、名があってこそ家である。家名を絶やさぬために多くの旧家は四苦八苦するのだ。織作の事件とて同じことだと私は認識していた。私がそう告げると陰険な友人は片方の眉を吊り上げて、

「そうさ。家などと云うものは妖怪と同じだ。名づけなければないに等しい」

「なら」

「だから」

「だから何だよ。明瞭《はっきり》云い賜え」

煩瑣《うるさ》いなあ、と云って京極堂は腕を組む。

「いいのだよ。あの家の呪いは僕が解いた。もう解けてしまったんだから、家もなくなるんだよ」

「善く解らないなあ。蜘蛛——織作五百子の巧緻な計略と云うのは、それは稼働している時は君や榎木津でも手出し出来ぬ程に緻密で、誰もが自分の意志で行動しているかのような錯覚の下に操られ、誰がどう動こうと筋書きが変わらぬ程に完璧に機能していた訳だろう。それがどうだ。成就したところで何がどうなる訳でもないじゃないか。それじゃあ何のために十五人もの人が死に、怨敵の血筋は生き残り、挙げ句自分は死んでしまう。僕が浮かばれないと云っているのはそのことだよ」

本当に煩瑣いな、と云って京極堂は再び立ち上がった。そして、

「あの老婦人はね、矢張り老人性痴呆症だったんだよ。だからそんな計画は立てられないよ」

と云った。

そして私が真意を質そうとするのを手で押えて、

「僕はこれからその織作家に行かなくちゃならないんだ。用がないなら帰ってくれ。ああ鳥口君、報せてくれて有り難う」

と云った。

「おい、何で行くんだ」

「仕事だよ。あの屋敷は取り壊すのだそうだ。書画骨董は今川君が処分したが、書斎には山程書籍があってね。その本の始末を頼まれたんだ」

「表の仕事か」

「馬鹿か君は。仕事に表も裏もあるか。僕は本屋だからね。いい品が沢山あるようだ。好事家《こうずか》にとっては本は骨董だからね。資金繰りをしなくては」

「そんなに値が張るのか？」

「だから是亮は書斎に行ったんだろうな」

「え？」

鳥口はそれじゃあまた近近、あっちも宜しく——と云ってさっさと帰ってしまった。

主は私の居るのを殆ど無視して外出の支度を整えた。私はその間、思考を停止してただぼうとしていたが、さあ僕はもう出掛けるぞ、と云われて慌てて後を追った。

「待てよ。僕も連れて行け」

「何だって君のような愚鈍な従者を同行させなきゃいけないんだ。僕は榎木津のような悪趣味な男と違って、奴隷を傍に置くのは嫌いなんだ」

「いいじゃないか邪魔はしないよ——」

蜘蛛の巣館が見たかった。

「遠いし、作業には時間がかかる。場合によっては泊まりになるよ。交通費もかかる」

構わないよ、と私は云った。小説家は時間に縛られない商売だ。そもそも仕事をしていない。妻に電話の一本も入れれば済むことである。

駅までは無言だった。

春の陽気が心地良い。

もう寒くはなかった。

京極堂は暗褐色の着流しに黒っぽい羽織を手に持ち、手荷物と云えば風呂敷だけである。

停車場に立って京極堂は云った。

「関口君」

「何だ」

「君は惚《ぼ》けているから解るだろうがね、例えば毎日毎日、あるひとつの話を聞かされて、寝ても起きてもその話をされて、そう云う状況を想像し賜え」

「僕が惚けているか否かは兎も角、まあ解った」

「その話と云うのは君の過去のことに関わる。そして君の積年の怨みを晴らすような内容だ」

「ああ。それで?」

「話した人間は、まるで前に話したことを忘れたかのように、その話を繰り返す。君はどうする?」

「前に聞いたと云うさ」

「云っていないと話者は主張するんだ」

「でも聞いたと云うね。聞いているんだから」

「でも話していないと云うのさ」

「それじゃあ逆に話して聞かせるよ。聞いているからこそ内容を知っている。それを知らしめる」

「それを繰り返す。君は惚けている」

「何が云いたい？」

「そこである日突然、話者は何もかも忘れてしまったかのように、君にその話を知らないかと尋く」

「尋く？　なら教えるね。お前が云ったんだと」

「話者は云ってない、初めて尋いたと主張する」

「え？」

「それを繰り返す。執拗《しつこ》いようだが君は惚けているんだ。どうなる？」

「僕は――僕の記憶として――その話を？」

「そうだ。反復再生、反復入力を繰り返せば記憶は鮮明になって行く。その後入力源を隠蔽すれば、それはその人の記憶となる――斯様に簡単に――」

「い――おこ刀自？」

そこで電車が来た。

私達は乗り込んだ。

車窓を過ぎる景色もすっかり春だった。

光線の加減なのだろうか、同じ筈の景色がまるで違って見える。それはそれで不思議なものである。ただの森だの川だのが妙に新鮮だった。

「久遠寺――」

いきなり京極堂がそう云ったので、凡庸《ぼんよう》な景観に見蕩《みと》れていた私は驚いて息を呑んだ。

「久遠寺涼子さんに榎木津を紹介した男だけれど」

「何を云い出すんだいきなり――」

「あれは大河内君だったようだよ」

「大河内？　あの大河内君かい？」

「そうさ。その――大河内君だよ」

それなら旧制高校時代の同窓である。哲学書を常時携行《けいこう》していると云う変わった男で、人付き合いが悪く、学生時代鬱《うつ》症だった私は好感を持っていた。

類は類を――の喩《たと》え通りである。

久遠寺涼子とは私にとって忘れることの出来ない昨年の――あの夏の――事件に関わる人である。

彼女が依頼人として榎木津の許を訪れた——それがあの事件の始まりだった。

京極堂の云うのが事実《ほんとう》ならば、事件の些細《ささい》な契機《きっかけ》を作ったのは私の知人だったと云うことになる。

「彼は進駐軍相手の通事をしていたんだね。大河内君なら榎木津のことを知っている。僕等の代で、あの馬鹿を知らぬ者はなかったからね」

「しかし探偵をしていることなぞ誰も知らんぞ」

「榎木津の兄貴が進駐軍相手のジャズクラブをやっていただろう。榎木津は以前、そこでギターを弾いてたんだよ。駐留米兵とは交流があったようだ」

「知っているよ。榎さんは僕にベースギターを弾けと強要したんだ。お蔭で弾けるようになった」

京極堂は下手じゃないか、と云って笑った。

がたん、と電車が揺れた。

「涼子さんは薬学の学校に少しの間通っていた。大河内はその時の知り合いだそうだ。講師が親友だったとかでね。縁は異なものだな」

「全くだ」

「織作茜さんは涼子さんの同窓だよ」

「え——」

高架橋に差し掛かり、ガタガタと車体の軋《きし》む音がして、友人の声は少し遠退いた。

「そうなのか」

「杉浦美江さんに榎木津を紹介したのも大河内だ。用件は知らないが、美江さんも涼子さんには一昨年一度会っているらしくて、それも大河内君の仲介だったそうだ。彼は女権拡張論者になっていたらしい。葵さんの書いた論文を読んで婦人と社会を考える会と接触を図ったらしいんだが——掲載された機関紙と云うのは多く出回っているものじゃないんだが」

「何が云いたい」

「だから縁は異なものだ」

隧道《トンネル》に入る。車窓には間の抜けた私の顔が映っている。轟轟《ごうごう》と音がする。暗がりを抜けると見慣れた顔が一瞬にして一面の桜に変わった。

「まあ君の云う通りだがね。職業婦人の選ぶ職種としては、殊の外調剤師と云うのが人気らしいからね。君が関わった二件の事件の関係者が同級だったと云うような偶然もあるだろうな。世間は狭いものさ」

「そうだな。ただ涼子さん同様、茜さんも卒業はしていない。どうも、その敗戦間際の一時期、彼女は家出に近い形で東京に出て、働き乍《なが》ら学校に通っていたらしいんだね。何かに対する抵抗《レジスタンス》だったのかなあ」

「話を聞く分にはそう云う人とは思えないがな」

「とても謙虚な人だよ。しかも妹に負けず劣らず聡明で、社会に対する主義主張も確乎《しっか》り持っている」

「持ち上げるな」

「まあね」

「京極堂。君はそもそもご婦人の社会参加は好ましいと云う立場なんだろ」

「そうだよ。ただ茜さんは薬剤の仕事には就かなかったんだ。結局彼女の社会参加は去年の夏から秋にかけて、夫の秘書をしただけに止まっている」

「その是亮氏の潰した会社と云うのは何の会社だ」

「潰したのは服飾関係の会社だが、それは春に潰れてるんだ。茜さんの通ったのは、是亮氏の左遷先の小さな工場だよ。小金井町にある」

「小金井？」

「木場の旦那の下宿の傍《そば》だな。是亮は兎も角大織作の次女がなんでそんな工場に——と、物議を醸《かも》したらしい。茜さんは蛙《かわず》の面に何とやらと云う奴らしかったがね。丁度その時期は、増岡さんが耀弘氏の相続問題で小金井に通い詰めていた頃だからね。何度か顔を出したらしいけれど、茶を出したり掃除をしたり健気《けなげ》に働いていたと云っていた。秘書の仕事じゃないとは思うがね」

「そう云う人なんだ」

「そう。転んでも只は起きない」

「え？」

「五百子刀自の世話も凡て茜さんが献身的にやっていたらしいしね。健《まめ》な女性なんだな」

駅に降り立つと仄《ほのか》に磯の香りがした。海が近い。

天はどんよりと花曇りである。

町を抜け、漁師小屋の立ち並ぶ浜の方へ向かう。投網《とあみ》や浮き玉などが独特の色合いに脱色して、寂《さび》れた風景に解け込んでいる。魚の生臭い香りや芽吹《めぶ》いた植物の香りが入り交じり、独特の臭気となって鼻腔《びこう》を掠める。夏場ではないから不快と云う程のこともない。

漁村の春である。

「仁吉さんの家と云うのはこの近くだ。息子さんと暮らすことに決めたらしいから、もう居ないかもしれないなあ。孫娘の美由紀君は東京の学校に編入が決まったそうだ。茜さんの口利きで柴田氏が根回ししたらしいよ。また寮暮らしだそうだが、あの娘は確乎《しっか》りした娘だから大丈夫だろうな」

「そう云えばその、例の神像はどうしたんだ？」

「茜さんが今川君から二万円で買い取ったそうだ。二体並べてどこかに安置するそうだがね」

「待古庵も災難続きだなあ」

箱根山では犯人扱いで勾留《こうりゅう》され、今度は――。

「何でも彼は君が得意の長広舌を披露している間、ホールの外の廊下で、殴られて気絶していたそうじゃないか。憑物落としの講釈が半分も聞けなかったとか云ってぼやいていたぜ。あんなもの聞きたがると云うのも変だが、まあ門番宜しく入口で見張っていたと云うんだからね。彼も変わった男だよな」

「織作の書画骨董で豪《えら》く儲けたようだから、帳消しさ。今川君は耕作さんに後頭部を殴られたようだ。襲われたのは葵さんが真情を吐露する、大分前だ」

「それが？」

「耕作さんは、葵さんが平野を背後で操る者——真犯人だと思い込み、その結果凶行に及んだ訳だが——」

「だから？」

「何故耕作さんは、葵さんが自白するより以前に、彼女が平野の背後に居る人間だと知ったんだ？」

「ん？」

待古庵を昏倒《こんとう》させたと云うことは——。

その時点で犯行の決意は固まっていた——そう云うことになるのか？

五百子刀自に聞いた——と云うことか。

実の娘を——。

浜辺に出る。

潮騒《しおさい》が心地良い。

「いいところだ」

「魚は美味《うま》いよ」

「惨劇には相応しくないな」

「惨劇に相応しい場所などないよ」

「そうだな」

「茂浦と云うのは向こうの方でね――」

京極堂は指を差す。

「――災難と云うなら伊佐間君も災難続きだ。指が少し短くなったとか云っていたからな。木場の旦那が首吊り小屋に思い至った時に、案内役の耕作さんが警察の足止めさえ受けていなければ、あの極楽蜻蛉《ごくらくとんぼ》も怪我をせずに済んだものを――運が悪い」

「いや、それはさ、思うに警察――否、あの日那の所為だろう。まあ君の云う通り、耕作さんが案内していれば無事だったのだろうが、その耕作さんだって民間人なんだから同じことじゃないか。旦那は、耕作さんに道順を教わったと云うのだろう?」

「そのようだね。茜さんが機転を利かせたんだと伊佐間君が云っていた」

それなら矢張り旦那の所為だよと私は主張した。

京極堂は振り返り、今日はやけに旦那の責任を追及するじゃないかと苦笑いをした。

「いや、だって、話に聞く限りは当然の感想だよ。道順を聞いているのなら何も、いさま屋や待古庵が同行することはなかったんだよ。茜さんの機転も水の泡だ。旦那が悪い」

「それはそうだな。そう云えば――茜さんはその時、喜市について警察に嘘を云っていたんだよ。本当のことを云わずに居て、善く小屋の道順を教えさせる気になったものだな。もしまだ喜市が小屋に留まって居たなら、自分の嘘が露見してしまうと云うのに――」

さあ、と潮風が顔を撫でた。

「――そうは思わないか」

「ううん、彼女はどこかで露見を望んでいたんじゃあないのか？　嘘の吐き通せる人じゃなかったのさ」

「そうだなあ。しかし、平野も喜市と入れ違いに小屋に入っている訳だろう？　本来二人が遭遇していた可能性もある訳だ。実際善く出来ているよ」

京極堂はそう云った。

再び疎《まば》らに人家が現れる。

その横の勾配のきつい横道に入る。

貧弱な林を抜けると、坂の上に――。

満艦飾《まんかんしょく》の――。

「桜だなあ——」

見事なまでの満開の桜の山だった。

靄《もや》でもかかったかのように——突端は空に暈《ぼ》け、裾野は大地に溶け、境界は海に滲んだ、一面の桜。

「はあ——」

私は思わず溜め息を吐いた。目が眩む。

その桜の、ただ桜ばかりの、只管《ひたすら》桜色の濃淡の中に、ひと際黒黒とその館は建っていた。

——蜘蛛の巣館。

風に乗って花びらが数枚、私の肩口にとまった。

荒涼とした、花も咲かない立ち枯れた樹樹に挟まれた一本道を、桜の園目掛けて歩む。

黒い塀、黒い壁、黒い屋根。

京極堂は門扉の前で羽織を纏った。

私は暫し建物の威容と、繁茂する桜樹の美景に見惚れる。圧巻である。

門扉が開いた。

桜色の和服を着た女性が立っていた。

「ようこそおいでくださいました中禅寺様」

婦人は丁寧に礼をした。

半月型の大きな眼。桜色の小振りな唇。和《なご》やかな顔だ。

艶やかな黒髪を結い上げていて、形の良い富士額《ふじびたい》が聡明さを象徴している。

衣服や周囲の花を映して、織作茜は桜色だった。

婦人でも娘でもない。まさに女性である。

「お健《すこ》やかで何よりです。もう、落ち着かれましたか。今は――お独りで？」

「ええ。広過ぎて掃除もままなりません。来月には引き払います。寂しい想いはございますが――あのそちらは？」

私に茜の視線が送られている。

小首を傾げる動作も初初《ういうい》しい。未亡人には見えない。亡くなった彼女の姉妹達を未見の私には何とも云えぬことだが、彼女達が真実この女《ひと》が霞《かす》む程に美形だったのだとしたら、それは矢張り人を越えた美だったろうと思う。

稀に見る――麗人である。

「これは関口と云う僕の知人です。気にしないでください。お厭ならここで帰します」

酷いことを云う。暴言を聞いて尚、茜は、織作でございます――と深深と会釈をした。

「せ、関口です」

何故こう云う時に巧く喋れないのか、私にも善く解らない。こうした垢《あか》抜けぬ愚鈍な態度が、私の人間性まで胡乱《うろん》に演出していることは明らかである。

館の内部は、瀟洒《しょうしゃ》な洋館と呼ばれる建物が備えるべき凡てを完備したもので、いさま屋の言説から夢想した、有機的に入り組んだ魔窟《まくつ》の如きそれとは若干食い違っていた。ただ、慥かに古い造りは明治のそれで、触ると折れてしまいそうな細工などは繊細と云うより脆弱《ぜいじゃく》な印象だった。

惨劇のあったホールを抜けて、螺旋階段の下の廊下に入る。

京極堂はその際、ホール中央の猫足の洋卓を見て、何やら悲しげな顔をした。

そこで三人が死んだのだ。

袋小路のような廊下の突き当たり。

右側の黒い扉。京極堂はすいと茜を追い越し、ここですね書斎は——と云ってノブを握った。

この扉の中で、是亮と云う男は殺された。

京極堂は幾度かノブを回し、首を捻《ひね》って、

「おかしいなぁ、鍵が掛かっていますね」

と云った。

茜は不安げに眉根を寄せた。

「え？　そんな筈はございません。先程お掃除した時は鍵など掛けませんでしたが——」

「合鍵はお持ちですか？」

京極堂は左手でノブをがちゃがちゃさせながら右手を茜の方に差し出した。茜は戸惑い乍ら、ええ、と云い、襟元に挟んであった合鍵を抜いて、その手に渡した。京極堂はああどうも、これは全館共通の合鍵ですねと云い、鍵を差し込んで、おや、変だ何か引っ掛かっていますよ、と暫く四苦八苦してから、

「関口君。君一寸やってみてくれ。鍵が壊れてしまったのかもしれないよ」

と云って私に鍵を差し出した。

私は已むなくそれを受け取った。京極堂は器用だが、力がないのだ。

友人を横にどかして二度三度ノブを回す。慥かに鍵が掛かっていた。

「ああ、慥かに開きませんよ。錆びたのかな？」

慎重に鍵穴に差し込む。ゆっくりと回転させるとかちゃり、と鍵は開いた。

「うん、大丈夫だ」

「善かった。何かの拍子でしょう」

京極堂はそう云うと私を追い越してさっさと室内に這入った。私は合鍵を茜に渡し、続いて入室した。

中は割と広い。凸凹はあるが使い易そうな書斎だった。大きく取られた窓の外は全面桜の林で、花びらがはらはらと舞い散っている。窓の中央には綺麗に板が打ちつけてある。窓枠共《ごと》破壊されて、修復が出来なかったのだろう。この修繕は耕作の仕事か。

遠くに長い廊下が窺える。いさま屋はそこから、ここで起きた惨劇を目撃したのだ。

京極堂は既に書架に並ぶ背表紙に没入している。

眼球が忙《いそが》しく書名著者名を追っている。その全意識は凡て彼の商品の方に向いているのに、それでもこの男は会話が出来る。

「中中善い書棚です。傾向が偏っておらず、且つ分類が素直だ。ただ雄之介さんだけの持ち物とは思えないですね。伊兵衛さんの趣味なのかな」

茜は額に僅か憂《うれ》いの翳《かげ》りを見せて云った。

「曾祖父──嘉右衛門の手になる整理かと──」

「ああ、このお屋敷が出来た時の当主は嘉右衛門さんでしたね。これは──凡て処分されるのでしたら相当の金額になります。おっと、云い値で結構とは仰らないでください。こうしたものは安く仕入れて高く売ってはいけないのです。高く売れるものは高く仕入れないといけない。利益追求の果てに、評価額より安く買い叩き、在庫管理で価格を操作して売り値を上げる──など以ての外。適正な価値を破壊することは本への冒瀆。古本屋としては外道です」

最早上の空の独白《ひとりごと》である。ただ、茜は憂愁を含んだ優しい眼差しで語り続ける古書肆《しょし》を見つめて、

「お志《こころざし》承ります。高く買ってくださいまし」

と云った。そして暫くお時間がかかりますでしょうからお茶なりと用意致します、ひとりですからご無礼致しますが少少お待ちください、と云って、私に会釈をして部屋を出た。

私は恐縮して茜を扉まで送り、序《つい》でに屈《かが》んでノブを調べた。自然に鍵が掛かってしまうのだとしたら危険だ。慎重に回してみたが、錆びている様子もなかった。

私が鍵穴を覗き込むや否や、背後から京極堂の声がした。

「何をしているんだ君は。泥棒のようだな」

「いや、何かの拍子にまた鍵が掛かりやしないかと思ってさ」

「馬鹿だね君も。ああ、君と出会ってから何度馬鹿と云ったかなあ。一生分の馬鹿を使い果たしたら、その後は君を何と評価すればいいんだ」

先程からの語り口と同じ、上の空の調子である。

振り返るとこちらを見もせず鑑定を続けている。

「君は猿だの阿呆だのも云うじゃあないか」

「それは榎木津だ。ボケ、カス、は木場修」

人を愚弄する言葉を個人別に累計して何の意味があると云うのだろう。私は立ち上がった。

「どこが馬鹿なんだ」

「だって何かの拍子で掛かる鍵なんてないだろう」

「掛かっていたよ」

「僕が掛けたんだ」

「何？」

私は鑑定人の横に進む。京極堂は帳面に金額をつけるでもなく、稀に本を手に取って状態を見たり、奥付を確認したりしている。早い。

「君は——何を考えているんだ！」

「鞭と眼鏡と着物をどうやって運んだのかな、と云うことを考えているのさ。関口君、その机の抽出《ひきだ》しに印鑑の類が入っていないか確認してくれ」

「何だ！　こっちを向いたって善さそうなものだろう。何だって？」

私は解らぬまま机に向かって進み、座り心地の良さそうな椅子に腰掛けて抽出しを開けた。

印鑑はすぐに見つかった。

大中小併せて六つあった。

「あったぞ。六個。象牙《ぞうげ》と柘植《つげ》と、こりゃあ瑪瑙《めのう》かなあ。値段は解らんぞ。見てくれよ」

「そんなもの買うか。どっかその辺の紙に捺《お》せ」

「朱肉がないよ」

「空捺しだ」

「空捺し？」

抽出しに便箋があったので捺した。

「擦れてるなあ。巧く出ないよ。これが一番マシだな。何とか読めるぞ。ええと。織、作雄」

京極堂は凡てを云い切る前に私の方に近寄り、

「ああ、この判子だ。一月経ってもまだ捺せる」

と云って、すぐに踵《きびす》を返し書架の前に戻った。

「何なんだって。京極堂」

「榎木津のね——」

また話が飛ぶ。

「——あの眼を躱《かわ》そうと思ったらどうする？」

「どうする？」

榎木津の網膜には、他人の記憶が再構成されるらしい。勿論網膜に映るのだから視覚的記憶に制限されている。理屈は何度聞いても解らないし、本人以外真偽の程は知れぬ。

ただ、外《はず》れたことはない。

「それは防ぎようがない。当人が意識するしないは関係ないのだろう？」

恣意的に——意識的に、榎木津に見える情報を操作することは出来ない筈だ。榎木津に見えるのは、人の心ではないからである。

「だからね、そのまんまの情景を素直に告白するのさ。そしてその情景——記憶に別の意味付けをする。榎木津はそう思うしかないからな」

「善く解らないな」

「例えば君が雪絵さんに平手で殴られたとしよう」

「何でだ。夫婦喧嘩《げんか》か？」

「その後榎木津が来る。君の顔を見るなり、この猿はどんな悪さをした、浮気か博打かと責められる」

「厭だなあ」

「まあ君はそんな甲斐性《かいしょう》や度胸のある男じゃないから、理由は些細《ささい》なことなんだ。しかし痛くもない腹を探られるのは厭だろう。だから榎木津が来るなり、君はこう云うんだ——榎さん、気をつけろ、春だと云うのにこの部屋には大きな蚊が居るんだ！」

「蚊？」

「するとあの探偵は喜んで、蚊が見たいとか、僕が潰すとか云うだろう。馬鹿だから。そして君を見てこう云うのだ——何だ、猿の頬袋《ほおぶくろ》にも蚊がとまるのか！」

「ああ」

「雪絵さんの痛恨《つうこん》の一撃は微笑《ほほえ》ましい蚊退治の情景に決定される。まあ雪絵さんがその場に居ないか、居ても口裏を合わせたならば、の話だがね」

なる程、過去の情景に別の意味付けをしてしまうことで起きた事実を隠蔽改竄《かいざん》してしまう訳である。しかし、善く考えてみれば我我の過去の認識法と云うのは普くそんなものなのである。

京極堂は本棚を移して鑑定を続け乍《なが》ら、まあ、浮気が発覚してぶたれた後に榎木津に会う時にはこの方法を採用するがいい——と馬鹿なことを云った。

私は一応抗議の姿勢を表明しておく。

「何で僕が浮気をするんだ？　悔しいけれど僕は君の云う通り、女遊びをする程甲斐性はないし、博打を打つ程度胸もないよ。云い訳する機会もないいさ」

京極堂は肩で笑った。

「なあに、君が浮気してなくたって、例えば僕が家《うち》の千鶴子や敦子や、それから木場修なんかに、関口の奴は子の出来悪《にく》いのを善いことに、こともあろうに女子学生と淫行に及んでいる——と深刻な顔で話したとしたらどうなる？　皆、直接雪絵さんには云わないだろうが、君には疑惑の眼を向けるだろう。木場辺りはとっちめるに違いない。そうなるといずれ奥方に知れて、殴打で済めばいいが、君の家庭内の権威は失墜し、夫婦の間には深刻な亀裂が走るんだ」

「本を鑑定し乍《なが》ら何を云っているんだ君は？　僕等夫婦の間に亀裂を入れてどうしようって云うんだ？」

「ふふふ、この場合、君の身の証《あかし》は立たないな。勿論決定的な証拠なんかはないんだが、君の方にも否定出来るだけの切り札はない。君はただ潔白だ潔白だと連呼する以外に手はないんだ。この状態が長引けば君はストレスの塊になるだろう。そんな君の前に本当に春を売っていると云う噂のある女学生が現れるんだ。君は——」

「止せよ悪趣味だな。それじゃあまるで」

——本田幸三。

「おい京極堂！」

「本田幸三は十六年前に三十歳で中央官庁を退職して、聖ベルナール学院の教師になっている。奥さんは十八歳も年下で、つまり最初の教え子なんだな」

「教え子と結婚したのか？　それは——また」

何が——云いたいのだろう。

私は友人の背中を凝視する。

「僕はね、本田氏が官庁を辞した理由と云うのも当時の関係者に聞いたんだがね。彼は辞めたと云うよりも罷免《ひめん》に近かったようだよ」

「な——何をした？　横領か？」

「女性関係の醜聞だそうだよ。何でも、素人女性に乱暴して官憲に咎《とが》められたんだとか、色町で娼《しょう》妓《ぎ》を殴ったんだとか——そう云う噂だったたね」

つまり本田と云う男は元元そうした一面を持った男だったと云うことだろうか。本屋は続けた。

「今の細君の場合も――どうやら責任を取ったと云うのが真実のようだね。手をつけた娘の数はもっと多かったらしいが――しかし結婚してからは流石《さすが》に温柔《おとな》しくなって、十年近く善き夫善き教師を演じ、真面目に勤務していたようだ。ただ、子供が出来なかった。それは本田氏の方に障碍があったらしいんだが――昨年来、彼の家庭生活環境は劣悪だったようだね。何と云っても細君は資産家の娘らしいし、馴《な》れ初《そ》めが馴れ初めだけに頭が上がらなかったんだな。それにね、奥さんと云うのは十年連れ添って当年でまだ二十八だそうだ。若い」

――二十八歳。

「それじゃあ細君は茜さんと同年代じゃないか？」

「そうさ。本田氏の細君と茜さんは同級生なんだそうだよ。まあそれはそれとして――本田幸三の心境と云うのも中中察して余りあるものがあるな。彼はきっと更生していたんだろう。それが、荒《すさ》んでしまった」

つまりは――。

「君は本田は追い詰められたのだと云ったそうだがそれはそう云うことかね？　前科がある訳だから、学生に手を出したと聞けば細君は信用する。夫婦の関係が冷えたところに――生徒の売春情報を――」

私の言葉が終わらぬうちに、本屋は耳障りだとでも云うような口調で、

「野暮《やぼ》だなあ君は。実際垢抜《あかぬ》けない男だよ。いいんだよ、そんなこと詳《つまび》らかに並べ立てなくたって」

と云った。

「し、しかし――」

何となくではあるが――漸く私は今回の事件が、大層怖いものだったのだ、と実感した。

「――それじゃあ」

「偶然じゃなかったと――云うんだな」

私は不安になる。

偶然とは無知の告白である――そうした、所謂《いわゆる》単純な決定論は疾《と》うの昔に否定されていたのではなかったのか。

京極堂は私の心中を見透かしたように、

「自分のことは殊の外解らないものさ。本邦の八俣大蛇《やまたのおろち》神話と製鉄を最初に結びつけたのだって実は邦人じゃない、外国人なんだ。しかし多くの日本人研究者はそれを忘れて、恰《あたか》も己が発案者《オリジナル》であるかのように振る舞っているじゃあないか。独創性《オリジナリティー》なんてものは所詮その程度のものだよ。あまり声高に個を主張するのは――どんなものかな」

と云った。

「だが京極堂、君は以前、不確定性を僕に説いた」

「説いたな」

「観測者が観測するまで世界は確率的にしか捉えられないと云った」

「云ったな」

「それじゃあ――」

「非決定性と自由は同義ではないよ。それに、仮令《たとえ》決定論を退けたところで自由意思とは斯様に覚束《おぼつか》ないものだ。ラプラスの悪魔は居なくても、蜘蛛一匹でここまでゆらぐのさ――」

――そんなのは。そんなのってあるか。

京極堂は私に背を向けたまま、

「この世には、不思議なことなど何もないのだよ、関口君――」

と云った。

そして急に、ふ、と振り向いた。ずっと背中と会話していた私は、吃驚《びっくり》して友の眼が捉えている方向に同じように視線を送った。

扉が開き、銀の盆の上に紅茶のセットを乗せた茜が立っていた。

私は不安を胸一杯に抱え込んだまま、やおら平静を装った。それでも外見はかなり不安定な態度に見えていることは歴然としていたのだが――。

「ご苦労様です。如何でしょう、ご休憩を」

茜の顔を見て、珍しく京極堂は笑った。

「ああ、そうさせて戴きましょう。もう半分は済みましたし——おや、この男の分までお茶を御用意戴いたのですか？　これはどうも恐れ入ります。しかし折角お心遣いを戴きましても——この男と来たら、鼻を抓《つま》めば醤油《しょうゆ》と珈琲《コーヒー》の区別もつかぬ程の味音痴ですからね。申し訳ないくらいだ」

全く無茶苦茶な云われようである。

茜は可笑《おか》しそうに微笑み乍《なが》ら机の上に盆を置いて、辺りを見回した。椅子を探しているようだった。

「随分じゃないか京極堂。こちらとは初対面なんだから、本気になさるだろう」

私が幾度目かの抗議をすると、本屋はだって本当じゃないか——と云い、二度三度手を叩いて埃を払ってから、側にあった椅子を机のところまで持って来て端座《すわ》った。

私は貶《けな》されたまま黙るのも癪《しゃく》だったから、こう見えても僕は紅茶の銘柄を嗅ぎ分けるのは得意なんだぞ——と嘯《うそぶ》いた。それなら中《あ》ててみ賜え関口君、と底意地の悪い友は云う。茜が湯気の立った琥珀色《こはくいろ》のそれを勧める。

善い香りだった。

ただ、桜の芳香が強く漂って来て、結局それが何なのか、私には解らなかった。

ほら見ろ、と本屋は云う。

「君の味覚や嗅覚は文化的でないのだ。味覚などは獲得形質だからね。粗食に甘んじている証拠だ。ああ、そうそう、嗅覚で思い出しましたが――」

京極堂はそこで茜に顔を向けた。

「――あなたが師事した大河内教授、あの方も専門は嗅覚だったそうですね？」

「さあ、私は僅かしか通っていませんでしたから」

茜は懐かしそうな眼をした。

「いや、短い間だったにも拘らず、教授はあなたのことを善く覚えていらした。白状すれば僕は先週教授にお会いしたんです。あなたは実に優秀な学生さんだったそうですね」

車内で口の端に登った、旧友大河内の叔父と云う人物のことだろう。

茜はとんでもない、一年と通っていません――と首を振った。

「いや、謙遜されることはないです。大河内教授は当時、香料の刺激が人体に与える影響に就《つ》いて研究をなされていた。あなたは乞われて実験の手伝いに行かれたそうじゃありませんか。その時、大河内康治《やすはる》――これは僕の旧制高校の同窓なんだが――彼と知り合ったのでしょう？」

そう云えば、そんなこともございましたでしょうか――と茜は一層懐かしそうな表情になった。京極堂は、それなら平野容疑者の病のことなどもすぐに御理解戴けたでしょうねと、和やかに云った。

「皆あなたのように聡明だと話が早いのだが。どうも警察の連中などは学がないものだから未だに中中解らないようで困ってしまいます。平野は獄中で非常に柔順に振る舞い、素直に自供もしているらしいが、どうにも殺人のくだりになると理解されないらしい。まあ、こんな風に云うのも何ですが――彼も可哀想な男ですよ――」

そこで京極堂は茜の果敢《はか》なげな顔を眺め、ああ、これは失礼しましたと丁寧に詫びた。

「彼はあなたにとっては妹さんの仇でしたね」

茜は酷く悲しそうな顔で、

「白粉《おしろい》の毒はきつうございますから――」

と云った。

そして黒い和服の男と桜色の和服の女は和やかに歓談を始めた。

私は何か吹っ切れない、不安定な思いで、香りの善い熱い液体を流し込んだ。

話題は世間話から、やがて織作葵と云う果敢な女性運動家の話になった。茜は哀しいと云うより懐かしそうな顔をして、今は亡き妹の思い出を、ほんの少しだけ語った。

「姉の私が申しますのも何か妙なのですが、葵と云う人は神神しい程に聡明なところがある人でした。妹には――生涯敵わないと思っていました」

同感ですと京極堂は云った。

「これからは――貴女《あなた》の番です」

私などはとてもと、茜は下を向いた。

「いや、愚妹もね、一端《いっぱし》に職業婦人を気取っていましてね。これがまあお転婆なだけで何の取り柄もない。出版社に勤めているのですが、がさつになる一方で先が思い遣られます」

「出版社にお勤めなのですか。大変なお仕事なのでしょう。ご立派ですわ」

「なに、編集と云っても使い走の小間使いのようなものです。あ、これは愚妹が女性であるが故の不当な評価と云う訳ではなく、単に妹の能力如何に拠る正当な評価です。勤めているのが稀譚舎などと云う、愚妹には分不相応な会社なものですからね」

「まあ、そうしたことには曚《くら》いものですから、善くは存じませんが、稀譚舎と云えば一流会社なのではございませんか」

まあ中堅でしょうかと京極堂は答えた。それから、そうそう、稀譚舎の『近代婦人』はお読みですね、と尋いた。

茜はええ、と答えた。

「この――」

京極堂は高い天井を見上げる。

「お宅と、あの学院を建てた建築家がベルナール・フランクと云う名の仏蘭西人《フランス》だったのですね。建築家の名を冠した学校と云うのは珍しい」

茜はいっそう果敢《はか》なげに笑う。

「善くお調べですね。私は存じませんでした」

「壊すのですかここは」

「ええ。二十八年も住みましたから、愛着はありますけれど、私には無用の長物です。それに、妹達や母のことを思い出しますし」

茜は眼を伏せて、あのホールにはひとりで居られません、と云った。

本当に悲しそうだった。

「お墓はどうするのです」

敷地内に墓があるのだ。

私は窓の外を見たが、桜ばかりで墓は見えなかった。

改葬致しますと茜は云った。

「あの神像と一緒に、近くの墓地に霊廟を建ててお祀りをしようかと思っています。織作の家名も、もうすぐ絶えますから――」

寂しそうな眼だ。

「そうですか。それでは御参りをさせて戴きましょう」

京極堂はそう云って座を離れ、庭に面した窓の横の、小振りの本棚の前に立ち、ここは内側からは開かないのですか――と尋いた。

茜は、いいえ、開き悪《にく》いだけです――と答えた。

「何だ！　そ、そこは出入り口か？」

「そうだ。この建物では凡ての部屋に必ず二つ以上扉があるのだよ。そうした構造になっているのだ。部屋の連なりのどん詰まりなら、必ず外に向けて開いている。杉浦は窓を破って脱出しているからね、密室と云う訳でもないので誰も侵入経路を考えなかったようだがね、彼は先日、この隠し扉から書斎に侵入《はい》ったと自供したのだよ。碧君に聞いたのだそうだ。ただ殺害した後、逃げようとしたら中中開かなくて、すぐに扉を激しく敲《たた》く音がしたので慌てて窓を突き破った――のだそうだ」

京極堂はそう云って本棚を器用に動かし、ぐい、と横に引いた。ガラガラと音がしてそれは開いた。

桜の海だった。まるで粉雪の降るが如く桜花の花弁が舞っている。その奥もそのまた奥も桜だった。

桜の先に墓所が見えた。

「ああ――あそこに嘉右衛門さんも五百子さんも、伊兵衛さんも貞子さんも、雄之介さんも真佐子奥様も、紫さんも葵さんも碧君も――織作家の人人が皆眠っているのですね――」

京極堂は桜の海に身を乗り出す。春風に吹雪の如く舞う桜の中に、その姿は一層に黒い。

そう、桜との対比で彼は今、すっかり――黒衣の男だった。

その背中を見つめ乍《なが》ら桜と同じ色の女が行く。

はらはら、ひらひらと花が舞う。

私はまるで覗きからくりで秘密の桃源郷を覗いたような、異様な感興を覚える。

「あなたは――献身的にあそこに眠っていらっしゃる織作の人人の世話をされていた。碧さんの着替えや何かも、月に一度は――学園に届けていらっしゃったのでしょう？」

「はい。紫姉様が亡くなった後はずっと――」

そうですか――黒衣の男は云う。

「少し遅くなりましたが――茜さん、この度はおめでとうございます――」

「何だか信じられません。後家の私には過ぎた身分です。それにあの方とは――」

「あなたは――石長比売《いわながひめ》から木花佐久夜毘売《このはなさくやひめ》へと、その姿を転じた訳ですね」

桜色の女は少し首を傾けて、さあ、どうなのでしょうか――と、柔らかい声で答えた。

黒衣の男は微かに頷く。

私はその背中を見失いそうになる。

「麻田代議士も、渡辺氏もあなたのお父様ではなかった。本当のお父様に就いて――あなたは五百子刀自からお聞きになったのでしょう？」

「却説《さて》、曾祖母は毎日介護している私を女中と思い込んでいたようですから――何も」

ひと際強い一陣の風が、満開の桜樹の数え切れぬ程の花を散らして、辺り一面を縦横《じゅうおう》無尽《むじん》に覆《おお》った。

「本田と云う人は——あなたに——」

「あまり聞きたい名ではありません」

「なる程。ならば聞きますまい——」

昔のことです——女は云った。

昔のこと——と男は切り返す。

「志摩子さんと云う女性は、実に律儀な女性だったようです。最後の最後まで、あなたと、八千代さんの名前を、誰にも、決して云わなかったそうだ」

「——あの人は——潔い人だった」

「信じてはいなかったのですか？」

「信じません」

眼の前に桜色の霞がかかったようだった。二人の男女の姿は舞い散る幾千幾万の桜に見え隠れして、今にも消えて罔《な》くなってしまいそうだった。

私はまるで、二人から何百里も何千里も離れてしまったような想いに囚われる。ただ独り此《し》岸《がん》に取り残されてしまったかのように心細くなる。

「喜市は——どこに居るのです」

「さあ。ただ、もう私の前に現れることはないでしょう。あの方も迚《とて》も思い遣り深い——方でした」

噎《む》せるような花の香りが私を襲った。

そこはもうこの世と地続きの浄土だ。

雲の切れ間から、樹樹の隙間から、茜色の夕日がつうと差し込んで、綺羅綺羅《きらきら》と花びらは明滅し、空間の白と、その向こうの墓石の黒と、その前に佇む桜色の女と影色の男は、互いに実体を持たぬ幻影の欺《だま》し絵のように、互いに地となり模様となって世界を共有し、互いを否定している。

私が永久《とわ》に途切れることはないと信じている、それでいて刹那《せつな》毎に断絶している時間の狭間を、その者どもはそこで行き来している。

私は眼を閉じて、顔を背けた。

男の、善く響く――声がした。

「あなたの部屋には八枚の扉がある」

「あなたが――蜘蛛だったのですね」

（了）

参考文献

『鳥山石燕画図百鬼夜行』 高田衛監修／国書刊行会

＊

『赤線従業婦の手記』 関根弘解題／土曜美術社
『悪魔』 高山宏訳／研究社
『新史談民話』 田中香涯著／東學社
『象徴哲学体系Ⅲ』 大沼忠弘他訳／人文書院
『日本の神々』 谷川健一編／白水社
『百物語怪談集成』 太刀川清校訂／国書刊行会
『続百物語怪談集成』 太刀川清校訂／国書刊行会

※尚、夜這いの民俗に就きましては、先人の優れた論攷や貴重な報告を参考にさせて戴きました。特定は出来ませんが、深く謝辞を捧げます。

※同様に特定はできませんが、フェミニズム関係の多くの文献資料に貴重な示唆を受けたことも巻末に記します。多くの先達の偉業に深く感謝の意を表します。但し作品中で使用されている用語等に就きましては、狭い定義を設けず、多義的な解釈が可能となる小説と云う文脈の中で使用しているため、論文等のそれとは文意が明らかに異なっていることをお断りしておきます。

解説

巽 昌章

あなたが——蜘蛛だったのですね。

開巻そうそう、作者は大胆にもこのように書く。大胆なのはこれが「犯人」を指摘する一言だからではなくて、まるで京極夏彦自身の創作原理を明かしているかのように読めてしまうからだ。黒衣の拝み屋・京極堂の活躍する第五作『絡新婦の理』は、この驚くべきシリーズの組み立てを垣間見せてくれる、いわばこれまでの総まとめのような小説なのである。
まとめといっても、総集編的なごたつきや、重々しい大団円、自己批評の晦渋《かいじゅう》さといったものは見当たらない。むしろ、シリーズの中では割合にやわらかい、淡彩の印象を受けるはずだ。

京極堂と仲間たちの活躍する作品は、医学的悪夢に彩られた『姑獲鳥《うぶめ》の夏』と『魍魎《もうりょう》の匣《はこ》』、伝奇小説ふうの『狂骨の夢』、山寺を舞台に凝縮された宗教的ドラマを繰り広げる『鉄《てっ》鼠《そ》の檻』といったふうに、人目を奪う鮮烈な意匠をいつも身に帯びていたが、『絡新婦の理』にはどうやらそうしたものがない。むろん本書もまた、目潰し魔の跳梁《ちょうりょう》、女学校に巣食う謎の結社、ひそかに君臨する黒い聖母などの魅力的な道具立てには事欠いていないのだが、それらのいずれかが正面に立つといったことはなくて、いわば主役空位のまま話が進んでゆく。そのぶん、あちこちで平行して事件が起き、なかなか全貌がつかめないというこのシリーズを通じての特徴は、ここにきて一層際立っている。それはおそらく必然のなりゆきなのだろう。個々の事件、特定の意匠ではなく、それらの間に張られた因果関係の網の目こそ、シリーズの当初から京極堂たちが追いかけてきたものだから。

たとえば、『魍魎の匣』をSFめいた密室小説として読み、そのトリックのよしあしをあげつらうことは可能だし、そのような読み方を拒否する理由もないが、密室トリックといった特定の「中心」を求める読み方では捉えきれないところにこそ、本質的な魅力のあることもまた明らかだ。あの小説の衝撃は、まずなによりも、次々にかけ離れたエピソードたちが結びつき、因果関係の構図が浮かび上がってゆくその構成から生み出されるものだろう。

『絡新婦の理』には、こうした仕組みがもっとも純粋にあらわれている。この小説が蜘蛛の巣のようにやわらかく透明なのは、そのねらいが、因果の網の目、壮大なネットワークの顕現にあるからなのだ。

*

因果の織物とその中心に座る蜘蛛のような女。それは先ごろ亡くなった山田風太郎を連想させる。

荒涼とした風景の中に戦争の記憶もまださめやらぬ人々の演じる異様な心理ドラマを描き出した作家、医学的知識を駆使したとてつもないトリックの考案者、すべてを見通す超人的犯罪者を創造した男、悲惨で滑稽な運命＝因果関係の偏執的語り部、そして聖なる妖女の賛美者。こんな風太郎の特質は、京極堂シリーズにもそのままあてはまる。「眼中の悪魔」、「虚像淫楽」、『夜よりほかに聴くものもなし』、『十三角関係』、『妖異金瓶梅』などといった作品群を読めば、そこに京極夏彦のはるかな先駆者を見出すことはたやすい。

とりわけ、

あなたが——蜘蛛だったのですね。

という一言にこめられた、すべての因果を支配する妖女のイメージは、風太郎への讃詞《オマージュ》ではないかと思われるほどだ。この一言が宣言しているとおり、『絡新婦の理』はまさに、風太郎が得意とした因果と妖女の物語なのだから。

もっとも京極その人は、自分の小説はすべて引用の集積なのだ、とうそぶいて軽くいなしてしまうことだろう。だからといって、風太郎と京極夏彦で何が変わっているか、どこに違いがあるのかという問いかけを避けるつもりもない。それは京極夏彦という稀有《けう》の作家の位置を確認するのに必要な作業だ。

違いははっきりしている。『絡新婦の理』は、風太郎的物語をなぞりながら、その実、それをいったん徹底的に解体し、言葉の細工物として組み立てなおしているのだ。私たちは風太郎の小説を読むとき、そこに女という存在への底なしの憧憬《しょうけい》と恐怖を見つける。風太郎こと山田誠也氏が本当のところ何を考えていたかはともかく、作品の中には、因果関係の中心に生々しく口を開けた絶対的な深淵、得体の知れない暗黒の力としての女性像がひそんでいる。

他方、京極は、たとえばフェミニズムをめぐる火の出るような論戦を通じて「女性的なるもの」をあらかじめ解体し、京極堂という存在を対置することでその絶対性をも剝奪してしまう。風太郎的な妖女像を批判するのではない。たんに、議論の集積を通じてそれを解体し、言葉の群れに還元してしまうのだ。

その結果、生々しい性の呪縛は消え、いわば、風太郎の世界を蒸留し抽象化した果ての、言葉でできた骨格標本めいた世界が立ち現われる。妖女がいかに力を誇示しようとしても、そこに見えるのは深淵ではなく、主を失った蜘蛛の巣のように空虚なネットワークだけだ。満開の桜の只中、一面に舞い散る花びらを浴びてなされる対話は、そうした空虚にふさわしい静謐《せいひつ》さに包まれている。

＊

あなたが——蜘蛛だったのですね。

この一言で始められる小説は、すでに自分がネットワークの物語であることを隠そうとしていない。言葉の操作が、いかにして巨大な網の目を作り上げるか、それこそが興味の中心となる。果たして、それを推理小説と呼ぶべきだろうか。しかし、京極夏彦のしてきたことは決して推理小説と無縁の作業ではないし、闇雲《やみくも》な逸脱でもない。推理小説自身が、そうした回路を開いているのだ。

因果関係の誇張や一見無縁なもの同士の強引な結び付けは、元来推理小説につきものである。奸智《かんち》に長《た》けた犯人の計画犯罪とか、すべてを見通す名探偵の推理といったキャッチフレーズは推理小説ファンのお気に入りだが、犯人の目論見が実を結ぶためには本来無数のファクターがきっちりと予測どおり作動していかなければならないはずだし、名探偵が「すべて」を見通すためにはあらゆる点を因果の流れの中に位置づける透視力が必要だろう。そこには当然、誇張が含まれざるをえない。というより、私たちは、もっともらしい推理の中に割り込む誇張や飛躍をひそかに求めているのではなかろうか。

他方、殺人の責任を負うべきものは、直接手を下した犯人か、その凶器を作った工員か、それとも事件の前日犯人を轢《ひ》きそこねたトラックの運転手だろうか。「あれなければこれなし」という意味で言えば、その誰にも因果関係はある。そのように無限に広がってゆく網の目を適当な範囲に区切ることによって、私たちは日常生活を営んでいるのだが、推理小説の世界で、そのような常識はしばしば踏みにじられる。とんでもないところに因果の糸の端を発見する思考こそこのジャンルの持ち前である。

『Yの悲劇』にせよ『獄門島』にせよ、こうした飛躍しがちな論理の産物だった。これらの傑作が最後に残すイメージは、本来結びつくはずのないものが結びついたことによる惨劇の構図、不可思議な因果関係のタペストリであるはずだ。

とはいえ、京極という作家の特異性、一作家一ジャンルという呼び名がふさわしい強烈な個性は、誰の目にも明らかだろう。それはまさに、言葉というものの特異な扱いにかかっている。彼の世界では、通常の意味での手がかりや推論をはるかに超えた役割を言葉たちが担っているのだ。

『魍魎の匣』が、匣詰めの少女、箱館、筥《はこ》を崇める新興宗教といったエピソードを繰り出すとき、読者はそれらがいずれひとつに纏まると予期するだろう。女の子と建物と宗教、それ自体に何のつながりがあるわけでもないし、まだ手がかりは見えてこない。しかし、ハコという音の符合、連鎖が、いやでも私たちをとらえてしまうのだ。言葉のひびきが共鳴するのだから、このままで終わるはずがない。そうした期待を抱くことで、知らず知らずのうちに私たちは、どんなとんでもない結び付けをも受け入れる身構えをとらされてしまう。ここでは、作中の事実を超えたところで言葉たちが力を振るっている。江戸の戯作が愛用した、善玉悪玉にそれぞれ相応しい名前をつける手法の再現といってもよいが、むしろ、京極堂の表現を借りてこれこそ「呪」、言葉による呪縛なのだといっておこう。

*

『絡新婦の理』を開いた読者は、木場刑事の死体検分に立ち会うだろう。噂の目潰し魔のしわざなのか、連れ込み宿の一室に横たわる女の両目は、ぽっかりと瞳を突き抜かれている。密室状態の現場を見ていたのは、窓に巣を張る女郎蜘蛛だけだった。舞台は変わって聖ベルナール女学院の庭。この女学校には不思議な噂が絶えない。血を吸う黒い聖母、涙を流す基督《キリスト》の絵、……そして十字架の裏の大蜘蛛。女生徒たちのたあいのない噂話や呪いごっこの中に、ふと異様な真剣さが漂い、彼女たちは何ものかの視線におびえる。

蜘蛛、視線、そして女。作者は執拗にこの組み合わせを反復してゆく。つながりのないエピソードの群れが、なぜかそれぞれにこのセットをはらんでいるという暗合は、しだいに私たちを呪縛して、隠れた因果の糸をさぐる目つきを強いるだろう。

それにしても、巣の中心にひっそりと獲物を待つ女郎蜘蛛の姿は、私たちに「見る存在」のイメージを与えはしないだろうか。窓の外や庭木の陰で、かすかに身を揺らしながら獲物を待つ彼女あるいは彼の背中は、なぜか視線の放射を感じさせるのだ。これに加え、もうひとつイメージの連鎖がある。小説の巻頭に収められた蜘蛛にまつわる怪談で、妖怪たちに刀で斬り捨てられる運命が待っていることに注目しよう。その原型はもしかしたら謡曲「土《つち》蜘《ぐも》」なのかもしれない。源頼光が僧に化けた怪物を名剣で切り払い、その剣を「蜘切《くもきり》」と名づける物語。いうまでもなく土蜘蛛は、国家や正史から排斥《はいせき》され抑圧されたものたちの怨念を象徴している。そして剣が男根の象徴であるというよく知られた説をここにもちこめば、蜘蛛、女性、抑圧という連想の橋が、本書の思想的モチーフであるフェミニズムにまで到達する。

このように、巨大なネットワークの生成とは、言葉の符合、イメージの連鎖を駆使して、作品を連想と類推の実験場に見立てることに他ならない。本来結びつくはずのないものたちが集まって壮麗な絵柄を織り上げるための場所、推論の飛躍や誇張をやすやすと受け入れる、いわばゆるんだ世界を準備することこそが、京極的手法の真髄なのだ。京極堂がしばしば民俗学や精神分析的理論を口にするのも、そのような仕掛けのひとつだろう。そこで語られるのは、あるものを別のものの象徴や転化とみる思考なのだから。

実験場に入るためには、人々も事物もすべて、ある変形を加えられねばならない。ひとことで言えば、中身を抜き取られ、あるいは「もともと固有の中身などない」と宣告されて、空虚な言葉の一群に還元されること。たとえば、作者はたびたび、人間の認識や記憶の不確かさを強調する。私たちが何かを認識したつもりになっていても、それは脳が私たちに見せている像に過ぎない。記憶は非連続で操作可能である……。しかし、京極堂は心理のエキスパートではあっても、心理学や大脳生理学を唯一の真理として振りかざしているわけではない。彼が説くのはつまるところ、私たちの経験やその集積としての人格が、肉体や外界との相関関係にあるという事実、つまり「内面」と外界との境界がはらむ危うさに尽きる。この作品世界では、動かしがたい客観的事実と思われていたものが容易に「脳の見せた夢」と化し、その一方で、人々は自分の譲れない人格、固有の経験だと信じていたものをあっさり解体され、そんなものは外部からの操作の産物だと喝破されてしまう。

また、援用されるさまざまな思想は、ここで果てしない議論のうちに相対化され、たとえば、科学と妖怪といった対立も成り立たなくなってしまう。固有の立場や障壁を奪われ、他の思想、周囲の事物との相関性のもとにおかれることで、「思想」は世界を説明する原理の地位を降り、壮大なパズルの一断片として、いわば切り抜かれるのだ。

そもそも、京極堂の代名詞となっている憑き物落としとは、ものごとに固定した意味を求め、そこに自分自身の土台を築こうとする心を察知し、その凝りをほぐす操作ではなかったか。それが働くとき、すべての事物は自分たちの輪郭をぼかされ、外壁を剝がされて、他のものたちとの際限ない結合を可能とするような下ごしらえを施されているわけである。

その果てに現われるのは、壮大な言葉の川である。内面と外面、様々な思想、それらが解体され、「固有の中身」を剝奪されるとき、残るのは言葉の集積であり、言葉たちは互いの響きとイメージを慕って流れ始める。京極堂とその仲間、さらには登場人物のだれそれが繰り広げる饒舌や独白は、まず何よりも言葉の流れを作り出す操作に他ならないのだ。そして、ついにそれらが合流するところ、京極堂こと中禅寺秋彦がひとり立っている。

本書が刊行された九六年は『コズミック』誕生の年でもあり、文庫化の今年には、あの巨大な『ミステリ・オペラ』が本格ミステリ大賞と日本推理作家協会賞を受賞した。これらが際限なく拡がってゆく因果の構図を描いた作品であることはいうまでもないが、『絡新婦の理』の端正な仕上がりに比べれば、良くも悪くも「壊れて」しまっている。佐藤友哉にせよ、舞城王太郎にせよ、あるいは戸梶圭太にせよ、この五年余りという時間は、壊れた世界、壊れた人間を標榜する小説たちの氾濫によって記憶されるだろう。壊れるということの正体と、そこで営まれる活動から目をそらすことはできないが、だからこそ、壊れていない

『絡新婦の理』の、あたかも静止画像で見た大爆発の寸前のような、極限まで膨らみながら不吉な穏やかさを保つ美しい球体に、もう一度注意をはらっておきたい。

（たつみ・まさあき／推理小説評論家）

（デザイン／辰巳四郎）

●本作品は一九九六年十一月に講談社ノベルスとして刊行されたものです。文庫版として出版するにあたり、本文レイアウトに合わせて加筆訂正がなされていますが、ストーリーなどは変わっておりません。

公式ホームページ「大極宮」
http://www.osawa-office.co.jp/

|著者| 京極夏彦　1963年北海道生まれ。'94年『姑獲鳥の夏』でデビュー。'96年『魍魎の匣』で日本推理作家協会賞受賞。この二作を含む「百鬼夜行シリーズ」で人気を博す。'97年『嗤う伊右衛門』で泉鏡花文学賞、2003年『覘き小平次』で山本周五郎賞、'04年『後巷説百物語』で直木賞、'11年『西巷説百物語』で柴田錬三郎賞、'16年遠野文化賞、'19年埼玉文化賞、'22年『遠巷説百物語』で吉川英治文学賞を受賞。

公式サイト「大極宮」
http://www.osawa-office.co.jp/

文庫版《ぶんこばん》　絡新婦《じょろうぐも》の理《ことわり》

京極夏彦《きょうごくなつひこ》

2002年 9 月15日第 1 刷発行
2023年10月11日第28刷発行

発行者——髙橋明男
発行所——株式会社　講談社
東京都文京区音羽2-12-21　〒112-8001
電話　出版（03）5395-3510
　　　販売（03）5395-5817
　　　業務（03）5395-3615

Printed in Japan

講談社文庫
定価はカバーに
表示してあります

KODANSHA

デザイン—菊地信義
製版———TOPPAN株式会社
印刷———株式会社KPSプロダクツ
製本———加藤製本株式会社

ISBN4-06-273535-0

講談社文庫刊行の辞

二十一世紀の到来を目睫に望みながら、われわれはいま、人類史上かつて例を見ない巨大な転換期をむかえようとしている。

世界も、日本も、激動の予兆に対する期待とおののきを内に蔵して、未知の時代に歩み入ろうとしている。このときにあたり、創業の人野間清治の「ナショナル・エデュケイター」への志を現代に甦らせようと意図して、われわれはここに古今の文芸作品はいうまでもなく、ひろく人文・社会・自然の諸科学から東西の名著を網羅する、新しい綜合文庫の発刊を決意した。

激動の転換期はまた断絶の時代である。われわれは戦後二十五年間の出版文化のありかたへの深い反省をこめて、この断絶の時代にあえて人間的な持続を求めようとする。いたずらに浮薄な商業主義のあだ花を追い求めることなく、長期にわたって良書に生命をあたえようとつとめるところにしか、今後の出版文化の真の繁栄はあり得ないと信じるからである。

同時にわれわれはこの綜合文庫の刊行を通じて、人文・社会・自然の諸科学が、結局人間の学にほかならないことを立証しようと願っている。かつて知識とは、「汝自身を知る」ことにつきていた。現代社会の瑣末な情報の氾濫のなかから、力強い知識の源泉を掘り起し、技術文明のただなかに、生きた人間の姿を復活させること。それこそわれわれの切なる希求である。

われわれは権威に盲従せず、俗流に媚びることなく、渾然一体となって日本の「草の根」をかたちづくる若く新しい世代の人々に、心をこめてこの新しい綜合文庫をおくり届けたい。それは知識の泉であるとともに感受性のふるさとであり、もっとも有機的に組織され、社会に開かれた万人のための大学をめざしている。大方の支援と協力を衷心より切望してやまない。

一九七一年七月

野間省一

講談社文庫　目録

熊谷達也　浜の甚兵衛
倉阪鬼一郎　八丁堀の忍
倉阪鬼一郎　八丁堀の忍(二)〈大川端の死闘〉
倉阪鬼一郎　八丁堀の忍(三)〈遥かなる故郷〉
倉阪鬼一郎　八丁堀の忍(四)〈隻腕の抜け忍〉
倉阪鬼一郎　八丁堀の忍(五)〈討伐隊、動く〉
倉阪鬼一郎　八丁堀の忍(六)〈死闘、裏伊賀〉
黒田研二　神様の思惑
黒木　渚　壁の鹿
黒木　渚　本性
黒木　渚　檸檬の棘
久坂部　羊　祝葬
黒澤いづみ　人間に向いてない
久賀理世　奇譚蒐集家　小泉八雲〈白衣の女〉
久賀理世　奇譚蒐集家　小泉八雲〈終わりなき夜に〉
雲居るい　破《は》蕾《らい》
鯨井あめ　晴れ、時々くらげを呼ぶ
鯨井あめ　アイアムマイヒーロー!
窪　美澄　私は女になりたい

黒崎視音　マインド・チェンバー〈警視庁心理捜査官〉
決戦!シリーズ　決戦!関ヶ原
決戦!シリーズ　決戦!大坂城
決戦!シリーズ　決戦!本能寺
決戦!シリーズ　決戦!川中島
決戦!シリーズ　決戦!桶狭間
決戦!シリーズ　決戦!関ヶ原2
決戦!シリーズ　決戦!新選組
決戦!シリーズ　決戦!賤ヶ岳
決戦!シリーズ　決戦!忠臣蔵
決戦!シリーズ　風雲〈戦国アンソロジー〉
小峰　元　アルキメデスは手を汚さない
今野　敏　ST警視庁科学特捜班 エピソード1〈新装版〉
今野　敏　ST警視庁科学特捜班 毒物殺人〈新装版〉
今野　敏　ST警視庁科学特捜班〈黒いモスクワ〉
今野　敏　ST警視庁科学特捜班〈青の調査ファイル〉
今野　敏　ST警視庁科学特捜班〈赤の調査ファイル〉
今野　敏　ST警視庁科学特捜班〈黄の調査ファイル〉
今野　敏　ST警視庁科学特捜班〈緑の調査ファイル〉

今野　敏　ST警視庁科学特捜班〈黒の調査ファイル〉
今野　敏　ST為朝伝説殺人ファイル〈警視庁科学特捜班〉
今野　敏　ST桃太郎伝説殺人ファイル〈警視庁科学特捜班〉
今野　敏　ST沖ノ島伝説殺人ファイル〈警視庁科学特捜班〉
今野　敏　ST化合 エピソード0〈警視庁科学特捜班〉
今野　敏　STプロフェッション〈警視庁科学特捜班〉
今野　敏　特殊防諜班 諜報潜入
今野　敏　特殊防諜班 聖域炎上
今野　敏　特殊防諜班 最終特命
今野　敏　茶室殺人伝説
今野　敏　奏者水滸伝 白の暗殺教団
今野　敏　同期
今野　敏　欠落
今野　敏　変幻
今野　敏　警視庁FC
今野　敏　カットバック 警視庁FCII
今野　敏　継続捜査ゼミ
今野　敏　エムエス〈継続捜査ゼミ2〉
今野　敏　蓬萊〈新装版〉

講談社文庫　目録

今野　敏　イ コ ン〈新装版〉
今野　敏　天 を 測 る
後藤正治　拗《す》ね者たらん〈本田靖春 人と作品〉
幸田　文　崩　れ
幸田　文　季節のかたみ
幸田　文　台 所 の お と〈新装版〉
小池真理子　冬 の 伽 藍
小池真理子　夏 の 吐 息
小池真理子　千日のマリア
五味太郎　大 人 問 題
鴻上尚史　あなたの魅力を演出するちょっとしたヒント
鴻上尚史　鴻上尚史の俳優入門
鴻上尚史　青 空 に 飛 ぶ
小泉武夫　納 豆 の 快 楽
近藤史人　藤田嗣治「異邦人」の生涯
小前　亮　趙《ちょう》匡《きょう》胤《いん》〈宋の太祖〉
小前　亮　始皇帝の永遠〈天下一統〉
小前　亮　劉《りゅう》裕《ゆう》〈豪剣の皇帝〉
香月日輪　妖怪アパートの幽雅な日常①

香月日輪　妖怪アパートの幽雅な日常②
香月日輪　妖怪アパートの幽雅な日常③
香月日輪　妖怪アパートの幽雅な日常④
香月日輪　妖怪アパートの幽雅な日常⑤
香月日輪　妖怪アパートの幽雅な日常⑥
香月日輪　妖怪アパートの幽雅な日常⑦
香月日輪　妖怪アパートの幽雅な日常⑧
香月日輪　妖怪アパートの幽雅な日常⑨
香月日輪　妖怪アパートの幽雅な日常⑩
香月日輪　妖怪アパートの幽雅な食卓〈るり子さんのお料理日記〉
香月日輪　妖怪アパートの幽雅な人々〈妖アパミニガイド〉
香月日輪　妖怪アパートの幽雅な日常〈ラスベガス外伝〉
香月日輪　大江戸妖怪かわら版①〈異界より落ち来る者あり〉
香月日輪　大江戸妖怪かわら版②〈異界より落ち来る者あり 其之二〉
香月日輪　大江戸妖怪かわら版③〈封印の娘〉
香月日輪　大江戸妖怪かわら版④〈天空の竜宮城〉
香月日輪　大江戸妖怪かわら版⑤〈雀、大浪花に行く〉
香月日輪　大江戸妖怪かわら版⑥〈魔狼、月に吠える〉
香月日輪　大江戸妖怪かわら版⑦〈大江戸散歩〉

香月日輪　地獄堂霊界通信①
香月日輪　地獄堂霊界通信②
香月日輪　地獄堂霊界通信③
香月日輪　地獄堂霊界通信④
香月日輪　地獄堂霊界通信⑤
香月日輪　地獄堂霊界通信⑥
香月日輪　地獄堂霊界通信⑦
香月日輪　地獄堂霊界通信⑧
香月日輪　ファンム・アレース①
香月日輪　ファンム・アレース②
香月日輪　ファンム・アレース③
香月日輪　ファンム・アレース④
香月日輪　ファンム・アレース⑤(上)(下)
近衛龍春　加 藤 清 正〈豊臣家に捧げた生涯〉
木原《このはら》音瀬《なりせ》　箱 の 中
木原音瀬　美 し い こ と
木原音瀬　秘　　密
木原音瀬　嫌 な 奴
木原音瀬　罪 の 名 前

講談社文庫　目録

西條奈加　まるまるの毬《いが》
西條奈加　亥子《いのこ》ころころ
佐伯チズ　《改訂完全版》佐伯チズ式「完全美肌バイブル」〈123の肌悩みにズバリ回答!〉
斉藤　洋　ルドルフとイッパイアッテナ
斉藤　洋　ルドルフともだちひとりだち
佐々木裕一　公家武者 信平《のぶひら》〈消えた狐丸〉
佐々木裕一　逃げた名馬〈公家武者 信平㈡〉
佐々木裕一　比叡山の鬼〈公家武者 信平㈢〉
佐々木裕一　公《く》卿《ぎょう》の罠《わな》〈公家武者 信平㈣〉
佐々木裕一　狙われた旗本〈公家武者 信平㈤〉
佐々木裕一　赤い刀身〈公家武者 信平㈥〉
佐々木裕一　帝《みかど》の刀《とう》匠《しょう》〈公家武者 信平㈦〉
佐々木裕一　若君の覚悟〈公家武者 信平㈧〉
佐々木裕一　くもの頭領〈公家武者 信平㈨〉
佐々木裕一　宮中の誘い〈公家武者 信平㈩〉
佐々木裕一　雲《ひ》雀《ばり》の太刀〈公家武者 信平⑪〉
佐々木裕一　決着の鬨《とき》〈公家武者 信平⑫〉
佐々木裕一　姉妹の絆〈公家武者 信平⑬〉
佐々木裕一　町くらべ〈公家武者 信平⑭〉
佐々木裕一　狐のちょうちん〈公家武者信平ことはじめ㈠〉
佐々木裕一　姫のため息〈公家武者信平ことはじめ㈡〉
佐々木裕一　四谷の弁慶〈公家武者信平ことはじめ㈢〉
佐々木裕一　暴れ公卿〈公家武者信平ことはじめ㈣〉
佐々木裕一　千石の夢〈公家武者信平ことはじめ㈤〉
佐々木裕一　妖《あや》し火〈公家武者信平ことはじめ㈥〉
佐々木裕一　十万石の誘い〈公家武者信平ことはじめ㈦〉
佐々木裕一　黄《よ》泉《み》の女〈公家武者信平ことはじめ㈧〉
佐々木裕一　将軍の宴〈公家武者信平ことはじめ㈨〉
佐々木裕一　宮中の華〈公家武者信平ことはじめ㈩〉
佐々木裕一　乱れ坊主〈公家武者信平ことはじめ⑪〉
佐々木裕一　領地の乱〈公家武者信平ことはじめ⑫〉
佐々木裕一　赤坂の達《だる》磨《ま》〈公家武者信平ことはじめ⑬〉
佐藤　究《きわむ》　Q　J　K　J　Q
佐藤　究　A　n　k〈a mirroring ape〉
佐藤　究　サージウスの死神
佐野　晶／三田紀房・原作　小説アルキメデスの大戦
澤村伊智　恐怖小説キリカ
さいとう・たかを／戸川猪佐武 原作　歴史劇画 大宰相〈第一巻 吉田茂の闘争〉
さいとう・たかを／戸川猪佐武 原作　歴史劇画 大宰相〈第二巻 鳩山一郎の悲運〉
さいとう・たかを／戸川猪佐武 原作　歴史劇画 大宰相〈第三巻 岸信介の強腕〉
さいとう・たかを／戸川猪佐武 原作　歴史劇画 大宰相〈第四巻 池田勇人と佐藤栄作の激突〉
さいとう・たかを／戸川猪佐武 原作　歴史劇画 大宰相〈第五巻 田中角栄の革命〉
さいとう・たかを／戸川猪佐武 原作　歴史劇画 大宰相〈第六巻 三木武夫の挑戦〉
さいとう・たかを／戸川猪佐武 原作　歴史劇画 大宰相〈第七巻 福田赳夫の復讐〉
さいとう・たかを／戸川猪佐武 原作　歴史劇画 大宰相〈第八巻 大平正芳の決断〉
さいとう・たかを／戸川猪佐武 原作　歴史劇画 大宰相〈第九巻 鈴木善幸の苦悩〉
さいとう・たかを／戸川猪佐武 原作　歴史劇画 大宰相〈第十巻 中曽根康弘の野望〉
佐藤　優　人生の役に立つ聖書の名言
佐藤　優　戦時下の外交官〈ナチス・ドイツの崩壊を目撃した吉野文六〉
佐藤　優　人生のサバイバル力
斉藤詠一　到達不能極
斉藤詠一　クメールの瞳
佐々木　実　竹中平蔵 市場と権力〈「改革」に憑かれた経済学者の肖像〉
斎藤千輪　神楽坂つきみ茶屋〈禁断の盃と絶品江戸レシピ〉
斎藤千輪　神楽坂つきみ茶屋2〈突然のピンチと喜寿の祝い膳〉
斎藤千輪　神楽坂つきみ茶屋3〈想い人に捧げる鍋料理〉
斎藤千輪　神楽坂つきみ茶屋4〈頂上決戦の七夕料理〉

講談社文庫　目録

椎名　誠　埠頭三角暗闇市場
真保裕一　取引
真保裕一　震源
真保裕一　盗聴
真保裕一　朽ちた樹々の枝の下で
真保裕一　奪取 (上)(下)
真保裕一　防壁
真保裕一　密告
真保裕一　黄金の島 (上)(下)
真保裕一　発火点
真保裕一　夢の工房
真保裕一　灰色の北壁
真保裕一　覇王の番人 (上)(下)
真保裕一　デパートへ行こう！
真保裕一　アマルフィ〈外交官シリーズ〉
真保裕一　天使の報酬〈外交官シリーズ〉
真保裕一　アンダルシア〈外交官シリーズ〉
真保裕一　ダイスをころがせ！(上)(下)
真保裕一　天魔ゆく空 (上)(下)

真保裕一　ローカル線で行こう！
真保裕一　遊園地に行こう！
真保裕一　オリンピックへ行こう！
真保裕一　連鎖〈新装版〉
真保裕一　暗闇のアリア
真保裕一　ダーク・ブルー
篠田節子　弥勒
篠田節子　転生
篠田節子　竜と流木
重松　清　定年ゴジラ
重松　清　半パン・デイズ
重松　清　流星ワゴン
重松　清　ニッポンの単身赴任
重松　清　愛妻日記
重松　清　青春夜明け前
重松　清　カシオペアの丘で (上)(下)
重松　清　永遠《とわ》を旅する者〈ロストオデッセイ 千年の夢〉
重松　清　かあちゃん
重松　清　十字架

重松　清　峠うどん物語 (上)(下)
重松　清　希望ヶ丘の人びと (上)(下)
重松　清　赤ヘル１９７５
重松　清　なぎさの媚薬 (上)(下)
重松　清　さすらい猫ノアの伝説
重松　清　ルビィ
重松　清　どんまい
重松　清　旧友再会
新野剛志　美しい家
新野剛志　明日の色
殊能将之　ハサミ男
殊能将之　鏡の中は日曜日
殊能将之　殊能将之 未発表短篇集
首藤瓜於　事故係生稲昇太の多感
首藤瓜於　脳男 新装版
首藤瓜於　ブックキーパー 脳男 (上)(下)
島本理生　シルエット
島本理生　リトル・バイ・リトル
島本理生　生まれる森

講談社文庫 目録

講談社文庫　目録

瀬那和章 今日も君は、約束の旅に出る
蘇部健一 六枚のとんかつ
蘇部健一 六とん2
蘇部健一 届かぬ想い
曽根圭介 沈底魚
曽根圭介 藁《わら》にもすがる獣たち
田辺聖子 ひねくれ一茶
田辺聖子 愛の幻滅(上)(下)
田辺聖子 うたかた
田辺聖子 春情蛸の足
田辺聖子 蝶花嬉遊図
田辺聖子 言い寄る
田辺聖子 私的生活
田辺聖子 苺をつぶしながら
田辺聖子 不機嫌な恋人
田辺聖子 女の日時計
谷川俊太郎訳 和田誠絵 マザー・グース 全四冊
立花隆 中核VS革マル(上)(下)
立花隆 日本共産党の研究 全三冊

立花隆 青春漂流
高杉良 労働貴族
高杉良 広報室沈黙す(上)(下)
高杉良 炎の経営者(上)(下)
高杉良 小説 日本興業銀行 全五冊
高杉良 社長の器
高杉良 その人事に異議あり〈女性広報主任のジレンマ〉
高杉良 人事権!
高杉良 小説消費者金融〈クレジット社会の罠〉
高杉良 小説 新巨大証券(上)(下)
高杉良 局長罷免—小説通産省
高杉良 首魁《しゅかい》の宴《うたげ》〈政官財腐敗の構図〉
高杉良 指名解雇
高杉良 燃ゆるとき
高杉良 銀行大合併〈短編小説全集(上)〉
高杉良 エリートの反乱〈短編小説全集(中)〉
高杉良 金融腐蝕列島(上)(下)
高杉良 勇気凜々
高杉良 混沌《こんとん》 新・金融腐蝕列島(上)(下)

高杉良 乱気流(上)(下)
高杉良 小説 会社再建
高杉良 新装版 懲戒解雇
高杉良 新装版 大逆転!〈小説 三菱・第一銀行合併事件〉
高杉良 新装版 バンダルの塔
高杉良 第四権力〈巨大メディアの罪〉
高杉良 巨大外資銀行
高杉良 最強の経営者〈アサヒビールを再生させた男〉
高杉良 リベンジ〈巨大外資銀行〉
高杉良 新装版 会社蘇生
竹本健治 新装版 匣《はこ》の中の失楽
竹本健治 囲碁殺人事件
竹本健治 将棋殺人事件
竹本健治 トランプ殺人事件
竹本健治 狂い壁 狂い窓
竹本健治 涙《るい》香《こう》迷《めい》宮《きゅう》
竹本健治 新装版 ウロボロスの偽書(上)(下)
竹本健治 ウロボロスの基礎論(上)(下)
竹本健治 ウロボロスの純正音律(上)(下)

講談社文庫　目録

講談社文庫　目録

高田崇史　鬼棲む国、出雲〈古事記異聞〉
高田崇史　オロチの郷、奥出雲〈古事記異聞〉
高田崇史　京の怨霊、元出雲〈古事記異聞〉
高田崇史　鬼統べる国、大和出雲〈古事記異聞〉
高田崇史　源平の怨霊〈小余綾《こゆるぎ》俊輔の最終講義〉
高田崇史　試験に出ないQED異聞〈高田崇史短編集〉
高田崇史ほか　読んで旅する鎌倉時代
団　鬼六　悦　楽　王〈鬼プロ繁盛記〉
高野和明　13　階　段
高野和明　グレイヴディッガー
高野和明　6時間後に君は死ぬ
大道珠貴　ショッキングピンク
高木　徹　ドキュメント 戦争広告代理店〈情報操作とボスニア紛争〉
田中啓文　件《くだん》〈もの言う牛〉
田中啓文　誰が千姫を殺したか〈蛇身探偵豊臣秀頼〉
高嶋哲夫　メルトダウン
高嶋哲夫　命の遺伝子
高嶋哲夫　首　都　感　染
高野秀行　西南シルクロードは密林に消える

高野秀行　アジア未知動物紀行 ベトナム・奄美・アフガニスタン
高野秀行　イスラム飲酒紀行
高野秀行　移　民　の　宴〈日本に移り住んだ外国人の不思議な食生活〉
高野秀行・角幡唯介　地図のない場所で眠りたい
田牧大和　花　合　せ〈濱次お役者双六〉
田牧大和　質　草　破　り〈濱次お役者双六　二ます目〉
田牧大和　翔　ぶ　梅〈濱次お役者双六　三ます目〉
田牧大和　半　可　心　中〈濱次お役者双六〉
田牧大和　長　屋　狂　言〈濱次お役者双六〉
田牧大和　錠前破り、銀太
田牧大和　錠前破り、銀太　紅蜆《べにしじみ》
田牧大和　錠前破り、銀太　首魁《しゅかい》
田牧大和　大　福　三　つ　巴〈宝来堂うまいもん番付〉
田中慎弥　完全犯罪の恋
高野史緒　カラマーゾフの妹
高野史緒　翼竜館の宝石商人
高野史緒　大天使はミモザの香り
瀧本哲史　僕は君たちに武器を配りたい〈エッセンシャル版〉
竹吉優輔　襲　名　犯

高田大介　図書館の魔女　第一巻
高田大介　図書館の魔女　第二巻
高田大介　図書館の魔女　第三巻
高田大介　図書館の魔女　第四巻
高田大介　図書館の魔女　烏《からす》の伝言《つてこと》(上)(下)
大門剛明　完　全　無　罪
大門剛明　死　刑　評　決〈「完全無罪」シリーズ〉
橘もも 著　沖田×華 原作　小説 透明なゆりかご(上)(下)
橘もも 著　安達奈緒子 脚本　さんかく窓の外側は夜〈映画版ノベライズ〉
橘もも 著　ヤマシタトモコ 原作　相沢友子 脚本　大怪獣のあとしまつ〈映画ノベライズ〉
橘もも 著　三木聡 脚本
滝口悠生　高　架　線
高山文彦　ふ　た　り〈皇后美智子と石牟礼道子〉
高橋弘希　日曜日の人々
武田綾乃　青い春を数えて
武田綾乃　愛されなくても別に
谷口雅美　殿、恐れながらブラックでござる
谷口雅美　殿、恐れながらリモートでござる
武川佑　虎　の　牙
武内　涼　謀聖 尼子経久伝〈青雲の章〉
武内　涼　謀聖 尼子経久伝〈風雲の章〉
武内　涼　謀聖 尼子経久伝〈瑞雲の章〉

2023年9月15日現在